〔清〕張金吾 編纂

金文最

上册

中華書局

圖書在版編目(CIP)數據

金文最/(清)張金吾編纂.—2版.—北京:中華書局,
2020.3
ISBN 978-7-101-12759-1

Ⅰ.金… Ⅱ.張… Ⅲ.散文集-中國-金代
Ⅳ.I264.64

中國版本圖書館CIP數據核字(2017)第202890號

初版責編:徐　俊
本版責編:朱兆虎

金　文　最
(全二册)
〔清〕張金吾 編纂

*

中華書局出版發行
(北京市豐臺區太平橋西里38號　100073)
http://www.zhbc.com.cn
E-mail:zhbc@zhbc.com.cn
北京瑞古冠中印刷廠印刷

*

850×1168毫米 1/32・58⅜印張・4插頁・1240千字
1990年8月北京第1版　2020年3月北京第2版
2020年3月北京第2次印刷
印數:1401-2900册　定價:298.00元

ISBN 978-7-101-12759-1

出版說明

《金文最》一百二十卷，清張金吾編纂。金吾（一七八七——一八二九）字慎旃，小字五十，別字月霄，江蘇常熟人。張氏生於藏書世家，少孤，性穎敏，喜博覽。年廿二，補博士弟子員。省試一不售即棄去，慕鄉先輩汲古毛氏、述古錢氏遺風，篤志儲藏，欲以撰述名當世。所著除《金文最》外，又採宋元來經説八十餘種，手定爲《詒經堂續經解》一千四百三十六卷，以補《通志堂經解》之缺。又撰有《愛日精廬藏書志》四十卷，堪稱書目題跋的佳作。

金文的纂輯，早在金元好問編撰《中州集》時，即有馮清甫輯得金文至百餘卷，惜竟不傳。張金吾認爲「宋自南渡後議論多而事功少，道學盛而文章衰，中原文獻實歸金源，總集一書似不可少」。自撰《言舊録》，下同。於是「矢志網羅，自專集外如《金史》、《大金集禮》、《大金弔伐録》、《三朝北盟會編》等書，暨地志、金石、醫書、譜録以及二氏之藏，外國之書，無不甄録。廣搜博採，積十二年，稿三易」，終於在清道光二年（一八二二）編成此書。稱之爲「最」，蓋會聚之意，所謂「鉅細不遺，瑕瑜盡録，不敢有所去取也」。全書除收録《拙軒集》、《滏水集》、《滹南遺老集》、《莊靖集》、《遺山集》等專集外，採摭書志、石刻拓本達三百餘種，各體文章約計一千七百九十餘篇，搜集可謂浩博。但也不免蕪雜，故至道光六年，張金吾又「刪厥榛楛，擷其精英，爲《金文選》三十卷」，以與《唐文粹》、《宋文鑑》、《元文類》諸書相接。今日看來，《金文最》作爲有金一代文章的總集，大略已具規模，至於補苴罅漏，蒐集遺闕，當然還有待於來日。

《金文最》編成後，久未付梓，至光緒八年(一八八二)始有粤雅堂刊本。後光緒二十一年蘇州書局重刊時，將原稿刪併成六十卷，凡已見於《金文雅》者，僅存其目。此次整理即以粤雅堂本爲底本，盡可能采用原本所據的書志、石刻拓本等第一手資料進行校勘。凡訛脱衍倒，均認真予以訂正，校語用小字隨文附記，並於其前加「○」，以免與原注文、校語相混。一般文字訂訛，誤者加圓括號，正者加方括號，不再出校説明。原書各篇末所附注之出處，仍予保留，此次凡用他書或拓本參校者，亦附注於後，並加方括號以與前相區别。

此稿先由我局請人加以校勘並斷句，後又委託梅伯春同志再次進行整理加工，匡誤補闕殊多。伯春同志爲此書的出版付出了辛勤的勞動，我們謹此表示感謝。

中華書局編輯部

一九八六年十月

目録

卷二

賦

樂章

騷

卷三

詔令

卷四

詔令

卷五

詔令

卷六

詔令

卷七

詔令

卷八

詔令附張邦昌劉豫僞詔

卷九

册文

卷十

册文附劉豫僞册文

卷十一

制誥

鐵券文

策問

卷十二

表

卷十三

表

卷十四

表

卷十五

奏疏

卷十六

奏疏

卷十七

奏疏

卷十八

奏疏

卷十九

箴

銘

卷二十

贊

卷二十一

贊

頌

卷二十二

記

卷二十三

記

卷二十四

記

卷二十五

記

卷二十六

記

卷二十七

記

卷二十八

記

卷二十九

記

卷三十

記

卷三十一

記

卷三十二

記

卷三十三

記

卷三十四

記

卷三十五

記

卷三十六

序

卷三十七

序

卷三十八

序

卷三十九

序

卷四十

序

卷四十一

序

卷四十二

序

卷四十三

序

卷四十四

序

卷四十五

序

卷四十六

序

卷四十七

跋

卷四十八

跋

卷四十九

跋

卷五十

書

卷五十一

書

卷五十二

書

卷五十三

書

卷五十四

書

卷五十五

書

卷五十六

劄子

卷五十七

議

卷五十八

議

卷五十九

論

卷六十二

文

卷六十三

牒

檄

卷六十四

榜

指揮

關

符

卷六十五

碑

卷六十六

碑

卷六十七

碑

卷六十八

碑

卷六十九

碑

卷七十

碑

卷七十一

碑

卷七十二

碑

卷七十三

碑

卷七十四

碑

卷七十五

碑

卷七十六

碑

卷七十七

碑

卷七十八

碑

卷七十九

碑

卷八十

碑

卷八十一

碑

卷八十二

碑

卷八十三

碑

卷八十四

碑

卷八十五

碑

卷八十六

墓碑

卷八十七

墓碑

卷八十八

墓碑

卷八十九

墓碑

卷九十

墓碑

卷九十一

墓碑

卷九十二

墓碑

卷九十三

墓碑

卷九十四

墓碑

卷九十五

墓碑

卷九十六

墓碑

卷九十七

墓碑

卷九十八

墓碑

卷九十九

墓碑

卷一百

墓碑

卷一百一

墓碑

卷一百二

墓碑

卷一百三

墓碑

卷一百四

墓碑

卷一百五

墓碑

卷一百六

墓碑

卷一百七

墓碑

卷一百八

墓碑

卷一百九

墓碑

卷一百十

塔銘

卷一百十一

塔銘

卷一百十二

塔銘

卷一百十三

行狀

哀詞

祭文

卷一百十四

傳

卷一百十五

疏

卷一百十六

青詞朱表榜

卷一百十七

雜著

卷一百十八

雜著

卷一百十九

雜著

卷一百二十

附録

阮元序

文以氣骨爲主。骨之堅。由於心有所得而能卓然自立。故堅凝有不可撼之概。氣之充。由於蓄之既久而觸物而動。故沛然有不可遏之勢。漢唐之文。骨與氣相輔而行者也。至北宋蘇氏父子出而氣益盛。湯湯浩浩。若江河之行於地中而莫止矣。未幾而轉爲南宋。其氣遽沮。説者謂風教使然。其亦學者之失也。金之奄有中原。條教詔令。肅然丕振。故當大定以後。其文章雄健。直繼北宋諸賢。若滏水、滹南。其尤著者也。操觚之士。思欲採其菁華。彙爲一編。以與文粹、文鑑諸書並垂於世。則又慮檢尋不易。蓋專集之存者。僅拙軒等集五家而已。虞山張君金吾竭意搜訪。凡簿録雜説。以及金石碑刻。一一甄録。别其體爲四十有二。爲卷百二十。於是金源之文。鉅細咸備。典章規畫。亦瞭然可考。書之大體。本文粹、文鑑而不别爲去取者。其慎也。世之讀是書者。歎其學之博而掇其文章之盛。以研究於氣骨之間而渾化之。則是編之作。固唐宋之後勁。學者之矩矱。陳言曼詞。又烏能汨其性靈也乎。道光二年歲次壬午夏六月六日。儀徵阮元序於秣陵舟次。

英和序

虞山張生裒集有金一代之文爲一百二十卷。名之曰最者。取公羊會最之義也。始於收國。終於僞齊。上而詔令教令之文。下而金石碑版之作。以及詩評酒檄之瑣言。靡不兼採。予嘗謂金季能文之士。何止數十百家。其詩僅賴中州集以傳。而文章則未有爲之裒集者。其有專集如滹南、滏水者。不過數人。王寂爲大定、明昌文苑之冠。而拙軒集原本久佚。至我朝乾隆間。始從永樂大典中録出。史稱鄭子聃有能賦聲。海陵嘗問作賦何如。對曰甚易。且謂他人莫己若也。海陵乃使子聃與翰林修撰等同進士雜試。子聃果第一。是子聃之賦。必盛稱於當時。而及今已不得見其一篇。則其餘湮没不傳者。何可勝道。而有賴於蒐緝者。其功豈淺鮮歟。抑考之黄應期、王圭合撰皇弟都統經略郎君行紀。所謂皇弟者。卽世祖養子薩甲干也。而金史本傳不載除都統經略事。崔禧奉敕撰李續碑。所紀乃貞祐二年元兵圍濟州事。而金史宣宗紀但云元兵徇彰德府、益都府、懷州而不及濟州。又金史列傳。凡封爵皆不書。而完顏合達之封金源郡公。僅見於劉渭所撰之京兆府教養碑。若斯之流。難可悉數。則是書非惟極文章之鉅觀。抑亦備完顏之掌故已。予深嘉張生之勤學。而復幸王庭筠、党懷英諸人之著述不盡無徵焉。爰略書所見於卷首。長白英和序。

陳揆序

金人著述。自元之中葉。流傳已尠。蘇伯脩三史質疑所稱金儒士蔡珪、鄭子聃、翟永固、趙可、王庭筠、趙渢皆有文集行世。兵後往往不存。因欲就京畿諸大族墳墓摹碑文。以備採擇。則當時之文。所存可知矣。當元遺山編中州詩。同時有馮清甫者。嘗蒐緝金代文章積若干百卷。見於姚牧菴所爲墓碑中。清甫與元遺山、李欒城輩相習。伯脩所稱諸家文字。疑其猶可考。然馮氏之書。元代卽已無聞。故伯脩與修史諸公俱未之及也。今去之數百年。金人著述稀若晨星。亦其勢然矣。月霄此編。蒐羅甚廣。以數百年散佚之餘。而綴輯如此。世之君子論次歷代文章。其必於是焉取之矣。其間典章經制閥閱勳績及夫年月官位之詳。皆足以補史籍之遺。證其異同。又不當僅以文字論也。道光壬午三月陳揆書。

黄廷鑑序

物必有萃聚而後可久。莫爲之後。雖盛不傳也。漢魏以來諸家別集既亡。惟詔令奏議略見於史傳。其餘文詞類多湮滅。賴有文選一書爲之薈萃。而秦漢以至蕭梁之代。文人學士鴻篇偉製。猶得傳其一二。此蕭氏之始功爲甚鉅也。嗣後英華、文粹、文鑑、文類諸書。踵其遺規。皆能薈萃一朝之文章而傳之。其功亦非淺矣。金源有中國。代歷十紀。大定、明昌之間。人文蔚起。制作炳然。而元明來未有哀集其文者。不第完顔氏一朝著述無以繼宋開元。且使中州人文中絶百餘年。誠藝林中一闕事也。及門張子月霄慨焉矢志。爲之網羅散佚。掇拾遺殘。自滏水、滹南、遺山數專集外。凡史書傳記、山經地志以及金石之記、斷蝕之碣。下逮醫書譜録、雜家小説。旁及二氏之藏、外國之書。苟有殘篇剩簡。無不廣蒐博采。多金購訪。自庚午迄壬午積十二年之勤。稿凡三易。勒成金文最一百二十卷。其用心可謂專且摯矣。猶憶己卯夏偕往雪溪知不足齋鮑氏借讀圖書集成賜書。館於烏鎮之南宫道院。日分閲數十巨册。時初暑方來。揮汗成雨。予至暮倦而息矣。月霄則燃燭煌煌。蚊虻四集。漏再下不輟。每得金人文一篇。輒狂喜竟日。其嗜好之癖有如此。平居鍵户。未嘗出門。一聞有未見書。即欣然命駕。先是春間入山住清涼寺讀釋藏。自雪溪歸。又偕何君夢華往金陵讀朝天宫道藏。炎蒸暑暍。往返經月。不恤也。夫金之立國。元既相讐。明人又視同秦越。其文一任其散佚。當時若蔡氏珪、王氏庭筠、党氏懷英。不愧一代作者。其集皆已亡滅無存。即有一二遺文。何從綴緝。生六七百年後。前無所承。旁無所藉。而欲以一人之心力、鄉邑之見聞。旁蒐而遠討之。難矣。乃歲始逾紀。成此巨編。知天壤間艱鉅之任不朽之業。皆非所難爲。古人有志竟成之説。觀於君益信。昔郭元釪裒集金詩。人嘉其補一朝之闕。然尚有中州、河汾兩集爲之藍本。此書則創所未有。事雖同功。其勤倍於郭氏遠矣。允堪追姚氏、吕氏、蘇氏三家軌轍而與之並傳無疑也。予老矣。樂觀其成。故爲之序。道光壬午五月初吉。友人黄廷鑑書。

陳澧序

昔譚玉生舍人告余。昭文張月霄氏有金文最一書。南海伍紫垣方伯得之甚喜。欲刻版而遽没。余屬舍人之子叔裕侍讀從方伯之子子昇比部借觀。既而劉星南秀才來。以此書見示。且曰。比部今將付刻。請爲序。余閲之數日。歎張氏此書必傳於世。得伍氏父子傳之。其名亦與張氏俱傳矣。張氏爲此書勞且久而後成。其搜羅編次之詳審。見其自爲序例及阮文達公以下序四首。不必贅論。獨慨夫庸俗之書。多爲世人所喜。金源一代之文。自一二大手筆外。其餘無過而問者。張氏乃致力於此。爲世人所不爲之書。固難得矣。伍氏父子刻世人所不刻之書。又難得也。余草草閲此。但知其梗概。比部刻成。必以印本見贈。余雖衰老。尚欲讀一過。惜譚舍人已作古人。不得與共欣賞。因作序而三歎也。光緒七年九月。番禺陳澧序。

譚宗浚序

昔劉知幾史通載文篇譏世之作史者。連章蔬録。一字無廢。非復史書。更成文集。余竊謂不然。夫文章者。所以羽翼史傳也。古來史傳沿訛。往往藉私集文章爲之訂正。惡得概指爲雕蟲小技哉。曩嘗讀遼金元三史。苦其脱漏舛訛。不一而足。欲取當時諸人著述證其異同。然遼時文字之禁甚嚴。迄今傳作愈稀。無從采摭。元則周南瑞輯之於前。蘇天爵編之於後。事迹多磊落可觀。惟金源文章未有爲之纂輯者。國朝康熙五十年奉旨編定全金詩。於是篇什聲歌。粲然大備。而文獨闕如。聞秀才莊氏芝階嘗輯有金文雅十六卷。然篇帙寥寥。未爲鉅製。信乎拾遺蒐墜。尚有待於後人也。昭文張氏月霄博雅好古。嘗輯成金文最一百二十卷。阮文達公亟稱之。世多以金偏安一隅。又國祚稍促。遂謂其文不及宋元。不知有元一代文章皆自金源啟之。無論遺山老人才力沈雄。超出南宋諸公之上。卽如趙閑閑、王滹南等。視虞、范輩何多讓焉。至其卷帙繁富。較之姚氏文粹、吕氏文鑑、蘇氏文類幾倍之。蓋姚氏等意主於論文。故删録必嚴。鑒裁必審。若張氏則意在備一朝掌故。爲他日重修金史之資。旨趣既殊。體裁遂别。或有議其蔓衍者。無乃知二五而不知十歟。顧余獨疑元修金史。經營日久。與遼史、元史成於倉猝者不同。預纂修者又皆一時碩彦。而衛紹王紀至不能舉其事實。又全史所録文字。祇有梁襄諫北幸一書。今張氏於數百年後。獨能掇拾網羅。洪纖畢備。設使歐陽原功、揭傒斯、李好文輩見之。亦當前賢畏後生矣。張氏自家落後。書籍多散於嶺南。是書爲伍紫垣方伯購得。先舍人公曾與借鈔。并勸付剞劂。方伯亦欣然任之。未幾夷寇陷廣州。事遂中輟。今方伯之哲嗣子昇比部始勉成先志。付諸梓人。而余亦竊隨編訂。每檢先舍人公晚年所校勘。朱墨爛然。輒抱手澤之感。子昇睠懷先德。當亦同此情也。光緒七年秋八月。南海譚宗浚序。

一代之興也。必有一代之人才。以開一代之運會。而因以成一代之文章。父兄之淵源。師友之講習。流風漸被。文軌大同。讀文粹、文鑑、文類、文衡諸書。其尤著者也。至若聲名文物不亞四代。而自來無裒集其文俾與唐宋元明文後先相埒者。則金源一代之文是也。惟金崛起東方。奄有中原。幅員則廣於遼。國勢則强於宋。風會所開。一洗卑陋浮靡之習。聿稽武元開國。得遼舊人。文烈繼統。收宋圖籍。文教由是興焉。大定、明昌。投戈息馬。治化休明。南渡以後。趙、楊諸公迭主文盟。文風蒸蒸日上。迄乎北渡。元遺山以宏衍博大之才。鬱然爲一代宗匠。執文壇牛耳者幾三十年。嗚呼盛矣。蓋嘗綜而論之。以爲大定中君臣上下以淳德相尚。士大夫之學少華而多實。明昌以後。朝野無事。侈靡成風。士大夫之學多華而少實者。楊奂之説也。以爲大定以還。文治既洽。教育亦至。一掃五代遼季衰陋之俗者。元好問之説也。以爲南渡後文風一變。多學奇古者。劉祁之説也。以蔡正甫爲斯文正傳之宗。党竹溪次之。閒閒公又次之者。蕭貢之説也。以爲金百年來得文派之正而主盟一時者。皇統宇文公。大定、明昌無可蔡公、承旨党公。貞祐、正大禮部趙公。北渡後則遺山先生者。趙秉文、徐世隆之説也。今雖金人遺集散佚殆盡。而所謂存十一於千百者。猶可考見諸人論次之説爲不誣也。昔商平叔集金源之詩。馮清甫集金源之文。今一存一佚者。莫爲之後。雖盛弗傳也。金吾不揣弇陋。竊取馮氏之意。纂集金文。成書一百二十卷。鴻篇鉅製卽所存者。亦可見一代文章之大凡矣。唐劉夢得有言曰。三光五嶽之氣分。大音不完。金有天下之半。五嶽居其四。四瀆有其三。川嶽炳靈。文學之士後先相望。惟時士大夫稟雄深渾厚之氣。習峻厲嚴肅之俗。風教固殊。氣象亦異。故發爲文章。類皆華實相扶。骨力遒上。雖竹溪專學廬陵。飛伯力追子厚。希顏上擬昌黎。各自名家。不拘一格。然其大較可知也。後之人讀其遺文。考其體裁。而知北地之堅强絶勝江南之柔弱。要不得以大音不完。而謂不得與唐宋元明文相頡頏也。道光丙戌春三月。昭文張金吾識。

凡例

一、采集金文。自金史、大金集禮、大金弔伐録、三朝北盟會編諸書外。凡山經地志、金石碑版以及醫書譜録、雜家小説旁及二氏之藏、外國之書。無不甄録。合之拙軒等五集。分類編次。勒爲一百二十卷。取公羊傳注最聚也之意。名之曰金文最。

一、李俊民、元好問、杜仁傑諸人。入元不仕。大節無虧。其文無論何時所作。俱與録入。劉祁雖晚節不終。然歸潛一志紀載綦詳。金源文獻藉以不墜。故國舊君。祁蓋未敢一日忘也。且金史已載入文藝傳。其文亦與備録。若楊弘道、楊奐、王鶚等人。則止録其仕金時所作。其入元以後及未詳年月者。概不濫及。

一、文粹、文鑑、文類俱列歌詩一類。金詩清真淡遠。文質得宜。伏讀御定全金詩。炳炳烺烺。一代風雅。燦然大備。海内操觚之士。蓋已家置一編矣。兹依明文衡不載歌詩例。不更列入。

一、金史樂志所載樂章一百五十一章。御定全金詩録冠卷首。惟禮志所載釋奠闕里樂章未經採及。今依元文類載樂章例録入。又祖庭廣記所載祭先聖樂章與金史迥異。今兩存之。

一、詔令凡直叙事實別無辭命及删節太甚者。不録。

一、金史所載奏疏俱係節録。案梁襄傳贊曰。金始立國。即設科取士。漸摩培養。至大定間人才輩出。文義蔚然。論議書疏有可觀者。惜史無全文。僅有梁襄諫北幸一書。故備載之云云。是則奏疏全文。在元初已寥寥無幾矣。茲於北盟會編中得宗翰獄中上熙宗一疏。松漠紀聞中得有司請定官制一疏。僞齊録中得馮長寧刪修十一税法一疏。玉堂嘉話中得楊雲翼簡卒理財一疏。俱係全文。亟爲録入。餘則擇其有關政治文義明暢者録之。

一、醫書止載序文。其論説等類概不録入。釋道兩家同此例。

一、金石中高文大册固多。而鄙俚淺率者亦間有之。茲皆一體編入。蓋最者聚也。是編蓋會聚之云耳。不敢妄有去取也。若翦厥榛楛。擷其菁英。金吾不揆檮昧。另編金文選三十卷。續當嗣出。

一、中州集小傳、詩序。御定全金詩俱經録入。不更贅。元刊本中州樂府有宗室文卿從郁、張信甫中孚、王玄佐澮三人小傳。毛本刪去。世不多見。故録之。

一、青詞朱表。迹涉異端。非文章正軌。茲以舊本流傳。謹遵四庫全書館重編丹陽集附入青詞例録入。

一、西夏遺文止録其臣服於金時所作。餘不濫及。高麗同此例。

一、南燼紀聞、南遷録、阿寄替傳等書。俱屬僞撰。概不録入。

一、一文而兩書所載迥異者。仿文苑英華載陳鴻長恨歌傳例。兩存之。

一一文而諸書所引詳略互異者。則注某書參某書。

一、人倫大統、天文精義等賦。侈陳術數。詞旨淺顯。列之於賦似屬不倫。然金源著述。傳世絕稀。過而存之。亦考術數者所不廢也。今仿宋文鑑載二十八宿歌例。别爲附録。列之卷末。若流注指微、標幽、指要等賦。均類聚於後云。

一、志乘碑碣。浩如煙海。金吾伏處里巷。見聞狹隘。其所遺漏。請俟續編。

金文最卷一

賦

興學賦并引〔大定十八年〕

申良佐

河東爲天下雄勝之地。而上黨乃河南名郡。故號爲天下脊。其人物勁豪。自古忠臣義士多出焉。郡之長衢之東南文明之地。有學校存焉。自隋而上。遠而不可知。見之碑刻者。李唐以來。於此已有之矣。厥後世變多故。其學校亦隨而興衰。迨乎國朝撫定之後。專以文學取士。而郡之士子紆青拖紫者。比比有之。學之興也。從可知矣。至正隆間。學者多困於征役。不暇脩習。其學舍漸至摧毁。幾不能蔽風雨。良可惜哉。欽惟主上中興以來。敦復文教。俾郡國俱修學校。獨斯郡之學。累經前政。寢而不議。自通守權鎮喬侯下車之始。首議興修。自大定丁酉五月丁巳經始。至是年十月乙亥告成。越明日丙子。集僚屬郡儒於議道堂。大合樂以落之。方此工之將畢也。適有旨立學官養天下之士。固其興衰自有時乎。何如此之偶然也。僕因嘉喬侯興學之勤意。又且樂遇明時之爲幸。故敢作興學之賦以獻焉。其詞曰。

吾聞三代之道兮。立庠序建首善於京師。至於鄉里有教兮。將令俗易而風移。使四方皆從其化兮。足以立太平之基。故然明請毀鄉校。子產對所以議政之善否。若之何而毀之。如其廢而不修。鄭人刺以子衿之詩。雖文化由上之人倡率。亦由司牧奉承以周施。故文翁起學於成都之市。經明行修者皆足以任使。自後郡置其學官。由蜀郡而爲之。始范寧亦立學於餘杭。使諸生敦行而潔己。致風行而化流。自晉之中興以來未有如此。嗟吾邦學舍之荒涼。土木盡爲之摧毀。豈止學者之不可居。芻蕘牧豎者皆得而至止。諸生有待其興修。蓋亦累年於茲矣。嗟吾喬侯之來何莫兮。今方幸得一新而崇起。將以尊師講道義。明經取青紫。由是鄉里之間郁郁乎有文。絃歌之聲洋洋乎盈耳。文翁固無少讓。范寧烏足爲比。蓋誠加勤意而然。豈虛尚清談而已。佇看不次而升之廟堂之上。誠能教育天下英才之美。蓋君子之所樂固無以加于是。諸生或有謂僕曰。方此工之將畢也。適有旨養天下之士。何其不謀而同歸。異處而同出。僕應之曰。斯固興廢之有數。亦乃君臣之德一。僕方悼道之鬱滯。而文明之化不圖復見於今日。固將與諸生樂昇平之永履。學廢於疇昔。倘非斯道之復興。則吾徒將安之而講習。噫。喬侯之心仁人之心也。狂斐之言形容之不足。故復系之以短什。且與諸生歌之詠之。所以推揚其茂實也。

儒館興崇始自今。絃歌喜復嗣徽音。文風將見如齊魯。免使詩人賦子衿。潞州志〔長治縣志　山右石刻叢編〕

釋迦成道賦

丁暐仁

原夫佛者覺也。神而化之。修六年而得道。統三界以稱尊。帝釋梵王。尚有歸敬。老聃、宣父。寧不參隨。昔如來下兜率天。生中印土。降身而大地動摇。應跡而諸天擁護。九龍吐水滿身而花落紛紛。七寶祥靈舉足而蓮生步步。蓋以玉輦呈瑞。金輪啟圖。思沾九有。行洽三無。寶殿之龍顏大悦。春闈之鳳德何虞。方知灌頂之靈心。興王後嗣。必爲萬類之化主。作帝中樞。豈不知海量無邊。天情極廣。厭六宫珠翠之色。惡千妃絲竹之響。雪山深處。全抛有漏之身心。海月圓時。頓悟無爲之法相。莫不魔軍震動。法界奔驚。覺閻浮之日出。覩優鉢之花生。十方調御。皆來圓光自在。六趣含靈。盡喜金色分明。既乎萬法歸空。雙林告滅。演摩訶般若之教。示阿耨多羅之訣。普光殿裏會十地之華嚴。耆闍山中授三乘之記別。是知靈覺無盡。神理莫聞。芥子納三千之國。藕絲藏百萬之軍。目容修廣於青蓮。寒生定水。毫相分明於皓月。照彼迷雲。羣機而不覩靈蹤。萬世而空留聖跡。嗟釋迦之末法將盡。仰慈氏何日調伏。我今迴向菩提。一心歸命圓寂。謹從欽定古今圖書集成恭録〔神異典佛菩薩部〕

巖蔓聚奇賦

王寂

伊合抱之巖藤。迹其生之有漸。挺標末其不凡。商世用而尤贍。裁撾馬之短箠。綰維舟之長纜。斲滇池飛電之杖。組湘浦含風之簞。獨高節之擁腫。外纍纍然中歉。顧匠石之數過。不側目而一睨。有好事者。非常風鑒。破長橋之蛟卵。剖巴山之猿嗛。其混然而天成。微斧鑿之可驗。彼甆石雖潔而近乎俗。金玉雖珍而幾於僭。當樽俎之勝處。惟瘿君之獨占。惜流落于市井。爲時人之所厭。幸淇泉之賞音。輟酒直而見念。不然。則灰爨下之桐而失豐城之劍。老人既歸而謀諸婦曰。我以酒隱。處身純儉。欣此物以有託。了吾生而無憾。于是撥春甕之嘈嘈。漉乳泓之湛湛。挹彼注玆。十分瀲灩。追顏子之瓢飲。陋管氏之反坫。咀嚼石蟹之霜螯。狼藉荷盤之菱芡。少焉既夕。風清天淡。舞月影兮徘徊。吸露華兮汎灩。已而先生徑醉也。宮錦淋漓。角巾欹墊。捲河漢於一酌。盡江湖於一蘸。洗戰國之蠻觸。弔古今之時暫。陶陶乎釋身世之羈縛。浩浩乎謝功名之機陷。然後神游八表兮。其將以躡冥鴻之背而探驪龍之頷也。拙軒集

大椿賦爲黄太守壽公劉相甥　趙秉文

於此有物焉。既澤而堅。既蔓而延。託根于無何之鄉。垂蔭於不土之田。昵日月而共友。齊宇宙而争年。歷春秋其幾何。羌不知其歲之八千。端策筮之。繇曰。是以江夏爲鼻祖、小山之外孫者耶。以孝悌爲根本、忠信爲枝葉者耶。有曄其華、富文藻者耶。有駢其實、茂德業者耶。松茂柏悦、不足以比其壽者耶。愚惑不知。請以椿言。滏水集

棲霞賦送道人還山　趙秉文

粤有人兮襲芳華。跡城郭兮志烟霞。賦言歸兮杳何許。蹇遲迴兮徒延佇。貝闕兮珠宮。撫膝上兮絲桐。高情兮天外歸鴻。靈宮兮玉紀。玄都兮寶藏。祝君王兮萬壽。侍玉扆兮天上。辱莫辱兮多憂。樂莫樂兮無求。望白雲兮歸休。三年胡爲兮此淹留。朝游兮山南。暮遊兮山北。徙倚兮亭上。聊逍遥兮終日。日舞兮清暉。臨深兮翠微。西山快兮晚釀。秋水樂兮朝飢。山近兮多雨。雲昏昏兮承宇。烟銷兮霧散。見恆茂兮遠樹。樹斷兮天開。雁翩翩兮南度。忽人歸兮鳥盡。但空山兮日暮。日暮兮浮雲滋。目極千里兮傷心悲。山中人兮歸來。白首不歸兮何時。亂曰。

山中人兮烟霞宅。翠羽簾兮白玉額。友麋鹿兮侶猿鶴。飲清泉兮坐白石。山中人兮烟霞衣。青天成幄兮白雲成帷。風爲襟兮月爲佩。娱清暉兮淡忘歸。山中人兮烟霞語。黑霓落手兮醉毫舞。蓬萊山兮在何處。乘清風兮欲歸去。滏水集

叢臺賦（明昌二年）

趙秉文

歲辛亥之孟冬兮。余解印而南歸。覽全趙之形勝兮。弔荒臺之故基。太行奔走以南來兮。漳水改道而東馳。伊川谷之變易兮。矧人事之推移。獨巋然其凌空兮。意神物之所護持。問父老以陳迹兮。猶有雙塔野花之詩也。噫。七雄擾擾虎戰以龍争兮。譬事勢於連雞。或争桑於延敵兮。有以酒薄而召圍。朝膏血於秦韓之草野兮。夕暴骨于齊魏之沙陲。翫生靈於刀几兮。決一旦之雄雌。得地不足以贖民之命兮。忍勞民而築斯。方主父變服而事威武兮。固一世之雄才。收中山而胡爲未厭兮。又窺

秦室之狼豺。歸來置酒延眺八極兮。俯不見蕭牆之孕裁。噫。翟犬之夢兆兮。識百年之厲階。何苕華之新寵兮。宴安酖毒之孔懷。厭離宮別館之湫隘兮。起高臺之崔嵬。笑章華制度之狹陋兮。又況采椽與茅階。輦路縈紆以雲竦兮。閣道行空而飲霓。奏金石於雲端兮。恍鈞天之夢未迴。下仰望而不聞兮。微風過而聲哀。金輿玉輦君王來其間兮。左趙女而右吳娃。朝琴夜筑爲王歌舞兮。樂未極而哀隨。探雀鷇于離宮兮。豈憶熊蹯與豹胎。痛父子斃于一朝兮。人亦念骨肉之瘡痍也。古往今來。日東月西。驚歲律之跳丸。悼興亡之弈碁。歎趙國之城郭兮。變都成邑而變骨成灰。慨平原之池館兮。高者榛丘下者荒陂。狐兔穴於丘陵兮。草木深於宮闈。地荒茀而獸聚兮。天莽蒼而鳥馳。沈顧寂聽。心傷思摧。但聞蕭條之聲。非竹非絲。迫而聽之。乃在乎羽蟲之摩軌。〇吳本作鼓。與衆竅之噏喉也。嗚呼。臺向時之臺也。山川花鳥亦向時之山川花鳥也。山川花鳥不能知此臺之興廢。而臺亦安能知人之悲歡。而人自悲之。然則靚妝炫服。臺非以爲榮也。而荒榛斷址。臺又奚以辱爲。然而文王之靈臺。燕昭之黃金。當時稱賢者之樂。後世爲美談之資。而是臺也。蒙亡國之恥。與山木之嗟。亦臺之不幸而堪嗤。且夫今日之悲。昔日之樂也。騷人懷之而賦詠。行客過之而噓唏。嗟舊物之都盡。獨天留兮此臺。閱千秋兮萬古。作龜鑑乎方來。意者使一旦之樂易萬世之譏也。而臺亦負于後世哉。可弔而不可咍也。亂曰。

洪波之臺傷周舍於已死兮。後世之君不能起廉頗于未衰。干將之劍忍能誅忠魂于李牧兮。不能斷讒舌於郭開。繫梁棟兮既折。嘻大厦兮將頹。非一臺兮足悲。國無人兮吁可悲。〔辛亥明昌二年也。〕

○據四部叢刊本補。滏水集

解朝酲賦少時所作

趙秉文

心怦怦兮危絃。身恍恍兮風船。頭岑岑兮作惡。神昏昏兮欲眠。安得尤物之蕭爽。析朝酲而可憐。若夫韲金芼之嫩馨。膾玉縷之芳鮮。蛤酒熟而口哆。蟹糟醉而臍團。皆足以扶尊前之頹玉。醒座上之逃禪。自蕭閑五噫之外。及涪翁與坡仙。或耳目所不濟。蓋亦畧得而言焉。又若酪水冰融。山梨凍〔堅〕。○據吳本補。剖西瓜之蜃卵。焚北蔡之蛟涎。亦足以解五更之渴夢。快一嚼於冰泉。至若辣蓼之和。邪蒿之醬。牛魚之醢。鹿尾之漿。海東頭鵞。安西尾羊。雋以太保。羹以秦王。殿以紅脂。飯以黃粱。然後煎以松風蟹眼之湯。燃以清泉黃串之香。已而龍岩雪谿襞烏絲而操翰墨。竹溪黃山揮玉麈而談冰霜。卻弓彎而謝珠貫。屏水遠與山長。笑五斗於竹林。追獨醒於沅湘。驩然汗出。釋然病已。亦可謂彼此一時跨鶴於維揚者耶。滏水集

海青賦泰和扈從春水作

趙秉文

霜空蕭條。塞草先白。海樹無枝。海雲寡色。黯兮遼迴。風悲日匿。何鷙鳥之不羣。超翰海而一息。爾其俊氣橫鶩。英姿傑立。頂摩穹蒼。翼迅北極。鐵鉤利觜。霜劘勁翮。角膝插腦。細筋入骨。顧盼雄毅。飛騰滅沒。旦寄巢于扶桑。夕刷羽于碣石。於是乃命虞人遡風勢。缴矰設。萬里足

繫。一枝心折。遂投軀以委命。恥摧翼以喪節。奚奴頭千。髯官指百。時飢飽以嗾呼。謹寒温之調適。臂不暇弛。鈴不停掣。猶恐懷林丘。夢沙磧。恨身繫而子留。歎雄孤而雌隻也。逮其骨肉融性情習。違龍沙。入閶闔。蒙禁臠之專寵。叨錦韝之前席。思報功於所養。甘賈勇於一決。既而新春屆候。太簇司月。陽燄浮。冰澌坼。水溶溶而泛緑。鵞翩翩而下唼。探使星馳。屬車雷發。千輿隱嶙。萬騎飄瞥。上將幸乎光春之中。所以觀民風而宣鬱結。龍旂標而殿門敞。虎旅圍而鼓聲壘。忽水擊而驚飛。乍雲翔而成列。玉爪翻臂。錦縧下紲。初貼水而徐回。倏干雲而上擊。雨血紛紜。風毛磔裂。象廣寒之舞〔□〕。〇據吳本補。紛霓裳之回雪。似吳宮之習戰。驚玉顏之喋血。壯如破敵。勢甚擒賊。至如關羽義勇。張綱奮烈。取鯨鯢于堅陣。叱豺狼之當轍。固亦釋豐狐之九尾。畧狡免之三穴。蓋猶賞驥足之神駿。且以勸忠于英傑也。既而壽杯舉。臣工悦。天威暢。皇恩浹。背長楊兮而趨京闕。滏水集

反小山賦〔并序〕

趙秉文

無塵道人李天英家海壖。得小山。寶而字之。名曰玄峯。寢作於花陰月竇之間。適甚爲賦。閒閒老人笑曰。是猶有所待也。若知天壤間皆吾几格間一物。又何待輦石于山、函花于鼎之爲適哉。乃爲賦反之。

嗟石來前。孰形於鐫。匪山而拳。玉立巉然。匪溜而涓。土痕隱然。天臺卧雲。海濱籍烟。幾代子

寶。幾姓子傳。子入吾室。吾以子賢。瓊花曉醉。璧月夕眠。我家我林。吾以子便。我學我仕。吾以子遷。子豈吾友。吾不子捐。石不能對。請以臆宣。自我之石。幾世幾年。山非吾名。石豈子妍。聽其兩忘。其樂也天。夫鏡中之象。亦水中之象。瓶中之泉。即澗下之泉。吾謂寶顧陸之筆。不若山林皆吾之畫圖。悦秦巴之音。不若禽鳥皆吾之箎絃。子以心爲物役。智爲衆緣。不知無塵有塵之桯楛於一峯之玄也。空花悟犬夫之夢。庭柏證祖師之禪。無一物之非我。君其問諸屏山之散仙。滏水集

琅山賦在易州境。俗謂之郎君山。峯巒秀拔。頗似少華

趙秉文

尾箕之精。琳瑯之英。鍾奇孕秀。琅山播形。帝敕六丁。移來玉京。六鰲負背。三山蓬瀛。崒兮直上。劍拔崢嶸。表兮獨立。霜秋氣橫。骨非肉附。勢敵天勍。呀然而門。繚然而城。其門伊何。竅鑿巨靈。隔山見山。蓊碧紛青。素月夕啟。白雲晝扃。其下雷峽。隱隱砿砿。石崖嵌空。龍門天成。孰劖孰鑿。不騫不崩。飛泉中來。華擘河傾。或遡而流。或迴而泓。下赴兩洪。砯轟雷霆。百步之外。不聞人聲。藴藴隆隆。洞潭杳冥。石席可據。窪尊可銘。浮雲悠悠。千古此情。其城伊何。繚以重陘。壘嶂環抱。中心砥平。峩峩而山。岧岧而亭。有駢斯指。有植斯屏。摩雲障日。韜河映星。千態萬狀。不可殫名。李白、杜陵。巨然、道寧。九原骨醉。千日詎醒。瘦武盡隱。老任墨卿。一朝擲筆。萬里騎鯨。崆峒九華。天台四明。迴絶人境。虚標仙經。神州奥區。燕南福庭。可

玄。何慮何營。滏水集

杖可屨。或仕或耕。信步陟降。朝昏送迎。春山水流。秋空月明。岩泉夜落。松風晚清。游心太

華山感古賦

趙秉文

有浮而清。有濁而寧。五岳奠形。二華削成。是其稟金天之秀氣。奄西土而作鎮。包潼關以爲門。奄莫乎東井鶉首之分。岳之尊惟天之柱。岳之作爲世霖雨。岳之崇三峯如公。阿衡周公。承天之功。厥掌伊何。兩分其山。聖道通塞。孟荀楊韓。厥蓮伊何。瘵瘵蠲痾。上醫醫國。雷扁秦和。其肅如霜。其高如秋。戚施伊優。爲天之羞。若夫昔之所謂具臣者。都山岳之權。竊雷雨之施。壞開千里之尊。秩晉三公之貴。危不持而顛不扶。則將安用彼相矣。且夫安昌、胡廣之保禄。林甫、盧杞之竊位。其餘刀鋸之餘。蓋亦未足與議。譬猶有干雲遏日之險。而不能已山東之亂。擘山導河之力。而不能障漁陽之騎也。向者嬴顛劉蹶。天崩地坼。九廟灰燼。萬里喋血。陳吴一呼。殽函瓦裂。莽卓盜國。内訌外掣。楊李擅權。幽陵竊發。僖昭播遷。朱李猖獗。而是山也。萃寇盜之淵藪。爲豺狼之窟宅。墜生靈于塗炭。寄性命於鋒鏑。與獸爲羣。以巢爲室。以木爲衣。以橡爲食。身爲心仇。形爲影絶。惡聞人聲。愁見日月。何辜于天。使至此極。或曰。子知其一。未知其二。向者子房運籌。霍光建謨。或啟其心。或惎其謀。禄産擅權。于呂其劉。我命平勃。反正而旒。二豎嘯凶。既唐而周。我命五龍。夾日而輈。潼關之敗。繄尚父是賴。奉天之逼。惟西平之力。奮然

大臣力爭而活國。屹然如天柱之承西極。奈何以人事之一缺。〇四部叢刊本、吳本并作跌。而爲山靈之責。有秦川胡老啟口而笑曰。日有中昃。月有盈虧。凡一治一亂。乃一昏一明。福生有基。禍生有萌。山有朽故壤崩。木有蟲故蠹生。謂山蓋高。浮雲翳之。不見其形。謂心至靈。有物蔽之。不見其情。夫惡直爲求讒之媒。喜譽爲招佞之旌。驕奢爲重斂之階。好大爲興戎之徵。是以古之明王。棄是而不營。于以忠直是旌。抑讒佞之萌。土木不飾。杜非議之徵。平刑釋冤。息吁嗟之聲。含訴忍恥。絕忿怒之兵。夫然。故心定神休。嗜欲不生。禍亂不作。而天下和平矣。故亡漢者漢也。非莽卓也。亂唐者唐也。非安史也。使漢以秦爲鑒。自無西京之亂。使唐以漢爲鑒。又安有蜀道之竄。如何以一晌之樂而忘累世之患也。斯言懷古。非止一時。往者不可及。來者猶可追耳。滏水集

攓蓬賦

趙秉文

釋世累而遠遊兮。聊逍遥以徜徉。行乎莽渺之野兮。歷榛蕪之蒼蒼。攓髑髏以睨視兮。嗟游魂之何方。貴賤榮辱杳莫訊兮。奚氏族之能詳。豈結纓齒劍以身殉難兮。將嬰疾之適當。寧正身守道怡宮庭兮。抑貪生殉欲以自戕。以天地爲衾枕兮。豈必厚螻蟻而薄豺狼。上無君長下無臣僕兮。豈必賤奴隸而尊侯王。將蟲臂鼠肝無不可兮。抑一氣頓盡死灰之不揚。萬物皆出入於機兮。其孰爲之主張。聞風仙之高論兮。曰死生之未嘗。噫造化之無窮兮。何大塊之茫茫。千變萬化未始有極兮。如宿債之須償。老栽松而祖忍兮。李探環而姓羊。指後期於圓澤兮。悟前生於邢房。曾易世而不知

兮。矧億刦之能量。歷萬世而一遇大聖兮。然後知大夢之何傷。黄帝、孔子不可問兮。將質之于玉皇。溘埃風予上征兮。覲金闕而朝寥陽。紅雲翕其嬰音兮。聞天語之琅琅。曰道非有物兮。物物以彰。其上無始兮。其大無旁。無汨而真兮。道將汝昌。吾以爲道兮。寄浩刦於延康。聞至言而遂徂兮。蹇予將造乎中黄。仍羽人于丹丘兮。留不死之異鄉。聆古先王之高風兮。屹法海之津梁。促千刦于一念兮。統萬有於毫芒。陟流沙而經西極兮。尋白毫之相光。曰五蘊非汝宅兮。四大非汝床。毋棄溟渤兮認一浮囊。觀恆河之不變兮。知見性之不忘。逮皮膚之脱落兮。露法身之堂堂。塵根盡而性空兮。泯知見而無體常。悟形骸之非我兮。中有不化其存者長。惟至人之達觀兮。超宇宙而高驤。以陰陽爲晝夜兮。以死生爲康莊。知身外之有身兮。亦芒中之不芒。混牆壁與瓦礫兮。通法界而不藏。于是體妙心玄。辭喪慮忘。充以法喜之食。薰以知見之香。散以象外之説。暢以聲前之章。逍遥乎無爲之業。游戲乎寂滅之場。普天壤以遐觀。吾又安知大小之與彭殤也。亂曰。是身虚空以爲量兮。堅固不壞如金剛兮。孰爲夭壽孰否臧兮。翠竹真如非青黄兮。枯木龍吟非宫商兮。眼如鼻口道乃將兮。滏水集

遊懸泉賦

趙秉文

庚午之歲。九月既望。趙子與客遊於承天之廢闕。置酒乎姤女祠之側。千山暮蒼。素月如拭。形與影嬉。谷響互答。一談一笑。超然自得。既而歎曰。泉不飛則無聲。石不聳則無骨。山以秋而殺

瘦。境以夜而增寂。四者備矣。而無勝具以文之。境雖奇而不卽。于是刳蛇腹之枝以爲琴。竅鳳膺之管以爲笛。誦王摩詰、韋蘇州之詩。所以侑此觴而永今夕。少焉。動乎動。息乎息。嗚乎嗚。嘿乎嘿。入吾耳者瀏以清。歷吾目者屹以森。金鼓半空。聲在峽中。道娘子之關。潘美所以下河東者耶。旗幟盡拔。春染木末。突井陘之口。韓信所以破趙壁者耶。迫而察之。風落山而泉鳴石也。二客曰。未也。向者泉出祠下。大如車輪。下赴絶澗。懸流千尺。殷晴空之雷霆。飛炎天之冰雪。六年于兹而閟其澤。子能酹而出之。亦一段之奇突。趙子曰。泉有時而通。亦有時而塞。豈我見聞有通有塞。而此見聞復有何物。鳩○鳩。原作雞。據四部叢刊本、吴本改。林道人曰。物我同源。動静致一。反聞聞處。聞所不及。無聞之聞。聞性不絶。離見見處。見亦不立。無見之見。見亦不滅。今子以耳聽聲。未能眼處聞聲。以眼觀色。未能耳處觀色。故一泉之見爲之惑也。歸語同僚曰。此殆維摩詰也。覺而賦之。但見山高水深。風清月白。滏水集

無盡藏賦

趙秉文

出國門而南騖兮。並瀘水而西馳。枕房山之東麓兮。面萬頃之蒼陂。得孤亭之爽塏兮。納萬象而君之。月娟娟而照席兮。風飄飄而吹衣。悵今夕之何夕兮。得二友之追隨。於是主詫客曰。自有天地。有此江山。如我與君。與人往還。向者。與子仰看山。俯聽泉。明月侍右。清風侍前。侯何啻於萬户。買不費于一錢。但恐造物者之怪多取。不憂他人之我先。若乃秋方半。夜既寂。流光潑

水。○水。吴本作录。疑當作渌。素彩沈璧。玉虬騰舞。金波的皪。披蘭泛芷。紛紅獵碧。送漁舟於天末。飄鄰笛于日夕。洗耳盪目。清魂涼魄。忽然不知風乘我而我乘風、客爲主而主爲客也。且子以爲其樂何如也。雖然。世有污隆。物有成毀。向也蕪。今也芷。向也亭。今也圮。何變化之無常。而人事之不足恃也。客曰。自俗觀之。有代有謝。自道觀之。無成無毀。君亦知夫物無常時無止乎。自有觀成則有成，自未有觀成則成亦壞矣。自今觀昔則有昔。以來望今則今亦昔矣。由是觀之。方成方毀。方生方死。雖然。此猶有心於去來現在也。若其無心。則無此矣。且夫水不與風期。風來而水波。山不與月期。月照而山白。庸知夫性空真風。性空真月。是尚有極耶。然則聲塵有盡。所以聲聲者無盡也。色塵有盡。所以色色者無盡也。主人喜曰。今而後知乾坤一亭。萬物一藏。吾廬尚無恙也。滏水集

拙軒賦

趙秉文

宣撫移剌公築室于私第。榜之曰拙軒。以告閒閒居士曰。余有拙病。似愚而强。嬌嬌亢亢。踽踽涼涼。人皆喜圓。己獨喜方。將適東溟。顧登太行。將之暘谷。反走寒鄉。鬼笑揶揄。人怒中傷。神醫不能療。蓍蔡不能詳。且子以爲何如可愈而康也。居士曰。拙者自拙。吾不知其短。巧者自巧。吾不知其長。或善宦而九卿。或白首而潛郎。以俗觀之。有窳有良。以道觀之。孰否孰臧。較榮枯於瞬息。等一夢於黃粱。神龜曳尾。大勝刳腸。漢陰抱甕。焉知洪湯。蜂以蜜而割。蚌以珠而戕。

錮桓山之石。豈若鶉衣之負朝陽。憶上蔡之犬。何如羊裘之釣滄浪。天道茫茫。何有何亡。老龜不爛。禍延枯桑。魯酒味薄。邯鄲被殃。吉凶無朕。智不能量。鄙夫自私。蝨處裩襠。達人大觀。物我兩忘。縱心浩然。與道翱翔。言未既。公笑曰。予病良已。謝夫子之愈膏肓也。滏水集

遊西園賦

趙秉文

九日令辰。衆賓皆醉。趙子獨遊西園。蓋故苑同樂之地。于時天高氣清。風物凄厲。草緑慘以斷蔓。果紅焉而脱蒂。若乃藻扃黼閣。簷摧檻圮。曲池荒而飛螢。灌木老而雊雉。嗟物是而人非。何昔榮而今悴。既而登高臺。俯清泚。天落鏡中。水涵空際。物無倒影之心。水無涵空之意。心與境忘。境與神會。先生一笑而作。渺歸鴻於天外。滏水集

心静天地之鑑賦

趙秉文

塵静萬慮。心涵太空。廓聖賢之鑑别。際天地以融通。湛一意之虚凝。不膠於外。極兩間而燭照。盡在其中。夫静爲躁之君。心者形之主。無營則萬境俱遠。有蔽則纖毫莫覩。鑑明則塵垢不生。心斯喻如。心静則天地流通。鑑斯有取。若乃宇有泰定。神無生馳。是非不得以塵累。利害不能以物移。明則遠矣。鑑無近斯。艮以止之。鍵五基而不亂。復其見也。洞萬象以無遺。由是照燭無疆。眇綿作柄。造化無以遁其跡。洪纖無以逃其景。良由體道之冲。宅心以静。何思何慮。守一性之宫

庭。不將不迎。納萬殊之光景。今夫五色亂目。不見泰華之形。五音亂耳。不聞雷霆之聲。我是以神宇定兮虛而不屈。心源淪兮静之徐清。天地不能外其照。日月不足況其明。不然。曷以楊子著書。云潛則神明可測。莊周抗論。謂虛則純白自生。豈非心本一源。事周萬變。定而能慮。則慮乃有得。静而後應。則應不能眩。今也。守一貞於不動之宅。閉六欲於不關之鍵。自然不慮而知。不窺而見。去智與故。始符顔氏之齋。知德與言。終契孟軻之辨。既而解物之懸。淵之又淵。心虛則萬象皆靈。欲泯則百感無朕。可與游於太始。可以陶乎德玄。可以盪吾神於八荒之表。可以約吾身於一掬之前。滌玄覽於心地。開虛明於性天。故得其粗則可以窮事物形名之意。得其精亦有以識道德性命之傳矣。夫然。物來自能順受。事至不爲束纏。發爲用智之權。救亂於未形。□作研幾之妙。見吉於所先。別有不定不亂。而心恆如。不皦不昧。而用自在。以虛爲有對也。致虛極則無其對。以静爲有待也。守静篤則絶其待。功之化。機之純。及其至也。寂然不足以名之。超入圓通之智海。

金文最卷二

賦

揖翠軒賦（并序）

王若虚

沃川崔公有竹軒。曰揖翠。其子達之求詩文于士大夫。予亦爲之賦云。

物之在天下。皆妙理之所寓也。人之於物。必有所慕。而所以慕之。亦必有故也。或取深山窮谷以爲家。指泉石風月以爲友。是豈迂僻矯激不近於人情。誠有得乎其趣也。沃川崔公。賢明之屬。生於畎畝而不俗。後其居爲園。中其園爲亭。而周其亭以竹。叢高映密。窗户爲肅。森乎其如張緑帷而羅碧玉也。夫天壤之間。佳花美木。大有可以娱心而悦目者。然公皆不以爲可觀。惟此君焉是欲。對玩吟嘯。朝夕容與乎其中。若與之相忘而不足。此其意果安在哉。吾可即之而知其所屬。獨不見夫此君乎。歲暮天寒。百物既迍。冰雪交摧。凄飆號振。芬香豔色。莫不零落敗散至于共盡而無餘。而吾此君宛然自若獨立而能神。蓋其稟於内者有足恃。是以淩乎外者無所挫。自世所難得之物。而非夫漫生雜出暫榮俄朽之常品凡根也。而我公慕之。則又可因之而得其爲人。意其勁挺堅確卓乎不羣。舉世皆怯而我獨勇。衆人既屈而我獨伸。濁穢有所不能污。險難有所不能亂。本然之氣。無適而不存也。然則公不徒愛其色。誠取其質。不徒玩之於其目。誠體之於其身。若夫披風節月。含烟卧雨。千態萬狀。皆公之所外也。吾何敢陳。嗚呼。公今逝矣。而子瑋嗣。吾聞之。孝者善繼人之志而述其事。則登公之堂想其所取於此君。盍亦思所以自屬。如其庸懦委靡。依違顧忌。與時變遷。一折而瘁。豈特厚顔於此君。亦失公之本意矣。滹南遺老集

瑞竹賦并序

王若虚

東垣有孝友之家曰許氏者。兄弟輯睦爲一鄉最。其居室之南得瑞竹焉。由地而上十二節而分爲二。又六節而復合。君子謂其有以致之也。許氏圖之。以求文於作者。僕辭不獲。亦漫賦云。

天何爲者耶。視之蒼蒼。詰之冥冥。不可得而名。日月五星。風雨雷霆。寒暑晦冥。此雖有所必至。而其參乎人者。固可惑也。孰知其徵。萬物何爲者耶。隨氣而生。不擇其地。紛綸雜沓。殊狀異類。怪奇偉麗。非常可喜。蓋無所不有焉。孰知其爲瑞。然感召之説。自古人不廢也。不惟舉之於其口。而又筆之於其書。跡推類附。毫釐纖悉。以爲不啻如合符。雖自信不惑者。時出而辨之。然亦不敢决其無。何哉。人有是行。天有是應。二者適稱。足以據而爲證也。蓋出於物理之當然。合於人情之至公。而其論乃定。許氏之瑞。何爲而出。吾嘗考其素而得其實。兄弟相好。閨門相

軒。鄉黨稱其德。誰無兄弟。曾是不率。妒忌忿疾以相撿拾。陰營私積以自植立。至其既極乃絶以析者。皆是也。此則上友下敬。塤篪其翕。始終以之。有死無易。我心既孚。間言莫入。可謂純正篤實一出於自然。而非夫矯飾以求名跡者之所及也。惟其同氣而異體。雖異體而卒同心。故斯竹也。始於一而中爲二。既二矣。而復合於一也。噫。許氏之家宜獲報者。而報又相似。則天意所在猶不可必乎。雖然。天之于許氏。不應如是而遂已。許氏之爲善。不應以是而自足。亦何必圖寫鑴刻稱述記録以自美而夸末俗耶。吾爲之説曰。人有因物而知勉。物有因言而加顯。蓋立德雖於錫類。而傳家欲其及遠。故夫所以區區於此而未能忘情者。殆亦憫時俗之已乖。慮後嗣之或替。而特以爲勸耳。顧豈淺哉。滹南遺老集

醉梨賦

李俊民

花殘葉疎。鳥勸提壺。春回雨淚之容。香滿白雪之膚。得之霜而顏始紅。見其日而頭欲扶。夫天之酒星。不在於天。化爲巢飲之徒。煦甘嫗旨。嚅膏嚌腴。張公之裔。游無何之鄉。哀家之胄。入步兵之廚。笑君子之交淡。閔夫人之色枯。其未醉也。磊磊落落。高世之傑。趨之者衆。甚於成蹊之李。其既醉也。昏昏漠漠。保身之哲。趨之者寡。比於不材之樗。凌寒傲暑。舞空蹈虛。兀然將頽之叔夜。塊然獨留之淳于。其醉於心者。心朋心友也。如郭奕之見阮咸。其醉于面者。面朋面友也。若程普之遇周瑜。小二豪之在側。悼一夫之泣隅。當是時也。以日月爲過客。以天地爲蘧廬。猶笑夫

獨醒之子。不肯醨糟之餟餔。乃有心如渴烏。吻燥未濡。夢三江而吞五湖。然後乃得蒙其齒録。策一醉之勳也。莫不愜魏梅之望。快湯稼之蘇。是所謂以醉醒醉者耶。梨之爲物也。秋而後成。屬西方之金。其花皎而白。金之色也。其實甘而冽。金之味也。皆得天地之義氣。介然特立。確乎不移。此性之常也。然則今之所謂醉者。乃其性之變者歟。故今日之放。乃向日之拘。向日之潔。乃今日之汙。隨俗俛仰。因時卷舒。彼常而不知變者。未免乎憔悴而守其株者也。嗚呼噫嘻。以舉世爲枯槔耶。則漢陰之甕不以用拙而不抱。以舉世爲鴟夷耶。則井眉之瓶不以近危而不居。蓋可及者智。不可及者愚。然則是梨之醉也。其中有趣。雖父不能傳之子。宜其楂之不如。莊靖集

馴鹿賦

李俊民

有足而跂。有角而枝。處山而適。食野而肥。一旦爲罹兔者所獲。遂見縶於藩籬。不纏而縛。不械而羈。覩常如崖異。履平如險巇。野哉之性。何異夫由也之見仲尼。鄭人之夢。鄭人之疑。秦人之指。秦人之欺。隨母而歸。未能如西巴之麑。與犬而嬉。愼勿效臨江之麋。鹿兮鹿兮。汝生我依。我恩汝知。不見夫人之子。食其肉而寢其皮。莊靖集

秋望賦

元好問

步裴回而徙倚。放吾目乎高明。極天宇之空曠。閲歲律之峥嶸。于是積雨收霖。景氣肅清。秋風蕭

條。萬籟俱鳴。菊鮮鮮而散花。鴈杳杳而遺聲。下木葉於庭皐。動砧杵於蕪城。穹林早寒。陰崖晝冥。濃淡霏拂。繞白紆青。紛叢薄之相依。浩霜露之已盈。送蒼蒼之落日。山川鬱其不平。瞻彼轘轅。西走漢京。虎踞龍蟠。王伯所憑。雲烟慘其動色。草木起而爲兵。望崧少之霞景。渺浮丘之獨征。汗漫之不可與期。竟老我而何成。挹清風於箕潁。高巢由之遺名。悟出處之有道。非一理之能并。緊南山之石田。維景略之所耕。老螭盤盤。空谷淪精。非雲雷之一舉。將草木之偕零。太行截天。大河東傾。邈神州于西北。悅風景于新亭。念世故之方殷。心寂寞而潛驚。激商聲于寥廓。慨涕泗之緣纓。吁咄哉。事變于已窮。氣生乎所激。豫州之士。復于慷慨擊節之誓。西域之侯。起于窮悴傭書之筆。諒生世之有爲。寧白首而坐食。且夫飛鳥而戀故鄉。嫠婦而憂公室。豈有夷墳墓而翦桑梓。視若越肥而秦瘠。天人不可以偏廢。日月不可以坐失。然則時之所感也。非無候蟲之悲。至於整六翮而睨層霄。亦庶幾乎鷙禽之一擊。遺山集

蒲桃酒賦〔并序〕

元好問

劉鄧州光甫爲予言。吾安邑多蒲桃。而人不知有釀酒法。少日。嘗與故人許仲祥摘其實并米炊之。釀雖成。而古人所謂甘而不飴、冷而不寒者。固已失之矣。貞祐中。鄰里一民家。避寇自山中歸。見竹器所貯蒲桃在空盎上者。枝蒂已乾。而汁流盎中。薰然有酒氣。飲之。良酒也。蓋久而腐敗。自然成酒耳。不傳之秘。一朝而發之。文士多有所述。今以屬子。子寧有

意乎。予曰。世無此酒久矣。予亦嘗見還自西域者云。大石人絞蒲桃漿封而埋之。未幾成酒。愈久者愈佳。有藏至千斛者。其説並與此合。物無大小。顯晦自有時。決非偶然者。夫傳之數百年之後。而證數萬里之遠。是可賦也。于是乎賦之。其辭曰。

西域開。漢節迴。得蒲桃之奇種。與天馬兮俱來。枝蔓千年。鬱其無涯。斂清秋以春煦。發至美乎胚胎。意天以美釀而飽予。出遺法于湮埋。索罔象之玄珠。薦清明于玉杯。露初零而未結。雲已薄而仍裁。挹幽氣之薰然。釋煩悶于中懷。覺松津之孤峭。羞桂醑之塵埃。我觀酒經。必麴糵之中媒。水泉資香潔之助。秫稻取精良之材。效衆技之畢前。敢一物之不偕。艱難而出美好。徒酖毒之貽哀。繄工倕之物化。與梓慶之心齋。既以天而合天。故無桎乎靈臺。吾然後知珪璋玉毁。青黄木灾。音哀而鼓鐘。味薄而鹽梅。惟撣殘天下之聖法。可以復嬰兒之未孩。安得純白之士。而與之同此味哉。遺山集

新齋賦〔并序〕

元好問

予既罷内鄉。出居縣東南白鹿原。結茅菊水之上。聚書而讀之。其久也。優柔厭飫。若有所得。以爲平生未嘗學。而學于是乎始。乃名所居爲新齋。且爲賦以自警。其辭曰。

新之爲説也。在金曰從革。在木曰從斤。丘陵爲山而惡乎晝。履霜堅冰而致於馴。猶之於人。則齊魯有一再之漸。狂聖由念否之分。唯夫守一而不變者。不足以語化。化之爲神。附陳迹以自觀。悼

吾事之良勤。失壯歲于俯仰。竟四十而無聞。聖謨洋洋。善誨循循。出處語默之所依。性命道德之所存。有三年之至穀。有一日之歸仁。動可以周萬物而濟天下。静可以崇高節而抗浮雲。曾出此之不知。乃角逐乎空文。倀北轅以適楚。將疇問而知津。拚虚名以自夸。適以增頑而益嚚。我卜我居。於淅之濱。方處陰以休影。思沐德而澡身。蓋嘗論之。生而知。困而學。固等級之不躐。憤則啓。悱則發。亦愚智之所均。齋戒沐浴。惡人可以祀上帝。潔己以進。童子可以遊聖門。顧年歲之未暮。豈終老乎凡民。已焉哉。孰糟粕之弗醇。孰土苴之弗真。孰昧爽之弗旦。孰悴槁之弗春。又安知温故知新與夫去故之新。他日不爲日新又新日日新之新乎。遺山集

行齋賦〔并序　正大五年〕

元好問

戊子冬十月。長壽新居成。仲經張君從予卜鄰。得王氏之敗屋焉。環堵蕭然。不蔽風日。君爲之補罅漏。治蕪穢。蓋十日而後可居。蓽門圭竇。故事畢舉。取君子素其位而行之義。名曰行齋。而乞文於予。予以爲士之貧。至于君極矣。無禄以爲養。無田以爲食。無童僕爲之負販。無子弟爲之奔走。無好事者爲之謀緩急而助薄少。率貲無旬日計。泰然以閉户讀書爲業。不以爲失次。而以爲當然。不以爲怨。不以爲憂。而又且以爲樂也。然則不謂之無媿其名也而可乎。迺爲賦云。

賦分在人。如物有常。反鶴與鳧。無益短長。力有可求。勝天不祥。福不盈睫。一敗莫償。莫難養

心。操舍存亡。出入無時兮。莫知其鄉。飽飢有時而激怒兮。殆豢虎之貽殃。我思古人。動静有常。静以養虚。剛以作彊。辱以處汙。愚以退藏。屹中立而不倚。遡横潰而獨障。直釣磻溪之魚。秃節單于之羊。有漆身以爲厲。有被髮而爲狂。仕汙世而執翿。徇殊俗而解裳。太阿存兼善之達。緼袍有不求之臧。唯夫長劍大冠以揖讓人主之前者若固有。故木食澗飲雖至於勞筋骨而餓體膚者爲無傷。古有之。居不隱者志不廣。身不抑者志不揚。士固有遯世而不復見。然愈揜而愈彰。南山蒼蒼。北風雨霜。有蘭不彫。俟春而芳。偉哉造物。又將發吾子之幽光耶。遺山集

宣知賦　楊弘道

昔焉不知。今也知之。知之謂何。宣兹在兹。繄氣質之殊異。故嗜好之參差。以己之所是非一天下之是非兮。前三十年既昏且癡。積昏成明積癡成智兮。忽釋然而不疑。魚喜潛于深淵。鳥喜棲于高枝。曰吾將易汝之所居兮。則必惶懼而傷悲。或亢高而慕古。或俯下以趨時。或忽略于海岳。或較計於毫絲。樂性天而自得。唯上下之不移。覽六經之所載兮。識其正而固持。機權用以相濟兮。無使闟鍵之或墮。死生大矣。不拒不維。鬼神饗德。天地無私。小亨集

臨水殿賦　楊弘道

王者之營宫室也。先卜貢賦適中之地。然後揆日以立表。法天以正位。外則雙闕雄峙。觚棱嶕嶢。

內則紫氣配極。鉤陳按次。朝焉會焉而穹隆。游焉息焉而嚴邃。此亦崇極於壯麗。而天下後世無異議者。何哉。蓋以尊國而觀四方。俾子孫無復生心於增益也。維嗣君謂之守文。盍考其義而加詳。既獲承於休德。當率由乎舊章。楚之章華。未必峻於周之靈臺。秦之阿房。未必大于漢之未央。一毀一譽。孰存孰亡。是知周漢之示制度。異夫秦楚之爲淫荒者也。以祖宗爲不可法。以制度爲未盡美。以法宮爲隘陋。以內苑爲荒圮。於是起假山於大內之東。出奇石於太湖之裏。棟負断民之腰膂。椒塗瀝民之膏髓。赤祲示變。侈心未已。又作清曠純熙之殿。今汴人目之曰臨水者是也。想夫臨幸之初。紛雜遝而駢闐。笑孝武之太液兮。陋明皇之温泉。飾錦繡以裹地兮。奏歌吹而沸天。耀風漪于陽景兮。舞藻文于綺筵。命畫師摹異鳥之狀。詔侍臣進春苑之篇。妃姬嬪媛。極態盡妍。連臂踏歌。而挽裾留仙。增糟丘而爲山。溢酒池而成川。委庶政于沉湎之表。置萬幾於康樂之邊。謂千秋萬歲長享此樂。俄掩涕而北遷。俛仰於今。幾何指日。繁華歇。歡樂畢。傾榱桷。暗丹漆。木石呈材。牆壁露質。訝典型之猶存。存千萬之什一。但波光渺茫。風聲蕭瑟。噫嘻。自古侈美奇特之觀。奉當時之歡無幾。而爲後人悲傷嗟歎之資。蓋無窮悉也。余嘗欲一臨其上而賦之。友人勸余曰。失志易沮。苦心多感。今子三十無成。仕途不進。可謂失志也。千里羈旅。再喪家室。可謂苦心也。正使坐子於歌舞之場。猶且不樂。奈何遊覽乎欹傾摧敗之餘哉。誠慮感怛無聊。損傷天和而病夫子也。余曰不然。夫哀情生于歡樂之極。故齊景公登牛山而哭。孟嘗君聞雍門彈琴淚下霑襟。今余遇繁盛榮華之事。輒潸然出涕。乃知與是相反也。意其獲見貴盈而微促者。因悟夫天道之難。人事之不可常。引喻取譬。或能自寬。計宣政之間。風流人物。以僕方之。何啻鄧林一纖草爾。庶幾有以解釋其意乎。友人曰。誠如是也。願從子往焉。乃歷蔡河之南天街之東。左界法雲之寺。右臨太一之宮。就前簷而趺坐。受水面之凉風。俄而身世兩忘。心神俱融。感傷阻恨。豁然一空。小亨集

金吾案。集中門帖子。有己酉再逢鬢未皤之句。則弘道當生于大定二十九年。又宋端平二年投趙制置劄子云。歸朝未滿三載。則弘道當以宋紹定六年降宋。計彼時弘道年已四十五矣。宣知賦云前三十年。臨水殿賦云三十無成。則皆年三十時仕金所作可知。故録之。

平野亭賦

劉文蔚

琅邪古郡。海右雄藩。介青徐之遐境。跨蒙羽之名山。按圖經兮歷二千年之城郭。徇父老兮曾十萬户之鄽寰。嗟繁華逝而不反兮。久瀟洒于兵革之殘。追前賢創造之遺迹兮。認舊碑剥落之苔痕。一臺存于公署之左兮。其勢俯瞰東北之城垣。寂寂兮瓦礫之虚。森森兮荆棘之攢。昔郡守備禦之未暇兮。其來亦孰爲之一觀。越至元之己卯。屬大統之中原。太守以善政而底譽。監司由上考而來官。乃因政之暇。乘農之閒。且陶且冶。載芟載刊。役不兩旬而既畢。里無百姓之所關。崇峻峭拔兮。葺故基于九仞。輪奂翬飛兮。搆新亭之十間。眂其下也。緑樹漫漫。市井班班。甍宇參差兮鱗次。車馬彷佛兮往還。靄萬竈之炊煙兮。隔物我以仙凡。忽一埽其風埃兮。警夢寐于塵寰。流好音兮幽鳥。生繞砌兮芳蘭。棲朝雲于畫棟。堆野色于危欄。忘萬感之紛擾。覺六月之微寒。鷺孤飛於霞際兮。疑

星轉乎天端。鷗羣集于沙上兮。若波起乎平灘。不雕不畫兮。入雲烟之清雅。無陰無晦兮。極村曲之縈盤。每公餘而自適。從郤顧而前看。一帶高深兮山水秀。千里沃壤兮邦畿寬。莫不豁詞林之風月。瀉胸次之波瀾。若夫與客共飲。因公置熕。列雲霄之雅聽。促玉漏之清彈。倒鯨杯而吸翠。發酣歌而怡顏。懷古人而興感。豈賞心之易闌。非不知役不可兮難舉。事不可兮尚繁。蓋賢者之所作。能勞民于既安。況乃諭之以道兮。人得其歡。使之以時兮。孰憚其難。不徒宴樂於此兮。欲坐觀乎稼穡之勞。庶幾知民之艱也。山東通志

金吾案。劉文蔚仕履未詳。欽定賦彙及山東通志俱題金人。故録之。賦云越至元之己卯。蓋金人入元後所作耳。

國馬賦

僞齊祝　簡

蠢爾蠻荆。弗賓弗降。固將突騎長驅。不資一葦之杭。撇烈飛渡。如歷九軌而履康莊。豈惟觀兵長淮。飲馬大江而止哉。蓋將窮丹穴。越嶺徼。車書混祝融之區。聲教變卉服之島。東南一尉。罔不率俾。四海聞盛德而皆來臣。萬物被潤澤而大豐美。歸馬放牛。戢戈橐矢。天子垂衣裳。庶民安田里。僞齊録〔北盟會編炎興下帙八十一〕

附録劉豫僞札

文賦正非治天下者所宜尚。然自前朝之季。上恬下嬉。怠意監牧。國家創業。力爲殘弊生靈除禍亂

圖康泰。以馬爲急務。而猶恐官吏軍民多狃于舊俗。未知盡心于牧圉芻秣之道。此賦極陳馬之爲用。使讀之者。皆知此爲至重而不可忽。實有補于馬政。祝簡可減二年磨勘。聊示無言不酬。偶齊録〔北盟會編炎興下帙八十一〕

樂章

釋奠先聖樂章

迎神　姑洗宮　來寧之曲

有功者祀。德厚流光。猗歟將聖。三綱五常。百代之師。久而愈芳。靈宮對越。神其鑒饗。

盥洗　姑洗宮　静寧之曲

楚楚視儀。昕徵奠綴。爰清其持。斠玄抆帨。非持之清。精誠是涚。神之來思。式欽嘉齊。

降升　南吕宮　肅寧之曲

衣冠襲封。玄王之宗。春秋承祀。玄王之宫。清洙或涸。東山或童。此封此祀。承承無窮。

奠幣　姑洗宮　溥寧之曲

仰維聖猷。宏賜尊顯。宿燎設懸。展誠致奠。旅幣申申。於粲洗腆。崇報孔明。不墜敬典。

酌獻　姑洗宮　德寧之曲

巍巍堂堂。道德孰儷。屈於一時。信平聲於萬世。王號尊崇。公封相繼。涓辰之良。潔嚴以祭。

亞終獻　姑洗宫　德寧之曲

法施於人。脩經式誨。如明開盲。如聲破聵。棲遲衰周。光華昭代。儼然南面。明人列配。

送神　姑洗宫　歸寧之曲

籩豆威儀。孔將孔惠。三獻備成。四方所視。神保是饗。永先闕里。神之聿歸。貽厥孫子。

酌獻兖國公　姑洗宫　德寧之曲

好學潛心。簞瓢樂内。具體而微。人進我退。洙泗之鄉。神之所在。其從聖師。廟食作配。

酌獻鄒國公　姑洗宫　德寧之曲

醇乎其醇。優入聖域。祖述唐虞。力排楊墨。思濟斯民。果行其德。祀爲上公。兹宜配食。祖庭廣記

迎神　姑洗宫　來寧之曲

上都隆化。廟堂作新。神之來格。威儀具陳。穆穆凝旒。巍然聖真。斯文伊始。羣方所視。

初獻盥洗　姑洗宫　静寧之曲

偉矣素王。風猷至粹。垂二千年。斯文不墜。涓辰維良。爰脩祀事。沃盥于庭。嚴禋禮備。

升階　南吕宫　肅寧之曲

巍乎聖師。道全德隆。修明五常。垂教無窮。增崇儒宫。遹追遺風。嚴祀申虔。登降有容。

奠幣　姑洗宫　和寧之曲

天生聖人。賢於堯舜。仰之彌高。磨而不磷。新廟告成。宮牆數仞。遣使陳詞。斯文復振。
降階　姑洗宮　安寧之曲
稟靈尼丘。垂方闕里。生民以來。孰如夫子。新祀巋然。四方所視。酬觴告成。祇循典禮。
亞終獻　姑洗宮　咸寧之曲
於昭聖能。與天立極。有承其流。皇仁帝德。豈伊立言。訓經王國。煥我文明。典祀千億。
送神　姑洗宮　來寧之曲
吉蠲爲饎。孔惠孔時。正辭嘉言。神之格思。是饗是宜。神保聿歸。惟時肇祀。太平極致。
酌獻兖國公　姑洗宮　輯寧之曲
聖門之師。顏惟居上。其殆庶幾。是宜配饗。桓圭衮衣。有嚴儀象。載之神祠。增光吾黨。
酌獻鄒國公　姑洗宮　泰寧之曲
有周之衰。王綱既墜。是生真儒。宏才命世。言而爲經。醇乎仁義。力扶聖功。同垂萬祀。金史〔三十五禮志〕

金吾案。金史禮志載釋奠先聖樂章與祖庭廣記迥異。今並録之。

騷

黄河九昭并引　　趙秉文

大安元年。余出守寧邊。下臨大河。登高望遠。超然有懷。夫崑崙導之。發聖源也。積石迤之。洑聖流也。龍門企之。賢化道也。仙掌跨之。智通塞也。屹以砥柱。匡失俗也。障以大坯。避諸礙也。匯以大陸。鐘道粹也。播以九河。入聖海也。授以馬圖。道通天也。竊以爲有合吾聖人之道。因作九昭。思聖道之昭也。非敢擬諸作者。姑以紓情云爾。

發源

古帝賦予以正命兮。湛清白之純源。水溷泥而變濁兮。火欝煙而滋昏。盍虛己以求復兮。究大中之所存。曰道有象兮無其形。其下無尾兮。其上無根。塞汝兑兮閉汝門。天而不人兮。見其本源。惟德人之天遊兮。楗六鑿而不渾。迄反流而全一兮。契妙本於崑崙。

洑流

鷙鳥將擊兮形必匿。霧豹養斑兮毛以澤。龍蛇起陸兮伸其屈。草木黄落兮根自復。水不積兮遭吾舟。風不厚兮塌吾翼。氣何溽兮將雨。明何喪兮出日。蒔吾蘭兮九畹。櫝吾玉兮十襲。壽顏夭兮天地。飽夷清兮冰雪。飫道德之源流兮。導此心之積石。雖不周于今之人兮。吾將付萬世兮潮汐。

化道

霜降兮水歸。淵潛兮天飛。朝鱗兮水次。夕轡兮雲逵。風爲翼兮雷爲椎。駕天吴兮從馮夷。晞吾髮兮弱水。濯余翼兮咸池。東風飄兮神靈雨。水增波兮龍門暮。謂鵾運兮何遲。謂螭騰兮何怒。速莫速兮蜕骨餘。樂莫樂兮縱壑初。塗人兮服儒。曾行兮閔趨。潔芳馨兮爲珮。御中直兮爲車。澡身兮德淵。涑轡兮雲衢。登聖門而化道兮。吾將從沂泗之所居。

通塞

日有光。有雲翳之。決之則明。水有源。有石礙之。抉之則通。噫。聖道之蕪塞兮。孰開明而別聰。嬴蹩兮劉蹶。晉矇兮魏聾。求蛟螭兮木末。求蚌蟜兮雲中。有先覺兮。吾誰適從。麾韓、莊之倚門兮。排釋老之歸宮。回狂瀾于既倒兮。障百川而朝東。俟況俟愈。曰軻曰雄。同閫異竇。失之相攻。嗚呼。聖如天王兮。彼諸子者亦各諸侯與附庸。無鬩牆而外禦兮。是亦爲大正與至公。

匡俗

悲世俗之側僻兮。偭規矩而詭馳。摘荒途以冥行兮。失大中之所宜。謂荆棘兮可履。謂酖毒兮可飴。曰先聖閫奧。我將竟之。世俗詭隘。我將證之。頹波委靡。回而正之。吸清露以爲餐兮。緝雲履以爲衣。御六氣以爲駕兮。搴蘭杜以爲帷。道莫正于仁義兮。教莫先于孝慈。矯末世之頹風兮。還中古之治時。屹中流之砥柱兮。渟萬派而東之。

避礙

世變萬殊兮。不一其時。道有時中兮。圓方異施。或遡而通兮。或直而抵。尺有所不足兮。寸有所宜。犛牛捕鼠兮。不如狌狸。太阿補履兮。不如兩錢之椎。申生以孝斃兮。萇弘以忠而誅夷。尾生信而溺兮。仲子廉而飢。言不必信兮。行不必果。權輕重以適道兮。固無可而無不可。有孺子歌曰。桃花浪兮春月暮。竹箭流兮三山渡。雷闐闐兮風冥冥。舟楫摧兮蛟龍怒。劃大坯之當前兮。汩滔滔而東騖。又歌曰。深則厲兮淺則揭。冬日羔裘夏葛製兮。遇坎則止乘流逝兮。先師有言歎棠棣兮。

鍾粹

春蘭兮紫莖。秋菊兮金英。折江梅兮贈所思。睇荷花兮思目成。襟風兮佩月。飫冰兮飽雪。驂鸞兮跨鶴。將以朝兮紫闕。吸沆瀣兮餐朝霞。茹芝英兮服瓊芽。練玉顔兮不老。潔龜腸兮無邪。鍾天地之粹美兮。萃日月之光華。游道德之苑囿兮。馳仁義之園林。及年歲之未暮兮。庶無愧于周任。

入海

登蓬萊兮。歸鰲背些。明珠爲宫。闕紫貝些。叢珍疊怪。璆琳琲些。喬松偓佺。戲浮彩些。日月出没。歸墟會些。鵬鶡運化。天地大些。井蛙自囚。河伯隘些。九川滌源。入聖海些。

通天

猗聖道之通天兮。與河漢以同流。浮靈槎以問津兮。夕余次夫牽牛。前羲和使弭節兮。後望舒以爲御。左列缺之揚兮。鞭右豐隆以持斧。飛廉爲先驅兮。屏翳告予以未具。斡北斗以爲斞兮。繫招搖以爲䍐。歷鉤陳而入紫宮兮。聞琅琅之天語。曰大〇大。四部叢刊本、吴本並作夫。人之正心兮。若北辰之居所。寂然不動即此心太極兮。以遊乎萬物之祖。盍求復于性初兮。執大中以爲矩。究性命之所極兮。泝濬源於天渚。亂曰。

河行九區通天淵兮。九疇八卦原于天兮。一身動静一坤乾兮。湛然無爲守太玄兮。滏水集

金文最卷三

詔令

諭遼上京官民詔天輔四年

遼主失道。上下同怨。朕興兵以來。所過城邑。負固不服者卽拔攻之。降者撫恤之。汝等必聞之矣。今爾國和好之事。反覆見欺。朕不欲天下生靈久罹塗炭。遂決策進討。比遣宗雄等相繼招諭。尚不聽從。今若攻之。則城破矣。重以弔伐之義。不欲殘民。故開示明詔。諭以禍福。其審圖之。金史〔二〕太祖本紀〕

以完顔杲爲内外諸軍都統率師伐遼詔天輔五年

遼政不綱。人神共棄。今欲中外一統。故命汝率大軍以行討伐。爾其慎重兵事。擇用善謀。賞罰必行。糧餉必繼。勿擾降服。勿縱俘掠。見可而進。無淹師期。事有從權。毋須申稟。金史〔二〕太祖本紀又七十三完顔杲傳〕

命太宗貳國政詔天輔五年

汝惟朕之母弟。義均一體。是用汝貳吾國政。凡軍事違者閲實其罪。從宜處之。其餘事無大小。一依本朝舊制。金史〔三太宗本紀〕

諭上京官民詔天輔六年

朕順天弔伐。已定三京。但以遼主未獲。兵不能已。今者親征。欲由上京路進。恐撫定新民。驚疑失業。已出自篤密吕。其先降後叛逃入險阻者。詔後出首。悉免其罪。若猶拒命。孥戮無赦。金史〔二太祖本紀〕

諭六部奚詔天輔六年

汝等既降復叛。扇誘衆心。罪在不赦。尚以歸附日淺。恐綏懷之道有所未孚。故復令招諭。若能速降。當釋其罪。官皆仍舊。金史〔二太祖本紀〕

獎諭都統杲遣使獻捷詔天輔六年

汝等提兵於外。克副所任。攻下城邑。撫安人民。朕甚嘉之。所言分遣將士招降山前諸部。計已撫定。續遣來報。山後若未可往。即營田牧。俟秋大舉。更當熟議。見可則行。如欲益兵。具數來上。不可恃一戰之勝。輒自弛慢。善撫存降附。宣諭將士。使知朕意。金史〔七十六完顏杲傳〕

諭逃散人民詔 天輔六年

朕屢敕將臣。安輯懷附。無或侵擾。然愚民無知。尚多逃匿山林。即欲加兵。深所不忍。今其逃散人民。罪無輕重。咸與矜免。有能率衆歸附者。授之世官。或奴婢先其主降。並釋爲良。其布告之。使諭朕意。金史〔二太祖本紀〕

答斡魯奏俘遼主戚屬詔 天輔六年

有功將士。俟朕至彼。當次第推賞。遼主戚屬。勿去其輿帳。善撫存之。遼主伶俜去國。懷悲負恥。恐隕其命。孽雖自作。而嘗居大位。深所不忍。如招之肯來。以其宗族付之。已遣楊璞徵糧于宋。銀朮可不須往矣。遼趙王習烈尼及諸官吏。並釋其罪。且慰撫之。金史〔七十一斡魯傳〕

招降遼回离保詔 天輔七年

聞汝脅誘吏民。僭竊位號。遼主越在草莽。大福不再。汝之先世。臣服于遼。今來臣屬。與昔何異。汝與余睹有隙。故難其來。余睹設有睚眦。朕豈從之。儻能速降。盡釋汝罪。仍俾主六部族。

揔山前奚衆。還其官屬財産。若尚執迷。遣兵致討。必不汝赦。金史〔六十七奚王回离保傳〕

諭關津不得禁民往來詔天輔七年

頃因兵事未息。諸路關津。絶其往來。今天下一家。若仍禁之。非所以便民也。自今顯、咸、東京等路。往來聽從其便。其間被虜及鬻身者。並許自贖爲良。仍令馳驛布告。金史〔二太祖本紀〕

荅時立愛請遣官分行郡邑宣諭德意詔天輔七年

卿始率吏民歸附。復條利害。悉合朕意。嘉歎不忘。山西部族。緣遼主未獲。恐陰相連結。故遷處于嶺東。西京人民既無異望。皆安堵如故。或有將卒貪悍冒犯紀律輒掠降人者。已諭諸部及軍帥約束兵士。秋毫有犯。必刑無赦。今遣斡羅、阿里等爲卿副貳。以撫斯民。其告諭所部。使知朕意。

金史〔七十八時立愛傳〕

張覺叛諭南京官吏詔天輔七年

朕初駐蹕燕京。嘉爾吏民率先降附。故升府治以爲南京。減傜役。薄賦税。恩亦至矣。何可輒爲叛逆。今欲進兵攻取。時方農月。不忍以一惡人而害及衆庶。且遼國舉爲我有。孤城自守。終欲何爲。今止坐首惡。餘並釋之。金史〔一百三十三張覺傳〕

賜夏國誓書天會二年

維天會二年歲次甲辰閏三月戊寅朔。皇帝賜誓詔於夏國王乾順。先皇帝誕膺駿命。肇啟鴻圖。而卿國據夏臺。境連遼右。以効力於昏主。致結釁於王師。先皇帝以爲忠於所事。務施恩而釋過。迨眇躬之纂紹。仰遺訓以遵行。卿乃深念前非。樂從内附。飭使軺而奉貢。効臣節以稱藩。載錫寵光。用彰復好。所有割賜地土、使聘禮節、相爲援助等事。一切恭依先朝制詔。其依應徵兵。所請宜允。三辰在上。朕豈食言。苟或變渝。亦如卿誓。遠垂戒諭。毋替厥誠。金史〔一百三十四西夏傳〕

允上太祖謚號詔天會〔二〕〔三〕年

先聖登遐。眇躬繼祚。念大勳之已集。顧尊謚之猶稽。卿處元良。性資純孝。請行追册之禮。深契永思之懷。所請宜允。大金集禮

上太祖謚號布告中外詔天會三年

朕以眇躬。嗣膺丕緒。伏念先皇帝生資神武。卓冠古先。威振如雷霆。道大若天地。日月所照。罔不歸仁。豚魚之微。亦皆被澤。念豐功厚德當盡顯揚。賴元老宗工有所協贊。比覽章奏。深協朕懷。穀旦式涓。上儀爰舉。以天會三年十二月二十五日。恭上尊謚曰大聖武元皇帝。廟號太祖。於

戲。肇無疆之業。至聖人以難名。彰莫大之功。非隆謚而曷稱。布告中外。咸使聞知。大金集禮

勸農詔天會四年

朕惟國家。四境雖遠而兵革未息。田野雖廣而畎畝未闢。百工略備而禄秩未均。方貢僅修而賓館未贍。是皆出乎民力。苟不務本業。而抑游手。欲上下皆足。其可得乎。其令所在長吏敦勸農功。金史〔三太宗本紀〕

答高麗恭孝王上表稱臣詔天會四年

省所上表稱臣并進奉土宜匹物等事。具悉。朕以推亡固存。實帝王之道。以小事大。乃社稷之圖。緊魁偉之巨材。藴變通之遠業。卿家傳王爵。世享胙封。抗章竭尊奬之誠。任土盡委輸之節。仍稱卑號。足見全能。加非兵革之威。誘不玉帛之惠。自然來者。不日良哉。且君父之心。予已堅篤。而臣子之義。汝毋易忘。卜世卜年。是彝是訓。外有合行條件事等。即次發使前去宣諭。高麗史〔十五〕

答元帥府奏宋降詔天會五年

先皇帝有大造於宋人。而宋人悖德。故去歲有問罪之師。乃因嗣子遣使軍前。哀鳴祈請。遂許自

新。繼而不改前迹。更變愈速。是致再討。猶敢抗師。洎官兵併力擊城摧破。方伸待罪之禮。况近尋載書。有違斯約。子孫不紹。社稷傾危。父子敗盟。其實如一。今既服罪。宜從誓約。宋土舊封。頗亦廣袤。既爲我有。理宜混一。然念斯舉。止爲弔伐。本非貪土。宜別擇賢人。立爲藩屏。以王茲土。其汴都人民願隨主遷居者聽。北盟會編〔靖康中帙五十三〕參大金弔伐録

廢宋諭欽宗詔天會五年

敕趙桓。省所上降表。汝與叔燕王俣、越王偲已下宗族及宰臣百僚擧國士民僧道耆壽軍人。於十二月日出郊望闕稱臣待罪事。具悉。背義則天地不容。敗盟則神人共怒。其續與助。非朕得私。肇自先廟開國。乃父求好。我以誠待。彼以詐欺。浮海之使甚勤。請地之辭尤遜。析木版圖。第求入手。平山僞詔。曾不愧心。罔天討以自干。忽載書而固犯。肆予纂紹。猶至涵容。迄悛惡以無聞。方謀師而致討。猶聞汝承得位。朕望改圖。如何復循父佶之覆車。靡戒彼遼之禍鑒。雖去歲爲盟於城下。冀今日墮我于畫中。賂河外之三城。既而不與。搆軍前之二使。本以間爲。惟假臣權。不贖父罪。自業難逭。我伐再張。將臣激怒貳之心。戰士增敵愾之勇。息軍犯五不韙之罪。喪亦宜乎。晉帥有三無報之心。倍猶未也。以是濟河航葦。克汴如毛。人競覆昏。天莫悔過。誰肯面城而借一。果聞擧族以出降。既爲待罪之人。自有易姓之事。所有措置條件。並已宣諭元帥府施行。故茲示諭。想宜知悉。大金弔伐録

諭河北人民詔天會五年

自河之北。今既分畫。重念其民或見城邑有被殘者。不無疑懼。遂命堅守。若卽討伐。生靈可愍。其申諭以理。招輯安全之。儻執不移。自當致討。若諸軍敢利于俘掠輒蹈蕩毀者。底於罰。金史〔三太宗本紀〕

答高麗謝宣諭表詔天會五年

省所上表謝宣諭并進奉物事。具悉。卿撣。撣。人未諭之前。顧爲附屬。禹會既通之後。益亮勤悰。因嘉志在於畏天。當卽恩綏而賜地。頃陳貢篚。止上謝章。頒閱之餘。奬歎雖切。尚託言於户口。未別奏于誓封。但其事事以訖成。忠于世世而可信。所諭之言。其或不定。所得之地。將何以憑。高麗史〔十五〕

滅宋立張邦昌布告高麗詔天會五年

勍敵奉天而廢立。事蓋非常。諸侯爲朕之藩宣。理當誕告。厥初汴宋。請復幽燕。密修浮海之勤。申結與鄰之好。先皇帝曲矜懇至。卽示允俞。曾無知施以固盟。翻更納亡而搆怨。逮桓纘紹。復佶云爲。仍久示於含弘。訖無聞于悔禍。以致人神共怒。天地不容。止勞將帥之一征。旋致窠巢之坐覆。宗祧失守。父子見俘。載惟積釁之深。至有易姓之事。謂神器不可無主。議降新封。况生民惟懷至仁。共推舊宰。已於今年三月初七日宣諭元帥府。差人押送趙主父子并燕王、越王、鄆王以下宗族四百七十餘人赴闕。仍備禮册命亡宋太宰張邦昌爲大楚皇帝。都於金陵。於戲。獲盈貫之元惡。于是輸成。思造物之全功。所宜同慶。今賜卿衣帶犀金銀絹匹段等物。至可領也。高麗史〔十五〕

降封宋徽宗昏德公欽宗重昏侯布告高麗詔天會六年

朕聞夏商而來。莫非不仁失天下。漢魏以降。則有故事爲諸侯。兹載籍之具書。非一時之創見。惟宋太上皇趙佶、少帝桓。所以背恩而失信。與其致討而就俘。亦已使聞。不須重敍。自兹朞歲。邈在別都。比詔詣於闕廷。因面數其過失。顔之厚矣。省伊戚之自貽。人皆知之。顧何詞而以對。隕越於下。咸服其辜。然罪可釋。愚可哀。終棄絶之弗忍。惟名不正。言不順。亦爵號之既加。已于今年八月二十六日降封趙佶曰昏德公。趙桓曰重昏侯。事皆維新。理宜誕告。言念至公之舉。諒協同慶之誠。嗚呼。命不于常。國必自伐。維皇上帝之震怒。不爲桀亡。非予一人之能令。侯于周服。敬爾有土。其聽朕言。今差司古德、韓昉、等充報諭使副。仍賜卿衣帶匹段銀器等。具如別録。至可領也。高麗史〔十五〕

答高麗進誓表詔天會八年

省所上表稱謝進奉銀器茶布等物并附進誓表事。具悉。朕不得已而征。見立俘于二罪。非常之慶。

遂誕告于四方。卿薦有王藩。篤守臣節。露囊章而展謝。旋篚貢以將誠。載念忠嘉。豈忘歎尚。所所合諭事件。具如別録。至當深省。以善後圖。高麗史〔十六〕

別録

昨遣伯淑宣諭。去時止言保州虛城。將來到彼。若是所約事件一一畢從。更加懇求。卽當割賜。洎其金子鏐入朝。所上表内妄稱投入户口交付之事。既積歲年之久。復由風土之殊。罔有安存。悉皆物故。許令小國。當取便宜。致於回詔特諭。尚託言于户口。未別奏于誓封。但其事事以訖成。忠于世世而可信。所諭之言。其或不定。所得之地。將何以憑。又司古德、韓昉等奉使。亦仰如上具欵議。及回來奏稱將到語録。依前飾言臣父先王生前不獲。前後屢降詔書。未曾卻有一起釋放户口。專俟將來進上誓表。必以依從。今覽來表。文意似重。訖無歸納户口辭語。必謂入賀生辰正朝至于橫使。不失其時。况又從命。上訖誓表。足絶猜貳。故以不言交付之事。若計前後新舊户口。其數不少。無因俱爲物故。除當日陣亡後因病卒者自無追索外。至如身歿。須有遺骸。更或本身現在。并其諸子孫婆婦等户。並委疾速刷會見數。具表奏聞。卽當亮察。如或果難依應。所進誓表。亦無爲定。高麗史〔十六〕

答高麗請免索保州人口詔天會八年

省所上表并進奉御衣帶銀器合物等。卿志存協輔。職在正封。稽首稱藩。務協畏天之義。充廷祇貢。聿陳享上之儀。言念忠勤。不忘嘉歎。所告奏事。續當報諭。高麗史〔十六〕

尊太祖太宗皇后爲太皇太后詔天會十三年

朕席祖宗二聖之休德。託于士民君王之上。涉道日淺。罔知攸濟。方賴母儀自家之化。成孚王道。而兩宮之號未極其崇。朕用惕然。夫推親親以顯尊尊。古之制也。雖日殫四海之養。而名稱未正。如尊尊何。宜率舊章。用資孝治。太祖皇帝皇后紇石烈氏、太宗皇帝皇后唐括氏。皆位冠六宮。屬尊一體。在均厥禮。奉正鴻名。並尊曰太皇太后。第當別之以宮。如長信故事。俟諒陰期畢。有司擇日奉册具禮施行。布告中外。咸使聞知。大金集禮

報哀高麗詔天會十三年

上天降禍。大行皇帝遘疾彌留。奄棄萬國。攀慕哀號。不克勝處。朕欽承彝訓。繼迫輿情。以眇眇之躬。嗣丕丕之業。卿緬聞訃音。諒極悲凝。益勵乃心。同底于理。高麗史〔十六〕

追上祖宗謚號詔天會十四年

蓋聞積厚者流。遠德隆則報豐。迺古今之達道也。朕仰惟祖先奕世脩德。皇基帝迹。濬發其祥。而

徽號未崇。誠爲闕典者。太祖太宗方經啟恢廓。故不暇給。夫禮時爲大。惟予紹膺多福。天地底平。大禮尚稽。惕然增懼。追王固聖人之制。然歷代以降。世數不同。亦有昆弟相及者。立大功者。皆極其號。其與百官羣採故實。以今況古。務求厥衷。更當迹行累功。用節大惠。朕將請于帝。以永無窮之傳。大金集禮

允尚書省請廢劉豫詔天會十五年

齊國建立。于今八年。道德不修。家室不保。有失從初兩獲便安之意。豈可坐視生民久被困苦。宜依所奏施行。委所司速爲措置。所有其餘隨宜事件。仍別商量行下。建炎以來繫年要録〔一百十七〕

廢劉豫詔天會十五年

敕行臺尚書省。朕丕席洪休。光宅諸夏。將俾內外。悉登升平。故自濁河之南。割爲鄰壤之界。灼見先帝舉合大公。罪則遄征。固不貪其土地。從而變置。庶共撫其生靈。建爾一邦。迄今八稔。尚勤吾戍。安用國爲。寧負爾君。無滋民患。已降帝號。別膺王封。罪有所歸。餘皆罔治。將大革于弊政。庶一陶於新風。勿謂奪蹊田之牛。其罰則甚。不能爲託子之友。非棄而何。凡爾臣民。當體至意。所有其餘便宜事件。已委所司畫下元帥府去訖。外處分不盡之事。亦就便計議。從長施行。仍布告逐處。咸使聞知。故茲詔示。想宜知悉。北盟會編〔炎興下帙八十一　建炎以來繫年要録一百十七　大金國志〕

下宗翰獄詔天會十五年

門下。先王制賞議罰。賞所以褒有功。非溢喜也。罰所以誅有罪。非益怒也。朕惟國相粘罕。輔佐先帝。曾立邊功。追先帝上仙。朕繼承丕祚。眷懷元老。俾董征誅。不謂持重兵權。陰懷異議。國人皆曰可殺。朕躬匪敢徇私。奏對悖慢。理當棄磔。以彰厥過。嗚呼。四皓出而復興漢室。二叔誅而再造周基。去惡用賢。其鑒如此。布告中外。咸使聞知。北盟會編（炎興下帙七十九）

金文最卷四

詔令

答請定官制詔天眷二年

朕聞可則循。否則革。事不憚于改爲。言之易。行之難。政或譏於欲速。審於後舉。示將不刊。爰自先皇。已頒明命。順考古道。作新斯民。欲端本于朝廷。首建官於臺省。豈止百司之職守。必也正名。是將一代之典章。無乎不在。能事未畢。渺躬嗣承。懼墜先猷。惕增夕厲。勉圖繼述。申命講求。雖曰法唐。宜後先之一揆。至於因夏。固損益之殊途。務折衷以適時。肆於今而累歲。庶同乃繹。僅至有成。掇所先行。用敷衆聽。作室肯構。第遵底法之良。若網在綱。庶弭有條之紊。自餘條欵。繼此祗陳。已革乃孚。行取四時之信。所由適治。揭爲萬世之常。凡在見聞。共思遵守。

松漠紀聞參北盟會編〔炎興下帙六十六〕

更定官制詔天眷二年

皇祖有訓。非繼體者所敢忘。聖人無心。每立事於不得已。朕丕承洪緒。一紀於兹。祇遹先猷。百爲不越。故在朝廷之上。其猶草昧之初。比以大臣力陳懇奏。謂紀綱之未舉。在國家之何觀。且名可言而言可行。所由集事。蓋變則通而通則久。故用裕民。宜法古官。以開政府。正號以責實效。著儀而辨等威。天有雷風。辭命安得不作。人皆顔閔。印符然後可捐。凡此數條。皆今急務。禮樂之備。源流在兹。祈以必行。斷宜有定。仰維先帝。亦鑒微衷。神豈可誣。方在天而對越。時由偶異。若易地則皆然。是用載維。殆非相反。何必改作。蓋嘗三復于斯言。皆曰可行。庶將一變而至道。乃從所議。用創新規。維兹故土之風。頗尚先民之質。性成於習。遽易爲難。政有所因。姑宜仍舊。漸祈胥效。翕致大同。凡在遐邇。當體朕意。其所改創事件。宜令尚書省就便從宜施行。

松漠紀聞參北盟會編〔炎興下帙六十六〕

誅宋兖諸王詔天眷二年

周行管叔之誅。漢置燕王之辟。兹惟無赦。古不爲非。豈親親之道。有所未敦。以惡惡之心。是不可忍。朕自惟冲昧。猥嗣統臨。蓋由文烈之公。欲大武元之後。德雖爲否。義亦當然。不圖骨肉之間。有懷蠭蠆之毒。皇伯太師宋國王宗磐。族聯諸父。位冠三師。始朕承祧。乃繄協力。肆登極品。兼綰劇權。何爲失圖。以底不類。謂爲先帝之元子。常蓄無君之禍心。昵信宵人。煽爲姦黨。坐圖問鼎。行將弄兵。皇叔太傅領三省事兖國王宗雋。爲國至親。與朕同體。内懷悖德。外縱虚驕。肆己之怒。專殺以取威。擅公之財。市恩而惑衆。力擯勳舊。欲孤朝廷。卽其所疏。濟以同惡。皇叔虞王宗英、滕王宗偉、殿前左副點檢渾覩、會寧少尹胡實剌、郎君石家奴、千户述孛离古楚等。競爲禍始。舉好亂從。逞躁欲以無猒。助逆謀之妄作。意所非冀。獲其必成。先將賊其大臣。次欲危其宗廟。造端累歲。舉事有期。早露端倪。每存含覆。第嚴禁衞。載肅禮文。庶見君親之威。少安臣子之分。蔑然不顧。狂甚自如。尚賴神明之靈。克開社稷之福。日者叛人吴十。稔心稱亂。授首底亡。爰自克奔之徒。乃窮相與之黨。得厥情狀。孚於見聞。皆由左驗以質成。莫敢詭辭而抵賴。欲申三宥。公議豈容。不煩一兵。羣凶悉殄。於今月三日已各伏辜。并令有司除屬籍訖。自餘詿誤。更不蹑尋。庶示寬容。用安反側。民畫衣而有犯。古猶欽哉。予素服以如喪。情可知也。松漠紀聞參北盟會編同上帙〔炎興下帙六十六〕

誅希尹蕭慶詔天眷二年

朕席祖宗之基。撫有萬國。仁幬德覆。罔不臣妾。而帷幄股肱之舊。敢爲奸欺。開府儀同三司尚書左丞相陳王希尹。猥以軍旅之勞。寖備宰輔。陰愎險忍。出其天資。蔑視同僚。事輒異論。頃更法令之始。永作國朝之規。務合人情。每爲文具。比其改革。不復遵承。幾喪淳風。徒成苛政。至乃未禀詔諭。遽先指陳。或託旨以宣行。每作威而專恣。甚者密植黨與。肆行誕謾。僭奪玉食之尊。荒怠梟鳴之口。外擅國家之利。内朘骨肉之恩。日者師臣密奏。姦狀已聞。弗蚤知誅。死不瞑目。

顧雖未忍。灼見非誣。心在無君。言亦不道。逮燕居而竊議。謂神器以何歸。稔于聽聞。迄致彰敗。躬蹈前車之既覆。豈容蔓草之弗圖。特進尚書左丞蕭慶。迷國罔悛。欺天相濟。將致于理。咸服厥辜。嗚呼。賴天之靈。既誅兩觀之惡。享國無極。永保億年之休。咨爾臣民。咸體予意。北盟會編〔炎興下帙九十七〕

以陝西河南地歸宋諭吏民詔天眷二年

頃立劉豫。以守南夏。累年于茲。天其意者不忍遽泯宋氏社稷。猶留康邸在江之南。以安吾南北之赤子也。倘能偃兵息民。我國家豈貪尺寸之地。而不爲惠安元元之計乎。所以去冬特廢劉豫。今自河之南。復以賜宋氏。爾等處爾舊土。還爾世主。我國家之恩。亦已洪矣。爾能各安其生。无忘吾上國之大惠。雖有巨河之隔。猶吾民也。其官吏等。已有誓約。不許輒行廢置。各守厥官。以事爾主。毋貽悔吝。大金國志

議收復河南布告中外詔天眷三年

勑行臺尚書省。粵有遼叔世。專肆奢暴。惟皇天假手于我太祖武元皇帝。恭行討伐。併有土宇。惟我太宗文烈皇帝。不敢閼於天降威。乃命帥臣。自大江以北。皆爲我有。太宗始務息民。不貪其土。止以大河分流爲界。自河以南。苟得賢而處之。亦猶吾民。况以天下爲公。古之道也。遂建張

邦昌爲大楚。畏懦無立。不克所付。未幾就戮。爾後劉豫再立位號。皆自我師援之拯之、守之護之。僅有存焉。亦以使我軍士就獲安息。不謂向者達賚等入奏。援立劉齊。非所以利。適足以害人也。三軍之士。往往皆曰。自開拓以來。大事既定。申畫封疆。亦有年矣。何故罷於奔走。違越分疆。遠屯戍、守他土。曷若併一措畫。惟軍與民。皆得休息。矧惟劉豫。悖德屢聞。立武非己。終竟無所濟。今取河南惟其土。人宅爾土。繼爾居。甸爾田。爾厥有幹有年于茲河南。惟其安。罔有他心。亦惟軍士能戮力一志。爲安守我土。以此而行。可速定。朕乃從其言。内外罔不帖然。達賚等復力言齊爲不道。既廢矣。邊面四塞遐遜。猛士雖能守之。未免枕戈坐甲之勞。間以江左爲鄰。易生釁隙。不可徹警。難以久安之計。不若因以河南地錫與大宋。恩義非爾所求而與之。非爾所致而得之。爲恩重矣。爲義深矣。朕詢于衆。言或不可者三之二。朕以元元休息之意。斷自朕心。又可其請。達賚等不俟詔命欵報。遽割疆土。旋班屯軍。凡此之爲。皆達賚等實稔姦謀。相爲接好。將啟亂心。預圖外交。先施責報。庶無夾攻之患。包藏詭狀。專輒陳請。割賜土疆。職此之由。朕常以止戈爲武。含垢藏疾。不欲重違成命。故王倫既執之後。命使發藍公佐偕往責數之。調歲貢。齊正朔。徽誓表。追册命。冀其無我違。然後禮降封册。今省來章。蔑如也。其餘事意。反有要求。況河南中原之地。實惟天所授。天與不取。縱敵長寇。爲患滋甚。亦使人心久則異。異則變生。抑又保聚完具。蔓草難圖。而使生靈愈罹殘毒。不能休息。由此思之。朕志先定。昆命于朝。僉曰不可赦。時哉不可失。乃議大軍數道節制並進。應洪流之南。皆從撫息。嗚呼。非朕一人與奪有食言。

尚念軍士久歲征役。所成大事。式當此行。尚慎終其初。亦使四海永清。光昭我烈祖之德威。暨爾千夫長、百夫長。今日之事。一乃心力。勖哉果毅。亦念汝等立事立功。有用命有不用命。嘗爲傳聞與親見之不同。朕將聽覽。以明其善否。亦欲俾新民聞朕將往。尚能向火而求蘇也。行幸南燕。可無令孑遺一夫。皆分白省諭。各設耳目。量擇進退。能歸欵而來者。不使秋毫敢犯。執迷頑不從者。翦伐無俾育種。在外者原加安恤。還定勞來之。俟軍克日。先備將士功迹大小多少以聞。予將親覽焉。如該載未詳。可臨事便宜行之。所有别降詔書。已丁寧開諭。無有遠邇。宜體朕懷。建炎以來繫年要録〔一百三十五〕

命元帥府撫定河南詔天眷三年

蓋聞信合于義。然後可循。舍是自孚。猶執一也。故聖人之道。貴在隨時。未有泥而不通能濟其治。日者齊政不綱。人用咨怨。既黜厥命。晏然惟和。時將混一風教。有截無外。不圖姦臣昌等。稔心禍逆。厚寇欺君。請歸侵疆。務繼絶世。朕亦欲柔懷示德。俯用聽從。庶知不世之恩。自取爲邦之福。洎王倫等至。理又乖衷。雖報謝爲名。而於實不既。故藍公佐回。丁寧理索。誼故當然。審必可行。乃令欵報。比得莫將等來。所陳事目。靡所遵承。襲舊爵以自如。略王正而不用。顧辭封建。拒進誓章。至于疇昔逋逃。嘗言顧遣。今欲與河朔等路流寓臣民。併爲蔽斬。自奸臣伏罪。迹厥攸行。内侮外連。情狀甚著。所不即行討取者。蓋天下爲心。在彼猶此。姑務含容。以圖寧止。又慮民吏滋久。相效執迷。邊隙兵端。起將無日。犯而後取。禍亂必深。弭爾後艱。在吾早定。今命元帥府領大軍數道並進。撫定元係本朝都邑州軍。師之所在。務加優恤。以副予子惠元元之意。夫與奪之異。豈所樂爲。而恩威張弛之間。蓋不得已也。凡有見聞。當體至意。建炎以來繫年要録〔一百三十五〕

受尊號詔皇統元年

博考藝文。敷求古訓。謂其尊虛名而徇衆欲。不若修實德以承天心。故屢卻於奏章。將確守於朕志。而叩閽愈衆。陳義益堅。推讓再三。敦迫備至。念天自民而聽。拒違恐咈于樂推。而名者實之賓。佩受終期于求稱。勉依來請。惕懼增深。所請宜允。大金集禮

立皇子濟安爲皇太子詔皇統二年

敕尚書省。廣愛惟親。爰厚人倫之化。立子貴嫡。允爲天下之公。朕欽紹基圖。祗勤夙夜。屬燕謀之肇慶。自椒掖以儲祥。誕揚典册之儀。式副臣民之願。皇嫡子濟安。徇齊秀質。岐嶷英姿。載夙于初。協漢后日符之夢。誕彌有赫。同周家聖瑞之光。屬宰輔之獻言。詔春官而協議。謂國本所當早建。而宗鬯宜有共承。稽載籍傳嫡之格言。有前代承平之故事。禮之所急。義不可辭。乃因吉日之良。俾正前星之位。咨爾有衆。共體朕心。已降制命。立爲皇太子。仍令有司。擇日備禮策命。

布告中外。咸使聞知。大金集禮

册封高麗忠孝王詔皇統二年

九儀錫命。禮本於周官。諸侯稱王。事從於漢制。卿世遵信約。躬踐令猷。肇從嗣守之初。克謹稱藩之義。累年于此。一德不渝。宜封册之遂行。飭馳軺而往使。恪守爾典。恭聽朕言。今遣使册命。仍賜九旒冠一頂、九章服一副、玉珪一面、金印一面、玉册一副、象輅一、馬四匹。别賜衣帶匹段器用若干、鞍轡馬三匹、散馬四匹。高麗史〔十七〕

加高麗恭孝王開府儀同三司詔皇統二年

朕恭承先業。奄有庶邦。賓實以名。勉徇樂推之意。由中及外。惟均大賚之恩。奕世撫封。象賢嗣爵。夙篤遵王之義。宜膺進秩之榮。屬使傳之往馳。申命書而用錫。尚綏厥位。永孚于休。高麗史〔十七〕

令增上太祖謚號詔皇統五年

自古繼體守文之君。必以遵制揚功爲本。乃弘宣于令問。用茂對于先靈。恭惟太祖武元皇帝。元德昭升。帝心簡在。櫛風沐雨。躬創業之艱難。杖鉞秉旄。拯生民於塗炭。集成大統。垂裕後人。致今日之太平。自睿謀之先定。方廟祏以明崇建。庶可寧神。而謚號之所推尊。尚多遺美。音容如在。夙夜靡遑。蓋禮有貴于沿情。事亦存于師古。爰資率籲。恭議答揚。宜令尚書省集百官五品以上與禮官共議。增上謚號。仍詳具典禮以聞。大金集禮

令增上祖宗謚號詔皇統五年

朕聞創業垂統。祖先所以貽燕謀。遵制揚功。後嗣所以恢鴻烈。稽孔聖達孝之説。見武王追尊之文。著在禮經。遂爲永法。我國家千齡應運。累聖重光。造攻始於有遼。基命集於皇祖。比涓吉日。祇薦隆名。天日澄輝。神民慶悦。載念丕圖之永邈。率由奕葉之相承。始于憂勤。寖以光大。在眇躬持守之意。敢專享于有成。推武元尊親之心。想不忘于敬愛。昭茲令聞。屬在此時。宜令尚書省于都堂集文武執事官五品以上與禮官稽考前代故事。議增上祖宗尊謚。議定擇日奏告施行。大金集禮

施用新寶詔皇統五年

惟帝王傳信之章。取天地合符之意。倣羲圖而制範。疊軒篆以成文。所以施命四方。作孚萬世。古今所尚。損益可知。我國家一統光臨。四征耆定。疆理所至。咸績於禹功。印璽之傳。尚循於遼舊。襲用既久。漫漶靡鮮。乃命有司。爲之更制。縱廣契三才之妙。高厚法五行之成。鳩工雖假於

人爲。創意乃由於帝錫。涓日祇受。與天匹休。其新造御前之寶、書詔之寶。已於今月二日施用。布告中外。咸使聞知。大金集禮

煬王即位大赦改元詔天德元年

門下。朕惟太祖武元皇帝。神武應期。奄有四海。以天下大器授於太宗。文烈厭代。不忘先遜。憑几宣命。屬之前君。以繼洪業。十有五年。而昏虐失道。人不堪命。宗族大臣協心救正。久而弗悛。仰奉九廟之靈。已從廢黜。亦既阻殞。宗族大臣咸以太祖經營締構。所繇垂統。推戴眇躬。嗣臨天下。朕以宗社之重。義不獲已。爰受命之初。兢兢若涉淵冰。未知攸濟。尚賴股肱三事。文武百僚。同心輔翼。以底於治。宜布惟新之令。以弘在宥之心。可從皇統九年十二月十一日改爲天德元年。於戲。嗣守丕基。休於宗祏。永綿宇宙。尚軫黎元。咨爾多方。體予至意。北盟會編

告百官詔天德三年

朕臨民而爲父母。必思安於兆民。繼體而爲帝王。必思期於萬世。是以定國家之計。豈止便於目前。承祖宗之謨。不敢忘於在遠。昨因撫綏南服。分置行臺。時則邊防未寧。法令未具。本非永計。只是從權。既而人拘道路之遥。事慮歲時之滯。凡天下國家。無親疏彼此。人間各體君上之意。

務盡均平。若能於公相之子孫、閭閻之黎庶。一親視之。如朕之所喜。无以加焉。朕雖居人上之尊。承萬方之統。食不甘味。寢不安席。常若以太平爲憂。不敢以位爲樂也。自古帝王。固有酣酒嗜音。輟朝廢政。窮奢極欲。耽樂是從。雖有忠義之士。犯顏逆耳。一諫而有斥逐。再諫而加誅戮。則終杜諫臣之口。无復敢言者。朕非不知。亦非不能。所以不然者。重念太祖皇帝艱難以取天下。欲救民於水火之中。非欲自尊。務承先志。兢兢持守。雖跬步不敢忘。凡爾百官君子。特享爵禄於平安之時。其可不念太祖艱難創業之初。今朕求治之意。交修不逮。以熙庶績。朕宣布詔令。以告百官。蓋有五刑。著爲常典。小者加之責罰。大者至於誅戮。有罪犯焉。必罰无赦。爾或罹於邦憲。實有傷於朕心。故使通聞。庶令天下有守法奉公。無姦贓之過。朕所聞知。必加進用。自今以後。凡有罪者。无或隱而相容。凡觖望者。必盡獄以取平。庶同底於太寧。以共享於極治。咨爾有衆。體予至懷。故兹詔示。想宜知悉。北盟會編

議遷都燕京詔天德三年

昨因撫綏南服。分置行臺。時則邊防未寧。法令未具。本非永計。只是從權。既而人拘道路之遥。事有歲時之滯。凡申欵而待報。乃欲速而愈遲。今既庶政惟和。四方無侮。用并尚書之亞省。會歸機政於朝廷。又以京師粤在一隅。而方疆廣於萬里。以北則民清而事簡。以南則地遠而事繁。深慮州府申陳。或至半年而往復。閭閻疾苦。何由期月而周知。供饋困於轉輸。使命苦於驛頓。未可時

巡于四表。莫如經營於兩都。眷惟全燕。實爲要會。將因宫廟而創官府之署。廣阡陌以展西南之城。勿憚暫時之艱。以就得中之制。所貴兩京一體。保宗社於萬年。四海一家。安黎元於九府。洽爾中外。體予至懷。建炎以來繫年要録

罷萬户官詔天德三年

太祖開創。因時制宜。才堪統衆。授之萬户。其次千户及謀克。當時官賞未定。城郭未下。設此職許以世襲。乃權宜之制。非經久之利。今子孫相繼。專攬威權。其户不下數萬。與留守總管無異。而世權過之。可罷是官。若舊無千户之職者。續思增置。國初時賜以國姓。若爲子孫者。皆令復舊。金史

遷都燕京改元詔天德五年

門下。朕以天下爲家。固無遠邇之異。生民爲子。豈有親疎之殊。眷惟舊京。邈在東土。四方之政。不能周知。百姓之寃。艱于赴愬。況觀風俗之美惡。察官吏之惰勤。必宅所居。庶便於治。顧此析津之分。實惟輿地之中。參稽師言。肇建都邑。迺嚴宗廟之奉。迺相宫室之宜。遂正畿封。以作民極。雖衆務之畢舉。冀暫勞而久安。逮兹落成。涓日莅止。然念騷興于役力。豈無重擾于黎元。凡有科徭。皆其膏血。遂至有司之供具。亦聞享上以盡心。宜加撫存。各就休息。載詳前代赦

宥之典。多徇一時姑息之恩。長惡惠奸。朕所不取。若非罸罪而勸善。何以勵衆以示公。今來是都。寰宇同慶。因此斟酌。特有處分。除不肆赦外。可改天德五年爲貞元元年。燕本列國之名。今爲京師。不當以爲稱號。燕京可爲中都。仍改永安析津府爲大興府。上京、東京、西京依舊外。汴京爲南京。中京爲北京。又爵禄所以勵世而磨鈍也。前此官吏。每有覃轉資給。賢否不辨。何補治功。緣今定都之始。所冀上下協衷。恪恭迺事。若俾一夫不獲其所。則何以副朕遷都爲民之意。故特推恩。以示激勸。可應內外大小職官並與覃遷一官。於戲。京師首善之地。既昭示於表儀。詔令責成之方。其勿怠于遵守。咨爾有衆。體予至懷。建炎以來繫年要録〔一百六十四〕

修汴京大內詔正隆元年

朕祇奉上玄。君臨萬國。屬從朔地。爰出幽都。猶跼蹐于一隅。非光宅于中土。顧理道所在。有因有循。權變所在。有革有化。大梁天下之都會。陰陽之正中。朕惟變通之數。其可違乎。往歲卜食相土。宜建新都。將命不虔。燼于一炬。第川原秀麗。卉物華滋。朕夙有志焉。雖則劬勞。其究安宅。其大內規模。一仍舊貫。可大新營搆。乘時葺理。大金國志

廢榷場詔正隆四年

自來沿邊州軍。設置榷場。本務通商。便于民用。其間止因隨處榷場數多。致其夾帶違禁物貨。圖

利交易。及不良之人私相來往。未爲便利。可將密、壽、潁、唐、蔡、鄧、秦、鞏、洮州、鳳翔府等處榷場。並行廢罷。只留泗州榷場一處。每五日一次開場。仍指揮泗州。照會移文對境州軍。照驗施行。建炎以來繫年要録〔一百八十一〕

諭宋國詔正隆六年

朕在位恢心坦然。四鄰歸貢。逾有年矣。皆出於祖宗洪厚德澤也。念境内羣寇。越擾邊民。叛逆於南宋。況兩淮之民。舊屬宋處。自來狼子野心。始自宋來我朝盜買戰馬。後至彰露而止。又以探報倉卒。諸路變形。或作紅巾。或作商旅。或兩朝奸吏。妄設悠詞。撰造異端而無厭怠。貪婪榮身。聞作兩朝講好親睦之意。朕已詳之。今朕親將五百萬兵速降夏國。以九月下旬回國。遣使往宋。以決顛末。君臣父子各宜堅心。謹守諸路。故兹詔諭。北盟會編〔炎興下帙一百三十一〕

招宋王權詔正隆六年

朕提兵南渡。汝昨望風不敢相敵。已見汝具嚴天威。朕今至江上。見南岸兵亦不多。但朕所創舟與南岸大小不侔。兼汝舟師進退有度。朕甚賞愛。若盡陪臣之禮。舉軍來降。高爵厚禄。朕所不吝。若執迷不反。朕今往瓜州渡江。必不汝赦。建炎以來繫年要録〔一百六十四〕

金文最卷五

詔令

世宗即位大赦改元詔大定元年

門下。朕惟前君。乃太祖皇帝之長孫。受文烈遺命。嗣膺神器。十有五年。内撫外寧。近安遠至。雖晚年刑戮過甚。而罪不及民。前岐國王亮。位叨宰相。不思盡忠匡救。敢行篡弑。自僭竊以來。昏虐滋甚。是用列其無道。昭示多方。

一、前來皇叔元帥曹國王。自先朝以親賢當任。止因篡位之初。自懷恐懼。無故殺害。

一、前來太宗受太祖遺命。不忘至公。傳位前君。諸子並當職任。止因篡位之初。自懷疑懼。將太宗親子太保、潞國王阿魯、中京留守胡里不、阿里、留守判宗胡里加、宰王胡沙、霍王散里、海王撒揭、穆王胡東、鄆王神徒馬、蔡王烏也八人子嗣等。七十餘口。並以無罪。盡行殺戮。不留其一二。

一、開國功臣晉國王孫領行省楚國王阿辛。止因篡位之初。自懷疑懼。將阿辛並兄弟子嗣三十餘口。及駙馬丞相斡古剌並宗室海州刺史等五十餘口。並以無罪。盡行殺戮。

一、左副元帥國王撒海。累建功勳。止因篡位之初。自懷疑懼。計搆遥設以白礬書假信宫外拾得。令其誣告。並其子御史大夫沙只並子孫三十餘口。及太祖親弟遼越國王男平章孛急弟兄子嗣一百餘口。兵部尚書毛里弟兄子嗣二十餘口。太皇太妃並子任王喂呵。並以無罪。盡行殺戮。

一、前來太祖長女公主兀魯哥。係曹國王親姊。因篡位之初。無故殺害。

一、故西京留守蒲甲馬爲是親弟。自懷疑懼。無故殺害。

一、開國功臣皇叔太師梁王長子韓王。臨民清正。忌其聲譽。令其家人誣告。勘問不成。故意殺害。

一、應係開國功臣。太祖太宗时已經封贈王爵。無故並行追奪。

一、會寧府係太祖興王之地。所建宫殿。無故拆毁。

一、中都大内。營造累年。殫竭民財。不可勝計。民力未定。仍拆毁南京大内。再行修蓋。並皆窮奢極侈。土木之功。前所未有。

一、因伊小兒病死。御將乳母並二醫人。盡行殺戮。

一、宋國講和之後。臣禮不闕。弃違信誓。欲行吞併。動衆興兵。遠近嗟怨。醫人祁翰副陳諫不可。更不循省。便行誅戮。並舊有軍器。盡行燒毁。御令改造。遂致公私困竭。生靈飛走。無不凋殘。

一、近日以來。皇叔曹國王被殺之後。嬸母國妃。納在宫中。及親族姊妹姑姪並一應命婦有容色者。恣行烝淫。

一、亡遼豫王子嗣三十餘口。天水郡王嗣一百餘口。並以無罪。横遭殺戮。

一、嫡母太后曾言不可南征之事。手自弒殺。其大逆无道。古今未聞。

一、德宗嫡孫節度使母妻子弟。並太師梁王兒婦孫婦、曹國王次夫人並子及韓國夫人並兒婦孫等。並以无罪。盡行誅戮。

一、樞密院使北京西京留守等。因北征回。並皆族誅。宰執亦被鞭撻。

其餘過惡。不可備舉。前録數條。稔於聞見。遂致天怒人憤。衆叛親離。朕方留守東京。遵養時晦。四方豪傑、將士吏民。咸懷怨苦。無所控告。自遠而至者數十萬衆。日來赴愬。再三惇請。不謀同辭。咸以太祖皇帝聰明神聖。應期撫運。皇孫繼嗣。止予一人。曆數有歸。不期而會。朕推誠固讓。至于再三。請者益堅。辭不獲已。恭念太祖皇帝創業之艱難。祖宗社稷深懼乏祀。俯徇羣情。勉登大寶。臨御之始。如履春冰。宜推肆赦之恩。以布維新之令。可大赦天下。改正隆六年爲大定元年。十月八日昧爽以前。除殺祖父母、父母不赦外。罪无輕重。已結正未結正、已發覺未發覺。咸赦除之。内外大小職官並與覃恩。仍委尚書省條奏施行。

一、據昨來簽軍著軍人。其間多有貧難之人。欠少官司錢私債及典僱者。兄弟子孫妻女姊妹或父母自行典僱。深可憐憫。赦書到日。不問新舊。盡行放免。

一、據南京等處修蓋夫匠。概行放免。

一、據契丹老和尚等昨行簽差南征。遂叛反。赦書到日。並許徑至附近官司投首。並許原免。依舊復業。

一、據昨因契丹人等作過。其間被軍人等將不在作過數内外官員百姓及著軍人等命婦妻子孫驅奴。並左右隣人。一例驅奴令來。實可憐恤。赦書到日。仰隨處官司。一一刷會勘驗端的。發遣本處。依舊團聚住坐。所有正係作過人等。若與從軍人鬭敵陣亡。虜了家眷驅奴。不在于放免。如前來敗失在逃。即自新來投首。除親屬外。付本國人團聚。到驅奴准已收虜爲定。

一、據逃軍離背軍帥主並避役夫匠。或犯罪在逃良賤人等。赦書到處。並限一百日内。許令陳首。與免本罪。安坐更不懲斷。内軍人分付本軍收管。如限滿不首。復罪如初。

一、據亡命山澤。聚爲盜寇。赦書到處。並限一百日。經所在官司陳首。與免本罪。分付原收管係内。據頭領。如能勸率徒衆出首。委所在官司具姓名申覆尚書省奏聞。當議别加旌賞。

一、據自撫定以來。不選如何斷訖流移在他所人等。並放還鄉。

一、據自來除名開落官吏。如不犯正枉法贓並真盜。並與改正。量材用。○以上兩條原缺。據東越本北盟會編補。

一、據自逃死絶户名下所著大小差撥並租税。限赦到。並行除放。

一、據五嶽四瀆、名山大川、歷代帝王神明、忠臣烈士載在祀典者。所在官司歲時致祭。

一、據諸處暴露骸骨无人收葬者。並委所在官司如法埋瘞。

一、應合改正徵收追究事件。並准制條施行。

於戲。以寬而衆可御。敢希堯帝之仁。伐虐而民允懷。庶幾湯王之德。尚賴文武勵翼。忠良贊襄。

咸告嘉猷。永臻至治。咨爾兆庶。體予至懷。赦書日行五百里。敢以赦前事相告言者。以其罪罪之。到日主者施行。北盟會編〔炎興下帙一百三十三〕參建炎以來繫年要録〔一百九十三引神麓記〕

卽位賜臨潢尹移室懣詔大定元年

南征諸路將士及卿子姪安遠斡魯古、斜普兄弟。具甲仗悉來推戴。朕勉卽大位。卿累世有功者舊之臣。緣邊事未寧。臨潢劇任。姑仍舊職。閩樞密副使白彦敬、南京留守紇石烈志寧來討契丹。今已遣人往招之。其家皆在南京。恐或遁去。兼起異謀。若至則已。若不至。卿當以計執而獻之。兩次遣人招誘招討都監老和尚。去人不知彼之所在。久而不還。兼老和尚不知朕已卽位。卿可使人諭以朕意。如來降。悉令復舊。邊關之事。可設耳目。金史〔九十一溫迪罕移室懣傳〕

卽位賜徒單合喜詔大定元年

岐國失道。殺其母后。横虐兄弟。流毒兆庶。朕惟太祖創業之艱難。勉膺大位。卿之子弟皆自軍中來歸。卿國家舊臣。豈不知天道人事。卿軍不多。未宜深入。當領軍屯境上。陝右重地。非卿無能措畫者。俟兵革既定。卽當召卿。宜自勉之。金史〔八十七徒單合喜傳〕

增將士賞典詔大定元年

仰惟太祖皇帝。肇造區夏。萬國咸寧。迨四十載。而正隆失道。不務持守。害虐黎元。无名弄兵。致爾將士軍卒。遠勤征役。暴露風霜。失仰事俯育之樂。朕甚憫之。自膺推戴以來。再欲班師。然邊釁既生。未底寧息。征戍之謀。固非得已。重念賞典不明。酬庸未允。而又或失于稽緩。令敕有司。增多舊格、比之國朝累行賞典。特加優異。頒降空名恩命。仍出内帑金帛。以助錫與。一敕付元帥。仰于軍前視功輕重。書填支賜。於戲。報國之心。人所共有。爾其奮勵忠節。卻敵禦侮。以息民生。永底平泰。豈特予人之慶。亦使爾士卒安享富貴。澤及子孫。豈不韙與。其新定隨等軍功官賞。已令尚書省頒諭施行。故茲詔示。想宜知悉。北盟會編〔炎興下帙一百三十三〕

上閔宗謚號詔大定元年

朕惟禮莫大于明分。政必先于正名。宜推是是之心。用定尊尊之號。爰申顯命。誕告敷天。前君乃太祖之長孫。受太宗之遺命。嗣膺神器。十有五年。垂拱仰成。委任勳戚。廢齊國以省徭賦。柔宋人而息兵戈。世格泰和。俗躋仁壽。混車書于南北。一尉候于東西。晚雖淫刑。幾於恣意。寃施弟后。戮及良工。虐不及民。事猶可諫。過之至此。古或有焉。右丞相岐國王亮。不務弼諧。反行篡弑。妄加黜廢。抑損徽稱。遠近傷嗟。神人憤怒。天方悔禍。朕乃繼興。受天下之樂推。居域中之有大。將撥亂而反正。務在革非。期事亡以如存。聿思盡禮。宜上謚號曰閔宗武靈皇帝。既復崇于位號。庶少慰於神靈。非眇躬之私言。乃天下之公議。鴻名已正。允孚中外之心。大分斯明。遂絶

覬覦之望。庶幾率土。永底丕平。咨爾多方。體予至意。大金集禮〔金史三十二禮志〕

改葬熙宗詔大定元年

朕惟熙宗孝成皇帝。以武元嫡孫。受文烈顧命。昨其即位。十有五年。偃兵息民。中外乂安。惟海陵庶人亮。包藏禍心。覬覦神器。誘扇奸黨。遂成簒逆。而又厚誣盛德。降從王封。亮既得志。肆其兇殘。不道之極。至于殺母。人怨神怒。自底誅滅。惟皇天眷祐于我家。肆予一人纘承先緒。暴其悖惡。貶爲庶人。仍黜其殯于兆域之外。仰惟熙宗位號宜正。是以問者稽之禮文。升祔大寶。復加美謚。尊曰熙宗。〇按金史四熙宗本紀。大定初定其廟號爲閔宗。大定二十七年改爲熙宗。此詔繫於大定元年。而云尊曰熙宗。顯然傳録有誤。惟是葬非其所。蓋常慊然。爰命有司。卜地涓日。奉還梓宮。已于十月初八日備禮改葬于思陵。庶幾有以安慰在天之靈。播告中外。咸使聞知。故兹詔示。想宜知悉。北盟會編〔炎興下帙一百三十三〕參建炎以來繫年要録

戒飭將帥詔大定二年

朕委卿等討賊。乃聞不就賊趨戰。而駐兵閑緩。經涉累月。雖曾追襲。乃不由有水草之地。以致馬疲弱不能百里而還。後雖破賊。而縱諸軍劫掠。數日後方追北霫霠河。亦不乘勝。輒復引還。賊遂入涉近地。北京、懿州由此受兵。朕欲重譴汝等。以方任兵事。且圖後功。當盡心一力。毋得似

前怠弛。金史〔一百三十三移剌窩斡傳〕

諭從賊諸將士詔大定二年

自契丹作逆。有爲賊絓誤者。不問如何從賊。但能復業。與免本罪。如能率衆來附。或能殺捕首領而降。或執送賊所扇誘作亂之人。皆與量加官爵。朕念正隆南征。猛安亡者招還被戮。已命其子孫襲其職。爾等勿懲前事。故懷遲疑。賊軍今既破散。山後諸處。皆命將士遏其逃路。爾等雖欲不降。終將安往。若猶疑貳。俱就焚滅。悔無及矣。金史〔一百三十三移剌窩斡傳〕

上宣獻皇后謚號詔大定二年

恭惟祖妣。作合太尊。慶育睿考。致三靈眷祐。邦祚以永。而天禄集于眇躬。尊祖之義。禮宜報本。以朕心嚴父之孝。惟聖考念母之誠。等而上之。志非敢後。謹上尊謚曰宣獻皇后。仍令有司擇日備禮册命。主者施行。布告中外。咸使聞知。大金集禮

追謚妃烏林答氏爲昭德皇后詔大定二年

國家之體。典故具存。正位居尊。必緣情而及伉儷。懷昔追遠。亦備禮以盡哀榮。爰舉懋章。用慰窀穸。下逮視寢。悉使正名。庶幾有知。欽承休命。故妃烏林答氏。可追謚爲昭德皇后。仍令有司

擇日備禮册命。故夫人僕散氏。可追封元妃。故夫人張氏。可追封宸妃。主者施行。布告中外。咸使聞知。大金集禮

造總計録詔大定四年

正隆失道。土木征伐。相繼而起。有司出納。動千萬計。浩瀚連年。莫會其數。臨急空乏。惟有取之於民。自今除每歲收支外。並將見管實在之數。開具成册。使朝廷通知有餘不足之數。且以革去吏姦。候儲積果多。然後議寞名之重輕。考撥定數目。寬減州縣。優恤疲民。大金國志

報紇石烈志寧請長驅渡江詔大定四年

昨岐王圖畫。累年興師百萬。尚不克濟。今汝以數萬衆。欲求得志。難矣。果若江南可下。聽汝自取之。我更當割河南地與若自守。萬一失利而退。我定不汝納。已遣兵河上把截。有一人一騎敢過者。悉皆斬之。中興禦侮録

均賦役詔大定四年

粤自國初。有司常行大比。于今四十年矣。正隆初。兵役並興。調發無度。富者今貧不能自存。版籍所無者。今爲富室而猶幸免。是用遣信臣泰寧軍節度使張弘信等十三人。分路通檢天下物力而差

定之。以革前弊。俾元元無不均之歎。以稱朕意。凡規措條理。命尚書省畫一以行。金史〔四十六食貨志〕

壽王京謀反免死安置嵐州賜詔大定五年

朕與汝。皆太祖之孫。海陵失道。翦滅宗支。朕念兄弟無幾。于汝尤爲親愛。汝亦自知之。何爲而懷此心。朕念骨肉。不忍盡法。汝若尚不思過。朕雖不加誅。天地豈能容汝也。金史〔七十四宗望傳附子京傳〕

受尊號詔大定五年

自臨御以來。尚多闕政。而羣工兆姓。爲過情之禮。以徽號見加。章至六上。益拒益堅。毋乃激於忠愛。而志在歸美。不能自已歟。且以國體之重。有不可闕者耶。載念固執予守。則恐鬱與望。披襟全善。則又難自安。其去至明二字。餘用勉從。大金集禮

卻尊號禮册詔大定五年

朕以正隆之失御。獲承太祖之貽謀。涉道未弘。臨政猶淺。不意羣工之歸美。遽以鴻名而見加。奏牘屢陳。忠懇難奪。朕雖俞允。顏實忸怩。今已勉受應天興祚仁德聖孝之號。尚念邊鄙甫寧。民居始奠。事無欲速。时貴適宜。蓋王者必世而後仁。禮至太平而大備。故須待熙洽之際。乃可盡對揚之

休。所有禮册。當俟他年舉行。大金集禮

賜宋使銀合湯藥詔大定九年

會朝歲旦。蒙犯寒威。眷惟將命之恭。有加勞勩。宜錫衛生之物。迎致沖和。今差入内内侍御直郎虞友益賜卿湯藥一銀合。往當祇受。故兹詔諭。想宜知悉。冬寒。卿可平好否。遣書指不多及。北行日録

答夏主仁孝爲任得敬求封詔大定十年

自我國家戡定中原。懷柔西土。始則畫疆于乃父。繼而賜命于爾躬。恩厚一方。年垂三紀。藩臣之禮。既務踐修。先業所傳。亦當固守。今兹請命。事頗靡常。未知措意之由來。續當遣使以詢爾。所有貢物。已令發回。金史〔一百三十四西夏傳〕

親祀南郊詔大定十一年

國莫大于祀。祀莫大於天。振古所行。舊章咸在。仰惟太祖之基命。詒我本朝之燕謀。奄有萬邦。于今五紀。因時制作。雖增飾於國容。推本奉承。猶未遑于郊見。況天休滋至。而年穀屢豐。敢不敷繹曠文。明昭大報。取陽升之至日。將親饗于圓壇。嘉與臣工。共圖熙事。以今年十一月十七日

有事于南郊。咨爾有司。各揚乃職。相予肆祀。罔或不欽。金史〔二十八禮志〕

答高麗莊孝王請以弟晧權守軍國詔大定十一年

卿襲封二紀。作屏一邦。近者屢愆信使之期。徒有郵書之報。向深憂乎變故。今始閱于封章。稱疾疹之淹延。懼保釐之曠闕。述其父命之遺囑。欲以弟及而相傳。付之伊人。攝以國事。卿言雖順。朕意未孚。續遣使騑。往詢厥事。高麗史〔十九〕

詢問高麗莊孝王詔大定十一年

卿撫有爾邦。踐修世美。及當兹歲。附上封章。告厥疾已曠於保釐。謂其子不能于負荷。述前人之遺囑。讓母弟而相傳。尚憂未出于誠心。是用往頒于詔問。使騑來復。奏牘宜詳。高麗史〔十九〕

允高麗光孝王權守軍國詔大定十二年

卿遜居侯土。望重邦人。固常公爾以爲心。適會友于之遘疾。累封章而敷奏。述遜讓之由來。攝位從宜。投誠有請。意欲承家而保國。義當垂詔以加恩。肆因使价之還。姑用俞音之布。續當遣使册命。高麗史〔十九〕

册封高麗光孝王詔大定十二年

朕位乎天地之中。託於侯王之上。凡來浛來茹。皆釐爾成。于維藩維垣。固懷以德。卿令圖經遠。雅望得民。以介弟之懿親。篤前人之餘烈。恭承友讓。迓續世封。宜膺藩錫之恩。永對榮懷之慶。今差某官某等往彼册命。仍賜卿衣帶鞍馬匹段等物。具如別録。至可領也。九旒冕一頂。九章服一副。玉圭一面。玉册一副。金印一顆、駝紐。象輅一。馬四疋。別賜衣五對。细衣著二百匹段。納弓一張。鵰翎大箭二十八枝。鞍轡馬二匹。散馬四匹。高麗史〔十九〕

改名告中外詔大定十四年

天子之名。貴難知而易避。人君之德。當寬御以簡臨。以其字有于協音。是使語涉于觸諱。若因循而不改。則過誤以誰無。朕甚憫焉。期無犯者。今更名。仍令所司擇日告天地宗廟社稷五嶽。其舊名更不須迴避。布告中外。咸使聞知。大金集禮

答高麗光孝王詔大定十五年

省所上表。告奏事具悉。使价來庭。奏函伸懇。戴賜封之恩造。述有國之由來。謂寇攘卒起於不虞。致職貢少稽于入覲。迄用平定。孚於聽聞。載嘉侯度之恭。宜固世封之守。高麗史〔十九〕

賜宋賀生辰使副銀合湯藥詔大定十七年

敕某卿。遠持慶幣。來賀誕辰。馳華隰以良勞。次郊亭而伊邇。宜有節宣之餽。以彰眷遇之優。北轅錄

金文最卷六

詔令

增上孝成皇帝謚號詔大定十九年

立愛立敬。必自于家邦。有尊有光。莫嚴於宗廟。仰惟武元之克讓。珍圖傳授于太宗。迨及文烈之賢能。神器復歸于皇統。混一彼四海。惟十有五年。既示德以威懷。乃仰成而垂拱。行不言之教以御下。永維則之思而奉先。政允若兹。世克用乂。竟晚年無及民之過失。在大臣當戮力以扶持。而海陵王包藏禍心。自行攘取。廢黜徽號。輒加惡名。兹遺閔于不虞。實無窮之遺憾。朕丕承聖緒。敢忘推本于祖宗。上念神孫。正可序升爲昭穆。遷自別寢。躋於太宫。顯謚鴻名。稽禮文而節惠。至公大義。式下土以咸孚。今已奉上尊謚曰弘基纘武莊靖孝成皇帝。廟號閔宗。升祔禘享禮畢。於戲。名言之行。可以興禮樂。孝悌之至。可以通神明。洪惟兹事之成。實曰無疆之美。咨爾率土。體予至懷。大金集禮

恤民詔大定二十二年

皇祖有訓。非繼體敢忘。聖人無心。惟百姓是念。朕丕承洪緒。二紀于兹。祇遵先猷。百爲不遠。永言治理。務在恤民。萬邦有罪。罪在朕躬。所以當饋興憂、夕惕載懷者也。今天下粗安。海内无事。可使人分巡風俗。申達冤枉。孝弟力田。給以優復。鰥寡孤獨。時加賑濟。其有蠹民害政之事。一切罷行。大金國志

賜皇太子詔大定二十四年

朕以前月八日到遼陽。此月二日達上京。翌日祀慶元廟。省方觀民。古之制也。汝守國任重。夏暑方熾。益當自愛。無貽朕憂。金史〔十九世紀補顯宗本紀〕

弔慰高麗光孝王詔大定二十四年

君子不奪人之喪。蓋將立教。聖人有變古之禮。所以從宜。義或可行。事當無避。晧分茅守北。繼世象賢。遡居海邦。恪守侯職。頃以貢章之上。遽罹母氏之憂。朕亦惻然。卿何堪處。言念大藩之寄。豈宜小節之拘。已敕有司。俾還從政。壘衰破敵。是能達兵革之權。哀慕在心。何必重苴茅之飾。祖宗之業。不可以不念。軍民之務。不可以不修。夙夜畏天之威。安寧保國之業。高麗史〔二十〕

祭孔廟用酒脯詔大定二十六年

曩者邊埸多事。南方未賓。致令孔廟頽落。禮典凌遲。女巫雜類。淫進非禮。自今有祭孔廟。制用

酒脯而已。犯者以違制論。大金國志

大赦天下詔大定二十八年

朕自臨御以來。夙寤晨興。未嘗不以憂勞萬民爲心。故稅賦常慮其不均。刑罰常慮其不省。民財常慮其不阜。錢幣常慮其不通。民間租稅多逋。豈猶有被冤滯者乎。一遇水旱。或有貧不自給。而仰食于賑濟者。管庫宿貸。或有貧無以入而庸身於官役者。朕甚憫焉。宜推曠澤。以示深仁。可大赦天下。自大定二十八年十二月十九日昧爽以前。自雜犯死罪以下。已結正未結正。已發覺未發覺。咸赦除之。於戲。理冤結而周困窮。惟帝王之茂憲。沛利澤而崇寬大。實天地之深恩。用恢仁壽之風。以導和平之氣。咨爾有衆。體予至懷。赦書日行五百里。敢以赦前事相告言者。以其罪罪之。主者施行。思陵録

諭上京留守轂英詔大定時

上京王業所起。風俗日趨詭薄。宗室聚居。號爲難治。卿元老大臣。衆所聽服。當正風俗。檢制宗室。持以大體。金史〔七十二轂英傳〕

以選舉十事諭尚書省定擬詔大定二十九年

其一曰。舊格。進士軍功最高尚。且初除丞簿。第五任縣令升正七品。兩任正七品升六品。三任六

品升從五品。兩任從五升正五品。正五三任而後升刺史。計四十餘年。始得至刺史也。其他資格出職者可知矣。拘於資格之滯。至於如此。其令提刑司採訪可用之才。減資考而用之。庶使可用者不至衰老。其二曰。舊格。隨朝苦辛驗資考陞除者。任滿回日而復降之。如正七滿回降除從七品。從五品回降爲六品之類。今若其人果才能。可爲免降。其三曰。隨路提刑所訪廉能之官。就令定其堪任職事。從宜遷注。其四曰。從來宰相不得與求仕官相見。如此何由知天下人材優劣。其許相見。以訪才能。其五曰。舊時臣下雖知親友有可用者。皆欲遠嫌。而不引薦。古者舉賢不避親讐。如祁奚舉讎。仁傑舉子。崔祐甫除吏八百。皆親故也。其令五品以上官。各舉所知幾人。違者加以蔽賢之罪。其六曰。前代官到任之後。卽舉可自代者。其令自今五品以上官。舉自代以備交承。其七曰。隨朝外路長官。一任之内。足知僚屬之能否。每任可令舉幾人。其八曰。人才隨色有之。監臨諸物料及草澤隱逸之士。不無人才。宜薦舉用之。其九曰。親軍出職。内有尤長武藝勇敢過人者。其令内外官舉。提刑司察。如資考高者。可參注沿邊刺史、同知、縣令。其十曰。内外官所薦人材。卽依所舉試之。委提刑司察訪虚實。若果能稱職。更加遷擢。如或碌碌。卽送常調。古者進賢受上賞。進不肖有罰。其立定賞罰條格。庶使人不敢徇私也。金史〔五十四選舉志〕

初置九路提刑司賜北京臨潢提刑司蒲帶詔大定二十九年

朕初卽位。憂勞萬民。每念刑獄未平。農桑未勉。吏或不循法度。以隳吾治。朝廷遣使廉問。事難

周悉。惟提刑勸農采訪之官。自古有之。今分九路。專設是職。爾其盡心。往懋乃事。金史〔七十三宗雄傳〕

諭孟宗獻詔明昌元年

朕新御大寶。詔有司以取天下士。卿自鄉選。至于殿陛。四爲舉首。非才之高、學之博、識之優。何以臻此。今畀以北門應詔之職。朕之待卿不薄。然君子志於遠者大者。無以此爲自足。爾其勉旃。玉堂嘉話

諭沁州刺史李楫詔明昌元年

有司以卿資應未當得郡。朕以識卿最久。愛卿占對詳明。進止審當。故有此授。卿當悉力爲民。政成以稱朕意。爾其勉之。玉堂嘉話

命追復故吏部侍郎田瑴詔明昌元年

蓋自田瑴黨事之後。有官者以爲戒。惟務苟且。習以成風。先帝知瑴等無罪。録用生存之人。有擢至宰執者。其次有爲節度、防禦、刺史者。其死者。猶未追復。子孫猶在編户。朕甚憫焉。惟旌賢顯善。無問存没。宜推先帝所以褒録忠直之意。並加恩恤。以勵風俗。據田瑴一起人。除已敘用外。

但未經任用身死。並與復舊官爵。其子孫當時已有官職。以父祖坐黨因而削除者。亦與追復。應合追復爵位人等子孫不及蔭敘者。亦皆量與恩例。金史〔八十九孟浩傳附田瑴傳〕

答兖王永成坐圍獵解職奉表謝罪詔明昌二年

卿親實肺腑。夙著忠純。侍顯考於春宮。曲盡友于之愛。洎沖人之繼統。愈明忠赤之心。艱難之中。多所裨益。朕心簡在。毫楮莫窮。用是起之苫塊之中。授以維城之任。自典藩服。歲月薦更。蕞爾趙邦。知驥足之難展。眇哉鎮府。固牛刀之莫施。方思驛召以赴朝。何意遽罹于國憲。俱因時獵。頗擾部民。法所不寬。憲臺聞上。朕尚含容累月。未忍卽行。雖欲遂于私恩。竟莫違於公議。解卿前職。卽乃世封。噫。祖宗立法。非一人之敢私。骨肉至親。豈千里而能間。以此退閒之小誡。欲成終始之洪恩。經云。在上不驕。高而不危。是以知節慎者。修身之本。驕矜者。敗德之源。朕每自勵。今以戒卿。昔東平樂善。能成不朽之名。梁孝奢淫。卒致憂疑之悔。前人所行。可爲龜鑑。卿兼資文武。多藝多才。履道而行。何施不可。如能德業日新。無慮牽復之晚。朕素不工詞翰。臨文草草。直寫所懷。冀不以辭害義也。金史〔八十五永成傳〕

答尚書左丞守貞以久旱表請解職詔明昌三年

天啬時雨。薦歲爲灾。所以警懼不逮。方與二三輔弼圖回遺闕。宜思有以助朕修政。上答天戒。消

沴召和。以康百姓。卿達機務。朕所親倚。而引咎求去。其如思助何。金史〔七十三守貞傳〕

遣夾谷衡諭知東平府事完顔守貞詔明昌三年

卿勳臣之裔。早登膴仕。才用聲績。朕所素知。故嗣位之初。擢任政府。于今數載。毗贊實多。既久任繁劇。宜均適逸安。矧内外之職。亦當更治。今特授卿是命。東平素號雄藩。兼比年饑歉。正賴經畫。卿其爲朕往綏撫之。金史〔七十三守貞傳〕

諭諸王府傅尉詔明昌三年

朕分命諸王出鎮。蓋欲政事之暇。安便優逸。有以自適耳。然慮其舉措之間或違於理。所以分置傅尉。使勸導彌縫。不入于過失而已。若公餘游宴。不至過度。亦復何害。今聞爾等或用意太過。凡王門細碎之事無妨公道者。一一干與。贊助之道。豈當如是。宜各思職分。事舉其中。無失禮體。仍就諭諸王。使知朕意。金史〔九章宗本紀一〕

諭王倚詔明昌三年

卿賦性太剛。率意行事。乃自陷于刑。若殿年降叙。念卿入仕久。頗有執持。故特起於罪謫之中。授以見職。且彼歲歉民飢。盜賊多。須用舊人鎮撫。庶得安治。勉盡乃心。以圖後效。金史〔一百五王

倫傳〕

誅鄭王允蹈詔明昌四年

朕早以嫡孫。欽承先緒。皇叔定武軍節度使鄭王允蹈。屬處叔父。任當重藩。潛引凶徒。共爲反計。自以元妃之長子。異於他母之諸王。冀幸國灾。窺伺神器。其妹澤國公主長樂。牽同産之愛。駙馬都尉唐括蒲剌覩。狃連姻之私。預聞其謀。相濟以惡。欲寬燕邸之戮。姑致郭鄰之囚。詢諸羣言。用是大戒。允蹈及其妻卞玉與男按春、阿新并公主。皆賜自盡。令有司以禮收葬。仍輟朝一日。

容齋三筆參建炎以來繫年要録〔一百三十〕

鄭王允蹈伏誅布告中外詔明昌四年

天下一家。詎可窺于神器。公族三宥。卒莫逭于常刑。非忘本根骨肉之情。蓋爲宗社安危之計。亦由涼德。有失睦親。乃于間歲之中。連致逆謀之起。思以義掩。至于重典之亟行。天高聽卑。殆非此心之得已。輿言及此。惋歎奚窮。大金國志

賜阿里不名銜詔明昌四年

朕選大臣。俾參機務。必資謀畫。協贊治平。其或得失晦而未形。利害膠而未決。正須識見純直。

方能去取合公。比來議事之臣。鮮有一定之論。蓋以内無所守。故臨事而惑。致有中失。朕將何賴。卿忠實公方。審其是則執而不回。見其非則去而能果。度其事勢。有若權衡。汝之所長。衡實似之。可賜名衡。古者命名。將以責實。汝先有實。可謂稱名。行之克終。乃副朕意。金史〔九十四夾谷衡傳〕

責平章政事守貞詔明昌五年

挾姦罔上。古有常刑。結援養交。臣之大戒。孰謂予相。乃蹈厥辜。爾本出勳門。寖登膴仕。朕初嗣位。亟欲用卿。未閲歲時。升爲宰輔。每期納誨。共致太平。蓋求所長。不考其素。拔擢不爲不峻。任用不爲不專。曾報効之弗思。輒私權之自樹。交通近侍。密問起居。窺測上心。預圖趨向。繇患失之心重。故欺君之罪彰。指所無之事而妄以肆誣。實未始有言而謂之嘗諫。義豈知於歸美。意專在於要君。其飾詐之若然。豈爲臣之當爾。復觀彈奏。益見私情。求親識之援而列布宮中。縱罪廢之餘而出入門下。而又凡有官使。斂爲己恩。謂皆涉于回邪。不宜任之中外。質之清議。固所不容。揆之乃心。烏得無愧。姑從輕典。庸示薄懲。金史〔七十三守貞傳〕

諭官吏詔承安二年

今紀綱不立。官吏弛慢。遷延苟簡。習以成弊。職官多以吉善求名。計得自安。國家何賴焉。至於

徇情賣法。省部令史尤甚。尚書省其戒諭之。金史〔十章宗本紀二〕

獎諭豫王永成進馬詔承安二年

卿夙有雋望。時惟茂親。通達古今。砥礪忠義。方分憂于外服。來輸駿于上閑。欲助邊防。以增武備。惟盡心于體國。乃因物以見誠。載念懇勤。良深嘉獎。金史〔八十五永成傳〕

獎諭西北路招討使獨吉思忠增繕隄牆詔承安三年

直乾之維。搤邊之要。正資守備。以靖翰藩。垣壘弗完。營屯未固。卿督茲事役。唯用戍卒。民不知勞。時非淹久。已臻休畢。仍底工堅。賴爾忠勤。辦茲心畫。有嘉乃力。式副予懷。金史〔九十三獨吉思忠傳〕

答高麗光孝王請以弟晫權守軍國詔承安三年

卿嗣爵遐陬。撫封歲久。遽退讓以去位。疑事變之非常。追閱奏緘。備形懇切。自以衰疾之逼。難任機務之繁。且述父言。欲令弟及。久曠藩宣之寄。已從權攝之宜。雖若出於卿誠。顧未孚於朕德。續遺信史。往咨其詳。高麗史〔二十一〕

詢問高麗光孝王詔承安三年

久撫海邦。遽形誠懇。自以嬰疾。難於奉藩。乃迫述於父言。且並陳其子讓。欲令母弟。傳授爵封。謂其能事於上朝。已俾攝行於國政。驟達於聽。未察所從。將命使以郎諏。庶得卿之誠素。具詳奏牘。無或隱情。高麗史〔二十一〕

允高麗靖孝王權守軍國詔承安四年

卿比飾使騑。肅馳緘奏。備敘兄讓。兼徵父言。慮有曠於撫封。乃從權而攝事。詰其端緒。亦既合符。茲復貢於欵誠。冀獲承於世爵。載稽公義。爰俾俞音。續當遣使册命。高麗史〔二十一〕

册封高麗靖孝王開府儀同三司詔承安四年

胙土尚規。所以就傳於國政。象賢立德。亦惟安享於世封。粵箕子之故區。實三韓之舊壤。根本固而所庇者久。枝葉茂而其承者蕃。享茲世及之休。卒自慶流之永。載敷新渥。庸焕異恩。咨爾晫。秉性安和。持心協睦。賢明素出於天性。名譽寖稱於國人。屬其兄病且日加。捨其子位將汝畀。露章來上。誠意可嘉。肆朕聽之具孚。管邦儀而往代。今遣使大將軍、大理卿完顏愈。持節册命爾爲開府儀同三司。永爲藩輔。於戲。俎豆遺俗。尚循舊者有年。昆弟傳家。復聯芳而累葉。宜克念於綿遠。以無忘於寵綏。往敬乃心。其服朕命。高麗史〔二十一〕

賜高麗靖孝王車服金印詔承安四年

分命侯邦。是惟屏翰。嗣膺世緒。厥有故常。玆臨遣于使軺。往就加于典册。其承恩數。益懋忠勤。今差使某官往彼册命。仍賜卿車服、金印、匹段、弓箭、鞍馬等物。具如别録。至可領也。高麗史〔二十二〕

諭諸路按察司詔泰和五年

近制以鎮静而知大體爲稱職。苛細而闇於大體爲不稱。由是各路按察以因循爲事。莫思舉刺。郡縣以貪黷相尚。莫能畏戢。自今若糾察得實。民無寃滯。能使一路鎮静者。爲稱職。其或煩紊、使民不得申愬者。是爲曠廢。金史〔十二章宗本紀四〕

討宋韓侂胄詔泰和六年

蠢爾殘昏巨迷。〇原空兩格。輒鼓兵端。首開邊隙。敗三朝七十年之盟好。驅兩國百萬衆之生靈。彼既逆謀。此宜順動。尚期决戰。同享升平。四朝聞見録

獎諭完顏匡敗宋詔泰和六年

卿總師出疆屢捷。殄寇撫降。日闢土宇。彼恃漢、江以爲險阻。箠馬而渡。如涉坦途。荆楚削平。不爲難事。雖天佑順。亦卿籌畫之效也。益宏遠圖。以副朕意。金史〔九十八完顏匡傳〕

獎諭羌酋青宜可內附詔泰和六年

卿統有部人。世爲雄長。嚮風慕義。背僞歸朝。願效純誠。恆輸忠力。緬懷嘉矚。式厚褒旌。覽卿進上所受僞牌。朝廷之馭諸番。固無此例。欲使卿有以鎮撫部族。增重觀望。是以特加改命。賜金牌一。銀牌二。到可祇承。服我新恩。永爲藩衛。金史〔九十八完顏綱傳〕

金文最卷七

詔令

招宋吴曦詔泰和六年

宋自佶桓失守。構竄江表。僭稱位號。偷生吴會。時則乃祖武安公玠捍禦兩川、洎武順王璘嗣有大勳。固宜世胙大帥。遂荒西土。長爲藩輔。誓以河山。後裔縱有欒黶之汰。猶當十世宥之。然威略震主者身危。功蓋天下者不賞。自古如此。非止於今。卿家專制蜀漢。積有歲年。猜嫌既萌。進退維谷。代之而不受。召之而不赴。君臣之義。已同路人。譬之破桐之葉。不可以復合。騎虎之勢。不可以中下矣。此事流傳。稔于朕聽。每一思之。未嘗不當饋歎息。而卿猶偃然自安。且卿自視翼贊之功。孰與岳飛。飛之威名戰功。暴於南北。一旦見忌。遂被參夷之誅。可不畏哉。故智者順時而動。明者因機而發。與其負高世之勳。見疑於人。惴惴然常懼不得保其首領。曷若順時因機。轉禍爲福。建萬世不朽之業哉。今趙擴昏孱。受制强臣。比年以來。頓違誓約。增屯軍馬。招納叛亡。朕以生靈之故。未欲遽行討伐。姑遣有司移文。復因來使宣諭。而乃不顧道理。愈肆憑陵。虔劉我邊陲。攻剽我城邑。是以忠臣扼腕。義士痛心。家與爲讎。人百其勇。失道至此。雖欲不亡得乎。朕已分命虎臣。臨江問罪。長驅並騖。飛渡有期。此正豪傑分功之秋也。卿以英偉之姿。處危疑之地。必能深識天命。洞見事機。若按兵閉境。不爲異同。使我師并力巢穴。而無西顧之虞。則全蜀之地。卿所素有。當加封册。一依皇統册構故事。更能順流東下。助爲犄角。則旌麾所指。盡以相付。天日在上。朕不食言。今送金寶一鈕。至可領也。金史〔九十八完顔綱傳〕

遣諭僕散揆詔泰和六年

前得卿奏。先鋒已奪潁口。偏師又下安豐。斬馘之數。各以萬計。近又西師告捷。棗陽、光化既爲我有。樊城、鄧城亦自潰散。又聞隨州闔城歸順。山東之衆。久圍楚州。隴右之師。刻期出界。卿提大兵攻合肥。趙擴聞之。料已破膽。失其神守。度彼之計。乞和爲上。昔嘗畫三事付卿。以今事勢計之。徑渡長江。亦其時矣。淮南既爲我有。際江爲界。理所宜然。如使趙擴奉表稱臣。歲增貢幣。縛送賊魁。還所俘掠。一如所諭。亦可罷兵。卿宜廣爲渡江之勢。使彼有必死之憂。從其所請而縱之。僅得餘息偷生。豈敢復萌他慮。卿於此時。經營江北。勞倈安集。除其虐政橫賦。以良吏撫字疲民。以精兵分守要害。雖未係趙擴之頸。而朕前所畫三事。上功已成矣。前入見時。已嘗議定。今復諄諄者。欲決卿成功爾。機會難遇。卿其勉之。金史〔九十三僕散揆傳〕

命完顔匡攻宋襄陽詔泰和六年

陝西一面。雖下四州。吴曦之降。朕所經略。自大軍出境。惟卿所部。力戰爲多。方之前人。無所愧謝。今南伐之事。責成卿等。區區俘獲。不足羨慕。果能爲國建功。豈止一身榮寵。後世子孫亦保富貴。金史〔九十八完顔綱傳〕

命徒單鎰節制陝西元帥府詔泰和六年

將帥雖武悍。久歷行陣。而宋人狡獪。亦資算勝。卿之智略。朕所深悉。且股肱舊臣。故有此寄。宜以長策禦敵。厲兵撫民。稱朕意焉。金史〔九十九徒單鎰傳〕

諭完顔承裕詔泰和六年

昔乃祖乃父。戮力戎旅。汝年尚少。善於其職。故命汝與完顔璘同行出界。汝自言得兵三萬足以辦事。今以石秣仲温、朮虎高琪及青宜可與汝軍相合。計可六萬。斯亦足以辦矣。仲温、高琪兵道險阻。汝兵道甚易也。自秦州至仙人關。纔四百里耳。從長計畫。以副朕意。金史〔九十三承裕傳〕

賜張行簡御札泰和七年

朕念鎬、鄭二王誤干天常。自貽伊戚。藁葬郊野。多歷年所。朕甚悼焉。欲追復前爵。備禮改葬。卿可詳閱唐貞觀追贈隱巢并前代故事。密封以聞。又曰。欲使石古乃於威州擇地營葬。歲時祭奠。

兼命衛王諸子中立一人爲鄭王後。謹其祭祀。此事既行。理須降詔。卿草詔文大意。一就封進。金史〔一百六張行簡傳〕

責僕散端薦妖婦阿魯不祈雨詔泰和七年

昔者所奏。今其若何。後人謂朕信其妖妄。實由卿啟其端倪。鬱于予懷。念之難置。其循省于往咎。思善補于將來。恪整乃心。式副朕意。金史〔一百一僕散端傳〕

以衛王子按陳爲鄭王永蹈後賜衛王詔泰和七年

朕念鄭王自棄天常。以干國憲。藁瘞曠野。忽諸不祀。歷歲既久。深用愴然。親親之情。有懷難置。已詔追復舊爵。改葬如儀。稽考古禮。以卿之子按陳爲鄭王後。謹其祭祀。卿其悉之。金史〔十三衛紹王本紀〕

命按陳爲鄭王後詔泰和七年

朕追維鄭邸。誤蹈匪彝。藁窆原野。多歷歲年。怛然軫懷。有不能已。乃詔追復王爵。備禮改葬。今稽式古典。命汝爲鄭王後。守其祭祀。金史〔九十三從恪傳〕

許宋平報完顏匡詔泰和七年

朕以生靈之故。已從所請。稱臣割地尚且闊略。區區小節何足深較。其侂胄、師旦首函及諸叛亡至濠州。卽聽通謝人使入界。軍馬卽當撤還。川陝關隘。候歲幣犒軍銀兩綱至下蔡。劃日割賜。金史〔九十八完顏匡傳〕

諭陝西軍士詔泰和七年

汝等爰自去冬出疆用命。擐披甲冑。冒涉艱險。直取山外數州。比之他軍。實有勤效。界外屯駐日。久負勞苦。恩賞未行。有司申奏不明。以致如此。朕已令增給賞物。以酬爾勞。惟是餘賊未殄。猶須經略。眷我師徒。久役未解。深懷憫念。寤寐弗忘。汝等益思體國之忠。奮敵愾之勇。協心畢力。建立功勳。高爵厚祿。朕所不吝。金史〔九十八完顏綱傳〕

戒諭尚書省詔泰和八年

國家之治。在于紀綱。紀綱所先。賞罰必信。今迺上自省部之重。下逮司縣之間。律度弗循。私懷自便。遷延曠歲。苟且成風。習此爲恆。從何致理。朝廷者。百官之本。京師者。諸夏之儀。其勗自今。各懲已往。遵繩奉法。竭力赴功。無枉撓以徇情。無依違而避勢。壹歸于正。用範乃民。金史〔十二章宗本紀四〕

章宗遺詔泰和八年

皇叔衞王。承世宗之遺體。鍾厚慶於元妃。人望所歸。歷數斯在。今朕上體太祖皇帝傳授至公之意。付畀寶祚。卽皇帝位於柩前。載惟禮經。有嫡立嫡。無嫡立庶。今朕之内人見有娠者兩位。已詔皇弟。如其中有男。當立爲儲貳。如皆是男子。擇可立者立之。金史〔九十八完顏匡傳〕

章宗承御范氏胎氣損失詔大安元年

章宗皇帝以天下重器。畀于眇躬。遺旨謂掖庭内人有娠者兩位。如得男。則立爲儲貳。申諭多方。皎如天日。朕雖涼菲。實受付託。思克副于遺意。每曲爲之盡心。擇静舍以俾居。遣懿親而守視。欽懷皇后母鄭國公主及乳母蕭國夫人。晝夜不離。昨聞有爽于安養。已用軫憂而弗寧。爰命大臣。專爲調護。今者平章政事僕散端左丞孫卽康奏言。承御賈氏當以十一月免乳。今則已出三月。來事未可度知。范氏産期。合在正月。而太醫副使儀師顔言。自年前十一月診得范氏胎氣有損。調治迄今。脉息雖和。胎形已失。及范氏自願於神御前削髮爲尼。重念先皇帝重屬大事。豈期聞此。深用怛然。今范氏既已有損。而賈氏猶或可冀。告於先帝。願降靈禧。默賜保全。早生聖嗣。尚恐衆庶。未究端由。要不匿於播敷。使咸明於吾意。金史〔六十四章宗元妃李氏傳〕

賜章宗元妃李氏承御賈氏自盡詔大安元年

近者有訴元妃李氏潛計負恩。自泰和七年正月章宗暫嘗違豫。李氏與新喜竊議。爲儲嗣未立。欲令宮人詐作有身。計取他兒詐充皇嗣。遂於年前閏月十日。因賈承御病嘔吐。腹中若有積塊。李氏與其母王盼兒及李新喜謀。令賈氏詐稱有身。俟將臨月。於李家取兒以入。月日不偶。則規別取。以爲皇嗣。章宗崩。謀不及行。當先帝彌留之際。命平章政事完顏匡都提點中外事務。明有敕旨。我有兩宮人有娠。更令召平章。左右並聞斯語。李氏並新喜乃敢不依敕旨。欲喚喜兒、鐵哥。事既不克。竊呼提點近侍局烏古論慶壽與計。因品藻諸王。議復不定。知近侍局副使徒單張僧遣人召平章。已到宣華門外始發勘。同平章入內。一遵遺旨。以定大事。方先帝疾危。數召李氏。李氏不到。及索衣服。李氏承召。亦不卽來。猶與其母私議。先皇平昔或有幸御。李氏嫉妒。令女巫李定奴作紙木人、鴛鴦符以事魘魅。致絶聖嗣。所爲不軌。莫可殫陳。事既發露。遣大臣按問。俱已欵服。命宰臣往審。亦如之。有司議法當極刑。以其久侍先帝。欲免其死。王公百僚。執奏堅確。令賜李氏自盡。王盼兒、李新喜各正典刑。李氏兄安國軍節度使喜兒、弟少府監鐵哥如律。仍追除復係監籍。於遠地安置。諸連坐並依律令施行。承御賈氏。亦賜自盡。金史〔六十四章宗元妃李氏傳〕

允高麗元孝王權守軍國詔 崇慶元年

朕惟爾國。世篤忠勤。意前王遽以病讓。謂爾乃仲父之子。而素有象賢之稱。徵遺訓於先臣。俾攝行於機務。已頒答詔。特示矜從。玆重閱於來章。宜明諭於朕指。其承恩許。益謹藩儀。續當遣使

册命。高麗史〔二十一〕

册命高麗元孝王詔崇慶元年

邇者。前王乃以國讓。謂卿賢淑。祈授世封。肆臨遣於使軺。俾就加於錫命。益思忠恪。茂對寵光。今差使明虎大將軍、大理寺卿完顔惟基、副使翰林直學士大中大夫張翰往彼册命。仍賜卿車服、金印、匹段、弓箭、鞍馬等物。具如别録。高麗史〔二十一〕

諭愛王詔至寧元年

泰和猜忌。兄弟失歡。骨肉至親。化爲讎怨。誘引外敵。傾危本國。計王之心。亦復何忍。往事已矣。今宜改圖。朕遭家多難。靖晦以處。忽諸父諸臣。横見推逼。義不容辭。王是朕之姪。朕是王之叔。叔姪天性。寧不坦然。今自和龍東北。永爲王國。保有北朔。子孫嗣守。勿信間言。憑陵以逞。叔姪二人。同形共氣。設或交兵。務行兼并。太祖太宗在天之靈。亦不錫佑。昔梁督與湘東爲叔姪之仇。督引周兵。以陷江陵。隨亦失國。而爲人僇。此事宜鑒。三復予言。大金國志參南遷録

立守忠爲皇太子詔貞祐元年

朕以眇躬。嗣服景命。念祖宗之遺統。方夙夜以靡遑。將上以承九廟之靈。而下以繫多方之望。皇

太子守忠。性秉溫良。地居長嫡。以次第言之。則宜升儲貳。以典禮質之。則足愜羣情。其立爲皇太子。金史〔九十三莊獻太子傳〕

放還章宗元妃李氏家族詔貞祐元年

大安之初。頒諭天下。謂李氏與其母王盼兒及李新喜同謀。令賈氏虛稱有身。各正罪法。朕惟章宗皇帝聖德聰明。豈容有此欺紿。近因集議。武衞軍副使兼提點近侍局完顏達、霍王傅大政德皆言賈氏事内有寃。此時達職在近侍。政德護賈氏。所以知之。朕親臨問左證。其事曖昧無據。當時被罪貶責者。可俱令放免還家。金史〔六十四章宗元妃李氏傳〕

議南遷詔貞祐二年

國有大事。謀貴僉同。我太祖效文王之興岐。居龍朔以有天下。忠獻繼周公之卜洛。宅中京以朝諸侯。頃歲多虞。兵端未已。臣鄰思久遠之圖。國人懷本土之思。盍各進言。以圖長策。大金國志

罪己詔貞祐二年

一人无良。萬方何罪。與言及此。流涕奚從。朕方圖大以宅中。期與更新而沐化。劉伯林、李斌、楊安兒、王燕、張耀等。或嘗經任使。或會經征行。偶此失圖。遂迷故道。朕念先皇之興起。尚合南北

於一家。胡爲今日之紛張。遂化仇讎于同軌。倘使翻然順命。必將加以厚恩。朕不食言。爾當敬聽。**大金國志**

諭奧屯襄布希萬努富察烏錦協力詔貞祐二年

上京、遼東。國家重地。以卿等累效忠勤。故委腹心。意其協力盡公。以徇國家之急。及詳來奏。乃大不然。朕將何賴。自今每事同心。并力備禦。機會一失。悔之何及。且師克在和。善鈞從衆。尚懲前過。以圖後功。金史〔一百三奧屯襄傳〕

諭中都官吏軍民詔貞祐三年

朕欲紓民力。遂幸陪都。天未悔禍。時尚多虞。道路久梗。音問難通。汝等朝暮矢石。暴露風霜。思惟報國。靡有二心。俟兵事之稍息。當不恡於旌賞。今已會合諸路兵馬救援。故兹獎諭。想宜知悉。**金史〔一百一承暉傳〕**

獎諭河東南路宣撫使胥鼎詔貞祐三年

卿以文武之才。膺兵民之寄。往鎮方面。式固邊防。坐釋朕憂。孰如卿力。益懋忠勤之節。以收綏靖之功。仰副予心。嗣有後寵。金史〔一百八胥鼎傳〕

報完顏仲元請詣闕詔貞祐四年

卿兄弟鳩集義旅。所在立功。忠義之誠。皎然可見。朕以參政侯摯與卿素厚。命于彼中行省。應悉朕心。卿求入見。其意固嘉。東平方危。正賴卿等相爲聲援。俟兵勢稍緩。即徙軍附河屯駐。此時卿來。蓋未晚也。尚思戮力。朕不汝忘。金史〔一百三完顏仲元傳〕

金文最卷八

詔令附張邦昌劉豫僞詔

賜滄海公王福等詔興定四年

乃者。邊防不守。河朔失寧。卿等自總戎昭。備殫忠力。若能自效。朕復何憂。宜膺茅土之封。復賜忠臣之號。除已畫定所管州縣外。如能收復鄰近州縣者。亦聽管屬。金史〔一百十八苗道潤傳〕

誅布薩阿海詔興定五年

銀青榮祿大夫左副元帥兼樞密副使駙馬都尉僕散阿海。早藉世姻。寖馳仕軌。屬當軍旅之事。益厚朝廷之恩。爰自帥藩。擢居樞府。頃者南伐。時乃奏言。是俾行鱗介之誅。而盡露梟獍之狀。二城雖得。多罪稔彰。念勝負之靡常。肯刑章之輕用。始自畫因糧之計。乃更嚴橫斂之期。督促計司。彫弊民力。信其私意。或失防秋。顧利害之實深。尚優容而弗問。頃因近侍。悉露姦謀。蓋慮前後罪之上聞。迺以金玉帶而夜獻。審事情之詭秘。命信臣而鞫推。迨致欵詞。乃詳實狀。自以積愆之著。必非公憲所容。欲結近臣之歡心。俾伺內庭之指意。如釁端之少露。得先事而易圖。因其方握兵權。得以謀危廟祏。事或不濟。計卽外奔。前日之俘。隨時誅戮。獨於宋族。曲活全門。示其悖德於敵讐。豫計全身而納用。金史〔一百二僕散安貞傳〕

諭陝西東西兩路行省詔宣宗時

趙秉文

比以北境稱兵。西鄙爲重。肆遣將帥。以衞封陲。仍申命於大臣。以分領於行省。其責不爲不重。其任不爲不優。如聞彼軍深入夏境。倘邊方之少警。將內地之可憂。雖九廟扶持。素爲神明祚也。而一時利害。不爲社稷慮乎。若非協力以早圖。恐或噬臍之不及。其體此意。以究爾圖。嗚呼。進退軍之密謀。朕不從中制也。安危國之大計。卿其以身任之。可守可攻。各度其勢。或犄或角。一從所長。其毋失事機。以勉圖成效。滏水集

哀宗卽位大赦詔哀宗元光二年

朕述先帝之遺意。有便於時欲行而未及者。悉奉而行之。國家已有定制。有司往往以情破法。使人罔遭刑憲。今後有本條而不遵者。以故入人罪罪之。草澤士庶。許令直言軍國利害。雖涉譏諷。無可采取者。並不坐罪。金史〔十七哀宗本紀上〕

戒諭百官詔正大元年

朕新卽大位。肇親萬機。國是實爲未明。政統猶懼多闕。尚賴爾文武多士。内外庶僚。上下同心。始終戮力。以副遺大投艱之託。共成興滯補廢之功。然而養資考者。每務於因循。嗜閒逸者。或託於疾病。因之積弊。習以成風。事至於斯。朕將何賴。蓋嘗深維百姓勤勞之意。尚不能忘累聖涵養之仁。服田力穡。而以給租庸。輓粟飛芻。而不憚征繕。況爾等世膺高爵。身受厚恩。夫有國乃可以有家。而爲臣亦猶之爲子。未有國不安而家可保。必須臣竭力而君以寧。加之事屬方殷。時丁多故。舊疆待乎恢復。强敵期于削平。正當惡營之秋。難行姑息之政。朕既夙宵軫念。庶幾宏業以昭功。爾其朝夕在公。豈宜翫歲而愒日。夫湯刑以儆具位。周典以正百官。兹出話言。以爲明訓。掌刑者。有法可奉。毋使有冤抑之情。典選者。有格可循。毋妄求疏駮之節。錢穀當審知取予。毋吝于出納之門。臺諫當指陳是非。毋涉于細碎之事。司農以敦本察吏。不可苟且而曠職司。牧民以扶弱抑强。不可聚斂而營私計。至於大而分閫。小而掌兵。固當志殄寇讐。日闢土宇。受朝廷之託。必思報國。念功臣之後。常恐辱先。又豈可平居或冒於糗糧。臨事或生於畏懼。視郡縣之官。妄分於彼此。役部伍之卒。不計於公私。凡有我官。所當共戒。其敬遵於邦憲。務恪慎於官箴。享富貴於當年。垂功名於身後。且賞罰期於信必。而功罪貴乎正明。兹誡前代之良規。亦我祖宗之已事。今當仰法。要在決行。於戲。任賢使能。周室果聞於興復。綜名核實。漢家遂至於肅清。公勤者。賞

不敢私。弛慢者。刑兹無赦。各勤爾職。明聽朕言。故兹詔示。想宜知悉。玉堂嘉話

卻貢白兔詔正大元年

得賢臣輔佐。年穀豐登。此上瑞也。焉事此爲。令有司給道里費。縱之本土。禮部其徧諭四方。使知朕意。金史〔十七哀宗本紀上〕

擬立東宫詔正大元年奉都堂鈞旨作

元好問

惟王建國。篤爲長世之謀。惟國立儲。茂正萬邦之本。位號定。而莫不以爲悦。典禮崇。而莫敢以爲私。眷予上嗣之良。優有中興之略。内則視膳問安之禮備。外則尊道讓齒之義隆。藹然仁孝之稱。粹矣温文之表。朕自紹休於大統。猶虚位于東朝。乃考蓍龜之占。乃稽方册之寶。夏后與子。天人之望攸歸。周家尚親。廟社之尊斯在。載涓穀旦。爰闢青宫。下以副四海之心。上以對兩宫之訓。某可立爲皇太子。於戲。文昭武穆。夙貽燕翼之謀。震長離明。本有承華之象。尚因主鬯之重。嗣啟迓衡之期。遺山集

諭止胥鼎請老詔正大三年

卿往在河東。殘破孤危。殆不易保。卿一至而定。迨卿移鎮。敵不復侵。何乃過爲嫌避。且君臣均

爲一體。朕待下亦豈自殊。自外之語。殆爲過計。況餘人才力孰可副卿者。卿年老久勞於外。朕豈不知。但國家百年積累之基。河朔億萬生靈之命。卿當勉出壯圖。同濟大事。金史〔一百八胥鼎傳〕

遣完顏阿虎帶使宋借糧詔天興二年

宋人負朕深矣。朕自卽位。數戒邊臣。無擾南界。邊臣有自請討伐者。朕未嘗不切責之。向得宋一州。隨卽見付。近日淮陰來歸。彼欲多輸錢帛爲贖。朕若受財。是貨之也。秋毫不犯。付以全城。淸口臨陣生獲數千人。悉以資糧遣之。今乘我困弊。據我壽泗。旣誘我鄧州。又攻我唐州。雖然。彼所以爲謀亦淺矣。敵人滅國四十。以及於夏。夏亡則及於我。我亡則及於宋。脣亡齒寒。自然之理耳。爲彼之計。不若與我連和。同禦大敵。所以爲我者。亦爲彼也。卿至。其以此意曉之。

汝南遺事參金史〔十八哀宗本紀下〕

答胡土以奴降乞解軍職詔天興二年

卿父子兄弟皆爲帥臣。榮被國恩。不爲不厚。顧卿豈有求降敵理耶。卿在洛陽。不卽投降。而千里遠來降於蔡。亦豈人情也哉。聞卿遇奴太寮。且其衣食不甚豐腆。此自奴輩往求飽暖計耳。卿何慊爲哉。汝南遺事

曲赦蔡州詔天興二年

天方悔禍。少寬北顧之憂。人亦告勞。爰啟南巡之議。惟今蔡郡。實古豫州。干戈以來。市井如故。久以孤墉而抗敵。出于衆力之輸勤。爰聞臨幸之初。逾謹奉迎之禮。人已至於垂淚。朕亦爲之動懷。宜沛恩私。曲加慰浣。自天興二年七月一日昧爽以前。據蔡州管内各郡屬縣雜犯死罪以下。並行釋免。官吏軍民。各覃恩兩重。歸德以南經過去處。曾經應辦者遷一官。百姓逃亡户絶者抛下地土。聽人迯耕。並免差税。自來拖欠官房地基軍需等錢。俱免追徵。連年兵飢。多有暴露骸骨。仰所在官司。如法埋瘞。嗚呼。奉畜爾衆。敢辭亳邑之遷。時邁其邦。尚獲周家之助。咨爾有衆。體予至懷。故兹詔示。想宜知悉。大金國志參汝南遺事

張邦昌僭位僞手書

予以寡陋。近迫大國之威。俾救斯民於兵火。而諸公横見推逼。不容自裁。忍死以理國事。豈其心哉。顧德弗類。實難稱塞。出令之初。有司乃以聖旨行下。載循昧陋。殊震危衷。夫聖孔子不居。則予豈敢。自今與三省樞密院議定處分及内外官司面陳得旨事。稱面旨。内降及批出文字。稱中旨。遣官傳諭所司。稱宣旨。洪惟非常之變。適遭會於斯時。尚冀有永之圖。訖救寧於區夏。庶幾多士。共識此懷。北盟會編參靖康要録

張邦昌赦京城僞手書

嗣位之初。理宜廣推恩沛。今四方道路未通。赦宥未能宣布。緣京城圍閉日久。下項事可以先次施

行。應在京罪人所犯無輕重。不論已未發覺。常赦所不原者。並與釋放。應文臣承務郎、武臣承信郎以上並內臣及致仕官。並與轉官。在職選人、循資校尉。比類施行。合磨勘者。仍並不隔磨勘。應文武陞朝官並禁軍都虞候以上。父母妻未有官封者並與封敍。已有官封者更與封敍。亡没未封贈者並與封贈。已封贈者更與封贈。祖父母在願回授者聽。應禁軍正副指揮使以上。各特與兒男下班祇應一名。應承務郎以上。服綠緋。及十五年不以贓私罪。並與改轉服色。開封府國學及別試所。去年秋試得解舉首。特與推恩。餘並以今年八月鎖院省試。應合特奏名人。並與免試。內曾經六舉以上到省人與補登仕郎。五舉人與補京府助教。四舉上州文學。三舉下州文學。兩舉諸州助教。錫慶院試中在學、不係在學生。免廷試。推恩人、諸路解到武藝合格人等。並照原降指揮。分等參酌推恩。應命官除名、追降官員及勒停、終身不齒、放歸田里人等及永不收敍人。並與敍元官。落職人與復舊職。令刑部檢舉奏聞。應停降諸色人等。未曾敍用者。並與特敍元職名。其永不收敍人。依此以次遷補。候有闕收補。應配軍因圍閉未出京人。候開門日配沙門島並配鄰州見分配在京重役處者。仰刑部疾速具元犯。取旨放令逐便。應逃亡軍人及潰散人兵。除依累降指揮招集出首外。尚慮有未出首人。可特展一月首身。其存恤等事。並依已降指揮。應係官司欠負。不以名色貫陌。並行蠲免。其私債無利息者。限一年外許理索。諸軍緣借請之類。見尅請受者。並特與除放。耆老並賜粟帛。令户部支給價錢。官司房錢。不以貫陌並放。三月出糶米麥雜豆。以濟貧民。雖已降指揮減價。尚慮民間不易。可令更與減價出糶。仍約束逐場人民擁併。仰户部踏逐。應有係官木植及空閑屋舍。添置賣場。以濟細民。無致沮滯。掩骼王政所先。當草昧圍城之中。不忍視其橫逆。應亡没貧民。仰開封府量給官錢。充葬送之費。應細民疾病貧乏無藥者。令開封府疾速措置。差官分定坊巷。就門俵散官藥。諸軍疾病。合給官藥。緣多事之際。給散不時。仰馬軍司體度速支官錢。廣行合藥俵散。其諸軍差發到軍兵保甲等有疾病者。令所轄官司。依在京軍營法醫治。應技術人等並家屬趨赴軍前者。所抛下財産。其有分人。許經開封府自陳。驗實給付。應寺院宫觀有隔下發放等恩澤。各令自陳。所屬保明申禮部。限三日給降度牒。應特旨還俗僧道。特與依舊爲僧道。令開封府出給公據。應禁宫觀寺尼女冠。令所屬取問。願歸俗者聽從便。應見行法令典章。百司事務職任。一切並依舊。内有于民不便者。臺省寺監條具以聞。仍許諸色人經鼓院奏陳。當議參詳更定。以從民欲。建炎以來繫年要録參北盟會編〔靖康中帙六十一〕

張邦昌僞赦手書

海内承平。垂二百載。生民樂業。豈復知兵。乃者奸臣輕搆邊難。大金再舉。奄及都畿。城守不堅。二帝遷北。中原之大。踰月無君。予適以還歸。横見推逼。既自殘而弗獲。乃忍死以救民。言念生靈。係心宸極。道路阻音郵之達。吏民無詔令之承。想其憔悴之憂。同此危亡之急。倘不深求於民瘼。豈能宏濟于時艱。宜示撫循。用舒陲阨。庶亟臻於寧謐。以終究於遠圖。可依下項。應手書到日昧爽以前。罪無輕重。常赦所不原者。並特釋放。靖康要録參北盟會編〔靖康中帙六十四〕

金吾案。北盟會編引中興遺史、靖康遺録載張邦昌僞赦文二。俱與此異。附録于後。

天下承平。幾二百載。百姓樂業。豈復知兵。奸臣首結邊難。招致禍變。城守不堅。致嗣君皇帝越在郊野。予以還歸。横見推逼。有堯、舜之揖讓。無湯、武之干戈。四方之廣。弗通者半年。京城之大。無君者三月。從宜康濟。庶拯危難。應手書到日。罪無輕重。並與釋放。

一、差官省視園陵。

二、諸州天慶、天寧寺。依舊行香。

三、諸州軍守臣。各令兵至近甸。保守無虞。義同有功。起發勤王兵。仰卻於元來處分屯。

四、存恤諸處宗室。餘並依前赦。中興遺史

宋家遭陽九之阨。二帝北遷。蒙塵萬里。予適以使還。强見推立。既自裁而弗獲。乃忍死而救民。言念生靈。繫心宸極。道路阻郵傳之問。遠近乖向往之誠。宜敷德音。用罄寰宇。可大赦天下云云。諸道勤王人兵。當國家危急。不能進援。京師失守。乃欲偷安。雖無誠節。亦已勤勞。宜各歸本貫。别候中旨。靖康遺録

劉豫僭位肆赦僞詔

門下。自前朝失御。率士無依。内離民心。致蠭起弄兵之盜。外開邊隙。來鷹揚問罪之師。山川靡寧。干戈互動。耕桑廢業。壠畝彌望而荆榛。老幼逃生。廬舍多爲之灰燼。原野厭于流血。溝壑填

于殘骸。兵火連年不休。亂離自古所少。言之流涕。念及痛心。嗟赤子之無辜。冀皇天之悔禍。宣命亟班於上國。郡制特設于東州。顧朕何人。誤承此任。自念風猷寡陋。家世側微。昔也壯年。久林泉之是樂。今焉晚節。豈軒冕之爲心。屢乞退閑。竟無允命。提綱五路。空殫夙夜之勞。歷試期年。蔑著錙銖之效。雖近地稍形于康乂。而遠民未免于飢荒。方圖自效而歸。敢有懷它之望。顯冊之既申命。要在必從。避辭者凡四章。無所不至。使命愈加乎敦迫。軍民不容於遁逃。至於屬部之州。列奏樂推之牘。此豈人事致爾。實有天數存焉。知便安難遂於己私。則吉凶宜同於民患。當天造之草昧。念王業之艱難。恭授册儀。尚循牆而欲避。勉膺位號。若負刺之不遑。雖非虞舜之明揚。幸無成湯之慙德。已於天會八年九月九日。即皇帝位。國號大齊。布告中外。咸知朕意。尚念世道交喪。國俗益訛。貪頑未變於餘風。詿誤多罹於憲網。力期化洽。深軫哀矜。宜布湛恩。與之更始。可大赦天下云云。於戲。臨深履薄。何以當付畀之隆。拯溺救焚。何以慰來蘇之望。尚賴公卿宣力。士庶協心。共贊眇冲。以臻康泰。北盟會編〔炎興下帙四十一〕參僞齊錄

劉豫求言僞詔

辭避無術。竟當重任。蒙遠近官吏士庶耆老。輳集稱慶。顧以無能。副衆勤誠。惟極愧惕。念時當草昧。事極艱難。臨政之初。若涉大水。其無津涯。更冀官吏軍民耆老。凡有所見。直言無隱。庶補昧陋。共圖永濟。北盟會編〔炎興下帙八十二〕參僞齊錄

劉豫改元阜昌僞詔

王者受命。必建元以正始。近古以來。仍紀嘉號。以與天下更新。乃者卽位之初。有司請遵舊制。朕以大國之故。遜避未遑。而使命遠臨。促立別號。以昭受命之元運。新我齊民之耳目。嘉與諸夏。共承天休。其以十一月二十三日建元爲阜昌之元年。布告天下。咸使聞知。北盟會編〔炎興下帙八十二〕參僞齊録

劉豫遷都汴京僞詔

汴京實四方之上游。名區奥壤。爲天下最。今所宜都。無以易此。而朕以遷都重事。未嘗輕議。既而寇盜衰息。强梗懷歸。關輔混同。人漸寧謐。宅中而據會要。因舊以建新都。乃其時也。朕志已定。朝議僉協。將戒嚴而慎動。宜先事以示期。誕布詔音。亶孚羣聽。已定明年春末遷都於汴。凡爾遐邇。咸知朕意。北盟會編　僞齊録

劉豫寇宋僞詔

朕膺受天命。既作民主。遂竭其憂勤。撫治中原。數年而來。治頗有緒。永惟吳越巴蜀江湖鎮海。皆定議一統之地。含齒帶髮。莫非臣民。閔其陷於僭逆之邦。豈不欲速便混一。重念大亂之餘。生

民困極。深加惻隱。不忍用兵。且冀趙構久自悔悟。稍能革其不道。故爲之請于大金。割江表之地而封之。使永保趙氏之祀。大金以元議絶滅。但欲終其攻伐。力請逾堅。方獲聽許。朕所以施德于江南者。顧不厚哉。蓋朕以救生靈爲心。勉卽大位。彼倘能善保一隅。不肆殘暴。雖分裂土地。樹之國都。使海内偃兵息民。朕之志也。豈圖怙惡不悛。蔑棄大德。乃敢僞通使聘。密圖吞噬。先乘不備之隙。攻刦汝潁。後舉烏合之衆。侵掠襄鄧。至妄肆蜂蠆之毒。有收燕雲之謀。若尚加含忍。則南北億兆生靈。無休息安泰之期。是用特遣皇太子爲諸路兵馬大總管。尚書左丞相梁國公麟領東南道行臺。合大金元帥大軍。直擣僭壘。俘其罪人。布宣德音。弔彼黎庶。務使六合混一。永無兵革之虞。生民共遂有生之樂。播告天下。明體至懷。故兹詔示。想宜知悉。僞齊録

劉豫奬諭羅誘僞詔

朕乘時創業。實賴英乂。當宁求賢。孰爲賢者。皇天助順。錫我忠良。卿克堅北面之心。首建南征之策。碩謀遠略。灼見敵情。凡吾師徒。皆所毗倚。賜卿絹一百疋。日下乘傳赴闕。以俟登庸。朕當親勒六軍。式圖厥事。果獲戡定。樂與卿共之。安享太平。豈不美哉。秋涼。卿比來安好。遣書指不多及。北盟會編參僞齊録

劉豫戒守令勸農僞詔

朕撫有海内。五年于兹。賤末而貴本。欲使元元之民皆趨南畝。豐衣足食。水旱有儲。比屋歸厚。

于今田野未盡墾闢。閭閻之間儲蓄尚寡。抑亦長民之吏。勸督之未至。且古者循吏。或出入阡陌。躬勸耕桑。課民樹藝。悉有程品。用是户口蕃滋。獄訟漸息。今郡守縣令。所以助朕致理。何獨不能及兹。適今播種之始。亦各勉盡率土之勞。使地無遺利。農民亦宜深念幸免兵火之厄。泰然更生。無事惰游。竭力畎畝。務遂生生之業。以養父母。以育妻子。臻于福壽。不亦善乎。布告天下。咸使聞知。稱朕敦本務農之意。毋忽朕命。故兹詔示。想宜知悉。北盟會編參僞齊録

劉豫除李成鎮海軍節度使僞詔

門下。授鉞建旄。式重兵權之寄。折衝禦侮。先分閫外之憂。思付戎麾。喜獲虎將。宜敷渙號。顯告明廷。中侍大夫安化軍承宣使鄭州守李成。智識精明。性資果毅。戰遇强敵。槊貫軍鋒。弓綰二鈞。矢穿鐵騎。增摧鋒陷陣之勇。立斬將搴旗之功。仰察天時。俯觀人事。拯生民之塗炭。提士衆以來歸。允懷心膂之良。增重爪牙之任。嗚呼。賈復率衆以歸漢。終成定亂之功。尉遲捨僞以存唐。屢著擒賊之績。擬予大將。思配前人。可特授鎮海軍節度使輔國上將軍充山東路留守。東平府住坐。賜馬五十疋黄金三十斤。北盟會編〔炎興下帙一百十五〕

金文最卷九

册文

上太祖尊謚册文天會三年

孝弟嗣皇帝臣諱。謹再拜稽首上言曰。蓋聞創丕基。樹鉅本。將慶流於萬世者。先王啓後之功。揚鴻懿。薦大名。使輝映於百王者。後世奉先之道。實始終之鉅美。抑古今之通行者也。伏惟兄大聖皇帝應輝魄之元符。握榮河之祕紀。三靈協贊。千載勃興。居多淵静之謀。動合變通之道。御家以儉。遵夏禹之卑宫。刑國以輕。體漢高之約法。加以神襟豁達。聖器英雄。乘覆昏取亂之機。奮濟世安民之業。周文已出。知殷滅之有期。唐祖既生。見隋亡之不遠。頃者有遼訖運。昏主承家。狎侮太平。荒迷多罪。先絶鄰好。曲造兵端。既誘納我叛亡。又侵圖我邊鄙。天實厭棄。民曰怨咨。戚既自貽。禍將孰免。繄天下起旱霓之望。我聖人行時雨之征。親御六師。用申九伐。人病大江之阻。自得通逵。兵臨巨敵之來。口占瑞火。故能一舉取遼簪。再舉下雲燕。何鋭敢前。無堅不破。方當秦野。肆追亡鹿之蹤。俄值軒湖。長往飛龍之駕。大命有屬。微躬□□。○□□原缺。據叢書集成本補。弗遑康寧。勉思述繼。百神假手。果拔怨叛之根。四海歡心。遂定神明之器。蓋憑成筭。獲畢前功。敢忘歸報之誠。嚴奉追崇之號。拓地開封之謂武。體乾啓祚之謂元。合以爲名。庶其稱德。謹奉玉册玉寶。恭上尊號曰武元皇帝。廟號太祖。伏願耿光不泯。與日月以俱垂。休烈無窮。將山河而共久。格思神馭。膺此縟儀。尚期顧歆。永有蒙賴。大金集禮

增上太祖尊謚册文皇統五年

孝孫嗣皇帝臣名諱謹拜手稽首曰。臣聞自昔繼體守文之君。嗣服重熙累洽之運。念稽圖之綿邈。由祖考之艱勤。則必茂揚耿光。祇薦大號。豈惟盡臣子奉先之孝。亦以答神祇申命之休。故文王肇造周室。既以文爲謚。而又謂之丕顯考。又謂之寧王。武王克定殷邦。既以武爲稱。而又謂之光烈考。又謂之正父。載于大訓。是曰王彝。粵自遼人不綱。上帝降割。占烏止于誰屋。逐鹿競于中原。塗炭之危。玉石無辨。我太祖武元皇帝遵養時晦。顧諟天明。以德行仁。勢靡憑于力假。奉辭伐罪。攻不自于我先。方秉鉞以誓師。洎臨津而飲馬。神光赫然四燭。輝甚朝暾。天塹爲之伏流。坦如平地。故得讎民褫魄。鄰壤歸心。牧野前途。俄倒戈而自潰。霍邑固守。望舉鞭而已摧。自是歲冒風霜。躬擐甲胄。其至有如時雨。其攻無復堅城。未踰數載之間。盡取五京之地。北連六鎮。南界九河。西懾崆峒。東漸溟渤。若遠若近。悉主悉臣。至于圖任親賢。倚如手足。懷服歸附。推以腹心。有典有則。以垂裕于子孫。無黨無偏。以示公於好惡。惡衣服。卑宫室。夏禹之無間然

也。不邇聲色。不殖貨利。成湯之又日新也。治監太清。簡易爲政。羲、昊之淳風也。德崇克讓。推授靡私。唐虞之高躅也。若乃仁恩光被於有截。智慮預圖于未形。禮義所維。威信所接。卜世之久。與天無窮。臣嗣守丕圖。恪繩遺矩。念欲報之懷曷已。而追崇之禮未加。想如在之音容。懔勿寧於朝夕。率籲衆志。參稽格言。咸謂道合於天。至謂之元。與謚議同。雖地溥天崇。固不容于測度。而涓流塵集。冀少益於高深。臣不勝大願。謹奉玉册玉寶。恭上尊謚曰應乾興運昭德定功睿神莊孝仁明大聖武元皇帝。恭惟神用無方。天監在下。察冲人之永慕。歆兆姓之樂推。風馬雲車。俯故宫而暫憩。金文玉篆。揚景鑠於無窮。大金集禮

上太宗尊謚册文天會十三年

維天會十三年歲次乙卯三月甲戌朔七日庚辰。哀孫嗣皇帝臣諱。謹再拜頓首言曰。伏以乾坤覆載之功。非俄可度而俄可測。耳目見聞之外。或名曰夷而名曰希。乃知妙出於器形。尚有强加其稱謂。故帝皇以降。謚號攸存。生以表其殊功。没則節其大惠。率由錫命于上帝。將用式孚於後人。非臣子之所得專。在典章而不敢闕。宜迹所行之大。用光不朽之傳。伏惟大行皇帝。廣淵清明。篤實純粹。渾然德性。而無所畛域。發乎事業。則休有烈光。始乎太祖之濯征。常以介弟而居守。推恩撫衆。而内益固本。務穡節力。而外無匱供。好經遠猷。克斷大事。共能定天下之業。豈特寬闕中之憂。兆姓與能。百靈眷德。位肆定於主器。心常戢於在淵。將嗣丕圖。猶云非德。推戴之始。

窮三讓而克誠。臨御以來。明兩作而善繼。每念前人之圖事。欲終下武之代功。於時民望尚殊。邦統未一。遼主之竄越也。收合餘燼。宋人之背誕也。包藏禍心。爰命進師。密授成算。奉天致討。惟日奏功。故纂服之後。不數年。其係組而來凡三帝。萬里共貫。六合一家。曾無專享之私。遂定久安之勢。畫封守以正域。選賢能而爲邦。物肅德威。人服義舉。處衽席無爲之逸。鳩方册不載之功。必也聖乎。其可知已。若乃茂昭孝德。夤奉先猷。殆將一動而順稽。非止三年而不改。議有俯迫。政或當更。泣祖訓于手澤之餘。下莫仰視。畏神威于屋隅之近。躬若無容。繼述之間。愼重如此。其知人則哲。乃任官惟賢。愼簡親勳。共位將相。有大用之材使各盡。于不賞之功無所疑。寔駕馭以知方。故優游而成治。至于敬宗立愛。齒族居尊。内外惇敍。而無間言。飲食洽比。而有餘惠。禮貴情稱。實嫌名浮。不疑而物亦誠。好静而民自正。無玉食自奉。禹儉不過。以茆茨是居。唐風載郁。好善言。惡旨酒。遠佞人。放鄭聲。道交萬物。而用必以時。法約三章。而刑不留獄。燕殿通窮民之告。上都禁末利之游。疾苦周知。澆競自息。謂七德戢兵也。切戒黷武。謂八政先食也。每親督農。第知安民之難。未嘗以位爲樂。謙抑不德。而德逾有。淵默不言。而言乃歡。以故協氣橫流。大田屢稔。瑞靡不至。史無絶書。殆莫得以殫論。可概言其所覩。金僊效像。有素鵠之爲先。國犬觸邪。豈神羊之待喙。乃德之致。非人所能。孰覘丕昭。幽明胥悦。巍乎蕩乎。能事之斯畢。猗歟那歟。聖躬之無加。天下大安。王位孔固。是宜平格以得壽。遽告彌留而弗興。爰屬眇躬。嗣膺大寶。舍子不立。莫窮爲度之宏。於祖丕承。方懼貽謀之忝。勞疚茹歎。克窮靡遑。會同軌以來偕。俟遣車之即遠。而有宗工元老。儒學禮官。討論墳典之中。斷自羲軒而下。揚摧大美。發揮英聲。道惟最高。極萬物以無稱。名將終易。焕七世之可觀。或髣髴其形容。共擬議其崖略。與定欵郊之請。以張對天之休。謹遣攝太尉皇叔祖大司空昱。奉玉册玉寶。上尊謚曰文烈皇帝。廟號太宗。伏惟昭格至靈。俯馨徽號。永錫介祉。以綏後昆。嗚呼哀哉。臣諱謹言。大金集禮

上景宣皇帝尊謚册文天會十三年

德高聖人。而無其位。裕在後昆。子有天下。則歸所尊。古隆此禮。故周武追王於文考。漢宣正位于悼皇。皆所以奉亡如存。飾終昭遠。昊天欲報。誠難究于生成。大道無名。或强加其稱謂。方改園陵之卜。宜新簡册之輝。伏惟皇考。性稟乾剛。望崇震嫡。廓有大度。鬱爲英風。安民之志。出自妙齡。幹國之功。流于今日。肇邦有夏。雖由湯后之勃興。舉事亡隋。實賴秦王之早計。初自義旗既建。戎輅徂征。提鋭旅以偕行。誓羣豪而先倡。謀猷克壯。騎射兼能。決機事則不疑。見大敵而愈奮。長于將將。萬夫之政不足觀。意在賢賢。一介之善未嘗失。人惟幹蠱。士勇同仇。濯濯威聲。遂成德畏。桓桓忠節。率自孝移。遂協濟於天功。俄永清于海内。辰極既正。七鬯宜歸。文帝至公。輒拒有司之請。與夷善讓。終推仲父之賢。視天下以若遺。曾胸中之不介。歷古無幾。非聖而何。若乃朝夕問安。左右致養。勤而不懈。樂且有餘。宗族皆以孝稱。昆弟未嘗言間。其直也。正人之曲。其質也。安俗之淳。儼若神明。莫之敢犯。坦無城府。亦以易從。富貴不驕。聲色不溺。

與人同羽旄之樂。處躬無彫峻之華。賢愚莫適於聰明。善惡必期於進退。虛徐戒智者之察。隱䘏知小人之艱。蓋惟道以是從。誠不聞而亦式。天資至德。備衆美而無得稱。地本元良。在羣情之實所係。何祲象之告變。遽靈儀之上賓。九族爲之痛心。百姓嗟乎無祿。自惟沖幼。夙遭閔凶。頃以眇身。猥承大統。雖太宗大義之及此。實昭考餘休之至然。十二載之于今。無從所怙。萬一分之有答。豈可弗爲。用罄厥圖。莫知攸稱。稽合前世。詢逮羣工。咸謂論以孝思。大者莫如嚴父。求之禮意。卑則不可臨尊。倘徽稱以未加。實大典之有闕。是用自上帝以請命。令元龜而卜辰。將垂萬世之休。奉聯二聖之號。謹遣攝太尉皇伯尚書令丞相都元帥宗翰。奉玉册玉寶。上尊號曰景宣皇帝。廟號徽宗。大金集禮

上熙宗尊號册文皇統元年

宗幹

皇統肇開。犧燧因功而紀號。帝圖傳序。勳華象德以著稱。率皆應億姓之樂推。所以對三靈之眷顧。自時厥後。何莫由斯。國家千載應期。奕世修德。重光積慶。應歷統天。恭惟皇帝陛下。恭承垂裕之休。保有無疆之祚。表在躬之瑞。旋九宮而乾數周。當出震之初。闢羣氛而羲馭朗。煥八彩重瞳之質。宅九州四海之尊。方其恭默不言。淵澄自保。固已照羣臣之邪正。洞庶政之後先。既而雷動風飛。乾凝坤闔。威柄一而姦朋懷懼。仁言播而遠近歸心。至于博採廷謨。奮張王旅。必待有名而後應。固非得已而亟行。是以戈鋋所臨。金湯失險。攻堅易于振槁。傳令速于置郵。仍以暇時。

舉修墜典。斟酌律禮。穮秕漢唐。損益質文。規模虞夏。隆功並建。振古罕倫。然猶體貌耆英。惇敍宗族。約己而厚祿秩之賜。虛心以求啓沃之言。府庫不積。而均利於農疇。聲色不邇。而留神於古訓。服御靡崇于彫飾。宮室聊給于會朝。田獵習武事而已。亦踰月而不行。宴樂給賓享而已。蓋非時而不召。歷觀前代。皆有强鄰。各專社稷版圖。互稱命令制誥。今則日月所燭。正朔無殊。並開有指之土疆。盡抗至尊之名號。加之璇璣正協。玉燭時和。連珠合璧之祥。居鄉日告。千倉萬箱之積。比屋歲滋。謠頌浹于康衢。珍貢來于絕域。乃者別京望幸。鑾輅省方。屬燕薊之多風。積陰霾而浹日。及茲動輅。寂不揚塵。天地清明。神人慶悅。是以羣工卿尹。四海耄倪。並造明廷。交修封奏。敢敍陳于懿美。願深抑於謙冲。謂夤畏嚴恭。聰明時憲。崇天之實也。虛靜恬澹。慈儉爲寶。體道之驗也。視聽言動復于禮。緝熙光明典于學。茲謂欽以直己。是非可否究其實。茲謂明以察微。幽深遠近得其情。經緯有方。煥乎丕顯之文。威懷兼示。赫爾布昭之武。固天縱之將聖。而多能非學。惟民歸于一德。而主善爲師。咸五登三。豈形容之可及。掛一漏萬。慚鋪敍之非工。臣等不勝大願。謹奉玉册玉寶。上尊號曰崇天體道欽明文武聖德皇帝。大金集禮

增上孝成皇帝尊謚册文大定十九年

維年月日。嗣皇帝臣名。仰惟太祖武元皇帝。命于帝庭。神武撥亂。用肇造我區夏。顧命之際。聖子咸在。舍弗以立。舉天下大器。授之太宗文烈皇帝。曁天會末命。亦弗敢弭忘。曰茲先皇令德。光

昭則能賢。乃簡畀世嫡神孫。丕承基緒十有五年。德厚功著。厥初封建齊人大河之南。俾顓綏靖。乃罔念付託。以率割爲政。彼民大弗克堪。且勤我戍守。無有寧歲。尚安用而國。肆命廢黜。于是西踰熙洮。東極海泗。南則唐鄧。咸歸我輿圖。事不貳適。休烈增光于先朝。茲不曰宏基乎。廢宋之餘。假息江表。我伐再張。莫不震疊。至籲哀請命。稱臣底屬。乃班師振旅。柔服以示懷。錫之封册。歲底厥貢。七德具備。茲不曰纘武乎。垂拱仰成于懿親宗公。穆穆皇皇。尊嚴若神。莊矣。黜華尚實。玄默不言。如天之行四時。靖矣。若稽古假有廟。尊祖敬宗。寅念祀事。孝矣。綏萬邦。屢豐年。惟民其康乂。成矣。豈圖遘閔。永懷盡傷。以迄于今。惟冲人繩其祖武。蒸蒸業業。思所以駿惠。顧立愛立敬。有尊有先。莫重于宗廟之享。竊惟公則生明。名正則言順。自非推本武元、文烈以大義至公相傳授之意。用鋪張揚厲天眷皇統之閎休偉績。則何以對越二聖在天之靈。雪神孫無窮之遺憾哉。不勝大願。謹遣攝太尉臣某。奉册上尊謚曰宏基纘武莊靖孝成皇帝。廟號閔宗。伏惟神靈格思。膺是典册。頓首頓首。謹言。大金集禮

增上睿宗尊謚册文大定三年

臣聞自昔垂訓。後世作範。故父有天下。傳之于子。子有天下。尊歸于父。是以周武克商。始制追王之典。炎劉興漢。方崇太上之名。百王相因。事貴稽古。惟我聖考。佐佑祖宗。取亂攻昧。闢土開基。天戈所麾。畏威而效順。仁澤所被。懷德而歸心。鄰國輿徯后之謡。簞食致迎師之奉。遠邇

百姓。寧居安業。避焚溺于水火。足衣食于耕桑。皞皞熙熙。蓋數十年于玆矣。臣猥以眇躬。起膺推戴。仰念祖宗之丕緒。俯察黎庶之誠心。君臨萬方。凜若御朽。敬慎伊始。罔敢怠遑。載惟與天同功。流慶有自。衍宗社無疆之福。發本支百世之祥。實我聖考允文允武。克寬克仁。上合天心。下從民欲。天禄淵源之積。匪一日也。爰訪邇臣。博採羣議。咸謂云云。謚議同。舉此大綱。形容具美。僉言既允。祇薦鴻名。顯揚之微。心潛天貺。臣不勝大願。涓擇吉日。遣攝太尉特進平章政事兼太子太師定國公臣完顏宗憲。奉玉册玉寶。奉尊謚曰立德顯仁啓聖廣運文武簡肅皇帝。廟號睿宗。恭惟謨烈有光。音容如在。俯鑒守成之志。尚貽垂裕之休。典册一新。昭示萬世。大金集禮

上世宗尊號册文大定七年

紇石烈良弼

形而上者謂之道。道之用出于自然。物之祖者本乎天。天之功歸于不宰。然而尊居四大。茂育羣生。觀妙有而曰希夷。擬形容而稱穹昊。惟聖運化。體道與天。强爲之名。蓋功德所立者卓。對揚其美。繄臣庶不謀而同。雖繇謙讓以未遑。其如樂推而不厭。建久安。成長治。況屬今休。騰茂實。蜚英聲。滋爲壯觀。恭惟云云。剛健中正。緝熙光明。惟簡在于帝心。實矜從于民欲。顯膺推戴。非以力求。大獲纂承。其惟自度。修德之符欻見。應誠之瑞畢臻。六氣和而五穀登。羣生遂而萬民殖。斯可謂之應天。自頃禍亂。實開聖明。拯生民于阽危。安基祚于隉杌。宗祏有主。人謀與能。仗大順而揮天戈。征不庭而定皇國。北陲孽寇。授首于勢窮。南服遠人。尋盟于事迫。拓

統無外。迓衡弗迷。大烈耿光。丕靈承于祖考。璇圖寶歷。永孚休于邦家。斯可謂之興祚。兼愛無私。博施濟衆。下恤刑之詔。靡冤不申。定寢兵之功。惟暴是禁。續功臣之世而延其賞。去貪人之類而表其廉。非至仁孰能與於此。爲政則如北辰。恭己而正南面。昧爽丕顯。輝光日新。宜民宜人。克君克長。終始惟一。兹尚鑒于湯銘。威懷所加。肆昭升于禹蹟。非至德孰能與于此。道濟天下。識居物先 極深研幾。通志成務。斯可謂之聖。宗祊合享。祇事惟寅。陵寢蠲蒸。追懷罔極。嗣有令緒。能昭先功。睦親族而和萬邦。通神明而光四海。斯可謂之孝。未膺顯册。終鬱輿情固拒誠難。俞音始下。臣等管窺蠡測。雖莫濟于高深。玉振金聲。敢奉揚于典禮。臣等不勝大願。謹奉玉册玉寶。上尊號曰應天興祚仁德聖孝皇帝。大金集禮

加上世宗尊號册文大定十一年

李石

聖人大德。必得其名。天下歡心以奉其上。蓋千歲所接之統。是二者。相須而成。若稽詩書之格言。具載帝王之能事。巍巍之治。發見于都俞。赫赫之功。形容于雅頌。其有賡歌帝作。對揚王休。匪今則然。其來尚矣。恭惟祥發上帝。統承武元。申命用休。從民所欲。當正隆之失馭。聖緒幾危。自華表以飛龍。皇綱載整。方是時也。遼餘孽寇。肆逆滔天。江左新君。寒盟争地。爰赫斯怒。以修我戎。俾凶渠授首以勢窮。遐裔革心于理曲。蓋天之所助者順。而邦其永孚于休。然後體幹元以長人。法辰極之居所。仁不遠異。德惟日新。聖而無所不通。孝則昭哉嗣服。固已鋪閎休。

揚偉蹟。建顯號。薦尊名。大惟充實之有光。未究殊尤之絶跡。若夫兢兢業業。思政之恒。穆穆皇皇。臨朝之肅。禮法自國貴始。威儀作民恭先。於其禴祠蒸嘗。必以齋莊中正。憲唐虞之稽古。監夏殷以從周。大報年豐。肇稱郊祀。社稷宗廟。罔不肅祇。山川羣官。于兹望秩。馨香薦其明德。禮樂備于太平。惟其學有緝熙。是以化成經緯。至于幬載之内。聲教所加。共惟帝臣。莫非王土。南訛朔易。時靡有争。西暨東漸。罔不率俾。亦由有常德以立武事。耀神武以折遐衝。如霆如雷。于疆于理。党項之陪臺稱亂。詔始問而伏誅。柔然之種落不庭。兵一征而獲醜。事無遺策。師不踰時。四海永清。諸福畢至。故臣民咸尚其慶。謂德業有光于前。由是稽首颺言。竭誠歸美。神功不宰。蓋亦强爲之名。聖度能兼。僅得勉俞其請。臣以爲懋敬厥德之謂欽。化成天下之謂文。無思不服之謂廣。功成止戈之謂武。臣等不勝至願。謹奉上玉册玉寶。加上尊號曰應天興祚欽文廣武仁德聖孝皇帝。大金集禮

宣宗遷座德陵册文（元光二）（正大元）年

趙秉文

維元光二年歲次癸未十二月己巳朔二十二日庚寅。宣宗繼天興統述道勤仁英武聖孝皇帝崩于寧德殿。二十八日丙申。移殯于大慶殿之兩楹。越正大元年三月戊戌朔二十三日庚申。遷座於德陵。禮也。律琯餘寒。銅壺未曙。慘玉殿之凝霜。尚金盤之承露。一夕晏出。萬里縞素。百官血出以如失。萬姓風號而靡訴。嗟何辜兮考喪。差不勝其孺慕。哀子嗣皇帝臣。痛聖駕之長違。哀仙遊之不

歸。奉綴衣而如在。瞻黼扆而成非。上宰庀司。羣公就列。覽象物之既陳。悵徽音之永隔。乃命詞臣。流芳寶册。其詞曰。

大金受命。傳休累聖。薄海内外。罔不稟令。大安失御。不蠲厥政。胡馬南牧。華風不競。皇天祐正。命我真人。裕陵元子。世宗神孫。睿謀經遠。深略緯文。聰明齊聖。慈和儉勤。欽若帝則。駿惠先功。科條霜雪。號令雷風。尊禮百神。升秩元祀。體貌大臣。賓禮名士。鰥寡惠鮮。寃滯申理。從善如流。愛民如子。給廩養士。闢館集賢。罰從末減。賞惟慶延。屯利建侯。萃亨有廟。金壯京城。泥封關徼。至于赦赤子之弄兵。誅師干之失律。恩不間于疏遠。罰不阿于親戚。降虜效順以革心。島夷畏服而獻馘。堂上之兵不殺。目中之虜如擊。方將歸馬大漠。洗兵中原。重新日月。再造乾坤。吁嗟昊天。不弔何言。至矣哉。勤勞天下兮既如彼。恩結人心兮又如此。胡不萬年。僅周一紀。禱方致于金縢。命忽宣于玉几。嗚呼哀哉。杞國天崩。不周地缺。寒日無光。蒼天改色。綃幕褰兮凝霜。麻衣集兮如雪。淚成雨兮萬木冰。哭成雷兮九泉咽。嗚呼哀哉。龍輴徐動。霓旌前引。柳霎漸遥。薤歌猶挽。背天闕之崇峻。即神皐之平衍。烏號斷兮鼎湖成。白雲悠兮帝鄉遠。遡馳道而皆迴。獨宫車兮不返。嗚呼哀哉。天柱兮崇山。虎踞兮龍盤。千秋兮萬代。永閟兮宸顔。藏衣冠于天上。遺聲烈于人間。去復去兮九疑黯。來不來兮八駿閑。嗚呼哀哉。如天之生。如日之明。神武電斷。蠻夷震驚。繩祖武兮孝之大。興聖統兮功有成。至德難名。神謀莫測。超咸五而登三。慚漏萬而掛一。宜乎享號。曰宣揚鴻休于罔極。嗚呼哀哉。滏水集

上聖穆皇后尊謚册文天會十三年

二月十一日乙卯。孝孫嗣皇帝臣諱。謹再拜稽首言曰。臣聞正位麗極。肇造我家者。必資淑聖。然後成帝王之功。考謚定名。昭示厥後者。非薦徽尊。無以見后妃之德。繄國朝之令典。著今古之彝儀。伏惟太母博厚配天。貞明齊日。安順靜懿。肅雍塞淵。開王化以始基。篤大倫而正本。慶流者遠。挺生冑族之華。善德在躬。秀發閨齡之妙。言爲圖史。動合箴規。鏘璜瑀以和鳴。容皆中節。飾紘綖而整治。藝則生知。粤自高門。言歸烈祖。时屬經綸之際。進膺窈窕之求。禮未備于造舟。志已躬於服澣。羲爻六子。資生允賴于坤儀。周亂十人。同德莫先於文母。體參龍躍。祥發燕謀。贄榛栗以告虔。薦蘋蘩而昭信。必敬必戒。至靜至柔。教以身而先人。化自家而刑國。琴瑟在御。副褘以朝。若溈汭之嬪虞。用全舜孝。邁塗山之興夏。實佐禹功。有開必先。篤生皇考。立子以適。肆及渺躬。永惟輔佐之憂勞。既勤祖構。宜享治安之逸樂。遽棄母儀。迄兹纂承。彌極攀慕。弗獲逮事。徒瞻服飾之山河。未究推尊。有感烝嘗之霜露。是以秉鈞元老。蕝禮碩儒。謀皆一辭。龜得吉卜。請奉長秋之號。追嚴厚夜之藏。强爲之名。道或存於擬議。俄而可測。功豈盡于形容。謹遣攝太尉皇叔祖大司空昱。奉玉册玉寶。上尊謚曰聖穆皇后。伏惟皇靈在天。景福昌後。衣冠原廟。聿從高帝之遊。松柏閟宮。寅奉姜嫄之祀。名貽不朽。德播無疆。嗚呼哀哉。謹言。大金集禮

上光懿皇后尊謚册文天會十三年

二月十一日乙卯。孝孫嗣皇帝臣諱。謹再拜稽首言曰。臣聞塗山儷禹。史稱啓夏之功。莘國配文。詩播興周之美。洪惟令德。夐掩前芳。苟非著勤崇垂後之功。何以申報本飾終之孝。若稽典則。允協神人。恭惟皇后。挺生名家。來符興運。稟是柔嘉之性。形爲貞静之姿。早以賢稱。遂爲聖偶。窈窕率禮。藹關雎淑女之風。儆戒持心。得鷄鳴賢妃之道。我烈祖登大寶之始。而太母正中宫之尊。助日宣光。配天居體。躬蘋蘩以奉宗祏。服澣濯以訓宫庭。至于敬老尚賢。矜孤閔乏。嘗聞國論。言必有稽。間預兵機。謀無不中。歷覽千古。實惟一人。志存社稷之深。澤溢子孫之遠。逮膺纘紹。彌用追懷。悵懿範之永違。恍徽音之如在。致四海之養。既弗及於承顔。備萬物之儀。固無能于稱德。尚書政府。宗伯禮官。僉謂移御舊宫。升祔世室。宜剌六經之載。用光百世之傳。謹遣攝太尉皇叔祖大司空昱。奉玉册玉寶。上尊謚曰光懿皇后。伏惟俯納精誠。昭膺懿號。珠襦玉匣。陪弓劍於軒臺。風馬雲車。從衣冠於漢廟。永綏純嘏。幽贊丕圖。嗚呼哀哉。謹言。大金集禮

上欽仁皇后尊謚册文天會十三年

八月二十一日乙巳。孝孫嗣皇帝臣諱。謹再拜稽首言曰。昔我皇祖。誕膺天命。肇造區宇。用垂統于後世。至於太宗。聰明勇智。克篤前烈。迄用有成。聲教暨于朔南。仁恩被于動植。天監厥德。用

錫無疆之休。雖簡在帝心。本自神聖。而輔佐憂勤。實與有力。恭惟大行太皇太后。神靈毓粹。圓魄儲精。作合皇家。儷體宸極。儉以約己。勤以率人。陰教行于六宮。素風表于千祀。用能體資生之道。助播物之功。四海莫不蒙仁。二儀于焉饗德。雖塗山啓夏。渭涘興周。無以尃其美也。及先皇厭代。哀戚過禮。就養東朝。德輝彌耀。顧性寡昧。嗣守丕基。方賴慈訓。庶臻于理。而昊穹弗憖。大數俄及。惘然追懷。哀恫曷已。今者。卜筮告吉。因山有期。爰制近司。請明舊典。惟舉位以定名。考謚以尊德。所以揚茂美而傳休聲。由周而來。率用是道。庶憑徽號。以稱褒崇。謹遣太尉行會寧牧鄭國王臣裴滿達。奉册寶上尊謚曰欽仁皇后。伏惟聖靈在天。令名不朽。光配清廟。永世無疆。嗚呼哀哉。謹言。大金集禮

上明惠皇后尊謚册文正大八年

趙秉文

維正大八年歲次辛卯十一月癸未朔初八日庚寅。哀子嗣皇帝臣言。昔我烈考宣宗皇帝。以裕陵元子。復受天命。還遷正統。紹復武元之大業。亦惟我大行慈聖皇太后。來嬪于京。天作之合。憂勤輔佐。用共濟于艱難。厥初誕育眇躬。將正位號。以仁聖皇太后德冠六宮。曰娥英之貴一也。讓而不居。逮元光末命。弗敢弭忘。曰此先帝之志也。乃居太上之尊。受養于長樂之宫。肆惟沖人。嗣無疆大歷。未堪家難。思免厥愆。尚賴文母之慈訓。不圖昊天不憖。降此大喪。創巨痛殷。煢哀茹荼。追念宸儀雖閟。徽音尚存。欽惟聖母。慈仁賦性。勞勤夙夜。以國步方棘。憂心孔疚。顧黎

民曰。念哉。征戍勞止。汔可少休。吾母天下。忍瘠其子。凡諸疾禱。皆歸福于元元。疾迨彌留。遺命薄葬。臣哀痛不忍從。重違顧命。伏念正位以定名。考謚以尊德。厥有舊章。倘非丕彰聖母之鴻休懿德。則何以對越在天之靈。慰孝思罔極之勤哉。深詔禮官。詳議謚法。式稽古義。敢薦大名。伏以蘊先物之幾。體懷沖之德。紫宫並耀。黄道偕升。兹不曰明乎。以載物之量。包逮下之仁。子惠無疆。坤儀攸贊。兹不曰惠乎。謹按謚法。獨見先識曰明。恩能及下曰惠。肅涓穀旦。爰舉上儀。謹奉玉册玉寶。上尊謚曰明惠皇后。伏冀聖靈。俯賜鑒臨。歆受典册。垂裕無窮。嗚呼哀哉。謹言。滏水集

金文最卷十

册文附劉豫僞册文

立貴妃裴滿氏爲皇后册文皇統元年

皇帝若曰。夫地承天而效法。所以合德無疆。月溯日而生明。故能容光必照。是以有國有家者。必選立嘉配。以上承宗廟。而降德于臣民。古今一也。我國家累聖重光。開基垂統。用端命于上帝。亦惟内德相繼。匹休姜任。燕謀所貽。敢忘紹述。咨爾裴滿氏。柔惠端淑。得于天成。發慶鍾祥。世有顯聞。自越初載。來嬪潛邸。笄珈紃組。率履無違。逮朕纂服。章明婦順。表率勤劬。陰教修明。雖已崇建位號。而典册未舉。朕意歉然。今遣太尉裴滿胡達、攝司徒昂持節授爾册寶。副褘重翟。宏賁用光。備物充庭。一遵古禮。朕惟王業所基。率由内治。和睦自中。化馳如神。爾克勤。人用弗敢棄日。爾克儉。人用弗敢崇侈。爾克正。人用弗敢迂乃心、倚乃身。勉思其終。惟慎乃濟。天其申命于我家。爾亦永膺多福。豈不韙歟。大金集禮

立皇子濟安爲皇太子册文皇統二年

禮典之垂訓鑒。重世嫡。所以丕敍人倫。帝王之御邦家。建儲闈。所以共承宗廟。朕紹隆基緒。祗慎夙宵。荷三靈眷顧之休。開億載流光之福。自中宮而錫羨。慶上嗣之應期。歷修曠世之儀。豈厭普天之意。誕敷庭號。播告縉紳。皇子濟安。毓秀天潢。分輝辰極。寢興占夢。稔聞漢后之日符。經緯儲精。允協周家之聖瑞。沈厚積山川之氣。温文全金玉之姿。乃者元宰獻謀。近臣演議。謂前代少陽之兆。多育于朱藩。而後宮甲觀之徵。不專于椒掖。尚預崇于國本。以外係于人心。豈如皇朝。盡軼隆古。宜涓歲月之吉。茂揚典册之光。上以答祖考之歡。下以副臣民之望。言之甚切。義不得辭。肆因剪髻之辰。俾正承華之位。方當延老成爲羽翼之輔。建僚寀相朝夕之恭。匪我一人之私。惟爾萬方之慶。於戲。僉言協卜。既從蚤建之功。幼歲親師。庸助夙承之德。宜非謀非彝之勿用。廣正言正事之常聞。勉思求稱之難。永錫無疆之福。大金集禮

立楚王爲皇太子册文大定八年

維大定八年歲次戊子正月甲子朔十七日庚辰。皇帝若曰。自昔有天下之君。必嚴於宗廟。惟時主宗廟之器。莫重乎元良。朕丕荷燕謀。中興桓撥。惟休大歷。用卜于無疆。永言孝思。敢忘于嗣服。蓋傳家而慮長世。始自夏商以來。立嫡以正諸侯。有若春秋之訓。其承天序。匪出服私。咨爾楚王

某。祥發中闈。體鍾上嗣。生而岐嶷。學則緝熙。爛然揭前星之明。温其涵少海之潤。文武之藝。卓爾良能。仁孝之心。充于固有。職在於問安視膳。未嘗不承順其歡。古制有監國撫軍。抑克堪負荷其任。固足以增重邦家之本。允協億兆之心。涓兹令辰。昭以備物。今册爾爲皇太子。於戲。象取明兩。位爲國儲。以恩則父子之倫。以義則君臣之分。義不可或闕。臣於君則必以忠。恩不可少忘。子事父則莫如孝。矧左右前後皆其正。當尊所聞行所知。惟出入起居罔不欽。勿遊于佚淫於樂。用光我祖宗之顯德。以對兹典册之閎休。大金集禮

立原王爲皇太孫册文大定二十六年

維年月日。皇帝若曰。昔我太祖。肇造鴻業。撫有于多方。肆予一人。纂紹丕圖。期傳于萬世。頃預建于元子。用祇率于大猷。而享年不遐。閲日寖遠。仰賴上穹之祐。蚤開甲觀之祥。念儲副之重。難乎久虚。顧名分之嚴。宜以時定。載稽故事。備有前聞。謂尊嫡者。議著于漢書。曰立孫者。經明乎周禮。先王彝訓。朕曷敢廢。天下公義。朕曷敢違。咨爾皇孫某官某。慶襲靈源。系承正統。英姿秀出。德器少成。動循謹厚之風。居遠華腴之習。諸難歷試。衆譽翕歸。初尹正于京畿。旋登庸于揆路。勤勞庶務。兢畏一心。固足以貳宸極之尊。協重離之吉。式涓穀旦。誕舉徽章。粤從朱邸之華。嗣陟青宫之邃。今册命爾爲皇太孫。於戲。國本甚大也。居之不可不敬。廟祀至重也。奉之不可不嚴。篤愛親之心。在斯須不離乎孝。盡事君之道。唯造次毋忘于忠。爾能章不

已之令名。我亦有無疆之善慶。豈不偉歟。其勗之哉。祗若朕命。大金集禮

命宋康王爲皇帝册文皇統二年

皇帝若曰。咨爾宋康王趙構。不弔。天降喪於爾邦。亟瀆齊盟。自貽顛覆。俾爾越在江表。用勤我師旅。蓋十有八年于兹。朕用震悼。斯民其何罪。今天其悔過。誕誘爾衷。封奏狎至。願身列於藩輔。今遣光禄大夫、左宣徽使劉筈等。持節册命爾爲帝。國號宋。世守臣職。永爲屏翰。嗚呼欽哉。其恭聽朕命。金史

立張邦昌册文天會五年

維天會五年歲次丁未二月辛亥朔二十有一日辛巳。皇帝若曰。朕惟我太祖武元皇帝。肇造區夏。務安元元。肆朕纂承。不敢荒怠。夙夜兢兢。思與萬國同格于治。粤惟有宋。實乃通隣。貢歲幣以交歡。馳星軺而講好。期于萬世。永保無窮。蓋我有大造于宋也。不圖變誓渝盟。以怨報德。搆端招禍。反義爲仇。譎詐成俗。貪婪不已。加以肆行淫亂。不恤黎元。號令滋彰。紀綱弛紊。况所退者非其罪。所進者非其功。賄賂公行。豺狼塞路。天厭其德。民不聊生。而又姑務責人。罔知省己。父既無道于前。子復無斷於後。以故徵師命將。伐罪弔民。幸賴天高聽卑。神幽燭細。旌旄一舉。都邑立摧。但眷命攸屬。謂之大寶。苟歷數改卜。未可偷安。故用黜廢。以昭元鑒。今者民既乏

主。地宜混同。然念厥初。誠非貪土。遂命帥府。與衆推賢。僉曰。太宰張邦昌。天毓疏通。神姿睿哲。處位著忠良之譽。居家聞孝友之名。實天命之有歸。乃人情之所係。擇其賢者。非子而誰。是用遣使特進尚書左僕射同知樞密院事監修國史上柱國南陽郡開國公食邑三千户食實封二百户韓資政。副使榮禄大夫行尚書禮部侍郎提點大理寺護軍譙國縣開國侯食邑一千户食實封一百户曹説。持節備禮。以璽紱寶册。命爾爲皇帝。以授斯民。國號大楚。都于金陵。自黄河以外。除西夏封圻。疆埸仍舊。世輔王室。永作藩臣。貢禮時修。爾勿疲於述職。問音歲至。我無緩于披誠。於戲。天生蒸民。不能自治。故立君以臨之。君不能獨理。故署官以教之。乃知民非后不使。后非賢不守。其于有位。可不慎歟。予懋乃德。嘉乃丕績。日慎一日。雖休勿休。往欽哉。其聽朕命。北盟會編參大金國志　大金弔伐録　桯史　揮麈後録　僞楚録

立劉豫册文天會八年

維天會八年歲次庚戌七月辛丑朔二十有七日丁卯。皇帝若曰。朕聞公于御物。不以天下爲己私。職在牧民。迺知王者爲公器。威罰既已殄罪。位號宜乎授能。迺者有遼。運屬顛危。數窮否塞。獲罪上帝。流毒下民。太祖武元皇帝杖黄鉞而拯黔黎。麾白旄而誓軍旅。妖氛既掃。區宇式寧。爰有宋人。來從海道。願輸歲幣。祈復漢疆。太祖方務善鄰。即從來議。豈期天方肇亂。自啓釁階。陰結叛臣。賊虐宰輔。招集姦慝。擾亂邊陲。肆朕纘承。仰循先志。姑存大體。式示涵容。迺復蔽匿逋

逃。夸大疆域。肆其貪很。自起紛争。擾吾外屬之藩鄰。取其受賜之疆土。因彼告援。遂與解和。終莫聽從。巧爲辭拒。爰命將帥。諄諭盟言。許以自新。終然不改。偏師傅汴。首罪奔淮。嗣子哀鳴。請復歡好。地畫三鎮。誓卜萬年。凡有質要。悉同父約。既而官軍未退。夜集衆以犯營。誓墨纔乾。密傳檄而堅壁。私結使人。陰搆事端。以故再遣師徒。詰兹敗累。又起畫河之議。復成緩戰之謀。既昧神明。迺昭聖鑒。京城摧破。鼎祚淪亡。無併爾疆。以示不貪之德。止遷其主。用彰伐罪之心。建楚新封。守宋舊服。庶能爲國。當共息民。不料懦夫難勝重任。妄爲退讓。反陷誅鋤。如構者。宋國罪餘。趙氏遺孽。家乏孝友。國無忠勤。銜命出和。已作潛身之計。提兵入衛。反爲護己之資。忍視父兄甘爲俘虜。事雖難濟。人豈無情。方在殷憂。樂稱僭號。心之幸禍。於此可知。乃遣重兵。連年討捕。比聞遠竄。越在島夷。重念斯民。亂於無主。久罹塗炭。未獲昭蘇。不委仁賢。孰能保定。咨爾中奉大夫京東西淮南等路安撫使兼諸路馬步軍都總管知東平府節制大名開德等府濮博濱棣德滄等州劉豫。夙擅直言之譽。素懷濟世之才。居於亂邦。生不偶世。百里雖智。亦奚補於虞亡。三仁至高。或顯從於周仕。當姦賊擾攘之際。正愚氓去就之閒。舉郡來王。奮然獨斷。逮乎歷試。厥勳克成。委之安撫德化行。任之尹牧獄訟理。付之總戎盜賊息。專之節制郡國清。況有定衰救亂之謀。必挾拯變扶危之策。使民無事則櫜弓力穡。有役則釋耒荷戈。罷無名之征。捐不急之務。徵隱逸。舉孝廉。振紀綱。修制度。省刑罰而去煩酷。發倉廩而息螽螟。神人以和。上下協應。比下明詔。詢考輿情。列郡同辭。一心仰戴。宜卽歸仁之地。以昭建業之元。是用遣使留守西京特進檢校太尉尚書右僕射大同尹兼山西兵馬都部署上柱國廣陵郡開國公食邑二千户實封二百户高慶裔。副使金紫光禄大夫尚書禮部侍郎知制誥護軍南陽縣開國侯食邑一千户實封二百户韓昉。備禮以璽紱寶册。命爾爲皇帝。國號大齊。都於大名府。世修子禮。永貢虔誠。錫爾封疆。並從楚舊。更須安集。自相攸居。爾其上體天心。下從人欲。忠以藩王室。信以保邦圻。惟天難諶。惟命靡常。常厥德。保厥位。爾其勉哉。勿忽朕命。北盟會編參建炎以來繫年要録　大金國志　大金弔伐録　僞齊録

進封劉豫曹王册文 皇統二年

門下。嚴寶册以薦鴻名。既俯從於衆欲。布恩綸以敷霈澤。宜大涣于羣生。眷予異姓之王。夙有同寅之德。肆班明命。孚告治朝。蜀王劉豫敦大而直方。高明而寬厚。早居南服。以直言强諫聞於時。頃在東州。以智略英姿長于衆。八年享國。一節事君。審運會之有終。識廢興之大義。視去位如脱屣。以還朝若登仙。向之富國以强兵。何霸王之足道。今也樂天而知命。豈得喪之能移。爰因慶賞之行。益示褒封之典。胙以陶丘之壤。易其井絡之封。於戲。列土以建侯邦。誓已堅於帶礪。盡忠以藩帝室。心宜炳若丹青。茂對寵光。永綏福履。可進封曹王。食邑一萬户食實封一千户。仍令有司。擇日備禮册。命主者施行。北盟會編〔炎興下帙八十二〕

封高麗恭孝王册文皇統二年

昔先王疆理天下。錫命六服。率因世守。用丕協于大公。肆朕君臨。若稽隆古。亦惟崇德象賢。以奉若天道。咨爾楷。英氣邁往。淑質純茂。粤自早歲。以孝友誠敬事親有聞。逮其纘承。祗德彌劭。眷爾先哲。克篤忠貞。以謹事大邦。懷保惠訓。載祀數百。用貽燕于爾躬。爾亦迪知忱恂。夙夜兢業。芟刈崇激。式克敬典。乃增裕於前烈。朕甚嘉之。越兹既累年。而典册未稱。大懼怫鬱公議。今遣使持節册命爾爲儀同三司柱國高麗國王。永爲我藩輔。嗚呼。惟天難忱。惟命不于常。人之攸好德。降之百祥。義之不庸强自取弱。勿矜于貴。勿溢于富。勿敢怠于宴康。聽予一人之彝訓。以嚮受多福。其以有民世享。豈不偉歟。高麗史〔十七〕

封高麗光孝王册文大定十二年

崇德象賢。若稽于古。承家開國。以正其功。粤惟表海之舊封。未艾如川之多祚。所從來遠。雖子孫勿替其傳。惟不于常。有兄弟相及之道。世將于是享德。人亦宜無間言。爰契師虞。往敷天寵。咨爾晧。遠大以爲任。賢明而自將。地處彼邦之懿親。才雄爾衆之令望。緊乃祖乃父。實維藩維垣。前列用宏。嗣賢不乏。蓋根深則枝茂。積厚者流光。餘慶曷歸。汝躬是任。屬友于之疾。其殆不瘳。推公爾之心。自爲克讓。申以敷奏。達于聽聞。是成斯美於大倫。代厥後於先正。今遣使命爾爲開府儀同三司、高麗國王。永爲藩輔。嗚呼。社稷既有所授。德業罔或不勤。律乃邦民。謹爾侯度。禍福惟人所召。切戒于淫佚驕邪。夙夜畏天之威。庶可以安寧長久。罔曰弗克。惟既厥心。往哉惟休。無替朕命。高麗史〔十九〕

封高麗元孝王册文崇慶元年

朕操馭貴之資。職代天之命。凡預疏榮之例。必崇過厚之恩。矧爾東藩。謹乃侯度。頃屬受承之際。克敦揖讓之風。載閱來章。特從允許。權高麗國事王祦。性資愷悌。學問淵源。內推樂善之誠。外蔚好賢之望。稽之理命則有協。假以政權則克勝。使付囑者得稱知人。傳授者果爲有託。顧茲一舉。豈非兩全。是用正爾真封。豐斯親渥。於戲。摠山海五部。畀之茅社。加車服九命。煥其旗章。尚肩忠藎之心。益體寵綏之意。勉修爾職。祇服朕言。可特授開府儀同三司上柱國高麗國王。食邑一萬户食實封一千户。仍令有司擇日備禮册命。高麗史〔二十一〕

封高麗孝成王册文泰和五年

趙秉文

皇帝册曰。分封樹屏。實賴幹臣。繼世象賢。以崇有德。率由彝憲。懋明至公。惟我祖宗。經略區夏。亦大啟于土宇。用綏懷于遠人。朕若昔大猷。紹休先緒。乃睠東土。惟我世臣。宜加錫命之榮。庸展幹方之寵。啟爾起復知高麗王國事王韺。受材明敏。賦性中庸。有肅恪以褆身。資忠信以行道。惟乃先世。荒於東陲。象輅介珪。啟封圻于大國。彤弓錫盾。作蕃屏於王朝。踐修厥猷。不顯亦世。亦曁汝父。克成厥終。肇敏戎公。嘉召公之是似。女有良翰。命申伯以于宣。是用畀爾苴茅。纘戎祖考。以永爲我蕃輔。以追配於前人。嗚呼。惟有德可以和人民。惟謹度可以保富貴。罔曰弗克。惟既厥心。罔曰孔艱。惟敬厥事。慎乃服命。律乃有民。往盡乃心。典聽朕命。**滏水集**

封長白山神爲靈應王册文大定十五年

惟年月日。皇帝若曰。自兩儀剖判。山嶽神秀。各鍾於其分野。國將興者。天實作之。對越神休。必以祀事。故肇基王迹。有若岐陽。望秩山川。于稽虞典。厥惟長白。載我金德。仰止其高。實惟我舊邦之鎮。混同流光。源所從出。秩秩幽幽。有相之道。列聖蕃衍熾昌。迄于太祖。神武徵應。無敵於天下。爰作神主。肆予冲人。紹休聖緒。四海之內。名山大川。靡不咸秩。矧王業所因。瞻彼旱麓。可儉其禮。服章爵號。非位于公侯之上。不足以稱焉。今遣某官某。持節備物。册命茲山之神爲興國靈應王。仍敕有司。歲時奉祀。於戲。廟食之享。亘萬億年。維金之楨。與山無極。豈不偉歟。**大金集禮**〔金史三十五禮志〕

封大房山神爲保陵公册文大定二十一年

維年月日。皇帝若曰。古之建邦設都。必有名山大川以爲形勝。我國家既定鼎於全燕。西顧郊圻。

巍然大房。秀拔混厚。雲雨之所出。萬民之所瞻。祖宗陵寢。於是焉依。仰惟嶽鎮。古有秩序。皆載祀典。矧茲大房。豈可獨闕其禮哉。其爵號服章。俾列于侯伯之上。庶足以稱。今遣某官某備物册命茲山之神爲保陵公。申敕有司。歲時奉祀。其封域之内。禁無得樵採弋獵。著爲憲令。使草木禽蟲各遂其性。所以廣先聖之德澤。而報神之功也。於戲。享之廟食。錫乃多儀。祐列聖以妥安。期億年而有永。以篤金祐。時爲神休。大金集禮〔金史三十五禮志〕

封麻達葛山神爲瑞聖公册文明昌四年

皇帝若曰。國家之興。命歷攸屬。天地元化。惟時合符。山川百神。無不受職。粹精薦瑞。明聖繼生。著丕應於殊禎。啟昌期于幽贊。裒對信猶之典。咸修望秩之文。嘉乃名山。奠茲勝地。下綿乾分。上直樞輝。盤析木之津。達中原之氣。廓除氛祲。函毓太和。仰惟光烈昭垂。徽音如在。卽高明而清暑。克静壽以安仁。周廬安寧。厚澤浹洽。朕祇循祖武。順講時巡。感美號以興懷。佩聖謨而介福。言念誕彌之初度。抑由翊衞之效靈。然猶祀秩無章。神居不屋。非所以盡崇德報功之義。副追始樂原之心。爰飾名稱。載修祠宇。勒忱詞于貞石。涓良日于元龜。彰服采以辨威。潔庋縣而致祭。闡揚茂實。敷繹多儀。今遣使某副某。持節備物。册命神爲瑞聖公。仍敕有司。歲時奉祀。於戲。尚有聰明。歆此誠意。孚休惟永。亦莫不寧。金史〔三十五禮志〕

封静寧山神爲鎮安公册文明昌六年

皇帝若曰。古之名山。咸在祀典。軒皇之世。神靈所奉者七千。虞氏之時。望秩每及于五載。蓋惟有益于國。是以必報其功。逮乎後王。中以徽册。至于嶽鎮之外。亦或封爵之加。故太白有神應之稱。而終南有廣惠之號。禮由義起。事與時偕。載籍所傳。于今猶監。朕修和有夏。咸秩無文。眷兹静寧。秀峙朔野。緼澤布氣。幽贊乎坤元。導風出雲。協符乎乾造。一方之表。萬物所瞻。南直都畿。北維障徼。連延廣厚。寶藏攸興。盤固高明。謻宫斯奠。昔有遼嘗恃以富國。迄大定更爲之錫名。洪惟世宗。功昭列聖。亦越顯考。德利生民。爰卽歲時。駕言臨幸。兵革不試。遠人輯寧。雨暘常調。品彙蕃廡。此上帝無疆之貺。亦英靈有相之符。比卽輿情。載修故事。顧先皇帝駐蹕之地。揖累世承平之風。迓續遺休。式甄神祐。肆象德以昇號。仍班台而闡儀。宇像一新。采章具舉。今遣使某副某。持節備物。册命神爲鎮安公。仍敕歲時奉祀。於戲。容典焜耀。精明感通。惟永億年。翊我昌運。神其受職。豈不偉歟。金史(三十五禮志)

封混同江神爲應聖公册文大定二十五年

昔我太祖武元皇帝受天明命。掃遼季荒茀。成師以出。至于大江。浩浩洪流。不舟而濟。雖穆滿渡江而黿梁。光武濟河而水冰。自今觀之。無足言矣。執徐之歲。四月孟夏。朕時邁舊邦。臨江永歎。仰藝祖之開基。嘉江神之効靈。至止上都。議所以尊崇之典。蓋古者五嶽視三公。四瀆視諸侯。至有唐以來。遂享帝王之尊稱。非直後世彌文。而崇德報功。理亦有當然者。矧茲江源。出于長白。經營帝鄉。實相興運。非錫以上公之號。則無以昭答神休。今遣某官某。持節備物。册命此江之神爲興國應聖公。申命有司。歲時奉祀。於戲。嚴廟貌。正封爵。禮亦至矣。惟神其衍靈長之德。用輔我國家彌億年。神亦享廟食於無窮。豈不休哉。大金集禮〔金史三十五禮志〕

劉豫立妻錢氏爲后册文

門下。朕肇造區夏。聿崇王化之基。正位宫闈。允賴坤儀之助。爰昭懿範。協建丕圖。敷告明廷。誕揚顯册。咨爾錢氏。性鍾婉静。德茂肅恭。嬪于節制之初。嘉爾宜家之美。慶傳乃祖。德及于民。啟吴越之王封。衝斗牛之瑞氣。名家濟美。遠踰高密之門。邦媛流芳。益顯臨安之裔。建兹創業。緊乃協心。增厚人倫。思繼關雎之化。敬修婦禮。欣承長樂之歡。宜正徽名。式資内治。褘衣褕翟。遠稽周室之儀。椒屋蘭闈。靡效漢家之侈。蓋遵典禮。匪徇恩私。於戲。惟守恭儉。可以御純樸之民。必務憂勤。可以副勵精之意。書稱嬀汭。匹虞舜以膺圖。詩詠洽陽。配周王以受命。勉師令德。永播徽音。可立爲皇后。仍令有司。擇日備禮。册命施行。北盟會編參僞齊録

金文最卷十一

制誥

立貴妃裴滿氏爲皇后制天眷元年

易基乾坤。以大陰陽之統。詩始夫婦。乃先后妃之風。故三代之令王。謹六宮之內職。況承宗廟。儷辰極以居尊。用正人倫。揭母儀於無外。事所繫者甚重。道相須而後成。非朕敢私。自天作配。猗與誰氏。乃茂徽音。若稽舊章。誕布寵命。貴妃裴滿氏。慶鍾戚里。教肄公宫。夢月方娠。生而固異。俔天之妹。卜則允臧。爰用聘於先朝。乃來嬪于初載。禮肅舅姑之奉。訓無師傅之違。道著家人。名膺邦媛。逮予宅統。率履在中。承祀孔夤。睦親盡孝。蹈貞賢之警戒。知臣下之勤勞。纘女維行。輔服不逮。居軒后四星之列。貴則益恭。在周官六服之儀。缺然未講。宜躋吉旦。正位長秋。於戲。爲望甚尊。有同乎天地。流風自近。以至于家邦。言雖戒於閫踰。令莫據于身正。恩宜逮下。志務求賢。非儉德不能懲奢泰之風。去私謁可以贊正直之道。慎終如始。永孚於休。大金集禮

立楚王爲皇太子制大定八年

朕恭膺景命。夤奉丕圖。既承九廟之尊。深惟固本。庶係四海之望。用永皇基。斯古昔之宏規。亦邦家之先務。天與上嗣。慶自中宫。紹中國之建儲。稽禮經而立嫡。肆遵彝典。式示寰區。皇子楚王某。資賦聰明。才兼文武。剛健而循理。端厚而寡言。從師友則進學敏修。道古今則經耳成誦。趨庭匪懈。見孝敬於問安。養志無違。表忠勤於視膳。至于疏封大國。益盡小心。操履謙和。姿儀肅謹。蓋神明之胄稟異。而天地之祐兹弘。是宜叶繼照於明離。觀主鬯於洊震。上以纂祖宗創業之緒。下以慰臣民引領之誠。其以某爲皇太子。仍令有司。擇日備禮册命。主者施行。布告中外。咸使聞知。大金集禮

立原王爲皇太孫制大定二十(七)〔六〕年

朕膺上天之眷命。紹列祖之宏基。惟懷永圖。早定元嗣。上以承休于累祖。下以係望於多方。嗟繼體之云亡。賴貽謀之有託。蓋天下大器。可不正其本歟。而世嫡皇孫。所謂無以易者。矧其賢德之著。宜貳宸極之尊。肆舉彝章。式孚有衆。皇孫開府儀同三司尚書右丞相原王某。祥開甲觀。秀出天支。夙挺温文。日隆孝敬。性資超異。自幼已若于成人。學問明敏。所得必臻于至理。昨進封于王社。俾作牧于神州。政成于旬月之間。美審乎輿人之誦。爰立作相。歷試諸難。並彰時序之能。

大副師言之錫。顧垂統必資於善繼。而奉鬯不可以久虛。是用正名。茲惟合禮。今立某爲皇太孫。所有合行典禮。宜令有司。條奏以聞。布告中外。咸使聞知。大金集禮

道陵真妃制　　趙秉文

古有六寢。式奉宸闈。天垂四星。蓋鄰北極。朕祗承先帝。敬建掖妃。載頒優異之恩。以對柔嘉之則。休符佐相。早列邃庭。左右圖史之規。進退珩璜之節。彤管有煒。象服是宜。用光四德之書。仍侈六珈之飾。嗚呼。攀軒龍而莫及。望絶鼎湖。悵蒼梧之莫返。魂銷澧水。惟德徽之益遠。宜命數之倍敦。尚深送往之誠。愈保安貞之吉。滏水集

增上祖宗謚號大赦天下制皇統五年

朕聞大一統以居尊。必推功於祖考。交三靈而儲佑。當均慶於臣民。國家敕命惟時。重光莫麗。純德符于軒昊。大功軼於禹湯。肆朕纂承。敢忘駿惠。而廟謚所紀。德美未詳。凛夙夜之靡寧。集臣鄰而博議。謂祖有功而宗有德。雖已祗率于舊章。若敬所尊而愛所親。尚克繼成于先志。肆涓良日。肇舉上儀。神靈居歆。中外胥悦。宜廣配天之澤。永昭凝命之休。可大赦天下。内外大小職官。並與覃恩。於戲。嗣恭德于前人。其無過佚。得歡心于四海。庶格燕寧。更賴三事宗工。百司庶正。益懋贊襄之意。弼成繼述之功。大金集禮

受尊號大赦天下制大定七年

朕以菲德。獲承至尊。賴祖宗燕翼之謀。啟國家興復之運。以至邊鄙撤警。民人奠居。永思積累于咸平。何敢康寧于夙夜。鴻名顯册。實所未遑。懇請交章。誠難固拒。乃涓穀旦。昭受上儀。既揚對天之休。宜厚錫民之福。可大赦天下。内外大小職官。並與覃恩。大金集禮

受加上尊號制大定十一年

朕以祖業維艱。天下至大。圖維負荷。莫敢荒寧。賴九廟貽謀。三靈協贊。仁征義伐。時靡有爭。長治久安。慮無遺策。諸福之物畢至。萬邦之年屢豐。邇者干羽敷文。郊宫肆祀。禮樂明備。神祇燕寧。是皆多助之致然。豈獨眇躬之能爾。而羣工在列。徽號見加。懇請既堅。再辭不獲。載兪俯從于衆欲。亦將上合于天心。肆膺備物之儀。用答樂推之望。今已勉受應天興祚欽文廣武仁德聖孝之號。嗚呼。政成則歸美。故當通上下之情。有大而能謙。敢自忽盈成之守。布告遠近。咸使聞知。大金集禮

皇子生大赦天下制皇統二年

禮重世嫡。爲其承七廟之尊。國有元良。所以繫萬邦之望。顧惟菲德。獲紹丕基。勤以恤民。居軫

夙宵之念。約於奉己。敢親聲色之娛。豈惟中外之共知。抑亦神明之所鑒。荷三靈之錫羨。祐累聖之重光。慶集中宫。時生上嗣。宗社奉鬯。已肇應於震方。雷雨發春。宜均敷於解澤。嘉與億兆。同茲歡欣。可大赦天下云云。於戲。辰象著明。於赫前星之耀。恩書寛大。助宣沖氣之和。更賴三事大夫。百司庶府。共欽承於德意。期式敘于民彝。永沐淳風。翕臻壽域。大金集禮

陳王悟室加恩制天眷(二)〔元〕年

貴貴尊賢。式重儀型之望。親親尚齒。亦優宗族之恩。朕俯迫羣情。祇膺顯號。爰第景風之賞。孰居台曜之先。凡爾在廷。聽予作命。具官屬爲諸父。身相兩朝。蹈五常九德之規。爲四輔三公之冠。當艱難創業之際。藉左右宅師之勤。如獻兆之信蓍龜。如濟川之待舟楫。迪我高后。格于皇天。屬正統之有歸。賴嘉謀之先定。緝熙百度。董正六官。雍容以折肘腋之姦。指顧以定朔南之地。德業並茂。古今罕倫。追茲慶賜之頒。詢及僉諧之論。謂上公之加命有九。而天下之達尊者三。既已兼全。無可損益。乃敷求于載籍。仍自斷於朕心。杖以造朝。前已加於異數。坐而論道。今復舉於舊章。蕭相國賜詔不名。安平王肩輿升殿。併茲優渥。以奬耆英。於戲。建無窮之基。則必享無窮之福。錫非常之禮。所以報非常之功。欽承體貌之隆。共對邦家之祉。松漠紀聞

許道真致仕制

趙秉文

安車蒲輪。天子所以厚優賢之禮。黃冠野服。人臣所以遂歸老之心。其恩榮足以兩全。而前後不可多得。有臣如此。如卿幾人。具官道直以方。氣剛而大。議論非世儒所到。名節以古人自期。擢自先朝。置之諫列。斥安昌竊位。已聞折檻之忠。及梁冀伏辜。方見埋輪之志。朕初即大位。稔聞直聲。起之于田里退閑之間。超之于侍從論思之地。完備始終之節。從容進退之間。歎陽城之敢言。惜其將去。念孔戣之既老。挽之莫留。特進一階。榮躋四秩。華山拂袖。最是爲世上之閒人。神武挂冠。猶不負山中之宰相。勉終晚節。益介壽祺。滏水集

擬除樞密使制 正大元年奉都堂鈞旨作

元好問

在天垂象。璣衡通紫極之嚴。稽古象賢。宥密極洪樞之峻。故非智辯無窮。則不足以語成敗安危之要。非威望素重。則不足以馭梟俊强悍之臣。敷求天下之奇才。以屬國家之大計。誕告于衆。余得其人。具官某。沈鷙有謀。矜嚴不撓。達用兵之善志。厲許國之精忠。戎陣有年。膚公屢奏。出奇應變。森然武庫之雄。厭難折衝。隱若長城之固。屬機庭之虛職。咨羣牧以擇賢。才氣無雙。士皆樂屬。李廣策慮愊億。時則有若陳湯。是用假以本兵之權。置諸右府之長。於戲。漢有汲長孺。邪謀寢于淮南。唐相李文饒。威令行於河朔。蓋屈人貴乎不戰。而銷患在於無形。予將以中興而責成。爾其以上策而自任。尚恢遠略。無及近功。遺山集

擬除司農卿制正大元年奉都堂鈞旨作

元好問

田政維天下之大綱。古有播百穀之命。農臣分户曹之外務。今爲治六府之官。況假以部使者之權。位于中執法之次。自非智數足以豐財賦。風采足以動縉紳。則何以察吏治之否臧。究貨源之通塞。疇若予采。僉曰汝諧。具官某。志大而氣剛。智明而才劭。遇事不滯。砉然新發之鋒。挺身而前。凜乎後彫之節。自預時髦之選。浸階華貴之游。蔚爲名臣。簡在朕聽。是用進以穡臣之貳。委兹邦計之繁。朕惟西北用兵以來。朝廷多事之際。斂散之術既廢。罪功之辨不明。官必仰給于創罷之民。民或重困于侵漁之吏。蓋基本急于愛養。而綱紀貴乎設張。朕方以一道之事而責成。爾得以三載之功而自効。於戲。生之有道。則財恆足。率之以正。則令必行。劉晏之輕重相權。算不忘于馬上。范滂之澄清自任。志已見于車中。罔俾斯人。專美于世。遺山集

降封遼主爲海濱王制天會三年

敕下大遼皇帝延禧。定矣。廢興之數。孰謂任天。迹其榮辱之來。無非象德。從古已降。其事皆然。以爾長惡。謂之不君。積釁至于亡國。比譏逆諫。侮聖矜能。烝淫見亂于人倫。驕佚不移于本性。銅山屬弄臣之輩。金穴藏外戚之家。對之終日無話言。行之當代惟亂政。淫刑以逞。視妻子如豺狼。典禮不修。輕人臣如犬馬。旋聞中外。大紊紀綱。朋邪與忠正無分。優倡共后妃雜處。室如

懸罄。猶能峻宇雕牆。人之流離。不輟從禽逐獸。邦之杌隉。民曰怨咨。方當降罰之時。更稔怒鄰之意。蕩摇我邊鄙。招納我叛亡。爰自先朝。以修武事。我師直而順動。彼勢屈以自摧。曾于奔走之間。輒有和成之請。卽爲恩義。許結兄弟。更張美矣之辭。矯示友于之字。孽既自作。禍從此深。骨肉見俘。宗廟失守。疇昔大勢已謝。往銜去國之悲。于今後事何爲。莫有逃天之計。自知窮蹙。方以歸投。然嘉來意之甚勤。其奈罪條之具在。既爲天之廢棄。又爲民所仇讐。加之斧鉞。則豈謂無名。投諸魍魅。則誰云不忍。事難與恕。朕固合爲。載念取亂覆昏。屬兵武有成之舉。繼絶興廢。是國家非常之恩。免降新封。止除舊號。可封爲海濱王。其供帳安置。並如典例。嗚呼。朕循故事。無專己以妄爲。爾有前非。宜撫躬而内省。祗服厥命。以保乃身。故兹詔示。想宜知悉。

大金弔伐録

降封昏德公制天會六年

制詔佶曰。王者有國。當親仁而善鄰。神明在天。可忘惠而背義。以爾頃爲宋主。請好先皇。始通海上之盟。求復山前之壤。因嘉懇切。曾示允俞。雖未夾擊以助成。終以一言而賜予。星霜未變。釁隙已生。恃邪佞以腹心。納叛亡爲牙爪。招平山之逆黨。害我大臣。違先帝之誓言。愆諸歲幣。更邀回其户口。惟巧尚于詭辭。禍從此開。孽因自作。神人以之激怒。天地以之不容。獨斷既行。諸道並進。往馳戎旅。收萬里以無遺。直抵京畿。豈一城之可守。旋聞巢穴。俱致崩分。大勢既以云亡。舉族因而見獲。悲銜去國。計莫逃天。雖云忍致其刑章。無奈已盈于罪貫。更欲與赦。其如理何。載念與其底怒以加誅。或傷至化。曷若好生之惡殺。別示優恩。乃降新封。用遵舊制。可封爲昏德公。其供給安置。並如典禮。嗚呼。事益稽于往古。曾不妄爲。過惟在于爾躬。切宜循省。祇服朕命。可保諸身。大金弔伐録

降封昏德侯〇金史太宗本紀作重昏侯。制天會六年

制詔桓曰。視頹綱以弗張。維何以舉。循覆轍而靡改。載或爾輪。惟乃父之不君。忘我朝之大造。嚮因傳位。必冀改圖。且無悔禍之心。翻稔欺天之惡。作爲多罪。矜恃姦謀。背城下之大恩。不割三鎮。搆軍前之二使。潛發尺書。自孽難逃。我伐再舉。兵士奮威而南指。將臣激怒以前驅。壁壘俱摧。郡縣繼下。視井惟存乎茅絰。濟河無假于葦航。豈不自知。徒嬰城守。果爲我獲。出詣軍前。尋敕帥臣。使趨朝陛。罪誠無赦。當與正於刑名。德貴有容。特優加于恩禮。用循故事。俯降新封。可封爲昏德侯。其供給安置。並如典禮。嗚呼。積釁自於汝躬。其誰可恕。降罰本乎天性。豈朕妄爲。宜省前非。敬服厥命。大金弔伐録

孔元措襲封衍聖公誥明昌二年

聖謨之大。儀範百王。德祚所傳。垂光千祀。蓋立道以經世。宜承家之有人。文宣王五十一代孫孔

元措。秀阜衍祥。清洙流潤。芝蘭異禀。蔚爲宗黨之英。詩禮舊聞。柔服父兄之訓。語年雖妙。論德已成。肆疏世爵之封。仍煥章身之數。非獨增華于爾族。固將振耀于斯文。勉嗣前修。用光新命。祖庭廣記

超授孔元措中議大夫仍賜四品誥明昌二年

夫子既没千八百年。後人相承五十一世。自近古已公其爵。顧散階如彼其卑。必也正名。難于仍舊。是以興百王之曠典。峻五品之華資。兹以爾有成人之風。繼將聖之後。當余定格。會爾疏封。噫。廟貌存焉。克謹歲時之祀。家聲久矣。無忘詩禮之傳。學有餘師。善將終譽。祖庭廣記

前御史大夫張暐贈父萃卿誥

趙秉文

昔石建有醇德。而一家萬石。袁氏著仁心。而四世五公。古有其人。今乃親見。某以德行爲世檢。以文學登世科。孫則尚書。子惟御史。門閭之懿。近代罕聞。推其從來。自爾素積。生而冠萬人之高選。没而膺一品之追崇。其有知乎。亦足榮矣。滏水集

參知政事李蹊授左丞誥

趙秉文

君不惜才於異代。所資者當世之英豪。天將降任于是人。必付以大賢之事業。朕以寡昧。獲紹基

圖。念祖宗開創之艱。思社稷久長之計。而四郊多壘。羣生未寧。提封未入於版圖。陵寢尚霑於霜露。中夜以歎。兹心靡皇。期得英偉絶俗之才。以濟險阻非常之運。疇若予采。今得其人。具位李蹊。器識邁倫。才猷經世。以文雅飾吏事。以術業贊廟謀。比長外臺。薛宣之政事已試。召還中省。張鎬之籌策甚良。是用貳我機衡。進之丞轄。嗚呼。承平之世。中庸談笑而有餘。多難之時。賢哲馳騖而不足。身濟大業。力恢中原。幸得遭時。其任以天下之重。毋以有己。或負于人主之知。勉盡乃心。以稱朕意。可改授尚書左丞兼修國史加上柱國。餘如故。滏水集

鐵券文

賜國用安鐵券文

皇帝若曰。咨爾内族英烈戡難保節忠臣儀同三司都元帥兼平章政事兖王完顔用安。大邦惟屏。古有格言。王府策勳。賞存舊典。卿台階孕秀。海岳儲靈。天賦忠貞。性資明敏。初爲兒戲。營壘已成。長學神機。風雲暗曉。方將提挈義旅。勤勞王家。服金革以不辭。冒矢石而有勇。頃遭逢於多壘。偶陷没于他邦。而能臨事見機。去僞從正。變疾風雨。謀先鬼神。一舉而患難殄殲。不時而州縣皆復。聽聞如此。歎矚久之。朕方總攬英雄。興建功業。體天地含弘之德。厚君臣始終之恩。胙爾以諸王之封。寵爾以上公之位。氏族已書于玉牒。勳業復紀于太常。同三司之威儀。建大將之旗

鼓。蓋欲宥及于十世。何嫌恩積於一門。泰山黄河。永及爾裔。皇天后土。實聞斯言。肆申白馬之盟。庸示丹書之約。嗚呼。謂予不信。鑒詩人皦日之辭。弗與同心。如文公白水之誓。尚奉非常之渥。以承無疆之休。玉堂嘉話

策問

試女直進士策大定十三年

賢生于世。世資于賢。世未嘗不生賢。賢未嘗不輔世。蓋世非無賢。惟用與否。若伊尹之佐成湯。傅説之輔高宗。吕望之遇文王。皆起耕築漁釣之間。而其功業卓然。後世不能企及者。蓋殷周之君。能用其人盡其才也。本期以神武定天下。聖上以文德綏海内。文武並用。言小善而必從。事小便而不棄。蓋取人之道盡矣。而尚憂賢能遺于草澤者。今欲盡得天下之賢而用之。又俾賢者各盡其能。以何道而臻此乎。金史〔五十一選舉志〕

金文最卷十二

表

立原王爲皇太孫謝表大定二十六年

章宗

端門宣詔。方渙鴻恩。宸御臨軒。載昭茂典。祇膺寵數。倍積兢慚。伏以豫建儲闈。號稱國本。仰以守宗祧之祀。俯以系天下之心。匪有元良。疇諧師錫。伏念臣年方沖弱。性本庸虚。猥承世嫡之名。優荷聖恩之託。始從羣爵。改胙國封。特起自於服廬。使習知於政務。暫涖京畿之任。旋升端揆之司。嘗竊省修。已多忝越。乃復嗣位承華之重。正名貳極之崇。瑶牒寳章。奉徽儀而增惕。龍樓雞戟。撫蕞質以奚勝。兹蓋云云。爲宗社無疆之計。惟古今大義之公。既惇貴貴之風。仍厚親親之愛。憶中宫於已往。悼主鬯之方虚。念臣乃昭德之遺孫。憐臣實宣孝之嫡子。遂曲垂於兹眷。俾得冒於殊榮。臣敢不恆自恪勤。益深勗勵。惟師善事。惟邇正人。學禮讀書。慕聖賢之篤行。問安視膳。率忠孝之良規。大金集禮

立裴滿氏爲皇后謝表天眷元年

悼平皇后

龍袞珠旒。端臨雲陛。玉書金璽。榮畀椒房。恭受以還。凌兢罔措。恭惟道兼天覆。明並日升。誠意正心。基周王之風化。制禮作樂。焕堯帝之文章。俯矜奉事之勞。飭遣光華之使。温言獎飾。美號重仍。顧拜命之甚優。慙省躬而莫稱。謹當恪遵睿訓。益勵肅心。庶幾婦道之修。仰助人文之化。松漠紀聞

上太祖謚號表天會三年

完顔杲

功與天同者。非天不可以儷號。德與地合者。非地不足以齊稱。昔在三皇。以同天之功而爲喻。降及五帝。以合地之德而建名。故功德克配於乾坤。則稱號久光於竹帛。仰惟先大聖皇帝。撫興隆之運。膺眷命之休。奉天討以除殘。運神謀而制勝。曾不十載。底定四方。代虐以寬。拯遼民於焚溺。交鄰有道。得宋國之服從。豈非百代之閎休。抑亦羣生之幸會。方期定鼎。遽泣遺弓。皇帝陛下以同氣之親。隆奉先之孝。誕布聖武。訖成代功。兹垂烈於無期。實肇基之有自。敢上强名之號。願新追册之儀。日月之光。雖不容於繪畫。海嶽之施。庶以報於涓埃。大金集禮

賀俘宋主表天會五年

完顔杲

伏覩破汴俘獲宋主者。釁生鄰國。宜我伐之用張。佑自皇天。果罪人之斯得。照臨之下。忭舞攸同。竊以天棄宋邦。運終趙氏。爲鄰數載。取怒兩朝。佶則背先帝之恩。遽渝海上之約。桓則負吾

皇之義。又違城下之盟。惟父子之罪同條。故神人之心共棄。既爲吾愾。詎訖厥誅。王旅嘽嘽。往專求於首惡。虎臣矯矯。思亟奏於膚功。羽檄旁飛。神旗南指。郡縣既下。城壁俱摧。全軍徑濟於黄河。王氣潛消於赤縣。堅甲利兵。固資義勝。高城深壘。其如德何。自知天網以難逃。俱詣軍門而請罪。望闕虔籲天之請。在郊展銜璧之儀。願上版圖。乞爲臣屬。獲諸殷紂。武王自誓於商郊。繼彼秦嬰。高祖親督於灞上。未如聖代。專委帥臣。去年獲遼國之君。遥聞捷報。今日俘汴都之主。佇聽降音。不出户庭。克平海宇。此蓋皇帝陛下神謀獨運。廟算無遺。甫逾載稔之間。繼有非常之事。告成先廟。振不墜之英風。傳報諸侯。聳無疆之德勢。六合之内罔不服。千古以來未之有。如臣等。叨備宰司。獲承聖略。媿無裨贊。徒幸遭逢。元會在辰。式集四方之賀。愚誠歸美。敢揚萬壽之休。大金弔伐録

賀俘宋主表天會五年

宗翰　宗望

臣等奉詔伐宋。屢克城邑。繼至汴京。閏月二十五日克汴。三十日宋主趙桓出城。今月二日率其諸王百官、國人僧道。望闕稽首跪上降表者。稔惡弗悛。自難逃於天網。得道多助。孰敢抗於王師。惟宋永八世之承平。恃百年之儲積。内有甲兵之備。外無邊境之虞。以其隔大海之遥。未嘗通先朝之問。太祖大聖皇帝誕膺歷數。肇造邦家。彼邦乃密修浮海之勤。懇致復燕之請。輒憑一介。遂割兩京。曾未立於歲時。已遽忘於恩造。動摇我封部。招納我叛亡。皇帝陛下以生靈爲心。擴乾坤之

量。但令理辨。曲示含容。迄無意於改圖。方以師而問罪。佶則倉皇而遜位。桓惟哀泣以求存。議割三府之疆。請復兩朝之好。豈意我師甫退。信誓又渝。茲益重於前愆。累再煩於天討。蓋憑成算。以底全功。遂令繼世之君。俱爲亡國之虜。威靈遐暢。文軌大同。臣等出分閫外之憂。坐獲師中之吉。躬齊五伐。不勞仗鉞於商郊。仰祝萬年。願效捧觴於漢殿。大金弔伐録

上熙宗尊號表皇統元年

宗幹

唐虞無能名。其强名者。聖作之迹。天地有大美。欲歸美者。物生之常。歷觀振古大有爲之君。必行當世不可曠之典。布在方策。炯如日星。自非稱謂之安。烏足形容其德。伏惟皇帝陛下。繩其祖武。簡在帝心。躬勤儉以倡九牧之風。禁游惰以勸三農之作。外則安集勞來。稍節於蒐畋。内則恬澹冲虚。勿親於聲色。六年於此。一德惟新。適洽奕世之承平。具舉前王之闊略。鋪張文物。藻飾聲明。敕五典以示五惇。正五行而爲五用。代上古結繩之治。造聖人合契之書。蘊此沈幾。固有雷電之威斷。發於宸翰。豈特雲漢之昭回。兼長馳射之通材。併作帝王之能事。臂使西夏。肘加東韓。北羌輪産土之良。南越致祈天之請。云云。一視同仁。懷小民如赤子。九功惟敘。慶多稼於曾孫。瑞物光庭。頌聲載路。若乃嚴恭率典。寅畏求端。道四時於玉燭之和。齊七政於璇璣之運。謂親有德饗有道。每躬毖祀之儀。而應以實不以文。曲盡靈承之意。所謂崇天也。元功不宰。神化自然。卷而藏之。則鼓萬物以和言。擴而充之。則彌六合於無外。仰公成理。好其要不好其詳。司契

無爲。同於道亦同於德。所謂體道也。而又勿忘兢業。益戒盈成。有咨詢宿德之勞謙。有體貌大臣之殊敬。觀書乙夜。而緝熙靡懈於終初。決事齋居。雖近習莫知其喜怒。此敬事之欽也。包五事以作哲。蹈三知之入微。挾姦稔數者。逆折於將形。抱義服忠者。亟用如不及。見日月照臨之博。所照何窮。雖鬼神情狀之幽。其情安遁。兹辨物之明也。鋭於修完。以正百度。而有典謨訓誥可舉之文。隨所指顧。克靖四方。是謂聰明睿知不殺之武。幽深遠近。其聖也無所不通。篤實輝光。其德也有容乃大。是以并包禹跡。增廣文聲。周極皡皡之生民。同濟熙熙之壽域。聳於聞見。孰不揄揚。乘乾元首作之初。薦天子無窮之問。臣等不勝大願。謹奉上尊號曰崇天體道欽明文武聖德皇帝。大金集禮

上世宗尊號表大定五年

宗憲

雖有大能謙。聖人之至德。而歸美以報。羣下之誠心。仰希從欲之仁。薦至瀆尊之請。恭惟紹開景命。克享靈心。謳歌所歸。歷數斯在。思其艱。圖其易。勤於邦。儉於家。廟祏其嚴。每厚蒸嘗之薦。陵園是奉。時爲省謁之行。楚子請盟。貢復包茅之入。尉它奉職。使因白璧而通。文軌大同。干戈不用。且哀矜庶獄。掄擇羣材。分問俗之使。以通下情。行均賦之令。以寬民力。蝗螟不害。與沴氣以潛消。黍稷惟馨。告甫田之屢稔。巍巍然高百王之治迹。亹亹乎嚮三代之休風。如典册有所未崇。在臣子豈遑寧處。夫膺帝命而履寶位。是爲應天。因人心而啟洪基。是爲興祚。遠人來附。綏之而已。乃脩德以尚文。得不謂仁文乎。王略既宣。服之而已。不窮兵而黷武。得不謂義武

乎。本之以事。無不通之聖。擴之以遠。無不燭之明。能廣前人之有聲。實曰天子之至孝。合茲衆美。允矣公言。臣等不勝大願。謹固請加上尊號曰應天興祚仁文義武聖明至孝皇帝。大金集禮

再上世宗尊號表大定五年

宗憲

函章屢貢。宸聽未回。雖聖心能以自儆。在臣下有所未安。夫簡在上帝之心。謂之應天。紹復先王之業。謂之興祚。仁以守位。德以撫民。無所不通。非聖孰能與此。先之以愛。夫孝何以加乎。道備至明。名非虛美。臣等不勝大願。謹固請加上尊號曰應天興祚仁德聖孝至明皇帝。大金集禮

賀宋畫河請和表天會五年

劉彥宗

我伐用張。果獲師中之吉。罪人斯得。旋爲道左之降。凡預見聞。孰不呼慶。竊惟有宋。昔謂殊鄰。始馳一介而來。請講兩朝之好。推誠以待。背德不恭。乃父陰結於平山。既渝海上之約。厥子不割我三鎮。又愆城下之盟。迨惡貫之既盈。蹈覆車而不戒。聖算先定。天兵(戴)〔載〕揚。以蟻蟲蚊蚋之屯。戰貔虎熊羆之士。且天助者順。人助者信。既弗履行。雖城非不高。池非不深。詎能固守。彼衆狼狽而失據。我軍奮躍以登陴。夷門之火始然。汴河之水皆沸。臣主無捐軀之所。社稷有累卵之危。問使絡繹之求哀。諸侯涕淚而拜叩。申致畫河之請。敢逃削地之誅。且能修臣子之極恭。惟所

命令。是用存朝廷之大體。不即滅亡。已昭討叛之形。又著服柔之義。金鼓一動。威德兩全。此蓋皇帝陛下旋乾轉坤。開日闢月。逍遥游息。而廣土以定。拱揖指顧。而大事聿成。巍巍我功。高冠百王之上。煌煌國步。獨尊六合之間。臣叨處鼎司。出提兵柄。逢千年之會。徒共快於斯時。奉萬年之觴。恨阻陪於列辟。大金弔伐録

加上世宗尊號表大定十一年　李石

帝王之典。莫大乎承天。臣子之心。不忘於歸美。蓋至德答乾坤之貺。宜貴名增日月之光。伏惟云云。丕釐耿命。廣闢皇圖。寅畏嚴恭。簡帝心而上應。高明光大。繩祖武以勃興。守位曰仁。爲政以德。聖心通物之微隱。孝治廣民之儀刑。迄用康年。惟時懋敬。憲唐虞之稽古。監夏殷以從周。由用天休。肇稱郊祀。祖廟社稷。罔不肅祇。羣神山川。於茲望秩。斷自緝熙之學。敷爲經緯之章。至若江淮來同。海隅肆靖。西旅之陪臣跋扈。詔始問而即誅。朔幽之羣醜逋逃。兵一臨而得雋。暴禁亂止。衆和民安。四方無虞。諸福畢至。功德若茲。民臣何報。惟有對揚於鉅典。庶幾推謝於鴻恩。臣等以爲禮無不敬之謂欽。經緯天地之謂文。所覆者大之謂廣。保大定功之謂武。臣等不勝至願。謹加上尊號曰應天興祚欽文廣武仁德聖孝皇帝。大金集禮

加上世宗尊號第二表大定十一年　李石

天因人而進順。人卽天亦弗違。名者實之賓。有實則名其可已。玆者羣情之歸美。以其偉節之無前。抑而未從。悚然失措。夫正心而誠意。修己以安人。至於出入起居。罔不嚴恭寅畏。謹四時而致孝享。敬五事而承天心。此欽之實也。仁義立。廉恥張。禮樂明。法度著。建中和而爲皇極。求儒雅而闡大猷。以來遠人。以洽四國。此文之實也。富有之謂大業。德容以受丕基。恢然如乾道之包涵。博哉如乾元之持載。無此疆與爾界。皆一視而同仁。此廣之實也。授神略以折遐衝。稽長道而屈羣醜。陟威懷之禹跡。小綏定之唐功。七德頌乎止戈。一戎昭乎除亂。此武之實也。實旣如此。名宜謂何。伏望聖慈。從人之願。大金集禮

加上世宗尊號第三表大定十一年

李石

南郊迎至以報天。惟國家之熙事。聖人備道而全美。屬臣子之揚休。從古已然。故實且在。伏望少忘沖挹。俯賜矜從。高拱穆清。丕受典册。答神祇之靈貺。協臣庶之歡心。大金集禮

賀追尊皇考妣禮成表天會十三年

聖子神孫。膺期遹駿。烈考文母。正名垂鴻。爲帝者之大榮。宜臣哉之胥慶。伏惟睿藴生知。愛敦終慕。駒馳過隙。嗟日月之不我留。龍飛在天。視富貴之無以樂。欲報之德。不忘於心。故能尊其所尊。可謂孝乎。惟孝爰遵舊典。仰奉徽稱。亦既追王。宜載隆於異數。本爲繼祖。非謂顧其私親。

葬循周武以肆遷。事比漢宣而更異。駿奔清廟。贊大禮以告成。鷺集册庭。對弘休而歸美。大金集禮

請受尊號禮册表大定六年

頃奉制書。誕揚徽號。未崇册典。實鬱輿情。今已四方無虞。百工允治。節令調而五穀稔。盜賊息而兆民安。咸謂天下適當斯旦。伏願俯從忠悃。昭受丕儀。大金集禮

奉安三聖御容羣臣賀表大定十九年

三后在天。神遊雖邈。一人忠孝。廟寢是崇。既新寶構之成。載肅真儀之奉。涓辰遷御。浹宇均歡。中賀。祇遹先猷。緝熙茂集。言念武元之成烈。蓋遵聖肅之貽謀。太宗守以文。睿考嗣其德。慨瞻遺像。增大原祠。聳層觀之巍巍。規模具麗。仰睟容之穆穆。精爽如存。臣陪侍親祠。獲覩縟禮。孝悌之至。遂能通諸神明。祖考以安。於是成其福禄。大金集禮

立原王爲皇太孫羣臣賀表大定二十六年

璿宫敷佑。夙開甲觀之祥。寶册正名。爰定春宫之位。云云。載舉升儲之典。式昭繼體之光。肆嚴奉於宗祧。保永安於社稷。是謂立國家之本。有以格神祇之歡。少海分流。接瀛波而增潤。前星續耀。拱帝座以常明。和氣周被於九區。厚福延及於羣品。臣等欣逢聖運。幸覩曠儀。基緒有輝。仰重離之協吉。戩穀來備。慶萬壽之無疆。大金集禮

金文最卷十三

表

謝帶笏表

王寂

言（輪）〔綸〕迅召。已驚不次之恩。手版俄頒。更辱非常之賜。式祇承於帝眷。果悚動於朝班。中謝。伏念臣去國五年。挈家萬里。自謂永捐於溝壑。豈期再造於闕廷。重惜殘年。特加異數。清談廢事。肯將拄漫吏之頤。老氣未除。猶足擊姦賊之齒。茲蓋伏遇皇帝陛下。德以增新。人惟求舊。世宗饗國。臣常叨預於諫員。顯考上仙。臣亦經營於葬事。慚無報稱。猥荷恩私。臣敢不正以垂紳。書而對命。奉公竭力。爰用贊於君前。抗疏乞骸。願即還於陛下。拙軒集

上章宗尊號表

趙秉文

率籲衆願。祇薦鴻名。奉綸命以未俞。慮精誠之未至。輒申前懇。仰瀆宸嚴。伏冀矜從。以期得請。臣聞乾坤之量。無得而形容。日月之光。不勞於繪畫。其有功參化育。理謝名言。應帝王之迹。蓋

出强名。殫臣子之誠。又烏可已。欽惟皇帝陛下。天資英粹。聖學緝熙。宜列聖之重光。席太平之休運。文物焕乎三代。聲教浹乎八荒。爰自即位以來。專以愛民爲務。置常平以備水旱。遣信使以勸農桑。三讞之外。而尚慮囚徒。萬機之餘。則親覽章奏。減樂府。出宫女。定律令。正禮儀。闢儒館以崇文。繪功臣而厲武。恢土德以大中原之統。繚塞垣以杜外夷之虞。所爲經略萬方。彌綸百度。大功非止於數十。聖德未究其毫釐。是以德澤之流。霧靄雲蒸。瑞應之至。山湧水出。神鳳翔於磁郡。寳鼎出於汾陰。年穀屢登。邊鄙不聳。時雨赴感。瑞雪應期。天人之際已交。上下之望咸塞。由是動戚庶政。文武具僚。緇素之流。耆艾之屬。其願薦鴻稱者以億計。而久曠大典者踰十年。尚虞庶政之闕遺。復慮榮名之侈及。夫稽政道。不若察衆望。守謙德。不若建大中。况此皇王之上儀。祖宗之故事。闕上儀而不舉。皇上將有愧於前。遵定制之已行。祖宗亦有望於後。使典禮而未備。豈臣鄰之敢安。若夫淵懿冠倫。宥密基命。發育萬物。載成兩間。所以繼於天。儲思穆清。游心昭曠。睿爾神略。巍乎帝功。所以法於道。澤昭天泉。恩及麛卵。博施濟衆。視民如傷。兹不曰仁乎。雲漢天章。金玉王度。藻飾萬物。轇轕三光。兹不曰文乎。賞不問於賤疎。罰不阿於貴近。其理財也。取之有制。其御戎也。動而有經。兹不曰義乎。不怒而威。不殺而服。天戈所指。則凶渠授首。皇威所震。則夷裔請臣。兹不曰武乎。窮理盡性。無方可測。謂之神。極深研幾。無所不通。謂之聖。至明以照乎萬里之外。大孝以寧乎七廟之神。臣謹上稽天心。下察衆志。謹與文武百僚。懃懃懇懇。不勝大願。固請上尊號。云云。伏望陛下曲回淵聽。俯察輿情。爰及陽春。昭受顯號。命禮官而諏日。詔儒者以刺經。參二帝以爲三。襲六經而爲七。編金刻玉。坐膺備物之儀。拊石鳴鐘。大講中天之禮。四方來賀。萬壽無疆。臣無任云云。滏水集

上章宗皇帝實録表

趙秉文

臣秉文等言。伏以唐虞之際。有典謨茂彰洪烈。文武之政。在方策迄爲顯王。自昔人君。必存史籍。既有其豐隆顯懿之德。亦賴夫温醇深潤之文。鋪張對天之洪休。揚厲光前之偉蹟。然後事辭不苟。聲實相當。伏以章宗皇帝。聖敬日躋。聰明時乂。光膺大業。祇述先猷。稟大有爲之資。千古挺出。行不忍人之政。朞年有成。發廩粟以賑貧窮。置外臺以審刑獄。罷征斂於即日。減租税者累年。敦勸農桑。裁定制度。孝承祖廟。欵謁天壇。稽曠古之無文。定國朝之大禮。生徒徧學校。冠蓋環橋門。焕乎之文。足以藻飾百度。赫然之怒。足以震疊萬方。始以殷高之明。鬼方肆伐。終然宣后之烈。淮夷來舒。故得孽宋增幣以乞盟。阻轐革心而效順。西服銀夏。東撫辰韓。歲時相望。琛賮入貢。由是蒸爲瑞氣。散爲祥風。神鳳來翔。寶鼎出現。野蠶成繭。嘉穀旅生。至於奎壁之文。河洛之畫。日月出矣。光其不亦難乎。江漢濯之。皜乎不可尚已。尚卻徽稱而不受。愈彰聖德之難名。二十年間。鼓舞太和之治。億萬世後。光華惇史之書。况夫良將之遠籌。賢相之婉畫。所表忠臣節婦。所舉異行茂才。本兵輿賦之煩。生齒版圖之數。所宜具載。以示方來。欽惟皇帝陛下。夤紹燕謀。思光前烈。謂信書之未畢。恐遺美之不昭。深詔儒臣。詳爲實録。往在東海之際。已抽中秘之

書。踵此編年。俾之載筆。屬典策之未上。值敵寇之不虞。師旅繹騷。篇帙散逸。欽承聖訓。復命編摩。徧閱官縢。曲加搜訪。然而起居注有所未備。行止録有所未詳。或捃摭於案牘之餘。或採拾於見聞之際。載之行事。誠咸五以登三。及此成書。懼挂一而漏萬。臣等所編成章宗皇帝實録一百卷。并事目二十卷。總計一百二十卷。繕寫了畢。謹具進呈狀。伏望聖慈曲垂省覽。臣文章曖昧。學術空疎。遺美不彰。雖乏三長之妙。直辭無愧。庶伸一得之愚云爾。滏水集

禘禮慶成表

趙秉文

親祀祖廟。有嚴祼獻之儀。上順天陽。益定尊卑之義。禮行一日。風動四方。欽惟御衆以寬。奉先思孝。吉蠲近日。欵謁天宫。戒嚴之際。則風雨順從。將事之夜。則月星明朗。祖考昭假。福禄來宜。惟熙事之備成。實太平之高致。臣預瞻隆禮。祗侍齋祠。神其格思。昭一人之有慶。君曰卜爾。酢萬壽之無疆。滏水集

賀立皇太子表

趙秉文

繼體承祧。尤重元良之寄。立嫡以長。式符公器之歸。華夏宅心。天人同慶。欽惟茂隆聖德。誕受丕基。深維永圖。早定大本。重明麗正。繼照則蓋取諸離。一索得男。主器者故受之震。上以隆廟社無疆之福。下以係臣民咸戴之恩。羽翼已成。豈藉商山之皓。謳歌攸屬。益知子啟之賢。臣等久沐

天恩。預聞國慶。鷄鳴問寢。賡歌三善之休。虎拜颺言。仰祝萬年之壽。滏水集

統軍謝免罪表　趙秉文

誤軍期者無赦。邦有常刑。忘人罪而責成。君之大德。已捐前眚。仍玷新恩。中謝。臣聞王者使臣。功不如過。人臣報國。死不如生。要之能至於成功。可以贏償於宿負。一昨臣分屯西道。俾扞北陲。贏置營屯。稍增塹壘。皆本授之成算。固無取於瑣才。朝廷察臣小心。寄臣大任。委之以精兵之地。授之以專對之權。庶知敵情。預爲邊備。而臣才微責重。識暗慮輕。誘未識於楚羸。敵妄言於郲小。遂闕儲胥之備。尚遺宵旰之憂。大則置之典刑。小則削其仕籍。國曰可殺。臣猶自知。豈意隆恩。曲全微命。枯骨復肉。寄面何顔。尚且慮臣以輕敵損威。憫臣以積憂致斃。謂臣智雖失料。心則無他。盡棄前瑕。許圖後效。激昂有地。奮躍呼天。此蓋伏遇皇帝陛下。燭物以明。及人以德。忘曹沫三敗之辱。要孟明一戰之功。遂致罪囚。復塵任使。臣敢不洗心知悔。畢志改圖。再三經畫之籌。庶裨帷幄。萬一生成之賜。少答乾坤。不勝激切之至。滏水集

平章謝撫諭表　趙秉文

外虞肆靖。方深重慎之懷。中使俯臨。俄示撫存之渥。人微任重。寵與愧并。如臣者。素乏壯猷。濫膺閫寄。才雖無取。心則靡皇。欽惟皇帝陛下内恕及人。至明燭物。憫河南之積暑。知臣下之微

勞。臣敢不益勵懦衷。仰酬睿澤。王事靡盬。敢懷蒸滆之憂。天威所臨。即遂凱還之樂。滏水集

車駕幸慶寧宮皇妃起居表

趙秉文

八月其穫。適當講事之秋。三歲乃巡。尤見重民之意。動惟時順。樂與時同。欽惟深略偉文。睿謀經遠。脩己以安百姓。正家而御萬邦。王業所基。必本關雎之化。朝廷既治。乃講騶虞之田。妾等留侍掖廷。阻趨行闕。女工載績。望虞舜之裳衣。聖壽無疆。期周王之福禄。滏水集

車駕幸慶寧宮皇妃起居表

趙秉文

正時以閏。方欣萬寶之成。出狩於田。猶俟三農之隙。豫順以動。益悦無疆。欽惟皇帝陛下乾坤其仁。金玉其慶。駕言出狩。車既攻而馬既同。無已太康。民不勞而國不費。屬秋霜之戒候。與聖體以御宜。妾等留侍中闈。阻朝外闕。羽旄有美。想聞百姓之歡。弓韣興祥。更上多男之祝。滏水集

百官起居表

趙秉文

民狎於野。方農務之告成。時邁其邦。象天威而講武。翠華所駐。和氣交形。欽惟駿惠先猷。動遵古制。俎豆舉三驅之禮。羽旄形百姓之歡。豈徒獲赤雁以作歌。薦之郊廟。庶幾得飛熊而應卜。福大邦家。臣等祇奉綸言。叨釐省務。賡汾水秋風之作。阻預羣官。頌南山天保之詩。願言萬壽。

賀閏月表

趙秉文

五年再閏。雖云王者之居門。一歲三田。皆於農隙以講事。禮昭大獮。歡溢綿區。欽惟適奢儉之中。參文武之用。交物有則。視民如傷。世已治而戒事之無虞。歲已登而慮民之不給。猶謹治兵之教。載爲首斂之行。欽是太和。錫之純嘏。臣等祗膺綸命。留玷中臺。即雲氣以望蓬萊。一心徒切。祝泰元之授神筴。萬壽無疆。滏水集

樞密左丞授平章政事表

趙秉文

陳力不能。方虞罪責。捫心何有。遽及寵光。聞命若驚。以榮爲懼。中謝。臣伏聞典册所載。謂天官不可假人。祖宗以來。示宰相不皆用舊。或以内親於百姓。而外撫於四夷。有非其人。不付以事。如臣者。斗筲小器。樗櫟散材。偶塵科第之微。遂忝縉紳之列。亦嘗參中書之政。叨左轄之司。徒累明恩。無補國論。天實鑒此。臣猶知之。偶邊隅少警之初。乃臣子効節之日。當先行列。況忝丞凝左右樞省者。四年來。往東西之兩地。賴神謀之經略。底外裔之服降。敢叨天功。以私臣力。伏惟陛下憫臣以簪履之舊。矜人以犬馬之勞。謂雖無術以補天。或可因人而成事。綸言下逮。中使俯臨。官超四階。爵躋一品。人微寵厚。禄重身輕。欲上章引避。則慮瀆聽聞。欲奉命馳驅。則實懷

惭懼。臣之進退。交集兢惶。意明聖之遠圖。以羈縻之新附。欲壓以重臣之勢。敢懷乎小己之私。敢不益勵初心。誓圖後効。天威不遠。實臨過厚之誠。聖德難酬。仰祝無疆之壽。滏水集

平章授左副元帥謝表

趙秉文

歌六月飭戎車。利執訊於醜虜。作三軍謀元帥。誤置貳於庸虛。聞命若驚。撫心知愧。中謝。臣聞兵應者勝。豈得已而後興。師出無名。彼不亡而何待。過勞聖慮。臨遣將臣。如臣者。朴以少文。懦而不武。雖幸平鼠竊之寇。而愧匪鷹揚之材。奉命以來。以榮爲懼。然士氣已吞於吳會。而天誅未即於淮夷。敢意兵符。重忝閫寄。此蓋伏遇皇帝陛下功超將將。道顯威威。任事而必以誠。與人而不求備。授之成算。折此遐衝。遂致非才。亦叨重責。仍且頒金而佐費。錫藥以扶衰。臣敢不佩賜孔懷。味珍知戒。享士廣分甘之惠。勞師體止渴之仁。是以似之。敢後西平之子。不違寧止。尚寬南顧之憂。滏水集

賜宣慰夫人葬賻贈龍腦水銀錦段謝表

趙秉文

伏以義不顧私。既鑿凶門而出。恩猶逮室。更迂〇迂。吴本作遷。郵典之華。死況於生。感深以泣。中謝。伏以君父之託。受脤啓行。伉儷之恩。從宜可貶。方深國慮。何以家爲。臣素乏將才。叨承閫寄。寵踰其分。釁鍾厥家。仰累明恩。俾光私室。錫龍水〇水。吴本作汞。以爲葬斂之具。飾錦綺以

爲賻贈之資。數極哀榮。恩深窀穸。此蓋伏遇皇帝陛下冠冕至德。體貌羣臣。施恩於既往之魂。垂德於不報之所。遂令朽骨。亦玷〇玷。吴本作沾。餘榮。兒姪至於誓心。犬馬猶知懷惠。歿而有識。應結草以知歸。生者可知。至蓋棺而後已。一心莫展。萬壽無疆。滏水集

平章左副元帥謝宣諭賜馬鋑具兔鶻匹段藥物表

趙秉文

小醜亂常。致干天討。偏師壓境。屢奏膚功。豈料庸疎。猥承褒寵。中謝。伏以薄伐荆楚。鋪敦淮濆。來旬來宣。增六軍之氣。不留不處。成三務之功。以至提虎旅之三千。破島夷之數萬。孤城擒布。異域獲嘉。敢叨天功。以爲臣力。此蓋伏遇皇帝陛下仁心惻怛。詔旨温淳。癃老爲之聳觀。武夫至於感泣。人百其勇。士一乃心。縱其前禽。執此醜虜。捷無虚日。賞不踰時。撫戰士之勤勞。優將臣之寵錫。遂令眷渥。曲被微躬。佩刀非斷割之才。解帶乏羈縻之術。徒復驅馳聖策。衣被天光。奉命靡皇。味珍知愧。臣敢不據鞍忘老。執轡請行。載惟筐篚之恩。莫非民力。尚謹藥石之戒。恐累主知。不矜小捷之易成。庶獲大功而圖報。滏水集

謝宣諭生擒賊將田俊邁表

趙秉文

凶渠生致。頓收一戰之功。中使俯臨。過沐九重之諭。寵光曲被。感愧交并。中謝。臣聞周王歌六月之師。殷高美三年之克。豈有偏將成師而出。醜虜望風而奔。捷以至三。一皆當百。雖未馘孫權之

首。已能俘孟獲之降。從古罕聞。於今爲烈。此皆一人授算。諸將協心。謀不遺長。臣於何有。欽惟皇帝陛下沈幾獨運。羣策兼收。慮小器之易盈。戒成功之難保。臣敢不銘心聖訓。畢志事機。草木知威。已振先聲之氣。蜂蠆有毒。更深慮勝之懷。滏水集

謝宣諭破壽蔡州賊賜玉靶劍玉荷蓮盞一隻金一百兩

内府段一十疋表

趙秉文

邊將奮揚。屢騰捷奏。聖恩重疊。猥及非才。功非蕭規。寵慚隗始。中謝。臣聞一勝一負。兵家之常。萬舉萬全。聖人所獨。方大統終歸於混合。肆小寇適爲之驅除。蠢爾蠻荒。干兹天討。迨皇威之既振。底賊壘之無堅。有俘其凶。有馘其首。釋圍城而復固。絶歸路以幾殲。其餘傷弓之鳥。不待弦之張。破竹之威。可迎刃而解。殆將亘海以有截。豈止渡江而若飛。兹蓋伏遇皇帝陛下。出内府之珍。輟尚方之品。賜之惟服。食器用寵。其守城郭封疆。樂武自知。何臣力之有也。去病不敗。亦天幸之致然。如臣者。素乏壯猷。叨塵閫寄。帶其攝具。有愧漢官之儀。酌彼金罍。徒忝周行之置。殆速在梁之刺。終非躍冶之材。欽惟皇帝陛下干戈省躬。衣裳在笥。賤和氏之璧。所寶爲賢。捐陳平之資。所圖者大。遂令異數。曲被微軀。臣敢不顧影知慚。飭躬自勵。種德誓同於美玉。許身願比於南金。是以似之。雖未對前人之烈。文之教也。敢對揚天子之功。滏水集

丞相謝過表

趙秉文

怪神不語。諒天道之匪諶。信僞難明。亦人言之可察。咎將誰執。臣猶自知。中謝。伏以申觀儲祥。甘泉錫慶。茲爲社稷之大計。豈朦臣子之至情。而臣等易動浮言。輒爲膚奏。庶幾崑崙之賤。或叶唐兒之微。豈謂以憑虛之言。冀無妄之福。罪之大者。天可欺乎。欽惟陛下開日月之明。廓乾坤之德。謂臣過在輕信。察臣心則匪他。赦其智識之不明。復以訓辭而諄諭。臣敢不洗心加厲。捫舌知非。報國無功。但抑譸張之患。事君有義。益堅畏慎之誠。滏水集

平章乞致仕表

趙秉文

恩厚身輕。莫有涓埃之報効。力微任重。豈逃天地之鑒臨。恐貽覆餗之羞。輒有避賢之請。中謝。臣聞忠臣不敢受無功之賞。明君不能畜無用之臣。然後朝議僉諧。天工無曠。如臣者。斗筲小器。樗櫟散材。早際休明。偶塵任使。適邊隅之少警。備行列以居前。仰賴聖慈。苟逃罪責。既委之要衝。而獨當一面。復預於帥閫。而總統諸軍。屬聖主之嗣圖。尚賊臣之稽戮。但知除君側之惡。不敢避天威之誅。豈意罪不汝瑕。寵踰所望。猥進貳樞之重。與聞政事之煩。内無張華經國之謀。外無營平破賊之計。在承平之日。不敢冒居。況多難之時。豈能有補。加以門膺世爵。子尚主姻。在君恩更何以加。而臣才僅止於此。豈微軀之敢愛。慮賢路之久妨。伏望皇帝陛下廓日月之明。回雨露

之施。別求俊異。俾就退閒。使臣無居寵之嫌。得安常分。而國有得賢之助。早致太平。滏水集

左參政乞致仕表

趙秉文

世局艱虞。必得非常之佐。運遭明聖。豈私無用之臣。輒瀝危誠。仰干淵聽。中謝。伏念臣性惟朴魯。材本下中。素好道家之言。本乏時才之用。偶塵任使。無補涓埃。當聖皇嗣位之初。正國家有事之日。不圖庸瑣。獲玷選掄。委之以機務之煩。加之以師旅之重。王衍清談。而本非經國。房琯虛譽。而素不知兵。在承平猶可冒居。而多難將何有補。豈但人言之可畏。實於賢路以恐妨。況從改歲以來。已及懸車之際。陳力就列。不能者止。投閑置散。乃分之宜。豈可徒戀明恩。久叨重任。伏願皇帝陛下隆天地之施。廓日月之明。憫臣以才不逮人。固非飾讓。許臣以老當致政。實不遑安。庶寬罪戾之憂。以畢始終之賜。全歸爲幸。得請是期。滏水集

宰相爲蝗生乞罪表

趙秉文

陰陽佐理。濫居丞弼之司。蝗旱爲災。深負燮調之責。兢惶失措。跼蹐靡安。伏念臣等以斗筲之材。膺棟梁之任。外不能鎭四夷而撫百姓。内不能調元氣而率羣臣。徒累明恩。叨承重寄。以致旱暵爲虐。貽當宁之憂。螟螣繼生。爲下民之害。歲一不熟。罪將安歸。方聖主建中興之功。而臣等蹈素餐之責。位苟冒處。人其謂何。伏願皇帝陛下憫臣以無功而自慚。察臣以有罪而自劾。別求俊

異。許就退閑。庶可下弭謗言。上消沴氣。則知天工之不曠。亦足爲榮。但令賢路以無妨。猶云有補。滏水集

擬賀登寶位表正大元年奉都堂鈞旨作

元好問

中國之有至仁。無思不服。聖人之得大寶。咸與維新。凡在照臨。舉深慶抃。中謝。竊以社稷隆神器之重。父子處人倫之先。付與既公。衆庶斯定。我國家光宅天下。丕冒海隅。世祚承平。古無倫擬。先皇帝總持權柄。宏濟艱難。安强成道德之威。信順得天人之助。大功甫集。明命有歸。欽惟皇帝陛下孝弟通於神明。忠厚及於草木。聖神文武。克享皇天之心。獄訟謳歌。皆曰吾君之子。百年享國。初得正傳。三后在天。更無遺恨。大定明昌之治。增光宜及於此時。周宣夏后之功。專美豈容於他日。風雲嘉會。日月中興。臣等夙被生成。重叨際會。接千歲之統。既欣歷數之有歸。上萬年之觴。行慶版圖之盡復。遺山集

擬御史大夫讓樞密使表正大元年奉都堂鈞旨作

元好問

憲府備員。積有妨賢之畏。樞庭謀帥。遽膺制勝之求。揣陋質以何堪。對寵光而知懼。中謝。臣聞受祿過量。忠臣恥其素餐。因能任官。明主不以私授。蓋物勝於權。則衡爲之殆。馬竭其力。則御速於顛。臣雖至愚。敢忘斯義。伏念臣智靈弗競。器蘊尤疎。初無落落過人之才。徒有區區自信之

志。薦更中外。無補事功。竊憂大譴之方來。敢謂異恩之横被。而況樞極通帝位之紀。宥府嚴師律之謀。周設六官。司馬聯於冢宰。漢分三府。太尉列於中台。故必文武智能之臣。乃付腹心爪牙之任。人歌宣后。豈無吉甫之憲邦。天啓高皇。宜得留侯而籌幄。顧以菲才而叨據。在於公議而謂何。伏望皇帝陛下。大道曲全。至明博照。察臣心之有愧。憫臣力之弗勝。追還誤恩。妙簡良輔。退而勞力。足昭名器之至公。因是得人。旋致朝廷之增重。遺山集

金文最卷十四

表

遼主降表〔天會三年〕

臣耶律延禧言。今月十八日。西南西北兩路都統府差蕭愈等賫到文字。該准奉詔旨招諭者。伏念臣祖宗開先。順天人而建業。子孫傳嗣。預功德以守成。奄有大遼。權持正統。拓土周數萬里。享國餘二百年。從古以來。未之或有。迨臣纂紹。卽已妄爲。恃太平既久之時。隳累代常行之法。寢行侮易。先忤交和。輒無名以行兵。望有捷而張勢。曲直既顯。勝負自分。雖黷武之再三。曾敗績之非一。往馳信使。永講前歡。特蒙天地之恩。許結弟兄之睦。臣更爲眩惑。弗克遵依。以是再引戈矛。重尋釁隙。民神共怒。智力俱窮。寶命既歸。神器難守。宗廟傾覆。甘承去國之羞。骨肉見俘。獨作逃生之虜。非天時之未識。緣己罪之尤深。宣諭幸聞。宸恩得浹。臣自知咎惡。猶積兢惶。伏念皇帝陛下念上世之舊歡。恕愚臣之前過。許奉先人之祀。留爲亡國之餘。則百生蒙再造之恩。一族感聚居之義。謹與見在從官。望闕俟罪。大金弔伐録金吾案。北盟會編引亡遼遺録載天祚降表。與此迥異。附録於後。

遼國降臣耶律延禧謹伏斧鉞。躬詣大金國俯伏待罪。臣聞人不患其勇。患其爲暴也。伏念臣祖宗創二百年之基。承天統位。繼子傳孫。郊祀上帝。内外歡慶。豈意微臣骨寒命薄。無德可保。不能當此。夙夜惶駭。罔知過咎。冒犯忌諱。若曉霜而遇烈日。扁舟而遭怒濤。罪惡兢與。譖辭蜂起。致茲慚德。激揚聖怒。轉加兵師。憂驚之極。如坐炭湯。蓋聞枳道之放。荷蒙記恤。況若新安之歎。例受無辜。念漢皇之仁恩。誕敷霈澤。誚項羽之過惡。奚免終傷。臣所懇者。乞諧枳道之留。免效新安之禍。戰慄之至。仰干聰聽。昧死謹言。〔北盟會編宣政上帙二十一〕

遼主謝免罪表〔天會三年〕

臣延禧言。四月八日。賫到詔書一道。特免臣罪及撫諭。仍與西南西北兩路都統勃極烈同朝見者。豈不自知。合被罪盈之責。將何以報。特蒙望外之恩。欣幸越常。兢惶失次。伏惟皇帝陛下仁洽萬物。道配二儀。猶推不忍之心。靡追既往之咎。温頒天語。秩振德音。俾底安全。特寬罪戾。非一身甚幸。免武湯問罪之威。抑舉族矜全。荷唐虞好生之德。今專俟都統孛極赴闕同行次。大金弔伐録

遼主謝封海濱王表〔天會三年〕

臣延禧言。今月七日。伏蒙聖慈。特賜詔書一道。降封臣爲海濱王者。罪當不免。誠天下之公言。恩及有加。見聖人之全度。事來望外。喜見憂中。伏念臣粤自祖宗。肇有社稷。山河固國。開數萬里之提封。功德浹民。享二百年之福祿。迨臣繼統之後。昧於守成之難。矜得太平。作爲多罪。先絶鄰好。輒造釁端。遂出無名之師。果爲有德者勝。未更十載。併失五都。左右以之離心。中外以之解體。漸及窘迫。旋至播遷。大寶已歸。神器安在。朝夕莫保。骨肉見離。伶俜一身。凄苦萬狀。昔兵連怨結。幾年忤先帝之心。今勢盡力窮。何能逃吾君之手。伏承皇帝陛下具依遺旨。明諭聖言。許臣不死之恩。恕臣既往之咎。故當遵聽。是卽歸懷。今則先廟告成。中宸賜見。凌兢失魄。慚汗何顔。卽加斧鉞之誅。正爲當罪。如投魑魅之處。非不甘心。豈期遽易刑章。曲從禮典。所幸得全性命。敢希天上之恩。何期不伍公侯。更賜日中之號。此蓋皇帝陛下大明徧照。至德兼容。取亂侮亡。仗殷周之義。繼絶興滅。推唐虞之仁。以致此身。得承先祀。倘九廟之靈不昧。亦知感恩。況百口之屬更生。何忘報德。大金弔伐録

宋主降表〔天會四年〕

臣桓言。伏以今月二十五日。大兵登城。出郊謝罪者。長驅萬里。遠勤問罪之師。全庇一宗。仰戴隆寬之德。感深念咎。俯極危衷。臣誠惶誠懼。頓首頓首。猥以眇躬。奉承大統。懵不更事。濟以學非。昧於知人。動成過擧。重煩元帥。來攻陋邦。三里之城。已失藩籬之守。九廟之祀。當成煨

燼之餘。不圖深仁。曲假殘息。兹蓋伏遇伯大金皇帝。乾坤之德甚博。日月之照無私。不怒之威。既追踪於湯武。好生之德。且儷美於唐虞。弗念一夫之辜。特全萬人之命。宇宙載肅。宗社獲安。文軌既同。永託保存之惠。雲天在望。徒深嚮往之誠。無任瞻天望聖。激切屏營之至。奉表稱謝以聞。臣桓誠惶誠懼。頓首頓首。謹言。天會四年十二月日。大金弔伐録

宋主降表 係令改定

臣桓言。背恩致討。遠煩汗馬之勞。請命求哀。敢廢牽羊之禮。仰祈蠲貸。俯切淩兢。臣桓誠惶誠懼。頓首頓首。竊以契丹爲鄰。爰搆百年之好。大金闢國。更圖萬世之歡。航使旌絶海嶠之遥。求故地割燕雲之境。太祖大聖皇帝特垂大造。許復舊疆。未閲歲時。已渝信誓。方獲版圖於析木。遽連陰賊於平山。結搆大臣。邀回户口。雖違恩義。尚貸罪愆。但追索其人民。猶夸大其土地。致煩帥府。遠抵都畿。上皇引咎以播遷。微臣因時而受禪。懼孤城之失守。割三府以求和。屢致哀鳴。亟蒙矜許。官軍纔退。信誓又渝。密諭土人。堅守不下。分遣兵將。救援爲名。復搆結於使人。見包藏之異意。遂勞再伐。並興問罪之師。又議畫河。實作疑兵之計。果難逃於英察。卒自取於交攻。尚復嬰城。豈非拒命。怒極將士。齊登三里之城。禍延祖宗。將隳七廟之祀。已蠲銜璧之舉。更叨授館之恩。自知獲罪之深。敢有求生之理。伏惟皇帝陛下誕膺駿命。紹履鴻圖。不殺之仁。既追蹤於湯武。好生之德。終儷美於唐虞。所望惠顧大聖肇造之恩。庶以保全弊宋不絶之緒。雖死無辜。

受賜亦多。道里阻脩。莫致籲天之請。精誠所格。徒深就日之思。謹與叔燕王俁、越王偲。弟鄆王楷、景王杞、祈王模、莘王植、徐王棣、沂王樗、和王栻。及宰相百僚。舉國士民僧道耆壽軍人。奉表出郊。望闕待罪以聞。臣誠惶誠懼。頓首頓首。謹言。天會四年十二月日。大宋皇帝臣趙桓上表。大金弔伐録

昏德公謝賜婚内族表天會七年

臣佶伏奉宣命。召臣女六人賜内族爲婦。具表稱謝。伏蒙聖恩賜敕書奬諭者。仰勤睿眷。曲念孤蹤。察流寓之可憐。俾宗藩之可託。伏念臣棲遲一己。黽勉四遷。顧齒髮以俱衰。指川途而正邈。獲居内地。罔間流言。得攀若木之枝。少慰桑榆之景。此蓋伏遇皇帝陛下擴二儀之量。孚九有之私。憫獨夫所守於偷安。辨衆情免涉於疑似。臣敢不誓堅晚節。力報深恩。儻伏臘稍至於蕭條。賴葭莩必濟乎窘乏。尚祈鴻造。俯鑒丹衷。臣無任瞻天望聖。激切屏營之至。大金弔伐録

昏德公謝賜幣帛酒果及許諸女相見表

天恩下逮。已失秋風之寒。父子相歡。頓覺春光之暖。遽沐絲綸之厚。仍蒙縑繐之頒。感涕何言。驚惶無地。竊以臣舉家萬指。流寓三年。每憂餬口之難。忽有聯親之喜。方虞季子之敝。誰憐范叔之寒。既冒寵榮。愈加驚悸。此蓋皇帝陛下唐仁及物。舜孝臨人。故此冥頑。曲蒙保衛。天階咫

咫。無緣一望於清光。短艇飄飄。自此面瞻於魏闕。大金弔伐録

昏德公奏赴鶻里改路安置表

臣佶言。伏蒙宣命。差官館伴臣赴鶻里改路安置。於今月二日到彼居住者。曲照煩言。止從近徙。仍敦姻好。尚賜深憐。大造難酬。撫躬知幸。竊念臣舉家萬指。流寓連年。自惟譴咎之深。當務省躬之效。神明可質。詎敢及於匪圖。天地無私。遂得安於愚分。驚濤千里。顛躓百端。幸復保於桑榆。僅免葬於魚鱉。此蓋伏遇皇帝陛下垂丘山之厚德。擴日月之大明。非風波而可移。亦浸潤而不受。回瞻象闕。拜渥澤以馳心。仰戴龍光。感孤情而出涕。大金弔伐録

重昏侯謝賜幣帛酒果及許諸女相見表

暫留内殿。忽奉王言。特許手足之相歡。更被縑緗之厚賜。喜驚交至。恩旨非常。伏念臣禀性冥頑。賦資忠實。負丘山之罪。天意曲全。聯瓜葛之親。聖恩隆大。方念無衣之卒歲。遽欣挾纊之如春。此蓋伏遇皇帝陛下内恕及人。勞謙損己。雖天地有無私之覆載。而父母有至誠之愛憐。念報德之何時。懷此心而未已。大金弔伐録

宋國誓表皇統二年

臣構言。今來畫疆。合以淮水中流爲界。西有唐鄧州。割屬上國。自鄧州西四十里并南四十里爲界。屬鄧州。其四十里外並西南。盡屬光化軍。爲敝邑沿邊州城。既蒙恩造。許備藩方。世世子孫。謹守臣節。每年皇帝生辰并元旦。遣使稱賀不絶。歲貢銀絹二十五萬兩匹。自壬戌年爲首。每春季。差人般送至泗州交納。自來流移在南之人。經官陳説。願自歸者。更不禁止。上國之於敝邑。亦乞並用此約。有渝此盟。明神是殛。墜命亡氏。踣其國家。臣今既進誓表。伏望上國早降誓詔。庶使敝邑永有憑焉。金史〔七十七〕宗弼傳參〔七十九〕宇文虚中傳

夏國誓表天會二年

臣乾順言。今月十五日。西南西北兩路都統遣左諫議大夫王介儒等齎牒奉宣。若夏國追悔前非。捕送遼主。立盟上表。仍依遼國舊制及賜誓詔。將來或有不虞。交相救援者。臣與遼國。世通姻契。名係藩臣。輒爲援以啟端。曾犯威而結釁。既速違天之咎。果罹敗績之憂。蒙降德音。以寬前罪。仍賜土地。用廣藩籬。載惟含垢之恩。常切戴天之望。自今以後。凡於歲時朝賀、貢進表章、使人往復等事。一切永依臣事遼國舊例。其契丹昏主。今不在臣境。至如奔竄到此。不復存泊。即當執獻。若大朝知其所在。以兵追捕。無敢爲地及依前援助。其或徵兵。即當依應。至如殊方異域朝覲天闕。合經當國道路。亦不阻節。以上所敘數事。臣誓固此誠。傳嗣不絶。苟或有渝。天地鑒察。神明殛之。禍及子孫。不克享國。金史〔一百三十四西夏傳〕

夏國賀正表（天眷二年）

斗柄建寅。當帝曆更新之日。葭灰飛管。屬皇圖正始之辰。四序推先。一人履慶。恭惟化流中外。德被遐邇。方熙律之載揚。應令候而布惠。克凝神於突奥。務行政於要荒。四表無虞。羣黎至治。爰鳳閣屆春之早。協龍廷展賀之初。百辟稱觴。用盡輸誠之意。萬邦薦祉。克堅獻歲之心。臣無任云云。大使武功郎没細好德、副使宣德郎季膺等。齎表詣闕以聞。松漠紀聞（北盟會編炎興下帙六十六）

高麗稱臣表天會四年

高麗恭孝王

大人垂統。震耀四方。異國入朝。梯航萬里。況接境之伊邇。諒馳誠之特勤。伏惟天縱英明。日新德業。涣號一發。羣黎無不悦隨。威聲所加。鄰敵莫能枝梧。實帝王之高致。宜天地之冥扶。伏念臣瘠土小邦。藐躬涼德。聞非常之功烈。久已極於傾虔。惟不腆之苞苴。所以伸於忠信。雖愧蘋蘩之薦。切期山藪之藏。高麗史（十五）

高麗謝宣諭表（天會四年）

高麗恭孝王

高伯淑至。密傳聖旨。保州城池。許屬高麗。更不收復。竊以句麗本地。主彼遼山。平壤舊墟。限於鴨绿。累經遷變。逮我祖宗。值北國之兼并。侵三韓之分野。雖講鄰好。未歸故疆。及乎天命維新。聖王既作。見兵師之起義。致城保之無人。當臣父先王時。有大遼邊臣沙乙何來傳皇帝敕旨曰。保州本高麗地。高麗收之可也。先王於是理其城池。實以民户。當此之時。雖小邦未嘗臣屬上國。而先帝特欲寵綏鄰藩。霑以訓辭。賜之舊土。及後嗣之繼序。遭聖德之承天。備認德音。恭修臣職。惟此東濱之寸土。本爲下國之邊陲。雖嘗見奪於契丹。謂已拜恩於先代。特推異渥。仍屬弊封。豈僥倖而致兹。蓋遭遇之異甚。深仁大義。不可名言。綿力薄材。若爲報効。惟當備春秋之事。守藝極之常。舉邦國而樂輸。傳子孫而永誓。高明在上。悃愊無他。高麗史〔十五〕

高麗賀平宋表天會五年

高麗恭孝王

非常勝事。不世異恩。實千古之未聞。舉一方而祇服。皇帝陛下應三靈之符讖。襲累世之宗祧。仁之所漸者深。則義之所制者衆。德之所施者廣。則威之所屈者多。故得神兵一揮。率土大定。東西南北。拓地增疆。華夏蠻夷。望風束手。功業光輝於竹素。威靈聳動於乾坤。今者。飭使節以有宣。與侯邦而同慶。便蕃上眷。渥縟多儀。惠厚及遐。固論酬而無計。心存事大。但忠藎以爲期。高麗史〔十五〕

高麗誓表天會七年

高麗恭孝王

使節賁來。訓詞密諭。俯僂聞命。凌兢矢圖。竊以周官司盟。掌其盟約之法。盟邦國之不協。與萬民之犯命者。而詛其不信而已。至於衰季。春秋之時。列國交相猜疑。不能必於誠信。而惟盟誓之爲先。故詩人譏其屢盟。而夫子與其胥命。伏惟皇帝陛下。至德高於帝堯。大信孚於天下。光開一統。奄有四方。大邦震其威。小邦懷其惠。惟是小邑。介在邊隅。聞眞人之作興。先諸域而朝賀。故得免防風之罪。辱儀父之褒。略諸細故。待以殊禮。錫之以邊鄙之地。諭之以貢輸之式。朝廷更無於他故。屬國敢有於異心。而嚴命薦至。敢不祗承。謹當誓以君臣之義。世傳藩屏之職。忠信之心。有如皦日。苟或渝變。神其殛之。高麗史〔十六〕

高麗謝還送金鐵衣崔頗喜及馬匹表天會七年

高麗恭孝王

聖德方增。大畏小懷而咸造。龍光普被。薄物細故而不遺。臣聞費誓稱。馬牛其風。臣妾逋逃。勿敢越逐。祗復之。此雖諸侯之事。然其言有諧於墳典。其教不戾於帝王。故編之乎聖人之書。而次之於天子之命。軌法萬世。稱爲六經。伏遇皇帝陛下神明勃興。威德兼備。通達之屬。莫不服從。夷夏之民。皆爲臣妾。矧惟下邑。附近東隅。處國奉藩。早盡畏天之禮。推恩字小。已蒙割地之仁。況承皇使之移文。更覺宸慈之浹物。在邊境之末事。尚不遺忘。見朝廷之至仁。務爲寬厚。顧惟孤寡。何以勝堪。瞻言咫尺之威。第識拜命。惟是春秋之事。庶無後倫。高麗史〔十六〕

高麗請免追索保州投入人口表天會八年

高麗恭孝王

聞命以還。精爽震越。草芥之懇。輒復剖陳。神聖之慈。冀賜矜察。退惟踰僭。愈切兢惶。伏念臣蕞然薄材。職是小國。值真人之受命。興大業以統天。卽慕義以入朝。遂稱藩而脩貢。皇帝陛下仁深解網。德厚包荒。諒其面内之勤。推之字小之會。天會四年丙午九月日。遣宣諭使高伯淑來傳詔旨。亦有口宣。保州城更不收復。其投來人口。亦令小國取便。臣當時跼蹐下階。拜受明命。嘉與臣民。懽忻感戴。區區之心。已兼表謝。又天會六年戊申十二月日。報諭使司古德、韓昉來傳別録。保州之地。初有詔諭。更不收復。意謂必能祇率舊章。遵奉王室。故朝廷不受其地。特行割賜。爾後數歲。尚未進納誓表。於理豈爲便穩。及自來脅從并逃移户口。其數頗多。皆稱物故。殆未可亮。又昨來敕旨。許賜保州。並無一城境内語句。兼未畫定界至。自是見得係内地。分宜約束封吏。右上數事。爾國果能推誠享上。卽納誓表。皎然自明。朝廷亦當回賜誓詔。兼别降指揮。申畫封疆。一切務從寬大成長久之計。又韓昉移文館人曰。朝廷方以大信示天下。肯欺爾國。臣受書言之明白。感德意之殊尤。指天誓心。拜獻章表。竊意宸慈。俯賜誓詔。而璽書薦至。訓飭加嚴。彷徨憂懼。不知所圖。況念人物投來之事。是臣父先王未獲臣事上國時薄物細故。而責之若此。非乖小國慶賴之心。亦恐非朝廷以至仁大德寵綏下藩之意。此臣所以披肝瀝血干冒天威不能自止者也。伏望皇帝陛下。俯回明照。深賜哀憐。法先王綏遠之經。用大漢釋逃之制。特允至誠之請。曲推全度之恩。雖小陋以無能。必激昂而論報。葵藿之意。向白日以長傾。江漢之流。朝滄海而不息。皇天后土。鑒臣此言。高麗史〔十六〕

高麗賀正表〔天眷二年〕

帝出乎震。方當遂三陽之生。王次於春。所以大一統之始。覆幬之内。歡慶皆均。恭惟中孚應天。大有得位。所過者化。閲衆甫以常新。不怒而威。觀庶邦之率服。茂對佳辰之復。備膺諸福之休。臣幸遘昌期。遠居外服。上千萬歲壽。曾莫預於臚傳。同億兆人心。但竊深於善祝。云云。使朝散大夫衛尉少卿輕車都尉賜紫金魚袋李仲衍。奉表稱賀以聞。松漠紀聞〔北盟會編炎興下帙六十六〕

高麗請以弟晧權守軍國表大定十(一)年

高麗莊孝王

臣久纏疾恙。漸致衰羸。襟靈以之昏荒。氣力以之消沮。醫攻熨而莫效。藥瞑眩而不瘳。豎居膏肓。天奪魂魄。以之祇服前人之訓言。率先列國之貢藝。而乃民政堆案。而或廢於剖決。國賓踵門。而或失於將迎。爲邦之道既隳。事主之儀多闕。今則伏在牀枕。幾委體支。仰繫覆露之私。深念播蕃之業。臣昔逮事臣父先國王。嘗屬臣云。苟有遞代。必先弟及。今臣有元子泓。少而無慧。長且多愆。未堪主鬯以展勤。矧復奉藩而受職。竊見弟晧。忠順之德夙勤於君親。恭睦之心無懈於朝夕。載嘉淑行之如始。益體理命之有徵。乃於某月某日。以臣弟臣晧權守軍國事務。敢兹上聞。冀照下悃。高麗史〔十九〕

高麗奏權守軍國表大定十(一)年

高麗光孝王

覆幬之仁。靡私於一物。聖神之德。均視於萬邦。恪布忱辭。冒干洪造。伏見臣兄國王臣晛久尊周室。樂率漢藩。緣感疾於中身。遂抱羸於積稔。十全不能措其手。一丸豈復效其靈。沈緜浸深。頓仆是懼。頃因脱釋於重負。始欲保守於餘年。蓋由承稟臣先國王臣晛遺屬。以臣忝爲同母之親。可付先祊之業。於某月某日。令臣權守軍國事務。而臣避之無計。受亦誠難。將籲呼以上聞。顧跋涉之愈遠。又黎庶不可以無主。保釐不可以闕人。勉副羣情。假司分寄。戰兢之抱。莫敢遑寧。危慄之懷。幾致隕越。敢具事實。以達宸嚴。高麗史〔十九〕

高麗請以弟晫權守軍國表承安（三）〔二〕年

高麗光孝王

鶴鳴於皐。尚有可聞之響。葵傾於日。豈無委照之私。敢殫懇款之誠。仰瀆高明之鑒。伏念某猥將緜力。叨襲藩封。表東海之濱。久陶於聲教。迫西山之日。忽染於病痾。一脚偏枯。而行必借於人扶。兩眼並昏。而視不過於步内。自年齡馴致若此。非藥餌所可能爲。且當國政之堆前。意亦迷於去取。如或黄華之臨境。禮必缺於將迎。念茲雖謂之小邦。厥位難虚於一日。顧父言之在耳。須弟及而傳家。故臣曩曾受付託於臣兄。今宜畀重艱於臣弟。況臣兄有元子臣某。嘗傳聞於遺訓。亦承順於臣心。固謂太叔之賢。非所跂及。顧附延陵之節。固欲退藏。而臣母弟晫。德服人心。名高戚里。非特能保乂於下國。亦可以藩宣於上朝。乃於九月二十三日。以弟晫權守軍國事務。敢布腹心之微。用祈覆載之惠。高麗史〔二十一〕

高麗奏權守軍國表承安(三)〔二〕年

高麗靖孝王

覆物無私。帝王之至德。仗信以事。臣子之良規。敢吐忱辭。冒干聰聽。伏念舊邦遺胤荒服曾臣。遭逢解網之時。涵泳垂衣之化。伏見臣兄國王臣晧。逮事先帝。至於聖朝。述職僅三十年。禮無所失。享壽餘六十載。病莫能興。藥乏萬金之良。病同二豎之苦。欲釋重負。庶保殘齡。追述臣父國王楷遺囑。以九月二十三日。令臣權守軍國事務。而臣迫此懇辭。避將何計。顧負託之大重。將籲呼以上聞。然念宗廟不可以乏嗣。黎元不可以無主。勉從誠請。假守繁機。若臨淵而履冰。或至隕越。倘回霜而收電。永荷生成。區區之誠。實天所鑒。高麗史〔二十一〕

高麗奏權守軍國表崇慶元年

高麗元孝王

伏見國王祺。早傳先業。恪守外藩。忽嬰疾病以彌留。浸致形骸之甚弱。攻療無效。顛仆是憂。庶因脱釋於繁機。姑欲保全於餘喘。蓋由承稟臣仲父先國王臣晫遺囑。以臣親則猶子。理合承家。如有遞更。必先推與。乃於前年十二月二十五日。令臣權國事務。而臣祼辭不獲已。受亦難堪。顧付畀之非輕。將籲呼而遥達。然念黎元不可一日而無主。祊社不可曠時而乏嗣。勉副羣情。假司重寄。跼天蹐地。實深隕越之懷。剖心拆肝。仰告端倪之實。倘回淵聽。深荷鴻恩。高麗史〔二十一〕

渤海賀正表〔天眷二年〕

三陽應律。載肇於歲華。萬歲稱觴。欣逢於元會。恭惟受天之祜。如日之升。布治惟新。順夏時而謹始。卜年方永。邁周歷以垂休。臣幸際明昌。良深忭頌。遠馳信幣。用伸祝聖之誠。仰冀清躬。茂集履端之慶。松漠紀聞

降表（天會四年）

郭藥師

天會四年正月。相時而動。動止固未之有常。順天者存。存亡寧可以不察。事屬已定。人難執迷。伏惟皇帝陛下祇奉先猷。紹隆正統。皇天所以假手而誅亂。生民所以延頸而徯蘇。臣等素提一旅之師。旋屬百六之運。自秦晉之捐代。洎文后之擅權。政教皆失其紀綱。恩威不行於咫尺。十家欲叛者八九。一日將死者再三。在亡遼無可事之君。顧大金有難歸之路。故率萬兵而附漢。然嘗三載以撫燕。宋主載嘉。秦官是復。祇念感一飧之惠。尚思殞七尺之軀。故窮捍禦之勞。庶圖報答之效。戰卒既寡。餘力何施。矧知上帝之是依。敢思困獸之猶鬭。豈一身之是惜。念百姓之無辜。頃者東徂。雖曾雷震之敢犯。今焉北去。尚期天地之有容。臣等謹以全燕文武官事將校并馬步甲兵十萬及係官斛粟錢帛諸物等。謹陳表上進以聞。大金弔伐録

封曹王謝表

劉豫

禮成大册。澤霈普天。特列晉其封階。不遐遺於舊物。望闕拜命。闔門感恩。臣豫誠歡誠忭。頓首

頓首。伏念臣昔仕季朝。粗歷要官。昧方枘圓鑿之理。竭徙薪曲突之忠。項氏將亡。一范增而不用。周家既勝。致箕子之來歸。試用微能。爰升大位。辭不獲已。報將若何。承積年殘毁有餘。凡百事艱難已極。闢寇賊以置朝市。披荆棘而勸耕桑。應機投隙。以傾挫敵鋒。損己便人。以招集散徙。忘寢忘食。必躬必親。培廣業以惟勤。庶大恩之不玷。俄知廢罷之議。愈堅措畫之心。要先時成務於斯邦。覬後日受知於上國。至聞混一之意。不待再三之言。即隨使人。往受宣命。素所祗備。復何遲疑。百年辛苦以經營。兩手歡忭而分付。帝號若釋重負。王爵尤感鴻恩。自得清閑而北來。未嘗徘徊而南望。久安僻地。忽被改封。洎奉讀於訓詞。若躬聽於睿語。温其如玉。暖然如春。星斗輝輝。麗窈然之天道。典謨渾渾。顯大哉之王言。徽軫爨下之焦桐。青黄溝中之斷木。光生懸罄之室。榮長設羅之門。兹蓋伏遇皇帝陛下德奉三無。澤均九有。敬識百辟之享。獨觀萬化之原。有功而必見知。無罪而常善赦。遂令窮悴。得與褒嘉。臣敢不守靖致虚。安時處順。何以效涓埃之報。惟不爲名器之羞。北盟會編〔炎興下帙八十二〕參大金弔伐録

金文最卷十五

奏疏

請削去明肅帝封號疏大定二十二年

宣孝太子

海陵庶人。首相閔宗。無匡救之益。迺伺其間隙。肆行大逆。盜據神器。十有二年。罪惡貫盈。天所剿絶。其父明肅。豈可使之猶竊帝尊之名。仰惟祖宗之神靈在天。而其子海陵。親弑太祖之世嫡閔宗。且屠滅太宗之孫靡有孑遺。若明肅之有知。未必以其僞號爲榮。海陵既正大逆之罪。義當緣坐。況於封爵。今猶有其帝號者。不過以明肅勳親之故。且其已死。不與於海陵之亂。故特忍而存之。莫若重宗廟。尊朝廷。以正上下名分。削去明肅帝號。止從舊封。庶乎宗廟朝廷之禮。一舉而兩得。**大金集禮**

金吾案。金史載皇太子表。與此略異。想經修史者修飾。附録於後。

追維熙宗。世嫡統緒。海陵無道。弑帝自立。崇正昭穆。削其煬王。俾齒庶人之列。瘞之閒壙。不封不樹。既已申大義而明至公矣。海陵追崇其親。逆配於廟。今海陵既廢爲庶人。而明肅猶竊帝尊之名。列廟祧之數。海陵大逆。正名定罪。明肅亦當緣坐。是時明肅已殂。不與於亂。臣以爲當削去明肅帝號。止從舊爵。或從太祖諸王有功例。加以官封。明詔中外。俾知大義。〔金史七十六宗幹傳〕

諫索女直逃入高麗户口疏天會六年

完顏勗

臣聞德莫大於樂天。仁莫先於惠下。所索户口。皆前世姦宄叛亡烏蠢、訛謨罕、阿海、阿合束之緒裔。先世綏懷四境。尚未賓服。自先君與高麗通。聞我將大。因謂本自同出。稍稍款附。高麗既不聽許。遂生邊釁。因致交兵。久方連和。蓋三十年。當時壯者。今皆物故。子孫安於土俗。婚姻膠固。徵索不已。彼固不敢稽留。骨肉乖離。誠非衆願。人情怨甚可愍者。而必欲求爲己有。特彼我之蔽。非一視同仁之大也。國家民物繁夥。幅員萬里。不知得此果何益耶。今索之不還。我以强兵勁卒取之無難。然兵凶器。戰危事。不得已而後用。高麗稱藩。職貢無闕。國且臣屬。民亦非外。聖人行義。不責小過。理之所在。不俟終日。臣愚以爲宜施惠下之仁。弘樂天之德。聽免徵索。則彼不謂己有。如自我得之矣。金史〔六十六完顏勗傳〕

獄中上熙宗疏天會十五年

宗翰

臣聞功大則謗興。德高則毁來。此至言也。自振古論之。以周公之聖人也。當成王卽政之初。以言其業。則未盛也。以言其時。則未太平也。以言其君。則幼君也。周公是時建功立事。制禮作樂。盡忠竭力。勤勞王家。公之功德。編於詩書。流傳於天下。自古及今。於世無愧焉。尚有四國之流言。誅弟之過也。況後世不及周公者乎。臣今所慮。輒敢辨於陛下。念臣老矣。臣於天會之初。從二先帝破遼攻宋。兵無五萬之衆。糧無十日之儲。長驅深入。旌旗指處。莫不請命受降。遼宋二主及骨肉。盡歸囚虜。遼宋郡邑。歸我版圖。方今東濱大海。西徹狼溪。南連交廣。北底室韋。罔不臣妾。然以大金創基洪業。繼治盛朝。先帝所以委臣之力也。又扶持陛下幼沖以臨大寶。南面天下。此成王之世也。臣之忠勤。過於周公之下有闕文。賴成王之聖慮也。今臣雖吐其言。在陛下察其情。臣再陳前日之罪。御林牙兵忽然猖獗。干冒陛下。用臣出師之任。臣受命。欲竭駑鈍之力。盡淺拙之謀。以狂孽指日可安。不期耶律潛伏。沙黨復反。交攻凡三晝夜。其勝負未分。猶可爲戰。奈杜充糧草已斷。人馬凍死。御林牙兵知我深入重地。前不樵蘇。後又糧斷。所以王師失利。又副將外家得心生反逆。背負朝廷。外家得之反背。有其由矣。知父兄妻子並在御林牙軍中。兩軍發釁。其外家得將軍下數千騎。自亂我軍。使臣不得施行。此大敗之罪也。非臣怠慢。願陛下察臣之肝膽。念臣有立國之功。陛下有繼統之業。可貸臣螻蟻之命。嗚呼。功成名遂身退。天之道也。臣嘗有此志。貪戀陛下之聖意。眷慕陛下之宗廟。躊躇猶豫。以至於此。使臣伊呂之功。反當長樂之禍。願陛下釋臣縲絏之難。願成五湖之游。誓竭犬馬之報。北盟會編（炎興下帙七十八）

諫割地與宋疏天會二年

宗翰

先皇帝征遼之初。圖宋協力夾攻。故許以燕地。宋人既盟之後。請加幣以求山西諸鎮。先皇帝辭其加幣。盟書曰。無容匿逋逃。誘擾邊民。今宋數路招納叛亡。厚以恩賞。累疏叛人姓名。索之童貫。嘗期以月日。約以誓書。一無所致。盟未朞年。今已如此。萬世守約。其可望乎。且西鄙未寧。割付山西諸郡。則諸軍失屯據之所。將有經略。或難持久。請姑置勿割。金史〔七十四宗翰傳〕

劾阿里不孫疏興定二年

完顏伯嘉

古之爲將者。受命之日忘其家。臨陣之日忘其身。服喪衣鑿凶門而出。以示必死。進不求名。退不避罪。惟民是保。阿里不孫膺國重寄。握兵數萬。未陣而潰。委棄虎符。既不得援枹鼓以死敵。又不能負斧鑕而請罪。逃命竄伏。猥居里巷。挾匿婦人。爲此醜行。聖恩寬大。曲赦其死。自當奔走闕廷。皇恐待命。安坐要君。略無忌憚。迹其情罪。實不容誅。此而不懲。朝綱廢矣。乞尸諸市。以戒爲臣之不忠者。金史〔一百完顏伯嘉傳〕

請革弊政恤妄費疏貞祐二年

完顏素蘭

昔東海在位。信用讒諂。疏斥忠直。以致小人日進。君子日退。紀綱紊亂。法度益隳。風折城門之闕。火焚市里之舍。蓋上天垂象以儆懼之也。言者勸其親君子遠小人。恐懼脩省。以答天變。東海不從。遂至亡滅。夫善救亂者。必迹其亂之所由生。善革弊者。必究其弊之所自起。誠能大明黜陟。以革東海之政。則治安之效可指日而待也。陛下龍興。不思出此。輒議南遷。詔下之日。士民相率上章請留。啟行之日。風雨不時。橋梁數壞。人心天意。亦可見矣。此事既往。豈容復追。但自今尤宜戒慎。覆車之轍。不可引轅而復蹈也。又曰。國家不可一日無兵。兵不可一日無食。陛下爲社稷之計。宮中用度皆從貶省。而有司復多置軍官。不恤妄費。甚無謂也。或謂軍官之衆。所以張大威聲。臣竊以爲不然。不加精選。而徒務其多。緩急臨敵。其可用乎。且中都惟其糧乏。故使車駕至此。稍獲安地。遂忘其危而不之備。萬一再如前日。未知有司復請陛下何之也。金史〔一百九完顏素蘭傳〕

乞令有司舉堪任縣令者疏 貞祐四年

完顏素蘭

臣近被命體問外路官。廉幹者擬不差遣。若懦弱不公者罷之。具申朝廷。別議擬注。臣伏念彼懦弱不公之人。雖令罷去。不過止以待闕者代之。其能否又未可知。或反不及前官。蓋徒有選人之虛名。而無得人之實跡。古語曰。縣令非其人。百姓受其殃。今若後官更劣。則爲患滋甚。豈朝廷恤民之意哉。夫守令。治之本也。乞令隨朝七品外路六品以上官。各舉堪充司縣長官者。仍明著舉官姓名。他日察其能否。同定賞罰。庶幾其可。議者或以閡選法紊資品爲言。是不知方今之事與平昔

不同。豈可拘一定之法。坐視斯民之病而不權宜更定乎。金史〔一百九完顏素蘭傳〕

請慎選東宮官屬疏貞祐四年　完顏素蘭

臣聞太子者。天下之本也。欲治天下。先正其本。正本之要無他。在選人輔翼之耳。夫生於齊者能齊言而不能楚語。未習之故也。人之性。亦在乎習之而已。昔成王在襁褓中。卽命周召以爲師保。戒其逸豫之心。告以持守之道。終之功光文武。垂休無窮。欽惟陛下順天人之心。預建春宮。皇太子仁孝聰明出於天資。總制樞務固已綽然有餘。儻更選賢如周召之儔者。使之夾輔。則成周之治不足侔矣。金史〔一百九完顏素蘭傳〕

諫修見山亭疏天興二年　完顏仲德

自古人君遭難播越於外者。必痛自刻苦。過自貶損。然後可以動天感人。克復舊物。昨臣朝退。道逢民夫數百人。荷畚插杖數入宮。問云。將修見山亭及葺治同知衙。以爲游息之所。此必非陛下意。殆近侍官諭有司爲之。臣愚以爲不可。敵人犯河南幾二年矣。京師陷沒。諸郡皆殘圮。所保完者。獨一蔡耳。蔡之公廨固不及宮闕萬分之一。方之野處露宿。則爲有餘。況車駕將行之時。已嘗勞民治之。今茲不輟。恐人情解弛。不足以濟大事。汝南遺事

諫選室女疏天興二年　完顏仲德

禮重内則。詩本后妃。所以承宗祧廣繼嗣也。頃聞遣人求良家子以充後宫。臣知陛下必不爲色。爲社稷計耳。然小民無知。更相傳諷。以爲汴京陷没之後。七廟乏祀。兩宫播遷。陛下幸蔡州。志圖刷恥。然駐蹕以來。不聞遠略。而先求處女。以示久居。臣愚以爲民愚而神不可不畏。況征進有日。艱於從行。宜俟退敵。更求配耦。汝南遺事

乞賜太醫使祁宰謚疏泰和元年

李秉鈞

事有宜緩而急若輕而重者。名教是也。伏見故贈資政大夫祁宰以忠言被誅。慕義之士。盡傷厥心。世宗即位。贈之以官。陛下録用其子。甚大惠也。雖武王封比干之墓。孔子譽夷齊之仁。何以異此。而有司拘文。以職非三品。不在議謚之列。臣竊疑之。若職至三品方得請謚。當時居高位食厚禄者。不爲無人。皆畏罪澳涩。曾不敢申一喙畫一策以爲社稷計。卒使立名死節之士。顧出於醫卜之流。亦可以少愧矣。臣以爲非常之人。當以非常之禮待之。乞詔有司特賜謚。以旌其忠。斯亦助名教之一端也。金史〔八十三祁宰傳〕

論便宜疏大定時

曹望之

山東、河北。猛安謀克與百姓雜處。民多失業。陳蔡汝潁之間。土廣人稀。宜徙百姓以實其處。復數年之賦以安輯之。百姓亡命及避役軍中者。閲實其人。使還本貫。或編近縣以爲客户。或留爲

佃户者。亦籍其姓名。州縣與猛安事干涉者。無相黨匿。庶幾軍民協和。盜賊弭息。薦舉之法。虛文無實。宰相拔擢。及其所識。不及其所不識。內外官所舉。亦輒不用。或指以爲朋黨。遂不敢復舉。宜令宰執歲舉三品二人。御史大夫以下內外官終秩舉二人。自此以下。以品殺爲差等。終秩不舉者。遇轉官。勒不遷。三品者削後任俸三月。其舉者已改除。吏部以類品第。季而上之。三品闕。則於類第四品中補授。四品五品以下。視此爲差。其待以不次者。宰執具才行功實以聞。舉當否。罪當如律。廉介之士老於令幕無舉主者。七考無贓私罪者。准朝官三考勞敍。吏部每季圖上外路職官姓名。路爲一圖。大書贓污者於其名下。使知畏懼。外任五品以上官改除。令代之者具功過以聞。年六十以上者。終更赴調。有司察其視聽精力。老疾不堪鳌務。給以半禄罷遣。守邊將帥及沿邊州縣官漁剥軍民。擅興力役。宜歲遣監察御史周行察之。邊部有訟。招討司無得輒遣白身人徵斷。宜於省部有出身女直契丹人及縣令丞簿中擇廉能者。因其風俗。略定科條。務爲簡易。徵斷羊馬入官籍數。如邊部遇饑饉。即以此賑給之。招討及都監視事。宜限邊部饋送駝馬。招討司女直人户或擷野菜以濟艱食。而軍中舊籍馬死則一村均錢補買。往往鬻妻子賣耕牛以備之。臣恐數年之後。邊防困弊。臨時賑濟。費財十倍而無益。早爲之所。則財用省而邊備實矣。官給軍箭用盡。則市以補之。皆朽鈍不堪用。可每歲給官箭一分。以補其闕。邊民闕食給米。地遠負重。往往就倉賤賣而去。可計口支錢。則公私兩便。陝西正副。宜如猛安謀克。用土人一員。隊將亦宜參用土人。久居其任。增弓箭田。復其賦役。以廉吏爲提舉。舉察總管府以下官。農隙校閱。以嚴武備。則太

平之時。有經略之制矣。金史〔九十二曹望之傳〕

請立皇太孫疏大定二十五年

徒單克寧

今宣孝皇太子陵寢已畢。東宫虚位。此社稷安危之事。陛下明聖。超越前古。寧不察此。事貴果斷。不可緩也。緩之則起覬覦之心。來讒佞之言。讒佞之言起。雖欲無疑得乎。兹事深可畏大可慎。而不畏不慎。豈惟儲位久虚。而骨肉之禍。自此始矣。臣愚不避危身之罪。伏願亟立嫡孫金源郡王爲皇太孫。以釋天下之惑。塞覬覦之端。絶搆禍之萌。則宗廟獲安。臣民蒙福。臣備位宰相。不敢不盡言。惟陛下裁察。金史〔九十二徒單克寧傳〕

諫毁宋故都丘陵疏

粘割没雅

臣聞治國之道。莫如内安百姓。外和鄰敵。内外既安。何憂於治。伏自陛下龍飛以來。國安民富。四方綏靖。雖湯禹之德無踰焉。臣愚不知忌諱。冒死謹言。皇太孫春秋方壯。識量宏遠。神機英武。非臣下所能發揚潛德。正宜謹擇儒學惇厚之士。輔佐聰明。如近奏南宋。臣未敢奉詔。且南宋流播江外六十餘年。無不宵盰嘗膽。伺我之隙。如南京開封府殘宋故都。洛陽宋之丘陵。二者乃宋人寢興想望之所。宜加脩繕。當塞宋人之望。況自撫定以來。彼邦遵服。貢賦以時。不惟財匱國貧。蓋亦念故巢而恐廢丘陵爾。若一旦恃富强遽失宋人過望之意。使人藉辭激衆。歲貢失時。以勞聖慮。進討加兵必矣。費用國資。軍民勞苦。天下震驚。兩國生靈墮於塗炭。豈可忽諸。陛下聖功神武。日月之明。爰念無名之師。不宜復蹈前轍。安危之係未可知。今日之計。莫若内安民生。外修和好。陰爲坐困東南之策。因其饑饉。乘其盜賊。謹修邊備。養威伺釁。以謀混一。今後所差奉使。乞降指揮預選。令於南京考射閲習。然射片時勝負。臣下希賞。烏足以係國家榮辱。皇太孫建立之初。宜修文德。輔佐以福天下。如其所請。神明之志甚鋭。實非宗廟萬世之利。北盟會編〔炎興下帙一百三十三〕

再諫北幸疏明昌四年

董師中

近年水旱爲沴。明詔罪己求言。罷不急之役。省無名之費。天下欣幸。今方春東作。而亟遣有司修建行宫。揆之於事。似爲不急。況西北二京。臨潢諸路。比歲不登。加以民有養馬簽軍挑壕之役。財力大困。流移未復。米價甚貴。若扈從至彼。又必增價。日糴升合者。口以萬數。舊籍北京等路商販給之。倘以物貴或不時至。則饑餓之徒。將復有如曩歲殺太尉馬、毁太府瓜果、出忿怨言、起而爲亂者矣。書曰。民情大可見。小人難保。況南北兩屬部數十年捍邊者。今爲必里哥孛瓦誘脅。傾族隨去。邊境蕩摇。如此可虞。若忽之而往。豈聖人萬舉萬全之道哉。迺者太白晝見。京師地震。又北方有赤色。遲明始散。天之示象。冀有以警悟聖意。脩德銷變。矧夫逸遊。古人所戒。遠自周秦。近逮隋唐與遼。皆以是生釁。可不慎哉。可不畏哉。金史〔九十五董師中傳〕

諫幸金蓮川疏大定中

梁襄

金蓮川在重山之北。地積陰冷。五穀不殖。郡縣難建。蓋自古極邊荒棄之壤也。氣候殊異。中夏降霜。一日之間。寒暑交至。特與上京中都不同。尤非聖躬將攝之所。凡奉養之具。無不遠勞飛輓。越山踰嶮。其費數倍。至於頓舍之處。軍騎塡塞。主客不分。馬牛風逸以難收。臧獲逋逃而莫得。奪攘蹂躪。未易禁止。公卿百官衛士。富者車帳僅容。貧者穴居露處。輿臺皂隸。不免困踣。饑不得食。寒不得衣。一夫致疾。染及衆人。夭傷無辜。何異刃殺。此特細故耳。更有大於此者。臣聞高城峻池。深居邃禁。帝王之藩籬也。壯士健馬。堅甲利兵。帝王之爪牙也。今行宮之所。非有高殿廣宇城池之固。是廢其藩籬也。掛甲常坐之馬。日暴雨蝕。臣知其必羸瘠矣。禦侮待用之軍。穴居野處。冷啖寒眠。臣知其必疲瘵矣。衛宮周廬。才容數人。一旦霖潦積旬。衣甲弓刀。霑濕柔脆。豈堪爲用。是失其爪牙也。秋杪將歸。人已疲矣。馬已弱矣。裹糧已空。褚衣已敝。猶且遠幸松林。以從畋獵。行於不測之地。往來之間。動踰旬月。轉輸移徙之勞。更倍於前矣。以陛下神武善騎射。舉世莫及。若夫銜橛之變。猛摯之虞。姑置勿論。設於行獵之際。烈風暴至。塵埃漲天。宿霧四塞。跬步不辨。以致翠華有崤陵之避襄城之迷。百官狼狽於道途。衛士參錯於隊伍。當此。宸衷寧無戒悔。夫神龍不可以失所。人主不可以輕行。良謂此也。所次之宮。草略尤甚。殿宇周垣。惟用氈布。押宿之官。上番之士。終日驅馳。加之飢渴。已不勝倦。更使徹曙巡警。露坐不眠。精神有限。何以克堪。雖陛下悦以使人。勞而不怨。豈若不勞之爲愈也。故君人者不可恃人無異謀。要在處己於無憂患之域也。燕都地處雄要。北倚山嶮。南壓區夏。若坐堂隍。俯視庭宇。本地所生。人馬勇勁。亡遼雖小。止以得燕。故能控制南北。坐致宋幣。燕蓋京都之選首也。況今又有宮闕井邑之繁麗。倉府武庫之充實。百官家屬皆處其內。非同曩日之陪京也。居庸、古北、松亭、榆林等關。東西千里。山峻相連。近〇上一百八十字原脫。据金史本傳補。在都畿。易於據守。皇天本以限中外。開大金萬世之基而設也。奈何無事之日越居草萊。「輕不貲之聖躬。愛沙蹟之微涼。忽祖宗之大業。此臣所惜也。又行幸所過。山徑阻脩。林谷晻靄。上有懸崖。下多深壑。垂堂之戒。不可不思。臣聞漢唐離宮。去長安纔百許里。然武帝幸甘泉。遂中江充之姦。太宗居九成。幾致結社之變。太康畋於洛汭。后羿拒河而失邦。魏帝拜陵近郊。司馬懿竊權而篡國。隋煬海陵雖惡德貫盈。人誰敢議。止以離棄宮闕。遠事巡征。其禍遂速。皆可爲殷鑒也。臣嘗論之。安民濟衆。唐虞猶難之。而今日之民。賴陛下之英武。無兵革之憂。賴陛下之聖明。無官吏之虐。賴陛下之寬仁。無刑罰之枉。賴陛下之節儉。無賦斂之繁。可謂能安濟矣。而游畋納涼之樂。出於富貴之餘。靜而思動。非如衣食切身有不可去者。罷之至易耳。唐太宗將行關南。畏魏徵而停。漢文帝欲馳霸陵。袁盎諫而遽止。是陛下能行唐虞之難行。而未能罷中主之易罷。臣所未喻也。且燕京之涼。非濟南之比。陛下牧濟南日。每遇炎蒸。不離府署。今九重之內。臺榭高明。宴安穆清。何暑得到。議者謂陛下北幸久矣。每歲隨駕大小。前歌後舞而歸。今茲再出。寧有遽不可乎。臣愚以爲患生於不戒者多矣。西漢崇用外戚。而有王莽之禍。梁武好納叛降。而有侯景之變。今者累歲北幸。狃於無虞。往而不止。臣甚懼焉。夫事知其不可猶冒爲之。則有後難必矣。議者又謂往年遼國之君。春水秋山。冬夏捺鉢。舊人猶喜談之。以爲真得快樂之趣。陛下效之耳。臣愚以爲三代之政。今有不可行者。況遼之過擧哉。且本朝與遼室異。遼之基業根本。在山北之臨潢。臣知其所遊。不過臨潢之旁。亦無重山之隔。冬猶處於燕京。契丹之人。以逐水草牧畜爲業。穹廬爲居。遷徙無常。又壤地褊小。儀物殊簡。輜重不多。然隔三五歲方能一行。非歲歲皆如此也。我本朝皇業根本。在山南之燕。豈可舍燕而之山北乎。上京之人。棟宇是居。不便遷徙。方今幅員萬里。惟奉一君。承平日久。制度殊異。文物增廣。輜重浩穰。隨駕生聚。殆逾於百萬。如何歲歲而行。以一身之樂。歲使百萬之人困於役、傷於財、不得其所。陛下其忍之歟。臣又聞陛下於合圍之際。麋鹿充牣圍中。大而壯者。纔取數十以奉宗廟。餘皆縱之。不欲多殺。是陛下恩及於禽獸。而未及於隨駕衆多之臣庶也。議者謂前世守文之主。生長深宫。畏見風日。彎弧上馬。皆所不能。志氣銷懦。筋力拘柔。臨難戰懼。束手就亡。陛下監其如此。不憚勤身。遠幸金蓮。至於松漠。名爲坐夏打圍。實欲服勞講武。臣愚以爲戰不可忘。畋獵不可廢。晏安鴆毒亦不可懷。然事貴適中。不可過當。今過防驕惰之患。先蹈萬有一危之途。何異無病而服藥也。況欲習武。不必度關。涿、易、雄、保、順、薊之境。地廣又平。且在邦域之中。獵田以時。誰曰不可。伏乞陛下發如綸之旨。回北轅之車。塞雞鳴之路。安處中都。不復北幸。則宗社無疆之休。天下莫大之願也。方今海内安治。朝廷尊嚴。聖人作事。固臣下將順之時。而臣以螻蟻之命。進危切之言。仰犯雷霆之威。陷於吏議。小則名位削除。大則身首分磔。其爲身計。豈不愚謬。惟陛下深思博慮。不以人廢言。以宗廟天下爲心。俯垂聽納。則小臣素願遂獲。雖死猶生。他非所覬望也。金史〔九十六梁襄傳〕

郊天配饗疏大定十一年　　石琚

按禮記。萬物本乎天。人本乎祖。此所以祖配上帝也。蓋配之者。侑神作主也。自外至者。無主不止。故推祖考配天。尊之也。孝經曰。郊祀后稷以配天。兩漢魏晉以來。皆配以一祖。至唐高宗。始以高祖、太宗同配。垂拱初。以高祖太宗高宗並配。遂有三祖同配之禮。玄宗開元十一年。罷同配之禮。以高祖配。宋太宗時。以宣祖太祖配。真宗時。以太祖太宗配。仁宗時。有司請以三帝並侑。遂以太祖太宗真宗並配。其後禮院上議。以爲對越天地。神無二主。當以太祖配。此唐宋變古。以三帝配天。終竟依古。以一祖配也。臣謂冬至親郊。宜從古禮。以一祖配之。金史〔八十八〕石琚傳參〔二十八〕禮志

金文最卷十六

奏疏

乞通上下之情疏明昌元年

徒單鎰

臣竊觀唐虞之書。其臣之進言於君。曰戒哉懋哉。曰吁曰都。既陳其戒。復導其美。君之爲治也。必曰稽於衆。舍己從人。既能聽之。又能行之。又從而興起之。君臣上下之間。相與如此。陛下繼興隆之運。撫太平之基。誠宜稽古崇德。留意於此。無因物以好惡喜怒。無以好惡喜怒輕忽小善。不恤人言。夫上下之情有通塞。天地之運有否泰。唐陸贄嘗陳隔塞之九弊。上有其六。下有其三。陛下能慎其六。爲臣子者敢不慎其三哉。上下之情既通。則大綱舉而羣目張矣。金史（九十九徒單鎰傳）

論爲政之術疏承安五年

徒單鎰

仁義禮智信。謂之五常。父義母慈、兄友、弟敬、子孝。謂之五德。今五常不立。五德不興。搢紳學古之士。棄禮義。亡廉恥。細民違道畔義。迷不知返。背毁天常。骨肉相殘。動傷和氣。此非一朝一夕之故也。今宜正薄俗。順人心。父父、子子、夫夫、婦婦。各得其道。然後和氣普洽。福禄薦臻矣。爲政之術。其急有二。一曰正臣下之心。竊見羣下不明禮義。趨利者衆。何以責小民之從化哉。其用人也。德器爲上。才美爲下。兼之者。待以不次。才下行美者次之。雖有才能。行義無取者。抑而下之。則臣下之趨向正矣。二曰導學者之志。教化之行。興於學校。今學者失其本真。經史雅奥。委而不習。藻飾虚詞。釣取禄利。乞令取士兼問經史故實。使學者皆守經學。不惑於近習之靡。則善矣。凡天下之事。叢來者非一端。形似者非一體。法制不能盡。隱於近似。乃生異論。孔子曰。義者天下之斷也。記曰。義爲斷之節。伏望陛下臨制萬機。事有異議。少凝聖慮。尋繹其端。則裁斷有定而疑可辨矣。金史〔九十九徒單鎰傳〕

請肅禁籞增謚號正風俗立綱紀戒妒忌嚴宫衛疏熙宗時

程寀

殿前點檢司。古殿巖環衛之任。所以肅禁籞、尊天子、備不虞也。臣幸得近清光。從天子觀時畋之禮。比見陛下校獵。凡羽衛從臣無貴賤。皆得執弓矢馳逐。而聖駕崎嶇沙礫之地。加之林木叢鬱。易以迷失。是日自卯及申。百官始出沙漠。獨不知車駕何在。瞻望久之。始有騎來報。皇帝從數騎已至行在。竊惟古天子出入警蹕。清道而行。至於楚畋雲夢。漢獵長楊。皆大陳兵衛以備非常。陛下膺祖宗付託之重。奈何獨與數騎出入林麓沙漠之中。前無斥候。後無羽衛。甚非肅禁籞之意也。臣願陛下熟計之。後若復獵。當預戒有司圖上獵地。具其可否。然後下令清道而行。擇衝要稍平之地爲駐蹕之所。簡忠義爪牙之士。統以親信腹心之臣。警衞左右。俟其麋鹿既來。然後馳射。仍先遣搜閱林藪。明立標幟。爲出入之馳道。不然。後恐貽宗廟社稷之憂。臣伏讀唐史。追尊高祖以下謚號或加至十八字。前宋大中祥符間。亦加至十六字。亡遼因之。今陛下亦受崇天體道欽明文武聖德十字。臣竊謂人臣以歸美報上爲忠。天子以追崇祖考爲孝。太祖武元皇帝受命開基。八年之間。奄有天下。功德茂盛。振古無前。止謚武元二字。理或未安。何以示將來。臣願詔有司定議謚號。庶幾上慰祖宗在天之靈。使耿光丕烈。傳於無窮。古者天子皆有巡狩。無非事者。或省察風俗。或審理寃獄。或問民疾苦以布宣德澤。皆巡狩之名也。國家肇興。誠恐郡國新民逐末棄本。習舊染之污。奢侈詐僞。或有不明之獄、僭濫之刑。或力役無時、四民失業。今鑾輅省方。將憲古行事。臣願天心洞照。委之長、貳。釐正風俗。或置匭匣以伸寃枉。或遣使郡國問民無告。皆古巡狩之事。昔漢昭帝問疾苦。光武求民瘼。如此則和氣通。天下丕平可坐而待也。臣聞善醫者。不視他人之肥瘠。察其脈之病否而已。善計天下者。不視天下之安危。察其紀綱理否而已。天下者人也。安危者肥瘠也。紀綱者脈也。脈不病。雖瘠不害。脈病而肥者危矣。是故四肢雖無故。不足恃也。脈而已矣。天下雖無事。不足矜也。綱紀而已矣。尚書省天子喉舌之官。綱紀在焉。臣願詔尚書省。戒厲百官。各揚其職。以立綱紀。如吏部天官。以進賢退不肖爲任。誠使升黜有科。任得其人。則綱紀理而民受其賜。前代興替。未始不由此者。虞舜不告而娶二妃。帝嚳娶四妃。法天之四星。周文王一后三夫人。嬪御有數。選求淑媛以充後宮。帝王之制也。然女無美惡。入宮見妒。陛下欲廣嗣續。不可不知而告戒之。臣伏見本朝富有四海。禮樂制度。莫不一新。宮禁之制。尚未嚴密。胥吏健卒之輩。皆得出入。莫有呵止。至淆混而無別。雖有闌入之法。久尚未行。甚非嚴禁衞明法令之意。陛下不可不知而必行。金史〔一百五程寀傳〕

陳便宜十事疏貞祐三年

劉　炳

一曰任諸王以鎭社稷。臣觀往歲。王師屢戰屢衄。率皆自敗。承平日久。人不知兵。將帥非才。既無靖難之謀。又無效死之節。外託持重之名。而内爲自安之計。擇驍果以自隨。委疲懦以臨陳。陳勢稍動。望塵先奔。士卒從而大潰。朝廷不加詰問。輒爲益兵。是以法度日紊。倉庾日虛。閭井日凋。土地日蹙。自大駕南巡。遠近相望。益無固志。吏任河北者以爲不幸。逡巡退避。莫之敢前。昔唐天寶之末。洛陽潼關相次失守。皇輿夜出。向非太子迴趨靈武。率先諸將。則西行之士。當終老於劍南矣。臣願陛下擇諸王之英明者。總監天下之兵。北駐重鎭。移檄遠近。戒以軍政。則四方聞風者。皆將自奮。前死不避。折衝厭難。莫大於此。夫人情可以氣激。不可以力使。一卒先登。則萬夫齊奮。此古人所以先身教而後威令也。二曰結人心以固基本。天子惠人。不在施予。在於除其同患。因所利而利之。今艱危之後。易於爲惠。因其欲安而慰撫之。則忠誠親上之心。當益加於前日。臣願寬其賦役。信其號令。凡事不便者。一切停罷。時遣重臣按行郡縣。延見耆老。問其疾苦。選廉正。黜貪殘。拯貧窮。卹孤獨。勞來還定。則效忠徇義。無有二志矣。故曰。安民可與行義。危民易與爲亂。惟陛下留神。三曰廣收人才以備國用。備歲寒者。必求貂狐。適長途者。必畜騏驥。河南、陝西。車駕臨幸。當有以大慰士民之心。其有操行爲民望者。稍擢用之。平居可以勵風俗。緩急可以備驅策。昭示新恩。易民觀聽。陰繫天下之心也。四曰選守令以安百姓。郡守縣令。天子所恃以爲治、百姓所依以爲命者也。今衆庶已敝。官吏庸暗。無安利之才。貪暴昏亂。與姦爲市。公有斗粟之賦。私有萬錢之求。遠近嚻嚻。無所控告。自今非才器過人政迹卓異者。不可使在此職。親勳故舊。雖望隆資高。不可使爲長吏。則賢者喜於殊用益盡其能。不肖者愧慕而思自勵矣。五曰褒忠義以勵臣節。忠義之士。奮身效命。力盡城破而不少屈。事定之後。有司略不加省。棄職者。顧以恩貸。死事者反不見録。天下何所慕憚而不爲自安之計耶。使爲臣者。皆知殺身之無益。臨難可以苟免。甚非國家之利也。六曰務農力本以廣蓄積。此最强兵富民之要術。當今之急務也。七曰崇節儉以省財用。今海内虛耗。田疇荒蕪。廢奢從儉。以紓生民之急。無先於此者。八曰去冗食以助軍費。兵革之後。人物凋喪者十四五。郡縣官吏。署置如故。甚非審權救弊之道。九曰修軍政以習守戰。自古名將料敵制勝。訓練士卒。故可使赴湯蹈火。百戰不殆。孔子曰。以不教民戰。是爲棄之。兵法曰。器械不利。以其卒與敵也。卒不服習。以其將與敵也。將不知兵。以其主與敵也。主不擇將。以其國與敵也。可不慎哉。十曰修城池以備守禦。保障國家。惟都城與附近數郡耳。北地不守。是無河朔矣。黄河豈足恃哉。金史〔一百六劉炳傳〕

年前十月。嘗舉行推排之法。尋以踰時而止。誠知聖上愛民之深也。竊聞周制。以歲時定民之衆寡。辨物之多少。入其數於小司寇。以施政教。以行徵令。三年則天下大比。按爲定法。伏自大定四年通檢前後。迄今三十餘年。其間雖兩經推排。其浮財物力。惟憑一時小民之語以爲增減。有司惟務速定。不復推究其實。由是豪强有力者。符同而幸免。貧弱寡援者。抑屈而無訴。況近年以來。邊方屢有調發。貧户益多。如止循例推排。緣去歲條理已行。人所通知。恐新强之家預爲請囑狡獪之人。冀望至時同辭推唱。或虛作貧乏。故以産業低價質典及將財物徙置他所。權止營運。如此姦弊百端。欲望物力均一。難矣。欲革斯弊。莫若據實通檢。預令有司照勘大定四年條理。嚴立罪賞。截日立限。關防禁約。其間有可以輕重者。斟酌行之。去煩碎而就簡易。戒騷擾而事鎮靜。使富者不得以苟避。困者有望於少息。則賦税易辦。人免不均之患矣。金史〔一百七高汝礪傳〕

請通檢貧富疏承安二年

高汝礪

諫歲檢民田疏貞祐四年

高汝礪

臣聞治大國者若烹小鮮。最爲政之善喻也。國朝自大定通檢後。十年一推物力。惟其貴簡静而重勞民耳。今言者請如河北歲括實種之田。計數征斂。即是常時通檢。無乃駭人視聽使之不安乎。且河南、河北。事體不同。河北累經刼掠。户口亡匿。田疇荒蕪。差調難依元額。故爲此權宜之法。蓋軍儲不加多。且地少而易見也。河南自車駕巡幸以來。百姓湊集。凡有閑田及逃户所棄。耕墾殆遍。各承元户輸租。其所征斂皆準通推之額。雖軍馬益多。未嘗闕誤。詎宜一概動擾。若恐豪右蔽匿而逋征賦。則有司檢括亦豈盡實。但嚴立賞罰。許其自首及聽人告捕。犯者以盜軍儲坐之。地付告者。自足使人知懼。而賦悉入官。何必爲是紛紛也。抑又有大不可者三。如每歲檢括。則夏田春量。秋田夏量。中間雜種。亦且隨時量之。一歲中略無休息。民將厭避。耕種失時。或止耕膏腴而棄其餘。則所收仍舊而所輸益少。一不可也。檢括之時。縣官不能家至户到。里胥得以暗通貨賂。上下其手。虛为文具。轉失其真。二不可也。民田與軍田犬牙相錯。彼或陰結軍人以相冒亂。而朝廷止憑有司之籍。倘使臨時少於元額。則資儲闕誤必矣。三不可也。夫朝廷舉事。務在必行。既行而復中止焉。是豈善計哉。○此篇原僅存目。全文失載。今據金史一百七高汝礪傳補。

諫先與宋議和疏興定元年

高汝礪

言者請姑與宋議和以息邊民。竊以爲非計。宋人多詐無實。雖與文移往來。而邊備未敢遽撤。備既不撤。則議和與否。蓋無以異。或復蔓以浮詞。禮例之外。別有求索。言涉不遜。將若之何。或曰。大定間亦嘗先遣使。今何不可。竊謂時殊事異。難以例言。昔海陵師出無名。曲在於我。是以世宗卽位。首遣高忠建等報諭宋主。罷淮甸所侵。以修舊好。彼隨遣使來。書辭慢易。不復奉表稱臣。願還故疆爲兄弟國。雖其樞密院與我帥府時通書問。而侵軼未嘗已也。既而征西元帥合喜敗宋將吴璘、姚良輔於德順原州。右丞相僕散忠義、右副元帥紇石烈志寧敗李世輔於宿州。斬首五萬。兵威大振。世宗謂宰臣曰。昔宋人言遣使請和。乘吾無備。遂攻宿州。今爲我軍大敗。殺戮過當。故不敢復通問。朕哀南北生靈久困於兵。本欲息民。何較細故。其令帥府移書宋人。以議和好。宋果遣使告和。以當時堂堂之勢。又無邊患。竟免其奉表稱臣之禮。今宋棄信背盟。侵我邊鄙。是曲在彼也。彼若請和。於理爲順。豈當先發此議而自示弱耶。恐非徒無益。反招謗侮而已。金史〔一百七高汝礪傳〕

請減免河南添徵通寶疏興定元年

高汝礪

臣聞國以民爲基。民以財爲本。是以王者必先愛養基本。國家調發。河南爲重。所徵税租。率常三倍於舊。僅可供億。今省部計歲收通寶不敷所支。乃於民間科斂桑皮故紙錢七千萬貫以補之。又太甚矣。近以通寶稍滯。又加兩倍。河南人户。農民居三之二。今税租猶多未足。而此令復出。彼不糶所當輸租。則必減其食以應之。舍此將何納焉。夫事有難易。勢有緩急。今急用而難得者。芻糧也。出於民力。其來有限。可緩圖而易爲者。鈔法也。行於國家。其變無窮。以國家之所自行者而强求之民。將若之何。向者大鈔滯。更爲小鈔。小鈔弊。改爲寶券。寶券不行。易爲通寶。從權制變。皆由於上。尚何以煩民爲哉。彼悉力以奉軍儲。已患不足。又計口、計税、計物、計生殖之業。而又添徵通寶。若是其剥。苟不能給。則有逃亡。民逃亡則農事廢。兵食何自而得。有司不究遠圖而貪近效。不固本原而較末節。誠恐軍儲鈔法兩有所妨。臣非於鈔法不爲意也。非與省部故相違也。但以鈔法稍滯物價稍增之害輕。民生不安軍儲不給之害重耳。惟陛下外度事勢。俯察臣言。特命有司減免。則羣心和悅。而未足之租有所望矣。金史（一百七）高汝礪傳參（四十八）食貨志（二）

諫榷油疏興定三年

高汝礪

古無榷法。自漢以來。始置鹽鐵酒榷均輸官。以佐經費。末流至有算舟車、稅間架。其征利之術固已盡矣。然亦未聞榷油也。蓋油者世所共用。利歸於公則害及於民。故古今皆置不論。亦厭苛細而重煩擾也。國家自軍興。河南一路歲入稅租。不啻加倍。又有額徵諸錢。横泛雜役。無非出於民者。而更議榷油。歲收銀數十萬兩。夫國以民爲本。當此之際。民可以重困乎。若從三錫議。是以舉世通行之貨爲榷貨。私家常用之物爲禁物。自古不行之法爲良法。竊爲聖朝不取也。若果行之。其害有五。臣請言之。河南州縣。當立務九百餘所。設官千八百餘員。而胥隸工作之徒不與焉。費既不貲。而又創搆屋宇。奪買作具。公私俱擾。殆不勝言。至於提點官司有升降決罰之法。其課一虧。必生抑配之弊。小民受病。益不能堪。其害一也。夫油之貴賤。所在不齊。惟其商旅轉販。有無相易。所以其價常平。人易得之。今既設官。各有分地。輒相侵犯者有罪。是使貴處常貴。而賤處常賤。其害二也。民家日用不能躬自沽之。而轉鬻者增取利息。則價不得不貴。而用不得不難。其害三也。鹽鐵酒醋。公私所造不同。易於分別。惟油不然。莫可辨記。今私造者有刑。捕告者有賞。則無賴輩因之得以誣搆良民。枉陷於罪。其害四也。油户所置屋宇作具。用錢已多。有司按業推定物力。以給差賦。今奪其具廢其業。而差賦如前。何以自活。其害五也。惟罷之便。〔金史一百七高汝礪傳〕

請褒贈鄯陽石古乃及削胡沙虎官爵疏貞祐元年

張行信

春秋之法。國君立不以道。若嘗與諸侯盟會。即列爲諸侯。東海在位已六年矣。爲其臣者。誰敢干之。胡沙虎握兵入城。躬行弑逆。當是時。惟鄯揚、石古乃率衆赴援。至於戰死。論其忠烈。在朝食祿者。皆當愧之。陛下始親萬機。海内望化。褒顯二人。延及子孫。庶幾少慰貞魂。激天下之義氣。宋徐羡之、傅亮、謝晦弑營陽王立文帝。文帝誅之。以江陵奉迎之誠。免其妻子。胡沙虎國之大賊。世所共惡。雖已死而罪名未正。合暴其過惡。宣布中外。除名削爵。緣坐其家。然後爲快。陛下若不忍援立之勞。則依倣元嘉故事。亦足以示懲戒。金史〔一百三十二紇石烈執中傳〕

請先遣使與宋議和疏興定元年

張行信

今以遣使爲不當。臣竊惑之。議者不過曰。遣使則爲先示弱。其或不報。報而不遜。則愈失國體。臣獨以爲不然。彼幸吾釁隙。數肆侵掠。邊臣以兵御之復來。我大國不責以辭而敵以兵。兹非示弱乎。至於問而不報。報而不遜。曲自在彼。何損於我。昔大定之初。彼嘗犯順。世宗雖建丞相烏者行省於汴。實令元帥撒合輦先爲辭詰之。彼遂伏罪。其後宋主奪取國書。朝廷復欲加兵。丞相婁室獨以爲不可。及刑部尚書梁肅銜命以往。尋亦屈焉。在章宗時。猖狂最甚。猶先理問而後用兵。然則遣使詳問正國家故事。何失體之有。且國步多艱。戍兵滋久。不思所以休息之。如民力何。臣書生。無甚高論。然事當機會。不敢不罄其愚。惟陛下察之。金史〔一百七張行信傳〕

請廣選舉裁冗食疏興定二年

張行信

近聞保舉縣令。特增其俸。此朝廷爲民之善意也。然自關以西。尚未有到任者。遠方之民。不能無望。豈舉者猶寡而有所不敷耶。乞詔内外職事官。益廣選舉。以補其闕。使天下均受其賜。且丞簿尉亦皆親民。而獨不增俸。彼既不足以自給。安能禁其侵牟乎。或謂國用方闕。不宜虚費。是大不然。夫重吏禄者。固使之不擾民也。民安則國定。豈爲虚費。誠能減裁冗食。不養無用之人。亦何患乎不足。今一軍充役。舉家廩給。軍既物故。給其子弟。感悦士心。爲國盡力耳。至於無男丁。而其妻女猶給之。此何謂耶。自大駕南巡。存贍者已數年。張頤待哺。以困農民。國家糧儲。常患不足。顧乃久養此老幼數千萬口。冗食虚費。正在是耳。如卽罷之。恐其失所。宜限以歲月。使自爲計。至期而罷。復將何辭。金史〔一百七張行信傳〕

言伐宋六不可疏興定元年

胥鼎

竊懷愚懇。不敢自默。謹條利害以聞。昔泰和間。蓋嘗南伐。時太平日久。百姓富庶。馬蕃軍鋭。所謂萬全之舉也。然猶亟和。以偃武爲務。大安之後。北兵大舉。天下騷然者累年。然軍馬氣勢。

視舊纔十一耳。至於器械之屬。亦多損弊。民間差役重繁。寖以疲乏。而日勤師旅。遠近動摇。是未獲一敵而自害者重。其不可一也。今歲西北二兵。無入境之報。此非有所憚而不敢也。意者以去年北還。姑自息養。不然。則别部相攻。未暇及我。如聞王師南征。乘隙併至。雖有潼關大河之險。殆不足恃。則三面受敵者。首尾莫救。得無貽後悔乎。其不可二也。凡兵雄於天下者。必其士馬精强。器械犀利。且出其不備。而後能取勝也。宋自泰和再修舊好。練兵峙糧。繕修營壘。十年於兹矣。又車駕至汴。益近宋境。彼必朝夕憂懼。委曲爲防。況聞王師已出唐鄧。必徙民渡江。所在清野。止留空城。使我軍無所得。徒自勞費。果何益哉。其不可三也。宋我世讐。比年非無恢復舊疆湔雪前恥之志。特畏我威力。不能窺其虛實。故未敢輕舉。今我軍皆山西河北無依之人。或招還逃軍。脅從歸國。大抵烏合之衆。素非練習。而遽使從戎。豈能保其決勝哉。雖得其城。内無儲蓄。亦何以守。以不練烏合之軍。深入敵境。進不得食。退無所掠。將復逋逃嘯聚爲腹心患。其不可四也。發兵進討。欲因敵糧。此事不可必者。隨軍轉輸。則又非民力所及。沿邊人户雖有恒產。而賦役繁重。不勝困憊。又凡失業寓河南者。類皆衣食不給。貧窮之迫。盜所由生。如宋人陰爲招募。誘以厚利。使爲鄉導。伺我不虞。突而入寇。則内有叛民。外有勍敵。未易圖之。其不可五也。今春事將興。若進兵不還。必違農時。以誤防秋之用。此社稷大計。豈特疆埸利害而已哉。其不可六也。臣愚以爲止當遴選材武將士。分布近邊州郡。敵至則追擊。去則力田。以廣儲蓄。至於士氣益强。民心益固。國用豐饒。自可恢廓先業成中興之功。一區區之宋何足平乎。金史〔一百八胥鼎傳〕

言九事疏貞祐三年

侯摯

其一曰。省部所以總天下之紀綱。今隨路宣差。便宜從宜。往往不遵條格。輒劄付六部及三品以下官。其於紀綱。豈不紊亂。宜革其弊。其二曰。近置四帥府。所統兵校。不爲不衆。然而弗克取勝者。蓋一處受敵。餘徒旁觀。未嘗發一卒以爲援。稍見小衂。則棄戈遁去。此師老將怯故也。將將之道。惟陛下察之。其三曰。率兵禦寇。督民運糧。各有所職。本不可以兼行。而帥府每令雜進。累遇寇至。軍未戰而丁夫已遁。行伍錯亂。敗之由也。夫前陳雖勝而後必更者。恐爲敵所料耳。況不勝哉。用兵尚變。本無定形。今乃因循不改覆轍。臣雖素不知兵。妄謂率由此失。其四曰。雄、保、安肅諸郡。據白溝易水西山之固。今多闕員。又所任者皆柔懦不武。宜亟選勇猛才幹者分典之。其五曰。漳水自衞至海。宜沿流設備以固山東。使力穡之民安服田畝。其六曰。近都州縣官吏。往往逋逃。蓋以往來敵中。失身者多。兼轉輸頻仍。民力困敝。應給不前復遭責罰。秩滿乃與他處一體計資考。實負其人。乞詔有司。優定等級。以別異之。其七曰。兵威不振。罪在將帥輕敵妄舉。如近日李英爲帥。臨陳之際。酒猶未醒。是以取敗。臣謂英既無功。其濫注官爵。並宜削奪。其八曰。大河之北。民失稼穡。官無俸給。上下不安。皆欲逃竄。加以潰散軍卒還相剽掠。以致平民愈不聊生。宜優加矜恤。亟招撫之。其九曰。從來掌兵者。多用世襲之官。此屬自幼驕惰。不任勞苦。且心懦膽怯。何足倚辦。宜選驍勇過人衆所推服者。不考其素用之。金史〔一百八侯摯傳〕

金文最卷十七

奏疏

條陳八事疏貞祐四年

陳規

陛下以上聖寬仁之姿。當天地否極之運。廣開言路。以求至論。雖狂妄失實者亦不坐罪。臣忝耳目之官。居可言之地。苟爲緘默。何以仰酬洪造。謹條陳八事。願不以人微而廢之。卽無可採。乞放歸山林。以懲尸祿之罪。一曰責大臣以身任安危。今北兵起自邊陲。深入吾境。大小之戰。無不勝捷。以致神都覆没。翠華南狩。中原之兵。肝腦塗地。大河以北。莽爲盜區。臣每念及此。驚怛不已。況宰相大臣。皆社稷生靈所繫以安危者。豈得不爲陛下憂慮哉。每朝奏議。不過目前數條。特以碎末。互生異同。俱非救時之急者。況近詔軍旅之務專委樞府。尚書省坐視利害。泛然不問。以爲責不在己。其於避嫌周身之計則得矣。社稷生靈將何所賴。古語云。疑則勿任。任則勿疑。又曰。謀之欲衆。斷之欲獨。陛下既以宰相任之。豈可使親其細而不圖其大者乎。伏願特出睿斷。若軍伍器械常程文牘。卽聽樞府專行。至於戰守大計。征討密謀。皆須省院同議可否。則爲大臣者知有所責。而天下可爲矣。二曰任臺諫以廣耳目。人主有政事之臣。有議論之臣。政事之臣者。宰相執政。和陰陽。遂萬物。鎮撫四夷。親附百姓。與天子經綸於廟堂之上者也。議論之臣者。諫官御史。與天子辨曲直正是非者也。二者豈可偏廢哉。昔唐文皇制中書門下入閤議事。皆令諫官隨之。有失輒諫。國朝雖設諫官。徒備員耳。每遇奏事。皆令迴避。或兼他職。或爲省部所差。有終任不覿天顏不出一言而去者。雖有御史。不過責以糾察官吏、照刷案牘、巡視倉庫而已。其事關利害。或政令更革。則皆以爲機密而不聞。萬一政事之臣。專任胸臆威福自由。或掌兵者。以私見敗事機。陛下安得而知之。伏願遴選學術該博通曉世事骨鯁敢言者。以爲臺諫。凡事關利害。皆令預議。其或不當。悉聽論列。不許兼職及充省部委差。苟畏徇不言。則從而黜之。三曰崇節儉以答天意。昔衞文公乘狄人滅國之餘。徙居楚丘。纔革車三十兩。乃躬行儉約。冠大帛之冠。衣大布之衣。季年致騋牝三千。遂爲富庶。漢文帝承秦項戰争之後。四海困窮。天子不能具鈞駟。乃示以敦朴。身衣弋綈。足履革舄。未幾天下富安。四夷悦服。國家自兵興以來。州縣殘毁。存者復爲土寇所擾。獨河南稍安。然大駕所在。其費不貲。舉天下所奉。責之一路。顧不難哉。賴陛下慈仁。上天眷佑。蝗災之餘。而去歲秋禾。今年夏麥。稍得支持。夫應天者要在以實。行儉者天必降福。竊見宫中及東宫奉養。與平時無異。隨朝官吏諸局承應人。亦未嘗有所裁省。至於貴臣豪族掌兵官。莫不以奢侈相尚。服食車馬。惟事紛華。今京師鬻明金衣服及珠玉犀象者。日增於舊。俱非克己消厄之道。願陛下以衞文公漢文帝爲法。凡所奉之物。痛自撙節。罷冗員。減浮費。戒豪侈。禁戢明金服飾。庶皇天悔禍。太平可致。四曰選守令以結民心。方今舉天下官吏軍民之費。轉輸營造之勞。皆仰給河南陝西。加之連年蝗旱。百姓荐飢。行賑濟則倉廩懸乏。免征調則用度不足。欲其實惠及民。惟得賢守令而已。當賦役繁殷期會迫促之際。若措畫有方。則百姓力省而易辦。一或乖謬。有不勝其害者。況縣令之弊無甚於今。由軍衛監當進納勞效而得者。十居八九。其桀黠者乘時貪縱。庸懦者權歸滑吏。近雖遣官廉察。治其姦濫。易其疲軟。然代者亦非選擇。所謂除狼得虎也。伏乞明敕尚書省。公選廉潔無私才堪牧民者。以補州府官。仍清縣令之選。及責隨朝七品外任六品以上官。各保堪任縣令者一員。如他日犯贓。並從坐。其資歷已係正七品及見任縣令者。皆聽寄理。俟秩滿升遷。復令監察。以時巡按。有不法及不任職者究治之。則實惠及民而民心固矣。五曰博謀羣臣以定大計。比者徙河北軍户百萬餘口於河南。雖革去冗濫。而所存猶四十二萬有奇。歲支粟三百八十餘萬斛。致竭一路終歲之斂。不能贍此不耕不戰之人。雖無邊事。亦將坐困。況兵事方興未見息期耶。近欲分布沿河。使自種殖。然游惰之人。不知耕稼。羣飲賭博。習以成風。是徒煩有司徵索課租而已。舉數百萬衆坐縻廪給。緩之則用闕。急之則民疲。朝廷惟此一事。已不知所處。又何以待敵哉。是蓋不審於初。不計其後。致此誤也。使初遷時。去留從其所願。則欲求者是足以自贍之家。何假官廪。其留者必有避難之所。不必强遣。當不至今日措畫之難。古者人君將舉大事。則謀及乃心。謀及卿士庶人卜筮。乞自今凡有大事。必令省院臺諫及隨朝五品以上官同議爲便。六曰重官賞以勸有功。陛下卽位以來。屢沛覃恩。以均大慶。不吝官爵。以激人心。至有未滿一任而併進十級。承應未出職而已帶驃騎榮祿者。冗濫之極至於如此。復開鬻爵進獻之門。然則披堅執銳效死行陳者何所勸哉。官本虛名。特出於人主之口。而天下之人極意趨慕者。以朝廷愛重耳。若不計勳勞。朝授一官。暮升一職。人亦將輕之而不慕矣。已然之事既不可咎。伏願陛下重惜將來。無使公器爲尋常之具。功賞爲僥倖所乘。又今之散官動至三品。有司艱於遷授。宜於減罷八資內量增階數。易以美名。庶幾歷官者不至於太驟。而國家恩權不失之太輕矣。七曰選將帥以明軍法。夫將者國之司命。天下所賴以安危者也。舉萬衆之命付之一人。呼吸之間以決生死。其任顧不重歟。自北兵入境。野戰則全軍俱殁。城守則闔郡被屠。豈皆士卒單弱守備不嚴哉。特以庸將不知用兵之道而已。古語云。三辰不軌。取士爲相。四夷交侵。拔卒爲將。今之將帥。大抵先論出身官品。或門閥膏粱之子。或親故假託之流。平居則意氣自高。遇敵則首尾退縮。將帥既自畏怯。士卒夫誰肯前。又居常裒刻。納其饋獻。士卒因之以擾良民而莫可制。及卒之應敵。在途則前後亂行。頓次則排民擇屋。恐逼小民。恣其求索。以此責其畏法死事。豈不難哉。況今軍官數多。自千户而上有萬户、有副統、有都統、有副提控。十羊九牧。號令不一。動相牽制。竊聞國初取天下。元帥而下惟有萬户。所統軍士不下數萬人。專制一路。豈在多哉。多則難擇。少則易精。今之軍法。每二十五人爲一謀克。四謀克爲一千户。謀克之下。有蒲輦一人、旗鼓司火頭五人。其任戰者。纔十有八人而已。又爲頭目選其壯健。以給使令。則是一千户所統不及百人。不足成其隊伍矣。古之良將。常與士卒同甘苦。今軍官既有俸廩。又有券糧。一日之給。兼數十人之用。將帥則豐飽有餘。士卒則飢寒不足。

曷若裁省冗食而加之軍士哉。伏乞明敕大臣。精選通曉軍政者。分詣諸路。編列隊伍。要必五十人爲一謀克。四謀克爲一千户。五千户爲一萬户。謂之散將。萬人設一都統。謂之大將。總之帥府。數不足者。皆併之。其副統、副提控及無軍虚設都統、萬户者。悉罷省。仍敕省院大臣及内外五品以上。各舉方略優長、武勇出衆、才堪將帥者一二人。不限官品。以充萬户以上都統元帥之職。千户以下。選軍中有謀略武藝爲衆所服者充。申明軍法。居常教閲。必使將帥明於奇正虚實之數。士卒熟於坐作進退之節。至於弓矢鎧仗。須令自負。習於勞苦。若有所犯。必刑無赦。則將帥得人。士氣日振。可以待敵矣。八曰練士卒以振兵威。昔周世宗常曰。兵貴精而不貴多。百農夫不能養一士卒。奈何朘民脂膏。養此無用之卒。苟健懦不分。衆何以勸。因大蒐軍卒。遂下淮南。取三關。兵不血刃。選練之力也。唐魏徵曰。兵在以道御之而已。御壯健足以無敵於天下。何取細弱以增虚數。比者凡戰多敗。非由兵少。正以其多而不分健懦。故爲敵所乘。懦者先奔。健者不能獨戰而遂潰。此所以取敗也。今莫若選差習兵公正之官。將已籍軍人。隨其所長而類試之。其武藝出衆者。別作一軍。量增口糧。時加訓練。視等第而賞之。如此。則人人激勵。争效所長。而衰懦者亦有可用之漸矣。昔唐文皇出征。常分其軍爲上中下。凡臨敵則觀其强弱。使下當其上。而上當其中。中當其下。敵乘下軍。不過奔逐數步。而上軍中軍已勝其二軍。用是常勝。蓋古之將帥。亦有以懦兵委敵者。要在預爲分別。不使混淆耳。金史〔一百九陳規傳〕

請擇將相招脅從止搜括求直言疏貞祐二年

許古

自中都失守。廟社陵寢宫室府庫至於圖籍重器。百年積累。一朝棄之。惟聖主痛悼之心。至爲深切。夙夜思懼所以建中興之功者。未嘗少置也。爲臣子者。食禄受責。其能無愧乎。且閭閻細民。猶顒望朝廷整訓師徒爲恢復計。而今纔聞拒河自保。又盡徙諸路軍户河南。彼既棄其恆産。無以自生。土居之民。復被其擾。臣不知誰爲此謀者。然業已如是。但當議所以處之。使軍無妄費民不至困窮。則善矣。臣聞安危所繫。在於一相。孔子稱危而不持。顛而不扶。則將焉用。事勢至此。不知執政者每對天顔。何以仰答清問也。今之所急。莫若得人。如前御史大夫裴滿得仁、工部尚書孫德淵。忠諒明敏。可以大用。近皆許告老。願復起而任之。必能有所建立。以利國家。太子太師致仕孫鐸。雖頗衰疾。如有大議。猶可賜召。或就問之。人才自古所難。凡知治體者。皆當重惜。況此耆舊。豈宜輕棄哉。若乃臨事不盡其心。雖盡心而不明於理。得無益、失無損者。縱其尚壯。亦安所用。方時多難。固不容碌碌之徒備員尸素以塞賢路也。惟陛下宸衷剛斷。黜陟一新。以幸天下。臣前爲拾遺時。已嘗備論擇相之道。乞取臣前奏并今所言加審思焉。臣又聞將者民之司命。國家安危所繫。故古之人君必重其選。爲將者。亦必以天下爲己任。夫將者貴謀而賤戰。必也賞罰使人信之而不疑。權謀使人由之而不知。三軍奔走號令以取勝。然後中心誠服而樂爲之用。邇來城守不堅。臨戰輒北。皆以將之不才故也。私於所暱。賞罰不公。至於衆怨而懼其生變。則撫摩慰藉。一切爲姑息之事。由是兵輕其將。將畏其兵。尚能使之出死力以禦敵乎。願令腹心之臣及閑於兵事者。各舉所知。果其真才。優加寵任。則戰功可期矣。如河東宣撫使胥鼎、山東宣撫使完顏弼、涿州刺史內族從坦、昭義節度使必蘭阿魯帶。或忠勤勇幹。或重厚有謀。皆可任之以捍方面。河北諸路以都城既失。軍户盡遷。將謂國家舉而棄之。州縣官往往逃奔河南。乞令所在根括。立期遣還。違者勿復録用。未嘗離任者。議加恩賚。如願自效河北者。亦聽陳請。仍先賞之。減其日月。州縣長貳官並令兼領軍職。許擇軍中有才略膽勇者爲頭目。或加爵命。以收其心。能取一府者。即授以府長官。州縣亦如之。使人懷復土之心。别遣忠實幹濟者。以文檄官賞招諸脅從人。彼既苦於敵役。來者必多。敵勢當自削。有司不知出此。而但爲清野計。事無緩急。惟期速辦。今晚禾十損七八。遠近危懼。所謀可謂大戾矣。京師諸夏根本。況今常宿重兵。緩急征討必由於此。平時尚宜優於外路。使百姓有所蓄積。雖在私室。猶公家也。今有司搜括餘糧。致轉販者無復敢入。宜即止之。臣頃看讀陳言。見其盡心竭誠以吐正論者。率皆草澤疏賤之人。況在百僚。豈無爲國深憂進章疏者乎。誠宜明敕中外。使得盡言不諱。則太平之長策出矣。金史(一百九許古傳)

請除職官決杖疏 貞祐二年

許古

禮義廉恥。以治君子。刑罰威獄。以治小人。此萬世不易論也。近者朝廷急於求治。有司奏請從權立法。職官有犯應贖者。亦多的決。夫爵禄所以馭貴也。貴不免辱。則卑賤者又何加焉。車駕所駐。非同征行。而凡科徵小過。皆以軍期罪之。不已甚乎。陛下仁恕。決非本心。殆有司不思寬靜可以措安。而專事督責故耳。且百官皆朝廷遴選。多由文行武功閥閱而進。乃與凡庶等。則享爵祿者。亦不足爲榮矣。抑又有大可慮者。爲上者將曰。官猶不免。民復何辭。則苛暴之政日行。爲下者將曰。彼既亦然。吾復何恥。則陵犯之心益肆。其弊豈勝言哉。伏願依元年赦恩刑不上大夫之文。削此一切之法。幸甚。金史（一百九許古傳）

諫伐宋疏興定元年　　許　古

昔大定初。宋人犯宿州。已而屢敗。世宗料其不敢遽乞和。乃敕元帥府遣人議之。自是太平幾三十年。泰和中。韓侂胄妄開邊釁。章宗遣駙馬僕散揆討之。揆慮兵興費重。不能久支。陰遣侂胄族人賫乃祖琦畫像及家牒。僞爲歸附。以見丘崇。因之繼好。振旅而還。夫以世宗章宗之隆。府庫充實。天下富庶。猶先俯屈。以即成功。告之祖廟。書之史册。爲萬世美談。今其可不務乎。今大兵少息。若復南邊無事。則太平不遠矣。或謂專用威武。可使宋人屈服。此殆虛言。不究實用。借令時獲小捷。亦不足多賀。彼見吾勢大。必堅守不出。我軍倉猝無得。須還以就糧。彼復乘而襲之。使我欲戰不得欲退不能。則休兵之期。迺未見也。況彼有江南蓄積之餘。我止河南一路征斂之弊。可爲寒心。願陛下隱忍包容。速行此策。果通和。則大兵聞之亦將斂跡。以吾無掣肘故也。河南既得息肩。然後經略朔方。則陛下享中興之福。天下賴涵養之慶矣。惟陛下略近功慮後患。不勝幸

甚。金史〔一百九許古傳〕

言簡卒理財疏

楊雲翼

臣伏讀聖旨節文。六品以下官有請見詣登聞檢院進奏帖者。聖訓廣大。蓋將博詢兼覽。以盡羣下之智也。臣實愚憒。無妙謀長策。仰裨聖聽之萬一。獨取事之切於今日者。列爲二事以言之。一曰簡卒。二曰理財。簡卒之說。復有三焉。一曰取人材。二曰募願爲。三曰括驅丁。理財之說。復有二焉。一曰納官從便。二曰和買可罷。臣請言簡兵之說。臣去歲在鄉里。見其簡卒之時。不以人材優劣爲等差。而以物力多寡爲次第。故所得富民之子弟。彼生長於衣食豐裕之中。居則役僕隸。行則策堅肥。未嘗諳習天下勞苦之事。使之負斗區之重。徒步數十里。則憊且顛矣。況能披堅執鋭。以爲我軍之前行而逆戰哉。倉卒之際。非徒無益。適足爲我軍之累。不若無之之爲愈也。爲今之計。莫若行三説以簡卒。則庶乎其可用矣。何謂取人材。蓋十人所聚。必有爲之雄者。在千萬人亦然。如總州縣之丁男。不以物力多寡爲先後。惟軀幹雄壯是求。則所得皆能戰之人矣。何謂募願爲。蓋天下之民。虛爲游手不業者甚衆。平日無事則使氣以侮人。無賴而犯法。其中或有果敢勇健奮不顧身良民所不及者。如賜以束帛之賞。募之爲兵。則所得皆樂戰之人矣。何謂括驅丁。蓋天下之奴隸。自幼及壯。備嘗勤勞艱苦之事。其筋體氣力之所服習。馳走負荷之所慣狃。豈常人之所能及哉。如簡其人材之勝甲冑者。免當房之賤。籍之爲兵。則所得皆能戰之人。且有樂戰之心矣。簡卒如是。則與夫富民之子弟。僝弱而不能戰恇怯而不樂戰者。相去豈不遠哉。臣請言理財之説。臣竊見數年前。北邊有事之時。天下錢鈔遏塞不通。交鈔庫不勝換易之多。乃羅卒持梃。力與勝之。當是時。小民有懋遷之艱。商旅有不行之病。比年以來。漸無此弊者。但以多收故也。今以南鄙軍興。支給浩繁。户部乃日增印鈔之數。以救目前之急。然所出者方來而無窮。所入者雖增而有限。以有限而待無窮。則鈔有時而不通矣。爲今之計。莫若行二説以理財。則庶乎其無滯矣。何爲納官從便。國家利鈔之不行。不若錢之通也。故院務所輸之課。皆使入之。其術固善矣。能限之以路分。拘之以分數。則所入之鈔。傷太少耳。夫已收大半之鈔。而臣謂之少者。誠恐後日所出者太多故也。如使凡入官之數。銀鈔錢三者。一聽民便。或全以銀鈔入者。亦聽之。如此。則三者之價常平而不偏。鈔法以通流矣。且以目前銀價論之。不及錢鈔者。每兩蓋二三百錢。如納從民便。則銀入者多。而價與錢鈔適平矣。此收之之法也。知所以收矣。則所支之之法又不可不知。臣竊見國家之取於民。有曰和買有曰和雇者。徒愛其虚名之美。而不救其利害之實也。蓋和雇和買之有損於國。無補於民。通足爲吏卒之利耳。且科斂之限方急。州縣之官。以鞭笞箠楚從事於匆遽之間。小民奔走趨命之不暇。故出數倍之直。以應上之求。恐恐然惟以不得罪於州縣爲幸。國家憫小民趨辦如是之勞。故出直以償之。意固善矣。奈何州縣官之明幹者少。胥吏鄉里正主首之屬。因緣爲姦。官直之及貧民者。十纔二三。則是官有費損之實。民無饒益之利也。爲今之計。莫若罷和雇、和買之虚名。凡有科斂。一驗貧富多寡之數而均之。民不必出直以償之。國家方事殷之時。雖户賦口斂。亦不爲過。何必取公帑不及支之財。欲以益當賦之民。而要和雇和買之名哉。且以括馬一事言之。前年馬之取於民者。既議與之直。今歲所括之馬如又償之。則所費蓋不貲矣。況畜馬者。皆有餘力之家。待南方平定之後而償之。亦未晚也。若夫邊方攻守之策。兵家奇正之術。固非愚臣所能識也。雖然。臣竊料宋人爲此無名之舉者。上無奇謀祕策可以摇動中國者。特以過聽逋逃之言。以爲彼軍朝發。則我民夕應矣。然兵交以後。所遇敗衄。我民之心。安然不動。則是狂狡之素計已屈矣。如秋高馬肥之後鼓行而進。則淮南可折箠而定也。雖然。臣竊有私憂過計者。國家之慮。不在於未得淮南之前。而在於既得淮南之後。何以言之。蓋得淮南。則江之南北盡爲戰地。進而相與争利於舟楫之間。我之勁弓洞貫之卒。不得環寇而發。飛騎越蹂之足。不得望風而騁。當是時。宋人扼江爲屯。潛師於淮。以斷我軍之糧道。或決水以瀦淮南之地。則我軍當如何應接。使彼計不知出此。則固善矣。如使能爲此計。聖主豈可不與二三大臣預爲之哉。雖臨敵制宜。千變萬化。然如臣子所言者。上宜先有成算也。臣愚狂瞽。不識國之大計。冒昧陳列。不勝恐悚待罪之至。玉堂嘉話

諫南伐疏貞祐時

楊雲翼

朝臣率皆諛辭。天下有治有亂。國勢有弱有强。今但言治而不言亂。言强而不言弱。言勝而不言負。此議論所以偏也。臣請兩言之。夫將有事於宋者。非貪其土地也。第恐西北有警而南又綴之。則我三面受敵矣。故欲我師乘勢先動。以阻其進。借使宋人失淮。且不敢來。此戰勝之利也。就如

所料。其利猶未可必然。彼江之南其地尚廣。雖無淮南。豈不能集數萬之衆。伺我有警而出師耶。戰而勝且如此。如不勝害將若何。且我以騎當彼之步。理宜萬全。臣猶恐其有不敢恃者。蓋今之時勢與泰和不同。泰和以冬征。今我以夏往。此天時之不同也。冬則水涸而陸多。夏則水潦而塗淖。此地利之不同也。泰和舉天下全力。驅乣軍以爲前鋒。今能之乎。此人事之不同也。議者徒見泰和之易。而不知今日之難。請以夏人觀之。向日弓箭之手在西邊者。一遇敵則搏而戰、袒而射。彼已奔北之不暇。今乃陷我城而虜守臣。敗吾軍而擒主將。曩則畏我如彼。今則侮我如此。夫以夏人既非前日。奈何以宋人獨如前日哉。願陛下思其勝之之利。又思敗之之害。無悦甘言。無貽後悔。

金史〔一百十楊雲翼傳〕

請增兵以圖戰守疏興定三年

古里甲石倫

向者并汾既破。兵入内地。臣謂必攻平陽。平陽不守。將及潞州。其還當由龍州谷以入太原。故臣嘗請兵欲扼其歸路。朝廷不以爲然。既而皆如臣所料。始敵入河東時。郡縣民皆擕老幼徙居山險。後雖太原失守。而衆卒不從。其意謂敵不久留。且望官軍復至也。今敵居半歲。遣步騎擾諸保聚。而官軍竟無至者。民其能久抗乎。夫太原。河東之要郡。平陽。陝西河南之藩籬也。若敵兵久不去。居民盡從。屯兵積糧。以固基本。而復擾吾郡縣未殘者。則邊城指日皆下矣。北路不守。則南路爲邊。去陝西河南益近。臣竊憂之。故復請兵以圖戰守。而樞府檄臣。并將權太原治中郭遹祖、義軍李天禄等萬餘人。就其糧五千石。會汾州權元帥右都監抹撚胡刺復太原。臣召遹祖。欲號令其衆。遹祖不從。尋得胡刺報曰。嘗問軍數於遹祖。但稱天禄等言之。未嘗親閱。問糧。則曰散在數處。蓋其情本欲視朝廷以己有兵糧。冀或見用。以取重職。不可指爲實用也。雖然。臣已遣提控石盞吾里忻等領軍以往矣。但敵勢頗重。而往者皆新集白徒。絶無精鋭。恐不能勝。乞於河南陝西量分精兵。以增臣力。仍令陝西州郡近河東者給之資糧。更令南路諸軍綴敵之南。以分其勢。如此庶幾太原可復也。（金史一百十一古里甲石倫傳）

請復置河北行省疏（興定四年）

郭文振

楊子雲有言。御得其道。則天下狙詐咸作使。御失其道。則天下狙詐咸作敵。有天下者。審所御而已。河朔自用兵之後。郡邑蕭然。並無官長。武夫悍卒因緣而起。以爲得志。僭越名位。瓜分角競。以相侵攘。雖有内除之官。亦不得領其職。所爲不法。可勝言哉。乞行帥府擅請便宜。妄自誇張。以尊大其權。包藏之心。蓋可知也。朝廷因而撫之。假權傳授。至與各路帥府。力侔勢均。不相統屬。陝西行省總爲節制。相去遼遠。道路梗塞。卒難聞知。故飛揚跋扈。無所畏憚。鄰道相望。莫敢誰何。自平陽城破以來。河北不置行省。朝廷信臣。不復往來布揚聲教。但令曳剌行報而已。所司勞以酒食。悦以貨財。借其聲譽。共欺朝廷。姦倖既行。遂至驕恣。變故之生。何所不有。此臣所以夙夜痛心而爲之憂懼也。乞分遣公廉之官。徧詣訪察。庶知所在利害之實。伏見澤潞等處芻糧猶廣。人民猶衆。地多險阻。乞選重臣。復置行省。皆聽節制。上下相維。可臂指使之。則國勢日重。姦惡不萌矣。（金史一百十八郭文振傳）

金文最卷十八

奏疏

尚書省請廢劉豫疏天會十五年

自趙氏北遷後。準元帥府申指。以大河爲界。河外別擇賢人。使爲民主。施此厚恩。庶其知報協力。兩獲安便。早致成平。以此準申。建立張楚。無何。旋爲彼人所廢。王師再舉。無往不克。後來帥府復申前議。冊立劉豫。建號大齊。置國之初。恐其不能自保。故於隨路分置兵馬。至今八年。載念上國大事已來遠戍。兼齊國有違元議。闕乏軍需。比年以來。益漸減省。遂致艱窘。多有逃亡。隨路百姓。亦各不得息肩。與之征討。則力既不齊。爲之拊循。則民非我有。凡事多誤。終無所成。況齊人假我國家之力。積有歲年。事悉從心。尚不能安民保國。論其德。不足以感人。言其威。不足以服衆。茲實有乖從初康濟生靈、免其荼毒、使天下早致隆平之意。反使庶民困苦、兩國耗乏之端。相度從初所申。實爲過舉。既知其非。豈可不改置。曷若混同四海之内。聖德廣運。睿澤旁流。霜露所沾。孰不歸附。今臣等議。欲定一民心。變廢齊國。不準宋國舊疆。今於普天之

下。盡行撫綏。是爲長使。建炎以來繫年要録〔一百十七〕

尚書省請擬定迎待天使儀注疏天德二年

古者王人傳命於諸侯。諸侯跽聞。聽王命而跽。非跽於使人也。周王遣使賜齊桓公胙曰。伯舅耋。無下拜。桓公曰。天威不違顔咫尺。小白敢不下拜。登受。爲天子所賜。下拜。非拜使者也。歷考載籍。皆無人臣正坐受拜之禮。按開元故事。遣使宣勞賜會。使者將至。刺史出城迎於一里外。相去九十步。刺史路左下馬。使者亦下馬。稍進。使者命刺史上馬。乃俱行焉。其至所居。若未宣制書。則使者南向。立於制書案側。稱有制。刺史以下皆北面再拜。宣制訖。又再拜。皆爲拜制書。非拜人也。及設會就席。則使者席在東西向。刺史及應升階者。升就席。屬官在庭中。則文東武西。以上下班序點之。則刺史坐席在西東向可知。宋時。所在州府有傳宣官到。應受命者郊迎。大率如開元禮。惟所居庭中設制書案香案望闕褥位傳宣褥位。受宣官望闕拜。傳宣官側立傳詔。授既畢。相揖升階。全用客禮。遼時迎待天使之儀。天使正坐。受拜受酒。略不起避。頗似御筵進酒。非人臣所可當。況古者大臣進見天子。御坐爲起。在輿爲下。彼遼制乃令小臣坐受大臣拜。非古者別嫌疑定尊卑比肩事主尊無二上之義。兼檢尋古制。君有賜於臣。如飲食藥餌果實之屬。止令小臣持往。則不爲專使。故謂之廩人繼粟庖人繼肉。見於孟子。惟賜胙乃有專使者。是爲祭祀重禮均福之意。以此參酌古今。擬定其儀。大金集禮

尚書省覆奏梁肅請立衣服禁約疏大定十三年

吏部尚書梁肅議。民間錢難。蓋由風俗奢華所致。今則吏卒屠販奴僕之賤。各衣羅紈綺繡。服帶金魚。以致錢貨盡入富商大賈及兼併之家。擬乞嚴行禁約。明定服色。自然民有餘財。送禮部勘當到。除制條內已有立定禁約之物。其餘服用之物。若擬立定隨色等第。別行禁斷。見得繁碎難行。本部所見。止合仍舊。臣等商量。自國家有天下到今。凡法度皆緣民情。中間恐風俗僭侈。遂以車輿傘蓋、明金衣服、金花鞍韂、玉鉸且(鞦)(鞍)轡。各限品級。以至純黃帳幕陳設、銀褐油子雨衣及應用諸物上有龍文者。皆有禁斷條理。行之已久。愚民不曉。尚有違犯。若準所言。將屠販奴僕等衣著服帶之類。更行創立等第。恐所禁繁細。徒生詞訟。若只依舊。似爲長便。大金集禮

辛臣請興孝弟廉耻疏明昌四年

近言事者。謂方今孝弟廉耻道闕。乞正風俗。此蓋官吏不能奉宣教化使然。今之察舉官吏者。多責近效。以幹辦爲上。其有秉心寬厚欲行德化者。輒謂之迂闊。故人人皆以教化爲餘事。此孝弟所以廢也。若諭所司。官吏有能務行德化者擢而用之。則教化可行孝弟可興矣。今之所察舉。皆先才而後德。巧滑之徒。雖有贓污。一旦見用。猶爲能吏。此廉耻所以喪也。若諭有司。察舉官吏必審真僞。使有才無行者。不能覬覦。非道求進者。加之糾劾。則奔競之俗息。而廉耻可興矣。金史(卷十章

宗本紀二〕

有司請定官制疏天眷二年

竊以設官分職創制立法者。乃帝王之能事而不可闕者也。在昔致治之主。靡不皆然。及世之衰也。侵冒放佚。官無常守。毒與言戾。實由名喪。至於不可復振。逮聖人之作也。剗弊救失。乘時變通。致治之具然後煥然一新。九變復貫。知言之選。其此之謂矣。太祖皇帝聖武經略。文物度數。曾不遑暇。太宗皇帝嗣位之十二載也。威德暢洽。萬里同風。聰明自用。不凝於物。始下明詔。建官正名。欲垂範於將來。以爲民極。聖謨宏遠。可舉而行。克成厥終。正在今日。伏惟皇帝陛下天性孝德。欽奉先猷。爰命有司。用精詳訂。臣等謹按當唐之治朝。品位爵秩。考覈選舉。其法號爲精密。尚慮拘牽。故遠自開元所記。降及遼宋之傳。參用講求。有便於今者。不必泥古。取正於法者。亦無徇習。今先定到官號品秩職守。上進御府。以塵乙覽。恭候聖斷。曲加釐定。言順事成。名賓實舉。興化革民。於是乎在。凡新書未載。並乞姑仍舊貫。徐用討論。繼此奏請。臣等顧惟虛薄。講究不能及遠。以塞明命是懼。儻涓埃有取。伏乞先次須降施行。松漠紀聞　北盟會編〔炎興下帙六十六〕

覆奏嶽祀疏大定八年

近奉敕旨。南京五嶽。自合仍舊。今五嶽合如何。檢討到尚書舜典。望於山川。疏云。泰山爲東嶽。華山爲西嶽。霍山爲南嶽。恒山爲北嶽。嵩山爲中嶽。又周禮大宗伯祭五嶽。注云。泰山東嶽。衡山南嶽。華山西嶽。恒山北嶽。嵩山中嶽。疏該〇該疑當作謂。周國在雍州。時無西嶽。權立吳嶽爲西嶽。蓋非常法。以東都爲定。故爾雅載華山爲西嶽。又詩崧高疏。或以爲雜問志有云。周都豐鎬。故以吳嶽爲西嶽。若必據己所都以定方岳。則五嶽之名。無代不改。何則。軒居上谷。處恒山之西。舜居蒲坂。在華陰之北。豈當據己所在改嶽祀乎。又秦、漢、隋、唐。皆都長安。五嶽並在東方。禮部、學士院、太常寺公共參詳。自三皇以來。五嶽皆有定名。周都雍州。雖曾權立吳嶽爲西嶽。蓋非常法。又詩崧高疏。已有如此定議。以上典故。其五嶽依舊。是爲相應。大金集禮

覆奏立武靈皇帝別廟疏大定十二年

檢照到大定二年元擬建廟事。引唐會要開元四年用太常卿姜皎議。以中宗無後。出爲別廟。今武靈皇帝別無後嗣。與唐中宗事體一同。合依前項典故。已奏定立別廟。今再檢到唐會要。中宗初祔太廟。至開元四年。因議睿宗升祔。而太廟止七室。當時以中宗無後。出置別廟。而祔睿宗。至開元十年。添置九室。中宗尋復升祔。據此。則中宗始終皆祔廟來。又按晉書諸儒議。謂惠懷及愍。宜別立廟。今考晉禮志。三帝皆祔太廟。則惠懷愍雖無後。竟不用別廟之議也。兼唐莊宗亦無後嗣。明宗時升祔於太廟。若依此典故。武靈皇帝亦合升祔。然中宗之祔廟。始則有虛室。終則添爲九室。晉惠懷之祔廟。係遷豫章潁川二廟。唐莊宗之升祔。係祧懿宗一室。今太廟之制。除祧廟外。

係七世十一室。已有定數。如或升祔武靈皇帝。卽須別祧一廟。緣唐書引荀子曰。有天下者事七世。謂從禰以上也。若旁容兄弟。上毀祖考。則天子有不得事七世者矣。伏覩太廟世次。自睿宗皇帝上至始祖皇帝。係是七世。別無可祧之廟。若添置廟室。則晉書云。廟以容主爲限。無拘常數。東晉與唐。皆用此議。增至十一室。兼晉成帝之後。康帝承統。以兄弟一室。故不遷遠廟。而增室以祔成帝。始有十一室。唐會昌六年。以敬文武三宗同爲一代。於太廟東間添置兩室。定爲九代十一室。今太廟已是十一室。如用不拘常數之說。雖增至十二室亦可也。然廟制已定。更議增展。其事至重。據五代會要。周世宗顯德六年。將祔太祖神主。博士聶崇義奏。殿室闕少。若是添修。並須移動神門及角樓宮牆等。不惟重勞。兼恐未便。欲請將夾室安排位次。遂遞遷諸室。奉安太祖於夾室。今來若依唐會昌之制。於東邊增展。卽須動移神門太階。諸祏室並須動移。別行安置。若依此更改升祔。又緣與睿宗皇帝祏室上下昭穆位次。恐有更易。按春秋文公二年大事於太廟。躋僖公。穀梁傳曰。躋升也。逆祀也。君子不以親親害尊尊。此春秋之義也。范寧注云。僖公閔公兄也。故文公升僖公於閔公之上耳。僖公雖長。已爲臣矣。閔公雖小。已爲君矣。臣不可以先君。猶子不可以先父。又按晉書。元帝於愍帝爲叔。然於愍帝。嘗北面稱臣。故元帝神位。在愍帝之下。後當大禘。王導與荀崧議昭穆之位。王導謂愍帝君位永固。無復暫還子位之理。且廟尚居上。祀安得居下。若暫下。是逆祀也。又後漢祭祀志云。父爲昭。南向。子爲穆。北向。父子不並坐。而孫從王父。今若武靈皇帝升祔太廟。增廣作十二室。若依春秋尊尊典故。武靈皇帝祏室。當在第十一室。遇禘祫合食。依孫從王父典故。當在太宗之下。而居昭位。又合稱宗。緣前來已升祔睿宗皇帝在第十一室。及累遇祫享。睿宗皇帝在穆位。與太宗皇帝昭位相對。若更改祏室及昭穆位次。非有司所敢輕議。兼按唐禮官元議中宗爲別廟時。謂漢之光武。不嗣於孝成。而上承於元帝。中宗無後。請同漢之成帝。出爲別廟。自漢有之。今按後漢書。光武繼體元帝。於孝成爲兄弟。自元帝以上。祭於洛陽廟。帝親奉祠。成帝以下。祠於長安。有司攝事。見得係祭於別廟。亦有此典故。伏取聖裁。大金集禮

論雅樂疏明昌五年

雅樂自周漢以來。止存大法。魏晉而後。更造律度。訖無定論。至後周保定中。得古玉斗於地中。以造尺律。其後牛弘以爲不可。止用蘇綽鐵尺。至隋亦用之。唐興。因隋樂不改。及黄巢之亂。樂懸散失。太常博士殷盈孫以周法鑄鎛鐘編鐘。處士蕭承訓等校石磬。合而奏之。至周顯德以黍定律。議者謂比唐樂高五律。宋初。亦用王朴所制樂。時和峴以周顯德律音近哀思。乃依西京銅望臬石尺。重造十二管。取聲下王朴一律。景祐初。李照取黍累尺成律。以其聲猶高。更用太府布帛尺。遂下太常樂三律。皇祐中。阮逸、胡瑗改造止下一律。或謂其聲弇鬱不和。依舊用王朴樂。元豐間。楊傑參用李照鐘磬加四清聲。下王朴樂二律。以爲新樂。元祐間。范鎮又造新律。下李照樂一律而未用。至崇寧間。魏漢津以范鎮知舊樂之高。無法以下之。乃以時君指節爲尺。其所造鐘

磬。卽今所用樂是也。然而王朴所制聲高。屢命改作。李照以太府尺制律。人習舊聽。疑於太重。其後范鎮等論樂。復用李照所用太府尺。卽周隋所用鐵尺。牛弘等以爲近古合宜者也。今取見有樂。以唐初開元錢校其分寸亦同。則漢津所用指尺。殆與周隋唐所用之尺同矣。漢津用李照、范鎮之說。而恥同之。故用時君指節爲尺。使衆人不敢輕議其尺。雖爲詭說。其制乃與古同。而清濁高下皆適中。非出於法數之外私意妄爲者也。蓋今之鐘磬。雖崇寧之所製。亦周隋唐之樂也。閱今所用樂律。聲調和平。無太高太下之失。可以久用。惟辰鐘辰磬。自昔數缺。宜補鑄辰鐘十五辰磬二十一。通舊各爲二十四簴。金史〔三十九樂志上〕

言祭服不當用朝服疏泰和元年

祭服所以接神。朝服所以事君。雖歷代損益不同。然未嘗不有分別。是以袞冕十二旒玄衣纁裳備十二章。天子之祭服也。通天冠、絳紗袍、紅羅裳。天子之視朝服也。臣下之服。則用青衣朱裳以祭。朱衣朱裳以朝。國朝惟天子備袞冕通天冠二等之服。今羣臣但有朝服。而祭服尚闕。每有祀事。但以朝服從事。實於典禮未當。請依漢唐故事。祭服冕旒畫章。然君臣冕服雖章數各殊。而俱飾龍名袞。而唐孫茂道已有尊卑相亂之論。然三公法服有龍。恐涉於僭。國初禮官。亦嘗駁議。乞參酌古今。改置祭服。其冠則如朝冠。而但去其貂蟬竪筆。其服用青衣、朱裳、白襪、朱履。非攝事者。則用朝服。庶幾少有差別。金史〔四十三輿服志中〕

進刪修什一税法疏

僞齊馮長寧

臣等準尚書省劄子奉聖旨刪修什一税法。今檢點前後指揮。削去繁冗。類成條式共三十一件。并隨有税法申明二十二件。竊謂夏后氏五十而貢。殷人七十而助。周人百畝而徹。其實皆什一也。龍子謂莫善於助。莫不善於貢。貢者。校數歲之中以爲常。樂歲。粒米狼戾。多取之不爲虐。則寡取之。凶年。糞其田而不足。則必取盈焉。以此見三代皆行什一之法。又無若助之善者。周之衰亂。已不能守法。秦漢而下。隨時更變。其間雖或輕於什一。而取税更賦之數。其目亦繁。弊亦隨生。所以仲長統極言其陋。今通肥磽之地。率計稼穡之入。斛取一斗。未爲甚多。一歲之間。有數年之儲。不循古法。視爲輕税。及一方有警。一面被災。坐視戰士之蔬食。立望餓殍之滿道。如之何爲君行此政也。惟唐租庸調法。號爲近古。貞觀之際。行之甚備。而其後稍紛更之。卒變其法。總無名之賦。立爲定規。名曰兩税。陸贄嘗言。兩税新制。耗竭編甿。日日滋甚。當時行之未久。而其弊已如此。迨宋之季世。遂爲民之大蠹。權要豪右之家。交通州縣。欺負愚弱。恃其高貲。擇利兼并。售必膏腴。減落税數。至有入其田宅而不承其税者。貧民下户。急於貿易。俛首聽之。間有陳詞。官吏附勢。不能推割。至有田産已盡。而税籍猶在者。監錮拘囚。至於賣妻鬻子。死徙而後已。官司攤逃户之賦。則牽連邑里。歲使代輸。無有窮已。折變之法。小估大折。名曰手實。直巧詐欺民。十倍掊取。舍其所有。而責其所無。至於檢災之蠲放分數。方田之高下土色。不公不實。

率皆大姓享其利。而小民被其害。暴君污吏。貪虐相資。誅求百出。朝行寬恤之詔。夕下割剥之令。元元窮蹙。羣起爲盜。滅亡之由。可爲龜鏡。昔魯哀以年饑。二猶不足。問孔子高弟有若。有若對以盍徹乎。又曰。百姓足。君孰與不足。則見什一。乃足百姓之法。不可以加重也。自白圭欲二十而取一。孟子對以子之道。貉道也。又曰。欲輕之於堯舜之道者。大貉小貉也。則見什一。乃堯舜之道。不可以加輕也。自古在上能行治民之道者。無若堯舜。夏殷周而下。能知治民之道者。無若孔孟之徒。其所行所言。皆如此。則後有天下國家以安養生靈爲意者。其可忽諸。春秋公羊傳曰。什一者。天下之中正。什一行而頌聲作。豈傷其法廢而不復。故諄諄言之。以示後世與。恭惟陛下受天明命。拯民於塗炭之中。慈儉爲寶。勤勞庶務。革貪饕爲循良。化呻吟爲謳歌。爰自節制諸路。深鑑前弊。而欲盡革之。乃酌先帝聖賢所行所言。爲什一之税。多寡升降。官不定籍。惟據民户所供歲入之實數。而要其出入。弊無緣生。無地不授。無田不井。與助法同。賢於夏后氏之貢遠矣。所以張太平之紀綱。立至化之基址。行之數年。稍得法意。公私兼利。獨權要豪右不逞之徒。病其不能容奸。因州縣奉行。間有乖方。或煩苛滅裂。致百姓之疑惑厭苦者乘之。肆爲浮言。力圖沮壞。按周制。田不耕、宅不毛、民無職事者。罰以里布屋粟夫家之征。今法請佃官田。兩科之後。有虚占不耕妨人請佃者。令比附輸税。議者乃非之。以爲太刻。按律應輸課税及入官之物而迴避詐匿不輸。計所闕。準盜論。歷代行之。未嘗增損。今壞法隱税者。準盜斷罪。議者乃非之云。所隱係己物。豈可謂盜。紛紛籍籍。類此者多。扇惑衆聽。惟冀幸衆情之不安。因之得以摇動成法。況自昔有税。惟今之税。尤合樂輸。蓋國家既無池臺苑囿樓觀之役。又無聲色玩好宴游之侈。外無佛寺道宫之修崇。内無嬖人幸臣之賜予。惟是禄官吏者。所以爲民圖治安。養軍兵武人置鞍馬甲器者。所以爲民平禍亂。完城池樓櫓者。唯要緩急保民。備河防邊郡者。唯恐倉卒害民。凡民所輸之税。一粒一錢一絲一縷。更無妄用。盡是還以爲民。民能知此。豈忍有隱。豈復爲異議所惑。伏望聖慈特降睿旨。付所司鏤版行下。杜絶浮言。戒敕官吏。示以行法之意。必堅必信。庶幾斯民咸受實惠。取進止。僞齊録　北盟會編〔炎興下帙八十二〕

金文最卷十九

箴

御史箴

趙秉文

太微執法。御史象之。周官小宰。則維其司。耳目之寄。綱之紀之。爲其舉措。休戚係之。爲其邪正。善敗隨之。抑濁揚清。時汝之休。吐剛茹柔。時汝之羞。無玩法以偷。無怙勢以仇。斁我彝憲。時汝之尤。無皦皦沽名。無容容保禄。無毛舉細事。無蝟興大獄。剛果正直。神介爾福。陰賊狡險。天厚其毒。于氏父子。世象其賢。亦有延年。蓋父之愆。持斧作威。幸寵一時。寃魂塞路。持此安歸。有鐵斯冠。有朱斯衣。德不稱服。中心恧而。神草指佞。神羊觸邪。顧忌畏避。汝之職耶。勁松不屈。鷙鳥無朋。如霜之清。如繩之平。不幸遇患。亦全令名。既銘汝前。實銘汝心。敢告司僕。敬服斯箴。滏水集

銘

浮山仙蛻巖銘皇統九年

馬揚

堯水浮山。迄今幾年。夫人靈耀。孰開厥先。作鎮兹地。澤潤民編。石中之蛻。孰知其然。惟古至人。體道虚玄。神疑罔測。通達以圓。委蛇一化。盧牟八埏。出入金石。弗閉天淵。物若留礙。其天守全。屠維之歲。荒落是躔。律協夷則。氣遇中元。日御甲午。仙蛻出焉。人耶神耶。胡能究旃。智數詎詰。强名云仙。乃擇令辰。乃薦吉蠲。改卜所兆。既固且完。貞石有泐。岸谷有遷。兹巖之蛻。尚永其傳。陝西通志

杏壇銘

高德裔

周室下衰。王綱解紐。非大聖人。狂瀾莫救。天挺夫子。生民未有。立言範世。木舌金口。三千之徒。義繇此受。我瞻遺壇。實爲教首。萬代護持。天長地久。祖庭廣記

觀堂銘并序

趙子崧

北京恩冀州都大提舉隄埽司。其治所實古甘陵平波門之東南隅。異時規模。亦頗宏偉。頻年闕正官。輙以他吏攝事。視爲傳舍。恬不料理。上雨旁風。數窘寒暑。累經歲月。不無頽敝。斯以開封劉侯總其事。劉侯念是邦治之不修。故於其始至。不煩領略。而百廢具舉。曾未累月。小大斬斬。迨此暇日。乃鳩僝土木工。飭其廳事。新其堂奥。廊廡庖廏。皆有矩矱。顯敞靚深。咸出意匠。城中不聞斧斤之聲。而丹堊焕然一新。舊弊既□又卽正寢之後。北向爲堂。以燕其體。名曰觀堂。而乞言於郡從事藝祖六世孫子崧以識之。辭不獲已。因告之曰。觀之時義大矣哉。余將爲君極言之。則大有逕庭。不近人情。恐未足以適君之意而告來人也。退而深思於鑑堂之上。三日晚若有得。因寫以爲銘而與之。

天地萬物。若驟若馳。大氣回薄。無有静時。眼界芸芸。莫之勝紀。達人大觀。一馬一指。譬彼觀水。必於其瀾。湍湃如風。洶湧若山。孰知其中。湛然常淵。子今超然。燕處泮涣。收光内視。遊乎汗漫。推我之鑑。爲子之觀。軒楹耽耽。劉侯經始。咨後之人。尚安汝止。勿以燕嬉。而墮王事。

謹從欽定古今圖書集成〔職方典廣平府部〕恭録

金吾案。北盟會編載趙子崧傳曰。子崧字伯山。太祖六世孫也。崇寧二年進士。宣和中。除徽猷閣待制。補直學士。知淮寧府。高宗卽位。授延康殿學士。出鎮京口。趙萬反。子崧退保江岸。貶單州團練副使。南雄州安置。後復修撰。卒。若是。則子崧未嘗入金。欽定圖書集成、嘉靖廣平府志俱題金人。或別有據。故録其文。而附辨之如此。

座中銘

喬宬

宅無一區。不僦不賃。而廨宇足以居。田無一畝。不農不桑。而衣食足以厚。家無一僕。不傭不僱。而得供己之人足以充部曲。世無一官。不進不獻。而藉任子之廕足以補職員。爾無致主之術、澤民之才。今享福既已若是。其用心宜何如哉。乃若富不知足。貴不知止。無厭之欲。何時而已。患中性之易流。防侈心之漸啟。緬思古人。尚且有勤勒几杖以識其過。佩韋弦以矯其情。吾恐久而易忘之也。故書之以爲座中之銘。襄垣縣志〔潞安府志〕

清安堂銘并序

劉煥

夫官郡所以庇民。祿廩所以養廉。凡在食祿者。敢忘祇慎。況位高身寵。祿厚家温。當朝夕思警。以圖報稱。德恐不逮。而反貪墨取禍喪身。不其惑歟。君子則不然。行則思義。不爲利回。故其保其祿位。無終身之憂。使後世稱爲清白吏。以此遺其子孫。不亦厚乎。清白之與濁。固有間矣。濁其貪也。貪則徇財。臨事必私。禍惟自召。將喪亡之不免。如欲求安。其何以能也。清其廉也。廉則寡欲。臨事必公。内省不疚。何憂何懼。至夢寐亦安。豈有傾危之禍哉。噫。與其濁富。寧爲清貧。是以古人處心欲清。酌貪泉而心不易也。大定庚子。

來守是邦。顧公舍中堂。頹敝不葺久矣。於是革故鼎新。財用皆出於官。工役不勞於民。告成之日。額以清安。非敢遺戒於後人。即以自警云。銘曰。

官有六計。爲本清廉。何常弗思。貪墨無厭。廉保禄位。貪禍速敗。堂名清安。以爲警戒。（山西通志）

三清觀鐵盆銘 大定十七年

鄭時舉

金鐺鎔兮。柔而貞兮。採摸梟氏。躨跜虎形。不踴不躍。大器混成。不曰鐘乎。徒希其聲。不曰鼎乎。姑旌其名。兹惟仰象。告於神明。動天之德也。醮祭惟馨。奚取夫罇俎之腥。（金石萃編）

九陽鐘銘 大定廿一年附記

柴震

鐘乃古樂。制於聖人。不石不播。可扣可聞。固將設之。以饗嘉賓。固將奏之。以和鬼神。豈特於斯。仍告朝昏。

本觀先於元豐年。官鑄九陽神鐘。到今百有餘年。今蒙銅冶宣差到觀。爲見銅鐘破裂。委官別行鑄造。永爲嘉用。時大金大定二十一年辛丑歲四月十七日重鑄記。（金石萃編）

泰山天門銘

杜仁傑

泰山天門無室宇。尚矣。布山張鍊師爲之經構。累歲乃成。可謂破天荒者也。於是乎銘曰。

元氣裂。兩儀具。五岳峙。真形露。惟岱宗。儼箕踞。仰彌高。屹天柱。浩千劫。窒來去。誰爲鑿。起天慮。非斤斧。乃祝詛。一竅開。達底處。十八盤。盤千步。齊初吐。抱圍樹。日車昃。慘羲馭。六龍頹。莽迴互。踏此往。嘉無數。無懷下。兵刑措。七十君。接鑾輅。聖道熄。彝倫斁。揖讓歇。篡奪屢。忽焉闔。梗無路。象緯森。敕呵護。朝百靈。由茲户。金璀璨。朱問布。九龍蹲。萬夫怖。我欲叩。閽者怒。闢何時。坦如故。對冕旒。獲控愬。豁蒙蔽。泄塵霧。刮政疵。剔民蠹。上得情。下安作。額血殫。帝聰悟。崖不磨。蒼壁竪。刻我銘。期孔固。垂萬世。正王度。泰安縣志

座右銘

張彌學

欲求子孫。先當積孝。欲求聰明。先當積學。歸潛志

顯宗御書藏秘閣銘并序

趙秉文

上既嗣天序。朝萬方。駿惠先烈。圖回庶政。越元年。寅念烈考。既朝既享。詔有司曰。嗚呼。若稽古祖宗。典章文物。同符三代。亦越惟我顯考。聰明文思。左右潤色。而天章奎畫。光賁於臣庶之屋。鬱而不揚。甚非所以昭光烈考之閎休懿美而慰朕孝思之誠也。有司其

募上。凡諸金帛。宜視所獲。由是臣某以下私藏緹襲。留寶於御府之藏矣。臣竊講聞顯宗正位東宫二十餘年。際海内外。陰受其賜。冠冕仁孝。左右藝文。底信内外。惟法惟式。逸游玩好。弗侈弗崇。嚴除承華。翰墨是娱。宸章昭回。下飾庶物。欽惟主上蒐獵完次。襲藏秘府。捧承披翫。戚見容色。孝思之誠。通貫古今。昔臣竊覽載籍。有若念先考追蠡以求遺聲。嗜昌歜以追攸好。孰與親承手澤。推求心畫。以致其烝嘗之慕者哉。實萬世無疆之休。此而不銘。曷詔來者。謹究心滌慮而獻銘曰。

於皇獻宗。聖喆多能。固天縱之。緝熙光明。奎璧之光。下流人間。神物終合。祥光屬天。天子曰嘻。念兹皇考。于羹于牆。矧厥睿藻。帝曰臣某。出汝賜書。予考汝知。汝遂相余。凡百卿士。視此寵渥。爾貢爾有。予金予爵。天子命之。緹襲上之。侍臣拜手。受言藏之。天章在御。貽燕後昆。天子念親。威顔若存。孰定國是。孰振民隱。啟予金縢。予考之訓。孰才鳳鸞。孰器舟楫。圖任舊人。予考之法。追蠡求聲。昌歜追好。孰愈手澤。奕世貽寶。匪私翰墨。伊先志是悼。獻宗之文。天子之孝。於斯萬年。是則是傚。小臣作銘。來者尚詔。滏水集

驪山銘

趙秉文

驪山之勢。其址不大。其禍則大。驪山之泉。其流不長。其禍則長。嗚呼。周、秦曁唐兮。相與垂戒於不忘。滏水集

少華崩石銘　趙秉文

有夏之季兮。滎流於唐。三川皆震兮。基周之亡。熙豐之間兮。變亂舊章。少華崩石兮。兆宋之亡。滏水集

時習齋銘　趙秉文

朝乎則習。夕乎則習。惟學之日益。惟道德之日積。滏水集

日省齋銘　趙秉文

言得無有非耶。行得無有違耶。君子之棄小人之歸耶。滏水集

習齋銘　趙秉文

御習則惟慣。射習則惟貫。學者之習。君子之所選。滏水集

思齋銘　趙秉文

金惟鍊乃精。水惟澄乃清。克之又克。則天理自明。滏水集

誠齋銘

趙秉文

惟學乃明兮。惟明乃誠。匪顏則曾兮。是謂座右銘。滏水集

富義堂銘

趙秉文

富於利者。惟日不足。富於義者。亦惟日不足。不足於利者多辱。不足於義者無欲。多辱之辱。其禍常酷。無欲之欲。其樂也獨。是謂不龜而卜。滏水集

娛室銘

趙秉文

外樂者。逐物而喪氣。内樂者。忘己而無累。逐物之積。至於與禽獸無擇。忘己之積。至於與天地相似。然則可以擇所嗜矣。故曰。少年娛於酒色。富者娛於利。仕者娛於禄。而君子娛乎德與義。道不同。則亦從其志。養心以淡泊之樂。養口以淳和之味。夫是以謂爲名教之樂地。滏水集

東明令王君雞澤尉楊君死節銘并序

趙秉文

貞祐元年秋九月。北兵至河朔。東明令王毅之剛、雞澤尉楊君過叔黨死之。詔褒贈有差。嘗謂士大夫高爵厚禄。平居左繩右準。以功名自許。一旦仗節死義。顧出於簿領之卑。彼區區一

令尉。乃能樹立如此。庸詎知名爲主知竊光身後也哉。誠義激於中。不忍偷一己之安。而鶩百姓之患。非剛明者其孰能之乎。銘曰。

邊臣失機。竟速抵巇。來亦不麾。去亦不追。坐視穴隙。反棄其師。令尉之卑。而能死之。噫。滏水集

移剌仲澤虚舟堂銘

王若虚

泛而游。載沈載浮。隨其流。聽其所止而休。此非所謂虚舟者歟。萬物相刃乎無窮。要不可容吾意。智者困。勇者殘。而至人免於無所累。先王既以是而身訖矣。雖放心委形以行於斯世可也。滹南遺老集

宜休齋銘

李俊民

物極則反。器滿則覆。居安慮危。身寵思辱。金然眉塢之臍。玉刖荆山之足。室高爲鬼瞰。貨積爲盗蓄。名不可貪。利不可逐。宜休宜休。以小人之心爲君子之腹。莊靖集

歸潛堂銘并序

陳時可

潛之爲言隱也。古之所謂隱君子者。無江海而閒。不山林而幽。蓋藏器待時。樂天知命。不

潛而潛者也。吾京叔之文之行。有不可掩者。而以歸潛名所居堂。第恐欲潛而不得耳。且吾聞之易曰。君子之道。或出或處。或默或語。應處而出非道。應出而處亦非道。語默何異哉。夫魚不厭深矣。龍德則不然。升潛以其時。孔子聖之時者也。乃所願則學孔子。予謂顏淵曰。用之則行。舍之則藏。其論逸民則曰。我則異於是。無可無不可。艮。止也。聖人象是卦曰。時止則止。時行則行。動静不失其時。其道光明。莊周。陽擠陰助者也。至其舉養生之道。亦引仲尼曰。無入而藏。無出而陽。柴立其中央。豈有吾聖門弟子。反轉於潛之一字者耶。京叔以書求銘。老夫告京叔。能勿忘乎。謹爲銘曰。

仲尼駐車蟻丘漿。宜僚陸沈於其旁。夫妻臣妾登屋梁。季路往視渠以亡。但見虛室依頹牆。古人潛德不欲彰。那用此字書其堂。況君年甫三十强。撑腸拄腹經傳香。文氣渾爾詩筆昌。户外屨滿名飛揚。吾恐自此饒薦章。遠來乞銘何可當。拈出聖語吾頗長。用之則行舍則藏。無入而藏出而陽。得時忌作天際翔。勿以深眇賢庚桑。歸歟歸歟且和光。銘哉銘哉幸勿忘。渾源州志　歸潛志

擊蛇笏銘并序

元好問

龍圖孔公原魯擊蛇笏。闕里傳寶舊矣。汴梁既下。入宣撫王公家。公之子以傳彥遠張君。彥遠屬某作銘。敢以蕪辭贅於徂徠石先生之末。以俟後之君子。己酉十月日書。

大横庚庚色棗漆。殷血一縷著怪迹。殷士膚敏世載德。天以原魯配秀實。文楷指佞堯屈軼。屈之版

持氣不屈。衣冠堂堂立如植。一鐵指月月不蝕。指月。一作磔蓋。妖蛇區區辱我擊。正以痛快與泚一。徂徠之銘董狐筆。神物當爲吾道惜。屬君金匱秘石室。一日一作不然。龍化雷破壁。遺山集

良佐鏡銘并序〔正大三年〕　　元好問

鄜城張氏。蓄古鏡以百數。其一識云。見月之光。天下大明。予用是知古人雖作細小物。而閎衍博大之義寓焉。丙戌夏四月。予過汜南。良佐請銘其鏡。因取往所見八言之義。衍之以爲銘。良佐忠於愛君。篤於事長。嚴於治軍旅。又謙謙折節下士。從諸公授論語春秋。讀新安朱氏小學。以爲治心之要。故就其可致者而勉之。

繁時之金。金城之功。刻畫之制。鍛鍊之工。自其細者而觀之。不過爲櫛縰巾帨几杖盤盂問之一物。自其大者而言之。則乃有日月大明天地之至公。且夫昭曠粹精。自天降衷。惟不能取諸身而取諸物。此偏暗之所以揜其聰。須眉之不燭。妍媸之不別。與亡鏡同。善惡之不明。白黑之不分。與亡視同。豈有衣冠堂堂。百夫之雄。挾昭曠精粹之固有。而不得比一物巾帨盤盂之中。古有之。見爾前。慮爾後。吾願君子之擴而充。遺山集

默庵銘爲劉司正光甫作　　元好問

時然後言。真默者存。理然後默。至言之實。予欲無言。惟聖人能。餘皆數窮。以默自懲。有喙三

尺。而學暗啞。規以自藏。物不我假。智如挈瓶。静如持城。其中鏗鋐。萬物震驚。酒見於面。病見於脈。眼有否臧。口無青白。欲息子言。當息子機。一庵虚白。天地同歸。遺山集

布衾銘

元好問

百世温公。布衾終身。服公之服。嗟予何人。人以貧爲辱。我以貧爲福。人以儉爲詐。我以儉爲德。惟福惟德。服之無斁。遺山集

無絃琴銘

元好問

厥初制琴。意寓於器。器如可忘。聖則徒制。如陶所言。奚貴於琴。羊存禮存。大中之心。我琴無絃。絃會當具。尚因正聲。以識真趣。遺山集

最樂堂銘并序

元好問

工部高平趙公德。字冲粹。與物無競。揚歷中外餘三十年。朝廷自公宰士。皆以爲君子長者。晚節末路。浮湛里社。乃無失侯故將幽憂憔悴之態。詩所謂風雨如晦雞鳴不已者。於公見之。新居有堂。取古人爲善自得之義。名之曰最樂。以公平生考之。可謂無媿其名矣。新興元某爲作銘。

樂外有終。樂内莫窮。惟樂焉有外内之別。斯君子小人之不同。大本在中。至和與融。涵浸薰釀。四體以充。孰不秉彝。而天獨以厚公。醪醴腐腸。鼓鐘閧聰。誠有囂囂者存。洶憂畏其誰攻。相彼力田。秖繫於逢。就七遇之皆北。要萬折而必東。遼海管寧。鹿門龐翁。幽蘭深林。穆如清風。雖心逸日休。人知作德之所自。至於身康彊而子孫吉者。將非爲善之功乎。遺山集

超然堂銘并序　元好問

仲寧提領。年甫弱冠。顯襲世爵。蓋嘗從吾友輔之教授張君學。故時譽甚著。日者。燕諸老於所居之超然堂。問以超然之義。且以名爲請。因就其所可致者而勉之。

眼空四海自聖癲。舌嗌一時無眼禪。匡床兀坐差獨賢。恩澤小侯佳少年。威儀秩秩賓初筵。榮觀燕處防未然。小學之書聖所傳。祝君持心靜而天。青雲驊騮渺翩翩。遺山集

太古堂銘并序　元好問

廣寧全道太古真人寧海郝君初入道。習所謂以苦爲樂者。塊坐趙州南石梁之下六年。羽化之後。高弟范鍊師復來趙州。築環堵而居之。官吏士民請住州之天寧觀。後十年。真定幕府參議趙振玉起堂於天寧。名之曰太古。左司郎中賈道成因立真人像於中。使其徒事之。真人平生篤於大易之學。其以古道自期者。蓋天性然。余嘗讀太古集。見其論超詣。非今日披裘擁

絜囚首喪面者之所可萬一。癸卯冬。過慶源。館鍊師所居。乃爲作太古堂銘。其銘曰。宇宙一途。萬物並馳。至人深心。砥柱不移。一念萬年。後天爲期。虛室生白。嗒焉自遺。故曰。存乎人不繫其時。居今而行古。豈季末之能漓。玄學希夷。大易精微。致身羲皇。野鹿摽枝。穴居野處。旦暮見之。彼素隱行怪。小智自私。泯泯默默。至老死而不自復者。殆昨暮兒耶。遺山集

皇極道院銘并序

元好問

虛白處士趙君。已入全真道。而能以服膺儒教爲業。發源語孟。漸於伊洛之學。方且探三聖書而問津焉。計其真積之力。雖占候醫卜。精詣絕出。猶爲餘仞耳。道風既扇。旌車時徵。曳裾王門。大蒙寵遇。三年以母老得請歸。在鎮陽行臺。奉被恩旨。發泉公帑。築館迎祥觀之故基。是爲皇極道院。年月日某實敍而銘之。處士名素。字才卿。河中人。虛白其賜號云。

聖學心傳。惟精惟一。作新斯民。下士是式。相爾秉彝。有物有則。厥惟背馳。固有而失。有淫其朋。有比其德。匪伊司南。倀其擿埴。于帝其訓。王道正直。福自爾求。如斂而錫。咨爾虛白。慮然後得。言以道敷。中由權執。賢王好善。而康而色。相叶厥居。方穀之質。善頌善禱。香火晨夕。恭惟君師。永建皇極。遺山集

長真庵銘并序

元好問

淮安張澤之爲予言。福昌之東韓城。長真譚公舊隱之跡在焉。其徒王志明者葺居之。土木之功。略具矣。用譚公之故。名之曰長真庵。志明初隸唐州營。卒在諸黥中。獨以性行見稱。其主獄囚。有矜憫之實。飢飽寒暑。每爲調護之。既久。轉將領。貲産亦厚。一旦與道人語。慨然有高舉遠引之意。卽棄家入道。其子追及於襄城。泣拜請還。志明確然不移。遂入崧山。師事紫虛于大師及卽仙翁積年。避壬辰之兵。東至海濱。亂定。還洛陽。築環堵於韓城而居之。道俗歸向。以爲堅坐六年。非世人所能堪。乃卽譚所居而奉之。今年過八十。神觀殊未衰。目光炯然。人望之知爲有所養者。長真爲得人矣。幸吾子爲之銘。澤之予舊交。其言可信不妄。乃參用溪南詩老辛敬之之語爲作銘。銘曰。

其兼愛也楊。其苦節也墨。有許行之樹藝。有頭陀之縛律。其澹然無營。又似夫修混沌氏之術者也。若夫腐朽之可神。糟粕之可醇。卽色而實相。卽空而法身。孰妄而孰真。吾知有存乎其人而已。

遺山集

天硯銘并序

元好問

楊子得片石於馬山之前。方廣一尺。厚減寸之半。從長衡短。狀若展掌。底平而不頗。坎可以貯水。而面可以受墨。杜仲梁曰。此天硯也。焕然乃請余爲之銘。

義則方。智則圓。動也人。静也天。在物强名。在我自然。爾目惟鸖。爾味惟鳳。篝火緼綆。求中產之售。漆室緹衣。致賓筵之奉。彼金樅而石奏泉生而雲滃者。亦惟硯之用。割烹是謂食費。琢刻不加玉重。吾知一日而浸百畦。惡於漢陰之抱甕。遺山集

小紫玉池硯銘

元好問

蒼龍太一。玉版之次。維寶硯三。并此而四。出中秘。歸元氏。得非所宜殆天賜。子孫保之。他日知野史之所自。遺山集

本師釋迦如來三身銘（承安五年）

釋雲湛

蓋聞三千界主。德備乾坤。百億能仁。行起塵刹。是以大開方便。廣設濟門。現紫磨丈六之軀。王金色大千之界。尊貴兮誕跡王宫。寂静兮權居峰頂。因果兮與果無邊。果滿兮酬因未足。於是空有雙尅。性相俱圓。證一味真如。離二種生死。號三覺圓明。具四般知見。救九有羣生出苦。誘十方天人入樂。現萬類神通縱任。坐千葉蓮花自在。三千威儀。破我慢之九七。八萬細行。摧邪見之六二。奇哉空中有有。了萬法而具立多端。有内復空。慢千種而並同歸一。以萬水出自□根源。若千江奔流於大海。可謂無生無滅。無相無形。難測於波瀾、莫知於涯際者。其唯□□性海歟。是以沙

門雲湛。實爲愚輩。碌碌無知。何幸夙緣。預玆緇室。於百方法門中而得毫毛之少許。似盲龜值浮木。喻病蛤吐明珠。豈匪忻然而已矣。加以全憑聖祐。方成五十三軀。稍慕賢財。可就冥慈二部。今因完備。故伸少讚。上祝皇帝萬歲。臣宰千秋。僧俗父母良緣。同證無爲理性。更冀常爲釋子。蒙法雨而資善芽。遠紹佛幾。獲戒寶而除貧窘。大金承安五年七月十五日。石刻拓本〔常山貞石志八

循室金石補正一二七〕

金文最卷二十

贊

蘇陀室利法師像贊

唐括相公

似似是是。蘇陀室利。或云奇哉師子。西竺來游。一百八歲。雪色朱腮。碧光溢臂。內蘊真慈。外現可畏。在閔宗朝。連陰不霽。特詔登臺。咒龍落地。赭色伽黎。后妃親製。施內藏財。度僧起寺。人半信疑。佛陀波利。借路重來。五峯游禮。戴五佛冠。曼殊何異。圓滿月面。色非紅粹。真人蕭生。遙瞻下跪。佛祖通載

蒲城崔朝請去思贊

張建

振振崔公。聿來自東。字我邦人。如嫗如翁。民或有訟。公與折衷。察見情僞。斷適輕重。歲或愆陽。公心不遑。禱則雱霈。賜我豐穰。公出於畝。熙熙童叟。餉其作勞。撻彼游手。公詣縣庠。士子翱翔。談書詠詩。文風載揚。凡此數者。得之輿議。序而贊之。無一字愧。陝西通志

類林百篇贊

王朋壽

孝乎惟孝。百行之先。大哉虞舜。聖性自然。頑父嚚母。不格于姦。象慚傲狠。罔敢恣專。文王盡禮。寢門問安。供勸子職。萬世師焉。孝行篇

人之愛厚。莫甚天倫。連枝之戚。同氣之親。孔融敬讓。蔡順誠純。長少以異。尊卑以陳。當時播美。千古揚芬。著之方册。以勸人羣。孝悌篇

友愛教育。功歸厥兄。趙禮化盜。孔氏趨刑。常棣蕚韡。紫荊後榮。庫封虞舜。樓美唐明。閔損自苦。鄧攸逃兵。鄙夫管蔡。不義垂名。孝友篇

太平基本。資於禮賢。古聖垂法。明王則焉。詩歌樂只。實美周宣。蘇公必飽。式閭必虔。黃金峻極。白璧詳延。果能此道。何千萬年。禮賢篇

士有高尚。從昔攸聞。父不得子。君不能臣。卷舒從道。與時屈伸。富貴榮寵。忽如浮雲。林泉嘯傲。田畝耕耘。比跡黃綺。巢由與鄰。高士篇

儉德之本。廉斯可兼。舉不從儉。孰能守廉。晏嬰仕達。顏回樂潛。胡威藩屏。公孫具瞻。不以顯宦。變其安恬。驕奢淫泆。此其鍼砭。廉儉篇

縫掖之衣。章甫之冠。象服是宜。行之惟難。威而不猛。敬而能安。即之也温。望之儼然。孔聖之爲。萬世宗傳。凡百儒者。則而效焉。儒行篇

大車之輗。小車之軏。有車之用。一不可闕。譬之於人。信爲軏轍。周游往來。州里蠻貊。惟信與誠。造次勿缺。著敦信篇。以告來哲。敦信篇

損者三友。惡夫善柔。剛忠烈直。惟德之休。犯顏抗論。嘉謨嘉猷。不爲詭隨。不爲苟媮。敏於進善。疾惡如讐。回邪諂曲。寧不自羞。烈直篇

事君無隱。貴夫盡忠。補過救惡。古今所同。比干龍逢。遭時鞠凶。夔龍稷契。言則斯從。由其所遇。治亂攸鍾。從王戒哉。聽納惟聰。忠諫篇

聖賢相逢。實難其時。都俞於吁。謨謀疇咨。唐虞敷試。禹拜湯稽。言之斯盡。聽之不疑。如石投水。如木從規。君其若此。永固邦基。納諫篇

忠言嘉謀。達於治體。通適人情。惠迪物理。將敗之邦。鮮克聽是。峻卻忠臣。囚奴正士。禍不旋踵。巢傾卵毁。拒諫之君。惡夫逆耳。拒諫篇

聖明之性。匪學而知。不違物理。不後天時。見事精粗。識道幾微。是其所是。非其所非。不爲福先。不觸禍機。緊斯人也。實爲世師。聖明篇

見善必行。聞義則徙。若决江河。孰能禦止。沮之不疑。勸之不喜。勇敢則然。勢利莫使。半塗不廢。中立不倚。凝然不回。亦奇男子。行果篇

可與適道。未可與權。事之未明。疑似之間。非聖莫識。處之誠難。戰國縱横。譎詐相先。權以私己。智以利言。從斯以降。至道終焉。權智篇

片言折獄。古人所難。彝儀是守。令典不刊。狙獪巧僞。心欺面謾。求情覈實。在乎法官。察言觀色。灼然肺肝。神明之政。物莫欺焉。斷獄篇

敕官居位。録以代耕。衣食粗給。復何所營。是以君子。務其廉平。如玉之潔。如冰之清。守正不撓。自公生明。芬芳千古。夷齊抗衡。清吏篇

嗚呼暴虐。夫何不仁。割制民命。羅罔羣倫。抽腸抉目。擢髮刳身。陷害必信。公方莫伸。熏船炙瓮。釘模藁盆。好還斯報。宜觀俊臣。酷吏篇

賢智慧敏。性難與齊。賦之于人。解紛稽疑。甘羅任相。項橐稱師。秦惟樗里。虞其里奚。指麾巧辯。稱象權宜。守株求劍。吁嗟可嗤。聰慧篇

禮之大綱。不離恭敬。肅以衛身。莊以臨政。出則謹嚴。處則安靜。毋怠毋荒。必中必正。臨深履薄。惟悳是兢。傲慢弗虔。聖賢所病。恭敬篇

純朴既散。從生巧機。權移造化。工造玄微。水分晷刻。銅懸渾儀。養生耒耜。固國城池。洪纖應物。用舍因時。木偶嬉戲。卑哉偃師。機巧篇

子貢之辯。出乎聖門。轍環數國。口無擇言。傾僉邪佞。田慎儀秦。喪人之國。刀鋸其身。究觀其弊。本乎不仁。辟乎楊墨。孟軻之倫。辨捷篇

技術之藝。古亦多方。令威獨鶴。左慈羣羊。咒詛之妙。藥石之良。竹龍奮舉。紙月騰光。枕中宦學。空外霓裳。一時游戲。萬古名揚。方術篇

道之與貌。天之與形。淳龐重厚。壽考康寧。龍顏隆準。日角天庭。見於神彩。貴不可名。豺聲蜂目。禍患相仍。苟能擇術。相非所徵。相徵篇

古人尚友。擇斯以仁。濟其患難。推以恩親。推惠貴普。博施惟均。分衣推食。託孤撫貧。愛同血屬。義等天倫。堂堂張也。尚愧斯人。仁友篇

同門曰朋。同志曰友。道以相傳。義以相授。戒夫鄙薄。取夫諄厚。玉尚琢磨。金資鑄鏤。經理誦說。文詞研究。性習相成。共期不朽。友人篇

賢婦懿恭。謹身執禮。孝養舅姑。調和妯娌。截髮待賓。斷機教子。酒食具供。菲儀曷以。宗族稱揚。鄉閭贊美。彤管爲書。增光女史。賢女篇

世衰道微。重色輕德。政移寵嬖。禍生肘腋。始也專權。終於亡國。冶容誨淫。滅身殄族。麗華玉樹。綠珠金谷。以勵後人。戒之無忽。女禍篇

人命所繫。醫明藥良。部分清濁。經絡陰陽。色脈難索。砭艾明堂。望氣識證。隨宜處方。縱臻神聖。不治膏肓。凡百君子。務先自防。醫藥篇

卜以元龜。筮從蓍草。從違是占。吉凶隨兆。術既精研。應惟玄妙。有感必通。有祥必告。發乎誠心。合乎至道。過歷之期。德斯可造。卜筮篇

心思所存。夢魂斯兆。嵩嶽降靈。傅巖惟肖。丁固生松。魏顆結草。熊則珪璋。鳳斯文藻。扁謝膏肓。晉疑鹽腦。惟聖惟仁。與齡難老。占夢篇

性同天賦。識則殊倫。見於未兆。察於未成。曼倩銅鳩。孔聖祥麟。萍浮楚水。劍躍平津。時危則隱。道泰求伸。夫惟明哲。永保其身。異識篇

女行能全。終於貞烈。不爲柔存。寧蹈剛折。性馥芝蘭。志清冰雪。利不可回。勢不可媟。三從不違。四德罔缺。爲世楷模。標名史牒。烈女篇

文章貫道。琢磨乃成。日星雲漢。焕然彰明。詩傳雅頌。書歌載賡。褒揚休功。紀述太平。繡紋霞綺。玉價金聲。播之千古。騰躍飛英。文章篇

神道至隱。感而遂通。順則福應。逆斯禍鍾。善言出口。千里和同。凶德萌心。一家相攻。事親思孝。入仕思忠。竚看獲報。餘慶無窮。感應篇

受恩思報。本自仁賢。窮達反復。廢興變遷。恩則當報。下闕　報恩篇

禹惡旨酒。著於聖經。麴糵有毒。沈酣是懲。耽夫湎淫。害於康寧。忘親阮籍。輕死劉伶。陶侃限約。屈原獨醒。存忠思孝。千古儀刑。嗜酒篇

草木臭味。紛然萬殊。錯雜間處。孰能分區。神農至聖。生民是虞。辨其良苦。較彼錙銖。以利於病。捐痾保軀。易牙苻朗。或期繼諸。別味篇

富贍於財。常人所欲。得之以道。斯爲厚福。賢者處之。施惠是勗。愚夫靳之。適招禍辱。盈溢筐箱。貯儲金玉。兼濟以仁。庶無傾覆。豪富篇

士有志節。安於清貧。不爲苟得。仁義是親。鹿裘帶索。釜魚甑塵。桑樞瓮牖。灌園負薪。守死善

道。不妄求伸。飲水啜菽。以樂天真。貧窶篇

貧而有志。其久必通。務脩天府。人爵斯從。飲牛甯戚。潛漁太公。或以道舉。或以才庸。觀其大器。豈能終窮。養其器識。毋辭屢空。貧達篇

上古之際。書畫淳龐。篆隸鐘鼎。鳥迹雲章。逸爲真草。龍騰鳳翔。名家擅世。星仰鍾王。書林楷式。翰苑維綱。標表不朽。金石傳芳。攻書篇

射以觀德。和志和容。引而欲發。率先正躬。羿惟中的。進技之工。薄乎云爾。傳之逄蒙。道以賈禍。伊誰云從。子濯取友。師道斯崇。善射篇

壯勇天性。扶危敵凶。拔山扛鼎。暴虎屠龍。在德爲下。於道非中。用之以禮。濟之以忠。庶幾其可。舍斯曷從。負此技者。圖維厥終。壯勇篇

婦人之絶。節行居先。顔色之美。姿態之妍。兼之懿範。玆焉乃全。妖至敗國。豔至妒賢。恃愛怙寵。蠱惑恣專。禍家滅身。斯當鑒焉。美婦人篇

五事之先。貴斯容質。玉樹瑶林。貫珠連璧。濯濯同芳。巖巖獨立。望之可敬。即之無斁。眉目東方。肌膚姑射。人之表儀。美書載籍。美丈夫篇

無鹽之陋。嫫母之奇。懿行内光。貌非所嗤。嗟夫後世。妒行危機。有虧婦道。徒貽世譏。阮内之對。初無媿辭。好色棄德。曷以人爲。醜婦人篇

道貌天形。不無妍醜。傾頤折頞。面色犁黝。倘正其心。何陋之有。苟或行乖。中無所取。凶麤暴

惡。動皆邪謬。天討人誅。磔同鷄狗。醜丈夫篇

天生萬物。人爲最靈。四方異處。隨即殊形。惟此華夏。十尺其盈。魁梧碩大。智敏聰明。爲聖爲哲。爲雄爲英。六合之外。其長不經。長人篇

天地之間。實生萬物。稟氣隨宜。同名異質。短纔寸餘。長或千尺。或爲棟樑。或爲棍楔。豈伊衆林。人匪齊一。羽林侏儒。反殊優逸。短人篇

陰柔豐肌。陽則隆骨。隨人所稟。因其生育。膏粱珍羞。廣居大屋。氣體爲移。肥膚皤腹。清癯玉立。風塵外物。二道非真。貴乎神足。肥瘦篇

天道好還。善惡斯報。美善祥應。凶爲惡兆。耳目見聞。爲之驚悼。秦皇夏桀。魏文梁孝。富貴驕奢。濟其凶暴。禍不旋踵。率皆自召。怪異篇

天垂休應。以啓聖賢。河圖洛書。見於簡編。白魚玄鵠。雲彩星躔。帝王之兆。治泰之先。率由積德。其祥罔愆。昭然鑒戒。以謹弗虔。祥瑞篇

童稺無知。有物斯使。事過多驗。一皆有理。天其或者。以戒先事。人苟能遷。災爲休美。其或不悛。應無差軌。慎厥聽斯。考祥視履。歌謡篇

圓蓋之下。萬象三辰。風雲雷電。雨雪紛繽。窅然其氣。欻然其神。照臨有赫。利澤惟均。惟人事之。順則道循。忠孝有闕。乖戾斯陳。天文篇

佛教之來。歷二千年。得人爲多。聲名藹然。(圓)〔圖〕澄羅什。神變無前。道安支遁。交結英賢。

辯辭奇巧。信史光傳。舉其大者。後來勉旃。佛教篇

大道無爲。而無不爲。德侔天地。把握玄機。生而神靈。造化推移。經傳尹喜。禮答仲尼。耀古騰今。莫之等夷。玄元之教。萬世之師。道教篇

神仙之道。本乎精專。陽精陰魄。各務純全。煉陽致一。飛升九天。淳陰至極。亦造重玄。瑶臺圖籙。閬苑宗傳。上元王母。游焉息焉。女仙篇

鬼物陰靈。感斯則見。人或惑之。隨情遷變。福少禍多。庶機宜辨。桃茢巫師。靈符丹篆。邪氣既成。怯之已晚。以正處心。敬之斯遠。鬼神篇

婚姻之道。古昔所敦。以重嗣續。以正人倫。鳳占協吉。雁幣斯臻。恩則夫婦。職則蘋蘩。慈於教子。孝以安親。孰云齊鄭。有愧朱陳。婚姻篇

死生定命。冥數莫移。進德積善。或能過期。驕恣凶暴。短折傾危。紙衣瓦棺。巨盜莫窺。奢淫厚葬。剖封暴屍。儉爲世戒。墨翟何譏。死喪篇

牀席之設。本爲身謀。以安以適。以息以休。龍鬚象牙。妝飾雕鏤。誨淫習奢。或承之羞。隱居志學。蒲(管)〔菅〕茅蒐。槁梧枯木。惟道是脩。牀席篇

資生之具。既多且繁。扇枕之設。隨時便安。寢焉斯稱。揮則生寒。蒲葵角枕。望重朝端。幻化罔測。孝思莫刊。名同製異。巧拙存焉。扇枕篇

舟車之利。以濟不通。四溟浩渺。雖遠必窮。九州遼邈。雖廣斯從。一航萬斛。其用則同。梁輈軾

靷。戰艦蒙艫。聖人制作。世享厥功。舟車篇

食之有羹。以調五味。魚肉脯羞。老疾斯貴。各務適中。輔成食氣。飛走山淵。甘鮮肥脆。撕以刀砧。烹之鼎器。奉養過差。實傷仁類。羹肉篇

奴婢之名。非古所設。以罪目之。從而爲別。盜財曰臧。禽逋曰獲。後世因之。利其厮役。始賤終榮。初窮後達。人未易知。遇之毋忽。奴婢篇

四夷八蠻。殊方異俗。別其冠裳。奇其稱目。斷發文身。輕生易戮。神武宣威。梯航相屬。古先哲王。羈縻撫育。文德仁恩。遠人斯服。四夷篇

大樸既散。澆漓失真。斯文未喪。挺生聖人。明於物理。著以人倫。五常百行。典籍斯陳。君臣以別。父子以親。日星同耀。萬世彌新。經典篇

史職記事。其來尚矣。始自蒼王。言動斯紀。逮至夏殷。左右以位。惡不文飾。善無溢美。謂之實錄。聲光暐煒。九家粲然。日星同軌。史傳篇

世之有書。本乎上世。蒼頡精英。象形由致。日月並明。王門閏位。假借螽麟。各從其類。逸爲鍾王。剛方妍媚。自此以還。紛紛磔蝟。書字篇

聖經玄奥。講說能通。詮文論義。雅正斯從。文學導志。理以折衷。不僻不陋。率取中庸。難疑答問。極究研窮。師資是賴。成允成功。講說篇

筆墨之利。紀事紀言。秋兔之豪。老松之烟。加之束縛。和以丹鉛。錫之異號。毛穎陳玄。經書簡

册。賴爾成編。螢牕雪案。功斯著焉。筆墨篇

硯之爲器。誰能具陳。鐫鑱堅石。或以陶鈞。方圓厚薄。妙意斯存。紙之爲體。砥石平均。楮皮魚網。滌以齏淪。相須爲用。萬古之珍。硯紙篇

五金之英。黄白斯貴。剛柔得中。與德同類。不爲布泉。不爲利器。人自寶之。珍藏於世。辭則清貞。貪焉濫穢。取之與之。務行乎義。金銀篇

合浦崐山。靈珠美玉。光粲温良。比之仁德。明月夜光。固難韞匵。以暗投人。按劍怒目。抱道懷才。監茲爲則。待賈而沽。慎無欲速。珠玉篇

錢之爲物。以濟不通。縑絲綺縠。衣被爲功。制之有等。絺繡文龍。不僭不濫。服稱其衷。取之不義。或喪厥功。過差不道。鍾爲鞠凶。錢絹錦繡篇

在昔唐虞。省方班瑞。印綬等差。革於後世。金玉青黄。名同制異。忠孝賢能。佩之無愧。付與非人。姦凶所利。封錫審詳。庶幾不墜。印綬篇

都邑之稱。爰從古昔。外郭内城。渠隍溝洫。以建國藩。以爲民域。衛善防姦。高深峻極。德苟不修。險安可必。貴在人和。守之勿失。都邑城郭篇

上古民淳。巢居穴處。聖智因之。易以堂宇。陶甓門牆。以蔽風雨。綢繆疎達。以有寒暑。夫何後人。淫侈非度。刻桷丹楹。自貽譏侮。堂宅門牆篇

園囿陂池。養生之具。上之帝王。下爲民庶。莫不資之。禽魚菜茹。與衆同之。久彌垂裕。利苟自

專。民無所措。大道通塗。安行奚懼。園囿道塗篇

市井致民。其來尚矣。自昔神農。玩爻析理。噬嗑象宜。緣情逐類。以聚貨錢。以通財利。壟斷之登。關司征稅。貪殘之爲。率非善治。市井篇

果實之味。非甘即酸。土木之性。惟斯兩端。荔支之毒。菱芡之寒。各以所處。隨而變遷。棗栗榛橡。有功歉年。新期薦廟。罔敢弗虔。果實篇

奇花異卉。在處有焉。土性秀發。何必丹延。昔稱西洛。綦布名園。功參造化。妙□先天。巨材修竹。喬岳渭川。棟梁篴綆。比用才賢。花竹木植篇

鵾鵬之大。斥鷃之微。鳳凰鴞鵂。因地因時。貴安其分。隱見從宜。昆蟲鱗介。各以類推。或潛或躍。孰是孰非。以資口腹。聖人所嘻。禽獸蟲魚篇

金吾案。類林九十八篇。篇末俱繫以贊。缺勸學、勸學、志節、隱逸、貞潔、報怨、音樂、歌舞、歲時、神仙、燈燭、冠履、酒食、宫殿樓臺凡十四篇。實存贊八十四篇。以其書世無傳本。故備録之。

金文最卷二十一

贊

東坡真贊

趙秉文

坡仙西來自峨嵋。手抉雲漢披虹霓。天庭射策如熊羆。奔走魍魎號狐貍。大儒發蒙揮金鎚。要觀赤壁窺九嶷。南宫玉堂鬢成絲。鴻文大册帝載熙。入海簸弄明月璣。歸來貌悴文益奇。荒墳不朽骨與皮。何況閒望江河馳。壁間倐睹軒鬚眉。無乃示吾横氣機。裹糧問道往從之。人言畫圖君絶癡。

滏水集

闕里升堂圖贊

趙秉文

大哉聖人之道。天麗且彌。地溥而深。形容頌歎。非愚則狂。七十子之徒。高者臻堂奥。下者及門牆。譬猶太山之高。滄海之深。魚龍禽獸。紛錯以披猖。其俯伏駭汗不敢以䁝視者。但望見其蒼然之色、淵然之光。然皆自以爲天池之富、地媪之藏。蓋其一氣之所春。大地時至。莫不奮迅而發揚。

倬乎其明。如引星辰而上也。窈然而幽。如窺鬼神之情狀也。根而幹之。爲德行政事。枝而葉之。爲言語文章。其精神爲道德性命之説。其教人有序。不外起居飲食之間、進退灑埽之末。及其仰之而彌高。測之而益深。然後知其不可量也。嗚呼。七十子之後。曰況、曰愈、曰孟、曰揚。得十一於千百。猶自以爲比肩而相望。攀龍鱗。附鳳翼。何闕里之洋洋。至今讀其書。拜其像。尚想遺風餘韻。如在乎洙泗之鄉也。滏水集

張清獻公贊

趙秉文

治身以敬。無欲以静。此清獻公之素行也。事君以誠。立朝以正。此公之見於臨政也。兩朝人物之清選。一代典章之詳訂。此公家之青氈而朝廷之龜鏡也。至於伯承帝旨。仲貳國柄。則又公之餘慶也。滏水集

達摩面壁菴贊（元光二年）

趙秉文

佛日西沈。大地如漆。達摩西來。夜半出日。少室峯前。九年面壁。不説一字。是默非默。神光三拜。依位而立。汝得吾髓。是得非得。得不得。卻返西乾無處覓。而今寫出掛虚堂。抛向面前人不識。識不識。一二三四五六七。咄。元光二年二月八日。閑閑居士趙秉文題。石刻拓本

齊處士淳于髠贊

失名

偉哉淳于。博學强記。慕嬰爲人。觀色承意。因說惠王。嘉其論議。黄金白璧。重加寵賜。東昌府麒麟碣

漢都尉尹齊贊

失名

盜賊平治。寬難抑强。惟公既督。斬伐用張。能名是著。廉稱載揚。家無百金。終惜淮陽。東昌府麒麟碣

晉堂邑令范廣贊

失名

賢兮仲將。持心近厚。釋囚還家。俾辭其母。歲旱阻饑。賑濟黔首。適我樂郊。倍增户口。東昌府麒麟碣

晉駙馬王鑒贊

失名

古漯地秀。王公挺奇。爲君子儒。仕有道時。既奉朝請。都尉庀司。文章華國。星斗燦垂。東昌府麒麟碣

晉博州郡守羊使君贊

趙元佐

身爲犧牲。禱於洪水。洪水無知。没而後已。民思其仁。立廟以祀。嗚呼偉功。不書於史。東昌府麒

麟碣

晋光禄大夫吴隱之贊　霍希詵

古之仕者。惟清惟潔。沉香不珍。貪泉亦啜。素稟忠純。難移操節。歷官州牧。風標愈勵。東昌府獻麟碣

後魏太守房悦贊　晋（紳）紳

賢哉房侯。名揚後魏。善政濟陽。民愛而畏。終於此邦。碑豐冢邃。遺跡可徵。慨然長喟。東昌府獻麟碣

梁剡令劉昭贊　温國器

古有君子。曰劉宣卿。力學能文。博悉見稱。窘步百里。竟莫衢亨。潛心莊老。以卒平生。東昌府獻麟碣

隋儀同三司淄州刺史公孫景茂贊　李時佐

隋有元蔚。甲科馳聲。高唐作宰。綽有能名。累拜州牧。德政屢成。享年及耄。謚康以莊。東昌府獻

宋五孝女贊

李時佐

孝哉五女。踰年弗嫁。甘旨奉親。温凊冬夏。風樹既悲。白華亦謝。墓可封哉。亦淳俗化。東昌府志

麟碣

唐中書令馬周贊

趙汝霖

挾王佐才。遭時奮驤。築巖其蹟。鸞鳳其翔。敷陳時務。明習憲章。鳶肩火色。卒相於唐。東昌府志

麟碣

唐堂邑令葛周贊

失名

葛公宰邑。歷代稱賢。一方受賜。千室鳴絃。厥德如玉。厥惠猶泉。遐哉邈矣。久而愈宣。東昌府志

麟碣

宋知博州徐爽贊

失名

仁於用心。利非專己。能輟清俸。贍養多士。源源其惠。如西江水。涵泳恩波。無時而已。東昌府志

同知王公贊　失名

顯允王公。此邦賢倅。治飾儒術。政施寬愛。學校修完。士民感戴。東堂繪真。永獲瞻拜。東昌府麒麟碣

金吾案。麒麟碣贊凡三十首。東昌府志載十有四首。末二人曰金吾劉公真、同知王公真。真者像也。劉公則金金吾上衛、博州防禦使劉義。王公則金太子司經、同知博州王遵古。不斥其名。則知贊爲金人所作矣。王去非撰博州重修廟學記。與劉義同立石者。有學正晉紳。即撰房悦贊者。李時佐宋五孝女贊。嘉靖山東通志引之。題曰金人。餘仕履未詳。

懸空洞贊　陶復朴

高峯入雲。清流見底。兩岸石壁。五色交輝。青林翠竹。四時具備。曉霧將歇。猿鳥亂啼。夕日欲頽。沈鱗躍鯉。實欲界之仙都。宜陽縣志

四醉圖贊并序〔泰和元年〕　王若虚

泰和辛酉冬。予赴調京師。清河垣之、振之、劉君景元。俱以待舉客太學。一日同飲寺中。既暮皆醉。三子者。就宿予邸。枕籍而卧。初不計也。未旦而覺。呼童張燈。則餘樽在焉。即命重酌。復成小醉。擁衾散髮。相對怡然。顧而樂之。以爲他日或不能復得矣。振之將圖其

形。而名以四醉。因命序而贊之。以記一時之美事云。

漠乎其如忘其聲。茫乎其如忘其形。神融氣泰。無欲而無營。渺乎其如物之莫攖也。不爲劉伶。惟以酒爲名。不爲屈平。衆皆醉而獨醒。蓋不放不拘。不晦不明。不濁不清。隨其所適而寓其情者也。滹南遺老集

林下四友贊并序

王若虛

東垣彭子升悦、王士衡權、周晦之嗣明。皆予心契也。晦之與予爲親故。其相知最早。後游京師。始識士衡於稠人間。言論慷慨。遂如平生。當是時。泛見子升而未熟也。已而復定交於觴次。予年最長。子升次之。士衡又次之。而晦之最少。吾四人者。臭味相似。而意氣相投也。故不結而自合。既合而歡。至於益深而莫之間。其好惡取舍。互有短長。而要歸其中。辨争譏刺間。若不能相容。而終於無憾。方其居在里中。行必偕。宴必共。詩雖不多。而嘲戲贈答。時出數語以相娛。酒雖不廣。而花時月夕。一杯一杓。亦自不廢也。嘗約他年爲林下之游。且各爲别號以自寄焉。蓋予以慵夫。而子升以澹子、士衡爲狂生。而晦之則放翁也。曰澹。曰慵。曰狂。曰放。世以爲怪。而自謂其真。施於仕途。固非所宜。而在隱居。則無害也。是故安之而不疑焉。是約已遂。想像而贊之云。

盤礴兮巖阿。容與兮烟蘿。藉豐草兮偃卧。翹長風兮浩歌。塵海邈其如隔。渺高軒兮不我過。險而

風波。密而網羅。突而干戈。如四人者何。滹南遺老集

士衡真贊　王若虛

身雖寒而道則富。貌若鄙而心甚妍。庸夫孺子。皆得易而侮。王公大人。莫不知其賢。豈俯仰從容。滑稽玩世。而胸中自有卓然者也。滹南遺老集

李翰林自贊　李純甫

軀幹短小。而介視九州。形容寢陋。而蟻蝨公侯。言語蹇吃。而連環可解。筆札訛癡。而挽回萬牛。寧爲時所棄。不爲名所囚。是何人也耶。吾所學者。淨名莊周。歸潛志

中書君贊　李俊民

心平其畫。腹乎其藁。雲烟落紙。龍蛇揮埽。汲冢孔壁。殷盤周誥。嗟乎孤秦。欲窮吾道。黔首未愚。彼惡先老。嗚呼噫嘻。天之將喪斯文也。吾不得而知之。天之未喪斯文也。何屑屑乎使中書君而枯槁。莊靖集

手植檜聖像贊并序　元好問

乙巳冬十二月。拜林廟還。得手植檜把握許。就刻之爲宣聖顏孟十哲像。且以文楷爲龕。像出於手檜爲難。其得於煨燼之餘又爲難。合是二難。宜爲儒家世寶。迺百拜而爲之贊云。

體則微。理則全。望之儼然。卽之温然。見其參於前。手所植焉。形所寓焉。斂之管窺。浩浩其天。是將以爲甘棠之賢耶。抑與夏鼎殷盤而傳也。遺山集

老人星贊并序

元好問

宣政間。忻州天慶觀道士能知推命。其宗人堅畫老人星像。紫府竹璟爲之贊。石刻有二。一在吾州。一在濟源。貞祐甲戌之兵。天慶廢。石刻之存亡未可必。在濟源者。畫像雖存。而贊文漫滅不可讀。己亥正月。予見之濟瀆祠。歎州里舊物。兒時所常見者。將遂湮滅而不傳。因爲贊以補之。且使三人者姓名復見於此。紫府今五臺。

維南有星與弧直。其名老人天一極。或見或隱代不一。光精何年貫此石。非丹非青非琢刻。玄龜導前鶴後翼。飄然而來莫從詰。祝翁少留覲世德。尚爲斯民開壽域。遺山集

范文正公真贊并序

元好問

文正范公。在布衣爲名士。在州縣爲能吏。在邊境爲名將。在朝廷則又孔子之所謂大臣者。求之千百年之間。蓋不一二見。非但爲一代宗臣而已。丁酉四月。獲拜公像於其七世孫道士

圓曦。乃爲之贊云。

以將則視管樂爲不忝。以相則方韓富爲有餘。其忠可以支傾朝而寄末命。其量可以際圓蓋而蟠方輿。朱衣玄冠。珮玉舒徐。見於丹青。英風凜如。古之所謂垂紳正笏不動聲氣而措天下於泰山之安者。其表固如是歟。遺山集

趙閑閑真贊并序

元好問

興定初。某始以詩文見故禮部閑閑公。公若以爲可教。爲延譽諸公間。又五年。乃得以科第出公之門。公又謂當有所成就也。力爲挽之。奬借過稱。旁有不平者。宰相師仲安班列中倡言。謂公與楊禮部之美、雷御史希顔、李内翰欽叔爲元氏黨人。公不之卹也。正大甲申。諸公貢某詞科。公爲監試官。以例不赴院宿。一日坐禮曹。欽叔從外至。誦某秦王破竇建德、降王世充露布。公頗爲聳動。顧座客陳司諫正叔言。人言我黨元子。誠黨之耶。公之篤於自信蓋如此。壬辰冬。某以東曹掾知雜權都司。取行止卷觀之。見公獨銜及楊、雷猥相薦引者十七章。竊自念言。公起布衣。仕五朝。官六卿。自奉養如寒士。不知富貴爲何物。其自待如此。顧雖愛我。寧欲爲利禄計。欲使之亟進得以斗升活妻子耶。惟是愚陋。不足以當大賢特達之遇。兀兀近五十。而迄無所成。用是爲媿負耳。北渡後。求汴人趙濟甫爲公寫真。因題贊於上。嗚呼。公道德文章。師表一世。如我乃得而事之。公初不以利禄期我。然則今所以事公

者。雖出於門弟子之私。亦豈獨以門弟子之私也哉。周旋於正廣、道宗、平叔之間。而獨能紹聖學之絶業。斂避於蔡無可、党竹溪之後。而竟推爲斯文之主盟。不立崖岸之謂和。不置町畦之謂誠。不變燥濕之謂定。不污泥滓之謂清。藹然粹温。見於丹青。雖無老成人。尚有典型。鳳衰無周。龍移啟魏。殄瘁攸屬。古爲怨欷。人知爲五朝之老成。不知其爲中國百年之元氣。公無恙時。辱公陶甄。攜之提之。且輓且前。萬馬之所馳。不足以北公之轅。萬折之所礙。不足以迴公之川。將私其私耶。抑以爲文字之傳。匠石斲斤。子牙絶絃。千載一人。猶以旦暮。萬里一士。且謂比肩。念公生平。使我涕漣。顔如渥丹。雙瞳炯焉。彼粹而温。既與不可傳者死矣。觀乎此。則猶可以髣髴其足音之跫然。遺山集

寫真自贊崧山中作

元好問

短小精悍。大有孟浪。勃窣槃跚。稍自振厲。豪爽不足以爲德秀之兄。蕭散不足以爲元卿之弟。至於欽叔之雅量。希顔之高氣。京甫之蘊藉。仲澤之明鋭。人豈不自知。蓋天稟有限。不可以强而至。若夫立心於毁譽失真之後而無所卹。横身於利害相摩之場而莫之避。以此而擬諸君。亦庶幾有措足之地。遺山集

范鍊師真贊并序

元好問

戊戌之夏。予過東平。留宿正一宮。時范鍊師已東邁。門弟子王仲徽。出其寫真求予爲贊。

鍊師初事崑崙郝公。號之曰玄同子。後從棲霞丘公。復有玄通之目。故兼及之。贊曰。異欲其同。介欲其通。惟天與之形而道與之貌者不可變。故無地以受運斤之風。三山微茫。貝闕珠宮。野服蕭然。與雲俱東。橫絶四海者。亦何慕冥冥之鴻耶。遺山集

讀經圖贊并序

元好問

介山馬卿雲漢。爲仲晦甫寫真。燕坐蕭然。六籍在旁。目曰讀經圖。欣然有會於予心者。爲作贊云。

聖謨洋洋。善誨循循。敝則新兮。司南通涂。及門而堂。自致身兮。致身維何。山立揚休。協經綸兮。所學所知。效之所天。遂及民兮。河潤九里。海潤百里。煦如春兮。大方無隅。孰墨孰儒。孰淄磷兮。緇衣好賢。佩之飛霞。冠青雲兮。方內之外。方外之內。有若人兮。遺山集

張幾道鍊師真贊

元好問

玄學爲家。平實中和。靜焉而不譁。孫龍、田巴。其書五車。吾知其爲盜夸。若夫自後而先。絶素隱之累。方外而內。無多岐之差。語有之。人之生也直。然則若人所以敦龐耆艾者。其未涯也哉。遺山集

老君石像贊

秦志安

絶聖棄智。挫鋭解紛。居太初太易之前。隱無象無形之内。五千五百重天。藏於卵殼。九十九億萬歲。貯在彈丸。此其太上乎。曰。非也。恍兮惚。其中有物。物不可得而名。杳兮冥。其中有精。精不可得而見。此其太上乎。曰。非也。迎之不見其首。隨之不見其後。獨立而不改。周行而不殆。能爲萬象主。而不逐四時凋。此其太上乎。曰。非也。然則孰爲太上。曰。憑君試向東風問。惟有黄花翠竹知。亳州志

圓通大師像贊

釋萬松老人

德謇熘沈。靈骨鏗金。訥於言而敏於行。璞其貌而玉其心。敕選提封於國寺。天資飽練於禪林。子徒知寒蟬將蜕。尚裊餘音。吾以爲升圓通之堂者。稽古依然接武於方今。湛然居士集

彌勒像贊

失名

彌勒真彌勒。化身千百億。時時見時人。時人皆不識。石刻拓本

頌

瑞香寶峯頌并序

張建

臣建謹按史記龜策傳曰。有神龜在江南嘉林中。嘉林者。獸無狼虎。鳥無鴟鴞。草無螫毒。

野火不及。斧斤不至。是謂嘉林。龜在其中。常巢於芳蓮之上。胸書文曰。甲子重光。得我爲帝王。觀是書文。豈不偉哉。臣少時在書室中。雅好焚香。有海上道人白臣言曰。子知沈之所出乎。請爲子言。蓋江南有嘉林者。美木也。木美則堅實。堅實則善沈。或秋水泛溢。美木漂流。沈於海底。蛟龍蟠伏於上。故木之香清烈而戀水。濤瀨淙激於下。故木形嵌空而類山。近得小山於海賈。巉巖可愛。名曰瑞沈寶峯。不敢藏諸私室。謹齋莊潔誠。跪進玉陛。以爲天壽聖節瑞物之獻。臣建謹拜手稽首而爲之頌曰。

大江之南。粤有嘉林。嘉林之木。入水而沈。蛟龍枕之。香冽自清。濤瀨漱之。峯岫乃成。海神愕視。不敢閟藏。因潮而出。瑞我明昌。明昌至治。如沈馨香。明昌睿算。如山久長。臣老且耄。聖恩曷報。歌此頌詩。以配天保。香乘

金吾案。張建。字吉甫。自號蘭泉老人。章宗初舉才行。授絳州教官。詳見中州集。有蒲城丞崔朝請去思贊。已從陝西通志録入。此頌載明周嘉胄香乘。未題時代。案金史章宗本紀。詔以生辰爲天壽聖節。序云以爲天壽聖節瑞物之獻。此頌爲蘭泉老人所作無疑。以原書未題時代。故附辨之。

禘禮慶成頌并序〔明昌四年〕

趙秉文

上既遷祔世宗顯宗神主於太廟。天地並貺。祖考咸喜。明昌改元之四祀。實始當五年之大禘。越四月孟夏。乃展事於太宮。精意昭格。明靈肸蠁。福瑞並應。肆有渥澤。以浸萬方。是時中外臣庶。願薦鴻名者以億計。上懷謙冲。曾此弗有也。臣幸得以文字待罪。伏覩嚴祀

慶成。國之大事。此而不能形容萬一。大懼失職。謹昧死百拜而獻頌曰。

於皇考理。明昌天子。天子念親。于祖于禰。惟世宗顯考。並祔世祀。既考既燕。詔羣臣其議。宜刺于經。酌禮之宜。見於太宫。慰予孝思。羣臣拜手。豈敢等夷。非天道孰依。非舊章孰稽。五年一禘。振古如兹。帝曰俞哉。假於元龜。四月孟夏。大饗其時。乃詔四裔。備物講儀。鏘鸞之臣。白馬之客。相予載祀。祇率厥職。劍佩鏗鏘。爰俟帝齋。清蹕一聲。緑槐天階。星旄翠罕。拂天而來。乃卽靈宫。左撞鴻鐘。嚴中辨外。冕服於從。奉璋髦士。立列比比。或捧珪瓚。或相拜跪。樂奏太和。舞陳文始。形容頌歎。一夔足矣。清夜戒嚴。明月如水。既薦既祼。如見於位。從以功臣。倐焉夾侍。已事而旋。靈風肅然。誕受龐祉。均及敷天。于時公卿。于時士庶。于時耆艾。交相告語。天子之德。昭天漏泉。宜上尊號。告功皇天。天子曰嘻。祖考之功。於皇孝治。萬方攸同。滏水集

駕幸宣聖廟釋奠頌并序

趙秉文

上卽位之五年。内成外平。百揆時敍。曠典墜章。以次蒐舉。稽古庠序之事。雅垂意焉。秋八月。乃展禮於宣聖廟廷。鑾輅順動。璧水增輝。都人士子。歌舞誦歎。以爲此兩漢三代之主。曠世一舉。學士大夫。被之聲歌。垂之史册。以爲皇王之上儀。太平之壯觀。而主上親行之。於皇休哉。天以玄聖之道授之王者。王者以玄聖之道被之天下。故新廟制。則芝草

生。孔瑞聖也。用其道。則尊其祀。聖尊師也。孔瑞聖。聖尊師。前聖後聖。其揆一也。身屬於一時。而祀光於百世。禮行於一日。而化行於天下。此一舉也。二美具焉。喑無詩歌以嘿聖朝之休光。臣則有罪。輒忘野老擊壤之陋。庶附儒館獻歌之末。謹稽首再拜而獻頌曰。

木鐸聲寒。苔蕪杏壇。宫居釋老。廟食申韓。天將興仁。伊睨明君。微我明君。孰知聖人。天子曰嘻。予謁先師。禮官議禮。王殺帝儀。帝曰先師。百王所尊。禮有北面。無諫朕勤。禮官奉詔。幄次於廟。八月初吉。奉牲以告。我廟俎豆。我玉珪璋。日月漢儀。金石魯堂。丹青聖容。龍衮帝衣。登降拜跪。冕服交輝。璧水湯湯。龍旂央央。天子戾止。儒林之光。璧水瀰瀰。龍旂靡靡。天子歸止。化流萬里。大哉聖師。道無古今。昔惟陪臣。今親帝臨。畏匡戹陳。廟食兹辰。一時之屈。萬世之伸。思樂璧水。光摇帝裾。屬車一臨。化爲泗洙。四方其訓之。天子文明。萬壽無期。

滏水集

聖德頌并序

趙秉文

謹拜手稽首言曰。粤若稽古。二帝三王。休符不於祥。於其仁。所寶不惟物。惟其賢。是以珍禽奇獸。不育於國。嘉禾芝草。不旅於庭。當是時。衆庶和樂。國家安寧。觀詩及書。温温乎。其和可知已。而孔子作春秋。亦不書祥瑞。足以知聖人立極之本。降及後世。諛儒妄臣。乃引白雉寶鼎芝房赤雁。作爲歌詩。薦之郊廟。詭訛不經。駁乎無議爲也。乃者邠州進白兔。上命放之原野。其意若曰。惟天惟祖宗。付予有民。惟臣下。作予股肱心膂。但使百姓樂業。國家得賢。何瑞如之。肆近日所進諸瑞。朕皆不取。自今其勿復以聞。於皇休哉。上以符孔子之格言。下以合二帝三王之治。乃知聖人動作。出於近代世主萬萬也。欽惟聖上自卽位以來。拔忠良之臣。退貪暴之吏。平刑釋寃。以重民命。輕徭薄賦。以紓民勞。聽言以盡下情。思政以答民望。和戎以息兵。平賊以除害。明詔禮官。不得法外求情。申飭御史。不得苛細生事。小遇水旱。則減省賦租云云。是以陰陽調。風雨時。地不愛寶。而嘉禾生、芝草興。上猶謙謙。曾此弗有也。加之天賦聖性。動與古合。若夫抑祥瑞而不奏。光武文皇之明也。求賢憂民。唐舜之心也。內脩政事。外攘夷狄。宣王之功也。誠能法文王之純不已。如成湯之德日新。則太平中興之功。指日可待。昔齊宣王不忍一牛。孟子知其足以王矣。一牛微物也。孟子何取焉。以爲苟推是心。移之愛民。則仁不可勝用矣。況乎聖政行前聖之所難行。擴而充之。帝王之治易爲也。故臣以謂既能行所難。必能行所易。既能善其始。必能令其終。在加之意而已。不勝拳拳之愚。謹拜手稽首而獻頌曰。

於惟聖皇。德動皇天。和氣充塞。靈貺自甄。在邠之郊。有兔斯白。司牧之臣。獻之京闕。天子曰嘻。瑞在得賢。亦有上瑞。可垂史編。上瑞惟何。時惟豐年。靈芝三秀。嘉禾六瑞。歆豔虛美。何益於治。乃命白兔。縱之郊畿。凡百瑞物。毋上有司。于時公卿。于時士庶。僉曰聖明。超越千古。既有其始。願有其終。於皇聖治。萬方來同。滏水集

封龍山試劍石頌

樊倫

太行之陽龍山首。疊疊峯巒衝牛斗。試劍巨石尚然存。霹靂神鋒出無有。明一統志〔元氏縣志〕

登封令薛侯去思頌并序〔興定三年〕

元好問

興定二年冬十月二日。詔以王屋令薛侯莅登封。侯之來。前政適爲飛語所被。羣小焰焰。如棼絲。如沸糜。殆若不復能措手者。侯曰。內之不治。不可以言外。於是退悍卒。併冗吏。決留務。釋滯獄。不旬日。縣中廓廓無事。卽召里胥鄉三老之屬。凡民之貧富。丁之衆寡。里社之小大。輸送之遠近。諦問詳審。纖悉具備。著爲成籍。按其次而用之。貸逋賦以寬流亡。假閒田以業單貧。一粟之斂。一夫之役。均配周及。權衡之必平。錙銖之必分也。寬以期日。不復强責。計以追胥之費之半。而公上給矣。方春勸耕。遭田父野叟於途。慰以農里之言。而勉之孝弟之訓。懇切至到。人爲感動。以爲前乎此。蓋未嘗有令惠吾屬之若此也。大概侯之治。仁心以爲質。不屑屑於法禁。人有犯。薄示之辱。教以改過而已。至於老姦宿惡。不可以情用者。深治而痛繩之。終不以爲夸也。故吏畏而愛。民愛而畏。上官不敢撓以事。賓客不敢干以私。教化興行。頌聲流聞。四外之人。莫不以崧前爲樂土焉。明年。邑之民有借寇之舉。會官以辟舉令。法有不便者。一切罷之。民卽相與言曰。吾侯如是。而不得終惠茲邑。侯往矣。吾屬能久於此乎。雖然。侯之政。不可以無述也。於是刻石頌德。以致其去思之心焉。侯名居中。字鼎臣。泰和中進士乙科。釋褐滏陽簿。卽有聲。其詞曰。

吏姦而漁。吏酷而屠。軒裳賄貨。章綬盜符。魚肉視人。以膏自濡。百螣踵來。惠而不鉏。饞喙既饜。督之公輸。嗟嗟遺黎。寒餓而劬。斂掔幾何。日臘以枯。孰當膏之。俾還敷腴。侃侃薛侯。仁信篤誠。優爲趙張。恥以自名。我靖我民。而不震驚。涵浸薰釀。千室更生。侯勸於郊。民爾良苦。治爾耒耜。安而田畝。輕家而逋。孰爲汝所。不奪汝時。不急汝租。無墮不勤。游末是趨。辨爾穜稑。相爾菑畬。區爾欲深。苗爾欲疏。稂莠既芟。蟊賊既除。穰穰滿家。貢以羨餘。民拜侯教。我敬我事。迨其有秋。維侯之賜。有來督郵。責賦失期。侯惠我民。吏不叩扉。丁男有言。趣輸無遲。及此暇時。從侯於嬉。有嘉者禾。將獻而失。民謂我侯。豈當移秩。蕭蕭馬鳴。我侯于征。侯無愠容。民有歎聲。吏昔屏氣。今當誰畏。盜昔知義。今當誰媿。予渴未濡。蔽其泉流。予暍未蘇。徹其庇庥。侯去不留。云如何憂。中天之雲。是陰下邑。出而爲雨。崇朝萬國。我思我侯。與雲偕來。引領南東。顧瞻徘徊。嵩丘盤盤。潁水湝湝。我侯之思。其有既哉。遺山集

金文最卷二十二

記

濟陽縣新修縣城記天會八年

張穆仲

山林野叟。知猛獸爲害。必樹柴栅而施陷阱以待之。閭徑鄙人。知穿窬爲盜。必峻垣墉而嚴扃鑰以防之。蓋思患設險。以固吾圉。爲安全計者。夫人類能焉。通都大邑。萬室所聚。朝市百司。倉廪府庫。星列棊布。錯峙其中。所以禦外侮而杜奸宄者。必假金湯以爲之守。故穀梁子謂城以保民而爲。左丘明亦有懼難之説。粤自澶淵之盟。南北結好百數十年。時和歲豐。吏民習治。諱言守備。一旦民貧盜起。變生所忽。操鉏耰而陷城郭者。蔑有籓籬之限。由是虔劉我井邑。殺略我士女。凶焰孔熾。吏莫能誰何。人始不聊生矣。宣和甲辰。以迄建炎。饑饉荐臻。京東尤甚。加之以師旅之役。因之以姑息之政。良民爲盜者。十室而九。蜂屯螘拒。隱若敵國。州將熟視。曾不加恤。逮我節制相公來守是邦。威克厥愛。信賞必罰。風行草偃。姦盜屏跡。四境之内。路不拾遺。乃天會七年夏五月。我公安撫京東、淮南等路。河北諸府。亦在節制。移鎮東平。寅奉臺奉。〇奉疑當作命。畀都鈐公留知濟南軍府事。式遵嚴君之治。三月報政。人用康寧。昔之轉徙者。攜婦子而返田里。弄兵者。賣刀劍而買牛犢。肩摩袂連。化成樂土。公長慮卻顧。懼民難保。乃分章丘、臨邑、禹城、長清之地。創建二新邑。以相綱維。爰相卜伻來獻圖。允契輿情。曁秋九月得請。迺命忠翊郎康端出宰濟陽。迪功郎崔實爲主簿。承信郎劉虎臣爲縣丞以佐之。於是稽匠人之法。考宮圍之制。肇築崇墉。以限中外。經之營之。越四旬而告竣。遠近之相依捍禦者日益至。懷險陂者。舉有制而莫逞。外寇之欲窺伺者。亦潛消於冥冥矣。黄童白叟。復見和平。莫不感涕喜歎吾良二千石之賜、賢令佐之功也。因相與議刊堅珉紀其成績。傳之來裔。以爲邦人無窮之思。屬余作記。竊以古人興一利、除一害。教陶甓以爲居室。建學校以申孝悌。開河以拯昏墊。脩渠以資灌溉。功苟施民。必有文字紀述。歆豔厥美。矧茲新邑。控扼一方。內作屏翰。外作輔車。安百姓而折强梗。一舉而衆美具。是宜可書也已。謹案竹書紀年。梁惠成王之三十年。城濟陽。以城在濟水之陽。因以爲名。至漢改城爲縣。隸陳留郡。隋室則分隸濟陰。唐世則復隸汴州。武德四年。以其地置杞州。而縣隸焉。貞觀元年。縣隨州廢。宋開封之故濟陽是也。今縣適居清濟之地。敢志其始。以俟職方氏考焉。天會八年二月初一日。濟陽縣志

濟陽縣創修縣衙記天眷元年

何弼

標竿揭鎮。麗陽丘版圖者幾百祀。中原平治時。當舟楫走集。地復阜繁。不減一劇邑。宋啟兵端。

天下騷動。嘯叛圜視而起。燬郡版縣。千里無完閭。茲鎮亦在煨燼之後。大金師已下淮北。肇建節制司。付以靖亂事。念齊之臨邑。榛莽彌望。盜得孽芽其間。境環數百里。非一令所能經略。議分所部爲鎮禦計。且兵未可彌。待饋東北。顧此地爲要津。距河纔步武耳。既足分制姦宄。舳艫檥岸。裝發軍食。計晷可辦。於是請命三師。析臨邑封圻之半。卽其地爲濟陽縣。而標竿之名移於職方氏。實天會七年冬十月七日也。縣既搆城。治署未備。徐侯莅政之明年。按籍歎曰。吾邑環四鎮。列二十寨。總萬八千四百餘户。郛郭肆市。咸爲可觀。獨無縣署。儼羣目之望。正如一人身。衣裳劍佩。前後襜如。獨未冠也。吾何敢後。謄牋州刺史。遂許興役。阜昌八年冬十月。萃百工而經始。甫三月而落成。吏舍賓廡。獄區庫局。無一不具。公堂燕室。意象軒軒。直出鄰境之右。考瓦木丁匠之費。於民無錙銖斂。噫。前政於茲署。畏縮八年。不敢輕易。何其難耶。徐侯一號令之間。不閲月。而壯麗爲一邑偉觀。又何易耶。吾見簾幕風微。庭無干戚。尊罍日永。巷有絃歌。德望炳炳。與茲署丹艧争耀。又自徐侯始。天眷元年四月十五日。濟陽縣志

泰山元陽子張先生坐化記〔天眷元年〕

朱守默　李□蟻

元陽子者。先生之法名也。姓張。名齊。字□□。先生始生之地。乃齊右長清縣蘆鄉人也。祖考世業農桑爲事。先生降誕之初。光明□□能起而坐。疑必不祥。輒臥於草。如是復起者三。聞者駭然。爲異衆矣。生長聰明。長而慈愛。好施捨。不□財。雖不讀書。舉申其禮。識慮宏遠。人莫能

測。七歲無怙。十歲無恃。孤養於祖考叔父之側。其祖考。雖則忠愛過甚。其奈何厥叔惡之。屢相刑害。先生獨知其情。十二歲已有特立之志。遂浩然傾家產。引身以避之。十六歲爲商。抵關右鳳翔。不意羅織充軍。存心忠孝。不數年。武藝絕倫。戰功出衆。於是録名於□選。雖出從政。終不以官爵利名爲□。見其先任難雪之事。嗇而不□。其身方拯之。而逮被刑責者屢矣。由是失厥位。而復綴名於軍。然先生操守端正。應物無私。不以家產子孫爲計。處其貧□。坦然略無戚戚之容。至二十九歲。方遇□既受吾道。嘗以慷慨化人歸道爲先。自是先生闡揚正道。隨世化人。故四方慕道之人。聞其風而來者。莫不裹糧□。由是行化無間。後遇青山子。□先生之故人也。□之以正理□門以法典。夫利術矯詐之事□小則苛責。大則扑撻。故受道之士。多使三冬以冰水灌刑。九夏□□曬日近陽而卧。僕再三思之。若□先生之壽。享年百十有餘歲。神氣爽然。顏形□遂不食五穀。自然饜足。於是先生已□自八歲至丙辰十二月二日午時功成。行雨於濟南歷城縣□本菴焚香虔祝天地神□正室□□□□坐而化。門生□□建塔□彩飾形像。夙恭事之若生存然。猶恐歲久□爲文實紀其事。蓋有問聞者。姑誦所見。誠有未知而遺略者。四方道友儒流。能爲我寫之貞珉。以傳於後世。冀無隱焉。時天眷元年歲次戊午仲冬上弦日。門生朱守默李□蟻記。歷城志稿

省寃谷揜骼記皇統元年

王庭直

少讀揚雄書。有載長平之戰。四十萬人死。原野厭人之肉。川谷流人之血。蚩尤之慘。莫過於此。

余三讀其辭而悲之。後令高平。問其地。乃古長平也。詢其故迹。父老曰。城西北十五里。有地曰殺谷。乃秦將白起坑趙降卒四十萬之所。當時頭顱似山。骸骨成丘。何晏亦嘗哀悼。至唐易名省寃。則長平故事。其來久矣。辛酉清明日。庭直率本土士衆。攜酒餚。奉香火。張聲樂。具服祝。謹詣其谷。弔以祭之。其日陰風襲人。寒烟蔽空。必有寃魂來享其祭。舊宋運判馬城經過此地。移檄縣僚。收拾遺骸。於谷口鑿坑深闊。以左右前後溝壑數十里暴露之骼。畢集而藏揜。仍於所揜之地。啟壙祭之。使後人不踐履爾。今觀其壙。已爲姦農所侵。僅存數尺而已。乃勸鄰農。於所占壙地外。更四面各廣八步。起供堂一所。於其上植美木成圍。俾永久知所悼惜。繼有長平鄉老農王姓者詣告。去谷十里餘。爲雨水所崩。岸崖頹裂。露骨數車。願收以揜之。爰卽具禮。盡載於壙園。如法安葬。細視其跡。於長脛骨間。存銅漆矢一。入骨寸餘。因出矢而揜之。人骨之堅如此。而骨中銅矢尚存。慨然發歎。四十萬人於當時解甲歸戈。赤身受亂兵殺戮而苦死。其寃亦深矣。不然。其骨其矢。安得尚存而不朽耶。是其寃抑之氣。凝結而不散。以至於此也。嗟乎。白起凶狠。恃秦軍之强。殲無心之降卒。其勢亦易矣。起直爲此凶狠也。當年後世。又安得而不痛恨哉。向使趙卒未降。甲戈在體。雖在危陳中。以死戰之軍力戰。未必無生路。卽或敗亡。未必悉遭此屠也。譬猶執羊。就機持刀。自恃以爲能殺。何以異是。嗚呼。今而後。其壙併供堂告成。一所見有暴露之骨卽揜其中。余不能無望於後之君子。皇統改元六月十三日。縣令壽春王庭直記。高平縣志

重立司馬温公神道碑記

王庭直

司馬温公。於有宋熙寧間。致君澤民。成人行己。文章政事。豐功碩德。炳炳烺烺。著於天下。昭於後世。前賢述之備矣。公薨於元祐之初。歸附先壠。神道一碑。奉詔撰寫者。實學士院承旨眉山蘇公也。迨至紹聖間。遭姦諛之譖愬。蔽主上之聰明。以公輩爲黨。遂仆其碑而磨其文。延及靖康。乃復全官爵。欲再立碑而未暇。迄今五十餘年。埋之深土。毁滅朽漫。不傳於世。甚可傷悼。然天眷有德。恐後世之弗知。乃生杏樹一株於碑座龜趺之側。蟉枝蟠屈。周映交圍。雖畫工之巧。有不能傳繪者。噫。碑座之龜。爲杏所護惜覆密。蓋神物之守持也。廷直自皇統戊辰秋八月行令夏臺。下車之初。首謁墳所。酹酒屬文而弔之。聞諸守墳僧圓珍具道始末。因仰天而嘘。臨風洒淚。拂其泥涂。觀其字碑而歎曰。斯文不重摹。何以洗世民之污。斯碑不再立。何以慰人鬼之泣。歸而謀諸僧。訪尋舊本。乃於公曾姪二孫曰作、曰通家得之。因募邑僧法洪率闔邑僧院。各出羡餘。共成雅事。命工刊摹。欲扶其碑。工者白其墳僧曰。審其碑面。穴隙已不可鐫磨。轉視碑陰。則斜裂破碎間實以土。分而爲二。決不可立。想見初仆碑時。爲無知輩推撲所致而然也。欲再別尋石於諸山。倉卒之際。定不能致。數日深思而無謀。公族姪孫曰綺者與僧匠見白曰。不若横碑作小段而摹立之。則何如。斯則龜杏不損。後人亦知其異焉。乃改碑而爲四。額一。趺一。共成六石。使後人摹而合爲一。亦可分以爲六。於是不恤羣議。斷然行之。使公家子弟他日顯拔。或後來令長有特達之義。問山選石。磨鉅碑而載刻於初龜之上。則其本尚在。可以重輿。廷直不能無待於後來也。嗚呼。天之將喪斯文也。使後死者不得與於斯文也。天之未喪斯文也。初毀公之德而仆之者。公則其奈碑何。天之相之。厥有自哉。已而詢之僧曰。其碑摹列。將何以立乎。圓珍稽首作禮。面公之墳。焚香正色誓而告廷直曰。當出私帑。於墳院法堂之後特設一堂。中設公像。周圍置朱龕以立之。以報温公之恩遇。一以報祖師之傳法。一以報信友協助之賜。一以報縣令勸成之力。專置巨石。號曰温公神道碑堂。乃圓珍之用心也。廷直壯其志。喜其言。乃命筆而直書之。以垂不朽。夏縣志

劉海蟾堂移石刻記（皇統三年）

王庭直

昔天禧中。禮部侍郎王曾較定九域圖。凡京府三、次府七、州三百六十一、軍四十四、監六、縣一千五百七十五。尚古蹟載仙家事實者。十嘗七八。宋圖具在。班班可讀。然考仙之所寓。必福城也。廷直少時。讀海蟾子詩帙。高風莫能企及。乃書亦有仙風道骨。爲時聞人。隱其名而道號顯。蓋避秦焚坑之患。修上真玄妙之術。身獲無殃仙之帝鄉。唐呂洞賓自進士而神仙。亦其流也。劉公於致和中。罔測自何來。道新鄉福地。願垂福於人。而示書白鶴觀。前人刻之宇側。不必再記。然新鄉居京府州監縣之一。而山川秀麗。形勢雄峻。景物明媚。巋然迥異。而古觀冠城東。海蟾子走字壁間。翻身倏去。妙書炳烺。嘗爲好事者摹之素縑以進。上鐫之翠珉以示人。未幾爲神鬼風雨雷電所

取。嗟乎。新鄉非福地。仙其肯一來乎。僕皇統三年來令斯邑。首訪劉公碑刻。惜其石刻存於頽垣敗壁之下。有識者不忍窺焉。因募衆成堂於水之濱。移石文於堂中而奉之。號海蟾堂。自玆以往。異人遊士。名卿大夫。或假道至斯。不作一美觀乎。以斯事聞之上。使他日有司定圖。作吾縣一奇蹟。不爲虛筆。實可書也。於是令觀主崔重徽者。爲我葺其堂。寶其碑碣。人勿踐履污漫之。抑又爲永久地也。新鄉縣志

曲沃縣建廟學記皇統元年

史中和

曲沃舊學。始建於前代之嘉祐。增廣於崇寧大觀之間。規制宏遠。視他邑爲最備。逮本朝革命之際。毒於兵火煨燼之餘。惟存講堂。又復蹴爲民居者幾十年。官取其租而不問。民侵其地而不訶。累政相循。如出一律。若畏若忘。無敢以復爲言者。良鄉宋公宰邑之明年。一日召諸生而諭之曰。學校所以育人材厚風俗。今乃若此。豈不貽鄉老吏民之羞乎。吾欲率僚佐出俸金以助其役。將一舉而新之。於是申漕司以消其租。按舊址以復其地。乃築垣牆。新門闕。又乃命工陶土。以爲宣聖十哲之像。采繢既畢。聖容雍穆。卓然有洙泗之風。方將求大木以構其殿。考禮經以制其器。爰既告成。憧憧之民。過新學之下者。咸以手加額。喜見顏色曰。我公之德。其所以遺吾民者。可謂遠矣。昔唐韋景駿嘗宰肥鄉。後遷趙州長史道過肥鄉。民爭具酒食以迎犒。時有小兒亦在其中。韋曰。方兒曹未生。吾已去邑。非有舊恩而何來。對曰。耆民爲我言。學廬館舍。皆公所治。韋公爲

留終日。是知德澤在民。雖歷悠遠。有不能忘者。今宋公以長才碩德。方進未已。他日擁節旄。殿方面。或道過新田。將見此方之童子争拜馬前。如肥鄉兒曹之迓韋公矣。不亦美乎。曲沃縣志

五臺山瑞應記（皇統元年）

文琉

諸佛菩薩與大阿羅漢。悲憫一切有情。常出光景。以導起信攝服同異。凡山地勝所示現境界。有趾斯至。有目斯覩。以是因緣。故握符御極宅中圖本者。往往布慈雲以覆之。揭慧日以烜之。霈法雨以濡之。而不忘屬累之重。如天台五臺比州郡。別置僧官。使董正其徒。而莊嚴宮殿。蓋螺髻寶輪。威神所宅。不可不肅也。雁門史君折侯彦文。下車未逾時。以赤子弄兵澗谷。衣繡持斧。迹捕至臺下。與邑之令佐。奉香火作禮於狻猊座前。五香之烟。遍滿空際。崒然直上。倏然改容。引人四顧。目不得瞬。無小無大。各有所見。爲五色雲者七。爲白雲者六。爲黑雲者一。爲金橋者三。爲圓光者五。五色雲有戴白雲爲冠而其中有洞者。有如圓光者。有如日暈五色六七重者。有如孤石蒼黑圓而聳出者。有如仙花之敷紛者。有如仙花而現菩薩像於其上者。白雲中亦有菩薩莊嚴相者。有奮迅如文殊所乘者。有天橋如龍之上飛者。有横光青紅黄緑而相間者。有如玉石爲佛冠者。黑雲中有獨現獅子者。金橋有如鯨鯢負天者。有如螮蝀而中斷者。有重疊如魚鱗相次者。圓光有玉連環者。有現金剛而光耀奪人目者。史君圖其事而謂余曰。此吾與衆人所可見者也。若其他變態。百工所不能狀者。吾亦不能言也。子其爲我記之。余曰。曼殊室利住此山中。誘接羣迷。示此方便。史

君得其開示。豈無所因哉。昔世尊在舍衛國。舉身放光。其光金色。繞祇陀園周徧七帀。照須達舍。猶如雲霞。亦作金色。須達者。佛之大檀越也。光明所燭。先至其舍。蓋以導迷啟信攝服同異也。山之上首僧明崇。嘗謂我侯家世奉佛。自高曾來。尤於茲山開大施門。則曼殊室利今所示現。亦猶世尊之於須達也。可不記乎。余聞無盡居士在元祐中。嘗遊此山矣。作清涼傳。神化變異與身所親覩者。靡不具載。而味禪悅者。或有爲病。予謂無盡平生運佛菩薩慈以濟世拯物。清涼之述。所以化導未悟。亦爲衆人設耳。以是身心。無適不可。故於時爲元首。則黎民所宗仰。於法爲外護。則釋子所依賴。史君能不墜世芬。以無盡之心爲心。用報曼殊室利所以開示之意。乃予素所期也。亦予之樂書也。始予欲爲史君記其事而未果也。而油幕諸公宛轉道史君之懇。既不可辭。又嘗見其上首曰明崇者。言當是時。我與僧正精惠大德、麟府總制折可直暨等衆。實從史君所共覩也。茲事不誣。於是乎書。皇統辛酉六月辛巳日。松溪老人文琉述。續清涼傳

仰天山記〔皇統七年〕

完顏没里也

營丘之南百里。仰天勝絶。甲於東方。聞名舊矣。皇統丙寅四月。予被命總帥諸郡。首欲登覽。然庶務鞅掌。有所未暇。歲幾載周。公庭無事。思遂初約。乃率宗壻敦信校尉少尹副都總管蒲察阿里布數人。相與來遊。越自臨朐。歷五井而西。捨車山行。如在錦屏間者二十餘里。登高俯深。野芳夾路。觸目可觀。比至招提。曳杖屨。披薰風。蔭嘉樹。禮觀音相。謁豐濟祠。探黑龍淵。息白

雲洞。聽水簾之潺湲。望陂門之屹嶫。凡足蹟可到者。皆周行而歷覽之。乃知塵埃之外。自有佳趣。功名富貴。有不與焉。徘徊歎賞。繼日忘歸。屬以委寄之重。未快卜鄰之便。將遂言還。因志諸石。山東通志〔古今圖書集成職方典青州府部〕

大覺寺記

張瓚

下管院在新倉水南。始遼重熙間。老僧常住建彌陀佛舍。後趺坐而化。火之不灰。夏臘七十餘。其徒二人。以師像立於佛側。已而髮再生。盈月則削。爲女子所污而止。二僧傳其法。度沙門五人。志普、志言、志名、志遠、志月。自是佛宮日廣。建毘盧殿。尋更爲十方院。遼之天慶六年也。其後又建彌陀殿與兩廡及藏經之所。又冶鐘既成。將建樓。而上僧行超遇疾。以貞元初年十二月逝。僧善昶主寺。建窣堵以葬其師。又建内經一藏。漆函金飾。工制瑰瑋。刻毘盧壇。覆以龕幰。珠瓔寶幟。文采燦然。又建東堂及鐘樓。開園鑿井。甎垣一周。於是僧徒伐貞石。屬西來客張瓚書其事。瓚爲孔氏學。若浮屠。非宿所嗜。見昶師不忘祖功。有足嘉者。於是乎書。寶坻縣志

褒賢顯忠禪院重修法堂記〔皇統七年〕

蔡如

昔佛成道。坐於菩提樹下。化力風行峰象頭山。入王舍大城。瓶沙王御於郊野。因以迦藍院竹園爲佛寶舍。伽藍之興。自此始也。漢明帝夢金人頂佩日光。飛於殿庭。乃遣蔡愔、秦景使大月氏。與

攝摩騰、竺〔法〕蘭遇焉。二沙門入於洛。獻釋迦圖像并諸經。於是肇有寺於洛城。佛法入中國。自此始也。由漢至唐。由唐至宋。悉皆崇奉。故此禪院創自李唐。初名法會。宋元祐間。范文正相公得請於朝。改號褒賢顯忠。經靖康亂。法堂火災。有慧照大師福渙來住斯刹。四方敬信。徒衆歸依。時河南初定。人烟稀少。師乃振錫渡大河。登太行。抵金臺。勸化鄉黨仁彦智夫。得金以歸。命工伐木造瓦。重建法堂一所。水磨兩盤。脩葺弊漏。焕然鼎新。招來客所。廣闢田疇。倉廩實矣。齋粥衍矣。梵香芬藹。法喜禪悦。嗚呼。無慈悲之德者。昧於苦樂。不能興是事。無喜捨之心者。著於慳貪。不能結此緣。無穎悟之識者。樂於小法。不能成此大。惟師脩行四無量法。惟師參悟佛光真諦。是以名達天庭。禮納使相。住持向太后功德寺。大觀宣和間。聲名籍甚。今行年八十有七。而能辦此一大事因緣。可以見其平昔之志。丁卯仲冬。師來訪知足居士曰。本院修造於皇統乙丑。至丙寅仲夏畢功。未有爲我記者。敢請居士爲記其事。以示後人。居士唯然。願樂書之。皇統七年十一月十三日記。范文正公集附録遺跡

福山縣令題名記貞元元年

王炎

廢齊以苛暴率天下。其治固無良法。獨創立州縣十餘額。皆有興利除害之實。不特以編户多寡爲升降也。福山之舊曰兩水鎮。東距牟平七十里。西抵蓬萊則又加半而餘焉。南接萊陽五舍有奇。北抵大海而止焉。阜昌中。山東盜賊起。負海數百里間。獨恃僻險。摇毒無所忌。而往來剽掠者。兩水爲

之衝。民不得妥。於是寧海陞郡於東。棲霞創縣於西。福山之號。於是乎建。則彼盜之咽喉。郡縣固已扼而撫之矣。其所以爲治平之漸。豈偶然哉。抑且有司免於集事之稽。遠民樂於輸賦之近。强者鎮於官府。而其欲不得逞。弱者便於赴愬。而其屈易以申。則其利又可勝較耶。然嘗聞古萊之俗。果於報怨。鋭於勝人。以睚眦之憾。輒終其身而不顧。以錐刀之競。雖費百金而不悔。不得意於縣。則必訴於州。不得意於州。則必訴於帥。又不得意焉。則必訴於部。甚者必於傷人或自傷而後止。故士大夫得登萊之邑於選部者。人皆弔而不賀。福山之興。迄於今二十餘載。凡更六令矣。獨不聞有訟其長者。而詞牒在官者。日益差稀。親師就學者。日益加衆。薦名於春官。錫第於廣庭。亦破荒而作。豈前之爲令者。或能儀之以至正。行之以至公。軌之以孝弟忠信。防之以禮義廉恥。使民遷善而不知。抑邑之城。得山川之秀。將轉而爲鄒魯耶。余不足以知之。必有智者。明其故焉。雖然。爲守爲令者。將弊精神於簿書之間。驅吏民於鞭箠之下乎。固當以移風易俗爲任也。苟有志焉。而終之以不怠。雖九州萬里可同也。況一國哉。其或迂闊此道。而務以全身爲哲者。亦無所事於斯語矣。古者。國必有史。家必有譜。夫以萬家之邑。而興建之歲月。令長之名氏。獨無所紀。非禮之闕歟。前縣令張君邦彦。余友也。嘗有意焉。而不果其成。余之代令於是也。乃摭其大概。以弁於前。爵里姓名。則以歲時先後列於左。後或繼此者。雖百世可知也。時貞元元年夏四月記。福山縣志

開廣濟民渠記正隆三年

張元喆

國之本在農。農之資在水。水之爲利。廣矣大矣。原其性之潤下。功之濟物。而注瀉無窮。周流不息。淪浹之道。詎非溥哉。孝子河者。發源孝義之西山百餘里。一水自高唐之西北會於白壁之左。次南二水合流。四派縈紆。遶郭東注入於汾。其於常也。救旱之功爲最。郊之西南。層巔崇丘。屬溪駢壑。經積雨支流吞并。洶湧之勢。洪波怒濤。不下三二丈。邑東卑下之田。潟鹵之地。變爲膏腴。民實賴之。自正隆二載。雨不時降。邑民蘇公仲禮者。世習儒業。宋公淇者。精通算術。以積冰窺管。知地形高下。二公慨然相謂曰。今之大旱。編户愁歎。孝子河岸高百丈。開崖穿洞。流渠行水。糾多工成之。可以救旱。今歲不及興。嗣歲不亦可乎。聞者忻從。集工七十五。公以己錢代買渠地十餘里。費千餘貫。就藥家里河口三處。卜七月十九日啟土。率衆渠長監部人役。莫不相勵而樂爲之導。及邑之東北司馬里。上下二十里中間。地之突者削而平。坎者積而坦。堆阜者。鑿而深之。缺窪者。補而完之。斷岸則刳木爲槽以通焉。積工至次年四月二十五日落成。三年月日也。牛車併人力。總二萬二千。衆工孫奇等推舉二公作都副水頭。立券分水酬之。沿渠枯骨。以瓦棺葬於寺之陰。會朝廷賜廣濟院。二公及衆工相謂。南北地八畝。施院下。所葬枯骨。利及幽冥。名渠以廣濟。不亦宜乎。且田之瘠者。一溉之效。稼穡如雲。變磽确爲膏腴。轉貧窶爲康阜。此濟之廣。又可知矣。夫先王之治天下也。始於一夫之遂。成於萬夫之川。有瀦以聚之。有防以泄之。史起導漳水以灌鄴。白公引涇水以注渭。民至今歌之。二子建一時之功。垂萬世之利。寧讓前賢之嘉績也哉。同導河者五。仇家里、王家里。仙開觀龍渠皆不就。獨此渠成焉。則二公之功。尤有不朽者。爰是紀其始末。俾後世知創始固難。而成之非易易也。山西通志

惠遠橋記

喬逢辰

洪洞隸平陽。壯哉縣也。其始爲城者。適當大路津要。驊騄之所奔馳。商旅之所往來。輪蹄之聲。晝夜不絶。西城之北三里有霍水焉。當夏秋霖潦。漲水暴至。雖期會之急若星火。然且不得渡。迨乎孟冬。則又勞民費財。以搆輿梁。世以爲病。而莫知改作。一日父老告病於僧録文妙大師廣公。以橋事爲請。公從之。親率其徒。出化閭里。檀施翕然踴躍歡喜而勸成之。未幾。會諸木石。而建大橋。爲屋其上。壯穩嚴飾。與大邑稱。若是者。以天德辛未告成。自是居民無歲役之勞。行者忘滯留之歎。震風凌雨。且得以爲帡幪也。其爲惠也。不亦大乎。又慮其騫摧之患。不足以及遠也。遂創道院於其旁。以居僧衆。俾得專守視焉。名曰惠遠者。可謂紀其實矣。自非發慈悲心。運方便力。與世有緣者。其孰能如是哉。則公之施爲。與夫推無實不驗之説以聾瞽斯民者。固有間矣。門人法明念公創始之勤。惜其成之難。懼其將來視漏弗填。忽傾弗支。日往月來。寖以頽毁。使斯惠也。不足以及久遠。將見斯民復受其弊如前日矣。於是求予文爲記。將刻之石。以爲無窮之傳。庶幾守視者不敢慢。而好事者得以嗣其事焉。矧吾鄉美利哉。是可書也。嗚呼。橋梁濟人。古之制

也。然興廢在人。亦自有數。洪洞古揚國也。自漢以爲縣。其來遠矣不知前此嘗有興是利益者乎。抑自文妙始也。以近世考之。則自我作古。疑在今日焉。茲實大利益。自當有神物護持。奈何神依人而行。後之人宜鑒於斯焉。於是乎書。尚俾來者。知作之所始也。洪洞縣志

重修平山縣城記

吴浩

平山鎮州之屬邑也。城壘之經始。歲月愈遠。經始之勞。其弛久矣。大定二年四月初七日。士庶導迎新令賈公也。公諱彦。字子美。都下人。自壯歲陞都省令史。層擢爲宣撫使。鎮服西夏。簽選兵軍。正直廉能。靡不稱職。朝廷將復大用。試以臨民。首爲出宰是邑。茲春歲旱大甚。入境之初。時雨滂沱。下車之後。政聲洋溢。凡姦猾之黨。傲侮之吏。咸革面改行。以至總府鄰郡移鞫質成之訟。折以片言。人不能欺。而又砥平賦稅。黎庶所樂者深矣。獄無停囚。官無留事。於是輟鳴琴之暇。視墉壑之缺壞湮没。出入無間。如履坦途。公慨然曰。予聞君子之居。一日必葺。況茲城郭。爲保民而爲之。豈忍見如此乎。詢及故老。云前政亦皆有兼濟起奮之意。失通變使民不倦之權。或謂計庸之浩大。或謂衆動之無名。故事以避難。廢置到今。公曰。我則不然矣。苟便於國利於民。胸中無毫髪之私。何使之不行。何施之不辦。爰以農隙。遂乃致祭於城隍之神。祝文曰。至誠感神。神依於人。土役之興。神不勞矣。祠宇寧存。神之靈兮。預以報我。是夜夢鉅蛇盤城。首尾相接。顧盼不常。公提劍怒而叱之曰。無得動摇。敢加損壞。斷汝於刃。蛇乃俯首。寂然聽其命焉。

知告成之兆也。月令大雪。天氣温和。又其應也。一言温諭。衆口忻然。廣其基址。畫其溝渠。宏其門櫓。鞏其橋梁。奚煩句率。人自忘勞而勸事。負版荷鍤獻工者。日有數千。挈蔬攜餉者。時亦不絶。馮馮登登。鼛鼓弗勝。攻之營之。不日而成。深乎重險也。崒若斷崖。巍乎鉅防也。矗似長雲。潭潭巖巖。稱其雄壯。噫。陶潛種柳於彭澤。潘岳栽花於河陽。後世猶爲之稱頌。豈比今尹賈公增築城郭。鎮壓郡封。使外無險禦之侮。内無夜警之憂。民之受賜。其利溥哉。余自清源而還。道遇嘉陽諸儒鄉老士民。囑以爲記。堅讓不退。因而實録焉。庶後來而思齊。因傳之不朽。謹從欽定古今圖書集成恭録〔職方典真定府部〕

乾州思政堂記大定十一年

鄭彦文

乾本漢池陽縣。至唐改奉天。後置爲州。梁乾化中升感勝軍。後唐同光中。乃復今名。距京兆不越數舍。其地平敞四達。自昔關中有事。亦用武之地也。比年以來。宿師多壘。應辦浩大。瘡痍未平。風物凋弊而不振。號爲難治。大定戊子歲。余刺北幽。庚寅被命移守來此。丁雨暘不時。傷我穡事。在牧民者。當得安養拯恤之方。載循空疎魯鈍。怵惕軫慮。惟恐蹶失。致以罪去。昔集賢校理太原王公爲池州日。治其後堂。名曰思政。謂其出政於南嚮之堂。思之於此也。曾子因作記。美王公不敢忘政。其於治民之意勤矣。余愛其言之有理。與余意合。私竊慕之。而未克遂志。適此公署廳事之次。有屋一區。雖劇宏壯。然以廢置之久。上下頹圮。隅角墊缺。風雨摧剥。鳥鼠攸宅。

不可居處。乃檄計司得報。命工重加完繕。補葺罅漏。塗塈丹雘。乃復充堂衍宇之舊觀。爽朗軒豁。以便游息。爲退食之所。亦以思政榜之。蓋欲踵武太原王公雅志高躅焉。嘗聞子太叔問政於子產。子產曰。政如農功。日夜思之。思其始。成其終。行無越思。其過鮮矣。余敢忽之哉。值乾路當衝要。軺車馹騎。電掣星馳。迎餞旁午。加之諸邑租庸征賦。公務鞅掌。民紊訴牒。吏鈐紙尾。幾不勝聽。剖析決遣。若匪三復審諦。寧不有誤者哉。每公餘吏散。正襟危坐於其中。澡瀹神觀。疏剔荒塞。私自訟曰。爾於事君之忠有未盡乎。行己之道有未得乎。學校有未脩乎。鰥寡有未恤乎。獄訟有未平乎。農桑有未勸乎。謹當誦前言而不敢違。庶幾幸免曠斥。少圖補報國恩。以寬尸素之愧焉。堂之側。亦有茂林翠竹。可以招邀風月。領略芳華。或隱几以休詩書。或酌酒以娛賓客。雖在談笑觴豆徜徉巾履中。念所以爲政之本。未始造次而忘也。嗟予束髮登仕。代匱州縣之職。雞一再鳴而起。校吏事於朱墨簿書中。奉行天子條教。惟恐不得仰副委付之意。周游兩河暨陝服。不啻萬餘里。奔走匏繫。垂五十年。其羈僑亦久矣。疲頓亦甚矣。今年踰七十。儻於職守失思慮而致譴黜。寧不負平昔之志哉。昔東坡先生守膠西。治新寢於黃堂之北。名曰蓋公堂。且自作記。蓋慕其人也。余與東坡。賢愚固不同。而傚太原王公思政名堂。余豈不得慕其人而襲其遺範哉。於是乎書。置之左右。庶朝夕臨觀。以自警其不逮云。大定辛卯歲冬十二月初一日。金石萃編

金文最卷二十三

記

貞節先生范丹祠記大定十二年

范拱

昔漢之延熹中。桓帝事黄老。悉毁諸祠。特詔密縣存卓茂廟、洛陽留王奂祠。二公有功於民。皆享廟食。無足怪者。今丹雖有萊蕪命。遭母憂不到官。安得邑有其廟。是必有德足以動人者。議者謂丹以當時欲爲侍御史。因遁逃於徐沛之間。徒行敝服。賣卜於市。適遇黨人禁錮。遂推鹿車。載妻子以行。或寓客廬。或宿樹蔭。如此者十餘年。迺結草堂而居。所至簞陋。窮居自若。及黨禁解。爲三府所辟。乃應司空命。又辟太尉府。竟以疾不行。中平二年。年七十四卒於家。臨終謂其子曰。吾生於昏暗之世。值淫侈之俗。不得匡世濟時。何忍自同於人。言訖而氣終。即斂。衣足蔽身。棺足周體。於是三府各遣令史奔弔。大將軍何進遺書陳留太守累行論謚法。清白守節曰貞。好廉自克曰節。爲貞節先生。會葬者二千餘人。刺史郡守各立碑以表墓焉。此萊蕪所以有廟也。昔范蔚宗作獨行傳。引孔子不得中行而與之。必也狂狷乎。今列范丹於此傳。亦取其偏至之端而已。

然丹豈不賢於中道哉。觀其狷不能從俗。常佩韋於朝。而性不克改。故列於獨行焉。大定十二年萊蕪令高永孚既新丹祠。拱於是作詩以侑。其詩曰。

甑中生塵。漢之史雲。史雲之德。化及魯人。弦歌以詠。其樂欣欣。簞食瓢飲。陋巷安貧。釜中生魚。公在萊蕪。萊蕪之邑。密邇邦都。洙泗之風。被之鄉閭。千古之下。莫不宗儒。山東通志

瑞芝記上一枝乙卯仲夏生。下一枝丙辰孟秋生。〔明昌七年〕

鄭松

夫瑞必生於嘉土。和氣應乎善政。蓋士之非常。則必有善政。政之既善。則和氣可立致。和氣充塞。則天地之祥必應矣。所以嘉禾興而朱草生也。乃者明昌二年秋。侯公以進士登第宰政斯邑。繼而秩滿赴調。復爲此宰。自乙卯初春視事之後。凡所積弊害民者。無不除之。以至舉善禁姦。興化致理。雖漢唐之循吏。曾不是過。是以居民樂業。怡懌歡欣。莫不遂性。故當召和氣而獲休應也。果於是年月在仲夏。於縣舍之東生芝草一本。輪囷如紫雲狀。公以謂非己致。但加賞愛而已。及明年之秋。復於其地並産二莖。其上則合而一焉。所謂連理枝者也。縣民觀者駢肩接武。皆欣欣然而相告曰。我生以來。未嘗識此。可得聞而不可見也。豈非我公之善政致然耶。無乃我公復來之應也。抑亦令佐同心協德之驗歟。不然。何以臻此。則周書所謂唐叔得禾異畝同穎者。其類於此。可不獻之於上。而俾太史書祥。以表皇朝太平瑞應之一事乎。謹從欽定古今圖書集成恭録〔草木典芝部〕

大聖院記〔大定二十八年〕

王　繪

衆生以三毒業。流浪生死海中。盡未來無有已時。西方聖人大慈大悲。憫念有情。廓爲法航。濟而扶之。厥功大矣。雖雙林示寂入般涅槃。而應念化身至千百億。譬如清净水中。月體皆現。謹按濟南圖經。老僧口鎮在聞韶驛東北七十一里。後唐清泰三年建。本小清河渡口。嘗有老僧坐化。因此爲名。又耆舊相傳。有入滅老僧結跏趺坐。泝流而上。若鳧鷖然。至是遂止。緇素神之。相與遷置。圍繞讃嘆希有。以爲玆必聖賢權化。警悟羣迷。乃搆廈奉祀。水旱祈禳。皆有應驗。此大聖院權輿之事也。宋政和二年。有旨。自崇寧以前脩建堂宇間及三十者。特許存留。住僧省静以是訴於縣。縣以是聞於府。府給據付之。至今以爲證焉。三年。省静以年耄。請賜紫沙門智通住持。智通爲人質直精嚴。長於梵咒。眷言是院多歷年所。其宇摧敗。其地褊隘。竭力化緣創建。增葺大殿法堂寮舍庖廚。塑佛一龕。冶鑄洪鐘。以警昏曉。增展鄰壤。以崇垣墉。度小師七人。廣興、廣文、廣德、廣峻、廣實、廣先、廣寶。濟濟蹌蹌。皆有學行。智通既老。再傳而廣峻住之。又再傳而廣寶住之。近年以來。昧者顯。敝者振。雕木莊嚴。六師佛像。丹䕶粉飾。金碧相照。魚板鐘磬。歌唄潮音。琅琅不絶者。皆廣寶住持之力也。昔在皇統九年。繪就試回。待榜之次。胸次芥蔕。一日先妣太君田氏謂繪曰。昨暮夢自絡絲於張絲竿上火起。方驚愕間。忽見南寺大聖。忻然而言。汝子今歲必了此吉徵也。不數月。捷報登第。式符其夢。太君遂施僧伽黎衣。以答靈貺。嗚呼。自非慈悲妙用。福佑一方。安能現化如是哉。繪欲顯聖賢之靈蹟。故因書石云。讚曰。

臺城之北。濼水之陽。鎮號老僧。肇自後唐。聖賢以化。於赫靈蹟。坐亡泝流。理不可測。緇素神之。建立道場。用作佛事。基搆漸昌。歲月綿遠。其詳靡記。所可見者。省靜爲始。智通擴之。廣峻承之。或卑或陋。廣寶營之。棟宇彌壯。像設益儼。金碧莊嚴。光輝冉冉。揵椎不停。苾蒭有歸。福佐一方。法雨霏霏。後之嗣者。守宜無失。刊諸翠珉。永戒無極。大定二十八年三月十五日。少中大夫保德州刺史兼知軍州事王繪撰。歷城志稿

白龍潭聖水感應記承安四年

李廷訓

柏崖山白龍潭者。書史未詳。聞諸父老云。唐末五代。始有是廟。每遇歲旱。禱之頗應。大金承安四年。自冬涉春至四月中。驕陽人饑。頻年旱荒。今又若此。權州宣武將軍完顏公石見以清政。蒙朝廷特加寵擢。自唐州司候。除本州防判。下車之始。刻意教民。興利除害。姦黨遠。良民安。既而歲饑。穀麥湧貴。公詢諸耆老。云自來歲旱。必以祈禱。公問何處取水。有以郡東武應王廟聖水應者。公卽迎水至郡。凡經三七日。雨意益遠。一日正衣裳。坐堂上默念之。俄有一人鬚髮皎然。氣宇磊落。長揖坐側謂公曰。歲旱若此。禱非其神。本郡柏崖山有白龍潭者。其龍卽守護超化寺舍利寶塔之龍神也。胡不往禱。公欣然應之曰。有是哉。老人曰。無疑。公曰。公何方人。居止何處。老人曰。不必問。後自知。言訖而去。公竊思曰。此老人倨傲若此。得非誕妄。詢門吏。皆對

曰。無。公於是大驚。始悟其非常人也。問郡中有超化寺否。對曰。副都綱僧福連卽超化寺僧。召問常聞超化寺有舍利寶塔否。曰。有之。又問柏崖山有白龍潭否。曰。有之。公曰。在寺何處。曰。在寺西南二十里許。公曰。有何靈異。曰。廟中無碑刻。但古傳禱雨卽應。備詢其詳。又陳數事。甚異可駭。於是具陳前說。舉衆歡呼。歎未曾有。卽罷武應水。命行管城令懷遠將軍夾谷同副都綱前詣柏崖山。召近村耆老。備詢其事。所說亦同。令喜。謂副都綱曰。聖境殊勝。非我見聞。豈得符契若此。卽往潭側。覩其巖石峭峙。峯巒峻拔。潭水瑩净。湛然澄澈。色如瑠璃。望之悚然若不可近。令曰。眞龍神窟宅也。整冠炷香。再拜懃禱。忽有大石自山頂而下。聲如暴雷。周旋屈曲。落於潭中。衆皆戰慄。既而了無毫髮損傷。令復再拜汲水。聞雷聲隱隱發潭中。潭水湧沸。有白雲冉冉孤飛。幕聖水之上。令與衆徒步迎水至超化寺。置舍利塔下。禮敬達旦。翼日。同本縣官僚士庶。伎樂傘蓋並寺衆僧。香花幢幡。送至梅山之北。權州供奉官僚人等迎至壇場。且陳唄梵。俄間。白雲滿天。驟風忽起。震雷激電。大雨如注。霈然洪澍。平地已逾二尺。不食頃。翻波逆浪。汪洋東傾。如決大河。須臾而霽。衆皆稱賀。公曰。嘻。此龍神之德。令尹之功也。嗚呼。將槁之苗。青緑生動。變爲豐歲矣。請留聖水一日。精嚴敬養。次日送還。自此雨澤頻降。併歲大稔。白龍神威功德。巍巍乎無得而名焉。是權州心務民事。獲龍神相報。有如此者。諸公謂予。當紀其事示將來。庶幾靈蹟勝緣。昭著無窮耳。密縣志

濟源縣重脩岱嶽廟記〔大定十五年〕

馮長吉

河清所從來遠矣。在京、洛爲畿內。視其河山之勝。土地之腴。川澤林藪之富。人民風俗之淳。自漢迄唐爲名縣。迨宋徙縣治白波。城廢爲墟。國家撫有天下。以其地限河。俾隸（益）〔孟〕州之濟源。其故縣之深井里。一徑幾二三里。直抵北山。上有岱嶽廟。始西漢地節元年之所建也。四圍翠柏萬株。皆森然合抱。廟甚靈異。更歷兵火。牆宇傾圮數矣。而柏能蓊鬱愈茂者。以樵童牧豎畏忌而莫敢犯也。天德三年秋。居民張堅、金選等憫廟貌之將廢。候農務之隙。鳩工於衆。願者起之。敝者新之。未幾告成。於是正隆二年二月二十八日。殿寢門廡祭所爲完備。廟之西。有漢建武中劉將軍之墓。次西曰柏崖。有唐建中初裴令公福之祠。縣之中有寺。曰勝果禪院。初爲下方院。興於唐開元二十年。至晉天福四年。改賜今額。宋人劉幾、陳涉。○康熙濟源縣志涉作述。古題字在焉。西有臺曰憩鶴。唐人崔皡記云。咸通中。忽有白鶴自東南而來。玉衣丹頂。有異族類。棲止臺上。翌旦西北而去。蓋仙人王子晉、浮丘公自緱山朝王屋小有洞天之馭也。宋宣和四年中秋。又爾一宿而去。本朝天會八年中秋亦云。迴河護國靈應聖后廟尚存。今附載之。庶傳於遠。噫。倘後之人知神明之惠。嗣張堅等之志。使其廟愈久而愈新。神之福民。將愈久而愈豐也。金大定十五年三月。前進士馮長吉記。濟源縣志

嘉禾記（大定十八年）

姜國器

天地之間。賦象成形者。有萬不同。而以罕見者爲祥。如麒麟之於走獸。鳳凰之於飛鳥。上則慶雲甘露。下則醴泉芝草。類皆不常出。則所以爲瑞也。嘗考諸圖牒。即其實較之。獨嘉禾最爲上瑞。何則。嘉禾者。穀之精也。穀者。生民之命。有國之寶。政之急務也。夫穀之精英者出。則百物阜成。其可知已。借使年穀不登。民有饑色。雖麟鳳在郊藪。慶雲甘露出於天。芝草醴泉出於地。則將何益。是知嘉穀之爲瑞大矣哉。然則彼物果何爲出也。是豈人力所能致耶。是豈造物之偶然耶。蓋嘗聞之。和氣致祥。又曰。聲和則天地之和應。今夫一郡一邑間。豐凶之不同。災祥之各異。無不繫百姓之休戚。無不繫吏政之賢否。吏政失。則邪氣姦。不能無妖孽之作也。吏政善。則和氣通。不能無祥物之應也。昔魯恭爲中牟令。政有異蹟。是歲嘉禾生。河南尹袁安上書言狀。帝爲之異。是以自古言賢令者。莫不以魯恭爲首。定胡小邑。僻在一隅。河濱山嶠間。風薄俗鄙者久矣。加之素乏賢令尹。恩澤不流。教化不宣。挾姦肆巧。習以成風。相仍數政。以至乖争淩犯之變。遞起於闔門。愁恨歎息之聲。稔聞於田里。故向者旱乾水溢之患。無歲無之。大定甲午。文林郭君。河間人。諱震字伯起者。奉命來宰是邑。痛矯前弊。其用心也公。其從政也果。其憂民也切。弱者扶之。强者抑之。姦民無所容其跡。巧吏不得措其手。未幾三載。政平訟理。向之乖戾淩犯者。化而爲禮義。昔也愁恨歎息者。易而爲謳歌。是以和氣薰蒸。陰陽調。風雨時。一方之民。薦獲豐稔。丁酉。石州六縣。被災者大半。獨此一邦。歲則大熟。俄而有邑人白廣、王詔同日詣庭而告曰。有異穀二本。相隔數隴。合爲一穗。令矍然而語曰。信如是説。豈非嘉禾耶。乃率僚屬。趨而往視之。果祥物也。迎之以歸。於是闔境喧傳。觀者如堵。白髮黃童。無不舉手加額。皆曰。昔之水旱相仍。室家不保。今則樂歲終身飽。仰足以事父母。俯足以畜妻子。而又祥物顯應者如此。非吾縣大夫德政所感。其誰之力與。翼日士民相率趨庭。奉酒而賀。不知手舞足蹈。而歌詠滿前。已而令乃顧謂士民曰。此一境間。兩獲上瑞。所謂美之又美者。非吾敢擅其美。今聖天子在上。衆賢和於朝。萬物和於野。日月之所臨。舟車之所至。無不被潤洽而大豐美。故天不愛道。地不愛寶。所以嘉祥爲時而出。當與斯民同鼓舞太平歌詠聖德而已。豈敢貪天之功以爲己力。吾聞善則稱君。人臣之義也。昔唐叔得禾。異畝同穎。獻諸天子。周公旅天子之命作嘉禾。名之書篇。炳如日星。輝映千載。今歸美報上。適其時矣。乃緘禾於匱。仍圖其像。具表以獻。先聞於部刺史。部刺史達於州。自州而達於京師。上自王侯貴戚縉紳士流。下逮士庶。争先覩之爲快。咸謂此瑞天下和同之象。今薦獲二本。乃太和之象也。自春官用事。從而太常禮官採摭故實。聞諸朝堂。乃於正月上日稱觴之次。實而進之。使驚動萬國耳目、爲一代美事。先以照符用下本所獻者。迴具聞前議。邑人相告曰。玆者上瑞並産吾土。曠百年未易逢此。以見聖朝格天之德。高越於西周。下以見吾縣大夫政績之異。不減魯恭之治中牟。使千世後知吾縣有是美瑞。吾縣長揚休天子表獻之力。可不備記。以示諸後。謹從欽定古今圖書集成恭録〔草木典禾穀部〕

雨聲軒記大定十七年

劉象先

竊嘗謂詩至於窮而後工。聲至於同而後應。景物遇人而後顯。此不易之論也。東坡先生之在儋耳。其窮可謂極矣。故追和淵明詩。格淳而古。語澹而味。抑何其工也。亦可謂至矣。遼遼數十百年。而大定鄭侯曰子聃者。傑然而生。始以文章兩登巍科。名冠天下。及在玉堂。典絲綸之命。其深淳温厚。得代言之體。自餘詩文。皆軋軋若自肺腑中流出。何異於萬斛泉源不擇地而出焉。公生平嘗慕東坡之爲人。於其文章。尤所嗜好。下筆優入其域。豈非聲而應歟。以此而言。則作軒於東湖。而以雨聲名之。可得而議矣。昔東坡訪黎氏之居。水竹幽茂。濱於大池。坐客憐其貧。共將醵錢作屋。坡乃爲詩以寵之。其中有云。臨池治虚堂。雨急瓦聲新。鄭侯深愛其語。故結宇於湖亭之東。以瞰湖上。以爲是宇也。最宜於夏。而雨聲之急者。惟甚於夏也。當其水溢澄碧。蓮開泛香。因縱賞於此。玩芳葩。襲清芬。其或濃雲鬱興。風雨驟至。則亂點繁聲。珠濺簷前。少焉溜飛奔瀉。如寒浪之傾與荷聲雜。如羯鼓之音嘈然四發。耳觀頗清。則坐於是者。烟樹掩映。小舟蕩漾。鷺飛魚躍。恍疑處水鄉澤國之間。浩然起人佳思。酣歌飛觴。亦足以樂。則是景也。前此亦有之。然未知其趣者。必我公發明然後知之。豈非景物遇人而後顯乎。兹不可以不書。故摭鄭侯名軒之意而述之。大定十七年九月二十二日。沂州志參山東通志

范公泉記大定二十一年

王名闕

洪範五行。一曰水。混混然利物。源泉爲本。養老愈病。醴泉爲上。昔宋皇祐中。范文正公常帥青社。有功於人。而州之乾方洋溪。醴泉出焉。後人目之曰范公泉。其於戴公山、嚴公瀨、邵伯塘、鄭公渠。埒美儷蹤矣。以經兵革。遂致湮絶。鞠爲園蔬。踰五十載。耆老過之。靡不興歎。迺者連帥完顏公思欲發前賢之跡。慰青人之意。乃按圖誌。詢故老。得其故處。畚鍤。清泉復出。方池流溝。作亭蓺木。巨甃層城。映帶左右。屈曲靖深。蕭然如屏。蒼巖翠阜間。又且築臺開軒。西崖缺處。招引西山。秀色可攬。朝烟夕霏。四時有之。物外勝絶。紛綸坌集。邦人萃止。神明還觀。滋液甘寒。宜藥宜茶。嗚呼。物有否而泰。物有塞而通。醴泉之瑞感而應。地不愛寶。是造物之無盡藏也。范公以善政致之於前。今公復以善政致之於後。前後相望。如蹈一軌。可謂異世同流者矣。他日芝封。趣公歸朝。後人思之。亦如思范公也。古者思其人愛其樹。僕於斯泉云。□城王□譔。

范文正公集附録褒賢祠記

重脩長子縣城記大定二十五年

失名

粤先王之有天下也。建立城邑。其來尚矣。外以增崇國體。内以保庇生民。自皇朝撫定兩河。兹城亦嘗脩治。值海内承平。踰五紀。而幾復於隍矣。屢遵奉聖旨。再行興脩。命有司按踏舊址。金城會稽公式掌其事。命夫起役。一事一件。皆出公規畫。曲盡便利。縣尉女奚烈信武。實助其力。堅完雄壯。民不勞而功乃成。其圍計二千一百六十步。其高二丈三尺。底亦稱是。面廣一丈二尺。以大定甲辰八月二十八日。經始於東北隅。蓋順民之願。有增無減。樂事勸工。悉力忘倦。公聽政之暇。朝夕監督。又皆因農隙之際以興焉。噫。此特見公爲政之一端爾。則其餘不言可知也。屬余記之。姑序其大概云。時大定二十五年十一月初一日立。長子縣志

樂山廟王使君謝雨感應記（大定二十六年）

張文中

按圖經所載。朗陵。○朗陵原作明陵。乾隆修確山縣志作朗陵。宋代爲避趙匡胤始祖玄朗之諱。改朗陵爲樂山。今據縣志改。在蔡州確山縣西北三十里。山雲卽雨。收雲卽晴。至避宋諱。改曰樂山。有神焉。素著靈響。崇寧間。額其廟曰靈應。初封崇仁侯。再封仁勇公。又進封嘉濟王。建廟祀神久矣。逮國朝開創以來。蔡人德神之賜。敬神之威。歲時牲醪。簫鼓相屬於道。廟居谿谷間。風雨朝暮。易爲傾圮。尋常專廟利者。視之恬然不恤也。大定丙午之冬。使君王公寂自尚書户部侍郎來牧是郡。下車之始。拊疲瘵。擊强梁。未幾報治。越明年春。主吏以公帑告竭。例取樂神香火之奉以資不給。公笑曰。此神之所有。吾何與焉。乃盡出其餘。一新祠像。是歲夏秋旱甚。民有憂色。公以八月初吉。遣汝陽令詣樂山迎所謂聖水者。置之舞雩上。閲三日。公爲祝辭以祭。是夕雨作。闔境霑足。歲則大熟。公曰。既旱而雨。既凶而豐。皆神之貺。其可不報乎。乃卜以九月中休日。躬率僚屬。詣廟以謝之。前一夕。野次山下。自晡至旦。陰霧晦冥。祀事方行。天宇澄霽。至於山川草木。歷歷可數。凡酌奠者位二十有七。奠之餘者。留以飲福。已而啓封。則酒復盈矣。坐客皆動心駭目。驚歎不已。文

中時爲從吏。親見其事。語諸坐客曰。昔退之以正直動山靈。東坡以文章驚海若。若茲所共聞者。公今以誠感神。而神以誠報公。理其宜矣。又何多異哉。雖然。以神人幽明之間。其取必也如此。故不可不言。以告來者。

河南總志〔確山縣志〕

寶塔山龜鏡寺記〔大定十八年〕

王寂

直遵化之南餘一舍。有山壁立而秀者。蓮峯也。求之圖志。不知其所本。里俗舊云。以其諸峯環列。狀若浮蓮。或謂山有蓮池。而因以名焉。遼大安八年。祐國寺僧傳戒上人普鑒。厥初往來山間。駐錫泉上。得遺址宛然。意其可作道場。卽巖穴而屋之。糠覈襏襫。奉持頭陀行甚苦。歲餘。遠近緇素。從者如歸。師知願力可成。迺作意以新之。已而輸財獻力相望於路者。惟恐其後。如此且閱數年。荆棘蒿萊。化成金碧。初謂之蓮華院。先是。山巔時見大窣堵波。觀者無不震駭。又歲適大旱。父老相率禱雨於池上輒應。報謝之夕。池有神龜負大金鏡而出。移刻不没。俯而窺之。隱莫得見。寶塔龜鏡之名。蓋始於此矣。天會間。寺嘗爲劇盜所據。火其居。逐其人。蕪廢殆盡。演秘大德義秉、及其徒澄輝。始終相繼。增完如故。昔吾先君與輝爲方外交。輝求文爲記。固不可以不書。予非喜志怪者。靈蹤秘跡。皆質於傳戒之塔銘與義熙之石刻。然石刻所載脱略。多不可取。以予攷之。義熙蓋東晉安帝時也。距今垂千載。風蝕雨蠹。石當斷裂無幾。方是時。此地亦非晉有。不知從何而致此耶。寺僧上首道臻云。老宿相承。寺基之日。是碑與石羅漢像三。皆發地而得之。豈非聖賢豫設神物護持。出有其時。若合符契。顧未持一蔽之論而爲亡是哉。予應之曰。果如子言。則吉州發蒙之銀罌。武昌寒溪之金像。是皆出耳目之外。非世智所量。其然乎。其不然乎。吾不得而知也。寺去廣遠途三里而近。遊人供客。且無攀援杖屨之勞。至於登臨顧揖。則晨霏夕靄。暖翠晴嵐。盡東南之勝於俯仰之間。實古今佳處。所謂蓮池者。恨不復見。詢及耆舊。得痺僧與悟者。年幾八十。自言兒童時注瓶滌鉢。每於是焉。其泉出西巖兩石股間。蓄之爲池。縱横廣三丈。甘冷清澈。飲衆五百。日用足而不加少。其後不知其爲誰實而基之。築屋其上。少南數武。今猶有遺并存焉。深不及丈。審知其源不遠耳。夫物之成敗相尋。固自有數。雖然。未有不因人而廢興者也。噫。池之廢久矣。要知他日無長材好事者。撤屋廢基。浚而出之。使復舊觀。是人必能懸折脚木床待我於西池之上。酌泉瀹茗。共話平生。吾雖老矣。尚堪作後記云。大定十八年歲次戊戌春正十有八日。起復朝請大夫真定少尹兼河北西路兵馬副都總管王某記。拙軒集

祁縣重修延祥觀記（大定十九年）

王寂

唐柳州有言曰。賢者之興。愚者之廢。廢而復之爲是。習而循之爲非。此古今之通論。然而賢者之興。未有不因時而成者也。延祥觀介祁之西郭。故基蓋里豪之私第也。宣政間。其家有瞰其室者。託形聲而下殃禍焉。師巫更召。殫術罔功。歲久疾病死亡。惟家之索。其後轉易數姓。亦莫得安。以故曠而弗居者。有年數矣。初里中賢士大夫及其耆舊相與謀曰。吾鄉祁奚故邑。世有名人。如漢

隱士王烈、魏忠臣王陵、晉温恭之六龍、唐温嵩之高節。其遺風餘烈。凜凜如在也。故吾俗近古以來。務本樂善以尚施。凡神祠佛刹。康莊相望。若奕碁然。獨老氏不壇不宇。無乃大闕歟。我輩豈不能新以數畝之宫。付有道者主之。歲時建立道場。爲民禳禬。俾一方陰受其賜。豈小補也哉。聽者皆曰可。即以胥其姓福其名者。總司其事。卜日募民錢。以市西郭之廢宅。議者或謂有物所憑。不可以擾。胥應之曰。諸君止知其一。又焉知天將以此爲福地。前以神物護持耳。於是疑論冰釋。識者韙之。初作中殿。凡五楹八架。銖積寸累。數歲而後僅成。自餘枝傾補罅。力所不贍而已。豈所謂行百里者半九十里乎。會銅鞮道士傅道一與其輩二三以術游其邑。咸謂傅之才謀。足以興辦。由是挽留。惜乎願與時違。後來共事者。枘鑿有不合。竟以無功去矣。自是益難其人。蕪廢久之。後數歲得清虚大師程履道者。其爲人渾厚。德望隱然。并汾千里間。推以爲宗門主盟者。其始至。則齋廚屢空。從者不堪其憂。師澹然自若也。未幾或有以改作而告之者。師曰。未遑也。吾今父糊其鄰。子丐於市。中外道俗。薰知見香者無幾。雖欲速成。其可得耶。告者謝以不敏。居數月。晨夕鐘磬殷殷谹谹。無何術相冰炭者。種種訾詆。又未嘗聞道者。或羣聚而大笑之。門弟子合辭而進曰。彼無根之毁。鼓倡流俗。自非高明特達。疑信相半矣。師其聞而知之歟。是不可不與之辨。答曰。蟪蛄不知春秋。醯雞斷無天地。顧彼何足以語道哉。但當壁立千仞。不與之校。終亦必沮而已矣。既而信然。越明年。風教大振。景仰傾數州。至於聽衆供客。相望於道路。惟恐其後。曏之訾詆聚笑者。往往投身謝過。師亦歡如平生。一不之責。間而師謂其徒曰。吾志可行矣。翼日大集四衆而諭之曰。今庫屋數椽。瓦敗木朽。每大風雨。疑將壓焉。久欲易以新完。未知其可也。於是異口同音。一唱百和。規模之始。遠近駢集。凡輸財薦貨委積於庭下者。不可選紀。里閈貧民。負木輦土。或終夜不休。又得門人鄉社。股肱其事。遂濟登茲。始作之歲月。皆不得而知也。復興於正隆庚辰之春。訖功於大定丁亥之秋。已而狀其成。以告有司。額之曰延祥觀。昔予爲邑。嘗與程爲方外遊。簿書少隙。輒一過焉。方是時。棟宇欹傾。屋煤蛛網。不克以居。視其後。頹垣斷塹。榛棘出入。適足爲彘囿蛇藪耳。程指以語予曰。吾將闢此以宫之。雖然。其成也。不敢以獨有。必求力行吾道能爲人講解者。坐南向師焉。果如是。王公其爲我記之。予特戲曰。姑勉旃。吾無難矣。蓋口雖唯唯。而心未之然也。自爾逐食南北十有六年。一日道人閻子固踵門求見。問其人。蓋升程之堂者也。且泣且言。繇吾師所欲營辦者。蚤以告成。師今羽化矣。適此之來也。祁人相送於路。皆願得公之文以列其事。吾師死而不亡者此也。幸勿忽。予迂儒。文非所長。重以故人之託。言猶在耳。義不得辭。嗚呼。程於其徒可謂賢也已。初能鼓舞以得民財。卒又濟之以不私。功與行。是可紀也。東坡先生嘗謂論事易。作事難。作事易。成事難。夫論而作之。作而成之。程其殆庶乎。予爲祁三年。樂其土風信厚。將去不忍。聞祁之父老伐石久矣。必得予文以刻之。是亦莫予厭也。予今日白首流浪。方求田問舍。期歸老於祁焉。則是觀之風軒月圃。皆爲予杖屨所有。其可不留語以爲異時張本耶。迺摭其始末而併書之。以告來者。大定十九年歲次己亥五月二十有五日。起復朝請大夫通州刺史兼知軍事王元老記。拙軒集

三友軒記〔大定二十七年〕

王寂

大定歲丙午冬仲月。予繇侍從出守汝南。既視事之明年。卽州之北。得敗屋數楹。旁穿上漏。不庇風雨。乃命枝傾補罅。仍其舊而新之。公餘吏退。以爲燕息之所。兩簷之外。左有筍石。屹然而筆卓。右有仙楡。蔚然而蓋偃。每佳夕勝日。予幅巾杖屨。徜徉乎其間。至於倚蒼壁而送飛鴻。藉清陰而游夢蝶。方其自得於言意之表也。心如堅石。形如槁木。陶陶然。不知何者爲我。何者爲物。其爲樂可勝計耶。余自是與木石有忘年莫逆之歡。因榜其軒曰三友。客有過而問焉。曰。竊聞吾子杜門屛跡。交親解散。其所友者誰歟。予指以告。客仰而歎俯而笑曰。曩吾以子爲達。今子之鄙至此乎。所謂筍石者。鱗皴枯燥。不任斤鑿。此固無用之石也。所謂仙楡者。離奇卷曲。不中規矩。此亦不材之木也。人且賤而棄之。曾不一顧。子惡取而獨友於是哉。予曰。嘻。若知其一。未知其二。向有牛奇章之嘉石。錢吴越之大樹。則第以甲乙衣以錦繡矣。余雖欲友。其可得乎。今以予謬人。與夫頑石散木。皆絕意於世。亦無所事焉。此其所以爲友也。夫人情之嗜好。固不在乎尤物。而在乎適意而已。然必先得之於心。而後寓之於物。故無物不可爲樂。如謝康樂之山水。陶彭澤之琴酒。嵇康之鍛。阮孚之屐。雖其所遇不同。亦各適其適也。子意以爲何如。客曰。是則然矣。奈何木石無情。奚足以知子之區區如此。予曰。不然。人之遇物。但患不誠。果能以誠。則生公之石。可使點頭。玄奘之松。亦能回指。幸無忽。客愧予言。茫然自失。宜其有會於心者。乃相顧一

笑而去。予因以是言而刻諸石。實丁未夏四月望日。三槐王元老記。拙軒集

瑞葵堂記

王寂

沃爲河朔名郡。而臨城其輔邑也。臨城本房子之故地。由兩漢晉唐以來。通以子男之職治之。自天寶改元而後。始有今名。按其圖。古縣治去贊皇山西南六十里。濟水所出。東至慶陶入於泜。故溪山勝槩。人物阜蕃。視他邑不爲下。然頃年多盜。晝夕有桴鼓之警。部使者督責。有司救過不暇。黠胥悍卒。因緣爲姦。以至逋租匿役。民罔克堪。故吏之當臨城者。往往畏避如探湯然。遼陽王君安中來尉是邑。至則引見耆舊。問弊所先。僉曰。吾鄉本無事。歲苦官兵以擒賊爲名。其實擾之。王君天材精敏。夙有志於行道。迺相與謀諸同事曰。蕞爾國。夫有民人焉。有社稷焉。王事均也。吾輩豈可坐視斯民爲豺狼魚肉乎。於是逐乾没。擊强梁。凡細民爲盜攀牽詿誤者。悉湔雪而撫存之。未幾。暴客相率以去。闔境恬然。昔時田里愁痛之聲。化爲歌詠。民氣以和。越明年。燕居之側。丹葵數種。異本而同枝。狀如駢拇。及其末也。分而爲雙。花並秀如紅玉連理。翼日。黄童白叟。聚歡歎息。舉欣欣焉相告曰。我公憂民。遑遑如不飲食。宜如此其報也。已而壽酒於堂。且揭其額而書之曰瑞葵。客有自臨城來者。目擊其事。具以王君懇力請於予曰。是事固不足道。然亦一段奇也。管城子楮先生幸無恙。謾爲我記之。予應之曰。是大不然。昔唐咸寧王尹蒲之七年。木連理生於河東。昌黎先生頌其德。宋晉陵邵叶宰新昌之三月。芝五色生於便舍。山谷道人紀其實。

彼草木何知。猶能託循吏之功名。藉鉅公題品。卒表見於後世。豈臨城之葵。不及河東之木與新昌之芝乎。所恨不遇才名如退之、魯直者。不使王君之名與天壤俱矣。夫天時人事之際。其實甚明。然必有可致而致之。況神奇之産。豈偶然哉。予意其造物者。不特爲惠政和風之徵。亦有以見傾心向日之義也。或謂王君有濟時之具。久沈下僚。豈明月夜光。無先容而不能前者耶。抑窮通有數。時不至而不可强者耶。雖然。以若所爲。決非翱翔蓬蒿者。吾子其勉旃。要當鴻漸於此。而羽儀天朝矣。迺兄建中。問學仁義暴白於天下。與予莫逆。於今餘三十年。終始如一。觀其兄。可知其弟之爲人。故敢期以遠者大者。嗚呼。凡百有官君子。蒞民從政。不可以不誠。孟子所謂至誠而不動者。未之有也。不誠而未有能動者。如王君其可謂至誠也已。此予所以樂爲之書以告來者。庶幾咸有王君之志。則邑民之福其可既乎。拙軒集

金文最卷二十四

記

太清觀記

喬宬

沁源縣西北隅。地連紫金山麓。横岡逶迤。俯瞰井落。有大松數千百本。鬱然森秀。翳蔽雲日。昭惠靈顯寺建其上。歲時奉香火者。憧憧不絶也。始縣吏閻寶山屏棄俗累。以符水治病有靈。卽祠西地爲菴。請范先生與之居。先生名通素。字純夫。平陽之洪洞人。天資朴野。若不能言。而邃於禪理。人莫見其際。邑人穆師古、卜師中。從而師事之。居是者二十餘年。閻尸解而去。范亦歸隱霍山間。閻之妻王妙信。率其侶建三清殿靈官堂於菴居之東。廊廡門牆。咸與是稱。大定中。詔天下佛老之居未列通籍者。聽納貲請名。閻之子寧以是應詔。遂頒賜爲太清觀。土豪武授、李輔輩入金縣吏。度師古、師中爲道士。師中施縣東之田三百畝充常住以贍給之。且遠走京師。訪予而言曰。吾邑環處山谷。頗有林泉之勝。琴高生真宇在焉。將有隱君子振仙風于千載之下。然念初學者。山居僻陋。未嘗見書。而于奥義。無從悟入。今欲置六經諸子道家之書。以遺後之人。使藏而讀之。庶幾有所發明。而爲入道之漸。子以爲何如。予聞而歎曰。善哉。君之用心。所謂三教融通而無滯者。是可嘉也。因爲之記。并録其言。俾歸而刻諸石。倘異時有得道如琴高生者。知自我公發之。謹從欽定古今圖書集成恭録〔職方典沁州府部〕

白鹿泉亭記

周義

獲鹿之名。其來舊矣。咸秦鹿走。神器潛伏。豪傑並起。跨州連郡分疆割界者。不可勝數。炎劉起自漢中。韓信師出。破三秦如雷驅電掃。將下全趙。聞陳餘不用李佐車之計。引軍方出井陘口。師患無井。筮之得蒙。迺知山下有泉焉。信遣裨將周而索之。于此見二白鹿跑地。泉始湧出。其泉甘美。不減醴泉之味。天有顯道。福善禍淫。誠皇天降祐于漢兵也。漢室承平。鄉人義之。於泉左立神泉祠。是其跡也。本朝自天輔以來。名山大川。古今事蹟。無不再顯而新其名者。近蒙朝廷遣使汲泉。煎造湯藥。諸王經過取水。醖造酒漿。如此見重。有司忍不敬哉。是泉也。背靠荒村。牧飲者。狼藉穢污。嚴行榜示。難禁愚頑。于是邑宰張公淵始議創建泉亭一所。以承上用之意。僚吏聞之。無不忻然。咸嘉侯之志主于奉公敬謹也。若非博雅好古之君子。豈有是創作耶。

獲鹿縣志

保德州創建文廟記

高懷貞

保德軍。迺故宋屯戍之地也。懷貞到官。詢及宣聖祠廟。左右曰無之。稔聞熙寧間。始有太守高公渙創建於城東南坡阪間。頃因兵火。焚燬殆盡。春秋仲月上丁之禮。止于頒詔廳行之矣。嗟乎。撫定以來。於今數十載。刺史守臣。來者非一。能無意于茲乎。懷貞静而思之。昔在宣聖。删詩書。定禮樂。爲百王之師。立萬代之法。所謂君君、臣臣、父父、子子、夫夫、婦婦之義。皆本於宣聖。君不君。臣不臣。父不父。子不子。雖有粟。吾得而食諸。夫如是。而廟貌其可闕乎。苟不以儒素爲宗。而反以緇黄介抱者。經不云乎。不愛其親而愛他人。不敬其親而敬他人者。未之有也。懷貞肆謀及同寮。謀及秀士。謀及員吏。皆曰。可。迺各出俸錢曁軍民願多寡從其所欲而助之。遂卜吉於軍衙西百姓庸租之地。地方七八畝。將建之。其父老云。此舊宋孔氏所居之地也。噫。世殊事異。而偶合者一也。而又始創于廣陵。今建於懷貞。其冥合者二也。爰命工人。經之營之。築之登登。百堵皆興。搆成大厦。廟貌一新。廊廡四合。其規模制度。則一出于軍倅解公焉。懷貞本陋儒。叨宰是邑。豈敢文孔子之堂耶。但以工畢。直紀其事云爾。保德州志

鄒嶧山記〔大定十六年〕

失　名

禹貢曰。嶧陽孤桐。魯頌曰。保有鳧繹。郭景純謂繹山純石積搆。連屬如繹絲然。故以爲名。禹貢作嶧。莫其名也。魯頌作繹。取其義也。左傳曰。魯師入邾。邾人保於繹。杜預曰。繹邾山也。地理志曰。嶧山在古鄒之北。以繹邑所依爲名。此皆先賢之説。載于圖經者也。然學者多疑孔穎達疏禹貢。謂下邳之西。自有葛繹〔州〕〔山〕。禹貢所載。非此山也。及觀其疏魯頌。則引禹貢之文以爲

證。迺爲此山矣。又鄒山記云。鄒山。古之嶧陽。魯穆公改爲鄒。今其山猶多桐樹。則圖經之所考。當爲不謬。夫環魯之山多矣。論其玲瓏秀峙。蓋未有若此山之奇者。故四方游士。皆指以爲靈仙之窟宅而塵寰之福地也。所謂下邳之嶧。蓋罕聞焉。昔秦事巡游。車轍遍天下。凡六刻石。而首登于此。則其爲名山也舊矣。大定丙申歲清明日立石。山東通志

香林館記承安五年

王庭筠

承安四年春二月。上以右宣徽使張公出守沂州。明年。公以書抵庭筠曰。吾下車。奉宣詔條。夕惕不敢暇逸。逮今州民始孚。僚屬一日謂吾曰。民則安矣。公亦勤矣。盍謀所以燕息者。于是築香林館。館在思賢堂之東南。環階植青梅、緗梅、臘梅數十株。開時華氣宜人。故以名焉。旁有壞垣。崇卑不齊。乃甃石絡以蔓草。蒼然如幽山。斫竹開徑。回繚蔽翳。也纔數畝。行者跬步相失。疑其無窮也。南亭曰雙清。東庵曰香界。夫爲是者。非徒燕息而已。蓋將以致思于其中。人之思出于心。心爲俗物所敗則亂。故治心者。先去其敗之之物然後安。既安而思。則思之精。吾退食自公。隱几孤坐。每閱書至酉。耳目之所接及者。乃林風竹月耳。無一物相敗。吾心甚安。乃益思所以事君與夫治身治家治民。凡有爲者。庶幾乎無愧焉。僚屬初閔吾勤。而不知重吾勤也。爾當以此意爲之記。庭筠復書謝曰。公之治沂也。馭民寬。馭吏嚴。橋梁脩。學校舉。野無廢田。庭無留訟。其爲政播于人者如此。政隙游戲翰墨。詩句高遠似唐人。書畫圓美似晉人。豈特似之。真得其意焉。其

游藝散落于人者如此。乃日坐香林思而得之者歟。則其事君與夫治身治家治民之道。可觸類而知。異時端委廟堂。以紹父兄發爲勳業者。亦必思之審矣。賤子其拭目觀之。庭筠既以此謝。且以爲記。公名汝芳。字仲賢。太師南陽郡王之子。平章政事、莘國公之弟。高才絶識。言議英發。風標玉映。氣壓一世云。沂州志

五松亭記

王庭筠

林慮西山。横絶百里。隱然猶卧龍。洪峪爲首。天平爲脊。黄華爲膂。魯班門爲尾。迤邐而北去。退而望之。半天壁峙。疑若無路。蓋窮探其肺腑。益深而益奇。黄華之佛寺。天平之道宫。今爲墟矣。惟洪峪寶巖寺爲獨完。寺創于高齊天保初。至本朝大定中。寶公革爲禪居。鐘鼓清新。林泉改色。始爲天下聞寺。李輔之丞此邑也。初入寺。愛之不能歸。久之歎曰。寺固美矣。然樹林蒙密。屋宇蔽虧。而游目騁懷者。有所未盡。必當得其全。遂絶溪而南。陟南山而東。下臨斷壑。有平地數尋。若壇址然。喬松五章。挺立其側。山僧曰。此地名五松亭舊矣。而實未嘗有亭焉。豈前人欲有爲而未遑者歟。其或名有所待歟。輔之笑曰。此留以遺我也。於是經之營之。未幾斷手。簷角翼然。出於蒼髯之間。亭則維新。名則仍舊。戊申之春。庭筠嘗一到亭上。其東則山門岈如。川阜逶迤。乍明又晦。滅没無際。其北則巍堂脩廡隆樓傑閣。駢列層見。澗竹巖花。上下爲容。正如關仝、范寬輩圖畫得意處。其四面諸山。繚然窈然。嶄然崒然。旁立向背。俯仰吞吐。連縣絡繹。呈巧獻

怪。大略皆退之南山詩中所謂或如云云者。而詩尚未盡也。乃知輔之之善發其秘。此亭之得全而有功于此山也。吾歷山多矣。求其奇秀俱此比者。才一二數。卽山中求之。其華妙隱巧。與人意會者。亦無如此亭焉。加我數年。婚嫁事畢。歸作亭之主人。看夕月之龍蛇。聽夜風之琴筑。便當不減陶隱居。溪水在此。吾不食言。輔之乞文于吾以爲記。吾于是山。已結是緣。雖不吾乞。尚爲之。輔之燕人。名弼。輔之其字也。清慎有禮。敏于政事。河南通志

爽心亭記承安二年

路鐸

蒲之爲城。抗大河。臨關中。麗譙翼飛。高接雲漢。登之足以目千里。河山之勝槩。天下之壯觀。莫能出其右。人皆知之。鮮得而知者。丘壑樹林之間清曠閑寂之境耳。何謂清曠閑寂之境。城東南下十里許。中條山之趾。溪谷映帶。一徑入煙靄杳杳處。有古佛寺曰萬固者是已。彼城及麗譙。雄固宏敞。譬猶卓犖不羣之士。致身青雲之上。高節偉望。四方先覩爲快。其抗大河。王尊不動而衆心自定也。其俯千里。謝安遐豫而四郊自清也。惟寺深藏蟬蛻塵囂之表。與夫隱居不嫁。高尚其事。龐德公之不至城府。焦孝然之深入玄寂。峨峨清遠。可見而不可屈。使人企想其風采而欲從之遊者。亦無以異。寺起自元魏。其東南。修竹茂林。森然蔽空。晝冥夏寒。林之東有泉。甘冽宜瀹茗。疏而至于林中。林有亭。亭曰爽心。泉由亭心而下。可以濫觴。南有澗水。涓涓汩汩。與此泉之音混爲一。而諸峰環列。雲煙變化。鳴鳥相和。其地幽勝。大致如此。未易以言語盡。游之

者。頓覺六根虛静。飄然若在六合之外。此其所以爲爽心與。亭舊無記。或言萬固總六院。其一爲太和。在泉之東。五季時。長老紹月所建。亭之權輿。蓋見于此。太和廢已久。有碑以識歲月。及月之瘞塔尚在。所謂林亭泉。今併歸萬固矣。主山僧法謙趣向不凡。以其亭隳毁。脩復之。承安二年三月既望落成。進士張振鐸廣文。蒲人也。嘗肄業寺中。後游京師。謙以亭記爲託。因遂屬予。予曰。人在丘墟之間。不期于悲而自悲。在郊廟社稷之中。不期于敬而自敬者。心爲境所移也。何故疑于此亭耶。雖然。釋氏所謂心。非真非妄。非起非滅。非垢非静。求之不可得者也。以求不可得之心。而滯于見聞之境。豈不大惑與。吾知非所謂名亭之意。夫水之貯于器也。器有方圓。則水因之。而方圓非水。心之寂于境也。境有動静。則心隨之。而動静非心。器異而水不異。境變而心不變也。觀摩挐羅隨流之句。慮惠能數起之語。亭曰爽心。其可矣。于是乎書。蒲州志

萬華堂記〔泰和元年〕　趙卞

竊聞有開必先。無德不報。昔陽元以外氏宅。相者故知其必貴。袁公以楚獄理。史臣謂待乎後昆。況有兆應自己德深在人者。其流澤不亦遠乎。當今之世。則我節使高公其人也。天會間。公之先大夫。以經義擢進士第。來尉于南和。下車日。洒掃庭宇。入户。則見有蓮燁然。既妍且多。驚喜而出。再不復見。意以爲瑞。因萬華以名其堂。萬取盈數也。華取其後實也。逮天會改元。公生于是堂。則有開必先之兆顯矣。侯之爲尉也。時承本朝撫定後。師旅蕩滅之餘。民未知化。農不畝。商

不市。小人輩嘯聚於野。什百爲羣。晝伏夜掠。久而上聞。懸賞而招。自謂惡。終畏不敢出。侯哀之。單騎往喻。示以全活。其魁焦趙等。率徒出降。列上其事。師班金吾欲盡誅之。侯懇營救。賴得蠲宥。生死骨肉。復爲平民。其後公于大定初。以詞賦擢進士第。公以其生於此也。心以爲鄉。自始筮仕。常欲于是郡是縣。得一職焉。以光州閭。以厭宿望。承安五年正月。被命由陝西漕臺移鎮是邦。既而是歲四月。子嵩、姪鑄。同登高第。則萬華之應活降之德。尤顯明矣。前所謂萬華者。今界于令簿兩衙之間。因尉衙治城外。地乃分而爲二。其木瓦所遺。今爲縣衙之偏廳焉。公以孝心。思榮考妣。親書舊題。命卒往執。俾榜于廳門。生叨居郡庠。聞茲美事。若以不稱不書。是掩人之美而不欲揚之也。敢竊君子之名而敬記。泰和元年正月望日。南和縣志

范文正公書堂記

劉仲元

傍鄒邑。皆山也。釁山處其東。長白峙其南。聖王諸山。連峯委會于其西。聖王之南。有山曰會仙。其峯壁立特起。蒼翠可愛。其中有堂故基。曰書堂。世傳以爲文正范公之别墅也。公復有書堂。在會仙之南釁堂山之上。釁堂之得名者。亦以公嘗讀書于其上故也。因爲之歎曰。自開闢以來。不知其幾千萬年矣。而山之名。由公而得。自公而歿。又幾三百年矣。聞公之名。其猶如生。其果何似而然哉。嘗試推公之出處矣。憶昔公之始來居是山也。非爲棲身遯跡之舉。必也。讀天下書。窮天下事。以爲天下之用耳。其出也。非爲肥身榮家之計。必也。幼而學。壯而行。以伸平昔

之蘊耳。惟公有是心也。故能一旦立于朝廷之上。忠犯天顔。恩流海内。翕然爲一代宗臣。及其没也。復使斯人聞風而作興慕義而感動者。然歟。此公之德所以盛也。仲元忝爲邑人。來游堂下。慨然有感于中。乃爲之歌曰。

鄒邑之陽兮。聳列羣山。會仙特起兮。秀色可餐。有峯兮峩峩。有水兮潺潺。松風兮蕭颯。白雲兮往還。公之游兮水曲。公之居兮山巔。公之誦兮林下。公之歌兮雲間。瞬千古兮易往。仰高風兮莫攀。德巍巍兮山之高。心休休兮雲之閒。凛兮孤松之操。淵兮巨浸之瀾。誰復繼此遐蹤兮。躋斯民于壽域之安。金國翰林學士劉仲元記。范文正公集附録褒賢祀記

東牟擘秀亭記

失名

天下以形勢之要。雄東牟。東牟以海山之秀。甲天下。山視遠人。人視遠山。見之易。友之難。隴首牧兒。林間樵叟。雖能視之。而不能友。惟太守完顔公。奇人也。前之刺州政者多矣。官于斯。牧于斯。不能亭于斯。豈力不足。抑覽不至也。公于是鏟城爲基。斷木爲亭。人不聞役。樂成厥功。同僚佐登覽其上。見夫煙棲雨宿。雲出月來。歸鴻野鶩。如飛几席之上。終日望軒冕焉。昔莘野以阿衡而傳。襄陽峴首以羊叔子而傳。赤壁以東坡而傳。今則崑崙奇秀。得我公發越之。他日與山增重。未必不由伯樂之一顧也。嘉歎不足。故詩之。詞曰。

霜天曉兮白雲飛。洞天暮兮白鳥歸。江月照兮松風吹。好箇家風人不知。隱居通議

游王官谷記（明昌元年）

高德裔

大定四年。予主陵川簿。被檄西抵解梁所謂王官谷者。皆以事奪不克到。甚往來予心。明昌元年夏四月。復被朝命相視鹽利。始克與判官路元、解縣劉德元、進士韓琪、沙門明賢同遊。以酬宿願。首謁表聖祠下。尋三休之故基。揖天柱之危峯。穿林沿流。直抵飛瀑巖。坐客或折巖花以薦觴。或酌溪泉以瀹茗。久之。覺毛骨凛然。殆非人世。抵暮題詩石壁而去。游名山記

游龍門山記明昌二年

趙時中

自恆之南。巋然崛起于太行之東者。封龍之山也。恆亞回環。望之四面如一。迺曩時飛龍山也。唐天寶六載。始易今名。背滹沱之巨浸。右井陘之絕險。實鎮陽之壯觀。非若羣山之迤邐也。龍首興雲而致雨。獅子青毛而赤胸。白羊牧兮玉石亂。華蓋擎兮青松高。鐘磬互鳴于梵宇。金碧交映于琳宮。嶕石突兀。吟臺峥嶸。蟠桃植兮却老。黃精產兮延齡。至如奇峯怪石。清泉茂林。可使畫者勞想。游者忘歸。青城雁蕩不獨美于西方。巫峽廬山。莫專名於南土。復有徐童仙觀、郭元振劍石。徐童觀者。在獅子峰大溪之下。中央平坦。地多桐木花。其花清香襲人。其子碧。可染青碧色。若移植他處。則不活。觀中有泉數處。傍宜栽桃種荷。曹仙姑移之北嶽。徐真君登仙之山也。又山記云。駱元素因入山遇老人。與藥十粒。曰服此則不飢。吾姓徐。字元英。新受長桑君牒。召北嶽長史。言

訖化爲童子。乘雲而去。因得名焉。郭元振者。唐時魏人也。少遊學于此。上獅子峯。前有石。屼然高聳。俄聞霹靂聲。裂其石。五色雲氣自石中出。元振由是得寶劍于石罅。年十八。擧進士。後仕睿宗。出入將相。又有東西中三書院。其遺址在焉。當時皆名儒碩士傳授。聚徒至百人。置山長山録以領之。又多仙遊勝跡。自漢唐而來。棲真之士輩出其間。神龍蟠池。油雲鎖洞。三晉之間。不遠千里。來禱輒應。今者縣宰昭勇公。于明昌辛亥秋游封龍。登獅子峯。欽禮三清。瞰龍潭。遊禪堂。遍覽山中勝槩及前賢遺跡。徘徊久之。復登霹靂石。遂揮毫而作頌云。游名山記〔元氏縣志〕

游靈巖寺題記正隆元年

張汝爲

余素好林泉之清勝。久聞靈巖名山。迺自昔祖師之道場也。所慊塵緣衮衮。未獲游覽。比雖守官汶上。鄰封咫尺。亦無由一到。茲因被檄賞勞徐宿邳州屯守軍兵。還登岱宗。故不憚迂遠行役之勞。惠然而來。周覽上方勝概。峯巒峭拔。殿閣壯古。森天喬木。是處流泉。憩於秀巖絶景之亭。清風時至。了不知暑。惟聞啼鳥之聲。幽邃清奇。迥□囂凡。信四絶之一也。頓息塵慮。以適平昔景仰之意。□□忘歸。憶唐李涉詩有云。因過竹院逢僧話。又得浮生半日閒。正此之謂也。泰山志

游泰山題名記〔明昌三年〕

孔端肅

明昌三年秋九月。肅自闕里之徂徠。訪石君德潤山齋。遊覽名勝。歷萬松嶺。登絶巔。禮神祠。北

下。林壑更幽。一山岣嶁特異。名曰玲瓏巖。古洞深敞。傳唐王希夷嘗棲此。書之以識遺蹟云。

泰山志〔岱覽二十二〕

游泰山題名記明昌三年

安升卿

岱下安升卿與徂陽王賡、姜孝儀遊徂徠。探古跡。谿谷碌碌。松柏森森。得冠軍石經于佛谷。訪竹谿六逸於乳山。遂登絶頂。拜感應侯祠。憩於紫霞洞。次臨紫灩池白鶴灣。過徂徠書院。至竹谿菴小飲。躋北巖而望岱宗。心遊天外也。泰山志

石塔小記〔明昌三年〕

安升卿

古博城北三里。有橫埠巃嵸然。亙于東西。狀類龜伏。而禾塍周之。傳稱龜陰之田即此。上建小塔五級。人曰聖塔。由來莫攷。蓋必前民旱乾水溢祈而輒應之所也。塔舊造以瓦。今甃以石。工費之資。悉出于合鄉之解橐破囊者。人心好施。無非聖塔之靈感。繼自今而往。凡荷耡負耒播種於斯埠者。庶咸知勿翦而勿敗云。時明昌三年三月十有六日。泰山三谿逸人安升卿記。泰安縣志

金文最卷二十五

記

雲錦亭記

王佖

安之爲郡也。其來遠矣。在周曰葛鄉。在漢曰依城。唐曰唐興。又曰興鎮。五代曰順安寨。至宋曰順安軍。蓋與遼人接境。而爲屯戍守禦之地。築堤濬塘。以爲邊備。聖朝易名曰安。啟建郡治。則羣山連屬。西峙而北折。九水合流。南灌而東馳。陂池藪澤。映帶左右。夏潦暴集。塘水盈溢。則有菰蒲、菱芡、蓮藕、魚蝦之饒。秋水引退。土壤衍沃。則得禾麻辮麥、畝收數種之利。舟車交轃。水行陸走。無往不通。貿遷有無。可殖厥貨。故人物熙熙。生涯易足。民淳事簡。素號易治。加之道路非衝要。無往來迎送之勞。公宇嚴潔。麗譙宏敞。爲鄰州最。爲之守者以爲便。郡守完顔公。玉牒懿親。國勳世嗣。自監察御史。其清聲直氣。固已聳動縉紳。朝廷器之。不旋踵。超拜漁陽守。未期。以内艱去。天子嘉其治行。遣使齎命。起復于哀制之中。來守是郡。公兼資文武。素有方略。自下車之後。頒宣教條。宏治勞來。精審以覈物情。剛猛以御黠吏。寬恕以撫細民。謙和以待僚屬。猛不至殘。寬不至懦。興滯起廢。百度具舉。闔郡之人。莫不心悅誠服。政成餘暇。脩故堤而東。周覽遺跡。至城之東南隅。地高廣平衍。下流清溝。紅蕖翠荷。覆水錦錯。輕風披拂。濃香襲人。長堤遠浦。郊原野色。盡在目前。公駐馬凝眸久之。顧僚吏曰。睠兹景物。爲吾郡之勝。惜無亭榭。以備遊觀。今兹創搆一亭。不亦可乎。人人悅可。公乃披榛翳。薙草莽。得此横袤三丈有奇。藉兵士築之。因其故基。不勞而就。悉以公費傭工市材。既勤樸斲。耆艾或言。舊嘗有亭于兹。經值喪亂。廢蕩久矣。今能復之。爲吾鄉之壯觀。且與民同樂。固所願也。既成之明日。公乃率僚吏。大合樂以落之。坐客迭起捧觴爲壽曰。夫物逐人興。亦逐人廢。兹亭之作也。不知幾何時。其廢也。不知幾何時。今爲游觀宴樂之所。興廢有數。寧不信然。以何名爲稱。屬吏王伋越席而對曰。請以雲錦名之。蓋取韓退之曲江荷花行撑舟昆明度雲錦之意。公首肯之。公曰。名則稱矣。汝其爲我記之。伋嘗獲齒座末。其經始之由。皆所備觀。不敢以固陋辭。姑叙其實與夫作成之歲月。以告來者。安州志〔保定府志〕

襄垣縣修城記

楊丹

襄垣縣。古韓州也。封域宏廣。殆將百里而遥。東連巨鎮。北背喬峯。峻巘大壑深巖。多人跡之所不能至者。國家收復之初。奸雄繼踵。蟻聚蜂屯。嘯聚林谷。每黨不啻數千人。號曰紅巾。動則彌岡絡阜。旌旗繽紛。鼙鼓震疊。數窺是邑。直欲鯨吞虎噬。立見齏粉。當是時。故城多坍塌。郊邑相通。舉無壁壘。故閭縣之民。扶老攜幼。奔走不暇。幸延旦夕之生。實賴令尹韓公抱忠貞之節。懷慘怛之愛。率衆死守。披堅執銳。爭爲先登。不顧矢石。前攻後突。若陷無人之境。用能折馘執俘。殲厥渠魁。遂稍稍引去。於是命民興役。且戰且築。寇至則荷戈而禦敵。寇退則擊杵而赴工。故內城不日而具。因俾百姓萃居其中。得保首領。庶全族類。其利博哉。爾後比及二年。元凶羣醜。雖漸夷滅。尚有遺類。爲吾民害。天會九年春。韓公又屬其耆老而議之曰。內城修於倉卒。姑濟一時之難。然地甚狹迫。而不能容民畜衆。今將建大城。以周其外。可復許乎。聞者莫不忻然而從。遂經營構畫。計其貧富而爲之等差。分部定力。咸適均平。故人皆踴躍盡瘁。更相勸督。一無偷惰。曾不踰旬。而百堵皆興。昔謂說以使民。民忘其勞。信斯言也。其城周環六里三十步。其墉高二丈。厚二尋之半。其壑深二仞。其上睥睨具焉。闢以四門。層樓上起。壯麗可觀。故倉廩府庫。可得而長保也。神祠佛宮。可得而致飾也。庠序可得而開設也。市井可得而陳列也。居民可得而安定也。編民咸喜。室家相慶。人人皆自謂更生之福矣。嘗觀有建一橋梁以通險阻。達一水泉以利灌溉。善則善矣。其利益小。然人尚可得而歌頌之。矧乃成城之功哉。夫城者。所以保內捍外。以聚人民。扃鑰土宇。緘縢地維。斯乃久大之功無疆之利。雖著竹帛。勒鐘鼎。不爲過矣。韓公之築斯城也。銳然無優柔姑息之心。所以能興百世之利。由是觀之。則其爲政可知也。朝廷嘉其有功。遂致榮遷。經任迨今。幾六年矣。政聲流美。噫。襄垣山水秀異。才士風俗淳美。又得宰字。〇字疑當作守。之賢。政平訟理。一境無虞。四民安業。可不善而記之耶。若僕者。才荒學朽。言鄙行乖。

過蒙青眼之觀。謾以白頭之獻。謹卽其事而述之。非溢美耳。潞州志〔潞安府志 襄垣縣志〕

萬華堂記〔承安五年〕

高有鄰

先大夫。天會間任南和尉時。余生於公廨萬華堂。今來鎮是州。訪其舊迹。有進士趙師孟告曰。其縣尉衙。界乎縣令、主簿兩衙之間。後移於城外。地乃分而爲二。其舊堂瓦木。今縣偏廳是也。余感劬勞罔極之恩。無以仰報。重題其名以榜之。承安庚申十二月中旬日記。南和縣志

均樂亭記

趙元卿

雄州北抵白溝。南臨易水。當九河之衝。西北負諸山阜。間來霖雨。其支流橫至。湍注益暴。漸浸城址。連年病之。雖木石遮塞弗能給。景德初。西上閤使李公允則鎮撫是州。添置外城。預爲禦災之備。卽于城西南崇積其土。完平隄防。以大其形勢。雖歲遭水溢。衝突斯城之隅。其鉅者分而散之。則東湊河之故道。北泝環濠。滔溢遂息。人不復憂。以獲百世之利。可謂溥哉。皇統二年。昭武節度使徒單公。一日臨視斯地。稱美創始之計。慮爲霖雨潰潰。仍於其上增構平亭。蓋以示李守經遠之蹟。良可嘉也。亭之北面。領揖燕山。因以望山名之。然亭去今四十餘歲。歲月滋深。基搆淪壞。後之宦遊。凡登臨於此。視之若傳郵。過之如逆旅。因循相習。殊無肯葺者。迨我昭勇節度使完顔公。爰因休暇。縱步是亭。覩其疎缺。將仆於地。慨然一新。落成之日。四顧于上。其烟水之

清勝。風物之秀麗。至使神宇虛明。襟懷放曠。謂諸官屬曰。遊于斯。憩於斯。解適乎性。頓忘其歸。凡人之情。與我均耳。豈可以晏樂自處。吾與士民共之。宜將望山舊名。更爲均樂。今公易壞爲成如是之敏。非但成初昔之蹟。抑亦告來者嗣續而完之。以久其存。善夫。仁人長慮卻顧。圖民之利。如此其大也歟。雄地乘〔雄縣志〕

祈雨感應記〔大定十五年〕

失名

維大金國大定十五年歲次乙未秋七月。天之大旱。空雲不雨。□□□矣。山川祠廟。無不祈求。未獲感應。邑宰秘蘭□□邑簿晉武□□□□□□官耆老等於是月初七日□太微觀焚香祈禱。□□潤澤於龍亭恭請聖水。方行□天氣□然霈雲四垂。時宣威與衆□□□□□道市民諸直社火道水前行其雨大□□官民莫不忻然。宣威與□□□□御馬侍僕。冒雨塗行。引聖水於縣東岱嶽廟安置。其雨聯緜數夕。遠近報足。四方村民酬謝者。何可勝數。立蒙感應。頓釋□□民無饑饉之申。歲有秋成之望。獲斯靈驗。故記其時。大定十五年閏九月初吉日。石刻拓本

虢州盧氏縣成德觀創修三門記〔大定二十四年〕

魏知彰

大定癸卯之春。予到官三載矣。會兵部符下。求天下郡國山川古跡及州縣廢興之所由。使儒者參校其實而聞於上。予因得以按圖經。詢故老。復以經史考之。凡境内之事。遂略得其說。而妄以臆斷

其非是。蓋盧氏爲縣。自西漢時隸宏農郡。去郡東南百有四十里。圖經云。盧敖得仙於此。後因以名縣。至今巖居穴處以脩煉爲事者。皆是也。是豈盧之遺風歟。至於縣治。予意自漢以來。遷徙不常。竊有所疑焉。書曰。熊耳外方桐柏。孔穎達謂熊耳在盧氏東。顏師古注前漢書謂在陝東。導洛自熊耳。孔安國謂在宜陽西。卽今壽安所改者。三家所言。其得皆一也。按前漢地理、後漢郡國志。又李賢按衆說。謂洛水自熊耳山出。以今觀之。縣之西南四十里有熊耳山。洛水之源。猶在其西北。經縣南一里許。東流至洛口而入於河。距宜陽之山幾三百里。由是言之。則禹貢所謂導洛者。似非宜陽也。或曰。盧氏卽古宜陽。是說不見於史傳。無所取信。縣有古觀一區。相傳爲盧敖結茅之地。盧乃遯世者也。不應居闤闠中。故予疑縣治當在西。後徙於今治。所以今昔不同也。觀有石刻云。周顯德四年。採造使張虔芝以銀錫泉湧。謂得神助。卽其地爲道院。宋太平興國之元。改爲觀。以成德名之。宣和間。籍其土田。以資其徒。觀有玉皇殿一。東西小殿二。法堂之左。曰齋曰廚者各一。獨門觀闕焉。豈舊無之耶。抑有而隳壞不復完葺耶。石刻不載。莫得而考知。道士孫抱淳。以齋醮所獲。銖積寸累。經營數年。臨通衢築土基三尺。搆屋其上爲三楹。頗爲壯麗。又將爲龍虎二神於門之左右。是則觀之制度。幾於稍完矣。落成有日。抱淳請予爲文以記之。予謂道之在天下也。百姓日用而不知。自古尊黄老者。雖有尚無爲貴清淨之說。是皆道之糟粕。其玄理妙用。又烏可得而言。況一時土木之功。欲以爲道。是猶適楚而北轅。其不相涉也可知已。雖然。自李唐以玄元爲始祖。崇尚道法。後世崇之。上下成風。至宋而極矣。居是門者。欲誘化世俗。俾因跡以悟真。苟不嚴其像設。大其館宇。曷以使人有敬向之心哉。抱淳之意。豈在是歟。故爲記觀興之始末。並論縣治之遷革云。大定二十四年歲次甲辰。盧氏縣志

問山堂記〔大定二十六年〕

馮翼

唐末五代。文章氣格卑弱。宋初王元之、穆伯長、楊大年始新其體。景祐慶曆間。歐陽永叔、尹師魯、曾子固、石曼卿、梅聖俞、蘇子瞻。前唱後和。斟酌古今。文風丕變。熙寧之際。異人輩出。東坡、山谷、王荆公。方駕並驅。獨老坡雄文大筆。學貫九流。出入百家。波瀾浩浩。高出前古。挾以英偉忠義之氣。雖晚年竄逐海上。氣不少衰。平日少許可。當時縉紳士大夫被吹嘘接引者。謂之登龍門。於是黄庭堅、張耒、晁補之、秦觀。以才學文藻。雅相器重。晁説之以道。迺无咎之昆季也。亦嘗從東坡游。東坡亦嘗有答以道索書詩。其生長見聞。風流蕴藉。從可知矣。崇寧元年。來涖無極。創築此堂。名之曰問山堂。蓋取諸歐陽集古序所載東漢事。已見於本集。不必具録。堂下有先生手植槐數株。陰森蒼古。今大數圍。世傳無極山有名無形。好事者緣飾之。言山有三十六峯。良由以道先生詩有六六松峯空斷腸之句故也。或者謂先生嘗家於嵩少。嵩鎮之峯三十有六。下車之日。考圖求無極山所在。古跡都亡。遂感興賦詩。因念鄉里。故有是語。如説似近之矣。翼恐邦人訛舛相傳。眩惑後進。俾無所考。故不得不書及。仰先生一代佳士。人物不減東晉。宰治此邑。甚有惠政。至今父老猶能道其故事。翼自大定壬寅到官。凡興寢燕息。朝夕未嘗不在此堂。緬想先生風

采。時移事改。歲月如昨。每爲之慨歎。噫。先生疇昔始立此名。豈無意乎。古者。甘棠。勿翦勿伐。蓋思其人愛其樹。翼傷前政遺跡日就湮没。久欲爲作一記。紛奪未遑。今偶成之。雖文獻不足以發揚。始〇疑作殆。可以見其本末云。大定二十六年撰。無極縣志

整暇堂記（大定二十四年）

李嗣立

中庸有言曰。君子知所以自治。然後知所以治人。又曰。凡事豫則立。不豫則廢。聖人論治國齊家脩身正心。必本於誠意。雖事有大小。而施於有政。未有不先於正己而能正物者也。始平馮君爲定之無極令。下車數月。政務畢舉。又以其餘力。脩舊起廢。治公宇而一新之。正寢之西。有屋三楹。西屬廳事。取春秋欒鍼之語。榜其額曰整暇堂。堂之前後。皆植松菊梧竹。中置筆硯圖史。每自公退食。必解帶盤薄。思所以爲政之道。已而焚香觀書。彈琴賦詩。倦則曳杖嘯歌。徜徉其中。遇休沐。則速賓僚觴詠。以洗獄訟簡書之勞。中山乃近輔名郡。山水明秀爲西道冠。無極又大邑。翌時作邑。皆名士大夫。堂亭臺樹。一一各有思致。如問山堂、思民堂、四望亭。幽深可以澄身觀道。高爽可以登臨四顧。君獨改治此堂。以思爲政治民之術。又知夫君子自治事豫則立。而有取於整暇之說。可謂賢矣。僕歸自都城。以君故枉道來訪。君謂僕曰。彼欒鍼使楚。對其執政以晉國之勇。則曰。好以衆整。好以暇。方晉、楚爭盟。務以兵相勝爾。治民何與焉。蓋鼓城、藁城。故多盜。吾封壤相近。事不可不素慮。以爲不虞之戒。此吾名堂之意也。爲我記之。僕謂親民之吏。莫急於守

令。夫三萬户之邑。已過於古子男之國。古者刺史入爲三公。郎官出宰百里。彼謂州縣之職。徒勞人耳。果無足取。且事未有不生於微而成於著者。令君爲政。能爲民遠慮。以名其所居。朝夕見而思焉。其志遠矣。與夫興土木之役。以供游燕之娛者。異矣。是不可不書。乃爲之書。大定二十四年撰。無極縣志

汾州重修儒學記

李山

汾於河東號名郡。文風不替。蓋有卜段之遺焉。州學宏麗。年遠寖成荒圮。殿宇傾漏。齋廡疎剥。殆不蔽風雨。西廊四楹。舊缺未備。樓觀欹斜。危不可登。生徒講誦未見。安所學之。前後雖有輸租隙地。而歲入無幾。莫償補治之資。以故居者相仍。坐視彫敝。同知節度權州事康侯玉潤。甫下車。顧瞻恐懼。思爲作新之。而貲用缺如。會州有捕盜徵賞錢五十餘萬。寄貯公庫。侯曰。用是以新吾學可乎。同職者從而勸之。議遂決。卽委學正王大純率禮案主吏廓瑀併取地租現在。傭工市材。以甲申六月乙丑始事。至七月癸丑畢工。欹者正。破者完。無者增。敝者飭。殿堂廡宇。焕然一新。自文宣版位。至於鄒兖神座。各施羅幌。黄紅有差。壁繪七十二賢。就加彩色。鴐帨之前。闢爲六齋。分序兩廡。卽至牆垣甃墁之飾。版閣明窗之具。無不整嚴。不費于官。不勞于民。汾之庶士。未見斤斧之施。畚鍤之運。而功已成。嘗謂材之難于天下久矣。君子施政。固自不同。才小而蹙。雖不出位。猶患未周。才大而敏。至於餘事。無所不辦。僕自觀勝事。賞侯之才有餘。且知

風俗之原也。喜而爲之書。汾州府志

重建超山應潤廟記

郭明濟

圖經云。超山在縣東南四十里。高三百三十六丈。峻越餘山。城塚記云。平陶東南有過山是也。唐天寶六年。改名超山。山之谷。超谷也。谷行十餘里。中有佛舍。百福寺也。寺東有古人祠。應潤廟也。廟有井池。乃禱雨取水之泉也。宋宣和元年。縣宰余彦和狀聞甘雨應祈之事。因賜額曰應潤廟。敕牒碑刻。斯具存焉。到今七十年矣。大定十二年。縣令蘭嗣吉亦祈雨卽應。創搆喜雨亭於縣署。以明應潤之徵也。邇來自春徂夏。雨澤愆期。知丞權縣寇公大夫。步至超山應潤廟。取水祈雨。因瞻廟貌毁舊。殿廡摧圮。祝曰。如獲甘雨。願輸俸錢。脩完祠宇。感而遂通。雨隨水行。信宿至縣。三日而得滂沱矣。水還廟而復雨。世謂迴馬雨也。由是觀之。廟曰應潤。豈虛言哉。卽以清俸充脩廟之費。且闔縣鄉里願施瓦木人工者。源源而來。皆德政感神降雨所致如此。寇公大夫字伯祥。代郡崞縣人也。自大定乙巳仲春來丞吾邑。特權縣事。庭無留訟。獄無滯囚。鄉無追胥。境無盜賊。優優然了無事矣。乃廣廨署。脩學舍。葺絃歌之南樓。引渠水於東郭。百廢皆起。庶民咸和。兹之營建。制度爛然可觀。前後正殿。東西兩廡。龜亭拜廳。挾堂樓門。繪塑一新。皆寇公之所規畫也。於是神有所來饗。峯巒栝柏。掩映左右。爲一方之壯觀。不其偉歟。爲之記歲月。以徵其實。汾州府志

興儒里記明昌三年

宋元吉

僕自去歲秋八月來主是邑簿。因檢視田災。遍歷縣境。觀其民風儉而不陋。朴而不野。大率與吾鄉肖。其間人物。舉止有體。出言有章。鬱然有吾儒之氣象者。是村也。又嘗佐座公堂。或有來訴事者。觀其容止頗異。詢之。則曰興儒里人也。余是以嘉之。是必於曩昔繼有吾道居此。染習使然也。興儒之名。信不誣矣。然而未嘗有儒者出。是有其名。而儒實未興矣。適者。或有徒潔其衣服。巧其言語。好訟屢干於有司。是敗興儒之風者。衆人鳴鼓而攻之可也。夫人之難遇者。太平之時。幸方今承平日久。崇周孔之教。開設庠序。長育人材。不於此時力學取進。行致君澤民之道。而甘混迹於編伍。至没世而無聞。亦足恥焉。自今好事君子。可令賢子孫就師肄業。誦儒之書。力儒之行。使濟濟焉相繼而出。高步蟾宫取青紫。使人知爲儒之貴。以副其興儒之名。不其韙與。余所以書此者。非特爲是一村而言也。亦將以示化於邑人。其來觀者。幸無忽焉。明昌壬子歲季秋中澣日。宋元吉識。隰州志

孔公渠水利記（泰和八年）

强造

事附嫗以爲恩。務姑息而爲惠。區區然將欲仁民者。可以爲德乎。曰。是德而已。非實德也。求耳目之近功。取膚寸之薄效。孑孑然將以利民者。可以爲政乎。曰。是政而已。非恆政也。蓋區區之

仁。可以周于寡。而不可被於衆。孑孑之利。可以行於近。而不可及於遠。豈若人間有大丈夫。天下有奇男子。規模宏遠。氣岸超騰。立一事。則傳於無窮。建一功。則垂於不朽。大而於郡。小而於邑。衆耳驚聽。羣目駭矚。交口稱歎。而復商較曰。自非負不世之才。抱非常之器。能如是乎。乃如是人。吾於孔公見之矣。鄜塢舊引斜谷水通流縣城。歷皇統饑饉。人烟凋敝。村落丘墟。懸隔六十餘載。宰是邑者。不爲不多。例於爲政。貴於因循。故此水之利。不惟不知。雖知之。亦不爲慮。明昌七年。邑宰孔公涖事之暇。以鄜城古之名邑。至於山川勝概。古蹟人物。土貢風俗。無不畢覽。採其宜於時政者。首議行之。於是詢之鄉老曰。以是邑山水明秀。土地肥腴。似非窮髮不毛之比。而何至枯槁。雖園中溪毛。皆仰足于旁境乎。鄉老咸曰。明公之鑒何神耶。縣衢舊實有水通流。自皇統癸亥。於今六十餘年。源流堙塞。鄜人有幸。實賴明公規畫。萬一復古。豈特吾生受賜。雖百世之下。子孫亦若是矣。公乃詢諸耆老。無可與議者。越翼日。謁道士楊洞清。從容論及水利。楊揣知公意。忻然敬諾曰。不勞明公餘力。借明公之德。誠指日可畢其事。於是公暨楊偕至谷口。剗苔剔蘚。披尋故道。計度費力。大具工役。名實楊也。其經營之力。皆出於公。將垂成。俄以公被命赴省。爲奸人所阻。幾敗乃事。憲司張公子明巡行過鳳翔。潛知其由。張公覬有攸濟。於是按攝奸黨。仍召楊與之爲約。楊曰。三日可濟矣。遂呼縣胥。責如楊約。楊到縣三日。功已告成。俄而玄雲四作。雨若瓢注。水亦通流。似有靈物護持者矣。順流而下。通衢廣陌。黄童欣躍。白叟歡呼。公室賴之。芻粟無憂。私門仰之。游覽有勝。至於汲引灌漑。塗墍洗濯。無復曩時之艱虞。未期。録槐夾路。細柳交岸。龍鬚蘸碧。給萬宇之焚膏。鷄粒翻紅。被千門之饈篚。鬱薁益渭南之珍味。桑麻增陝右之上腴。碾磑區計。僅有數千。園田畦計。不啻幾萬。有粟者。易爲之粒。有麥者。易爲之屑。有食者易爲之蔬。其利益不足縷白。此特舉其岸畧。憲司録其事白臺。臺具奏。畧騰美除。與夫魏之西門豹。知漳水之利。而不爲之興。漢之許商。梗屯氏之塞。而不爲之浚。才識過於十倍遠矣。昔史起引水溉鄴。以富魏之河南。鄭國白公俱能鑿涇爲渠。注塡閼之水。溉舄鹵之地。而民並歌之。迨夫孔公。鑿南山之水。延袤五十餘里。通於邑衢。以富鄠民。鄠民六十載之間。猶處陸之魚。方且相呴以濕。相濡以沫。賴一水之利。遽若相忘於江湖之中。復若車轍之鮒。丐升斗之水。活絲毫之命。一旦遠於枯魚之肆。而不待徼西江之水。顧惟若此。迴視三子之事業。夫何歉焉。竊嘗論之。君子不得志則已。得志則澤加於民。不居位則已。居位則思利於人。彼黄文疆守田令。而不分郡人之穀。公儀休拔園葵。而不奪農夫之利。卽諸用意。良亦嘉矣。方我孔公。德之有實。政之有恆。水利一興。官民兩利。無乃勿乎。如孔公之功。利無不被。福無不斂。豈特躬享其榮。其餘膏剩馥沾丐子孫者。亦多矣。余在二曲。熟知其事。欲爲之記而未暇也。泰和戊辰夏蕤賓後旬。邑人趙璧君瑞惠然見訪。具道始末。求余作記。余喜而爲之書。泰和八年。進士鳳泉强造記。鄠州志

金文最卷二十六

記

虛舟記

趙思文

汝之州廨後圃。林木茂密。泉石清澈。爲河南之勝槩。風亭月榭。柳谿花塢。四時之景皆備。爲郡者。政事之暇。游息徜徉乎其中。亦足以適性情矣。然觀其規模。制作之始。非一日矣。讀禹錫之詩。則知望嵩之所由基。誦李薦之文。則知湖水之所從出。致雨之禱。見蘇黄門之至誠。射堂之廢。思富鄭公之遺愛。至於其他可以登眺而游覽者。雖廢興不一。亦各有詩存焉。比歲用兵以來。爲其守者。以遷代不久。類皆苟簡以保目前。一磚一瓦。隨敗隨補。而未見其致力於斯者。興定初。防禦使完顏公下車之後。政務成矣。相地方池之北。搆一亭。首尾若船狀。池栽白蓮。三面皆植修竹。榜其舟曰虛舟。是舟也。不繫而安。不動而静。無風波之險。無維楫之虞。使登而上者。浩然有江湖之興。此亦游觀之一快也。竊以公以貴公子出仕。無孺汰之氣。有塵外之想。以舟爲其亭。以虛名其舟。是天地之間無所礙。與造物爲友者也。而其胸中詎可量哉。公非特智者。真達者也。

士人吕鵬飛作記。題之曰傳舟。取其傳説濟川之義。豈公之初心哉。大抵皆諛詞也。予視之。始閲其文而鄙之。每欲革其非而未暇也。一日規還使□□公順之來相過。小酌虚舟之上。酒半。舍舟而讀其碑。笑謂予曰。何不别勒□而反之以正云。予因是記之。河南總志

擬江樓記　完顔名闕

樓之名。有謂之齊雲者。蓋取其雲之高。而欲齊之於其上也。謂之壘嶂者。蓋取其山之遠。而欲壘之於其前也。皆取其彼之所有。而此能有之以名爾。保德軍署之北。依城爲樓。下瞰黄河。前人以擬江牓之。庸非取其江之所有而此能有之耶。余調官來此。太守迺皇族。性天昭徹。心地平坦。過人遠甚。嘗於休務之日。率僚屬來飲於其上。周覽山河之形勝。一日囑余爲記。欲廣擬江之制。余因喜躍而應之曰。夫天下之物。有勢可同而未必能同者。有勢不可同而强使之同者。有形勢異地理遠不約而自同者。樓之與雲。其勢可同者也。登焉而雲猶在其上。豈非未必能同者歟。樓之與山。其勢不可同者也。登焉而山果列於其前。豈非强使之同者歟。曰江。曰河。論其形勢則異矣。較其地理則遠矣。而登是樓也。觀其兩山傍峙。一河中流。浪平風穩。而綽有江之景者。亙古如是。豈非不約而自同者歟。謂之擬江。端不吾欺。而其在人也。亦有然者。苟得其形勢異地理遠不約而自同之義。相與論江河比擬之趣。則可以神授意解。而不負樓之名矣。若夫簷花過雨。而春遶危欄。岸柳摇風。而涼生畫棟。雲淡天高。而秋蟾落影於其中。樵散漁歸。而暮雲飛霙於其下。以至山色不

離窗。而水聲常在耳。則天下之樓閣臺榭。雖不可勝紀。想未易有此景也。語至此。使妙筆模寫生綃三百尺。亦不減錢塘之風色矣。彼有區區以青紅相勝。詩酒相誇。欲復擬此而求記於余。余非特不暇。亦不敢。保德州志

適安堂記

趙秉文

許昌任君子山作草堂於私第。牓之曰適安。客過而問所以名堂之意曰。子將無適而不安乎。抑適意而安之乎。子山曰。今夫水適則流。火適則燥。魚鳥之適則翔泳。草木之適則條達。腰適則忘帶。足適則忘履。今吾名不隸於仕版。身不涉於行伍。足不跡於是非之場。口不涉於是非之境。未酉而寢。過卯而起。每興極意會。則登臨山水。嘯詠風月。翫泉石。悦松竹。手執周易一卷與佛老養性之書數册。以適吾性而已。吾安焉。子其爲何如。客曰。先生之爲適則一。其所以爲適則異。子以嵇康之適於鍛。阮籍之適於酒。與夫聖賢之適於道。有以異乎。苟以適性爲事。則斥鷃無羨於天池之樂。桀跖無羨乎顏冉之德。其於適性一也。而静躁殊途。善惡異趣。此向郭之失。晉宋之流所以蕩而忘返者也。且夫禮以檢情。樂以導和。仁之勝不仁。義之勝不義。皆非以適性爲事。苟以採山釣水爲適。則忘其君。聲色嗜欲爲適。則忘其親。忘親則不仁。忘君則不義。不仁不義。子安之乎。而且奚適哉。子山曰。請無以形適。而以心適。其可乎。客曰。心迹一也。自心跡之判。於是有清狂。有白癡。皆名教之罪人。而非君子之正也。記曰。君子素其位而行。不願乎其外。素富

貴。行乎富貴。素貧賤。行乎貧賤。素患難。行乎患難。君子無入而不自得焉。古之君子。不以外傷内。視貧富貴賤死生禍福。皆外物也。隨所遇而安之。無私焉。譬之水。升之則爲雨露霜雪。下之則爲江河井泉。激之斯爲波。瀦之斯爲淵。千變萬化。因物以賦形。及其至也。推而放諸東海而準。推而放諸南西北海而準。故君子有取焉。斯不亦無適而不安乎。子山曰。是吾心也。請歸而刊之石。客爲誰。滏陽趙某也。滏水集

寓樂亭記

趙秉文

河朔之地。沃野千里。盤盤一都會。太行西來。大體如一身。蘇門奠其首。隆慮據其脊。雷首披其胸。土門開其腹。恆山枕其足。注以横漳。塹以滹沱。鍾以大陸。其山川風氣。雄深鬱律。故其人物魁傑秀異。有平原之遺風。廉藺之英骨。下逮宋廣平、魏文貞。皆河朔人。傳曰。三晉多奇士。其土風之然乎。寧晉實趙郡之附庸。而吾真定王君敏之棲棘於此。越明年政成。乃即城以爲亭。因隍以爲池。引洨水其中。植以荷蓮。以爲士民游觀之地。吾友邑令吴徵公妙（亭）伻來以記請。某曰。今夫樵者樂於山。漁者樂於水。與夫其静如山。其動如水。此智仁者之所樂也。其所樂同。其所以寓者或異。嘗試與子登兹亭以四望。其亦有得乎無得乎。將爲仁者静乎。抑爲智者動乎。其動静交相養乎。其亦動静兼忘乎。不移一席之地。而寓妙意於數百里之外。皆兹亭之所助也。若夫南馳鉅鹿。則主父之所以困沙丘也。北走恆山。則簡子之所以得寶符也。西挹井陘。則韓信之所以破

趙壁也。東接冀郡。則光武之所以趨信都也。自今觀之。蓋世力盡化爲灰塵。忽焉如飛鳥之過空。蓋將訪其遺跡。但見孤城斷址。烟雲草樹而已。方其寓世而不知其寓也。沈酣於醉夢之場。而馳騖於功名之會。至於茶然疲溘然盡。其亦知有不疲不盡者乎。雖然。物與我。相爲無窮。而人之生有限。山川如舊。而四時之風月常新。此吾人之所樂也。既以寓吾樂。且以名其亭。滏水集

磁州石橋記

趙秉文

北趨大都。南走梁宋。西通秦晉之交。東馳海岱之會。磁爲一要衝。滏水西來。距城四十里而近。又五里。東合於漳。方春秋霖潦。砯崖而下。漳水洶怒。則激流而上。匯於觀魚亭下者。三丈有奇。呑長堤。滅兩涘。平時有梁而輿。有舟而方。歲刓時復。波蕩水濡。居者病繹騷。行者歎滯留。我惟識覺公和尚戚之。乃代木以石。易脆以堅。踵洨水之制而梁之。臨終。以命其徒善仙。俾鳩厥功。仙日而不笠。毳而不褐。風經雨瞀。垂四十年。僅克有成。凡用石若工以億計。觀其締搆隆崇。礱嵌緻密。如山斯屹。如月斯彀。力拔地觔。勢與空鬭。忽兮無楹。何其壯也。廣容兩軌。高以十丈。旁鑿二室。以泄水怒。下洞九泉。以鎮地脈。堊以白灰。制以鐵鍵。標以華柱。護以崇欄。鬼物獸怪。蹲伏騰擲。變態百出。屹若飛動。噓。可駭也。每夕陽西下。太行千里。明月東出。二川合流。徘徊近郊。則銅雀之臺。西陵之樹。高齊、石趙之所睥睨。信陵平原之所馳逐。山川興廢。森乎目中。信天下之雄勝。而燕南之偉觀也。噫。自有天地。便有此川。黄軒以來。載祀

億千。天秘神造。弗度弗涓。而是橋也。蓋經始於世宗龍飛遼東之初。而斷手於聖上鳳集鼓山之年。豈前修弗迨。將俟昭代而啟人謀哉。非聖人先天格靈。昭太平之應。大雄遺身。及物。宏利涉之緣。其何以臻茲。僕忝鄉梓。遡聆頌聲。敢銘金石。用昭厥成。銘之曰。

於繹工妙。天造地設。窅神功兮。權插駢比。楞平嵌闕。㦸穹崇兮。超崖截壑。躡趙跨衞。亙長虹兮。憧憧往來。天下有道。津梁通兮。持斧衣繡。褰幃憑軾。觀民風兮。輿琛輦幣。烏宿衡山。入會同兮。耽耽鼇負。水涸石泐。茲無窮兮。滏水集

學道齋記　趙秉文

余七歲知讀書。十有七舉進士。二十有七與我姬伯正父同登大定二十五年進士第。厥後余調安塞主簿。遷邯鄲唐山令。是時年少氣鋭。急簿書。稱賓客。舞智以自私。攘名以自尊。蓋無非爲利之學。使其乾沒不已。將遂君子之棄而小人之歸矣。而吾伯正父心平氣和。以拊循其下。養孤兄弟之子。如其所生。年四十餘喪其配。遂不復娶。若將終身焉。及任監察御史。危言讜議。濵死而不顧。是其果有大過人者。泰和二年春。相會於京師。覩其狀。義而不朋。窮其心。淡然而無所求。察其私。蓋恥一物之不得其職。是豈真有道者耶。他日余問道於伯正父。伯正父曰。余何知道。余但日食二升米。終歲製一縕袍。日旦入局了吾職。不敢欺。賓客慶弔之外。課子孫讀書而已。余何知道。在他人。乃尋常日用事。而伯正父行之。乃有超然不可及者。何哉。吾儕小人。於日用事

外。所爲營營矻矻。計較於得失毀譽之間。不過爲身及妻子計而已。而人情之所甚好者。伯正父無之。酒色人所甚好也。伯正父無之。綺繡珠玉玩好之物。伯正父無之。怒氣以待人。恃才以陵物。伯正父無之。非有道者能之乎。或者不之信。曰今之學者不如是。且伯正父所學者。何道也。余笑謝曰。子去矣。有道人梵志者翻著襪。嘗曰。乍可刺你眼。不可隱吾脚。君當詣彼問之。滏水集

種德堂記

趙秉文

傳曰。十年之計。樹之以木。百年之計。種之以德。竊嘗以古驗今。爲善於家。而責報於幽。如持印券鑰合取所寄物。不在其身。則在其子孫。又何待百年而已哉。今夫日月之明在乎天。而所照在乎地。寶玉之精在於山。而光被乎草木。賢人君子。其德在乎身。而其榮及乎子孫。理固然也。其或司命所不職。聖哲所難言。若管仲之後無聞。而臯陶庭堅之祀忽諸。議者猶以爲專魚鹽之利。而掌法理之官也。善乎東坡先生之論天也。曰天可必乎。仁者不必壽。賢者不必富。天不可必乎。賢者必有後。天地之大以無心也。何嘗擇善人而賞之、惡人而罰之。譬如一氣之所春。一雨之所滋。甘苦美惡。蕃然並育。至其華者實。條者幹。霜降木落。萬物皆虛。而松柏傑然於歲寒之後。其不變者。可必也。噫。天地一圃也。萬物一果蓏也。無德而富貴。此天地間一巨蠹也。物既蠹壞。身亦隨之。故有鐘鳴鼎食之家、鳴玉曳組之後。朝爲榮華。夕爲憔悴。此種木而不種德者也。而閭閻脩身之士、牛醫馬走之子。身都卿相。慶流後代。譬猶芝蘭茝蕙。自託於深林幽谷。微風時過。見

别於蕭艾之中。而得登君子之堂矣。此種德而不種木者也。今使世之人種德如種木。望報如望秋。少忍而待善惡之定。其責報也。亦可必矣。然天地之氣。鍾於物也不一。其蓄之也至精。則其發之也必盡。故花之魁異木之秀傑者。不常有。相如、子雲、李白、杜陵。皆天地精美之氣也。故能秀而不能實。能蓄而不能續也。其遂也。或闕之。其涸也。或接之。故木之再榮。水之洄洑也者。亦時有之。欒黶之汰。而至盈方及者。書之力也。張湯之酷。而張氏復大者。安世之力也。至於楩枏豫章。其蟠根也既深。其流蔭也必大。故有七登三事。四世五公。再世而爲司徒。八葉而爲宰相者。有自來矣。豈不然哉。皇朝以來。若丞相石公。以先德大其家。此天下之所覩聞也。其餘田侍郎愨等。以直道被誣陷。子孫興者十八九。此木之再榮水之洄洑者也。若趙舉士可、王脩撰庭筠。皆天地精英之氣也。至於楩枏豫章。蟠根既深。流蔭亦大。則於公見之矣云云。雖然。有一於是。富貴而尊榮。康寧而壽考。翕翕赫赫。聲勢震燿。持粱刺肥。頤指氣使。使大官要職。親族滿前。視天下可欲事。無一不如意。此人情之所榮而天下之所同也。所性不存焉。父教子忠。子嚴父詔。怡怡愉愉。令德孝敬。其言以廣居室蓄聲妓矜富貴。世俗爲可鄙。此人情之所難而公之所獨也。所樂不存焉。惟宜力皇朝。著功斯民。垂之竹帛。傳之子孫者。楊公之家傳清白。畢公之世篤忠貞。此公之所以爲榮。而天下之士亦有望於公也。詩曰。高山仰止。景行行止。至於浚其源疏而達之。茂其本封而殖之。是有待於後之人。詩云。惟其有之。是以似之。其是之謂乎。滏水集

湧雲樓記（大安二年）

趙秉文

大安二年夏四月。余來涖平定。登城樓而樂之。樓枕古榆關。下建十丈旂。衺以五筵。廣三之二。窗闥軒豁。俯瞰閭闔。旁引重山複嶺之阻。左挹玉門。右控大鹵。大行掎之。羣山迤之。道京師而來者。歷汾晉。接秦隴。走雲代。商旅絡繹。使驛旁午。車摧馬踣。日不半舍。使人目寒而足慄。悽然有去國之悲。阜落之山。晉陽之泊。廣陽之故道。井陘之故關。地古天荒。巖深樹老。使人心折而骨悲。黯然有懷古之思。若乃烟容雨態。倏忽明晦。欄檻半晴。野無完塊。雌霓半空。雄風千里。絺綌以清。郊鄽汗泚。秋空月明。飛光皦榼。爾屋穿漏。我居蓬瀛。雪漲千山。北風其寒。我纊而温。爾縷而單。觴於斯詠於斯會賓友於斯。其亦有思乎。古之君子。内淵静而外昭曠。淵静則悔吝不生。昭曠則不蔽於物。其於居室也亦然。窔奥之處。淵如也。高明之居。曠如也。淵静所以存神。昭曠所以知政。静以養恬。動以應物。萬變之來。了然吾胸中而不惑。玆曠也。祇其所以爲達也歟。滏水集

遂初園記

趙秉文

滏水西來。枝分屬龍門堰。入城溉園田十餘里。城之西北隅有園。臨先塋往來道。與故翰林學士王公子立成趣園相鄰。園之地。廣修三十畝有奇。竹數千竿。花木稱是。其地循牆由菜園而入。老屋

數楹。名其莊曰歸愚。闢户而入。名其堂曰閑閑。堂之兩翼。爲讀易思玄之所。少南。竹柏森翳。有亭曰翠真。又南。花木叢茂。有亭曰佇香。由竹徑行數十步。牆外水聲濺濺然。流入池中。軒之名曰琴筑。稍西。臨眺西山。臺之名曰悠然。其東。叢書數千卷。蓄琴一張。菴曰味真。閑閑老人得而樂之。老人仰看山。俯聽泉。坐卧對松竹。此真所以樂也。老人非隱者也。自量於世終無補。但當謀爲早退閑居之樂耳。加我數年。年登六秩。一男三女。婚娶都畢。乞身南歸。爲園亭主人。斷置家事。勿相關白。當如我死也。飲酒不至醉。不茹葷血。衣布一襲。糲飯一盂。玄易書數册。吟諷終日。有客來。則接之。焚香宴坐。與之眇天地之終始。笑夢幻之去來。浮雲世事。瞪目不顧。每春和體輕。駕柴車。往來隆慮山中。至秋盡乃歸。未知前路能得幾寒暑。山中幾往來。復消幾量〇量。吴本作兩。屐耳。況朝廷以半俸優我。鄉里以親舊待我。予何憂哉。因是以名吾之園曰遂初云。滏水集

雙溪記

趙秉文

尚書右丞侯公領東平之明年。買田於黄山之下。曰浪溪。酈道元注水經。所謂狼溪者是也。狼與浪同聲。因以名之。浪溪東二十里而近。有佛屋。即公之舊隱讀書處也。溪源出於此。築堰匯水爲溪。溪廣百畝。上納天光。下浸山根。中植亭館。蒔以花竹。命之曰雲溪。溪東西往來有墅。公致政他年營菟裘之地也。客過而問焉。曰。所貴乎士大夫者。謂其得時行道。立功名於天下也。其在朝廷。則建大政。立大議。致明主於唐虞之上。措天下於泰山之安。其在外。則旗旄導前。弓矢擁

後。籌略動鬼神。威聲振山岳。親族賴其庇廕。縉紳仰其風采。天下賴之爲安危。朝廷繫之爲輕重。此誠士大夫得志之秋也。今明公雄才偉望。天瑞聖世。向者中土雲擾。天馬南飲。提孤軍。邀歸騎。山東之民釋俘而歸者數十萬衆。河朔之民恨不頂而戴之。而明公不以爲德。蒙聖 天子非常之知。引置左右。力求補外。誓清中原。而明公不以爲勞。擢兼將相。而士論不以爲過。衣繡還鄉。而士論不以爲嫌。方將埽大憝。佐中興。還大駕於舊都。挈生靈於壽域。雖安石有東山之志。晉公懷緑野之遊。未可以遂其請也。毋乃太早計乎。公曰。不然。功濟生人者。雖萬鍾不爲泰。食浮於人者。雖儋石爲有餘。今吾魯國一男子耳。明天子不以其不肖。擢二政機。大懼無以塞責。以速官謗。今天子建中興之功。有司各効智力。譬猶龍興則雲從。而不肖者自守一溪宜矣。皇上一旦哀其不肖。賜歸田里。太夫人在堂。方當嚴膝下之養。歲時伏臘。撫桑梓。奉甘旨。施於有政。是亦不肖者之爲政也。且君不見此泉乎。導之斯爲川。瀦之斯爲淵。升之斯爲雲。泄之斯爲雨。及其澤浹雲歸。功成如遺。是以漠然無累。而爲往來之氣。而此溪之功不與焉。昔柳子厚悔其妄進。以愚名溪。今予自託於雲。而以名其溪。不亦可乎。客退而歌之曰。

有浪者溪。其水舒舒。君子樂只。黃石授書。有雲者溪。其水淵淵。亦松是游。君子息焉。泉出於山。雲上於天。我公出矣。功滿人間。雲出於溪。返其舊山。我公歸矣。復還自然。是以有繡衣兮。無以我公歸兮。福禄其永綏兮。 滏水集

寶墨堂記

趙秉文

法書不必嗜。不必不嗜。嗜書近乎僻。不嗜近乎隘。人不能無所嗜。寧僻無隘。今夫文於天。日有圜。月有闕。東龍西虎。南箕北斗。雷霆風雨。霹靂霜雪。砯轟震曜。縱横森列。文於地。山錯峙。爲掌爲窣。水相薄。爲淵爲洄。乍起而伏。欲斷而連。崖崩而石泐。木腐而蟲蝕。似涯者。似臼者。似口者。似鼻者。文於人。肥瘠長短。踦跌戰鬬。山有夔。水有罔象。恢詭譎怪。千態萬狀。一接吾前。皆吾書之全也。又何待歷秦原。經洛汭。求之於蒼烟寂寞之濱。得之於敗楮蠹簡之末。然後爲快哉。雖然。山石土木之形。風雲月露之狀。凡可喜可愕者。一旦移之於佔畢之間。與夫商盤周鼓秦銘漢刻。横陳於前。及夫崔、蔡、鍾、王、歐、虞、褚、陸。九原喚起。抵掌談笑。明窗棐几。如見其人。此亦閑中之一樂也。夫公平生無所嗜好。獨於法書名刻。寶之不啻珠玉。千金購求。必得而後已。自公壯時。馳驛往來於燕秦齊晉之間。聞有石刻雖深山曠澤。必命齎藤楮。作墨本以歸。以是裒金石遺文僅千餘卷。兵火散亡。幾三之二。猶掊拾而不已也。暇日築堂於私第。榜之曰寶墨。竊惟古者有功德。則銘之。公方以經綸器業。依光日月。異日元勳茂德。光於竹帛。銘於鐘鼎。僕雖老矣。尚能爲吾公一書再書而屢書之也。滏水集

希夷先生祠堂記〔正大三年〕

趙秉文

貞祐四年冬。北兵至潼關。華陰當其衝。雲臺觀鞠爲灰燼。希夷先生遺像不存。正大三年。道士某始克棟而宇之。會余以使事過華。且謂先生之道之行。載於史。雜見於傳記。道家之說。昭昭也。獨易道出於天。至周。河圖洛書。藏在王府。秦漢而下。失其傳者千有餘年。而先生得先天之學。以象授种徵君。以數授李挺之。挺之傳邵康節。康節著以爲皇極書。周濂溪又以爲太極圖。而易道復興。顧嘗以爲書可亡也。道不可亡也。然道待書傳。書待人傳。微先生。吾誰與歸。銘曰。天地有終。易道無窮。後千百世。書可亡耶。仰先生風。後千百世。書未亡耶。惟先生之功猗。滏水集

商水縣學記

趙秉文

孟子曰。人皆可以爲舜。孫卿子曰。塗之人。可以爲禹。楊子曰。希顏者。亦顏之徒。舜禹聖人也。顏子大賢也。而三子者。以爲衆人可企。不亦夸乎。夫責馬者。必曰一日千里。則不可。苟十駕不輟。斯亦千里而已矣。責人者。必曰聞一知十。則不可。苟服膺不輟。斯亦爲顏子而已矣。雖然。顏子何寡也。譬之水之性本清。泥汩之則渾。少焉澄之。其清自若也。火之性本明。煙鬱之則昏。迨其煙熄。則其明自若也。人之性無不善。其所以陷溺其心者。則欲蔽之耳。使吾一旦加澄治之功。如水斯清。如火斯明。不爲難矣。然則如之何。學以精之。使自明之。力以行之。使自誠之。其去古人也。不遠矣。今之學者。則亦異於古之所謂學者矣。爲士者。鉤章棘句。駢四儷六。以聖道爲甚高而不可學。蔽精神於蹇淺之習。其功反有倍於道學而無用。入官者。急功利。趨期會。以

聖道爲背時而不足學。其勢反有病於夏畦。而未免爲俗儒。盡棄其平日之學。此道之所以不明也。至於甚者。苟勢利於奔競之塗。馳嗜欲於紛華之境。間有恃才傲物。以招譏評。剌口論事。以取中傷。高談雄辯。率嘗屈其座人。以佞爲才而致憎。浮薄嘲謔。反希□□○□□四部叢刊本、吴本并無。市人。以狂爲達而賈怨。豈先聖所以教人。老師宿儒所以望於後生也哉。非特學者之罪。上之人未有以道之也。國家承平百年。文物日富。大駕南巡。命内外官舉可任縣令者。又以六條定其殿最。於是出宰是邑。乃廣先聖之廟而新之。殿其中央。以妥聖容。旁列兩廡。以安賢像。堂其後。俾師講而生習之。齋其左右。俾時習而日省之。今魏侯邦彦以事過其邑。請余爲記。竊以商水故溵○溵。原作激。據吴本改。水。在漢爲淮陽郡。名士出焉。地靈物秀。何患無人。昔文翁化蜀。而蜀郡多文士。常袞南遷。而福建多諸生。況中州禮義之鄉。輔以賢令明教之力。將見人才輩出。曾行閔趨。豈獨漢唐之舊哉。滏水集

裕州學記

趙秉文

裕州故方城。在漢隸淮陽。或隸昌潁汝陰。○此句吴本作在漢隸南陽。其或隸襄城。或隸淯陽。齊桓公、楚屈完憑軾之地。裴晉公、李愬經略之郊也。俗剽悍而武。輕徙不地著。其土風之然乎。大駕南巡。以其鄰於唐鄧也。視爲重地。易邑爲州。置刺史。正大二年。以内族公某爲之。公明濟開豁。仁而勇義。一之日。庶而安之。二之日。富而教之。政行。思有以大慰服其心。惕然深惟曰。孔子聖人之大也。自黄帝堯舜三代聖王。皆不得常祀。獨孔子以德。自京師達於荒郡僻邑。皆得以春秋奉祀。事固自

有次第哉。禮有以舉之。莫可廢也。禮。天子祭天地百神。諸侯祀其境内山川。否則有禁。世遠道喪。淫妖之祀偏天下。而孔子之祀。雖以時舉。吏惰不虔。備故事而已。非所以妥聖靈致崇極之意也。自唐以來。以十哲配。列七十二賢於兩廡。又圖二十四大儒於壁。其後以孟子、孫卿子、楊子、文中子、韓子五賢。配於别室。既升孟子於堂。而曾子、子思子傳中庸大學之道。獨不得以配四賢乎。若張平子之博識。諸葛孔明之忠烈。陳仲弓之德化。皆吾近郡先賢之章著者也。其可忽諸。於是大敞先聖廟而重新之。殿講堂。碩大且崇。前三其門。旁二其廡。爲夾室者二。繪五賢於左。繪先賢於右。列齋者四。以爲士子絃誦之室。會元帥完顔公。以詩書之師。當熊虎之任。折衝樽俎。諏經講道。學之成也。與有力焉。廟成。其從事太原王渥鳩衆而言曰。侯之牧是邦也。不既休乎。侯之祀是廟也。不既備乎。噫。無詩歌以嘿侯之德。是不接邦人於道也。使來請辭於余。余爲之詞曰。有方者城。宛葉之間。蠢彼蠻荆。嗾凶嘯頑。帝命選侯。易邑而州。其撫爾民。往分余憂。膴膴原隰。屹屹方城。我侯戾止。有年無兵。方城言言。原隰畇畇。我侯戾止。作新斯民。乃作新廟。新廟奕奕。載色載笑。匪督伊力。有巋其宮。有焕其容。丹且雘兮。望之巍如。入之肅如。有來士子。深衣襜如。湯湯汝水。乃洙乃泗。曾是一方。化爲闕里。汝水湯湯。洙泗之鄉。曾是蟊賊。化爲柔良。侯在在堂。左書右詩。化洽於體。仁漸於肌。此邦之休。惟公起之。毋俾斁遺。尚或似之。滏水集

金文最卷二十七

記

葉縣學記

趙秉文

太虛寥廓。一氣渾淪。日而月之。星而辰之。噫以雷風。竅以山川。動靜合散。消息盈虛。獨陽不生。獨陰不成。一則神。二則化。所謂一。太極也。極中也。人受天地之中以生。天地能生之。不能成之。父母能育之。不能教之。有聖人出。範以中正仁義。中天地而立。其功與天地並。人極立焉。自堯舜禹相授以精一大中之道。歷六七聖人。至孔子而大備。其精則道德性命之說。其粗則禮樂刑政。經綸君臣父子兄弟夫婦朋友之大經。立天下之大本。贊天地之化育。其教人。始於戒慎恐懼於不見不聞之間。其極至於配天地高明博厚。其學始於致知格物正心誠意。至於治國平天下。下至道術陰陽名法兵農。一本於儒。裁其偏而救其失。要其歸而會之中。本末具備。精粗一致。無太高難行之論。無荒虛怪誕之說。聖人得其全。賢者得其偏。百姓日用而不知。天地以此位。日月以此明。江河以此流。萬物以此育。故稱夫子與太極合德。豈不然耶。禮春秋釋菜於先聖先師。自京師至郡邑。皆得以時祀孔子。而葉劇邑也。歷前政數十。竟不能廟而像之。兹非闕歟。劉君從益由監察御史出宰是邑。游刃之餘。乃先從事於學。又率鄉民之秀者。日省而月試之。可謂知所務矣。未幾。召入翰林。又得尅石烈君相繼爲政。踵而成之。凡爲殿三楹。堂三筵。左右廊廡十有四。前三其門。旁四其齋。下至庫廚。咸備而法。望之巍如。入之肅如。士興於學。民服其化。嗚呼休哉。嘗謂人皆有良知良能。第未有以啓之耳。頗有以葉公好龍之説告之者乎。凡士以種學績文爲進取之計。而不知治心養性之術。入官者。以謹簿書急功利爲能。而不知愛民行道之實。皆好假龍者也。若亦知夫真龍乎。凡天之所以付授我者與聖賢同。而未免爲鄉人者。利欲蔽之耳。人欲日消。天理日明。而吾之心乃天地之心也。仁遠乎哉。勉之而已。昔葉公問孔子於子路。子路告之以發憤忘食樂以忘憂。聖人尚爾。況夫吾儕也乎。劉君渾源人。南山翁之後。聰明質直。又精於道義之學。與其子祁。俱以能文稱。尅石烈君。望雲人。嘗爲赤縣令警巡使。二君皆所至有聲。非特一邑而已。滏水集

郟縣文廟創建講堂記泰和八年

趙秉文

古之興學也。家有塾。黨有庠。術有序。國有學。蓋王者君國子民。必以教學爲先。三王四代。所以循繼而不易焉。降及秦漢。郡縣天下。雖政異制。而學則代代開設之。迨隋唐以來。設科取士。公卿將相。多繇此塗而出。則學校之興。所以熾焉。皇朝自大定累洽重熙之後。政教脩明。風俗臻

美。及明昌改元。嘗詔天下興學。剌郡之上。官爲脩建。諸縣聽從士庶自願建立。著爲定令。由是廟學在處興起。汝州郟縣屢爲兵火。廢毀蕩然。宣聖廟僅存。而文武舊風。特掃地矣。泰和乙丑歲。余官汝州幕。秩滿告老歸。因過郟城。嘉其形勢。據嵩之陽汝之陰。薪炭魚米之易致。故樂居焉。偶得廬舍。鄰宣聖廟之西南隅。愛其廟中檜柏森鬱。相其林。計閱世已百年矣。其廟之前中門兩廡。乃明昌間邑士賈麟之率衆而興建。殿後隙地。但楮榖成叢爾。余因寓書橐於東廡。傷其殿階之前爲恭肅之地。而通人來往。多有褻瀆。乃分兩廡向殿之兩架。南北起巨墉。飭以粉壁。繪七十子之像。四隅起垣。以斷行跡。東西峙二小户。以時而啓閉。釋奠始得嚴静焉。主簿李君元英。自下車謁廟。頓有修舉意。先以祭器敝壞。不堪羞薦。取汴庠規制。而更造作。籩豆簠簋。得一新之。簾障香案。皆增置之。會余兩廡功畢。嘗曰。廟已嚴潔。而學舍猶闕。指後之荒丘曰。可以建講堂齋舍。但助緣立功。未得其人耳。有里人之豪於財者王鐸。聞其義而赴焉。先售大厦三楹。移爲講堂。繼有同里張轂、董瑋輩。有子皆業儒。亦願來助。相與勸化具疏。以聚其貲。得錢十萬。大材二百餘根。小樣木三百餘條。材既斯備。功可斯興。適有寓居劉濟。昔夷門之良賈也。於營造事。多見而能。故舉以督工焉。大概則稟李君之成規。於堂之左右各起兩楹爲齋舍。列牖于南北。辂門於堂中。以限學徒之出入也。堂後貯廊製嵌。面相對如連榻。其欄楯軒窗。以便賓客之欵密。廊後横舍。上平其頂。中鑿户牖。而風月四達如虚舟焉。以容講經者之憩息也。通接武之地。畫墁以甓。堂前石欄阼階數級。以分賓主之登降也。環垣十堵。周帀爲囿。以圍藝圃於其中。垣之外。

東構庖廚。西置廩庾。則會文之所需。斯無闕矣。足以待里中好學之俊秀。作成文行而出其材焉。由是廟學始分。亦皆嚴潔而完具矣。前三門之外。西五十步。即市南之通衢。起土三尺。上構過門。榱題栱桷。獸吻鴛甃。檐楹壯麗。丹碧焕耀。爲一邑雄觀。所以警化邑人而起嚮善欽敬之心也。豈徒爲哉。李君字材輿。泰和癸亥歲登進士第。許州臨潁縣人。縣有廟學。毁圮已久。更數政。視之蔑如也。君之迺父迺兄。慨然出己貲而獨辦脩完。數年間。廟貌學舍畢備。士類庇賴。而得進學於中。李君榮登科甲。出仕宦途。今則能舉斯事。蓋積善之家。其義風之傳。亦有素矣。是役之興也。起於今歲之三月。迄於十月而落成。既畢。督工者請記。輒摭其實而直書焉。泰和八年冬至日記。南陽府志

手植檜刻像記

趙秉文

天地否而復泰。日月晦而復明。聖人之道厄而復亨。六籍戹於秦。至漢而復興。王道戹於晉宋齊梁陳隋之間。至唐而復興。此自然之理也。貞祐初。兵革擾曲阜。焚孔庭檜。聖道之廢興。固不係於一木之存亡。新宫火。三日哭。重先祖之居也。況聖師之手植乎。衍聖公收其煨燼之餘。李侯刻而像之。知尊事矣。若夫茂其德。封而植之。是聖道常在也。豈特一木哉。三年六月晦。門弟子趙秉文謹記。祖庭廣記

丹陽真人馬公登真記〔大定二十五年〕

張子翼

真人。間世之異人也。稟天仙之姿。應期運之數。明哲聰敏。冲粹夷曠。學窮六藝。行包九德。夫其器量宏深。襟宇闊達。邈乎人不可及矣。然棲遲衡門。不苟祿仕。常喜詩酒。陶陶自樂。而不屑世務。一日重陽真人西來。授以秘訣。則頓然而悟。視妻子如脫屣。於是捐千金之產。偕爲雲水之遊。遡洛入關。結廬於太乙之下。修真功。積真行。服紙麻之服。食糲糧之食。隆冬祈寒。露體跣足。恬然不之顧。惟一志於道。且手不接人一錢。積有年矣。至於出口成章。咳唾珠璣。多至數千百篇。無非發揮玄奥。冥合於希夷之趣者。布於四方。人人傳頌。其安心定性。則清虛淡泊。其接物導人。則慈愛愷悌。由是遠近趨風。士大夫爭欽慕而師友之。於斯時也。踊金臺劉公顯武榮任京兆之運幕。一見真人。傾蓋如故。自公退食。揮麈清譚。歡然相得。每期異日同爲蓬閬之客。居無幾何。真人會有鄉關之行。乃匆匆執別。及抵山東。凡在三州五會之衆。傾赴雲集。歡喜踊躍。不啻如見慈父。乃起黃籙。爭虔懇延致。以爲濟度師焉。癸卯冬閏。赴萊陽之請。乃館於遊山觀之環菴。席不及暖。遽然即真。越明年夏六月。顯武公來宰斯邑。下車之始。獲聞真人於此登真也。卽躬詣靈殯。流淚拜伏。不勝哀悼。徐謂道衆曰。真人上昇之際。得無遺教乎。當具告我。翼曰。曹琪〔○琪。一舊刻本作瑱。〕劉真一乃奉上真人遺跡。仍略之曰。先師前冬臘月既望。遽示歸真之意。越七日癸未。適遇重陽真人生朝。方陳設供養。才初鼓。震雷忽奮。聞重陽真人言曰。子仙期已及。不當淹久。及中夜。卽枕左肱而化矣。既而復神遊於酒監郭復中家。留頌二十字。且言在世無人識之意。墨跡在焉。又往劉錫之居。復書一絶。有風馬升仙之言。洎吾邑黄籙感應之祥。蓬萊真容出現之異。其靈顯之事孔多。蓋不可以縷指數。公嗟歎良久曰。異哉。真人行跡。神妙如此。近古希有。苟不刻於翠珉。傳之來世。良爲可惜。汝等其奈之何。答曰。弟子不肖。安能傳播師父功行之萬一。大可罪也。予雖然。竊聞古人有云。布衣之士不附青雲。烏能施名於後世哉。今日幸遇我公。豈非自有宿緣乎。公曰。我聞命。乃召邑子張子翼謂曰。丹陽師父仙去之跡。吾將勒石。以傳不朽。聞子遊全真之門久矣。子其爲我記之。子翼承命驚悸。伏謝駑材。不足以仰承重委。願選諸能者。公曰。子無牢讓。子翼因不敢復辭。乃伏思而言曰。在昔西京曹參之來相齊也。盡召諸耆老。問其所以安集百姓者。然言人人異。殊未知所定。聞(江)〔膠〕西蓋公善治黄老言。乃使人厚幣請之。既見。爲言治道貴清凈而民自定。推此類具言之。於是避正堂。舍蓋公焉。其治要用黄老術。故相齊九年。齊國安集。大稱賢相。今我顯武公來令是邑也。暫淹驥足。聊用牛刀。視事月餘。闔境稱治。向之冤抑無訴者。得以伸其屈。奸猾抵獻〇獻疑當作讞。者。無所肆其惡。百姓歡然。均賴其福。加之清廉公正。無一毫之私。雖魯仲恭之令中牟。西門豹之治鄴縣。不能過也。且萊陽素爲劇縣。號稱難治。今庭無留事。居多暇日。乃延請道衆。若鐵查山、玉陽子輩。引居便坐。講道論德。探清凈無爲之本。窮修真養性之術。庭館蕭然。殊不覺有官況。既散則復治事如初。從旦達暝。略不知倦然。夫公之高才絶能。剸裁如流。而清凈之道。抑不爲無助也。由是觀之。與夫曹參之禮蓋公。

何所異哉。矧乎同僚皆一時之賢。協心戮力。贊成美政。主簿夾谷昭信朱句課最。户無逋租。仙尉蒲蔡武功。綵棒威行。盜奔他境。遂使一邑之内。皆慴然安生。曾無所擾。其道治化宣聲遠近。靡不景仰其德政矣。且夫公之爲京兆運幕也。與真人道契彌篤。已見之於初。及真人登真於(咸)〔萊〕陽也。值公復宰斯邑。與諸僚佐特命樹碑勒文。垂示無窮。以張大全真之教。復成之於末。竊觀初末遇合之因緣。殆爲大幸。實非人力所能及也。賤子不敏。因摭其相遇之實。得以并記云。大定二十五年歲在乙巳正月十五日己亥謹記。甘水仙源録

曲周縣重修學記〔明昌七年〕

靳子昭

皇朝尊尚儒術。詔自防禦州而上。設學養士如太學。置教授弟子員。且以文儒之臣。領提舉之官。曲周既下邑。不得與。先是范陽顧侯定遠作尉於邑。有遺愛於斯民。既去。而人益不忘。侯亦樂其土俗。及其亡也。其子曰瑭、曰璧。乃寓葬于邑之東。因家焉。邑有舊學。廢已久矣。歲時釋奠無所。欲謀復之。適高平張公來宰斯邑。相與度地經始。而張公去。蓋又歷年。乃能爲殿三間。嚴孔子及顔子而下十哲洎孟子像。復圖七十二子古大儒三十二子於廡。齋堂廚庫。靡不畢具。雖邑之人有以財力左右之者。大率皆顧氏兄弟之作也。方且招徠四方之士。與其鄉之賢士大夫。日游處其中。以講論經義。可不謂之賢乎。學始作於大定乙巳。成於丙午。明昌七年秋八月望日記。廣平府志

重修惠民泉記〔泰和四年〕

郭邦基

永壽縣。古麻亭驛也。城在嶺之巔。三面阻險。攸居之人。弗能鑿井。宋嘉祐中。呂汲公大防爲令時。於城東甘水源。相其地形。鑿山爲渠。引而入城。百姓利之。嘗歌曰。泉之來兮東澗邊。昔我勞苦今安然。願公早入佐天子。霈爲膏澤及民徧。因目之爲呂公惠民泉。歲月寖久。兵革之餘。泉渠圮壞。無復存者。泰和元年。邢公珣由進士第主邑簿。下車後。歷詢耆耋。苟有利害。爲之興除。衆以泉聞。遂訪其源。得故道。有瓦甓之迹在焉。不旬日間。厥工告成。其泉之通也歘焉。老幼忻忻。賡爲之歌曰。

我公來兮揚仁風。當時澗水能復通。濟人利物誰與同。昔有呂公今邢公。泰和四年。鄉貢進士郭邦基撰。關中勝蹟圖志

公孫厚士祠記

何師常

古之忠臣烈士。見得思義。見危授命。有殺身以成仁。使稱名於後世。其功或流於管絃。其事或見於方策。庶傳不朽者也。今之九原。即古趙氏田邑。按山海經云。忻水東歷程侯北山下。舊有采金穴。故謂之金山。隋書。秀容縣有程侯山。九域志亦載此山。乃趙地。禮記檀弓謂。趙文子與叔譽觀乎九原。即此。又云。晉獻文子成室。諸大夫發焉。張老有言曰。美哉輪焉。美哉奐焉。歌於斯。哭於斯。聚國族於斯。文子者。武也。承張老頌而歎曰。得斯三者。是全要領以從先大夫於九京。疏曰。九京即九原。文子家世舊葬地也。故以京而爲原。今定襄東。襄子陵仍存。或云。趙氏

之葬。在於襄陵。乃武之後。非武之先。隋精道寺碑云。地連三晉。城帶九原。盧君竊號之邦。趙氏言歸之地。遷史以爲南并北伐。非此何謂焉。迄今九原。以公孫爲里。而有三社。其中社猶有古塚。以祠荒而遷於附路。與州南程嬰祠乃九原古雙祠也。亦云。其墓在焉。彼有仇由之藏山絳陽之舊墓。不知摭何而所載未能詳於此者。昔趙盾專國政於靈公之時。以公益驕。盾驟諫而弗聽。生熊蹯而殺宰人。持其尸出。趙盾見之。公以此懼。而欲殺盾。盾素仁愛人。嘗所食桑下餓人。反扞救盾。盾以得亡。未出境。而趙穿弑靈公。立襄公弟黑臀。是爲成公。盾復反任國政。君子譏盾爲正卿。亡不出境。反不討賊。故太史書云。趙盾弑其君。至景公時。盾卒。謚爲宣孟。子朔嗣之。景公三年。朔爲晉將下軍救鄭。與楚莊王戰河上。朔娶成公姊爲夫人。屠岸賈始有寵於靈公。嘗欲誅趙氏。至景公而爲司寇。乘趙氏世衰。將作難。乃治靈公之賊以攻朔。徧告諸將曰。盾雖不知。猶爲賊首。以臣弑君。子孫在朝。何以懲辠。請誅之。韓厥曰。靈公遇賊時。盾在外。先君以爲無罪。故不誅。今諸君將誅其後。是非先君之意。妄誅謂之亂。臣有大事而君不聞。是無君也。賈不聽。厥告朔以趣亡。朔不肯。曰。子必不絕趙祀。朔死不恨。厥訴以疾不出。賈擅命與諸將誅趙氏於下宮。殺朔同括嬰齊。悉滅其族。朔妻有遺腹。走匿公宮。朔客公孫杵臼謂朔友程嬰曰。胡不死。嬰曰。朔婦有遺腹。若幸而生男。當立之。卽女也。徐死耳。居無何。朔婦娩身而生男。賈聞之。索於宮中。夫人置兒於袴中。祝之曰。趙宗滅乎。若號。卽不滅。若無聲。及索兒。竟無聲。已脫。嬰謂杵臼曰。今一索則不得。復索之如何。杵臼曰。立孤與死。孰難。嬰曰。死易。立孤難。杵臼曰。趙氏先君遇子厚。子強爲其難者。吾爲其易者。請先死。遂謀他人嬰兒負之。衣以文葆。匿於北山。嬰出。謬謂諸將曰。嬰不肖。不能立趙孤。誰能與我千金。告匿孤處。諸將皆喜而許之。遂發師隨嬰攻杵臼。杵臼謬曰。小人哉。程嬰也。昔下宮之難不能死。與我謀匿趙氏孤兒。今又賣我。既不能立。忍賣之乎。抱兒呼曰。天乎天乎。趙氏孤兒何罪。請活之。獨殺杵臼。可也。諸將不許。俱殺之。諸將皆喜趙族滅矣。豈知真孤乃反在。程嬰卒與俱匿於山中十有五年。景公疾。卜之。大業之後不遂者爲祟。景公問韓厥。厥知趙孤在。乃曰。大業之後。在晉絶祀者。其惟趙氏乎。夫自中衍者。皆嬴姓也。中衍人面鳥噣。降佐殷帝太戊及周天子。皆有明德。末世幽厲無道。而叔帶去周適晉。事先君文侯。至於成公。世有立功。未嘗絶祀。今吾君獨滅趙宗。國人哀之。故見龜策。惟君圖之。景公問趙尚有後乎。厥具以實告。於是景公與厥謀立趙孤兒。召兒匿於後宮。諸將入問疾。景公因厥之衆以脅諸將而見趙孤。諸將不得已。乃曰。昔下宮之難。屠岸賈爲之。矯以君命。并命羣臣。非然。誰敢作難。微君之疾。羣臣固且請立趙後。今君有命。羣臣之願也。於是召趙孤、程嬰徧拜諸將。遂反攻賈。滅其族。復以田邑如故。孤名武。既復子。爲成人。嬰辭諸大夫。謂武曰。昔下宮之難。皆能死。我非不能死。我謀立趙後。今立子。既成人。復其位。我將下報宣孟與杵臼矣。武啼泣頓首固請曰。武願苦筋骨以報至死。而安忍去我死乎。嬰曰。不可。杵臼以我能成事。故先我死。今我不報。是以我事爲不成。遂扼喉而自殺。武服齊衰三年。爲之祭邑。春秋祀之。世世勿絶。以此知昔日盾之異夢。趙史援占之曰。非君之身。乃君之子孫。

絶而後好。誠不妄焉。山西通志

延安路趙先生本行記〔泰和六年〕

張子獻

夫人之所以得大自在者。以其了達生死。去來不有凝滯而然也。昔禦寇乘風而行。泠然善也。南華以爲猶有所待。若夫乘天地之正。御六氣之辯。以遊無窮者。彼且烏乎待哉。今延安趙先生。所謂無待之人也。先生名抱淵。道號還元子。俗呼曰魔哥。延安之雞川人。家世業農。屢積陰德。先生自幼不凡。志在方外。嘗遇有道之士謂之曰。汝夙有奇緣。我今傳汝秘訣。勉自脩習。終當有成。遂結菴以居。事母至孝。鄉黨共稱之。後因戴柏高師父引詣劉真人席下。得授心印。隱居陽山。一紀不出。先生素不讀書。忽一日夢真君召賜金一席。辭而弗受。復以道德二篇付之。先生即吞之入腹。自此性天明朗。心地開通。聞所不聞。知所不知。詩詞歌詠。若涌泉之流注。因述歌云。昨日菴前遇莊列。二人默我長生訣。又云。尋箇知音尋不得。野人獨步下秦川。遂來終南。參重陽祖師。玄機密旨。大蒙啓證。後歷名山勝境。落魄不羈。寓意於詩酒之間。自稱太上弟子。至晚年還鄉。於迎祥觀住坐。泰和五年。甘泉院道友敦請先生住菴。乃作〔無〕〔如〕夢令詞答之。其末句云。相別。相別。來歲春分時節。時人莫曉其意。俄而次年二月初四日。上遣二使者奉冠服召先生赴闕。曰。吾一老村夫耳。莫難行焉。使者堅索登程。先生與道友黨珍及門弟子言。我且當迴避。遂沐浴正衣冠而坐。至三更。忽覩電光滿屋。聲震如雷。衆皆驚駭。奔往視之。則先生儼然而逝矣。

留頌云。松梢晧鶴向風泠。〇泠當作冷。只有翻雲歸去心。萬里青天一片雪。儘教華表柱頭尋。是夜正屬春分之際。誠有驗於詞中之語。享年七十有二。平生述作。集爲混成篇傳於世。噫。昔先生陽山養活。一紀不出。豈非御六氣之辯者哉。捨綸召之榮。而脫殼飛昇。又豈非乘天地之正哉。斯不亦無待之人。獨往獨來。而得自在者。予故曰。人之所以得大自在者。以其了達生死去來不有凝滯而然也。庸不信夫。先生示滅之後。來使繪真容。以復上命。時先生已預赴闕矣。使者具告其事。朝廷莫不驚歎。復遣使馬進章齎持賻物。與合郡官寮卜於迎祥觀西。鑿石爲洞。高棺厚葬。建祠樹碑。用彰仙跡。使有四時香火之奉。來使索予作記。以傳不朽。僕自顧不才。安敢當此。然忝竊朝廷之禄。敢違來使之命。且景仰先生之高風。恨不得再見。於是乎奮筆以書其實事云。甘水仙源録

金文最卷二十八

記

東鎮神應記〔承安五年〕

胥從簡

夫陽爲而陰報。顯動而幽應。此必然之理。而世有所不知。世人指神爲有無。而不知神依人而行也。誠能莊敬精潔。有禱於彼。彼雖處冥冥之間。豈無心應於人也哉。承安庚申。青陽屆候。天子詔有司。按祀典以祝册付益都統軍使僕散昭武。使行禮於東鎮東安王之祠。公命臨朐令蒲察昭武前夕省牲。公乃齋沐虔誠。質明卽事。文武僚屬。俯首聽位。各執其職。罔敢少懈。酒殽清美。籩豆静嘉。三獻禮畢。東方未明。公少憩於客館。從者報有大小二鹿自東踰垣入館。公命左右勿殺。令揮去。其鹿南趨屏山。須臾大者復迴。如是者三。再至館門。爲御者得以獻於公。僚屬驚視。莫不嗟駭。山中耆老。相與稱道。自國朝致祭以來。未嘗見此異事。意者。神其復禮於公。不然。彼何舍其身自棄於人哉。蓋默爲神使不知其來也。夫神之所爲。非正直不能動。非至誠不能通。以東方之帥致祀於東鎮之神。位實相亞。况乎敬肅行事倍於前日。是公之用事。先以誠而感於神。神之報公。假以物而視其應。縣令昭武。覩此嘉應。召邑士胥從簡記之。從簡再拜言曰。始來而不殺。乃公之好生。既去而復迴。乃神之效靈。噫。鹿斯之奔。胡爲乎詣公之庭。神之聽之。福禄來成。鹿斯之奔。胡爲乎至公之館。神之聽之。福禄來反。山東通志

重修曲沃縣學宮記泰和(二)〔元〕年

楊普

學校之地。教化之原。非良吏莫與興也。今雖太宗南渡。衍聖重封。正吾道昌明時也。而黌宮狹小。旋修旋圮。寧可觀耶。吾鄉之學。皇統間。創於宋公。歷今纔五十六年耳。而正殿講堂。鞠在場圃矣。誰實使之也。泰和改元。邑宰濩澤張公、主簿平城翟公。皆有儒者氣象。鋭意興修。各捐俸以倡。邑人從之。工起仲春。告成季秋。制度規模。無不足垂遠久。夫自皇統丙寅迄今。始克大啟爾宇。以昌明正學。則張翟二公。厥功懋矣。余師承卑鄙。學殖荒落。謬叨仙籍。忝附禮闈。顧此泮宮。實爲增愧。然喜文學之將興。竊深爲鄉人士慶幸也乎。續修曲沃縣志

襄陵縣創修廟學記泰和九年

孔天監

泰和改元之夏。襄陵衆吾道。踵門而來告曰。敝邑爲平陽之劇。户踰二萬。舊有廟學。在縣西北隅。不啻三數里。非春秋二丁。士子未嘗一往也。既僻且遠。孑然僅存者。一殿而已。當其釋奠先聖。少有風雨。則無所庇蔭。殆將廢禮。且地近臨汾。故前後縣官有心於作新者。以其功大役衆。

往往中道而畫。或復視爲餘事。若行路之人。無分毫顧藉意。如是。則雖名有廟學。與無無異。何怪乎俗流失。民鄙陋。競貨利而尚争訟。薄禮義而捐廉恥。間有讀書務學者。咸指以爲好嗜不急。争相嗤點也。學校之不崇其弊乃至於此。大定初。湯公儒林來丞是邑。奮然思矯其失。於是易遠以近。改卜樹表隅城之東南。爰得美地。甫遷門堂。尋復移令他去。寥寥四十餘年。莫終其事。繼之。堂且焚燬。廟亦滋敝。其爲病可勝言哉。天幸承安三年丹陽趙公。以廉陞此縣宰。視事之三日。禮謁舊廟。既拜而出。蹙然不寧。若罔承獲。顧視諸生歎曰。子衿佻達。詩人刺之。學舍芻牧。史氏貶之。學校者。教化之原。以是廟觀是邑。其風化概可知已。吾徒讀聖人之書。行聖人之道。豈忍坐視其敝。而不爲興起之。慨然獨斷。以新廟爲己任。適會兩督役事。不遑寧處。往復者二期。今年正月。始還職任。嗚呼。善事之成。蓋亦有數。詎不信然。公首出俸錢二萬米十斛。倡之於前。諸生各輸所有。和之於後。暨邑商酒者。不待勸督。亦自願助所費。建始落成。不踰閱月。輪焉奂焉。殿廡爲之一新。邑人始知教化之有本。學宫之不可緩也。屬境豪户秀民。感道懷和。皆歡喜捨施。惟恐其後。兩廡屹然。不日而起。然後祀有廟。士有歸。其餘莫不稱是。回思向之舊所。十百不相侔也。故邑里之士民以逮胥吏。不謀而同。僉曰。今廟學成於難能無望之中。而斯民化於覿德易誘之後。豈可使趙公之勤。無所紀述以傳信後人。且謂僕鄉人業儒之先在仕者。請紀其事。僕以爲古者鄉遂有庠序之教。國家有塾學之制。爲之師以諭其道。爲之保以詔其業。淫言詖行。詭怪之術。曾不得少容於其間。其瓌才懿德。皆若素定性成。不假驅率閱習而後能。此所以不嚴而治也。至其陵替之久。則四方之學。一廢而爲廟。衹爲奠祀孔子之所。耳不聞絃誦之聲。目不覩飲射之儀。則風化何由而興哉。今公爲政。知所先後。寬於御衆。勇於立義。百許歲之舊弊。不勞而舉。沛然更新視聽。不但以充祭獻。俾方領矩步者。委蛇乎其中。騰文價而取膴仕。源源而不絶。向之薄俗一變而純粹。皆有士君子之行。實由此其始也。顧不偉哉。在周則魯侯申甫能修泮宫。詩有其歌。在漢則蜀守文翁特興儒學。史有其傳。趙公之治。蓋取諸此歟。僕雖不敏。親覩善事。其於是記也。烏得以固陋辭。泰和九年重午日。襄陵縣志

藏書記

孔天監

河東之列郡十二。而平陽爲之帥。平陽之司縣十一。而洪洞爲之劇。按春秋時所謂揚侯國者。漢爲揚縣。隋義寧元年改曰洪洞。取縣北鎮名也。唐宋因之。東接景霍。西臨長汾。南瞰大澗。邑居之繁庶。土野之沃衍。雄冠他邑。其俗好學尚義。勇於爲善。每三歲大比。秀造輩出。取數居多。故程能西府。則老鄭爲之魁。較藝上都。則二郭取其乙。祖慶以妙齡馳譽。居善以老成擢試。濟濟藹藹。前後相望。吾見其進。未見其止也。雖家置書樓。人畜文庫。尚慮夫草萊貧乏之士。有志而無書。或未免借觀手録之勤。不足於採覽。無以盡發後生之才分。吾友承慶先輩。奮爲倡首。以購書自任。邑中之豪。從而和之。歡喜施捨。各出金錢。於是得爲經之書有若干、史之書有若干、諸子之書有若干。以至類書字學。凡係於文運者。粲然畢備。噫。是舉也。不但便於己。蓋以便於衆。不

特用於今。亦將傳於後也。顧不偉哉。將見濡沫涸轍者。游泳於西江之水。糊口四方者。厭飫乎太倉之粟。書林學海。覽華實而探源流。給其無窮之取。而能讀其所未見之書。各足其才分之所當得。莫不推本於此。則房山之藏。不得專美於李氏。閱市之區區。無勞於漢人也。以是義風。率先他邑。使視而倣之。慕而效之。一變而至於齊魯。蔚然禮義之鄉。其爲善利。豈易量哉。承慶同舍友也。累書索僕爲記。僕寓官鄉里。人事衮衮。不惟不敏。蓋亦不暇。然勉强爲之者。玆不朽之善事。亦冀得一託名於其上也。山西通志

金吾案。金史地理志河東南路置郡十二。曰平陽、曰隰州、曰吉州、曰河中、曰絳州、曰解州、曰澤州、曰潞州、曰遼州、曰沁州、曰懷州、曰孟州。平陽置轉運司一。置縣十。曰臨汾、曰襄陵、曰洪洞、曰趙城、曰霍邑、曰汾西、曰岳陽、曰浮山、曰和川、曰冀氏。記云河東之列郡十二。平陽之司縣十一。與金史合。又云唐宋因之。不言及金。則爲金人所作無疑。又大定時。有狀元鄭時昌。洪洞人。殆卽記所云老鄭歟。山西通志列入元文。誤。

染莊社記〔至寧元年〕

蒲察孟里

契丹時。遼興軍颪兇者扛貨路。收一卵於篋。歸置錦囊。繫臍下。月餘。出蛇如簪。飼之以肉。每出使飼。漸長盈丈。圍將尺許。兇雖傾篋居之。而力不能任矣。乃縱於野。任其自食。嘗命以名曰雅。撫首似不忍別。雅知人。戀戀然。但不能言而去。數歲益大。始食野禽。繼而噬人。有司制之無策。聞於契丹。榜募能捕者。兇知其必雅。乃應募而抵放處。呼其名而至。敘故舊而數其罪。蛇遂俯首伏誅。其血流及近村。土石悉染紅。而莊以名。莊老以兇能施恩除害而祀之。雅能知恩服罪

而配焉。是歲里人修祠落成。紀其歲月。金至寧元年仲秋辛卯。興安路猛安蒲察孟里記。永平府志

重修神應觀記（興定五年）

失名

三興□北□□莊有名時家者。其莊形勝。背嵩少而面魯陽。左大劉山。右青嶺。絶巘□□□□玉鳴。其山水明秀於天下者也。當趙宋之大觀□百姓大疾疫。莫或知治。居民乃想像扁鵲。於是有禱卽應。病者莫不興起。命得保全。當此之時。庶少答神聖之休。就是選境之地。爲立祠焉。題其門牌曰鵲山神應侯之廟。迨至本朝收國。火炎崑岡。雖有基趾不熄。而爲荆榛之所没。狐兔之寓。悲夫。其廢之有□於此乎。俄耳化漸興。於大定之戊戌。有村人好事者馮□等。追其故跡。率民衆之大小。復建正殿三間。丹楹刻桷。三門岌若□廡儼然出於新。皆峻宇雕牆也。移時至於貞祐乙亥。有天壇大德師魏元一行道化於是邑。見其華麗。可宫可觀。誘善張清言、鄉老張守益以道成誠。同詣易州行部院。遠給國家之調度。請書額爲神應觀。自時厥後。日浸延遠。木植腐弱。任重不堪。忽崩殿後之三簷。委頓彌年。風頹雨剥。積有日矣。在觀者道衆不爲不多。然無有敢葺者。一日。張守益與初知住持道士郭冲和□及此。鼓舌同調。面計工什可用貫直。其數近千。遞請心力。不累月而愈於故。使見之者歎矣。曰。雖功有時而成。然亦待得其人而後可□也。故詳書之。興定五年辛巳二月丙辰。寶豐縣志

詠白堂記

王若虚

有所慕於人者。必有所悦乎其事也。或取其性情德行才能技藝之所長。與夫衣服儀度之如何。以想見其彷彿。甚者至有易名變姓。以自比而同之。此其嗜好趨向。自有合焉而不奪也。吾友高君思誠葺其所居之堂。以爲讀書之所。擇樂天絶句之詩。列之壁間。而榜以詠白。蓋將日玩諸其目而諷誦諸其口也。一日見告曰。吾平生深慕樂天之爲人。而尤愛其詩。故以是云何如。予曰。人物如樂天。吾復何議。子能於是而存心。其嗜好趨向亦豈不佳。然慕之者。欲其學之。而學之者。欲其似之也。慕焉而不學。學焉而不似。亦何取乎其人耶。蓋樂天之爲人。冲和静退。達理而任命。不爲榮喜。不爲窮憂。所謂無入而不自得者。今子方皇皇干禄之計。求進甚急。而得喪之念交戰於胸中。是未可以樂天論也。樂天之詩。坦白平易。直以寫自然之趣。合乎天造。厭乎人意。而不爲奇詭以駭末俗之耳目。子則雕鐫粉飾。未免有侈心。而馳騁乎其外。是又未可以樂天論也。雖然。其所慕在此者。其所歸必在此。子以少年豪邁。如川之方增而未有涯涘。則其勢固有不得不然者。若其加之歲年而博以學。至於心平氣定。盡天下之變而返乎自得之場。則樂天之妙庶乎其可同矣。姑俟他日。復爲子一觀而評之。滹南遺老集

門山縣吏隱堂記

王若虚

門山之公署。舊有三老堂。蓋正寢之西。故廳之東。連甍而稍庳。今以之館賓者也。予到半年。葺

而新之。意所謂三老者。必有主名。然求其圖誌而無得。訪諸父老而不知。客或問焉。每患其無以對也。既乃易之爲吏隱。吏隱之説。始於誰乎。首陽爲拙。柱下爲工。小山林而大朝市。好奇之士往往舉爲美談。而尸位苟禄者遂因以藉口。蓋古今恬不之怪。嗟乎。出處進退。君子之大致。吏則吏。隱則隱。二者判然其不可亂。吏而曰隱。此何理也。夫任人之事。則憂人之憂。抱關擊柝之職。必思自効而求其稱。巖穴之下。畎畝之中。盤卜釋道。何所不可隱。而顧隱於是乎。此姦人欺世之言。吾無取焉。然則名堂之意安在。曰。非是之謂也。謂其爲吏而猶隱耳。孤城斗大。渺乎在窮山之巔。烟火蕭然。强名曰縣。四際荒險。慘目而傷心。過客之所顧瞻而咨嗟。仕子之所鄙薄而棄置。非迫於不得已者不至也。始予得之。親友失色。弔而不賀。予固戚然以憂。至則事簡俗淳。便於踈懶。頗有以自慰乎其心。及西陲多警。羽檄交馳。使者旁午於道路。而縣以僻阻。獨若不聞者。鄰邑疲於奔命。曾不得一日休。而吾常日高而起。申申自如。冠帶鞍馬。幾成長物。由是處之益安。惟恐其去也。或時與客幽尋而曠望。蔭長林。藉豐草。酒酣一笑。身世兩忘。不知我之屬乎官也。此其與隱者果何以異。吾聞江西筠州以民無嚚訟。任其刺史者號爲守道院。夫郡守之居而得以道院稱之。則吾堂之榜雖曰隱焉。其誰曰不可哉。滹南遺老集

恆山堂記〔正大二年〕

王若虛

真定古名鎮。形勢雄壯。冠於河朔。其府署規模。適相稱副。而恆山堂宏麗特出。又爲之甲焉。堂

廣七楹。其高九仞。望之鬱鬱。如翬斯飛。俯瞰北潭。備諸勝槩。求其經始於何代與夫主名之爲誰。則圖誌無傳。近世沈括言潭園初號海子。未甚可觀。逮王鎔治之。遂若圖畫。斯堂或者亦出於其時乎。而吳中復咏行宮。以爲宋祖征劉承鈞。常駐蹕於此。故老或云。堂卽宮之南門。而卒莫能詳也。其在金國。率王侯貴戚處之。例事豪奢。務加增飾。故益以完美。每府僚宴集其上。綺羅照野。絲管沸天。游人指點咨嗟。邈在仙境。誠一邦之偉觀也。兵火之餘。署舍盡廢。獨堂存焉。而歲月既深。寖至頹弊。大元乙酉中。萬户史公實來。公以妙齡貴顯。而居具慶之下。日思所以奉二親之歡。謂可以備燕息而資觀覽者。莫若堂也。由是特爲之作新。易腐朽。補罅漏。支持欹傾。凡當營理者。靡不及之。蓋期月而後畢。則大饗賓客。稱壽爲樂。以落其成。而遣使致書。屬予爲記。噫。予去國三十年。白首歸來。時移事改。田廬鄉井。殆不可復識。追惟曩昔。渺如隔生。豈知尚有恆山堂耶。夫物之盛衰。其極必反。廢興成毁。相尋於無窮。蓋理之常然。而不足怪。然皆有數存乎其間。自喪亂以來。繁華共盡。崇樓傑觀。莫不化爲虛空。如斯堂者。絕無僅有。固已幸矣。而復爲有力者新之。宛然舊物。閱世自如。豈可謂偶然哉。抑此不足論也。予聞之。有非常之功者。必享非常之福。公上將之才。膺方面之寄。定亂措安。澤被於生民甚厚。功孰大焉。宜其窮侈美。極尊榮。快意一時。無不可者。顧乃自安於儉陋。而致美乎其親。賢於衆人遠矣。是則不可以不著。且予平生欲一登堂臨眺。而竟不果。今既辱公知。當得預賓席之末。因之寓目。以償夙心。亦殘年之一適也。於是乎書。滹南遺老集

鄜州龍興寺明極軒記

王若虛

鄜爲州。在深山窮谷間。荒涼鄙陋。其風土固然無池臺苑囿之觀可以娱人者。官閒無事。散步而盤桓。不過道流釋子之居耳。而龍興寺明極軒最爲佳處。由三門巡廊而西。其隅爲雄師院。而院之東南。則明極在焉。其始爲隙地。故節度郝公見而愛之。謂其爽塏便安。可以爲待賓之所。顧而命雄。此軒户所以搆也。深静而明。夏涼而冬燠。高纔丈許。而平揖前山。俯瞰闤闠。視緣山諸刹。勢欲與之争衡也。始予以狂放不羈爲上官所捃。宴游戲劇悉禁絶之。雖所親愛。非公故。不得相往來。逢於道路。斂避辭謝。莫敢立談者。出門悵然其無歸也。深居高卧。讀書以自遣。而久復無聊。因思所謂道流釋子之居而時一訪之。宴坐清談。焚香煮茗。猶得差樂而無罪。蓋大像之致爽。開元之冷筠。皆所素愛而嘗遊者。然以其登涉之艱。固不若明極之爲數。雄亦開朗好客。樂與予言而不厭。由是有興輒至。至輒爲留竟日。公退飯餘。呼馬而出。僕夫或不請所之。知其必適是也。比及其門。呵喝有聲。主人者趨迎而笑。知其必爲吾也。予嘗以雄見待之厚。許爲作記以報之而未果。其後官事日繁。而私禁稍寬。非役於簿書期會之勤。則奪於聲色紛華之樂。而予之蹟至明極者疏矣。與雄相見。未嘗不笑且歎焉。今將東歸。雄以前言爲請。嗚呼。吾負此軒久矣。是猶可得而辭乎。乃書其地形之大概。與夫平昔游衍之熟者以授之。若其命名之意。則出於西方之書。非予之所學也。略而不及。以待夫知其説者。滹南遺老集

茅先生道院記

王若虛

嵩山之陽。有承天谷。谷有道院焉。隱君子茅公之所建也。公開封人。名從易。字縉甫。始以進士干有司。數奇不偶。乃棄家爲方外遊。隨意去留。初無定居。既至承天。則欣然曰。吾可以休於是矣。闢地築室。爲終焉計。日葺月補。蓋累年而後有成。軒曰雙清。以景名也。菴曰虛静。以道命也。竹木蕭然。都無塵土氣。由是爲嵩陽之一觀。夫嵩少海内名山。其間勝跡。殆不可殫記。蕞爾茅公之廬。宜若無足道者。而人常以不到爲恨。到必盤桓而不忍去。則亦以其主人之賢故也。公以高蹈聞四方。賢愚少長莫不仰其風。觀其擺落世紛。棲心於冲漠之境。始終四十年。處之甚安。壽考康寧。翛然而往。非胸中真有所得。疇能爾耶。□□□□□□□□□□□□時羣盗縱掠。而公夷然視之。神色自若。且能化暴爲馴。使之逡巡退卻而不敢犯。非獨自免。而又有以庇人。其道德所服。至於如此。豈老氏所謂虎無所措其爪、兵無所容其刃者歟。予世之散人也。才能無取於人。而功名不切於己。雖寄跡市朝。而邱壑之念未嘗一日忘。慕公願見者久矣。俗累拘牽。竟莫之遂。蓋每爲之歎息。嗚呼。公則已矣。而其姪守明與予爲忘形友。出公所繪院圖及所以自序者。請紀其事。予披玩再三。恍如即其地而見其人。忽焉自失。蓋覺官味如嚼蠟。守明亦自可人。由刀筆中一朝有所省。年踰四十而屏酒肉、卻聲色。日與名流達士遊。學貫三家。略窺其妙。其剛果超詣。庶幾能嗣公者。予雖不及識公。而有斯人在。會當同往。杖履相從。訪公之故居而躡其遺蹤。卧公白雲。蔭公青松。逍遥徜徉以卒歲乎其中。公之精爽故應不昧。或者其亦一笑而見容也。乃爲書之。既以發茅公之光。且爲吾他日踐言之盟云。滹南遺老集

新修悟真菴記

王若虛

趙州道院曰悟真菴者。參謀齊君大年之所建也。君鄗時人也。開朗倜儻。久行善事。壬辰中。從軍河南。既還。留寓於趙。因而家焉。自以薦經喪亂。而卒獲安存。生理益優。聲名俱遂。無不足於心者。蓋神明之所相也。思有以答謝殊貺。亦其天資本静。道念素深。故買城隅特建此菴。以待全真之士。且爲他年歸宿之所。云肇基於甲午之春。凡再期而迄役。聖位雲堂。齋廚方丈。總爲屋十餘楹。像設供具。隨事一新。繚以崇垣。抱以隙地。藥畦蔬圃。井井可觀。雖宏麗未極。而體則具矣。喧囂既遠。境界清涼。洒然有絶塵之趣。居人瞻仰。莫不歡喜讚歎。自是一方遠近。以至過客。皆知有齊氏之菴。大師李公曰圓明子者。故與君遊。乃延致而事之。其徒無慮三十人。君色色資給。無外求者。稍暇無事。婆娑其間。顧而樂之。自謂有所得也。予數以事至趙。始也闘其經營。再則覩其次第。三則及其成就焉。一日造之。盤桓周覽。殆欲忘還。君以記文爲請。予與大年三十年之舊。有命自不當辭。況其用心之果。爲力之勤。實可喜而足稱耶。抑予衰矣。險阻備嘗。煩勞久厭。閲興亡之大變。悟榮辱之真空。殘喘僅存。百念灰冷。方當脱屣俗累。優游瀟洒。以畢其餘生。雖不足與聞玄理。厠跡羽流。而杖履往來。陪君爲方外之交。庶無愧焉。至其會意忘形。

不知孰主孰客。則君之菴猶我有也。能勿成其志乎。乙未年終十二月晦日。滹南遺老記。滹南遺老集

行唐縣重修學記

王若虛

庠序之設。尚矣。蓋非獨王者之事也。在昔良守令。下車之始。未嘗不以此爲先務。而史册從而著之。以爲美談。豈非所謂治民而爲教化之本原者。皆莫大乎此歟。國家自承平以來。文治蝟興。下至僻邑。莫不有廟學以爲教。其於崇儒重道。不可謂不至。而所在有司或不能推其意。往往安於苟簡。而恬不聞焉。則亦名在而實亡。蓋有鞠於蔬圃而殘於推排矣。尚何望其興起人心而爲勸哉。於此有能奮然以名教爲己任。力爲樹建。振頹弊於一朝。是亦古良吏之用心。而有功於吾道者。其亦難得而可貴也。真定之屬縣。乃爲行唐。號富庶。學者視他邑爲多。進士經童得名聲而取科第者。班班有人。而學舍之狹陋舊矣。大安己巳。張君達夫爲主簿之半年。思完葺而謀諸縣士之好事者。衆以爲吾黨之美也。皆應曰。然。吾所願欲。則相與悉力而赴之。物不足而辦。役不習而勤。殆□二旬□功以訖。爲屋摠三十間。而創建者三之一焉。於是缺者全。敗者堅。漫滅者鮮。講習之堂。棲息之舍。庖厨庫廡。以至井亭碑樓。莫不畢具。廟貌肅然。禮器整潔。杏壇槐市。次第可觀。門墉崇峻。咸克稱副。然後煥然爲一方之麗。而學者益感激自奮然以發憤於其間。公退輒復躬親訓迪而奬勵之。其用心亦已勤矣。嗚呼。以其邑富庶多。而又有張君焉爲之倡。人才何患其不成。風俗何患其不厚。他日一變而爲鄒魯之鄉。或未可知。則是役也。豈徒爲觀美以誇末俗哉。諸生彭延年

等。嘉張君能知爲政之所先。而行之遇也。來請予記。既義不獲辭。且其誠有當書者。乃爲識其大略云。張君寧晉人。諱國綱。其政事焯焯可紀。非特此一節而已也耶。行唐縣志

手植檜刻像記〔正大元年〕

孔元措

貞祐甲戌春正月。兵火及曲阜。焚我祖廟。延及三檜。聿收灰燼之餘。攜至闕下。分遺妻弟省除知開封李世能。乃命工刻爲先聖容曁從祀賢像。召元措瞻仰。追悼之極。再拜以識其歲月云。正大甲申仲秋望日。五十一代嗣孫太常博士衍聖公元措謹述。祖庭廣記

終南山重陽祖師仙跡記〔天興元年〕

劉祖謙

孔老之教。並行乎中國。根源乎至道。際六合無内外。極萬物無洪纖。真理常全。無有欠餘。固不可以淺識窺測。或者剖强名之原。指成器之跡。互相排斥。是此而非彼。而二家之言。遂争長於天下。是不知天下無二道。聖人不兩心。所以積行立功。建一切法。導迪人心。使之遷善遠罪。洋洋乎大同之域。其於佐理帝王。一也。爲老氏者曰。吾寶慈儉。又曰常善救物。與夫孔聖本仁祖義之説。若合符契。今觀終南山重陽祖師。始於業儒。其卒成道。凡接人初機。必先使讀孝經道德經。又教之以孝謹純一。及其立説。多引六經爲證據。其在文登、寧海、萊州。嘗率其徒演法建會者凡五。皆所以明正心誠意少私寡欲之理。不主一相。不居一教也。師咸陽人。姓王氏。名喆。字知

明。重陽其號。母孕二十四月而生。美髮髯。目長於口。形質魁偉。任氣而好俠。少讀書。係學籍。又隸名武選。當天眷之初。以財雄鄉里。歲且飢。人多殍亡。有盜盡劫其資以去。一日適因物色得盜。終不之問。遠近以爲長者。正隆己卯間。忽遇至人於甘河。以師爲可教。密付口訣及飲以神水。自是盡斷諸緣。同塵萬有。陽狂垢汙。人益叵測。慮夫大音不入俚耳。至言不契衆心。故多爲玩世辭語。使人喜聞而易入。其變異譎詭。千態萬狀。不可窮詰。嗚呼。箕子狂。九疇敍。接輿狂。鳳歌出。權智倒横直竪。均於扶世立教。良有以也。師後於南時村掘地爲隧。封高數尺。榜曰活死人墓。又於四隅各植海棠一株。曰吾將來使四海教風爲一家耳。居三年。復自實之。遂遷於劉蔣。與和李二真人爲友。各結茆居之。至大定丁亥夏。復焚其居。人争赴救。師婆娑舞於火邊。且作歌以見意。詰旦東邁。徑達寧海。首會馬鈺於怡老亭。馬亦儒流中豪傑者。初未易許。師故貇師菴居。固其扃鐍。率數日不給食。縱與食之。亦未嘗見水火跡。或時夜就馬語。莫知其所由來。及去追之不及。扃鐍如故。間與魂交夢警。分梨賜栗之化不一。馬於是始加敬信。與其家人孫氏。俱執弟子禮。又得譚處端、劉處玄、丘處機、王處一、郝大通等。七人多類此。號馬曰丹陽。譚曰長真。劉曰長生。丘曰長春。王曰玉陽。郝曰廣寧。孫曰清静散人。並結爲方外眷屬。迨己丑季秋。留王郝於崑崙山。攜四子西歸。抵汴。寓王氏逆旅。無幾何。呼丹陽付密語。無疾而逝。春秋五十有八。四子歸其柩。葬於劉蔣故菴之側。丹陽因廬於墓次。今之祖庭是也。師先自六年前。於長安欒村菴壁留題云。害風害風舊病發。壽命不過五十八。乃知仙齡有期。非偶然也。有詩詞千餘篇。分爲全真前後集。傳於世。玉峯老人胡光謙爲之傳。及丹陽嗣後。從之者益衆。其徒遂滿天下。丹陽東歸。長春因劉蔣故菴。大加營葺。玉陽又請額爲靈虛觀。凡住持者。始受度爲道士以奉香火。世宗皇帝素欽其名。嘗遣使訪焉。戊申春。長春、玉陽應命至京師。賜以冠巾條服。命居天長觀。尋又徵至北宫長松島。與語大悦。詔於島西築官菴居之。承安泰和間。道陵亦屢詔玉陽、長生至闕下。賜居修真觀。以待召問。玉陽得號體玄大師。自丹陽而下。所謂歌詩。各有集。而郝廣寧獨邃於易。備見於太古集中。至正大初。密國公璹讚云。全真道東。四子傳化。四子爲誰。丘劉譚馬。德其亞者。王郝與孫。共成七賢。替我真人。玉陽長春。大啟其門。遭遇聖朝。爲王之賓。瀛海渺然。仙跡宛存。細玩此讚。其師資道業。概可見矣。僕適承乏翰林。與提點嘉祥觀冲虛大師李志源、及提點中太一宫冲虛大師于善慶、無欲子李志常爲方外友。因索鄙文。以紀重陽仙跡。僕往年從事鄠亭。密邇靈虛。宿聞真風。故就爲之説。使後之學者。知師出處之跡。其功用及物若是之大。得以考觀而推行焉。若其出神入夢、擲傘投冠。其他騰凌滅没之事。皆其權智。非師之本教。學者期聞大道。無溺於方技可矣。是不得以固陋辭。天興元年九月重陽日謹記。甘水仙源録

金文最卷二十九

記

睡鶴記

李俊民

人之情有所甚好。有所甚好而不得。則必見似之者而喜。非徒好之。蓋感而有所得焉。濠梁之魚。得之樂。山陰之鵝。得之書。支道林之鷹與馬。得之神俊。不有所得。夫何好焉。鶴鳴之好鶴。亦猶是也。鶴也者。物之生於天而異者也。其性潔而介。其聲亮而清。潔而介。則寡所合。亮而清。則寡所和。獨以孤高自處。飛鳴於霄漢之上。豈求其異也哉。蓋天之所賦者異也。夫才高則無親。勢孤則失衆。鶴奚恤焉。若或矯情自浼。下同於頻頻之黨。變常而喪其真。非鶴之德也。非鶴鳴之所好也。叔世道衰。天物暴天。思其所好而不得。逮丙申歲。於新居之側。有蹲石曰睡鶴。昔人取其似而名之。鶴鳴見其似而喜之。事與心會。豈偶然哉。三復觀之。其骨聳而奇。其背瘠而僂。其頸宛。其喙箝。若無意飛鳴者。雖沈潛靜默。然有飄然物外之想。疑其孤高之過。爲衆所棄而自晦歟。抑衛人之軒不足乘歟。烏程之樹不足棲歟。將遁世遠舉羽化而仙。此特其化身歟。不然。何爲不飛不鳴。日游於睡鄉者乎。謂其果不能鳴。則陳倉之雞。胡爲而鳴耶。謂其果不能飛。則零陵之燕。胡爲而飛耶。吁。卽是時也。以飛鳴而望於鶴不可。望於石尤不可。姑以其似而若有所得。故感而爲之記云。莊靖集

忍齋記

李俊民

彭城劉君巨川治別室之西偏。訂曰忍齋。卜日會諸同志落之。鶴鳴怪而問焉。劉君曰。凡有血氣者。皆有争心。在人則尤甚焉。人情甚不美。小有不協。至於按劍相怒。没齒而恨不解。是何耶。血氣之所役也。忍之之意。非敢望於人。蓋將以自警耳。孔子語門弟子曰。小不忍。則亂大謀。成王命君陳亦曰。必有忍。其乃有濟。聖賢以忍之一字諄諄而告人者。於血氣方剛之時而戒之也。昔之人有能之者。如張公藝之忍於家。朱將軍之忍於敵。耳餘爲功名而忍。王謝爲性命而忍。元載以鼎餗之譏忍於笑。王式以狗曲之辱忍於醉。師德之忍於唾。懷祖之忍於駡。是皆不以一忍而動其氣。其得聖賢之心乎。吾名吾齋。亦猶是也。鶴鳴喟然歎曰。異哉。未有無事而忍者。若子之言。所以自處者得之。恐非所以處人者。得之於己。失之於人。可乎。夫情深則怨匿。理到則心服。與其匿怨。孰若服心。我以情恕。彼以理屈。則門外負荆者。皆踵接矣。莫不釋然開。怡然暢。廓然通。無一毫芥蔕於胸臆。初以自警。卒能警於人。過此以往。足之所履。皆君子之忍齋也。獨戚戚於一室之内。何其自狹也。劉君於是矍然而起。拱手而謝曰。厚矣。子之拓吾境也。請刊其說於

石。以廣其傳。莊靖集

歲寒堂記

李俊民

節婦樂氏。澤郡南關宣鋭巷樂玠女也。幼亡父母。依於外族。外王父李榮鞠養之。年十五。適本關劉璋。泰和五年乙丑。夫亡。二十一歲守志。長子禎五歲。次子禮十七日也。從吉。外氏豪俠。欲奪而嫁之。堅誓不許。苦節自勵。事王母舅姑。小心敬慎。盡爲婦之道。稱於族黨。同焉而不違於禮。婉焉而不失其正。舅賴以爲家。嚴恪潔勤。躬操井臼。無一日而少懈。上下畏愛焉。主中饋。助祭祀。其怵惕之義。表儀宗門。值貞祐亂離。往往骨肉不收。樂氏撫育二子。流散他方。遑遑涕慕。抱終身之戚。丙戌。復歸寧故里。子禎娶東林隱君子母俊卿之孫女。生二女。長適秦茂才。次許嫁本州趙次官姪男餘慶。禮娶楊氏。生三男一女。長犍兒。定婚樂家社王氏。次伴犍。婚東蜀村李氏。次豎童。女許嫁下町張氏。夫之兄益、弟儀、偉、俣、仁。妹適梁氏。偉娶徐氏。二男一女。長福妻谷下粟氏。次祐妻本州王氏。女嫁錢氏。祐二男。長丑兒。次顯兒。中外族姻。無不周恤者。禎字君祥。參謀本州宣差所事。嶷嶷特立。篤於孝友。念無以報劬勞之德。因所友而榜其堂曰歲寒堂。冀母氏之名節。有光於後。噫。幼而孤。長而寡。老而其福厚。歷憂患五十餘年。始終不易。凜凜有松柏之操。名其稱矣。當是時也。不能安其堂如七子之母者。十常八九。有不登是堂而愧者乎。癸卯三月辛巳書。復繼之以詩。

家貧子幼如月魄。煩惱林中世途惡。荒墳木拱淚下乾。野店天寒孤莫託。歸來扶杖雪滿梳。山頭化石猶望夫。萱堂忘憂忘亦得。孝哉一雙反哺烏。莊靖集○此詩原缺。據吴本補。

重修悟真觀記

李俊民

高平縣南二仙廟者。在張莊李門之間。唐曰真澤。宋曰冲惠。冲淑真人爲民人祈報之所。無禱不應。一方之休戚係焉。大金貞祐甲戌歲。國家以征賦不給。道士李處静德方納粟於官。敕賜二仙廟作悟真觀。俾其徒司見真主之。額之設。有慊於心。爲其名位之乖也。其意若曰。以廟爲觀。則是無廟矣。以觀爲廟。則是無觀矣。不亦誣於神違於人乎。惴惴然不安。積有日矣。於是市廟東之隙地爲三清殿。爲道院。㓋庖湢、表壇埒。外力所施田。以資工役。其修齋行道、拜章啓玄步虚華夏、儀鸞而引鳳者。於此焉。觀之西曰廟。棟宇宏麗。像容粹穆。邃以重門。翼之兩廡。旁列諸靈之位。其時和歲豐。民無疾癘。歛幽擊鼓。婆娑而樂其神者。於此焉。各事其事。互不相雜。名與位判然矣。識者韙之。按禮云。凡祭有其廢之。莫敢舉也。有其舉之。莫敢廢也。蓋禮所重者祭。或舉或廢。不可得而私。卽廟而觀。既觀而廟。是未嘗敢舉。亦未嘗敢廢。豈私也哉。兩得而不兩失。神人俱悦。無遺恨矣。此重修之意也。德方請以其事書之於石。予用其意而筆之。德方陵川人。年二十出家。明昌三年壬子。禮本州神霄宫郭大寧爲師。泰和丙寅。奉祠部牒。披戴登壇爲大法師。後七年。貞祐改元。賜紫號達妙。充澤州管内威儀。偶值喪亂。晦迹不出。大朝丁酉歲。遣使馬珍考試天下隨路僧道等。共止取一千人。德方乃中澤潞二州選第一。是歲八月。於燕京受戒回。請以白鶴王志道知神霄宮事。郡長段公從之。俾遂其高懷。乃於宮西别殿爲鶴鳴堂三間。日與方外友彈琴話道。焚香煮茗。誦周易黄庭老子書。究諸家窮理盡性之説。與悟真相去五十里。時時往來。適游衍之興。不以傲爲高。不以誕爲異。簡而和。婉而通。行必合於義。動不悖於禮。其肯誣于神違於人慊于心。亂名改作者乎。莊靖集

重修浮山女媧廟記

李俊民

澤之爲郡。在太行山之頂。其四面亂山環列。東向之突然而起孤高峻絶不與衆峰相連者。曰浮山也。山之腹有巖穴。中有二像。廟而祭之。傳者以爲翁婆神。民人之爲嗣續計者。往往禱於是焉。按圖經。翁婆神在郡東南二十五里浮山北陂上。宋元祐六年建。計屋八間。共二十二椽。周圍七十五步。又紹聖三年丙子。李旦亦言此廟是元祐六年建。及觀至和二年郭寶碑。已重修矣。圖經所云元祐六年建。亦重修也。究其源。莫知所從來。或曰女媧廟。並無所據。按淮南子云。女媧鍊五色石以補蒼天。斷鰲足以立四極。殺黑龍以濟冀州。積蘆灰以止淫水。蒼天補。四極正。淫水涸。冀州平。此皆有功烈于民者也。民追而祀之。其以此耶。傳者通謂之浮山神。大定二十六年。郭道珙等增舊制而新之。蓋五載工始畢。值貞祐甲戌。兵火復毁。逮大朝庚子。本郡次官趙唐以其男山兒幼亡。不能忘情。因謁是廟。慨然有興廢之心。遂命耆老張珏輩庀工計費。又令總領景用與提控許

堅督其役。斧斤者、瓦甓者、版築者。不召而從。不鳩而集。富者輸其財。貧者竭其力。不日而告成。自是公得男女三人。又從而起敬焉。辛丑歲三月十八日。會郡人而落之。索予紀其事。將刻之石。姑以前人所聞而書之。噫。人而無後。爲不孝之大。然人生於天地之間。果猶人乎哉。或得之於卜如成季者。生而有文在其手曰友。或得之於夢如唐叔者。生而有文在其手曰虞周之翰。皆嵩嶽之神。魯之儒乃尼山之秀。是山也。果能以英靈之氣。賦畀於人者乎。求而得之者有之。不求而得者神何與焉。天地。萬物父母也。物莫靈於人。天地之委蛻也。豈私於人哉。夫臧孫達之有後也以德。其所求者異於人。辛丑年三月十五日記。莊靖集

陽城縣重修聖王廟記

李俊民

按圖經。陽城蓋漢之濩澤縣也。屬河東郡。今縣西三十里故城是也。晉隸平陽郡。後魏文成興安二年癸巳。自故城移于今治。隋屬長平郡。唐武德元年於此置澤州。玄宗天寶元年改爲陽城縣。又云。殷湯廟在縣西南七十五里析城山上。宋熙寧九年。河東路旱。委通判王伾親詣析城山祈禱。即獲休應。十年五月□日。牒封析城山神爲誠應侯。政和六年三月二十九日。析城山殷湯廟。可特賜廣淵之廟爲額。誠應侯可特封嘉潤公。宣和七年重修廟記云。本路漕司給係省錢。命官增飾廟像。及廣其庭壇、高其垣墉、列東西二廡。齋廚廄庫客次。靡不畢備。華榱彩桷。上下相煥。以稱前代帝王之居。而致崇極之意。以其餘材完嘉潤公祠。合二廟凡二百有餘楹。大金革命。廟止存九間。共

六十椽。大朝壬寅年春。因野火所延。存者亦廢。民間往往卽行宫而祭之。本縣行宫。在郭内東西街北。右去城門五十餘步。左距縣衙一里强。至大朝壬寅年。歷一百八十八年而毁。邑人王元、武全、王昇、張義、王通、王漢等。雖在擾攘之際。相與鳩工。復起正殿三間。元帥延陵珍補蓋西廡。歲有水旱疾疫。禱無不應。民之戴商。厥惟舊哉。噫。神依于人。廟食百世。亦豈有升沈時耶。抑成壞之數。幽顯莫能逃耶。何天未悔禍如此之酷耶。僕重過是邑。王元等託友人燕子和求識其始末。故書以示之。時壬寅十月庚戌朔。莊靖集

重修佛堂記

李俊民

吴道子畫酆都宫。畏罪者衆。韓吏部題木居士。求福者多。世之人。莫不知罪之爲可畏。福之爲可求。然信賞有所不能勸。必罸有所不能懲。而覩道子之畫吏部之題。竦然有動於心。不待賞而勸、不待罸而懲。何耶。豈正率者難從。幻化者易感歟。兵興以來。俗狃於惡。以强凌弱。以衆暴寡。以勇苦怯。怙終自若。當是時也。未有不嗜殺人者。夫佛教。自殺者不復得人身。況於他人乎。宣差察之鎮是邦也。因謁廳事後之佛祠。閔其爲風雨所壞。遂命工起廢。缺者補之。圬者漫之。壁繪像設。爲之一新。乃與其妻孫氏時時敬禮。倍堅回向。益勵齋嚴。其見於臨事。寛而不苛。仁而不虐。皆如來慈悲之心。下之人。亦復歸依。見善則樂而爲之。見不善則憚而不爲。不陵弱。不暴寡。不苦怯。皆如來慈悲之化。夫以易感之化易難從之俗。亦救時之一助也。若夫化流天下。使人

有士君子之行。如周家太平之時。其待木鐸之政乎。莊靖集

重建修真觀聖堂記

李俊民

按圖經。修真觀在東門内街南。宋大觀戊子。陳遷孟新堂之故基也。值大金貞祐甲戌。兵火而毁。煨燼之餘。瓦礫堆積。二十八年間。無一人括目者。女冠張守微與弟德宗。因逃難四方。俱獲生還。欣然有起廢之念。乃求訪本觀遺跡。道士李君淨歷歷而告之曰。此殿堂也。此道院也。此客舍也。此堵而環也。此圃而蔬也。此井而飲也。既得其詳。於是首建聖堂三間。爲修敬之地。復夷荒壤。剗惡草。出牆根而築之。仍爲後圖。是堂也。經始於辛丑十月甲子。次年三月丙戌工畢。始終其事者。郡侯段公暨夫人衞氏。守微晉城縣高都館樂南中社人。幼婦趙氏。夫亡。正大甲申五月。捨俗出家。禮太原榆次縣專井村玉真菴洞妙散人楊守玄爲師。師乃長春真人門下寧神子所引度者也。傳授有源。故其信道也篤。守志也確。肅而莊。强而敏。新故而潔污。蕭爽俊逸。雖在城市。有林下風。異時天上。定歸王母之家。今日人間。獲覩飛瓊之室。弟德忠及妻王禮善益加歸向。皆生無上道心。男留住。女梅兒、慶仙、宜哥、滿惜。告成之後。伏願免離五苦。延納百祥。中外存亡。同證妙果。壬寅年五月初一日記之堂上。以警來者。莊靖集

大陽資聖寺記

李俊民

晉城縣。漢之高都縣也。屬上黨郡。晉因之。後魏改屬建興郡。明帝移建興於高都城。孝莊帝復改建

興郡爲高都郡。縣屬焉。北齊置常平高都二縣。後周又以長平安平二郡。併入爲高都郡。隋開皇初。郡廢爲澤州。十八年。改高都縣爲丹川縣。因縣北丹水爲名。屬長平郡。唐武德元年。移於源漳水北。三年。析丹川。于古高都城置晉城縣。屬建州。六年。州廢。縣屬蓋州。是年。省丹川縣。蓋州入晉城。貞觀元年。蓋州廢爲澤州。縣亦屬焉。宋及大金。因之不改。本縣境内寺院二十一區。大金貞祐甲戌至甲午。存者十之三四。資聖寺在縣北四十里大陽社。北齊文宣天保四年癸酉。梁元帝承聖二年也。號永建寺。至武成河清二年癸未。建石塔二級。後唐明宗長興四年癸巳。立尊勝幢。宋真宗天禧四年庚申。改賜資聖寺。周圍三百六十三步。屋宇二十八間。共一百二十椽。與碧落治平院、澤州浴室院。皆法眷也。本寺素乏常住。且過者稀。貞祐兵火後。居民蕩析。鄉井荆棘。寺幾於廢。里人王簡等亦流落四方。艱苦萬狀。默有所禱。異日平安到家。當捨所有以答佛力。既歸。乃以所居之正堂五間與本寺。修香積位。其殿宇寮舍。缺者完之。弊者新之。靡不用心焉。且語者老曰。本社宋阿李生前爲無後。將本户下地土一頃五十餘畝施於本寺充常住。見今荒閒有無。借衆力開墾。給贍本寺爲修飾潤色之費。仍與住持增添鉢。不負我輩報恩之願。衆欣然諾之。命本寺僧行廣主其事。行廣俗姓李。本社人。純愨謹愿可託。故令專之。自齊文宣天保四年至今癸卯。七百五十一年。其間升沈興廢者屢矣。虐焰之酷。未有甚於此時者。賴有其人。家風不墜。不幸中之幸者也。劉巨川濟之欲傳於久遠。求碑以實之。故書。癸卯年四月初六日壬子記。莊靖集

澤州圖記

李俊民

禹貢。冀州厥土惟白壤。厥賦惟上上錯。厥田惟中中。九州之中爲第五。周禮。職方氏掌天下之地圖。河内曰冀州。漢地理志曰。河東河内得魏地。觜觿參之分野。其地帝堯夏禹所都之地。詩唐國風。此晉也。而謂之唐。本其風俗憂深思遠。儉而用禮。乃有堯之遺風焉。三晉。屬韓。周赧王五十三年。秦武安君白起伐韓。拔野王。上黨路絶。上黨守馮亭以上黨歸趙。趙使平原君受地。五十五年。秦攻上黨。拔之。上黨民走趙。趙軍於長平。以按據上黨民。秦因伐趙。四十萬人降白起。秦并兼四海。分天下爲郡縣。漢與因之。先王之迹既遠。地名又多。隨時改易不同。漢地理志。河東郡秦置。濩澤、端氏二縣隸焉。上黨郡。秦置。高都泫水二縣隸焉。河内郡。高帝元年爲殷國。二年更名。沁水隸焉。按澤州。圖經屬禹貢冀州之域。後魏置建興、長平、安平三郡。明帝移建興郡於高都城。孝莊帝復改建興郡爲高都郡。後周又以長平安平二郡併入。改爲高平郡。隋初廢郡。爲澤州。按晉城。圖經本漢高都縣也。屬上黨郡。晉因之。後魏改屬建興郡。至孝莊帝改屬高都郡。北齊置常平高都二郡。後周併爲高平郡。隋開皇初。郡廢。十八年。改丹川縣。因縣北丹水爲名。屬長平郡。唐武德初。移於源漳水北。三年。析丹川。於古高都城置晉城縣。屬建州。六年州廢。縣屬蓋州。是年。省丹川縣。蓋州入晉城。貞觀元年州廢。屬澤州。按陽城縣。本漢澤州。〇澤州。據漢書地理志當作濩澤。縣。屬河東郡。今縣西三十里故城是也。晉屬平陽郡。後魏興安二年。自故城移於今治。隋屬長平郡。唐武德元年。於此置澤州。八年。移州端氏縣。天寶元年。改爲陽城縣。按端氏本漢縣。屬河東郡。史記。趙成侯十六年。與韓魏共分晉。封晉君以端氏。今縣地是也。其故城在縣西北三十里。卽漢治也。晉屬平陽郡。後魏置安平郡。縣隸焉。真君七年省。太和八年復置。至隋開皇三年。郡廢。十八年。自故城移於今治。屬長平郡。唐武德八年。移澤州於此治。貞觀元年。又徙州治晉城。按高平縣。漢泫水縣。屬上黨郡。後魏於古高平城置。唐志云。漢泫氏縣舊地。因以名之。屬長平郡。隋因之。又併泫氏入焉。唐武德初。於縣置蓋州。貞觀初。蓋州廢。按陵川縣。在漢屬泫氏縣地。隋開皇十六年。以户口滋息。山川修阻。遂割長平郡二縣户析置。爲中縣。至唐武德元年。改長平郡爲蓋州。縣亦屬焉。六年移蓋州於晉城縣。貞觀元年。改蓋州爲澤州。縣屬澤州。按沁水縣。漢縣。屬河内郡。晉因之。元魏爲永安縣。後於此置廣寧郡。後齊郡廢。改縣曰永寧。隋開皇十八年。復改爲沁水縣。屬長平郡。唐屬澤州。五代後。因而不改。皇統三年。程先生左輔國碑云。澤之爲州。蓋以境内有濩澤名焉。州之治晉城。蓋以其地故晉封名焉。夫晉者。堯所居之墟。舜所耕耘之地。二帝遺風至今猶存。自開皇三年爲州。迄今五百六十一載。蓋開皇三年癸卯。至皇統三年癸亥也。宋張商英題桃固嶺云。大舜耕耘地。斯民聚落居。昔人皆以舜澤名之。舜耕於歷山。鄭玄曰。在河東。漁於雷澤。鄭玄曰。雷夏。兖州澤。今屬濟陰。圖經引墨子云。舜漁於濩澤。墨子本云。漁於雷澤。不同舜澤取舜耕處名之也。歷山。河東之境近之。必有辨者。州四至。東至衛州界二百里。以孤松樹爲界。自界至衛州一百六十里。西至絳州界一百九十里。以烏嶺堠爲界。自界至絳州一百四十五里。南至懷州界四十五里。以土堠爲界。自界至懷州六十五里。北至潞州界一百里。以山口村爲界。自界至潞州六十五里。東南至懷州界七十五里。以枯冢爲界。自界至懷州六十里。西南至孟州界六十里。以分水嶺爲界。自界至孟州一百二十里。東北至相州界二百里。以城嶺爲界。自界至相州一百六十里。西北至晉州界一百六十里。以長城嶺爲界。自界至晉州一百七十里。至南京四百六十二里。河南府二百二十五里。係大定年前里堠也。隋開皇三年至天興甲午。六百五十二年。歷唐、五代、宋、金。易十二姓。或興或廢。有如傳舍。金國自大安之變。敵騎之入中原。北風所向。無不摧滅者。貞祐甲戌二月初一日丙申。郡城失守。虐焰燎空。雉堞毁圮。室廬埽地。市井成墟。千里蕭條。闃其無人。後二十年。大兵渡河。甲午正月初十日己酉。蔡州城池陷。金運遂絶。大朝始張官署吏。乙未遣使詣諸路料民。本州司縣共得九百七十三户。司候司六十八户。晉城二百五十五。高平二百九十。陵州六十五。陽城一百四十八。端氏一百一十七。沁水三十。至壬寅。續括漏籍。通前實在一千八百十有三户。以鄉觀鄉。以國觀國。以天下觀天下。其可知也。噫。生斯世者。何不幸耶。百六之數。莫能逃也。死者已矣。生者倒懸。何時而已耶。上天之禍。如此其酷。尚未悔耶。泫然一記之。語庶幾父母瘡痍之民者。生怵惕之心。莊靖集

孟子祠記貞祐元年

孫弼

魯之廟食千百年不絶者。曲阜孔子。鄒之孟子。兩祠而已。孟子鄒人也。後孔子百有四年而生。時周烈王四年己酉也。鄒本古邾小國。兖州之南鄙也。至穆公時。改邾爲鄒。鄒城東南隅。有岡曰文賢。其勢回旋掩抱。有溝曰因利。水自巽方而來。灌城濠而西之。古人傳之曰。因此山川之秀。而孟子生焉。今魯國鄒興鄉鄒儒里。卽其地。其先魯公族孟孫之後。公夙喪其父。母仉氏。以賢德見稱。家貧。以女工自給。鞠養其子。有三遷之教。長師孔子之孫子思。治儒術。博通五經。尤長詩書。時值周衰之末。戰國縱横。用兵争强。以合縱連横爲言。以權謀詭計爲事。先王大道。幾於埽地。異端蠭起。邪説蝟興。若楊朱墨翟放蕩之言。至于塞路。公嘗歎曰。楊墨之言不息。孔子之道不著。距而闢之。由是。聖人之道。振而復起。久而愈明。真可謂命世亞聖之大才者也。遂以儒道。歷聘諸國。轍環天下。卒老於行。三見齊宣王而不言事。欲以攻其邪心。説梁惠王以仁義爲利國之術。終莫能聽。恥没世而無聞。於是垂憲言以遺後人。遂著書七篇。燦然靡所不載。唐韓愈推其功。以爲不在禹下者。信不誣矣。公爲齊卿時。喪母而歸。葬於魯也。今在鄒興鄉馬鞍山之麓者是也。公之卒也。葬於四基山之陽。郭璞云。邾城東南有嶧山。嶧山北有牙山。牙山北有唐口山。唐口山北有陽山。陽山北有孟軻冢在焉。今四基山者是也。景祐五年春。置廟於其旁。取門人之高弟配焉。以此。子子孫孫。奕世相傳。居多近其所。歲時奉祭冢廟。元豐六年十月。因吏部尚書曾孝寬言於朝曰。孟子有廟在鄒。未有封爵載在祀典。況先儒皆有封爵。孟軻氏。萬世所法。厥惟舊邦。古有祠宇。宜封爵以示褒崇。遂特加鄒國公。元豐七年九月。蒙朝廷詔賜庫錢三十萬。增修其祠。其像服九章。樂正子配享。公孫丑、萬章。俱侍左右。給其賜田。以嚴洒埽。宜其後嗣蕃衍。詢其祖派。得孟甯、孟堅等十數家。皆其裔也。弼一日敬謁祠下。因摭其實而記之。用傳不朽。因述銘曰。

猗歟鄒公。運逢姬季。挺秀邾城。賢罔因利。幼被母教。長師聖孫。辨非好辨。言爲知言。學長詩書。性樂仁義。高行厲辭。離倫絶類。轍環天下。始以道鳴。方鑿圓枘。卒老於行。著書七篇。根極理要。撲敍包羅。閎遠微妙。拔邪崇正。開道斷疑。聖人之亞。王者之師。德述唐虞。辭闢楊墨。不下禹功。優入聖域。瓦礫諸子。醇乎其醇。百代而下。子孫詵詵。四基之陽。佳城邃宇。魯邦所瞻。令名千古。鄒縣志

陶公壽堂記貞祐四年

王廷

老子曰。大道甚夷而民好徑。孟子曰。道在邇而求諸遠。聖賢之言。若合符節。今夫學道之人。多墜於旁門小道。窮年兀兀。了無所得。良可歎哉。先生姓陶氏。名復朴。道號日冲子。東萊人。自幼入道。雲游四方。於前宋中。嘗至是邑。愛其山水清秀。慨然有卜築之志。自以年尚少。參同未廣。復去。自寧懷遇米真人。而道益振。内丹外藥。兩得其傳。大安初。由永寧來。遂定居。作終

焉計。一日語衆曰。縣稍東錦屏山半有古洞。予昔嘗居焉。卜日可同爲一游。衆如其約。既至。有石洞三。西曰紫雲。東曰懸空。其上曰玉芝。可容客數十。懸空者。舊名也。紫雲玉芝。先生命之也。皆天造地設。非人力所能及。有翠崖蒼壁。珍木異卉。並立而叢生。有雲腴石髓。瓊漿玉液。飢餐而渴飲。緑陰四合。瑞靄氤氳。耳萬籟以忘機。目長川而久視。恍惚變化。莫能名狀。其神仙窟宅也。雖邑人。有至老不能到者。亦其分也。梯石而下。有一小石窟。形如卧虎。先生指之曰。予年七十有八。生死無常。欲卜此以爲將來藏骸之所。公等當爲我成之。衆諾。且命僕預爲之文。僕應之曰。有生必有死。死者數之終也。雖自古登真之士。亦所不免。況生者死之根。死者生之根。不生不死。其惟神乎。形何與焉。列子曰。精神者。天之分。骸骨者。地之分。在天清而散。在地濁而聚。先生可謂得造化之原。了死生之事。練神以爲仙。豈以死爲忌哉。既承命。安敢固拒。謹秉心稽首而爲之詞。其詞曰。

大道無形。體用幽玄。惟我陶公。深得其傳。名以復朴。號以日冲。軒轅宗派。太清家風。其肄不替。其居不擇。進退自如。游真之客。把握道化。提攜陰陽。劍吼鎚鳴。神應無方。離有入無。離無入有。有無相生。鑪飛鼎走。日宮產兔。月殿生烏。放去放來。照海元珠。擇得其人。付以口訣。總總相傳。黄芽白雪。生必有死。死必有時。道無所忌。預爲之辭。宜陽縣志

金文最卷三十

記

成趣園記

路伯達

自仲尼而後。稱以道鳴者。孟某、楊雄其選也。孟有曰。舜何人也。予何人也。有爲者。亦若是。楊亦有曰。希驥之馬。亦驥之駕。希顔之人。亦顔之徒。若舜與顔。仁賢之大者。學之尚可以至。況其餘乎。此二公所以進人之善心。使見賢而思齊也。詩云。高山仰止。景行行止。其斯之謂歟。獻陵梁君。任性曠夷。寄懷遐遠。厭闤闠之喧。樂林泉之勝。蚤以家事悉委於其子。嘗讀晉史隱逸傳。愛陶淵明之爲人。慨然思之。於是背城而東幾一里。膏腴膴膴間。買田治園。爲閒散計。幅巾杖屨。晨往夕還。迺命之曰成趣。以書求予爲記。凡三至。辭不獲已。而述之曰。美哉名乎。誠慕陶之深矣。昔淵明去彭澤。返故居。日涉其園。而至於成趣者。蓋其所向之意深焉。嘗摭陶事而論之。得其所以謂之趣者。陶蓄素琴一張。絃徽不具。每與朋會則撫而和之。曰。但識琴中趣。何勞絃上聲。又著孟府君嘉傳。桓温嘗問嘉。酒有何好。而卿嗜之。嘉笑而答曰。明公但不識酒中趣爾。蓋惟琴抱太古之質。惟酒適無何之鄉。以其妙意有不可言傳者。故謂之趣。而園中之游。亦得稱其趣者。豈非寓不傳之妙而與琴酒均耶。今梁君之榜園必取此者。是欲因其名而究其實。誦其語而師其行。予故曰。誠慕陶之深矣。如或用志不分。乃凝於神。則兀然而遺世。寂然而忘言。揖南山之佳氣。卧北窗之清風。其於羲皇上人。幾何其不爲也。語曰。我欲仁。斯仁至矣。可不勉哉。有人若曰。彼之行誠高矣。我何敢望。是自棄也。安免聖賢之罪人。予是以樂道梁君之善而與其進。復設此以戒其惰。故并書之。若其亭軒之位序。橋彴之規模。藤架松窗。竹溪柏徑。接有道之士。爲忘形之友。起居談笑。惟情之適。已詳見於軍判初公之詩序。故兹不復云。謹從欽定全金詩（卷六二）恭録

令旨重修真定廟學記

元好問

王以丁未之五月。召真定總府參伍張德輝北上。德輝既進見。王從容問及鎮府廟學今廢興何如。德輝爲言。廟學廢於兵久矣。徵收官奉行故事。嘗議完復。僅立一門而已。今正位雖存。日以傾圮。本路工匠總管趙振玉方營葺之。惟不取於官。不斂於民。故難爲功耳。於是令旨以振玉德輝合力辦集。所不足者。具以狀聞。德輝奉命而南。連率史天澤而下。曉然知上意所嚮。罔不奔走從事。以貲以力。迭爲佽助。實以己酉春二月庀徒蕆事。黽勉朝夕。罅漏者補之。邪傾者壯之。腐敗者新之。漫漶者飾之。裁正方隅。崇峻堂陛。廟則爲禮殿。爲賢廡。爲經籍祭器之庫。爲齋居之所。爲

牲薦之厨。而先聖先師七十子二十四大儒像設在焉。學則爲師資講授之堂。爲諸生結課之室。爲藏廄庖湢者次焉。高明堅整。營建合制。起敬起慕。於是乎在。乃八月落成。弦誦洋洋。日就問學。胄子漸禮讓之訓。人士修舉選之業。文統紹開。天意爲可見矣。既丁酉。釋菜禮成。教官李謙暨諸生合辭屬好問爲記。以謹歲月。竊不自揆度。以爲仁義禮知出於天性。其爲德也四。君臣、父子、兄弟、夫婦、朋友著於人倫。其爲典也五。惟其不能自達。必待學政振飾而開牖之。使率其典之當然。而充其德之所固有者耳。三代皆有學。而周爲備。其見之經者。始於井天下之田。井田之法立。而後黨庠遂○遂下疑脱序字。黨庠遂序遺山集中屢見。之教行。若鄉射鄉飲酒。若春秋合樂、勞農、養老、尊賢、使能、攷藝、選言之政。受成獻馘訊囚之事無不在。又養鄉之俊造者爲之士。取鄉大夫之嘗見於施設而去焉者爲之師。德則異之以知、仁、聖、義、忠、和。行則同之以孝友、睦婣、任恤。藝則盡之以禮、樂、射、御、書、數。淫言詖行。凡不足以輔世者。無所容也。故學成則登之王朝。蔽陷畔逃不可與有言者。則撻之識之。甚則棄之爲匪民。不得齒於天下。民生於其時。出入有教。動静有養。優柔饜飫於聖賢之化日益加而不自知。所謂人人有士君子之行者。非過論也。或者以爲井田自戰國以來埽地矣。學之制。不可得而見之矣。天下之民。既無以教之。將待其自化歟。竊謂不然。天佑下民。作之君師。夫豈不欲使之正人心。承王道。以平治天下。豈獨厚於周而薄於○金文選於下有後字。世乎。由周而爲秦。秦又盡壞周制。燒詩書以愚黔首。而黔首亦皆從之而愚。借耰鋤而德色。取箕帚而誶語。抵冒殊扞。熟爛之極。宜莫秦民若也。高帝復以馬上得天下。其於變狂秦之餘習。復隆周之美化。亦不暇給矣。然而叔孫典禮。僅出綿蕝之陋。陸賈詩書。又皆煨燼之末。孰謂斲琱爲樸者。乃於不旋踵之頃而得之。寬厚化行。曠然大變。興廉舉孝。周暨郡國。長史勸爲之駕者。項背相望。是則前日所以厚周者。今易地而爲漢矣。況乎周制雖亡。而出於人心者固在。惟厭亂所以思治。惟順流易於更始。始於草創。而終之以潤色。本末先後。還相爲用。爲周爲漢。同歸於治。何詳略遲速之計耶。洪惟大朝。受天景命。薄海内外。罔不臣屬。武剋剛矣。且以文治爲永圖。方夏甫定。垂恩選舉。念孤生之不能自存也。通經之士。悉優復之。慮儒業之無以善繼也。老成宿德。使以次傳之。深計遠覽。所以貽丕顯之謨而啟丕承之烈者。蓋如此。王府忠國撫民。一出聖學。比年賓禮故老。延見儒生。謂六經不可不尚。邪說不可不絀。王教不得不立。而舊染不得不新。順攷古道。講明政術。樂育人材。儲蓄治具。脩大樂之絕業。舉大常之墜典。其見於恆府廟學者。特尊師重道之一耳。夫風俗國家之元氣。學校王政之大本。不塞不流。理有必至。癃老扶杖。思見德化之成。漢來美談。見之今日。蓋兵興數十年。俎豆之事不絕如綫。獨吾賢王爲天下倡。是可爲天下賀也。故樂爲天下書之。是年十月朔旦記。遺山集

東平府新學記

元好問

鄆學舊矣。宋日在州之天聖倉。有講授之所。曰成德堂者。唐故物也。王沂公曾罷相判州。買田二百頃。以贍生徒。富鄭公弼新學記及陳公堯佐府學題牓在焉。劉公摯領郡。請於朝。得國子監書。

起稽古閣貯之。學門之左。有沂公祠祭之位。春秋二仲。祭以望日。魯兩生泰山孫明復、徂徠石守道配焉。齊都大名。徙學於府署之西南。賜書碑石隨之而遷。獨大觀八行碑蔡京題爲聖作者。不預焉。齊已廢。而鄉國大家如梁公子美、賈公昌朝、劉公長言之子孫故在。生長見聞。不替問學。尊師重道。習以成俗。泰和以來。平章政事壽國張公萬公、蕭國侯公摯、參知政事高公霖。同出於東阿。故鄆學視他郡國爲最盛。如是將百年。貞祐之兵。始廢焉。先相崇進開府之日。首以設學爲事。行視故基。有興復之漸。今嗣侯莅政。以爲國家守成尚文。有司當振飭文事。以贊久安長治之盛。敢不黽勉朝夕。以效萬一。方經度之始。或言阜昌所遷。乃在左獄故地。且逼近闤闠。湫隘殊甚。非絃誦所宜。乃卜府東北隅爽塏之地而增築之。既以事聞之朝。庀徒蕆事。工力偕作。首創禮殿。堅整高朗。視夫邦君之居。夫子正南面。垂旒披袞。鄒兗兩公及十哲。列坐而侍。章施足徵。像設如在。次爲賢廊。七十子及二十四大儒繪像具焉。至於棲書之閣、豆籩之庫、堂宇齋館、庖湢庭廡。故事畢舉。而崇飾倍之。子弟秀民。備舉選而食廩餼者餘六十人。在東序。隸教官梁棟。孔氏族姓之授章句者十有五人。在西序。隸教官王磐。署鄉先生康曄儒林祭酒以主之。蓋經始於壬子之六月。而落成於乙卯六月初五。十一代孫衍聖公元措嘗仕爲太常卿。癸巳之變。失爵北歸。尋被詔搜索禮器之散逸者。仍訪太常所隸禮直官歌工之屬。備鐘磬之縣。歲時閱習。以宿儒府參議宋子貞領之。故鄆學視他郡國爲獨異。乃八月丁卯。侯率寮屬諸生舍菜於新宮。玄弁朱衣。佩玉舒徐。畔落之禮成。而饗獻之儀具。八音洋洋。復盈於東人之耳。四方來觀者。皆失喜稱歎。以爲衣冠禮樂。盡在是矣。越翌日。學之師生合辭謂僕言。嚴侯父子。崇飾儒館。以布宣聖化。承平文物。頓還舊觀。學必有記。以謹歲月。幸吾子文之石。垂示永久。僕謝曰。老生常談。何足以陳之齊魯諸君之前。顧以客東諸侯者久。猥當授簡之末。俎豆之事。固喜聞而樂道之。何敢以不敏辭。興造之蹟。已辱件右之矣。竊不自度量。輒以有所感焉者著於篇。嗚呼。治國治天下者有二。教與刑而已。刑所以禁民。教所以作新民。二者相爲用。廢一不可。然而有國則有刑。教則有廢有興。不能與刑並。理有不可曉者。故刑之屬不勝數。而賢愚皆知其不可犯。教則學政而已矣。去古既遠。人不經見。知所以爲教者。亦鮮矣。況能從政之所導以率於教乎。何謂政。古者井天下之田。黨庠遂序國學之法立乎其中。射鄉飲酒、春秋合樂、養老、勞農、尊賢、使能、攷藝、選賢之政皆在。聚士於其中。以卿大夫嘗見於設施而去焉者爲之師。教以德以行。而盡之以藝。淫言詖行詭怪之術。不足以輔世者。無所容也。士生於斯時。揖讓酬酢升降出入於禮文之間。學成則爲卿爲大夫。以佐王經邦國。雖未成而不害。其能至焉者猶爲士。猶作室者之養吾棟也。所以承之庸之者如此。庶頑讒説。若不在時。侯以明之。撻以記之。記之而又不從。是蔽陷畔逃終不可與有言。然後棄之爲匪民。不得齒於天下。所以威之者又如此。學政之壞久矣。人情苦於覊檢。而樂於縱恣。中道而廢。從惡若崩。時則爲揣摩、爲捭闔、爲鉤距、爲牙角、爲城府、爲穽擭、爲谿壑、爲龍斷、爲捷徑、爲貪墨、爲蓋藏、爲較固、爲乾没、爲面謾、爲力詆、爲貶駁、爲譏彈、爲姍笑、爲凌轢、爲廏廠、爲睚眦、爲搆作、爲操縱、爲麾斥、爲劫制、爲把持、爲絞訐、爲妾婦妒、爲形聲吠、爲崖岸、爲階級、爲高亢、爲湛靜、爲張互、爲結納、爲勢交、爲死黨、爲囊橐、爲淵藪、爲陽擠、爲陰害、爲竊發、爲公行、爲毒螫、爲蠱惑、爲狐媚、爲狙詐、爲鬼幽、爲怪魁、爲心失位。心失位不已。合謾疾而爲聖癲。敢爲大言。居之不疑。始則天地一我。既而古今一我。小疵在人。縮頸爲危。怨讟薰天。泰山四維。吾術可售。惡惡不可。寧我負人。無人負我。從則斯朋。違則斯攻。我必汝異。汝必我同。自我作古。孰爲周孔。人以伏膺。我以發冢。凡此皆殺身之學。而未若自附於異端雜家者爲尤甚也。居山林。木食澗飲。以德言之。則雖爲人天師可也。以之治世則亂。九方皐之相馬。得天機於滅没存亡之間。可以爲有道之士。而不可以爲天子之有司。今夫緩步闊視以儒自名。至於徐行後長者。亦易爲耳。乃羞之而不爲。竊無根源之言。爲不近人情之事。索隱行怪。欺世盜名。曰此曾顔子思子之學也。不識曾顔子思子之學固如是乎。夫動静交相養。是爲弛張之道。一張一弛。游息存焉。而乃强自矯揉。以静自囚。未嘗學。而曰絶學。不知所以言。而曰忘言。静生忍。忍生敢。敢生狂。縛虎之急。一怒故在。宜其流入於申韓而不自知也。古有之。桀紂之惡。止於一時。浮虚之禍。烈於洪水。夫以小人之中庸。欲爲魏晉之易與崇觀之周禮。又何止殺其軀而已乎。道統開矣。文治興矣。若人者。必當戒覆車之轍。以適改新之路。特私憂過計。有不能自已者耳。故備述之。既以自省。且爲無忌憚者之勸。侯名澄。七歲入小學。師名士龍江張某。澄自讀誦至剖析義理者餘十年。衍聖必其爲特達之器。以其子妻之。迄今爲名諸侯。二君子有力焉。是年九月朔旦。河東元某記。遺山集

博州重修學記

元好問

博之廟學。當泰和中。州倅遼東王遵古元仲之所建。元仲有文行。道陵謂之昔人君子者也。甲申之兵。民居被焚。州將閻侯義以廟學、州宅、龍興寺殿。土木之麗。甲於一州。特以兵守之。其後廟學獨廢不存。今行臺特進公以五十城長東諸侯。凡四境之內。仙佛之所廬及祠廟之無文者。率完復之。故學舍亦與焉。防禦使在平石侯青、彰德總管兼州事趙侯德用。乃以行臺之命。葺舊基之餘而新之。大其正位。又爲從事之室於其旁。至於講誦之堂。休宿之廬。齋厨廄庫。無不備具。經始於某年之某月。落成於某年之某月。文石既具。趙侯請予記之。予竊有所感焉。博自唐以來爲雄鎮。風化則齊魯禮義之舊。人物則魯連子、華歆、駱賓王之所從出。在承平時。登版籍者。餘三十萬家。其民號爲良善而易教。特喪亂之後。不能自還耳。雖然。豈獨此州然哉。先王之時。治國治天下。以風俗爲元氣。庠序黨術無非教。太子至於庶人無不學。天下之人。幼而壯。壯而老。耳目之所接見。思慮之所安習。優柔於絃誦之域。而饜飫於禮文之地。一語之過差。一跬步之失容。即赧然自以爲小人之歸。若犯上。若作亂。雖驅逼之。從臾之。誘引之。有不可得者矣。故以之爲俗則美。以之爲政則治。以之爲國則安且久。理之固然。而事之必至者。蓋如此。嗚呼。王政掃地之日久矣。戰國吾不得而見之。得見兩漢斯可矣。兩漢吾不得而見之。得見唐以還斯可矣。唐以還且不可望。況於爲血爲肉之後乎。喪亂既多。生聚者無幾。蚩蚩之與居。倀倀之爲徒。亦有教焉。不過破梁碎金胡書記詠史而已。前世所謂急就章、免園册者。或篇題句讀之不知矣。後生所習見者。非白晝攫金。則禦人於國門之外。取箕帚而誶語。借耰鉏而德色。秦人之抵冒殊扞。賈子之所爲太息而流涕者。蓋無足訝。由是觀之。父子夫婦。人倫之大節。亦由冠屨上下之定分。冠而屨之。屨而冠之。非正名百物。則倒置之敝無所正。父不父。子不子。夫不夫。婦不婦。必肇修人紀者出。而後有攸敘之望矣。況草昧之後。道統方開。明經者。例有復身之賜。而此州將佐。首以興起學宮爲事。士之有志於此道者。其喜聞而樂道之。宜何如哉。故爲記其興造之始末。且以學校之本告之曰。有天地。有中國。其人則堯、舜、禹、湯、文、武、周、孔。其書則詩、書、易、春秋、論語、孟子。民則士、農工、賈。其教則君令臣行。父慈子孝。兄友弟恭。夫婦睦。朋友信。其治則禮樂刑政。紀綱法度。生聚教育。冠昏喪祭。養生送死而無恨。庠序黨塾者。道之所自出也。士者。推庠序黨塾所自出之道。而致之天下四方者也。由是而之焉。正名百物、肇修人紀者。尚庶幾焉。如曰不然。則爾愛其羊。我愛其禮。以是學爲告朔之餼也可。遺山集

趙州學記

元好問

趙州廟學。初廢於靖康之兵。天會以來。郡中趙公某始立廟殿。而任公某增築學舍。泰安名臣陵川路公元。爲門、爲廊廡、爲講堂。土木之功乃備。自貞祐南渡。河朔喪亂者餘二十年。趙爲兵衝。焚毁尤甚。民居官寺。百不存一。學生三數輩。逃難狼狽。不轉徙山谷。則流離於道路。廟學之存

亡。亦付之無可奈何而已。户牖既壞。瓦木隨撤。當路者多武弁。漫不加省。上雨旁風。日就頹壓。識者惜之。歲癸卯。真定路工匠總管趙侯慨然以䋱復爲事。發貲於家。顧工於民。躬自督視。不廢寒暑。裁正方隅。崇峻堂陛。斜傾者起之。腐敗者易之。破缺者完之。漫漶者飾之。曾不期年。截然一新。若初未嘗毁而又有加焉者。乃八月上丁。諸生釋菜如禮。衣冠俎豆。駸駸乎承平之舊。予過慶源。嘗往觀焉。問所以經度者。郡人高德茂等合辭道其然。且請予記之。予以爲學官之廢久矣。儒學之士。雖有任其責者。亦以爲不急之務矣。比歲郡縣稍有以興學爲事者。率有由而然。力致勢劫。劇甚調度。僅能有成。怨讟盈路。所謂可爲美觀而不可以朿考也。趙侯不出於强率。不入於承望。崇儒向道自拔於流俗者如此。在於學古之士。其喜聞而樂道之。宜何如哉。故爲記之。且告之曰。吾道之在天下。未嘗古今。亦未嘗廢興。君臣父子夫婦兄弟朋友之際。百姓日用而不知。大業廣明五季之亂。綿蕝不施。而道固自若也。雖然。庠序黨塾。先王之所以教。後世雖有作者。既不能復有所加。亦豈容少有所損。羊存禮存。此告朔之餼。所以不可廢也。夫興學儒者事也。用武之世。而責人以儒者之事。不可也。異時時可爲。力可致。而使學宫有鞠爲園蔬之歎。不必以前世趙任路三使君爲言。視今趙侯。能不少媿乎。侯名振玉。龍山人。先節度慶源。有良民吏之風。其與文士游。蓋其素尚云。遺山集

壽陽縣學記

元好問

近代皇統、正隆以來。學校之制。京師有太學、國子學。縣官餼廩生徒。常不下數百人。而以祭酒、博士、助教之等教督之。外及陪京總管大尹府節度使鎮防禦州。亦置教官。生徒多寡。則視州鎮大小爲限員。幕屬之由左選者。率以提舉繫銜。刺史州則繫籍生附於京府。各有定在。外縣則令長司學之成壞。與公廨相授受。故往往以增築爲功。若仕進之路。則以詞賦明經取士。預此選者。多至公卿達官。捷徑所在。人争走之。文治既洽。鄉校家塾。絃誦之音相聞。上黨高平之間。士或帶經而鋤。有不待風厲而樂爲之者。化民成俗。槩見於此。自大安失馭。中夏版蕩。民居官寺。燬爲焦土。天造草昧。方以弧矢威天下。俎豆之事。宜有所待也。甲辰之春。予歸自燕雲。道壽陽。知有新學。往觀焉。見其堂廟齋廡。若初未嘗毁而又加飾焉者。問所以然。諸生合辭曰。吾邑舊有廟學。元祐中。知縣事張不渝實更新之。既乃廢於貞祐甲戌之兵。大變之後。民無百家之聚。縣從事李通、李天民者。竊有修學之議。而病未能也。會臺牒下於壬寅之冬。課所在舉上丁釋菜之典。乃得偕令佐暨縣豪傑諸人經度之。蓋三年而後有成。久欲謁文吾子。以紀歲月。顧以斗食之役之故。而無以自達也。予謂二三君言。公輩寧不知學校爲大政乎。夫風俗國家之元氣。而禮義由賢者出。學校所在。風俗之所在也。吾欲塗民耳目。尚何事於學。如曰。如之何使吾民君臣有義而父子有親也。夫婦有别而長幼有序也。則天下豈有不學而能之者乎。古有之。有教無類。雖在小人。尤不可不學也。使小人果可以不學。則武城之弦歌。當不以割雞爲戲言矣。予行天下多矣。吏姦而漁。吏酷而屠。假尺寸之權。朘民膏血以自腴者多矣。崇祠宇。侫佛老。捐所甚愛以求非道之福。嚬呻顧盼。化瓦礫之場爲金碧者。又不知幾何人也。能自拔於流俗崇儒重道如若人者乎。且子所言無以自達者。亦過矣。興學之事。賢相當任之。良民吏當爲之。賢相不任。良民吏不爲。曾謂斗食吏不得執鞭於其後乎。使吾不爲記玆學之興廢則已。如欲記焉。吾知張不渝之後。唯此兩從事而已。奚以斗食之薄萬鍾之厚爲計哉。通字彥達。縣人。天民字仲先。上世秀容人。其先世皆儒素云。遺山集

代冠氏學生修廟學壁記

元好問

孔氏廟學。貞祐初。知縣事魯仔所增建。泰和中。主簿折元禮畫七十二子像。喪亂以來。民居皆被焚燬。而廟學獨存。歲乙未。右副元帥趙侯憫其頹圮。復爲完補之。學之制。初亦儉狹。侯就爲料理而作新之。意蓋未已也。侯崇儒重道出於天性。在軍旅中。亦常以文史自隨。一府之人。若偏裨、若府吏。皆隨而化之。興學之事。特其濫觴耳。嗚呼。吾邑爲大縣久矣。在承平時。登版籍者餘三萬家。僑寓之民又倍而三之。學校大事也。前後歷數十政。非無賢令佐。而乃因卑習陋。漫不加省。百年以來。能崇起之者。唯吾侯與魯折三人而已。可勝歎哉。某月日。縣學生黃逸民記。遺山集

葉縣中嶽廟記（元光二年）

元好問

河南中鎮所在。在所率有祠廟以奉嶽祇。葉距崧三百里而近。獨無有也。邑門之南百舉武。少折而

西有地焉。直居民之衝。顧望崇顯。父老規爲嶽祠舊矣。泰和末。太原祁人樊道真始以邑人之意而經度焉。地本故堤。廢圮已久。荆棘瓦礫。蛇鼯所舍。樊身執畚鍤。剗治蕪穢。實以版築。百日而廟基成。邑之人知其堅固可任也。乃羣起而助之。實鄉豪張祐、孫寧泰、商人党珪爲之倡。廟既成。祁人有以白石爲中天像。欲輦而北者。道真請而事焉。予嘗謂小人之情。畏之而有不義。恥之而有不仁。威之而有不懲。獨於事神。若有所儌焉。何耶。儌福於方來。逃罪於已然。百求而百不可得。然終不以百不可得而廢其所以求也。富貴光榮。壽考繁昌。人既有以求諸神。忠信孝弟。廉讓篤實。神亦有以望於人。吾嘗見夫世俗之所事神者矣。崇祠宇。嚴像設。封羊豕。具儀衞。巫覡倡優。雜然而前。拜跪甚勞。迎送甚勤。求神之所以望於人者。無有也。陰害賊詐。刮利次骨。利之所在。無復天理。公噬潛搏。難得是期。内人於溝。不恤也。血人於牙。不饜也。志得而意滿。則曰。我求於神。神報我者如是也。故搏噬愈獲。報謝愈豐。禱求愈奢。香火未收。而陰害賊詐之心。已怫然於胸中矣。此直牛鬼蛇神之所不忍臨。而謂岳祇之聰明正直者而臨之乎。記有之。雖有惡人。齋戒沐浴。可以事上帝。謂小人之不可以事神。不可也。豈弟君子。求福不回。好是正直。介以景福。謂神之可欺。尤不可也。嗚呼。神有固然。三尺童子所能知。而人有不能知者。特溺於貪而不能自還耳。惜乎。莫有以三尺童子之所知者而告之也。癸未之夏。予過昆陽。進士韋仲安道樊之意。欲得吾文。以記其經營之始。故爲書之。且告以福不可儌、禍不可逃也。如是。庶幾來者有所儆焉。遺山集

扁鵲廟記

元好問

扁鵲隨俗爲變。過咸陽。爲無辜醫。邯鄲爲帶下醫。洛陽爲耳目痺醫。蓋嘗至周。其有廟於此。則不可考也。廟再以元豐八年成。里之人事之惟謹。病者。必來以藥請。杯案間。有得香灺埃煤若丸劑然者。吞之。病良愈。閭里間相傳以爲神。斗酒彘肩。禱謝日豐。積習既久。莫有能正之者。鄉豪張乙居其旁。葺而新之。土木有加焉。正大元年之八月也。自扁鵲飲上池水。三十日而知物。其事固以秘怪而不常。故虛荒誕幻。被於末流。千百年後而未止也。雖然。耳目之所不接。故常理之所不拘。神膏傅創。靈丸起廢。見於傳記者多矣。又安可必其果無有哉。故嘗謂扁鵲至人也。自言其方可以解肌、裂皮、決脈、結筋、湔浣腸胃、漱滌五臟、練精而易形矣。至於世之陰忌、賊詐、貪饕、攫拾、心魂斷喪、若醉若狂、濊然而不能自還者。百千爲羣。日相過於前。爲扁鵲者。獨不能隨俗爲變。練精而易形。使之爲平直安舒廉讓潔清之人乎。若夫疾病則禱。聖人所不廢。誠以感神。祭則受福。冥冥之間。當有陰相者。盍亦無以靈丸神膏爲也。此之不爲。區區之香灺埃煤。自夸於閭巷細民之間以爲神。嗚呼。其亦兒童劇而已矣。豈世之所望於扁鵲。而扁鵲之所以爲扁鵲也哉。遺山集

長慶泉新廟記〔正大六年〕

元好問

鄧之西百里而遠。是爲内鄉之東鄙。有山焉。岡巒起伏。與淅、酈諸山。絡脈相屬。而爲之殿。其

麓二泉。灌田千畝有奇。泉之上有龍祠。耆舊以爲禱之有雨暘之應。旁近之民。有以飲羊牛浣裙裾者。泉輒匯而遷焉。考之辨方。無所知名。俚俗所稱。訛繆失實。且不雅馴。今以其地名之長慶泉。正大丁亥。予承乏是邑。夏五月。赤旱近百日。凡縣境之名湫。無慮數十所。奔走禱祈。卒無感通。道路嗷嗷。無望來秋。有以此泉爲言者。予率父老詣焉。幣祝甫登。雲氣四合。車轍未旋。而澍雨浹。明年。里之民。作新廟於泉之西南。且以紀其事爲請。夫龍之靈固也。然古人之於禱祈。不幸而不見答。自咎而已。幸而應焉。則亦不敢以爲功。今也。不德其何以致然。將適與雨會歟。影響之報。蓋不如是之捷也。天之恩與威令。龍實尸之。油然而雲。殷然而雷。不崇朝而雨。天下利於物者豐。則享諸己者厚。道家所言。恍惚之外。神龍之所居。瑶宫瓊室。萬舞在庭。金支翠蕤。紛葳輝映。雖首出萬物。奉以四海九州。有不足進焉者。山夫谷民。乃以一畝之宫。牲不掄豆而祀之。豈度德審功報稱之道哉。聞之。天卽神。神卽人。人卽天。名三而誠則一。東鄰之牛。不如西鄰之禴祭。實受其福。凡以恃吾誠而已。不然。所持者狹。所求者奢。彼乘雲氣而遊天地之間。是區區者。甯足以留其一盼耶。正大己丑九月日。遺山集

三皇堂記

元好問

老子職柱下史。閱人代之久。其述伏羲、神農、黄帝氏以來。有太上下知有之、其次親之譽之之論。邵康節因之。亦謂皇與帝爲千萬世之人。其次第蓋如此。自三墳爲吾夫子所删。三聖人者。與天同

功。乃無德業可考見。醫家者流。謂神農一日嘗七十毒。與岐黄至真大要三墳書。特止於此。今其論固在。本於大道之説。而究乎生死之際。然於三聖人所以仁後世者。纔土苴耳。太原醫師趙國器謂吾業當有所本也。即其家起大屋。立三聖人像事之。以歷代名醫岐伯而下凡十人。侑其坐。棟宇既備。像設既嚴。介於太谷李進之請予爲記。始予甚難之。以爲天地不仁。芻狗萬物。聖人躋民仁壽之域。民安物逸。若道自然。雖莫知所謝可也。或曰。有萬世之利者。享萬世之報。亢倉楚所居。年穀豐穰。物無疵癘。其鄉之人。且相與尸而祝之。社而稷之。況與天地同功者乎。雖報本反始。非閭巷所得專。而泝流窮源。或旦暮如有遇。祖而祀之。其誰曰不然。夫趙子世於方伎。餘百有五十年矣。守之以恆業。用之以戒心。謂一毒妄攻。五兵莫慘。耿耿自信。臨之以神明。吾知是家於人之命爲甚重矣。是可記也。於是乎書之。國器名天用。今爲惠民局直長。埭工張天秀。國器之子。履道。知讀書。異時當以儒素自拔於流俗云。己酉初吉。新興元某記。遺山集

崔府君廟記

元好問

唐崔子玉府君祠。在所有之。或謂之亞岳。或謂之顯應王者。皆莫知其所從來。府君定平人。太宗時爲長子令。有惠愛之風。本道採訪使與長子尉劉。内行弗備。且有贓賕之鄙。時縣有名虎。府君謂二人者宜當之。已而果然。及一孝子爲所食。乃以牒攝虎至。使服罪。一縣以爲神而廟事之。世所傳蓋如此。廟之在陽平者有年矣。貞祐之兵。燒燬幾盡。東平副元帥趙侯以其父之志爲完復之。

其成也。俟命予以歲月記。故爲書之。傳曰。有功於民則祀之。以勞定國則祀之。此不爲小德小善者言。漢丞相忠武侯之歿。蜀人求爲立廟。朝議以禮秩。不聽。百姓遂因時節祭之道陌上。言事者。或謂可聽於成都立之。安樂公不從。習隆、向充拜章言。巷祭野祀。非所以存德念功。若盡順人心。則瀆而無典。建之京師。又偪宗廟。止可令其近墓爲之。所親以時設祭。故吏欲奉祀者。皆限至廟。斷其私祀。以從正禮。於是始從之。爲廟於沔陽。從是觀之。漢人於忠武侯。其難之也如是。況其下者乎。且夫郡縣之良吏。血食一方。見於今者多矣。然卓茂則止於密。魯仲康則止於中牟。朱邑則止於桐鄉。召父、杜母則止於南陽。蓋未有由百里之邑達之天下四方如府君之祠之侈者也。高門之蕩然。廣殿之渠然。袞冕之巍然。侍衛之肅然。雖五帝之尊且雄。無以過。使其止於爲土木偶焉。斯可矣。或有物焉。則將疾走遠引。逃避之不暇。矧敢憑几負扆。以當天下四方臣僕之敬乎。嗚呼。祀典之壞久矣。惟祀典壞。而後撤淫祠之政舉。喪亂以來。天綱弛而地維絕。人心所存。唯有逃禍邀福者在耳。惟逃禍邀福者在。故凶悍毒詐。有時而熄。若曰。淫祀無福。非其鬼而祭之爲諂。爾所敬非吾之所謂敬。爾所懼非吾之所當懼。彼將蕩然無所畏忌。血囊仰射。又何難焉。使梁公而在。吾知前日江淮之舉。有不暇施於今日者矣。故併及之。使人知侯之意有在。遺山集

金文最卷三十一

記

鄧州新倉記（正大八年）

元好問

觀察判官曹君德甫以書抵某云。武勝一軍。雄殿南服。重兵所宿。兼倍諸道。故廩庾之積。尤爲吾州之大政。今滦水公之鎮是邦也。至之日卽以新倉爲事。度材於山。賦庸於兵。心計手授。百堵皆作。蓋經始於正大六年之八月。而斷手於八年之四月。文石旣具。子爲我記之。某以爲天下之謀食者。莫勞於農。而莫不害於農。農之力至於今極矣。噓牛而耕。曝背而耘。十人之勞。不能給一人之食。水旱霜雹。螟蝗蟊蠈。凡害於稼者不論也。用兵以來。調度百出。常賦所輸。皆創夷之民。終歲勤動。不得以養其父母妻子。而以之佐軍興者。兵則恃農而戰。農則恃戰而耕。朝廷旰食宵衣。惟穀之恤。勸農冠蓋。相望於道。廩人之制。非不具備。而有司或不能奉承。精粗之不齊。陳腐之不知。度量之不同。簿領之不一。收貯之不謹。啟閉之不時。訶禁之不嚴。檢察之不恆。冒濫之不究。請託之不絕。一隙所開。百姦乘之。百家之所斂。不足以給雀鼠之所耗。一邑之所入。不足以補風雨之所敗。四方承平。粒米狼戾時。然且不可。況道殣相望之後乎。然則有能爲國家重民食而謹軍賦者。業文之士。宜喜聞而樂道之也。惟公爲徐、爲陜、爲鳳翔、爲京兆、爲洛陽。盡力民事二十年於兹。知民之所難。知戰之所資。知廢政之不可不舉。知積弊之不可不去。是役也。易腐敗爲堅整。廣狹陋爲宏敞。增卑濕爲爽塏。導壅蔽爲開廓。環以複垣。鍵以重扃。圭撮有經。新陳有次。曠曝有所。檢視有具。出入有籍。巡衛有卒。條畫周密。截若畫一。萬箱踵來。千倉日盈。陳陳相因。如岡如陵。望之巍然。有以增金城湯池之重。京師仰給於是乎張本。某屬吏也。知公爲詳。故并著其設施如此。四月二十三日。儒林郎南陽縣令武騎尉賜緋魚袋元某記。遺山集

南陽縣令題名記〔正大八年〕

元好問

爲縣難。爲南陽尤難。由漢以來千百年。居是邦者不知其幾何人。獨召杜有父母之稱。其餘則有問姓名而不知者。可謂尤難矣。自功利之説行。王伯之辯興。墮窳者得以容其姦。而振厲者無以盡其力。蓋嘗疑焉。仁人君子。正其誼。不謀其利。明其道。不計其功。與夫安静之吏。悃愊無華。日計不足。月計有餘者。理誠有之。然唐虞之際。司空則平水土。后稷教民稼穡。司徒則敬敷五教在寬。士明於五刑。虞則若予上下草木鳥獸。伯典禮。夔典樂。龍納言。三載考績。三考黜陟幽明。君臣相敕。率作興事。必於成而後已。謂之不計其功也而可乎。漢宣帝之治。樞機密而品式具。上下相安。莫敢苟且。政平訟理。固出於良二千石德讓之風。至於摘奸伏。擊豪右。敢悍精

斂。砉砉雋快如刃之發於硎者亦多矣。三代之民治。漢之民亦治。孰王孰伯。必有能辨之者。嗚呼。道喪久矣。召杜之政豈人人能之。唯稍自振厲不入於墮竊斯可矣。若夫碌碌自保。寂寥而無所聞。去之日。使人問姓名而不能知。雖居是邦。謂之未嘗居是邦可也。年月日某記。遺山集

吏部掾屬題名記〔正大二年〕

元好問

吏部爲六曹之冠。自前世號爲前行。官屬府吏由中後行而進者。皆以爲榮焉。國朝故事。掾屬之分。有左右選。右選之在吏曹者。往往至公卿達官。然不能終吏者。亦時有之。古人以爲吏猶賈然。賈有賢有愚。賢賈之取廉。日計不足。月計有餘。愚賈之求無紀極。舉身以徇貨。反爲所累者多矣。此最善喻者。自風俗之壞。上之人以徒隸遇佐史。甚者先以機詐待之。廉恥之節廢。苟且之心生。頑鈍之習成。實坐於此。夫以天下銓綜之係與夫公卿達官之所自出。乃今以徒隸自居。身辱而不辭。名敗而不悔。甚矣。人之不自重也。乃録南幸以來名姓凡若干人刻之石。孰善孰惡。孰由此而達。孰由此而敗。觀者當自知之。得以鑒焉。正大二年五月日。儒林郎權國史院編脩官元某記。遺山集

警巡院廨署記〔正大二年〕

元好問

汴京官府寺舍。百年以來。無復其舊。車駕南渡。百司之治。往往以民居爲之。如兩警院之繁劇緊

要者。亦無定所焉。夏津宋侯之領右院也。以爲吾之職有前世長安洛陽令之重。其權則又右内史之所分。乃今僑寓於編户細民之間。余也不敏。就得以倥傯爲辭。後之君子奚賴焉。陛級之不崇。何以示民。寢處之不飾。何以待賢。貴賤無章。上下混淆。則又非所以謹官常而修上命也。乃以故事請於縣官。久之得故教授。位於樂善坊之東。教官廢久。屋爲民居。罅漏邪傾。風雨弗庇。侯以暇時。易而新之。治有廳事。寢有堂奥。廚庫井廄。以次成列。外周以垣。内鍵以門。不私困。不公滯。蓋百日而後成。即以其事屬余記之。竊嘗謂治人者食於人。勞其心者逸其身。於此有人焉。朝夕從事。使斯民也皆得其所欲安。民安矣。至於吾身之所以安。則謂之私而不敢爲。夫豈人情也哉。履屐之間。可以用極。鼓鐘之末。可以觀政。若曰此猶傳舍耳。不足用心於其間。君子以爲不智可也。故余樂爲書之。侯名九嘉。字飛卿。擢進士甲科。文采風流。照映一時。歷高陵、三水、藍田、扶風四縣令。皆有能聲云。正大二年五月日儒林郎權國史院編修官元某記。遺山集

創開滹水渠堰記

元好問

州倅定襄李侯。介於教官劉浚明之深。以滹水新渠記爲請。曰滹水之源。出於雁門東山之三泉。過繁畤遂爲大川。放而出忻口。並北山而東。去僕所居横山爲不遠。上世以來。知水利可興。故嘗興之。由宋爾朱氏以下。凡三人焉。爾朱。丘村人。家有賜田百頃。因以雄吾鄉。役家之僮奴。欲從忻口分支流爲渠。鄉之人以是家公爲較固之計。莫有助之者。且姍笑之。因自沮而罷。大定戊子。

無畏莊信武喬公。號稱十萬喬氏者。度其財力易於興造。復以渠爲事。開及日陽里。農民以盜水致訟。有避罪而就死者。事出於曖昧。甲乙鉤連。無從開釋。役夫散歸。至以水田爲諱。承安中。吾里齊全羨率鄉曲大家。按喬公故迹。欲終成之。而竟亦不成。僕不自度量。以先廣威嘗與齊共事。思卒前業。賴縣豪傑鄉父兄子弟佽助之。歷二年之久。僅有所立。蓋經始於壬寅之八月。起湯頭嶺西之白村山下。逾六十里。經建安口乃合流。又明年之三月既望。合鄉人預議洎執役者。置酒張樂以落之。老幼欣快。歡呼動地。出乎昔所望之外。宜有文辭以垂示永久。幸吾子留意焉。余以謂立功立事。必天時人事合而後可。然繫於人事者爲尤多。曩予官西南。鄧之屬邑多水田。業户餘三萬家。長溝大堰。率因故蹟而增築之。而其用力有不可勝言者。試一二考之。夫水在天壤間爲至平。且善利萬物而不争。有餘者損之。不足者補之。時乃天之道。兼并之家。力足以制單貧。而賄足以侮文法。身私九里之潤。人無一溉之益者。多矣。以至平爲不平。不争爲必争。補有餘。損不足。傷水之性。逆天之道。覆車之轍。前後相接。田野細民。有敢復與大豪共公者乎。矧夫非大變之後。無不争之田。非屢豐之年。無供役之食。事艱於慮始。人習於惡勞。賢否異情。理難胳合。彼己分利。孰爲綱維。故雖有萬折必東之心。而終屈於七遇皆北之勢。使臨之以公上之命。且無望於必成。況創始於鄉社二三之議乎。有其時而乏其人。有其人而無其志。力不前勝。事必後艱。大哉志乎。惟强也。故能立天下之懦。惟堅也。故能易天下之難。由是而充之。關輔之三白。襄樊之黔蘆。皆此物也。故嘗謂江鄉澤國。巧於用水。凡可以取利者。無不盡舉鍤投袂。隨爲豐年。今河朔州郡。非無川澤。而人不知有川澤。捐可居之貨。失當乘之機。如愚賈操金。昧於貿遷之術。旱暵爲虐。乃無以療之。求象龍、候商羊。坐爲焚尪暴巫禳禬家之所誤。搏手困窮。咎將誰執。方新渠之成也。余往觀焉。流波沄沄。淨淥盈溝。若大有力者擁之而前。農事奮興。坐享豐潤。禾麻菽麥。鬱鬱彌望。計所收拾。如有以相之。夫孤倡而合衆力。一善而兼萬夫。暫勞而有亡窮之利。若李侯者。其可謂有志之士矣。雖然。水利之在吾州者。非特滹河而已也。出東門一舍少折而南。由三霍而東。盡南邢之西。其間無井邑。無聚落。無丘壟。特沮洳之濼而已。誠能引牧馬之水以合三會於蒙山之麓。隄障有所。出內有限。纔費數千人之功。平湖渺然。當倍晉溪之十。惜無大農尺一之版。使扁舟落吾手中耳。因記侯興建始末。慨然有感於中。故兼及之。侯名子成。先廣威用承直郎蔭當補官。州牒已上吏曹矣。而新令限至朝請大夫者乃係班。廣威詣登聞鼓院自陳。道陵從之。預供奉者四百二十人。仕至蠡州酒務使。李侯所謂是以似之者歟。年月日記。遺山集

市隱齋記（貞祐四年）　元好問

吾友李生爲予言。予游長安。舍於婁公所。婁隱者也。居長安市三十年矣。家有小齋。號曰市隱。往來大夫士多爲之賦詩。渠欲得君作記。君其以我故爲之。予曰。若知隱乎。夫隱。自閉之義也。古之人。隱於農、於工、於商、於醫卜、於屠釣。至於博徒、賣漿、抱關吏、酒家保。無乎不在。非特深山之中。蓬蒿之下。然後爲隱。前人所以有大小隱之辨者。謂初機之士。信道未篤。不見可欲。使心不

亂。故以山林爲小隱。能定能應。不爲物誘。出處一致。喧寂兩忘。故以朝市爲大隱耳。以予觀之。小隱於山林。則容或有之。而在朝市者。未必皆大隱也。自山人索高價之後。欺松桂而誘雲壑者多矣。況朝市乎。今夫乾没氏之屬。脅肩以入市。壘足以登壟斷。利觜長距。争捷求售。以與庸兒販夫血戰於錐刀之下。懸羊頭。賣狗脯。盜跖行。伯夷語。曰。我隱者也。而可乎。敢問婁之所以隱奈何。曰。鬻書以爲食。取足而已。不害其爲廉。以詩酒遊諸公間。取和而已。不害其爲高。夫廉與高。固古人所以隱也。子何疑焉。予曰。予得之矣。予爲子記之。雖然。予至此猶有未滿焉者。請以韓伯休之事終其説。伯休賣藥都市。藥不二價。一女子買藥。伯休執價不移。女子怒曰。子韓伯休耶。何乃不二價。乃歎曰。我本逃名。乃今爲兒女子所知。棄藥徑去。終身不返。夫婁公固隱者也。而自閉之義。無乃與伯休異乎。言身之文也。身將隱。焉用文之。是求顯也。奚以此爲哉。予意大夫士之愛公者。强爲之名耳。非公意也。君歸試以吾言問之。貞祐丙子十二月日。河東元某記。遺山集

惠遠廟新建外門記

元好問

晉溪神曰昭濟。祠曰惠遠。自宋以來云然。然晉祠本以祠唐侯。乃今以昭濟主之。名實之紊久矣。不必置論。蓋魏齊而下。晉陽有北門之重。山川盤結。士馬强盛。天下名藩巨鎮。無有出其右者。此水去城纔跬步間耳。山之麓出兩大泉。噴薄湍駛。流不數步。遂可以載舟楫。滙爲巨波。派爲通

渠。稻塍蓮蕩。延袤百餘里。望之令人渺焉有吴兒洲渚之想。若濟源之清曠。蘇門之古澹。濟南之秀潤。以知水者言之。皆吾餘波之所及也。太平興國初。漢入於宋。城闕雖毁。而風物故在。旁近之民。擅灌溉之利。春祈秋報。惟神之爲歸。割牲釃酒。日月不絶。宫庭靖深。丹碧紛耀。遺臺老樹。朱樓畫舫。承平游覽之盛。予兒時尚及見之。廟舊有殿、有别殿、有廊廡、有門。貞祐之兵。迄今三十年。雖不盡廢。而腐敗故暗極矣。創觀之人。迫於調度。故未暇補葺。父老過之。有潸然出涕者。南北路驛使寶坻高侯天輔。憫外門之頹毁也。力爲新之。起於辛丑之正月。而成於其年之七月。請予記之。予謂昭濟廟之在吾晋。有决不能廢者。然其廢而興之。則存乎人焉爾。夫一門之役。固不可謂之全功。異時有以全功自任者。安知其不自高侯發之。是可紀也。故樂爲之書。明年五月吉日。新興元某記。遺山集

順天府營建記

元好問

清苑置於隋開皇末。歷唐五代。爲鄭州屬縣。宋境與遼接。故改爲保塞。重兵所宿。常倍高陽諸戍。金朝既都燕。陞縣爲州。州仍以保名。縣則復清苑之號。且置順天節度一軍。太行諸山。東走遼碣。盤礴偃蹇。挾大川以入於海。而州居襟抱之下。壁壘崇峻。民物繁夥。輦轂而南。最爲雄鎮。貞祐初。中夏受兵。遂例有覆隍之變。今萬户張侯執剛之起定興也。初保西山之東流埚。隸經略苗公。累功至永定軍節度使權元帥右都監。及苗公爲其副賈瑀所害。侯慷慨憤發。期必報瑀。會麾下

何伯祥獻苗公符節。卽推侯爲長。事聞。興定戊寅五月。以侯留守中都行元帥府事。國兵由紫荆而下。侯率所部陳於狼牙嶺。馬跌爲所執。大帥以侯骯髒無所屈。義而釋之。且復舊職。侯招降旁郡。威信並著。遂下雄、易、安、保諸州。留戍滿城。西山豪傑。皆授印號爲部曲。兵勢大振。滿城隘狹。有不能容者。歲丁亥。乃移軍順天。以遏信安行剽之黨。時順天爲燕城者十五年矣。侯起堂使宅之故基。將留居之。隨爲水軍所焚。侯曰。盜所以來。揣我無固志耳。堂復成。吾且不歸矣。於是立前鋒左右中翼四營以安戰士。置行幕荒穢中。披荆棘。拾瓦礫。力以營建爲事。適衣冠北渡。得大名毛居節正卿。知其材幹强敏。足任倚辦。署爲幕府計議官。兼領衆役。侯心計手授。俱有成算。正卿悦於見知。勞不言倦。底蕴既展。百廢具興。承平時。州民以井泉鹹鹵不可飲食爲病。滿城之東有南北泉。南曰雞距。以形似言。北曰一畝。以輪廣言。宋十八塘濼發源於此。二泉合流。由城外濠出爲減水口。侯顧而歎曰。水限吾州跬步間耳。奇貨可居。乃棄之空虛無用之地。吾能指使之。則井泉有甘冽之變。溝澮流惡又餘波之所及也。乃度地之勢作爲新渠。鑿西城以入水。水循市東行。由古清苑幾百舉武而北。別爲東流。垂及東城。又折而西。雙流交貫。由北水門而出。水之占城中者什之四。淵綿舒徐。青緑彌望。爲柳塘、爲西溪、爲南湖、爲北潭、爲雲錦。□當夏秋之交。荷芰如繡。水禽容與飛鳴下上。若與游人共樂而不能去。舟行其中。投網可以得魚。風雨鞍馬間。令人渺焉有吴兒洲渚之想。由是營守備以甲乙次第之。則爲北衙、爲南宅。宅侯所居。工材皆不資於官。役夫則以南征生口爲之。至别第悉然。爲南樓。因保塞故堞而爲之。位置高敞。可以盡一州之勝。西望郎山。如見吴嶽於汧水之上。青壁千仞。顔行而前。肩駢指比。歷歷可數。濃淡覆露。變態百出。信爲燕趙之奇觀也。爲驛舍、爲將佐諸第、爲經歷司、爲倉庫、爲芻藁場、爲商税務、爲祗供所、爲藥局、爲傳舍煖室、爲馬院。市陌紆曲者。侯所甚惡。必裁正之。爲坊十。增於舊者七。曰雞泉、吴澤、懋遷、歸厚、循理、遷善、由義、富民、歸義、興文。爲橋十。而起樓者四。西曰來青。北曰浮空。南曰薫風。東曰分潤。爲水門二。西曰通津。北曰朝宗。爲譙樓四。北曰拱極。南曰蠡吾。西曰常山。東曰碣石。爲廟學一。增築堂廡。三倍其初。爲佛宇十五。曰栖隱、鴻福、天寧、興國、志法、洪濟、報恩、普濟、大雲、崇巖、天王、興福、清安、淨土、永寧。大悲閣一。由栖隱而下。創者四而十一復其舊。規制宏麗。初若不經毁者。獨大悲出侯新意。尤爲殊勝。金碧爛然。高出空際。唯燕中仁王佛壇。成於國力。可等而上之耳。爲道院十一。曰神霄、天慶、清寧、洞元、玄武、全真、朝元、玄真、清爲、朝真、得一。創者九而復其舊者二。爲神祠四。曰三皇、岱宗、武安、城隍。爲酒館二。曰浮香、金臺。亭榭皆水中。爲樂棚二。爲園囿者四。西曰種香。北曰芳潤。南曰雪香。東曰壽春。城内外爲水磑者四。水既出朝宗門。又將引蒲水爲稻田於西南波。乃合九龍之末流。患其淺漫而不能載舟也。爲之十里起一閘。以便往來。每閘所在。亦皆有灌溉之利焉。城居既有定屬。即聽民築屋四關。以復州制。近而四郊。周泊千里。完保聚。植桑棗。樹藝之事。人有定數。歲有成課。屬吏實任其責。攬轡問涂。駸駸乎齊魏之富矣。庚戌秋七月。予過順天。左副元帥賈輔良佐授侯經度之事。請記之於石。曰。始吾城無寸甓尺楹之舊。而吾侯決意立之。民則新造而未集。寇則暫潰而復合。以戰以守。日不暇給。自常情度之。不牽於道旁築舍之惑。則必安於聚廬託處之陋矣。侯仁以繼絶。義以立懦。信以一異。智以乘時。技合力并。故能事之穎脱如此。夫立城市。營居室。前人良政。見於經於史於歌詠於金石者多。今屬筆於予。其有意乎。予因爲言。自予來河朔。雅聞侯名。人謂其文武志膽，可謂當代侯伯之冠。起行陳間。不十五年。取萬户侯金虎符。如探囊中物。統城三十。制詔以州爲府。别自爲一道。并控關陝、汴洛、淮泗之重。將佐喬惟忠孝先而下。賜金銀符者十數人。光大震耀。當世莫及。夫佩金紫、秉節鉞、書旂常、著鐘鼎。古人之所重。奔馳角逐。筋疲力涸。有不敢望者。侯則顧盼嚬呻而得之。況乎土木之計。力有可成者。豈不游刃恢恢有餘地哉。古有之。强可以作氣。堅可以立志。唯强也。故能舉天下之已廢。唯堅也。故能成天下之至難。非侯何以當之。是可書也已。雖然。端本者必以正其末。謹始者必以善其後。侯人豪也。顧豈以城恆山。池滹沱。空大茂之林以爲楹。盡枹陽之石以爲礎。然後爲快歟。吾意其必以行水之智移之於利物。作室之志充之以立政。寬庸調以資墾闢。薄征斂以業單貧。黜功利以厚基本。尊文儒以變風俗。率輕典以致忠愛。崇儉素以養後福。蓋公清淨之化、寇君愛利之實於是乎張本。予雖老矣。如獲見其成。尚能爲侯屢書之。遺山集

邢州新石橋記

元好問

州北郭有三水焉。其一潦水。其一曰達活泉。父老傳爲佛圖澄卓錫而出。達活不知何義。非訛傳。

則武鄉羯人之遺語也。其一曰野狐泉。亦傳有妖狐穴於此。潦水由枯港行。並城二三里所。稍折而東去爲蔡水。喪亂以來。水散流。得村墟往來取疾之道。潰隄口而出。突入北郭。泥淖彌望。冬且不涸。二泉與港水舊由三橋而行。中橋古石梁也。淤墊既久。無跡可尋。數年以來。常架木以過二泉。規制儉狹。隨作隨壞。行者病涉久矣。兩安撫張君耘夫、劉君才卿。思欲爲經久計。詢訪耆舊。行視地脈。久乃得之。經度既定。言於宣使。宣使亦以爲然。乃命里人郭生立準計工。鎮撫李質董其事。分畫溝渠。三水各有歸宿。果得古石梁於埋沒之下。矼石堅整。與始構無異。隄口既完。潦水不得騁。附南橋而行。石梁引二泉分流東注。合於柳公泉之右。遠路平直。往來憧憧。無褰裳濡足之患。凡役工四百有畸。纔四旬而成。擇可勞而勞。因所利而利。是可紀也。嘗謂古人以慮始爲難、改作爲重。重以惡勞而好逸。安卑而習陋。此天下之能事。無所望於後世也歟。且以二君之事言之。有一國之政。有一邑之政。大綱小紀。無非政也。夏官之屬曰司險。山林之阻。則開鑿之。川澤之地。則橋梁之。僖公春新作南門。傳謂啟塞有時。門户道橋謂之啟。城郭牆塹謂之塞。開閉不可一日而闕。特隨其壞而治之。修飾南門。非閉塞之急。故以土功之制譏之。是則道橋之爲政。不亦甚重矣乎。子路治蒲。溝洫深治。孔子以恭敬而信許之。子產以所乘輿濟人溱洧之上。孟軻氏至以爲惠而不知爲政。若二君者。謂不知啟閉之急與不知爲政。可乎。雖然。此邦之無政有年矣。禁民。政也。作新民。亦政也。禁民。可以使之遷善而遠罪。作新民。可以使之移風而易俗。賢王付畀者如此。二君之奉承者亦如此。猶之陋巷有敗屋焉。得善居室者居之。必將正方隅。謹位置。修治杞梓。崇峻堂構。以爲子孫無窮之傳。豈止補苴罅漏支柱斜傾而已乎。僕知石梁之役特此邦百廢之一耳。異時過高明之壤。當舉酒落之。二君勉哉。遺山集

臨錦堂記　元好問

燕城。自唐季及遼爲名都。金朝貞元迄大安。又以天下之力培植之。風土爲人氣所移。物産豐盛。與趙魏無異。六飛既南。禁鑰隨廢。比焦土之變。其物華天寶。所以濟宫掖之勝者。固已散落於人間矣。御苑之西有地焉。深寂古淡。有人外之趣。稍增築之。則可以坐得西山之起伏。幕府從事劉公子。裁其西北隅爲小圃。引金溝之渠水而沼之。竹樹葱蒨。行布棋列。嘉花珍果。靈峯湖玉。往往而在焉。堂於其中。名之曰臨錦。癸卯八月。公子觴予此堂。座客皆天下之選。酒半。公子請予爲堂作記。并誌雅集。予亦聞去秋堂之南。來禽再華。騷人詞客。多爲作樂府歌詩以紀其異。名章雋語。傳播海内。夫營建之盛、游觀之美。以今日較之。十倍於臨錦者。抑多矣。而臨錦獨以名天下。何耶。蓋劉公子出貴家。春秋鼎盛。志得意滿。時輩莫敢與抗。乃能折節下士。敦布衣之好。以相期於文字間。境用人勝。果不虚語。河朔版蕩以來。公宫侯第、曲室便房。止以貯管絃、列姬侍。深閉固拒。敕内外不得通。其不爲風俗所移者。纔一二見耳。異時有嚮儒術、通賓客、置鄭莊之驛、授相如之簡。以復承平故事者。予知其自臨錦主人發之。故樂爲之書。遺山集

馬侯孝思堂記　元好問

天地立人。聖人立名教。天大地大。而孝亦大。孔子作經。師弟子之問答。必以因心爲言。謂孝與生俱生。生則嬰兒慕。壯則五十慕。五十而慕者。則終身而慕。不幸而至大故。焄蒿悽愴。蓼莪所述。始於鞠育顧復。卒至於昊天罔極。吾知頃步而忘其親者。直無父之人耳。天山馬侯作孝思堂。請予爲記。予以爲孝子之念其親。無乎不在。君獨以名其堂者。其必有説歟。馬侯涕泗言曰。吾先人恆州府君。以習諸部譯語。且通其字書。仕爲都省掾屬。凡使者聘報麗夏。吾先人率在行中。忠信爲貴。人所保任。積數十年之久。乃爲朝廷所知。自常調中特恩授開封幕職。內城之役。被命經度。復以勞遷鳳翔路都總管判官。平日教語諸子。以爲吾家始於狄道被俘。則有全活之賜。遼東占籍。則有拊存之賜。象胥之任。銓選有常。又不次遷擢之。主恩天大。無從報稱。唯有盡此身以答萬分耳。精誠激烈。有如白日。造次顛沛。無念不在。果能以千載事自任。持忠入地。與古烈丈夫並游。諸孤無所似肖。其以孝思名所居者。欲吾子孫不忘先人之故爲無窮之傳耳。予太息曰。有是哉。古人有言。不孝則事君不忠。莅官不敬。朋友不信。戰陳無勇。是故爲百行之原。先恆州忠義奮發。無愧千古。贈典之追崇褒忠□□□□□□□□之預享。其必有以得之。聞諸朝著舊人。公之教子也嚴以法。其撫育孤甥也恩以備。今諸子布列府寺。悉有事功之望。其甥則材量宏博。庶幾能成外家之宅相者。蓋恆州純孝天至。以父事君。就諸子及其甥。觀其身教之實。既有成效矣。諸孫雖不逮事王父母。其生長見聞。寧不以忠臣孝子之門高自表見乎。經有之。孝思不匱。永錫爾類。登斯堂也。雖在於塗之人。聞恆州之風。亦必有興起者。又豈特馬氏孫息而已哉。於是

平書。年月日。河東人元某記。遺山集

致樂堂記

元好問

癸丑之夏。余以事來故都。進士新城王惇甫、温陽張無咎謂余言。武川賈仲德、仲温。貪慕高誼。久欲奉杖履。致師賓之敬。日者以守義輩爲介。吾子既惠顧之矣。仲德故家世淳厚。兄弟力供子職。所以事其母者。滫瀡脂膏、醪醴乳藥。無不給。昏定晨省、寒温燥濕。無不戒。故賈氏以謹厚稱燕中。比年以來。仲温者又能歲授一經。孝經語孟。以次卒業。駸駸乎行己之學。非但涉獵之而已。事母既孝。而事其兄惟謹。友愛弟者甚篤。閨門雍睦。中表以爲法。母氏春秋高。而神明未衰。弄孫之外。尚能眎諸婦補紉。歲時獻壽。言笑晏晏。諸福備具。方來而未艾也。與之共學者。因以致樂名其堂。取養則致其樂者。堂未有記。幸吾子終教之。余謝曰。僕也衰謬。顧何以答盛意。雖然。嘗聞之師。致樂云者。所以卜孝者之淺深。懼其乍入乍出。若存若亡。使之時日省察焉耳。蓋親之於其子。子之於其親。一體而分也。違遠相通也。憂患相感也。猶草之有實。木之有根。心也。天地間大順至和之氣、自然之理。與生俱生。於襁褓、於膝下、於成童。至於終身焉。雖僻居四無人聲之鄉。疾痛困苦。必呼親而訴之。不謂之根於心、成於性而可乎。故有深愛者。斯有和氣。氣和矣。斯有愉色。色愉矣。斯有婉容。怙恃之下。託二天以爲庇。日爲無聲之樂之所感發。鼓舞動盪。喜不自任。老萊子衣斕斑之衣。弄鳥雀於親側。非矯飾也。惟聖人有因心之教。然亦不能教人以性之所無有者。要必就其材而封殖之。使有日新之功、省察之說。其憂天下後世。不既懇切至到矣乎。余行天下四方。惟燕析木之分。風土完厚。有唐三百年雅俗之舊。而不爲遼之所變遷。是以敦龐耆艾之士。眎他郡國爲尤多。至於子弟秀民。往往以横經問道爲事。若之子者。皆是也。是家不階於儒素之業。不漸於教育之化。乃能自樹立如此。所謂行有餘力則以學文者。尚庶幾焉。然則名堂之意。殆惇甫、無咎愛人以德而然耳。故予樂爲記之。嗚呼。昊天罔極。父母之德也。白駒過隙。父母之年也。人子之情。曷惟其已。言不稱老。禮別自尊之嫌。我獨何害。詩存終養之慕。故牲牢不加於菽水。三釜無羡乎萬鍾。古人所以願爲兄之日長。而惜報劉之日短也。子曾子有言曰。君子有三樂。有天下不與存焉。其一曰有親可事。是則有親可事者。何其幸歟。樂哉斯堂。吾於是乎有感。五月望日。河東人元某記。遺山集

金文最卷三十二

記

李參軍友山亭記　元好問

由龍門而東。其北爲轘轅。南爲潁谷。轘轅。崧高在焉。潁谷。潁水在焉。南北道合爲告成。告成維天地之中。測景臺在焉。又東爲陽翟。連延二百里間。少室、大箕、大陘、大熊、大茂、具茨在焉。爲者九山。而崧高以峻極爲嶽。嶽有鎮有輔。輔與鎮。大率皆崧高絡脈之所分去也。近代以陽翟爲鈞之州治。九山環列。潁水中貫。景氣清澄。淑覽高曠。豫州諸郡。莫與爲比。自昔號爲東望。唐人陳寬記潁亭所見。以爲雲烟草樹。濃淡覆露。望之使人意遠。超超然如萬里之鶴。唯此地可以當之。市南之西。有宅一區。竹木瀟灑。迴若塵外。鎮人李參軍麟居之。築亭其中。以攬九山之勝。心之所存。目之所見。唯山之爲歸。故以友山名之。庚戌之夏。自汴梁來。請記於予。疑而問焉。參軍者復於予曰。麟故大家。由王父以來。以好事名鄉里。家鎮之闤闠中。而庭宇高敞。如素封之侯。居有竹里。有堂曰清閟。党承旨世傑、張都漕仲淹、李都司之純、李治中彥明、禮部閑閑趙公翰墨故在。一時名勝。若公卿達官。每車騎過門。吾先人必盛爲具館之。或苛留至旬浹。管絃絲竹。雜以棊槊之戲。窮日竟夕而後已。客亦愛主人之賢而不能去也。貞祐初。麟避兵南渡河。僑寓此州。樂其風土。遂有終焉之志。未幾州廢。二十年之間。雖城郭粗立。材有殘民數百家而已。麟老矣。遭離喪亂。轉徙半天下。僅得復來。時移物換。滋深華表之感。其特用自慰者。賴吾九山在耳。古有之。厭於動者趣靜。困於智者歸仁。夫仁與智。固聖人示愚者以養福之域也。吾九山之志。一水一石。皆崑閬間物。顧揖所不暇。稱喻所不能盡。愚獨以爲巖巖青峙。壁立千仞。如端人神士。朗出天外。雲興霞蔚。光彩溢目。施文章鉅公。金玉淵海。漠焉而無情。默然而意已傳。又似夫木石礀飲。隱几而坐忘者。極古今取友。豈復加於此。媿珠玉在側。無以稱副之耳。麟無所以業。無可致賓客。清閟之業。埽地而盡。惟人將拒我是懼。其敢以三損速戾。五交賈釁。自附於王丹、朱穆、劉孝標之後。褰裳裹足。遠引高蹈。以與麋鹿同羣而游乎。予笑之曰。有是哉。予向所疑釋然矣。子歸。幸多問草堂之靈。參軍固佳士。而封彫丘方移文以謝逋客。君乃與之進。初不以欺松桂誘雲壑而爲嫌。紫雲仙季能無少望乎。何金衣招隱之書之來之暮也。年月日記。遺山集

王無競題名記

元好問

安陽王尚書無競。天眷中。以文章顯於吳蔡諸公間。凡燕遼汴梁宮殿題牓。如大安、大慶、應天、承天之等。皆其筆也。興定中。閒閒趙公爲禮部。下蔡州取顏魯公道遺遥樓額入京師。予因問公。無

競大字何如逍遥。閒閒言。字有真行大小之不一。人鮮能兼之。無競他書未必便過前人。至於尋丈大字。盤之筆勢。如作小楷。自當爲古今第一。殆天機所到。非學能也。乙巳秋。予與梁辨疑、李輔之、武伯佐游崞山祠。因得無競崞山神三字。聞之伯佐。南中王氏。國初以好客名河東。朱少章、姚仲純、滕秀穎、趙光道、宇文叔通皆游其門。叔通後歷臺閣。高氏子姪名行中者。不遠數千里走書幣。求爲其父濟、叔晦叔墓碣銘。殆無競以叔通故爲書之耶。不然。邊鄙荒陋。時無貴仕者。何以致此哉。自明昌以後。縣多名進士。如劉洗馬子安、樂少尹仲容、胥莘公和之、張大興信之、楊大參叔玉、王監史正之。皆嘗於祠下。何獨無一言及無競此書。使州里知之爲希代之寶。在吾河東祠廟爲第一手耶。予恐多故之際。神筆寶墨有意外不測之變。雖百悔不可及。乃託好事者使刻之石。以傳不朽。八月十有一日。新興元某題記。遺山集

東平賈氏千秋録後記

元好問

東平賈氏。自真定三祖。始見譜牒。始祖曰鎮州都督法曹諒。再世爲大理少卿瑾。次爲司封員外郎、贈尚書右丞初。次爲給事中、史館脩撰、中書舍人緯。累贈尚書令、太史、魯國公。葬獲鹿西北三十里之牛山。翰林學士陶穀碑銘在焉。次爲左正諫議大夫、樞密直學士、贈尚書左丞琰。卽給事中之第五子也。次爲殿中丞、贈工部侍郎汾。汾之昆弟。六歲神童。十六擢進士第。參知政事致仕黄沖。次爲太常少卿、直昭文館、知管州昌齡。弟魏國文元公、判都省昌朝。卽工部汾之兄。而著作郎贈太師

注之子也。次爲宣奉大夫、知饒州蕃。蕃卽太常昌齡之第三子。而朝散大夫常之兄也。常行第四。左丞莅謙出此房。次爲光祿大夫、知鄆州公直。知饒州蕃之子。范丞相希文之外孫。致仕於鄆。因而家焉。次爲知滄州君文。大觀中武舉第一人。策問選將。以仁智勇對。其説累二千言。次爲顯謨閣直學士尚書户部侍郎偉節。嘗著勸弟姪脩進書。與滄洲君文。皆鄆州公直之子也。次爲都水内監使者恂。滄洲之長子。宋末奏補。金朝初出官。次爲廕補贈明威將軍棣。次爲山東東路按察司知事炤。明昌五年經義進士。嗜古學。尚友嚴子陵、陶淵明、白樂天、邵堯夫。號四友居士。故詩有高風希四友、古學希三玄之句。卽今東平河倉提領起之父也。自法曹而下。有言行文筆見於紀録者。魏國文元公戒子孫文二首。仁宗朝。議裁減浮費。文元建言。將相戚里之家。多占六軍。耗縣官衣糧而爲私門奴隸。在京不啻數千人。浮費可減。孰此爲急。朝議是之。仁宗朝。戚里之家。兄弟補邊。多不聽許。仁宗以語文元。文元對曰。母后之家。自昔固多蒙恩。今陛下重惜爵賞。不肯輕授。非惟示天下以公。抑亦保全外家之福也。太平興國寺災。文元以易春秋進戒。因言近歲屢災寺觀。天意蓋有所在。可勿繕治。以稱陛下畏天威重民力之意。上從之。康定間。劉平爲元昊所得。邊吏告以降敵。議收其族。文元時爲御史。建言漢殺李陵母妻。陵不能歸。而漢有後悔。真宗撫王繼忠家。而其後竟賴其力。事固未可知。今收其族。恐貽後日之悔。上從其言而止。慶曆四年。元昊歸石元孫。議賜死。文元言。自古將帥被執而歸。多貰其死。上從之。都水君知邳州。州新去湯火。殺僇之餘盡爲俘虜。故州有户曹而無籍民。君建白都統府。願出金帛贖生口。由臧獲而良者。凡七百三十餘人。州有籍民始於此。皇統中。改陝西轉運使。適歲饑。民無所於糴。君拜章乞賑貸。未報而民益急。君輒開倉救餓者。坐專擅奪四官。降刺石州。既而改內監督。燕都十三門之役。郡衆聚居。病疫所起。君出己俸市醫藥。有物故者。又爲買棺以葬之。某不敏。常被省檄登左丞公之門。公嘗由諫議大夫。出刺寧化。不半歲政成。州人爲立生祠。祠喪亂後故在也。大安初。知河中。有旨宣諭河東。南北百姓艱食。而絳、解尤甚。朕以卿朝廷舊臣。夙著德望。可兼南北路安撫句當。仍以便宜許之。公至鎮。移他州餘粟以活飢民。汾晉受兵。游騎已及晉安。公命老幼婦女乘城。悉兵東下。鉦鼓之聲聞數十里。游騎爲之宵遁。晉安獻牛酒犒師而還。官吏請曰。吾州兵力單寡。自救不暇。公乃往援晉安。設吾州有警。何以備之。公笑曰。君未之思耳。吾救晉安。所以守河中。正大初。公致政。閒居鄭下。哀宗即位。史官乞因宣宗實録遂及衛紹王。初虎賊弒逆。乃立宣宗。宣宗之人。至謂衛王失道。天命絶之。虎實無罪。且於主上有推戴之功。獨張左相信甫言。虎賊大逆不道。當用宋文帝誅傅亮、謝晦故事。章奏不報。爾後舉朝以大安、崇慶爲諱。及是。朝議謂公大安中參知政事。宜知衛王事。乃遣編脩官一人就訪之。公知其旨。謂某言。我聞海陵被弒。大定三十年。禁近能暴海陵蟄惡者。得美仕。史臣因誣其淫毒驁狠。遺笑無窮。自今觀之。百可一信耶。衛王勤儉。重惜名器。較其行事。中材不能及者多矣。吾知此而已。設欲飾吾言以實其罪。吾亦何惜餘年。朝論偉之。某初及公門。三往而後見。及見頗賜顔色。問及時事。輒一二言之。若有當於公之心者。公移座就之。以至接膝。留連二十餘日。某獻詩云。黄閣歸來屨舄輕。天將五福畀康寧。四朝人物推耆舊。萬古清風在典刑。鄭圃亦能知有道。漢庭久欲訪遺經。帝城百里瞻依近。長傍弧南侯極星。公答云。見説才名自妙年。多慚政府舊妨賢。物華天寶無今古。鳳閣鸞臺孰後先。鄭圃道尊何敢望。漢庭書在子當傳。莫言老眼昏花滿。及見風鵬上九天。公又敕諸子賢卿臺椽、翔卿閤門。凡某京師用物。月爲供給之。其曲相獎借如此。某北渡後。獲從公從孫河倉提領起游。起字顯之。少日爲名進士。資禀信厚。生長見聞。藹然有名門之舊。仕東平行臺、歷平陰簿、提領堂邑歲課、提點河倉。惠養疲民。歡謡載路。某嘗以三口號記之云。今年堂邑有清官。三尺兒童也喜歡。縣帖追來不驚擾。丁絲納去得餘殘。休言清慎少人知。三十年來更數誰。今代取魚須密網。東州新有放生池。三歲終更舊有期。吏民安習枉遷移。平陰奪得來堂邑。卻是行臺未盡知。壬子冬十月。自真定來東原。顯之以此本見示。且徵後記。某以賈宗名德相望。奕葉公輔。宋以來。文士極口稱道。如蔡内翰君謨、王臨川、學易劉先生之哀挽。屏山李君之純故人外傳、過賈侯故居及上賈明府求易説等二詩具在。尚何待不腆之文。雖然。某以晚進小生。辱大賢特達之遇。且於顯之有通家之舊。使公家名德懿範。不白於後世。槩之門生故吏之義。不亦甚闕乎。謹述家傳所未載者三數條如右。冬至日。河東人元某斂衽書。遺山集

校笠澤叢書後記

元好問

右叢書。予家舊有二本。一本是唐人竹紙番複寫。元光間應辭科時。買於相國寺販肆中。宋人曾校

定。塗抹稠疊。殆不可讀。此本得於閣内翰子秀家。比唐本有春寒賦、拾遺詩、天隨子傳。而無顔蕘後引。其間脱遺有至數十字者。二本相訂正。乃爲完書。向在内鄉。信之、仲經嘗約予合二本爲一。因循至今。蓋八年而後卒業。然所費日力。纔一旦暮耳。嗚呼。學之不自力如此哉。惜一日之功。爲積年之負。不獨此一事也。此學之所以不至與。按龜蒙詩文。如叢書與松陵集。予俱曾熟讀。龜蒙高士也。學既博贍。而才亦峻潔。故其成就卓然爲一家。然識者。尚恨其多憤激之辭。而少敦厚之義。若自憐賦、江湖散人歌之類。不可一二數。標置太高。分别太甚。鎪刻太苦。譏罵太過。其無所遇合。至窮悴無聊賴以死。故鬱鬱之氣不能自掩。推是道也。使之有君有民有政有位。不面折庭争。埋輪叩馬。則奮髯抵几。以柱後惠文從事矣。何中和之治之望哉。宋儒謂唐人工於文章。而昧於聞道。其大較然。非獨一龜蒙也。至其自述云。少攻歌詩。欲與造物者争柄。遇事輒變化。不一其體裁。始則陵轢波濤。穿穴險固。囚鎖怪異。破碎陳敵。卒之造平淡而後已者。信亦無媿云。甲午四月二十有一日。書於聊城寓居之西窗。遺山集

畫記　　元好問

朱繇三官

天官。冠服具大人相。神思淵默。憑几而坐。二天女侍雙鳳扶輦。輦有輪。月輪在上。獨畫桂樹而

已。左右官抱文書而立。武衛負劍夾侍。貌比從官有威武之狀。二天女持杖侍雙鳳之前。地官。王者服。顔面威重。乘白馬。隊仗在山林間大怪樹之下。兩力士捉馬銜。施絳繖。兩團扇障之。扇前一衛士輕行。一皂衣使者前導。右一武士執鉞。左一功曹挾書。從官騎虎從。後一介胄胯弓刀。一功曹抱案牘拱揖於重崖之下。一鬼卒横刀而拜。三人皆不見其面。獨鬼卒肘間露一目耳。一樹魅赤體。倒拔一樹。根見而未出也。水官。亦王者服。面目嚴毅。須髯長磔。又非地官之比。乘斑龍在海濤雲氣中。一力士以鐵繩挽龍。怒目迴視。如捉一馬然。龍不能神矣。一女童前導。一使者恭揖白事。鬼卒獰惡殊甚。肉袒。髮上指。颭大錦旗。洎一力士負劍者。掖龍而行。一椽史挾簿書。騎犀牛。從水府大門出。一力士於大樹下。昂面視水官。不見其額。珊瑚大珠浮行水面。旋轉如活。犀牛甫出水府。雲氣隨之。真天下之絶藝也。

張萱四景宫女

一轉角亭。桷欄楹檻。渥丹爲飾。緑琉璃塼爲地。女學士三。皆素錦帕首。南向者。緑衣紅裳。隱几而坐。一手拄頰。凝然有所思。其一東坐。素衣紅裳。按筆作字。西坐者。紅衣素裳。袖手憑几。昂面諦想。如作文而未就者。亭後來禽盛開。一内人。不裹頭。倚欄仰看。凡裳者。皆有雙帶下垂。幾與裳等。但色别於裳耳。亭左湖石。右木芍藥。一素衣紅裳人剪花。一人捧盤盛之。一人得花。緩步回首按錦帕。插之髻鬟之後。此下一人。錦帕首。淡黃錦衣紅裙。袖手而坐。並坐者吹笙。左二人彈箏合曲。右一人。黃帽如重戴而無瀝水。不知何物。背面吹笙。乃知錦帕有二帶繫之髻鬟之後。一小鬟前立按拍。一女童舞。一七八歲白錦衣女。戲指於舞童之後。吹笙者。紅衣素裳。箏色、笛色、板色。素衣紅裙。已上爲一幅。

一湖石。芭蕉、竹樹、紫薇花繁盛。花下二女。憑檻仰看團花。藍紗映生衣。紅纈爲裙。並立者。白花籠紅綃中單。三人環冰盤坐。其紅衣者顧憑檻看花者。二白衣相對。女侍二。一挈秘壺。一捧茗器。四人臨池觀芙蕖、灘鸂。一坐砌上。一女童欲掬水弄。操便面者十一人。便面皆以青緑爲之。琵琶一、笙一、簫笛三、板一。聚之桉上。二藤杌在旁。爲一幅。

一大桐樹下有井。井有銀牀。樹下落葉四五。一內人冠髻。著淡黃半臂、金紅衣、青花綾裙。坐方牀。牀加褥而無裙。一擣練杵倚牀下。一女使植杵立牀前。二女使對立擣練。練有花。今之文綾也。畫譜謂萱取金井梧桐秋葉黃之句爲圖。名長門怨者。殆謂此耶。芭蕉葉微變。不爲無意。樹下一內人。花錦冠、緑背褡。紅繡爲裙。坐方牀。繪平錦滿箱。一女使展紅纈托量之。此下秋芙蓉滿叢。湖石旁一女童。持扇熾炭。備熨帛之用。二內人。坐大方牀。一戴花冠。正面。九分紅繡窄衣。藍半臂。桃花裙。雙紅帶下垂尤顯然。一膝跋牀角以就縫衣之便。一桃花錦窄衣、緑繡襜。裁繡段。二女使挣素綺。女使及一內人平熨之。一女童白錦衣。低首熨帛之下以爲戲。中二人雙綬帶。胸腹間繫之。亦有不與裙齊者。此上爲一幅。

一大堂。界畫細整。脊獸獰惡。與今時特異。積雪盈瓦溝。山茶盛開。高出簷際。堂錦亦濃丹。而楹桷間有青緑錯雜之。堂下湖石。一樹立湖石傍。其枝柯蓋紫葳也。堂上垂簾。二内人坐中楹。花帽羃首。衣袖寬博。鉤簾而坐。如有所待然。女使五人。二在簾楹間。一抱孩子。孩子花帽緑錦衣。女使抱之搴簾入堂中。真態宛然。二捧湯液器。一導四内人外階。衣著青紅各異。三人所戴。如今人鑾笠。而有瑇瑁班。不知何物爲之。一内人擁花帽。與前所畫同。一女使從後。砌下池水凍結。枯蒲匝其中。凍鴨並卧。有意外荒寒之趣。已上爲一幅。人物每幅十四。共五十六人。遺山集

濟南行記

元好問

予兒時。從先隴城府君官掖縣。嘗過濟南。然但能憶其大城府而已。長大來。聞人談此州風物之美。遊觀之富。每以不得一游爲恨。歲乙未秋七月。予來河朔者三年矣。始以故人李君輔之之故而得一至焉。因次第二十日間所遊歷爲行記一篇。傳之好事者。初至齊河。約杜仲梁俱東。並道諸山南與太山接。是日以陰晦不克見。至濟南。輔之與同官權國器置酒歷下亭故基。此亭在府宅之後。自周齊以來有之。旁近有亭曰環波、鵲山、北渚、嵐漪、水香、水西、凝波、狎鷗。臺與橋同曰百花芙蓉。堂曰静化。軒曰名士。水西亭之下。湖曰大明。其源出於舜泉。其大占城府三之一。秋荷方盛。紅緑如繡。令人渺然有吴兒洲渚之想。大概承平時。濟南樓觀天下莫與爲比。喪亂二十年。唯有荆榛瓦礫而已。正如南都隆德故宫。頹圮百年。凋落草樹。有荒寒古澹之趣。雖高甍畫棟無復其

舊。而天巧具在。不待外飾而後奇也。凡北渚亭所見。西北孤峯五。曰匡山。齊河路出其下。世傳李白嘗讀書於此。曰粟山。曰藥山。以陽起石得名。曰鵲山。山之民有云。每歲七八月。烏鵲羣集其上。亦有一山。皆曰鵲時。此山之所以得名歟。曰華不注。太白詩云。昔歲游歷下。登華不注峯。兹山何峻秀。青翠如芙蓉。此真華峯寫照詩也。大明湖由北水門出與濟水合。瀰漫無際。遥望此山。如在水中。蓋歷下城絶勝處也。華峯之東有卧牛山。正東百五十里。鄒平之南有長白山。范文正公學舍在焉。故又謂之黌堂嶺。東十里有南北兩妙山。兩山之間。有閔子騫墓。西南大佛頭嶺下有寺。千佛山之西有函山。長二十里所。山有九十谷。太山之北麓也。太山去城百里而近。特爲函山所礙。天晴登北渚。則隱隱見之。歷山去城四五里許。山有碑云。其山修廣。出材不匱。今但兀然一丘耳。西南少斷有巘山。由南山而東。則連亙千里。與海山通矣。爆流泉在城之西南。泉。濼水源也。山水匯於渴馬崖。洑而不流。近城出而爲此泉。好事者曾以糓糠驗之。信然。往時漫流纔没脛。故泉上涌高三尺許。今漫流爲草木所壅。深及尋丈。故泉出水面纔二三寸而已。近世有太守改泉名檻泉。又立檻泉坊。取詩義而言。然土人呼爆流如故。爆流字又作趵突。曾南豐云然。金線泉。有紋若金線。夷猶池面。泉今爲靈泉庵。道士高生妙琴事。人目爲琴高。留予宿者再。進士解飛卿好賢樂善。欵曲周密。從予游者凡十許日。説少日曾見所謂金線者。尚書安文國寶亦云。以竹竿約水使不流。尚或見之。予與解裴回泉上者三四日。然竟不見也。杜康泉。今湮没。土人能指其處。泉在舜祠西廡下。云杜康曾以此泉釀酒。有取江中泠水與之較者。中泠每升重二十四銖。此泉減中泠一銖。以之瀹茗。不減陸羽所第諸水云。舜井二。有歐公詩大字石刻。甘露園紀歷下泉云。夫濟遠矣。初出河東王屋曰沇水。注秦澤。潛行地中。復出共山。始曰濟。故禹書曰。導沇水東之。逾温。逾墳城。入於河。溢於滎。洑於曹濮之間。乃出於陶丘。北會於汶。過歷下濼水之北。遂東流。且濟之爲瀆。與江淮河等大而均尊。獨濟水所行道。障於太行。限於大河。終能獨達於海。不然。則無以謂之瀆矣。江淮河行地上。水性之常者也。濟或洑於地中。水性之變者也。予愛其論水之變與常。有當於予心者。故并録之。珍珠泉。今爲張舍人園亭。二十年前。吾希顔兄嘗有詩。至泉上則知詩爲工矣。凡濟南名泉七十有二。爆流爲上。金線次之。珍珠又次之。若玉環、金虎、黑虎、柳絮、黄華、無憂、洗鉢及水晶簟。非不佳。然亦不能與三泉侔矣。此游至爆流者六七宿。靈泉庵者三。汎大明湖者再。遂東入水柵。柵之水名繡江。發源長白山下。周圍三四十里。府參佐張子鈞、張飛卿。觴予繡江亭。漾舟荷花中十餘里。樂府皆京國之舊。劇談豪飲。抵暮乃罷。留五日而還。道出王舍人莊。道旁一石刻云。隋開皇丙午十二月鉛珍墓誌。珍巴郡武昌人。學通三家。優游田里。以壽卒。誌文鄙陋。字以巴爲已。蓋周隋以來俗書傳習之弊。其云葬峋山之西者。知西南小邱爲峋山也。以歲計之。隋開皇六年丙午。至今甲午碑石出壙中。蓋十周天餘一大衍數也。道南有仁宗時侍從龍圖張侍郎掞讀書堂。讀書堂三字。東坡所書。并范純粹律詩。俱有石刻。掞字叔文。自題仕宦之後。每以王事至某家。則必會鄉鄰甥姪。盡醉極歡而罷。各以歲日爲識。叔文有文譽。仕亦達。然以榮利之故。終身至其家三而已。名宦之役人如此。可爲一歎也。至濟南。

又留二日。汎大明。待杜子不至。明日。行齊河道中。小雨後。太山峯嶺。歷歷可數。兩旁小山。間見層出。雲烟出没。顧揖不暇。恨無佳句爲摹寫之耳。前後所得詩凡十五首。并諸公唱酬附於左。遺山集

東游略記

元好問

丙申三月二十有一日。冠氏趙侯將會行臺公於泰安。侯以予宿尚遊觀。拉之偕行。凡三十日。往復千里。而在鞍馬者八日。故所歷不能從容。然亦愈於未嘗至焉者。因略記之。以備遺忘。郭巨廟在長清西南四十里所路傍小山之上。齊武平中。齊州胡僕射所造石室在焉。所刻人物舟車馬象。三壁皆滿。衣冠之制。絶與今世不同。有如沈存中所記幞頭。但不展脚耳。西壁外。胡僕射刻頌。規制如磨崖狀。字作隸書。文齊梁體而苦不佳。後題云居士慧朗。侍從至朗。能草隸書。世謂朗公書者是也。予意此頌。必朗公所書。故題字云然。又有開元二十一年題字并長清尉李皐祭文。隔馬祠在長清馬山之南。距縣八九十里所。大觀三年。東平陳彦元廟記云。盧城圯澗中。得唐中和三年義昌軍節度押衙、國子祭酒兼御史大夫李公瞻作廟縣中時石刻。載齊師爲晉所敗。殺馬隘道。晉師不得過。謂以是得名。字當爲格。而今爲隔馬。疑與左氏不合。又謂里俗相傳。景德中。契丹寇兖鄆。山之神陰障戎馬。使不得南。以是得名。以予觀之。古今祠廟。不能考其所從來而妄爲立名號者多矣。殺馬隘道。神何預焉。而祠之。至於陰障戎馬。則又齊東野人語也。記又云。知縣事晁端肅禱雨

而應。將以封爵請於朝。今牓云豐施侯廟者。豈端肅遂得所請耶。靈巖寺亦長清東南百里所。寺旁近有山曰雞鳴、曰明孔。寺後有方山。泉曰雙鶴、曰錫杖。寺先有宋日御書。今亡矣。絶景亭在方山之下。絶類嵩山法王。党承旨世傑寺記云。寺本希有如來出世道場。後魏正光初。梵僧法定撥土立之。定之來。青蛇導前。雙虎負經。景德中。賜今名。予按大觀中石橋記云。寺是正光初重建。然則党承旨亦未嘗徧考耶。梁縣香山寺記。説寺初建時。一胡僧自西域來。云此地山川甚似彼方香山。今人遂謂梁縣香山。真是大悲化現之所。予意前所云希有道場者。豈亦此類者。抑党有所據而言也。寺壁石刻甚多。有張掞叔文、蘇轍子由、吴拭顧道詩。餘人不能悉記。太山。舊説高四十三里。今云四十五里。又有言二十五里者。出州北門。經水簾、馬棚、迴馬嶺、御帳、護駕泉而上。遂登天門。岳頂四峯。曰秦觀、日觀、越觀、周觀。秦觀有封禪壇。壇之下有秦李斯唐宋磨崖。太史公謂泰山雞一鳴。日出三丈。而予登日觀。平明見日出。疑是太史公夸辭。問之州人。云嘗有抱雞宿山上者。雞鳴而日始出。蓋岱宗高出天半。昏曉與平地異。故山上平明。而四十里之下纔昧爽間耳。此語似亦有理。故録之。岳祠在城中。大定十九年被焚。二十一年新廟成。又三十年毁於貞祐之兵。今惟客省及誠享殿在耳。此殿是貯御香及御署祝版之所。城四周有岱岳、青帝、乾元、升元四觀。青帝觀有唐大中歲金龍石刻。大聖祖無上大道金闕。玄元天皇大帝之號見於此。岱岳觀有漢柏。柯葉甚茂。東有巖巖亭。山水自溪礀而下。就兩崖爲壁。如香山石樓。上以亭壓之。北望天門。屹然如立屏。而濁流出几席之下。真太山絶勝處也。州門南道左有宋封祀壇。合祀五方帝。及九宮貴人壇。壇南有碑。碑陰載獻官姓名。駙馬都尉二人。攝司徒司空充。黑帝、青帝獻官。九宮貴人合祀官、右諫議大夫种放。其餘知名如魏庠輩。又三四人。近城有真宗御製御書并篆登太山謝天書。述二聖功德銘。碑石堅整。若三山屏風。然道右有宋封禪朝覲壇。壇亦有頌。壇西南四五里所有蒿里山。山坡陀地中如大冢墓。石壇在其上。宋禪社首碑在山下祠中。宋以大中祥符元年十月二十七日封太山。碑刻皆王欽若、陳堯叟、錢惟演、楊億撰述。然字畫多剥落。不能完讀矣。太山上書院。元是周朴所居。宋太山孫先生明復居之。州學有魯兩先生祠堂。党承旨作記。兩先生者明復與徂徠先生石守道也。龍泉寺在平陰東南四十里。齊天統中建。下寺有石刻。劉豫阜昌三年。皇子、皇弟符改甲乙院。亦有碑。又阜昌中題名最多。佛像古雅。皆數百年物。上方大佛與龍泉觀音。非晚唐人不能造也。此行游太山者五日。靈巖、龍泉。皆一宿而去。得詩凡十首云。遺山集

金文最卷三十三

記

雨山行記

元好問

甲辰夏五月八日。予以事當至崞縣。初約定襄李之和偕往。適幕府從事宣德劉惠之、平陽李幹臣還。軍官山過吾州。遂與同行。是日行八十里。野宿天涯山前。明旦入縣。劉李别去。予獨游神清觀。舊聞行臺員外廣寧王純甫棄官學道。築環堵而居。甚欲見之。乃屬其徒潞人和志沖道姓名。純甫聞予來。欣然出迎。予謂先生方晏坐。不肖之來。將無妨静業乎。曰。習静固道人事。然亦有不應静時。因相與大笑。已而之和至。同郡莊煉師通玄時住此縣之天慶觀。攜酒見過。乃聚話於西齋。純甫先隱前高。予問前高景趣。比雁門鳳凰山爲何如。純甫言。前高去此五十里而近。君能一游。到則當自知之。予竊自念言。先東巖君生平愛鳳山。然竟不一到。故詩有鳳凰聞説似天壇。北去南來馬上看。想得松聲滿巖谷。秋風無際海波寒之句。予二十許時。自燕都試。乃與客登南樓。亡友蘇莘老、閻德潤、張九成、王仲容輩。説山中道人所居。有松風軒。層簷高棟。半出空際。長松滿澗谷。

如雲幢烟蓋。植立闌楯之下。山空夜寂。石上聞墜露聲。使人耿耿不寐。曩時聞此。固嘗以不一游爲恨矣。北渡又十年。每過雁門。壽寧武尊師子和、圓果、慶上人、鍾秀、李文必以此山爲言。是則夙志爲不可負。而前高之游當次第及之也。卽日與純甫、之和並山而東。出雁門之南。夜宿王仲章道正瑞雲庵。庵在鳳山之麓。山中來儀觀。仲章主之。道士孫守真年八十。童丱入道。其家爲此觀黄冠者。至渠十五世矣。亂後無圖誌可考。山之故事。多從此翁得之。十一日。仲章步送入山。由真人谷行。夾道雜花盛開。水聲激激。自澗壑而下。且行且止。不知登頓之爲勞也。半山一峯爲釣魚臺。其上爲十八盤。爲青龍嶺。爲風門。由風門而下。繞佩劍峯之右。爲來儀觀。觀在山腹。峯迴路轉。臺殿突起。雲林悄然。別有天地。信靈境之絶異也。觀有天寶四載石記。是道學士董思珍所造。思珍殆學究之粗能秉筆者耳。文鄙而義隱。讀之或不能句。故雖鄉人。少有知來儀之始末者。予爲之反復數過始見崖略。蓋後魏太武嘗都於此。師事寇謙之。授秘籙。自嵩高迎謙之來居此山。時有鳳凰見。太武爲立觀。且以鳳凰名之。觀歷周、隋。至唐而廢。真人谷本以謙之爲言。而訛爲貿兒。鳳游池以鳳凰來游爲言。亦轉而爲伏牛。開元初。北岳先生、諫議胡山隱。案圖誌。求故實。嘗爲辨之。天寶元載。敕天下玄元廟有頽毁者。在所長官量事脩建。又古今得道昇仙之地。代遠跡存者。皆虔加禮醮。此山應焉。北京居士高談幽、辟穀鍊師高敬臣乃共補葺之。碑文刻云。天寶五載。改鳳凰山爲嘉瑞山。八載。置天長觀。蓋唐以玄元爲祖。天長者以胤祚而言之也。觀度道士七人。高悟真、董參玄、馮通玄、朱自然、孫冷然。餘二人石闕。供養童子尉遲如玉、朱自然。姓字下別刻云。自然以天寶十三年七月十五日昇天。其日未時至京。陳謝唐天子。天子異焉。敕中使覆勘。如玉以後十日亦上昇。孫守真言。朱仙翁上昇事。觀曾有敕書碑。唐以後薦經喪亂。焚毀略盡。獨董記僅存耳。來儀觀額。政和七年九月兵馬鈐轄、知代州王機建。權發遣河東沿邊安撫司公事王誨書。觀之東有養虎峯、飲虎及五斗二泉。南有天柱峯。峯之南有神山。與五臺境接。西南有玉案峯。西北有煉丹峯、洗藥池。次有玉女峯。峯南有會仙峯。傍有五蔆樹。北有王母池、佩劍峯。有白虎池。谷中有水簾、朱砂、白雲三洞。青龍嶺旁有桃花洞。觀北少西洗蔆池。又名青龍池。門之下有鳳游池。中殿曰太霄。太霄前石壇上有大松。名昇仙樹。門右有松。高與壇樹等。名望仙。佩劍之下。有燒藥爐。疊石故在。白虎池之下。有鳳栖樹。立石爲識。凡洗蔆、望仙、昇仙、藥竈。悉朱自然遺跡也。自餘葛洪煉丹鑪、孫真人養虎峯。四子峯有莊、列、亢倉、文子祠。土人便謂向上諸人。皆嘗隱於此。殆齊東語也。予恐識者或并其可信者而疑之。故不録。守真又言神仙劉海蟾。以天聖九年游歷名山。所至並有留跡。代州壽寧有詩十韻云。醉走白驢來。倒提銅尾秉。引箇碧眼奴。擔著獨壺瓔。自言秦世事。家住葛洪井。不讀黃庭經。豈燒龍虎鼎。獨立都市中。不受俗人請。欲攜霹靂琴。去上芙蓉頂。吳牛買十角。溪田耕半頃。種秫釀白醪。便是仙家景。醉卧古松陰。閑立白雲嶺。要去卽便去。直入秋霞影。仍自寫真。其旁撮襟書龜鶴齊壽四字。題云廣寧閑民劉操書。此詩宋白皡子西曾次韻。子西於詩號爲專門。極力追之。曾不能髣髴。仙材凡筆。固自不同。俗所傳劉翁入道詩。所謂予因太歲生燕地、十六早登科甲第者。吾知翁碧眼奴亦當羞道之矣。今全真家。推翁爲祖。翁之姓名。鄉里且不能知。況其道乎。是又可爲一歎也。來儀亦自寫真。飛白清安福壽四字。所畫五星。惟土宿獨存。已上皆在太霄殿外壁。土宿閉目倚一幡。坐下一牛。四字。清安在東、福壽在西。説者以爲心清而安。則福壽從之。翁此書不爲無意也。寫真在西南。一幅巾黄衣。右肩挑酒瓢。左肩提布囊。破處綻補之。氣韻古澹。望之知爲有道者。年歲既久。將就湮滅。惜無名手爲臨摹之耳。守真住山五十年。不省有爲猛獸毒螫所傷害者。山中靈異甚多。佩劍峯劍聲錚然。陰晦中時有光怪。照山谷皆明。静夜或聞音樂雜作。琴筑箏笛。歷歷可辨。仙犬時吠。今年上元。村落來燒燈者及聞之。之和持莊鍊師所餉酒來。約月中飲之。是晚雷雨大作。遂不果。山氣蒸鬱。可喜可愕。雨從林際來。謖謖有聲。雲烟草樹。濃淡覆露。不兩時頃。而極陰晴晦明之變。夜參半。星月清潤。中庭散步。森然魄動。惜清景之不可久留也。之和賦詩。予亦漫作樂府一首。欲爲純甫醉後歌之。明日期城中諸公不至。留題殿壁而去。下山宿孫張道院。又明日。爲前高之游。

遺山集

毛氏宗支石記

元好問

毛氏上世。出於汝州。遷耀州之三原。三原迄今有毛氏村。其後又遷徐州。房從中有留之大名者。今大名機察房是已。本房既來彭城。遂爲彭城人。祖諱珍。自宋日雄於財。有十萬毛氏之號。生一子諱允。金朝初。允以户計推擇爲吏。一郡以吏能稱之。生子曰矩。曰蹭。矩字仲方。承安元年。

由州掾屬。保隨朝吏員。試秋塲。中甲首。二年。補吏部覃科令史。轉貼黄科房長。太和二年。考滿。授忠勇校尉、博州防禦判官。四年。改永豐庫使。六年。轉遼陽縣丞。吏民畏愛。有廉能之譽。大安二年。用宰相薦。特授桓州軍事判官。三年。北兵攻桓州。刺史以力不支。議降。公不從。城陷。自縊於軍資庫。壽五十八。崇慶元年。以殁身王事。贈宣武將軍、同知桓州軍州事。誥敕有篤堅忠節之語。先娶靳氏。生子一人。曰端卿。女一人。嫁關中爨君玉。名宦甚顯。再娶鄭氏。同殁於桓州。蹭不仕。生二子。曰傑。曰翼。兵亂不知所終。端卿字飛卿。少日有志節。宣武欲蔭以官。不就。去學進士。自父祖以廉介自持。家甚貧。年二十餘。負書來濟南。從名士劉蟠於章丘。備歷辛苦。蟠知其有成。傾意教之。初試東平。中經義解魁。再試益都第五。遂登泰和三年進士第。調𬈭縣簿。摧折豪右。姦民斂手。官委排比户計。貧富適當。甚有遺愛。貞祐三年。入爲尚書省令史。維陽多流亡。當官者不善撫治。君以風力。選注河南府録事判官。果以政跡聞。召爲户部句當官。復用薦書。授同提舉南京路榷貨兼户部員外郎。馳驛襄葉。值監察御史以私忿被誣。時宣宗用法急。凡臺察被推例皆誣伏。下降外路七品。借鄭州司候。再調孟津縣丞。竟以寃憤感疾終於官。下壽六十。官至少中大夫。娶同郡秦氏。生一子曰思遹。再娶遼陽高氏。西京路轉運使曼卿之女。生女三人。思遹以廕。再仕酒官。娶孟氏。生二子一女。曰從。曰復。女尚幼。維毛氏祖考。積累如此。躬不受祉。後當有興者。子孫其永念之。遺山集

尚藥吴辨夫壽冢記

元好問

丁巳秋七月。予將西歸。尚藥吴辨夫有請曰。思問不佞。侍先生湯液有年矣。日者不自揆度。輒豫作冢墓。以寄終焉之志。而州里不經見。頗有言。敢質之先生。以袪二三之惑。予謂辨夫言。古有之。裸葬何必惡人。當解其表。死生之際。非我所敢知。亦自無庸知。試以常理爲之説。夫形器之域。古今同盡。至於太上立德。其次立功。其次立言。三者於人道爲極致。無以加矣。然亦有能出形器之外。壯而不老。老而不死者乎。生死之在人。萬世更相迭。猶夜之必旦。寒之必暑。雖甚愚無知。亦知其必至。世乃有烹金鍊石合駐景之劑。銜刀被髮爲厭勝之術。戀嫪殘喘。僥倖萬一。甚者至聞凶禍滅亡之語。必向之而唾。可不大哀耶。唐高士司空表聖自作冢棺。時或引客坐壙中。飲酒賦詩。裴回終日。客或難之。表聖笑曰。君何不廣。死生一致。吾寧暫遊此中哉。此語載之史册。作範來裔。其視漢魯相孔耽之神祠。趙岐之墓石。晉陶徵士之自祭。唐王無功、杜牧之之墓銘。宋米元章坐棺木黄堂上。表聖之言。尤爲殷重。吾意子顓業方伎。頻值喪亂。閲世變也熟。超然遠覽。闇與古合。悠悠者何足恤哉。辨夫再拜曰。願終教之。乃爲作壽冢記。吴氏世爲東平人。祖璋。字文寶。金朝初用良家子推擇爲吏。仕爲郡功曹。以廉平見稱。考子昭。字進叔。讀書知義理。資稟靜默。容服修潔。閭里或旬月不見其面。與党承旨世傑同研席。試本道。常取解魁。今賈丈顯之及見之。道其性行如此。辨夫童丱失怙恃。年十七。尚醫王繼先以子妻之。憫其惸獨。并小弱弟思義養於家而教之。貞祐初。南渡河。以婦翁醫術精博之故。被令旨收充侍藥局藥童。東宮卽大位。用隨龍恩澤掌藥太醫院。尋被旨充皇太后醫正局掌藥。累官懷遠大將軍。汴梁下。北歸。復以婦翁舊業行總府署醫工都管句。婦翁無子。年八十。以壽終。辨夫篤於卵翼之報。喪祭經紀。皆無悔焉。中年後。欲置家事不問。乃爲其弟姪殖産。畢兒女婚娶。最後營此冢。以某年月成。而予以某年月日記。辨夫時年六十八云。遺山集

樊侯壽冢記

元好問

知郡定襄樊侯天勝。以武功積官服民政者垂二十年。思所以昭積厚於祖考。侈寵榮於鄉國。今年冬十月。修治先塋。列松檟。樹碑表。以吉日壬辰。合祭三世。牲幣來助者。傾動州里。諸侯之禮備。而孝子之情盡。且欲作壽冢。以爲他日寧神之地。謀於葬家師。鄉之父兄。皆以爲往在丙戌之春。吾侯方從征淮海。常山軍取太原及吾州。行省大帥。怒其二三聚境中之民而守之。將盡戮而後已。吾侯奉郡王命至自益都。以吾民被脅之故。不當妄有屠滅者。愬於帥。辭旨哀切。有足感動。且自與山軍鬬。轉戰逐北。不旬日而東山平。帥知侯之忠。卽日并所守者縱遣之。又三年。常山復。取平定、盂、五臺、阜平。軍東山。先鋒大帥已廢州民三十餘聚落。且命侯入滹沱原。侯設方略鬬山軍。擒其巢穴。殺獲甚衆。主帥知侯無他。則引兵去。州之民再被更生之賜。皆從吾侯得之。侯之福禄。如川之方增。何遽以身後爲計乎。又謀於州之士。僕僭爲侯言。生而養。死而葬。中國

之大政。而聖人之中道。自佛老家之說勝。誕者遂以形骸爲外物。天地爲棺槨。日月爲含襚。甚者至有狐狸亦可、螻蟻亦可之說。雖畚鍤後隨。以曠達自名者。猶見笑於大方之家。雖然。彼自有方内外之辨矣。吾處方之内。聖人之中道舍而不由。尚何從乎。漢以來。太宗指走霸陵道。武帝治茂陵五十年。至尊且不以陵寢爲諱。況其下者乎。漢相孔耽、高士趙岐、吴人范愼。皆作壽冢。唐司空表聖預作冢墓。圖先賢其中。時往醉飲。人有難之者。表聖曰。吾寧暫遊此中耶。米元章知淮陽。自剋死期。作棺槻置黄堂上。飲食坐卧對之。彼皆名世大賢。顧豈有驚世詭俗之行以取崖異耶。吾侯雖未之學。而識趣自遠。悟代謝之必至。要歸藏之有所終焉之志。有不期合而合者。雖不謀於人可也。侯喜而飲予酒。再拜謝曰。有是哉。請刻予之文於石。以曉來者。於是乎書。遺山集

威德院功德記

元好問

并州。唐以來圖經所載佛塔廟處。視他郡爲尤多。宣政之季。廢於兵者凡十之七。曾不百年。瓦礫之場。金碧相望。初若未嘗毁者。浮屠氏之力爲可見矣。威德院在晉陽白馬川之清寧社。治平二年賜名。國朝皇統初。里耆老殷元命梵巖寺僧善信及其徒真果主之。寺之廢久矣。柱礎之外。無復餘物。真稍葺堂屋以居。大定中。真之徒明玘嗣院事。頗以寺基迫隘爲嫌。行視寺後平崖。其上可剗治。乃乞地於韓順家而得之。凡役工五千有奇。而寺加廣。實倡於韓厚而僧因爲之勤也。玘初刻華嚴經本數年。迨是而成。因大作水陸。以新經千部施。且燒二指爲供。誠意堅苦。爲人感動。韓厚

者。與其屬更爲起東西堂。繪像備焉。寺外直汾流。爲木石橋以便往來。然後寺事成。玘爲予言如此。且彊予記之。玘今老矣。予嘗見其持律嚴。入理深。護念所業如捍頭目。蓋人有不可及者。每竊歎焉。浮屠氏之入中國千百年。其間纔廢而旋興。稍微而更熾者。豈無由而然。天下凡幾寺。寺凡幾僧。以鄉觀鄉。未必皆超然可以爲人天師也。唯其生死一節。彊不可奪。小大一志。牢不可破。故無幽而不窮。無高而不登。無堅而不攻。雖時有齟齬。要其終則莫不沛然如湍流之破隄防。一放而莫之禦也。道則異術也。教則異習也。梯空接虛。入神出天。與吾姬孔氏。至列爲三家。儒衣冠之子孫。有奔走而從之者。況乎誘庸俗而役之。以爲區區之塔廟。豈不謦欬嚬呻之頃而得之。噫。使吾聖人之門。有若信、若果、若因、若玘者。旦旦如是。世世又如是。就不能推明大道。卓如日月之明。至於一畝之宮。亦何遽有鞠爲園蔬之歎乎。吾於是乎有感。遺山集

竹林禪院記

元好問

竹林寺在永寧之白馬原。其初爲佛屋。居人以修香火之供。既廢矣。鄉豪麻昌及其族弟昷。稍完葺之。以龍門僧廣居焉。廣。解梁人。自言白雲杲之徒。居而安之。卽以興造自任。興定中。請於縣官。得今名。乃爲殿爲堂爲門爲齋廚爲庫廏。凡三年而寺事備。南原當大川之陰。壤地衍沃。分流交貫。嘉木高蔭。良穀美稷。號稱河南韋杜。而寺居其上游。東望女几。地位尊大。居然有岳鎭之舊。偎麼劫立。莫可梯接。儼人諸峯。顏行而前。如進而侍。如退而聽。如敬而慕。如畏而服。重

岡複嶺。絡脈下屬。至白馬則千仞突起。朗出天外。儼然一敵國之不可犯。金門烏喙。奔走來會。小山纍纍。如祖龍之石。隨鞭而東。雲烟杳靄。濃淡覆露。朝窗夕扉。萬景岔入。廣一攬而洛西之勝盡。蓋嘗歎焉。佛法之入中國。至梁而後大。至唐而後固。寺無定區。僧無限員。四方萬里。根結磐互。地窮天下之選。寺當民居之半。而其傳特未空也。予行天下多矣。自承平時。通都大州。若民居、若官寺。初未有閎麗偉絶之觀。至於公宮侯第。世俗所謂動心而駭目者。校之傳記所傳。曾不能前世十分之一。南渡以來。尤以營建爲重。百司之治。或僑寓於編户細民之間。佛之徒則不然。以爲佛功德海大矣。非盡天地爲塔廟。則不足以報稱。故誕幻之所駭。堅苦之所動。冥報之所讋。後福之所徼。意有所嚮。羣起而赴之。富者以資。工者以巧。壯者以力。咄嗟顧盼。化草萊爲金碧。撞鐘擊鼓。列坐而食。見於百家之聚者乃如此。其説曰。以力言者佛爲大。國次之。吁。可諒哉。正大庚辰。〇庚辰疑誤。正大起甲申止辛卯。中間無庚辰。予閒居空空。廣因進士康仲寧以記請。仲寧爲予言。廣業專而心通。且喜從吾屬遊。其進也。有足與之者。因爲記其事。并著予之所以感。四月望日。前内鄉縣令元某記。遺山集

少林藥局記

元好問

少林英禪師爲余言。昔青州辨公初開堂仰山。自山下十五里負米以給大衆。其後得知醫者新公。度爲僧。俾主藥局。仍不許出子錢致贏餘。恐以利心而妨道業。新殁。繼以其子能。二十年間。齋廚

仰給。而病者亦安之。故百年以來。諸禪刹之有藥局。自青州始。興定末。東林隆住少林。檀施有以白金爲百年齋者。自寇彥温而下百家。圖爲悠久計。乃復用青州故事。取世所必用、療疾之功博者百餘方以爲藥。使病者自擇焉。僧德、僧浹。靖深而周密。又廉於財。衆請主之。故少林之有藥局。自東林隆始。局事之備。迨予三年矣。子幸以文記之。予以爲醫難事也。自岐黄盧扁之書而下。其説累數十萬言。皆典雅淵奥。本於大道之説。究乎死生之際。儒者不暇讀。庸人不解讀。世之學者。非不藝專而業恆。至終其身有不免爲粗工者。其可爲難矣。佛之徒方以禪定爲習。於世間法皆以爲害道而不敢爲。間有言醫者。特儒者之談禪耳。有能了知味因。斷除病本。如子之書所爲大醫王者乎。謂之專則不可也。勞則辭。久則厭。不合則離。泛然而來。悠然而往。其視粥魚齋鼓。如傳舍中物而不留顧。其肯老歲月於參朮間乎。謂之恆則亦不可也。不恆不專。取未必甚解。而付之司命之事。病者何賴焉。故廉者取之。什一而有餘。治藥不得不良。十愈一人。千愈百人。蓋猶有所望也。貪者爲之。乾没而不足。治藥不必皆良。虺牀而當蘼蕪。薺苨而亂人參。昌陽而進豨苓。飛廉而用馬薊。佐使之異用。畏惡之相攻。其禍可勝言哉。古語有之。良醫之不能以無藥愈疾。猶良將之不能以無兵而制敵也。兵有形。有形則易見。善用之者。能以殺人者生人。藥之性難窮。難窮則不善用之者。反以生人者殺人。可不懼哉。今子則不然。若德、若浹之實與廉。皆選之十百輩有不可得者。子固得所使矣。時節州土。無不適其當。炮炙生熟。無不極其性。德與浹固亦盡其伎矣。雖然。吾恐他日有不善其後者出。人將曰。藥局之壞。自某人始。未必不以予爲知言

也。故備述之。使來者鑒觀焉。遺山集

壽聖禪寺功德記

元好問

萬壽長老僧洪倪曁予。皆河東人。今年夏。予來燕城。知師主壽聖也。將往過之。師遣侍者致參承云。三四年以來。嘗欲走書幣太原。有請於吾子。幸今至矣。稅駕於我可乎。予忻然從之。他日問所求。師曰。無他。惟丐文以記寺事耳。請具道所以然。蓋此寺卽崇孝道場之佛位。崇孝在大定明昌間。堂宇百楹。食指以千記。義學諸師。迭主講席。神州天府。非無聞刹。擬量人境。或自視缺然。自遭離兵變。城邑廢毀。僊佛所廬。僅有存者。崇孝佛位。埽地而盡。獨曹王所建舍利塔。巋然而已。荆棘瓦礫。蛇虺來舍。如是十數年。無留盼者。有大檀越劉師彰之夫人鄭氏。篤於奉佛。憫福地之久廢也。願爲興起之。且其伯男子有慶。孩幼喪明。誓徒佛陀以爲歸宿。乃捐奩中物直百千金者。合報心寺提點僧潤。共爲營度。潤資性堅忍。有立事之望。初起大殿。築室其傍。以爲釋子棲息之地。此寺之初基也。歲丙午。禪律諸人。猥以第一代見請。倪不敏。灑埽於此者十寒暑矣。今廊廡齋廚。下逭庫廐。粗有處所。而其大較。出於鄭之喜捨潤之力贊者爲多。初慶事廖休大師聰。聰爲授記有根塵有礙、僧寶可依、挽迴佛日、暗室生輝之語。以倪觀之。豈廖休以鄭哀其子之廢。不暇他及。願力雖堅。法施未溥。故就其聲聞狹劣而言之耶。所以者何。我以大堅固力。起妙莊嚴聚。化朽壤而金碧。奮蟄户而翥飛。焕若神明。頓還舊觀。於我法中。塔廟所在。卽爲有佛。

望之而塵勞破。卽之而智慧生。耳目見聞。方有是理。夫劫濁諸生。積爲黑闇叢林之所障蔽。如今以百千日熾盛光而照臨之。顧豈以一室生白而爲究竟哉。況乎天雲借潤。展庭三清。昔而崇孝。今別爲壽聖矣。鳳諾錫之美稱。龍光廓其徧照。上資神壇之護。中寓華封之祝。金輪四照。與天無極。豈惟佛子之所贊歎。乃至齋鼓粥魚。亦皆以一音演說。固可以著金石。垂永久。時節因緣。繄吾於是待。幸有以贊就之。予捧手曰。有是哉。與建本末。當如師所請。若佛法則師當爲予說。而予不當爲師說。異時有大居士文章翰墨如竹谿党公者出。必能以華嚴偈。重宣此義云。師道行清實。臨事詳雅。初受具王山。參枝足清和尚。聞萬松道價。裹糧千里。以巾侍自誓。松一見卽以座元處之。承事十五年。備極勞苦。他人無與比者。出世住萬壽。荒廢已久。無幾何。爲之一新之戒大會。雖出於國力。所以成勝緣者。師有力焉。年月日。元某記。遺山集

金文最卷三十四

記

興福禪院功德記

元好問

興福禪院在登封醴泉鄉之西保。其初檀越郜智進買地於蔣整家。築佛屋其上。請少室清凉僧淨文居之。正大中。以恩例得今名。自是土木有加焉。予居崧前。往來清凉如吾家別業。自第一代琇公而下。若草堂德、山主通、西溪相與相之徒顯、靖、儁諸人。皆有道行可紀。故嘗稱述之。予赴召京師。通與顯偕智進來謁文。以記此寺經度之始。予諾之。然以趣裝未暇也。是後得官東南。迄開興之兵。不三四年。諸師皆已下世。至於興福之事。則未嘗不往來於心也。丁酉之秋。見淨文於山陽。蓋自河南歷大名、東平。訪予而及之。謂予言喪亂後。兩寺幸存。千里之來。尚欲成諸師之志。以無忘郜氏耳。予欣焉爲記之。且告之曰。清凉在兩山間。初無所知名。特以名德所在。故齋鼓粥魚之聲殷然山谷間。至今爲崧前名剎。境用人勝。眞不虛語。今興福與子俱脫兵劫。予文雖不足傳。乃得之十五年之後而二千里之遠。以子之書言之。似不偶然者。子勉之。又安知他日子之所成就不及

乎向上諸人。而興福之壯且麗。不爲清涼之殷然乎。子勉之。九月晦日。河東元某記。遺山集

太古觀記

元好問

全真師郝君。初自寧海來趙州。坐州南石梁下六年。姪婿郭長倩爲真定少尹。過州。問知師處。率家人致謁。師瞑目不爲答。長倩夫婦。流涕而去。州人始知敬之。請師住真定之太古觀。不之許。及長倩赴召。乃往居之。師燕坐既久。心光内映。大易之學。恍惚有神受之。其教督嚴。揮斥公。人以爲玄門之臨濟。問一二言休咎。如期而驗。道價重。聞達京師。衛紹王崇慶初。賜號廣寧全道太古真人。自是四方皆以郝太古目之。師東歸。不五六年。而觀廢於貞祐之兵。歲丁酉。師之高弟范鍊師自東原來。裴回遺址。有復修之意而未暇也。幕府參佐趙侯國寶之夫人冀氏。出奩中物直百金。起中殿堂廡齋廚。下及用器。無所不備。堂衆歲費亦時給之。癸卯冬。予自燕都南歸。鍊師館予於慶源道院。爲予言。冀氏没矣。致力於吾門者。宜不可忘。子幸以文記之。往予小功兄寂然。亦爲全真道。予嘗問子之道奈何。寂然舉女几野人辛愿敬之之言曰。全真家。其謙遜似儒。其堅苦似墨。其修寂似禪。其塊然無營又似夫爲渾沌氏之術者。予北渡後。從鍊師游既久。蓋以敬之之言爲然。是家自皇統以來。起於邱、劉、譚、馬諸師。而郝君於諸師爲方外眷屬。今太古集所載言詞。往往深入理窟。其以古道自任。有不可誣者。世人知君之道蓋寡。冀特女士乃能知之。至捐所甚愛爲起庭宇。治場圃。若營其居室然者。豈以名取之乎。冀氏。龍山大族。名士京甫之伯姨。鍊師說其

誠實知義理。中歲授道書卽有所得。其尊師重道蓋有所本云。遺山集

龍門川大清安禪寺記

元好問

皇帝新卽大位。大行臺龍門公首膺分陝之命。思所以侈光寵、廣睿澤以祈天永命者。乃詣闕拜章。請以鄉郡武川之清安寺爲僧衆祝嚴之所。事聞。制書賜可。且命蠲復以優之。先是公之姊壻宣差提領郭侯秀從軍而南。得釋氏繪像餘二十幅於宛丘。相好備具。有顧陸之妙。郭侯晨夕香火奉於家庭。公亦嘗瞻禮焉。顧謂郭言。國恩天大。物無以稱。惟有歸命佛乘。仰求慈蔭。異時當特建精舍。承事此像。以致臣子區區之情。亦以伸昊天罔極之報。歲丙申秋。偕大覺長老僧志奧。歷武川之安都。郭侯時在行中。申理前說。安都實公別墅。旁近二三里所有寺曰正覺。頹弊已久。無從補葺。且岡阜散走。將非安集之地。西北數百舉武三松在焉。陽崦囘合。面勢平遠。泉流交貫。林木蔽映。層巒複嶺。奔走來赴。萬象森然。與意匠俱會。一顧盼之頃。而天趣頓新。公欣然樂之。營建之意遂定。以郭侯之發其端也。就命董其役。基構所擬。跬步之地。率從厚直得之。中命漆水公具疏。請大覺住持。共爲經度。乃以丁酉秋。庀徒蕆事。土木皆作。公首捐萬金以供凡百之費。起佛祖大殿。卽松爲寺庭。法堂、丈室。丹碧相望。乃至安禪有寮。會食有筵。齋廚庫廄以次而具。蓋規橅仰山而差減殺焉。漆水公慕説勝緣。復以爲題牓。龍跳虎卧。雲烟動色。後五年。大覺退席。復以禪師德善繼之。提點相誘。日有什一之助。鄉縣借力。竭蹷從事。故衆務益辦。道場峻潔。四衆安隱。粥

魚齋鼓殷殷然川谷間。清安遂爲燕北名刹。恩綸褒異。實權輿於此。竊惟達人大觀。通天地人爲一體。人於天地間。又同之同者也。元首股肱。古有成說。若民吾同胞。則至道學家乃發之。是故君有輔相裁成之道。臣有幹蠱用譽之責。而民亦有職焉。特張頤待哺而求飽爾。古之任天下之重者。匹夫匹婦有不被堯舜之澤者。若己推而内之溝中。譬之羣飲。一人向隅而泣。滿堂爲之不樂。此特爲名教言。至於瞿曇氏之説。又有甚焉者。一人之身。以三世之身爲身。一心所念。以萬生所念爲念。至於沙河法界。雖仇敵怨惡。品彙殊絶。悉以大悲智而饒益之。道量宏闊。願力堅固。力雖不足。而心則百之。有爲煩惱賊所嬈者。我願爲法城塹。有爲險惡道所梗者。我願爲究竟伴。有爲長夜暗所閡者。我願爲光明炬。有爲生死海所溺者。我願爲大法船。若大導師大醫王。微利可施。無念不在。在世諦中容有同異。其惻隱之實。亦不可誣也。惟公歷事三朝。再秉鈞軸。本諸仁以内養。發於誠而外見。吾儒之兼善。内教之利它。皆得之性分自然。廓而充之。有不期合而合者。參事業之既效。極材量之所至。必有深略遠圖。尊主庇民。躋之仁壽之域。又何直莊嚴佛土一端而已哉。行臺參佐諸公以寺記見屬。故樂爲之書。若夫有開必先。千載而一。臣能歸美以報其上。君能下下以成其志。炳燿乎典册。揄揚乎雅頌。當有鴻儒碩生秉筆以竢。豈草茅賤士所得而議之。故今所述。直以謹歲月云耳。遺山集

忻州天慶觀重建功德記

元好問

吾州跨西岡而城。而岡占城之半。是爲九龍之原。檀弓志晉大夫之葬。直謂之九原。水經説滹沱經九原城北流。此其地也。岡勢突起。下瞰井邑。民居官府。率無以稱。故作州者。以廟學、道院、佛寺鎮之。道院舊傳爲唐七聖觀。蓋天寶八年。玄宗親謁大清宮。上聖祖玄元皇帝尊號爲聖祖大道玄元皇帝。高祖、太宗、高宗、中宗、睿宗五帝。皆加大聖皇帝之號。州郡立紫微宮。畫玄元像事之。五帝則列侍左右。杜工部冬日洛城北謁玄元廟詩有畫手看前輩。吳生遠擅場。五聖聯龍衮。千官列雁行之句。爲可考也。七聖云者。必增入玄宗、肅宗父子乃得爲七。是則此觀其起於代宗朝乎。玄元大殿。規制宏敞。而古意猶在。知其爲數百年物。至以魯靈光比之。玄元像則摶土刻木所成。巍然尊大。極天人之相。耆舊謂出於神人之手。宜不罔也。按玄宗起紫微宮。天下所同。而此州不得獨有七聖觀。果嘗以七聖爲額。是斥名矣。是以七聖爲斷矣。有國者。率用萬世自期。尚肯以七爲斷乎。意其本名紫微。流俗以七聖尊像所在。輒改名之耳。舊門題曰紫微。爲可見矣。其後觀有白鶴之異。復改白鶴觀。圖經無所見。惟石晉天福二年。木工慕容增葺之。書於版記者如此。大中祥符二年。詔郡國立天慶觀。故白鶴又改焉。天水氏以軒轅爲祖。起祠殿於玄元之左。掖太倉而立之。號曰明慶。堂宇亭榭。齋廚廊廡。過唐舊之半。見於都官員外郎知州事冉宗敏明慶殿記及著作郎知平遥縣事權通判杜岐公衍列仙亭題詠者如此。宣和末。金兵入郡境。並東城而南。觀以不廢。承平之久。

道化大行。土木之役。歲月不絶。逮貞祐之亂。遂埽地矣。宣撫使劉公易起殿於明慶之故基。而州將樊侯天勝力復玄元之舊。此興復之大凡也。歲庚戌春二月。予還自鎮州。管内道士王守冲謂予言。兵荒之後。吾所居無尺木寸甓之餘。先師撥土立之。計所成不能前世百分之一。而吾師弟子之心力盡矣。先師留語。以觀記屬吾子。幸吾子不讓。予私竊慨歎。予年運而往矣。其所經見亦已多矣。曩予嬰年。先大夫挈之四方。十八乃一歸。始聞鄉里談天慶異事。每歲二月望。道家以爲真元節。云是玄元誕彌之日。及其期。有鶴降此殿。多至十數。少不下二三。州人習以爲常。皆先期延望。刺史約。先見者有朋樽之賜。鶴既至。翔舞階庭。了不驚異。黄冠千里來會者。項輩相望。如是三日乃罷。從是予兩見之。特亂後鶴乃不至耳。此觀既經累朝崇飾。他道院莫與爲比。位置爽塏。曠若人表。高齋坐嘯。可以蟲山川之勝。古木蔽映。窗户幽邃。屏障几席。翛焉無埃塵。岐公、白子西之詩。高司户子文之筆札。孫内翰國鎮之文。往往在人口。傅知雄水壁。極風濤起伏之變。有蜀兩孫之風。張永淳天蓬四聖。毛髮生動。威重可怖。號爲河東名筆。皆游人過客之願見者。食指既衆。以高業見稱者行輩相及。而王姓爲多。宋中葉有王尊師洞謙、王道判洞真。百年以來。老師王治淳度王大用。大用度王志常。志常度守冲。老師年八十。衣冠狀貌。無蔬食誦經、山林枯悴之態。每杖履出游。路人爲之斂容加敬。大用器量不凡。所與游皆州里名勝。志常出農家。十六七許時。牧牛田間。遇異人挈之而行。一日至天壇之陽臺宫。後八年來歸。父母驚喜。疑其死而復活。遂度爲道士。氣質渾厚。真受道之器。年近九十。以去冬留頌而逝。皆予所接見者也。因爲守冲言。子之居。人境俱勝。異事又多。垂示永久。宜無不可。今紫微劉君。歷六百甲子。道行淳篤。神觀開朗。予方質以所聞。譔新興方志。子之師不以屬筆。且當志之。況於平生之言。乃爲記其事。且爲長謡。以招鶴命篇。使并刻之。以爲真元故事。其辭曰。胎仙之來兮馭者誰。金支翠蕤光陸離。來幾時兮倏上馳。渺翩翩兮煙景微。藐姑射兮玉雪肌。物不疵癘兮年不饑。幡然棄我兮我疇依。去家千年兮丁令威。去何速兮來何遲。子鄉里兮今是非。玄元之祠兮松十圍。蒿蓬金碧兮更換移。南枝越鳥兮安故棲。子獨無情兮淡忘歸。趣雲裝兮莫予違。明年真元兮與子期。遺山集

紫微觀記

元好問

東平左副元帥趙侯之太夫人。既老矣。即棄家爲全真師。師鄆人普惠大師張志剛。居冠氏之洞清庵。庵之制。初亦甚陋。乞名於丘尊師。改號紫微觀。趙侯爲之起殿閣、立堂宇。至於齋廚庫廄。所以奉其親於家者無不備。歲乙巳九月落成。請予記其事。予爲之説云。古之隱君子。學道之士爲多。居山林。木食澗飲。槁項黄馘。自放於方之外。若涪翁、河上丈人之流。後世或附之黄老家數。以爲列仙。陶隱居、寇謙之以來。此風故在也。杜光庭在蜀。以周靈王太子晉爲王建鼻祖。乃踵開元故事。追崇玉宸君以配混元上德之號。置階品。立範儀。號稱神仙官府。虛荒誕幻。莫可致詰。二三百年之間。至宣政之季而其敝極。黄冠之流。官給命書以散郎與大夫之目。循歷資級。無別省

寺。凡冥報之所謷。後福之所開。則視桑門所前有者而例舉之。始欲爲高。而終爲高所卑。始欲爲怪。而卒爲怪所溺。其徒有高舉遠引者。亦厭而去之。故自放於方之外者。猶一二見焉。貞元、正隆以來。又有全真家之教。咸陽人王中孚倡之。譚、馬、邱、劉諸人和之。本於淵静之說。而無黄冠禳禬之妄。參以禪定之習。而無頭陀縛律之苦。畊田鑿井。從身以自養。推有餘以及之人。視世間擾擾者。差若省便然。故墮竄之人翕然從之。南際淮。北至朔漠。西向秦。東向海。山林城市。廬舍相望。什百爲偶。甲乙授受。牢不可破。上之人亦嘗懼其有張角斗米之變。著令以止絶之。當時將相大臣有爲主張者。故已絶而復存。稍微而更熾。五七十年以來。蓋不可復動矣。貞祐喪亂之後。蕩然無紀綱文章。蚩蚩之民靡所趨向。爲之教者獨是家而已。今河朔之人。什二爲所陷没。無淵静之習。無禪定之業。所謂舉桑門以自例者則兼有之。望宣政之季厭而去之之事。且不可見。況附於黄老家數以爲列仙者。其可得乎。嗚呼。先哲王之道。中邦之正。埽地之日久矣。是何爲者。乃人敬而家事之。殆攻劫争奪之際。天以神道設教。以弭勇鬬嗜殺者之心耶。抑三綱五常將遂湮滅。顛倒錯亂。人與物胥而爲一也。不然。則盛衰消長有數存焉於其間。亦難於爲言也已。侯名天錫。字受之。崇儒重道。出於天性。雖在軍旅而文史未嘗去手。嘗與奉天楊焕然讀徂徠石君唐鑑。至論釋老家。慨然以爲知言。決非漫爲風俗所移者。是觀之作。特以養志云。年月日。河東人元某記。

遺山集

朝元觀記

元好問

歲丁未春二月。梁鍊師辨疑過新興。踵門爲予言。初國兵以庚辰冬。攻破絳陽及解梁屬邑。思問僑寓雲朔間。當是時。崞山軍節度閻侯德剛經畫略定。境内休息。頗與方外士周旋。所居衛村里。白水出焉。侯愛其景氣古澹。有終焉之志。因以清溪自號。幅巾便服。香火晨夕。有薦思問於侯。若謂有所取焉者。侯即走書幣。猥以賓禮見招。握手而歡如平生。爲之闢旁近西園。規作廬舍。以爲談經講道之所。顧謂所親云。他日道院成。與吾松檟相值。遠不能一里所。没而有知。得神游於此。致足樂也。然未幾侯下世。纔畢垣墉而已。今師歸自朔庭。悼先志未究。而尚冥福之可徼也。庀徒蒧事。土木皆作。蓋經始於庚寅之七月。而斷手於明年之六月。像設有殿。禳禬有壇。講授有堂。賓御有次。下逮門廡庫廄。截然一新。又參佐部曲諸人。請爲侯立祠。以致甘棠之思。衆議思問先住安邑之朝元。乃以此觀仍朝元之舊。文石既具。幸吾子以先友溪南幸敬之劉鄧州光甫之故而爲之記。予諾之曰。侯之事。固樂爲道之矣。予聞黄老家黜聰明、去健羨之説。前賢以爲大概與易道何思何慮者合。自年少氣鋭者觀之。往往以墮窳不振爲嫌。及其更事既多。閱得喪休戚者益熟。乃稍以淡泊之言爲有味。回視世好若芻豢之悦其口者。或厭而唾之矣。況乎執兵凶器。行戰危道。奮迅於風塵之隙。而角逐於功名之會。伏尸流血僅乃得之。大方之家方以拱璧駟馬。不如坐進此道。彼功定天下之半。聲馳四海之表。且不能滿渠一笑。其下者。當置之何地哉。故雖文成君之豪傑。一旦自視缺然。頤棄人間事。絶粒輕舉以從赤松子遊。非自苦也。惟侯知物之不可太甚。知名之不可久處。知權之不可不畏。而退之不可不勇。故慨然自拔於流俗。思欲高舉遠引也如此。其所乏者。呼吸煉化。俯仰詘信。以適神而養壽耳。雖然。上方飛舄之鳧。葛陂投杖之龍。世徒以神仙爲疑。而物化亦自有不可窮者矣。異時羽衣蹁躚過朝元之上。俯華表而語留。望五雲而翻翔者。汝庸安知其不爲清溪翁耶。今師名鎮。字國安。始以父任作州。既而領兵千人。隸征西幕府。累以戰多爲大將軍所知。凡萬夫長出師。則命留攝軍務於太原。禹都孫仲陽道風孤峻。時人有玄門臨濟之目。與吾辛、劉交甚款。辨疑其高弟云。望日遺山真隱元某記。遺山集

清真觀記

元好問

修武清真觀。在縣北馬坊。全真諸人爲丘尊師之所建者。大定初。丘自東萊西入關。隱於磻溪。十數年不出。天下以爲有道者。興陵召赴闕。取道山陽。愛其風土之美。徘徊久之。且謂其徒言。在所道院。武官爲之冠。濱都次之。聖水又次之。若輩得居於此。則與濱都、聖水相甲乙矣。諸人乃乞地於鄉豪馬子安家而得之。積以歲月。廬舍乃具。舍旁近出大泉。溉千畝。稻塍蓮蕩。東與蘇門接。茂林修竹。往往而在。太行諸峯。壁立千仞。雲烟朝暮。使人顧揖不暇。考之地志。蓋魏晉諸賢之所樂而忘返者也。大安初。以恩例賜今名。貞祐丙子。丘命劉志敏來居。劉。縣人。丘高弟也。故聚徒至百人。興定庚辰之兵。觀廢。正大辛卯。志敏之徒泠德明者。復葺居之。今所食又千

指矣。歲甲午。予自大梁羈管聊城。德明之法兄弟房志起自覃懷來。介於幕府諸君。請予爲記。房外朴而内敏。質直而尚義。有似夫墨名而儒實者。因爲次第之。并著予所感焉。嗚呼。自神州陸沈之禍之後。生聚已久。而未復其半。蚩蚩之與居。泯泯之與徒。爲之教者。獨全真道而已。嘗試言之。聖人之憂天下後世深矣。百姓不可以逸居而無教。故爲之立四民。建三綱五常。士農工商各有業。父慈、子孝、兄友、弟敬、君臣嚴、夫婦順。各有守。九官而有司徒。仁義禮智。典章法度。與爲士者共守之。天下之人。耕而食。蠶而衣。養生送死而無憾。粲然而有文。歡然而有思。於聖人之教也。若飢者之必食。寒者之必衣。由身而家。由家而達之天下四方。由不可斯須離。至百世千世萬世而不可變。其是之謂教。而道存焉於其間。傳有之。天祐下民。作之君。作之師。道之行與否。皆歸之天。今司徒之官與士之業廢者。將三十年。寒者不必衣。而飢者不必食。蓋理有不可曉者。豈非天耶。如經世書所言皇極之數。王伯而降。至於爲兵火。爲血肉。陽九百六。適當斯時。苻堅、石勒、大業、廣明、五季之亂。不如是之極也。人情甚不美。重爲風俗所移。幸亂樂禍。勇鬬嗜殺。其勢不自相魚肉、舉六合而墟之不止也。丘往赴龍庭之召。億兆之命懸於好生惡死之一言。誠有之。則雖馮瀛王之對遼主不是過。從是而後。黄冠之人。十分天下之二。聲焰隆盛。鼓動海岳。雖凶暴鷙悍甚愚無聞知之徒。皆與之俱化。銜鋒茹毒。遲迴顧盼。若有物掣之而不得逞。父不能召其子。兄不能克其弟。禮義無以制其本。刑罰無以懲其末。所謂全真家者。乃能救之蕩然大壞不收之後。殺心熾然如大火。聚力爲撲滅之。嗚呼。豈非天耶。六月十六日。前進士河東元某記。遺山集

通仙觀記

元好問

直王屋縣治之北八里所。其地名八仙岡。丘阜連屬。於華蓋峯爲近。而紫谿之水所從出。仙人燕君舊井在焉。開元中敕置陽臺宫。以居司馬鍊師。近世乃於宫之左别爲通仙觀。通仙觀者。初爲泰和道院。郝志朴實居之。崇慶癸酉。以恩例得今名。始大爲崇建。堂宇、廊廡、齋廚、庫廄。以次而具。歷兵亂得不廢。今其徒袁守素主之。郝平陽人。淳素有守。披荆棘。拾瓦礫。不階一簣之助。積數十寒暑。而後有所就。承平時。朝上方者。率取道於此。賓客之所食息。幾與陽臺等。皆歡喜承事。無虚過者。而未嘗丐貸於富人之門。人用是重之。郝之後。有李存道義之。義之曲沃人。童幼入道。通莊周列禦寇之學。五經諸子。亦所涉獵。妙於琴事。以自娱而已。或謂其於異書有所得。而不以傳也。戊戌之秋。予客濟上。守素爲予言。通仙之所度。勤亦至矣。不有以記之。則他日莫知所從來。吾二師者。亦將湮滅而無聞。敢再拜以請。袁往年從予小功兄寂然授老子章句。且以吾宗奉仙老師明道爲介。故爲記之。予嘗究於神仙之説。蓋人稟天地之氣。氣之清者爲賢。至於仙。則又人之賢而清者也。黄老莊列而上。不必置論。如抱朴子、陶貞白、司馬鍊師之屬。其事可考。其書故在。其人可想而見。不謂之跨宇宙而遺俗、渺翩翩而獨征者。其可乎。使仙果不可成。彼稱材智絶出。事物變故。皆了然於胸中。寧若世之昧者。蔽於一曲之論。儌幸萬一。徒以耗壯心而老歲月乎。壬辰之變。人有得鍊師所藏丹訣於此山石穴中者。曰真元君周覽八極。天老相、風后侍。方明、力牧常界。先昌宇、從六宮。宮主悉以天衆會於天壇雲臺。論三洞秘文。普明法要。問答已竟。太一現深明輪間。雲軒羽蓋滿空界。山川雲日黯無晶光。元真拜跪於齋壇之上。晻曖之際。太一與無央仙悠隱於玄中。其始末大略如此。其後記云。予留於王屋清虛洞側。獲真篆仙經二品。一曰元精。一曰丹華。玩其真跡。味其經旨。乃知龍章鳳篆。與世筆殊絕。聖法仙經。暨凡文異軫。徒懷悵望。深恨不睹其人。然精習彌久。探賾淵微。希髣髴而已。又睹真皇寶籙。及知上古帝王丹寶並傳。莫不遐年。逮及夏禹。以丹寶授益。事禹日淺。民不歸益而歸啟。自是帝王丹道遂止。劉君而下。又忘繼之者。可勝悼痛。維玉匱秘文。流運道氣。而有升沉之期。故遭遇之者。誠萬世之一耳。余今不敢泄慢天寶。復藏之名山。以俟其人。此記以歲月考之。知其往中巖時所藏也。夫玄學之廢久矣。惟玄學廢。故人以學仙爲疑。今夫居山林。棄妻子。而以黃冠自名者。宜若可望也。然叩其中。則世間事人所共知者且不能知。況出世間乎。倀倀之與游。憒憒之爲曹。未嘗學。而曰絶學。不知所以言。而曰忘言。囚首喪面。敗絮自裹。而曰君子盛德容貌若愚。前所謂以俟其人者。果何所俟耶。抑有之而予不之見耶。嗚呼。靈都真境。自昔閎衍博大真人之所往來。乃今求自拔於流俗者而不可得。於此可以觀世變矣。因併及之。以爲素隱行怪欺世盜名者之勸。十二月初吉。太原人元某記。遺山集

遊龍山記

麻革

余生中條、王官、五老之下。長侍先人西觀太華。迤邐東遊洛。因避地家焉。如女几、烏權、白馬諸峯。固已厭登飽經窮極幽深矣。革代以來。自雁門踰代嶺之北。風壤陡異。多山而阻。色往往如死灰。凡草木亦無粹容。嘗切慨歎。南北之分何限此一嶺。地脈遽斷絶不相屬如是耶。越既留滯居延。吾友渾源劉京叔嘗以詩來。盛稱其鄉泉石林麓之勝。渾源實居代北。余始而疑之。雖然。吾友著書立言。蘄信於天下後世者。必非誇言之也。獨恨未嘗一游焉。今年夏。因赴試武川。歸道渾川。偹謁於玉峯先生魏公。公野服肅然。見余於前軒。語未周浹。驟及是邦諸山。若南山、若柏山。業已游矣。唯龍山絶勝。姑缺茲以須諸文士同之。子幸來。殊可喜。乃選日爲具。且拉諸賓友。騎自治城西南行十餘里抵山下。山無麓。乍入谷。未有奇。沿溪曲折行數里。草木漸秀潤。山竦出。嶄然露芒角。水聲鏘然鳴兩峯間。心始異之。又盤山行十許里。四山忽合。若拱而提環而衛者。嘉禾奇卉被之。葱蒨穠郁。風自木杪起。紛披震蕩。山與木若相顧而墜者。使人神駭目眩。又行數里。得泉之泓澄渟滀者焉。洑出石罅。激而爲迅流者焉。陰木蔭其顛。幽草繚其趾。賓欲休。咸曰莫此地爲宜。即下馬。披草踞石列坐。諸生瀹觴以進。酒數行。客有指其西大石曰。此可識。因命余。余乃援筆書凡游者名氏及游之歲月而去。又行十許里。大抵一峯一盤。一溪一曲。山勢益奇峭。樹木益多。杉檜栝柏而無他凡木也。溪花種種。金間玉錯。芬香入鼻。幽遠可愛。木蘿松鬣。罥人衣袖。又縈紆行數里。得岡之高。遽陟而上。馬力殆不能勝。行茂林下又五里。兩嶺若岐。中得浮屠氏之居。曰大雲寺。有僧數輩來迎。延入。館於寺之東軒。林巒樹石。櫛比楯立。皆在几席之下。憩過午。謁主僧英公。相與步西嶺。過文殊巖。巖前長杉數本挺立。有磴懸焉。下瞰無底之壑。危峯怪石。巑岏巧鬬。試一臨之。毛骨森竪。南望五臺諸峯。若相聯絡無間斷。西北而望。峰豁而川明。村墟井邑。隱約微茫。如奕局然。徜徉者久之。夤緣入西方丈。觀故侯同知運使雷君詩石及京叔諸人留題。迴乃經北嶺。登萱草坡。蓋龍山絶頂也。嶺勢峻絶。無路可躋。步草而往。深弱且滑甚。攀條捫蘿。疲極乃得登。四望羣木。皆翠杉蒼檜。凌雲千尺。與山無窮。此龍山勝槩之大全也。降乃復坐文殊巖下。置酒小酌。日既入。輕煙浮雲。與暝色會。少焉月出。寒陰微明。散布石上。松聲翛然自萬壑來。客皆悚視寂聽。覺境愈清、思愈遠。已而相與言曰。世有樂乎此者歟。酒醺。談辨蜂起。各主其家山爲勝。如郭主太華。劉主茲。余主王官、五老。更嘲迭難不少屈。玉峯坐上坐。亦怡然一笑。詩所謂善戲謔兮、不爲虐兮者。政如是也。至二鼓乃歸臥東軒。明旦復來。各有詩識於石。迨午。飯主僧丈室。已乃循嶺而東。徑甚微。木甚茂密。僅乃通馬。行又五里。至玉泉寺。山勢漸頗隘。樹林漸稀闊。顧非龍山比。寺西峯曰望景臺。險甚。主僧道客以登。歷嶔崟。坐盤石。其傍諸峯羅列。或偃或立、或將仆墜、或屬而合、或離而分。賈奇獻異不一狀。北望川口最寬肆。金城原野。分畫條列。歷歷可數。桑乾一水。紆繞如玦。觀覽曠達。此玉泉勝處也。從此歸。路險不可騎。皆步而下。重谿峻嶺。愈出愈奇。抵暮乃得平地。宿李氏山家。臥念茲游之富與夫昔所經見而不能寐。若太華之雄尊。五老之巧秀。女几之婉妍。烏權、白馬之端重。茲山固無之。至於奧密淵邃。樹林薈蔚。繁阜不一覽而得。則茲山亦豈可少哉。人之情。大抵得於此而遺於彼。用於所見而不用於所未見。此通患也。今中書令湛然公紀西域事稱金山之秀。李子微貽友書論和林之勝。有過於中州者。不知天壤之間、六合之内復有幾龍山也。因觀山於是乎有得。徒以文思淺狹。且游之亟。無以盡發山水之秘。異時當同二三友幅巾藜杖。于于而行。遇佳處輒留。更以筆札自隨。隨得隨紀。庶幾兹山之髣髴云。己亥歲七夕後三日。王官麻革爲之記。歸潛志

金文最卷三十五

記

射虎記〔元光二年〕

楊奂

吾友隴東康揖。來乞射虎記。問其故。爲鄜尉曹侯設也。吁。人之所欲詳。誠吾之所欲略。子徒知其去虎之虎。焉知其去非虎之虎衆且多乎哉。夫虎之虎殺人也。見於跡。人猶得而避之。其害細。所謂非虎之虎殺人也。藏於心。使人不知其所避。狎而就之。其害鉅。一攫之後。無地無之。奚獨鄜也哉。若夫嘯凶嘷醜。伏晝神夜。禁緩則跳踉。勢窮則騰躑者。盜虎也。氣吞一邑。塊視四鄉。逞貪婪之欲。啗孤羸之利者。豪虎也。矇昏昧愚。誣下罔上。掉難折之舌。吐無證之詞者。訟虎也。假威官符。擇肉墟落。志在攫拏。情忘畏惕者。此吏虎也。爪牙爲名。意氣自若。倚事以下鄉。幸贓以中人者。此兵虎也。又若鉤距成性。擊搏克己。據案弄威。攘權護失者。同僚之虎也。公銜上檄。私爭己忿。擁妖抱姸。醉濃飽鮮者。過客之虎也。人謂鄜有曹侯。則盜者遁。豪者懾。訟者弭。吏爲之縮首。兵爲之斂迹。同寮伏廉而更讓。過客憚正而引避。綱而舉之。其政亦足知矣。宜乎。邑之民途不掇遺。寢不闔户。熙熙然。坦坦然。各保其性命。子以射虎爲勇。則漢豈無李廣。唐豈無裴公。勇於政斯可矣。裴、李世聞其射。而未聞其政。如曹侯者。可謂兩得之矣。然吾不以去虎之虎爲賢。而以去非虎之虎爲賢者。鄜志實在玆。侯諱大中。字特正。隆安人。家世官秩。孔臨洮嘗載之。皆不書。子袖此以歸。其告鄜人。既去而思。當涙吾文。元光二年十月初四日。紫陽楊奂記。鄜州志

裕州防禦使題名記〔正大五年〕

楊弘道

郡縣廢置。視時之重輕。本立圖始。必選世之望人。以培植之。戰國時。方城重於楚。逮漢唐之隆。利盡南海。其地不過爲四會五達之衝。自是而後。漸降而爲縣。皇朝應運。興滅繼絶。割淮之南以爲晉。○晉當作宋。故方城稍重於漢唐。而爲縣仍舊。泰和六年。宋既渝盟。沿淮上下。增益屯戍。於是改曰裕州。置刺史。國制。刺史職五品。受約束於大鎮而不得專。是州縣之名雖殊。其施爲舉措亦無以大異。今主上即位之四年。有司再以爲言。乃更刺史爲防禦使。首以某官涖之。某官嚴幹之名素著於中外。故用以培植本根。俾後人樂其成而食其實也。唐玄宗愛鄭虔之才欲置左右。以不事事。更爲置廣文館。以虔爲博士。虔聞命。不知曹司何在。訴宰相。宰相曰。上增國學置廣文館以居賢者。令後世言廣文博學自君始。不亦美乎。夫廣文館。閒曹也。以虔不事事。故雖愛其才。但以閒曹處之。名雖美而實不至。豈若裕州防禦使。自某官始之爲愈也。其山川控帶、户口兵

賦。刺史題名記備矣。此不復云。正大五年五月五日。淄川楊某記。小亨集

養浩齋記

楊弘道

余以正大元年監麟游酒稅。初識曲子安。居縣學爲童子師。項背微僂。布褐委然。目赤且溼。蒼髯模糊。不見頤頷。縣人云。子安生乾州。居此幾二十年矣。生理蕭條。自始迄今。衣食之奉如一。一日謁余而進曰。僕以養浩名所居之室。聞先生嘗從事於斯文。願求文以記之。余不欲違其意。亦不能從其請。但笑而謝焉。退而思曰。孟子聖人之徒也。其論浩然之氣曰。難言也。至大至剛。以直養而無害。則塞於天地之間。夫名者。實之華也。故爲是名也。必求有以副之。養浩之名。子安副之哉。余平昔喜孟子之書。修其天爵。不肯枉尺直尋。威武不能屈。說大人則藐之。誦之於口。著之於心。事之以爲行。述之以爲文。而自待其身亦已至矣。以兵凶破產。失其生生之資。乃俯首監差中。亦孟子所謂抱關擊柝者比也。夫仕有尊卑制禄之稱。今也。仕之卑者。不爲制禄。而斗米束芻。繩之以法。舉手蹈足輒挂罪罟。折腰於里胥。屈膝於縣吏。平昔所養。消沮殆盡。於是晝慚形穢。夜慚夢寐。飲慚甌盂。食慚匕箸。他日復見子安。其形貌堂堂乎美丈夫也。布褐鮮鮮然美衣服也。氣充乎其浩然矣。因笑曰。無乃自視不足而所見然耶。小亨集

秀野園記〔正大四年〕

楊弘道

洛南縣治東南五六里。陵阜曲接回抱。忽斷若門然。謂之窖口。既出。便得一川。平演肥沃。宜菽麥禾麻。農家隨山勢散處。總名曰章谷。其間大抵多李氏之田也。李氏之先。嘗以文無害佐縣治。因倍蓰前世之業。而始有僕馬婢妾之奉。於是卽其地爲園。以充其宴賞遊觀之樂。取東坡獨樂園詩名之曰秀野。引竹園谷、蒼龍潭二水鑿於其前。面池起屋四楹。植果樹雜花於其後。正大四年六月。余始來游。望之青林蔚然。既至其處。怪其蕪穢不治。豈以其時賦斂方重。未暇及此而然耶。易卦兑上離下革。革者變改之名也。上六之象曰。君子豹變。其文蔚也。李氏名革。視其先子益收書誦習。敬禮士人。而有革之道焉。傳曰。學也。禄在其中矣。又曰。無友不如己者。苟是心不替。又豈止僕馬婢妾之奉、宴賞遊觀之樂如秀野而已哉。淄川楊某記。小亨集

北使記

劉祁

興定四年七月。詔遣禮部侍郎吾古孫仲端使於北朝。翰林待制安廷珍副之。至五年十月復命。吾古孫謂余曰。僕身使萬里。亙天之西。其所游歷甚異。喜事者不可不知也。公其記之。自四年冬十二月初。出北界。行西北向。地浸高。並夏國前七八千里。山之東水盡東。山之西水亦西。地浸下。又前四五千里。地甚燠。歷城百餘。皆非漢名。訪其人云。有磨里奚、磨可里、紇里迄斯、乃蠻、航里、瑰古、途馬、合魯諸番族居焉。又幾萬里。至回紇國之益离城。卽回紇王所都。時已四月上旬矣。大契丹大石者。在回紇中。昔大石林麻。遼族也。太祖愛其俊辯。賜之妻。而陰蓄異志。因從西

征。挈其孥亡入山後。鳩集羣乣。經西北。逐水草居。行數載。抵陰山。雪石不得前。乃屏車。以駝負輜重。入回鶻。攘其地而國焉。日益强。僭號德宗。立三十餘年死。其子襲。號仁宗。死。其女弟甘氏攝政。姦殺其夫。國亂。誅。仁宗次子立。因用非其人。政荒。爲回紇所滅。今其國人無幾。衣服悉回紇也。其回紇國。地廣袤。際西不見疆畛。四五月百草枯如冬。其山暑伏有蓄雪。日出而燠。日入而寒。至六月。衾猶綿。夏不雨。迨秋而雨。百草始萌。及冬。川野如春。卉木再華。其人種類甚衆。其鬚髯拳如毛。而綰黄淺深不一。面惟見眼鼻。其嗜好亦異。有没速魯蠻回紇者。性殘忍。肉必手殺而噉。雖齋亦酒脯自若。有遺里諸回紇者。頗柔懦。不喜殺。遇齋則不食肉。有印都回紇者。色黑而性愿。其餘不可殫紀。其國王閹侍。選印都中之黔而陋者。火漫其面焉。其國人皆邑居。無村落。覆土而屋。梁柱簷楹皆雕木。窗牖餅器皆白琉璃。金銀珠玉布帛絲枲極廣。弓矢車服甲仗器皿甚異。甃甓爲橋。舟如梭然。惟桑五穀頗類中國。種樹亦人力。其鹽産於山。釀葡萄爲酒。瓜有重六十觔者。海棠色殊佳。有葱韭。美而香。其獸則駝而孤峯。牛有峰在○峰在二字原缺。據中西交通史料滙編所載北使記補。脊。羊而大尾。又有獅象孔雀水牛野驢。有蛇四跗。有惡蟲。狀如蜘蛛。中人必號而死。自餘禽獸草木魚蟲。千態萬狀。俱非中國所有。山曰塔必斯罕者。方五六十里。葱翠如屏。檜木成林。山足而泉。其俗衣縞素。衽無左右。腰必帶。其衣衾茵幙。悉羊毳也。其毳殖於地。其食則胡餅湯餅而魚肉焉。其婦人衣白。面亦衣。止外其目。間有髯者。並業歌舞音樂。其織紉裁縫。皆男子爲之。亦有倡優百戲。其書契約束。並回紇字。筆葦其管。言語不與中國通。人死不焚。葬無棺槨。比斂。必西其首。其僧皆髮。寺無繪塑。經語亦不通。惟和、沙洲寺像如中國。誦漢字佛書。余曰。嘻。異哉。公之行也。昔張騫、蘇武。銜漢命使絶域。皆歷年始歸。其艱難困苦。僅以身免。而公以蒼生之命。挺身入不測之敵。萬里沙漠。嘻笑而還。氣宇恢然。殊不見衰悴憂戚之態。蓋其忠義之氣素具乎胸中。故踐夷貊間若不出閨闥然。身名偕完。森動當世。凜乎真烈丈夫哉。視彼二子亦無愧。故余樂爲之書。以備他日史官采云。游志續編

〔歸潛志〕

遊西山記

劉祁

余髫齡間。嘗聞先大夫言龍山之勝甲鄉山。時幼。未能往。其後在南方。北望依依。每以爲歉。甲午歲。還渾水。明年秋八月。釋菜於先聖。越明日。拉友人河陽喬茂松壽卿、雲中劉偕德升暨弟郁同遊。初出西城。日方中。望西山而行一二里。涉水。又前七八里。至李谷。谷在永安山下。流波古木相交。仰視之。秋色如畫。稍東。山之腋。見厓間一抹碧尤佳。村民曰。此麻涯也。予與二三子杖而詣。步漸高。並路旁水聲鏗鍧。股涉水行亂石間。里餘。忽見青松綠楊薈蔚中。鑿厓而屋。既至。有僧居。因共坐西軒。望平原諸峯橫立。南顧永安山。巃嵸獨雄尊。斜日秋煙。滉蕩百里。迫暮留詩而回。夜宿李谷。遲明。上永安山。初入谷。路甚艱。兩崖夾峙峭峻。其石皆跨谷縈路。詭怪若坐卧起立。且時聞水聲。盤折而上。足慄目荒。前二三里。忽見一峯。突兀孤高。樹色青黃紅

紫間錯。曉日映之錦鮮。東。諸小峯側列相附。又東。一嶺獨嵐翠無日氣。真惆悵間。諸人喜快詠詩。步益健。又前數百步。峯轉境又佳。遂各坐大石。且在青檜影中。石有苔華涵漬。繡文縷縷可愛。因相與俯視川野。倚樹浩歌。又前數十步。忽聞有聲如風雨震山。又如千人喧笑不已。逼視之。乃流水一派。自山下入絶壑。穿林絡石。雪練飛逐。竚聽久。前至烈風匣。匣險特。蓋兩峯最高。蒼藤赭蔓蒙羃。下有泉源。諸人相謂曰。此境絶不可不識。卽手泉研石各題詩。又前數步。路益險。見西匣間復有泉出。流大石上。樹影交羃。聲鏗鏘。微風吹散。珠琲四落。余曰。此石名琴泉。又賦詩。又前幾二三里。樹木叢陰中。殿閣屹然四五所。蓋玉泉寺也。路側皆暗泉行草間。嚦嚦如人語言。或者披草掀石。決其源方去。既入寺。寺宇歲深且經亂。多摧毀。廚堂鐘閣。雨崩草翳。僧寮多壞址。獨萬聖殿完麗可觀。殿中金碧璀璨溢目。又有石羅漢像數百。擊之鏗然。亦奇緻。晚憩僧舍。其舍蓋余兒時從大父避亂所居。追維舊事。爲之惻愴。起尋玉泉。泉在西南石匣下。如井匣間。枝溜滴瀝。絡莓苔上。有古樹覆蔭。頗陰肅。因留題殿壁。紀予今昔遊。諸人亦各詩其後。南上祖堂。堂絶高。北望神州在掌上。城邑如棋局。東則岳神山如屏。青松翠柏間隱隱有樓觀。南則羣山迤邐。高下淺深異姿。秋葉古林色明豔。斜陽照灼。金紫滿山。堂後有徑上山巔。余縱步獨往。逕狹而危。捫蘿以前。望峯端樹不明。度其境必異。鋭進百餘步。困憊。又皆落木梗路。遂回。然終以爲恨。北過法堂觀維摩像。堂亦傾漏不完。天曛。入僧舍。既夜月出。清寒逼人。予與諸人散步檐外。見峯巒崒嵂。樹木陰森。禽聲嘲哳相應答。仰觀星斗。磊落與人近。皎然天地。如在玉壺中。又相與嘯詠。約二更方就寢。詰旦出户。見白雲數縷出東山。延布南嶺上。狀如飛龍蜿蜒山中。露氣蕭爽。回念塵域。恍如夢間。利火名膏。銷鑠淨盡。復往祖堂。川原浮藹蒼茫。城中青煙萬道。俄而澒洞瀰漫莫能辨。須臾。日出東嶺。紅霞青雲屬聯。滿山草木光炯炯。叢石峭壁。呈奇獻異。欲動摇如生。乃率二三子登北臺。臺並絶頂支一峯。緣厓百餘步方至。回觀大山峭拔則巉然。草樹紅碧。點綴班駁。西顧諸峯。如綵樓相蔽虧。陽光陰氣。晦明不一。北望平原百里。際北嶺外。雲中城闕浮屠。如堆金成。渾源二郡及諸村落。若盤盂羅列。田疇若龜甲開張。澗波數處。若缺鏡裂素散擲。微雲薄霧。乍起乍伏。若鮮衣輕袂婆娑。又相與賦詩賞歎。粥餘。别寺僧。遊龍山。路自西南往。穿枯木翠蔓間。里餘。過山脊。恍然異境也。俯視重峯複嶺。秋物斕斒。且目極皆山。無平地。厓左折。徑稍夷。厓上多大石。或人立。或獸呀。或禽翔。或鬼攫。森悚可畏。前至大林。林皆青黄紅紫。相間櫛密。時時逢怪石睨路。狀詭異。山風颯至。葉落如雨。觸石覆面。濛濛飛嵐走翠。隱映林影中。旋變滅。又三四里林窮。有平岡數畝可田。下有泉北流。又入林。益西三四里。大木翳空蔽日。樹底有暗泉。蒙榛敗葉縈潰。微有聲。厓轉而南。忽見龍山寺。乾機坤秘。駢露疊開。四面諸峯。如踴躍相跂。大殿在山腹。丹碧湮摧。雲堂影室。在殿西。簷牖亦圮。然其規制宏且邃。依然南俯深澗。澗外皆山相聯。下有大林。杳窕望莫際。遂緣石磴上方丈。大室三楹。極整鮮。西有一徑。入樹陰中百餘步。至文殊殿。殿在孤峯上。號捨身厓。神像精緻妙絶。遠望千巖萬壑。絡繹參差。樹葉日光。爛然五色。雖巧筆妙手。不能圖且繡。蓋其雄麗冠龍山。關外石如掌平。其首騫。下窺黝黔無底。南則清凉五臺歷歷。且遥見代郡川。西則鄗陽、馬邑諸城。皆微茫可數。諸人歎息久之。稍北往西。方丈室在峭巖下。懸柱而修。旁觀訝且恐。室中讀雷少中詩石刻。蓋余從大父洛州君所書。又有余從父懷遠君詩在壁。其南境物不減文殊殿。斯須過鐘樓。出方丈後。上萱草坡。寺僧云。每當秋夏交。萬花被坡錦繡堆。花多金蓮。如燈照山谷。又萱草無數。故以云。又號百花岡。惜余來暮不得見。緣坡草滑。步旋顛。既上。立大木間。東望峯巒奇秀。又南數步。至山巔。曠蕩開廓。千里目中。秋容蒼然。羣山岧立。蓋天下絶境也。下瞰西方丈在厓中。又有大石突空出。德升獨踞而歆。余慄不能往。忽聞有聲如雷震。在文殊殿西。遊氛飆起。疑霹靂出澗底。諸人駭焉。後問之寺僧。乃大木落也。礧礴移時。片雲突涌垂空。恐雨作乃下。飯餘往西巖。巖在西方丈西。數峯如嶄巀。巋嵬磊砢相倚。仰觀凜凜褫人神。下有屋三楹。幽潔。前有大石。上有大樹。陰翳翳。其境物大概如西方丈前。忽見浮陰四合。微雨落。又飛雲洶湧上走。騰騰然。諸人皆在雲氣中。咫尺相失。未幾夕日出。光景鮮明。餘雲變化半隱晦。暮歸方丈。見白雲縹緲如帷幔數十幅。自文殊殿東南來。奔馬莫能追。其間樹彩厓姿。披露閃鑠。怪麗甚。山風擺蕩。林木駭人。若天地轟磕開震矣。夜宿方丈東軒。未寢開門。月在空。陰氣已開。巖巒樹木。殿閣相映。頗悸悚。余行吟軒外。幾夜半方眠。自覺襟懷瀟洒。意氣雄壯。如神仙中人也。曉陰復合。余獨曳杖復往文殊殿。雲光霧色。衝突勃鬱如元氣中。西望川原。莽蒼不可見。西巖西方丈。皆爲烟雨晦藏。秋風怒號。疑鬼神交戰。青林紅葉隱映。乍有無。余歎曰。生年三十。局促城市間。不意今朝見天地偉觀。以寒甚不可久留。乘雲氣而回。迨雨止。復與諸人往西巖西方丈題詩。且談笑良久。時日已中。別寺僧而歸。復過雲堂。見梁秀巖瑀詩。字畫亦美。遂由舊路東北往。林間殘雨滴衣。嵐氣煙霏。交走橫騖。皆眷戀不忍去。因共作龍山詩。又恐雨復作。仍遲疑。忽見平川。晴光爛然。行至水窟。路益北。一二里出林。回望龍山脊。巍峻與天角。又數十步。忽見高厓峭壁。抉裂分張。日光中映。如潑黛。如挼藍。厓間有水光炯然。如劍出匣射日。四山樹葉炫人。余與二三子健躍歎賞。又作詩以紀之。自此無深林大木。行黃花紅葉中。又二三里。行甚苦。拔援方能進。忽見孤峯嵌天。峰上碕。攢擁牛角。口鼻軒軒。下一峯腋出如劍。諸人不覺失聲稱奇。又作詩紀之。回顧諸峯。千態萬狀。不可殫記。路益下。三四里至神谷。谷中有泉。出石罅。浪然其流。散漫出山外。厓東有神祠。祠邊有樹。余與二三子憩祠下題詩。天已暮。月上。隨水聲行。又里餘方出谷。又涉水乘月往。咸謀宿野寺中。明旦別壽卿。余三人者歸渾水。嗚呼。余生山水間。故有樂山水心。然南游二十年。所居皆通都大邑。無山林。嘗迫狹不自得。今因北歸。得遊歷故山。可勝快哉。況干戈未已。棲隱爲上。行當結屋山中。覽天地變化之機。而又讀書足以自娱。著書足以自奮。浩歌足以自適。默坐足以自觀。逍遥澗谷。傲睨雲林。與造化爲徒。與烟霞爲友。雖飯疏飲水。無慍於中。振迹寬心。可以出一世之外。又何必高車大蓋。騶騎滿前。方爲大丈夫哉。因記。游志續編〔歸潛志〕

遊林慮西山記

劉祁

癸卯之冬十月。祁自蘇門徙居相臺。明年秋八月。玉峰魏公自燕趙適東平。遂登太山。拜闕里。將北歸。過相臺。會公謂祁曰。吾聞太行之秀。曰黄華。曰棋谷。爾其從我一遊乎。祁曰諾。初出安陽郭西四十里。渡洹水。俗號安陽河。夕宿輔巖邑館。翌日同邑中士人尊酒坐池上。池有數泉觱沸。如玻璃盆涌出萬珠。柳陰映翳。頗瀟洒。南謁宋韓諫議墳。魏公琦父也。墳皆老柏參天。碑有樓。文則富鄭公弼撰。王岐公珪書。皆完具。旁有浮屠。號孝親院。石刻魏公所建。院規制宏敞。柱皆文石。佛像如新。茶坐西寮。彷徉竟日。遲明西上。路皆陂陀岡阜。間以樹林。行幾四十里。過馬店。望林慮諸山。若蟻尖。若黄華。若天平。若棋谷。齒立。玉峯馬上笑談。喜見顔色。前涉横水。水舊有石橋。甚巧麗。今圮壞紛然。晡至林慮山。横峙天西。如城壁相銜。争雄角鋭。潑黛凝青。而高下險夷不一。玉峯曰。昔人稱林慮名山。信哉。暮會邑中士大夫。皆曰。游當自黄華始。且北而南可也。明日遂出北城。邑人張君佩玉偕往。西北約三十里。入槲林。林行一二里入谷。兩厓夾徑。徑並東厓。大石鱗差。馬足行甚艱。下皆絶壑澒洞。樹木蓊鬱。水聲潺潺。使人耳目儵然。前觀山勢峭拔奇偉。不覺失聲歎異。又一里餘。厓豁地平。叢竹如雲。竹中堂殿茅亭數處。乃黄華古禪刹也。今爲老氏居。道士數輩來迎。遂解鞍坐覽。樂甚。殿之石柱。刻宋人題名及張相天覺賦高歡避暑宫詩。詩云。南北紛紛似奕棋。高王霸業起偏裨。情知騎虎非安計。豈是青山避暑來。音黎。因憶王翰林子端遊黄華詩。蓋此寺廢已久。王詩云。王母祠東古佛堂。人傳棟宇自隋唐。年深寺廢無人往。滿谷西風栗葉黄。飯餘。屏騎乘。杖屨以西。涉小溪。行約一二里。山益奇。巔峯嶄岫。回互掩映。千萬狀不可紀。山端有小峯抉出。如立指。號仙人峯。遇佳處。輒坐樹下石。聽流泉漱玉。鳥語應人。回視向來塵土中。便如隔世。又前數武。地平可耕。厓腋有草庵。且欄籬種菜芋。亦道士舍。西上路浸高。又二里餘。陟峻阪。號公主關。有厓號梳妝樓。意其爲前代帝子游衍迹。漢武帝女弟封隆慮公主。豈此耶。阪皆巨石。若爲堡砦。摧裂無蹊徑。捫蘿以登。又里餘路窮。大巖合。若環屏障。稍南。孤峯削成。拔地劃出。號挂鏡臺。臺西樹林間。望見山脊玉虹蜿蜒下垂。援曳有聲。迫視之。懸泉也。相與喑吒。因列坐臺趾方石縱觀。蓋泉自石門而下。初勢甚微。已而散布半空。特詭異。其始來也。如飄風扇雪。瀰漫一天。少焉如驟雨落雲。淋漓萬壑。或如飛練千尺。騰擲不收。又如珠簾百幅。聯翩下墜。乍散乍聚。乍緩乍急。乍去乍來。乍鉅乍細。霏微滴瀝。濺面洒肌。浩蕩鏗鍧。驚心動魄。可以起壯志。可以醒醉魂。可以洗塵紛。可以平宿憤。亦天下偉觀也。下瀦爲潭。澄泫湛碧。水瑩鏡明。向之水聲。皆其流派。迨出山而洑。不知其所往。此又異也。步至巖東北。有大龜如列屋。可坐數十人。尋繹昔人題名在龜壁。玉峯健歎。以爲東遊未嘗見此。移時。緬懷趙武靈王登黄華之上。與肥義謀胡服騎射。教百姓以强其國。亦一時雄傑。張君曰。泉之上有路坦平。直抵天平。望絶壁有石竅。曰青龍洞尾。蓋門在天平也。其中闇黝多水。東北有高歡避暑宫。殿址尚存。且有碑。以路絶。不能到。又曰高歡葬此山石巖中。

鐵索絚其棺。嘗有人見之。祁舊讀司馬氏通鑑云。高歡薨。虛葬漳水西。潛鑿成安鼓山爲穴。約其柩而塞之。蓋距此不遠。與所傳小異。張又言此山佳處甚多。惜不能遍歷。日斜由舊路而東。石壁而堂。石像浮圖精緻。行三四里。路忽分。張云。由東而往殊勝。厓轉三潭。瀵出大石間。相通。號疊研。皆流泉所瀦。細流布石上。縈紆明澈。潭水□□黝碧云有蛟龍居。共坐潭側。嘯詠。仰山俯泉。極快愜。南有古祠破裂。號王母祠。祠壁石刻云。仙人王津葬母於此。號仙人冢。土人祠以祈福。祠前大木九。今餘一焉。趙濛、嚴光弼來遊。趙鎭侍行。蓋宋宣和間人也。字畫不凡。東有龍祠。頗整完。中有石刻紀異。南則地復曠闊。行荒榛蔓草中里餘。復抵寺舍。會日已暮。騎出山。顧念勝遊。如在天上。歸而寢。不寐。明發。邑中士大夫讌集。作一日留。會姚公茂諸君南來。相約同遊栱谷。日昃出南城三十里。入槲林。林比黃華頗大。林行四五里入山。路比黃華頗夷。谷亦曠。樹木繁鉅。水聲比黃華差小。渡溪至寶巖寺。寺在竹間。舊有名剎。冠一方。遭亂。惟二浮圖在。大殿經閣址宛然新構。功未畢。其南厓號五松亭。亭亡。止餘一松。王子端記之。碑陰刻劉治中濤詩。濤亦聞人。東北石厓號戒猴洞。洞中浮屠石像及諸佛經刻在。石起高齊峯端。有檐甍隱隱。號金門寺云。有僧居。路險林深。游者罕到。會坐西軒。軒外竹成林。流泉琅琅。踰軒入竹。如簷溜聲不絕。東南山缺。瞰川原。雖峭密不及黃華。而宏邃有過之者。寺有浴室。放泉以燒。且入浴。神體爽。繼飯餘。讀張天覺聖鐙圖記及邊德舉寺碑文。頃之。復杖履西上。厓北轉。有大石方丈餘。雪瑩掌平。枕溪。號石席。上刻杜相公美所作銘云。溪石齒齒。溪水潺潺。鳴玉跳珠。水流石間。娟娟溪月。泠泠溪風。風吟松梢。月湛林中。欲醉而歌。既醉而卧。悠悠千古。浮雲之過。充。相人。辭清婉。字畫亦遒逸可愛。即共坐賦詩。起而前。山特變化出奇。林益深密。時時竚立從容。霜已降。樹林有改色者。於青翠中間見紅葉如春華。又清泉白石。舉步如圖畫。天風卒至。樹聲與泉聲雜。如笙竽環珮交鳴。又若琴瑟未終。鐘鼓迭起。日光下遠。林陰蘿影。玲瓏斑駁。龍蛇篆隸交。余數人者坐其間。談道論文。自謂雖此世搶攘。亦片日如仙耳。又三四里。路窮巖合。勢如黄華山。巖嶺飛瀑下流。亦如黄華水。山疑樓閣刻畫。削蠟截金。水則絡繹縈綿。千絲萬絡。乃共坐泉間容與。天晴月明。映玩逾佳。珠網玉旒。摇動半天外。晶瑩閃爍。姿態横生。濺雪跳冰。潭面蜂起。又相與賦詩道其事。巖下多大石。細流穿石罅作金鐵聲。舊有亭號知勝。王子端作記。今無餘迹。歸途題大石龕。晚出山。與公茂諸君別。第以不到天平爲恨。還宿林慮。雨。留三日。九月朔霽。還相臺。越重九之明日。東北行四十里。宿鄴鎮。鎮。古鄴地。有曹魏所建銅雀、金虎、冰井三臺故基。暮登臺置酒。西望太行。所謂黄華、栱谷。皆隱約可辨。漳水西來。如劍如練。絡北臺而東。蓋河朔勝處也。且其地南控大河。西連上黨。東扼齊魏。北角燕趙。實天下襟喉。此自古英雄如曹、袁、慕容、高氏所以多憑依。又見古城隱嶙。冢纍纍相望。傷時弔古。良用慨然。徙倚至曛。宿南臺道士舍。曉渡漳水。別玉峯南歸。後月餘。玉峯書來云。爾當爲予記之。乃援筆識其始末。祁居代北鄉中。名山已歷遊。嘗謂太行魁天下。山富奇麗。志欲一覽。然非偕鉅公偉人。不足稱山之雄。玉峯祁姑之夫也。高名大節。一世所推。乃今邂逅得從之遊。誠遂所願。方將偕此過蘇門。扣百巖。訪盤谷。登天壇。西遊河汾。觀砥柱。上中條。覽太華。入秦中。以迄天下形勝。已與公有成約。會當治行。嗟乎。世之人皆馳驅智力。以金帛車騎相夸豪。而吾儕獨玩心泉石。放浪於寂寞之境。要之各有樂。未可以爲彼是此非。至於後世。又不知其孰得失。況古之聖賢。莫不樂山樂水。若夫究地理。考土風。辨古今。識草木。皆不可謂無益於學。姑從所好。以畢餘生。或有笑其迂僻者。亦不得而辭也。乙卯○文中言游西山在甲辰秋八月。後月餘識其始末。而文末乃云乙卯春正月記。乙卯去甲辰十一年。與文中所記殊不合。然則乙卯當是乙巳之誤。春正月之望。謹記。游志續編〔歸潛志〕

歸潛堂記

劉祁

劉子。朔方人。生於雲中之渾源山水之間。髫齔從父祖仕宦大河之南。初知誦讀。偶屬爲童子學。少長習時文。爲科舉計。然亦時時閲古今詞章。竊讀史書。覽古今成敗治亂。慨然有功名心。未冠計偕。試開封禮部。中之。及庭而絀。於是始大發憤。以著述自力。頗爲先達諸公所知。又結交當世豪傑。未有不與以文字往還者。舊有田淮水之陽。春夏在陳視耕稼。秋冬必入汴避亂。且從諸公講學。已而先大夫下世。遂經紀家事。然讀書爲文亦未嘗少休。間四方交游來。把酒論文。談笑連日夕。或留之旬月不令去。時雖少年。未遂其進取心。而會友著書亦自樂無歉。豈知一旦時移事變。流離兵革中。生資蕩然。僮僕散盡。從行惟骨肉數口、舊書一囊。由銅壺過燕山。入武川。幾一載始得還鄉里。鄉帥高侯爲築室以居。所居蓋其故宅之北。四面皆見山。若南山西巖。吾祖舊游。東爲柏山。代北名刹。西則玉泉龍山。山西勝處。故朝嵐夕靄。千態萬狀。其雲烟吞吐。變化窗户間。門前流水數支。每静夜微風。有聲琅琅。使人神清不寐。劉子每居室中。焚香一炷。置筆硯楮墨几上。書數卷。偃息嘯歌。起望山光。卧味道腴。爲終日樂。雖敝衣惡食不知也。間嘗自念。幸生而爲儒。忝學聖人之道。其平昔所志。脩身治國平天下。窮理盡性至於命。進則以斯道濟當時。退則以斯道覺後世。今當壯歲。遭此大變。更賴先人之靈。得返鄉里。幸而有居以自容。將默卷静學以休息其心力。況世路方艱。未可爲進取謀。因牓其堂曰歸潛。且以張横渠東西二銘書諸壁。客有過而詰之曰。今吾子生當亂世。正英雄奮發之秋。大而可以分疆據土。奉王命爲諸侯。下而可以附雄藩巨鎮。馳騁才謀取富貴。或如終童請長纓。入越。羈其王致北闕下。以功名著。不然。當效蘇季子、司馬長卿以文詞談説干人主。六印駟馬耀鄉俗。吾子奚獨韜光晦迹。甘爲棄物於一時。使平日所學眇不見鋒鋩。亦鄙陋之甚也。劉子曰。噫。若亦不聞君子之道乎。蓋君子之道以時卷舒。得其時而不進爲固。失其時而强進爲狂。且先顧其内之所有何如。亦不在夫外也。吾平生苦學。豈將徒老焉。顧自鬻自求。賢者所恥。加之新罹蹇難。始欲自修。且將掃除吾先祖丘墓。果其後日爲時所用。亦安肯不致吾君、澤吾民。如或不然。雖終身潛可也。易曰。龍德而隱。遯世無悶。傳曰。君子若鳳。治則見。亂則隱。吾雖非聖賢。亦安敢不學乎。若非知吾之志者也。客既去。遂書於堂以記之。且歌曰。

南山漠漠兮。渾水洋洋。桂椒葱蔚兮。松柏青蒼。清泉涌其下兮。白日皦以如霜。兕豹跧伏兮。鸞鳳翩其來翔。世溷濁而不照兮。蹇羝騁夫先路。荆榛蓊以蒙達兮。野縱横其豺虎。矧余志之复迂兮。孑孓孓而疇伍。歸與歸與。其潛於南山之下。

又歌曰。

潛於農摯之侶兮。潛於漁望之徒兮。顧惟不肖。豈敢與俱兮。惟茲一堂。有琴有書兮。學其所不知。求進於聖途兮。潛乎潛乎。亦可以爲娱兮。嘻。渾源州志〔歸潛志〕

安濟院鐵牛和尚記

釋紹瞻

壯哉河間。地接秦甸。黄流洋洋。車馬憧憧。以濟以通。浮梁是賴。有唐開元十二年。始鑄鐵爲牛。其數有八。置河兩岸。以維巨絙。爲梁之綱。宋嘉祐八年秋。黄河水大漲。隄防弗禦。西岸之四皆沈於水。梁則隨壞。使濟者有舟楫之勞。真定府西禪院僧諱懷炳。素號智巧。都水使者薦之於朝。有旨令來蒲。取前沈水之牛。炳公乃輦石駕舟。自没於水。得牛所在。以長繩繫之。增石轉機。已出其三。邦人有輕浮者。流言謂其甚易。乃止其一。得牛而梁復成。以至於今。紹瞻自爲兒童。知蒲有鐵牛。近歲來遊。方得見之。考諸圖史。事跡若此。既入安濟院。正位中楹甃塔存焉。主僧全公曰。塔有我祖師炳公遺身。視之左脅累足而卧。宛然若生。又曰。師之事跡。圖史載之未備。我嘗聞諸耆舊云。當是役也。有善泅者十人佐助其役。師每書士字於十人之掌。則入深淵如步平地。視聽亦了然。工不告勞。卒至成辦。十人者皆被恩剃度爲師。後建是院。得錫今額。師亡塔葬。薦經兵亂。院塔廢絶。師暴露風日。歲久曾無一髮之損。事定。我新院塔。然塔尚無文字以紀。仁嘗游戲翰墨。請當之弗讓。紹瞻曰。惟世學道者當得其緒餘。炳公能取萬鈞頑鐵於洪波之下。其智力耶、通力耶。固不可以知也。豈所謂得其緒餘者哉。紹瞻不敏。姑以昔所聞、今所見。并全公所説。聊綴緝之以塞全公之請。亦備後世續史者之采摭云。蒲州志

嵩頂重修峻極禪院記

釋道琇

二曜當天。逐千波而肆影。一真澄湛。應萬彙以分形。悲則不隨涅槃。智則不隨月海。緣會也。嵐園示跡。緣散也。雙樹潛輝。隱之則三界暝朦。顯之則十分洞曉。興之則福田茂盛。建之則列刹交光。非小智之所爲。誠大雄而可爾。嵩高絶頂者。得中原之最勝也。可謂三峰插漢。五岳居中。端雲罩頂。偏招賢愚潛居。露瑣青松。時有高人隱道。法華巖畔。珪師開甘露之門。崪屼峯前。天后立聖神之銘。雲生西嶺。點破太虚。月照東山。曜開禪目。由是一毛孔内。千里仍覩。萬象頭中。百通一致。梵刹靈祠開列。二諦交參。仙宫紫府雲排。清虚一味。風聲谷響。談不二圓音。碧緑青黄。現色身三昧。勿謂五峯嚴麗。鷲嶺超奇。顧此嵩峯。斯爲上矣。峻極禪院者。古昔周晉之間所建也。時號天成。有僧安禪師。自金陵來。駐足名峯。潛神斯地。禪師四儀庠序。一志孤高。禪月輝輝。照破羣生暗願。心珠朗朗。明開向上機關。當知覺樹花開。乾坤洞曉。優曇蘂綻。遠邇聞香。未逾數祀。感文殊降跡。遂修殿一所。後至天福年中。乃蒙賜額峻極禪院。次第經久。頗有隳

壞。又至宋來。王貴妃自備俸錢。重修大殿。繼遭兵革。廢蕩罄無。迄至於今。荒殘甚矣。今有忠公禪師者。乃關中京兆人也。雲門後裔。五乳嫡孫。師自從幼歲。不濫俗流。一志空門。堅求出离。改元大定。落髮披緇。員鉢攜筇。恭參知識。禪林偏訪。處處投機。後至□海。因緣相會。可謂赫日當天。難藏瑩彩。明珠出海。詎掩光輝。時遇州主刺史。率衆官宰及諸僧。請住靈泉。師既事不獲已。不免依從。自此鉗鎚密用。與禪人拔鍥抽釘。法網鋪舒。於苦海撈龍打鳳。次後三住大刹。四衆依棲。自覺緣會緣離。古今常爾。遂將衣盂罄捨。獨步嵩峯。晦跡韜光。棲神數載。爲見聖基殘毁。歎而可傷。纔興一念之心。四遠檀那悉委。助工助錢。有若雲臻。供利供財。還同雨至。門徒來往。不憚崎嶇。衲子參求。曷辭險阻。未逾周歲。院宇重新。結制安居。家風似舊。莫不是孤峯頂上。胡餅重香。古刹頹基。寒灰再焰。將此大業。欲示未來。宜在刻石。可傳永久。囑予爲記。非敢固辭。不揆荒才。聊申歲月耳。嵩書

千佛寺修多寶佛塔記

釋普覺

莘縣清凉院賜紫衣沙門清慶。誓處一室。持經萬部。至皇統九年。課僅六萬軸。深慮殘年。懼難刻遂。疑思不已。於是歲十二月十二日午時讀法華。倏爾舍利從經湧出。光若勁筋。洞照射目。不覺哀傷。無由自勝。卽時請法師。就經寮所求懺教誡。自後益增詞辨。教經畢。將所誦經記卷數親手裁結。盡作幡幢。或大或小。或方或圓。如花木寶塔形像。施諸善者助作饒。蓋聞多寶佛塔興也。

齋手幡一十六首懸供塔下。特奉感應舍利葬五級上。夙興夜寐。祈應成功。覬一瞻一禮。歷揭石而福水無窮。若見若聞。等空界而慧燈無盡。或讚或毁。俱脱煩勞。有識有心。同圓種智。朝城縣志

重修福昌大殿記大定二十二年

釋嗣敏

夫王道正。外户不扃。德在股肱。佛道備。萬法總持。功歸大士。法無廢興。宏之由人。當土崩瓦解之際。修紺寶光之殿。誠謂難之又難。苟非内護闍棃。教門真子。其孰能與於此焉。河南洛川永寧縣官道北一里餘鳳翼山脚。有古寺一所。首基故唐上方香積院。高閣層樓。仰眺女几萬峯。俯視清流一水。松柏藹蔚。乃昔賢君子祈福燕游之處。更涉五代。存而不毁。亦有神人密佑。暨至有宋。僧衆廟廡。榮曜尤甚。五院星攢。良工門巧。獨一佛殿狹小。無人歸敬。又遭兵火。焚毁盡矣。有本寺竹林院主沙門諱福照。俗姓張。本縣人。天性貞質。好義多仁。順世和光。雖不學爲累。有行豐之節操。無宗美之權依。大器晚成。亦浮屠氏之出類者乎。尊殿未立。照公喟然歎曰。大雄三界法主。化身百億人師。大廈弗成。信奚歸向。豈免異人譏誚。顯釋子之中無志人也。遂發移山煮石之確誓。運起進修不退之堅心。捐生平積蓄之資金。化人之難取之喬木。搜尋郢匠。擇選班公。計日尅時。猶集蜂聚蟻。施功助役。人皆樂爲。爰自貞元元年内。下手治基。適遇寇盜撓攘。或散或聚。積留二十餘年。所費極多。厥工莫就。譬抱石泣玉。時之未也。賴我皇朝聖化。海内乂安。建刹度僧。重光佛日。照酬宿願。再啓丹誠。夜然海岸之香。遍禮十方諸佛。冀垂加護。

遠離魔障。罄力經營。至正隆六年。士庶慶來。役夫辭去。靡不稱奇頂禮。歎曰善哉。大殿已成。存亡有託。徘徊轉角。五間六椽。户牖門窗。悉皆周備。合規合矩。不華不野。□□○洛寧縣志無此二空格。琉璃覆蓋其上。與天同色。人間少有。後雖有作者。除國力外。誠無過此。斯則照公堅確。洞貫金石。心願攸感。得圓宿志。歲當丁亥。月律無射。潛溪比丘法潤持狀而來。委余作誌頌實。余年老朽。不能序事清潤。直書梗概。忝紀歲月云。大定二十二年十二月。奉親禪院嗣敏撰。永寧縣志

〔洛寧縣志〕

學仙記

丘處機

夫脩身之道。抑亦多門。未遇明師。率難洞曉。世傳功法者。或存神注想。搖筋擺髓。呼吸吐納。吞霞服氣。殊不知至道之極。昏昏默默。無門無旁。四達皇皇。若有所在。即有所不在。若無所在。即無所不在耳。復有論五行八卦。相生相尅。染鬢膏面。飲酒食肉。不知得道之士。面垢頭蓬。心灰形槁。内全性命。外逆人情。蓋經言真道養神。而僞道養形者也。又有鑪火門庭。以燒煉爲事。多講藥材。少論陰德。積年有費。没齒無成。不知了悟心地者。出神入夢。脱殼登仙。世皆有之。悉是虚空點化。非凡師所度。復有旁通技術。欲療飢寒。巧詐是生。欺慢是作。不知悟道者。黜聰明。絶聖智。返純朴。與萬物無私。乞化爲上耳。夫巧詐欺慢。即業根深重。業深不盡。道可冀耶。又有房中採戰之術。耗精亂神。敗德惑衆。名標鬼録。跡墮酆都。經言長生至慎房中

急。胡爲死作令神泣。世人恣情貪欲者。身雖未死而神已泣矣。中牟白沙鎮有趙三翁。人問養生之道。答曰。生爾處乃殺爾處。此乃至言也。經云人能常清靜。天地悉皆歸。蓋清靜則氣和。氣和則神王。神王則是修仙之本。本立而道生矣。此爲内功。亦假外行。仙道貴實。人情貴華。仙道人情。直相反耳。諸惡可戒。諸善可修。萬行周圓。一身清潔。終身無效。不生退怠。抱道而亡。不虧志節。大抵外修福行。内固精神。由外功深。則仙階可進。洞府可遊矣。古今成道者。皆福慧相須。慧爲燈火福爲油。燈火無油則不明。慧性無福則不王。故達士寧損其身。不損其福。世之人。雖天姿明敏。學海汪洋。若福行未加。則終不能探其道玄之妙。古今得道聖賢。道通爲一。福則有異。外功大者。仙位之高。外行卑者。階居其下。所以天上聖賢。惡行之未廣。則重下人間。以償疇昔。人間濁惡。難修而功疾。天上清高。易處而功緩。軒轅久居天上。因議大行落在人間。先世爲民。再世爲臣。三世爲君。濟物利生。功成乃仙去耳。至於冥府。亦類人間。寸地尺天。皆有所轄。凡爲主者。悉是在世有功之人。大定初年之間。隴州一宦族李原通。安貧樂道。一日自言爲吴山縣○吴山縣疑當作吴山鎮。按金史地理志無吴山縣。惟隴州汧陽縣有吴山鎮。土地。又解州平陸縣李德和。與衆結靈寶會。祭祀孤魂有善功。忽夜夢青衣自空而降。齎天書開示曰。授中條山土地。李公曰。一生好道。不得一下仙。而止授此職耶。仙童曰。三載秩滿。别升福地仙官耳。隴州海陽縣○海陽當是汧陽之誤。按金史地理志隴州有汧陽縣。無海陽縣。張三郎。死而復生爲吴山縣○縣疑作鎮。翟家男。稍能言郎説張家事。張郎求之暫還。既見家中老幼。辨之莫差。張埋錢一窖。曾無知者。直指其處。又言其宿世曾爲一雀。觸網而死。再世爲犬。齧豭。爲一婦刀斫死。三世爲羊。爲長子宰之祭神。四世爲翟家子。翟貧張富。翟嘗借九兩絲於張氏。既還而未勾其歷。張使重還。由此償宿債。又磁州道者李道明。旅寄沂水縣諸英村庵舍。當出家之始。落魄不羈。沈湎杯酒。忽夜夢人追往官府。庭列數具鐵枷。有孔無縫。前一人跪。鞫使叱吏枷之。左右乃搓首長細。僅入枷孔。復以手按圓大。枷不可脱。李拜跪哀訴無罪。鞫使言。汝既修行。尚爾縱欲耽飲乎。遂釋之。出門卽化爲鳶。飛翔於海。顧盼哀慼曰。胡爲乎化此類耶。天長海闊。力困而下。墮於水上。颯然驚悟。汗流遍體。然則人之爲異類。異類之爲人。或神有此明。而物有此化。故非偶然而然也。蓋行業之善惡所致耳。此乃目擊之事也。經言人身難得。中土難生。假使得生。正法難遇。既爲人而生中國。又逢正法。尚千萬人中無一二皈依向慕者。況蠻夷外國。道化不行者乎。羣仙要語

奉敕祭唐忠武王渾瑊記

偶齊王　蔚

唐將咸寧郡渾王。在德宗朝。爲時名臣。履折衝之任。禦侮定亂。休功偉蹟。著在信史。貞元中。繇樓煩郡王徙封咸寧。追謚忠武。後世興建祠宇。血食兹土。從本封也。丹陽之民。蒙賴德澤。凡有祈禱。應若影響。阜昌乙卯歲。自春徂夏。久旱不雨。民心皇皇。郡刺史躬率吏民。敬謁祠下。屢獲嘉應。前此以守臣有請。雖錫真封。然止因舊謚。未足以稱褒崇之意。仍以封號犯徽祖廟諱。抗章有請。乞别加美號。以答神休。九月辛卯。天子遣使者頒尺一詔書。賫御香祝版。太常定儀

式。以祀社稷禮。遣守臣武節大夫閤門宣贊舍人權知丹州軍事兼管内安撫司公事兼勸農事劉議敕祭祠下。是日也。秋高氣爽。祥烟瑞靄。飛浮棟宇。巖谷生光。士民歡騰。神人交慶。咸以謂自貞元迄今。寥寥數百年。神之功烈被民。垂光後世。薦被褒嘉。實一時之盛事。而聖天子不以疎遠爲閒。嘉良吏二千石愛民之意。特垂聽納。如與輔相近臣。都俞於一堂之上。以成康濟之功。盛美流輝。士庶歆羡。莫不歎服而仰慕。豈不韙歟。阜昌七年正月初四日。奉議郎權丹州軍事推官臣王蔚謹記。金石萃編〔宜川縣志〕

饒益寺藏春塢記〔天會十一年〕

僞齊趙　忭

左馮之東南。踰三十里。縣曰朝邑。由縣之直南。林木蓊鬱。小徑縈紆。約十里。有鎮曰新市。鎮有寺曰饒益。乃陜右之名藍也。路當秦晉要衝。枕山河之形勢。自唐宋以來。名臣賢士經由往返。莫不稅駕投憩於此。或題名於壁。或留詩於碑。不可勝數。前後寺僧。慮歲漫滅。悉勒之於石。寺遭兵火。焚毁殆盡。如前人石刻。往往埋没於頽垣遺基之下。忭承乏命領鎮事至此。恨不及見饒益全盛之時。實爲不足。每暇日。命僮僕事銛築。搜抉於荆榛瓦礫之間。雖獲名公大臣之行記詩刻。例皆斷折訛缺。讀之令人悲惋。即其稍完者。萃而置之於藏春塢壁。冀後之游觀者。興葺之不替。然周覽環視。必思其人焉。時阜昌癸丑九月初一日。東萊新市監趙忭謹記。朝邑縣志

金文最卷三十六

序

北嶽詩序

王易

方岳祀事。肇見有虞氏之典。加隆於周官之書。而盡美於本朝。其位號盡爵秩。儀物盡度數。佩服章采。晬穆嚴肅。以盡其容。廟居體橅。倣於宮城。以盡壯麗。所屬長守。夙興朝服。奉甲令日謁於庭。稽首興頫。罔敢弗虔。以盡厥職。歲時祝册又自中出。皆天子署名於上。畀郡守奉策節事。而水旱禱禳又躬遣近侍。拜而受祝。既盡所以禮神祇之道。而廟有圮缺。得貿幣獻以營理之。務崇弗庳。以符詔旨。有事上帝。肆眚下國。皆飭郡守加飾祠宮。而又嶽在稱首。嗚呼。殆可謂盡美無以復加矣。方春始和。庶民來祀。所田答蠁。巫覡牲牽。相望於道。羣千聚百。跨越千里。不約而會於祠下者。日以億計。蠲潔齋敬。務極誠悃。牲腯酎醇。務極豐好。富人巨室。則極難得之貨。幻技瑰詭。又極平生之術。冕章絺履。名馬金玉。奇禽異獸。又極耳目之玩。而詞殆不能記也。簫鼓隱春雷之聲。旗談擬浙江之濤。牲牢多於燕郡之牝。薌燎鬱於岱山之雲。馨膻雜觸。肩迹相軋。

譁囂紛錯。師曠失其聰。離婁失其明。摠率失其費。巧曆失其智。而十三歸於有司。受藏廟中。又以其半輪爲燕饗之用。嗚呼。可謂甚盛無以復加矣。是宜神君邃嚴。庭壇爽塏。以稱盛美之盡。恭惟安天玄聖帝。祠曲陽。隸定武。相望一驛。不當孔道。凡詔使連帥。將命間一來。禮成輒去。不一一問其弊。邑令謹庶職不遑。凡目舉制度。故祠宮略備而不大稱帝者之居。殿之南榮。褊迫不可周旋。每牲祭盛時。人相蹙壓。體薦登藉。距坐纔咫尺爾。臭腥酷烈。潔人掩鼻。況煌煌仙聖。與天爲徒。肯復顧享。帝意所藐。山川百靈。罔敢錫祐。故嘆滂迭興。公私告病。蓋有官守者如前。而在下者繼牲命終。則飲福受胙以歸。□□暮閏無復廣斥意。紹聖丁丑歲。臣君壽令曲陽。琢頑輮枉。百廢維新。睠茲南嚮。弗崇弗嚴。弗稱明天子敬神恤民之意。亦失余爲令之職。乃度址庀具。以侈欄楣。增衡袤丈有奇。縱高倍若干殿。兩翼備極華明。石楹鏤蛟。金甲玉爪。蜿蜒攫拏。鬒鬣欲奮。櫨槐橑桷。窮輪奐之美。丹雘之施焉。是役也。幽以妥神靈。明以壯觀瞻。上以體天子崇奉之意。下以便愚民祈禱之私。工成。執事者來請曰。願得數言泐石。以垂永久。予因爲之詩。而復總其事而序之。謹從欽定古今圖書集成恭録〔山川典恒山部〕

注解傷寒論序〔皇統四年〕

嚴器之

夫前聖有作。後必有繼而述之者。則其教乃得著於世矣。醫之道。源自炎黃。以至神之妙。始興經方。繼而伊尹以元聖之才。撰成湯液。俾黎庶之疾疢。咸遂蠲除。使萬代之生靈普蒙拯濟。後漢張仲景又廣湯液爲傷寒雜病論十數卷。然後醫方大備。茲先聖後聖。若合符節。至晉太醫令王叔和。以仲景之書。撰次成敍。得爲完帙。昔人以仲景方一部。爲衆方之祖。蓋能繼述先聖之所作。迄今千有餘年不墜於地者。又得王氏闡明之力也。傷寒論十卷。其言精而奧。其法簡而詳。非寡聞淺見所能賾究。後雖有學者。又各自名家。未見發明。僕忝醫業。自幼徂老。耽味仲景之書五十餘年矣。雖粗得其門而近升乎堂。然未入於室。常爲之歉然。昨者邂逅聊攝成公。議論該博。術業精通。而又有家學。注成傷寒論十卷。出以示僕。其三百九十七法之內。分析異同。彰明隱奧。調陳脈理。區別陰陽。使表裏以昭然。俾汗下而灼見。百一十二方之後。通明名號之由。彰顯藥性之主。十劑輕重之攸分。七精制用之斯見。別氣味之所宜。明補瀉之所適。又皆引內經。旁牽衆說。方法之辨。莫不允當。實前賢所未言。後學所未識。是得仲景之深意者也。昔所謂歉然者。今悉達其奧矣。親覩其書。誠難默默。不揆荒蕪。聊序其略。時皇統甲子歲中秋日。洛陽嚴器之序。影金鈔成無己注解傷寒論

傷寒明理論序〔皇統二年〕

嚴器之

余嘗思歷代明醫。迴骸起死。祛邪愈疾。非曰生而知之。必也祖述前聖之經。才高識妙。探微索隱。研究義理。得其旨趣。故無施而不可。且百病之急。無急於傷寒。或死或愈。止於六七日之間、十日以上。故漢張長沙感往昔之淪喪。傷橫夭之莫救。撰爲傷寒論一十卷。三百九十七法。一百一

十三方。爲醫門之規繩。治病之宗本。然自漢逮今千有餘年。惟王叔和得其旨趣。後人皆不得其門而入。是以其間少於註釋。闕於講義。自宋以來。名醫間有著述者。如龐安常作雜病論。朱肱作活人書。韓祗和作微旨。王實作證治。雖皆互有闡明之義。然而未能盡張長沙之深意。聊攝成公。家世儒醫。性識明敏。記問該博。譔述傷寒義。皆前人未經道者。指在定體分形析證。若同而異者明之。似是而非者辨之。釋戰慄有内外之診。論煩躁有陰陽之别。讝語鄭聲。令虚實之灼知。四逆與厥。使淺深之類明。始於發熱。終於勞復。凡五十篇。目之曰明理論。所謂真得長沙公之旨趣也。使習醫之流。讀其論而知其理。識其症而别其病。胷次了然而無惑。顧不博哉。余家醫業五十載。究旨窮經。自幼迄老。凡古今醫書。無不涉獵。觀此書義理燦然。不能默默。因序其略。歲在壬戌八月望日。錦幈山嚴器之序。傷寒明理論

注解仲景傷寒論序〔大定十二年〕

魏公衡

張仲景所著傷寒論。聊攝成無已爲之注解。言意簡詣。援引有據。直本仲景之旨。多所發明。非醫家餘書傳釋比。未及刊行。而成君不幸去世。此書間闕流離。積有歲年。竟自致於退翁先生。若成君之靈。婉轉授手。然退翁既愛重其書。且憤舊注之淺陋蕪駁也。遽欲大傳於世。顧其力有所不贍。又不忍付非其人。苟以利爲也。每用歎悒。事與願違。俯仰逾紀。近因感念。慨然謂所知曰。吾年逾從心。後期難必。誠恐一旦不諱。因循失墜。使成公之志湮没不伸。吾亦抱恨泉壤矣。遂斷

意力爲之。經營購募。有所不避。歲律迄周。功始克究。噫。是書之成也。成君得所附託。退翁私願獲畢。相與不朽矣。此其所以屬子爲序歟。不然。則退翁清節素著。其筆耕餘地足樂終身。豈以遲暮之年。遑遑然爲庶人計哉。退翁。道號也。姓王。名鼎。字大來。詩筆之妙。莫不推仰。至於內行過人。世未必盡知也。大定壬辰重陽日。承議郎行澠池令魏公衡序。影金鈔成無己注解傷寒論

注解傷寒論序（大定十二年）　王緯

古有言曰。百病之急。無急於傷寒。傷寒之書。莫出於仲景。蓋仲景之書。意深理奥。非夫明經絡。曉運氣。達藥性於運氣之用者。則莫得而擬議也。如晉之王叔和。止銓次而已。唐之孫思邈。亦間或引用。而必欲尋其發明之意。皆不可得矣。又如宋謝復古之注。則疑信未明。朱奉議之集。則簡略不備。今者聊攝成無己先生注解。內則明人之經絡。外則合天之運氣。中間說藥之性味。深造運氣之用。錯而綜之以釋其經。由是仲景之意較然大著。噫。若先生早生於世。豈特使向之注集者閣筆。抑亦使病者不致橫夭。百數年間。可勝紀哉。今此書既已鏤版。好事君子宜探其命工刊行之本意焉。無忽爲幸。大定壬辰九月望日。武安布衣王緯序。影金鈔成無己注解傷寒論

注解傷寒論序（大定十二年）　王鼎

此書乃前宋國醫成公無己注解。四十餘年方成。所謂萬全之書也。後爲權貴挈居臨潢。時已九十餘

歲矣。僕曩緣訪尋舍弟親到臨潢。寄迹鮑子口大夫書房百有餘日。目擊公治病百無一失。僕嘗求此書。公云。未經進。不能傳。既歸又十七年。一鄉人自臨潢遇恩放還。首遺此書。不覺驚歎。復自念平日守一小學。於世無毫髮補。欲力自刊行。竟不能就。今則年逾從心。晚景無多。兼公别有明理論一編。十五年前。已爲邢臺好事者鏤版流傳於世。獨此書沈墮未出。僕是以日夜如負芒刺。食息不遑。遂於辛卯冬出謁故人以干所費。一出而就。何其幸也。或曰。非子之幸。世之幸也。醫者得以爲矜式。好事君子得之。亦可與醫家商略。使病人不伏枕而愈。乃此書駕説難素之功也。於書豈小補哉。大定壬辰下元日。冥飛退翁王鼎後序。影金鈔成無己注解傷寒論

附廣肘後方序（皇統四年）

楊用道

昔伊尹著湯液之論。周公設醫師之屬。皆所以拯救民疾。俾得以全生而盡年也。然則古之賢臣。愛其君以及其民者。蓋非特生者遂之而已。人有疾病。坐視其危苦而無以救藥之。亦其心有所不忍也。仰惟國家受天成命。統一四海。主上以仁覆天下。輕税損役。約法省刑。蠲積負。柔遠服。專務以德養民。故人臣奉承於下。亦莫不以體國愛民爲心。惟政府内外宗公協同輔翼。以共固天保無彊之業。其心則又甚焉。於斯時也。蓋民罹兵火。獲見太平。邊境寧而盜賊息矣。則人無死於鋒鏑之慮。刑罰清而狴犴空矣。則人無死於桎梏之憂。年穀豐而畜積富矣。則人無死於溝壑之患。其所可虞者。獨民之有疾病夭傷而已。思亦有以救之。其不在於方書矣乎。然方之行於世者多矣。大編

廣集、奇藥羣品。自名醫貴胄或不能以兼通而卒具。況可以施於民庶哉。於是行省乃得乾統間所刊肘後方善本。郎葛洪所謂皆單行徑易。約而已驗。籬陌之間。顧盼皆藥。家有此方。可不用醫者也。其書經陶隱居增修而益完矣。既又得唐慎微證類本草。其所附方皆治見精取。切於救治。而卷帙尤爲繁重。且方隨藥著。檢用卒難。乃復摘録其方。分以類例。而附於肘後隨證之下。目之曰附廣肘後方。下監俾更加讎次。且爲之序而刊行之。方雖簡要。而該病則衆。藥多易求。而論效則遠。將使家自能醫。人無夭横。以溥濟斯民於仁壽之域。以上廣國家博施愛物之德。其爲利豈小補哉。皇統四年十月戊子。儒林郎汴京國子監博士楊用道序。肘後備急方

流注指微鍼賦序

閻明廣

竊以幼習醫業。好讀難素。辨理精微。妙門隱奥。古今所難而不易也。是以鍼刺之理。尤爲難解。是以博而寡效。勞而少功。窮而通之。積有萬端之廣。近世指病真刺。不務法者多矣。近有南唐何公。務法上古。撰指微論三卷。探經絡之原。賾鍼刺之理。明榮衞之清濁。别孔穴之部分。然未廣傳於世。又近於貞元癸酉年間。收何公所作指微鍼賦一道。敍其首云。皆按指微論中之妙理。先賢秘隱之樞機。復增多事。凡一百餘門。悉便於討閲者也。非得難素不傳之妙。孰能至此哉。廣不度荒拙。隨其意韻。輒伸短説。採摭羣經。爲之注解。廣今復採難素遺文。賈氏井縈六十首法。布經絡往還。附鍼刺孔穴部分。欽括圖形。集成一義。名之曰流注經絡井榮圖歌訣。續於賦後。非顯不肖

之狂述。故明何氏之用心致念於人也。自懣未備其善。更俟明者。仍貇續焉。常山閻明廣序。鍼灸四書

流注經絡井榮圖序

閻明廣

夫流注者。爲刺法之深源。作鍼術之大要。是故流者行也。注者住也。蓋流者。要知經脈之行流也。注者。謂十二經脈各至本時。皆有虛實邪正之氣注於所括之穴也。夫得時謂之開。失時謂之闔。夫開者鍼之必除其病。闔者刺之難愈其疾。可不明玆二者。況於經氣內干五藏。外應支節。鍼刺之道。經脈爲始。若識經脈。則知行氣部分、脈之短長、血氣多少、行之逆順。祛逐有過、補虛瀉實。則萬舉萬痊。若夫經脈之源而不知。邪氣所在而不辨。往往病在陽明。反攻少陰。疾在厥陰。卻和太陽。遂致賊邪未除。本氣受弊。以此推之。經脈之理不可不通也。昔聖人深慮此者。恐後人勞而少功也。廣因閒暇之際。爰取前經。以彼舊典。緣(何)〔柯〕摘葉。採摭精華。以明流注之幽微。庶免討尋之倦怠。不揣荒拙。列圖於後。凡我同聲之者。見其違闕。改而正之。不亦宜乎。鍼灸四書

傷寒類證序〔大定三年〕

宋雲公

竊聞天地師道以覆載。聖人立醫以濟物。道德醫藥。皆源於一。醫不通道。無以知造物之機。道不通醫。無以盡養生之理。然欲學此道者。必先立其志。志立則格物。物格則學專。學雖專也。必得

師匠。則可入其門矣。更能敏惠愛物。公正無私。方合其道。夫掌命之職。其大矣哉。且聖智玄遠。自有樞要。强欲穿鑿。徒勞皓首。僕於常山醫流張道人處。密受通玄類證。乃仲景之鈐法也。彼得之異人。而世未有本。切念仲景之書隱奧難見。雖有上士。所見博達。奈以一心日應衆病。萬一差誤。豈不憂哉。今則此書。總其微言。宗爲直說。使難見之文明於掌上。故曰舉一綱而萬目張。標一言而衆理顯。若得是書以補廢志。其濟於人也不亦深乎。故命工開版。庶傳永久。時大定癸未九月望日。河内宋雲公述。傷寒類證

保命集序（大定二十六年）

劉完素

夫醫道者。以濟世爲良。以愈疾爲善。蓋濟世者。憑乎術。愈疾者。仗乎法。故法之與術。悉出内經之玄機。此經固不可力而求智而得也。況軒岐問答。理非造次。奥藏金丹寶典。深隱生死玄文。爲修行之徑路。作達道之天梯。得其理者。用如神聖。失其理者。似隔水山。其法玄妙。其功深固。非小智所能窺測也。若不訪求師範。而自生穿鑿者。徒勞皓首耳。余二十有五。志在内經。日夜不輟。殆至六旬。得遇天人。授飲美酒。若橡斗許。面赤若醉。一醒之後。目至心靈。大有開悟。衍其功療。左右逢原。百發百中。今見世醫多賴祖名。倚約舊方。恥問不學。特無更新之法。縱聞善說。反怒爲非。嗚呼。患者遇此之徒。十誤八九。豈念人命死而不復者哉。仁者鑒之。可不痛歟。以此觀之。是未知陰陽變化之道。況木極似金。金極似火。火極似土。土極似木。故經曰。亢

則害。承迺制。謂已亢極。反似勝己之化。俗流未知。故認似作是。以陽爲陰。失其本意。經所謂誅罰無過。命曰大惑。醫徒執迷。反肆傍識。縱用獲效。終無了然之語。其道難與語哉。僕見如斯。首述玄機。刊行於世者。已有宣明等三書。革庸醫之鄙陋。正俗論之舛訛。宣揚古聖之法則。普救後人之生命。今將余三十年間。信如心手、親用若神。遠取諸物、近取諸身。比物立象。直明真理治法方論。裁成三卷三十二論。目之曰素問病機氣宜保命集。此集非崖略之說。蓋得軒岐要妙之旨。故用之可以濟人命。捨之無以活人生。得乎心髓。秘之篋笥。不敢輕以示人。非絶仁人之心。蓋聖人之法。不遇當人。未易授爾。後之明者。當自傳焉。時大定丙午閏七月中元日。河間劉完素守真述。保命集

素問玄機原病式序

劉完素

夫醫教者。源自伏羲。流於神農。注於黄帝。行於萬世。合於無窮。本乎大道。法乎自然之理。孔安國序書曰。伏羲神農黄帝之書。謂之三墳。言大道也。少昊顓頊高辛唐虞之書。謂之五典。言常道也。蓋五典者。三墳之末也。非無大道。但專明治世之道。三墳者。五典之本也。非無常道。但以大道爲體。常道爲用。天下之能事畢矣。然而玄機奥妙。聖意幽微。浩浩乎不可測。使之習者。雖賢智明哲之士。亦非輕易可得而悟矣。洎乎周代。老氏以精大道。專爲道教。孔子以精常道。專爲儒教。由是儒道二門之教著矣。歸其祖。則三墳之教一焉。儒道二教之書。比之三墳之經。則言

象義理。昭然可據。而各得其一意也。故諸子百家。多爲著述所宗之者。庶博知焉。嗚呼。余之醫家。自黄帝之後。二千五百有餘年。漢末之魏。有南陽太守張機仲景。恤於生民多被傷寒之疾。損害横夭。因而輒考古經。以述傷寒雜病方論一十六卷。使後之學者有可依據。然雖所論未備諸病。仍爲道要。若能以意推之。則思過半矣。且所述者衆。所習者多。故自仲景至今。甫僅千歲。凡著述醫書過往古者八九倍矣。夫三墳之書者。大聖人之教也。法象天地。理合自然。本乎大道。仲景者。亞聖也。雖仲景之書。未備聖人之教。亦幾於聖人。文亦玄奥。以致今之學者尚爲難焉。故今人所習。皆近代方論而已。但究其末而不求其本。况仲景之書。復經晋太醫王叔和撰次遺方。唐開寶中節度使高繼冲編集進上。雖二公操心用智。自出心意。廣其法術。雜於舊説。亦有可取。其間或失仲景本義。未符古聖之經。愈令後人學之難也。况仲景之世。四升乃唐宋之一升。四兩爲之一兩。向者人能勝毒。及多㕮咀湯劑。有異今時之法。故今人未知其然。而妄謂時世之異。以爲無用而多不習焉。唯近世朱奉議多得其意。遂以本仲景之論。而兼諸書之説。編集作活人書二十卷。其門多。其方衆。其言直。其類辨。使後學者易爲尋檢施行。故今之用者多矣。然而其間亦有未合聖人之意者。往往但相肖而已。由未知陰陽變化之道。所謂木極似金、金極似火、火極似水、水極似土、土極似木者也。故經曰。亢則害。承迺制。謂已亢過極。則反似勝己之化也。俗未之知。認似作是。以陽爲陰。失其意也。嗟夫。醫之妙用。尚在三墳。觀夫後所著述者。必欲利於後人。非但矜衒而已。皆仁人之心也。非不肖者所敢當。其間互有得失者。由乎言本求其象。象本求其意。意必合其道。故非聖人而道未全者。或盡其善也鮮矣。豈欲自涉非道而亂聖經以惑人志哉。自古如祖聖伏羲畫卦。非聖人孰能明其意。二萬餘年至周文王。方始立象演卦。而周公述爻。後五百餘年。孔子以作十翼而易書方完。然後易爲推究。所習者衆而注說者多。其間或所見不同而互有得失者。未及於聖。竊窺道教故也。易教體乎五行八卦。儒教存乎三綱五常。醫家要乎五運六氣。其門三。其道一。故相須以用而無相失。蓋本教一而已矣。若忘其根本。而求其華實之茂者。未之有也。故經曰。夫五運陰陽者。天地之道也。萬物之綱紀。變化之父母。生殺之本始。神明之府也。可不通乎。仙經曰。大道不可以籌算。道不在數故也。可以籌算者。天地之數也。若得天地之數。則大道在其中矣。經曰。天地之至數。始於一而終於九。數之可十。推之可百。數之可千。推之可萬。萬之不可勝數。然其要一也。又云。知其要者。一言而終。不知其要。流散無窮。又云。至數之機。迫迮而微。其來可見。其往可追。敬之者昌。慢之者亡。無道行私。必得天殃。又云。治不法天之紀、地之理。則災害至矣。又云。不知年之所加。氣之興衰。虛實之所起。不可以爲工矣。由是觀之。則不知運氣而求醫。無失者鮮矣。今詳內經素問。雖已校正改誤音釋。往往尚有失古聖之意者。愚俗聞之。未必不曰爾何人也。敢言古昔聖賢之非。嗟夫。聖人之所爲。自然合於規矩。無不中其理者也。雖有賢哲。而不得自然之理。亦豈能盡善而無失乎。況經秦火之殘文。世本稀少。故自仲景之後。有缺第七一卷。天下至今。無復得其本。然雖存者布行於世。後之傳寫鏤板。重重差誤。不可勝舉。以其玄奥而俗莫能明。故雖舛訛而孰知之。故近代敕勒孫奇、高保衡、林億等校正。

孫兆改誤。其序有言曰。正謬誤者六千餘字。增注義者二千餘條。若專執舊本。以謂往古聖賢之書而不可改易者。信則信矣。終未免泥於一隅。及夫唐王冰次註序云。世本紕繆。篇目重疊。前後不備。文義懸隔。施行不易。披會亦難。歲月既淹。習以成弊。或一篇重出而別立一名。或兩論併合而都爲一目。或問答未已而別樹篇題。或脫簡不書而云世缺。重合經而冠鍼服。併方宜而爲欬篇。隔虛實而爲逆從。合經絡而爲要論。節皮部而爲經絡。退至道以先針。如此之流。不可勝數。又曰。其中簡脫文斷、義不相接者。搜求經論。有所遷移以補其處。篇目墜缺。指事不明者。詳其意趣。加字以昭其義。篇論吞併。義不相涉。缺漏名目者。區分事類。別目以冠篇首。君臣請問。義理乖戾者。考校尊卑。增益以光其意。錯簡碎文。前後重疊者。詳其旨趣。删去繁雜以存其要。辭理秘密。難粗論述者。別撰玄珠以陳其道。凡所加字。皆朱書其文。使今古必分。字不雜糅。然則。豈但僕之言哉。設若後人或恕王冰、林億之輩。言舊有訛謬者。弗去其註而惟攻其經。則未必易知而過其意也。然而王冰之註。善則善矣。以其仁人之心。而未備聖賢之意。故其註或有失者也。由是校正改誤者。往往證當王冰之所失。其間不見其失而不以改證者。不爲少矣。雖稱校正改誤。而或自失者亦多矣。嗚呼。不惟註未盡善。而王冰遷移加減之經。亦有臆說而不合古聖之意者也。雖言凡所加字。皆朱書其文。既傳於後。卽世文皆爲墨字也。凡所改易之間。或不中其理者。使智哲以理推之。終莫得其真意。豈知未達真理。而不識其僞所致也。近世所傳之書。若此說者多矣。然而非其正理而求其真意者。未之有也。但略相肖而已。雖今之經與註。皆有舛訛。比之舊者。則亦易爲學矣。若非全元起本及王冰次註。則林億之輩未必知若是焉。後之知者。多因之也。今非先賢之說者。僕且無能知之。蓋因諸舊說而方入其門。躭翫既久而粗見得失。然諸舊失而今有得者。非謂僕之明也。因諸舊說之所得者。以意類推而得其真理。自見其僞。亦皆古先聖賢之道也。僕豈生而知之者哉。夫别醫之得失者。但以類推運氣造化之理而明可知矣。觀夫世傳運氣之書多矣。蓋舉大綱。乃學之門户。皆歌頌鈐圖而已。終未備其體用。及互有得失而惑人志者也。况非其人百未得於經之一二。而妄撰運氣之書傳於世者。是以矜己惑人而莫能彰驗。致使學人不知其美。俾聖經妙典日遠日疎。而習之者鮮矣。悲夫。世俗或以謂運氣無徵而爲惑人之妄說者。或但言運氣爲大道玄機。若非生而知之。則莫能學之者。由是學者寡而知者鮮。設有攻其本經。而復有註說雕寫之誤也。况乎造化玄奥之理。未有比物立象以詳説者也。僕雖不敏。以其志慕兹道。而究之以久。略得其意。惜乎天下尚有未若僕之知者。據乎所見而輒伸短識。本乎三墳之聖經。兼以衆賢之妙論。編集運氣要妙之説十萬餘言。九篇三卷。勒成一部。命曰内經運氣要旨論。備見聖賢經之用矣。然妙則妙矣。以其妙道。乃爲對病臨時處方之法。猶恐後學未精貫者。或難施用。復宗仲景之書。率參聖賢之説。推夫運氣造化自然之理。以集傷寒雜病脈證方論之文。一部、三卷。十萬餘言。目曰醫方精要宣明論。凡有世説之誤者。詳以此證明之。庶令學者真僞自分。而易爲得用。且運氣者。得於道同。蓋明大道之一也。觀夫醫者。唯以别陰陽虚實。最爲樞要。識病之法。以其病氣歸於五運六氣之化。明可見矣。謹率經之所言二百餘字。兼以語辭二百七十七言。緒歸五運六氣而已。大凡明病陰陽虛實。無越此法。雖已並載前之二帙。復慮世俗多出妄説。有違古聖之意。今特舉二百七十七字獨爲一本。名曰素問玄機原病式。遂以比物立象。詳論天地運氣造化自然之理。註二萬餘言。仍以改證世俗謬説。雖不備舉其誤。其意足可明矣。雖未備論諸疾。以此推之。則識病六氣陰陽虛實。幾於備矣。蓋求運氣言象之意。而得其自然神妙之情理。易曰。書不盡言。言不盡意。然則聖人之意。其不可見乎。子曰。聖人立象以盡意。設卦以盡情僞。繫辭焉以盡其言。變而通之以盡利。鼓之舞之以盡神。老子曰。不出户。見天下。不窺牖。見天道。其出彌遠。其知彌少。蓋由規矩而取方員也。夫運氣之道者。猶諸此也。嗟夫。僕勉述其文者。非但欲以美於己而非於人、矜於名而苟於利也。但貴學者易爲曉悟而行無枉錯耳。如通舉内經運氣要旨論及醫方精要宣明論者。欲令習者求其備也。其間或未臻其理者。幸冀將來君子以改正焉。但欲同以宣揚古聖之妙道。而普救後人之生命爾。素問玄機原病式

素問要旨論序

劉完素

天地之道。生一氣而判清濁。清者輕而上升爲天。濁者重而下降爲地。天爲陽。地爲陰。乃爲二儀。陰陽之氣各分三品。多寡不同。故有三陰三陽之六氣。然天非純陽。而亦有三陰。地非純陰。而亦有三陽。故天地以各有三陰三陽。總之以十二矣。然天之陰陽者。寒暑燥濕風火也。地之陰陽者。木火土金水火也。金火不同其運。是故五行彰矣。然天地氣運升降。不以陰陽相感化生萬物

矣。其在天則氣結成象。以爲日月星辰也。在地則氣化爲形。以生人爲萬物也。然人爲萬物之靈也。非天垂象而莫能測矣。其我機理歸自然也。其非聖意而宣悟玄元之理。故有祖聖伏羲。占天望氣及視龍馬靈龜。察其形象而密解玄機。無不符其天理。乃以始爲文字畫卦。造六甲曆紀。命曰太始天元册文。垂示之於後人也。以謂神農昭明其道。乃始令人食穀。以嘗百藥而制本草矣。然後黄帝命其岐伯及鬼區臾。以發明太古靈文。宣陳造化之理。論其疾苦以著内經焉。凡此三皇三經。命曰三墳。通爲教之本始。爲萬法宗源。誠爲天之候也。若論愈病疾濟苦。保命防危。非斯聖典。則安得致之矣。然經之所論。玄機奥妙。旨趣幽深。習者卒無所悟。而悟得其意者鮮矣。完素愚誠。輒考聖經。撮其樞要。積而歲久。集就斯文。以分三卷。敍爲九篇。勒成一部。乃號内經運氣要旨論。爾乃以設圖彰奥。綺貫紀倜。襲句注辭而敷其言。意或可類推者。以例旁通。例成而陳精粹之文。詁訓難明者。□□□□□兼義釋字音。以附之於後。雖言辭鄙陋。所乘從俗。而庶覽者曷。爲悟古聖之妙道矣。河間劉守真謹序。素問要旨論

傷寒直格序

失名

習醫要用直格。迺河間高尚先生劉守真所述也。守真深明素問造化陰陽之理。比嘗語予曰。傷寒謂之大病者。死生在六七日之間。經曰。人之傷於寒也。則爲病熱。古今亦通謂之傷寒熱病。前三日。太陽陽明少陽受之。熱壯於表。汗之則愈。後三日。太陰少陰厥陰受之熱傳於裏。下之則痊。

六經傳受。自淺至深。皆是熱證。非有陰寒之病。古聖訓陰陽爲表裏。惟仲景深得其旨。厥後朱肱奉議作活人書。尚失仲景本意。將陰陽字釋作寒熱。此差之毫釐。失之千里。而中間誤罹横夭者蓋不少焉。不可不知也。予語守真曰。先生之論如此。何不闢此説以暴耀當世。以革醫流之弊。反忍而無言。何耶。守真曰。世之所集各異。人情喜温而惡寒。恐論者不詳。反生疑謗。又曰。欲編書十卷。尚未能就。故弗克耳。今太原書坊劉生鋟梓以廣其傳。深有益於世。如宵行冥冥。迷不知徑。忽遇明鐙巨火。正路昭然。若有執迷而不知信行者。固不足言。而聰明博雅君子。能於此者原始反終。研精覃思。則其所得又何待予之喋喋也。傷寒直格

金文最卷三十七

序

素問玄機原病式序〔大定二十二年〕

程道濟

夫梓人之巧。不能逃繩墨之式。冶者之工。不能出規模之制。故繩墨規模者。天下之通用。古今之不易。本聖人所制作者也。且醫道幽微。玄之又玄。典人性命。非聖人孰能與於此。原自伏羲得河圖之象。始畫八卦。引而伸之。觸類而長之。天下之能事畢矣。因而重之爲六十四卦。則天地三才之道萬物之象備焉。故軒轅得之。謂人壽命。本道統天下陰陽造化而生。其壽夭修短莫不有數。能持而守之者。得盡終其數。不能持守。恣情縱欲憂患所傷。以致夭亡者。不爲少矣。故與天師岐伯參酌天地三陰三陽六氣行運一歲十二月之間。分布在人爲手足三陰三陽十二經左右之要會。作八十一篇。垂爲世範。名曰內經素問。至今用之。而爲醫家繩墨規模者也。故知其要者。一言而終。不知其要者。流散無窮。蓋知要之人鮮矣。粵自守真先生者。本河間人也。姓劉。名完素。字守真。夙有聰慧。自幼年耽嗜醫書。千經百論。往往過目無所取。皆謂非至道造化之書。因披翫素問一經。

朝勤夕思。手不釋卷。三五年間。廢寢忘食。參詳其理。至於意義深遠。研精覃思。期於必通。一日於静室中。澄神宴坐。沈然畢慮。探索難解之義。神識杳冥似寤寐間。有二道士者。自門而入。授先生美酒一小盞若橡椀許。咽而復有。如此三二十次。咽不能盡。二道者笑曰。如厭飫。反吐於盞中。復授道者。倒於小葫中。道者出。恍然一醒。覺面赤酒香。杳無所據。急於内外追之不見。而後目至心靈。大有開悟。此説幾乎誕妄。默而不言。以僕爲知言。先生故以誠告。與夫史稱扁鵲遇長桑君飲藥。以此視病。盡見五臟癥結。特以診脈爲名。亦何異焉。因著醫書内經運氣要旨論、醫方精要宣明論二部。總一十七萬餘言。精微浩汗。造化詳悉。而又述習醫要用直格并藥方。已板行於世。外又作素問玄機原病式并注二萬餘言。特採摭至真要大論一篇病機氣宜之説。撮其樞要。自成一家。精貫古今。無非神授。蓋天之未喪斯文也。復生其人。發明醫道。乃今時五宗教之師。以致於此。莫不效驗。直明五運六氣之至要。傷寒雜病之指歸。其言簡。其理明。易爲披究。足以察陰陽二證之隱顯。醫家前後之得失。如式中所説。木極似金、火極似水之類。謂亢則害。承迺制。鬱極迺發。變化之理。大爲要妙。非智者焉能及此。可謂旨意昭昭。萬舉萬全。神聖工巧。能事畢矣。真知要之書也。但見今之醫人。竊用先生諸藥得效者衆多。以今十數年。猶給其名。恥言涼藥。謂去熱藥爲非。不稱其人。反或毁謗。其道難行也如此。哀哉哀哉。是知中人以下。不可以語上。信矣。僕自幼年氣弱多病。醫書脈證粗明。所以天德四年在中都監修大内。正患腰腳疼痛之疾殆時二年。服食湯藥。皆薑附硫磺種種燥熱之藥。中脘臍下艾炷十數。終無一效。愈覺膝寒胃冷。

少力多睡。飲食日少。精神日衰。詢諸名醫。衆口一辭。僉曰腎部虚寒。非熱藥不能療。及自體究。亦覺惡寒喜暖。但知此議爲是。因諮後醫董系者。彼云腎經積熱。氣血不通故也。洎與談論。惟舉五行旨略黔斷語。言用藥治病衹五七方而已。其餘醫書脈訣一無所有。僕意寡學不通之人。不能信之。及試用通經涼藥。但藏府滑利。伏困愈甚。以至捨而不問。後相識數月。見治諸人傷寒雜病。止用寒涼疏通。平醫〇平醫。疑爲衍文。十醫十愈。其應如神。貧者酬勞。辭而不受。及有周急之者。以此漸漸信之。日加敬重。似有所得。再論腳疾。彼陳五行造化勝負伏造真理。始似唤醒。灑然不疑。方肯聽信。再用辛甘寒藥。瀉十二經之積熱。日三四服。通利十餘。行數十日後。覺痛減。飲食有味。精力爽健。非舊日之比。心神喜悦。服藥不輟。迤運覺熱。熱勢滋甚。自後飲食服餌。皆用寒涼。數年之間。疾去熱除。神清體健。以此知平昔將攝失宜。醫藥差錯之過也。舉世醫工。亦未嘗語此。自爾處病用藥。治身治家。及其他親識外人。但來求醫。不避巇危。意無圖報。專一治療。無不全愈。大率計之。三十有餘年間。所療傷寒。三二日至五七日間。使之和解痊安者。可四五千人。汗前汗後。諸般惡證。危篤至死。衆醫不救者。活及二百餘人。百發百中。千不失一。率因董醫。始以傳授。次得玄機原病式。大明終始。開發良多。在後親見守真先生。詳加請益。參推要妙。愈究愈精。始知董氏之學。始得先生原病式簡要之書施用故也。兼傳澤承朊者。迺先生門下高弟子。真良醫也。並已過世。同爲一家。與世醫可謂冰炭。自天德五年以後。董氏醫名大著。傳聞遠近。病者生。危者安。士夫之家。極爲推重。十數年間。所獲數萬。其舉薦稱揚。濮有力焉。僕自是應歷任所。不惜此書。教授諸醫。復與開説素問要妙至理。使之解悟。改革前非。以救生靈之疾病。至於士人有求問學醫者。僕皆一一直與傳授。使知要妙治法及方。伊等雖不能通明造化。但能用藥治病得驗者。亦不下百數。大定二十一年。予自京兆運使移邢臺。下車視事之餘。擢醫者數人與説素問。兼授以知要之法。衆中有孫執中者。尤爲好事。一日請求原病式。欲爲之開板。廣傳於世。庶幾普救生民夭横之厄。兼證醫家從來所傳相習之非。予憫其仁者之用心。欣而授之。非唯得截要治法歷行於世。兼以揄揚先生特達奇才。獨得要妙造化之理。著成方書。流行於世。豈非規模繩墨者歟。又非活人書之較焉。嗚呼。自秦越人、張仲景之後。迨今千有餘年。此道湮淪。苟非斯人。真僞混殽。似是而非。觸目而已有。孫子復告予。願爲之後序。故不揆狂斐。而作是語。聊以旌表先生事業之萬一云。時大定二十二年九月日。安國軍節度使、開國侯程道濟序。

素問玄機原病式

素問要旨論序

馬宗素

夫三皇設教。上帝垂慈。愍羣生有困篤之疾。救黎庶有夭殤之厄。遂談運氣。説太始之册文。開榮醫鑑。彰太素之妙門。先聖既遺軌範素問、靈樞二經。共爲一十八卷。其理奥妙。披會難明。今有劉守真先生者。曾遇陳先生。服仙酒。醉覺得悟素問玄機。如越人遇長桑君。飲上泉水。隔腹覩病之説也。然先生談原病式一卷。宣明論五卷。要旨論三卷。其原病式者。明病機本。説六氣病源。

宣明論者。精要醫方。五運六氣。用藥古往及今淵奥妙旨。莫越於此也。要旨論者。素問隱微。天地大紀。人身通應。變化殊途。其理簡易。其趣深幽。惟此經釋爲龜鏡者也。然九篇三卷者。猶後之學者尚難明矣。宗素自幼習醫術。酷好素問内經、玉册靈文。以師事先生門下。粗得其意趣。釋要旨論九篇。分作八卷。入式運氣。載設圖輪。開明五運六氣、主客勝(復)、太過不及、淫邪反正。重釋天元玉册、金匱靈文素問、靈樞撮其隱奥運氣之旨也。主藥當其歲。味當其氣。性用燥淨。力化淺深。四時主用制勝。扶客主須安。一氣失所。餘遁更作。藏府淫井。危敗消亡。君臣佐使。明病標本。安危盛衰。若不知年之所加。氣之盛衰。不可以爲攻矣。□若不推其素問。曉達玄機。天地有運氣之升沈。人身有血氣之流轉。周天度數。榮衛循環。通應人身。晝夜不息。素問者。五太之名也。太者。大之極也。素者。形質潔白。非華綺之(問)也。素問者。問答形質之始也。形質具。而疴瘵由是萌生。然啟元子詮注。朱書其文間。其理隱奥。習之者濫觴。其説遺而不解者。實其多矣。今時太古靈文。乃素問之關鑰也。究其源流。發明解惑耳。後之學者。識天地之大。紀變化之殊邈。妙哉太素。視如深淵。如迎浮雲。莫窮其涯際。玄通隱奥。不可測量。若非劉氏。孰可發明。用釋玄機。敬資昭告。平陽洪洞馬宗素謹序。素問要旨論

靈巖寺觀音聖跡序皇統七年

陳壽愷

雲公禪師住持靈巖寺。未越三歲。宗風大振。嚮風而遠近歸之。一日謂濟濱老人陳壽愷曰。夫靈巖

大刹。昔自祖師觀音菩薩託相梵僧曰法定禪師。於後魏正光元年始建道場、興梵宫。居天下四絶境中稱最。而世鮮知其由。我祖師其始西來。欲興道場於兹也。前有二虎負經。青蛇引路。捫蘿策杖。窮絶壁而不可登。乃徘徊於南山之顛。面石之久。感日射巔峯成穴。透紅光於數里。師乃躅光而下。美其山林秀蔚。可居千衆。道遇村人。亦異人也。顧師而言曰。師豈有意於兹。患其無水耶。回指東向不數里間。可得之矣。師既徐行。則有黄猴顧步。白兔前躍。俄驚雙鶴飛鳴。其下涓涓。果得二泉。又擊山泐。隨錫杖飛瀑迸涌。遂興寺宇。逮今八百餘載。凡祈求應感而福生民。莫可勝紀。然爲我祖師發揚顯聖跡之狀。蔑聞其人。良可太息。乃命工敬圖其像而刊諸石。庶廣其傳。普勸遐邇。永同供養。泰山志〔靈巖志〕

道德真經全解序〔正隆四年〕

時雍

混元五千文注解。行於世者亦多矣。類皆分章析句。前後不相貫穿。智鑿臆説。非自得之學。致微言奥義闇而不明。鬱而不發。覽者病於多歧。莫知所向。故人郤去華。自真定復歸於亳。出道德全解示僕。莫知名氏。玩味紬繹。心目洞開。平昔疑難。涣然冰釋。内外混融。義若貫珠。度越常情倍萬。殆非世學所能擬議。蓋高仙至人。愍世哀蒙。披發玄奥。所謂道隱無名。而善貸且成者也。僕既得斯文。不忍獨善。遂勉兩金〇金。疑當作京。諸友。哀諸好事。命工鏤板。以廣其傳。正隆四年歲在單閼。孟陬始和。亳社時雍道遥序。道德真經全解

水調歌頭詞序訪曹浩然

蔡松年

曹侯浩然。人品高秀。玉立而冠。其問學文章。落盡驕貴之氣。藹然在寒士右。惜乎流離頓挫。無以見於事業。身閑勝日。獨對名酒。悠然得意。引滿徑醉。醉中出豪爽語。往往冰雪逼人。翰墨淋漓。殆與海岳並驅争先。雖其平生風味可以想見。然流離頓挫之助。乃不爲不多。東坡先生云。士踐憂患。焉知非福。浩然有焉。老子於此所謂興復不淺者。聞其風而悦之。念方問舍於蕭閒。陰求老伴。若加以數年。得相從於林影水光之間。信足了此一生。猶恐君之嫌俗客也。作水調歌曲以訪之。明秀集

水調歌頭詞序憶范季霑

蔡松年

僕以戊申之秋。始識吾季霑兄於燕市稠人中。軒昂簡貴。使人神竦。既而過之。未嘗不彌日忘歸。至於一邱一壑。心通神解。殆不容聲。自是朝夕與之期。鄰里與之游者。蓋十有二年。己未五月。復別於燕之傳舍。及其得官汴梁。僕已去彼。悵然之情。日夕往來乎心也。明秀集

念奴嬌詞後序

蔡松年

王夷甫神姿高秀。宅心物外。爲天下稱首。復自言少無宦情。使其雅詠虚玄。不論世事。超然遂終

其身。何必減嵇阮輩。而當衰世頹俗。力不可爲。不能遠引辭世。黽勉高位。顛危之禍。卒與晉俱爲千古名士之恨。又嘗讀山陰詩敍。考其論古今感慨事物之變。既言修短隨化。終期於盡。而世殊事異。興懷一致。則死生終始物理之常。正當乘化以歸盡。何足深歎。而區區列敍一時之述作。刊紀歲月。豈逸少之清真簡裁。亦未盡能忘情於此耶。故因此詞併及之。明秀集

雨中花詞序送李不愚作掾天臺

蔡松年

僕自幼刻意林壑。不耐俗事。懶慢之癖。殆與性成。每加責勵。而不能自克。志復疎怯。嗜酒好睡。遇乘高履危。動輒有畏。道逢達官稠人。則便欲退縮。其與人交。無賢不肖。往往率情任實。不留機心。自惟至熟。使之久與世接。所謂不有外難。當有内病。故謀爲早退閒居之樂。長大以來。遭時多故。一行作吏。從事於簿書鞍馬間。違己交病。不堪其憂。求田問舍。遑遑於四方。殊未見會心處。聞山陽間。魏晉諸賢故居。風氣清和。水竹葱蒨。方今天壤間。蓋第一勝絶之境。有意卜築於斯。雅詠玄虚。不談世事。起其流風遺躅。故自丙辰丁巳以來。三求官河内。經營三逕。遂將終焉。事與願違。俯仰一紀。勞生愈甚。弔影自憐。然而觸於事物。感今懷昔。考其見於賦詠者。實未始一日而忘。李君不愚。作掾天臺。出佐是郡。因其行也。賦樂府長短句以敍鄙懷。行春勝日。物彩照人。爲余擇稚秀者以雨中花歌之。使清泉白石聞我心曲。庶幾他日不爲生客耳。明秀集

永遇樂詞序寄施明望

蔡松年

建安施明望與余同僚三年。心期最爲相得。其政術文章皆予之所畏仰。不復更言。獨記異時共論流俗鄙吝之態。令人短氣。且謀早退爲閒居之樂。斯言未寒。又復再見秋物。念之惘然。輒用其語。爲永遇樂長短句寄之。并以自警。明秀集

水龍吟詞序贈楊德茂

蔡松年

余始年二十餘。歲在丁未。與故人東山吴季高父論求田問舍事。數爲余言。懷衛間風氣清淑。物産奇麗。相約他年爲終焉之計。爾後事與願違。遑遑未暇。故其晚年詩曰。夢想淇園上。春林布穀聲。又曰。故交半在青雲上。乞取淇園作醉鄉。蓋誌此也。東山高情遠韻。參之魏晉諸賢而無媿。天下共知之。不幸年踰五十遂下世。今墓木將拱矣。雅志莫遂。令人短氣。余既沈迷簿領。顔鬢蒼然。倦游之心彌切。悠悠風塵。少遇會心者道此真樂。然中年以來。宦游南北。聞客談箇中風物益詳熟。頃因公事。亦一過之。蓋其地居太行之麓。土温且沃。而無南州卑溼之患。際山多瘦梅修竹。石根沙縫。出泉無數。清瑩秀澈若冰玉。稻塍蓮蕩。香氣濛濛。連亘數十里。又有幽蘭瑞香。其他珍木奇卉。舉目皆崇山峻嶺。煙霏空翠。吞吐飛射。陰晴朝暮。變態百出。真所謂行山陰道中。癸酉歲。遂買田於蘇門之下。孫公和邵堯夫之遺跡在焉。將營草堂以寄餘齡。巾車短艇。偶有清興。

往來不過三數百里。而前之佳境。悉爲己有。豈不適哉。但空疎之迹。晚被寵榮。叨陪國論。上恩未報。未敢遽言乞骸。若僶俛駑力。加以數年。庶幾早遂麋鹿之性。雙清道人田唐卿。清真簡秀。有林壑癖。余與作蒼煙寂寞之友。而友人楊應茂。博學冲素。游心繪事。暇日商略新意。廣遠公蓮社圖作卧披短軸。感念退休之意。作越調水龍吟以報之。明秀集

石州慢詞序九日

蔡松年

毛澤民嘗九日以微疾不飲酒。唯煎小團。薦以菊葉。作侑茶樂府。卒章有一杯菊葉小雲團、滿眼蕭蕭松竹晚之句。僕頃在汴梁三年。每約會心二三客。登故苑之友雲亭。或寓居之西巖。置酒高會。以酬佳節。酣觴賦詩。道早退閒居之樂。歲在庚子。有五字十章。其一云。去年哦新詩。小山黄菊中。年年説歸思。遠目驚高鴻。逮今已復三經是日。奔走塵泥。勞生愈甚。今歲先入都門。意謂得與平生故人共一笑之樂。且辱子文兄有同醉佳招。而前此二日。左目忽病。昏翳不復敢近酒盞。凝坐無聊。感念身世。無以自遣。乃用澤民故事。擬菊烹茶。仍作長短句。以石州之音歌之。明秀集

滿江紅詞序寄許師聖

蔡松年

舅氏丹房先生。方外偉人。輕財如糞土。常有輕舉八表之志。故世莫能用之。時時出烟霞九天上語。醉墨淋漓。擺落人間俗學。自謂得三代鼎鐘妙意。今年以書抵僕。言行年七十。精力愈强。貧

愈甚。知大丹之旨愈明。意使早成明秀歸計。以供其薪水之費也。作滿江紅長短句。以發千里一笑云。明秀集

滿江紅詞序遺意〔天會九年〕

蔡松年

辛亥三月。春事婉娩。土風熙然。東城雜花問梨爲最。去家六年。對花無好情悰。然得流坎有命。無不可者。古人謂人生安樂。孰知其他。屢誦此語。良用慨歎。插花把酒。偶記去年今日事。賦十數長短句遺意。非知心人。亦殆難明此意。以仙吕調滿江紅歌之。是月十五日。玩世酒狂。明秀集

雨中花詞序招親友小集

蔡松年

僕將以窮臘去汴。平生親友。零落殆盡。復作天東之别。數日來。臘梅風味頗已動。感念節物。無以爲懷。於是招二三會心者。載酒小集於禪坊。而樂府有清音人雅善歌雨中花。坐客請賦此曲。以侑一觴。情之所鍾。故不能已。以卒章記重游退閒之樂。庶以自寬云。明秀集

水龍吟詞序寄楊子能

蔡松年

僕三年爲郎。外臺故人楊子能爲廣文博士。暇日每相尋爲文字飲。其詞章敏妙。臨觴得紙。下筆不能自休。去歲收燈後。過楊於鄭氏山亭。酣觴賦詩。最爲快適。自此僕遂東來。比得其詩。頗道當

時風味。戲作越調水龍吟以寄之。明秀集

水龍吟詞序自警（皇統五年）

蔡松年

乙丑八月。得告上都。行李淹滯。寄食於江壖村舍。晚雨新晴。江月炯然。秋濤有聲。如萬松哀鳴澗壑。時去中秋不數日。方遑遑於道路。宦游飄泊。節物如馳。此生餘幾春秋。而所謂樂以酬身者乃如此。謀生之拙。可不哀耶。幸終焉之有圖。坐歸歟之不早。慨焉興感。無以爲懷。因作長短句詩。極道蕭閒退居之樂。歌以自寬。亦以自警。蓋越調水龍吟也。與我同志。幸各賦一首。爲他日林下故事。明秀集

贈日者李子明序（大定二十二年）

王寂

易有君子之道四焉。而卜筮其一也。古之避世者。或多卜隱。則司馬季主、嚴君平其人矣。初不以區區小數驚動世俗。意欲使逆知禍福。畏辠趨善而已。今之日者。行衢坐肆。紛紛如蝟毛。然而言信而有徵者亡幾。大抵市道以急衣食之計。所以馳騁穿鑿。牽合詭誕。無所不至。所謂君子之道者。吾不得而見之矣。遂人李子明。得樂五虎之遺法。又能以五行十干奇偶成字。吉凶否泰。必以忠告。嘗爲予筮之屢中。諺云。老醫少卜。若方富於年。但當於古人用心虚以期益進。則季主、君平。安知不復見於今日也。予頃以使事往來保遂間。渠從予乞言懇甚。故以此遺之。大定壬寅臘前

一日。拙軒主人王元老書。拙軒集

送故吏張弼序

王寂

大定改元之再歲。予爲縣於太原之祁。時邊烽未息。千里轉輸。予以朝命從事於四方。邑吏弼者。嘗預其行。弼天姿畏慎。義不爲乾没。予由是推置腹心。初不以羣吏處之。以至險阻艱難無不同者。今予之去祁二十有四年。中間音書信問。執敬如初。及予自從官出蔡守。弼又能不遠數千里。跋涉畏塗。踵門過我。予驚聞其來。倒衣以迎。話舊通夕。恍如夢寐。蓋留幾月而後去。臨行乞言。意眷眷似不能已者。予雖欲無言得乎。夫吏之所習詭道也。或桀黠尤甚者。揣不言之意。伺欲動之色。推輕重。矯枉直。必利而後已爾。奚獨反是。得非好學聞義理使之然哉。雖然求之此途。亦未多得。以始終之際。殆不減明遠。所媿予名位不及古人。不使爾名暴白於當世。託以不朽。姑於其行也。序以爲贈云。拙軒集

曲全子詩集序〔明昌二年〕

王寂

曲全子。予之母弟也。少穎悟。天資孝友。以予有十年之長。兒時嘗受經於予。故事予猶師也。性坦率。與人略無崖岸。當酒酣耳熱。視世間富貴兒。皆卧之百尺樓下。然不喜場屋之學。人或勉之。笑而答曰。吾兄已世其家。吾親已享其禄。吾事濟矣。誰能踽踽從原夫輩覓官耶。識者以爲達。平

居季孟間。把酒賦詩。對牀聽雨。眷眷然不忍舍去。當是時。吾二親康健。歲時上壽。斑衣羅拜。里人榮之。指以爲慶門。故榜其堂曰雙橘。一時名卿大夫士。争相歌詠其事。自爾洊罹憂患。生寡食衆。貧不能生。兄弟狼狽。餬口於四方。渠亦僶俛赴調。得監亳州酤。意愈不樂。自是日飲。無何。似與世相忘者。未幾疾作竟不起。平生所爲詩。無慮數百篇。既没之後。而二子方啼笑梨栗。豈知乃父之遺文當真賞珍藏於不朽哉。已而旅櫬北歸。予屢索於殘編斷藁中了不可得。以是。予與季弟每興言及此。輒聲與涕俱出。蓋痛其不復見矣。况九原之恨。其能已乎。大定己酉。予被命提點遼東等路刑獄事。閲再歲。會以公集飯素於大清安禪寺。偶於稠人中得故人李仲佐。握手道舊。且復謂予曰。元輔不幸今十年矣。念一死一生之際。未能忘情。時令人誦曲全子集製如對晤語。予驚聞其説。懇請一見。既而得之。長篇短章凡四十有七。惜乎所得之不多也。雖然嘗一臠。鼎味知矣。奚以多爲。吾弟名寀。字元輔。曲全子蓋道號云。明昌改元之明年春正月中澣日。兄元老序。

拙軒集

兩漢策要序（大定二十五年）

王大鈞

皇朝專尚詞賦取士。限以五經三史出題。惟東西漢二書。最爲浩汗。學者披閲。如涉淵海。卒莫能際其畔岸。大抵菁華無出策論書疏而已。可取而爲題者。十蓋八九。真科舉之急用也。先是吾鄉常同知彦修宅。取舊本兩漢策要。摹搭刊行於世。其間錯謬及有不載者。僅數十篇。殆爲闕典。彦脩乃祖之意。使斯文號爲完書。是可嘉也。姑直書所以題其端首云。大定乙巳中元日。承直郎岳陽縣令雲騎尉賜緋魚袋王大鈞序。兩漢策要

志。遂再爲編次。將向者遺脱。一一校證添補附入。命工鋟木。用廣傳布。且索序引。予喜其不負

痛恨遺脱。嘗欲增廣。方經營間。不幸早世。今二孫克家。不墜箕裘之緒。皆業進士。乃承意繼

大六壬玉連環一字訣序（大定二十一年）

王頤

老子云。禍兮福所倚。福兮禍所伏。孰知其極。是禍福也。聖人猶難。況元元之衆。豈能喻前期之得失。察品物之情狀哉。此陰陽者流。所以關於世也。黃帝軒轅氏。以中式開天下之聾聵。雖傳其書。而得其妙用者實寡。近世徐次賓潛心斯道。爲人稽吉徵凶。委曲詳悉。遂本所得。述成一書。題曰一字訣。十六門互相發揮。循環不已。又曰玉連環。室之九逸仙人見其簡略。慨然詳注。覽之者尋源討流。不待金匱玉函。已造會要矣。時大定歲次辛丑孟冬朔。翠微樵隱王頤謹序。大六壬玉連環一字訣

金文最卷三十八

序

增廣類林序〔大定二十九年〕

王朋壽

傳記百家之學。率皆有補於時。然多散漫不倫。難於統紀。故前賢有區別而爲書、號爲類林者。其來尚矣。惜乎次第失序。門類不備。予因暇日。輒爲增廣。第其次序。將舊篇章之中。添入事實者加倍。又復增益至一百門。逐篇係之以贊。爲十五卷。較之舊書。多至三倍。若夫人君之聖智聰明。臣子之忠貞節義。父子兄弟之孝慈友愛。將相之權謀大體。卿士之廉潔果斷。隱遁之潛德幽光。文章之麗藻清新。風俗之好尚。陰德之報應。酒醴之躭沈。恩怨之報施。形體之長短。容貌之美惡。男子之任俠剛方。婦人之姸醜賢慝。神仙之清修。鬼神之情狀。宮室之華靡。屋宇之卑崇。天地之運移。日星之行度。山海之靈潤。醫筮之精專。草木之奇秀。金石之精良。蠻夷之頑獷。禽魚之巨細。凡六合之内所有。無不概舉。雖不敢謂之知所未知。亦可謂之具體而微矣。其於善者不敢加於褒飾。惡者不敢遂有貶斥。姑取其本所出處。芟其繁節其要而已。覽者味其雅正。則可以爲法。視其悖戾。則可以爲戒。豈止資談柄而詫多聞。不爲無可取也。鄉人李子文一見曰。專門之學。不可旁及。至如此書。無施不可。好學通變之士之所願見。我爲君刊鏤以廣其傳。如何。予謹應之曰。諾。於是舉以畀之。併爲之序。時大定己酉歲夏晦。平陽王朋壽魯老序。類林

重雕清涼傳序（大定四年）

姚孝錫

白馬東來。象教流行於中土。玄風始暢。或示禪寂以探宗。或專神化而表法。亦猶水行地中。枝分派別雖異。至於濟世利物之功。其歸未始不同。故唐劉夢得以爲佛法在九州間。隨其方而化。因名山以爲莊嚴國界。凡言神道示現者。必宗清涼焉。按經言文殊師利宅東北清涼山。與其眷屬住持。古佛之法。降大慈悲以接引羣生。或現真容以來歸依。或法祥光以竦觀仰。千變萬化。隨感而應。有不可形容擬議者。何其異哉。昔有沙門慧祥與廷一○廷一。下文作延一。未知孰是。者。皆緇林助化之人。洎丞相張公天覺、黃華朱公少章。皆大臣護法之士。異世相望。同心贊翼。慮聖跡在遠未彰。芳塵經久或熄。乃廣搜見聞與目所親覩。編次成帙。慧祥始爲清涼傳二卷。延一復爲廣傳三卷。張相國、朱奉始又爲續傳記以附於後。其他超俗談玄之流與夫高人達士。作爲詩頌贊偈附名傳末。星聯珠貫。粲然貝錦○貝錦。原作具錦。按貝錦出詩小雅。蒼伯。今據改。之文流行於世。凡九州四海之內。雖未躬詣靈巖。目瞻聖跡。但覽卷披文。自然回思易慮。益堅向善之心。其外護之益未易可述。偶回祿之搆災。致龍文之俱燼。不有興者。聖功神化。歲久弗傳。東安趙琉以酒官視局臺山。慨然有感於

心。卽白主僧。願捐槖金以助緣。僧正明淨謂其屬曰。兹事念之日久。屬化宫之災。用力有先後。今因其請。盡出粟帛。以成其事。僦工鏤板。告成有日。趙因造門囑余爲序。以冠其首。明淨與前提點僧善誼。相繼以書爲請。僕嘗謂道不在衣。傳衣可以受道。法不在文。披文因以悟法。僕既嘉趙侯用意之善。而二高僧皆於清涼有大因緣者。知非販佛以眩衆。故爲之書。大定四年九月十七日。古豐姚孝錫序。續清涼傳

地理新書序〔明昌三年〕

張謙

僕叨習地理。忝慕陰陽。雖專述二宅。而取則於此書。伏覩古唐、夷明、蒲阪等處。前後印賣新書。未嘗有不過目收(覯)〔購〕者。終莫能見其完本。惟我先師馮公傳授。亦遺地圖一篇。繼有平陽畢先生者。留心攷覈。可無失。而又增加圖解等法度。真得其旨趣矣。自是更訪求名士家藏善本。比對差互甚多。今據從來板内遺闕者。並以補完。元差互者。校讎改正。一兩疑未詳者。乃各存之。及其間寫雕錯誤。亦以校定。其卷首四方定位之法。圖解已是詳備。竊見營造取正。定平制度。亦可爲式外。五姓聲同而虛實音異者。今以纂出。地下明鑑。立成傍通。三鑑六道。繼敍輪圓。又校正禽交步分及民庶合用營田參定傳符雜忌等述。□論吕才言宅葬經書之弊。各布列本篇之下。總二萬餘言。以廣見聞。僕恐未能專擅。遂誠心修集。以俟同道之能者幸改易焉。庶幾我輩易爲遵用。審觀此書之興也。始自唐代吕才删定。名以地理。至於宋朝。三歷數主。重復詔下有司。始終計有百

年。方以定用頒行於世。今野俗之流。而有專執星水之法。或只習一家偏見之文。又有不經隨代進用頒行。旁門小説不根之語。或與官書相害者。執而行之。兼又不能與五姓參用。而專排斥五音姓利。良可罪哉。僕今見平陽數家印賣此書。雖有益於世。竟未有完者。恐久墜斯文。莫能從善。不敢欺隱。遂將正文插入。又附以亂談舛駁之辭。短拙不揆尤甚。輒以俗言紀其事迹。時明昌壬子歲。古戴鄙夫張謙謹啟。新校正地理新書

地理新書序〔大定二十四年〕

畢履道

宅葬者。養生送死之大事也。自司馬史分陰陽家流。至唐迄宋。屢詔儒臣典領司天監。屬出秘閣之藏。訪草澤之術。胥參同異。校覈是非。取舍於理。而裁祥有稽者。留編太常。即今之頒行地理新書是也。俾世遵用。以裨政治。保生民躋於壽域。惠亡者安於下泉。示愛民廣博之道。不甚韙歟。兵火之後。失厥監本。於是俗所傳者。甚有訛謬。至於辭約而理乖。名存而實革。既寖差誤。觸起凶災。僕深患斯文之弊。遂質諸師説。訪求善本。參校以正之者。僅千餘字。添補遺闕者。幾十數處。兼有度刻步尺之差者。則以算法考而改之。有陰陽加臨之誤者。則以成法推而定之。至若四方正位。詳説其準繩。表臬求影於星。取中之法四折。曲路細畫其角。斜正方合句股。入穴之圖。山水列其吉凶。祭事分於壇墠。發揮經義。注釋禮文。歲餘方畢。藏之於家。以俟同道之能者踵門而採擇焉。庶亦知予攻業之不忽也。時大定歲在閼逢執徐。平陽畢履道題。新校正地理新書

道德真經四子古道集解序（大定十九年）

寇才質

僕草澤無名之野人也。素不以進取介意。及冠之後。酷嗜恬淡之樂。究丹經卜筮之術。至於晚年。讀古人書。披閱諸子。探賾聃經之奧。章章有旨。可謂深矣遠矣。因觀諸家解注。言多放誕。互起異端。諸子殽亂。殆越百家。失其古道本真。良可歎也。獨莊列文庚四子之書。乃老氏門人親授五千言教。各著撰義與相同。其餘諸解。紛紜肆辨。徒以筆舌爲功。虛無爲用。了無所執。又豈可與四子同日而語哉。僕昔隨仕。嘗遊京都。得參高道講師。略扣玄關。盡爲空性之說。不能述道之一二。内省不疚。深其造道而自得。欲以拯世欲之多蔽。悼聖道之不行。又恐膠疑泥惑之流。翻起蜂喧之議。故摭其四子。引其真經。集爲一編。計一十卷。以破雷同之説。因目之曰四子古道義。又述經史疏十卷。以相爲之表裏。今幸苟完。是論非常〇常。疑衍。恃其臆説。不惟新當時聞見。抑爲千古之龜鑑也。請好事君子。幸無哂焉。偃息之暇。因援筆而直書之。時大定十九年己亥歲元日。古襄寇才質謹序。道德真經四子古道集解

道德真經四子古道集解後序（大定二十年）

劉謣

竊聞莊列文庚者。乃老氏之門人高弟也。當此周時。皆親授五千言教。探道德之奧旨。捨四子之外。其孰能與於此哉。今之諸集解。義多浮誕。了無所執。各尚異端。百無一當。尚辭者逞於談辨。

遺於體要。玩理者拘於淺近。昧乎指歸。是以大道隱於小成。固閉而不能開。久屈而不能伸。由是天下莫不以空性爲科、邪説爲惑。皆不能反於正道也。今古襄寇志道者。多聞博識。有生知自然之性。自幼及冠。心不挂細務。不以名利爲念。酷嗜恬淡之樂。然而經史不輟於涉獵。諸子之中。僻好道德二篇。閲及舊注。背義者多。故慨然篤志。累日滋久。不舍晝夜。遂成一編之書。以論道德之根本。然猶不肯恃己所長。輒引莊列文庚爲證。庶息天下未達者之謗議也。迺目之曰四子古道義十卷。或隨經辯注。或總章定名。纂違義者。有一百餘家。議改本者。近八百餘家。尊上古結繩之化。述聖人體道之規。誚尚怪以遺真。鄙泥空而失治。門目備次。章句有歸。鬼神之説。斥之於無稽。方術之事。屏之於不用。其道之功用粲然。靡所不載。可使後之宗風者。開卷見道而不勞聰明。昔孔子推高老氏之言。故嘗歎之猶龍。以其變化不測。可謂玄德深矣遠矣。驗之於古。考之於今。俾人甚易知甚易行。爲萬世之龜鑑者。不據是論。余何言哉。於戲。聖道之興。信由乎時。業得觀高論。醉眼豁然。如披霧而覩光明。蓋天之未喪斯文也。謹援筆直敍。跋之卷尾。姑以讚先生之用心耳。時大定二十年庚子歲正月上元日。鄉貢進士滹源繁時劉謌庭直序。道德真經四子古道集解

西嶽華山志序〔大定二十三年〕

劉大用

凡古之士合作神藥。必入名山福地。不止小山之中。何則。小山無正神爲主。多是木石之精。千歲老物。此輩蘊邪之氣。不念爲人作福故也。謹按山經云。可以精思合作神藥者。華山、泰山、霍山、恆

山、嵩山。餘係中州。或在諸侯五服之外。其間稱名山者以百數。乃不可以遍舉。此皆有正神在其山中。或隱地仙之人。又生芝草。若有道者登之。則此山神助之爲福。其藥必成矣。吾鄉金城千里。控壓三河。川英嶽秀。太華位焉。夫太華者。坐挹三公。抗衡四嶽。終南、太白。御立而屏息。首陽、王屋。不敢以争雄。西觀昧谷之稍昏。東顧扶桑之已白。更無峻極。惟戴高穹。蓋得太素之元精。秉金天之爽氣。作成萬物。分主兑方。預之於十大洞天之中。則極其爲號。含藏日月。吐納雲烟。生象外之樓臺。匪人間之風物。目之於十八水府之數。則車箱有潭。東南地脈。江海潛通。載祀典而爲常經。投金龍。進玉簡。若夫仙掌雲空。蒼龍日出。千山捧嶽。嵐氣川流。翠撲客衣。經時不落。已而斜陽映山。蓮峯弄色。如金如碧。匪丹匪青。奇麗萬千。不可名狀。松生琥珀。夜即有光。地出醴泉。爲國之瑞。固宜降五靈元老。隱函谷真人。或星冠羽衣。乘雲而謁帝王者有之。或寶車羽蓋。駕龍而覲大羅者有之。招邀真聖。總集仙靈。則此又華山爲一都會也。吾友王公子淵。先覺而守道。獨立而全和。每語人曰。我欲曳杖雲林。舉觴霞嶺。斯志積有年矣。方畢婚娶。棄家入名山。終鍊金液。不有太華。其孰留意焉。人曰。可矣。公遂取舊藏華山記一通。慮有闕遺。更閲本郡圖經及劉向列仙傳。有載華山事者。悉採拾而附益之。俾各有分位。不失其序。以山水觀之。則峯穴林谷、巖龕池井、溪洞潭泉之境。可得而見。以洞宇觀之。則宫殿寺廟、藥鑪拜壇、諸神降現之處。可得而知。語其所産藥品。則茯苓、菖蒲、細辛、紫柏。俱中炎帝之選。録其所出仙人。則清虚、裴君、白羊公、黄初平十六真人。盡預玉皇之游宴。而不與下界相關。噫。華山仙蹤聖跡於是大備。無不包也。其文僅七十餘篇。命工鏤板。務廣流傳。則豈曰小補之哉。既成。請余以文冠其首。余或拒且賀曰。余才乏卿雲。無力挽千鈞之筆。然喜見公之志卽我之志也。我亦欲入名山合作神藥。未知明指。會公有此。乃成我之志也歟。大凡入名山之中合作神藥。必有所依。書曰。爲巫者鬼必附之。設象者神必主之。況修仙藥而入名山。豈山之正神而不佑我耶。其藥之成。可立而待也。但勿謂青天空闊。白龍來遲。一旦造玄洲。會羣仙。翔紫霄。朝太一。聽鈞天之樂。享九芝之饌。行亦未昧。其他有諸天之隱語、空洞之靈章。約與公異日道也。時大定癸卯十二月壬申。泥陽劉大用器之序。西岳華山志〔華嶽志〕

太微仙君功過格序〔大定十一年〕

失名

易曰。積善之家。必有餘慶。積不善之家。必有餘殃。道科曰。積善則降之以祥。造惡則責之以禍。故儒道之教。一無異也。古者聖人君子高道之士。皆著盟誡。內則洗心鍊行。外則誨訓於人。以備功業矣。余於大定辛卯之歲仲春二日子正之時。夢遊紫府。朝禮太微仙君。得授功過之格。令傳信心之士。忽然夢覺。遂思功過條目。歷歷明了。尋乃披衣正坐。默而思之。知是高仙降靈。不敢疏慢。遂整衣戴冠。滌硯揮箋。走筆書之。不時而就。皆出乎無思。非干於用意。著斯功格三十六條。過律三十九條。各分四門。以明功過之數。付修真之士。明書日月。自紀功過。一月一小比。一年一大比。自知功過多寡。與上天真司考校之數。昭然相契。悉無異焉。大凡一日之終。書功下筆乃易。書過下筆的難。即使聰明之士。明然頓悟罪福因緣、善惡門户。知之減半。慎之全無。依此行持。遠惡遷善。誠爲真誠。去仙不遠矣。西山會真堂無憂軒又玄子序。太微仙君功過格

道德真經取善集序

李霖

物之共由者道也。道之在我者德也。道妙無形。變化不測。德顯有體。同焉皆德。自其異者視之。則有兩名。自其同者視之。其實一致。末學之人。言道者。每不及德。言德者。罔及於道。此道德所以分裂。不見其純全也。猶龍上聖。當商末世。歎性命之爛熳。憫道德之衰微。著書九九篇。以明玄玄之妙。言不踰於五千。義實貫乎三教。内則修心養命。外則治國安民。爲羣言之首。萬物之宗。大無不該。細無不徧。其辭簡。其義豐。洋洋乎大哉。自有書籍以來。未有如斯經之妙也。後之解者甚多。得其全者至寡。各隨所見。互有得失。通性者。造全神之妙道。於命或有未至。達命者。得養生之要訣。於性或有未盡。不知性命兼全、道德一致爾。霖自幼及壯。謾誦玄言。以待有司之問。今已老矣。欲討深義。以修自己之真。自度耄荒。難測聖意。今取諸家之善。斷以一己之善。非以啟迪後學。切要便於檢閲。目之曰取善集。覽者幸勿誚焉。饒陽居士李霖序。道德真經取善集

道德真經取善集序〔大定十二年〕

劉允升

老氏當周之季。憫其世道衰微。由乎文弊。於是思復太古之純。載暢玄風。以激其流俗。至於輕蔑仁義。屏斥禮樂。蓋非過直無以矯枉。仲尼所以欽服。既見則歎其猶龍。惟聖知聖。始云其然也。關尹覩紫氣之瑞。識其真人度關。虔誠叩請。方垂至言。議者咸謂五經浩浩。不如二篇之約。良有以也。莊周列禦寇羽翼其教。亦猶鼓大浪於滄溟。聳奇峻於喬嶽。此尚擬其迹而未盡其意。要在忘言而後識其指歸也。漢文景間。治尚清靜。世治隆平。率自曹參宗蓋公之訓。足知道德範世之驗。果不虛云。惜乎晉朝流爲浮誕。王衍清談。反壞淳風。阮籍猖狂。又隳名教。失其本而循其末。可不哀哉。賴隋之王仲淹譏其故。以謂虛玄長而晉室削。非老莊之罪。以其用之不善也。唐韓愈猶譏其小仁義。如坐井觀天。嗚呼。愈負其才而昧於道。是亦聾盲於心。而不知太山雷霆可以驚其耳而駭其視也。一言以爲不智。每貽君子之歎息焉。篤信之士。代不乏人。各隨其意爲之注解。殆數十家。不惟觀覽之煩。抑亦集之不易。饒陽李霖字宗傳。性喜恬淡。自幼而老。終身確然。研精於五千之文。可謂知堅高之可慕。忘鑽仰之爲勞。會聚諸家之長。并敍己見。成六卷。譬若八音不同。均適於耳。五味各異。皆可於口。庶廣其見而博其知。以斯而資同道。爲功豈小補哉。王賓乃先生之舊友也。賞其勤而成其志。命工鏤版。俾好事者免繕寫之勞。推而用心。可不謂之仁乎。時大定壬辰重午日。河間劉允升序。道德真經取善集

重陽教化集序〔大定二十三年〕

范懌

丹陽先生遇重陽真人。顧不異哉。真人一性靈明。夙悟前知。自終南至於吾鄉。地之相去。三千餘里。不辭徒步之遠。而有知己之尋。大定丁亥中元後一日。真人抵郡。竹冠弊衣。擕笠策杖。徑入於余姪明叔之南園。憩於遇仙亭。丹陽先生馬公繼踵而至。不差頃刻。可謂不期而會焉。二人相見。禮揖而罷。問應之餘。歡若親舊。坐中設瓜。惟真人從蔕而食。衆皆異之。丹陽先生先題詩於亭壁。有沈醉無人扶之句。真人讀而笑曰。吾不遠數千里而來。欲扶醉人耳。又問如何是道。對曰。大道無形無名。出五行之外。是其道也。清談終晷。坐者聽之。纚纚忘倦。使人榮利之心。驕氣淫志。頓然失去。先生邀真人就城而館之。待以殊禮。日益恭敬。卒至於成。因命所居庵曰全真。究其相遇之由。若合符節。苟非夙緣仙契。孰能至於是哉。先生系出扶風。累世青紫。吾鄉顯族也。生而異稟。識度不羣。其所居之第。馬范二街相對。與余世爲姻家。有朱陳之好。幼同嬉戲。長同講習。在郡庠數十年間。花時月夕。把酒論文。未嘗不相從爲樂也。先生貲産豐厚。輕財好施。故能捨巨萬之富。揖真一之風。真人遂以方便誘夫婦入道。尚恐未從。乃出神入夢。以天堂地獄警之。俾漸悟焉。至於鎖庵百日。密付玄機。謂石火光陰。難得易失。如不早悟。虛過一生。下手速修。猶太遲也。謂攀緣妄想。動成罪業。索梨分而送之。兼以栗芧賜之。使知其離分而立遇也。謂不捨寃親。煩惱不斷。去邑里之冗。爲雲水之遊。則鄉好離也。凡詩詞往來。賡唱迭和。皆予一一目覩而親見之。雖片言隻字。無非發揮至奧。冥合於希夷之趣也。是以收聚所藏。編次至三百餘篇。分爲三帙。共成一集。丹陽門人靈真子朱抱一欲鐫版印行。廣傳四方。屬予爲序。余忘其固陋。卽其意而序之。既美其至人相遇之異。又美其仙風勝概。可垂勸於後人。使脩真樂道之士。玩詠斯文。豈小補哉。大定癸卯。寧海州學正范懌謹序。重陽教化集

重陽全真集序〔大定二十八年〕

范懌

全真之教大矣哉。謂真者至純不雜。浩刦常存。一元之始祖。萬殊之大宗也。上古之初。人有純德。性若嬰兒。不收而自治。不化而自理。其居於自適自得。莫不康寧享壽。與道合其真也。降及後世。人性漸殊。道亡德喪。樸散純離。情酒慾殺蠹於中。愁霜悲火魔於外。性隨情動。情逐物移。散而不收。迷而弗返。天真盡耗。流浪死生。逐境隨緣。萬刦不復。可爲長太息也。重陽憫化妙行真人博通三教。洞曉百家。遇至人於甘河。得知友於東海。化三州之善士。結五社之良緣。行化度人。利生接物。聞其風者。咸敬憚之。杖屨所臨。人如霧集。有求教言。來者不拒。詩章詞曲。疏頌雜文。得於自然。應酬卽辨。大率誘人還醇返樸。靜息虛凝。養亙初之靈物。見真如之妙性。識本來之面目。使復之於真常。歸之於妙道也。或問真人者曰。人生天地間。雖曰最靈。亦萬物中之一物耳。孰能逃陰陽之數。孰能出造化之機。有始必有終。有生必有死。此自然之常理也。不稟異氣。仙不可求。不契夙緣。道不可學。豈可苦身約己。如繫影捕風、鏤冰彫松。爲必不得之

事、求難成之效哉。真人喟然歎曰。長生妙理。人具仙林。孰不可求。有怠而弗成者。顯而至多。有勤而取驗者。隱而甚少。世人以多見爲信。以不見爲疑。遂以仙事茫茫爲不可期也。試以物理驗之。鑛之鍛鍊。可以爲鐵。銅之點化。可以爲金。魚超呂梁而爲龍。雉入大水而化蜃。冰之易消者也。藏之可以度夏。草之易衰者也。覆之可以越冬。人能割愛去貪。守雌抱一。遊心於恬淡。食氣〇食氣。舊刊本重陽全真集作合炁。於虛無。亦可以高舉遠致。躡景登虛。逍遥乘禦寇之風。往來飛應真之錫。騎鯨而遊滄海。跨鳳而上青冥。千年化兮如遼東之鶴。望日朝兮如葉縣之舄。與安期、羨門之流。洪崖、洞玄之屬。同列仙班不爲難矣。古今得道輕舉者。不可勝數。子謂無徵。如聾者不聞有絲竹之音。瞽者不知有丹青之色。彼淺見謏聞。烏足以語道哉。問者屏息汗顏而退。真人開方便門。示慈悲海。出人於炎炎火宅。提人於浩浩迷津。識性命之祖宗。和氣神之子母。有無會於一致。空色泯於兩忘。使入是門者。如南柯夢覺。由是路者。似中山之酒醒。返我之真。無欠無餘。復入於混成。歸我之宗。不墜不失。復同於太始。真一之性。湛然圓明。變化感通。無所而不適也。真人羽化之後。門人哀集遺文。約千餘篇。辭源浩博。旨意宏深。涵泳真風。包藏妙有。實修真之根柢。度人之梯航也。京兆道衆。聚財發槧。雖已印行。而東洲奉道者多。因去版路遥。欲購斯文。不易得也。長生劉公。教門標的。仙宗羽儀。爲一代之師真。作四方之教主。謂全真之風。起於西。興於東。徧於中外。其教廣矣大矣。乃命曹瑱、來靈玉、徐守道、劉真一、梁通真、翟道清等化緣。特詣吾鄉。求序於憚。以真人文集分爲九卷。載開版印行。廣傳四方。俾後人得是集者。研窮其詞。如鑿井見泥。去水不遠。鑽木見煙。知火必近。使人人早悟而速成。實仁者之用心也。噫。自古修真之士。或(跰)〔跂〕足尋師而師不遇。或斷臂問法而法不知。至於皓首窮年。莫知所措。虛過一生。深可惜也。今全真文集散落人間。妙用玄機昭然易見。學者宗之。大修則大驗。小求則小得。士之志於道者。適遇斯時。何其幸也。大定戊申清明一日。寧海州學正范懌德裕謹序。重陽全真集

水雲集序〔大定二十七年〕

范懌

東牟。古牟子之國。齊之大郡也。戶口浩繁。人性質樸。東連滄海。煙浪雲濤。浩渺無涯。不知其幾萬里。南揖崑嵛。層巒疊嶂。峻極於天。不知其幾萬丈。海山鍾秀。人傑地靈。異人名士。代不乏人。宜乎真人仙子相繼而生也。譚公先生名處端。號長真子。吾鄉大族也。生而穎悟。識度不凡。善草隸書。爲人剛正有操行。鄉里敬憚之。大定丁亥歲。重陽憫化妙行真人。飛錫東來。仙遊海上。以往契夙緣。訪尋知友於吾鄉。得丹陽子馬公、長真子譚公。於東萊掖水。得長生子劉公。又於登州棲霞。得長春子丘公。結爲方外眷屬。所謂譚馬丘劉是也。相從真人之遊。西抵夷門。真人付以口訣。囑以後事。厭世而上昇。四子殯葬禮終。挈徒而西至終南山。卽真人之舊隱。傳襲其道十有餘年。自時厥後。各從所之。長真先生往來於洛川之上。行化度人。從其教者。所至雲集。其述作賦詠。舉筆卽成。詩頌詞章。僅數百篇。又述語録骷髏落魄歌警悟世人。皆包藏妙用。

敷暢真風。引人歸善。甚有益於時也。濬州全真菴主王琉輝等鏤版印行。廣傳四方。值丙午歲。大水漂没。其版散亡。掖水長生先生劉公運慈悲心。開方便路。遣門人徐守道、李道微、于悟仙等。詣吾鄉屬予爲序。欲再命工發槧以永其傳。可謂仁人之用心也。竊嘗謂長真先生與余同鄉里。年相若而志頗同。幼爲兒童之戲。長爲朋友之遊。而先生中年遇師學道。蟬蜕登真。余蒼顔華髪。尚區區於名利之場。甘分待終。隨物衰謝。何其愚也。余將掣肘捐老牛舐犢之愛。去碩鼠畏人之貪。逍遥於自得之鄉。嘯傲於真閒之境。學先生之道。誦先生之文。高養天和。以寄餘生。未審先生異日有舊遊之念。肯乞飛霞佩乎。嗚呼。先生已羽化矣。後之學者。不能見先生之步趣。聞先生之謦欬。其玄機妙旨、遺範餘風。詳味斯文則可矣。大定丁未歲正月望日。東牟州學正范懌德裕序。水雲集

冲虚至德真經四解序〔大定二十九年〕　毛麾

太史公序黄老而先六經。蓋知崇道術矣。何偶遺列子。劉向乃校勘成書。其言明内外、證死生、齊物我。大抵與蒙莊合。至於謂不知我之乘風。風之乘我。周之爲蝶。蝶之爲周。若出一口矣。然後世注説傳者。俱少列子。在晉有張湛。唐有盧重玄。方之南華。湛則郭象。盧則成玄英也。逮宋政和有解。而左轄范致虚謙叔亦有説。當是時。天下立道學。與三舍進士同教養法。儒臣王禮上言。莊列二書。羽翼老氏。猶孔門之有顔孟。微言妙理。啟迪後人。使黄帝之道粲然復見。功不在顔孟之下。宜詔有司講究所以崇事之禮。從之。故其書大行。平陽逸民高守元善長。收得二解。并張、盧

二家合爲一書。誠增益於學者。因之得以叩玄關。探聖域。致廣大而盡精微。顧不韙歟。竊嘗謂訓詁之義。自昔爲難。盧序曰。千載一賢。猶如比肩。萬代有知。不殊朝暮。可爲喟然歎息也。大定己酉春季月。承務郎前同知沁州軍州事雲騎尉賜緋魚袋致仕毛麾序。沖虚至德真經四解

常清静經注序

毛麾

源之未發。流無不清。風之未扇。物無不静。及乎流以汩之。則清者濁矣。吹而散之。則静者動矣。此理之常也。道之生物。自然之性。何嘗不湛然而清。寂然而静。感而遂通。性以情遷。失其天真。逐而忘返。至於流浪生死。常沉苦海。顧不哀哉。太上以大慈悲大方便。接引迷徒。將與復其本原。使得見道。謂道雖不可以言傳。而目擊道存之士。且幾何人。斯謂道雖不可以象教。而得魚忘筌之喻若有所待。故經之所以作也。是經諄諄明誨。始曰清者濁之源。静者動之基。人能常清静。天地悉皆歸。繼而曰。人神好清。而心擾之。人心好静。而欲牽之。常能遣其欲而心自静。澄其心而神自清。又繼之曰。内觀其心。心無其心。外觀其形。形無其形。遠觀其物。物無其物。湛然常寂。寂無所寂。卽是真静。真静應物。漸入真道。復曰。雖名得道。實無所得。爲化衆生。名爲得道。此真經之大旨歟。蓋自西王母授之。仙人葛玄等傳之。太玄真人贊之。世世遵奉。奈何愚者有終身不靈。惑者有終身不解。鮮克仰副太上慈悲方便之意。今驪山侯公先生。遊方之外者也。念經之言。能悟之者。可傳聖道。乃卽其説爲之訓解。辭簡而甚易明。理達而甚易行。神而明

之。自遣欲而滅三毒。由觀心而識無空。屏執著之妄心。誡貪求之煩惱。祖述聖作。以開以明。其間有云。悟而無爲者是。得而有作者非。有云。大道中無文字。文字中無大道。天文玉訣。須憑師匠口耳相傳。有云。不執空爲空。不著有爲有。有云。抱出靈華潔。回還一體光。學者倘於是經誦持不退。當得造於目擊之玄。不有待於忘筌之後也。平水老人毛麾序。常清静經注

磻溪集序〔大定二十七年〕

毛麾

蘭生深林。不以無人而不香。鶴鳴九皋。自然有聞而及外。高人勝士。或幽棲窮谷。甘枯槁於山樊。或混雜同塵。肆沈淪於鄽市。雖室邇而人遠。覺心静而地偏。飄飄泛泛。喻孤飛之雲、不繫之舟。隱起滅於丹霄滄溟之際。將何往而不自適耶。加之玄元爲師。泰和爲友。遐襟曠跡。淵渟谷虛。傚内觀之達人。法勤行之上士。修真養命。累功及人。間亦寄興言懷。高吟大著。遵皇人之紫筆。演大洞之空歌。文辭章句。往往見於世焉。是以蘭之吹香、鶴之聲聞乎。我儀圖之。今長春子丘公。非斯人之徒與而誰與。公本登州棲霞人。與劉公、譚公、馬公。俱圖學於終南王風子先生。著名海上。遠近敬仰。號丘劉譚馬。若古祛惑論所謂神仙道士。若太上説養性得仙三十六法。寂寞在人間者也。門人弟子賫公所作詩曲雜文來謁序引。余素未遂覯止臨江之表。而獲覩雄編。嘉其恬淡閒逸。縱凡儷俚。無所拘礙。若游戲於翰墨畦徑外者。不雕不琢。匪丹匪青。土鼓蕢桴之不求響奏。玄酒太羹之不事味享。知音知美。其在斯乎。唐蔣防稱静福山廖沖曰。仙書無文。仙語無詞。以心

傳心。天地不知。放情逍遥。今古爲誰。予〇予下疑脱於字。丘公復云。時大定丁未長至日。文林郎前太常博士兼校書郎雲騎尉致仕平陽毛麾序。磻溪集

金文最卷三十九

序

磻溪集序〔大定二十六年〕

胡光謙

玉峯老人講經四十年。緣深未斷。丙午春。演羲易於條陰之北郊。有三仙者。自隴山來。謁我祇宮。囊出一編。乃磻溪丘公長春舉揚玄諦、開誘迷朋而作也。啓緘閲焉。其文豪縱。意出新奇。蓋匪俗學所能知者。昔王官李欒然。與玉峯俱出靳秀覺之門。而李自穎悟。玄言驚人。非世才之所能窺。既與序而傳之矣。嘉哉。道之聰。非世之聰也。道之言。非世之言也。何以徵之乎。俗學者。雖能鼓頰搗毫。不過歌詠情性。搜羅景物。至造理者。明天人之際。助聖賢之教。亦可與日月爭懸。若夫悟真之士。特不斯然。發無言之言。上明造化。彰無形之形。下脱死生。信手拈來。不勞神思。空唷自震。奮爲雷霆。本文不作。燦成斗星。玉峯老人今於羣仙而證之。不求高而自高。不期神而自神。豈非一氣通徹。六窗洞闢。動容無不妙。出語總成真。本來如是。非假他通者耶。如磻溪集云。手握靈珠常奮筆。心開天籟不吹簫。又云。頂戴松花喫松子。松溪和月飲松風。又云。

徧撮山頭三伏暑。都教化作一團冰。又云。有無皆自定。貪愛復何爲。又云。酒傾金露滑。茶點玉芝香。又詞云。般般放下頭頭是。選甚花街並柳市。虛空體。本來一物無凝滯。又云。天下周游身不動。人間照了心無用。又云。踏盡鐵鞋迷。不出菴門透。略舉二三數。讀者當廣知焉。嗚呼。今之仙緣。必宿有仙契者乎。昔在東菴。與王風仙全真結緣。在長安。與馬丹陽結緣。去秋海州人來。與譚仙結緣。惟丘公遠處隴上。是數者。皆風仙之徒。今悉得結其緣。非人力之所能致也。雖然。丘仙之道。豈爲我而顯也。蓋光輝之大。世有不可掩者。於是乎亦得結緣焉。時太定丙午歲五月日。中條山玉峯老人胡光謙序。磻溪集

磻溪集序（泰和六年）

移剌霖

且夫至道之妙。不得以聲色求。而不得以形迹窺。必賴至人爲馴致計。揣章摘句。俾得傳誦之、歌誦之。而漸能游聖域而造玄門者也。然而句乏警策。文無淵底。則烏可歆豔當時而激勵後學者哉。今見長春子丘公磻溪集。片言隻字。皆足以警聾瞽而洗塵囂也。寧非生而穎悟。未弱冠而志於道。不寐者餘四十載。日記三千言。身行萬里地。三教九流。貯蓄於胸臆。照耀於神識故也。宜乎聲馳丹闕。有綸音之邀。契偶真仙。喜金鱗之得。因知從重陽之役者。無慮千百輩。惟丘劉譚馬四公。特爲秀出。然翹翹之譽。獨有歸焉。適有舊友隴西公亨道。自東萊直抵奉城郡署。懇求集序。拜手而加額者數四。自知弓刀簿領之手。不足爲形容髣髴。然稔慕風聲。恨未披際。況李侯之來。引繩

不可挹。故讓之無計。而勉書數字。時泰和丙寅歲重午後一日。昭義大將軍武定軍節度使兼奉聖州管內觀察使提舉常平倉護軍漆水郡開國侯食邑一千户食實封一百户移剌霖題。磻溪集

磻溪集序（泰和八年）

陳大任

昔蒙莊著書三十三篇。大率寓言藉外之論。後之談道者。然以黜聰去羨頤神養氣爲本。至於接物誘俗、革頑釋蔽。亦不免託默於語。東州高士長春子丘公。世居登之棲霞。未冠一年。游崑崙山。遇重陽子王害風。一言而道合。遂師事之。王遺以詩。有被余緩緩收綸線。拽入蓬萊永自由。其深入理窟可知已。久之與同志馬公、譚公、劉公、陪從重陽子遊南京。識者目丘劉譚馬爲林下四友。居無幾。重陽子捐館。四人護喪歸葬終南。廬於墓次。服除。各議所之適。惟公樂秦隴之風。居磻溪廟六年。龍門山七年。丐食飲以度朝夕。聲名藉甚。大定戊申。世宗皇帝聞之。驛召至京師。賜以冠巾絛服。見於便殿。前後凡四進長短句以述修真之意。上嘉歎焉。及還山之後。接物應俗。隨宜答問。有詩頌詞歌。無慮若干首。文直而理到。信乎無欲觀妙。深造有得者歟。其徒裒爲巨帙。將鋟木以廣其傳。謁文以冠篇首。愚以爲古隱君子有三概。或自放草澤。名往從之。人主之尊。猶物色而招訪。或持峭行不屈於俗。雖有所應。終不可縻以物。務使人人想望丰采。或資槁薄。而樂山林。逃空虛而不返。使天下常高其德。不可加訾。長春子兼而有之。宜乎以野服承聖明。使四方懷想而企慕焉。非如放利之徒假隱自名。欺愚誑瞽爲得計哉。先生今在棲霞太虛觀。未有承顏接膝之

期。所以敍其崖略者。庶他時邂逅。不以我爲生客。泰和戊辰四月望日。翰林學士中順大夫知制誥兼國子司業輕車都尉潁川縣開國伯食邑七百户賜紫金魚袋安東陳大任序。磻溪集

重陽教化集序〔大定二十三年〕

國師尹

甚哉。高尚至人。世不常有也。譬如景星慶雲。非遇聖朝昌運。則豈泛泛而見。自太上出關之後。有關令尹喜傳襲其道。下逮鍾離處士、吕洞賓、陳圖南者。皆相繼而出。於今得重陽真人及丹陽先生。亦接踵於世。噫。寥寥乎幾千百年之間。此數君者。未易多得。可謂高尚至人。世不常有者也。丹陽先生、馬宜甫。本冠裳大姓。富甲寧海。自童穉時。其仙風道骨。洒落不凡。已爲閭里欽重。長從鄉校積學爲文。便能入第一等。忽遇重陽真人。以一言悟意。棄金帛如敝屣。視妻子如路人。幅巾杖屨之外。一無所有。澹如孤雲。悠然西邁。以爲物外之遊。意將不受幻化。倘非夙緣定分。了悟生死者。其孰能與於此。先生入道之後。凡述作賦詠僅數百篇。一一明達至理。深得真詮。門人高弟等命同共議。裒綴成集。門人虛真子朱抱一命工鏤板。將行於世。乃屬本府醫學博士韓扆同扶風馬川訪予求序。諄諄懇至。適有客在座。聞之則掀髯抵掌、捨席趨進而問曰。道家者流。嘲弄風月。固當如是乎。予卽應之曰。噫嘻。子亦誤矣。且如明眼禪和。欲傳妙道。亦必垂一則語。以示後之學者。矧茲高尚至人。力欲恢宏正教。闡揚家風。必以言語訓誡發爲文章而啓迪迷人。庶有覺悟。況此冷淡生活。本是道人風味。兼其間無一字塵凡氣。殆非吟詠風月者、無用

之空言也。子無誚焉。客乃醒然改容悚赧請退。曰。僕誠淺陋。言且過矣。其徒所請既堅。子盍序之。予因作此俚語以書卷首。大定癸卯冬十有一月上休日。營丘府學正國師尹序。重陽教化集

重陽教化集序〔大定二十三年〕

趙抗

仁人之用心也大矣哉。身已適於正也。欲天下之人皆去僞而歸真矣。吾鄉丹陽先生之徒。行是道者也。先生舊爲寧海著姓。祖宗皆以通儒顯宦。自弱冠之年。遊庠序。工詞章。不喜進取。好虛無。樂恬淡。已深悟玄元之理。一日重陽真人自終南徒步而來。一見而四目相視。移時不已。及開談笑。語如舊交夙契。或對月臨風。或遊山玩水。或動作閒宴。靡不以詩詞唱和。皆以性命道德爲重。謂人生於電光石火。如隙駒朝露。不思治身。妄貪名利。倘修之不早。若一入異境。則雖悔何追。常以是而深切勸勉。冀一悟而超脱塵世。顧丹陽依違而未決。乃歎曰。下手遲也。遂入環堵。令丹陽日親饋一食。自十月朔而處。所須惟文房四寶布衣草屨。枕石而席海藻。隔窗牖而求詩詞者接跡。舉意卽就。略無思索。當隆冬積雪之際。和氣滿室。居百日而方出。嘗入夢於丹陽。而警之以天堂地獄。又索梨栗芋。每十日而分賜之。自一以至五十五。爲陰陽奇偶之數。皆以詩詞往復酬和而顯其旨意。於是丹陽夫婦。開悟。厭塵俗而樂雲水。書誓狀。願師事於真人。兹分梨十化之由也。自此易麤衣。分三髻。日從事於重陽。視富貴如浮雲。棄子孫如敝屣。忻然違鄉里。西游梁汴之間。盡傳其道。不久而真人蜕昇。遂西入關陝。至終南重陽舊地。築環堵以居焉。無塵事之縈。

無火院之累。專心致志。以精窮内事。雖祁寒酷暑。不易常服。或忽然長嘯。而自歌自舞。已得希夷之真趣。故人心歸向。無賢不肖。皆願爲門弟子。吾邦之士素慕其名德。不憚數千里之遠。往而求見者無虚日。斯見離五行之外。而超俗出世者也。豈不曰好離鄉乎。凡當時之一篇一詠。不徒然而發。皆所以勸戒愚蒙。免沈溺於愛河慾海。非專爲於己也。故門人裒聚二先生之詩詞。分爲三集。上曰教化下手遲、次曰分梨十化、又其次曰好離鄉。共三百餘篇。玩其文、究其理者。則全真之道思過半矣。自丹陽得遇。殆今一紀有餘。闡揚其教。四民瞻禮。多入道而從下手遲三集。雖關中已鏤版印行。以通途遼邈。傳於山東者。百無一二。而樂道之士。罕得聞見。一日丹陽門人靈真子朱抱一訪予曰。先生因重陽真人之誘掖而棄俗。究重陽真人之詩詞而悟道。或以篇章。或以言説。廣行其教。欲人人咸離迷津。超彼岸。得全真之理。豈肯獨善其身哉。兹見仁人之用心也廣大矣。況此三集。皆在吾鄉所作。有目有耳者。皆親聞見之。實丹陽發跡之根柢。而得道超脱之因盡在是也。欲命工重雕印造以廣其傳。俾世人皆得以披覽稽考。知趨正而歸真矣。求余爲文以序其事。予老矣。昔與丹陽鄰里同。在郡庠又相友好。不惟常仰丹陽之道高德重。抑又見門人之仁心宏遠也。雖才學淺陋。不足以形容其事。然於義固不可辭。姑以當時之親見以道其實。其在他出處之跡顯異之行。前數公序之詳矣。此不復載。大定癸卯。寧海州學録趙抗謹序。重陽教化集

重陽教化集序（大定二十三年）

劉孝友

有生最靈者人。人生至重者命。性命之真。弗克保全。其爲人也。末如之何。語所以保全性命之真者。非大道將安之乎。世之人。徒憙乎高爵之貴以爲榮。豐貲之富以爲樂。謂可以滋益性命於永久。而不知富貴之中。美食華衣。饒結於口體。繁聲豔色。侈奉於視聽。心猿易放。情竇難窒。嗜慾耽荒。皆因以萌。驕奢淫佚。靡所不至。而勞神憊氣、戕性賊命之患。舉在於是。良可鄙也。豈侔乎邁世遠凡。棲心溯道。黜聰明。去健羨。所樂者淡薄。所守者清浄。紛華弗容蠱於外。情欲無所啓於內。純純悶悶。專氣致柔。久而靈臺湛然。神明自得。全真契妙。仙昇太清。不其韙歟。達是理者。今吾鄉丹陽先生其人也。先生本儒官名家。金穴豪士。自幼讀書。聰敏之性。異於髫豎輩。迨冠。染翰摛藻。衡視秀造。吾儕亦咸所推重。每於暇日。親朋宴集間。多笑發名談。雅有方外趣。鄉黨以是知先生亦習道念之深也。大定丁亥。有重陽真人自終南而來。一見先生。謂宿有仙骨。可與爲閬苑蓬壺逍遥侶。乃温顔青眼。傾蓋交談。勸其遠俗脱塵。亟探道妙。先生初以家貲廣貯。妻孥愛深。未之遽從。迨重陽多方警化。屢示以詩詞。激切勸諭。識其玄機微旨。皆神仙語。忽爾覺悟。願執弟子禮。從真人遊。將所示篇什。依韻賡酬。以形服教進道、永矢弗渝之意。己丑歲。重陽西返。道徒從焉。先生乃鋭然捐産捨家。違妻離子。顛髻體褐。躡後而行。徑入梁汴間。棲泊朞月。重陽謂吾道之玄微授先生者已竟。乃蟬蜕仙去。先生復挈徒西上。之終南訪重陽舊庵所。築環堵而居。遵師踵武。養道闡教。居人及鄰州。不以長幼歆慕而宗師者。無慮千餘輩。閱禩逾紀。至壬寅仲夏。先生默想鄉邦遐僻之地。意其苦海愚迷。喪真積釁者衆。卽振策東歸。深慈悲之念。躬拯化之勤。庶使人人悟過修真。俱登道岸。杖屨所至。亦靈異之徵屢昭。臨井呪泉。而泉卽變甘。救旱祈雨。而雨遽應降。修醮儀而彩雲集於庵上。焚魚網而海市見於臘天。餘多異跡。謂非顯然衆所共見者。難以縷形。遂致遠邇之人。咸欽風服化。其丱髮緼袍願受教爲門弟子者。日差肩而前。不可數計。先生旣化行如是。復想其遇師得道之始。與重陽唱和詩詞數百篇。皆發揮道妙。足以爲破迷解惑超凡度世之梯航。要廣傳於世。俾玩詞味旨者。率醒心明道。遠塵勞之苦。全性命之真。異時俱爲丹臺籍客也。曩者雖門人已嘗編集。分卷命名。印施陝右。尚慮其傳之未周。及知其中多有舛誤字句。由是門人再行編集。詳加讐正。欲於鄉中。募工鏤版。普傳四方。委丹陽門人靈真子朱抱一辨其事。一日朱公惠臨圭竇。諭予作序。予自商埤污椎魯。奚足以發揚玄旨。固辭弗可。遂勉摭先生遇師得道闡化之崖略。濡毫燥吻。作澳洄下俚語。姑酬其請云。時大定癸卯歲。寧海州鄉貢進士劉孝友序。重陽教化集

重陽教化集序（大定二十三年）

梁棟

嘗聞之。得其道則仙可成。遇其人則道可得。以此知仙之難成。道之難得。而人之尤難遇也。彼道家者流。例多不遇至人。徒學般運噏嗽。區區屑屑。殊可笑也。夫至人之道。其甚易知。其甚易

行。所傳於人者。豈徒然哉。必視乎有仙風道骨。又知乎聯夙昔之契。雖相去數千里之遠。必勤勤懇懇。付之道而後已。此有以見重陽之於馬公也。重陽早遇至人。口傳至道。乃結廬於甘水之上。既而雲遊山東。直抵寧海。蓋預知有人可以傳道也。一見馬公。情契道合。其一語一言。未嘗不以下手速修爲喻。然馬公寧海鉅族。家貲千萬。子孫詵詵。雖素樂恬淡。亦未易猛捹也。重陽乃於孟冬之首。鎖庵百日。出神入夢。以天堂地獄爲之警動。又嘗以賜馬公梨一枚。詩一篇。其後十日。索梨一枚。分而爲二。又賜以芋栗。各有其數。冥合陰陽奇偶之妙。無非託物以諭意。假言而明理。馬公一旦開悟。以所賜詩頌。依韻賡和。欣然棄家。易於去敝屣矣。於是師重陽。西遊汴梁之間。重陽既傳道於馬公。屬以後事。遂尸解仙去。馬公果能敷暢玄風。發揚妙理。遠近奉教者。不可勝數。其前日賡唱詩頌。有欲願見而不可得者。門人遂收散亡。共三百餘篇。欲鏤板印行。傳之四方。偉哉。用心之廣也。一日。馬公門人靈真子朱抱一。攜下手遲集以求序於余曰。某欲刊行此文。意使棲心向道之士。諷其書辭。味其旨趣。以之破迷解惑。皆知石火光中。雖務速修。猶太遲也。余聞是言。加以素慕全真之風。兼目覩其實。不能以鄙陋爲拒。姑敍其大概云。癸卯歲。寧海州東牟鄉貢進士梁棟謹序。重陽教化集

重陽教化集序（大定二十三年）

劉愚之

夫全真之教妙矣。其道以無爲爲本。以清凈爲宗。其旨易知。其實易從。然世之人。類履之而無

終。行之而鮮久者。何哉。以其信之不篤。執之不固。抱兒女子之惑。無烈丈夫之志。徒眷眷於火宅。不能高蹈遠引而去故也。今丹陽先生其能終始是道。而得至於仙者與。先生世居東皐。資産鉅萬。貌偉神秀。無一點塵俗氣。自總角知書。淡乎無仕進意。混處閭里。德不外耀。鄉人以是慕之。已而重陽真人徒步出關。直造寧海。且謂與先生有宿昔之契。因警之以詩。悟之以詞。要與俱遊乎八極之表。先生始而疑。中而信。又終而從。遂執弟子之禮而師焉。一旦撥置家務。棄去井邑。而偕爲汴梁之行。無復有繫著念。雖使陟危蹈傾。冒艱履困。竟志類鐵石。確然而不之變也。以是而盡能傳重陽公之道。若夫陰陽造化之理。性命保全之術。點化傳度之訣。無爲清凈之旨。靡不洞索而通明之。以至於重陽歸真。卒赴其託而主其教焉。故全真之風。於公廣行。無智愚賢不肖。願從而歸之者。惟恐其後。先生事師凡四年。而師終。師終凡十餘年。而又不返。則先生離鄉之志可知矣。然先生之離鄉。豈徒然哉。蓋有説在焉。僕爲先生里人。乃得其詳。方先生之遇也。心雖許之從。而身未之逮也。姑以私第南館名其庵而居。一日。重陽真人指先生而誨之曰。子知學道之要乎。要在於遠離鄉而已。遠離鄉則無所係。無所係則心不亂。心不亂則欲不生。無欲欲之。是無爲也。無爲爲之。是清凈也。以是而求道。何道之不達。以是而望仙。何仙之不爲。今子之居是邦也。私故擾擾。不能息於慮。男女嗷嗷。不能絶於聽。紛華種種。不能掩於視。吾懼終奪子之志。而無益於吾之道也。子其計之。先生乃懼而悟。顧而笑。即日拂袖去。用能斷宿緣。剔塵染。寂然與物無著。杳然與物無累。乘雲馭風。飄飄爲神仙中人矣。先生自受師前言而至於了達。然不敢默默自蓄於胸中。特取疇昔唱和三帙。舉其一以名之曰好離鄉。庶覺諸未悟者。必式此以爲進道之階。噫。先生之用心。可謂仁且大矣。僕敢不竭慮而讚揚之。因丹陽門人靈真子朱抱一求序。姑序其萬一云。大定癸卯歲。寧海州東牟鄉貢進士劉愚之謹序。重陽教化集

重陽教化集後序

王滋

太上有言曰。吾所以有大患者。爲吾有身。及吾無身。吾有何患。蓋古之至人。尚且以身爲累。況於其身之外者乎。且家盈百口。徒益勞生。家累千金。難逃物化。可不諦惟泡幻。漸遠世緣。故當滌去塵根。獨露全體。其有寂心暫住。熱境未除。火宅炎炎。徒起亡家之念。仙都杳杳。妄興脫屣之懷。不念玉藥金蓮。豈產行尸之腹。瑶臺絳闕。肯容祇痔之人。自非澡雪神情。捐棄塵累。則何足以仰膺師訓。深造道樞。從乎汗漫之遊。達彼逍遥之趣。惟我丹陽真人。冰清玉立。淵渟谷虛。視富貴如涕洟。等聲名於桎梏。嘗遇重陽真人。親授秘旨。所謂目擊心會。色授神與者矣。而重陽公又復著爲詩詞。發明真要。丹陽公隨機酬和。如響應聲。前後僅數萬言。辭質而義明。言近而指遠。其勤勤懇懇若此者。蓋欲指示學徒易爲開覺故也。其門人靈真子朱抱一等。相與裒集編次。計三百餘篇。釐爲三卷。嘗請諸其師。而名之曰下手遲。曰分梨十化。曰好離鄉。集既成。一時修真之士。共珍祕之。惟恨得見之晚。一日其門人靈元先生衛公。攜所謂靈真子朱抱一者。奉是集而來。謂予曰。此吾之師重陽、丹陽二真人唱和集。今好事者。傳寫之不暇。竊惟此編真詮妙論。了

見古人直截下手處。實屬昏衢之指南。倘獨擅於已而不廣其傳者。不惟有負吾師著述之意。亦豈仁人之用心哉。有志於道者。誠所不忍也。吾將刊木以貽諸同志。前此雖已有總序。子其爲我各爲之引。滋辭以不敏。非特不足以發揚玄奧。恐適以爲贅疣之累耳。況此集一出。將見如夜光尺璧。紫芝瑞雲。璀燦灼爍。人争先覩之爲快。又豈復俟滋爲之引而後顯耶。衛公曰。有是玄哉。且子亦嘗遊吾師之門牆。聆吾師之論議者屢矣。吾且以子爲頗造其閫閾者。竊謂子必喜爲之。而吾與子復有平昔之好。故以吾爲介。期子之不我拒也。豈其過自謙抑。誠非所望焉。雖然。必强爲我著之。既不獲請。滋乃伏而思曰。惟二師之教。章章然著在人耳目。故不待傳而傳矣。念衛公者。昔以詩書世其家。實好學能文之士。方少年時。藉藉然有聲於場屋間。晚節養高自晦。甘於恬退。不妄然諾。今從丹陽公遊。鄉里所共好之。滋亦嘉其道之篤。而靈真子朱先生意復益堅。故不敢復讓。勉留其所謂好離鄉集。再四披繹。大率皆以刳心遺形。忘情割愛。嗇神挫鋭。體虚觀妙爲本。其要在拯拔迷徒。出離世網。使人人如孤雲野鶴。飄然長往。擺脱種種習氣。俾多生歷刦。攀緣愛念。如冰消瓦解。離一切染著。無一絲頭許凝滯。則本來面目。自然出現。此全真之大旨也。而凡夫之性。計我我。數人人。蓬心蒿目。認賊爲子。不識本原。徒自執著。虚妄流轉。觸途患生。無有窮已。爲可憐憫。故因目是集爲好離鄉。將使學人。因文解義。離其所染著。離其所愛戀。徧離一切諸有。以至於離無所離之離。真清真静。無染無著。至實相境界。則舉足下足。無非瑤池閬苑矣。一至於是。則前所謂吾有何患者。果何有哉。愚之妄意。以爲如此。因摭此而勉爲之序。其他則備

見於後總序。此不復紀。登州黄山王滋德務述。重陽教化集

重陽分梨十化集序〔大定二十三年〕

馬大辨

丹陽先生系出扶風。大辨之宗親也。家貲巨萬。子孫詵詵。自幼業儒。不爲利禄誘。性好恬淡。樂虚無。嘗謂其人曰。我因夢遇異人。笑中得悟。大定丁亥秋。果有重陽真人別終南。遊海島。欲結知交。同赴蓬萊。共禮本師之約。東抵寧海。首往范明叔之遇仙亭。丹陽繼至。參謁真人。一見驩然相傾蓋。目擊而道存。知丹陽夙有仙契。遂丁寧勸以學道修真。丹陽識其諄誨。敬諸真人偕至郡城。居之南庵。命其名曰全真。日夕與之講道於其中。必欲丹陽夫婦。速修持。棄家緣。離鄉井。爲雲水遊。其初夫婦弗從也。真人誓鎖庵百日。自孟冬初吉賜一梨。命丹陽食之。每十日索一梨。分送於夫婦。自兩塊至五十五塊。每五日又賜芋栗各六枚。及重重入夢。以天堂地獄十犯大戒罪警動之。每分送。即作詩詞。或歌頌。隱其微旨。丹陽悉皆酬和。達天地陰陽奇偶之數。明性命禍福生死之機。由是屏俗累。改衣冠。焚誓狀。夫婦信嚮而師焉。逮己丑歲。從真人西歸。至汴梁間居。閲歲。真人蟬蜕仙去。丹陽盡傳其道。乃與其徒西走終南。訪真人舊隱。築環堵而居之十稔。宗闡其教。徒弟雲集。不可勝數。歲在壬寅。丹陽飛錫東來。復還鄉邦。一日語諸門人曰。真人平昔著述。已有全真前後集。又其遊吾鄉時所著。類皆玄談妙理。裒集得三百餘篇。分爲三帙。上曰下手遲。中曰分梨十化。下曰好離鄉。此集關西雖已刊印。然傳到鄉者何其罕耶。門人共對

曰。真人向至寧海化師父。實其根始。他處尚且刊行。况鄉中乎。當重加校證編次。亦作三帙。命工鏤版。以廣其傳。丹陽門人靈真子朱抱一。擕是集訪余。謂余曰。鄉老先生范、趙、劉三公已作總序。每帙别求爲序引。余答曰。僕方且對燈窗事雕篆。以謀進身繼箕裘之緒。能無愧於忘名利出塵世者乎。然自謂爲兒童時。素識丹陽。有慕道之心。又親覩其人鎖菴勸化之事。不能以淺陋辭。因留其分梨十化一帙。故樂出是言。庶使四方嚮道之士。知全真之教有利於人也大矣。若夫二先生戒勸之文、神異之跡。其他記序歌誦。載之已詳。姑敍其丹陽夫婦出家入道之本末云。時大定癸卯歲。寧海州東牟鄉貢進士馬大辨謹序。重陽分梨十化集

丹陽神光燦序（大定十五年）

甯師常

道在邇而求諸遠、事在易而求之難者。此世之常情。至於目擊而存。不言而喻。此上士之趣。實丹陽先生得之也。先生以先覺之明。開發愚徒。穎悟後進。其有不逮者。又從而指示之。誠猶皓月流天。纖悉皆蒙顯煥。心鐙在體。熱腦咸得清涼。先生又作神光燦百首。俾使歌揚紬繹。互相警策云爾。嗚呼。先生其化人之心也深。念人之意也重。豈不若菩提寶樹。布清影於恒沙。般若神舟。濟塵勞於苦海者歟。姑以鄙言序其端首。大定乙未重九日。筠溪野叟甯師常謹序。丹陽神光燦

金文最卷四十

序

竹溪先生文集序

趙秉文

文以意爲主。辭以達意而已。古之人不尚虛飾。因事遣詞。形吾心之所欲言者耳。間有心之所不能言者。而能形之於文。斯亦文之至乎。譬之水不動則平。及其石激淵洄。紛然而龍翔。宛然而鳳蹙。千變萬化。不可殫究。此天下之至文也。亡宋百餘年間。惟歐陽公之文。不爲尖新艱險之語。而有從容閒雅之態。豐而不餘一言。約而不失一辭。使人讀之者。亹亹不厭。蓋非務奇之爲尚。而其勢不得不然之爲尚也。故翰林學士承旨党公。天資既高。輔以博學。文章冲粹。如其爲人。當明昌間。以高文大册。主盟一世。自公之未第時。已以文名天下。然公自謂入館閣後。接諸公遊。始知爲文法。以歐陽公之文爲得其正。信乎。公之文有似乎歐陽公之文也。晚年五言古體。寄興高妙。有陶謝之風。此又非可與誇多鬭靡者道也。近歲寇攘。喪亡幾盡。姑哀次遺文。僅成十卷。藏之翰苑云。滏水集

法言微旨序

趙秉文

揚子聖人之徒歟。其法言、太玄。漢二百年之書也。漢興。賈誼明申韓。司馬遷好黄老。董仲舒溺災異。劉向鑄黄金。獨揚子得其正傳。非諸子流也。余既整緝太玄舊文。法言有宋衷注。亡之。今世傳四注。柳李二注。才釋一二。宋吴二注。頗有牴牾。其十二注中數家。大抵祖臨川王氏。無甚發明。又多詆忤而不中其失。獨温公集解。偏採諸本。微辨四家之得失。斷以己意。十得七八矣。其終篇詳辨揚子得聖人之行藏。爲得其正。實百世之通論也。故今斷以集解爲定。然法言之作。雖擬論語。不同門人問答。先後無次。乃揚子自著之書也。不應辭意不相連屬。其命名自序。思過半矣。或先義而後問。或後答以終義。或離章以發微。或終篇以明數。旁鉤遠引。微顯著晦。川屬脈貫。會歸正道。今所謂分章微旨者。非敢有異於先儒也。但使一篇之義自相連屬。穿鑿之罪。余何敢逃。萬一有得微旨於言辭之表者。或有助於發機云。滏水集

道學發源序

趙秉文

天地間有大順至和之氣、自然之理。根於心。成於性。雖聖人教人。不能與之以其所無有。疾苦必呼父母。此愛之見於性者也。有悖逆媿生於其心。此敬之見於性者也。然愚者知愛而不知敬。賢者知之而不能擴而充之以及天下。非孝之盡也。故夫愛親者。仁之源。敬親者。義之源。文斯二者。

禮之源。無所不體之謂誠。無所不盡之謂忠。貫之之謂一。會之之謂中。及其至也。蟠天地。溥萬物。推而放諸四海而準。其源皆發於此。此吾先聖所以垂教萬世吾先師子曾子之所傳。百世之後門弟子張氏名九成者所解。九成之解。是以啓發人之善心。由之足以見聖人之蘊。今同省諸生傅起等將以講明九成之解。傳一而千。傳千而億。聖人之意。庶幾其有傳乎。某聞之。喜而不寐。抑聞之。致知力行。猶車之二輪。鳥之雙翼。闕一不可。學者苟曰吾求所謂知而已。而於力行則闕焉。非所望於士君子也。間有窮深極遠、爲異學高論者。曰此家人語耳。非惟不足以知聖人之道。是猶詑九層之臺未覆一簣。欺人與自欺也。其可乎。愚謂雖圓頂黄冠、村夫野婦。猶宜家置一書。渠獨非人子乎。至於載之東西銘。子翬之聖傳論。譬之户有南北東西。由之皆可以至於堂奥。揔而類之。名曰道學發源。其諸異乎同源而有異流者歟。滏水集

箋太玄贊序

趙秉文

太玄何爲者也。將以發明大易而羽翼之者也。易有八物。而五行萬事在其中。玄則列之以三才。本之以五行。表之以陰陽。推之以律曆。而天下萬事之理具要其中。爲仁義而作也。卦用八、蓍用七玄則首用九、蓍用六五。彰之也。易有道義象數。説易者言道義則遺象數。言象數則遺道義。玄實兼之。其於聖經不爲無助。昔人譏屋下架屋。不猶愈於章句一偏之學乎。後之言數術者。孰與張平子。以平子不敢輕議太玄。而後儒非之。恐幾率易。顧僕何足以知太玄。姑以范注之小誤。以證本

經之不誤。范注以九首次九陽家。陽畫至十首羨之。初一又爲陽家。陽盡則晝多於夜。禍福殽亂。故其説時有不通。王氏已辨之矣。揲法。一扐之後。而數其餘。王氏依之。注本作兩扐。非經誤也。經云。旦筮用經。夕筮用緯。舊注以旦用一五七。夕用三四八。日中夜中用二六。蘇氏攻之。以爲中夕筮。吉凶雜至。旦筮。非大吉則大凶。是吉凶雜終不可得而遇也。揚子大賢。擬聖而作。不應筮法尚誤。此殆歲久失其傳也。及考玄數。五爲中央。注。土行所在。經緯雜用。旦筮有三表。一二三一表也。四五六一表也。七八九一表也。表取其一以爲占。旦筮用一與七。皆取其初遇。至於四爲緯。五則經。緯雜無已。則用六矣。一六七吉凶雜。與日中夜中夕筮同。況粹首一六七皆吉。而唫首一六七皆凶。亦有時而純吉純凶矣。恐旦筮當用一六七。夕筮用三四八。日中夜中用二五九。二爲經。九爲緯。五雜用之也。筮有四。星時數辭。注。星若干。一度也。時謂旦中夕也。數謂首數之奇偶。辭若九贊之辭也。時若旦。筮遇陽家。其數自奇。辭自多吉。是時數辭皆同。何以別之。竊意星若二十八宿是也。又有四方之宿。各分配日月五星。數有支干之數、律曆之數、玄算之數。與策數雜用之。此楊子所以知漢二百載而中天、平子所以知漢四百載玄其興乎之驗也。其然豈其然乎。玄有文誥等十一篇。道義象數之學。宋陸二注及王氏辨之詳矣。茲不復云。獨首贊與晝夜不合。及首贊之辭與首之名義。亦如六十四卦與卦義當相合。○如同人睽六爻。皆言同人睽之類是也。而注間有不悟。輒以他義釋之。恐有未安。理當釐正。使贊與首名義相合。庶幾粗明玄經之萬一。僕亦未能審於是非。姑録以備遺忘。以爲學玄之階耳。俟得前人之注改而正諸。滏水集

中説類解序

趙秉文

文中子。聖人之徒歟。孔孟而後。得其正傳。非諸子流也。自唐皮氏、司空氏。始知尊尚。宋司馬公爲之傳。其書大行。大抵唐賢雖見道未至。而有忠厚之氣。至於宋儒。多出新意。務詆斥。忠厚之氣衰焉。學聖人之門。豈以勝劣爲心哉。中説舊有阮氏注。所得多矣。某今但纂爲三類。一明續經有爲而作。二明問答與聖道不異。三明文中子行事。使學者知聖賢履踐之實。庶有助於萬一云。滏水集

貞觀政要中鑒序

趙秉文

書曰。與治同道罔不興。孫卿子曰。欲知上世。審周道、法後王是也。近世帝王之明者。莫如唐文皇。天縱聖德。文謀武略。高出近古。而又得房玄齡、杜如晦、魏徵、王珪、馬周、虞世南、褚遂良、劉垍爲之輔佐。朝夕論思。日月獻納。無非以畏天愛民、求賢納諫、安不忘危爲戒。故能功業若此巍巍也。其後明皇初鋭於治。用姚元崇、宋廣平、韓休之徒。致開元三十年之太平。末年罷張九齡。用牛仙客、李林甫、楊國忠。旋至天寶之亂。憲皇剛斷。初用杜黄裳、韋貫之、裴度。削平僭亂。末年用皇甫鎛而不克其終。治亂之效。於斯可見。史臣吴兢纂集貞觀政要十卷。凡四十篇。爲之鑒戒。起自君道。訖於愼終。豈無意哉。欽惟聖上聰明仁孝。超皇軼帝。而猶孜孜治道。俯稽前訓。然一

日萬幾。豈能徧覽。謹撮其樞要。附以愚見。目之曰貞觀政要申鑒。文理鄙拙。無所發明。特於鑒戒申重而已。昔張九齡因明皇千秋節進金鏡録以申諷諭。臣竊慕之。謹以聖壽萬年節。繕寫獻上。雖爝火之末。不足裨日月之光。區區之誠。獻芹而已。伏望略紓聖覽。不勝幸甚。謹言。滏水集

尚書無逸直解序

趙秉文

伏觀自古忠之大者。未有若周公者也。以成王年幼。恐其怠荒。作無逸一篇以申勸戒。舉殷三賢王及周文王。皆以憂勤得壽考之福。其意欲使祚胤長遠。又欲其君憂勤無逸。頤愛精神。壽考無窮。以致成王享國長久。刑錯四十年而不用。至今稱爲賢王之首。此皆周公篤實愛君之力也。其後唐明皇時。宋相獻無逸圖。帝列爲屏風。置之左右。穆帝時。崔植又請以無逸爲元龜。然則無逸一篇。周公之所以啟其君。後世之所以開陳善道。匡其君以盡君道而即以效臣職者。取法乎是。不費辭說。引而伸之。莫有過於是。而後知其道之廣且遠也。至於婉轉曲諭。務盡其心。抑揚辭氣之間。其爲文也至矣。萬世而下。奉爲龜鑑。不亦宜乎。臣某蒙國之厚恩。愧無以圖報於萬一。謹依注疏。乃撰無逸直解。因以獻。仰祝無疆。滏水集

送麻徵君序

趙秉文

可以仕可以不仕。仕則爲人。不仕則爲己。是以古之君子。知進退之有義。進不爲榮。退不爲辱。

盡其在我者而已。知窮達之有命。得之不爲喜。失之不爲憂。以其在外者也。孟子又於中形出養氣之説。配義與道。不以貧富貴賤死生動其心。猶以爲未也。推而至於聖人之於天道。窮理盡性。君子不謂之命。而大人之事備矣。近於是者。惟麻徵君。君以文學行義名天下。天下之人户知之。固不待予言而顯。正大中。天子聞其名而召之。皤然而來。君子以爲知義。悠然而辭。君子以爲知命。退將窮先天之學。以極消息盈虚之理。是可量也哉。諸公賦詩以寵其行。而某爲之引。滏水集

論語辨惑序

王若虚

解論語者。不知其幾家。義略備矣。然舊説多失之不及。而新説每傷於太過。夫聖人之意。或不盡於言。亦不外乎言也。不盡於言。而執其言以求之。宜其失之不及也。不外乎言。而離其言以求之。宜其傷於太過也。盍亦揆以人情而約之中道乎。嘗謂宋儒之議論。不爲無功。而亦不能無罪焉。彼其推明心術之微。剖析義利之辨。而斟酌時中之權。委曲疏通。多先儒之所未到。斯固有功矣。至於消息過深。揄揚過侈。以爲句句必涵養氣象。而事事皆關造化。將以尊聖人。而不免反累。名爲排異端。而實流於其中。亦豈爲無罪也哉。至於謝顯道、張子韶之徒。迂誕浮夸。往往令人發笑。噫。其甚矣。永嘉葉氏曰。今世學者。以性爲不可不言。命爲不可不知。凡六經孔子之書。無不牽合其論而上下其詞。精深微妙。茫然不可測識。而聖賢之實。猶未著也。昔人之淺。不求之於心也。今世之妙。不止之於心也。不求於心。不止於心。皆非所以至聖賢者。可謂切中其病

矣。晦菴删取衆説。最號簡當。然尚有不安及未盡者。竊不自揆。嘗以所見正其失而補其遺。凡若干章。非敢以傳世也。姑爲吾家童蒙之訓云。滹南遺老集

道學發源後序

王若虛

韓愈原道曰。孟軻之死。不得其傳。其論嶄然。君子不以爲過。夫聖人之道。亘萬世而常存者也。軻死而遂無傳焉。何耶。愚者昧之。邪者蠹之。駁而不純者汩之。而真儒莫繼。則雖存而幾乎息矣。秦漢以來。日就微滅。治經者。局於章句訓詁之末。而立行者。陷於功名利欲之私。至其語道。則又例爲荒忽之空談而不及於世用。彷彿疑似而失其真。支離汗漫而無所統。其弊可勝言哉。故士有讀書萬卷。辨如懸河。而不免爲陋儒。負絶人之奇節。高世之美名。而毫釐之差。反入於惡者。惟其不合於大公至正之道故也。韓愈固知言矣。然其所得。亦未至於深微之地。則信其果無傳已。自宋儒發揚祕奥。使千古之絶學一朝復續。開其致知格物之端。而力明乎天理人欲之辨。始於至粗。極於至精。皆前人之所未見。然後天下釋然知所適從。如權衡指南之可信。其有功於吾道。豈淺淺哉。國家承平既久。特以經術取人。使得參稽衆論之所長。以求夫義理之真。而不專於傳疏。其所以開廓之者至矣。而明道之説。亦未甚行。三數年來。其傳乃始浸廣。好事者。往往聞風而悦之。今省庭諸君。尤爲致力。慨然以興起斯文爲己任。且將與未知者共之。此發源之書。所以汲汲於鋟木也。學者嘗試觀之。其必有所見矣。心術既明。趨向既正。由是而學之焉。雖至於聖域無難。猶

發源不已。則汪洋東注。放諸海而後止。嗚呼。其可量哉。亦在勉之而已矣。僕嘉諸君樂善之功。爲人之周。而喜爲天下道也。故略書其末云。東垣王某序。滹南遺老集

揚子法言微旨序〔元光元年〕

王若虚

法言之行於世尚矣。始注釋者四家而已。疏略粗淺。無甚可觀。其後益而爲十二。互有所長。視其舊殊勝。而猶未盡也。今禮部尚書趙公。素嗜此書。得其機要。因復爲之訓解。參取衆説。析之以己見。號曰分章微旨。論高而意新。蓋奇作也。予嘗竊怪子雲之自敍。以爲法言論語之體耳。隨問更端。雜錯無次。而獨取篇首二字以爲名而冠之。無乃失其宜耶。及觀公解。則終始貫穿。通爲一義。燦有條理而不亂。乃知子雲之意。初非苟然。但學者未之深考也。昔人以杜預、顔師古爲邱明、孟堅忠臣。今公於子雲之書。辨明是正。厥功多矣。至於進退隱見之際。尤爲反覆而致意。使千載之疑可以盡釋而無遺恨。玆不亦忠之大者歟。古澤陳氏者。將購工板行以廣其傳。友人張君茂進實贊成之。而屬予爲序。嗚呼。公一代鉅儒。德業文章。皆可師法。自少年名滿四海間。生平著述。殆不可勝紀。而晚年益勤。心醉乎義理之學。六經百子。莫不討論。迄今孜孜。筆不停綴。其所以發揮往典而啓迪來者。非特一書而止也。如鄙不肖。曷足爲公重輕。而斯書之傳。豈待予言而後信。雖然陳氏細民。而能好事如此。其用心固已可喜。且不肖於公。門下士也。辱知爲深。是區區者而敢辭乎。乃書而授之。元光元年九月望日。中議大夫守平涼府判王某序。滹南遺老集

送王士衡赴舉序

王若虛

潦淨途平。風高氣清。馬駿車輕。送君此行。顧非掩泣於溢浦、悲歌於渭城者。何必愴怏而含情。雖然有以規子也。親老弟弱。室廬蕭然。燠寒華枯。將於子乎屬之。所責重矣。尚其勗哉。決科猶戰也。請以戰喻。肩摩踵曳。鱗集毛萃。盱衡厲吻。扼腕揚袂。賈餘勇而嘗素技者。皆吾敵也。攘而卻之。吾子亦勞矣。寧執非敵。武王所以誓衆。臨事而懼。仲尼所以語門人。賁育之不戒。童子阨之。魯雞之不期。蜀雞踣之。勁敵在前。若之何勿畏。吾子講學甚力。涵養且久。則兵既厲而馬既秣矣。然而猶有病焉。氣揚而無降志。色驕而無俯容。或者其將振而矜之歟。懼猶不足。又振而矜之。恐乘隙擣虛瑕者畢堅。而勝負之勢未可料也。鞍之役。不介馬而馳之。齊師敗績。伐羅之舉。趾高而心不固。莫敖以亡。厥鑒不遠。吾子其圖之。吾子辱與不肖游。又辱賜之誠。是行也。竊將鼓噪以從其後。不幸而北。其曷忍諸。捷音一報。凱歌言旋。茲豈惟吾子之所獲。抑不肖實與光焉。敢不盡言。聞之曰。仁者送人以言。仁者之名。豈賤子所堪。抑朋友之道將善也。故以告。滹南遺老集

送呂鵬舉赴試序

王若虛

始予得管城而將行也。故人王士衡實送之。且見屬曰。或稱鄭下有一佳少年。而不詳其姓名。第聞

筆勢翩翩。可以與之進也。予以經學嗣名師之傳而爲後生之倡者有年矣。則誘翼成就。豈得辭其責乎。予謝而諾之。既至而求之。得吾鵬舉焉。聽其議論。窺其文辭。知其必士衡所謂也。輒不自量。遂欲薄有所云以補萬一。而官事如毛。無頃刻暇。蓋未嘗不爲之歎息。今鵬舉方將求售於春官。予復默默。無乃負士衡之所教乎。夫經義雖科舉之文。然不盡其心。不足以造其妙。辭欲其精。意欲其明。勢欲其若傾。故必探語孟之淵源。擷歐蘇之精英。削以斤斧。約諸準繩。斂而節之。無乏作者之氣象。肆之馳之。無失有司之度程。勿怪勿僻。勿猥而并。若是者。所向如志。敵功無勁。可以高視而横行矣。沽美玉者。不憂無善價。騂犢且角。山川其舍諸。鵬舉勉矣。京邑英豪所聚。而士衡在焉。予既因士衡而以得子。子其因予而求識士衡。復因士衡徧求吾師友門人之凡未識者。磨礱浸灌以益其高而極於遠。至於大有成焉而副吾徒之望可也。滹南遺老集

送彭子升之任冀州序

王若虚

成王戒卿士以爲推賢讓能。則庶官和。不和政且亂。而秦穆之誓亦曰。人必能容。而後可以保民。古之君子。有道相爲徒。而其徒相爲用。故能有濟也。有虞之時。衆賢和於其朝。而無乖争之患。垂讓於殳斨。伯夷讓於夔龍。皋陶之不知者以問諸禹。禹所不知者以質諸益。賢於己而不妬。不賢於己而不侮。師於人而不恥。告於人而不吝。志同氣合。不知物我之爲二。蓋其量誠宏。而其德誠厚。此其能共成一代之極治者乎。予嘗悲夫昔人之難見。而病後世士風之薄也。忌嫉之心勝。而推讓之道

絶。自待者重。待人者輕。相誇以其所長。而相鄙以其所短。緦緦然惟恐人之愈乎我也。凡得一職。必先審問其同僚者何如人。聞其不能而不己若也。則幸而喜。如其能焉。往往不樂曰。是何以彰我。故其至也。莫不角其智力而争其權。至於不相容以敗事。處公家之事。而敗之以其私。罪孰大焉。吾子始踐仕途。而得李君者爲長官。彼其才幹有餘而能聲益著。蓋吾子之幸也。而吾子性明志强。臨事有決。亦自爲過人者。誠能相與戮力而無求勝之心。一司之治何憂而不舉哉。子行矣。幸不至如吾之所病。且并謝李君。其亦以是而待子焉可也。滹南遺老集

祖唐臣愚菴序

王若虚

鶴臺祖君唐臣。命其居室曰愚菴。因以自號。既經喪亂。流寓河朔。非復菴中主人矣。猶復題榜以求詩文於士大夫。嗚呼。凡物有其實而後得其名。實無有焉。名烏從生。實固不可誣。而名固欲其正也。今先生才敏而識明。行高而業精。蓋世所謂賢且智者。而顧加此稱。是視薰以蕕。指渭爲涇也。無乃乖戾而不合乎人情耶。且先生安静寡欲。不求聞達。與物無競。而物亦莫之攖。不必嫉邪憤世如柳宗元。遠害全身如甯武子。果何取乎此也。意者直出於至謙故歟。古之君子。其德甚盛。則其心愈謙。其責己也重。其取名也廉。雖有軼羣絶俗之資。而自視欿然。常若不足。此其尊而光、卑而不可踰者。善而無伐。所以爲顔氏。聖而不居。所以爲孔子。其與浮躁衒露急於人知。虚而爲盈處之不疑者。豈可同日而語哉。先生於是乎過人遠矣。丙申春二月。滹南遺老王某序。滹南遺老集

金文最卷四十一

序

閒閒老人滏水集序〔元光二年〕

楊雲翼

學以儒爲正。不純乎儒非學也。文以理爲正。不根於理非文也。自魏晉而下。爲學者不究孔孟之旨。而溺異端。不本於仁義之説。而尚夸辭。君子病諸。今禮部趙公實爲斯文主盟。近日擇其所爲文章。釐爲二十卷。過以見示。予披而讀之。粹然皆仁義之言也。蓋其學。一歸諸孔孟。而異端不雜焉。故能至到如此。所謂儒之正、理之主。盡在是矣。天下學者。景附風靡。知所適從。雖有狂瀾横流。障而東之。其有功吾道也大矣。予生多幸。得從公遊。然聾瞽無與乎視聽。故不足知公。後生可畏。當有如李之尊韓、蘇之景歐者。予雖老矣。猶幸及見之。元光二年歲次癸未冬十有一月庚戌日。前翰林學士中奉大夫知制誥臯落楊雲翼引。滏水集

重編改併五音篇海序〔泰和八年〕

韓道昇

夫篇韻者。自古文章士常用者也。韻乃羣經之祖。篇由衆字之基。故有聲無形者。隨韻而準知。有體無聲者。依篇而的見。據兹篇韻。爲其副正。至於修書取義。豈可斯須而離也。自梁大同間。黄門侍郎顧野王。肇修玉篇。立成三十卷。計五百四十二部。雖區别偏傍。而音義釋文蔑然不載。失於擇而不精。缺而不備。至唐處士孫（强）〔愐〕。增加字數。理尚未周。但依前賢底蕴而已。故集韻、省篇、川篇、類篇。雜沓而興。其取字加增。各擅其能。又至大朝甲辰歲。先有後陽王公與秘詳等。以人推而廣之。以爲篇海。分其畫段。使學人取而有準。其間疏駁亦以頗多。復至明昌丙辰。有真定校將元注指玄。韓公先生孝彦字允中。著其古法。未盡其理。特將己見。創立門庭。改玉篇歸於五音。逐三十六母之中取字。最爲絶妙。此法新行。驚儒動衆。歎曰。自古迄今。無以加於斯法者也。又至泰和戊辰。有先生次男韓道昭字伯暉。搜尋古範。考校前規。然觀五音之篇。美卽是美。未盡其詳。明之部目。尚亦文繁。只如詰吅之部。言口同倫。虤㸚之形。虎爻一類。本是一宗形質。何須各立其門。故以再行規矩。改併增新。詳其理。察其源。皆前賢之所未至。使後人之所指漏者焉。今特將吅品隨口。併入於溪。再定雔雥依佳。摠歸於照。麤隨鹿走。羴從羊行。余卽隨他人類。奏形送白天庭。背篇隱注。覩偏傍散在諸門。十五單身。覻頭尾布於衆部。添減筆俗傳之字。少約二千。續搜真玉鏡之集。多迭一萬。取周易三百八十四爻、六十甲子二數相合。改併作四百四十四部。方成規式者也。仍依五音四聲。舊時畫段。分爲一十五卷。取敘目爲初見祖金部爲首。至日母自部方終。比於五音舊本。增加字數計一萬二千三百四十五言。目之曰五音增改併類聚四聲篇。不亦宜乎。觀之上件。韓伯暉改併之能者。如明鏡之中照物。令久習之者不厭。好事之者無疑。酷似久居暗室。豁然而覩明焉。往者披雲。倏忽而觀日矣。僕因覽之。固無暫捨。輿然爲序。以冠篇首。時泰和八年歲在彊圉單閼律逢無射首六日。先生姪男韓道昇謹誌。改併五音篇海

改併五音集韻序〔崇慶元年〕

韓道昇

夫聲韻之術。其來尚矣。證羣經之義訓。別使字之因由。辨五音之輕重。論四聲之清濁。至於天地之始。日月運行。星辰名號。人間姓氏。山川草木。水陸魚蟲。飛禽走獸。四方呼吸。全憑字樣。豈可離於聲韻者哉。嘗聞古者。陸詞創本劉臻等八人。隋朝進韻。抱嘗歸家。人皆稱歎。流通於世。豈不重與。又至大金皇統年間。有洨川荆璞字彦寶。善達聲韻幽微。博覽羣書奥旨。特將三十六母。添入韻中。隨母取切。致使學流取之易也。詳而有的。檢而無謬。美卽美矣。未盡其善也。復至泰和戊辰。有吾弟韓道昭字伯暉。迺先叔之次子也。先叔者。諱孝彦。字允中。況於篇韻之中。最爲得意。注疏指玄之論、撰集澄鑑之圖、述門法滿庭芳詞、作切韻指迷之頌。鏤板通行。其名遠矣。今卽重編。改併五音之篇。曁諸門友。精加衆字。得其旨趣。標名於世也。又見韻中古法繁雜。取之體計。同聲同韻。兩處安排。一母一音。方知敢併。御想舊時先宣一類。移齊同音。薛雪相親。舉斯爲例。只如山删、獮銑、豏檻、庚耕、支脂之本是一家。恠卦夬何分三類。開合無異。等第俱同。姓例非差。故云可併。今將幽隨尤豚。添入鹽叢。臻歸真内沉埋。嚴向凡中隱匿。覃談共住。笑嘯

同居。如弟兄敞户皆逢。若姪叔開門摠見。增添俗字。廣改正違。門多依開合等第之聲音。棄一母復張之切脚。使初學檢閱無移。令後進披尋有準。僕因覽之。筆舌難盡。爲吾弟伯暉篇韻之中。有出俗之藝業。貫世之才能。喜之讚之、美之歎之。輿然爲序。以表同流好事者矣。時崇慶元年歲在壬申姑洗朔日。老先生姪男韓道昇謹誌。改併五音集韻

改併五音集韻序〔崇慶元年〕

韓道昭

聲韻之學。其來尚矣。書契既造。文籍乃生。然訓解之士。猶多闕焉。迄於隋唐。斯有陸生、長孫之徒。詞學過人。聞見甚博。於是同劉臻輩。探賾索隱。鉤深致遠。取古之所有、今之所記者。定爲切韻五卷。析爲十策。夫切韻者。蓋以上切下韻。合而翻之。因爲號以爲名。則字統、字林、韻集、韻略。不足比也。議者猶謂注有差錯。文復漏誤。若無刊正。何以討論。則唐韻所以修焉。採摭羣言。撮其樞要。六經之文。自爾焕然。九流之學。在所不廢。古人之用心爲如何哉。嘗謂以文學爲事者。必以聲韻爲心。以聲韻爲心者。必以五音爲本。則字母次第。其可忽乎。故先覺之士。其論辨至詳。推求至明。著書立言。蔑無以加。然愚不揆度。欲修飾萬分之一。是故引諸經訓。正諸訛舛。陳其字母。序其等第。以見母牙音爲首。終於來日字。廣大悉備。靡有或遺。始終有倫。先後有別。一有○有。一作看。如指諸掌。庶幾有補于初學。未敢併期於達者。已前印行音韻。既增加三千餘字。玆韻也。方之於此。又以龍龕訓字。增加五千餘字焉。是以再命良工。謹鏤佳板。學

者觀之。目擊而道存。時崇慶元年歲次壬申長至日序。改併五音集韻

孔氏祖庭廣記序〔正大四年〕

張行信

古之君子。皆論撰其先祖之德。明著之後世。蓋先世有美而不知者。不明也。知而不傳。不仁也。明足以見。仁足以顯。然後爲君子。故素王之孫穆公。師事子思。首論祖述憲章之道。魏相子慎。〇子慎原作子順。據史記孔子世家改。稱相魯之政化。漢博士安國。〇安國原作子國。據史記孔子世家改。復推明所修六經垂世之教。當世莫不賢之。自夢奠兩楹之後。迄今千七百載。傳家奉祀者數贏五十。繼繼公侯。象賢載德。如聯珠疊璧。輝映今古。嗚呼休哉。聖人之流光若此。後之人能奉承不墜又如此。宜有信書。廣記備言。顯揚世美。以示於將來。傳之永久。於是襲封資政公。因家譜庭記之舊。質諸前史。參以傳記。并録林廟累代碑刻。兼述皇統、大定、明昌以來崇奉先聖故事。博採詳考。正其誤。補其闕。增益纂集。共成一書。凡一十二卷。名曰孔氏祖庭廣記。應祖庭事跡、林廟族世、古今名號、典禮沿革之始末。並列於篇。粲然完備。於國則累朝尊師重道之美。靡所不載。於家則高曾祖考保世承祧之美。靡所不揚。故先聖配天之德。愈久而愈彰。噫。若資政公者。可謂仁明君子。能世其家者也。資政公嘗以書示予。予斂衽觀之。既欽仰其世德。又嘉公之用心。得繼志述事之義。乃磨鈍雕朽。爲之題辭焉。正大四年歲次丁亥十月丁未朔。資政大夫前尚書右丞致仕張行信。

祖庭廣記

孔氏祖庭廣記序（正大四年）

孔元措

先聖傳世之書。其來久矣。由略積詳。愈遠而益著。蓋聖德宏博。自有不可揜者。爰自四十六代族祖知洪州軍州事柱國纂集所傳。板行四遠。於是乎有家譜。尚冀講求。以俟他日。逮四十七代從高祖邠州軍州事朝散。克承前志。推原譜牒。參考載籍。摘拾遺事。復成一書。值宋建炎之際。不暇鏤行。至四十九代從祖主祥符縣簿承事。懼其亡逸。證以舊聞。重加編次。遂就完本。布之天下。於是乎有祖庭記。二書並行。凡縉紳之流。靡不家置。獲覽聖迹。與夫歷代褒崇之典。奕葉繼紹之人。如登崑崙而披日月。咸快瞻仰。比因兵災。闕里家廟。半爲灰燼。中朝士大夫家藏文籍。多至散沒。豈二書獨能存歟。元措託體先人。襲封世嗣。悼斯文之將泯。恐祖牒之久湮。去聖愈遠。來者難考。乃與太常諸公。討尋傳記及諸典禮。於二書之外。得三百二事。皆往古尊師之懿範。皇朝重道之宏規。前此所未見聞者。於是增益二書。合爲一編。及圖聖像廟宇山林手植檜等。列於篇首。題曰孔氏祖庭廣記。其兩漢以來。林廟碑刻。舊書止載名數。今併及其文而録之。蓋慮久而磨滅。不可復得。且先聖生於周靈王二十一年庚戌。迄今凡一千七百七十八歲。其間經世變亂。不知其幾。而聖澤流衍無有窮已。固不待紙傳而可久也。然所以規規爲此者。特述事之心。不得不然。是書之出也。不惟示訓子孫。修身慎行。不墜先業。流芳萬古。是亦學者之光也。正大四年歲次丁亥十月望日。資政大夫襲封衍聖公知集賢院兼行太常丞五十一代孫元措謹記。祖庭廣記

平水新刊韻略序〔正大六年〕

許古

科舉之設久矣。詩賦取人。自隋唐始。厥初公於心。至陳書於庭。聽舉子檢閱之。及世變風移。公於法以防其弊。糊名考校。取一日之長。而韻得入場屋。比年以來。主文者避嫌疑。略選舉之體。或點畫之錯。輕爲黜退。錯則誤也。誤而黜之。與選者亦不光矣。近平水書籍王文郁。攜新韻見頤菴老人曰。稔聞先禮部韻。或譏其嚴且簡。今私韻歲久又無善本。文郁累年留意。隨方見學士大夫。精加校讐。又少添注語。既詳且當。不遠數百里。敬求韻引。僕嘗披覽。貴於舊本遠矣。僕略言之。正大六年己丑季夏中旬。中大夫前行右司諫致仕河間許古道真書於嵩郡隱者之中和軒。平水新刊韻略

鳴道集說序

李純甫

天地未生之前。聖人在道。天地既生之後。道在聖人。故自生民以來。未有不得道而爲聖人者。伏羲、神農、黄帝之心。見於大易。堯、舜、禹、湯、文、武之心。見於詩書。皆得道之大聖人也。聖人不王。道術將裂。有老子者。游方之外。恐後世之人塞而無所入。高談天地未生之前。而洗之以道德。有孔子者。游方之内。恐後世之人眩而無所歸。切論天地既生之後。而封之以仁義。故其言不無有少相齟齬者。雖然。或吹或噓。或挽或推。一首一尾。一東一西。玄聖、素王之志。亦皆有歸

矣。其門弟子恐其不合而遂至於支離也。莊周氏沿流而下。自天人至於聖人。孟某氏泝流而上。自善人至於神人。如左右券。内聖外王之説備矣。惜夫四聖人没。列禦寇騃而失真。荀卿子雜而失純。揚雄、王通氏僭而自聖。韓愈、歐陽氏蕩而爲文。聖人之道。如綫而不傳者。一千五百年矣。而浮屠氏之書。從西方來。蓋距中國數千萬里。證之文字。詰曲。侏儒重譯而釋之。至言妙理。與吾古聖人之心。魄然而合。顧其徒不能發明其旨趣耳。豈萬古之下、四海之外。聖人之迹竟不能泯滅耶。諸儒陰取其説以證吾書。自李翱始。至於近代。王介甫父子倡之於前。蘇子瞻兄弟和之於後。大易詩書論孟老莊。皆有所解。濂溪、涑水、横渠、伊川之學。踵而興焉。上蔡、龜山、元城、横浦之徒。又從而翼之。東萊、南軒、晦菴之書。蔓衍四出。其言遂大。小生何幸。見諸先生之議論。心知古聖人之不死。大道之將合也。恐將合而又離。篹其未合於古聖人者。曰鳴道集説云。金湯編

馬丹陽踏雲行序（大定十五年）

孫謙勉

且夫道者。大矣廣矣哉。莫測其理者也。舒之則可彌於六合。卷之則不盈其一握。不器而器。寂寞虚無。隨物推移。古之爲道者。往往各擅一家。雅談玄理。誘化愚迷。出離生死者。得其理趣或寡矣。昔重陽王先生。嘗兩遇吕真人。遽然入道。而隱于終南山六年。於一日。東游海島。於寧海境上而居焉。迨後得此丘、劉、譚、馬四人。立全真之家風。而嘗自言曰。一弟一姪兩箇兒。和予五逸做修持。於是同適汴梁。而重陽昇霞。此四仙者。同入終南。丘仙遂居蟠溪六年。而烟火俱無。簞

瓢不置。號曰長春子。劉仙住洛陽雲溪之洞。而養浩不語。號曰長生子。譚仙遊化于磁洺懷州之間。號曰長真子。馬仙獨守終南。而築圜者不出。號曰丹陽子。此四仙。嘗各述其詞章。而皆著性命德善。以爲勸化焉。門人石道涓同鉅橋王榮祖。飄然而來。出示丹陽真人達理妙詞一首。曰踏雲行。而謂僕曰。吾昔奉長真師叔法旨。令此詞□刻之于石而傳不朽。子其爲我序之矣。僕義不能辭。而勉爲序曰。丘、劉、譚、馬者。誠爲得道之士也。同守一途。四方行化。獨于此詞中有不得相見而同心同德爲善之句者何。僕靜言思之□□□□□□□□□□□□降迹□迦維而教傳中國。孔聖鄒人之子也。而道闡洙泗。此三聖者。雖殊途而相去各遠。評之則德善同歸一揆。又豈在常常得相見否。故此四仙者。其道則亦同耳。昔長真師叔謂石道涓曰。吾祕藏此詞久矣。乃玄元之言。思之而不可隱。吾付之于汝。而爲我刻之于石。於是石道涓忻然命而立石焉。大定十有五年七月望日。孫謙勉序。濬縣金石録

長生真人至真語録序（泰和二年）

韓士倩

我聞道在域中。所宜馴致。仙居象外。不可苟求。故樂天詩云。若非金骨相。不列丹臺名。非種百千刼善根。得三五一真之氣。安能至此境哉。今長生子劉先生。賦是相。籍是名。昔遇重陽王真人。濟度點化。出俗入道。明識慧性。了達疏通。昨被宣詔見。有詩曰。昔年陝右先皇詔。今日東萊聖帝宣。再歲告歸。官僚索詞云。飄飄雲水。卻東萊太微。仙伴星冠士。正以陳希夷昔承宋眷。

辭返華山。詔答云。玉堂金闕。暫喜於來朝。岫幌雲𨋩。遽求於歸隱。此二大士之不羈各一。明朝之擅美兼營。道同耳。易地則然。自先生躬還故里。覬任太微。箋注諸經。祖述三聖。以文章疎放。以翰墨嬉游。著編籍。演教法。遵釋氏重輕之戒。造玄皇衆妙之門。服宣父五常之行。緝田宅。發梨棗。申申如也。凡有述作。競雕鏤以流傳。新視聽於衆庶。諷誦于人口。薰陶乎民風。知見者歸依。頑鄙者悛改。一日。先生門人徐李二師。遠來垂訪。過溪館。入愚齋。息杖屨之勞。餽水陸之味。良久。出示先生至真語録一帙。懇求序引。義不復辭。余乃洗心徧覽。令人警誡覺悟。頓欲割俗緣。出業障邪。始終列八十欵。問答踰一萬言。包羅撰敘。引證論評。根天地之化。迹陰陽之用。示死生之説。明禍福之報。談真空之相。懲貪瞋之欲。以至苦樂之由。情僞之作。清濁之源。高下之本。若此者甚衆。無不究竟。皆引用黄老奥義斷之。天下之事畢矣。可使衆生判疑歸正。涣然冰釋。爲鑿大昏之墉。闢靈照之户。一齊解脱矣。於是得超苦海。登覺岸。除三有五濁之穢。證三昧一空之因。去十二類舊染之污。受三千界更生之樂。信出自真語啟迪。導化法緣所致也。豈不偉歟。時泰和壬戌歲上元日。濩澤端城雙溪虛白道人韓士倩彦廣謹序。長生真人至真語録

太古集序

馮璧

余少時在燕趙間。聞太古真人之名。然未嘗瞻拜履鍚。聆謦欬之音。頗爲歎恨。每一思咏風烈。如想蓬萊、瀛洲、方丈中人也。今適得親見真人法嗣普照大師范君。君爲人聰明照了。八窗玲瓏。其

在東平之正一也。道俗瞻依。風聲千里。雲集檀施。興建道場。廣殿齋廚、賓寮廩舍。纔四三年。已不啻數十百楹矣。一日過璧曰。圓曦所以區區成此功德者。無他。正欲推廣先師道範功行耳。其先師太古真人舊有崑崙文集。當時刊行者。蔑裂訛漏極多。圓曦以謂宗風準的。道學淵源。在則人。亡則書。蓋不可須臾離也。雖甓甃浮圖。增九級之高。曾未若心印書傳無片言之誤。衆人徒見圓曦營建葺累之勤。孰知于崑崙文集。補綴闕遺。改正差謬。亦頗有一日之勞焉。書已補完。子盍爲之序引。璧曰。少時傾嚮真人風烈。以不及瞻拜履錫爲恨。今得附名于文集間。蓋甚幸也。然嚮所得皆傳聞語。大師實爲法嗣。親炙日久。知真人之詳。莫如大師。請追述真人道德風烈之一二。以實敘引以信後人。大師因手録行實見示。其録如左。師俗姓郝。世居寧海。爲州人之首户。昆季皆從儒學。兄諱俊彦。舉進士第。官至朝列大夫昌邑縣令。師獨幼年穎異。識度夷曠。翛然有出塵之姿。祖師重陽真人。大定丁亥。自秦適齊。抵寧海。一見師卽以神仙許之。後於崑崙山對衆傳衣。師自傳衣之後。亦不以得道自居。蓋自韜晦。往往乞食于真定邢洺間。過趙州南石橋之下。因持不語。趺坐留六年。寒暑風雨。不易其處。童子來劇者。見其土木形骸。至以瓦石周擁其傍。師居之晏如也。昌邑君之季女適真定少尹郭長倩。會郭夫婦偕往真定。車騎甚都。道出石橋。聞知師在橋下。駐車拜禮。以衣物存慰者甚厚。師藐然若不相識。一無所取。夫人感泣。長倩嗟異。移時而去。師于世緣堅決乃爾。故能專意於道。歲月浸久。精神感格。一日至欒城南。神人授師大易。忽大開悟。事多前知。名滿天下。大安中。朝廷賜以命書。廣寧全道太古真人。卽其號也。自欒城授易之後。言人禍福。毫髮無差。且自知其壽數當七十有三。至期辭誡門人。無疾而逝。所著書六帙。實録所載如此。然則曩燕趙所聞。猶未盡真人之所有也。序既竟。大師謂璧曰。子作先師文集序。而載正一興造。得無贅乎。余應之曰。語録紀述。以傳心也。功德興造。以示蹟也。余年七十有五。回首向來燕趙傳聞。如隔再世。非大師裒集遺文追録行實。則真人之遺風餘烈。無自發明。況後學晚生。寧易知此。大師恣藉真人道蔭。興建正一功德。照耀東方。今舉之所以聳動學人。俾易知耳。古人有言曰。雖無老成人。尚有典型在。噫。正一功德。其亦真人道蔭之典型歟。大師曰。唯唯。大師諱圓曦。前宋名相文正公之裔也。前翰林學士馮璧序。太古集

鍼灸避忌太一之圖序〔大定二十六年〕

失名

經曰。太一日遊以冬至之日。始居外叶蟄之宫。從其宫數所在。日徙一處。至九日復反于一。常加是無已。周而復始。此乃太一日遊之法也。其旨甚明。别無所隱。奈行鍼之士。無有知者。縱有知者。秘而不傳。致使聖人之法罕行於世。良可歎也。僕雖非醫流。平昔嘗習心於醫。言之聞之。備知其詳而不述。豈仁乎。輒以短見。遂將逐節太一所直之日。編次成圖。其圖始自八節得王之日。從其宫至所在之處。首一終九。日徙一宫。至九日復反于一。周而復始。如是次而行之。計每宫各得五日。九之則一節之日悉備。今一一條次備細。開具於逐宫之内。使觀者臨圖即見逐節太一所宜之日在何宫内。乃知人之身體所忌之處。庶得行鍼之士知而避之。俾人無忤犯太一之凶。此僕之本

意也。僕誠非沽名者。以年齒衰朽。恐身没之後。聖人之法湮没於世。故編此圖。發明厥旨。命工鐫石。傳其不朽。貴得其法。與時偕行焉。覽者勿以自衒見誚。時大定丙午歲上元日。平水閑邪聵叟述。鍼經指南

金文最卷四十二

序

無名老人天游集序

李俊民

元陽子一日擕無名老人天游集見囑曰。守一自簪冠以來。出入玄門中。皆老人引度也。不敢忘其德。今將平日遺稿。命工刊行。使傳於後。庶不負平昔諄諄之意。願題其端。且爲老人光華。老人姓陶。農家子。平水襄陵人。父珍。母賈氏。初母夢青童。金盤中獻一大果如瓜。半黄半紅。言上仙賜汝無名果也。因而娠。十三月而生。皇統壬戌十一月十三日也。性沈静寡欲。舉動與羣兒異。正隆年間。全家避役陜州靈寶縣。時年方壯。有勇力。喜談道。雖不讀書便解義。補縣弓箭手。縣令許子静與語。奇之。時贈以詩。不以常人待也。大定壬辰八月十三日。隨丹陽馬祖師過關。服勤三年。祖師曰。此非干汝修行事。汝自修行去。於是浩然長往。隨方乞化。與若志趙公爲侶。每歸。二人背坐相倚。不言不笑。人莫能測。凡七年。忽覺體中屈者伸。窒者通。神與氣非故吾也。游戲人世三十餘年。行步如風。一日讀太上西昇經。豁然有省。會同行曰。我今還鄉去也。年前有韶州岳家沿王氏請住菴。我已許諾。不可食言。已而王氏果至。迎歸所指處。到菴索湯沐。浴畢。振衣入静位。留辭世頌。儼然而逝。春秋八十有六。葬於永寧縣西。時正大丁亥三月初七日也。無名之號。以其夢歟。集中詩頌一百八十三。長短句九十一。信手拈得。如萬斛泉源不擇地而出。皆仙家日用事也。七言有造化遠離生死外。機關超過有無中。古木開花春寂寂。寒潭浸月夜澄澄。但言造化都歸妄。畢竟陰陽摠屬私。千里暮霞烹絳雪。半林明月擣玄霜。汞死鉛乾天地静。龍吟虎嘯鬼神藏。有作有爲俱妄想。無名無字是真常。願君早悟玄中趣。學我優游物外修。五言有對客談黄卷。呼童烹紫芝。性似山猿獨。心如野鶴孤。頤神春寂寂。調息夜綿綿。俯仰長春景。遨遊不夜鄉。若此等句。頭頭見道。無一字閒。非煙火食人所能道也。中間舛錯。講師祁定之校正。觀者無憾焉。辛丑年七月望日序。莊靖集

大方集序

李俊民

淨然子者。濟南人。姓郎名志清。幼而穎悟。舉止作高尚事。年十二。洒落有塵外想。求出家。父母肯之。十四遇一道者。見而奇之曰。是兒有仙分。安得在此。語以真理。釋然有所得。自後稍加精進。一日。忽見純陽真人繪像。駭然曰。此乃前者所遇之師也。冥契相投。豈偶然哉。於是絶嗜欲。屏紛華。刻意於道學。弱冠僑居澶淵。三十一還濟上。主者諉以玉霄觀圓容大師。咈然不受。遂之益都。從者雲集。師不悦。乃渡河逃名於南陽山中。去圭角。混光塵。舍者與之争席矣。逍遥

雲外間。其對景述懷。託物見情。片言隻字。沾丐者多。簡而古。峻而潔。邃而深。無一點俗氣。蓋玄門之星斗歟。庚寅歲冬。復歸澶淵。返寂於通真觀。年五十一。師所畜馬。哀鳴廄下。弟子劉志源因見而歎曰。師已仙矣。尚留何爲。不如淮南之雞犬乎。言訖乃仰而吁。俯而默。眼光落地。不復芻豆矣。聞者異之。葬於先師靈兆之側。襄事後。志源等鳩集生前遺稿。刊之於木。元陽子紇石烈守一索予序之。前後作者。贊述詳矣。言之則贅。姑道其大略云。莊靖集

錦堂賦詩序

李俊民

士大夫詠性情。寫物狀。不託之詩。則託之畫。故詩中有畫。畫中有詩。得之心。應之口。可以奪造化。寓高興也。侯之别墅。葺一室曰錦堂。時時班春。往來於此。合親友而燕之。因命畫史以春水夏雲秋月冬松繪之於壁。蓋取陶靖節之句也。四時之景。叢於目前。滌煩慮。暢幽懷。超然與造物者游。坐上之興溢矣。侯乃語客曰。今夕之賓樂乎。但恨對景無言。敢請逐題而賦之。客曰。古人之詩。今人之畫。二者盡矣。言之則贅。然景與時遇。人與景會。不嫌冷淡。可停杯而待。侯乃口占而首唱之。壬寅十一月望日序。莊靖集

成趣園詩文序

初昌紹

獻州古河間郡。其地鹹鹵。不宜花木。去城十里之外。膏腴膴膴。連阡接陌。桑陰障日。近城之

地。幾不可以種植。城之東北隅。有田宜稼。獨異其餘。乃沃壤也。梁公子直買田於此。至三頃餘五十畝。乃結廬鑿井。築垣作圃而居焉。遍其田。則樹之以桑。環所居。則種之以榆柳。在圃之外。植之以果。在圃之內。藝之以花。花圃之中。構之以亭。環亭之左右前後。列之以松篁栝柏。清樾交合。葱蒨蓊鬱。坐亭之中。四面景物。皆可得而有焉。又作松窗柏徑。藤架竹橋。以爲散策游歷之地。至於花木之行列。亭軒之規制。欄檻之布置。無一不適人之意者。觀其所居之亭。不取乎丹刻其楹桷。侈大其制度。以爲游人耳目之樂。蓋方丈之地。一榻翛然。但要容膝自安而已。所植之花。不必珍卉奇木。姚黄魏紫。但得秀而實者。隨所有而種。其與之游者。不必達官聞人、名流勝士。但曠達之輩、方外之流。道同氣合。無不爲之友。其所觀之書。不必三墳五典、八索九丘。如道經禪話、醫方丹訣。無不愛而玩。榜其園曰成趣。亭曰容安。軒曰静樂。皆取其退居閒静之義。公先豪於貲。爲一郡之冠。然與衆異趣耳。瓦礫財貨。膏肓泉石。不以壟斷爲心。以澹泊爲事。卽之則無一點膏粱羅紈氣。與之語則真通達之士也。家事無大小。一切諉之于二子。日詣其園。或命巾車。或乘欵段。或幅巾杖履。乘興而往。朝至暮還。如願就宿於此。亦或有焉。客有扣門。則命壺觴。具雞黍。講道論德。俯仰二儀。錯綜人物。客去。則闔扉而居。優游偃仰。既而焚香默坐。誦淵明詩。讀南華真人語。所謂逍遥一世之上。睥睨天地之間。不愛當時之譽。永保性命之期。可以凌霄漢出宇宙之外矣。由是朝廷名卿。山林高隱。以至碩儒衲子。或過獻陵。覩其雅致。留心賦詠。或聞公之高尚。景慕其爲人。寄贈吟牋。長篇短歌。記文贊序。珠聯璧綴。焜耀璀璨。照映巾甌。公於其暇。焚香盥手。一一展玩。諷詠其辭章。咀嚼其意味。且曰。隨侯之珠。和氏之璧。天下之至寶。豈可專擅。久則恐爲神物奪去。與其私室什襲而藏之。曷若寫之貞珉。傳之不朽。仍屬僕爲序。僕曰。天下之名言。必得天下之名士爲之序。僕何預焉。公堅懇不已。義不能辭。姑述其素所見聞者而爲書。謹從欽定全金詩〔六十二〕恭録

陰符經注序〔明昌二年〕

范懌

陰符真經三百餘字。言簡而意詳。文深而事備。天地生殺之機。陰陽造化之理。妙用真功。包涵總括。盡在其中矣。昔軒轅黃帝萬機之暇。淵默沖虛。獲遇真經。就崆峒山而問天真皇人廣成先生。得其真趣。勤而行之。一旦鼎湖乘火龍而登天。斯文遂傳於世。後之修仙慕道者。而能默識玄機。深造閫域。往往高舉遠致。躡景升虛。不爲不多矣。數千載之間。爲之注解直說者。曾無一二。皆辭多假諭。旁引曲説。真源弗露。使夫學者困於多歧。以至皓首區區。勞而無功。愈窮而愈惑。半途而止者。不可勝紀。遂指仙經爲虛語。深可憫也。神山長生劉公真人教法令器。師席宏才。學貫古今。心游道德。乃覃思研精。探賾索隱。爲之注解。坦然明白。易知易行。以利後人。可謂慈憫仁人之用心也。濟南畢守真命懌作序。欲廣傳於四方。爲學者之指南。而學者詳覽斯文。可以悟疑辨惑。皆能擺脱塵網。直廁真游。逍遥於混茫之域矣。明昌辛亥二月既望。寧海州學正范懌德裕序。劉處元陰符經注

陰符經注序〔正大六年〕

孟綽然

深達天機者。乃能說天道之妙。未造聖域者。烏能釋聖人之經。何哉。蓋聖人之言遠如天。非探賾索隱者。豈能知哉。如黃帝陰符經者。章纔止一二。字不過於三百。言雖約而旨益遠。文雖簡而意彌深。或以富國安民爲修鍊之術。或以强兵戰勝爲養攝之方。包羅乎天地。摠括乎陰陽。視之無色。聽之無聲。冥冥然孰察其精眞。杳杳然莫窮其微妙。自非內外虛朗。表裏玲瓏。能提挈乎天地。把握乎陰陽者。先剖析而注解之。孰能窺其壼奥。測其涯涘矣。然注此經者。不啻十數家。得聖人之微旨者。唐公一人而已。公諱淳。號金陵道人。不知何代人也。於是乃述己所聞。依聖意而解之。旁引諸書而證之。使後來觀者。視其經。則雖至深而至遠。求其注。則誠易見而易知。一字所說。如燈之破闇。一言所解。若龜之決疑。非唐公素識有無之源。深窮造化之端。達乎天機。造乎聖域。安能爲此耶。邇來瑩然子周至明。實今之好事者。因游崆峒。感黃帝故事。慨然有兼善之心。懇求此本。鏤版印行。庶修眞者。亦得淘眞而去僞。入聖而去凡。握陰陽乎掌上。撮日月于胷中。眞古人之用心也。求予爲序。予欲不言。蓋有美不揚。友之辠也。於是援毫而書之。以繼公之好事耳。時正大己丑。濩澤孟綽然序。唐淳陰符經注

保命集序

楊威

天興末。予北渡。寓東原之長清。一日過前太醫王慶先家。於几案間得一書。曰素問病機氣宜保命

集。試閱之。乃劉高尚守真先生之遺書稾也。其文則出自内經中。摭其要而述之者。朱塗墨注。凡三卷。分三十二門。門有資次。合理契經。如原道則本性命之源。論脈則盡死生之説。攝生則語存神存氣之理。陰陽則講抱元守一之妙。病機則終始有條有例。治病之法。盡於此矣。本草則驅用有佐有使。處方之法。盡於此矣。至於解傷寒論氣宜説。曲盡前聖意。讀之使人廓然有所醒悟。恍然有所發明。使六脈十二經、五臟、六腑、三焦、四肢。目前可得而推見之也。後二十三論。隨論出證。隨證出方。先後加減。用藥次第。悉皆藴奥。精妙入神。嘗試用之。十十皆中。真良醫也。雖古人不是過也。雖軒岐復生。不廢此書也。然先生有序。序已行藏。言幼年已有直格、宣明、原病式三書。雖義精確。猶有不盡聖理處。今是書也復出。與前三書相爲表裏。非日後之醫者龜鏡歟。至如平昔不治醫書者得之。隨例驗證。度己處藥。則思亦過半矣。予謂是書。雖在農夫、工販、緇衣、黄冠、儒宗。人人家置一本可也。若己有病。尋閲病源。不至亂投湯劑。況醫家者流者哉。惜哉先生卒。書世不傳。使先生之道。竊入小人口。以爲己書者有之。予憫先生之道。屏翳於茅茨荆棘中。故存心精校。今數年矣。命工鏤板。擬廣世傳。使先生之道。出於茅茨荆棘中。亦起世膏肓之一端也。歲辛亥正月望日。大鹵楊威序。保命集

青烏先生葬經注序

兀欽仄

先生漢時人。精地理陰陽之術。而史失其名。晉郭璞葬書。引經曰爲證者。即此是也。先生之言簡

而嚴。約而當。誠後世陰陽之祖書也。郭氏引經不全在此書。其文字面不全。豈經年代久遠。脱落遺佚與。亦未可得而知也。葬經注

章宗皇帝鐵券行序正大元年應辭科程文

元好問

臣嘗考唐史。所載鐵券之説。有二。其一則將相有社稷之功者賜之。其一則許藩鎮以自新者也。唐自安史之亂之後。盜據河朔。若魏博。若幽燕。若鎮冀。根結盤互。一寇死、一寇生。天子不問、有司不訶者數十年。其制御之術可考也。温言善辭以開慰之。高爵厚禄以尊寵之。甚者又以待社稷臣之禮而禮之也。辨理曲直。洗滌怨惡。質之於天地而示必信。申之以丹鐵而圖不朽。當是時。武夫不剛。君臣相與爲一切之計。幸賊之不吾梗。雖所求有過于此者。將奔走而奉之。故所謂丹書之信。特迫于不得已焉而與之耳。道陵朝。有以田氏所藏唐賜藩鎮鐵券來上者。上爲製七言長詩以破其説。名曰鐵券行。臣幸獲覩焉。自聖人以書契代結繩之政。大朴雖散。天理之真淳者猶在人也。治稍下衰。而誓誥興。信不足。有不信。夏后作誓。而民始叛。殷人作誥。而下益惑。蓋自結繩而爲書契。自書契而爲誓誥。利害相摩。機械相直。君父而臣子也。君有不得於其臣。臣有不得於其君。天理之存者。曾不毫髮。況又自誓誥而爲鐵券。其欲使人不叛且惑。亦難矣。故施之藩鎮不可也。黄河、泰山之盟。不能救韓彭於旋踵之頃。赤心白日之語。又安可保唐室於威令復振之後乎。施於功臣亦不可也。君不得於其臣。而與之爲不直。臣不得於其君而受之爲不義。不直不義。幾何其不

以功臣爲藩鎮也。大哉孔子之言曰。天何言哉。四時行焉。百物生焉。知乎此。則知聖人所以信及豚魚者。爲不在彼也。臣竊伏觀章宗皇帝以仁聖之姿、淵懿之智、緝熙光明之學。正心誠意。修身治天下。二十年之間。大信之所孚。股肱大臣之貴。輿臺皂隸之賤。皆不言而喻。不約而隨。不契而合。不膠而固。其視前世誓誥之繁。固已貫三光而洞九泉矣。況於特片鐵以爲固者乎。宜其播之于號令。發之於歌詩。慨然自得於大道破裂之後。祛千載之惑。爲萬世之戒也如此。有詔下臣爲作篇引。謹昧死百拜而言曰。聖人之公之信。皆天也。臣何足以知之。若夫雲漢之昭回。日星之炳耀。編之詩書而無愧。質之鬼神而不疑者。臣愚不自度量。尚庶幾自託于不腐云。臣謹引。遺山集

陸氏通鑑詳節序

元好問

中州文明百年。有經學。有史漢之學、通典之學。而通鑑則不能如江左之盛。惟蔡内翰伯正甫珪、蕭户部真卿貢、宗室密國公子瑜璹之等十數公。號稱專門而已。近歲此學頗行河朔。武臣宿將。講説記誦有爲日課者。故時人稍稍效之。卷帙既多。艱於傳寫。通都大邑。好事家所藏。不過三五本而止。其餘願見而不可得者多矣。温公修此書十有餘年。雖相業未究。而能成百代不刊之典。以與左邱明氏並傳。立功立言。皆聖哲之能事。在公爲無憾。特其傳與否。繫學者幸不幸耳。歷亭州將張侯晉亨知好此書。取陸氏詳節。且以外紀及諸儒精義附益之。公所載大政事、大善惡。備見于此。蓋有不可勝學者矣。以爲得之易則學者衆。因鋟木以傳。從是而往。一邑之令。一州之守。千人君之長。

若見而有所得。愛而知所慕。舉而措之施爲之間。免於面牆之蔽。張侯與有力焉。侯官偏將軍、佩金符、食大縣萬家。千頭木奴。足供指使。何至就楮墨工瞥什一耶。予惜其私淑之意不白。故爲道其所以然。乙卯秋九月望日。太原元某裕之書。遺山集

杜詩學序〔正大二年〕

元好問

杜詩注六七十家。發明隱奥。不可謂無功。至于鑿空架虚。旁引曲證。鱗雜米鹽。反爲蕪累者。亦多矣。要之蜀人趙次公作證誤。所得頗多。託名於東坡者爲最妄。非託名者之過。傳之者過也。竊嘗謂子美之妙。釋氏所謂學至于無學者耳。今觀其詩。如元氣淋漓。隨物賦形。如三江五湖。合而爲海。浩浩瀚瀚。無有涯涘。如祥光慶雲。千變萬化。不可名狀。固學者之所以動心而駭目。及讀之熟。求之深。含咀之久。則九經百氏。古人之精華。所以膏潤其筆端者。猶可髣髴其餘韻也。夫金屑丹砂、芝朮參桂。識者例能指名之。至於合而爲劑。其君臣佐使之互用。甘苦酸鹹之相入。有不可復以金屑丹砂、芝朮參桂而名之者矣。故謂杜詩爲無一字無來處亦可也。謂不從古人中來亦可也。前人論子美用故事。有著鹽水中之喻。固善矣。但未知九方皐之相馬。得天機於滅没存亡之間。物色牝牡。人所共知者。爲可略耳。先東巖君有言。近世惟山谷最知子美。以爲今人讀杜詩。至謂草木蟲魚皆有比興。如試世間商度隱語然者。此最學者之病。山谷之不注杜詩。試取大雅堂記讀之。則知此公注杜詩已竟。可爲知者道。難爲俗人言也。乙酉之夏。自京師還。閒居崧山。因録先君子

所教與聞之師友之間者爲一書。名曰杜詩學。子美之傳誌年譜及唐以來論子美者在焉。候兒子輩可與言。當以告之。而不敢以示人也。六月十一日。河南元某引。遺山集

東坡詩雅序〔正大六年〕

元好問

五言以來。六朝之陶謝。唐之陳子昂、韋應物、柳子厚。最爲近風雅。自餘多以雜體爲之。詩之亡久矣。雜體愈備。則去風雅愈遠。其理然也。近世蘇子瞻絶愛陶柳二家。極其詩之所至。誠亦陶柳之亞。然評者尚以其能似陶柳。而不能不爲風俗所移。爲可恨耳。夫詩至於子瞻。而且有不能近古之恨。後人無所望矣。乃作東坡詩雅目録一篇。正大己丑。河南元某書于内鄉劉鄧州光父之東齋。遺山集

東坡樂府集選序

元好問

絳人孫安常注坡詞。參以汝南文伯起小雪堂詩話。删去他人所作無愁可解之類五十六首。其所是正。亦無慮數十百處。坡詞遂爲完本。不可謂無功。然尚有可論者。如古岸開青葑南柯子。以末後二句倒入前篇。此等猶爲未盡。然特其小小者耳。就中野店雞號一篇。極害義理。不知誰所作。世人誤爲東坡。而小説家又以神宗之言實之。云神宗聞此詞不能平。乃貶坡黄州。且言教蘇某閒處袖手。看朕與王安石治天下。安常不能辨。復收之集中。如當時共客長安。似二陸初來俱少年。有胸中萬

卷。筆頭千字。致君堯舜。此事何難。用舍由時。行藏在我。袖手何妨閒處看之句。其鄙俚淺近。叫呼衒鬻。殆市駔之雄。醉飽而後發之。雖魯直家婢僕且羞道。而謂東坡作者誤矣。又前人詩文。有一句或一二字異同者。蓋傳寫之久。不無訛謬。或是落筆之後。隨有改定。而安常一切以別本爲是。是亦好奇尚異之弊也。就孫集録取七十五首。遇語句兩出者。擇而從之。自餘玉龜山一篇。予謂非東坡不能作。孫以爲古詞删去之。當自別有所據。姑存卷末。以俟更考。丙申九月朔。書於陽平寓居之東齋。元某引。遺山集

錦機序（興定元年）

元好問

文章天下之難事。其法度雜見于百家之書。學者不徧考之。則無以知古人之淵源。予初學屬文。敏之兄爲予言如此。興定丁丑。閒居河南。始集前人議論爲一編。以便觀覽。蓋就李嗣榮、衛昌叔家前有書而録之。故未備也。山谷與黄直方書云。欲作楚辭。須熟讀楚辭。觀古人用意曲折處。然後下筆。喻如世之巧女。文繡妙一世。誤欲織錦。必得錦機。乃能成錦。因以錦機名之。十一月日。河東元某自題。遺山集

集諸家通鑑節要序

元好問

汝下弋唐佐集諸家通鑑成一書。以東萊吕氏節要爲斷。增入外紀、甲子譜年、目録、考異、舉要曆法及

與道原史事問答、古輿地圖、帝王世系、釋音。温公以後諸儒論辨。若事類、若史傳終始括要。又皆科舉家附益之者。爲卷百有二十。凡二百餘萬言。唐佐學有源委。讀書論文。精玩旨意。隨疑訂正。必理順而後已。故其所編次。部居條流。截然不亂。時授館平陽張存惠魏卿家。張精於星曆之學。州里以好事見稱。請爲唐佐鋟木以傳。唐佐過某於太原。以定本見示。且言温公識治之良相。時君用之不盡。屏處閒局餘二十年。其所得者通鑑一書而已。顧雖功業未究。較其成一家之言。而爲百代不刊之典。不謂之不負所學可乎。承平時。明經詞賦取士。主文衡者。尚以科目爲未廣。謂杜氏通典、司馬氏通鑑。皆可增置學官。爲士子專門之業。宰相以爲然而未暇也。此書編帙浩繁。傳寫不易辦。寒鄉之士有願見而不可得者。張氏此本減完書紙墨之半。見得之易。則流布必廣。户牖既開。他日當有由堂而及奥者。幸爲我道所以然。雖然。某竊有所憾焉。公與二劉氏、范氏紀千三百年治亂廢興成敗之迹。蓋用春秋左氏傳。荀悦、袁宏漢紀例爲之。以便觀覽。故於中祕外邸之書。芟夷翦截。舉宏綱而撮機要。其所取纔十一耳。而公既爲成書上之。復自爲通鑑詳節傳於世者。獨何歟。其後吕陳王陸諸人。亦皆以公例爲之。豈數公者。於編年本末故使之不相綴屬。開學者涉獵之漸乎。唐佐真積之力久。必能得其微旨。幸爲講明之。以曉我曹之未知者。年月日。河東人元某謹序。遺山集

十七史蒙求序

元好問

安平李瀚撰蒙求二千餘言。李華作序。李良薦於朝。蓋在當時已甚重之。迄今數百年之間。孩幼入學。人挾此册。少長則遂講授之。宋王逢原復有十七史蒙求。與瀚並傳。及詩家以次韻相夸尚。以蒙求韻語也。故姑汾王琢又有次韻蒙求出焉。評者謂次韻是近世人之弊。以志之所之。而求合他人律度。遷就附會。何所不有。惟施之賦物咏史。舉古人徵之事例。遷就傅會。或當聽其然。是則韻語次韻爲有據矣。始予年二十餘。住太原學舍。交城吴君廷秀洎其弟廷俊。與予結夏課於由義西齋。嘗以所撰蒙求見示。且言逢原既以十七史命篇矣。而間用吕氏春秋、三輔決録、華陽國志、江南野録。謂之史可乎。今所撰止于史書中取之。諸所偶儷。必事類相附。其次强韻。亦力爲搜討。自意可以廣異聞。子爲我序之可乎。予欣然諾之而未暇也。後三十七年。予過鎮陽。見張參議耀卿。耀卿受學於吴君之門者也。問以此書之存亡。乃云版蕩之後。得於田家故箱中。因得而序之。按李瀚自嫌文碎。此特自抑之辭。華謂可以不出卷而知天下。是亦許與太過。惟李良薦章。謂其錯綜經史。隨便訓釋。童子固多宏益。而老成頗覺起予。此爲切當耳。載籍之在天下。有棟宇所不能容而牛馬所不能舉者。精力有限。記誦無窮。果使漫而無統。廣心浩大。將不有遺亡之謬乎。如曰記事者必提其要。吾知蒙求之外不復有加矣。古有之。積絲成寸。積寸成尺。尺寸不已。遂成丈疋。信斯言也。雖推廣三千言爲十萬。其孰曰不可哉。吴君博覽强記。九經傳注輒手自鈔寫。且諷誦不去口。史書又其專門之學。文賦華贍。有聲場屋間。教授生徒。必使知己之所知。能己之所能。時議以此歸之。貞祐兵亂。負母入山。道中遇害。年甫四十云。庚戌五月晦日。新興元某序。遺山集

拙軒銘序

元好問

左轄公以拙軒自號。徵文於某。謹述而銘之。去古既遠。天質日喪。人僞日勝。機械之士。以拙爲諱。天下萬事。一以巧爲之。矜長出奇。争捷求售。其心汩汩焉。如弄丸。如運斤。如刻猴之工。如貫蝨之射。惟恐巧之不極。至於汲黯之戇。絳侯之訥。石建之醇謹。卓茂之迂緩。班超平平之策。陽城下下之考。咸共嗤點。以爲不智。事業之鄙陋。風俗之薄惡。實坐于此。惟公以清白傳世德。以忠信結人主。出入四朝。再秉鈞軸。危言高論。聳動天下。發凶豎未形之謀。則先識者以爲明。犯强臣不測之怒。則疾惡者以爲高。視千載無所於讓。其以拙爲號者。非欲賢于斯世而已也。濂溪先生論拙之極致。有天下拙、刑政徹、上安下順、風清弊絶之語。夫能至於上安下順、風清弊絶。則天下之能事畢矣。然則公之所以自名者。乃所以自任耶。遺山集

金文最卷四十三

序

如庵詩文序

元好問

密國公諱璹字子瑜。越王長子。而興陵之諸孫也。明昌初已受封。公以例授金紫光禄大夫。衛紹王時。除開府儀同三司。宣宗南渡後。封胙國公。哀宗正大初。進封密。自明昌初。鎬厲等二王得罪後。諸王皆置傅。與司馬、府尉、文學。名爲王府官屬。而實監守之。府門啟閉有時。王子若孫及外人。不得輒出入。出入皆有籍。訶問嚴甚。金紫若國公。雖大官。無所事事。止於奉朝請而已。密公班朝著者。如是四十年。初燕都遷而南。危急存亡之際。凡車輅宫縣寶玉秘器。所以資丕天之奉者。舟車輦運。國力不贍。至汴者千之一耳。而諸王公貴主。至有脱身而去者。公家法書名畫。連箱累篋。寶惜固護。與身存亡。故他貨一錢不得著身。方遷革倉卒。朝廷止以乏軍興爲憂。百官俸給減削幾盡。歲日所入。大官不能贍百指。而密公又宗室之貧無以爲資者。其落薄失次。爲可見矣。元光以後。王薨。門禁緩。文士稍遂欵謁。然亦不過三數人而止矣。公資稟簡重。而至誠接物。不知名爵爲何物。少日。師三川朱巨觀學詩。龍巖任君謨學書。真積之久。遂擅出藍之譽。於書無所不讀。而以資治通鑑爲專門。馳騁上下千有三百餘年之事。其善惡是非得失成敗。道之如目前。穿貫他書。考證同異。雖老於史學者不加詳也。名勝過門。明窗棐几。展玩圖籍。商略品第顧、陸、朱、吴筆虚筆實之論。極幽渺。及論二王筆墨、推明草書學究之説。窮高妙。而一言半辭皆可紀録。典衣置酒。或終日不聽客去。爐薰茗椀。或橙蜜一杯。有承平時王家故態。使人愛之而不能忘也。字畫得於蘇、黄之間。參禪於善西堂。名曰祖敬。自題寫真有枯木寒灰亦自神。應緣來現胙公身。只緣苦愛東坡老。人道前身趙德麟之句。舊制。國公祭山陵。則佩虎符乘傳。號曰嚴祭。若上清儲祥宫。若太乙宫。五嶽觀設醮、上方相藍大道場。則國公代行香。公多預焉。又有詩自戲云。借來羸馬鈍於牆。馬上官人病且痓。無用老臣還有用。一年三五度燒香。蓋實録云。公詩五卷。號如菴小稾者。汴梁鬻書家有之。樂府云。夢到鳳凰臺上。山圍故國週遭。又云。咫尺又還秋也。不成長似雲閒。識者聞而悲之。予竊謂古今愛作詩者。特晉人之自放於酒耳。吟咏情性。留連光景。自當爲緩憂之一物。在公則又以之遯世無悶獨立而不懼者也。使公得時行所學。以文武之材。當顓面正朝之任。長轡遠馭。何必減古人。顧與槁項黄馘之士争一日之長於筆硯間哉。朝家疏近族而倚疏屬。其敝乃至於此。可爲浩歎也。天興壬辰。曹王出質。公求見於隆德殿。上問叔父欲何言。公奏聞孛德雖議和。孛德不苦諳練。恐不能辨大事者。臣請副之。或代其行。上慰之曰。南渡後國家比承平時有何奉養。然叔父亦未嘗沾丐。無事則置之冷地。無所顧藉。緩急則置于不測。

叔父盡忠固可。天下其謂我何。叔父休矣。於是君臣相顧泣下。未幾公感疾。以其夏五月十有二日薨。春秋六十一。後二十有六年。此集再刻於大名。門下士河東人元某爲之引。遺山集

琴辨序

元好問

彦實苗君。平陽人。童丱中。爲鄉先生喬孟州扆君章所器。命其子河東按察轉運使宇德容與同研席。君章文學深博。兼通音律。教彦實與德容琴事。初授指法。累錢手背。以輕肆爲禁。至一聲不敢妄增損。彦實後以雅重見稱。有自來矣。弱冠應明經舉選。三赴廷試。至論知琴。亦與德容相後先。當熙宗守成之際。惟弄琴爲樂而已。琴工衛宗儒者。一日鼓琴不成聲。問之故。曰山後苦寒。手拮据耳。卽賜之貂鼠帳。熾炭其前使鼓之。世宗好此藝。殊有父風。寢殿外設琴工幕次。鼓至夜分乃罷。嘗言吾非好琴。人主心無所住。則營建征伐。田獵寵嬖。何所不有。吾以琴繫著吾心耳。一侍從鼓琴東宫。衣著華麗。上以輕浮。勑不得入宫。至顯宗又妙于琴事者也。三四十年之間。此道大行。而彦實出于其時。近臣有薦于章廟者。因得待詔翰林。居京師夫久而聲譽籍甚。至廢舉業不就。南渡後。日從楊趙游。閑閑嘗有詩推敬。故詩人止以高士目之。公藝既專。又漸于敦朴之化。習與性成。其分别古今操弄。孰雅孰鄭。猶數一二而辨黑白也。嘗選古人所傳操弄百餘篇有古意者。纂集之將傳于世。危急存亡之秋。良未暇也。長子名某。字君瑞。嘗仕爲省郎。閑居燕中。悼雅道之將廢而先意之不究。將鋟木以傳。請予題端。且以卜當傳與否也。予謂君瑞言。子第傳之。山

谷有云。枯木嵌空微暗淡。古器雖在無古絃。袖中正有南風手。誰爲聽之誰爲傳。東坡有云。琴裏若能知賀若。詩中定合愛陶潛。漢大司空宋弘。薦桓譚文學可比前世揚雄、劉向父子。光武拜爲議郎。帝每讌。輒令鼓琴。好其繁聲。弘聞之不悦。悔于薦舉。伺譚内出。正朝服坐府上遣吏召之。譚至不與席而讓之曰。吾所以薦子者。願令輔國家以道德也。而今數進鄭聲以亂雅頌。非忠正者也。能自改耶。會相舉以法乎。譚頓首謝。良久乃遣之。後大會羣臣。帝使譚鼓琴。譚見弘失其常度。怪而問之。弘乃離席免冠謝曰。臣所以薦桓譚者。謂能以忠正導主。而今朝廷躭悦鄭聲。臣之罪也。帝改容謝之。譚遂不得給事中。予竊謂南風手不可得。而今世愛陶詩者幾人。果如坡谷所言。唯當破此琴爲烹鶴之具耳。光武好繁聲。舉朝亦好之。乃有宋司空。謂宋弘之後遂無宋弘。則彥實此書。何從出哉。夫八音與政通爲難。審音以知政、居今而行古又爲難。合是二難。始有此書。乃欲藏之名山。以待其人乎。司空表聖最爲通論。云四海之廣。豈無賞音。固應不待五百年耳。請以此爲之引。歲丁巳秋八月初吉。遺山詩老引。遺山集

雙溪集序

元好問

燕中文士張顥卿、趙昌齡爲予言。省寺賓客集今中令詩傳於時。欲吾子爲作序引。其有意乎。予復之曰。詩與文同源而別派。文固難。詩爲尤難。李長吉母以賀苦於詩。謂嘔出肝肺乃已耳。又有論詩者云。乾坤有清氣。散入詩人脾。千人萬人中。一人兩人知。其可謂尤難矣。前世詩人。凡有所

作。遇事輒變化。别不一其體裁。乃欲與造物者争柄。囚鎖怪異、破碎陳敵、凌轢波濤、穿穴險固者。尤未盡也。槁項黄馘、一節寒餓之士。以是物爲顯門。有白首不能道劉長卿一字者。青雲貴公子。乃咳唾嚬呻而得之。是可貴也。學道者。有神遇。有懸解。如以無礙辨才。游戲翰墨。龍拏虎擲。動心駭目。不可致詰。彼區區者。方纓冠被髮。流汗而追之九萬里。風斯在下矣。中令天資高。於詩若夙習。故落筆有過人者。不足訝也。近時。燕中兩詩人擅名一時。當其得意時。視北征南山。反有德色。然每見中令一詩出。必歡喜讚歎。失喜噎嘔曰。此長吉語也。義山語也。樊川集所無有也。而中令慊然自以爲不足。長轡遠馭進進而不已。如欲踔宇宙而遺俗、渺翩翩而獨征者。尚奚以序引爲哉。顯卿、昌齡爲我謝中令君。朝議以四世五公待閣下。天下大夫士以太平宰輔望閣下。李文饒一品集。鄭亞有序。陸宣公奏議。蘇東坡有劄子。大書特書而屢書之。韓筆有例。子欲我敍雙溪小集而遂已乎。年月日。門下士河東元某題。遺山集

鳩水集序

元好問

德安鄭夢開以所編宋君周臣鳩水集見示。云宋君以文章名海内久矣。世以不見全集爲恨。今欲鋟木流布。子厚於宋者。請爲題端。某不敏。不足以知詩文正脈。嘗試妄論之。文章雖出於真積之力。然非父兄淵源、師友講習、國家教養。能卓然自立者鮮矣。自隋、唐以來。以科舉取士。學校養賢。俊逸所聚。名卿才大夫爲之宗匠。琢磨淬厲。日就作新之功。以德言之。則士君子之所爲也。以文言之。

則鴻儒碩生之所出也。以人物言之。則公卿大臣之所由選也。不必皆鴻儒碩生、公卿大臣。而其材具故在是矣。宋君起太行。其經明行修。蓋故家遺俗然。且得鄉先生李承旨致美、按察使簡之宗盟、内翰濟川、潞倅祐之父子、王孟州大用之所沾丐。住太學十年。讀書績文。動爲有用之學。使之得時行道。其所成就顧豈出名卿材大夫之下哉。易代以來。佐東平幕二十年。當賢侯擁篲之敬。不動聲氣酬酢。臺務皆迎刄而解。有用之學僕既言之矣。嗚呼。文章聖心之正傳。達則爲經綸之業。窮則爲載道之器。顧所遭何如耳。他日。人讀鳩水集。或以文人之文求之。渠特䄂襶子耳。非吾心相科中人也。癸丑清明日。河東元某引。遺山集

楊叔能小亨集序

元好問

貞祐南渡後。詩學大行。初亦未知適從。溪南辛敬之、淄川楊叔能。以唐人爲指歸。敬之舊有聲河南。叔能則未有知之者。興定末。叔能與予會於京師。遂見禮部閑閑公及楊吏部之美。二公見其幽懷久不寫及甘羅廟詩。嘖嘖稱歎。以爲今世少見其比。及將往關中。張左相信甫、李右司之純、馮内翰子駿。皆以長詩贈别。閑閑作引。謂其詩學退之。此日足可惜。頗能似之。至比之金膏水碧。物外自然奇寶。景星丹鳳。承平不時見之嘉瑞。叔能用是名重天下。今三十年。然其客于楚。于漢沔。于燕趙魏齊魯之間。行天下四方多矣。而其窮亦極矣。叔能天資澹泊。寡于言笑。儉素自守。詩文似其爲人。其窮雖極。其以詩爲業者不變也。其以唐人爲指歸者。亦不變也。今年其所謂小亨

集成。其子復見予鎮州。以集引爲請。予亦愛唐詩者。唯愛之篤而求之深。故似有所得。嘗試妄論之。詩與文。特言語之別稱耳。有所記述之謂文。吟詠情性之謂詩。其爲言語則一也。唐詩所以絶出于三百篇之後者。知本焉爾矣。何謂本。誠是也。古聖賢道德言語。布在方册者多矣。且以弗慮胡獲、弗爲胡成、無有作好、無有作惡、樸雖小天下莫敢臣較之。與祈年孔夙、方社不莫、敬共明神、宜無悔怒何異。但篇題句讀不同而已。故由心而誠。由誠而言。由言而詩也。三者相爲一。情動于中而形于言。言發乎邇而見乎遠。同聲相應。同氣相求。雖小夫賤婦孤臣孽子之感諷。皆可以厚人倫美教化。無他道也。故曰不誠無物。夫惟不誠。故言無所主。心口別爲二物。物我邈其千里。漠然而往。悠然而來。人之聽之。若春風之過馬耳。其欲動天地感神鬼難矣。其是之謂本。唐人之詩。其知本乎。何温柔敦厚、藹然仁義之言之多也。幽憂憔悴。寒饑困憊。一寓于詩。而其阨窮而不憫、遺佚而不怨者故在也。至于傷讒疾惡不平之氣不能自掩。責之愈深。其旨愈婉。怨之愈深。其辭愈緩。優柔饜飫。使人涵泳于先王之澤。情性之外不知有文字。幸矣。學者之得唐人爲指歸也。初予學詩。以十數條自警云。無怨懟。無謔浪。無驁狠。無崖異。無狡訐。無媕阿。無傅會。無籠絡。無衒鬻。無矯飾。無爲堅白辨。無爲賢聖顛。無爲妾婦妬。無爲仇敵謗傷。無爲聾俗鬨傳。無爲瞽師皮相。無爲黥卒醉横。無爲黠兒白捻。無爲田舍翁木强。無爲法家醜詆。無爲牙郎轉販。無爲市倡怨恩。無爲琵琶娘人魂韻詞。無爲村夫子兔園策。無爲算沙僧困義學。無爲稠梗治禁詞。無爲天地一我今古一我。無爲薄惡所移。無爲正人端士所不道。信斯言也。予詩其庶幾乎。惟其守之不固。竟爲有志者之所先。今日讀所謂小亭集者。秖以增愧汗耳。予既以如上語爲集引。又申之以種松之詩。因爲復言。歸而語乃翁。吾老矣。自爲瓠壺之日久矣。非夫子亦何以發予之狂言。己酉秋八月初吉。河東元某序。遺山集

新軒樂府序

元好問

唐歌詞多宫體。又皆極力爲之。自東坡一出。情性之外不知有文字。真有一洗萬古凡馬空氣象。雖時作宫體。亦豈可以宫體概之。人有言。樂府本不難作。從東坡放筆後便難作。此殆以工拙論。非知東坡者。所以然者。詩三百所載小夫賤婦幽憂無聊賴之語。特猝爲外物感觸。滿心而發、肆口而成者爾。其初。果欲被管絃。諧金石。經聖人手以與六經並傳乎。小夫賤婦且然。而謂東坡翰墨游戲乃求與前人角勝負。誤矣。由今觀之。東坡聖處。非有意於文字之爲工。不得不然之爲工也。坡以來。山谷、晁無咎、陳去非、辛幼安諸公。俱以歌詞取稱。吟咏性情。留連光景。清壯頓挫。能起人妙思。亦有語意拙直。不自緣飾。因病成妍者。皆自坡發之。近歲新軒張勝予。亦東坡發之者與。新軒三世遼宰相家。從少日滑稽玩世。兩坡二稾。所謂入其室而啖其炙者。故多喜而謔之之辭。及隨計兩都。作霸諸彦。時命不偶。僅得補掾中臺。時南狩已久。日薄西山。民風國勢。有可爲太息而流涕者。故又多憤而吐之之辭。予與新軒。臭味既同。而相得甚歡。或别之久而去之遠。取其歌詞讀之。未嘗不灑然而笑。慨焉以歎。沈思而遠望。鬱摇而行歌。以爲玉川子嘗孟諫議貢餘新茶至四

盌發輕汗時。平生不平事。盡向毛孔散。真有此理。退之聽穎師彈琴云。昵昵兒女語。恩怨相爾汝。忽然變軒昂。勇士赴敵場。吾恐穎師不足以當之。予既以此論新軒。因説向屋梁子。屋梁子不悦曰。麟角、蘭畹、尊前、花間等集。傳播里巷。子婦母女。交口教授。婬言媟語。深入骨髓。牢不可去。久而與之俱化。浮屠家謂筆墨勸淫。當下犂舌之獄。自知是巧。不知其業。陳後山追悔少作。至以語業命題。吾子不知耶。離騷之悲回風惜往日。評者且以露才揚己、怨懟沉江少之。若孤憤、四愁、七哀、九悼、絶命之辭、窮愁志、自憐賦。使樂天知命者見之。又當置之何地耶。治亂。時也。遇不遇。命也。衡門之下。自有成樂。而長歌之哀甚於痛哭。安知憤而吐之者非呼天稱屈耶。世方以此病吾子。子又以及新軒。其何以自解。予謂屋梁子言。子頗記謝東山對右軍哀樂語乎。年在桑榆。正賴絲竹陶寫。但恐兒輩覺。損此歡樂趣耳。東山似不應道此語。果使兒輩覺。老子樂趣遂少減耶。君且道如詩仙王南雲所説。大美年賣珠樓前風物。彼打硬頭陀與長三者。三禮何嘗夢見。在歲甲寅十月望日。河東元某題。遺山集

逃空絲竹集序

元好問

南渡後。李長源七言律詩。清壯頓挫。能動搖人心。高處往往不減唐人。麻知幾七言長韻。天隨子所謂陵轢波濤、穿穴險固、囚鎖怪異、破碎陳敵者。皆略有之。然長源失在無穰茹。知幾病在少持擇。詩家亦以此爲恨。仲梁材地有餘。而持擇工夫勝。其餘或亦有不迨二子者。絶長補短。大概一流人

也。今二子亡矣。仲梁氣鋭而筆健。業專而心精。極他日所至。當於古人中求之。不特如退之之於李元賓耶。河東人元某書。遺山集

張仲經詩集序

元好問

仲經出龍山貴族。少日隨宦濟南。從名士劉少宣問學。客居永寧。永寧有趙宜之、辛敬之、劉景元。其人皆天下之選。而仲經師友之。故蚤以詩文見稱。及予官西南。仲經偕杜仲梁、麻信之、高信卿、康仲寧。挈家就予内鄉。時劉内翰光甫方解鄧州倅。日得相從文字間。仲經之所成就。又非洛西時比矣。北渡後。薄游東平。謁先行臺嚴公。一見卽被賞識。待以師賓之禮。授館于長清之别墅。積十餘年。得致力文史。以詩爲專門之學。此其出處之大略也。今觀其詩。永寧王趙幽居云。寒盡陰崖草有芽。竹梢殘雪墮冰花。號空老木風纔定。倒影荒山日又斜。天地悠悠常作客。干戈擾擾漫思家。烟村寂寞無人語。獨倚寒藤數暮鴉。其落筆不凡類如此。及來内鄉。嘗阻雨板橋張主簿草堂。同賦淅江觀漲詩。仲經云。一雨天地來。濤聲破清曉。光甫大加賞歎。以爲有前人風調。是年出居縣西南白鹿原。名所居爲行齋。取素貧賤行貧賤之意。行齋之南有菊水。湍流噴薄。景氣古澹。陽崖回抱。緑莎盈尺。臘月紅梅盛開。諸公藉草而坐。嘉肴旨酒。嘯詠彌日。仲經有詩云。寒客遠峯猶帶雪。煖私幽圃已多花。仲梁雖有煖散春泉百汊流之句。亦自以爲不及也。其餘如次韻見及云。長松偃蹇千年物。病鶴摧頽萬里心。春思云。一春常作客。連日苦多風。野樹凄迷緑。簷花暗澹

紅。愁隨詩卷積。囊與酒尊空。巢燕如相識。頻來草舍中。書事云。故國三年夢。新愁兩鬢蓬。淚從南望盡。塗自北來窮。破牖蠅烘日。枯梢鵲愛風。悵然搔白首。遠目過歸鴻。贈員善卿云。詩材雖滿腹。家具少于車。珍珠泉感舊云。紅槿有情依壞砌。綠莎隨意上寒廳。秋興云。壞壁粘蝸歎國步。荒池漂蟻失軍容。秋日云。寒花矜晚色。病葉怯秋聲。憶永寧舊游寄魏內翰云。上閣寺高迎晚翠。游家樓小簇春紅。獨腳云。洛岸瀟瀟雨送春。老愛青山悟靜緣。問路前村犬吠人。病枕偏宜夜雨聲。林深鹿近人。年衰與杖宜。雲出祇園雨亦香。又如風琴一首。回軍謡四首。清明日陪諸公讌集東園一首。病中一首。移居學東坡八首。再到方山絶句。書陶詩後集句。往往傳在人口。內相文獻楊公有言。文章天地中和之氣。太過爲荒唐。不及爲滅裂。仲經所得。雍容和緩。道所欲言者而止。其亦得中和之氣者歟。爲人資稟樂易。恬于進取。進退容止。皆有藴藉可觀。與人交。重然諾。敦分義。終始可以保任。使之束帶立朝當言責之重。豈得輕負所學、忘禮諫之義乎。憂世既切。惠養是其所長。趙張二〇二。(讀書山房本作三。)王鉤距之吏。奮髯抵几。砉砉俊快。保其羞而不爲。至于德讓君子之風。良有望焉。自丙午以後。參幕府軍事。當賢侯擁篲之敬。得寸行寸。謂當見之一日。未一試而病不起矣。其孤夢符持橘軒詩集求予編次。感念平昔。不覺出涕。因題其後。嗚呼。有言可述。學者之能事。有子可傳。人道之大本。吾仲經言可述矣。子可傳矣。顧雖賫志下泉。其亦可以少慰矣夫。甲寅冬至日。詩友河東元某裕之題。遺山集

陶然詩集序

元好問

貞祐南渡後。詩學爲盛。洛西辛敬之、淄川楊叔能、太原李長源、龍坊雷伯威、北平王子正之等。不啻十數人。稱號專門。就諸人中。其死生于詩者。汝海楊飛卿一人而已。李内翰欽叔工篇翰。而飛卿從之游。初得樹古葉黄早、僧閑頭白遲之句。大爲欽叔所推激。從是游道日廣。而學亦大進。客居東平將二十年。有詩近二千首。號陶然集。所賦青梅、瑞蓮、餅聲、雪意。或多至十餘首。其立之之卓。鑽之之堅。得之之難。積之之多。乃如此。此其所以爲貴也歟。歲庚戌。東平好事者求此集刊布之。飛卿每作詩必以示予。相去千餘里亦以見寄。其所得予亦頗能知之。飛卿于海内詩人。獨以予爲知己。故以集引見託。或病吾飛卿追琢功夫太過者。予釋之曰。詩之極致。可以動天地感鬼神。故傳之師。本之經。真積之力久而有不能復古者。自匪我愆期。子無良媒。自伯之東。首如飛蓬。愛而不見。搔首踟躕。既見復關。載笑載言之什觀之。皆以小夫賤婦。滿心而發。肆口而成。見取於采詩之官。而聖人删詩亦不敢盡廢。後世雖傳之師。本之經。真積力久而不能至焉者。何古今難易不相侔之如是耶。蓋秦以前。民俗醇厚。去先王之澤未遠。質勝則野。故肆口成文。不害爲合理。使今世小夫賤婦。滿心而發。肆口而成。適足以汙簡牘。尚可辱采詩官之求取耶。故文字以來。詩爲難。魏晉以來。復古爲難。唐以來。合規矩準繩尤難。夫因事以陳辭。辭不迫切而意獨至。初不爲難。後世以不得不難爲難耳。古律歌行。篇章操引。吟咏謳謡。詞調怨歎。詩之目既廣。而評詩、詩品、詩說、詩式。亦不可勝讀。大概以脱棄凡近。澡雪塵翳。驅駕聲勢。破碎陳敵。囚鎖怪變。軒豁幽秘。籠絡今古。移奪造化爲工。鈍滯僻澀。淺露浮躁。狂縱淫靡。詭誕瑣碎。陳腐爲病。毫髮無遺憾。老去漸於詩律細。佳句法如何。新詩改罷自長吟。語不驚人死不休。杜少陵語也。好句似仙堪换骨。陳言如賊莫經心。薛許昌語也。乾坤有清氣。散入詩人脾。千人萬人中。一人兩人知。貫休師語也。看似尋常最奇崛。成如容易卻艱難。半山翁語也。詩律傷嚴近寡恩。唐子西語也。子西又言。吾於他文不至蹇澀。惟作詩極難苦。悲吟累日。僅自成篇。初讀時未見可羞處。姑置之。後數日取讀。便覺瑕釁百出。輒復悲吟累日。反復改定。比之前作。稍有加焉。後數日復取讀。疵病復出。凡如此數四。乃敢示人。然終不能工。李賀母謂賀必欲嘔出心乃已。非過論也。今就子美而下論之。後世果以詩爲專門之學。求追配古人。欲不死生於詩。其可已乎。雖然。方外之學有爲道日損之說。又有學至於無學之說。詩家亦有之。子美夔州以後。樂天香山以後。東坡海南以後。皆不煩繩削而自合。非技進於道者能之乎。詩家所以異於方外者。渠輩談道。不在文字。不離文字。詩家聖處。不離文字。不在文字。唐賢所謂情性之外不知有文字云耳。以吾飛卿立之之卓。鑽之之堅。得之之難。異時霜降水落。自見涯涘。吾見其泝石樓。歷雪堂。問津斜川之上。萬慮洗然。深入空寂。盪元氣於筆端。寄妙理於言外。彼悠悠者可復以昔之隱几者見待耶。陶然後編請取此序證之。必有以予爲不妄許者。重九日。遺山真隱序。遺山集

木菴詩集序

元好問

東坡讀參寥子詩。愛其無蔬筍氣。參寥用是得名。宣政以來。無復異議。予獨謂此特東坡一時語。非定論也。詩僧之詩。所以自別於詩人者。正以蔬筍氣在耳。假使參寥子能作柳州超師院晨起讀禪經五言。深入理窟。高出言外。坡又當以蔬筍氣少之耶。木菴英上人。弱冠作舉子。從外家遼東。與高博州仲常游。得其議論爲多。且因仲常得僧服。貞祐初。南渡河。居洛西之子蓋。時人固以詩僧目之矣。三鄉有辛敬之、趙宜之、劉景玄。予亦在焉。三君子皆詩人。上人與相往還。故詩道益進。出世住寶應。有山堂夜岑寂及梅花等篇傳之京師。閑閑趙公、内相楊公、屏山李公及雷、李、劉、王諸公。相與推激。至以不見顔色爲恨。予嘗以詩寄之云。愛君山堂句。深靖如幽蘭。愛君梅花詠。入手如彈丸。詩僧第一代。無媿百年閑。○閑。讀書山房本作間。曾説向閑閑公。公亦不以予言爲過也。近年。七夕感興有輕河如練月如舟。花滿人間乞巧樓。野老家風依舊拙。蒲團又度一年秋之句。予爲之擊節稱歎。恨楊趙諸公不及見之。乙酉冬十月。將歸太原。侍者出木菴集求予爲序引。試爲商略之。上人才品高。真積力久。住龍門、崧少二十年。仰山又五六年。境用人勝。思與神遇。故能游戲翰墨道場。而透脱叢林窠臼。於蔬筍中別爲無味之味。皎然所謂情性之外不知有文字者。蓋有望焉。正大中。閑閑公侍祠太室。會上人住少林久。倦於應接。思欲退席。閑閑公作疏留之云。書如東晉名流。詩有晚唐風骨。予謂閑閑雖不序木菴集。以如上語觀之。知閑閑作序已竟。然

則向所許百年以來爲詩僧家第一代者。良未盡歟。遺山集

南冠録序

元好問

予以始生之七月。出繼叔氏隴城府君。迨大安庚午。府君卒官。扶護還鄉里。時予年二十有一矣。元氏之老人大父彫喪殆盡。問之先世之事。諸叔皆晚生。止能道其梗概。予亦以家牒具存。碑表相望。他日論次之。蓋未晚也。因循二三年。中原受兵。避寇陽曲秀容之間。歲無寧居。貞祐丙子南渡河。家所有物。經亂而盡。舊所傳譜牒。乃於河南諸房得之。故宋以後事爲詳。而宋前事皆不得而考也。益之兄嘗命予修千秋録。雖略具次第。他所欲記者尚多而未暇也。歲甲午。羈管聊城。益之兄邈在襄漢。遂有彼疆此界之限。姪搏俘縶之平陽。存亡未可知。伯男子叔儀、姪孫伯安皆尚幼。未可告語。予年已四十有五。殘息奄奄。朝夕待盡。使一日顛仆於道路。則世豈復有知河南元氏哉。維祖考承三公餘烈。賢儁輩出。文章行業。皆可稱述。不幸而與皂隸之室混爲一區。泯泯默默。無所發見。可不大哀耶。乃手寫千秋録一篇。付文嚴以備遺忘。又自爲講說之。嗚呼。前世功名之士。人有愛慕之者。必問其形質顔貌言語動作之狀。史家亦往往爲記之。在他人且然。吾先之人形質顔貌言語動作。乃不欲知之。豈人之情也哉。故以先世雜事附焉。予自四歲讀書。八歲學作詩。作詩今四十年矣。十八先府君教之民政。從仕十年。出死以爲民。自少日有志於世。雅以氣節自許。不甘落人後。四十五年之間。與世合者。不能一二數。得名爲多。而謗亦不少。舉天下四方知

己之交。唯吾益之兄一人。人生一世間。業已不爲世所知。又將不爲吾子孫所知。何負於天地鬼神而至然耶。故以行年雜事附焉。先祖銅山府君。正隆二年賜出身。訖正大之末。吾家食先朝禄七十餘年矣。京城之圍。予爲東曹都事知舟師。將有東狩之役。言於諸相。請小字書國史一本隨車駕所在。以一馬負之。時相雖以爲然。而不及行也。崔子之變。歷朝實録皆滿城帥所取。百年以來明君賢相可傳後世之事甚多。不三二十年。則世人不復知之矣。予所不知者亡可奈何。其所知者忍棄之而不記耶。故以先朝雜事附焉。合而一之。名曰南冠録。叔儀、伯安而下。乃至傳數十世。當家置一通。有不解者。就他人訓釋之。違吾此言非元氏子孫。遺山集

金文最卷四十四

序

興定庚辰太原貢士南京狀元樓宴集題名序

元好問

晉北號稱多士。太平文物繁盛時。發策決科者率十分天下之二。可謂富矣。喪亂以來。僵仆於原野。流離於道路。計其所存。百不能一。今年預秋賦者。乃有百人焉。從是而往。所以榮吾晉者。在吾百人而已。爲吾晉羞者。亦吾百人而已。然則爲吾百人者。其何以自處耶。將僥倖一第以苟活妻子耶。將蘄固一命、躕躕廉謹、死心於米鹽簿書之間以取美食大官耶。抑將爲奇士、爲名臣、慨然自拔於流俗以千載自任也。使其欲爲名臣奇士以千載自任。則百人之少亦未害。如曰不然。雖充賦之多至十分天下之九。亦何貴乎十分天下之九哉。嗚呼。往者已矣。來者未可期。所以榮辱吾晉者既有任其責者矣。凡我同盟。其可不勉。遺山集

送李輔之之官濟南序

元好問

轜之李君。膺剡章之招。有泛舟之役。東門祖道。北海開樽。念會合之良難。欲殷勤之重接。時則暮春三月。人則楚囚再期。魯連之一箭空飛。季子之百金行盡。釋射鉤之怨。雖當三沐而三薰。動去國之魂。徒有九招而九散。沈云卿云。東南水國。腸一斷而一連。西北鄉關。魂九招而九散。見銅駝之荆棘。夢金馬之衣冠。感今懷昔。惄焉如擣。況復中年哀樂。流景須臾。歌驪駒而再中。横素波而徑去。瞻仰弗及。我勞如何。如春登臺。翻失熙熙之意。仰天擊缶。能無嗚嗚之聲。諸公從衍聖孔公賦詩贈别。凡若干首。而某爲之引。遺山集

送高雄飛序

元好問

恆府天壤間大都會。在今爲長樂宫之湯沐邑。且乾龍潛躍之淵也。自文統紹開。俊造駢集。七八年之間。鶴書特徵與鳳尾諾之所招致。睞他郡國爲尤多。乃七月甲申。漕司從事河東高雄飛。被賢王之教。當乘傳北上。聲光四馳。歡動州里。僉謂高子春秋鼎盛。卓然以問學爲業。真積力久。故胸中之言多六經、百氏、史、漢、陳、范之書。司馬氏、范氏通鑑、唐鑑之學。六朝、唐以來之篇什。馳騁上下。累百數萬言。往往見於成誦。文章翰墨。宜在茂異之科。古所謂立談可以致雙璧、一日可以致九遷者。在此行矣。高。晉産也。僕以犬馬之齒之故。謬爲之一言。天家包舉六合。臣屬萬國。立武事以兼文備。由草創而爲潤色。延見故老。網羅豪儁。必當攷古昔之理亂。論治道之先後。察生民之休戚。觀風俗之美惡。以成長治之業。以建久安之勢。金城千里。太山而四維之。顧豈汲汲於

文章翰墨之用、縻羔雁而敝玄纁乎。且夫人臣以納忠爲難。人君以寬聽盡下爲尤難。蓋義則古今之體同。而情則天淵之路絶。逢干之游未遠。伊管之辨易窮。諛臣嫉立仗之鳴。説家懼攖鱗之怒。況乎裹糧三月。被髮九閽。事重而言輕。威尊而命賤。雖復憤泉秋沸。寃霜夏零。思欲片辭自明。胡可得已。乃今首登瀛之選。接曳裾之游。使者牽車。太官掆酒。主好善而忘勢。士見義而得爲。陸太中之詩書。叔孫奉常之典禮。賈長沙之經濟。魏相國之謀謨。有懷不攄。生才奚用。是則爲吾高子者。亦豈輕負所學。棄以爲雙璧之甘餌、九遷之捷徑乎。諺有之。見卵而求時夜。謂之蚤計。椎牛饗客會其已食。謂之後期。智無後期。亦無蚤計。行矣吾子。今正是時。請賦南山有臺。爲之勸駕云。壬子秋二十有七日。新興元某引。遺山集

送秦中諸人序

元好問

關中風土完厚。人質直而尚義。風聲習氣。歌謡慷慨。且有秦漢之舊。至於山川之勝。游觀之富。天下莫與爲比。故有四方之志者多樂居焉。予年二十許時。侍先人官略陽。以秋試留長安中八九月。時紈綺氣未除。沈湎酒間。知有游觀之美而不暇也。長大來。與秦人游益多。知秦中事益熟。每聞談周漢都邑及藍田鄠杜間風物。則喜色津津然動於顔間。二三君多秦人。與予游道相合而意相得也。常約近南山尋一牛田營五畝之宅。如舉子結夏課時。聚書深讀。時時釀酒爲具。從賓客游。伸眉高談。脱屣世事。覽山川之勝概。考前世之遺蹟。庶幾乎不負古人者。然予以家在嵩

前。暑途千里。不若二三君之便於歸也。清秋揚鞭。先我就道。矯首西望。長吁青雲。今夫世俗愜意事。如美食大官高堂華屋。皆衆人所必争。而造物者之所甚靳。有不可得者。若夫閒居之樂。澹乎其無味。漠乎其無所得。蓋自放於方之外者之所貪。人何所争而造物者亦何靳耶。行矣諸君。明年春風。待我於輞川之上矣。遺山集

寒食靈泉宴集序

元好問

出天平北門三十里而近。是爲鳳山之東麓。有寺曰靈泉。阻以絶磵。蔭以深樾。重岡複嶺。回合蔽映。夏秋之交。湍流噴薄。殷勤谿谷。寺已廢於兵。而石樓之典型故在。僧扉禪室。間見層出。南望坡陀小山。如几桉閒物。巖花錯繡。羣鶯下上。雲光金碧。林煙彩翠。陰晴朝暮。萬景坌集。蓋輞川之鄉社。而桃源氏之别業也。昭陽薦歲。維莫之春。諸君以僕燕路言歸。東藩應聘。困鞍馬風沙之役。渝樹林水鳥之盟。千里相思。一杯爲壽。揚雄獻賦。自詫雕蟲之工。許汜求田。乃爲元龍所諱。尊前見在。身外何窮。釋塵累而玩物華。厭囂湫而樂閒曠。卬須我友。天與之時。兵廚之良醖踵來。京洛之名謳自獻。談謔間作。魂磊一空。倒蔗有佳境之餘。食芹無此時之美。一之爲甚。覺今是而昨非。四者難并。苦夜長而晝短。謫仙所謂醉盡花柳、賞窮江山者。於是乎張本。不有蘭亭絶唱留故事以傳之。其在白雲。老兄負古人者多矣。五言古詩任用韻共九首。以寒食靈泉宴集命篇。而某爲之序。諸公可共和之。遺山集

太原昭禪師語録序

元好問

慈明與琅琊覺。皆法兄弟。共扶臨濟一枝。慈明而下十餘世。得玄冥顗禪師。琅琊而下亦十餘世。得虚明亨禪師。玄冥風岸孤峻。無所許可。寧絶嗣而不傳。虚明急於接納。故子孫滿天下。又皆稱其家。（加）〔如〕慈雲海、清凉相、羅漢汴與法王昭公皆是也。屏山爲虚明作墓誌。以爲二公傳與不傳雖異。而其道並行而不相悖也。正大初。予在史館。昭公屬予求書屏山所作銘於禮部閑閑公。公初以目疾爲辭。予請之堅。公因問法王皆來有何言句。時昭公方爲虚明作塔於法王之朝臺。有偈云。以塔爲身。以鈴爲舌。萬仞岡頭。横説豎説。予爲公舉似。公欣然曰。銘安在。我當爲書之。蓋師家父子爲時賢所稱如此。歲丁酉八月。予自大名還太原。師之徒蔚某出師語録求作序引。吾家微之有言。若佛法。師當爲予説。而予不當爲師説。故略以數語遺之。太原元某引。遺山集

暠和尚頌序

元好問

歲甲寅秋七月。余自清涼還太原。會乾明志公出其法兄弟萬壽暠和尚頌古百則語。諉余題端。余往在南都。侍閑閑趙公、禮部楊公、屏山李先生讌談。每及青州以來諸禪老。皆以萬松老人號稱辨材無礙。當世無有能當之者。承平時。已有染衣學士之目。故凡出其門者。望而知其爲名父之子。雖東林隆高出十百輩。而暠於是中猶爲上首。其語言三昧。蓋不必置論。余獨記屏山語云。東坡、山谷

俱嘗以翰墨作佛事。而山谷爲祖師禪、東坡爲文字禪。且道嵩和尚百則語。附之東坡歟、山谷歟。余亦嘗贈嵩山雋侍者學詩云。詩爲禪客添花錦。禪是仙家切玉刀。嵩和尚添花錦歟、切玉刀歟。余皆不能知。所可知者。讀一則語未竟。覺冰壺先生風味。津津然出齒頰間。當是此老少年作舉子時結習未盡爾。志公試以此語問阿師。當發一笑。中元日。遺山居士元某引。遺山集

傷寒會要序

元好問

往予在京師。聞鎮人李杲明之有國醫之目而未之識也。壬辰之兵。明之與余同出汴梁。於聊城、於東平。與之游者六年於今。然後得其所以爲國醫者爲詳。蓋明之世以貲雄鄉里。諸父讀書喜賓客。所居竹里。名士日造其門。明之幼歲好醫藥。時易州人張元素。以醫名燕趙間。明之捐千金從之學。不數年盡傳其業。家既富厚。無事於技。操有餘以自重。人不敢以醫名之。士大夫或病其資高謇。少所降屈。非危急之疾有不得已焉者。則亦未始謁之也。大概其學如傷寒、氣疽、眼目病爲尤長。傷寒則著會要三十餘萬言。其說曰。傷寒家有經禁、時禁、病禁。此三禁者。學醫者人知之。然亦顧所以用之爲何如耳。會要推明仲景、朱奉議、張元素以來備矣。見證得藥。見藥識證。以類相從。指掌皆在倉猝之際。雖使粗工用之。蕩然如載司南以適四方。而無問津之惑。其用心博矣。於他病也。以古方爲膠柱。本乎七方十劑之說。所取之學〇學。元文類作藥。特以意增損之。一劑之出。愈於託密友而役孝子。他人蓋不能也。北京人王善甫。爲京兆酒官。病小便不利。目睛凸出。腹

脹如鼓。膝以上堅硬欲裂。飲食且不下。甘淡滲泄之藥皆不効。明之來謂衆醫言。疾深矣。非精思不能處。我歸而思之。夜參半。忽攬衣而起曰。吾得之矣。内經有之。膀胱者津液之府。必氣化乃出焉。渠輩已用滲泄之藥矣。而病益甚。是氣不化也。啓玄子云。無陽者陰無以生。無陰者陽無以化。甘澹滲泄皆陽藥。獨陽無陰。欲化得乎。明日以羣陰之劑投。不再服而愈。西臺椽蕭君瑞。二月中病傷寒發熱。醫以白虎投之。病者面黑如墨。本證遂不復見。脈沈細。小便不禁。明之初不知用何藥也。及診之曰。此立夏以前誤用白虎之過。得無以投白虎耶。白虎大寒。非行經之藥。止能寒腑臟。不善用之則傷寒。本病隱曲於經絡之間。或更以大熱之藥救之以苦陰邪。則它證必起。非所以救白虎也。有温藥之升陽行經者。吾用之。有難者云。白虎大寒。非大熱何以救。君之治奈何。明之曰。病隱於經絡間。陽(大)〔不〕升則經不行。經行而本證見矣。本證又何難焉。果如其言而愈。魏邦彦之夫人。目翳暴生。從下而上。其色緑。腫痛不可忍。明之云。翳從下而上。病從陽明來也。緑非五色之正。殆肺與腎合而爲病耶。乃就畫工家。以墨調膩粉。合而成色。諦視之。曰。與翳色同矣。肺腎爲病無疑矣。乃瀉肺腎之邪。而以入陽明之藥爲之使。既効矣。而他日病復作者三。其所從來之經。與翳色各異。乃復以意消息之。曰。諸脈皆屬於目。脈病則目從之。此必經絡不調。經不調則目病未已也。問之果然。因如所論而治之。疾遂不作。馮内翰叔獻之姪櫟。年十五六病傷寒。目赤而頓渴。脈七八至。醫欲以承氣下之。已煮藥。而明之適從外來。馮告之當用承氣。明之切脈大駭。曰。幾殺此兒。内經有言。在脈諸數爲熱。諸遲爲寒。今脈八九至。是熱極也。而會要大論云。病有脈從而病反者何也。脈至而從。按之不鼓。諸陽皆然。此傳而爲陰證矣。趣持薑附來。吾當以熱因寒用法處之。藥未就。而病者爪甲變。頓服者八兩。汗尋出而愈。陝帥郭巨濟病偏枯。二指著足底不能伸。迎明之京師。明之至。以長鍼刺委中。深至骨而不知痛。出血二三升。其色如墨。又且謬○謬。疑當作繆。刺之。如是者六七。服藥三月。病良愈。裴擇之夫人病寒熱。月事不至者數年。以喘嗽矣。醫者率以蛤蜊、桂附之等投之。明之曰。不然。夫病陰爲陽所搏。温劑大過。故無益反害。投以寒血之藥。則經行矣。已而果然。宣德侯經歷之家人病崩漏。醫莫能効。明之切脈。且以紙疏其證。多至四十餘種。爲藥療之。明日而二十四證減。前後五六日良愈。侯厚謝而去。明之設施。皆此類也。戊戌之夏。予將還太原。其子執中持所謂會要者來求爲序引。迺以如上事冠諸篇。使學者知明之之筆於書。其已試之効蓋如此云。閏月望日。河東元某書於范尊師之正一宫。遺山集

元氏集驗方序

元好問

予家舊所藏多醫書。往往出于先世手澤。喪亂以來。寶惜固護。與身存亡。故卷帙獨存。壬寅冬。閒居州里。因録予所親驗者爲一編。目之曰集驗方。付搏拊輩使傳之。且告之曰。吾元氏由靖康迄今。父祖昆弟仕宦南北者。又且百年。宦無一廛之寄。而室乏百金之業。其所得者。此數十方而已。可不貴哉。十二月吉日。

周氏衛生方序

元好問

定襄周侯夢卿。弱冠從其兄户藉判官器之作舉子。遭罹兵亂。投迹戎行。屢以戰多取千户封、佩金符。然其舉子習氣故在也。中年以來。頗以醫藥卜筮爲事。孤虚壬遁、風角鳥占。俱號精備。軍旅問病患倉猝。爲之投劑。救療既廣。遂爲專門之業。以夏課綴葺之勤。而移之芝朮葠桂之下。好事者有秘方可責目前之效者。必來告之。歲月既久。浸成卷帙。凡若干卷、若干首。以周氏衛生方目之。予以世契之故得傳録焉。竊謂醫藥大事也。古人以爲藥猶兵然。兵殺人之器。善用之者。能以殺人者生人。不善用之。則反以生人者殺人。世之君子留意於性命之學者。良有旨哉。予於周侯。不獨羨其已試之功與兼愛之心。又以見其角逐風塵之際。雖有獨埽千軍之勇果。非樂於戰鬬以人命爲輕者。故爲道所以然者冠諸篇。遺山元某引。遺山集

中州集序〔天興二年〕

元好問

商右司平叔衡。嘗手鈔國朝百家詩略。云是魏邢州元道道明所集。平叔爲附益之者。然獨其家有之。而世未之知也。歲壬辰。予掾東曹。馮内翰子駿延登、劉鄧州光甫祖謙。約予爲此集。時京師方受圍。危急存亡之際。不暇及也。明年留滯聊城。杜門深居。頗以翰墨爲事。馮劉之言。日往來於心。亦念百餘年以來。詩人爲多。苦心之士。積日力之久。故其詩往往可傳。兵火散亡。計所存

者才什一耳。不摠萃之。則將遂湮滅而無聞。爲可惜也。乃記憶前輩及交游諸人之詩。隨即録之。會平叔之子孟卿。攜其先公手鈔本來東平。因得合予所録者爲一編。目曰中州集。嗣有所得。當以甲乙次第之。十月二十有二日。河東人元好問裕之引。遺山集

李氏脾胃論序

元好問

天之邪氣。感則害人五臓。八風之邪。中人之高者也。水穀之寒熱。感則害人六腑。謂水穀入胃。其精氣上注於肺。濁留于腸胃。飲食不節而病者也。地之濕氣。感則害人皮膚。筋脈必從足始者也。内經説。百病皆由上中下三者。及論形氣兩虚。即不及天地之邪。乃知脾胃不足爲百病之始。有餘不足。世醫不能辨之者。蓋已久矣。往者遭壬辰之變。五六十日之間。爲飲食勞倦所傷而没者將百萬人。皆謂由傷寒而没。後見明之辨内外傷及飲食勞倦傷一論。而後知世醫之誤。學術不明。誤人乃如此。可不大哀耶。明之既著論矣。且懼俗弊不可以猝悟也。故又著脾胃論丁寧之。上發二書之微。下祛千載之惑。此書果行。壬辰藥禍。當無從而作。仁人之言。其意溥哉。脾胃論

摸魚兒詞序

元好問

正月二十七日。予與希顔陪馮内翰丈游龍母潭。韓吏部（鈞）〔鈞〕於龍潭遇雷事。見天封題名。即此地也。既歸。宿於近潭田舍翁家。是夜雷雨大作。望中潭火光如燭。明日。旁近言龍起大槐中。父

老云。正月龍起。前此未有也。龍潭寺南窪尊。馮丈所名。遺山新樂府

摸魚兒詞序

元好問

乙丑歲。赴試并州。道逢捕雁者云。今日獲一雁殺之矣。其脫網者悲鳴不能去。竟自投於地而死。予因買得之。葬之汾水之上。累石爲識。號曰雁丘。時同行者。多爲賦詩。予亦有雁丘詞。舊所作無宫商。今爲改定云。遺山新樂府

金吾案。山西通志載遺山雁丘詞序與此小異。附録於後。

泰和乙丑。遺山赴試并州。道逢捕雁者。捕得二雁。一死。一脫網去。其脫網者空中盤旋。哀鳴良久。亦投地死。遺山遂以金贖二雁。瘞汾水旁。壘石爲識。號曰雁丘。因賦此辭。同行蒲溪楊正卿果、欒城李仁卿冶和之。山西通志

摸魚兒詞序

元好問

泰和中。大名民家小兒女。有以私情不如意赴水者。官爲蹤跡之。無見也。其後踏藕者得二尸水中。衣服仍可驗。其事乃白。是歲此陂荷花開。無不並蔕者。沁水梁國用時爲録事判官。爲李用章内翰言如此。曲以樂府雙蕖怨命篇。咀五色之靈芝。香生九竅。嚥三危之瑞露。美動七情。韓偓香匳集中自敘語。遺山新樂府

滿庭芳詞序

元好問

正大四年戊子十月。汴京遇仙橋酒家楊廣道趙君瑞。皆山後人。有〇有。原作其。據讀書山房本改。鄉僧李菩薩者。狂人也。常就之借宿。每酒客散。從外來。臥具有閒剩。則就之。不然。赤地亦寢。一日天寒甚。楊憐其羈窮飲之酒。僧若愧焉。晨起僧持酒盌出。同宿者聞喚聲。少焉僧云。增明亭前牡丹開矣。速往看之。人狂〇狂。讀書山房本作聞。而不信也。已乃果有兩花。僧亦去。京師觀者填咽。酒罏爲之一空。因獲利不貲。蓋僧以是報楊也。遺山新樂府

金文最卷四十五

序

重修證類本草序

麻革

自古人俞穴鍼石之法不大傳。而後世亦鮮有得其妙者。遂專用湯液、丸粒理疾。至於刳腸、剖臆、刮骨、續筋之神奇。以爲别術所得。終非神農家事。維聖哲審證以制方。因方而見藥。故方家言盛行。而神農之經不可一朝而舍也。其書大抵源于神農氏。自神農氏而下。名本草者固非一家。又有所謂唐本、蜀本者。迄於有宋政和間。天子留意生人。乃命宏儒名醫詮定諸家之説爲之圖繪。使人驗其草木根莖花實之微。與夫玉石金土蟲魚飛走之狀。以辨其藥之真贋而易知。爲之類例。使人别其物産風氣之殊宜。君臣佐使之異用。甘辛鹹苦酸之異味。温涼寒熱緩急有毒無毒之不同而易見。其書始大備而加察焉。行於中州者。舊有解人龎氏本。兵煙蕩析之餘。所存無幾。故人罕得恣窺。今平陽張君魏卿。惜其寖遂湮墜。乃命工刻梓。實因龎氏本。仍附以寇氏衍義。比之舊本。益備而加察焉。書成過余。屬爲序引。余謂人之所甚重者生也。衛生之資所甚急者藥也。藥之考訂使無以乙亂丙、誤用妄投之失者。神農家書也。開卷之際。指掌如見。政如止水鑑形。洪鐘答響。顧安所逃遁其形聲哉。養老慈幼之家固當家置一本。況業醫者之流乎。然其論著。自梁陶隱居唐宋以來諸人備矣。余言其贅乎。世固有無用之學、無益之書。余特嘉張君愛物之周、用心之勤。能爲是大有益之書。以暨羣生。以圖永久。非若世之市兒販夫僥倖目前。規規然專以利爲也。故喜聞而樂道之。君諱存惠。字魏卿。歲己酉孟秋望日。貽溪麻革信之序。證類本草

雙溪小稿序

麻　革

中書大丞相之子。有奇名。善爲詩。予在朔方時嘗見其一二。駭啫以爲異。及獲覩雙溪小稿。始信向所傳不謬。趙虎巖、呂龍山。世雄于歌詩。爲之序引甚備。余辭其贅與。古人嫌其少作。往往削稾不傳。如李賀七歲賦高軒過。迄于今傳誦亹亹在人口不能廢。則少作何負乎。況雙溪相門子。生長北庭戎馬間。甫十餘歲。已能爲歌詩至于斯。噫。亦過人遠甚。摶而躍之。有激頹俗。可無傳乎。門下生秦人李暐明之實爲倡。而我曹又和之。其傳蓋無疑。今雙溪已嗣行中書事。將見沛然爲文黼、爲卿雲。蒸爲雨露。以芘澤天下。此特其土苴耳。雖然。源于細流。乃成江漢。則是集其權輿歟。固不可以不志。麻革序。雙溪醉飲集

小兒痘疹方論序

陳文中

嘗謂小兒病證雖多。而瘡疹最爲重病。何則。瘡疹之病。蓋初起疑似難辨。投以他藥。不惟無益。

抑又害之。況不言受病之狀。孰知畏惡之由。父母愛子。急于救療。醫者不察。用藥差舛。鮮有不致夭横者。文中每思及此。惻然于心。因取家藏已驗之方集爲一卷。名之曰小兒痘疹方論。刻梓流布。以廣古人活幼之意。顧不韙歟。和安郎判太醫局兼翰林良醫陳文中謹書。謹從欽定古今圖書集成𢑴録〔藝術典第四百七十九卷醫部痘疹門〕

流注八穴序　竇傑

交經八穴者。鍼道之要也。然不知孰氏之所述。但序云。乃少室隱者之所傳也。近代往往用之彌驗。予少時嘗得其本於山人宋子華。子華以此術行於河淮間四十年。起危救患。隨手應者。豈勝數哉。予嗜此術。亦何啻伯倫之嗜酒也。第恨斯學之初。心術未償。手法未成。而兵火薦至。家藏圖籍與其的本悉亡之。今十五年。訪求而莫之獲。近日得之于銅臺碑字王氏家。其本悉如舊家所藏。但一二字説及。味之亦無所寄矣。予復試此。一一精捷。疾莫不瘳。苟診視之明。俾上下合而攻之。如會王師擒微姦、捕細盗。雖有不獲者寡矣。噫。神乎哉。是術也。今得之。亦天之厚予於嗜者多矣。然予之所嗜。非欲以藉此而私己之爲也。盡欲以民生舉無痒痾疾痛、痼羸殘瘵之苦而爲之也。惟學者亦是嗜焉。非如是。非予之所敢知也。時丙午歲重陽有二日。竇漢卿序。鍼灸四書

内外傷辨惑論序〔大定二十七年〕　李杲

僕自幼受難素于易水張元素先生。講誦既久。稍有所得。中年以來。更事頗多。諸所診治。坦然不惑。曾撰内外傷辨惑論一篇。以證世人用藥之誤。陵谷變遷。忽成老境。神志既惰。懶于語言。此論束之高閣十六年矣。崑崙范尊師曲相奬借。屢以活人爲言。謂此書果行。使天下之人不致夭折。是亦仁人君子濟人利物之事。就令著述不已。精力衰耗。書成而死。不愈可無益而生乎。予敬受其言。僅力疾就成之。雖未爲完備。聊答尊師慈憫之志。師宋文正公之後也。丁未歲重九日。東垣老人李杲明之序。内外傷辨惑論

送王仲澤任寧陵縣令序

楊弘道

二戴集禮。列於五經。其文字之多。倍於易詩書。而喪服幾半之。聖賢相與丁寧問答以明其制者。得非禮主於敬。敬以立行。行以孝爲本。孝以勉喪事爲難乎。宰我欲期三年之喪。孔子以爲不仁。於汝安乎之問。責之甚深。嗚呼。去聖益遠。而安之者何其多也。太原王君仲澤之居母喪也。擗踊至于既殯。飦粥倚廬至於食菜果。練冠至于祥琴。能率禮以終制。難矣哉。立行之本于流俗既衰之後。舉禮之難於叔世已壞之後。移之可以事君。推之可以從政矣。初宣廟以縣令近民。欲得其人也。詔内外五品以上官各舉所知以聞而用之。他人之舉者一二人。或三四人。至於五六極矣。舉君者獨三十餘人。自登進士第。以青衫九品職應辟書、居油幕者殆將十年。而人無言焉。及丁母憂。唐鄧帥府又以前職檄起之。蓋不得已而後起也。既而從吉。從吉未滿三月。敕授寧陵縣令。子曰。不患

無位。患所以立。若君者克自立者歟。不患莫己知。求爲可知也。若君者爲可知者歟。愚嘗妄論四科之長。各述其所長。非謂有其一而無其二也。曰德行顔淵不能政事。政事季路無德行可乎。曰文學子夏不能言語。言語子貢無文學可乎。故於君之赴寧陵也。唯述其能行三年之喪。夫豈簡君也哉。小亨集

別鳳翔治中艾文仲詩序

楊弘道

制榷酒而征商。吏部差監務二員。曰監、曰同。常以五月中。官給本造周歲所用之麴。九月一日。新舊相代。監務相呼。我代者爲上交。代我者爲下交。余自京師從劉監察光甫到鳳翔。而府帥郭公仲元囑文仲請余教其子姪於府學。麥既熟。上交不至。辭赴麟游造麴。八月上交至而罷監務。造麴已竟。雖上交至。例不當罷。蓋彼貨利而罷余也。將往邠州。以詩告别。小亨集

弔元老詩序（貞祐元年）

楊弘道

康姓顯于山西。妻父諱震。字震亨。幼孤。當以蔭得官。過時不就。性嗜酒。善畫山水。交遊當世士大夫。咸得其歡心。寓居濱之屬邑利津。泰和丙寅。客死東光。歸其骨稾葬濟水之濱。一子元老始六歲。惸惸無所歸。從余來淄川。貞祐元年十月望日。以羸疾卒。傷其父無後。哀其子夭死。作詩以弔之。小亨集

遺山先生文集後序

杜仁傑

自有書契以來。以文字名世得其全者幾人耳。六經諸子。在所勿論。姑以兩漢而下至六朝及隋唐前宋諸人論之。上下數千載間。何物不品題過。何事不論量了。大都幾許不重複字。凡經幾手左撏右撦。横安竪置。搓揉亦熟爛盡矣。惟其不相蹈襲。自成一家者爲得耳。噫。後之秉筆者。亦訶乎其爲言哉。今觀遺山文集。又别是一副天生爐鞴。比古人轉身處。更覺省力。不使奇字。新之又新。不用晦事。深之又深。但見其巧。不見其拙。但見其易。不見其難。如梓匠輪輿各輪技能。可謂極天下之工。如肥濃甘脆疊爲飣餖。可謂併天下之味。從此家跳出。便知籍湜之汗流者多矣。必欲努力追配。當復積學數世然後再議。曩在河南時。辛敬之先生嘗爲余言。吾讀元子詩。正如佛説法云。吾言如蜜。中邊皆甜。此論頗近之矣。雖倡優駔儈、牛童馬走聞之。莫不以爲此皆吾心上言也。若夫文之所以爲文。亦安用艱辛奇澀爲哉。敢以東坡之後請元子繼。其可乎。不識今之作者以爲如何。或者曰。五百年後。當有揚子雲復出。子何必喋喋乃爾。濟南杜仁傑善甫 〇善甫原缺。據讀書山房本補。序。遺山集

登科記序

李世弼

道散而有六經。六經散而有子史。子史之是非。取證於六經。六經之折中。必本諸道。道也者適治

之路。天下之理具焉。二帝三王所傳是已。三代而上。道見於事業。而不在於文章。三代而下。道寓于文章。而不純於事業。故鄉舉里選。取人之事業也。射策較藝。取人之文章也。兩漢以經術取士。六朝以薦舉得人。莫不稽舉於經傳子史焉。隋合南北。始有科舉。自是盛於唐。增於宋。迄於金。又合遼宋之法而潤色之。卒不以六藝爲致治之成法。進士之目名以鄉貢進士者。本周之鄉舉之遺意也。試之以賦義策論者。本漢射策之遺法也。金天會元年始設科舉。有詞賦。有經義。有同進士。有同三傳。有同學究。凡五等。詞賦於東西兩京。或蔚朔平顯等州。或涼廷試。試期不限定月日。試處亦不限定府州。詞賦之初。以經傳子史内出題。次又令逐年改一經。亦許注内出題。以書詩易禮春秋爲次。蓋循遼舊也。至天眷三年。析津府試。迨及海陵天德三年。親試於上京。貞元二年。遷都於燕。自後止試於析津府。收遼宋之後。正隆二年。以五經三史正文内出題。明昌二年。改令羣經子史内出題。仍與本傳。此詞賦之大略也。經義之初。詔試真定府所放號七十二賢榜。迨及蔚州、析津。令易書詩禮春秋專治一經内出題。蓋循宋舊也。天德三年。罷去經義及諸科。止以詞賦取人。明昌初。詔復興經義。此經義之大略也。天眷三年。令大河以南别開舉場。謂之南選。貞元二年。遷都於燕。遂合南北通試于燕。正隆二年。令每二年一次。開闢立定程限月日。更不擇日。以定爲例。府試初分六路。次九路。後十路。此限定日月分格也。天德二年。詔舉人鄉府省御四試中第。明昌三年。罷去御試。止三試中第。府試五人取一名。合試依大定間例。不過五百人。後以舉人漸多。會試四人取一名。得者常不下八九百人。御試取奏旨。此限定場數人數格也。自天卷二年析津放第。於廣陽門西一僧寺門上唱名。至遷都後。命宣陽門上唱名。後爲定例。此唱名之格也。明昌初。五舉終場人直赴御試。不中者。別作恩榜。賜同進士出身。會元御試不中者。令榜末安插。府元被黜者。許來舉直赴部。初。貞祐三年。終場人年五十以上者。便行該恩。此該恩之格也。大定三年。孟宗獻四元登第。特授奉直大夫。第二第三人授儒林郎。餘皆從仕郎。後不得爲例。明昌間。以及第者多。第一甲取五六人。狀元授一十一官。第二第三人授九官。餘皆授三官。此授官之法也。進士第一任丞簿軍防判第二任縣令。此除授之格也。近披閱金國登科顯官陞相位及名卿士大夫。間見迭出。代不乏人。所以翼贊百年。如大定、明昌五十餘載。朝野閒暇。時和歲豐。則輔相佐佑。所益居多。科舉亦無負于國家矣。是知科舉豈徒習其言說、誦其句讀、摛章繪句而已哉。篆刻雕蟲而已哉。固將率性修道。以人文化成天下。上則安富尊榮。下則孝悌忠信。而建萬世之長策。科舉之功。不其大乎。國家所以稽古重道者。以六經載道。所以重科舉也。後世所以重科舉者。以維持六經能傳帝王之道也。科舉之功。不其大乎。庚子歲季秋朔日。東原李世弼序。玉堂嘉話

金吾案。李世弼山東須城人。仕金爲教授。見山東通志選舉考。庚子爲蒙古太宗十二年。彼時距金亡已七載。世弼仕元與否。不可考。惟是篇述金科舉之制。較金史所載加詳。一代典章。瞭如指掌。不可謂非有用之文也。故亟録之。

歸潛志序

劉祁

予生八年去鄉里。從祖父游宦于大河之南。時南京爲行宮。因得從名士大夫問學。不幸弱冠而先子

没。其後進干有司。不得志。將歸隱于太皓之墟。一旦遭值金亡。干戈流落。由魏過齊入燕。凡二千里。甲午歲復于鄉。蓋年三十二矣。因思向日二十餘年間所見富貴權勢之人。一時烜赫如火烈者。迨遭喪亂。皆烟消灰滅無餘。而吾雖貧賤一布衣。猶得與妻子輩完歸。是亦不幸之幸也。由是以其所經涉憂患。與夫被攻劫之苦。奔走之勞。雖飯疏飲水。橐中無寸金。未嘗蔕諸胸臆。獨念昔所與交游。皆一代偉人。今雖物故。其言論談笑。想之猶在目。且其所聞所見。可以勸戒規鑒者。不可使湮没無傳。因暇日記憶。隨得隨書。題曰歸潛志。歸潛者。予所居之堂之名也。因名其書。以誌歲月。異時作史。亦或有取焉。歲乙未季夏之望。渾源劉祁京叔自序。歸潛志

太古集序

劉祁

癸巳之夏。余自大梁北遷至銅臺。聞天平有道士范公大師。道價甚高。且好賢喜士爲東州冠。四方游士多往依之。師皆振邮不厭。遂欲一識之而未能也。已而余還鄉里凡二年。丙申歲。南游。聞其名益甚。因至東原。得一拜下風。其言議宏深。胸懷灑落。飄飄然非塵土中人。余驚且服。遂館于其宫踰兩旬。相與之意益厚。將别出一編書曰。此予師郝崑崙太古歌詩。今將重鋟木以傳。子當爲我序。余受而讀之。則已有馮丈内翰題其首。因紬繹再四。嘆曰。是亦古之有道者歟。何其言之精而理之妙也。嘗謂士大夫生而爲學。則曰。吾欲兼善天下、致君澤民。然志不與時偕。鮮克遂所欲。幽憂憤恚。反自傷其身者多矣。所謂兼善不能。而獨善又失。深可嘆嗟。彼方外之士。初無濟時

心。則決然修鍊。惟以壽命爲事。精專篤慎。其功日新。雖不能白日飛昇。亦保體完神。康强終世。與夫逐逐於外物。爲虛名所刦持。耗智刓精而無補吾教者。相去亦遠矣。若今郝公。幼而立志。挺挺不衰。其塊處數年。有玉潔松剛之操。一旦談玄論易。神解心融。著書立言。傳于身後。而范公能發揚其師之道。使大振于時。而又刊定遺文。以開悟晚學。俱爲方外偉人。故余有激而書。以警吾儕之兩失者云。是秋八月。渾水劉祁序。太古集

重刊李長吉詩集序

趙衍

龍山先生爲文章。法六經。尚奇語。詩極精深。體備諸家。尤長於賀。渾源劉京叔爲龍山小集敘云。古漆井若夜長等詩。雷翰林希顔、麻徵君知幾諸公稱之。以爲全類李長吉。亂後隱居海上。教授郡侯諸子。卑士先與余讀賀詩。雖歷歷上口。於義理未曉。又從而開省之。然恨不能盡其傳。及龍山入燕。吾友孫伯成從之學。余繼起海上。朝夕侍側。垂十五年。詩之道。頗得聞之。嘗云。五言之興。始于漢而盛于魏。雜體之變。漸於晉而極于唐。窮天地之大。竭萬物之富。幽之爲鬼神。明之爲日月。通天下之情。盡天下之變。悉歸于吟咏之微。逮長吉一出。會古今奇語而臣妾之。如千歲石牀啼鬼工、雄雞一聲天下白之句。詩家比之載鬼一車。日中見斗。洞庭明月一千里。涼風鴈啼天在水。過楚辭遠甚。又云賀之樂府。觀其情狀。若乾坤開闔。萬彙濈濈。神其變也。歎駭人耶。韓吏部一言爲天下法。悉力稱賀。杜牧又詩之雄也。極所推讓。前序已詳矣。人雖欲爲賀。莫敢企之

者。蓋知之猶難。行之愈難也。至有博洽書傳。而賀集不一過目。爲可惜也。雙溪中書君。詩鳴於世。得賀最深。嘗與龍山論詩及賀。出所藏舊本。乃司馬温公物也。然亦不無少異。龍山因之校定。且曰。喜賀者尚少。況其作者耶。意欲刊行。以廣其傳。冀有知之者。會病不起。余與伯成緒其志爲之。此書行。學賀者多矣。未必不發自吾龍山也。丙辰秋日。碣石趙衍題。元刊本李長吉集〔影金刊本李賀歌詩編〕

奪錦標詞序

白樸

奪錦標曲。不知始自何時。世所傳者。惟僧仲殊一篇而已。予每浩歌。尋繹音節。因欲效顰。恨未得佳趣耳。庚辰卜居建康。暇日訪古。采陳後主張貴妃事。以成素志。按後主既脱景陽井之厄。隋元帥府長史高熲竟就戮麗華於青溪。後人哀人。其地立小祠。祠中塑二女郎。次則孔貴嬪也。今遺構荒涼。廟貌亦不存矣。感慨之餘。作樂府青溪怨。天籟集

水調歌頭詞序〔正大三年〕

白樸

丙戌夏四月八日夜。夢有人以三元秘秋水五言語予。予詢三元之義。曰。上中下也。恍惚玩味。可作水調歌頭首句。恨秘字之義未詳。後從相國史公游。歡如平生。俾賦樂章。因道此句。但不知秘字何義。公曰。秘卽封也。甫一韻而寤。後三日成之。以識其義。天籟集

沁園春詞序

白樸

保寧佛殿即鳳凰臺。太白留題在焉。宋高宗南渡。嘗駐蹕寺中。有石刻御書王荆公贈僧詩云。紛紛已擾十年間。世事何嘗不强顔。亦欲心如秋水静。應須身似嶺雲閒。意者當時南北擾攘。國家蕩析。磨盾鞍馬間。有經營之志。百未一遂。此詩若有深契于心者以自況。予暇日來游。因演太白荆公詩意。亦猶稼軒水龍吟。用李延年淳于髡語也。天籟集

滿庭芳詞序

白 樸

屢欲作茶詞。未暇也。近選宋名公樂府。黄賀陳三集中。凡載滿庭芳四首。大概相類。各有得失。復雜用覃寒删先韻。而語意若不倫。僕不揆狂妄。合三家奇句試爲一首。必有能辨之者。天籟集

垂楊詞序

白 樸

壬子冬。薄游順天。張侯毛氏之兄正卿。邀予往拜夫人。既而留飲。撰詞一詠梅。以玉耳墜金環歌之。一送春。以垂楊歌之。詞成。惠以羅綺四端。夫人大名路人。能道古今。雅好客。自言幼時。有老尼年幾八十。嘗教以舊曲垂楊。音調至今了然。事與東坡補洞仙歌詞相類。中統建元。壽春榷場中得南方詞編。有垂楊三首。其一乃向所傳者。然後知夫人真承平家世之舊也。天籟集

金吾案。白樸未嘗仕金。入元後。被薦不出。抗節以終。較之身仕兩朝者。其節操奚啻霄壤。恭讀欽定四庫全書總目天籟集二卷。題曰金白樸撰。則樸之爲金人昭昭矣。今就集中所載詞序。擇録數首。以見一斑云。

金文最卷四十六

序

水雲集後序

范名闕

人生天地間。圓首方足。抱識含情。稟五行之秀。爲萬物之靈。佛性仙才無不具。藥鑪丹竈無不備。如能屏嗜慾。棄浮華。絶貪求。去名利。靜息虛凝。則可以長生久視。長真譚公仙人。以宿緣符契。壯歲得遇重陽祖師。與丹陽、長生、長春同師也。厥後相從真人。西抵汴梁。付以口訣。後至洛川。積功累行。先厭世而登真。有習語録詞章僅數百篇。皆包藏妙用。窮達造化。命之曰水雲集。傳之四方久矣。值丙午間。濬郡大水漂没。神仙長生劉公聞之。不勝憫悼。即命工重刊於東萊全真堂。今又值累年兵革。天下無有全者。路黔高友并其妻孟常善。舉家孜孜慕道。往來於淮楚間。訪尋真人遺稿。乃於門弟子處。疑若神授。得其全帙。恐其詩文泯絶。今復鏤板印行於山陽城西菴。實見高君用心於教門之切也。嗚呼。其人羽化已久。斯文不可再得。及見僕先父所作前序。又屬予爲後跋。遂不揆荒蕪勉述。水雲集

水雲集後序〔正大六年〕

失名

僕一日編類諸仙降批詞頌珠璧集間。忽有高牙大纛森擁蓬扉。僕愕然輿之而迎其門。乃蕭師故來下盼。相揖而進之。謂予曰。頃有道友張志全。不遠數千里而來。攜斯長真子譚師父平世述作水雲集一部。特以見遺。某然而不解文墨。忝於教門。粗欽慕之。柰屢經兵火。將諸全真玄奥之書板集。俱已焚毁殆盡。唯有此集。幸好事者藏諸屋壁仍存焉。若不再行鏤板傳於四方。誠恐泯絶。又閔將來慕道者參訪耳。願爲重刊之序。僕應之曰。曩者有東牟范學正父子。才高歆向。學富固彪。已序之矣。僕安敢措手耶。屢辭不獲。聊爲散語。以塞雅命云爾。時己丑年重陽日。水雲集

太古集自序〔大定十八年〕

郝大通

大道恍惚。從無而入有。乾坤造化。自有以歸無。夫有入於無。故無出乎有。元之一氣。先天地生。既著三才。浸成萬物。萬物之動。有生有剋。有利有害。有順有逆。有好有惡。有是有非。方以類聚。物以羣分。尊卑有序。泰道將興。上下失節。否時斯遘。臨事之始而可潛。當事之期而可躍。履霜致堅冰之至。龍戰則其血玄黄。屯利居貞。訟孚窒惕。矯世以童蒙而處。中令取毒蠱而明。剛進待需柔而行。有剥出門。貴乎同人。禍發基於大過。艮止之。兑説之。賁革而離麗。蹇滯而坎陷。睽背也。恒久也。取新可以固鼎。失律所以覆師。光明則海内可觀。晦跡則山林可遯。非

神化靈通。其孰能與於此乎。予嘗研精周易參同契正義。以爲參同畫兩儀、四象、三才、八卦、六律、九宮、七政、五行。星辰張布。日月度躔。有無混成。以爲圖象。述懷應問。詩詞歌賦。共一十五卷。分併三帙。以慕太古之風。目之曰太古集。夫太古者。太謂太易、太初、太始、太素。古謂遠古、上古、邃古、亙古。務使將來慕道君子。知其不虛爲者也。且夫氣象莫大乎天地。變通莫大乎陰陽。天地之英華。陰陽之根本。二氣之謂也。木龍金虎。赤鳳烏龜、四象之謂也。六七八九。其數之謂也。刀圭、鉛汞。生成備物之謂也。神遇、氣交。性命之謂也。紫府、丹宮、靈臺、翠宇、瓊樓、絳闕、玉洞、珠簾、玄闕、陽道、地户、天門、玉液、金精、黄芽、白雪、真水、真火、姹女、嬰兒、石人、木馬、九蟲、三尸、金翁、黄婆、芝草、丹砂。皆五行造化之謂也。大抵動静兩忘。性圓命固。契乎自然之道。甚易知甚易行。而天下莫能知莫能行者。蓋情欲緣想害之之謂也。人若去妄任真。超塵離法。混俗而不凡。獨立而不改。抱一而不離。周行而不怠。於仙道其庶乎。顔子有坐忘之德。孟軻有養素之功。蓋亦專於一事也。今舉其大綱。開諸異號。所謂同歸而殊途。名多而理一。示之可以益于後學。能使道心堅固。真正無私。若執志待終。則位標仙籍。永作真人。神通萬變。羽化飛昇矣。如是！則非我門而不入。非我道而不然。然而然。然於不然而然也。大定十八年歲在戊戌仲冬望後六日自序。

太古集

周易參同契簡要釋義序〔大定十八年〕

郝大通

教者道之所以生也。道本無名。强名曰道。教本無形。假言曰教。教之精粹。備包有無。故以無言之。存乎道體。以有言之。存乎器用。體之以爲無。用之以爲利。若曰有形生於無形。則乾坤安從而生。用教化於無知。則真知安從而出。若夫太極肇分。三才定位。布五行於玄極。列八卦於空廓。發揮七政。躔次紀綱。垂萬象於上方。育羣靈於下土。是故聖人。仰觀俯察。裁成輔相。信四時而生萬物。通變化而行鬼神。通精無門。藏神無穴。寂然不動。感而遂通。至於修真達道之士。用之德化十方。慧超三界。升沈而龍吟虎嘯。消息而蛇隱龜藏。一往一來。神號而鬼哭。一伸一屈。物我以俱忘。當是時。電激而八表騰輝。雷震而三山動色。鶴飛鳳舞。鹿返羊迴。冲氣盈盈。瑞雲密密。萬神羅列。羣魔遁形。玄珠迸落於靈臺。芝草齊生於紫府。覺花纔放。法海淵深。直入玄都。永超陸地。所謂毛吞大海。芥納須彌。木馬嘶鳴。石人唱和。此皆開悟後覺。不得已而爲言。是道也。用之以順。兩儀序而百物和。行之以逆。六位傾而五行亂。非夫至極玄妙。其孰能與於此乎。於是略敍玄文。删爲節要云耳。時大定十八年歲次戊戌孟夏十有九日序。太古集

太古集序

范圓曦

先師廣寧全道太古真人郝君。遇師於寧海。傳衣於崑崙神人授之以易。大安錫之以號。略見於内翰馮公之序。不復容贅。惟是平居製作。若三教入易論一卷。示教直言一卷。解心經救苦經各一卷。太古集一十五卷。内周易參同契簡要擇義一卷。師西來日。真定諸人。已攻木行於代。歸老之後。

又多所撰述。至於舊集所傳。時有改定。世俗鈔録。往往訛舛。欲改新之。蓋未暇也。竊惟先師之道。獨得於曠代不傳之妙。粹之以易象。廣之以禪悦。精微宏廓。遺世獨立。法言遺論。人所願見。乃今魯魚莫辨。真僞交雜。疑惑後學。在於門人弟子。實任其責。圓曦不敏。蒙賴道蔭。今得洒埽東原之正一。居多暇日。謹以師後來所正。及世所未見者。點校精審。按爲定本。刻而傳之。敢以蕪詞冠之篇首。夫至人達觀。物無不可。故詞旨所發。務以明理爲宗。非必駢四儷六。抽青配白。如世之業文者以聲律意度相夸耳。在禪學則曰。粗言及細語。皆成第一義。在孔門則曰。詞達而已矣。又曰以意逆志爲得之矣。學者不志於道。而惟華采是求。豈爲道日損、損之又損之道乎。向上諸師。聞師一言一句。即以神仙許之。至禱爲方外眷屬。生平教督嚴魔斥。公足爲玄門之臨濟。使今而尚存。必能高提正令。坐斷大千。雖獅子象王。且知斂迹。狐狸野犴。吾知其必不能羣矣。倒景滅没。可勝浩歎。雖然。師之書故在也。試取而讀之。意必有目直而不能視、口呿而不能言者矣。歲次丙申長至日。崑崙野服嗣教范圓曦謹序。太古集

大丹直指序

丘處機

仙經曰。觀天之道。執天之行。盡矣。體天法象。則而行之可也。天地本太空一氣。静極則動。變而爲二。輕清向上。爲陽爲天。重濁向下。爲陰爲地。既分而爲二。亦不能静。因天氣先動。降下以合地氣。至極復升。地氣本不升。因天氣混合。引帶而上。至極復降。上下相須不已。化生萬

物。天化日月星辰。地化河海山嶽。次第而萬物生。蓋萬物得陰陽升降之氣方生。得日月精華鍊煮方實。日月運行。周回自有經路。不得中氣。斡旋不轉。蓋中氣屬北斗所居。斗柄破軍。即中天大聖。非北方也。對指天罡。逐時轉移。日月星辰。隨指自運。斗經云。天罡所指。晝夜常輪是也。天地升降。日月運行。不失其時。萬物化生。無有窮已。蓋人與天地。稟受一同。始因父母二氣交感。混合成珠。内藏一點元陽真氣。外包精血。與母命蔕相連。母受胎之後。自覺有物。一呼一吸。皆到彼處。與所受胎元之氣相通。先生兩腎。其餘臟腑次第相生。至十月胎圓氣足。未生之前。在母腹中。雙手掩其面。九竅未通。受母氣滋養。混混沌沌。純一不雜。是爲先天之氣。才至氣滿。神具精足。臍内不納母之氣血。與母命蔕相離。神氣向上。頭轉向下降生。一出母腹。雙手自開。其氣散於九竅。呼吸從口鼻出入。是爲後天也。臍内一寸三分所存元陽真氣。更不曾相親。迷忘本來面目。逐時耗散。以致病夭。憂愁思慮。喜怒哀樂。但臍在人身之中。名曰中宮。命府、混沌神室、黄庭、丹田、神氣穴、歸根竅、復命關、鴻濛竅、百會穴、生門太乙神爐。本來面目。異名甚多。此處包藏精髓。貫通百脈。滋養一身。淨倮倮。赤洒洒。無可把蓋。常人不能親者。被七情六慾所牽迷。忘本來去處。呼吸之氣。止到氣海往來。氣海在上膈肺府也。既不曾得到中宮命府。與元氣真氣相接。金木相間隔。如何得龍虎交媾。化生純粹。又不知運動之機。陰符云。天授殺機是也。如何是氣液流轉。以鍊神形。蓋心屬火。中藏正陽之精。名曰汞木龍。腎屬水。中藏元陽真氣。名曰鉛金虎。先使水火二氣。上下相交。升降相接。用意句引。脱出真精真氣。混合於中宫。用神火烹鍊。使氣周流於一身。氣滿神壯。結成大丹。非特長生益壽。若功行兼修。可躋仙位。謹詳述於後。大丹直指

博州戰姑庭楸詩序

丘處機

聊城之南。鄒氏之室。有戰姑者。本蓬萊人。生含巧思。以綵縷紉結鳥獸魚蟲花草之類。隨物變態。不待規模。而應之於手。其精神過於生者遠甚。自中年後。守寡信道甚篤。建菴設食。以待四方烟霞之侶。且有日矣。無何。佻薄者搆成謗讟之私。用浼松筠之操。姑知不易明辨。即會其戚屬。指庭下枯楸而祝之曰。今仙聖在上。妾身若無毫髮過。願樹復榮。苟或不然。是妾自負矣。吾誓不與若等共天日。祝後歲幾半。窅無朕兆。里人笑而嘲之曰。繫樹若生。不特爾之貞。即我亦富且貴矣。姑聞之春夢然。彼楸樹者。以大定庚子始植。既植即死。風摧雨剥。殆幾五稔。形質朽殘。固無生理。越明年建巳之夏。即姑始禱之月也。忽爾靈芽筍發於枯樹之下。狀如朱草。曰引修條茂葉蔽於階砌。予初在陜右。屢聞是説。然未詳所見。逮明昌辛亥。塗經此州。聞閭里讚道。及寓宿於姑之家庭。而後悉其事爲不誣。自樹之復榮。於今六載矣。高可倍尋。枝榦扶疏。異於凡木。其傍枝四出。偃蹇遒勁。森然有拔俗凌雲之氣象。長春先生曰。至誠感物。明德動天。戰姑之謂乎。孰謂道之云遠。人病不識其德耳。因得四十字。用紀天神之應。時某年月日。外口生非謗。虚心禱證明。長楸根已爛。朽枿筍重榮。孟氏悲黄竹。田真歎紫荆。昔年聞孝義。今

日表忠貞。磻溪集。〇此詩原缺。據本集補。

湛然居士集序

釋萬松老人

士君子困而後學。老乃思歸。□□□流猶賢乎已。屏山年二十有九。閱復性書。知李習之亦二十有九參藥山而退著書。大發感歎。日抵萬松。深攻亟擊。退而著書三十餘萬言。內稟心學。諄諄大半。晞顏早立。亞聖生知。追繹先賢。誠難倒指。湛然居士年二十有七。受顯訣於萬松。其法忘死生。外身世。毁譽不能動。哀樂不能入。湛然大會其心。精究入神。盡棄宿學。冒寒暑無晝夜者三年。盡得其道。萬松面授衣頌。目之爲湛然居士從源。自古宗師印證公侯。明白四知。無若此者。湛然從是自稱嗣法弟子從源。自古公侯承稟宗師。明白四知。亦無若此者。萬松一日過其門。見執菜根。蘸油鹽。飯脱粟。萬松曰。子不太儉乎。曰。圍閉京城。絶粒六十日。守職如恒。人無知者。以至扈從西征六萬餘里。歷艱險。困行役。而志不少沮。跨崑崙。瞰瀚海。而志不加大。客問其故。而曰。汪洋法海。涵養之力也。若乃罟聖安而成贊。戲清溪而發機。行九流而止縱横。立三教而廢邪僞。外則含弘光大。禦侮敵國之雄豪。内則退讓謙恭。和好萬方之性行。世謂佛法可以治心。不可以治國。證之於湛然正心修身家肥國治之明效。吾門顯訣。何愧於大學之篇哉。湛然嘗以此訣忠告心友。時無識者。慨然曰。惟屏山、閑閑可照吾心耳。噫嘻。雖欲普慈兼濟天下後世。末由也已。嘗和友人詩曰。贈君一句直截處。只要教君能養素。但能死生榮辱哀樂不能羈。存亡進退盡是無生路。至於西天三步遠。東海一杯深。老衲作僧。未易及此。使裴公美、張無盡見之。當斂衽焉。蓋片言隻字。出於萬化之源。膚淺未臻其奥者。方且索之於聲偶鍛鍊之排正。如檢指蒙學對句之牧豎。望涯於少陵詩史者矣。加以志天文以革西曆。翫焦桐而賛南風。在燮理爲難能。皆湛然之餘事。或謂萬松闊論。無乃夸誕乎。曰。王從之雷希顏、王禧伯尚不肯。屏山、閑閑形於論辨。萬鍛炎爐。不停蚊蚋。宜乎子之難信也。吾待來者。千載一人。豈獨爲子設耶。甲午年仲冬晦日萬松野老行秀中夜秉燭序。湛然居士集

密呪圓因往生集序〔承安五年〕

夏賀宗壽

竊聞揔持無文。越重玄於化表。秘詮有象。繫大用於域中。是以佛證離言。廓圓鏡無私之照。教傳密語。呈神功必效之靈。一字包羅。統千門之妙理。多言冲邃。揔五部之旨歸。衆德所依。羣生攸仰。持之則通心於當念。誦之則滅累於此生。妙矣哉。脱流幻之三有。拔險趣之七重。躋蓮社之淨方。埽雲曚之沙界。促三祇於頃刻。五智克彰。圓六度於刹那。十身頓滿。其功大。其德圓。巍巍乎不可得而思議也。以兹秘典。方其餘教。則妙高之落衆舉、靈耀之掩羣照矣。宗壽夙累所鍾。久纏疾瘵。湯砭之暇。覺雄是依。爰用祈叩真慈。懺摩既往。虔資萬善。整滌襟靈。謹録諸經神驗秘呪以爲一集。遂命題曰密呪圓因往生焉。然欲事廣傳通。利兼幽顯。故使西域之高僧。東夏之真侶校詳。三復華梵兩書。雕印流通。示規不朽云爾。時大夏天慶七年歲次庚申孟秋望日。中書相賀宗

壽謹序。密呪圓因往生集

金吾案。夏天慶七年。金承安五年也。彼時夏臣屬於金。故附録之。

金文最卷四十七

跋

證類本草跋〔皇統三年〕

宇文虚中

唐慎微字審元。成都華陽人。貌寢陋。舉措語言樸訥。而中極明敏。其治病百不失一。一語證候。不過數言。再問之輒怒不應。其於人不以貴賤。有所召必往。寒暑雨雪不避也。其爲士人療病。不取一錢。但以名方秘録爲請。以此士人尤喜之。每於經史諸書中得一藥名一方論。必録以告。遂集爲此書。尚書左丞蒲公傳正欲以執政恩例。奏與一官。拒而不受。其二子五十一、五十四。偶忘其名。及壻張宗説字巖老。皆傳其藝爲成都名醫。元祐間。虚中爲兒童時。先人感風毒之病。審元療之如神。又手緘一書。約曰。某年月日卽啟封。至期舊恙復作。取所封開視之。則所録二方。第一療風毒再作。第二療風毒上攻氣促欲作喘嗽。如其言以次第餌之。半月良愈。其神妙若此。皇統三年九月望。證類本草

蘇文忠公書李太白詩卷跋〔正隆四年〕

蔡松年

老坡平生。多與異人遇。此詩帖云。傳於丹元。丹元者。道人姚安世自號也。先生將赴定武前兩月。與姚相會於京師。出南岳典寶、東華李真人像及所作二詩。言近有人於海上見之。蓋太白云。雖事涉荒怪。然決非火食人所能贋作。嗟夫。二公未遺世時。世皆以謫仙目之。今當相從於閬風弱水之上。醉笑調謔。靈音相答。皆九霞空洞中語。衆不可。蓋後復有神游八表者傳誦而來。洗空萬古俗氣。吾老矣。尚或見之。正隆四年閏六月。西山蔡松年題。式古堂書畫彙考

蘇文忠公書李太白詩卷跋

施宜生

頌太白此語。則人間無詩。觀東坡此筆。則人間無字。今有丞相蔡衛公所題。則人間無所啟其喙。縱復妄發。適爲滓穢清虚。此卷當有神物護持。自非夙緣留名十洲三島者。未易得見。矧擅有而藏之者。豈陸行人哉。二公仙去已久。衛公且謂復有傳九霞空洞中語而來。僕敢言蕭閒住世。今此身是。何謂尚或見之耶。施宜生謹書。書畫彙考

蘇文忠公書李太白詩卷跋

劉沂

孔子作春秋。游夏不能措一辭。此帖清奇超妙。蔡衛公首發明之。施先生繼品題之。顧如晚進。安敢措辭於其後哉。姑記姓名。以見榮觀之幸焉。劉沂謹書。書畫彙考

蘇文忠公書李太白詩卷跋〔正隆四年〕

高衎

太白清奇出塵之詩。老泉飄逸絶倫之字。非衛公品題。無以發明。施老以爲二公仙去已久。蕭閒今此身是。誠非虚語。正隆己卯立秋前一日。高衎題。書畫彙考

蘇文忠公書李太白詩卷跋

蔡珪

玉局傳東華之詩。蕭閒題玉局之字。三住老仙發揚之。金闕侍郎秘藏之。雖至寶所在。有物護持。終恐六丁持去。如珪輩薄福之人。或不得時見之也。此所以捧玩再四。遲遲其還。是月中休日。蔡珪謹書。書畫彙考

朗然子劉真人詩跋〔皇統元年〕

失名

朗然子齊人也。因隨唐玄宗幸蜀。遇神仙司馬承禎。口訣傳金液還丹火〇火。一作大。藥訣。自後修鍊成功。卻歸洛陽。鄉老傳言。朗然子於宋端拱年間醉死於桃花坊。時天大雪。惟尸卧處周圍丈餘無一點雪。官吏檢尸。惟見鼻口耳中。有金蟬遞返出入。良久飛上空中去。衆皆仰視。及回顧。卻不見地上尸矣。萬壽朝元宫道士趙隱微。收得朗然子詩篇。化緣立石。廣行其傳。叩門告余。出示此詩。予親詳此詩語。亦不過運氣吞液、保陽去陰。與予符契。喜爲之書。皇統元年三月二日。方

壺知足居士謹題。鳴鶴餘音

摹刻龍興寺額跋（皇統六年）

孫　愨

李北海不特以文鳴於唐。而書法之妙且□當時□□□□觀題龍興寺額。開元以來能幾人哉。故士大夫往往不輕懸挂之。□□規取□□本藏之僧元輝慨然歎曰。一失至寶。可復得乎。檢□□□命名手摹於碑陰。不惟易遂求者之欲。且以保無□□□□昔淄川塔裂。輝嘗補完之。□□奇特異乎衆人遠矣。皇統丙寅孟冬上休日。濟南孫愨題。石刻拓本

續編祖庭廣記跋（正隆元年）

孔　瓌

叔祖父昔年編此既成。欲鏤版藏於祖庭。值建炎之事。廟宇與書籍俱爲灰燼。後二十餘年。或見於士大夫家。皆無完本。甚可惜。瓌宣和間嘗預檢討。輒因公暇。考諸傳記。證以舊聞。重加編次。僅成完書。比之舊本。又取其事繫於先聖而非祖庭者。及以聖朝。皆纂集而附益之。遂鏤版流傳。非特成叔祖父之志。將使歷代尊師重道優異之典。昭昭可見。不其韙歟。正隆元年丙子歲五月甲午初一日辛丑朔。四十九代孫瓌謹識。祖庭廣記

金剛經跋（明昌二年）

王　寂

先大夫歸德君。夙植善根。奉佛謹甚。年二十七登第後。日誦金剛經。至春秋八十有三。中間雖大

寒暑風雨不廢也。易簀之際。澡浴振衣。置經於首。合手加額。跏趺以終。香聞滿室。信宿乃滅。人以謂戒定之報。某追念考妣去世久矣。無以伸罔極之痛。乃啟誠心。手書金銀字金剛經。受持誦讀。以餘散施諸善知識。歡喜奉行。成就第一希有之法。庶可感通佛祖。升濟幽明。一切有情。同霑勝利。先有發願疏文。亦恐久之湮滅。今并附於卷之末。明昌改元之明年十月旦日。拙軒主人王某敬題。

伏以磨骨髓繞須彌頂。猶難報四重恩。舍身命等恆河沙。未如生一念佛。輒伸宏願。仰叩真乘。書金剛般若波羅密經。行菩薩利益。不住相布施。卽將功德追薦先靈。往生兜率陁天。授記然燈佛所。在在處處。起不驚不怖不畏心。世世生生。獲無量無數無邊福。欽惟大覺證明。謹疏。拙軒集

楊少師侍御帖跋

王寂

楊少師勸其父不以社稷與人。此與魯公拒安禄山斥李希烈何異。故其書雖承唐末五季餘習。猶有承平純正氣象。此侍御帖乃有魯公座位帖筆法。論書當論其人。工拙不足論也。況其工如是耶。拙軒集

三仙帖跋

王寂

潁濱書如仲長子光。懷道遯世。光而不耀。東坡書如魏鄭公之遺直。嫵媚可愛。山谷書如莊周談大方。不可端倪。總而論之。如華嶽三峯。蓮峯中峙。二峯旁迤。秀色無可減也。使當時愛之如今

日。又安有汝南之謫耶。拙軒集

金吾案。楊少師帖及三仙帖二跋。俱與滏水集合。豈閑閑所作而羼入拙軒集耶。抑拙軒所作而誤入滏水集也。疑不能決。姑兩録之。

漢魯孝王石刻跋

高德裔

魯靈光殿基西南卅步。曰太子釣魚池。蓋劉餘以景帝子封魯。故土俗以太子呼之。明昌二年。詔修孔聖廟。匠者取池石以充用。土中偶得此石。側有文曰五鳳二年者。宣帝時號也。又曰魯卅四年六月四日成者。以漢書考之。乃餘孫孝王之時也。西漢石刻最爲難得。故予詳録之。使來者有考焉。提控修廟朝散大夫開州刺史高德裔曼卿記。金石萃編

武德乾封詔敕碑跋〔明昌二年〕

高德裔

明昌二年七月一日。暴風折木。壓其碑仆於地。龜趺分爲二。碑與字俱無害。豈陰有所相而然耶。九月一日。復命工易以此座云。提控修廟朝散大夫開州刺史高德裔記。金石萃編

劉處玄范懌靈虚宫唱和詩跋〔大定二十九年〕

范懌

大定己酉四月十二日。大行皇帝百日。驃騎節使自出己財。同郡中□首於□□劉□真□道佑德觀起

明真大醮。以報先皇遺恩。排□精嚴靈感孚應百□散十有七日。節使隨詣長生先生□醮衆齋於德池臨城亭閣。會罷移坐。縱步□池。先生題詩一章。辭意清逸。懌不揆繼韻。先生因書之。筆力遒勁。節度命工刻之上石。用傳不朽耳。山左金石志

王重陽掛金鐙詞跋（大定二十九年）

范懌

修外以明內。教之玄微也。用有以顯無。理之精粹也。在昔先覺之士。隨機接物。行化度人。無出於此也。祖師重陽憫化妙行真人。丘、劉、譚、馬師也。名高千古。教啟一行。以清淨無爲之道。煥然興行。自西徂東。由中及外。莫不敬信。而師尊有作池亭詞一闋。聲寄掛金鐙。有繕修內景裝成外景之句。旨□宏深。長生劉公先生手揮此詞。刻之于石。於藕池之北。孛朮魯驃騎節使園亭記之後。貽厥將來。其有益於學者也。大定己酉年孟夏中旬後寧海州學正范懌謹跋。石刻拓本

宋張擇端清明上河圖跋（大定二十六年）

張著

翰林張擇端字正道。東武人也。幼讀書游學於京師。後習繪事。工於界畫。尤嗜於舟車市橋郭徑。別成家數也。按向氏評論圖畫記云。西湖争標圖、清明上河圖。選入神品。藏者宜寶之。大定丙午清明後一日。燕山張著跋。鐵網珊瑚

喬扆興慶池李氏園兩詩跋大定二十八年

申天禄

故大理丞喬君。先生以文章起家。迹其德業。宜有後者也。正隆之亂丞蒲邑。保全一城。關陝至今稱之。京兆所留題詠。雖一時游戲。然今日運會有足奇者。先生仙去十年於兹。其子德容以户曹來光遺跡。公餘搜訪。得數絶句。命刻之石。豈特使芝蘭久而益芳。圭璧久而益貴。將見畱田構室。不負所託矣。天禄鄉里晚進。嘗接餘論。方漫令長安。此一段因緣。喜與德容共之。不揆狂斐。於是乎書。大定戊申正月上沐。古唐申天禄跋。金石萃編

高曼卿增修孔子廟碑跋〔明昌二年〕

赫　皝

僕鄉爲令長山。被檄泰安。嘗謁宣聖廟。歷觀前人碑志。自漢魏以來。代無不修。其舊制稍隘。未足以副天下之望。兹者朝廷右文。命開州刺史高公曼卿特爲增葺。凡弊者新之。狹者廣之。下者高之。舊所無者創之。莫不曲盡其善。僕與公有一日之雅。喜而謂曰。公爲吾儒。獲膺此委。而能大其規橅。俾雄麗如此。可謂無負矣。明昌辛亥。復因奠拜過此。安陽赫皝十月二十有七日題。金石萃編

唐庚賁德政頌跋〔貞元四年〕

宋佑之

佑之聞龔丘庚公德政碑舊矣。自唐大曆五年歲在庚戌。至今貞元三年乙亥。凡三百八十五年。善政獨彰。芳塵孰嗣。而李公之文辭篆字。世所貴者。佑之到官之初。首加詢訪。乃於廳事之後糞土中

得其□斷壞散亡。僅存其半。嗟青瑶之沉埋。懼磨滅之無日。思欲得完本。重刻於石。未易得也。聞邑尉永□趙珣君瑞肯爲尋訪。於邑人彭鼒家得蓄藏舊紙本一。以示佑之。詳讀玩味。頗慰願見。於是礱石命工□刻舊記。庶乎庚公之德政與夫李公之辭翰爲不朽云。金石萃編

唐庚賁德政頌跋

卜儒卿

有唐庚公。嘗宰是邑。當時治蹟昭著。而名公若李陽冰者。因邑人之請。□文以頌其實。既刻□□亦庶不朽。不期圮壞。其間廿餘年。未遑再立。德政□□不絶如綫。縣令宋公下車之初。首加詢訪。越明年。再勒其碑。豈非宋公之爲治有慕於庚公之治耶。不然何以勸課農桑、奉公竭節。以今較昔不謀而合者往往皆是歟。儒卿謂庚宋之治。時雖異而美則同矣。金石萃編

重建孫真人祠記跋大定九年万俟善深重建

米孝思

真人生於華原。以碩德隱操。顯於隋唐間。其豐功厚利。拯濟羣生者。於今六百年矣。雖飛昇之久。而一方有雨暘之求。則昭應也如響。病者有藥餌之請。則對證而受賜。其異跡顯狀。焜燿後世若此。故崇寧間賜廟額曰静應。封爲妙應真人。其後改爲静明觀。而普天之下。莫不景仰其高風焉。故郡人万俟景之先人。自他州而徙居真人之鄉縣者。已數世矣。至景而自辦財力。特爲真人修堂塑像。以表其欽事之意。其後景之弟曰祐。乃求文於里人王先生以爲記。其言典實詳贍。傳誦於

鄉里者垂九十年。然碑石狹小。字畫纖細。而祐之孫曰善深。又恐歲月之久或致漫滅。乃別礱巨石。募善工。以刊前記。仍刻真人之像於其碑首。使來者瞻像讀文。以起敬慕之心焉。遂以前碑龕於真人舊隱之洞。新碑既成。善深求予敍其本末。其清信向善。兼能不墜其先人之志如此。有足嘉者。豈可不爲書之。里人米孝思謹跋。金石萃編

胡筠續修太清宫記跋明昌二年

失　名

斯文者。故學正胡先生之所作也。文既成。録示故顯武。當時有議者。便欲令顯武立石。公拒之曰不可。俟祖庭諸緣事稍集。立之亦未晚也。以文中有美飾之辭。公乃止之。若從衆而爲之。是自衒也。公既不爲。留待後人以興建。高見昭然。嗟乎。公今物故矣。觀其勤績。思其行狀。孰不欽羡哉。前知宫李若谷。將恐先生之文歲久湮遺。遂募工刻石。俾四方游禮之士得以披覽。庶幾發揚顯武之德。誠不可得也。故僕敬跋其後云。鹿邑縣志

掖縣劉氏祖塋寒食享祀〇享祀原作墓頓。據山左金石志及寰宇訪碑録改。序跋〔大定二十七年〕

張　翬

世言高祖出彭城。其武官之劉氏來之遠矣。自唐及宋。號爲望族。然屢經兵火。譜録不存。是以莫可得而詳。但記九世之下。其八世祖大翁。昆弟二人。孝友隆善。喜施舍。嘗構橫水良田五十餘

頃。欄水二千餘畝。周贍隆興之南禪僧衆。當趙宋太平興國間。又以資幣數千萬。免其弟二翁鄉軍之役。朝廷聞之。特高其義。舉萊郡軍役盡蠲之。其陰德逮鄉閭。不爲細矣。蓋先世義居不□□□□□□□□□□□□□詵詵繩繩。以至於今日。慶源流衍。匪一朝一夕。積善如許。始得一異人。天之報施。夫豈徒然。肆我□□□□□□□□不失青□之舊物。正面南方之元英聳翠□□其下清靜消摇。不言而人自化。爲子者孝。爲弟者悌。□□□□□□法□凡入德足一及門者。無不悚惕。革心易操。内□有餘。里閈靡然。草偃而從之。其他方慕道而趨者。莫知其□□古之君子不能遇。自非天之錫善於斯人也。余丁未春□道謁其□□沐禮遇。且出其大祖世英所作寒食享祀序而觀之。□□世所云祭享既畢。翼日别爲一食。□□之數。逮於三八。美矣。誡戒子孫。不得忘其舊禮。而富貴常存不失。武官劉氏之□□者歎息再三。既欣羡其祖慶之未遠。欽仰乎異人間世。能訓勉本支。同心嚮道。有淳古之風。自今以往。將非復上祖之劉氏也。其宗族道大津涯。夫孰可量哉。□□□□略題於後云。時大定丁未年三月二十有四日。昌陽張翬飛卿謹跋。石刻拓本

二蘇墓詩跋

延安學

文以氣爲主。氣以道爲囿。極其指歸。則無出於忠信仁義而已。此眉山兩蘇公。所以冠千古而獨步。少卿先生今日重爲兩公拈出。世之學者。文不□華。氣不流暴。則然後可以少卿語語之。噫。少卿之心。兩公之心。兩公之心。周孔之心也。吾輩宜式之。延安學題。石刻拓本

二蘇墓詩跋

屈子元

東坡先生。古今忠義一人而已。其作爲文章。見於行事者。固不一而足。無何。道之不行。命宫磨蝎。竄居黄岡數年。然後歸隱。流離頓挫。處之自若。胸中一點可謂之養浩然者也。後卒於（長）〔常〕州。逮邁輩護喪而歸。與弟潁濱先生。俱葬於郟城之峩眉。蓋平所見今得其死所矣。墓之側。賢士大夫留詩者甚多。惟司農苑公先生。獨以二老所藴藉、詩人不能形容者。一詩盡之矣。於二老英魂。其有遺恨乎。河中屈子元跋。石刻拓本

玉皇召許真君昇天詔碑跋

張　秉

許旌揚平昔刻意仙道。尤長於符法。逮乎出宰是邑。愈□□前原滋拯濟生民。積有日矣。彼蒼紀録。頒詔賜丹。顯跡當時。蓋夫奉行太上法籙。致有是哉。本宫李道判暨里閈强公。命工刊石。庶幾傳之無窮。豈非好事者耶。鄉貢進士張秉謹跋。石刻拓本

楊用道懷范桂詩跋附詩〔泰和五年〕

王國器

初載希文此屈盤。天衢一旦遂高摶。古人直許到夔契。當世猶能並富韓。事與陶朱均日焕。名彰長白倚天寒。何但東坡爲流涕。遺編我讀亦汍瀾。

故海寧刺史楊中奉。才學與蘇黄上下。近於李舜臣家得公筆跡。慮其湮没。命工勒石。以傳永久。泰和乙丑□□日宣武將軍行主簿騎都尉王國器立石。石刻拓本

趙閒閒游草堂詩跋〔正大三年〕

方亨

趙禮部閒閒先生。辭翰争輝。耀騰天下。孰不仰之以謂極盡美矣。然而此特窺一斑。則未覩其全也。先生以道學發其本源。涵泳既久。妙入聖人之心法。及乎得志。思與天下共之。遂取前賢箋注有力於聖教者。以清俸刊行之。俾雕章繪句之流知所歸宿。庶乎士風丕變。薄俗復厚。此先生之望也。正大乙酉季冬。奉使夏臺迴。游草堂。題詩七章。咸陽懷古二章。寺主義金刊諸貞石。用傳不朽。姑附此惡語以紀其實。使觀詩者因一得三。又知先生深造於道。兼善於人也。丙戌仲夏中伏。鑑山方亨謹跋。石刻拓本〔金石續編卷二十〕

移剌相公驪山有感詩跋〔永安四年〕

失名

詩之興也久矣。其源本出於國風之什。濫觴於漢魏。派演於六朝。下逮唐宋。汪洋大肆。靡所不至。大率以鍊格、鍊意、鍊句、鍊字爲法。而少能相兼。自各名家而已。必求其粹然可稱道者。亦不多得焉。嗚呼。詩道之難也如此。按察相公人品高秀。天性奇穎。始以儒業自舉。一游場屋。芥拾甲科。已而事與願違。投筆就宦。然游戲翰墨之間。初未廢其寸陰。大篇短什。率皆出前人用心不

到處。士子仰之如泰山北斗。向提憲關中。嘗有題華清宫三絶句。遠近傳誦。不啻膾炙。方以不多見爲恨。頃因再游。復留一絶。格愈老。意愈新。句愈健。字愈工。恬然備四鍊體。自非深於文章者其孰能與於此。友人賀吉甫已作傳遠計。迺命遼東孫極之書諸石。九峻徐從周刻其字。晉陽舊部吏聞而喜之。復識歲月於後云。承安屠維協洽書雲後七日謹跋。石刻拓本〔金石萃編卷一五七〕

唐太宗賜孫真人頌跋〔明昌六年〕

邳邦用

方外友華下李濟道。好古有爲之士也。以先師居有唐孫真人舊隱殿堂。歲久損壞。完復一新。凡碑刻缺裂不完者。必移之他石。在觀有大定癸卯間縣宰完顔宗璧所書唐太宗賜真人頌偈。火裂而損甚。將移之未暇。癸卯歲。郡人駱志全禮山主李公入道山居。忽以數力擡舁而來。告曰。不幸雙目暴爾失明。又反胃。飲食不納。苦楚不禁。惟自盡可免。濟道止之曰。人之疾苦。必以藥餌救料。又有祈請之事。況真人醫術冠絶唐代。所留方論。後人用之無不獲效。今遺像在堂。若誠心禱之。豈無應驗。志全敬受教。置水一鉢於真人前。銘心致禱。以水煮粥食之。不反吐。粥食漸進。不兩旬疾平。志全愈加誠敬。一日卧北窗下。告之道伴曰。我見窗櫺上白四指許。所見日加。一月後兩眼復明。一方驚歎。四月初□濟道過舍而請曰。將移頌石。敢告數字。以誌歲月。備道前事。予歎曰。有是哉。異聞也。其可隱乎。因記移頌表而序之以告來者。庶乎共知真人靈驗。唐皇所賜之頌。非虚美也。時乙卯歲四月上旬。谷口遺老邳邦用謹述。石刻拓本

真相院摹刻東坡施金帖跋大定十八年

劉賢

東坡先生施金建塔。而遺此數帖。塔久未成。罹正隆之季兵火而亡其本。既定復得之。詢之。嘗已流落數百里。遇好事者識之。而卒歸本院。古語有謂珠無翼而飛、玉不脛而走者。以至寶之物。不自致於人。而人有以致之者也。顧此寶之去來。雖曰人致。而暗中亦應神物護持。乃如此得完。山谷道人云。蘇翰林書又字字可珍。百餘年後。想見其風流餘韻。當萬金購藏耳。噫嘻。歲月愈遠。而此愈難得。寺僧其秘以十襲而長寶之。異時或賢達君子。勸緣募工。畢此勝事者。庶幾憑依奇蹟取信後人。而易爲力焉。泰山志〔濟南金石志〕

晦明軒刊重修證類本草跋〔泰和四年〕

失名

此書世行久矣。諸家因革不同。今取證類本尤善者爲窠模。增以寇氏衍義。別本中方論多者。悉爲補入。又有本經、別録、先附分條之類。其數舊多差互。今亦攷正。凡藥有異名者。取其俗稱注之目録各條下。俾讀者易識。如蚤休云紫河車。假蘇云荆芥之類是也。圖像失真者。據所嘗見。皆更寫之。如竹分淡苦甘三種。食鹽著古今二法之類是也。字畫謬誤。殊關利害。如升斗、疸疸、上下、千十、未末之類。無慮千數。或證以別本。質以諸書。悉爲釐正。疑者闕之。敬俟來哲。仍廣其脊行。以便綴緝。庶歷久不壞。其間致力極意諸所營制。難以具載。不敢一毫苟簡。與舊本頗異。故目之

曰重修。天下名賢士大夫。以舊鑒新自知矣。泰和甲子冬日。證類本草

雲房二字跋〔承安四年〕

李名闕

按察陝右東西路移剌仲澤先生。德業文章。聲蓋天下。其幼子松齡茂之。年甫志學。性工染翰。嘗擬鍾離書雲房二字。筆力放浪。若驚鴻奔驥。略不覊束。方之正本。雖識者較讐。莫能別其差銖錙。使此公加以數年。則張旭、羲之其流也。余嘉歎不足。因敍片言於後。庶幾來者未愜空〇空下疑有脫文。名父傑子。萃諸一門。時承安四年歲在己未冬至日。徵事郎行京兆府櫟陽縣主簿李某謹誌。臨潼石刻志

題李山風雪松杉圖詩跋附詩

王庭筠

繞院千千萬萬峯。滿天風雪打杉松。地鑪火暖黃昏睡。更有何人似我慵。

此參寥詩。非本色住山人不能作也。黃華真逸書。書後客至曰。此賈島詩也。未知孰是。墨緣彙觀

李山風雪松杉圖跋

王萬慶

此老在泰和間。猶入直於秘書監。予始識之。時年幾八十矣。而精力不少衰。每於屋壁間。喜作大樹石。退而睨之。乃自歎曰。今老矣。始解作畫。非真積力久。工夫至到。其融渾成就處。斷未易省

識。今觀此風雪松杉圖。其精緻如此。至暮年自負其能。亦未爲過。而世俗豈能真有知之者。故先入翰林書前人詩以品題之。蓋將置此老於古人之地也。覽之使人增感云。癸卯六月廿有二日。萬慶謹書。墨緣彙觀

雙溪小稿跋

王萬慶

嘗觀雙溪詩。氣體高遠。清新絶俗。道前人之所不道。到前人之所不到。情思飄如馭風騎氣。真仙語也。彼騷奴詩偷安識所謂神者。每以不多得爲恨。今年秋八月。承寄僅百篇於趙虎嚴光祖。不敢珍藏秘惜。乃復刊行之。以新世欲見而不得者。此可與奪標掣鯨手道。難爲餘子言也。王萬慶跋。雙溪醉飲集

金文最卷四十八

跋

東坡四達齋銘跋

趙秉文

東坡先生人中麟鳳也。其文似戰國策。間之以談道如莊周。其詩似李太白。而輔之以極名理似樂天。其書如顏魯公。而飛揚韻勝。出新意於法度之中。寄妙理於豪放之外。竊嘗以爲書仙。屹然贔屭巨鼇之欲前。軒然飛動。大鵬之孤騫。狠石當道。長松臨淵。其嚴勁之象。雄渾之狀。大臣正色。抑不可屈。懍然如見其叱希烈而誚祿山也。千石之鍾。萬石之簴。鏗鋐鞫鞫。儼然如見其宮廟之懸也。如偃而復植。如墮而反妍。秋風水波。春山雲煙。此猶可略而言。至於字外匠成風之妙。筆端透具眼之禪。蓋不可得而傳也。觀其胸中空洞無物。亦如此齋廓焉四達。獨有忠義數百年之氣象。引筆著紙。與心俱化。不自知其所以然而然。其有得於此。而形之於彼。豈非得古人之大全也耶。滏水集

米元章多景樓詩跋　趙秉文

海岳老人書。惟華陀帖與多景樓詩最爲豪放。偃然如枯松之臥澗壑。截然如快劍之斬蛟鼉。奮然如龍蛇之起陸。矯然如鵰鶚之盤空。烏獲之扛鼎。不足以比其雄且壯也。養由基之貫七札。不足以比其沉著痛快也。千石之鍾。萬石之簴。其厚重有如此者。浙江之潮。涿鹿之戰。其噴薄蹴踏有如此者。鍾王之清潤。歐虞之簡淨。顏柳之端嚴。誠爲鮮儷。至於雄入九軍。氣凌百代。而於古人有一日之長。其筆陳之堂堂乎。滏水集

涪翁草書文選詩跋　趙秉文

涪翁參黃龍禪。有倒用如來印手段。故其書得筆外意。如莊周之談大方。不可端倪。如梵志之翻著襪。刺人眼睛。一夫九首。方相四目。夔一足。能三足。猿臯藤。蟲食木。巨石根。老枿禿。恢詭譎怪。千態萬狀。然涪翁自謂中年以草書名世。惟東坡以爲俗。此其暮年書也。知東坡之所謂俗。則知涪翁之不俗矣。技進乎此矣。滏水集

東坡書孔北海贊跋　趙秉文

黨錮之禍。豈不哀哉。此非獨小人之過。亦君子之過也。方梁冀跋扈。朝廷不能制。五侯誅之。自

是宦者用事。其後人主幼冲。女主制政。繼以桓靈之不君。則其勢不得不權在宦竪。而天下賢士嫉之若仇。非朝士誅宦官。則宦官誅朝士必矣。及黨錮禍起。君子既去。而小人亦無以自立於世。自後英雄得志。假外兵以除内患。董卓既没。曹操繼之。孔文舉雖有扶漢之志。勢亦難矣。何則。操挾天子以令諸侯。意逆而名順。文舉欲藉英雄以除君側之惡。意善而名逆。加之如操者。苟有可以寓其智巧。則亦無所不至。而文舉不過正義明道而已。操之奸雄。有所不爲。是以小人嘗勝。君子嘗不勝。理固然也。東坡謂文舉使劉備誅操無難。蓋亦有激而云。坡作此贊。實亦自況。元祐之黨。僅類黨錮。元豐之政。初亦有爲。但荆公新法。不合人情。温公繼之。力革前弊。然紹聖崇寧子也。一旦使子改父道。小人得以藉口矣。向使如范忠宣輩稍變其不合者。漸以圖之。庶幾少安。其子孫亦安能爲其父而咎其王父者哉。惜乎慮不出此。而使賢士竄斥略盡。國隨以亡。亦君子之過也。然坡公身愈斥。志愈不衰。坡嘗稱太白雄節邁倫。高氣蓋世。余於東坡亦云。滏水集

巽壺圖跋

趙秉文

李道人蓄巽壺。求詩於諸公間。雖兩牛腰。猶未厭也。某笑曰。子能體壺之虚心一事足矣。何以多爲。恐子未知虚心之説。試爲子言之。夫天下事物。是非得喪憂樂。置一毫於胸中。非虚也。忘己則忘物。忽然心境兩忘。此猶世俗之所謂虚耳。若夫虚爲有待。致虚極。則絶其待。静爲有對。守静篤。則忘其對。此虚之至也。然虚心有道。惟誠能虚。不誠則爲索隱、爲矯激。至於吾道。則又不

然。惟誠能虛能盈能動能靜。虛而不誠則餒。盈而不誠則亢。動而不誠則躁。靜而不誠則槁。皆非道之正也。故曰不誠無物。子歸試以是求之。可以見吾之言矣。滏水集

雷司直奏牘跋

趙秉文

人皆有不忍人之心。其所以陷溺其良心者。士大夫怵於名爵。庶人則惑於利。至其甚者。玩人性命於股掌之上。恬不介意。是誠何心哉。此時人欲蔽塞深固。與物隔絶。知己而不知彼耳。然亦知之不審也。世未有食烏喙者。以其殺人審也。酒色殺人則不知戒。知之不審耳。白晝操刃爲利而殺人。士大夫必不爲。以政而議獄。知其冤濫。則曲意爲之。向爲利則不爲。今爲名爵則忍爲之。相去一間耳。此之謂失其本心。亦知之不審也明矣。雷君希顏。藏其先大夫爲司直日奏讞一通。仁人君子留情於垂死之魂。興哀於不報之所。天其有不報耶。今希顏聰明英偉。能世其家。亦積善之報也耶。滏水集

曹忠敏公碑跋

趙秉文

儒者不言利。然周禮天官冢宰。制國用理財者半之。有利物之利。有貨財之利。顧所用如何耳。善乎忠敏公之言曰。豐財之道。非求財而益之也。去事之害財而已。故公之摠利權也。號能稱職。求其所以致之之術。稅不及什一。兩稅之外。一無横斂。不數年間。倉庫充實。民物殷富。四夷賓

服。以致大定三十年之太平。公之功居多。此天下所共聞者也。又嘗聞諸長老言。公奏河東地瘠民夥。與山東河北不同。乞減物力三十餘萬貫。從之。而碑未及載。當俟得其實跡。爲公一書再書而屢書之也。傳稱管仲之世祀也宜哉。以其知取與也。今公之子若孫位榮顯者甚多。蓋方興而未艾。則天之報施善人爲何如哉。書此以勵夫爲善者。滏水集

東坡與王定國帖跋

趙秉文

坡公書雖不學鍾王。而暗與之合。此帖氣壓王子敬。便覺李北海窘於繩墨。其合處乃似楊少師也。不知者。至比徐季海。季海肯書李晉公姪女碑。吾知魯公必不書也。安得有蘇公忠義不囘之氣象也哉。滏水集

楊少師侍御帖跋

趙秉文

楊少師勸其父不以社稷與人。此與魯公距安禄山、斥李希烈何異。故其書雖承唐末五季餘習。猶有承平純正氣象。此侍御帖。乃有魯公座位帖筆法。論書當論其人。工拙不足論也。況其工如是耶。滏水集

楊少師書陰符經跋

趙秉文

白頭瘤目。反妍其蚩。被褐懷玉。反美其疵。蟲蝕鳥篆。山崩川坻。寫出萬物之形象。而不以故自

私。譬猶石以怪而供。木以瘿而懷。器以古而見貴。髻以髾而增奇。奇奇怪怪。不可時施。書中之支離者耶。滏水集

三仙帖跋　趙秉文

潁濱書如仲長子光。懷道遁世。光而不輝。東坡書如魏鄭之遺直。嫵媚可愛。山谷書如莊周談大方。不可端倪。揔而論之。如華嶽三峯。蓮峯中峙。二峯旁迤。秀色無可揀也。使當時愛之如今日。又安有汝南之謫耶。此亦良可悲耳。滏水集

竹溪篆跋　趙秉文

李監之篆。蔡中郎之八分。虞永興之小楷。陶謝之詩。六一公之文。妙絶一世。公兼而有之。抑可謂全矣。後數百年。不幸文字散落。獨此篆存。亦足以知予言之不妄。滏水集

竹溪黄山書跋　趙秉文

竹溪先生篆第一。八分次之。正書又次之。皆當爲本朝第一。黄山先生擘窠大字。體兼顔蘇。書畫雄秀。當在石曼卿上。草書如行雲流水。當在蘇才翁、黄魯直伯仲間。非但不愧之而已。滏水集

東坡乞常州奏章跋　趙秉文

唐盧坦有言。凡居官廉。雖大臣無厚蓄。其能積財者。必剥下以致之。如子孫善守。是天富不道之家。顔尚書乞米帖。至今爲萬世寶。東坡奏稿。以薄田粗給饘粥。乞常州安置。其後竟卒於常州。豈以田故耶。天留此二帖。以儆世貪饕之徒耳。然則無德而千駟者。亦可悲也夫。滏水集

東坡寄無盡公書跋

趙秉文

無盡公少年爲御史。剛直敢言。魯直有霜風拂觚棱之句。至任提憲。坡又欲其肅責墮吏。計非天資刻薄人也。然章惇當國。則助之力抵元祐之黨。賴末年與蔡京辨。以是得時名。後之議者深所不與。甚者又以爲奸邪。何也。竊意奸邪未必然。殆學術不明之過也。自王氏之學興。士大夫非道德性命不談。往往高自聖賢。而無近思篤行之實。視其貌。倘怳而不可親。聽其言。汪洋而不可窮。叩其中。枵然而無有也。無盡公於佛學。信有得矣。失之好異。法華以白蓮爲喻。公獨曰優鉢曇華也。又自以爲三教大師。計其人必高自標置。雖東坡、温公。不能滿其意。則不免有彈劾太過之失。至其甚。目善人爲奸黨。其謂之奸邪亦宜矣。末流之弊。近世尚有以温公爲奸黨以歐蘇爲不知道。此皆處己太過責人太深之蔽也。士大夫學貴深博。行己自淺近始。庶幾脚踐實地。無躐等虚浮之咎矣。滏水集

田不伐書跋

趙秉文

此田不伐書也。後一幅頗有東坡醉草風味。予嘗論杜牧之、石曼卿、秦少游。雖寓之詩酒。其豪俊之

氣見於自著。終不可没。但命不偶耳。使不伐修潔。不失爲才大夫。顧以小辭自憙。惜哉。術不可不慎也。滏水集

巫山圖跋　趙秉文

昔宋玉賦高唐之事。其意言山水之峻激。林木之振蕩。鳥獸之號呼。足以使人移心易志。以諷襄王之荒淫。神志既蕩。夢與神遇。以無爲有也。其卒章言覽萬方。思國害。開賢聖。輔不逮。勸百而諷一。亦已晚矣。其後卒賦神女之事。豈荒淫之主竟不可以已耶。然亦玉之罪矣。惜乎。無是可也。後世不知者。遂實其事。乃知楚人事鬼尚矣。其後繪以爲圖。公南征得之。觀其羣峯秀拔。雲烟蔥蔚。意必有神主之。褻瀆如此。毋乃汙靈尊乎。乃作此説。以爲之辨。滏水集

紫陽宫銘跋　趙秉文

前人稱夏侯孝若文別見孝悌之性。余亦謂柳僕射書一出開濟之才。書心畫也。氣象如此。肯爲裩中蝨乎。滏水集

山谷草書跋　趙秉文

文章不蹈襲前人。最是不傳之妙。華陽真逸承李杜之後。至更句讀。有三句五句之作。涪翁此書。

殆有意於華陽之體歟。滏水集

王致叔書嵇叔夜養生論跋

趙秉文

嵇中散龍章鳳姿。高情遠韻。當世第一流也。不幸當魏晉之交。危疑之際。且又魏之族壻。鍾會嫉司馬昭。以卧龍比之。此豈昭弑逆之賊所能容哉。前史稱會造公。公不爲禮。謂會何所聞而來。何所見而去。會以是銜之。向無此言。公亦不免。世人喜以成敗論士。遂以公爲才多而識寡。難乎免於今之世。過矣。自古奸雄竊伺神器者。鮮不維摯英豪使不得遁。如中郎死於董卓。文舉死於魏武。司空圖僅以疾免。楊子雲幾至辱身。亦時之不幸也。如公重名。安所遁哉。人孰無死。惟得死爲不没。如會勸司馬昭斵喪魏室。既滅劉禪。遂據蜀叛。竟以誅死。若等犬彘耳。死與草木共腐。而公之没。以今望之。若神人然。爲不死矣。尚何訾云。故備論之。至於書之工拙。亦何足云之與有。滏水集

南麓書跋

趙秉文

岱嶽夫如何。齊魯青未了。夫如何三字。幾不成語。然非三字。無以成下句有數百里之氣象。若上句俱雄麗。則一李長吉耳。此前人論詩也。論書亦然。若有學南麓者。當以吾言參之。滏水集

黃山書跋

趙秉文

余嘗評黃山書。當在黃魯直、蘇才翁伯仲間。議者未必爲然。今日李欽止來。與余論合。且云子美有宋初詩人氣象。涪翁圓熟。若論氣韻。當不相上下。復觀竹溪跋公書云。得法在魯公後。得趣在魯公前。三十年後。當有知之者。又題學易先生小詩。是未可以江西之詩一派論也。滏水集

劉伯深西巖歌跋

趙秉文

歌云。西巖逸人以天爲衢兮。地爲席茵。青山爲家兮。流水爲之朋。飢食芝兮渴飲泉。又何必有肉如林兮。有酒如澠。世間清境端爲吾輩設。吾徒豈爲禮法繩。少文援琴衆山響。太白弄月清波澄。人間行路。是處多炎蒸。如何水前山後。六月赤脚踏層冰。南山翁子伯深西巖歌。置之古人集中。誰能辨之。所謂不拘禮法。非如晉之狂士。公未及五紀致政。臨終不亂。蓋有道者。公又有詩云。身將隱兮文何用。人不知之味更真。尤可諷詠。滏水集

米元章修静語録引跋（正大元年）

趙秉文

米元章知淮陽。預知死期。以香木爲棺。置黄堂上。飲食起居。時在其間。及期。召吏民所親厚者與之别。索紙書云。來從衆香國中來。去當衆香國中去。擲筆而化。北山程俱致道所作墓誌銘及洪

邁夷堅志所言如此。世皆知元章能書。書一藝耳。亦何足道。然非有仙骨。視聲色富貴不足以概其心者。亦不能造微入妙。嘗見元章奏札。以漣水令彈宰相章惇植黨擅權。已知其英氣不屈。及觀修靜語録引。深入理窟。又言懷老後來瞎了正法眼。南心二老始判真魔。乃知此老遇正見師。具擇法眼。臨行洒落。固不徒然。昔鳩林政公禪師。亦符此意。力欲遠承雪竇。扶樹雲門一枝。不幸早世。當元章時。雲門、臨濟二派大興。而今所言者乃如此。想雲門兒孫不以爲然。又安知百餘年後乃有賞音者。本朝臨濟一派。至覬公而絶。不傳一人。信知殺人不劄眼漢。乃能立地成佛。非兒女曹咬猪狗脚者。所能凑泊也。不肖詩書。不及米章遠甚。至於他日臨行一著。預尅死期。則未肯多讓。後辛卯可知。正大元年冬十一月十有九日題。

閒閒題此帖後。謂元裕之言。此語多觸忌諱。且不欲示人。某身後可刻之石。覩其所言。原無所謂避忌也。至論禪亦深有所得也矣。豈以元章自況歟。公以辛卯後之一歲壬辰年五月十有二日病殁云。今此帖賣在河朔人家。滏水集

郭恕先篆跋

趙秉文

恕先篆不減唐人。然迄宋百餘年。不經諸名士發揚。雷希顏趣售之。其鑒裁如此。滏水集

自書擬和韋蘇州詩跋

趙秉文

右擬和韋詩幾廿首。數年前致政時作。今歲過超化、少林。意欲卜居。病未能也。正之郎中送此幅。

褙者用礬糊。不能書。書不成字。重違雅意。勉强作此。知不足齋藏趙閑閑真蹟〔歸潛志〕

騶子跋

趙秉文

衍時佛法未入中國。而此書多用佛語。蓋好事者依託爲之。非本書也。相傳亡宋有山東時。一僧泛海得之海島石室中。豈卽此僧爲之者歟。閒閒居士題。騶子

漢聞憙長韓仁銘跋〔正大五年〕

趙秉文

此碑出京索間左氏傳京城太叔之地。滎陽令李侯輔之行縣。發地得之。字畫宛然。頗類劉寬碑書也。韓仁漢循吏。蚤卒。不見於史而見於此。非不幸也。李侯亦能吏。天其或者爲李侯出耶。抑偶然耶。夫物之顯晦有時。猶士之遇不遇也。向使此碑不遇李侯。埋没於荒烟草棘中。得爲礎爲矼足矣。吾聞君子之道。闇然而日章　然自古賢達。埋光鏟采。堙滅無聞。亦何可勝數。抑有時而不幸也。後千百歲。陵谷變易。獨此碑尚存。李侯之名託此以不朽。亦未可知也。正大五年十一月二十有一日。金石萃編

清涼洞記跋〔大定二十一年〕

韓希甫

鄧先生爲人也。自束髮以來。志在君子儒。才高日進。試太學優爽。時人比白樂天才業。大丞相吕

公奇之。蘇學士子瞻所知。與之倡和。公輕名利。歸耕故里。樂性著書。適值章子厚拜相秉政。書召。欲命以官。公惡其爲人也。匿書不赴召。公住山洞。聚徒解釋老。講道德。教儒生。化鄉民。以孝悌。行節儉。勤耕桑。潔己節。行超逸。有古之遺賢七人之餘風。言行法則足爲人師。痛惜公考古厥記。可鐫刻於洞首山石像。其記不墜於世。後人知清涼洞秦粱元造。不惑於他說。公之子孫當爲之。公之所知亦當爲之。奈何悉絶。城邑村落有力及好古抱義英哲。又捐三十千刊石。鄧公泉下足矣哉。大定二十一年七月二十八日。鉅野韓希甫書。石刻拓本

宋簿興儒里記跋

鄭時昌

夫人稟五行之秀。有仁義道德之心。然而不激揚誘導之。則孰爲生生自庸者哉。吾友宋公祐之。以壯歲登名場第二。政是邑。覩興儒之民。舉趾中規。發言合理。有吾黨之風。蓋由耳目聞見有所從來也。然亦未得其實。有修潔好學之□因作文用激揚誘導。成彼善性。使不忘其習俗之舊。則興儒之名不徒云爾□□翔濟之化行一境。豈止是村之名歟。噫。爲道者顧不當如是耶。與夫肆□□□箠撻以爲治政之能者。固有間然。回視黷貨無厭。日夕以追胥擾之。致□□□□田里。彼又奚暇治禮義哉。是以僕於宋公有所取焉。隰州志

西堂頌跋（秦和四年）

魏　辛

僕暇日嘗游洞林。覽壁間碑文。見四元孟公上西堂頌。繼有魏節使、部尚書洎諸名士跋贊。詞麗可□

然推尋文理。終莫知作頌之由。一日廓然老敍其事曰。昔洞林大覺開山和尚。於大定十五年三月望日。爲南京妙惠深長老證開堂。寓居京之大雲寺。時四元友之聞師道譽日久。聿來參訪。因敍欽風之詳。未幾見候問者衆。徐曰。某甲告退。恐妨善人作禮。别□一時伏受慈教。翼曰營齋。專人持手啟。慇懃致請。一衆與師俱赴第宅。時轉運程公亦預座列。齋畢。孟焚香作禮曰。啟問和尚。曩之遠土人道樞機。願師開悟。無吝大慈。師逗以無言三昧。久之又曰。某素有疑塞。於今未決。聿垂方便。憫物導迷。師請舉似。孟云嘗看趙州録。州一日攜錫至臺山下菴。至□而主塊然自若。州振錫一下。竪起拳云。是什麽。主亦竪起拳云。是什麽。州云。淺水無魚。不勞下釣。又至上菴主處。振錫一下。竪起拳云。是什麽。主亦竪起拳云。是什麽。州云。能縱能奪能殺能活者。兩處相見。略無差别。何故一許一不許。是則有疑。師云。分明之甚。何地容疑。因請紙筆舉起垂示云。請先生急著眼。便見趙州看人親切處。師遂頌云。兩處見菴主。都如鬬百草。各人拈一枝。彼此去華巧。好則好。縱奪還他趙州老。信手推開無礙門。珊瑚樹頂日杲杲。友之讀畢笑云。我會也。數載疑猜。一朝頓釋。遂亦作前頌云爾。後特至郭下咨參者數月。竟得明悟焉。於時開山已退居普照西堂。廓然老因曰。如孟公啟頌、諸名人跋贊。已有前碑。然開山頌趙州事。惜乎闕而不完。則四元之頌。無從起本。見之者不能無疑。况撥動錙銖。又誰之力。擬欲另作一石。令前後始末相□使將來觀覽者庶幾皆得開悟耳。□因究其詳。亦粗有所得。始知開山接物之慈。如彼其深矣。四元穎悟之機。如彼其利矣。廓然老之用心。如彼其善誘人矣。一舉而顯三善。故援筆而爲之記。泰和四年六

月二十日。從仕郎滎陽縣主簿魏辛題。石刻拓本

孟友之與西堂和尚帖跋

魏道明

孟君友之。大梁之奇士也。余往年嘗親見其爲人。其學問淵源。度越流輩遠甚。惜乎方少年進取。從事於場屋間。獨以詩格賦律見稱。□盡君之才耶。而又連取四魁。以成其賦。名人皆以爲榮。余獨以爲不幸。何者。使其不爲時學。而大發於古文。則必有桓桓之聲、渾渾之力。追配於昔人。又豈止傳道八韻而已哉。亦嘗覽其賦矣。皆約束俊氣。徘徊窘步。以俯就時律。此尤足惜也。今復於學宮□録處。見其與西堂數帖。字畫娬媚。又騠騠於賦格矣。一其盡力於彼而未暇於此耶。不知我者。將以余言爲詈。知我者。當以余言爲深知友之者也。雷溪魏道明題。石刻拓本

刻孟宗獻與西堂和尚帖跋

高陟

雪齋學上人。乃西堂寶公之的子。英俊豪傑。出乎天資。詩書笑談。冠乎塵表。蓋所謂禪林之杞梓。覺海之龜龍也。孟四元與西堂老人往復數帖。欲刊諸石。傳於無窮。愧無時賢士子之所題咏。恐不能取信於後世。復從翰林魏侯、尚書郭侯請爲詩書續爲題品。二公皆鄭城太守。文采風流爲時所重。豈唐裴休宋元覺之儔歟。觀乎西堂老人之道德。孟公友之之文章。二太守之發揚。師賢之好事。真不愧於昔人矣。且孟公友之不惟光揚聖世。文行過人。亦於禪祖門中遇大宗匠。有所開發。

□不滅東坡、山谷二老人爾。噫嚱。皇天厚地。名山大川。豈獨賦英靈此數公耶。僕雖不敏。亦知吾道之未窮。而有斯人也。隨□讚嘆書之卷末。燕山逸人高陟虞卿跋。石刻拓本

寶墨堂記跋

王若虛

趙翰林以文章字畫名天下。片辭寸紙。人争求之。嘗爲故參政蒲散公作寶墨堂記。仍親繕寫。尤爲奇特。自經喪亂。散落不存。而近入田君信之之手。方且什襲深藏。以爲珍玩。既而聞公子祐在。因復歸之。噫。渠家獲所。士不失舊物。固幸甚矣。而田君能捐己之愛以成此美事。亦灑落可嘉也。滹南遺老集

王進之墨本孝經跋

王若虛

孝弟百行之冠冕。孝經六藝之喉襟。聖人大訓。不待贊揚而後知也。學者自童稚讀書。必始於此。而考其行身能踐履者。鮮矣。李君追慕其親。以不得竭力爲恨。而淪於非道爲憂。故常玩意於斯文。而名卿珍翰。以昭於不朽。觀其自述。亹亹不絶。愛敬之誠。藹然而見。非深於踐履能如是乎。吾友王進之得其墨本而寶蓄之。仍圖函丈之像以冠其首。而益以翰林公誌語。且將并刻焉。即其所好。亦可以知其爲人也。滹南遺老集

漢聞憙長韓仁銘跋

李獻能

兩漢重循吏。而韓君之名不見於史。則知班范所載。遺逸者尚多。此碑又復埋没於荒榛斷隴中。閲千載而人不識。是重不幸也。及吾友輔之滁拂蘚□□而樹之。然後大顯於世。其冥冥之中亦伸於知己者耶。輔之疏朗英偉。初非百里才也。乃能不以一邑爲卑。留心政事。急吏緩民。靄然有及物之意。行見□□褒□踐揚□□其功名事業。必將著金石而光簡册。蓋不待附見於此。然則二君皆不朽人也無疑。金石萃編

七仙人詩跋〔興定四年〕

雷　淵

興定庚辰夏六月望。予與元好問趙郡李獻能同游玉華谷。又將歷崧前諸剎。因憩於少姨廟。元周行廊廡。得古仙人詞於壁間。然其首章。直屋漏雨爲所漫剥。殆不可辨。乃磴木石而上。拂拭汎滌。迫視者久之。始可玩讀。觀其體則柏粱。事則終始二漢。字畫在鍾王之間。東井又元鼎所都幽州。必賢宗子虞也。夫眷眷不忘幽州者。非吾田疇尚誰歟。田復所事之讎。卻曹瞞之賞。衰俗波蕩中。挺挺有烈丈夫風氣。其死而不忘。蓋無疑。其能道此語。亦無疑。觀者不應以文體古今之變而疑仙語也。噫。仙山靈岳。宜有閎術博大之真人往來乎其間。而世人莫之識也。予三人者乃今見之。夫豈偶然哉。再拜留跡。以附知音者末。渾源雷淵題。中州集

承安登科記跋

李俊民

承安五年庚申四月十二日經義榜。

李俊民。字用章。年二十五。澤州晉城。
郭伯英。字伯誠。年三十。潞州上黨。
劉從謙。字光甫。年二十五。解州安邑。
張儒卿。字介甫。年二十七。大興府左巡院。
王知進。字崇禮。年三十一。東平府平陰。
孫璵。字子玉。年二十七。大名府夏津。
彭悦。字子升。年二十三。真定府録事司。
舒穆嚕世勣。字景略。年二十八。咸平卓齋特千户所。
李適。字適之。年二十九。大定府長興。
晁李中。字寶臣。年四十一。通州三河。
朱焕。字文伯。年四十四。開封府警巡院。
伯德維。字公理。年四十一。中多和拉呼千户所。
趙楠。字庭幹。年二十四。澤州高平
王元。字善之。年三十三。解州司候司。
縻元振。字彦升。年二十八。磁州司候司。
祁午。字子善。年四十一。解州聞喜。

潘希孟。字仲明。年二十八。磁州司候司。
孔天昭。字天安。年三十。大興府左巡院。
王毅。字知剛。年二十八。大興府左巡院。
侯尚。字世卿。年三十。太原府平晉。
高應。字大中。年三十二。磁州邯鄲。
趙銖。字敬之。年二十五。大興府左巡院。
晉蕃。字天佐。年二十五。奉聖州礬山。
巖葛希弼。字仲傑。年三十五。博索路五里甲海下。
郝鈞。字國器。年三十五。大名府館陶。
鮑元。字善長。年四十四。潞州長子
康鼎。字晉卿。年二十五。博州高唐。
閻詠。字子秀。年三十七。兖州磁陽。
鄧浩。字君猷。年二十六。平陽府録事司。
宋克俊。字英叔。年二十七。河中府録事司。
趙宇。字公定。年二十八。澤州陵川。
劉璠。字溪叟。年七十四。濟南府章丘。

杜實才。字克彦。年四十四。南京巡院。

余閲承安庚申登科記三十三人。革命後。獨與高平趙楠庭幹二人在。一日邂逅於鄉邑。哽咽道舊。壬寅歲五月初吉。庭幹復挈家之燕京。感慨忍淚書五十六字寄之。癸卯春。莊靖集

試將小録問同年。風采依稀堕目前。三十三人今鬼録。与君隹在各華顛。君還携幼去燕然。我向荒山學種田。千里暮鴻行斷處。碧雲容易作愁天。○此詩原缺。據吴本補。

道藏經跋

李俊民

洪惟玄祖。遠振宗風。垂三洞之靈文。演一真之妙理。要使學仙之子。咸與道倶。尚憂誤讀之人。或遭陰責。宜新刊正。用廣流傳。莊靖集

唐太宗慈德寺詩跋正大四年

李文本

大唐太宗文皇帝登極後。忽夜夢太后若平日。既寤。潸然不自勝。越翼日。詔有司發倉廩振濟貧窮。及於慶善宫側創寺一所。用答劬勞之德。故以慈德爲名。貞觀六年幸是寺。顧謂侍臣曰。朕始生於此。念母后永訣。育我之德。將何以報。感而大慟。左右亦爲之流涕。迺嚴祀於正寢。及燕羣臣。題詩屋壁。至十六年。警蹕重還故宫。復題詩十韻。噫。孝思不忘。此聖人無加之德也。住持沙門法號子寧。闡道之餘。博覽羣書。每讀大中繼明佛堂院碑。嗟御製詩章久而無聞。迨正大丙

戌。偶獲二詩於縣令盧公處。乃天聖中宰公种世衡石刻也。奈風雨侵剥。字畫損壞。住持惜之。復命工刊立於安養堂前。庶使後之人得觀覽焉。其帝之功業。有本紀在。故不書。金石萃編

僕散汝弼温泉風流子詞跋

慕　蘭

近侍副使僕散公。博學能文。尤工於詩。昔過華清。嘗作風流子長短句題之於壁。其清新婉麗。不減秦晏。四方衣冠争傳誦之。稱爲今之絶唱。恐久而湮滅。命刻於石。以傳不朽。金石萃編

萬壽觀自然先生讚碑跋〔大定二十一年〕

李名闕

右碑讚。鄉舊皆云昔在山側。屹然存立。時遷事改。遂致湮□。今於本地崇善之家。得昔日所印真本。其文非常辭也。因再翻於石。以垂永久。大定二十一年。正一盟威法師李□□立石。懷慶府志

金文最卷四十九

跋

國朝名公書跋

元好問

任南麓書如老法家斷獄。網密文峻。不免嚴而少恩。使之治京兆。亦當不在趙張二王之下。黄山書如深山道人。草衣木食。不可以衣冠禮樂束縛。遠而望之。知其爲風塵表物。黄華書如東晉名流。往往以風流自命。如封胡、羯末。猶有蘊藉可觀。閒閒公書如本色頭陀。學至無學。横説竪説。無非般若。百年以來以書名者。多不愧古人。宇文太學叔通、王禮部無競、蔡丞相伯堅父子、吴深州彦高、高待制子文。耳目所接見。行輩相後先爲一時。任南麓、趙黄山、趙禮部、龐都運才卿、史集賢季宏、王都句清卿、許司諫道真爲一時。龐許且置。若党承旨正書八分。閒閒以爲百年以來無與比者。篆字則李陽冰以後一人。郭忠恕、徐常侍不論。今卷中諸公書皆備。而竹溪獨見遺。正如鄴中賓客。應劉徐阮皆天下之選。使坐無陳思王。則亦不得不爲西園清夜惜也。歲甲午三月二十有三日書。遺山集

二張相帖跋

元好問

二張皆人豪。不應以責文士者責之。書粗記姓名已爲過望。況工妙如此耶。遺山集

樗軒九歌遺音大字跋

元好問

胙國公詩筆圓美。字畫清健。南渡以後。楊趙諸公無不歎賞。有不待言者。公家所藏名畫。當中秘十分之二。客至。相與展玩。品第高下。至於筆虛筆實。前人不言之秘。皆纖悉道之。故時人推畫中有鑒裁者。唯公與龐都運才卿、李治中平甫三二人而已。予意公畫亦必入品。而世未嘗見。蓋詩與畫同源。豈有工於彼而不工於此者。如前所書九歌遺音。謂非李思訓著色、趙大年小景可耳。遺山集

蘇黃帖跋

元好問

蘇黃翰墨。片言隻字皆未名之寶。百不爲多。一不爲少。尚許少作耶。遺山集

閒閒自書樂善堂詩跋

元好問

人皆有兩足。不踐荆棘地。人皆有兩手。不劚虎兕齒。如何身與心。擇善不如是。從善如登天。從惡如棄屣。而於趨舍乖。知之不審耳。盜跖膾人肝。顏子一瓢水。均爲一窖塵。誰光百世祀。

較其得失問。奚翅千萬里。所以賢達人。去彼而取此。道腴時雋永。世味不染指。作詩銘吾堂。兼以勗諸己。

閑閑公此詩爲他人作。而皆公日用之實。古人謂有德者必有言。又曰立言踐行。公無媿焉。今日見公心畫。玩其辭旨。不覺斂衽生敬。公嘗爲襄城廟學作省齋銘云。言有非耶。行有違耶。君子之棄。而小人之歸耶。銘不滿二十言。而於三省之義委曲備盡。可以一倡而三歎。惜今世不傳。因附於此。癸丑六月吉日。門生河東元某謹書。遺山集

馮松菴書跋

元好問

士大夫有天下重名。然其詩筆字畫。大有不能稱副者。閑閑公有言。以人品取字畫。其失自歐公始。如吾松菴丈詩筆字畫。皆不減古人。以人品取之。歐公之言亦不爲過。必有能辨之者。遺山集

蘇叔黨帖跋

元好問

叔黨文筆雄贍。殊有鳳毛。坡嘗云。海外無以自娱。過子每作文一篇。輒喜數日。蘇氏父子昆弟。文派若不相遠。俗子乃疑黄樓賦。坡亦嘗辨之。颶風賦亦謂非坡不能作。不然。亦當增入筆點竄之也。風俗薄惡如此。文賦且不論。至如叔黨此帖。其得意處豈亦坡代書耶。可以發一笑也。閏月十八日書。遺山集

蘇氏父子墨帖跋

元好問

次公字畫。端愿而靖深。類其爲人。小坡筆意稍縱放。然終不能改家法。杞國節士八大字。某不能識其妙處。故不敢妄論。甲寅閏月十有七日。同覺師太。○太。一作大。中清涼僧舍敬覽。遺山集

東坡和淵明飲酒詩跋

元好問

東坡和陶。氣象祇是坡詩。如云三杯洗戰國。一斗消彊秦。淵明決不能辦此。獨恨空杯亦嘗持之句。與論無絃琴者自相矛盾。別一詩云。二子真我客。不醉亦陶然。此爲佳。丙辰秋八月十二日題。遺山集

許汾陽詩跋

元好問

眼醫許太丞彥清。示其從祖汾陽君山水圖詩。語意高妙。而其字畫。與明昌辭人龍巖、黃華、黃山諸公。各自名家。世尤寶惜之。其子右司諫道真。亦以能書稱。今以汾陽筆法較之。父子如出一手。生平亦嘗見蔡太學安世、大丞相伯堅、潍州使君伯正甫三世傳字學。雖明眼人亦不能辨。前輩守家法蓋如此。汾陽守澤州日戒子云。婁相任唾面。周廟貴緘口。寸陰大禹惜。三命考甫走。吾河東人至今傳誦之。司諫在貞祐、興定間。直言極諫。與陳公正叔齊名。時號陳許。父子名流。在中朝百餘

年。少有似者。而彦清承其後。何其幸耶。彦清隱於技者三十年。技既高。又所至以善良稱。謂之稱其家。蓋無愧也。此詩渠家青氈。其寶秘之。當令後人知世德之所自云。丙辰夏六月二十一日。晚進河東元某謹書。遺山集

張仲可東阿鄉賢記跋

元好問

東阿進士張仲可。以鄉先生平章政事壽國張公。參知政事翰林學士承旨高公。平章政事蕭國侯公而下。由文階而進者。凡二十有三人。既列其姓名刻之石。又謄寫别本以示同志。僕意以爲壽公初諫立元妃李氏。再諫山東軍括地。以爲得軍心而失民心。其禍有不可勝言者。言既不聽。即致相印而歸。風節凜凜。當代名臣無出其右者。蕭公行臺東平。威惠並舉。山東父老焚香迎拜。有太平宰相之目。承旨公之死節。雖古人無以加。雖不見於金石。孰不敬而仰之。自餘二十人。不見行事。徒記爵里。僕竊以爲未盡。何則。追述前賢。鄉里後生實任其責。柳子厚先友紀近世名臣言行録。有例也。至於大縣萬家。歷承平百年之久。風化之所涵養。名節之所激勸。一介之士。時命不偶。齎志下泉以與草木同腐者。亦何可勝數。誠使見之紀録。如汝南先賢、襄陽耆舊。以垂示永久。此例獨不可援乎。仲可名家子。有志於學。故敢以相告。見賈丈顯之。嘗試問之。以爲如何。歲丁巳夏五月二十六日。河東人元某謹書。遺山集

毛氏家訓跋

元好問

渭南君避地。中方正卿方從事洛陽之西樞。君手書戒敕。以公清廉正不昧神理爲言。内翰王君伯翼述之備矣。某向在汴梁。婦翁提舉以宗盟之故。與君通譜牒。相好善。已數十年矣。兩君資稟高亮。略相仿佛。言行之間。有不期合而合者。提舉馳驛方城。御史以私憤横造飛語。遂陷詔獄。一僨而不復振。無所告語。書與渭南敍述始末。終之以許國之誠。惟天地神祇可知。朝廷雖復知誣染。亦無爲昭雪之者。此書正卿亦嘗見示。因得并渭南手筆紬繹之。私竊慨歎。東坡有言。人無所不至。惟天不容僞。壬辰之亂。侯王家世之舊、忠賢名士之裔。不顛仆於草野則流離於道路者多矣。大名毛氏。將絶而復續。稍微而更熾。河潤九里。澤及中表。孰謂不有以啓之。吾知中方執筆之際。渭南之子孫弟姪。固已安居於雞水之上矣。己酉冬。某自燕還。幕府館客勤甚。公夫人予姨也。獲觀世德名氏。敢以蕪辭繼於王内翰之後。十一月二十六日姪壻河東元某斂衽書。遺山集

紫微劉尊師山水跋

元好問

山水家。李成、范寬之後。郭熙爲高品。熙筆老而不衰。山谷詩有郭熙雖老眼猶明之句。記熙年八十餘時畫也。近世太原張公佐。山間風雨有入神之妙。年八十六乃終。平生遺蹟。河東往往有之。公佐之後。得紫微劉尊師。尊師愛畫山水。晚得郭熙平遠四幅。愛而學之。自是畫筆大進。今年九十有七。爲門弟子邵抱質作春雲出谷。湖天清晝。千崖秋氣。雪滿羣山。殊有典刑。抱質請予題記。因爲書之。此翁定襄人。童丱入道。道行高潔。而邃於玄學。吾夫子謂人之生也直者。於兹見之。

予恐後人閲翁此筆。但與郭熙、公佐論優劣。而不知其道行如此。玄學如此。故表出之。歲癸丑冬十月旦。郡人元某記。遺山集

學易先生劉斯立詩帖跋

元好問

學易先生詩。絶似東坡和陶。不應入江西派。閒閒之論定矣。此詩余初到崧山時曾見之。能得其意而不能記其辭。搜訪一十年。北渡後將還太原。過東郡乃復見之鄉人王清卿家。愛之深而不見之久。煥若神明。頓還舊觀。故喜爲之書。余家唐劉長卿詩。學易堂舊物。是先生手所校本。題云。壬午六月。就夏英公、孫儀公家本校之。字畫楚楚。如唐人書盤谷序。又儀真令諱跡者。皇統宰相宣叔之父。是先生弟昆行。有詩文二册。號南㮚集。宣叔録之以備遺忘。亂後唯余家有之。然則余於學易劉氏。豈世之所謂緣熟者耶。戊戌八月六日謹書。遺山集

龍巖書柳子厚獨覺一詩跋

元好問

龍巖此卷大字。學東坡而稍有斂束。故步仍在。末後四行二十二字。如行雲流水。自有奇趣。惟其在有意無意之間。故如出兩手耳。遺山集

閒閒書赤壁賦跋

元好問

夏口之戰。古今喜稱道之。東坡赤壁詞。殆戲以周郎自況也。詞纔百餘字。而江山人物。無復餘蘊。宜其爲樂府絶唱。閑閑公乃以仙語追和之。非特詞氣放逸。絶去翰墨畦徑。其字畫亦無媿也。辛亥夏五月。以事來太原。借宿大悲僧舍。田侯秀實出此軸見示。閑閑七十有四。以壬辰歲下世。今此十二日。其諱日也。感念疇昔。悵然久之。因題其後。赤壁武元真所畫。門生元某謹書。

遺山集

趙閑閑書柳柳州蘇東坡党世傑王内翰詩跋

元好問

柳州戲題階前芍藥。東坡長春如稚女及賦王伯颺所藏趙昌畫梅花、黄葵、芙蓉、山茶四詩。党承旨世傑西湖芙蓉、晚菊。王内翰子端獄中賦萱。凡九首。予請閑閑公共作一軸寫。自題其後云。柳州怨之愈深。其辭愈緩。得古詩之正。其清新婉麗。六朝辭人少有及者。東坡愛而學之。極形似之工。其怨則不能自揜也。党承旨出於二家。辭不足而意有餘。王内翰無意追配前人而偶與之合。遂爲集中第一。大都柳出於雅。坡以下皆有騷人之餘韻。所謂生不並世俱名家者也。中州集

趙閑閑書擬和韋蘇州詩跋

元好問

閑閑公以正大九年五月十二日下世。此卷最爲暮年書。故能備鍾張諸體。於屋漏雨錐畫沙之外。别

有一種風氣。今人愛之而不厭也。百年以來。詩人多學坡谷。能擬韋蘇州、王右丞者。唯公一人。唯真識者乃能賞之耳。〔後廿二年三月五日門生元好問敬覽。〕○原缺。據歸潛志補。知不足齋藏趙閑閑真蹟後〔歸潛志〕

重刻離堆記跋〔正大六年〕

楊弘道

魯公之德之藝、咸爲當代及後世之所推重。蓋公以忠義爲德。以翰墨爲藝。二者初不相資以成名也。德成名隨之。藝成名亦隨之。正使公不能書。而忠義之節。當與日星争輝。如或不遭奮勵之地有以自見。而翰墨之妙亦當與金石不朽矣。故張巡之節。不待藝顯。李斯之篆。不以人廢。雖然。有德以發其藝。有藝以華其德。虎之文炳然。豹之文蔚然。宜乎後公數百載。大人君子。據德游藝。愛之而不置也。公嘗作離堆記。書而刻之石壁上。字徑三寸。比他書尤瓌奇。元符三年唐子西祠堂記。已有崩壞剥裂之語。元符距今又百餘年。鄧元帥溱水郡公慮其崩剥不已。寖及完處。公門下客安常。嘗以篆隸待詔翰林。亦能以朱蠟摹書不失其真。適官於南陽。某人尋某。復善刊字。公乃出家藏離堆記石本。置其點畫缺損絶不可識者。餘悉重勒之石。凡幾百幾十字。典刑具在。唯讀之不能成文。爲可惜也。嗚呼。魯公之書。取譬則火也。離堆之石。取譬則薪也。火傳於薪。薪灰而火無盡。故離堆之石可壞。而魯公之書不可泯。成德之藝大矣哉。懿夫大人君子之事。可以爲教於斯世也。據德游藝。大人君子之事乎。孰謂元帥公重勒魯公之書於石。非大人君子之事也歟。非可以

爲教於斯世也歟。正大六年。楊某題。小亭集

任君謨表海亭詩跋

失名

南麓老人天下奇才也。世人止以能書見稱。謂當爲本朝第一。然誠云確論。而尚不知先生所能者多矣。又豈止筆札而已哉。下闕國以忠貞。臨政以清白。至於騎射、驍勇、音律、琴瑟、丹青、藝巧。靡所不下闕翰墨皆所以大過人者。非天下之奇才。其孰能與於此。東坡嘗謂詩至於杜子美下闕可以畢天下之能事。不其偉歟。噫。坡公仙去久矣。若使見先生全才如此。其許可豈下闕。山左金石志

重修證類本草跋

劉祁

余讀沈明遠寓簡。稱范文正公微時。慷慨語其友曰。吾讀書學道。要爲宰輔。得時行道。可以活天下之命。時不我與。則當讀黃帝書。深究醫家奥旨。是亦可以活人也。未嘗不三復其言而大其有濟世志。又讀蘇眉山題東皋子傳後云。人之至樂。莫若身無病而心無憂。我則無是二者。然人之有是者接於予前。則予安得全其樂乎。故所至常蓄善藥。有求者則與之。而尤喜釀酒以飲客。或曰。子無病而多蓄藥。不飲而多釀酒。勞己以爲人。何哉。予笑曰。病者得藥。吾爲之體輕。飲者得酒。吾爲之酣適。豈專以自爲也。亦未嘗不三復其言而仁其用心。嗟乎。古之大人君子之量。何其宏也。蓋士之生世。惟當以濟人利物爲事。達則有達而濟人利物之事。所謂執朝廷大政。進賢退邪。

興利除害以澤天下是也。窮則有窮而濟人利物之事。所謂居閭里間。傳道授學。急難救疾。化一鄉一邑是也。要爲有補於世、有益於民者。庶幾乎兼善之義。顧豈以未得志也、未得位也。遽泛然忘斯世而棄斯民哉。若夫醫者。爲切身一大事。且有及物之功。語曰。人而無恒。不可以作巫醫。又曰。子之所慎。齋、戰、疾。康子饋藥。子曰。某未達。不敢嘗。余嘗論之。是術也。在吾道中雖名爲方伎。非聖人賢者所專精。然捨而不學。則於仁義忠孝有所缺。蓋許世子止不先嘗藥。春秋書以弑君。故曰爲人子者。不可不知醫。懼其忽於親之疾也。況乎此身受氣於天地。受形於父母。自幼及老。將以率其本然之性。充其固有之心。如或遇時行道。使萬物皆得其所。措六合於太和中。以畢其爲人之事。而一旦有疾。懵不知所以療之。伏枕呻吟。付之庸醫手。而生死一聽焉。亦未可以言智也。故自神農、黄帝、雷公、岐伯以來。名卿才大夫。往往究心於醫。若漢之淳于意、張仲景。晉之葛洪、殷浩。齊之褚澄。梁之陶宏景。皆精焉。唐陸贄斥忠州。纂集方書。而蘇沈二公良方至今傳世。是則吾儕以從政講學餘隙。而於此乎蒐研。亦不爲無用也。余自幼多病。數與醫者語。故於醫家書。頗嘗涉獵。在淮揚時。嘗手節本草一帙。辨藥性大綱。以爲是書通天地間玉石草木禽獸蟲魚萬物性味。在儒者不可不知。又飲食服餌禁忌。尤不可不察。亦窮理之一事也。後居大梁。得閒閒趙公家素問善本。其上有公標注。夤緣一讀。深有所得。喪亂以來。舊學蕪廢。二書亦失去。嘗謂他日安居講學論著外。當留意攝生。今歲游平水。會郡人張存惠魏卿介吾友弋君唐佐來。言其家重刻證類本草已出。及增入宋人寇宗奭衍義。完焉新書。求爲序引。因爲書其後。己酉中秋日雲

中劉祁云。證類本草〔歸潛志〕

妙空長老自題像贊跋〔皇統三年〕　釋義由

妙空老師嗣法薦福英和。而出於大宗師門下。兩坐道場。僅四十載。凡示徒貴機用。唯棒喝可語言。知客道德。獲此二頌。囊之久矣。師今示寂。命工摹石。益傳不朽。皇統三年中秋日監寺僧義由謹記。山左金石志

康淵贈靈巖寺西堂禪師詩跋皇統八年　釋法雲

伏覩甲兄都運觀察贈西堂禪師佳什。言超物外。奇逸清高。如閑淡煙雲。縈巖映岫。自生光彩耳。謹命工刊諸琬琰。用久其傳。山左金石志

重刻嶧山秦碑跋〔天會十二年〕　僞齊李仲坦

嶧山秦刻。磨滅久矣。宋初惟江南徐鉉有摹本。贊皇李建中傳寫得之。遺余曾祖金紫公。傳子孫四世踰百年。請康、建炎兵火相尋。舊藏文籍。散落殆盡。獨此刻僅存。命善工勒於青社郡舍。阜昌甲寅河南李仲坦志。齊乘

金文最卷五十

書

與遼天祚帝書天輔二年　太祖

能以兄事朕。歲貢方物。歸我上下京興中府三路州縣。以親王公主駙馬大臣子孫爲質。還我行人及元給信符。并宋夏高麗往復書詔表牒。則可以如約。遼史

與宋徽宗第一書天輔三年　太祖

七月日。大金皇帝謹致書於大宋皇帝。隔於素昧。未相致於禮容。酌以權宜。在交馳於使傳。共計成於大事。盍備露於信華。昨因契丹皇帝重遭敗衂。竟見奔飛。京邑立收。人民坐獲。告和備禮。册上爲兄。理有未敦。斥令更飾。不自惟度。尚有誇淹。致親領甲兵。恭行討伐。途次有差到朝奉大夫趙良嗣、忠訓郎王瓌等奏。言奉御筆。據燕京并所管州城。元是漢地。若許復舊。將自來與契丹銀絹轉交。可往計議。雖無國信。諒不妄言。已許上件所謀燕地并所管漢民。外據諸邑及當朝舉

兵之後皆散到彼處餘人户。不在許數。至如契丹虔誠請和。聽命無違。必不允應。若是將來舉軍。貴朝不爲夾攻。不能依得已許爲定從。於上京已曾遣回。轉赴燕路。復爲敵人遠背。孳畜多疲。已還士馬。再命使人。用報前由。卽日據捉到上京鹽鐵使蘇壽吉、留守同知王民儆、推官趙拱等。俱貫燕城。内摘蘇壽吉先行付去。請發國書。備言銀絹準依與契丹數目歲交。仍置榷場。及取前人家屬并餘二員。卽當依應。具形徼幅。冀亮遐悰。令屬秋初。善綏多福。有少禮物。具諸别録。今差勃堇刺習魯充使。大迪烏、高隨充副。同回前去。專奉書披陳。不宣。謹白。北盟會編

與宋徽宗第二書天輔五年　　太祖

適紆使傳。遥示英華。載詳别屬之辭。備形書外之意。事須審而後度。禮當具以先聞。昨者趙良嗣等回。許與燕京并所管州鎮。書載若不夾攻。難應已許。今若更要西京。只請就便計度收取。如難果意。冀爲報示。有此所由。未言舉動的期。所有闕封。決當事後載知。亦曾熟慮。春令在始。善祝多祺。今差孛堇曷魯、大迪烏充國信使副。有少禮物。具諸别録。專奉書不宣。謹白。北盟會編

與宋徽宗第三書天輔六年　　太祖

因旋使傳。繼附音函。會當命伐之時。未報尅期之約。方將併取。爰審前由。來書云漢地等事。並如初議。俟聞舉兵到西京的期。以憑夾攻。不言西京就便計度。以此遣兵征討。及留送使船上等

候。見勝捷即令拘回。次得行營都統所狀。初到中京。委諭欵降。不爲依應。即日攻破。外與中府左右小可州城。亦相應效尤。以爲雖已示威。本奉弔伐。若便攻拔。慮益傷民。候收遼國。欲將何往。遂乃直抵山西。就擒昏主。無何潛覺。脱身逃遁。只獲行宫并女二名。文武臣寮。續往西京。應、朔、蔚及西南路招討司一帶諸州縣鎮部族軍戍。悉皆款附。後有西京德州兩處。相次背叛。累行招誘。竟不自新。軍令既戒。無由可逭。又遇興中府左右合聚兵衆約餘五萬。縱徒逆戰。殺俘殆盡。後知契丹昏主竄於沙漠。分兵追捕次。其餘處所。並已歸降。夏臺亦遣人使來議通好。韃靼願輸歲貢。繼又稱藩。燕京一處。留守國王耶律淳。僭號稱尊。懇誠告和。未審便行攻伐。或别有朝旨。即日敵國新收。義當存撫。願爲親幸。以快輿情。由是親臨安慰。懷睦鄰邦。前書已差太傅童貫領兵相應。雖未報期。緣兵馬已到代北邊陲。慮昏主逃入貴界。曾牒代州。幸無容納。諒已必知。而又不爲夾攻及無本會。至始難見自來計議事理的實。今據前後往復因由。意或如何。冀示端的。盛炎在候。順迓天休。今差孛堇烏歇、高慶裔等充通議使、副及管押蘇壽吉家屬前去。有少禮物。具諸别幅。專奉書陳達。不宣。謹白。北盟會編

與宋徽宗第四書天輔六年

太祖

適憑使傳。特示音題。然已露於深悰。斯未洽於舊約。載惟大信。理有所陳。爰念前言。義當可許。昨差趙良嗣計議。若許燕京。依與契丹銀絹數目歲交。尋許燕京并所管州縣及所轄漢民。如或

不爲夾攻。不能依得已許。後來馬政至。更議收復西京。回書只請就便計度。如難果意。冀爲報示。又得書示。候聞舉兵到西京的期。以憑夾攻。不言自行計度。或難果意。只云並如初議。及絶使軺。以爲非是通好之意。遂止夾攻許與之辭。以故昨來遣兵及平定契丹畢。未嘗報論夾攻。自後燕京國王上表稱臣。永願貢進。薨逝後。屬以其妻國妃。虔誠表請。縱不許爲藩輔。亦無他望。良嗣等方始來到。且馬政元賚到事目。所約應期夾攻最爲大事。須是大金兵馬到西京。大宋兵馬便自來燕京并應朔等州入去也。如此則方是夾攻。若將來不到西京。便是失約也。貴朝若依前書實欲夾攻圖謀。理須當期。本朝兵馬到西京已來。合依所約道路進兵相應。若謂不知。又謂燕南已屯重兵。兼貴朝士馬發於代州北。並兩途至西京。地理勞逸。灼然可知。直至克定。未曾依應。今承芳翰。再締新歡。極邊屯相應之軍。立議復幽雲之地。皆非元約者也。其於信義。未合許與。盍念前書。至如契丹將來虔誠請和。聽命無違。必不允應。方示大信。故許燕京并六州屬縣及所管漢兒。外其餘應許係官錢穀金帛諸物之類。并女真、勃海、契丹、奚及別處移散到彼漢民雜色人户兼平、灤、營等州縣。縱貴朝克復。亦不在許與之限。當須本朝占據。如或廣務於侵求。必慮難終於信義。所有信誓、分立界至并舊來輸納契丹歲幣數目多少交割等事。候到燕京。續議畫定。式當嚴律。善保殊休。今差勃堇撒盧毋、李靖、勃堇王度剌充國信使副。有少禮物。具諸別幅。專奉書陳達。不宜。謹白。北盟會編〔政宣上帙十一〕長編紀事本末

與宋徽宗第五書天輔六年

肅馳使驛。繼附音徽。雖承鄰睦之修。未盡理端之素。故形緘幅。開導深悰。昨於天輔四年趙良嗣計議。燕京。若是允肯。自來所與契丹銀絹依數歲交。及夾攻。回書已許燕京地分并所管户民。若不夾攻。不能依得已許爲定。平營灤等州。未曾允應。今承來書。其别處移散到漢民雜色人户。如欲收復。亦非元約。據上項人户。前次往來。未曾遺漏。辭意詳明。昨來度剌等去時。已曾具言兼契勘。馬政來齎到事目。所約應期夾攻。最爲大事。須是大金兵馬到西京。大宋兵馬自應朔州入去。不如此。則便爲失約也。且當朝兵馬。攻下西京。以至武朔。曾牒代州。亦未相應夾攻。又良嗣齎到書所謂夾攻者。貴朝自涿易等處進兵至燕京。金國自古北口等處。進兵至燕京。直日臨期。當朝兵馬攻下居庸關。直抵燕城下。即日款降。外貴朝兵馬竟不能入燕。已被戰退。以故李靖等去時。具言已許燕京所管州縣地分元管户民。如或廣務於侵求。諸慮難終於信義。今書又齎辭索平、營、灤等三州。已係廣務於侵求。斟酌此項事件。違約分明。義當不許。爰念大信不可輕失。且圖交好。特許燕京六州等所隨屬縣。所有銀絹一依契丹舊例交取。兼燕京自以本朝兵力收下。所據見與州縣合納隨色歲税賦。每年並是當朝收納。如可依隨。請差人使。不過前向。正旦受禮賀功及齎送今歲合交銀絹。外。據連次所云平、灤、營三州。亦不在許與之限。所有次年已後銀絹交割處所立界至及其餘事等。續議畫定。如難依隨。請於已後無復計議燕京。今屬祈寒。冀膺多福。今差勃堇李靖、王

度剌等充國信使副。有少禮物。具諸別幅。專奉書陳謝。不宣。謹白。天輔六年十二月日。北盟會編

與宋徽宗第六書天輔七年

太祖

遠辱華函。繼形温問。因遽成於小補。感特貺於慶儀。載循計議之辭。未悉聽從之論。致煩馳報。冀示誠音。自來越海計議。收復燕京并所管州縣。元是漢地漢民。已曾允應。若是夾攻則與。又承回示。若大金兵馬到西京。本朝便自燕京并應朔等州。進兵洎至遣兵攻下西京。牒報代州。不經依應。直候契丹勢傾力敗。方自涿易起兵。與元約不同。昨於奉聖州良嗣等來時。國妃狀奏稱貴朝兵馬竊入燕京。雖已殺盡。幸願款附金國。尚不欲違約。已報許與。後國妃又申瀘溝河南大破南軍。雖追捉數萬。願爲金國之臣子。重念如不自取。慮失元許。遂遣重兵攻破居庸。燕京并所管州縣。並已款降。尋遣副使馬擴專報委細。及差人就檢陳地。僵屍甚衆。俱是南人。更有人音知貴朝統制劉延慶已坐失律。兼僞命林牙統軍查剌等以下。亦稱國妃知當朝兵馬過關句退。鎮南軍馬。待圖逆戰。蓋因自來已破。大軍別無警急。及至相近。不敢對敵。因而遁去。別不敗於南軍。南軍亦不曾到燕京左右。若是城中之人實有相順。無因盡殺入城軍士。依此事跡。足認貴朝兵馬不克夾攻。特因自力。所以拘收稅賦。今承奉來書。事非元約。稅賦隨地。户民如何般運。於理本難應允。今特許每歲別交銀絹。令良嗣等前去定議。向來燕城。倘賴貴朝攻下。無由更收稅色。實以自力收獲故也。既以相許。卽委所司勘會。據燕京管内收納隨色稅賦。共送五六百萬貫。乃命宣諭國信使副。於内

只收合直一百萬貫物貨回奏。良嗣等稱奉御筆。且許銀五萬兩、絹五萬疋。如不允應。便添十萬。仍議西京在內。更或不許。西京別作一段。猶不允從。添綾二萬。入二十萬數。更或不允。綾在二十萬數外。以上。別不奉到宣旨。不敢自專。願遣使人齎書計議。據前年合交銀、絹數內。先已將到二十萬疋兩。尋委舊曾交割官員檢辦收領。緣稱絹貨下弱。不並前來。令請依與契丹一般者交送。據平灤等州。不在許與之限。已曾書報。倘廣務侵求。難終信義。無煩理會。況平州已爲邊鎮。所有脅虜投過民户。別諭良嗣等省會去訖。所據今歲代稅合要物帛絲綿諸番色數。並依中等價直。別有劄目。如可依從。即請一就起般。年前并今歲合交銀絹。依契丹數目。送至燕京。用賞軍人。外據代稅絲綿諸物。定於今歲十月交割。內絲綿並須燕京土產。外自今歲以後。常年合交銀絹代稅絲綿等物。依見去劄數益前來交割。依準舊例分破五番般運。押送至平州路界首交付。及示盟誓。凡百事節。皆遵此約。長世不違。貴憑同盟所有封疆。可自燕京所管州縣地分。與平州界至其間畫立。其賀正信使。彼此各請預先一日到闕。生辰人使以十月三日受禮。依上到來。外賀貴朝生辰。並依舊來契丹發行月日到闕。仍於穩便處所起置榷場。所有燕京并隨州縣民户不少。若許計議。不見定一。自難安撫。苟失今年播殖。將來住係何處。卒難拯濟。如或難以準隨。請各只依契丹往例施行。仍速勾退過界兵馬。候當春始。善祝多祺。少有禮物。具諸別幅。今龍圖閣直學士大中大夫趙良嗣回。專奉書陳達。兼謝。不宣。謹白。北盟會編

金吾案。大金弔伐録載此書。略有異同。附録於後。

往歲越海計議。興兵夾攻。每有克獲。所得者取。後違此約。獨乘遼勢已衰。始行侵討。而乃反被追襲。聞軍帥劉延慶等已坐責罰。又燕京僭號普賢女上表再三乞請。稱有南兵入城。力戰破之。殺戮殆盡。歸命上國。願爲附庸。猶存大信。以先許宋命之請。若彼能如元約。夾攻克捷。則事在不言。既此間得而分付。理應有報。是以宣諭趙良嗣等。合取時貢銀絹共準一百萬貫。良嗣等言。奉旨並請西京路地界。若不從所請。止得燕京。即納二十萬疋兩。設猶未允。更加綾二萬疋。外不敢擅加。今相度燕京諸州。土廣人衆。今取與未決。豈可輕易便行分付。請抽退臨邊士卒。

與宋徽宗第七書天輔七年

太祖

使軺薦屆。槃訊迭承。既增歲幣之優。深悉善鄰之意。俟成誓約。永保惟和。來書云。所言代税物貨并事目所載色數價值交割月日處所與畫定界至遣使賀正旦生辰及置榷場事。並如來示所諭。備詳美意。外今年合交銀絹。稱候到依契丹舊交月日交割。特思元書。理合一就。重念春農般運不易。曲從來意。其銀絹請以前來與契丹物色一般者交送。所有燕城。候各立盟誓。然後交割。今立誓草。付國信使副。到請依草著誓。至日當議復盟。春律在中。冀膺多福。今差勃堇寧朮割、度剌充國信使副。撒盧毋充計議使。有少禮物。具諸別幅。專奉書詞並誓稿陳達。不宣。謹白。

事目

前者。趙良嗣到上京軍前。計議五代以後陷入契丹舊漢地州縣。特許燕京。再差馬政更議西京。回書只請就便計度收復。尋爲彼不能收復。本朝自行撫定。又差良嗣等來議。稱燕西京南京已曾計議。緣爲西京不在許限。只許燕京所轄六州。來書云。其西京別作一段。今來又令良嗣等計議西京。欲一就收復。雖貴朝不經夾攻。而念兩朝通和。實同一家。必務交歡篤於往日。今特許與西京武、應、朔、蔚、奉聖、歸化、嬀、儒等州并地土民户。其以西并北一帶接連山後及州、縣地土人民。不在許與之限。據所許民户土地甚多。自來攻伐撫慰。將帥士卒。艱苦不少。今來別無再索經略。請差人交割。其諸事理。已宣諭良嗣等去訖。來書稱契丹出没。今差人押領大軍往彼。幸踏地里交割。發行月日。已諭使人省會。所有盟誓。候交割了日議定。

誓草

大金大聖皇帝創興。併有遼國。遣使計議五代已後陷入契丹燕地。幸感好意。特與燕京涿、易、檀、順、景、薊并屬縣及所管户民。緣爲遼國尚爲大金所有。以自來交與契丹銀二十萬兩、絹三十萬疋。并燕京每年所出稅賦五六分中只筭一分。計錢一百萬貫文合值物色。常年般送南京平州改爲南京界首交割。色數已載前後往復議定國書。兩界側近人户。不得交侵。盜賊逃人。彼此無令停止。亦不得密約間牒誘擾邊人。若盜賊併贓捉獲。各依本朝法令科罪訖。贓罰賊雖不獲蹤跡。到處便勒留償。若有暴盜。或因別故合舉兵衆。須得關報沿邊官司。兩國疆界。各令防守。兩朝界內地各如舊。不得遮堵。至如將來殊方異域使人往來。無得禁阻。所貴久通歡好。庶保萬世。苟違此約。天地鑒察。神

明速殃。子孫不紹。社稷傾危。北盟會編〔政宣上帙十四〕大金弔伐録

與宋徽宗第八書天輔七年

太祖

累交禮聘。敦講世穌。復紆使傳之華。克示載書之信。指以萬世。昭然一言。茲見繼好息民之心。而得親仁善鄰之美。義欲存以堅久。事更具於宣陳。據燕疆界至。今依兩朝差去人員。同行檢視。分割爲定。所云交西京邊界夾攻契丹皇帝事。已遣近上官員押令大軍。勒於今月十一日於彼應會。仍報宣撫司。凡關夾攻事件。須令與差去官員計議。從長施行。其邊界亦依割定領受。仍已諭使人。卻合有回謝禮數并報復文字。送付差去軍下官員。前次計議。取被掠并逃去人户。雖令宣撫司交付。卻只推延。不肯早行發遣。至今一未結絶。必若邊官邀功。違約展轉。如下不切稟從。實開引慝亥亂。有失將來久結歡好。若是再取如此人口。亦仰所司。宜疾速發遣。又以契丹國皇帝在陰山、夔離不在奚部山谷。以此兩處句當軍事。今取嶺北鴛鴦濼坐夏相度。所謀雖同。如或不泯後患。地里咫尺。特關貴國。自餘分遣別路兵馬。須是當朝供給。只據收捕夔離不契丹皇帝。兩路兵馬糧食。合銷米一萬石。宜早收分取月日。於檀州、歸化兩處。分路般送到。卽候回報。歊炎在候。寳嗇是期。有少禮物。具諸別幅。專奉書陳達。不宣。謹白。北盟會編

與宋誓書天輔七年

太祖

維天輔七年歲次癸卯四月甲申朔越八日辛卯。大金皇帝致書於大宋皇帝闕下。惟信與義。取天下之

大器也。以通神明之心。以除天地之害。昨以契丹國主失道。民墜塗炭。肆用興師。事在誅弔。貴朝遣使航海計議。若將來併有遼國。願還幽燕故地。當時曾有依允。迺者親領兵至全燕。一方城池。不攻自下。尚念姑欲敦好。特以燕京涿易檀順景薊并屬縣及所管户民。與之如約。今承來書。緣爲遼國尚爲大金所有。以自來與契丹銀二十萬兩、絹三十萬匹。并燕所出税利五六分中只筭一分。計錢一百萬貫文合值物色。常年般送南京界首交割。色數已載前後往復議定國書。每年并交綠礬二千栲栳。兩界側近人户。不得交侵。盜賊逃人。彼此無令停止。亦不得密約間諜誘擾邊人。若盜賊并贓捉獲。各依本朝法令科罪訖。贓罰賊雖不獲蹤跡。到處便勒留償。若有暴盜。或因別故合舉兵衆。須得關報沿邊官司。兩國疆界。各令防守。兩朝界地内如舊。不得遮堵道路。至如將來。殊方異域人使往復。無得禁阻。所貴久通歡好。庶保萬世。苟違此約。天地監察。神明速殃。子孫不紹。社稷傾危。本朝志欲協和萬邦。大示誠信。故與燕地。兼同誓約。苟或違之。天地鑒察。神明速殃。子孫不紹。社稷傾危。如變渝在彼。一準誓約。不以所與爲定。專具披述。不宣。謹白。

北盟會編

與高麗文孝王書收國元年　　　太祖

兄大女真金國皇帝致書於弟高麗國王。自吾祖考。介在一方。謂契丹爲大國。高麗爲父母之邦。小心事之。契丹無道。淩轢我疆域。奴隸我人民。屢加無名之師。我不得已拒之。蒙天之佑。獲殄滅

之。惟王許我和親。結爲兄弟。以成世世無窮之好。仍遺良馬一匹。高麗史〔十四〕

報宋獲契丹主書天會二年

太宗

六月日。大金皇帝致書與大宋皇帝闕下。大寶之尊。允歸公授。守不以道。怨集人神。故先皇帝舉問罪之師。迨眇躬盡繼恢之略。尤賴仁鄰之睦。生獲昏主之身。人心既以歡和。天下得以治定。爰馳使介。庸示披陳。逖惟聞知。諒同慶慰。今差復州管内都孛堇李用和。朝散大夫守鴻臚卿知太常禮院騎都尉太原縣開國伯食邑七百户、賜紫金魚袋王永福充告慶國信使副。少有禮物。具諸別幅。專奉書陳謝。不宣。謹白。大金弔伐録

問宋就館迫取國書書大定十四年

世宗

盟書所載。止於帝加皇字。免奉表稱臣稱名再拜。量減歲幣。便用舊儀。親接國書。兹禮一定。於今十年。今知歲元國信史到彼。不依禮例引見。輒令迫取於館。姪國禮體。當如是耶。往問其詳。宜以誠報。金史〔八十九梁肅傳〕

答宋請免親接國書書〔大定十四年〕

世宗

弗循定分之常。復有授書之請。謂承大統。愈見自尊。奈何以若所爲。尚求其欲。矧曰已行之禮。

靡得而更。金史

答宋孝宗書　世宗

叔大金皇帝致書於姪宋皇帝。和約再成。界山河而如舊。緘音遽至。指鞏洛以爲言。援昔時無用之文。瀆今日既盟之好。既云廢祀。欲伸追遠之懷。正可奉遷。即候刻期之報。至若未歸之旅柩。亦當並發於行途。抑閤附請之辭。欲廢受書之禮。出於率易。要以必從。於尊卑之分何如。顧信誓之誠安在。事當審處。邦可孚休。方屆霜嚴。善綏福履。今因資政殿大學士范成大等回。專附書奉答。不宣。大金國志參周益公集思陵録

復宋孝宗告哀書大定二十八年　世宗

遠馳信傳。遽及訃音。審色養之永違。諒孝思之罔極。方敦親好。深用惻傷。尚勉節夫哀情。庸善綏於冲福。思陵録

復宋孝宗遣使賀正旦書　世宗

文杓協運。肇開歲律之祥。信使來同。敦講世和之好。婉書辭而稱祝。粲幣物以陳儀。併戢腆勤。惟深欣懌。思陵録

慰宋孝宗書

世宗

頃達訃音。遽聞大故。念久敦於世好。殊深軫於中懷。載飭信使。往申慰問。尚順禮經之節。用綏孝履之和。思陵録

復宋孝宗遣使送遺留書

世宗

頃達哀訃。諒方切於孝思。繼獲函書。審夙承於遺命。飭行人而展好。賫信幣以將誠。感愴良深。敷宣罔既。思陵録

復宋孝宗遣使報謝書

世宗

頃聞凶訃。想極悲傷。馳遣使車。往爲弔祭。在叔姪情當如是。於國家禮亦宜之。復致函書。備陳謝悃。念方罹於夏暑。冀少節於哀悰。思陵録

賀宋孝宗誕節書

世宗

塞風初屆。律正上冬。良月就盈。祥開誕日。爰遣皇華之使。往敷慶幣之儀。尚介壽祺。用堅盟信。思陵録

賀宋孝宗正旦書

世宗

獻歲發春。式屬亨嘉之會。順時講好。益敦信睦之風。爰遣使車。往敷慶幣。方履新陽之序。茂膺多福之宜。思陵録

詳問宋國書

宣宗

云云。兩國和好。幾及百年。南北生靈。不見兵革。彼之所及。我之餘也。不圖曩者泰和間。彼國君臣。狃於釁勇尚禍之言。妄有無名之舉。我朝不得已以兵應之。彼既異始圖。不克逞志於我。於是有增幣易叔以伯之請。我章宗皇帝重念彼國傷殘之故。曲從和好。仍歸淮漢已得之地。恩至渥也。既許乞盟之後。庶幾爲度德量力之事。謹畏天保民之戒。豈意利我敵釁。頓違盟誓。累年譎詐。不貢歲幣。帥我叛亡。以蕩摇我邊陲。我邊臣憤怒。自率所部。以報東門之役。庶可少懲矣。且復保我漣水。扇惑我山東之民。造釁百端。不念伯姪無窮之好。僥倖於不可知之勇。似不審輔車相依之勢。將復蹈覆車之轍也。我廷臣固請曰。彼忘累聖之恩。幸吾一旦之警。自以鞭長不及馬腹。不知牛雖瘠。僨於豚上。其可幸乎。便可興師。聲罪往伐。尚念彼界生靈何罪。故遣使臣先以文告。仍以大兵壓境。若能改圖。一遵舊約。則又何求。如其不然。自啟禍端。罪有歸矣。既違三靈之心。恐貽九廟之悔。事勢至此。雖欲乞和。不可及已。故令詳問。其審圖之云。滏水集

答夏國告和書

宣宗

以生民爲心。不以細故而忽生民之命。以天下爲度。不以私忿而傷天下之功。惟我國家。奄宅中外。威制萬里。恩結三方。高麗叛歸。御而不受。孽宋悦服。免其稱臣。苟可利於生靈。有不較其名分。矧惟大夏。特我寶鄰。盟誓既百年於兹。恩好若一家之舊。乃者北兵之大擾。因而東道之不通。豈意同盟。墮此奸計。俾我兩朝之交贄。至於一矢之相加。幸上天開悔禍之期。使赤子有息肩之望。兹紆信使。特枉載書。忍以一朝之違。遽忘累世之好。審此輔車之勢。屬我唇齒之邦。與其厭外夷之陸梁。孰若結諸夏之親昵。惟兹不類。乃我同仇。當人心厭亂之秋。見天道好還之意。衆既烏合。罪復貫盈。彼物極則終衰。此數離而復合。且鬩牆猶可禦侮。況同舟何患異心。既有成言。當如來約。滏水集

回宋國賀正旦國書

春陽啟序。適當獻歲之辰。使驛馳緘。遠預履新之慶。旅陳器幣。備縟情文。具孚誠意之休。益締前盟之好。滏水集

回宋國賀萬年節國書

陽和應律。適臨姑洗之辰。使介馳軺。遠賀誕彌之節。肅陳禮幣。祇達近函。覽誠意以具孚。保歡

盟而益固。滏水集

回夏國賀萬年節國書

遠馳使驛。來展賀儀。念誓好之方隆。故情文之俱盡。其爲悦懌。曷罄敷陳。式屬涼秋。善綏福履。滏水集

上世宗書

昭德皇后

嘗謂女之事夫。猶臣之事君。臣之事君。其心惟一。而後謂之忠。女之事夫。其心惟一。而後謂之節。故曰忠臣不事二君。貞女不更二夫。良以此也。妾自揆蒲柳微軀。草茅賤質。荷蒙殿下不棄。得諧琴瑟之歡。奈何時運不齊。命途多舛。打開水面鴛鴦。拆散花間鸞鳳。妾幼讀詩書。頗知義命。非不諒墜樓之可嘉。見金之可愧。第欲投其鼠。恐傷其器。是誠羝羊觸藩。進退兩難耳。故飲恨以行。揮涕而別。然其心豈得已哉。誠恐楚國亡猿。禍延林木。城門失火。殃及池魚云爾。妾既勉從君危。幸免逆亮。不知此意。以爲移花就蝶。飢魚吞餌矣。吁燕雀豈知鴻鵠志哉。今至良鄉。密邇京國。則妾潔身之機。可以遑矣。妾之死爲綱常計。縱偷生忍辱。延殘喘於一旦。受唾罵於萬年。而甘聚麀、鶉奔之誚。詎謂之有廉恥者乎。妾之一死。爲後世爲臣不忠、爲婦不節之勸也。非若自經溝瀆而莫知者比焉。逆亮罪惡滔天。其亡立待。妾願殿下修德政。肅紀綱。延攬英雄。務悦民

心。以仁易暴。不占有孚矣。殿下其卧薪嘗膽。一怒而安天下。勿以賤妾故哀毀以傷生。而作兒女子態也。裁書永訣。不勝嗚咽痛憤之至。採璧

金吾案。採璧。明孫惟熊撰。中載昭德皇后上世宗書。未詳何本。姑録之以俟續考。

金文最卷五十一

書

復遼耶律捏里書　完顔杲

閣下向爲元帥。總統諸軍。任非不重。竟無尺寸之功。欲據一城。以抗國兵。不亦難乎。所任用者。前既不能死國。今誰肯爲閣下用者。而云主辱臣死。欲恃此以成功。計亦疎矣。幕府奉詔。歸者官之。逆者討之。若執迷不從。期於殄滅而後已。金史〔七十六完顔杲傳〕

與宋理宗索逃人書〔天會二年〕　完顔杲

西南西北兩路都統并奚王府路都統撻懶、南路都統闍母等。節次申前後各管處所。亡去張覺、李石臬思并招過及自南京囘去。又張覺等邀截下郎君習姑及援送燕京遣發統軍司所管以上逐起職官百姓工匠。及諸軍下亡去驅使人口軍人妻室并劫掠偷遞過孳畜財物。自來累具文字移牒大宋河北河東路宣撫司。河東雲中府經略安撫使等司。燕山府代應朔武等州取索。皆推註不爲分白憑驗。伏乞朝廷詳酌。勘會兩朝誓書。盜賊逃亡。無令停止。亦不得密切間諜誘擾邊人。及約定所許州縣所管民户。其餘色人户並不在許與之限。今據逐處奏前件因依緣由。稱見獲憑驗。由自推註。不爲分付。係違負自彼顯然。若止以違約推延。便望休止。亦不誤矣。所據隨處州縣因官寄客居契丹人户。并逃亡招過及上件邀回刦掠偷遞職官百姓工匠驅使婦女孳畜財物等。如敦守誓約。請依在邊帥臣所諜數目交代。仍指揮逐處禁止。乞回示。大金弔伐録

與都統杲書

宗翰

遼主窮迫於山西。猶事畋獵。不恤危亡。自殺其子。臣民失望。攻取之策。幸速見諭。若有異議。此當以偏師討之。金史〔七十四宗翰傳〕

再與都統杲書

宗翰

初奉命。雖未令便取山西。亦許便宜從事。遼人可取。其勢已見。一失機會。後難圖矣。今已進兵。當與大兵會於何地。幸以見報。金史〔七十四宗翰傳〕

與宋閹人河北河東陝西等處宣撫使廣陽郡王童貫書〔天會三年〕

宗翰

天會三年十一月三十日。大金骨魯爾移賚勃極烈左副元帥致書於大宋宣撫郡王閣下。憑傳來信。復

沐使音。未孚結約之誠。難避重煩之議。領兵前去之由。已載別牒。且兩朝之事。若不互相容會。須至戰争。夫如是則豈惟蹈危轉甚。更恐生靈枉罹塗炭。是用遣人。以俟雅報。蓋以宣撫郡王所爲結約和會。契義最舊。况承來文。若謂更有可議。務在通融商量。伏念宣撫郡王有輔立之功。位望所推。必謂議以讜言。扶斯將墜。與其交鋒争戰以傷生民。寧若酌中兩便。爲計果能如此。其於貴朝非止社稷久享安全。更獲兩下益固歡和。然後郡王忠孝克保終始。長守富貴。民賴其善。爲天下之幸甚。豈不美哉。昔契丹請和之日。朝廷限以遼爲界。不見聽從。乃及今日。所望取爲前鑒。審觀時勢。與差去官員詳議定一。律正嚴凝。佇膺多福。今差昭文館直學士王介儒、孛堇撒離母專奉書披述。不宣。大金弔伐録

復謝宋欽宗書〔天會四年〕

宗翰

天會四年三月日。大金骨魯爾移賚勃極烈左副元帥致書於大宋皇帝闕下。頃雖結釁。卽復尋盟。爰遣使以報誠。遂致書而爲問。更多賜遺。已劇感藏。所有事理。別差官齎牒三省樞密院去訖。淑律正融。佇膺多福。今差利州管内觀察使銀青榮禄大夫檢校工部尚書兼侍御史上騎都尉蘭陵縣開國伯食邑七百户蕭仲恭。朝議大夫守太僕少卿驍騎尉天水郡縣開國男食邑三百户賜紫金魚袋趙倫。充囘謝使副。謹奉書陳達以聞。不宣。大金弔伐録

爲太原府不服交割上宋欽宗書〔天會四年〕

宗翰

三月十七日。大金骨魯爾移賚勃極烈左副元帥謹致書於大宋皇帝闕下。近準僉書樞密院事路允迪賚書前來。稱河北路軍前講和了當。議定割太原、中山、河間三府。允迪奉差交割太原府界。至今月初四日。重兵將回。以道路隘窄。住滯計會。允迪、宋彥通、滕茂實。同當府差下官員。先赴太原交割施行。今月十七日。師次南關。比有路允迪使臣談某、何偉來到軍前。稱太原府今來所降詔書與先奉指揮不同。不肯出迎詔書。不伏交割。申議合交界至未見了絶。難便退師。見於太原府并左右州縣。逐有草料屯駐。幸無疑惑。律正暄和。願膺多福。今因人使請。奉書陳達。不宣。謹白。大金弔伐録

復宋欽宗乞免割三鎮書〔天會四年〕

宗翰

七月二十三日。大金骨魯爾移賚勃極烈左副元帥謹致書於大宋皇帝闕下。適因專介。祗受緘封。既蒙示其悦悰。疊承遺以聘幣。禮宜復辨。迺具幣章。伏念今年正月十五日誓書。分畫太原、中山、河間一帶。比至立了疆界屯兵以來。於内别有變亂。當朝應管擒制交送者。今雖未服。向所言出於至誠。則縱此不報。亦宜自制。副於前言。以示篤和。反云戒所過不得邀遏回兵。當府故謂若不蒙戒嚴。則想皇姪之師未免易退乎。況竊三府以死力抗。而曰自非大朝之令。失言如此。誠意安在。燕、雲之地。係皇姪已言之事。何由再舉。又來書再念邊釁之啟。在往年之姦臣。今復不守約。累遣兵衆。寇援太原。目下又聞人馬前來。徒使愚民遭罹拏戮。此實可愍。繫自於誰。的非仁明之用

心也。若長懷此志。果爲後悔。當府已具細申奏取候指揮次。伏惟照察。律啟微涼。佇膺多福。今因閤門宣贊舍人張亢回。謹奉書陳謝以聞。謹白。大金弔伐録

復宋欽宗乞免割三鎮增歲幣書〔天會四年〕

宗翰

天會四年九月十六日。大金骨魯爾移賚勃極烈左副元帥致書於大宋皇帝闕下。謹按來書。以別遣使大金皇帝者。竊見大朝凡有事繫於聞上者。臣子之分。不得輒自施行。但不知貴朝體例如何。然其赴闕人使具申奏取候指揮。蓋不敢擅爲接引。外三鎮堅守事。粗知仔細。今來卻稱三鎮之民。懷上顧戀。以死固守。雖令不從。誠意安在。若欲以稅充歲幣。肯於從初議約交割。以立嚴誓。嚴誓纔立、今又別議。想其用意。徒然以僞計苟望歸復。縱不克遂。須斂士民。覩其太原誤於前謀。堅壁不降。盡皆屠戮。此之事節。猶未理辨。況先準已降聖旨遣使問罪去訖。所望諸事。並依已去書意。分白垂報。仍自今後。以此無信事理。幸無遣使。虛勞往復。律正極涼。佇膺多福。今因太原少卿陳之詳等回。專奏陳謝以聞。大金弔伐録

再復宋欽宗請免割三鎮書〔天會四年〕

宗翰

天會四年十月二十日。大金骨魯爾移賚勃極烈左副元帥致書於大宋皇帝闕下。會驗今年正月十五日誓書。三鎮比至立了疆界屯兵以前。於內若有變亂處所。當朝自管應當擒制交送者。今承來書。守

臣求救。既以忠孝爲言。將士請行。欲展急難之義。則上所立嚴示。大宋皇帝自爲渝變。而王雲等至皇子右副元帥軍前所呈事目。稱奉本朝皇帝口宣。本朝大臣有懷姦之人。致信義有虧。由此而言。則歸罪於臣下也。豈其事中異端若此之多。因未知所言。孰是可取。又來書云。願以歲租之入。增爲歲幣之常者。且以三鎮之地土人民。既割爲我有。其所出租税。必竟何歸。此雖不敏。亦望粗曉。況聰明者乎。又王雲事目。今罄竭府庫。應副犒軍之用。恐不能如數。實出窘匱。以此詳味。特謂敝府惟貪犒賚之用。且官兵之所以舉者。蓋行弔伐之義也。尚所見如彼。是知貴朝之不知罪己而惑之甚也。此中事理。早遣人使入國問罪。日月淹久。猶不回程。幸望高懷。從其敝（幅）〔偪〕微寒屆候。善保多福。今因秘書少監李若水等回。專奉書承謝。大金弔伐録

上宋欽宗請以黄河爲界書〔天會四年〕

宗翰

大金骨魯爾移賚勃極烈左副元帥致書於大宋皇帝闕下。近日恭依宣旨。遣使問罪。來意雖以委任不當爲辭。然不肯服罪。致令重兵河北、河東兩路齊進。所經州縣軍府。服者撫之。拒者攻之。今月十六日已到澤州界。不往前進。及所遣先鋒。今月十四日已過黄河。不施船栰。不由渡口。直涉洪水。諒亦洞悉。載惟大宋屢變盟言。若不以黄河爲界。終不能久。故今議定河北、河東兩路先行收撫。其中或有來自河外者。不拘甚處人民。並許放回。所有見在職官、兵卒。並合一例存撫然念抛鄉之人。亦議定與河外。見在兩路未下。州府官員兵人並許放回。請差近上官員。前來交割引出。

俾見家小。仍服罪訖。一面先具。凡所聽命不違。國書回示。如或不見依從、稍爲遷延。將恐别招悔咎。律正凝寒。善祈多福。今差保静軍節度使楊天吉、昭德軍節度使王汭、孛堇撒離母前去奉書陳達。不宣。大金弔伐録

送范仲熊歸宋書〔天會五年〕

宗翰

天會五年四月日。骨魯爾移賚勃極烈左副元帥謹致書於南朝皇帝闕下。早者攻下懷州。内有鄉貫係河南人。以不係朝廷措置州縣人民。隨軍將帶前來。比至汴京了畢。權令鄭州就糧養濟。除情願歸降人已發遣過河北外。内有不願歸降人從事郎懷州河内縣丞范仲熊。遣令還鄉。仰冀英聽。俯爲亮悉。專奉書陳達。不宣。謹白。北盟會編〔靖康中帙七十四〕

報劉豫推戴張孝純書〔天會七年〕

宗翰

戴爾者。河南萬姓。推孝純者。獨爾一人。難以一人之情而阻萬姓之願。爾當就位。我以孝純輔爾。建炎以來繫年要録〔三十三〕

與夏國議和書〔天輔六年〕

宗望

奉詔有之。夏王遼之自出。不渝終始。危難相救。今兹已擧遼國。若能如事遼之日以效職貢。當聽

其來。毋致疑貳。若遼主至彼。可令執送。金史〔一百三十四西夏傳〕

上宋欽宗請鄆王爲質書〔天會四年〕

宗望

承計議使副知樞密院李棁、尚書工部侍郎鄭望之等。賫賜御寶文字。深悔前非。再求盟好。傳之無窮。永同金石。仰諗至誠。實爲大利。雖有報復之心。載維元從大聖皇帝結好。曁我今皇帝旨諭丁寧。德意寬大。拯救生靈塗炭。宜舒舊憤。以示新恩。當開誠心。與修和睦。今差元部旋節度使寶利。復州管内觀察使高永義。諸軍都部署判官、司農少卿張愿。恭與前次差人使同去計議。其諸事條具如別幅。若可依從。請皇弟鄆王并太少宰科一員。不踰是日。來赴軍前。權宜爲質。更或不欲施行。無煩理會。伏候端的。

事目

自新結好以後。凡國書往復。並依伯姪禮一體施行。於今黄河更不爲界。可將太原、中山、河間等府一帶所有地。分畫立疆。至將來撥屬本朝於内城池別有變亂。貴朝應管擒制交送。來示改添歲幣七百萬貫。今減五百萬貫。除自來已合交送銀絹兩色外。擬只歲輸二百萬貫物貨。以上並入御筆誓書。鄆王權質。候過黄河。便擬歸還。太少宰科一員。祇候交撥定疆界。亦便放還。合要賞軍兵物并書籍下項。書五監、金五百萬兩、銀五千萬兩、雜色表段一百萬段、絹一百萬疋、馬牛騾各一萬頭、駝一千頭。北盟會編〔靖康中帙四〕〔大金弔伐録〕

上宋欽宗減放物帛書〔天會四年〕

宗望

大金都經略處置使兩路都統斡離不。正月十四日。大宋皇帝遣來使副李鄴、高世則等降到誓文。大開詳審。推見聖意。勇於改悔。求踐舊好。敘定兄弟之義。卜於萬代。更不渝變。斯乃社稷生靈之福也。當司深爲感切。遽解重圍。收聚兵馬。鈐束將校。更不令驅虜殺戮。既復舊約。欲成長久。竊慮歲輸物帛稍多。難以經遠施行。兼奉宣命。若能悔責。委酌中理會。今特減放一百萬貫。常年只納一百萬貫文折納。并銀二十萬兩、絹三十萬疋。仍爲今歲分撥疆土事忙。直候來年正月依應舊例交納。所有誓書。乞早賜差遣國信使副。就赴闕下。告回誓書。當司亦準備具此申奏。次如交割結絶之後。苟有違變。神明得殛。俾墜其師。今差都管契丹兵馬輔國上將軍耶律度。(福)〔復〕州管內觀察使隨駕教坊都提點王汭。充計議使副。伏乞照察。謹奏。北盟會編〔靖康中帙五〕　大金弔伐録

上宋欽宗再立誓約書天會四年

宗望

大金皇子都經略處置使斡離不上書於大宋皇帝闕下。今月十四日。差李鄴等賜到誓文。暨皇弟康王并少宰一員至。仰體聖慈。深增倍喜。事苟不然。其如社稷生靈何。今既轉禍爲福。重踐歡好。惟望貴朝不失農業。早令當司兵馬無稽駐泊。益彰至德。當司已鈐束逐處軍兵。更不令驅虜殺戮。所有國書再立誓約。乞賜盡言。遣差信使徑將來詣。當司待憑發遣赴闕。即日一見康王。便如兄弟相

次。事過卽時遣還。願勿憂疑。更有但係亡遼、契丹、奚、漢、渤海雜類人等。無令劫掠傷民。早爲交割。今月十一日夜。南方天見赤氣。直至天明。詳其分野。正臨都邑。能盡至誠。務敦大信。反身修德。必底消禳。緣念義同一家。別白奏達。謹上。北盟會編〔靖康中帙五〕 大金弔伐錄

復謝宋欽宗書天會四年

宗望

大金皇子都經略處置使斡離不謹奏謝大宋皇帝。今承復降御寶文字。爲問報每遇生辰聖節及正旦遣使專附問信之儀。并賜到珠玉疋段等物。稠重恩德。何可勝言。又言歡盟既定。盡出周旋。循省以來。頗多惶懼。此蓋皇帝英明獨斷。歡好再成。社稷永安。生靈賴慶。斡離不依準本朝皇帝宣命施行。恩從聖造。事靡已爲。永念于兹。難當旨意。惟願兩朝。久惇信義。世固和成。下順人情。上協天意。今既事同一家。仍慮百姓有妨農務。所索牛一萬頭。乞行罷去。伏乞照察。向融春律。和洽整襟。謹謝。大金弔伐錄

報宋欽宗句抽圍城兵馬還營書

宗望

天會四年正月日。大金皇子都經略處置使斡離不謹上書於大宋皇帝闕下。復沐聖慈。以御書見賜。諭言委曲。存問稠重。揣分尋涯。何以勝此。云大軍已到太原。抑恐河西兵馬乘隙深入。願速攔約。恭奉敕旨。非敢怠慢。當司已準備發遣先來計議王介儒、撒離母及在此親信人。與御前差到宋

彦通等同去融會河西軍兵。請元帥府就便攔約次。再立到誓約國書。言出至誠。可傳萬世。本朝興復。焉敢異斯。所保歡和。必深曩昔。據安置定圍城兵馬。今月日並句抽還營。應在城側近者。十八日亦令退去。於後輜重。已差約頓更。不許過河。信德、真定等路駐下軍兵。嚴行鈐束。不得虜掠。燕京知院侍中統押漢軍。續次待來。近以差人止約去訖。伏惟炤察。大金弔伐録

謝宋欽宗賜物書天會四年

宗望

差去使人王汭至。伏蒙聖慈。回賜到沈香山子、花犀、玳瑁、酒器并奇獸珍禽等。斡離不無任感恩望聖激切屏營之至。謹奉書奏謝以聞。謹奏。北盟會編〔靖康中帙五〕

遣計議使副及回謝書天會四年

宗望

大金皇子都經略處置使斡離不謹上書於大宋皇帝闕下。差去人使李士遷等回。伏承御書。特加温諭。尋繹研味。言悉由衷。敦固歡盟。益光聖德。陛下既全終始。質諸天神。況斡離不等。永念同盟。敢不祇畏。近知樞密院李棁等至。懇以金銀闕數欲將寶貨折充。理當循從。奈士卒輩有失元望。可否之間。實難於心。復蒙示諭。謂膚髮可捐。猶且不吝。言極意切。感惻倍深。静而思之。兢惶交至。竊緣大議已定。豈可因兹細故。不終恩意。乃於金内特減一萬錠。準五十萬兩。兼爲講和。已後大事根取糧草。雖經嚴切鈐束。不得非分。其間不無侵耗。亦合約量更減銀一十萬錠。準

五萬表裏十萬段疋。上件所減物色。并係合節次交送四停之數。仍於見交六停金一色內。更許準一萬錠。外者乞依所指。五日賫送所在。所索騾馬。幸在京取刷肥壯交送。如或決難迭數。當依駝畜例。抵折起運前來。外中山、河間兩府。亦望差遣近上親信之臣。嚴賜敕旨。令從隨少宰專行管句交撥疆界。及就便於河北至真定府其間州軍。應有係官金帛。取索充填歇下之數。更或難可應送。擬準見奉御寶文字。續次交送。近者猥被聖恩。賜到內樂百餘人。不欲使去父母之邦。尋用放還。辱從所請。感戴之至。無任下情。外據所割三府見任職官內不係本土之人。恐有聖人知識欲要者。椿定姓名垂示。即當發遣。如不見公據。請不收留。內太原一路官員。乞便於交割宣內分明開示。亦憑依應施行。今差韶陽軍節度使耶律忠。少府監充乾文閣待制太平甫充計議使副。奉書奏謝。大金弔伐録

上宋欽宗問劫寨兵馬書天會四年

宗望

今月初一日夜五更時。有步騎軍沿孟陽河東西二處北向奪橋。詰朝又於大軍營西南刲陳前來。當司量遣兵馬。隨路禦逐。曾未踰時。殺傷兵卒甚衆。所獲器甲鞍馬。其數甚多。緣當司不識是甚處兵馬及從何來。願示其詳。李梲、王汭所計議事。亦望端的垂諭。日近所送元定賞軍物貨。其闕甚多。幸無依前稽滯。今差檀州刺史張恭禮充計議使。謹奉書奏聞。北盟會編〔靖康中帙八〕大金弔伐録

上宋欽宗索犯夜者書〔天會四年〕

宗望

天會四年二月五日。大金皇子都經略處置使斡離不謹上書於大宋皇帝闕下。昨以太上皇誣瀆神明。奉命致討。正月七日。大軍直抵都城。方謀攻拔。特承遣知樞密院事李棁等。具言上皇自省前非。傳位播越。以代上皇引過求誠。遂依元奉宣命。酌中計議。復尋舊好。明著誓書。有如皎日。始者不忍貴朝宗社顛覆。生靈塗炭。遂用解圍。至於四面園館屋宇。都無所毀。及放黄河更不爲界。元許歲輸七百萬貫。仍於見交金帛之數。減免頗多。本欲貴朝知此大義。結以至誠。矧誓墨未乾。神聽甚邇。理當祇畏。豈可背違。何期倏爾發兵。竊犯營壘。自取速禍。前日之事。起自上皇。今日之爲。其咎安往。遂使師徒疑撓。别欲施行。差去人使王汭回狀。審皇帝召以面諭。言輒流涕。及承所賜書云。初聞甚駭。寢食俱廢。謂以執政姦臣姚平仲等妄作生事。貪功誤國。及陳所不敢舉者三。詞意懇切。聞之惻然。當司詳認。實自向誤國者不度强弱之勢、禍福之理。徒以弄兵殘民。欲徼一日之幸。重念皇帝卽位日淺。斷不自衷。而宗廟社稷。幾爲此輩所隕。實可傷惜。乃令諸軍復罷攻取。仍依已立誓書一切爲定。其造意執政姦臣及姚平仲等。可日下執送軍前。以塞衆怨。從來雖以康王、少宰爲質。決是無敢顧惜。輒敢有此侵犯。更以王叔越王、駙馬曹都尉同質軍前。并於太宰李邦彦、樞密吴敏二人内科發遣一員。交换少宰張邦昌。亦候割定疆界。同時發遣。外據歇下騾馬金帛。疾速交送。如或有所不從。幸賜端的垂示。今差復州管内觀察使隨駕教坊都提點王汭

安州團練使耶律甯充計議使副。謹奉奏聞。謹白。大金弔伐録

上宋欽宗送還康王書天會四年

宗望

使至。迭承來諭。請送康王。備聆聖心懷注之切。今如命遣送前去。緣以康王久留軍中。謹贈金一萬錠。聊用壓驚。式表微意。謹奉書奏聞。謹奏。北盟會編〔靖康中帙六〕

班師辭别宋欽宗書天會四年

宗望

大金皇子郎君斡離不等謹上書於大宋皇帝闕下。昨者受命專征。以上皇渝盟是問。靈旗南向。直抵京城。今者伏承皇帝嗣位。再請修好。遂遵依元奉詔旨。酌中計議。定盟約日。復爲貴朝奸臣誤國。妄起釁端。於是當司實懷疑憤。乃蒙宸翰。諭以孤危哀痛之誠。重遣同氣近姻之質。深諒大信。克保有終。前日之盟。非此爲比。且自大軍之來。資索頗多。上瀆聰明。下匱民庶。事在不已。固非樂爲。竊惟兵火一縱。收之實難。自非皇帝仁明遠略。屈己愛民。安能使此禍危翻然爲福。今茲大計已定。而後無以舊事爲念。惟祈皇上永惇誠意。共庇百姓。又承所賜書内。謂越王以叔父之尊。平日奉事。姚平仲死於鋒鏑。李綱正從貶責。其餘宰執間。求退罷免者甚衆。既聞此言。敢不孚聽。及蒙諭城中軍民不奉號令。實恐轉生變亂。以貽聖憂。當司本圖安定貴朝宗社。永固和好。遂令城下諸軍退保舊寨。須是即日班師。伏念陛下即位之初。必欲推恩布德。以悦衆志。

特於元定賞軍物内。減金一萬鋌、銀一十萬鋌、表一十萬段。以充振乏廣施之用。外有賜下金帛頭疋。更望止於今歲逐月接續交還。今方言旋。非不欲詣闕廷展辭。少敍悃愊。以在軍中。不克如願。謹遣左金吾衛大將軍權宣徽北院使韓鼎裔、桂州管内觀察使耶律克恭充代辭使副。有少禮物。具如別幅。謹奉書奏辭以聞。謹奏。北盟會編〔靖康中帙十一〕 大金弔伐録

金文最卷五十二

書

班師謝宋欽宗書天會四年

宗望

比者已復舊好。即議還師。復蒙聖慈。特差開封府少尹就詣軍中。賜斡離不等茶果龍腦酒藥。并差去人使韓鼎裔回。復承親賜通天犀御帶一條。以隆餞別之禮。仍被温旨重稠。昭宣大信。仰認聖慈曲周。用殫砥厲。〇砥厲。叢書集成本大金弔伐録作底裹。欽領之餘。尤增感篆。當司遂促歸期。今月十日。已令大軍旋旆。所祈陛下社稷載寧。生靈休息。今差靖江將軍節度使高僧奴。隴州防禦使大迎充賀。有少禮物。具於別幅。謹奉書奏謝以聞。北盟會編〔靖康中帙十一〕大金弔伐録

上宋欽宗問元割三鎮書天會四年

宗翰　宗望

大金骨魯爾移賚勃極烈左副元帥、皇子右副元帥同致書於大宋皇帝闕下。頃因起釁。以致連兵。曲直所歸。彼此自見。思得尋盟之計。用申割地之言。厥後事因稽留。盟約復變。況上皇之鑒未遠。

抑亡遼之戒在前。誠思再造之恩。可忽經久之計。將久保有成之信。盍早畫元議之疆。曾自爲辭。管行割送。今則反假士民之固圉。更張軍勢以解圍。兹事難圖。昔言安在。乃者差蕭仲恭、趙倫等賫書報復。回曰輒授間諜之謀。陰傳搆結之文。敢蹈前非。又在今日。爲此尋申過朝廷。奉到宣命。據此釁惡。更踰上皇。仰就便差官問罪。從長相度施行。今差保静軍節度使楊天吉、昭德軍節度使王汭充問罪使副前去。若深悔前過。請速令皇叔越王皇弟鄆王并太少宰一員。同詣行府。賫書陳謝過咎。仍據元割三府。即行戒諭。并令開門。以待撫定。苟不能此。的示所圖。謹白。北盟會編

〔靖康中帙三十三〕　大金弔伐録

書外聞達事件

宗翰　宗望

一、昨據當府領兵至高平縣。有元差去人使王介儒、撒離母。與差來宋彦通、郝抃等同報講和。備領旨意。續路允迪至。既言交割太原府。請先去計會本府官員開門。仍遣郝抃復報。依準施行。去時尋差附奏。初以太上皇承先皇帝之恩。言不盡意。後因棄德。結絶信使。事至於今。蓋邊臣與執政通連邀功所致。具此奏聞去來。

一、據前項報和使副。此時備言上皇自省前非。傳付今上。應有誤國姦臣。並已貶竄。顯是至誠。看詳和事。未審能保。願以永孚大信。是爲長計。亦委具此附奏去來。

一、遣郝抃回領兵至太原府。見依舊堅守。尋問路允迪如何不行交割。卻回到本府文字。言交割朝

命在先。所奉堅守朝命是後。致難開門。兼姦細人等處獲得其真定府劉鞈𩋾書云。李綱密奉聖旨。委令堅守。隨宜措置。當府爲數處議同。及路允迪告乞申覆。朝廷諭允迪以上皇自省前非。已經禪位。今次決無再有渝盟。定是姦臣依前邀功所致。若欲申稟。請就便施行。由此路允迪曾經奏審。日後更無求耗。此上量摘軍馬屯駐圍守。本軍還赴西京。前次太原府都統所申。宋兵數路屢來援府。足認先發釁端。事不得已。遣兵迎敵。並皆掃滅。又於七月遣到張亢計議。三府續發大兵節次前來。亦戰殺殆盡。看詳來意。全是隱誤敵情。潛蓄惡毒。欲解重圍。非是誠實。與當府預測詐和。先於郝抃處所言並同。

一、當府竊念昨以上皇禪位。蓋撫邊帥臣誤國。今即屢發大兵來援太原府。亦是姦臣所造。深慮蔽蒙前後敗亡諸路軍兵。巧誕奏聞。不使上知。

一、貴朝若還復尋舊好。慮以正圖益己。或不從本朝所欲。決難休和。因何舉此。若許貴朝謀便。終歲連兵。又似今日。願不聽納姦臣。乞以至誠修睦。勿虛示甘言。包藏異心。非惟貴朝利便。兩朝各有益。國計決千萬年。

一、若欲準前休和。乞依差去使副所賫書内事意施行。除書事目外。攻下太原。續有聞達事理。

一、當府依準所奉聖旨。委差楊天吉、王汭等充問罪使副。元限行府。比到太原。卻管回來。洎到太原。其人等猶未還界。稱早已牒取接伴去訖。當府看詳。應是爲已密令堅守。猶有謀圖。復故止人使不早過界。緣太原已是割屬本朝。理當存惜。卻爲終不從順。於九月三日。因怒縱軍攻取。盡時便下。闔城大小職官軍民。並依軍法施行訖。外張孝純并男浹二人。爲是故違再結歡好。爲首柄定府人不令依準交割。殘損了太原府路生靈無數。其罪並在前人父子。合要張孝純在南骨肉。以此留在軍前。唯守候家屬。乞賜發遣。更慮姦臣奏言。張孝純是爲國盡節忠臣。不可分付。儻或聽納。終難杜絶渝盟。必難休和。若是依準發遣。令後姦臣無敢再犯。須是事出至誠。使鄰國可以信重。大金弔伐録

兵近都城上宋欽宗書（天會四年）

宗翰　宗望

天會四年閏十一月三日。大金骨魯爾移賚勃極烈左副元帥皇子右副元帥致書於大宋皇帝闕下。近楊天吉等回。特沐華音。準割黄河東北路州府軍縣人民。悉歸大金。仍依來示。一一專聽從命者。當府照會訖。深稔美意。見差官同知樞密院事聶昌分路交割去訖。今勘會有數州在河内。而來書不入交割之數。所索官員及家屬。多有漏落。係使人理會不盡。來書亦不見分明。又不言後約。以故兩路重兵。已近都城。期在定一。今差保静軍節度使司農少師楊貞幹、孛堇撒離母專往計議。所有事宜。並已丁寧口諭前去。幸望依從。以副從命之言。初陽在律。善履多祺。專奉書陳達。不宣。大金弔伐録

上宋欽宗請上皇爲質書（天會四年）

宗翰　宗望

天會四年閏十一月十三日。大金骨魯爾移賚勃極烈左副元帥、皇子右副元帥致書於大宋皇帝闕下。頃者專使人。仰期親會。今辱書音。雖云備悉。而使人卻稱大宋皇帝有懷疑惑者。其所云躬親出城。豈有他意。但以前後所言一無誠信。遂有是議。以驗稟從。今既疑惑。肯忍必也。果若聽命不違。據見去人使所諭事宜並望依從。更有事宜。仍遣親信堪議論官同何㮚等。不過此月十五日出城。貴憑約諭。比至結絶以來。別遣上皇、越王、皇子、親弟爲質。今再差保静軍節度使司農少師楊貞幹、孛菫撒離母等專去計議。式當寒律。善保多祺。白。大金弔伐録

復宋欽宗書（天會四年）

宗翰　宗望

天會四年閏十一月二十二日。大金骨魯爾移賚勃極烈左副元帥、皇子右副元帥致書於大宋皇帝闕下。介使復來。音書薦至。詳味再三。徒深披閲。而來使云。一面攻城遣使。有懷疑惑。又云。報謝通和。乞早解圍者。且今之所舉。蓋緣渝約。雖有聽命之言。未有聽命之實。况已議定畫河。特謂誠信。頃差官同去交割。而彼人反謀捉拏。此之無信。甚於去春。遂議出質割城、發送官員、聽命遷都表信。方許通和。人使既回。一無依從。以故曾議進擊。然念貴朝宗社。不忍立墜。且陳器備。聊示攻城之勢。本俟貴朝必圖悛悔。而任自遷延。其誠安在。必欲保全宗社。永固懽和。曷若並從前諭。表信有實。則所謂解圍。肯延時刻。一諾之言。爭忍反覆。如或執迷。決無所從。敢謂安危之理。灼然驗於臨時。隆寒犯律。倍冀多祺。白。大金弔伐録

上宋欽宗請近上官員議事書（天會四年）

宗翰　宗望

天會四年閏十一月二十六日。大金骨魯爾移賚勃極烈左副元帥、皇子右副元帥致書於大宋皇帝闕下。累遣使人。備陳誠懇。緣以執迷。未盡定一。且朝廷全付燕雲。蓋務善鄰。而貴朝不爲厭足。遂招背德。結搆逆賊。招納叛亡。此釁隙之所以生也。去春王師到城。哀鳴請和。願畫三鎮。計許和好。又圖不軌。密令堅守。遣兵救援。此釁之所以深也。洎再舉問罪。猶執謀計。不肯聽命。遂致事勢及此。尚慮京人驚駭。昨日遣李若水下使臣入城。以示慰諭。今承遣到景王一行。洞悉悛悟。然聽命事大。專俟更遣執政何㮚并近上堪與議事者。共同請命。無以猶迷。禍及平人。專奉書陳達。不宣。大金弔伐録

上宋欽宗要上皇出質書（天會四年）

宗翰　宗望

天會四年閏十一月二十七日。大金骨魯爾移賚勃極烈左副元帥、皇子右副元帥致書於大宋皇帝闕下。幣章既報。美問復臻。雖承懇告之言。未副質親之素。再敘悃悰。更煩聽覽。且重兵纔至。屢望會盟。因謂疑惑。乃從高意。惟索上皇已下爲質而已。亦不依應遂生兵怒。以至攻擊。而一無他辭。但云收兵。其理安在。況事勢及此。宜從初議。早冀上皇與皇子出質。別差近上官員交割已畫定州府軍縣。及比至開門撫定已來。更遣逐府州長官血屬執質。仍使前項逐官親戚每州各一名。同交割官

前去説諭。俾知納土。又一面速送所索官員并家屬。緬惟照亮。曲認懇誠。專奉書陳達不宣。白。大金弔伐録

上宋欽宗請喚回康王書（天會四年）

宗翰 宗望

既往不咎。故無可言。事至於今。良可驚悸。康王見往河北。可遣大臣一人同使命喚回。未審聖意如何。凝寒。伏惟善保壽祺。北盟會編（靖康中帙四十六） 靖康紀聞

上宋欽宗索犒賞書天會四年

宗翰 宗望

骨魯爾移賚勃極烈左副元帥皇子右副元帥謹致書於大宋皇帝。提師遠涉。惟賴金銀犒設軍兵。近日差官入京城。檢視府庫藏積。絹一色約有一千四百萬疋。於内準備取犒賞所須一千萬疋。今承來示。披尋深意。恐似有防取索。〇東越本北盟會編作恐似防再索。假以爲辭。於理未安。初破城時。本議縱兵。但緣不忍。以故約束。今欲犒賞諸軍。議定合用金一百萬錠、銀五百萬錠。段子衣絹不限數。官私望早依數應付。見在府庫絹雖見有餘。唯取所須之數。金銀段子亦依所須。之外必不多取。累承示諭金帛費耗。驗今所諭。似謬前言。且冀亮悉。無用匿辭。專奉書啟達。不宣。謹言。北盟會編（靖康中帙四十八） 靖康要録

賀張邦昌書天會五年

宗翰宗望

具位謹致書於大楚皇帝闕下。向承明詔。擇立賢人。爰及士庶之謀。已諒英聰之德。具聞天闕。優降册書。禮命恭行。羣情胥悅。未遑伸於慶祝。不圖辱於華緘。幸容先導微悰。繼陪高論。今差榮禄大夫兵部尚書護國軍廣陵郡開國公高慶裔。彰武軍節度使金紫榮禄大夫檢校太保兼御史上騎都尉隴西縣開國子李仕選充慶賀使副。有少禮物。具諸別幅。專奉書陳賀。不宣。謹白。北盟會編〔靖康中帙六十〕　大金弔伐録

復張邦昌書〔天會五年〕

宗翰宗望

天會五年三月十四日。大金骨魯爾移賚勃極烈左副元帥皇子右副元帥謹致書於大楚皇帝闕下。比遣使人。聊申慶禮。辱緘封之繼至。亦悃愊之彌深。其於感激。未易敷述。所云之事。佇期翌日仰奉光儀。專奉書陳達。不宣。謹白。大金弔伐録

與張邦昌書〔天會五年〕

宗翰宗望

天會五年三月二十三日。大金骨魯爾移賚勃極烈左副元帥、皇子右副元帥謹致書於大楚皇帝闕下。近辱華音。備詳雅意。以左丞馮澥、管軍郭仲荀。皆素著於忠儉。欲俾還於職務。竊以上件官將。要

之定議。係於北遷。既來命之克勤。何敝府之敢恪。簽書樞密院事曹輔。禮部侍郎譚世勣。中書舍人孫覿。給事中沈晦。閤門宣贊舍人李仔。朝散郎汪藻。閤門祇候趙瑰。給事中黄夏卿。宣贊舍人趙詵。右文殿修撰宋彦通。觀察使邢端彦。將作少監蘇餘慶。少府少監徐天民。少府監丞許汪、崔亭復、包師道、羅公彦、宋忠、劉思齊、郝敏、任良臣、武恭孝、李琦并人從家眷等。或從行廢帝。或因事軍門。今并遣還。庶俾分任。外自來所取金帛。皆係犒賞軍兵之所急用。雖不能足數。亦且期大半。今楚國肇造。本固則安。慮因徵括之急。重困斯民。亦議權止。又有夏國並别事宜。今差保静軍節度使蕭慶、觀察使李□口諭所云前去計議。仰惟高亮。幸察悃愊。專奉陳達不宣。白。大金弔伐録

與張邦昌計會陝西地書〔天會五年〕

宗翰　宗望

天會五年三月二十七日。大金骨魯爾移賚勃極烈左副元帥、皇子元帥謹致書於大楚皇帝闕下。勘會承準降到大楚皇帝册文。自黄河以外。除西夏新界。疆場仍舊。并當府所奉宣命。楚夏封界就便從長分畫施行者。今議定東自麟府路洛〇洛字原缺。據金史西夏傳補。陽溝。東底黄河西岸。西歷暖泉堡。鄜延路米脂寨、大谷、米谷、開光〇光原作元。叢書集成本大金弔伐録、金史地理志并作光。今據改。堡臨夏寨、聖塔谷、威戎城、萬安川、殄羌寨、盧關川。〇叢書集成本無以上三字。杏子堡、鵓鴿谷、萬全寨、木場口、累勝寨。環慶路威邊寨、麥川堡、定邊軍賀家原、阿原堡、木瓜堡、九星原、通歸堡、定戎堡、卧山臺、興平城、巢寨谷、

曙雞嶺寨、秦市川、委布谷口。涇原路威川寨、賀羅川、賀羅口、板井口、通關堡、古蕭關、秋川堡、綏戎堡、鍬钁川口、中路堡、鍬钁川堡、○叢書集成本無以上四字。西安州山前堡、水泉堡、定戎寨、亂山子、北谷川。秦鳳路通懷堡、打乘川、征原堡、古會州。自北直至抵黃河。依見今流行分熙河路盡西邊。以限楚、夏之封。所有界至。如或指定地名城堡處所内有出入懸邈者。相度地勢。各容接連。兩相從便分畫。布此悃悰。冀爲孚察。專奉書陳達。不宣。謹白。大金弔伐録

與張邦昌免括金銀書天會五年

宗翰宗望

自來所取金帛。皆係犒賞軍兵之所急用。雖不能足數。亦且期大半。今楚國肇造。本固則安。慮因根括之急。重困斯民。已議捐止。北盟會編〔靖康中帙六十一〕

與張邦昌定歲幣書〔天會五年〕

宗翰宗望

會驗宋時除依遼國舊例歲輸銀絹五十萬兩匹外。別納錢一百萬貫。初以代燕地所出。今若依舊例輸納。且念地既分割。民有凋弊。特免錢一百萬貫。減放銀絹二十萬匹兩。每年只議納三十萬疋兩。銀絹各半其數。依舊例交割。布此悃悰。冀爲亮察。專奉陳達不宣。謹白。北盟會編〔靖康中帙六十二〕大金弔伐録

復張邦昌請歸宋舊臣書天會五年

宗翰宗望

早承懿諭。願還舊臣。以爲馮澥國之老成。郭仲荀衆所推許。此外臣僚。如非欲留之人。乞下遣還之令。其已旋歸者。係裨贊時政。或留未還者。俱是欲留。仰祈照知。無煩理會。建炎以來繫年要録〔卷三〕〔北盟會編靖康中帙六十二〕

元帥右監軍與張邦昌書〔天會五年〕

完顏兀室

天會五年七月日。元帥府右監軍謹致書於大楚皇帝闕下。昨者宋人不幸。趙氏敗盟。由此出師。至於國都。乃廢宋而造楚。本以示懲勸於後來者也。班師之日。定約具存。貴心腹以相知。凡事爲而必達。距今累月。闃無一音。緬想其間。不知何似。所約陝西之地。以屬夏國之疆。頃被彼人。請分兹土。伏冀早爲劃畫。用副悃忱。睽違去此既遥。動静於兹未悉。回復之際。次第相聞。商氣方清。願膺繁戩。今差朝散大夫少府少監飛騎尉□縣開國男食邑三百户賜紫金魚袋牛慶昌。六宅使銀青榮禄大夫檢校太子賓客兼殿中侍御史雲騎尉樂誂。專奉書陳達。不宣。謹白。大金弔伐録

金文最卷五十三

書

復宋康王書（天會五年）

完顔兀室　耶律余覩

天會五年十月四日。元帥右監軍右都監同致書於前宋康王閣下。且以亡宋累違誓約。故前年有城下之盟。洎成之後。不務遵奉。反圖不軌。雖使悔之。終無悛改。故今年有滅國之舉。汴人既與執迷。理宜夷戮。而登城不下。擇立賢人。則蓋以罪有所歸。肯多上人而違全安之心乎。至於告諭諸路。不許復思趙氏。亦使後世爲人上者惉於盟信。不敢放縱。以爲深戒。豈是已甚耶。今閤下身既脱網。亦合守分。輒竊入汴邑。僭稱亡號。遣使詣府。一無遜辭。反求父兄宗親官聯。而陰遣軍兵頻來戰鬭。詳味其意。全無追悔父兄之誤。特有以力抗拒之心。況朝廷所立大楚皇帝。不言所在之處。帥府議定割與夏國陝西諸路之地。有無已未依從。難議允聽。今因人使回。專奉書陳達。不宣。謹白。大金弔伐録

上宋高宗第一書（皇統元年）

宗　弼

皇統元年九月日。皇叔尚書左丞相兼侍中都元帥領行臺尚書省事。去歲使至。遠沐書翰。良諗勤意。爾後袞袞。頗疎嗣音。卽日動靜之間。茂惟神介休祉。爰念日者國家推不世之恩。興滅繼絕。全畀濁河之外。使專綏治。本朝偃兵息民。永圖康乂。豈謂畫封之始。已露狂謀。情不由衷。務惟惑亂。其餘詳悉條目。朝廷已嘗諄諭藍公佐輩。厥後莫將之來。輒興慢詞。背我大施。尋奉聖訓。盡復賜書。謂宜存省。卽有悛心。乃敢不量己力。復逞蜂蠆之毒。摇蕩邊鄙。肆意跳梁。致稽來使。久之未發。而比來愈聞於妄作。罔革前非。至於分遣不逞之徒。冒越河海。陰遣寇賊。剽攘城邑。考之載籍。蓋亦未有執迷怙亂至於此者。今兹薦將天威。問罪江表。已會諸道大軍水陸並進。師行之期近在朝夕。義當先事以告。因遣莫將等囘。惟閤下熟慮而善圖之。餘冀以時善衛生理。專奉書披達。不宣。北盟會編〔炎興下帙一百六〕

上宋高宗第二書皇統元年

宗弼

今月四日。劉光遠等來。得書。審承動靜之詳爲慰。所請有可疑者。試爲閤下言之。自割賜河南之後。背惠食言。自作兵端。前後非一。遂至今日。鳴鐘伐鼓。問罪江淮之上。故先遣莫將囘。具以此告。而殊不見答。反有遽起大兵直渡濁河之説。不知何故。雖行人對面之語。深切勤至。惟曰閫外之命是聽。其書詞脱落甚不類。如果能知前日之非而自訟。則當遣尊官右職、名望夙著者。持節而來。及所齎緘牘。敷陳萬一。庶幾其可及也。惟閤下圖之。薄寒。竊冀對時慎重。專奉書披答。不

宣。北盟會編〔炎興下帙一百六〕〔建炎以來繫年要録一百四十二〕

上宋高宗第三書〔皇統元年〕

宗弼

皇統元年十一月七日。皇叔太保尚書左丞相兼侍中都元帥領行臺尚書省魏國公致書。時寒。想惟安善。近魏良臣至。伏辱惠書。語意慇懃。自訟前失。今則惟命是聽。良見高懷。昨離闕時。親奉聖訓。許以便宜行事。故可與閣下成就此計也。本擬上自襄江。下至於海以爲界。重念江南凋弊日久。如不得淮南相爲表裏之資。恐不能國。兼來使再三叩頭哀求甚切。於情可憐。遂以淮水爲界。西有唐、鄧二州。以地勢觀之。亦是淮北不在所割之數。來使云。歲貢銀絹二十五萬疋兩。既能盡以小事大之禮。貨利又何足道。止以所乞爲定。又云。淮北、京西、陝西、河東、河北自來流亡在南者。願歸則聽之。理雖未安。亦從所乞。外有燕以北逋逃及因兵火隔絶之人。並請早爲起發。今遣昭武大將軍行臺尚書户部兼工部侍郎兼左司郎中上輕車都尉蘭陵縣開國伯食邑七百户蕭毅。中憲大夫充翰林待制同知制誥兼右諫議大夫河間縣開國子食邑五百户邢具瞻等。奉使江南。審是可否。其間有不盡言者。一一口授。惟閣下詳之。既盟之後。即當聞於朝廷。有如封建大賜。又何疑焉。有少禮物。具啓別幅。隆冬。竊冀順天慎衞眠食。專持書奉答。不宣。北盟會編

上宋高宗第四書皇統元年

宗弼

冬深。想惟動止萬福。今月十一日使來。伏承手劄。且聞事大之勤。良可嘉尚。所進誓表。即時津發赴闕。今茲大事已定。然而其間有一二未究者。須至塵浼。表云。北人見行發遣。北來三十五人。止是近日因渡淮樵牧偶被掠者。殊非昔年逃亡及兵火隔絶之人。恐是有司姑徇人情。尚爲濡滯也。審議使副蕭毅等在江南時。已蒙定論。據諸路所有北人。各於逐處沿邊州城就近交割。望早爲依應。所諭盡數發遣過界。唐鄧二州。想已差官。乘此月下旬到彼。以備交割。外據陝西地界。其間或有犬牙相攙處。亦請依元約於明年正月下旬。差官於本朝合干人員。至鳳翔府會合。以憑同去行踏。至日别有計議。自今日已往。既盟之後。固當使民各安其業。已遣濠州、楚州、昭信、盱眙等縣新歸附户口數千。連其家貲。並復本土。外有未曾發遣人數。今已盡數分付去人。應江南商賈隔在淮以北者。已指揮所屬刷會。候供到人數。亦便發歸。所有海州、泗州、漣水軍今歲流移在南百姓。比及新正。竊望發過淮北。庶不廢一年耕作之計。惟閤下裁之。所有淮上大軍。使至日諸道班還。昨以吴璘竊窺關陝。以此右副元帥提兵鎮撫。亦專人使之斂退。恐欲聞知。時寒。竊冀慎重。專此布聞。不宣。北盟會編

上宋高宗第六書皇統二年

宗弼

少意重有奉聞。今來國朝既推異恩。許成江南和議大計。普天率土。皆欲使其安樂。故其間士夫兩三人。尚須論列。據張中孚節使及其弟中彦并鄭億年資政。各係汴梁及陝右人民。早歲朝廷皆常委

以近上職任。與餘人不同。今逐家親族及居第物産。俱在本鄉。此三人者。幸冀指揮。并隨行家眷起發前來團聚復業。兼張孝純儀同、杜充儀同早年各居外臺相輔之任。今張既請老。而杜亦物故。然二家子弟親屬皆有留江南者。及宇文虛中行銀青。係是先朝特旨。更不遣還。自後已經任使。到今多歲。并去歲濠梁之破。守臣王進既已貸其性命。緣世居□□州。見有親族在此。則其妻子亦當使之聚首。凡此數家。并望早賜一就津發。外據昨復疆時。汴梁留守孟庾、陳州太守李正民及有畢良史者。比審議使蕭毅等回。具言江南嘗詢訪此人。今並委沿邊官司發遣前去。所貴南北之人。無不均被德澤。仰副皇上聖仁。使無一夫不獲其所之意。諒爲洞察此懷。悉爲施行。幸甚。北盟會編

上宋高宗第七書〔皇統二年〕

宗弼

皇統二年八月一日。皇叔太傅尚書左丞相兼侍中監修國史都元帥領行臺尚書省事致書。近者疊蒙惠音。備悉勤意。即日秋涼。想惟候履安和。承諭遣報謝人使。已聞朝廷。并唐鄧二州界至。亦再遣官交割去訖。外昨來計議分畫陝西地界。緣時間未能盡知彼處地界遠近。曾言候大事議定。各差官仔細檢視。臨時從宜施行。同辱示報。凡事已遵來命差官前去。仍約定至彼期限。遂差行臺刑部尚書烏陵答贊謨等同往交割。仍丁寧戒諭。據陝西諸路疆土並合交收。緣照得鳳、成、階、祐四州。於彼切近。若行盡取。或有不便。其四州之地。更不交割。如兩界地形。犬牙相侵。各有合要去處。仰從宜相度施行。續據本官等申。至彼相度得大散關合屬本朝。於關外立爲界首。除將上件四州與

江南外。應陝西之地並行交割。便欲立定界至。卻得鄭剛中等公文稱。來時只指揮檢視。商量難便。一面分付。已具申稟。別行移報。又據烏陵答贊謨申。三月内鄭剛中公文坐奉指揮。照吴玠、劉豫所管地界分畫。内商州、秦州不是吴玠元管地方。合自逐州以南吴玠元管界至分畫。其餘和尚原、方山原兩處。不係劉豫所管地分。合遵依元降指揮保守。爲此於何鑄等回時。已令達意。今於大散關西正南立爲界首。兼承今書已前。據烏陵答贊謨申。鄭剛中五月中公文稱。和尚原、方山原、方堂堡、秦州等。已承指揮許交割。乞差官前來分畫。外商州已具申審。其間卻説以龍門關爲界。至今承來書。與前鄭剛中狀内所報。亦又不同。所云縱有少侵。劉豫曾占舊界。止是欲與川路留少藩籬以安彼衆人心。契勘彼間地界。已前布聞。何煩再三別有改議。若謂欲爲藩籬以安人心。乃是無故卻有疑惑。豈元約也。竊冀早爲指揮所司交割施行。所有商州一處。來書并不言及。不謂遷延到今。尤未了當。亦請依元約催促施行。又近據沿邊官司申。有舊係淮北人民在南方者。思鄉前來。緣恐其人在南地別有罪犯。逃避過淮。難以不行勘會便行一例收受。曾經指揮仰問當初來歷。因依移文對境州軍子細勘會。卻據逐處稱別無奉到指揮。不肯收接文字。深詳此事已經計議并誓表明言。淮北之人有願歸鄉者。更不禁約。蓋兩國和好。務在安濟生靈。告以此意。遍行開諭。使上下曉然。則有司奉行自無疑難。豈有不接文字之理。即日到此之人。雖是淮北鄉貫。合得歸業。緣彼處不曾明有指揮。遂使逃竄。於理不應。請爲指揮有司出榜曉諭。應淮北人數願歸鄉者。許其自陳。及今後沿邊取會文字。仰合屬官司。依應收接契勘回報。以稱通和之義。及來書内有北人畏罪之説。欲得朝廷赦罪文字。使之釋然無疑。據前此雖曾發到北人。止是數十人小民。其餘并昨有劄録姓名之人都未見發遣。檢準今年二月二十四日赦罪書。自來亡命投在江南人等。見行理索。節次發遣來到。並行釋罪。其官員百姓軍人等。並許後日復舊。已有上件寬貸明文。今將赦書内一項全備鈔録前去。請以此曉諭應在彼北人。遍令省會。早與發遣。自可安心來歸。尚何疑哉。所附到鄭億年申狀。尋具奏聞。準奉聖旨。爲已經放還。只令在彼居住。外有杜充家口。雖曾離散。其元住州縣官司并從來親屬一行人等。豈應全不知得次第去處。今國家大議既定。欲人人咸獲安便。理合使其骨肉團聚。并張中孚兄弟、張孝純、宇文虚中、王進等家屬。諸處津遣。今又數月。計合皆到。亦幸催趁一就早令到來。惟閣下留意。貺示新茶。良極媿荷。餘冀順時倍加保嗇。專奉復問。不宣。北盟會編

與宋秦檜書

宗弼

汝朝夕以和請。而岳飛方爲河北圖。且殺吾壻。不可以不報。必殺岳飛。而後和可成也。宋史

臨終遺行府四帥書皇統八年

宗弼

吾天命壽短。恨不能與國同休。少年勇鋭。冠絶古今。事先帝南征北討。爲大元帥左都監。行營號太子軍。東游海島。南巡杭越。西過興元。北至小不到雲城。今契丹、漢兒。侍吾歲久。心服於吾。

吾大慮者。南宋近年軍勢雄鋭。有心争戰。聞韓、張、岳、楊。列有不協。國朝之幸。吾今危急。雖有其志。命不可保。遺言於汝等。吾没後。宋若敗盟。推賢用衆大舉北來。乘勢撼中原人心。復故土如反掌。不爲難矣。吾有術付汝等。切宜謹守。勿忘吾戒。如宋兵果舉。勢盛敵强。擇用兵馬破之。若制禦所不能。向與國相計議。擇用智臣爲輔。遣天水郡王桓安坐汴京。其禮無有弟與兄争。如尚悖心。可輔天水郡王併力破敵。如此可安中原人心。亦未深爲國朝患害。無慮者一也。宋若守吾誓言。奉國朝命令。時通國信。益加和好。悦其心目。不數歲後。供需歲幣。色色往來。竭其財賦。安得不重斂於民。江南人心奸狡。既擾亂非理。其人情必作叛亂。無慮者二也。十五年後。南軍衰老。縱用賢智。亦無驅使。無慮者三也。俟其失望。人心離怨。軍勢墮墮。然後觀其舉措。此際汝宜一心。選用精騎。備具水陸。謀用材略。取江南如拾芥。何爲難耶。爾等切記吾囑。吾昔南征日。見宋用軍器大妙者。不過神臂弓。次者重斧。外無所畏。今付樣造之。北盟會編

復宋知樞密院事張巖書泰和六年

完顏宗浩

方信儒重以書來。詳味其辭。於請和之意雖若婉遜。而所畫之事猶未悉從。惟言當還泗州等驅掠而已。至於責貢幣。則欲以舊數爲增。追叛亡。則欲以横恩爲例。而稱臣、割地、縛送姦臣三事。則並飾虚説。未肯如約。豈以爲朝廷過求。有不可從。將度德量力。足以背城借一。與我軍角一日勝負者哉。既不能强。又不能弱。不深思熟慮。以計將來之利害。徒以不情之語。形於尺牘而勤郵傳。何

也。兵者凶器。佳之不祥。然聖人不得已而用之。故三皇五帝所不能免。夫豈不以生靈爲念。蓋犯順負義。有不可恕者。乃者彼國犯盟。侵我疆場。帥府奉命征討。雖未及出師。姑以逐處戍兵隨宜捍禦。所向摧破。莫之敢當。執俘折馘。不可勝計。餘衆震懾。靡然奔潰。是以所侵疆土。旋即底平。爰及泗州。亦不勞而復。今乃自謂捐其已得。斂軍撤戍。以爲悔過之效。是豈誠實之言。據陝西宣撫司申報。今夏宋人犯邊者十餘次。並爲我軍擊退。梟斬捕獲。蓋以億計。夫以悔艾罪咎、移書往來丐和之間。乃暗遣賊徒突我守圍。冀乘其不虞。以徼倖毫末。然則所爲來請和者。理安在哉。其言名分之諭。今昔事殊者。蓋與大定之時固殊矣。本朝之於宋國。恩深德厚。莫可殫述。皇統謝章。可概見也。至於世宗皇帝俯就和好。三十年間。恩澤之渥。夫豈可忘。江表舊臣於我。大定之初。以失在正隆。致南服不定。故特施大惠。易爲姪國以鎮撫之。今以小犯大。曲在於彼。既以絶大定之好。則復舊稱臣。於理爲宜。若謂非臣子所敢言。在皇統時。何故敢言。而今獨不敢。是又誠然乎哉。又謂江外之地。將爲屏蔽。割之則無以爲國。夫藩籬之固。當守信義。如不務此。雖長江之險。亦不可恃。區區兩淮之地何足屏蔽而爲國哉。昔江左六朝之時。淮南屢嘗屬中國矣。至後周顯德間。南唐李璟獻廬、舒、蘄、黄。畫江爲界。是亦皆能爲國。既有如此故實。則割地之事。亦奚不可。自我師出疆。所下州軍縣鎮已爲我有。未下者即當割而獻之。今方信儒齎到誓書。乃云疆界並依大國皇統、彼之隆興年已畫爲定。若是則既不言割彼之地。又翻欲得我之已有者。豈理也哉。又來書云通謝禮幣之外。别備錢一百萬貫。折金銀各三萬兩。專以塞再增幣之責。又云歲幣添五萬兩疋。其言無可準。況和議未定。輒前具載約。擬爲誓書。又直報通謝等三番人使。其自專如是。豈協禮體。此方信儒以求成自任。臆度上國。謂如此徑往。則事必可集。輕瀆誑紿。理不可容。尋具奏聞。欽奉聖訓。昔宣靖之際。棄信背盟。我師問罪。嘗割三鎮以乞和。今既無故興兵。蔑棄信誓。雖盡獻江淮之地。猶不足以自贖。況彼國嘗自言叔父姪子與君臣父子。略不相遠。如能依舊稱臣。即許以江淮之間取中爲界。如欲世爲子國。即當盡割淮南。直以大江爲界。陝右邊面。並以大軍已占爲定。據元謀姦臣。必使縛送。緣彼懇欲自致其罰。可令函首以獻。外歲幣雖添五萬兩疋。止是復皇統舊額而已。安得爲增。可令更添五萬兩疋。以表悔謝之實。向汴陽乞和時。嘗進賞軍之物金五百萬兩、銀五千萬、表段裏絹各一百萬、牛馬騾各一萬、駝一千、書五監。今即江表一隅之地。與昔不同。特加矜憫。止令量輸銀一千萬兩以充犒軍之用。方信儒言語反覆。不足取信。如李大性、朱致和、李璧、吴琯輩。似乎忠實。可遣詣軍前稟議。據方信儒詭詐之罪。過於胡昉。然自古兵交。使人容在其間。姑放令回報。伏遇主上聖德寬裕光大。天覆地容。包荒宥罪。其可不欽承以仰副仁恩之厚。倘猶有所稽違。則和好之事。勿復冀也。夫宋國之安危存亡。將繫於此。更期審慮。無貽後悔。金史〔九十三宗浩傳〕

復宋參政錢象祖書泰和七年

完顏匡

宋國負渝盟之罪。自陳悔艾。主上德度如天。不忍終絶。優示訓諭。許以更成。所以覆護鎮撫之恩。

至深至厚。昨奉聖訓。如能斬送韓侂胄。徐議還淮南地。來書言韓侂胄已死。將以蘇師旦首易之。飾辭相紿如此。至於犒軍銀兩。欲俟歸關隘。然後祗備。是皆有咈聖訓。及王枏狀稟。如蒙歸還川陜關隘。其韓侂胄首。必當函送。聖訓令斬送侂胄首者。本欲易南地。陜西關隘不與焉。王枏所陳。亦非元畫事理。不敢專決。具奏奉旨。朕以生靈爲念。已貰宋罪。關隘區區。豈足深較。既能函送韓侂胄首。陜西關隘。可以還賜。今聖訓如此。其體大國寛仁矜恤曲從之意。追修誓書。齎遣通謝人使赴闕。金史〔九十八完顔匡傳〕

復宋張魏公書

紇石烈志寧

志寧白。宜撫執事。向者新主初立。卽捨淮南地。先遣信使。而宋國襲我歸師。稍侵吾疆。今得來書。以天時人事逆順爲言。固争舊禮。不議他事。且陜西所失地。近已克復。彼將士或執或死。其數甚多。此由宋國貪土地之故。不順天德。不惜人命。以致此也。志寧材雖不武。被命分閫。師之進止。得以專之。彼能先歸侵地。以示誠款。則復往之禮。乃可徐議。今則按兵不動。以俟來音。宜深思熟慮。無貽後悔。紹興壬午龍飛録

與高琪書貞祐元年

李　英

中都之有居庸。猶秦之崤函。蜀之劍門也。邇者撤居庸兵。我勢遂去。今土豪守之。朝廷當遣官節

制。失此不圖。忠義之士。將轉爲他矣。可鎮撫宣德、德興餘民。使之從戎。所在自有宿藏。足以取給。是國家不費斗糧尺帛。坐收所失之關隘也。居庸咫尺。都之北門。而不能衞護。英實恥之。金史

復完顏弼問擅置榷場書貞祐二年

烏古論兗州

近日入見。許山外從宜行事。秦州自兵火焚蕩榷場。幾一年矣。今既安帖。復宜開設。彼此獲利。歲收以十萬計。對境天水軍移文來請。如俟報可。實慮後時。金史

與完顏弼書貞祐三年

孫邦佐

我輩自軍興。屢立戰功。主將見忌。陰圖陷害。竄伏山林。以至今日。實畏死耳。如蒙湔洗。便當釋險面縛。餘賊未降者。保盡招之。金史

臨終遺子書

韓　玉

此去冥路。吾心浩然。剛直之氣。必不下沈。兒可無慮。世亂時艱。努力自護。幽明雖異。寧不見爾。金史（韓玉傳）

遺宋人書興定五年

紇石烈牙吾塔

宋與我國通好。百年於此。頃歲以來。納我叛亡。絕我貢幣。又遣紅襖賊乘間竊出。跳梁邊疆。使吾民不得休息。彼國若以此曹爲足恃。請悉衆而來。一決勝負。果能當吾之鋒。沿邊城邑。當以相奉。度不能。即宜安分保境。何必狐號鼠竊、乘間伺夜。以爲此態耶。且彼之將帥亦是受鉞總戎。而臨敵則望風遠遁。被攻則閉壘深藏。逮吾兵還。然後現形耀影以示武。夫小民尚氣。女子有志者猶不爾也。竊爲彼國羞之。金史〔紇石烈牙吾塔傳〕

復時青求邳州書興定四年

紇石烈牙吾塔

公等初亦無罪。誠能爲國建功。全軍來歸。即吾人也。邳州吾城。以吾人居之。亦何不可。易曰。君子見幾而作。不俟終日。公其亟圖之。生還父母之邦。富貴終身。傳芳後世。與其羈縻異域目以兵虜。孰愈哉。金史

與紇石烈牙吾塔求邳州書興定四年

時青

青本滕陽良民。遭時亂離。扶老攜幼。避地草莽。官吏不明此心。目以叛逆。無所逃死。竄匿淮海。離親舊。去鄉邑。豈人情之所樂哉。僕雖偷生。寄食他國。首邱之念。未嘗一日忘之。如朝廷

赦青之罪。乞假邳州。以屯老幼。當襲取盱眙。盡定淮南。以贖往昔之過。金史〔時青傳〕

與陀滿胡土門書興定二年

胥鼎

元帥始鎮河中。惠愛在民。移蒞晉安。遠近忻仰。去歲兵入。平陽不守。河東保完者惟絳而已。蓋公坐籌制勝。威德素著。故不動聲氣以至無虞也。邇來傳聞。治政太剛。科徵太重。鼎竊憂之。古人有言。御下不寬。則人多懼禍。用人有疑。則士不盡心。況大兵在邇。鄰境已虛。小人易動。誠不可不慮也。願公以謙虛待下。忠孝結人。明賞罰。平賦稅。上以分聖主宵旰之憂。下以爲河東長城之託。金史

上高麗恭孝王書〔天會六年〕

司古德

承樞密院劄子。準奉聖旨。候到國有合計議事件。須至定奪。回日卻具申覆。以憑奏聞。開立下項。保州之地。初有詔諭。更不收復。意謂貴國必能祇率舊章。遵奉王室。故朝廷不愛其地。特行割賜。爾後數歲。貴國尚未進納誓表。故於回謝宣諭詔內云。尚託言於户口。未別奏於誓封。但其事事以訖(承)〔成〕。忠於世世而可信。所論之言。其或不定。所得之地。將何以憑。伏覩詔書旨意。坦然明白。逮今貴國未嘗遵依。第據守上項州城。於理豈爲穩便。不識進退之間。終欲如何。及自脅從并逃移户口。其數頗多。皆稱物故。殆未可亮。今年八月十四日。安北都護府牒來遠城爲人

民越江到昌朔州地分耕種勘會公案。昨蒙先皇帝敕賜鴨江爲界。及承簽院高伯淑宣諭聖旨。更不收復保州一城境内。今來貴國人民有耕種事。理不便到。請懲戒。寢罷勘會。昨來朝廷差降高伯淑宣諭時。言議語録。但傳敕旨許賜保州。並無一城境内語句。兼未畫定界至。自是見得係内地。分宜約束封吏。無令依前輒有更添。妄煩理會。天會五年二月九日。貴國謝恩使末減斷遣外。依國朝典憲。犯者合出徵償入被死之家。此時送伴所具牛馬頭匹及銀兩數。牒過到今經久。並未依應送納。於禮似爲未安。右上數事。貴國果能推誠享上。即納誓表。皎然自明。朝廷亦當回賜誓詔兼别降指揮。申畫封疆。一切務從寬大。成長久之計。今年三月五日。來遠城收到無主馬二疋。多日無人識認。相度弓口左右收得。必是界外行到。尋已令交付訖。今年八月十四日。東京兵馬都部署司準東路統軍司申巡檢司申。於海岸收捉貴國金鐵衣等六人。狀稱浮海阻風。漂流到此。情可憐憫。亦仰移文分付訖。今年八月十四日。東京兵馬都部署〔司〕準東路統軍司申巡檢〔司〕申。因巡邊收捉到貴國崔頗喜。尋責得狀稱係天齊城所管。因盜本國牛馬。捉敗同賊。爲此避罪。將妻并馬一匹來到。據上項賊人并將到物件。亦令分付訖。右上三事。邊境細故。朝廷亦不遺忽。一一指揮有司。即令移文送付。無少底滯。實恐邊吏壅遏。不達王所。故各具聞白。庶見朝廷待貴國之意。高麗史

再上高麗恭孝王書

司古德

於謝保州表内云。舉邦國以樂輸。傳子孫而永誓。高明在上、悃愊無他之言。辭意輕汎。具如近代宋

人、夏國與舊遼洎朝廷所立誓書及表。皆有若渝此盟。社稷傾危。子孫不紹。惑神明殛之、無克胙國之語。相度既永敦誓好。果無食言。辭意雖重。於理無可避者。至如自古盟載之辭。如此類者非一。兼貴國與遼時誓表。必自有故事。朝廷所收圖書。亦有考據。此事誠非創行。要知朝廷祇欲永通歡好。美意灼然。伏望裁酌。早賜端的。以憑回日申覆朝廷。具行聞奏。高麗史

金文最卷五十四

書

與文伯起書　王寂

某啓。伯起足下。去歲竊食趙郡。略當南北之衝。蔡下舊人。往來如織。時蒙惠教。少慰懸懸。某舊年嘗見申山王昭老。稱頌伯起高才博學。恨未能識。韶濩純音。思欲趨前飽聽而不可得。其傾想向慕爲何如哉。丙午冬。某自地官出守蔡州。終日兀然。如坐井底。閉門卻掃。謝絶交親。分爲凍蟄枯枿。無復有飛縈之望。其況可知。會足下自汝潁歸。袖刺踵門。修桑梓之敬。某亦喜聞其來。倒衣出迎。都不省屐齒之朽也。已而握臂促膝。説有談空。至領會將無同處。了不知賓主誰何。顧此樂豈可與俗兒語耶。某自改官。餘人例皆旅退。獨足下與鄭秀才相陪信宿。翼日解攜。靳靳不忍訣去。此情未易忘也。所需重陽牡丹詩并真定有春菴記。併録附呈。可發千里一笑。偶緣承乏。出使遼。鱗沈羽斷。時閲足下詩文。拊卷三歎。如對晤語。汝南最得春先。寒温未一。尤宜以道自重。拙軒集

與文伯起書

王寂

適承告墨。具審匆藥有期。良多欣慰。汝蔡相去。千里而近。力疾道路間。可量艱苦。腦疽作發。大概服餌金石。或祖父常嬰此疾傳之道體。自餘出於不意者。又非常理可度。當付儻來也。某家藏秘方。自宋日名公士大夫。累取大效。近歲親舊。凡患腦背瘡者。亦嘗用之。多得平復。今如法修合。謹封送大劑及録本方。併希檢入。拙軒集

與西堂和尚書

孟宗獻

頓首啓上西堂和尚。連辱慈誨。卑悰銘感。數日來俗事冗奪。渴仰殊甚。□誠二十四日。以先大夫諱日。欲枉軒從過敝舍一齋。兼都曹程公。信道人也。至時亦欲少款清論。倘蒙開允。幸甚。專人上稟。春妍。伏審法候請安。匆匆不宣。宗獻頓首啓上西堂和尚。石刻拓本

相府請王教授書

趙秉文

某頓首啓。賢佐教授先生閣下。阻奉仙標。渴想道論。敬佇下風。瞻繫何極。先生嘉遯林藪。脱屣世榮。究大易之盈虛。洞玄象之終始。道尊德重。名聞天朝。推其緒餘。可利天下。然君子之道。出處語嘿。何常之有。或拂衣而長往。或濡跡以救時。故當其無事。則採薇山阿。餌朮巖岫。固其

宜矣。及多難之際。社稷傾危而不顧。蒼生倒懸而不解。其自爲謀則善矣。仁人之心固如是乎。某猥以不材。謬膺重任。四郊多壘。咎將誰執。徒積慙汗。坐視無術。庶幾得明利害而外爵禄者在天子左右。同濟太平。今聖上明發不寐。軫念元元。屈己下賢。尊師重道。歎先生之絶識。欽先生之高風。雖黄帝尊廣成之道、陶唐重潁陽之節。不是過也。雖先生懷寶遺世。如某之不肖者固在所棄。獨不念累世祖宗之基業、億兆生靈之性命。忍忘之耶。昔商山四老。定儲嗣而暫來。謝安東山。爲蒼生而一起。今安危大計。非特定儲之勢也。敵勢侵逼。又非東晉之時也。生民塗炭。亦已極矣。豈先生建策於明昌之初。獨無一言於貞祐之時乎。先生幡然而改。惠然肯來。審定大計。轉危爲安。然後披蕙幌拂雲扃未爲晚耳。敬聽車音。某雖不敏。請擁篲而先之。方屬春時。宜善加調護。康健履福。某再拜。不宣。滏水集

復李天英書

趙秉文

天英足下。自足下失意東歸。無日不思。怳如三歲。向得來音。具悉動静。爲慰所望。所寄雜詩。屢疾讀數過。擊節屢歎。足下天才英逸。不假繩削。豈復老夫所可擬議。然似受之天而不受之人。屢欲貢悃誠。山川間之。坐成浮沈。況勤厚如此。過望點化。僕非其人。筆拙思荒。自濡甚涸。況望餘波耶。豈以犬馬齒在前。欲俯就先後進禮耶。聊布一二所聞於師友間者。幸恕不揆。嘗謂古人之詩。各得其一偏。又多其性之似者。若陶淵明、謝靈運、韋蘇州、王維、柳子厚、白樂天得其冲淡。

江淹、鮑明遠、李白、李賀得其峻峭。孟東野、賈浪仙又得其幽憂不平之氣。若老杜可謂兼之矣。然杜陵知詩之爲詩。未知不詩之爲詩。而韓愈又以古文之渾浩溢而爲詩。然後古今之變盡矣。太白詞勝於理。樂天理勝於詞。東坡又以太白之豪、樂天之理合而爲一。是以高視古人。然亦不能廢古人。足下以唐宋詩人得處雖能免俗。殊乏風雅。過矣。所謂近風雅。豈規規然如晉宋詞人。蹈襲用一律耶。若曰子厚近古。退之變古。此屏山守株之論。非僕所敢知也。詩至於李杜。以爲未足。是畫至於無形。聽至於無聲。其爲怪且迂也甚矣。其於書也亦然。足下立言措意。不蹈襲前人一語。此最詩人妙處。然亦從古人中入。譬如彈琴不師譜。稱物不師衡。工匠不師繩墨。獨自師心。雖終身無成可也。故爲文當師六經、左邱明、莊周、太史公、賈誼、劉向、揚雄、韓愈。爲詩當師三百篇、離騷、文選、古詩十九首。下及李杜。學書當師三代金石、鍾、王、歐、虞、顏、柳。盡得諸人所長。然後卓然自成一家。非有意於專師古人也。亦非有意於專擯古人也。自書契以來。未有擯古人而獨立者。若揚子雲不師古人。然亦有擬相如四賦。韓退之惟陳言之務去。若進學解則客難之變也。南山詩則子(厚)〔虛〕之餘也。豈遽汗漫自師胸臆至不成語然後爲快哉。然此詩人造語之工。古人謂之一藝可也。至於詩文之意。當以明王道輔教化爲主。六經吾師也。可以一藝名之哉。賈誼、董仲舒、司馬遷、揚子雲、韓愈、歐陽修、司馬温公。大儒之文也。僕未之能學焉。梁(蕭)〔肅〕、裴休、晁迥、張無盡。名理之文也。吾師之。太白、杜陵、東坡。詞人之文也。吾師其辭。不師其意。淵明、樂天。高士之詩也。吾師其意。不師其辭。然吾老矣。眼昏力緜。雖欲力學古人。力不足也。足下來書。自言近日欲作大字。然滯於藏鋒。不能飛動。詩欲古體。然僻於幽隱。不能豪放。足下自知之。僕尚何言。然藏鋒書之一端。所貴偏學古人。昔人謂之法書。豈是率意而爲之也。又須真積力久。自楷法中來。前人所謂未有未能坐而能走者。飛動乃吾輩胸中之妙。非所學也。若市人能積學而不能飛動。吾輩能飛動而不能積學。皆一偏之弊耳。東坡論五十八草書似鶯歌嬌。數日相見曰。此書何如。曰。乃秦吉了耳。足下之書。無乃近似之乎。精神所注。間出奇逸。稍怠之際。如病痱腫。得免秦吉了足矣。想當捧腹大笑也。寄來詩。如長河老秋凍。馬怯冰未牢。河山冷鞭底。日暮風更號。晨井凍不爨。誰料寒士飢。天廄玉山禾。不救我馬隤。塵埃汨没伺候工。離騷不振矜魚蟲。風雲誰復話蓍蔡。不圖履狶哀屠龍。挾箋搦管坐書空。伊優堂上醉歌鐘。乃知造化戲兒童。不妨遠目逐孤鴻。莫怪魏瓠無所容。此志未許江船東。五經不掃途轍窮。門庭日日生皇風。太阿剖空砥以石。坐掃鵾鸖摇天雄。巖椒鬱雲日。夕生陰雨雪。縞夜秋黄老。林人烟墨突。樵徑雲深造物開。巖地石帳開劍壁。苔花張古錦。霜苦老秋碧。日夕雲竇陰。風鼓泉涌石。馬蹄忌磽確。樵道生枳棘。盤盤出井底。回首悵如失。長老不耐役。底事掛塵跡。披雲出山椒。白馬表林隙。其餘老昏殊不可曉。然此迄今大成。不過長吉、盧仝合而爲一。未能以故爲新。以俗爲雅。非所望於吾友也。昔人有吹簫學鳳鳴者。鳳鳴不可得聞。時有梟音耳。君詩無乃間有梟音乎。向者屏山嘗語足下。云自李賀死。二百年無此作矣。理誠有之。僕亦云然。李公愛才。然愛足下之深者。宜莫如老夫。願足下以古人之心爲心。不願足下受之天而不受之人。如世輕薄子也。與足下心知。故道此意。幸少安毋

躁。滏水集

復麻知幾書

趙秉文

知幾足下。相别數月。靡日不思。山川遼闊。致稽裁布。人至。辱長書累幅。意貺勤厚。殊慰䫉想。不審比來舊疾差減否。甚懸懸也。聞御榜到日。足下與李濟之適同榻。一升一沈。不能不悵然也。然此亦何足置懷。前者足下與李欽叔各魁省貢。羣口嗸嗸。争爲毁訾。及欽叔連中兩科。然後滮然心服。如使足下一第後。試制策。試宏詞。當與欽叔並馳争先。未知鹿死誰手。豈可成敗論事者哉。僕少時應舉被黜。戚戚若不復堪處。然窮達自有數。顯晦自有時。以今觀之。向之戚戚者。何其妄也。足下又平生孤苦百狀。有求鸞得鳩種稷得稗之説。天生大賢如足下者。必將有用。又安知今日之窮。天將昌其道。非足下之福耶。若得一器淨水。照足下宿命。還本知見。當不出此意也。足下生知夙習。再來人也。三生學道。豈不知此。大抵一時才人。多恃聰辨。少積前路資糧。故佛謂之福慧兩足尊。足下無乃近此類。尚何怨耶。假使吾輩萬一臨死生之際。亦當安時處順。況未至是耶。足下所喜韓子、歐子之學。固爲純正。如退之感二鳥賦、上宰相三書。亦必少年未知道時語也。其後諫佛骨南遷。若與生死利害相忘者。然過黄陵廟。求哀乞靈。恐死瘴霧中。亦學聖人而未至者。今之士人以綴緝聲律爲學。趨時乾没爲賢。能留心於韓歐者幾人。僕固不當洗垢求瑕。若孔子與子貢、顔淵問答。有不容何病之語。第恐孔顔不爾爾也。因論聖賢之分。偶盡言之。至於所可謂爲忠誠。爲謹廉。爲放逸。爲耿介。豈以窮達而異心哉。足下又謂山林有至道。芻蕘有至人。可隱可訪。誠哉是言。當今之世。豈必忘言如達磨、談道若莊生。然後爲得也。談道。吾敬常先生、王賢佐、談禪。吾敬萬松秀、王泉政。論醫。不及儀企賢、任子山。經學與文章。不及李之純與足下。如足下一病自不能療。便謂舉世無知醫者。可乎。足下易學。自可忘憂遺老。至於釋老二家。勿謂秦無人。聞頗喜雜學。然慎所以習之者。多難之世。盆成括之徒。當敬而遠之。足下才高識明。過僕數倍。固不當爲此喋喋。亦期有以告教我也。方屬新秋。善加調攝。不宣。滏水集

遺太醫張子和書

趙秉文

夫天有六氣。以生寒暑燥濕風火。故醫家欲治寒。則必以熱藥。欲治熱。則必以寒藥。二者則不可以偏廢。往時吳楚之人喜溫藥。初虞世論之詳矣。本朝大定間。河間劉守真者。號精於素問。多用涼藥。以矯一時之弊。施之於膏粱之族。飲食厚而腠理密。頗得其效。而昧者用之。至於殺人者多矣。如太醫張子和其人者。其術亦有足多者。子和嘗以泡附子七枚。以糖卷餠餌而食之。佐以古人蒸熨之法。以起人痀○一作痙。病。用意健矣。論者以爲喜用涼藥。未必然也。然醫者人之司命。不可不慎。書醫說以遺之。滏水集

與楊煥然先生書

趙秉文

某拜啓。某國士大孝几下。中前道過京兆。承不遠相從。談話終日。極有開發。違別以來。不勝傾向。意想秋盡。復得會面。不意遽遭變故。荼毒之哀。辰下伏想苫塊之餘。孝履支福。某眼疾如昨。承遣人齎足千里外送眼藥。良感意勤。伏蒙贈以柳義段子。悚愧悚愧。論語未有印者。欽叔西行。不知有餘者否。孟子解。先寄去。中庸大學。相次了里。續當寄呈。足下高才博學。留心經學。研究聖心。宜矣。科舉之學。有命存焉。不足置意。張子充府試試官。未出院。比緣會晤。伏冀爲遠大節哀順變。不宣。中州啓劄

與楊煥然先生書

趙秉文

某啓上某先生函丈。書來具審動静之詳。兼承惠簡。知感知感。某眼昏如舊。繼以石氏女子化去。心意殊不樂。以是郡下未能照管。論語及中庸。未有紙印。即續當寄去。次陝右經義。已薦四人。詞賦未可知。想中選多矣。皆足下誘掖之力。欽羡。今之士人少問學。但知爲己。其於爲人。蔑如也。古人得志。雖一邑丞簿亦可爲。人量力而已。未得志。教人以善。亦行道之一端也。足下才高識明。當以孔孟之學啓導一方。萬一未遂。亦不虚生也。至祝。末由披覿。切冀爲遠大壽重萬一。不具。中州啓劄

與劉京叔書

趙秉文

慎不可輕毁佛老二教。墮大地獄。則無及矣。聞此必大笑。但足下未知大聖人作爲耳。歸潛志

復張仲傑書

王若虛

某啓。仲傑縣令。方深渴想。辱惠好音。曷勝慰喜。氊根之賜。甚愜老饕。正恐踏破菜園。爲藏神所怪耳。所論道學。自是儒者本分事。抑老夫衰謬。日費初心。不足進也。吾子年壯氣鋭。乃能屏去豪華之習。而專力於此。好之樂之。自謂有得。他時所至。殆未可量。老夫將受教之不暇。而反能爲之發藥哉。州郡之職。古稱勞人。況此多虞。亦必有道。頗聞吾子一以和緩處之。所望正如此。民之憔悴久矣。縱弗能救。又忍加暴乎。君子有德政而無異政。史不傳能吏而傳循吏。若夫趨上而虐下。借衆命以益一身。流血刻骨。而求幹濟之譽。今之所謂能吏。古之所謂民賊也。誠不願吾子效之。吾儕讀孔孟仁義之書。其用心自當有間。寧獲罪於人。無獲罪於天。昔宋討元昊。關右困於征斂。杜祁公在永興。謂其民曰。吾非能免汝也。而能使之不勞。於是量所有無。寬其期限。民得以次而輸之。而費省十六七。及王氏法行。官吏不堪其迫。邵康節門人之從仕者。皆欲投檄以歸。康節止之曰。此正賢者用力時。新法甚嚴。能寬一分則民受一分之賜。嗚呼。古人遠矣。如此等事。尚可行之。造次顛沛。無忘是念。始可謂不忘所學矣。老人家益貧而官益拙。鮎魚上竿。可笑可憫。雖然。遠依餘庇。大小幸安。不必過煩念慮也。遽中奉報草草。不宣。滹南遺老集

與呂子謙書

康顯之

某頓首某侍史。日者某人至自於衛。收足下三月九日書。始知在周都運之幕府。甚慰。僕之所期於吾弟者。匪匪佞佞。書中譽僕過甚。安敢以聖人正大之學樂育後進爲幸耶。是殆足下相愛之深。故有是言也。僕年幾八十。心思已耗。目力又弱。其於温故知新。有所不能。上負相君育才之心。曾是求退。尚未見允。其得罪不晚矣。足下又有不得親炙爲慊之言。一何謙也。犬子承祖從相君北上已旬日矣。所謂著述奚有焉。何以見示爲幸哉。東原一來。我輩所共望也。除館以待使車之至。人行。謹此拜覆。比參拜履詢問。丏以遠大業慎愛自重。不宣。中州啓劄

貽范元直書

郝天挺

昔昭烈當陽之役。既窘甚。猶徐其行。以俟荆襄遺民。曰成大事者。必資於衆人。歸而棄之不祥。君子謂漢統四百年。此一言可以續之。今國家比之昭烈。不至於窘。河朔之民。獨非國家赤子乎。夫人心之去就。卽天命之絶續也。乞詔沿河諸津。聚公私船。寬其限約。晝夜放渡。以渡人多寡。第其功過。以救遺民。結人心。固天命中興之期。庶幾可望。郝陵川集

與吕子謙參議書

馮璧

頓首再拜。年契才弟。近承手書。知陪參謀車從平還燕城爲慰。卽日春和。伏冀文候福履佳勝。四奴已依來命。止令專讀語孟及説論語。此中在齊。除參謀。宅外别無他人。習生日費頗甚窘急。欲

禱參謀於春秋少添衣裝。望與春卿更爲商訂。如無窒礙。幸望某周旋贊成。非敢望也。某今幸還桑梓。元無輕舉之意。既承君忠告之訓。敢不拜嘉。此外塵累貧安如常。不足貽念。如見楊誠之兄頻呼賤名。申千萬意。未中春暄。更祈以道壽重。不宣。中州啓劄

與劉太保書

馮　璧

某頓首再拜。仲晦國師上人。昔嘗奉閤下。屢荷提誨。感佩感佩。今欲拜見王府。業已行矣。以久不見閤下。渴心摇摇。庶此行敢陳卑懇。不意事復中止。信哉行止非人所能也。謹遣行人。以代面酬。卽欲言者。謹具別幅。靜中希一電矚。更望回賜片言。一砭膏肓。幸甚。身帶〇帶。疑作滯。心馳。不勝傾禱之至。時秋尚暑。千萬以軍國自重。不宣。中州啓劄

與呂子謙郎中書

竇　傑

某頓首。某執事。昨承手誨見諭。不勝感佩。卽日秋涼。計所履佳勝。僕近胸痹作。今纔少息也。適值信之行。謹手啓起居。又以碎事欲言。信之能語也。比遂良晤。切祈以道與時自重。不能悉。中州啓劄

與游宣府子明書

竇　傑

某頓首再拜。某閤下。辰下庚伏。諒惟聽政之餘。台候動定。百千里其移。前者多承眷顧。感佩感佩。敝家在彼。又不爲矣。某諸況不足煩足下道。比由參會。先此奉聞。伏冀爲國爲民珍重。不宣。中州啓劄

與游宣府子明書

竇傑

某頓首再拜。某閤下。別後徒增悵惘。曩者車從留此。未獲款曲請教。封誠之往。先謹書謝聞，邢州任縣地。相公略與料理。張安撫者。府中舊人也。某不必喋喋。想高明亦有眷顧焉。辰下暑炎。比由良晤。伏乞以斯民爲念。不宣。中州啓劄

與夾谷行省書

王萬慶

即日槐夏清暑。伏惟天人扶掖。錫候起居禔福。近違顏範。不勝瞻詠之至。計軒從居朔。即蒙恩寵矣。今者天城張子瑋實與萬户劉公同時舊人。從軍歲久。積有勞矣。其□已能代其職屯於關中。由是子瑋獲居鄉井。初爲天城酒使。今改充本處管軍家口千户。是某姪女之壻。屢來燕京。本人有家道人力。願隸麾下。相公亦曾知識。輒敢率易奉聞。伏望鈞照。比遂參覯。伏冀奉時善保衛鈞嚴。爲國爲民。以益壽重。區區奉狀。不宣。中州啓劄

金文最卷五十五

書

郡守段正卿上中書書　李俊民

某啟。伏念職在分符。有忝承流之寄。權歸造物。共推論道之公。凡預獎提。奚勝慶忭。欽惟中書相公。經邦偉器。佐命元勳。自有典刑。蓋是相門之相。一變風雅。或覩詩人之詩。宰天下思天下之鈞。遇國士以國士而待。豈謂吹竽之末。亦蒙推轂之私。然黽黽續之則憂。念雞肋棄之可惜。猥辱衮衮之字。願爲穎脱之錐。光耀鄭鄉。春回鄒谷。某敢不勉所未至。求爲可知。白首効勤。不憚執鞭之事。赤心圖報。寧無結草之功。謹奉啓事。躬詣台屏陳獻。伏惟鈞慈。俯賜照察。莊靖集

上行省中書書　李俊民

某啟。伏以任尊百揆。蓋優佐命之勳。望俊三台。咸仰調元之化。遠依大庇。倍積歡悰。欽惟行省中書相公。治世棟樑。清時羽翼。唐資房、杜。遂開田口之基。漢任良、平。竟啟卯金之運。位常虛

左。志在圖南。方當師渡之朝。遽播公歸之詠。以申伯之功。文武是憲。宜鄭武之職。父子並爲。不吐不茹。激古人之風。無黨無偏。公天下之選。致令庸瑣。亦預甄收。某暫脱戎行。獲膺民寄。忝荷璽書之賜。重加衮字之褒。承乏刀州。增輝梓里。某敢不益堅素志。少効微勤。待用無遺。物幸充於狄籠。見知則説。恩難報於蘇天。莊靖集

寄中書耶律公書

元好問

四月二十有二日。門下士太原元某。謹齋沐獻書中書相公閤下。易有之。天造草昧。君子以經綸。伏惟閤下。輔佐王室。奄有四方。當天造草昧之時。極君子經綸之道。凡所以經造功業考定制度者。本末次第。宜有成策。非門下賤士所敢與聞。獨有一事。系斯文爲甚重。故不得不爲閤下言之。自漢唐以來。言良相者。在漢則有蕭、曹、丙、魏。在唐則有房、杜、姚、宋。數公者。固有致太平之功。而當時百執事之人毗助贊益者。亦不爲不多。傳記具在。蓋可考也。夫天下大器。非一人之力可舉。而國家所以成就人材者。亦非一日之事也。從古以來。士之有立於世。必藉學校教育。父兄淵源。師友之講習。三者備而後可。喻如修明堂總章。必得楩柟豫章節目磥砢、萬牛挽致之材。預爲儲畜。數十年之間。乃能備一旦之用。非若起尋丈之屋。欂櫨棍楔、楹杙甍桷。雜出於榆柳槐柏。可以朝求而暮足也。竊見南中大夫士歸河朔者。所在有之。聖者之後如衍聖孔公。耆舊如馮内翰叔獻。梁都運斗南。高户部唐卿。王延州從之。時輩如平陽王狀元綱。東明王狀元鶚。濱人王賁。臨

淄人李浩。秦人張徽、楊焕然、李庭訓。河中李獻卿。武安樂夔。固安李天翼。沛縣劉汝翼。齊人謝良弼。鄭人吕大鵬。山西魏璠。澤人李恆簡、李禹翼。燕人張聖俞。太原張緯、李謙、冀致君、張耀卿、高鳴。孟津李蔚。真定李冶。相人胡德珪。易州敬鉉。雲中李微。中山楊果。東平李彦。西華徐世隆。濟陽張輔之。燕人曹居一、王鑄。渾源劉祁及其弟郁、李同。平定賈庭揚、楊恕。濟南杜仁傑。洛水張仲經。虞鄉麻革。東明商挺。漁陽趙著。平陽趙維道。汝南楊鴻。河中張肅。河朔句龍瀛。東勝程思温及其從弟思忠。凡此諸人。雖其學業操行參差不齊。要之皆天民之秀。有用於世者也。百年以來。教育講習非不至。而其所成就者無幾。喪亂以來。三四十人而止矣。夫生之難成之又難。乃今不死於兵。不死於寒餓。造物者挈而授之維新之朝。其亦有意乎無意乎。誠以閤下之力。使脱指使之辱。息奔走之役。聚養之。分處之。學館之。奉不必盡具。饘粥足以糊口。布絮足以蔽體。無甚大費。然施之諸家。固已骨而肉之矣。他日閤下求百執事之人。隨左右而取之。衣冠禮樂。紀綱文章。盡在於是。將不能少助閤下蕭、曹、丙、魏、房、杜、姚、宋之功乎。假而不爲世用。此諸人者。可以立言。可以立節。不能泯泯默默。以與草木同腐。其所以報閤下終始生成之賜者。宜如何哉。閤下主盟吾道。且樂得賢才而教育之。一言之利。一引手之勞。宜不爲諸生惜也。冒瀆台嚴。不勝惶恐之至。某再拜。遺山集

與樞判白兄書

元好問

某頓首。自乙巳歲往河南舉先夫人旅殯。首尾閲十月之久。幾落賊手者屢矣。狼狽北來。復以葬事往東平。連三年不寧居。坐是不得奉起居之問。吾兄亦便一字不相及。何也。如聞曾定襄人處寄書。然至今不曾見。但近得仲庸書報。鐵山已娶婦。吾兄飲啖如平時。差用爲慰耳。去秋七月二十三日。忽得足痿證。賴醫者急救之。僅免偏廢。今臂痛全減。但左右指麻木仍在也。比來數處傳某下世。已有作祭文輓辭者。此雖出於妒者之口。亦恐是殘喘無幾。神先告之耳。向前八月大葬之後。惟有實録一件。只消親去順天府一遭。破三數月功。鈔節每朝終始及大政事、大善惡係廢興存亡者爲一書。大安及正大事。則略補之。此書成。雖溘死道邊無恨矣。更看向去時事稍得放鬆否也。王先生碑今送去。中間有過當處。吾兄細爲商略之。碑石想亦未便立得。他日改定亦無害也。所欲言者甚多。聊疏三二事欲吾兄知之。有便望一書爲報也。時暑自愛。不宣。遺山集

復中書令成仲書

元好問

張子敬處。備悉盛意。未幾張伯寧來招。致殷重。甚非衰謬之所堪任。其還也。不得不以書通。癸卯之冬。蓋嘗從來使一到燕中。承命作先相公碑。初不敢少有所望。又不敢假借聲勢。悠悠者若謂鳳池被奪。百謗百罵。嬉笑姍侮。上累祖禰。下辱子孫。與渠輩無血讎無骨恨。而乃樹立黨與。撰造事端。欲使之即日灰滅。固知有神理在。然亦何苦以不貲之軀蹈覆車之轍。而試不測之淵乎。君侯材量宏博。藹有時望。士大夫出於門下者。有何限量。朝夕接納。足以廣見聞益智慮而就事業。

顧僕何人。敢當特達之遇乎。復有來命。斷不敢往。孤奉恩禮。死罪死罪。某再拜。遺山集

復聽上人書

元好問

某頓首啟。四月末自太原來鎮州。得春後手書。副以寶刀新什。反覆熟讀。且喜且歎。又媿衰謬。無以稱副好賢樂善之心耳。僕自貞祐甲戌南渡河時。犬馬之齒二十有五。遂登楊趙之門。所與交如辛敬之、雷希顔、王仲澤、李欽叔、麻知幾諸人。其材量文雅皆天下之選。僕自以起寒鄉小邑。未嘗接先生長者餘論。内省缺然。故痛自鞭策。以攀逸駕。後學時文。五七年之後。頗有所省。進而學古詩。一言半辭。傳在人口。遂以爲專門之業。今四十年矣。見之之多。積之之久。揮毫落筆。自鑄偉詞以驚動海内。則未能。至於量體裁。審音節。權利病。證真贋。考古今詩人之變。有戆直而無姑息。雖古人復生。未敢多讓。常記平生知己。如辛敬之、李欽用、李長源輩數人。每示之一篇。便能得人致力處。自諸賢彫喪。將謂無復真賞。乃今得方外三四友如上人者。其自幸宜何如哉。上人天資高。内學富。其筆勢縱横。固已出時人畦畛之外。唯前輩諸公論議。或未飽聞而饜道之耳。古人有言。不見異人。必得異書。可爲萬世學者指南。可終身守之。此僕平生所得者。敢以相告。錦機已成。第無人寫潔本。年間得斷手。即當相付。亦倚公等成此志耳。人行遽。書不盡言。時暑。萬萬以道自護。不宣。遺山集

復大用萬户書二

元好問

某頓首啓。東原宿留。幾半歲之久。辱公家賢弟昆慰藉之厚。内省衰謬。媿無以當之耳。即日伏惟起居萬福。孫德謙、張夢符津送至魏京。今東歸矣。雷氏霜鍾。亦名器也。胥門舊物。果有所歸。到日公自知之。臨行聊此爲候。向暄。千萬自愛。不悉。某再拜啟。

某頓首。辱書。知賢昆季雅意。媿衰謬無以當之。即日伏惟侍奉萬福。自西歸鹿泉。值仲女病劇。奔詣太原。留百許日。僅得勿藥。即欲東行。繼聞相君北上。且留待他日。諸餘張壻能言之。所需横笛侍女圖。今奉去。樹萱堂記。相見下筆未晚。欹器賦全文并跋語。千萬録寄。欲入見聞録中。時暑。强學。爲親加愛。不一。某再拜。遺山集

與楊春卿先生書

元好問

某頓首。某别去又復久。如秋香亭夜飲之樂寧復屢有。追誦諸弟佳什。以爲歎息也。比來高況何如。某今在鎮陽。程壻以事。惟一切倚之公等。想不煩多祝也。氣節方隆。惟萬萬强學自愛。不悉。中州啟劄

與楊春卿書

杜仁傑

某頓首再拜。益友近歲有到燕城。而盼睞之意甚厚。何可忘也。之純自北渡歸。文筆大進。又且位

以不次。不肖以爲苟貸以十年不死。其勳業行履。有不讓古人者。渠翻然謝世。幸與不幸。天下自有公論。非不肖所敢望。燕京諸君於我亦當一挽。已於魏丈書中祝之矣。因妹夫梁進之行。敢以此見託。進之醫之翹楚。到望爲地。進之回。之純挽詩盈軸以望。餘無囑。比見吾三子者。宜自重。中州啟劄

與呂子謙書

烏古論貞

某頓首再拜。別後又復許時。思詠不可言。初春。計惟文候福履安吉。中間淇上。極承青顧。未嘗有忘。近到歷下。藉輝潤。碌碌如昨。倘有便翼。無吝惠音。以慰區區之引領。未問惟冀保愛。不既。中州啟劄

與呂子謙郎中書

杜仁傑

某頓首再拜。某寄録跋焦鎮撫射虎圖。習題洞真觀壁、伐竹歎及賀争謁李浩然命賦、觀醮四詩。已曾録去。少有癮手處。吾弟子謙天下士。不吝點竄。眼花手顫。不能細字以呈。幸恕之。不宣。中州啟劄

與游宣撫子明書

烏古論貞

某頓首啟。某别後不勝馳嚮。夏暑計惟文候清勝。近聞榮任。聖恩遷擢重任。伏惟懽慶。某等限以官守。不能前迓。謹遣奏差康定持書奉迎。相見伊邇。希爲遠大自重。不宣。中州啟劄

金吾案。玉堂嘉話云。烏古論貞字正卿。前朝近侍局大使。

投藍田縣令張伯直書 名德直。以稱職復任

楊弘道

十年避地。事業從可知。四海無家。生理何勞問。惟是心存其恆德。亦蒙齒録於高人。初疑已斷之機。便成棄置。終悟不調之瑟。猶可更張。死灰有意於復然。璞玉敢期於再獻。少作既悔。舊文盡焚。欲營一畝之宫。潛究六經之旨。志久未遂。時難再來。感落葉於清秋。每臨風而浩歎。螢飛庭户。思披車胤之書。雨霽郊墟。空詠文公之句。伏惟某官。學而入仕。惠以臨民。交章薦而榮被新恩。六事修而與聞政事。里閭和會。吏卒懽迎。草長訟庭。尚牧曾留之犢。風回春郭。重開舊種之花。竊聞有德可尊。處仁爲智。伏願息肩餘蔭。拜手清塵。身雖貧而累輕。易足支消之計。道既獨而交寡。斷無請謁之私。小亨集

復趙閒閒書

劉祁

若二教。豈可輕毁之。自非當韓、歐之任。豈可横取謗議哉。自非有韓、歐之智。豈可慢浪爲哉。君子者。但知其反身則以誠。處事則以義。若所謂地獄。則不知也。歸潛志

寄西川同道書

丘處機

大抵修真慕道。須憑積行累功。若不苦志虔心。難以超凡入聖。或於教門用力。大起塵勞。或於心地用功。全抛世事。但克己存心於道。皆爲致福之基。然道包天地。其大難量。小善小功。卒難見効。所以道刹那悟道。須憑長劫鍊磨。頓悟一心。必假圓修萬行。今世之悟道。皆宿世之有功也。而不知夙世之因。只見年深苦志。不見成功。以爲塵勞虛誕。即生退怠。甚可惜也。殊不知坐臥住行。心存於道。雖然心地未開。時刻之間。皆有陰功積累。功之未足。則道之不全。如人有大寶明珠。價值百萬。我欲買之。而錢數未及。須日夜經營。勤求儉用。積聚錢物。或三千五千。或三萬五萬。錢數未足。而寶珠未得。其積聚錢物。應急且得使用耳。比於貧窶之家。雲泥有隔。積功累行者亦然。雖未得道。其善根深重。今世後世。聖賢提挈。方之無夙根者。不亦遠哉。惟患人心退怠。聖賢不能度脱。若不退怠。今世來生。累世提挈。直至了達耳。我無夙骨。雖遇明師。萬苦千辛。至今未了。丹陽、長真。皆是宿緣。則十年五載之間。天外飛騰自在。我雖未了。所受艱難。亦與常人異耳。祖師云。凡爲道者。先捨家而後捨身。病即教他病。死即教他死。至死一著。抱道而亡。任從天斷。斯爲至言。學者其察之。羣仙要語

覆司古德書（天會六年）

高麗恭孝王

昨蒙親授劄録。今逐所有事件。一一論報。謹具如後。保州之境。本高麗地分。嘗爲舊遼所并。頃屬大朝統一中外。先皇帝眷顧小國。使邊臣沙河賜之。又簽院高伯淑奉使日宣諭。更不收復保州。小國不勝慶幸。奉表陳謝曰。舉邦國以樂輸。傳子孫而永誓。高明在上。悃愊無他。以此誓心。更無章表。意謂盟誓多是敵國交相疑忌。故不得已而爲之。如春秋所記衰周列國之事。今則聖人受命。廓然一統。惟是下藩。中心悦服。恭修職貢。一依高伯淑來諭條件。罔有愆忘。今玆諭以未進納誓表。於理不爲穩便。又言即納誓表。朝廷亦當回賜誓詔。爲長遠之計。聞命以還。不勝感懼。當候回謝報諭行李入朝。兼上表以聞。其人口逃移。是臣父先王生前不獲臣事上國時事。當時臣幼少。未嘗聞知。況高伯淑來日宣諭。許令小國取便。遂兼表上謝。今更以讓。殆未可亮。實深驚恐。莫知所圖。天會五年。金子鏐入朝。不能檢下。致令崇吉刺傷人命。回來即令奪子鏐職田遠流。兼刑崇吉。自來小邦舊法。犯罪人處斷流配外。更不徵贖。是以因循至於今日。遽沐來諭。亦多兢恐。切冀更受指揮。先皇帝時。邊臣沙河奉宣勑賜鴨江爲界。遂言此後其境内尺草寸木。不令吾人採取。況遇今皇帝。謂小國必能祗率舊章。遵奉王室。不愛其地。特行割賜。而只許保州一城。不許傍側小土。此豈朝廷以至仁大德撫字小邦之意乎。是以緣邊官吏。見上國人民越江到昌朔州地耕種。遂移文請懲戒寢罷。今沐來言係内地。分宜約束封吏。無令依前妄煩理會。此違自來受命慶賴之心。是以惶恐不知所爲。向者。來遠城收到無主馬二匹。東路巡檢司於海岸收捉金鐵衣等六人。浮海值風。漂流到此。又因巡邊收捉崔頗喜避罪。將妻并馬(人)〔入〕。并令交付。當初聞之雖喜。然謂出上國邊官處分。今聞朝廷雖細事不以遺忽。一一指揮有司。移文分付。乃知朝廷寵綏下國。至深至厚。感荷之誠萬萬。於此亦當俟來次行李兼奉表以謝。高麗史〔十五〕

與宗翰宗望乞親詣軍營致謝書〔天會五年〕

張邦昌

今月七日。伏奉皇帝聖旨。特降樞臣。俯加封册。退省庸陋之資。何以對揚休命。揮麈後録作何堪封揚之賜。前此固嘗死避。終不獲辭。載惟選授之初。盡出薦揚之賜。尋因還使。附致感悰。願亟拜於光儀。庶少伸於謝禮。未聞台令。殊震危衷。遂遣從官。具致懃懇。重蒙諄諭。仰戴眷存。然而淹日未前。撫躬無措。恐有失於稽緩。實深積於兢惶。伏望恩慈。早容趨詣。俟承報示。徑伏軍門。拳拳之誠。併留面敘不宣。謹白。北盟會編〔靖康中帙六十〕　揮麈後録

謝遣使書〔天會五年〕

張邦昌

天會五年三月日。大楚皇帝邦昌。謹致書於大金國相元帥、皇子元帥。邦昌猥以非才。誤膺聖擇。但俯臨於禹甸。方瞻仰於堯雲。對敭璽紱之華。激切肺肝之感。懋惟遷建。實自薦論。願趨謝以陳誠。辱賜書而贊善。情文兼厚。副以儀物之多。恩義並隆。焕乎衮冕之貴。静言荷戴。詎可名言。重念授册以還。甫迨彌旬之久。粤從請念。尚阻造前。祈深察於羈悰。庶早親於名範。其如懇叩。曷究敷陳。敏冀英聰。俯垂照鑒。今因榮禄大夫兵部尚書護軍廣陵縣開國公高慶裔等迴。專奉書陳

謝。不宣。謹白。大金弔伐録

復宗翰宗望書（天會五年）

張邦昌

天會五年三月十五日。大楚皇帝邦昌謹致書於大金國相元帥、皇子元帥。比緣慶問。尋具謝緘。載申請命之誠。實懼瀆尊之咎。重蒙矜容。特賜允（喻）〔俞〕。即祗伏於軍門。方佇瞻於台表。其如吹澤。曷罄欽誠。謹奉書復聞。不宣。謹白。大金弔伐録

與宗翰宗望懇免催征金銀書（天會五年）

張邦昌

比以冒膺縟禮。顧展謝悰。雖歷貢於忱辭。終未親於台表。退增感悚。豈易敷陳。載惟草昧之初。實軫阽危之慮。民志未定。顧未有以得其心。事緒實繁。念將何以息其動。靖康要録作濟於治。前朝昨奉台令。取索金銀表段以充犒軍。伏念自入城以來。講究民間虛實。乃聞罄竭。悉以傾輸。嗣位之初。朝夕祗畏。戒諭官吏。罔敢弗虔。仰荷大恩。敢不論報。雖割肌體。豈足能酬。然念斯民。困弊已甚。當圍城窘急之久。有比屋餓殍之多。欲撫養。即無資以厚其生。欲賑給。則乏糧以續其命。而催科正急。刎縊相尋。若閱日稍淹。則所存無幾。非仁何以守位。非民何以守邦。坐觀轉壑之憂。不啻履冰之懼。與其跼天蹐地。莫救於黎元。孰若歸命投誠。仰祈於大造。伏望察其懇迫。賜以矜容。特寬冒昧之誅。誕布蠲除之惠。則終始之德。遂全億衆於死亡。報稱之心。敢憚一身之

靡潰。期於没齒。以答隆恩。北盟會編〔靖康中帙六十〕　靖康要録

與宗翰宗望乞遣還馮澥郭仲荀書〔天會五年〕　張邦昌

比膺詔册。獲撫邦封。載惟草創之初。方賴臣工之助。顧羣臣之全闕。致庶務之悉隳。徒以非才。託於人上。何以仰承殊渥。外敉多虞。若涉洪川。罔知攸濟。兹冒陳於危懇。蓋深恃於眷私。所冀垂矜。必蒙賜可。竊以左丞馮澥。國之老成。管軍郭仲荀。衆所推許。倘還職任。俾贊時艱。必能繫多士之心。有以副萬夫之望。此外臣僚等。或因扈從前帝。或緣差在軍前。如非台意欲留之人。乞示慈恩遣還之命。則庸疎之質。既得助於衆賢。報稱之衷。敢忘懷於大惠。尚祈英鑒。俯亮愚誠。北盟會編〔靖康中帙六十一〕　建炎以來繫年要録〔三〕

與宗翰宗望請免括金銀書〔天會五年〕　張邦昌

某聞之先聖云。何以守位曰仁。何以理財曰義。人君之於天下。惟以百姓爲本。百姓不存。則社稷無以固其重。大君不能保其尊。又況創業造始之君。唯務施德布惠。收天下之心。然後作爲事業。固其根本。由漢唐以來。率由此道。後世子孫。終必賴之。皆百代不易之理也。某材質庸謬。道義無聞。仰荷大金皇帝天造洪恩。遽令軍民官吏推戴。册命畀以南土。使主斯民。永爲屏翰。以事大國。方夙夜祗懼。無以報稱。思臨士民。坐視困苦。莫之拯救。痛傷肝肺。殞身無門。今見京城百

姓。自前宋皇帝朝。已曾根括金銀數次。雖有隱藏。官吏搜索。悉皆罄盡。今又蒙元帥科降。數目浩大。難以充足。雖軍前遣人搜檢。亦無所得。百姓嗷嗷。憂疾餓死者。日以萬計。復懼根括金銀。數不能足。重念大金皇帝以邦昌主斯民。而從政之初。民心離散。怨謗交興。邦昌恐以此主國。必致傾仆。惟元帥慈恩洪博。智燭高明。曲照物情。俯加矜恤。止絶再降金銀數目。庶使億兆生靈保全性命。不陷顛危。邦昌所圖。竊冀其安。仰副大金皇帝建立藩屏之意。邦昌不勝哀懇惶懼之至。北盟會編〔靖康中帙六十一〕

與宗翰宗望乞遣還孫傅張叔夜秦檜書〔天會五年〕

張邦昌

比瀝懇誠。仰干恩造。丐舊臣之復職。蒙英亮而遣回。已荷隆私。尚餘至悃。伏念撫封之始。尤先盡節之褒。庶靖國人。以彰名教。孫傅、張叔夜、秦檜。緣請存於趙氏。遂留寘於軍中。既知徇義於前朝。必能盡心於今日。恭惟上國。方擴宏圖。以忠孝而勵羣臣。以信誼而開鴻業。宜蒙寬貸。使獲旋歸。式昭全度之仁。垂副愚衷之願。其如虔叩。曷究敷宣。北盟會編〔靖康中帙六十二〕

謝宗翰宗望遣還馮澥等及免括金銀書〔天會五年〕

張邦昌

比馳柔翰。冒貢忱誠。冀還文武之官。庶裨中外之任。載惟僭率。深負兢惶。豈意台慈。曲垂鑒照。馮澥、郭仲荀二員。既蒙矜允。曹輔、譚世勣以下。悉已獲歸。仰荷隆恩。實出望外。至於親加訓誡。俾虔臣節之修。俯念孤危。允賴臣工之助。以至金帛犒賞之數。實軍前急用之資。蒙深軫於疲羸。遂獲紓於根括。興言肇造之本。賜以安固之圖。豈惟億姓之生靈。盡歸元造。玆爲萬世之大惠。曷報鴻私。罄筆舌以難周。銘肝心而莫致。今差吏部侍郎王琮恭詣帳前伸謝。仰惟英聰。俯鑒卑悃。北盟會編〔靖康中帙六十二〕

謝宗翰宗望減放銀絹書〔天會五年〕

張邦昌

重勤書誨。祇荷矜慈。惟前朝之所輸。準定數而有舊。俯念土地割裂之後。方當人民彫瘵之餘。曲賜軫憐。務從蠲減。除特免錢一百萬貫外。減放銀絹二十萬疋兩。每年只議納三十萬疋兩。銀絹各半其數。一依舊例交割。所蒙指諭。悉已遵奉。其於感戴之心。難盡敷陳之素。仰惟聰察。深亮悃悰。謹奉書陳覆。不宣。北盟會編〔靖康中帙六十二〕

答元帥府會計陝西地書〔天會五年〕

張邦昌

天會五年三月日。大楚皇帝邦昌謹致書於國相元帥、皇子元帥。比遣使指。申諭夏疆。已附致於悃忱。復勤書於誨示。恭聞宣命。俾分畫之從長。玆奉令慈。指地名而開示。東自麟府路〔洛〕〇據金史西夏傳補。陽溝。東抵黄河西岸。西歷暖泉堡。鄜延路米脂谷、米脂寨、大谷、米谷、開光〇原作元。據叢書集成本大金弔伐錄、金史西夏傳改。堡、臨夏寨、聖塔谷、威戎城、萬安川、殄羌寨、盧關川、杏子堡、鵓鴿谷、萬全寨、木場口、累勝寨。環慶路威邊寨、麥川堡、定邊軍、賀家原、阿原堡、木瓜堡、九星原、通歸堡、定戎堡、臥山臺、興平城、巢寨谷、曙雞嶺寨、秦市川、委布谷口。涇原路威川寨、賀羅川、賀羅口、板井口、通關堡、古蕭關、秋川堡、綏戎堡、鍬钁川口、中路堡、鍬钁川堡、西安州山前堡、水泉堡、定戎寨、亂山子、北谷川。秦鳳路通懷堡、打乘川、征原堡、古會州。自北直至抵黃河。依見今流行分熙河路盡西邊。以限楚夏之封。其間懸邈。各許相度其宜。以至接連。兩相從便。已具遵於定議。當即接於伻圖。其或未安。尚容再稟。仰祈英鑒。洞照微衷。謹奉書復。不宣。謹白。大金弔伐録

回元帥府減免銀絹書〔天會五年〕

張邦昌

天會五年四月日。大楚皇帝邦昌謹致書於國相元帥、皇子元帥。祗領華緘。且欽隆指。城破不取。已歸全度之仁。軍賞姑停。載荷哀矜之賜。以至蠲免歲納之數。悉係始終恩顧之私。惟頂踵之所蒙。雖膚髮而可割。所有三十萬兩疋。纔候措置就緒。諸依令旨排辦。伏祈英亮。垂鑒卑悰。謹奉書陳復。不宣。謹白。大金弔伐録

報元帥府議伐宋書

劉豫

宋主軍帥韓世忠屯潤州。劉光世屯江寧。今舉大兵欲往采石渡江。而劉光世拒守江寧。若出宿州抵揚州。則世忠必聚海船截瓜州渡。若輕兵直趨采石。彼未有備。我必徑渡江矣。光世海船亦在潤

州。韓世忠必先取之。二將由此必不和。以此逼宋主。其可以也。金史〔七十七劉豫傳〕

宋徐文來降報元帥府書

劉豫

徐文一行。久在海中。盡知江南利害。文言宋主在杭州。其候潮門外、錢塘江內。有船二百隻。宋主初走入海時。於此上船。過錢塘江。別有河入越州。向明州定海口迤邐前去昌國縣。其縣在海中。宋人聚船積糧之處。今大軍可先往昌國縣。攻取船糧。還趨明州城下。奪取宋主御船。直抵錢塘江口。今自密州上船。如風勢順。可五日夜到昌國縣。或風勢稍慢。十日或半月可至。金史〔七十七劉豫傳〕

金文最卷五十六

劄子

伐宋移宋樞密院劄子天會〔三〕〔四〕年

肇我大聖皇帝起義兵。弔伐亡遼。燕薊一方。最爲强大。天兵一日忽至城下。不血一刃。俯首順命。爰念有宋航海遣使。起初結好。請復幽燕舊地。卽時割與。惟少摘官吏强族工巧。并不滿萬數。徙之東行。良不得已。乃常勝軍相易之故。著定誓書。盜賊逃人。彼此無令容納。苟有違者。社稷傾覆。子孫不紹。曾不踰月。棄德背惠。手詔逆賊張覺陰相結搆。殺我四執政大臣。邀迫我官民以歸。歲交金幣。罔不踰時。及正旦使賀允中御前奏達。傳語二字深涉輕易。其於本國窮奢極侈。上下相蒙。恣行無道。多不忍言。殘虐海内。人怨神怒。此天奪之鑒。假手於我大金。前月二十九日。師次邯鄲。才有使人李鄴等將到三省樞密院所奉聖旨文牒。歸罪邊臣。全非當理。洎審求的意。方云前主自省愆尤。不敢枝負大變。前月二十三日。當已傳禪。兩項歸過。特有不同。難爲準信。又奈使人悃愊辭酸。懇言本國君臣深自責恨前日之非。但念人誰無過。過而能改。善莫大焉。兼所奉宣旨。如趙主深自悔過。再乞懽和。仰就便酌中施行。宜加恕道。用存大義。若不能誠心悔罪。重乞歡盟。可因縛首謀。先取平山、童貫、譚稹、詹庶並逆賊張覺、李石、衞甫、趙仁彦等來詣軍前。謝天下罪。應自北界亂離來及南京叛亡諸職官、工匠、教坊、百姓。續次發遣前來。仍以黄河爲界。先請皇弟鄆王與太少宰科一員。權且爲質。亦候交割了絶。審觀情狀别無猜忌。即便遣還。外歲輸金幣并賞軍物。然後計議施行。如或不遇依從。可預爲備捍。指日相見。卻冀端的回示。大金弔伐録

覆宋孫樞密等劄子天會五年

元帥府劄子。據文武臣僚軍民僧道耆老中大夫孫樞密等狀申事。已洞悉。右元帥府。竊稔朝廷所以必廢趙氏者。豈徒然哉。蓋以不守信誓不務聽命也。非天命改卜。豈有如此之盛哉。皇帝猶以寬度。釋其罪負。别立賢人而已。真可謂伐罪弔民之大義也。今垂諭丁寧。而輒言及趙氏。雖不忘舊君。其違命之罪。亦已深矣。此後不宜更復若此。又狀申前日將相。多是罪廢敗亡之餘。其他臣僚。類皆碌碌無聞。若舉於草澤之間。孰肯推戴者。夫運數既衰。亦必有繼興者。若言敗亡之世。必無可繼。則三王之後。迄至於今。安有君臣之道、人倫之序。何不詳道理之深也。再請恭依已降聖旨。早舉堪爲人主者一人。當依已去劄子施行。如或必欲元帥府推擇。緣會驗在軍前皆係河北漢兒。若舉北人。卽與混一無異。實違所降聖旨。若欲推擇南人。其見在軍前南人。亦樞密等之所共知也。未審果有可舉者否。若果有。則請具姓名見示。亦與依應。惟不許何㮚、李若水等預此議。如或在内

及外。俱難見舉。仍請諸官各敍名銜連署。速具管依元帥府所舉推戴狀申。建炎以來繫年要録〔卷二〕參大金弔伐録

覆宋孫樞密等第二劄子天會五年

吴承旨同。齎文武百官軍民僧道耆老孫樞密等狀二道并初七狀二道。備已洞悉。右勘會朝廷所以滅宋者。蓋趙氏之罪深也。況詔旨丁寧。務在恤民。今來堅執迷惑。累有祈請復立趙氏。甚不應理。若謂廢舊立新。果難服從。緣趙氏太祖。孰與推戴。自立尚可。何況遵依聖詔。擇賢共立。孰謂不可。兼早有文字。惟貴道德。不限名位高卑。本欲利民。今諸百官軍民僧道耆老既乞行府選擇。行府於在京官僚。未諳可否。但想在京目下爲首管句者。必是可舉。所以行府欲立本官。請在京文武百官軍民僧道耆老照會此意。若所指在京目下爲首管句官員。可以共立。早具本官名銜狀申。如亦未可。卽依已去文字。須得共薦一人。限不過今月十一日狀申。所有取索趙氏支屬。不過今日發遣出城。如或此度不見舉薦及不發遣。必當別有悔吝。無得有違。建炎以來繫年要録〔卷二〕參大金弔伐録靖康要録

元帥府移宋索秦檜劄子〔天會五年〕

據前宋文武百寮軍民僧道耆老狀。乞還命張邦昌以治國事。行府已申奏朝廷。乞立爲皇帝。仍賜册文。不晚降到册文。見得事體輕重。便索鐫造。合先取紅羅一十段、紅絹一十疋、玉簡一匣、金簿貫索

應用事數全。并册用寶匣牀昇應于合用物件並全。請在京官寮。疾早準備應副外。入京月日。續有文字。次所有迎接儀仗。亦請依例準備等接。仍比至行禮以來。應有所行事務。依舊管句。又勘會先去劄子。如別有異見。別具狀申。只不許引惹趙氏。今據前中丞秦檜狀。尚言乞立趙氏。特係違令。合要本官懲斷。速請發前來。天會五年二月十四日。大金弔伐錄

集議德運省劄貞祐二年

貞祐二年正月二十二日。丞相面奉聖旨。本朝德運公事。教商量呈檢。本部照得德運之說。五經不載。惟家語有云。古之王者。易代改號。取法五行。終始相生。自漢以來。並用其說。故以庖犧氏爲木德。神農爲火德。黃帝爲土德。少昊爲金德。顓頊爲水德。歷代相承。名以一德興運。周而復始。自明昌四年十二月十一日。奉章宗敕旨。本朝德運仰商量。當時本部爲事關頭段。呈乞都省集省臺寺監七品以上官。同共講議。蒙省準呈集官講議。議在後累年。講究勘當未定。至承安四年十二月。蒙都堂再選定朝官十餘員。置所講究定奪。至承安五年二月二十日。章宗皇帝再有敕旨。商量德運。事屬頭段。莫不索選本朝漢兒進士知典故官員集議後得處。當時蒙都省再選到官四十餘員。置所集議。其官員議論既多。不能歸一。至泰和元年。都省將衆人前後議論。編類成六册轉進過。其間衆人議論不同。其岐有四。又自國初至今八十餘年。以丑爲臘。若止以金爲德運。則合天心、合人道、合祖訓。翰林學士承旨党懷英取蘇軾書傳之說。以爲禹以治水得天下。故從水而尚黑。書云禹錫

玄圭是也。殷人始以兵王。故從金而尚白。詩曰有客有客亦白其馬是也。欽惟太祖皇帝興舉義兵。翦遼平宋。奄有中土。與殷以兵王而尚白理同。本朝宜爲金德。此蓋遵太祖之聖訓。有自然之符應。謂宜依舊爲金德。而不問五行相生之次也。户部尚書孫鐸、侍讀學士張行簡、太常卿楊庭筠等。以爲唐爲土德。五代朱梁。自前世已不比數。後唐本非李氏子孫。又强自附於唐之土德。外石晉十二年。劉漢四年。郭周九年。皆乘時攘竊。其祚促短。何足以當德運。宋不用趙垂慶之言。不肯繼唐統。乃繼郭周爲火德。是彼自失其序。合爲閏位。聖朝太祖聖訓。完顏部色尚白。白卽金之正色。自今本國可號大金。又嘗有純白鳥獸瑞應。皆載之國史。請依舊爲金德。上承唐統。此蓋亦依太祖聖訓自然符應。而取越惡承善、越近承遠之説也。祕書郎呂貞幹、校書郎趙泌以爲聖朝克遼國以成帝業。遼以水爲德。水生木。國家宜承遼運爲木德。此蓋別是一説也。唯太常丞孫人傑。造爲傾險之論。以爲宋運已絶。禮官所以言不及宋而委曲擬承唐者。意以爲宋猶未絶。豈彼之心不欲以絶宋乎。人傑作此險語。本意欲朝廷繼宋運而爲土德。而忮心求勝故也。大理卿完顏薩喇、直學士温特赫、大興應奉完顏烏楚、弘文校理珠嘉珠敦等。皆以爲合繼宋運而爲土德。至泰和二年。奉章宗敕旨。繼唐底事。必定難行。繼宋底事。莫不行底麽。呂貞幹所言繼遼底事。雖未盡理。亦可折正。不然。只從李愈所論。本朝得天下。太祖以國號金。只爲金德復如何。當年十月二十五日。尚書省奏。遼據一偏。宋有中原。是正統在宋。其遼無可繼。張邦昌、劉豫皆本朝取宋以後命立之。使守河南、山東、陝西之地。卽本朝之臣耳。呂貞幹何得言齊楚更覇。不可强繼宋業。李愈所論太祖聖訓。卽是分別白黑之性。非關五行之敍。皇朝滅宋。俘其二主。火行已絶。我承其後。趙構假息江表。與晉司馬睿何異。若準完顏薩喇、孫人傑等所議。本朝合繼火德已絶汴梁之宋以爲土德。是爲相應。奉敕旨準奏行。於是告於宗廟。改用辰日爲臘。又頒詔書。布諭天下。奉行至今。今來契勘。未便輕易議論。緣事關頭段。自章宗朝選集衆官。專委講究。前後十年。纔始奏定。告廟頒詔。其重如此。既見欽奉聖旨教商量。緣係國家德運。當慎其事。擬乞從都省依前例選集羣官再行詳議。採用所長。庶得其當。

貞祐二年二月初三日。承省劄禮部呈該承省劄奉聖旨本朝德運公事教商量事。緣爲事關頭段。擬乞選官再行詳議。尚書省相度合準來呈。今點定下項官須議指揮。

太子太傅張行簡。

太子太保富察烏葉。

吏部尚書完顏伯特。

越王傅完顏阿里巴斯。

諫議大夫張行信。

翰林待制完顏烏楚。

直學士趙秉文。

大理卿李居柔。

刑部郎中富察阿里巴斯。
吏部員外郎納塔謀嘉。
户部郎中赫舍哩烏嚕。
左司諫吕卿雲。
濮王府尉阿哩哈希卜蘇。
右拾遺田庭芳。
刑部員外吕子羽。
修撰富珠哩阿拉。
修撰費摩諳達登。
修撰舒穆嚕世勣。
應奉崔禧。
應奉黄裳。
應奉穆延烏登。
編修王仲元。
右仰就便行移逐官。不妨本職及已委句當。同共講究施行。不得違錯。準此。大金德運圖説

集議德運省劄貞祐二年

自前來議論有四説。不論所繼。只爲金德。刑部尚書李愈之説也。繼唐土運爲金德。户部尚書孫鐸、太常卿楊庭筠等之説也。繼遼水運爲木德。秘書郎吕貞幹之説也。繼宋火運爲土德。太常丞孫人傑之説也。大理卿完顔薩喇直學士温特赫大興校理珠嘉珠敦等。皆以爲合繼宋運爲土德。後奉章宗敕旨。繼唐底事。必定難行。繼宋底事。莫不行底麽。吕貞幹所言繼遼底事。雖未盡理。亦可折正。不然。只從李愈所論。本朝得天下。太祖以國號爲金。只爲金德復如何。尚書省奏。遼據一偏。宋有中原。是正統在宋。其遼無可繼。張邦昌、劉豫。皆本朝取宋以後命立之。使守河南、山東、陝西之地。卽本朝之臣耳。吕貞幹何得言楚齊更覇。不可强繼宋業。李愈所論太祖聖訓。卽是分别白黑之性。非關五行之敍。皇朝滅宋。俘其二主。火行已絶。我承其後。趙構假息江表。與晉司馬睿何異。若準完顔薩喇、孫人傑等所議。本朝合繼火德已絶汴梁之宋以爲土德。是爲相應。奉敕旨準奉行。今來見奉聖旨。本朝德運公事教商量。奉到如此。今則見有一議論。以爲汴宋既亡。劉豫嗣掌齊國。本朝滅齊。然後混一中原。宋爲火。火生土。劉豫當以土運。土生金。本朝合爲金德　準此。大金德運圖説

集議德運省劄貞祐二年

尚書省奏準尚書禮部舉。竊聞王者受命開統。皆應乎五行之氣更王爲德。方今并有遼宋。統一區夏。猶未定其所王。伏覩今來。方以營造都邑并宗廟社稷。竊恐隨代制度不一。有無委所司一就詳定。奏訖。奉聖旨分付詳定。須議指揮右下。詳定内外制度儀式所可。照檢依準所奉聖旨詳定訖。分卽開立狀申。以憑再具聞奏施行。不得住滯錯失。付詳定所。準此。大金德運圖說

金文最卷五十七

議

上宗翰建立劉豫議天會八年

高慶裔

吾君舉兵。止欲取兩河。故汴京既得。而復立張邦昌。邦昌廢逐。再有河南之役。自下河南。官制不易。風俗亦無所更。可見吾君意非貪土。亦欲循邦昌故事也。元帥可首建此議。無以恩歸他人。

中興小紀

追尊祖宗謚號議天會十四年

宗磐

伏以國家肇造區夏。四征弗庭。太祖武元皇帝受命撥亂。光啟大業。太宗文烈皇帝繼志率伐。奮張皇威。原其積德累功。所由來者遠矣。皇帝陛下聖敬昭孝。光於前人。深惟草創之初。日不暇給。追崇大典。理若有待。爰詔公卿暨百執事。講求所以報本尊統貴始尚親者。事體至重。誠非疑聞虛說所得輕議。臣等竊考書傳所載。有天下者皆立七廟。三昭三穆北向。太祖東向。有虞夏后。皆祖顓頊。殷之玄王。周之后稷。禘所自出。推以配天。功大者建萬世而不祧。親盡者至四廟而迭毁。歌舞發揚。薦祼升降。皆有常數。著爲定規。至於加上帝皇之稱。是正祖宗之序。漢魏以來。隋唐而上。侈或不度。務廣厥先。陋則失中。至貴其近。何以存至公之義。貽百代之規。且禮多爲貴。固前籍之美談。而德厚流光。實本朝之先務。伏惟皇九代祖。廓君人之量。挺御世之姿。虞舜生馮。遷於負夏。太王避狄。邑此岐山。聖姥來歸。天原肇發。皇八代祖、皇七代祖。承家襲慶。裕後垂芳。不求赫赫之名。終大振振之族。皇六代祖。徙居得吉。播種是勤。去暴露獲棟宇之安。釋負戴興車輿之利。皇五代祖貝勒。雄姿邁世。美略濟時。成百里日闢之功。戎車既飭。著五教在寬之訓。人紀肇修。皇高祖太師。質自天成。德爲民望。兼精騎射。往無不摧。始置官師。歸者益衆。皇曾祖太師。威棱震俗。機警絶人。雅善運籌。未嘗衿甲。臨敵愈奮。應變若神。皇曾叔祖太師。道宜知言。智窮博識。始構經營之力。卒成奄宅之勳。皇曾叔祖太師。機獨運心。公無私物。四方聳動。諸部歸懷。德威兩隆。風俗大定。皇伯祖太師。友于盡愛。國爾惟忠。謀必罔愆。擧無不濟。累代祖妣。婦道警戒。王業艱難。俱殫内助之勞。實著始基之漸。是宜采羣臣之僉議。酌故事以遵行。欽帝於郊。稱天以謚。謹按謚法。布異行剛曰景。主義行德曰元。保民耆艾曰明。温柔聖善曰懿。請上皇九代祖尊謚曰景元皇帝。廟號始祖。妣曰明懿皇后。中和純備曰德。道德純一曰思。請上皇八代祖尊謚曰德皇帝。妣曰思皇后。好和不爭曰安。好廉自克曰節。請上皇七代祖尊謚曰安皇帝。妣曰節皇后。安民治古曰定。明德有勞曰昭。尊賢讓善曰恭。柔德好衆曰靖。請上皇六代祖尊謚曰定昭皇帝。廟號顯祖。妣曰恭靖皇后。愛民立政曰成。辟土有德曰襄。强毅執政曰威。慈仁和民曰順。請上皇五代祖貝勒尊謚曰成襄皇帝。廟號昭祖。妣曰威順皇后。愛民好與曰惠。辟土兼國曰桓。明德有勞曰昭。執必決斷曰肅。請上皇高祖太師尊謚曰惠桓皇帝。廟號景祖。妣曰昭肅皇后。大而化之曰聖。剛德克就曰肅。思慮深遠曰翼。一德不懈曰簡。請上皇曾祖太師尊謚曰聖肅皇帝。廟號世祖。妣曰翼簡皇后。申情見貌曰穆。博聞多能曰憲。柔德好衆曰靜。聖善周聞曰宣。請上皇曾叔祖太師尊謚曰穆憲皇帝。廟號肅宗。妣曰靜宣皇后。慈愛忘勞曰孝。執事有制曰平。清白守節曰貞。愛民好與曰惠。請上皇曾叔祖太師尊謚曰孝平皇帝。廟號穆宗。妣曰貞惠皇后。愛民長悌曰恭。一德不懈曰簡。夙夜共事曰敬。小心畏忌曰僖。請上皇伯祖太師尊謚曰恭簡皇帝。廟號康宗。妣曰敬僖皇后。仍請以始祖景元皇帝、景祖惠桓皇帝、世祖聖肅皇帝、太祖武元皇帝、太宗文烈皇帝。爲永永不祧之廟。須廟室告成。涓日備物。奉上寶册。藏於天府。施之罔極。大金集禮

增上太祖謚號議皇統五年

宗弼

伏覩詔書云云。臣等聞帝王之興。法天興道。惟天廣大。孰可測度。取其色則謂之蒼天。取其氣則謂之昊天。惟道玄妙。孰可擬議。以其陰陽不測。名之曰神。以其生生不窮。則名之曰易。帝德王功。巍巍蕩蕩。其於難名。亦猶是也。然國家典禮。有不可已。古之人曰。君子論撰其先祖之美。

而明著之後世。故顯揚先祖所以崇孝也。惟聖人之德。無以加於孝。是以繼緒之君。夙宵惕勵。念詒燕之聖謀。揚丕天之大律。必有典册以表謚號。稱情爲禮。以時增加。其來尚矣。然歷代之論。互爲異同。或以從簡爲師古。或以增多爲盡美。惟禮經所載聖人格言。有其舉之。莫敢或廢。況前代謚號既例有增多。矯而從簡。是爲廢禮。又自漢唐以來。宫室車服之制。朝會燕饗之度。好賜賞賚之數。禮儀文物之飾。有增於古者多矣。何獨於宗廟謚號而必欲從簡哉。尊號皇帝陛下。紹隆祖服。不忘聿修。遵崇孝之至論。采前王之令典。乃詔百寮。俾之詳議。蓋欲推尊應天廣運之丕圖。揚厲闢國開基之大業。臣等奉詔踧踖。懼無以仰稱聖孝。敢以所聞。稱述萬一。恭惟太祖武元皇帝。聖德格天。神功蓋古。遵晦待時。弔民伐罪。定萬全之策。慷慨以誓師。乘百勝之威。談笑而定亂。所攻則下。所取則獲。激揚義烈。撫懷降附。運天下於掌上。攬英雄於彀中。考圖書。立制度。慎刑罰。明爵賞。知人善任使。而賢能爲之用。是以化敵境爲樂土。回亂國爲平世。其施設大略。規模宏遠。與湯、武比隆。過高、光遠甚。臣等謹集官共議。稽考經史。參以謚法。竊以道合於天、靈承眷命。謂之應乾。肇啟皇圖、傳序正統。謂之興運。剛健文明、光被四表。謂之昭德。拯世利民、底寧區夏。謂之定功。深思遠慮、貫通周達。謂之睿。精義妙物、應變無方。謂之神。恭敬端肅、威而不猛。謂之莊。踐修世德、丕承先志。謂之孝。貴賢親親慈民愛物。謂之仁。照臨四方、獨見先識。謂之明。充實光輝、廣被宏覆。謂之大。行道化民、博施濟衆。謂之聖。肅將天威、克定禍亂。謂之武。體仁長善尊無二上。謂之元。舉此大綱。庶幾髣髴。摹寫敍述。皆出强名。將以對越在天之神。贊成崇孝之美。稽合廷議。舉無異辭。請增上尊謚曰太祖應乾興運昭德定功睿神莊孝仁明大聖武元皇帝。謹録奏聞。伏候敕旨。大金集禮

增上祖宗謚號議皇統五年　宗弼

伏惟御札云云。臣等承命忻懌。敢不奉行。恭惟尊號皇帝陛下。聖孝因心。夙夜惟念。既已躬上慶元宫册寶。又推原太祖皇帝聖意。增崇列聖尊謚。以發明重光之緒。合於孔子所稱武王善繼人之志、善述人之事。爲孝之達。敬具前代故事。有宋之制備經諸儒講議。最爲詳悉。其於廟謚。未有天下者。追謚至四字。有天下者。增至十四字。載在史册。足爲明據。恭以列聖創業垂統。以艱難勤儉。保國子民。積累百年。迄成大業。蓋與殷周之興無異。其惇朴純質。崇尚易簡。則與羲軒同風。戡定禍亂。伐罪弔民。無敵於天下。則與湯武比德。至於聖聖傳授。誠實相符。不以尊位爲己私。雖唐虞不能過。既而天命不貳。神人與能。大寶終歸於正統。此又比之唐虞。尤爲盡善。是宜對揚王休。勒之琬琰。以垂鴻猷於億世。臣等謹按謚法。參以經典格言。於已定謚號之上。增加字數。悉如故事。始祖景元皇帝。避地他邦。聿來上國。始以聖意斷訟。邦人尊服。至今爲法。宜增上謚曰懿憲景元皇帝。取浸以光大曰懿、創制垂法曰憲之意。德皇帝。生而神異。隱德不曜。宜增上謚曰淵穆玄德皇帝。取沉潛用晦曰淵、布德執義曰穆、應真生神曰玄之意。安皇帝。龍潛修德。恭默無爲。以厚子孫之福。宜增上謚曰和靖慶安皇帝。取不剛不柔曰和、寛樂恭仁曰靖、積善有餘曰慶之意。獻祖

定昭皇帝。始立室家。漸成都邑。鳩民化俗。悉本純儉。宜增上謚曰純烈定昭皇帝。取見素抱朴曰純、安民有功曰烈之意。昭祖成襄皇帝。率義爲勇。耀武拓境。好施不吝。宜增上謚曰武惠成襄皇帝。取闢土拓境曰武愛民好與曰惠之意。景祖惠桓皇帝。聖智英特。肇基帝業。土宇日廣。宜增上謚曰英烈惠桓皇帝。取出類拔萃曰英、聖功光大曰烈之意。世祖聖肅皇帝。獨運神策。盡平畔亂。威無不加。德無不懷。實始翦遼。以興寶祚。宜增上謚曰神武聖肅皇帝。取聖而不可知曰神、克定禍亂曰武之意。肅宗穆憲皇帝。思慮通達。好謀能斷。宜增上謚曰明睿穆憲皇帝。取獨見先識曰明、思能作聖曰睿之意。穆宗孝平皇帝。法令取一。恢大洪業。盡服四十七部之衆。宜增上謚曰章順孝平皇帝。取法度大明曰章、慈和徧服曰順之意。康宗恭簡皇帝。聿修至德。克勝鄰敵。宜增上謚曰獻敏恭簡皇帝。取聰明睿知曰獻、應事有功曰敏之意。太宗文烈皇帝。持志淵冲。恭承太祖付託之命。乃位宸極。內治外攘。一遵先志。功隆德普。躋民仁壽。翼善傳聖。歸於大公。宜增上謚曰體元應運世德昭功哲惠仁聖文烈皇帝。法天行道曰體元。曆數在躬曰應運。同文王之聿修曰世德。同武王之繼文曰昭功。知人曰哲。安民曰惠。爲天下得人謂之仁。博施濟衆謂之聖。徽宗景宣皇帝。在太祖光有天下之時。位居元嫡。推遜大寶。黄屋非心。誕育聖明。儲祐無極。宜增上謚曰允恭克讓孝德元功祐聖景宣皇帝。誠敬不懈曰允恭。推位不居曰克讓。奉事太祖、先意承志曰孝德。密贊謀謨、道濟天下而人無能名曰元功。誕生聖嗣、傳序正統曰祐聖。已上廟號如故。如當聖意。乞降旨有司備禮。差官奏告。應合行事件。候奏告禮畢。檢舉施行。大金集禮

增上睿宗謚號議大定三年

完顏元宜

伏奉敕旨。睿宗皇帝。尚多遺美。令尚書省集百官五品以上與禮官共議。增上謚號者。臣等聞。道者以開通濟物爲用。而本於無爲。然道曰希夷。以表域中之大。天者以偏覆包容爲功。而歸於不宰。然天名蒼昊。以彰羣物之祖。且帝王之興也。體道之開通。不露其所以開通之妙。法天之偏覆。不顯其所以偏覆之神。巍巍浩浩。固難於擬議推崇矣。然自古伏羲、神農、舜、禹、湯、武。皆當世尊其功德而稱之。載在典籍。固不誣矣。由是後代繼體之君。能以孝治天下者。爰念祖考規摹宏遠。則必有謚册以光耀萬世。其來尚矣。若增而廣之。亦非溢美。誠孝心欲報之罔極也。可不務乎。聖明仁孝皇帝陛下。永言來孝。祇紹遺謀。思所以鋪張對天之閎休。揚厲無前之偉績者。雖上尊謚。未爲光大。乃詔百僚。使之詳議。臣等奉旨踧踖。懼無以仰副聖意。敢以所聞。稱頌萬一。恭惟睿宗皇帝。聰明仁信。恭肅端莊。有聖德以昭先功。有孫謀而燕翼子。神威不測。廟略無方。而自恭行天罰。於鑠王師。則能討叛柔服。答四方徯蘇之望。投戈講義。息馬論道。則能興學校而重賢才。修禮樂而定制度。爲萬世太平之基。其王功帝德。設施大略如此。臣等謹集百官共議。稽諸典禮。參以謚法。竊以濬哲欽明、光宅天下。謂之立德。温慈和惠、茂育羣生。謂之顯仁。長發其祥、作邦作對。謂之啟聖。燕及皇天、曆數有歸。謂之廣運。修治班制、經緯天地。謂之文。安民和衆、克定禍亂。謂之武。一德不懈謂之簡。執心决斷謂之肅。舉此大綱之髣髴。擬諸至德之形容。雖皆出於

强名。庶永光於具美。伏請增上尊謚曰睿宗立德顯仁啟聖廣運文武簡肅皇帝。大金集禮

增上孝成皇帝謚號議大定十八年

伏以唐虞而下。方策所書。其善政流風。茂德大業。靡不揄揚於可久。豈或湮墜而失傳。庶幾見萬世無疆之休。固亦取百代常行之法。恭惟尊號皇帝陛下。立愛自親。所以風四海。揚功遵制。所以定羣心。因正名順事之宜。協大公至正之誼。臣等竊以武靈皇帝。作其卽位。幾十五年。時和歲豐。遠安邇肅。先時以河南之地畀諸齊人。使之牧養。而不能仰體朝廷分命之意。乃煩政重賦。民不克堪。肆命黜廢。市不易廛。兵不血刃。而又餘宋假息江淮。王師薄伐無闋歲。以其籲哀請命。乃加封册。歲時朝貢。懋明臣禮。以致獻歌儒館。偃伯靈臺。至於軍國大政。親賢並用。垂拱仰成。威儀可仰。尊嚴若神。倣立七廟。尊事祖宗。應侯順德。致治之隆。班班可紀。臣等集百官共議。稽諸典禮。參以謚法。夫受祖宗付託之重。伊濯厥公。如日之升。如月之恆。不曰宏基乎。紬齊臣宋。兵不復用。四海混同。不曰纘武乎。臨民端恪。莊也。恭而鮮言。靖也。協時肇禋。孝也。政立民安。成也。兹因節惠。用極推尊。伏請增上尊謚曰宏基纘武莊靖孝成皇帝。大金集禮

改謚閔宗議大定二十六年

三代制禮。祖宗不遷之廟。蓋爲有功有德者。東漢稍變古禮。至後魏及唐以來。並以此爲廟號。未

有踐祚而不祖宗先王者。近代循用此禮。其意本以推美爲先。故並用謚法中美字。如後魏太祖、世祖、顯祖、肅宗、敬宗。唐中宗、憲宗、敬宗、昭宗。梁太祖。後唐莊宗。皆不善終。其廟號亦用美字。別無用哀閔等字者。謹按謚法。在官遭難曰閔。使民悲傷曰閔。雖非所指所行過惡。然終非謚號之美者。伏以閔宗皇帝在位十五年。任賢仰成。法度修舉。黜齊服宋。民物安和。晚年雖稍有過差。害不及民。近已斷自宸衷。遷祔太廟。仍加以美謚。而廟號仍舊未改。今既恭奉敕旨商量。議竊以宗者尊也。謂有德可尊。既稱爲宗。而閔字似未相應。擬別定廟號。以仰副聖明之善意。兼自古無加謚改題之禮。至唐高宗以後。屢追加祖宗之謚。然亦不設册文。但有改題神主之例。近世改謚加謚並改造册寶。俟奏告畢納於廟。或因改葬則置於陵。亦有不改題神主、但告廟者。參詳謚册謚寶古禮。當奉置於陵。唐之加謚祖宗。以山陵既固。所以不改册文。止告廟改題神主。近世改謚加謚。皆改造册寶。亦以不可啟陵。遂置册寶殿。今來擬改廟號。若依唐典。故止告廟改題。不行改造册寶。緣更改廟號。與唐之加謚不同。兼即今閔宗册寶現在册寶殿。若更改別無窒礙。兼以閔字未宜。別行改定。亦難卻不改神主。將來如蒙奏定。合行更改。即當別刻玉寶。更換册内閔字。及就舊改題。差官奏告太廟。併告閔宗本室。遷奉神主入幄次改題訖。奉安於室。禮畢。以改造册寶。奉置册寶殿。今擬到下項字。

襄　闢土有德曰襄。執心克剛曰襄。

威　蠻夷率服曰威。猛以强果曰威。

敬　齋莊中正曰敬。衆方克就曰敬。

定　安民法古曰定。

桓　闢土服遠曰桓。

烈　安民有功曰烈。

熙　允釐庶績曰熙。　大金集禮

宣宗謚議〔正大元年〕

趙秉文

臣聞五緯失次。煉石以補天而乾綱正。四溟汨行。斷鰲足以立極而坤維順。其有功參造化。旋乾轉坤。不離衽席之上。皇綱弛而復振。函夏危而復安。巍巍蕩蕩。無得而名。其精神之運、心術之妙。固非羣下之所測知。雖然。亭毒之功藏於密。而其功見於四時。照臨之耀麗乎天。而其明被乎萬物。聖人體天立極。出而應世。游神蠖濩之中。而其功利被乎天下。有不可掩焉者。此天下後世所爲揚宏休。揭偉績。以摛耀於無窮。而臣子之心有不能已也。然卑不議尊。賤不議貴。是以累列其所行之迹。謁欵南郊。請之於天以示萬世至公之義而不敢專也。帝皇以來。率由兹道。伏以大行皇帝、聖德日新。沉幾天縱。始以裕陵之元子。當膺章廟之正傳。不幸屬道陵彌留之際。奸臣干命。以衞紹王繼。易天之明。亂國之經。惟天不畀矜。圖厥政。不蠲烝。自啟兵端。職爲亂階。外阻内訌。我中土弗用靖。亦罔或克嗣。天乃眷命我先皇帝。奮乾之綱。挈地之維。天戈一揮。戰士勇倍。於是定和親之約。曰余寧忍恥。不忍人戰死。由是講時邁之儀。移蹕於汴梁。從民欲也。夫其修車馬。備器械。建廟社。峻城郭。捐金帛以賞戰士。優爵賞以待功臣。録死事之孤。表死節之墓。拔將帥於亡命。擢豪傑於行陳。至於分行省以鎮遼東。則志在固根本矣。封九公以藩河朔。則志在復中原矣。縱鳳翔之歸寇。則志在懷遠方矣。赦下邳之叛卒。則志在收人心矣。所爲懷攘之道甚備。躬親政事。總攬權綱。信賞必罰。循名責實。設學養士。闢館集賢。採公望。聘名士。虛己以從衆議。體貌以禮大臣。避正殿以荅天變。修羣祀以永民福。慮囚徒。省寃獄。恤孤獨。振貧窮。宫室苑囿。無所增益。豫遊燕賞。一切停罷。所爲内修之道甚著。每與大臣語及社稷。必爲流涕。由是志士雲合。天下嚮應。中興之功。日月可冀。方將動大輅。還舊都。復園陵。獻祼太室。明示得意。告功皇天。不圖天降割於我家。氛祲紫微。禍纏霄極。憑玉几以宣命。乘白雲而上賓。此四海臣民所爲椎心而泣血者也。痛仙游之不返。攀龍髯而莫及。於是稽合禮經。參定謚議。究其所以易名之意。僉謂功贊化育。道契渾淪。基命宥密。惟時惟幾。兹非繼天乎。運鍾六百。紹開中興。祀夏而不失舊物。繼漢而系隆有命。兹非興統乎。孝繩祖武。光昭先功。紹庭上下。重光奠麗。不曰述道乎。躬理萬機。日慎一日。博施濟衆。視民如傷。不曰勤仁乎。道配三代之謂英。克定禍亂之謂武。窮神知化。備道全美。聖之至也。繼志述事。博施備物。孝之全也。謹按謚法聖善周聞曰宣。周宣漢宣是已。夫功以號昭。德以謚顯。匪謚匪號。後嗣何觀。今大行皇帝尊謚。宜天賜之曰繼天興統述道勤仁英武聖孝皇帝。廟號宣宗。臣等不勝拳拳。謹議。滏水集

明惠皇后諡議（正大八年）

趙秉文

臣聞乾父坤母。共成覆載之功。日君月妃。並顯照臨之德。其有體承天之順。運載物之功。合德無疆。配明可久。含宏光大。齊聖廣遠。若娥皇嬪虞。塗山啟夏。命降簡狄。兆殷商之發其祥。思齊太任。見文王之所以聖。皜皜乎。不可尚已。蕩蕩乎。無能名焉。然而載於書詠於詩。丕彰對天之洪休。揚厲無前之偉烈。此母后之聖。傳之無窮。而臣子之誠。又烏可已也。欽惟大行慈聖皇太后。南陽鍾慶。沙麓興祥。玉梳肇夢。金芝呈瑞。文定厥祥。天立厥配。配我烈考。懿範彌彰。齊蹤唐母。媲德周姜。輔佐先皇。勤勞夙夜。自家刑國。叶成風化。服繒示儉。戚藩作程。脫簪申戒。實贊中興。誕育聖皇。母儀象坤。正位不居。讓德靡尊。元光末命。脫躧萬方。祇奉陵寢。祭祀齋莊。左右聖皇。益茂徽音。憂國在顏。愛民宅心。天步方艱。憂心孔棘。積憂勤而不豫。感哀榮之將及。託聖嗣以遺言。意公家之惜費。毋厚葬以徒勞。憫生民之憔悴。至於金鳧銀海。器無珍異之藏。玉匣珠襦。遂戒紛華之飾。蓋自我以作古。示儀型於萬國。化流四海。恩結生民。歷千古而興較。實曠代而無鄰。臣等以謂考諡尊德。國家之典。有美不揚。臣子之罪。自非大彰聖母之懿範。何以流芳於萬世也。夫公則生明。正則言順。於是諏禮官。曁羣匹。稽節惠之文。定易名之制。僉謂獨見於幾微之會。默福含生。游神於長樂之宮。先識長利。玆非曰明乎。容之如地。養之如春。並施利物。不於其身。玆不曰惠乎。謹按諡法。獨見先識曰明。恩能及下曰惠。如式請上尊諡曰明

惠皇后。著之玉册。永播無窮。臣等不勝拳拳。謹議。滏水集

宫縣樂曲議大定十一年

按唐會要。舊制南北郊宫縣。用二十架。周漢魏晉宋齊六朝及唐開元、宋開寶禮。其數皆同。宋會要用三十六架。五禮新儀用四十八架。其數多。似乎太侈。今擬太常因革禮。天子宫縣之樂三十六簴。宗廟與殿庭同。郊丘則二十簴。宜用宫縣二十架。登歌編鐘編磬各一簴。又按周禮大司樂。凡樂圜鐘爲宫。黄鐘爲角。太簇爲徵。姑洗爲羽。雷鼓雷鼗。孤竹之管。雲和之瑟。雲門之舞。冬至日。至地上之圜丘奏之。若樂六變。則天神皆降。可得而禮矣。六變謂六成也。唐宋因之。蓋圜鐘夾鐘也。用爲宫者。以上應房心。有天帝明堂之象也。宫聲三奏。角徵羽各一奏。合陽之奇數。欲神聽之也。凡樂起於陽。至少陰而止。圜鐘自卯至申。其數有六。故六變而樂止。則天神皆降。可得而禮也。樂曲之名。唐以和。宋以安。本朝定樂曲。以寧爲名。今止有太廟祫享樂曲。而郊祀樂曲未備。皇統九年拜天。用乾寧之曲。今圜丘降神。固可就用。今太廟祫享。皇帝升降行止。奏昌寧之曲。迎俎奏豐寧之曲。酌獻舞出入奏肅寧之曲。飲福奏福寧之曲。宋開寶禮。亦可就用。餘有郊祀曲名。皇帝入中壝、奠玉幣、迎俎、酌獻、舞出入樂曲。宜皆以寧字製名。金史〔三十九樂志上〕

金文最卷五十八

議

德運議（貞祐二年）

趙秉文

右秉文議。除與編修王仲元相同外。竊詳聖朝之興。併滅遼宋。俘宋二主。遷其寶器。宋爲已滅。章宗皇帝宸斷。以土繼火。已得中當宜。不可越宋而遠繼唐。以此看詳。止爲土德。是爲相應。須至申者。貞祐二年二月日。翰林直學士中大夫趙秉文狀。大金德運圖說

德運議

黄裳

右裳伏承省劄仰講議本朝德運者。傳曰。君子大居正。又曰。王者大一統。正者所以正天下之不正。統者所以統天下之不一也。由不正與不一。然後正統之論興。正統之論興。然後德運之議定。自近代言之。則唐以土德王。傳祀三百。土生金。繼唐而王者。德當在金。朱温唐之羿浞。固無足道。朱邪存勗以賜姓號唐。滅梁之後。僅得四年。復爲異姓嗣源所奪。是可以當德運耶。厥後

石晉興亡。實係契丹。劉漢父子。通及四載。郭威以逆而得。柴榮自外而繼。是皆不足以當德運明矣。惟汴梁趙宋。傳祚數君。差優於五季。然考其實。則趙宋以柴氏之臣。欺孤兒寡婦。以取其國。初不能併契丹復唐故地。而其後嗣君與契丹通好。其實事之。夫欺奪柴氏。是不能正天下之不正也。實事契丹。是不能統天下之不一也。其臣如趙垂慶、張君房、董衍輩。諛悅其君。欲使承唐爲金德者非一。使當時牽合而從之。猶不足以塞後世之公議。況妄爲火德之說。我尚可以繼之也哉。我太祖之興也。當收國改元之初。謂凡物之不變無如金者。且完顏部色尚白。則金之正色。自今本國可號大金。神哉斯言。殆天啟之也。繼以太宗。遂平遼宋。夫遼宋不能相正。而我正之。不能相一。而我統之。正統固在我矣。光承唐運。非我而誰。事固有不求合而自合者。設無太祖聖訓。本朝德運。固應金行。況乎言與天合。而復有純白鳥獸自然之瑞哉。故自丑日爲臘以來。時和歲豐。中外禔福。干戈偃息者八十餘年。嗚呼休哉。金德其正也。泰和之初。議者以汴宋嘗帝中原爲可繼。於是改金爲土。曾不知遼亦嘗滅晉而得中原矣。本朝實先取遼。何獨不可繼哉。既閏遼矣。而宋獨不可閏乎哉。改之誠是矣。其天時人事之應。果愈於前日耶。抑不及耶。夫秦能併六國一四海。作法立制。後世有不可改者。直以不道漢尚越之而繼周。以區區篡奪之宋。且嘗事遼。我獨不能越之而承唐乎。誠能復金德之舊。則上以副祖宗之意。下以慰遺老之思。祛降不祥。感召善氣。在此舉矣。臆見如此。伏俟裁擇。謹議。貞祐二年二月日。應奉翰林文字黄裳狀。大金德運圖說

德運議〔貞祐二年〕

完顏烏楚

右烏楚欽依見奉聖旨商議本朝德運事。烏楚先於章宗朝。已與完顏薩喇、温特赫、大興縣孫人傑、郭仲容、孫人鑑等。以爲本朝繼宋。宋爲火德。火德已絶。火生土。我爲土德。是爲相應。奉敕旨準奏行。今據烏楚所見。本朝德運。止合依先朝奉行爲土德。似爲長便。貞祐二年二月日。翰林待制兼侍御史完顏烏楚狀。大金德運圖説

德運議〔貞祐二年〕

王仲元

右仲元承尚書禮部符承省劄備該今來見奉聖旨本朝德運公事教商量。仲元品職雖卑。亦令預商量之數。謹按歐陽修正統論有曰。君子大居正。王者大一統。正者所以正天下之不正也。統者所以合天下之不一也。自古帝王之興。必有至德以受天命。豈偏名於一德哉。而曰五行之運有休王。一以彼衰。一以此勝。此曆官術家之事。不知出於何人。伏覩本朝之興。混一區宇。正歐陽修所謂大居正大一統者也。開國之初。太祖皇帝以金爲國號。取其不變之義。非取五行之敘也。必欲順五行相生之德。則前此章宗皇帝宸斷繼亡宋火行之絶而爲土德。雖當日改辰爲臘。然大金之號。亦自仍舊。以冠曆日而不相妨也。以此看詳。止爲土德。是爲相應。須至申者。貞祐二年二月日。承直郎國史院編修官王仲元狀。十六日。應奉崔伯祥連署訖。大金德運圖説

德運議〔貞祐二年〕

舒穆嚕世勣　吕子羽

右世勣等伏承禮部符文令議德運事。竊見前來朝廷論議。固已詳備。但各執所見。或以爲金。或以爲木。或以爲土。彼此不同。世勣等愚見。既太祖聖訓謂完顏部色尚白。則是太祖宸斷已有所定也。當時瑞應。復有純白鳥獸之異。則是天意固有所命也。章宗敕旨。謂只從李愈所論以爲金德復如何。則是章宗聖意初亦有所疑也。據此合無〇無。疑衍。止爲金德。仍舊以丑爲臘。謹議。貞祐二年二月日。翰林修撰舒穆嚕世勣、刑部員外郎吕子羽狀。十六日。大理卿李和甫連署訖。十八日。户部郎中赫舍哩烏嚕連署訖。大金德運圖說

德運議〔貞祐二年〕

張行信

右行信準禮部告示集議國家德運事。竊以德運之說。其來久矣。自伏羲以木德王。炎帝爲火。軒皇爲土。五帝三主。相承以敘。皆取五行生旺之氣也。蒼周訖録。木宜生火。秦雖强大。傳五世。併六國。自爲水行。逆統失次。及漢祖開創。斷蛇著符。旗幟尚赤。此自然之應。協於火德。故漢初惑臣誼異説。雖暫爲土。其後終爲火德。承周之統。魏晉以降。劉石燕秦。迭據中國。以世業促褊。不獲推敘。元魏興自元朔。物色尚黑。此亦自然之應。協於水德。故魏初雖繼秦爲土。理有未愜。及孝文纘業。覽朝賢之議。卒定爲水德。遠承晉運。周隋繼唐。更無異論。以其序順而理得

也。降及五代。篡亂相循。地褊世促。更甚於苻秦燕趙。其不足推敘。亦明矣。且梁與晉周。皆以篡取。豈獨梁爲閏位。後唐三姓。俱非李氏子孫。豈得仍爲土運。石晉一紀。劉漢四年。本史各不載其所王之德謂之金與水者。無所考據。蓋趙氏篡周。不能越近承遠。既繼周木。猥稱火德。必欲上接唐運。以自誇大。故逆推而强配之。以漢爲水。以晉爲金。而續後唐之土。是皆妄說附會。不可信也。然則唐土之後。當啟金運。朱梁以下。無可言者。宋昧於所承。自稱火德。逆統失次。亦與秦水無異。此國朝所以繼宋爲土有可疑者也。五行之運。豈有斷絶。考次推時。天意可見。自唐之僖昭。墜緒於西。本朝始祖。已肇迹於東。氣王於長白。祚衍於金源。奕世載德。遂集大統。太祖開國之始。謂部色尚白。白者金之正色。乃以大金爲號。天輔年間。又多有純白之瑞。凡此數者。皆暗相符應。運之爲金。亦昭昭矣。或謂部色尚白。國號爲金。太祖本不言及五行之敘。難便據之爲運。是不知漢獲赤帝符尚赤。元魏居元朔尚黑。當初亦非論德運也。何妨漢之爲火、魏之爲土、晉之爲水哉。蓋帝王乘五德之運。王有天下。於開創之初。必有自然符應。協於五德。不得不據而言之也。今蒙集議德運所宜行。信愚見若考國初自然之符應。依漢承周魏承晉之故事。定爲金德。上承唐運。則得天統合祖意。古典不違。人心亦順矣。若夫汴宋之火。前無所承。失其行次。自爲五行之閏位。不足繼也。謹議。貞祐二年二月日。右諫議大夫兼吏部侍郎張行信狀。二十日。左司諫吕祥卿連署訖。大金德運圖說

德運議〔貞祐二年〕

穆顏烏登

右烏登等竊見自古推定德運者多矣。有承其序而稱之者。有協其符而取之者。故二帝三王。以五行相因。備載於漢史。此承其德運之敘而稱之者也。迄於漢世。不取賈誼、公孫臣之說。卒以旗幟尚赤。此協其斷蛇之符而取之者也。由是觀之。承德運之序。協天之符瑞。乃明哲所行之令典也。欽惟太祖一戎衣而天下大定。遂乃國號大金。以丑爲臘。是時雖未嘗究其德運。而聖謀自得其正。其與天之符瑞粲然相合矣。何以言之。蓋自李唐王以土德。其後朱梁不能混一天下。不得附於正統。誠爲然矣。而後唐本姓朱邪。非李唐之苗裔。而强附於土德。究其失。則後唐當爲金、石晉爲水、劉漢爲木、後周爲火、亡宋爲土。既土生金。而聖朝以丑爲臘者。誠可謂默獲德運之正矣。況自國初嘗獲純白鳥獸之瑞。兼長白山素係國家福幸之地。且白者既爲金色。而太祖國號爲金。其與天之符瑞灼然協矣。美哉。得德運之正而協天之符瑞。以致四夷咸懷。六合同風。干戈永息。禮樂興隆。八十餘年寂然無事。逮乎章宗之朝。議定德運。而孫人傑等備言當繼於宋。可謂得其事之實者也。然而不究亡宋失序爲火德之由。乃謂之土生於火以辰爲臘。今若正其宋失。更火爲土。則本朝取宋。自爲金德。若是則得其德運之正而協於天之符瑞矣。貞祐二年二月十六日。朝請大夫應奉兼編修穆顏烏登、少中大夫吏部員外郎納塔謀嘉、中大夫濮王府尉阿里哈希卜蘇、中議大夫刑部郎中富察伊爾必斯、通奉大夫越王傅完顏伊爾必斯、中奉大夫吏部尚書完顏伯特同議。大金德運圖說

德運議〔貞祐二年〕

田庭芳

右庭芳伏爲承本部告示集議德運事者。竊惟從來德運之稱不一。大率有三。或以本土物色之奇爲之應。或以當時符瑞之殊爲之合。或以曩朝王跡之始爲之繼。其間有一於此。即可爲其運號。不必以五行相生爲序。論夫本朝。於是有所得之者多。何以知之。蓋聞本朝肇迹之方多出金寶。且金之正色也尚白。本地又有長白山。其中是物自生而白。此爲金德。是其物色之奇應之者一也。兼天輔之初。有純白鳥獸屢嘗來見。此爲金德。是其符瑞之殊合之者二也。又聞曾論本朝合繼唐之土德。謂唐爲有道之統。自梁以下皆起於亂。無可接之於是者。至於宋也。雖如鐵中之錚。粗知可取。及見趙垂慶等言猶不從之。反繼柴周。以爲火德。是其自失唐之正統之序。意者、以謂當其元運有以待其來兆。金之應也。玆者若繼於唐。亦猶漢之越秦繼周之例。此爲金德。是其與王跡之始繼之者三也。又聞故老相傳。國初將舉義師也。曾遣人詣宋。相約伐遼。仍請參定其國之本號。時則宋人自以其爲火德。意謂火當克金。遂因循推其國號爲金。自想爲得。不知伊統本非爲火。果是因其自背。還自速其俘降。識者又謂金得火克。乃能成器。由宋假於其火。轉成金國之大也。宜然。是故向來以丑爲臘者八十餘年。應是當時已有定論。後疑失其文本。不得其詳爾。今來議者。本欲復其金之號。徒自膠其反本之説。其間有所疑議者二。請試釋之。一則强爲遷就。謂劉齊繼宋。宋火也。火當生土。本朝廢齊。齊土也。土當生金。是不知宋已失序。固非爲火之正。齊又出於臣使之封。亦非爲土之正。如此序本朝爲金德之運。似非折中。一則議者復謂宋或爲火。以金忌於火爲避。不知宋非爲火。已如上説。設如宋本爲火。曾不知五行造化。衰火不能尅於旺金。且如昔之秦爲水運。水當克火。漢爲火運。火德忌水。然則秦終爲漢滅之者。得非以秦德衰而漢德旺之故耶。以此參詳。如以本朝爲金德之運。委是相應。至如以五行上推移之。則亦是以德之衰旺見其運之隆替。可使慎終如始爲其戒爾。良以金之爲言。名則取其堅固不變爲體。本以貴其剛明有斷爲德。則知金主於義。義以合宜者行。一切與奪間。決然無疑者。是追觀太祖已行之迹。固有其義。若然。是謂開其金運之先。貽則於後使燕翼者也。今則如能必復金德之運。必依祖義。則事自然無所不斷。位自然無所不固。如不依祖義。徒憑運號。則亦猶宋人向曾以河清爲天水郡之瑞應。以萬歲山真武廟爲鎮北方之術。殊不稽於人事。畢竟何如。右謹議。伏承尚書禮部詳酌是望。大金德運圖説

南遷議貞祐二年

完顔宗魯

盤庚遷亳。不可做襲。平王遷洛。愈見衰微。我國家以雄强戰鬭。奄有南北。今一旦示弱。遠竄梁魏。以此保國。恐其不然。古人有言。我能往敵亦能往。今外人徒見晝河之議。欲自燕而南遷。謂舍河北以厭其欲。則河南、山東可爲國家久計。臣恐不然。不若以宗廟社稷之重與國家死守。立於百戰之間。得勝勢則因機興復。否則固守京都。轉輸於中原。使遠近猶知我爲雄强之國。臣以爲有中京。則有河北、河南。無中京。河北不可保。河南豈能獨立乎。大金國志

南征議

僞齊羅　誘

臣聞皇天厭亂。所以開聖人也。故必有不世出之英雄。乘時撥亂。以新寰海。以息兆民。陛下以積累之資。出逢否運。應天順人。肇臨大寶。網羅英俊。以備庶官。其所以開基創業者至矣。然未能混一區夏。定宗廟萬世之策。臣猶爲陛下不取也。比復覽聖詔。旁求草澤。求所以南征之議。大抵皆碌碌之士。詞章泛濫。不能盡當世之務。無以副明詔。臣今爲陛下妄言之。臣嘗觀高祖起於匹夫。劍斷白蛇。旗標赤幟。販繒屠狗之輩。率創痍亡命之夫。兵不踰數萬。西攻武關。擊猛秦。降王子嬰。以定關中。暨徙封南鄭。鋭意東向。復與項籍争鋒。巨細百戰。使籍馬不停足。卒斬東城。五載而成帝業。臣觀其所以興者。不過於高明果斷、急擊勿失。所以收成功也。向使高祖隱忍遲發。將且爲敗虜矣。尚何敢望天下哉。況陛下據全齊之地。挾猛鷙之師。豪傑之士雲屯霧集。與劉季君臣相去萬萬。而趙氏兵窮力促。國勢顛躋。則又非猛秦、項籍之可比。此天亡之秋。所以假手於陛下。若不因機而取。是乃養虎遺患。將使復殖矣。今陛下特隱忍而不發者。無乃惑於四議乎。臣願爲陛下決之。其一則曰。方以卑辭通舊主。告以大金敦逼不得已之意。隱結勇猛。速求翦伐。成則爲君。敗則不失爲忠臣。觀其猛弱。坐而獲福。真三王之舉也。臣竊薄之。此雖三尺童子猶不可欺。況彼爲人主者哉。陛下獨不畏張邦昌之禍乎。此以北面奉符璽退而復辟。猶且爲虀粉。況又有甚焉者哉。至今天下猶有爲邦昌惜者。獨臣以爲匹夫。宜其殺身。且成敗在決斷。與其退避。不若不爲。陛下果欲從此議以通舊主。則邦昌之禍及矣。南征非陛下不能也。患不斷爾。夫圖王不成。其敗猶霸。此可決者一也。其二曰。彼有强敵難塞之路。加以冗兵坐食之費。俟其凶荒兵老財匱。然後可擊。此又不然。夫於越以蠻夷之資困於會稽。及行成於吳。金玉子女所以爲賂者。不可勝數。然終以滅吳。況宋之所保猶不下百郡。西有三川之饒。南有二廣之富。增摘山之算。倍煮海之利。其以賂大金者。不過歲時聘問講禮之幣而已。休兵養士。惟思所以報齊。若不乘弊而擊。待其羽翮之成。提兵北顧。則我齊一敗塗地。間不容髮。夫天亡不取。必有後殃。此可決者二也。其三則曰。陛下所以王山東者。以其間得民心也。若簽而從軍。定失民望。以臣觀之。是不通時變腐儒之說也。夫趙氏奄有神器垂二百年。其於生靈。德至渥也。一旦猶且忘之。況大齊姑息之恩哉。且民心日夜望故主之來。所賴大金威惠。因無異心。使彼和議成。將不我援。則豪傑四起。不待趙氏之兵。而齊已誅矣。且民何恤哉。而金國之師所乞者再四。蓋亦可慮也。今幸許興師。既無物以勞其來。而又不爲之佐。則誰肯與盡心哉。使萬一無敗可也。或有不虞。則我齊何以爲計。當因金師簽十州之民。劫以征行。使見其故主淩遲之甚。堅心大齊。不敢妄發。又使趙氏不能退其兵。而齊終得取天下。此可決者三也。其四則曰。陛下親臨戎事。國事孰委。而元子以儲嗣之重。亦不宜輕動。臣請論之。昔唐高祖龍飛太原。開建國社。皆太宗仗義而動。輔創大業。躬親戎馬。平一天下。陛下縱未能親臨。則莫若以元子行太宗故事。躬率六師。與民除亂。使萬世之後。尊陛下爲齊高祖。而元子爲太宗。如或不然。則陛下一傳之後。而大臣皆宋之舊臣。誰肯竭力以輔少主。宜遣元子親行。成此戡定之功。以結民心。以服大臣。庶幾我齊得以永祚。傳於無窮。此可決者四也。四議既決。而臣復有六擊之便。今備陳之。兩淮之廣。膏腴千里。實六朝控扼之地。所以表護江浙而不可失者也。而又金陵之鎮。古之重地。前有長江之險。環以大山之固。得人以守之。則雖窮年皓首而不可拔。彼圖退保吴越。略無意於此。殊不知兩淮失。金陵危。吴越不可保矣。此天所以遺陛下。臣知其無能爲也。若遣兵先據兩淮。振威滁泗。摇蕩江浙。乘隙進拔金陵。縱不能全圖。則山東爲内地。陛下可自安矣。此地利失其守。可擊者一也。且國步多艱。必圖賢相以輔。庶幾可救隕越。而趙氏自播遷之後。鉅公碩德。隨以磨滅。而所與謀事者。不過六七輩。吕頤浩横議狂直。失大臣風。兼有私門之癖。雖有政事。常爲利所移。朱勝非雖老臣。然守法具位。怯於圖大事。秦檜智小而謀大。翟汝文才有餘而量不足。趙鼎雖大器。然孤立在外。進不容於朝。至於范宗尹。口尚乳臭。驟然登庸。言不顧行。驕貴自用。又無足道者。是數子輩皆闒茸之士。非宰相才也。况復互爲朋黨。以相譏詆。此入而彼出。席不暇暖。視政府如傳舍。一旦有倉卒之憂。其君㦬㦬於上。百官泛泛於下。無有任其責者。此宰相非其人。可擊者二也。且國家危亂。注意在賢將。彼所用者。第皆庸瑣。劉光世雖持重。而偏裨不良。韓世忠有京西圯上之役。不可以言勇。至於張俊。尸禄素餐。坐與卒伍争利。徒能糜費太倉粟。是三子者曾無毫髮功。僥冒主知。起身行伍。致位兩府之列。挾不賞之疑。懷藏弓之忌。金珠子女。玩嗜滿前。驕奢淫佚。以奪其志。而又各以權勢相尚。互誘軍士。結怨連隙。未始少和。欲其率先。不其難哉。此將驕而不和。可擊者三也。夫兵者國之爪牙。弗戢將自焚。彼自敗績之後。士卒殆盡。不過降烏合之衆。招飢悴之夫。患生於驕縱。罔所不至。治之急則有合從之謀。緩則生日横之氣。間有邊事。則各以妻孥爲念。徬徨自傷。覬覦而後行。逡巡而畏縮。饑鷹一飽。麾之不至。此兵縱而不戢。可擊者四也。詩曰大宗維翰。又曰宗子維城。而太子者。天下之大本也。彼以闇弱之資。孤立在上。既無宗室屏翰之固。又失儲位嗣續之託。閹寺竊權。勢傾朝野。豈不殆哉。設有軍事。孰與之謀。此主孤而内危。可擊者五也。夫用兵之道。財用爲先。彼用兵以來。藏無信宿之錢。倉無間日之粟。兩浙之間。賦斂横出。官吏生姦。民人怨望。諸軍僥求之心。猶且不已。稍有警急。不亡何待。此兵窮而財匱。可擊者六也。且我無四議之惑。彼有六擊之便。是乃萬全之師。取天下如反掌。伏願陛下斷自聖衷。確然不回。必從臣議。則天下幸甚。臣謹上議。偽齊録〔北盟會編炎興下帙八十二〕

結南夷擾宋川廣議

偽齊盧載揚

今宋朝播遷。假息吴越。西失關陝之重兵。東絶齊魯之徭賦。荆湘屯大寇。江浙防勁敵。固已顛沛矣。然而川廣交通。寶貨雜遝。有金銀茶馬之貢。香礬繒錦之利。資其雄富。未易隕越。爲今之計。莫若列其利害。表於大金。大具海舶。各遣一介之使。南通交阯。結連溪洞諸酋長。講智高之舊策。約二廣以分王。侵掠其地。西障三山。俾財賦不入於二浙。將窮且迫。雖不加討。亦必魚爛而亡矣。建炎以來繫年要録〔六十八〕參偽齊録

金文最卷五十九

論

總論

趙秉文

盡天下之道。曰仁而已矣。仁不足。繼之以義。世治之汙隆。係乎義之大小。而其世數之久近。則係乎其仁所積之有厚薄。紀綱刑政。皆由義出者也。天下有道。則大綱小紀一出於正。其次。大綱正而小紀不正。不害其爲治。大綱不正。小紀雖正。不救其爲亂。所謂大綱。風俗也。人才也。兵食也。質勝華則治之原也。華勝質則亂之端也。國家之興。未有不先實而後趨於華。華之極。則爲奢、爲僭、爲奸、爲僞。則日趨於亂矣。天下不能無正人。亦不能無邪人。在人君所處之。正勝邪。則治之原也。邪勝正。則亂之端也。邪勝極。則爲請託公行。爲讒妒並興。則日趨於亂矣。天下不可一日而無兵備。亦不可一日而乏財用。用之有道。治之原也。用之非道。亂之端也。二者之弊。爲黷武。爲聚斂。則日趨於亂矣。天寶之末。宣和之季。病者有坊。孤獨者有養。教養有官。宮祠有秩。亦可謂小制立矣。然不免於亂世。凡以大綱不正故也。自古帝王或寖以隆昌。或僨而復振。

或斷而復續。皆積之效也。唐虞三代漢唐。難以徧舉。秦征伐六國。六國未亡。而秦先亡。文景弑逆。晉四傳而亡。前人所謂秦如馬後牛。呂氏非復嬴者是。梁武好佛而亡。而餘孽復振。至唐八葉。宰相與之終始。猶以慈儉也。是故施之於智力可及之地者人也。施之於智力不可及之地者天也。仁者天之道也。義者人之事也。人定者勝天。天定者亦能勝人。孟子曰。不仁而得天下者。未之有也。余獨曰。不仁而得天下者。亦有之矣。不仁而世數長久者。未之聞也。或曰。子之言。世俗之言也。曰固也。然古之人不求苟異。其於仁義申重而已。六經載唐虞三代之道。遭秦煨燼。其書不完。漢魏以來。學者講之詳矣。苟爲喋喋。吾恐失之鑿也。而漢以來。備有史記。可覆而考也。文帝有容天下之量。宣帝有君人之術。然而不及三代者。武帝之過也。蜀先主有公天下之心。唐文明二帝有追治古之風。然皆有失。足以爲龜鑑矣。或謂前輩之論英雄。曰曹操、劉裕、苻堅。其取天下。或得或失。子曾無一言及之。何耶。曰所貴乎中天地而應帝王者。謂其爲生靈之主也。苟争地以戰。殺人盈野。争城以戰。殺人盈城。不顧逆順。是生人之仇也。余尚忍言之哉。卒論如左。傳之於家云。滏水集

西漢論

趙秉文

漢高祖起布衣取天下。當時比之逐鹿。幸而得之。然初入關中。秋毫無犯。約法三章。此與發粟散財何異。天下既定。規模卓然。已有四百年之氣象。孝惠享國日淺。呂氏盜執國柄。勳親環視。莫

敢誰何。譬猶强族大姓乘兼并之力。夫亡子幼。主婦鷙忍。雖有豪奴悍婢。猶且惕息伺一旦之隙。餘威猶在耳。孝文慈儉出於天性。是時漢興二十餘年。賈生遂欲改制度、削諸侯、擊外夷。賴誼之策不行。遂以無事。使帝無賈生。不失爲守成之主。而帝盡行生之言。其禍有不可勝言者。大抵文帝德量過於賈生。所不及者才具耳。雖然。以誼之才。輔之可也。疏之亦非也使誼加以數年不死。亦自悔其前日之論。則伊管之儔也。及至孝景。用晁錯之計。七國遂反。於斯之時。有叛國無叛民。後來到得武帝。罷黜百家。表章六經。修郊祀。改正朔。作詩樂。正音律。駸駸乎三代之風。使武帝遂相仲舒。則三代矣。或曰。元朔之政。多以仲舒發之。然此皆三代之文。仲舒之言曰。人君正心以正朝廷。又曰。仁人者正其義不謀其利。明其道不計其功。凡此皆仲尼之心三代之實也。使帝知正心明道之寔。亦自無末年之禍。而帝甘心四夷。奢侈無度。亦豈果能用仲舒哉。奈何乘文景之蓄積。窮兵黷武。征伐不休。至於末年。户口減半。幾及亡國。所不亡者幸也。或曰。武帝開西域以斷匈奴右臂。泄高帝平城之恥。洗呂后嫚書之辱。矯文帝姑息之弊。筭計見效。不亦丕乎。曰前不云乎。不謀其利。利之大者也。不計其功。功之大者也。以帝之雄才大略。一遵文帝之慈儉。又豈止延祚四百年而已哉。是故帝王之過。莫大乎好殺。老子曰。其事好還。楚靈王曰。予殺人子多矣。能無及乎。卒有戾園之禍。賴高文恩德在人心。付託得人。擁昭立宣。遂以復安。曰然則衛霍之將也非乎。曰亦非也。武帝非寔知衛霍之才。特以私衛后之親耳。以李廣利稱貳師。準之可見。自古帝王變亂舊章、果於自用者。自武帝始。其與始皇相去無幾。亡不亡之間耳。及至孝宣。知民事之艱難。勵精爲治。有君人之術。然考其所謂以嚴致平者。殆不可見。夫信賞必罰。五帝三王不易之道。但論其當與否耳。必以誅趙廣漢、韓延壽等爲嚴刑峻罰破奸宄之膽。此自帝之過舉。亦非霸者之政矣。惜哉。亡是可也。至其用趙充國破先零。論議諄複於屯田之計。優優乎帝王之略矣。元成而下無議焉。劉向、揚雄皆經國之大儒。吾知其不能用之也。滏水集

東漢論

趙秉文

善治病者。必知脈之虛寔。病之大小。治之逆從。微者逆之。甚者從之。寒熱通塞因之。有時故病未除。更生他疾。參伍其宜。徐以制之。夫然後病可除也。東漢自明章以後。其君不足以有爲。政出外戚。孝和與鄭衆誅竇憲。宦官用事自此始。此葢如人受病之始。雖飲食如故。病留於腠理。而四肢未覺也。迨至孝安。納王聖、樊豐之譖、誅楊震。如人漸不甘魚肉之味。而嗜土炭。疾猶可爲也。明年誅聖等。是其效矣。其後梁冀擅廢立。唐衡、左琯等用事。此亦平勃交驩之時也。李杜二公。少忍須臾。帝必將憒冀。冀乃可圖。已而單(匡)〔超〕等果誅冀。五侯復恣橫。將有繼是而思進者。此通因通用塞因塞用之理也。終之陳竇繼誅。黨禍起矣。此病甚而不從之故也。是後羣公欲盡誅內宦。內宦既除。而漢亦亡。譬猶故病未除。益以他疾。其證已危。當以飲食醫藥漸以調劑之。一用猛藥。則大命去矣。故毒藥十去六七者。良爲此也。嘗謂西漢大臣寬博有謀。可定大事。然不及東漢士大夫之節。故平勃霍光。終成其功。其弊也。養交安祿。而王莽以穿窬之智。坐攘神器。

東漢士大夫忠義有守。足鎮頹俗。然不及西漢大臣之謀。故李、杜諸公以虛名相高。而奸雄不敢覬覦。其弊也。矯激太甚。而身死國亡。要之。圖回天下者。豈淺淺丈夫之所爲哉。在易之蠱曰。先甲三日。後甲三日。說者曰。甲爲春仁也。庚爲秋義也。蠱者物壞而有事之時。治蠱之道。不可以亟也。於卦一陽生爲復。二爲臨。三爲泰。四爲大壯。五爲夬。夬決也。以五陽而決一陰。猶戒之曰。健而說。決而和。柔乘五剛也。然則聖人之意亦可見矣。或曰。然則仲尼墮三桓城也。非耶。曰史失其傳多矣。家語雜出於後世。王肅之學。是非聖人之謀也。聖人之謀。不如是之亟也。哀公問社於宰我。說者以爲有行誅之意。魯自宣公失政逮於三桓久矣。仲尼止之曰。成事不說。遂事不諫。既往不咎。誰謂仲尼爲政期月而遂墮三都乎。易曰。順而正之。觀象也。或曰。然則李杜當梁冀廢立之時。將爲胡廣、趙戒乎。曰李杜正色立朝。若經孔子。當在三仁之列。吾猶恨其正而寡謀也。廣戒愼而不正。李杜正而不順。順而正之。其平勃乎。陳竇諸賢。猶裸袒而劘虎兕之齒也。至則靡耳。何功之有。易曰。見惡人無咎。子見南子。佛肸、公山弗擾召。子欲往。聖人不絕惡人之辭。陳寔所以送張讓之葬也。雖然。有寔之心則可。不然。豈可見黃門而稱貞哉。滏水集

蜀漢正名論

趙秉文

仲尼編詩。列王黍離於國風。爲其王室卑弱下自同於列國也。春秋諸侯用夷禮。則夷之。夷而進於中國。則中國之。西蜀僻陋之國。先主武侯有公天下之心。宜稱曰漢。漢者公天下之言也。自餘則

否。書漢中王立爲帝者何。著自立也。昭烈帝室之胄。輔以諸葛公王者之佐。乘中原無主。遂卽尊位以係遠近之望。宜矣。然而猶有所憾云者。方蜀中傳言漢帝遇害。縞素以令三軍曰。曹操父子逼主篡位。吾奉密詔討賊。義不與共戴天。是時關張熊虎之將猶在。指揮中原以定大計。漢主若在。吾事之不濟。退以漢中王終身北面。存亡危難之際。非英主不濟。舍我其誰哉。上則爲三王之舉。下不失爲漢光武。孰與曹丕、孫權同以僭稱哉。書蜀攻吳戰於夷陵。蜀師敗績者何。吳蜀脣齒之國。人皆知蜀之攻吳爲非。不知吳之謀羽亦非也。使吳蜀相持。而劉曄之計得行。吳其殆哉。勝敗不足論也。先主於關羽。情義久要。義當復仇。不慮其敗。然聞諸葛瑾之言。羽之親。何如先帝。俱應仇疾。誰當先後。忿恨之心亦可已矣。而不能已。余然後知克己之爲難也。書漢王命丞相亮輔太子禪者何。古之所謂誠其意者。毋自欺也。三代而上。正心誠意。以之治天下國家無餘事矣。觀先主所以付託孔明之意。三代而下公天下之心者。至此復見。伊湯之德。不是過焉。或曰。誠固天德。其如人僞何。曹氏父子。所以付託司馬懿者。亦已至矣。而卒以篡奪。果在推誠哉。曰曹氏欺孤問鼎。何嘗一事而出於誠。使有孔明。不爲用也。至於託孤曰。爾無負我。庸愚知笑之。豈與先主武侯同哉。夫仁人者。正其義不謀其利。往以義者來以義。往以利者來以利。義利之判久矣。曰然則先主借荆州逐劉璋。果皆出於誠乎。曰使先主一出於扶漢。此亦兼弱侮亡之道。惟不忍須臾以卽尊位。使人不能無恨。噫。安得王者之佐與之共言至公哉。書漢丞相亮討孟獲七擒縱者何。昔舜舞干羽於兩階。七旬有苗格。學者或疑焉。此古帝王正義明道之事。固非淺淺者所能議也。有苗雖爲逆命。

又非冥頑無知者。其意曰。以位則彼君也。我臣也。以力則彼以天下。我一方也。而且退讓修德。其待我也亦至矣。且孔明所以不殺孟獲者。服其心也。孔明而一天下。其待孟獲也。必有道矣。惜乎。出師中道而歿。不得見帝者之佐之行事。故功業止此齪齪也。善乎。文中子曰。諸葛亮而無死。禮樂其有興乎。僕固不足以知禮樂之本。若安上治民移風易俗之實。孔明任之有餘矣。不然。周旋鏗鏘之末。區區叔孫通、大樂令夔之事。何待於亮哉。滏水集

魏晉正名論

趙秉文

甚哉。桓靈之不君也。其所爲鉤黨者。天下之善人舉在焉。善人國之紀也。其可殺之乎。善人誅鋤。奸雄覬覦。又況鬼偷狐媚如操者哉。自後輕侮肆言如孔文舉者殺之。勸讓九錫如荀文若者殺之。豪傑既盡。國亦隨之。其餘恇怯諂附之徒。舉社稷以與人而不羞也。是時中原人物。惟陳長文爲第一。然其魏室佐命之臣。則漢室之所謂賊也。搤王父之吭而奪之食。資父以爲孝。凶逆不爲。誰謂長文而忍爲之乎。善乎。歐陽子之言曰。魏晉而下。佐命之臣。皆可貶絕。謂其二心於本朝也。遷固而下。秉史筆者。何其蕩而無法也。春秋書齊豹盜三叛人名。惡之也。陳壽既以陳羣之徒列於魏傳之中。晉史遂以賈充弒君之賊列於晉傳之首。何以史爲哉。若以春秋之法繩之。陳羣、賈充之徒。當附於漢魏賊臣傳。且書曰。漢羣臣以帝禪於魏。凡師能左右之曰以。庶幾亂臣賊子知所懼矣。以荀彧爲魏傳首。何則。天下大亂。羣雄競起。撥亂之才。非操而誰。漢祿既盡。俟天下

悅。然後歸己。上則爲周文王。下不失爲漢高光。孰與攘九錫以篡終哉。此或之志也。以羊祜、杜預爲晉傳首。至於王祥。雖名孝友。身爲三公。無補國亡。當附於王導傳首。其餘機雲之徒。當列於文藝傳。嵇阮之徒。當列於玄虛傳。王衍當國。不營世務。職爲亂階。當附於奸臣傳。王淩、毋丘儉、諸葛誕等。雖名忠於本朝。然興兵犯順。以誅君側之惡。其漸不可啟也。當書曰。魏諸葛誕、王淩、毋丘儉以廣陵叛。猶冀其有存魏之心。故書曰魏。若司馬師。則無復魏矣。阮籍登廣武而歎。蓋有意乎正當世之亂也。然爲師等作九錫表。名魏而實晉矣。當書曰。晉阮籍登廣武而歎。春秋之法。諸侯即位。未踰年稱子。踰年則稱公。廢弑二帝。皆即位踰年。而史稱邵陵厲公、高貴鄉公。此何理也。正使賊臣不加尊謚。猶當以廢帝及正元、正始○正始爲邵陵厲公年號。正元爲高貴鄉公年號。按順序正元、正始應互乙。之號加之。至於景元皇帝爲司馬炎篡奪。託名禪讓。加之謚號。炎之篡。魏之仇也。使帝有靈。其受仇讐之僞謚乎。孔子曰。必也正名。名豈正而言豈順乎。當書曰。司馬師廢正始皇帝。昭弑正元皇帝。炎篡景元皇帝。是後宋奪之晉。齊奪之宋。梁奪之齊。皆託禪讓爲名。雖由天道好還。亦其風俗有自來。然則名節之士。由此觀之。可不重歟。可不重歟。滏水集

唐論

趙秉文

唐興。承五代干戈之後。生民憔悴。思樂息肩。幸而貞觀之治。同符三代。然猶好大喜功。遼東之役未已。而武氏已識其宮中矣。唐之子孫。殺戮殆盡。雖致治之美。有以開三百年之業。然猶不能

黷樂殺人之禍也。中睿懦庸。開元致治。同符貞觀。天寶之亂。唐興百五十載。物極則衰。理勢然也。然開元之末。一日殺三庶人。則天理滅矣。罷張九齡。相牛李。則狗冠〇四部叢刊本冠作寬。廟堂矣。內則妖姬蠱惑。外則國忠嘯凶。則狐穴城社矣。向不任蕃將討奚契丹。屠石堡城。誅南詔。使生靈之血塗於邊草。雖有末年之禍。不如是之酷也。以至骨肉流夷。哀王孫之詩是也。妃嬪戮辱。哀江頭之詩是也。以其所不愛。及其所愛。向無李郭之將。社稷墟矣。孟子曰。民爲貴。社稷次之。而使生靈塗炭。社稷阽危。託於人上。安之乎。在昔殷周之賢王。超然如山林學道之士。視聲色富貴。不足以概其心。故能長保其富貴尊安。六七百歲而不絶。後之君。貪一餉之樂。遺百年之患。以彼易此。誰得誰失。然猶覆轍相尋。豈不哀哉。或者以爲禍始於妃后。成於宦豎。終於藩鎮。向使明皇無侈大之心。則妃匹宦豎之禍不作。祿山一牧羯奴耳。藩鎮之禍。何由而興。終之姑息政行。禍難頻興。雖元和平蜀蔡。會昌定晉潞。終不能得山東尺寸之地。而使務勝不休。則爲黷武矣。譬之中年之後。一下一衰。亦其理也。加之肅代有一顔真卿而不能用。德朝有一陸贄而不能用。宣朝有一李德裕而不能用。自是以還。唐衰矣。或曰。前人王令、曾鞏論過唐。曰。不法三代。子何論之卑也。曰。此書生好大之言也。貞觀、開元。以仁義治天下。亦三代之遺意也。子以不封建不足以爲三代乎。藩鎮之召亂。不得已也。況得已而封建乎。子以不井田不足以爲三代乎。宇文融括隱田而天下怨。況奪富以資貧乎。曰。非此之謂也。謂禮樂法度闕如也。曰。禮樂法度。亦各隨時之制。子以爲必如周公之制而後可。是後世無復三代矣。房、杜、姚、宋。不能知制作之本。而謂王令、曾鞏必能知之乎。是又一王安石也。曰。然則先王之制治其終不可見乎。曰。以仁義刑政治天下。大略法唐虞三代。參以後王之制。其可矣。如其禮樂。以俟之明哲之君子。滏水集

知人論

趙秉文

天下之患。莫大於有間。小人者。因其間之可入。投蠘抵罅。無所不至。其始也、僥倖於一切之利。而不圖後患。而其末也。至於國家覆敗而不可支持。未嘗不本乎小人之爲患也。甚矣。小人之爲患難知、知而難去也。其所謂小人者。又非其貪如盜跖、賊如商臣、讒如惡來、汰如欒黶之爲難也。譬如猛虎猘犬。人得執而殺之矣。其要在乎小惠似智。矯諫似忠。趦趄盤辟以爲敬。內厚情深以爲重。見小利而不圖大患。邀近效而不知遠慮。主有所向。則逢其意而先之。主有所惡。則激其怒而遷之。其詐足以固人主之寵。其信足以結人主之知。漢張禹、胡廣。晉孫勗。唐盧、李之徒是已。孔子曰。鄙夫可與事君也與哉。其未得之也。患得之。既得之也。患失之。苟患失之。無所不至矣。夫患得患失之徒。苟生利之爲見。以爲事固當然。無足慮者。豈知禍敗一至此哉。譬之少年。酣聲色以蠱其心。至其暮齒。八邪攻其外。百疾侍於內。則不免餌金石（之過）○據吳本刪。以駐須臾之期。而疽癰乃日相繼也。人皆知金石之過。而不知酒色之蠱其死也。故賊莽之篡、內宦之專、八王之亂、安史之禍。金石之潰也。數子之甘言。酒色之咎也。人之適意。常在耳目之前。而遺患常在於數十年之後。求其免於後患也。難矣哉。然則何以知小人而辨君子。曰難言也。雖然。試言其略。

小人不知大體而寡小過。苟得苟合。易進而難退。君子知大體而不免小過。不苟得。不苟合。難進而易退。人主者。赦君子之小過。而不恤於小人之寡過。以責其遠者大者。其亦庶乎其可也。滏水集

遷都論

趙秉文

東坡有言。周室之壞。未有如東遷之謬者也。僕則以爲不然。使平王不遷。則亦不能朝諸侯而撫四夷矣。幾何其不胥而爲夷也。事有緩急。勢有强弱。魏武之遷許昌。固不如圖關羽之易也。東晉之竄蠻越。又不如守建康之舊也。不幸夷狄亂華。外侮内訌。師老而緩急難支。財殫而餽運不繼。何恃而不遷哉。大抵有天下者。安必慮危。治必防亂。所以長安且治。後世安諱危。治諱亂。所以愈危且亂也。昔者周都豐鎬。而周公定鼎於洛邑。蓋有深意存焉。其後或設東西都。或置陪京。雖以備巡幸。且亦所以防不虞之患也。使天下於治安之時。未嘗有意外之慮。不幸一旦當遷。其如危弱何。曰固也。不遷愈危且弱矣。雖然。救之之術。有形有勢有本。明皇幸蜀。晉遷金陵。恃江山險阻。形也。周之東遷。晉鄭焉依。恃諸侯强大。勢也。向使無江山險阻與諸侯之勢。則亦因其本矣。上京中都。國家之根本也。議者或遷河南。或遷陝西。不過恃潼關大河之險耳。而夏人偵吾西。宋人偵吾南。萬一蜂蠆有毒。窺吾間隙。則關河之險爲不足恃。況大河爲限。則舉根本之地以爲棄之。可乎。故愚以謂莫若權幸山東。山東富庶甲天下。杜牧所謂王不得不王。伯不得不伯。又

利建侯。海道可以通遼東。兵運直接上京。開黄河故道。由滄景而入海。則是河南山東爲一。大河險阻共之也。有關河之形固上京中都之本。而輔之以建侯之勢。一舉而三者得。其與遷河南陜西不侔矣。滏水集

侯守論

趙秉文

或問建侯置守孰爲得。曰皆是也。抑皆非也。何以言之。曰三代封建。則守在四夷。而其弊也。有尾大不掉之患。秦罷侯置守。則制在一人。而其衰也。有天下土崩之勢。此天下之所睹聞也。或者懲尾大之咎。謂郡縣不必稽於古。鑒土崩之失。謂封建可復行於今。二者皆一偏之弊。未知所以救之之術也。且法不能無弊。弊不能無變。三代之法弊。而郡縣之。郡縣之法弊。而不思所以復之之術爲得乎。夫立國必有一家之制度。制度必有所法。列郡縣、隳名城、銷鋒鏑。非秦之法耶。秦之法弊。而不以三代之法救之。亦不爲善變矣。夫平居致養。拔一毛以事無用。壯夫不爲也。及虺蛇之螫。斷一臂以去所患。怯夫爲之。何則。所損者小而所利者大也。方天下已定。上有一尊。下無異望。當此之時。復欲幅裂山河而瓜分之。建侯樹屏。使諸侯各擅其地。私有其民。調其兵車。入其財賦。使更爲肘腋。互爲唇齒。生靈之患。何時而息耶。此拔一毛以事無用也。故其勢不得不郡縣。及太平日久。内弛外訌。夷狄肆侮。社稷阽危。人主有睽孤之勢。海内無勤王之師。此斷一臂以去所患也。故其勢不得不封建。昔者議天寶之亂。房琯請割州郡以封諸子。禄山聞之曰。天下非

吾有也。既而太子陷之。其議遂寢。自後藩鎮跋扈。或治或亂。然且垂百五十年。亦藩鎮相維之力也。不得已而封建。其利有三。諸侯世擅其地。則各愛其民。愛其民則軍不分。修其城郭。備其器械。則人自爲戰。人自爲戰。則我衆彼寡。夷狄不能交侵。一也。夷狄無外侮。則天下終爲我有。二也。雖有强獷之徒。大小相維。足以長世。三也。或曰。七國之難、八王之禍。皆封建爲之也。子尚忍言之乎。曰吾之所言。非謂郡縣不及封建也。爲救弊不得已而言之也。且郡縣之制。可以大治。亦可大亂。封建之制。雖不可大治。亦卒不至大亂。人主權其輕重可也。況罷侯置守。非大亂之後。不可卒變。封建子弟。非罷侯置守之難也。何憚而不爲哉。滏水集

直論

趙秉文

傳曰。正直爲德。詩曰。靖共爾位。好是正直。神之聽之。介爾景福。然則直之爲德且祥也。明矣。何以明之。人之心。莫不好直而惡曲。其反是者。有物蔽焉耳。貪者忧於利。而怯者避其禍。嘗試與之論人物。評曲直。應非而是者。必其親且厚也。不然其權勢足畏也。應是而非者。必其疏且怨也。不然其勢位足卑也。自餘議論無不公者。弗與同其利也。弗與同其害也。則勇者必見於言。懦者必見於色。應非而是、應是而非者否焉耳。然則直之爲德且祥也。亦明矣。然多有以直賈禍者。古之人守道以爲直。後世徼名以近禍也。吾非其父兄也。非其師友也。吾直焉。此被髮纓冠而救鄉人之鬬也。親則父兄也。義則師友也。吾不直也。此端坐而視同舍之焚溺也。其可乎。是故言有當於

分。行有合於理。吾直焉。非直也。吾守道也。言有犯於分。行有乖於理。吾直焉。非直也。徼名也。故道之所在。直之所在也。守其道而名從之。名之所在。利之所在也。志於利而害亦從之。直之名一。而其別有四。有直而陷於曲者。有曲以全其直者。有直而過於直者。有直以遂其直者。其父攘羊而子證之。此直而陷於曲者也。魯昭公娶於吳。孔子以爲知禮。此曲以全其直者也。國武子以盡言見殺。洩冶以諫死。此直而過於直者也。齊魯之會。孔子歷階而進。齊梁之見。孟子不肯枉尺而直尋。此直以遂其直者也。此亦可以辨是非。在君子而必知有所擇矣。或曰。君子而有不直焉者。其可乎。曰未可也。食其禄。任其責。君子殺身爲之。直以行可也。吾非衆之首。衆非吾必從。在君子亦完其力而已矣。夫君子者。動静語嘿。不離其道者也。滏水集

論語辨惑總論

王若虚

解論語者。有三過焉。過於深也。過於高也。過於厚也。聖人之言。亦人情而已。是以明白而易知。中庸而可久。學者求之太過。則其論雖美。而要爲失其實。亦何貴乎此哉。夫子之言性與天道。子貢自謂其不得聞。而宋儒皆以爲實聞之。問死問鬼神。夫子不以告子路。而宋儒皆以爲實告之。鄉黨所載。乃聖人言動之常。無意義者多矣。而或謂與春秋相表裏。終篇唐舜禹湯之事。寂寥殘缺。殆有闕文。不當强解。而或謂聖學所傳。所以著明二十篇之大旨。若是之類。皆過於深者也。聖人雖無名利之心。然常就名利以誘人。使之由人欲而識天理。故雖中下之人。皆可企而及。

兹其所以爲教之周也。如曰不患莫己知。求爲可知也。此正就名而使之求寔耳。而謝顯道曰。是猶有求知之意。非聖人之至論。子張學干禄。夫子爲言得禄之道。此正就利而使之思義耳。而張九成曰。聖人之門。無爲人謀求利之説。禄之爲義。自足而已。甯武子。邦無道則愚。夫子以爲不可及。楊龜山曰。有知愚之名。則非行其所無事。言不可及。則過乎中道矣。蘧伯玉。邦無道則卷而懷之。夫子以爲君子。而張南軒曰。此猶有卷懷之意。未及乎潛龍之隱見。果聖人之旨乎。若是之類。皆過於高者也。凡人有好則有惡。有喜則有怒。有譽則有毁。聖人亦何以異哉。而學者一以春風和氣期之。凡忿疾譏斥之辭。必周遮護諱而爲之説。子曰。十室之邑。必有忠信如某者焉。不如某之好學也。此蓋篤實教人。欲其知所勉耳。而衞瓘以焉字屬下句。意謂聖人不敢以不學待天下也。此正繆戾。而世或喜之。子曰。四十五十而無聞焉。斯亦不足畏也已。年四十而見惡焉。其終也已。人固有晚而改節者。然概觀之。亦可見其終身矣。而蘇東坡皆疑其有爲而言。子貢問當時從政者。夫子比之斗筲而不數。蓋師弟之間商評之語。何害於德。而張九成極論以爲自稱之辭。至於杖叩原壤。呼之爲賊。此其鄙棄。無復可疑。而范純夫猶有因其才而教誨之。若是之類。皆過於厚者也。知此三者。而聖人之實著矣。滹南遺老集

汝南遺事總論

王鶚

義宗皇帝在位十有一年。傷王室之浸微。先朝之積弊。吏政失於苛細也。不破法以情。往興定間。陳

州防禦呂子羽。因取會逃户。致秋税有不足者。豐衍庫官趙某。以應入庫物未足。寄民家。罪皆怠慢。的決追解而已。有司附會丞相高琪。苛細生事。以子羽不以軍儲爲意。即係不以社稷爲念。某官物不即入庫。意望入己。委曲生意。皆處以死。正大初赦文首一欵。有司不得以私情破法。自是無復冤獄矣。子羽字唐卿。大興人。明昌二年詞賦進士。將士利於征戰也。不逞兵以忿。自興定初。宋人歲貢不入。宣宗連年出師征討。國家精鋭幾盡喪。而利歸將士。義宗卽位。一意約和。十年無一兵犯南界者。宋人亦未嘗見侵。大朝兵入。宋始侵矣。朝臣有罪。則薄示降罰。未嘗妄戮一人。丞相高琪、駙馬阿海、參政移剌都、行院時全。皆以將相大臣爲前朝所戮。其餘不言可知。正大至天興。未嘗有此。大臣有犯。但省會休閒、出守外郡而已。母后無宫。則略加補修。未嘗輒營一殿。直左門掖有曰明俊殿者。舊試進士。因之爲壽聖宫。慈聖太后、仁聖太后合居焉。廊廡階庭。一切仍舊。但易其名曰徽音。而又敦崇儒術。前政内外官及省内史、參佐、吏員蒲察合住、王阿里、李渙、敦浩輩。皆以傾險小人。致位通顯。遇正大改元。潛革其弊。雖立法如常。而不令小人驟進。至於近侍。亦必參用儒生。如奥屯阿虎提點近侍局、完顔素蘭爲近侍局大使、賈庭揚充奉御之類。阿虎字舜卿。故參政忠孝之子。大定二十八年策論進士。素蘭字伯揚。崇慶二年策論進士狀元。庭揚字昇之。平定人。正大四年經義狀元。遴選武臣。南渡之後。軍政殊不修。隨處雖設行院、帥府。而握兵柄者。往往不得其人。兵亦冗雜。動輒失利。正大中。選近上把軍官十餘員充都尉。秩視正三品。每一都尉將萬人。人各試補。廩給有加。故當時號爲得人。司各有名。如殄寇、破虜、宣節、折衝、鷹揚、安平之類。其將如完顔豬兒、樊澤、高英、内族大婁室。皆勇鷙有謀。戰無不克。天興初。皆死於王事。罷獵地以裕民。舊制。附京百里禁捕獵扈邏官軍所至騷擾。正大五年。敕令罷之。開經筵而論道。正大五年設益政院。取獻替有益於政之義。以翰林學士楊雲翼、直學士完顔素蘭、蒲察世達、裴滿阿虎帶。侍御史公奕、吕造六人充院官。日以二員官直。或二日。或三日。或四日。或五日。進講尚書、貞觀政要、資治通鑑。或以機事特賜訪問。院官復編尚書要略、大定遺訓、萬年龜鏡録三書以進。皆摘取英華切於時政者。上酷好之。又以學士兼直經筵。在仁安殿西。楊雲翼字之美。平定人。明昌五年經義狀元。詞賦亦工。素蘭字伯陽。崇慶二年策論狀元。世達字正甫。泰和三年策論進士。阿虎帶字仲甯。與世達同年進士。公奕字季宏。大定二十八年詞賦進士。造字子成。承安二年詞賦狀元。時雲翼足疾。每進見必賜之坐。以六事課縣令。田野闢而賦税均。辟舉縣令法。自先朝已行之。然隨朝七品、外路六品以上官。或有不識人才因私妄舉者。正大間。復立舉主法。品秩雖應舉。仍委司農司監察。體究本官堪充舉主。然後聽舉縣令。縣令以此得人。仍以縣令殿最升降舉主。故舉主亦盡心焉。六事謂田野闢、賦税均、軍民和、户口增、盜賊息、獄訟止。分三路設司農。大司農司兼採訪公事。在京設大司農一員。正二品。多以宰職兼領。京東西南三路各設卿一員。正四品。少卿一員。正五品。丞一員。正六品。卿以下迭出本路巡按。使察治臧否而升黜之。每一經過。姦吏屏息。故所在官吏。知所勸懲。善良進而姦邪退。是致家餘蓄積。户益丁黄。雖未洽於太平。亦可謂小康小息者矣。屬天地一統。地入大朝。遂至滅亡。猶足稱頌。曷嘗不親馭六轡。撫巡三軍。出器皿以旌戰功。殺廐馬以充犒賞。所以人百其勇。視死如歸。父母受刃於前。子復操戈於後。大臣如仲德。義所感者幾千人。近侍如絳山。氣不奪者以萬。卒。死於社稷。上下一同。書之簡編。古今無愧。某起繇冷族。濫竊科名。始以詞賦待罪於玉堂。終於奏官承乏乎蘭省。厚顔覥面。誠爲我輩之羞。鏤骨銘心。懼泯吾君之善。況承都元帥之命。且惟大中書之言。敢不追思前編。直書實事。某在蔡已有目録。謹以親所見聞。撰成汝南遺事四卷。計一百七事。冗長不文。故不足取。庶幾他日爲史官採擇。若夫正大、天興本末之詳。則天下自有公論。非某陋儒所敢與知。庸俟將來。必有秉筆者焉。汝南遺事金吾案。王鶚身仕兩朝。晚節不終。此篇又其入元後所作。例不得録。惟稱述哀宗諸善政。有頌揚而絶無怨謗。尚有惓惓故主之思。故變例録之。

金文最卷六十

辨

司馬温公不喜佛辨

李純甫

蘇軾作司馬光墓誌。云公不喜佛。曰。其精微大抵不出於吾書。其誕吾不信。嗟乎。聰明之障人如此其甚耶。同則以爲出於吾書。異則以爲誕而不信。適足以自障其聰慧而已。聖人之道。其相通也。如有關鑰。其相合也。如有符璽。相距數千里。如處一室。相繼數萬世。如在一席。故孔子曰。西方有聖人焉。莊子曰。萬世之後一遇大聖而知其解者。是旦暮遇之也。其精微處。安得不同。列子曰。古者神聖之人。先會鬼神魑魅。次達八方人民。末聚禽獸蟲蛾。備知萬物情態。悉解異類音聲。其所教訓。無遺逸焉。何誕之有。孔子游方之內。故六合之外存而不論。鄒衍、列禦寇、莊周方外之士。已無所不談矣。顧不如佛書之縷縷也。以非耳目所及。光不敢信。既非耳目所及。吾敢不信耶。郭璞日者也。十年於晉室。若合符券。疑吾佛不能記百萬之多劫耶。左慈術士也。變形於魏都。皆同物色。疑吾佛不能示千百億之化身耶。長房壺中之術。人信之矣。不信維摩丈室容三萬座與納須彌於芥子中之説乎。邯鄲枕上之夢。人信之矣。不信多寶佛塔住五千劫耶。度僧祇如彈指頃之説乎。若俱不信。不知光亦嘗有夢否。瞑於一床。栩栩少時也。山川聚落。森然可狀。人物器皿。何所不有。俯仰酬酢於其閒。自成一世。此特凡夫第六分離識之所影現者耳。其力如是。況以如來大圓鏡智菩薩之幻三昧乎。學者當自消息之。毋爲虛名所劫持也。佛祖通載

程伊川異端害教論辨

李純甫

程顥論學於周敦頤曰。道之不明。異端害人也。古之害近而易知。今之害深而難辨。昔之惑人也。乘其迷暗。今之惑人也。因其高明。自謂之窮神知化。而不足以開物成務。名爲無不周徧。而其實乖於倫理。雖云窮深極微。而不可以入堯舜之道。天下之學者。非淺陋固滯。則必入於此。悲夫。諸儒排佛老之言。無如此説之深且痛也。吾讀周易知異端之不足怪。讀莊子知異端之皆可喜。讀維摩經知其非異端也。讀華嚴經始知無異端也。周易曰。夫道並行而不相悖。或處或出。或默或語。殊塗而同歸。一致而百慮。雖有異端。何足怪耶。莊子曰。不見天地之全。古人之大體。道術爲天下裂。如耳目鼻口之不相通。楂梨橘柚之不同味。雖不足以用天下。可爲天下用。恢詭譎怪。道通爲一。是異端皆可喜者。維摩經曰。諸邪見外道皆吾侍者。六地菩薩乃作魔。謗於佛。毀於法。不入衆數。隨六師墮。乃可取食。然無異端也。華嚴經曰。入法界品。諸善知識阿僧祇數。皆於無量劫行菩薩道。國王長者、居士僧尼、婦人童女、外道鬼神、船師醫卜與粥香者。無非法門。略見五十三種。

無厭足王之殘忍。婆須蜜女之淫蕩。勝熱仙人之刻苦。聚沙童子之嬉劇。大天之怪異。主夜之幽陰。皆有大解脱門。此法界中無復有異端事。道無古今。害豈有深淺哉。但恐迷暗者未必迷暗。高明者自謂高明耳。嘗試論之。三聖人者同出於周。如日月星辰之合於扶桑之上。如江河淮漢之匯於尾閭之淵。非偶然也。其心則同。其迹則異。其道則一。其教則三。孔子游方之内。其防民也深。恐其眩於太高之説。則蕩而無所歸。故約之以名教。老子游方之外。其導世也切。恐其昧於至微之辭。則塞而無所入。故示之以真理。不無有少齟齬者。此其徒之所以支離而不合也。吾佛之書既東。則不如此。大包天地而有餘。細入秋毫而無間。假諸夢話。戲此幻人。五戒十善。開人天道於鹿苑之中。四禪八定。建聲聞乘於鷲峯之下。六度萬行。種菩薩之因。三身四智。結如來之果。登正覺於一刹那間。度有情於阿僧祇劫。豎窮三界。横徧十方。轉法輪於彈指頃。出經卷於微塵中。律儀細細。八萬四千。妙覺重重。單復十二。陰補禮經。素王之所未制。徑開道學。玄聖之所難言。教之大行。誰不受賜。如游魚之於大海。出没其中。如飛鳥之於太虚。縱横皆是。薰習肌骨如薝蔔香。灌注肝腸如甘露漿。翰墨文章。亦游戲三昧。道冠儒履。皆菩薩道場。諸君之聰慧辨才。亦必有所從來。特以他生之事而忘之耳。況程氏之學出於佛書。何用故謗傷哉。又字字以誠教人。而自出此語。將以欺人則愚。將以自欺則狂。惜哉。窮性理之説。既至於此。而胸中猶有此物。真病至於膏肓者也夫。吁。 佛祖通載

辨亡

劉祁

或問。金國之所以亡。何哉。末帝非有桀紂之惡。害不及民。疆土雖削。士馬尚强。而遽至不救。亦必有説。余曰。觀金之始取天下。過於後魏、後唐、石晉、遼。然其所以不能長久者。根本不立也。當其取遼時。誠與後魏初起不殊。及取宋。責其背約。名爲伐罪弔民。收徽宗。〇徽宗。中華點校本作徽索。圖書車服。褒崇元祐諸正人。取蔡京、童貫、王黼諸奸黨。皆以順百姓望。又能用遼宋人材。如韓企先、劉彦宗、韓昉輩也。及得天下。其封建廢置政令。如前朝典章法度。皆出於書生。至海陵庶人。雖淫暴自强。然英鋭有大志。定官制律令皆可觀。又擢用人材。將混一天下。功雖不成。其强至矣。世宗天資仁厚。善於守成。又躬自儉約。以養育士庶。故大定三十年。幾致太平。所用多敦厚謹勅之士。如石琚輩爲相。不煩擾。不更張。偃息干戈。修崇學校。議者以爲有漢文景風。此所以基明昌、承安之盛也。宣孝太子最高明絶人。讀書喜文。欲以變易風俗。行中國禮樂如魏孝文。天不祚金。不卽大位早世。章宗聰慧有父風。屬文爲學。崇尚儒雅。故一時名士輩出。大臣執政。多有文采學問可取。能吏直臣皆得顯用。政令修舉。文治爛然。金朝之盛極矣。然學文止於詞章。不知講明經術、爲保國保民之道。以圖基祚久長。又頗好浮侈。崇建宫闕。外戚小人多預政。且無志聖賢高蹈。大臣惟知奉承。不敢逆其所好。故上下皆無維持長世之策。安樂一時。此所以啟大安、貞祐之弱也。衞主苛吝。不知人君大體。不足言也。而强敵生邊。賊臣得柄。外内交病。莫敢療理。

宣宗立於賊手。本懦弱無能。性頗猜忌。懲權臣之禍。恒恐爲人所摇。故大臣宿將有罪。必除去不貸。其遷都大梁。可謂失謀。向使守關中。猶可以數世。況南渡之後。不能苦心刻意如越王句踐志報會稽之羞。但苟安幸存。以延歲月。由高琪執政後。擢用胥吏。抑士大夫之氣不得伸。文法紛然。無與復遠略。大臣在位者。亦無忘身徇國之人。縱有之。亦不得馳騁。又偏私族類。疏外漢人。其機密謨謀。雖漢相不得預。人主以至公治天下。其分别如此。望羣下盡力難哉。故當路者惟知迎合其意。謹守簿書而已。爲將者但知奉承近侍以偷倖寵。無効死之心。倖臣貴戚。皆據要職於一時。士大夫一有敢言敢爲者。皆投置散地。此所以啟天興之亡也。末帝奪長而立。出於愛私。雖資不殘酷。然以聖智自處。少爲黠吏時全所教。用術取人。雖外示寬宏以取名。内實淫縱自肆。且諱言過惡。喜聽諛言。又闇於用人。其將相止取從來貴戚。雖不殺大臣。其驕將多難制不馴。況不知大略。臨大事輒退怯自沮。此所以一遇勍敵而不能振也。大抵金國之政。雜用遼宋法令。所以支持百年。然其分别漢人。且不變家政。不得士大夫心。此所以不能長久。向使大定後宣孝得立。盡行中國法。明昌、承安間。復知保守整頓以防後憂。南渡之後。能内修政令。以恢復爲志。則其國祚亦未必遽絶也。嘗記泰和間。有雲中李純甫。由小官上書萬言。大略以爲此政當有爲日。而當路以爲迂闊笑之。宴安自處。以至土崩瓦解。南渡後。復有以機會宜急有備爲言者。而上下泰然。俱不以爲心。以至宗廟丘墟、家國廢絶。此古人所謂何世無奇材而遺之草澤者也。歸潛志

説

性道教説

趙秉文

性之説。難言也。何以明之。上焉者。雜佛老而言。下焉者。兼情與才而言之也。佛則滅情以歸性。老氏則歸根以復命。非吾所謂性之中也。荀卿曰。人性惡。楊子曰。人性善惡混。言其情也。韓子曰。性有上中下。言其才也。非性之本也。記曰。人生而静。天之性也。又曰。中者。天下之大本也。此指性之本體也。方其喜怒哀樂未發之際。無一毫人欲之私。純是天理而已。故曰。天命之謂性。孟子又於中形出性善之説。曰惻隱也。羞惡也。辭讓也。是非也。孟子學於子思者也。其亦異於曾子、子思之傳乎。曰否。不然也。此四端含藏而未發者也。發則見矣。譬之草木萌芽。其茁然而出者必直。間有不直。物礙之耳。惟大人爲能不失其赤子之心。此承性而行之者也。故謂之道。人欲之勝久矣。一旦求復其天理之真。不亦難乎。固當務學以致其知。先明乎義利之辨。使一事一物了然吾胸中。習察既久。天理日明。人欲日消。庶幾可以造聖賢之域。故聖人修道以教天下。使之遏人欲存天理。此修道之謂教也。孟子之後。不得其傳。獨周程二夫子。紹千古之絶學。發前聖之祕奧。教人於喜怒未發之前求之。以戒慎恐懼於不見不聞爲入道之要。此前賢之所未到。其最優游乎。其徒遂以韓歐諸儒爲不知道。此好大之言也。後儒之扶教。得聖賢之一體者多矣。

使董子、楊子、文中子之徒。游於聖人之門。則游夏矣。使諸儒不見傳注之學。豈能遽先毛鄭哉。聞道有淺深。乘時有先後耳。或曰。歐陽之學失之淺。蘇氏之學失之雜。如其不純何。曰歐蘇長於經濟之變。如其常。自當歸周、程。或曰。中庸之學。孔子傳之曾子。曾子傳之子思。而後成書。不以明告羣弟子。何也。曰詩書執禮。皆雅言也。雅言猶言素所言耳。至於天道性命。聖人之所難言。且易之一經。夫子晚而喜之。蓋慎言之也。孟子不言易。荀卿曰。始乎爲士。終乎讀禮。於時未嘗言易。後世猶曰孟子不言易。所以深言之也。聖人於尋常日用之中。所語無非性與天道。故曰。吾無隱乎爾。但門弟子有不知者。迨子貢曰。夫子之言性與天道。不可得而聞也。子貢聞一貫之後。蓋知之矣。然亦未嘗以窮高極遠爲得也。自王氏之學興。士大夫非道德性命不談。而不知篤厚力行之實。其蔽至於以世教爲俗學。而道學之敝。亦有以中爲正位、仁爲種性。流爲佛老而不自知。其敝。反有甚於傳注之學。此又不可不知也。且中庸之道。何道也。天道也。大中至正之道也。典禮德刑。非人爲之私也。且子以爲外是別有所謂性與天道乎。吾恐貪高慕遠空談無得也。雖聖學如天。亦必自近始。然則何自而入哉。曰。慎獨。滏水集

中說并引

趙秉文

蘇黄門云。喜怒哀樂之未發謂之中。即六祖所謂不思善惡之謂也。發而皆中節謂之和。即六度萬行是也。藍田吕氏曰。寂然不動。中也。赤子之心。中也。伊川云。性與天道。中也。若如所

論。和固可位天地育萬物矣。只如不思善、不思惡、寂然不動、赤子之心謂之中。果可以位天地育萬物乎。又言性與天道。中也。何不言喜怒哀樂未發謂之性與天道耶。或者謂物物皆中。且不可渣滓其說。請指眼前一物明之。何者謂中。只如權衡。亦中之類。如何得雜佛老之說而言之而明聖人所謂中也。或云。無過與不及之謂中。此四者。已發而中節者也。言中庸之道則可。言大本則未可。若然。則寂然不動赤子之心。皆中正也。非耶。

試論之曰。不偏之謂中。不倚之謂中。中者。天下之正理。夫不偏不倚正理。以涉於喜怒哀樂已發而中節者也。然未發之前。亦豈外是哉。學者固不可求之於氣質未分之前。老。胞胎未具之際。佛。只於尋常日用中試體夫喜怒哀樂未發之際。果是何物耶。此心未形。不可謂有。必有事焉。不可謂無。果喜歟。果怒歟。喜怒且不可得。尚何過與不及之有邪。亭亭當當。至公至正。無一毫之私意。不偏倚於一物。當是時不謂之中。將何以形容此理哉。及其發之於人倫事物之間。喜無過喜。喜所當喜。怒無過怒。怒所當怒。只是循其性固有之中也。其間不中節者。人欲雜之也。然則中者和之未發。和者中之已發。中者和之體。和者中之用。非有二物也。純是天理而已矣。故曰。天命之謂性。中之謂也。率性之謂道。和之謂也。所以不謂之性與道者。蓋中者因無過與不及而立名。所以形道與性也。言各有當云耳。何以知其爲天理。今夫天地之化。日月之運。陰陽寒暑之變。四時不相貸。五行不相讓。無適而非中也。大夏極暑。至於鑠金。而夏至一陰已生。隆冬祁寒。至於涷海。而冬至一陽已萌。庸非中乎。后以裁成天地之道。輔相天地之宜。經綸君臣、父子、兄弟、夫婦、朋友之大經。不亦和乎。由是而天地可位、萬物可育。此聖人致中和之道也。曰。然則中固天道。和人道歟。曰。天人交有之。乾道變化。各正性命。中也。保合太和。乃利貞。和也。民受天地之中以生。中也。能者養之以福。和也。然則寂然不動、赤子之心亦中歟。曰。皆是也。方喜怒哀樂未發之前。不偏不倚。非寂然不動而何。純一無僞。非赤子之心而何。直所從言之異耳。但蘇黄門言不思善惡。與夫李習之滅情以歸性。近乎寒灰槁木。雜佛老而言也。佛老之說。皆非歟。曰。非此之謂也。天下殊塗而同歸。一致而百慮。殊途同歸。世皆知之。一致百慮。未之思也。夫道一而已。而教有別焉。有虚無之道。有大中之道。不斷不常。不有不無。釋氏之所謂中也。中論有五百問。彼是莫得其偶。謂之道樞。樞始得乎環中。以應無窮。老莊之所謂中也。非吾聖人所謂大中之道也。其所謂大中之道者。何也。天道也。卽堯舜禹湯文武周孔之道也。書曰。執厥中。易傳曰。易有太極。極。中也。非向所謂佛老之中也。且雖聖人。喜怒哀樂。亦有所不免。中節而已。非滅情之謂也。位天地育萬物。非外化育離人倫之謂也。然則聖人所謂中者。將以有爲也。以言乎體。則謂之不運。以言純一。則謂之赤子。以言稟受。則謂之性。以言共由。則謂之道。以言其修。則謂之教。以言不易。則謂之庸。以言無妄。則謂之誠。中則和也。和則中也。以言其究。則一而已矣。滏水集

誠說

趙秉文

夫道。何爲者也。非太高難行之道也。今夫清虛寂滅之道。絶世離倫。非切於日用。或行焉。或否焉。自若也。至於君臣、父子、夫婦、朋友之大經。可一日離乎。故曰。可離非道也。其所以行之者。一曰誠也。誠自不欺入。固當戒慎恐懼於不見不聞之際。所以養夫誠也。而誠由學始。博學、審問、慎思、明辨、力行五者。所以學夫誠也。故曰。不明乎善。不誠乎身矣。聖人又懼夫貪高慕遠空談無得也。指而示之近。曰。不欺自妻子始。身不行道。不行於妻子。使自身刑家。自家刑國。由近以及遠。由淺以至深。無駭於高。無眩於奇。無精粗大小之殊。一於不欺而已。所以致夫誠也。不欺盡誠乎。曰。未也。無妄之謂誠。不欺其次矣。今夫雷始發聲也。蟄者奮。萌者達。譬猶啐啄相感。無有先後。及乎十月。而雷物不與之矣。故曰。天下雷行。物與無妄。使伏羲垂唐虞之衣裳。文王制周公之禮樂。亦妄矣。無妄盡誠乎。曰。亦未也。無息之謂誠。天一日一夜運周三百六十五度。自古及今。未嘗少息也。天未嘗一歲誤萬物。聖人未嘗一息非天道。若顏子三月不違仁。其與文王純一〇一 四部叢刊本、吳本并作亦。不已。則有間斷矣。天其有間乎。無息盡誠乎。曰。亦未也。贊化育之謂誠。聖人盡其心以知性。盡性以盡人物之性。德至乎天。則鳶飛戾天。德至乎地。則魚躍于淵。上際下蟠。無一物不得其所。此成己成物合內外之道也。可以盡誠乎。曰至矣。未盡也。抑見而敬。言而信。動而變。行而成。猶有言動之迹在。至於不動而變。不行而成。不怒而威。神也。

不言而信。天也。上天之載。無聲無臭。此文王之德。孔子之所以爲大也。滏水集

庸説

趙秉文

易稱天尊地卑。書稱天秩天敘。春秋書天王。詩稱天生烝民。有物有則。明此道出於天。皆中庸所謂庸也。孟子言經正則庶民興。此孟子所傳於子思者也。經卽庸也。百世常行之道也。親親、長長、貴貴、尊賢而已。而有親親之等、尊賢之差。又在夫時中而已。此權所以應時變也。呂氏之論詳矣。見中庸解。譬猶五穀必可以療飢。藥石必可以治病。今夫玉山之禾、八瓊之丹。美則美矣。果可以療飢乎。果可以治病乎。則太高難行之論。其不可以經世也亦明矣。其不及者。猶食糠糟而不美五穀之味也。故夫接輿之狂。沮溺之狷。仲子之廉。師商之過不及。高柴之過哀。宰我之短喪。管仲之奢。晏嬰之儉與夫非禮之禮、非義之義、隘與不恭。皆非庸也。然則夷齊非耶。聖人有時乎清。清而至於隘。非庸也。有時乎和。和而至於不恭。非庸也。果何者爲庸乎。要不出乎中而已。滏水集

和説

趙秉文

聖人未嘗無喜。天命有德。五服五章是也。未嘗無怒。天討有罪。五刑五用是也。未嘗無哀。哀而不傷是也。未嘗無樂。樂而不淫是也。孰知夫至喜無喜。天地變化草木蕃。聖人之至喜也。至怒無怒。鼓之以雷霆。聖人之至怒也。至哀無哀。寒暑不時則疾。風雨不節則飢。聖人之至哀也。至樂

無樂。鳶飛魚躍。聖人之至樂也。又孰知夫樂天知命。哀之大者也。窮理盡性。樂之極者也。然則舉八元。非喜也。誅四凶。非怒也。號泣於旻天。非哀也。被袗衣鼓琴。非樂也。當理而已。當理則常也。何以謂之和。蓋和者。因喜怒哀樂中節而名之也。譬如陽并於陰則喜。陰毗於陽則怒。則亦二氣之失和也。聖人之心。無私如天地。喜怒哀樂通四時。和氣冲融於上下之間。則天地安得不位。萬物安得不育。四時安得不正。若此者。皆和之至也。滏水集

復之純交說并序

王若虛

之純嘗爲交說以見譏。今贅談中以若虛名篇者是也。其初本自爲一首。蓋辭氣意旨出於莊列。可謂奇作。使其處身。果能如此。雖古之達者。無以過也。而何其取怒之多歟。予讀而悲之。乃復以是說云。

狂生既以交說規慵夫已。尋以忤物獲罪。杜門索居。將無意於世。慵夫因人而寄聲曰。子之病果革矣。己實行行。謂人之亢。憫我將顛。而子則先是。何其言之近似而踐迹之乖歟。子之病果革矣。怨之不可媒也。禍之不可賈也。雖微子言。吾寧不知。逐逐而羣。疇非吾鄰。形交迹接。何者可絕。鍊修調適之善而吾病始兆。悟而藥之。治養以方。寬中溫外。茹柔吐剛。駐其明而内視。凝其聰而反聽。行之期月。乃復其常。心平氣和。百邪不攻。乃愈而康。子獨日臻。以達膏肓。醫望而走。無施其良。嗟夫殆哉。無以招之。彼孰汝尤。無以結之。彼孰汝仇。待物太狹。謀身未周。睢盱彷

佛。蔑視九州。羣讙以咻。凶乘禍鳩。勢窮力竭。而投諸囚以伏於幽。閬氏之與居。槁伯之爲游。悒悒兮而私自憐。孑孑乎其遺世而無求也。吾絶物耶。抑子絶也。山淵之峻兮將趨而過。今胡其摧汝車而沈汝舟。豺虎之毒兮將不之攖。今胡其齕汝趾而嚙汝喉。出於外者。亦既然矣。伏於中者竟何如哉。顧嘗憂我。今爲子憂。蓋將持吾所以自治者。而復以治子。豈能從我而冀其少瘳乎。狂生聞之。不覺汗下。滹南遺老集

射說

元好問

晉侯觴客於柳溪。命其子壻馳射。壻佳少年也。跨躡柳行中。勝氣軒然舞於顏間。萬首聚觀。若果能命中而又搏取之者。已而樂作。一射而矢墮。再而貫馬耳之左。馬負痛而軼。人與弓矢俱墜。左右奔救。雖支體不廢。而内若有損焉。晉侯不樂。謝客。客有自下座進者。曰射技也。而有道焉。不得於心而至焉者無有也。何謂得之於心。馬也。弓矢也。身也。的也。四者相爲一。的雖珏之微。將若車輪焉。求爲不中。不可得也。不得於心則不然。身一。馬一。弓矢一。而的又爲一。身不暇騎。騎不暇彀。彀不暇的。以是求中於奔駛之下。其不碎首折支也幸矣。何中之望哉。走非有得於射也。顧嘗學焉。敢請外廐之下駟。以卒賢主人之歡。何如。晉侯不許。顧謂所私曰。一馬百金。一放足百里。銜策在汝手。吾安所追汝矣。竟罷酒。元子聞之曰。天下事可見矣。爲之者無所知。知之者無以爲。一以之敗。一以之廢。是可歎也。作射說。遺山集

酒裏五言說

元好問

去古日以遠。百僞無一真。獨維醉鄉地。中有羲黃醇。聖教難爲功。乃見酒力神。誰能釀滄海。盡醉區中民。此予三十六七時詩也。壬辰北渡。順天毛正卿、楊德秀。與一傅生祈仙山寺中。蘇晉降筆。寫詩數十首。一詩有百僞無一真、中有羲黃醇之句。餘詩除酒裏神仙我五言外。都不成語。正卿、德秀初不知蘇晉爲何代人。不論此詩何人作也。而晉所批乃有此十字。晉豈予前身歟。抑嘗見予詩竊以爲已有者歟。將近時鬼物之不昧者記予詩以託名於晉以自神也。是皆不可知。晉既以予詩爲渠所作。故予亦就酒裏神仙我五言取償於晉。作樂府一篇。繡佛長齋。半生枉伴蒲團過。酒壚橫卧。一蹴虛空破。頗笑張顛自謂無人和。還知麽。醉鄉天大。少箇神仙我。遺山集

靖德昭兒子高户字說

元好問

古今俗忌。以五月爲惡月。端午爲惡日。赴官者頓不敢發。生子者棄不敢舉。不幸而與禍會。故一切以俗忌爲當然。赴官後期。蓋不足計。生子而不之舉。其禍可勝言哉。原武靖德昭以此月舉兒子。靖氏蓋靖郭君之裔。乃取田文故事名之曰高户。而乞字於予。予以爲五月生子。往往富貴而壽。如漢大將軍王鳳、相國胡廣。晉王鎮惡之等。其事見於史漢魏晉之書爲甚詳。秉筆者。亦欲明已定之分。祛雷同之惑。故諄複言之。德昭之先人南湖翁。蚤歲以文武材傑出時輩。浮湛里社四五

十年之間。抱利器而莫之試。其所得者。君子長者好賢樂善之名耳。德昭問學甚篤。行義甚修。遭離世故。又儧○吴本儧作抑。不能舉。宜爲造物者之所乘除。以起家之子遺之也。高户今六歲。青衿繡襦。温然如含玉之璞。琢○吴本琢作豖。而文之。將爲萬乘之器。吾知惡月之說。殆田家媪火鑪頭語耳。因字之伯起。書以貽之。遺山集

原

原教

趙秉文

夫道。何爲者也。總妙體而爲言者也。教者何。所以示道也。傳道之謂教。教有方内有方外。道不可以内外言之也。言内外者。人情之私也。聖人有以明夫道之體。窮理盡性。語夫形而上者也。聖人有以明夫道之用。開物成務。語夫形而下者也。是故語夫道也。無彼無此。無小無大。備萬物。通百氏。聖人不私道。道私聖人乎哉。語夫教也。有正有偏。有大有小。開百聖。通萬世。聖人不外乎大中。大中外聖人乎哉。吾聖人之所獨也。仁者。人此者也。義者。宜此者也。禮者。體此者也。智者。知此者也。信者。誠此者也。天下之通道五。此之謂也。五常之目。何謂也。是非孔子之言也。孟子言四端而不及信。雖兼言五者。實主仁義而言之。於時未有五常之目也。漢儒以天下之之通道。莫大於五者。天下從而是之。楊子以身繫諸道德仁義禮。闢老氏而言也。韓子以仁義爲

定名。道德爲虚位。闢佛老而言也。言各有當而已矣。然自韓子言仁義而不及道德。王氏所以有道德、性命之説也。然學韓而不至。不失爲儒者。學王而不至。其蔽必至於佛老。流而爲申韓。何則。道德性命之説。固聖人罕言之也。求其説而不得。失之緩而不切。則督責之術行矣。此老莊之後所以有申韓也與。過於仁。佛老之教也。過於義。申韓之術也。仁義合而爲孔子。孟子法先王。荀卿法後王。荀孟合而爲孔子。滏水集

〔清〕張金吾 編纂

金文最

下册

中華書局

金文最卷六十一

文

祭大房山神祝文

蓋以磐基所鞏。陵寢是安。惟爾有神。實受其職。是用昭報。錫以顯封。尚鑒予誠。永修靈佑。大金集禮

祭混同江神祝文

蓋以滔滔靈源。東土之紀。義師初濟。實發其祥。爰秩典文。肇稱册號。丕顯休命。神其聽之。大金集禮

祭林神祝文

蔚彼長林。實壯天邑。廣袤百里。惟神主之。廟貌有嚴。侯封是享。歆時蠲潔。相厥兹榮。大金集禮

祭長白山神祝文

蓋以發祥靈源。作鎭東土。百神所震。羣玉之府。勢王吾邦。日隆丕緒。祀典肇稱。寵章時擧。顯顯真封。巖巖祠宇。神之聽之。永膺天祐。大金集禮

太廟十一室通用祝文

伏以歲序伊始。品物咸新。夏云序當長養。化屬南訛。秋云孟秋屆序。萬寶順成。冬云元英首氣。閉塞成冬。臘云歲功云畢。、樂茲嘉平。有嚴大宫。聿修時祀。仰祈鑒格。永錫繁釐。謹以柔毛剛鬣。明粢薌合薌萁。嘉蔬嘉薦醴齊。虔恭齋栗。以備清祀。尚饗。大金集禮

七祀通用祝文

以茲孟月。臘享云以茲嘉序。享于太宫。維爾有神。宜膺典祀。謹以犧齊粢盛庶品。式遵常禮。尚饗。大金集禮

山陵元日祭奠祝文

伏以歲律更新。物華資始。寒食云和律吹灰。燧榆改火。七月十五日云田甫登塲。月當流火。冬至云律候陽生。日迎長

至。感兹時序。仰上園陵。庸致吉蠲。冀垂昭鑒。尚饗。大金集禮

大定改元七月十五日祭山陵祝文

孟秋既望。新穀將升。感時序以興懷。仰園陵而致孝。薦馨香於令節。庶彷彿其生平。庸表精誠。冀垂昭鑒。尚饗。大金集禮

世祖忌辰祭山陵祝文

伏以佑我後人。丕惟聖緒。永懷遐馭。適及今朝。敬薦哀悰。冀垂昭鑒。尚饗。大金集禮

太祖忌辰祭山陵祝文

伏以洪維聖緒。眇質獲承。邈矣仙遊。陵園在望。適及遏音之日。靡勝沾露之思。嘉獻就陳。哀悰可鑒。尚饗。大金集禮

太宗忌辰祭山陵祝文

伏以獲承基緒。祇奉陵園。迨兹遏密之辰。深□蘁傷之念。就陳嘉薦。庶鑒哀悰。尚饗。大金集禮

睿宗忌辰祭山陵祝文

伏以仙馭遐登。歷年滋久。望陵園之館御。鬱霜露之哀悰。庸致蠲蒸。式昭永慕。尚饗。大金集禮

貞懿皇后忌辰祭山陵祝文

伏以在遼之陽。聖善寢御。茲屬永違之日。不勝感慕之誠。嘉薦就陳。瞻言如在。大金集禮

祖宗忌辰祭保陵公祝文

祗奉永陵。睿陵。恭陵。思陵。景陵。式臨諱日。追伸感慕。往致吉蠲。仍飭使軺。展祀祠宇。聿遵彝典。宜鑒精衷。大金集禮

皇后忌辰祭保陵公祝文

西山之原。陵寢斯在。屬當諱日。爰舉祭儀。惟爾有神。宜從茲薦。大金集禮

七月十五日祭保陵公祝文

列聖園陵。神實保佑。比頒顯册。封以上公。申敕有司。俾修祀事。從厥歲序。著爲彝儀。大金集禮

冬至祭保陵公祝文

瞻彼西山。園陵斯在。以左以右。維神之功。長至在辰。宜從與享。尚其英爽。歆此酬觴。大金集禮

元日祭保陵公祝文

陵寢孔固。緊神之功。式因歲元。聿修祀事。大金集禮

寒食祭保陵公祝文

陵寢孔固。維神尸之。相爾有功。宜在祀典。兹爰改火。禮亦順時。往致薦羞。是用昭報。大金集禮

睿宗升祔祫享太廟祝文

廟祏有經。睿考升祔。睿宗室曰皇考。歲序循次。禮宜合食。謹以一元大武。肅陳明獻。表兹孝誠。大金集禮

睿宗升祔祫享別廟祝文

正位坤儀。依神別廟。歲序循次。適兹合食。今以一元大武。具陳明薦。以伸祫禮。大金集禮

祫享太廟祝文

歲律云周。時惟冬孟。載考彝儀。大陳合食。謹以一元大武。柔毛剛鬣脡祭。明粢薌合薌萁。嘉蔬嘉薦醴齊。用肅明獻。式表孝思。大金集禮

祫祭七祀祝文

歲序載周。式遵常禮。以醴齊粢盛庶品。明薦於神。大金集禮

夏至祭地祇祝文

維某年歲次月朔日。子嗣天子臣某。攝事云謹遣太尉臣名下放此。敢昭告於皇地祇。乾道運行。日躔北至。景風應序。離氣效時。嘉承至和。肅若舊典。敬以玉帛犧齊粢盛庶品。備兹祇瘞。式表誠慤。高祖皇帝配神作主。尚饗。大金集禮

孟冬祭神州祝文

包函區夏。載鎮羣生。溥被域中。賴兹厚德。式遵彝典。練此元辰。敬以玉帛犧齊粢盛庶品。明獻厥誠。備兹祇瘞。皇祖太宗文武聖皇帝配神作主。尚饗。大金集禮

夏至祭地祇以太祖配祝文

時維夏至。肅敬訓典。用祇祭於皇地祇。惟高祖德協二儀。道兼三統。禮膺光配。敢率舊章。謹以制幣犧齊粢盛庶品。肅雍明薦。作主侑神。尚饗。大金集禮

孟冬祭神州以太宗配祝文

太宗德被乾坤。格于上下。昭配之(議)〔儀〕。欽率舊章。謹以制幣犧齊粢盛庶品。肅雍明薦。作主侑神。尚饗。大金集禮

禘祭太廟祝文

伏以九廟可觀。五年一禘。舊章兹率。大祭是承。謹以一元大武。柔毛剛鬛脡祭。明粢薌合薌萁。嘉蔬嘉薦醴齊。惟永孝思。冀垂昭鑒。祭昭德皇后云有奕音徽。其歆祀事。大金集禮

禘祭七祀祝文

大祭於廟。兹惟其時。以爾有靈。宜膺秩祀。謹以醴齊粢盛庶品。明薦於神。大金集禮

祭太社祝文

惟神五土是司。容養萬物。博厚以載。德合無疆。謹因仲秋。仲春。式薦明祀。恭以玉帛柔毛剛鬣。明粢薌合薌萁。嘉蔬嘉薦醴齊。備兹禋瘞。用申報本。大金集禮

祭后土句龍氏祝文

爰兹仲秋。仲春。吉日。有事於太社。惟神力平九州。功德甚茂。其從享之。典禮惟舊。謹以制幣柔毛剛鬣。明粢薌合薌萁。嘉蔬嘉薦醴齊。旅於表位。作主侑神。大金集禮

祭太稷祝文

惟神五穀是生。八正爰始。人之司命。功莫大焉。謹因仲秋。仲春。式薦明祀。恭以玉帛柔毛剛鬣。明粢薌合薌萁。嘉蔬嘉薦醴齊。式陳禋瘞。備修常秩。大金集禮

祭后稷祝文

爰兹仲秋、仲春。吉日。有事於太稷。惟神誕相稼穡。粒我烝民。功在祀典。爰用陟配。謹以制幣柔毛剛鬣。明粢薌合薌萁。嘉蔬嘉薦醴齊。旅於表位。作主侑神。大金集禮

祭東嶽祝文東鎮同南鎮、中鎮、西鎮、北鎮。俱與嶽同。

惟神贊養萬物。作鎮一方。式因春始。南嶽云夏始。中嶽云季夏。西嶽云秋始。北嶽云冬始。用伸明祀。謹以犧齊粢盛庶品。明薦於神。大金集禮

祭東海祝文

惟神百川所歸。衆靈是宅。浮天載地。坎德攸先。爰及孟春。南海云孟夏。西海云孟秋。北海云孟冬。用遵薦禮。謹以犧齊粢盛庶品。明薦於神。大金集禮

祭東瀆大淮祝文

惟神源流深毖。潛潤博洽。阜成百穀。疏滌三川。青春伊始。用遵典秩。謹以犧齊粢盛庶品。明薦於神。大金集禮

祭南瀆大江祝文

惟神總納大川。朝宗巨海。功昭潤化。德表靈長。爰因夏首。修其禮典。謹以犧齊粢盛庶品。明薦於神。大金集禮

祭西瀆大河祝文

惟神上通雲漢。光啟圖書。分道九支。旁潤千里。素秋式序。用率常典。謹以犧齊粢盛庶品。明薦於神。大金集禮

祭北瀆大濟祝文

惟神泉源清潔。浸被遐遠。播通四氣。作紀一方。元冬肇節。聿修典制。謹以犧齊粢盛庶品。明薦於神。大金集禮

祭天祝文

伏以天有成命。烈祖受之。肦躬嗣服。天其子之。迄用康年。緊其本始。肆類於郊。式昭大報。謹以玉帛犧齊粢盛庶品。虔修祀事。大金集禮

祭地祝文

伏以有天下者。父天母地。尊事地察。率由舊章。於兹圓壇。饗以並位。神靈之祉。申錫無疆。大金集禮

合祭天地以太祖配祝文

伏以於皇聖祖。駿命所基。功加于時。肇造區夏。克開厥後。無疆惟休。燕及皇天。推以克配。謹以制幣犧齊粢盛庶品。虔修祀事。侑神作主。大金集禮

祭七祀祝文

稱秩元祀。禮先太宮。用協彝章。備陳嘉薦。大金集禮

太廟朝享祝册文

伏以聖德靈長。流慶光遠。克開厥後。燕及于今。肇修郊禋。昭茲嗣服。載懷先烈。祗謁神宮。謹以牲齊粢盛苾芬庶品。潔誠明薦。仰祈顧歆。大金集禮

别廟薦享祝册文

升禋泰壇。國之大祀。有嚴廟薦。典禮攸先。謹以牲齊粢盛苾芬庶品。備茲嘉獻。大金集禮

金文最卷六十二

文

祭先師孔子祝文（明昌六年）

惟明昌六年歲次乙卯八月癸丑朔二十七日己卯。謹遣朝列大夫知泰定軍節度使兼兗州管内觀察使提舉學校常平倉事護軍富春□郡開國侯食邑一千户實封一百户賜紫金魚袋孫即康。敢昭告于至聖文宣王。國家禮崇儒術。道尊聖師。闕里廟貌。于以新之。雅樂具舉。法服彰施。庶幾鑒格。永集繁禧。尚饗。祖庭廣記

修顔子廟告成遣官致祭祝文（明昌六年）

惟明昌六年歲次乙卯八月癸丑朔二十七日己卯。皇帝謹遣兗州節度使孫（即）康。敢昭告于兗國公。宅廟告成。神之式燕。肆頒樂服。以焕聲容。殊别上儀。表章崇教。儼惟亞聖。作配先師。春秋二時。祀祭百世。祖庭廣記

祭鄒國公祝文

國家思宏文治。崇禮聖師。乃詔有司。一新祠廟。祀以法服。奏以雅音。惟公侑食。是用昭告。祖庭廣記

秋報祝文

李俊民

旱蝗爲虐。年穀未登。肆殫懇禱之誠。卽獲休徵之應。不妨穡事。有恤民勞。屬大田多稼之秋。皆上帝諸神之賜。勝妖以德。易儉爲豐。祇薦菲儀。仰酬景貺。莊靖集

祭天奏告文

伏以遹追祖武。嗣守靈符。謹講曠儀。肇修大報。前期潔告。舊典有稽。仰冀威明。俯垂眷顧。謹以今年十一月十七日。合祭天地於圓壇。不敢不告。大金集禮

祭地奏告文

伏以肇舉上儀。有嚴合饗。豫申祇告。率迪舊章。誠冀聰靈。昭垂鑒格。謹以今年十一月十七日。合祭天地於圓壇。不敢不告。大金集禮

合祭天地奏告太廟文奏告諸陵同

伏以天明地察。有國所尊。將秩曠文。肇稱元祀。前伸潔告。仰冀鑒臨。奏告社稷云前期以告。靈鑒是孚。謹以今年十一月十七日。合祭天地於南郊。不敢不告。大金集禮

合祭天地以太祖配奏告文

伏以受天成命。貽我燕謀。慶集眇躬。運洽平泰。修明曠典。大報神休。禮重肇禋。功宜陟配。先申虔告。仰冀顧歆。謹以今年十一月十七日。合祭天地於圓壇。不敢不告。大金集禮

合祭天地奏告昭德皇后文

伏爲國家肇造。受命于天。今方聿修郊見之禮。惟靈伊邇。其鑒于兹。謹以今年十一月十七日。合祭天地於南郊。敢用昭告。大金集禮

合祭天地奏告五嶽四瀆文

伏以禮莫重者。天地之祀。將迎長至。肇禋於郊。飭遣守臣。告兹大典。謹以今年十一月十七日。合祭天地於南郊。敢用昭告。大金集禮

合祭天地奏告龍津橋橋神文

長梁通津。往來之衝。相我吉行。惟神之功。大金集禮

合祭天地奏告行神文

泰壇奉祀。鑾駕啟行。□軷國門。稽若彝典。既陳明薦。護相是期。大金集禮

禘祭太廟奏告文

伏以大享惟禘。祭莫重焉。將合於堂。昭穆之序。先期以告。昭鑒其臨。大金集禮

祫享太廟奏告文

伏以三年一祫。百代彝儀。惟時孟冬。將致大享。先期以告。昭鑒具臨。大金集禮

奉上睿宗册寶奏告文

睿考祔廟。禮先尊崇。涓擇吉辰。以時昭告。仰惟神鑒。悉此孝誠。大金集禮

睿宗升祔祫享太廟奏告文

廟祏之禮。祔享有經。爰命攸司。擇日昭告。仰惟靈鑒。悉此孝誠。大金集禮

起兵誓諸將文

汝等同心盡力。有功者。奴婢部曲爲良。庶人官之。先有官者敍進。輕重眡功。苟違誓言。身死梃下。家屬無赦。金史〔二太祖本紀〕

皇子翦髻文

於赫吾皇。丕承帝眷。慶積德於椒房。遂發祥於蘭殿。少海與福海同深。前星與壽星並現。上帝是依。彌月不遲。温文玉德。岐嶷天姿。騰懽心於綿宇。擁嘉貺於皇基。習習兮風和。遲遲兮日永。得羡數於神策。占瑞光於圭影。瀉香浪於龍湯。唾寶螺於佛頂。神祇祖考盡歡欣。霈澤均禧浹兆民。玉葉金枝增福壽。共扶聖祚億千春。大金集禮

剃頭人念文

聖主當陽。中宮積慶。元子誕生。萬方表正。七花湧於金磚。九龍噴其香泉。留髮之後。福壽增

延。大金集禮

上周監察夫人生朝文　王若虛

門庭爽朗。瑞氣氤氳。夫人之誕辰也。煌煌綺羅。洋洋絲竹。家人之拜祝也。渺惟愚甥。實與此榮。固無以薦誠。惟天爲高。惟地爲厚。惟川瀆不竭。惟山嶽不朽。敢焚香酌酒。拜首啟手。以爲夫人壽。滹南遺老集

湯廟祈雨文　李俊民

亢陽爲沴。時雨久愆。徒深稼穡之憂。未答雲霓之望。神或不祐。民何所依。肆堅懇禱之誠。冀獲休徵之應。仰冀靈鑒。俯亮精衷。普垂一溉之恩。庸示三登之兆。速回和氣。密贊生成。尚饗。莊靖集

設醮祭孤魂齋文　李俊民

擾攘茲久。奚堪血刃之戈。暴露者多。長歎衣薪之野。今則遺骸既掩。旁魄未招。欲通幽爽之靈。庸致薦修之款。肅陳淨醮。周濟冥塗。莊靖集

楊榮追薦母姪齋文　李俊民

事親爲大。匪母何依。徒深瞻望之悲。未盡劬勞之報。爰陳法醮。周濟冥塗。莊靖集

瞿仲通祭孤魂齋文

李俊民

佳城馬過。益增鬱鬱之嗟。華表鶴來。徒切纍纍之恨。諒惟冥漠。不昧英靈。肆陳黄籙之筵。爲指朱陵之路。莊靖集

湯廟上梁文

李俊民

禮莫重於祭。神所依者人。享以克誠。思戴商者久矣。放而不祀。肯與葛爲鄰哉。肆堅肅敬之心。爰敞奉安之地。五丁爲之戮力。百鬼爲之駿奔。奕奕而新。巍巍乎大。庸俟斧斤之畢。具修俎豆之容。不日而成。蓋天所佑。今則謹涓穀旦。肇舉虹梁。因採民謡。式揚善頌。

抛梁東。人物熙熙樂土中。了卻公田無箇事。豚蹄秫酒慶年豐。

抛梁西。人事天時一旦同。佇聽春雷起驚蟄。世間翹首望雲霓。

抛梁南。四面山光滴翠嵐。惟有新城嘉潤地。休功美利與天參。

抛梁北。宅土芒芒咸仰德。慘舒一氣兩儀間。無物不資神妙力。

抛梁上。峻宇凌空雄且壯。春祈秋報有常時。靈貺應人如應響。

抛梁下。吹簫擊鼓農桑社。百靈受職風雨時。萬頃連雲看多稼。

伏願上梁之後。俗化衣冠。人離塗炭。澤被九圍之遠。禮還三代之初。精意感通。慄慄桑林之事。

懽聲歌誦。洋洋那首之詩。莊靖集

高平縣宣聖廟上梁文

李俊民

百世大成之教。將喪於天。二丁釋奠之儀。欲行無地。庶幾見聖。須賴有功。況河東人物之豪。在長平朱紫者半。憫其梁木易壞。仞牆未窺。悉存起廢之心。方屬未遑之際。而乃度材計費。鳩役募工。於時咸謂之迂。而爲之猶賢乎已。點因言志。必期春莫之風。符欲讀書。奚待秋涼之雨。所望入其門見宗廟之美。升其堂聞絲竹之音。今則畚鍤具陳。斧斤告畢。謹差穀旦。爰舉虹梁。因採懽謡。式揚善頌。

抛梁東。比屋衣冠似魯中。二十餘年荆棘地。一朝刮目見華風。

抛梁西。水漫城根欲斷時。不見向來佻達子。盡爲市上買書兒。

抛梁南。謾説中牟異政三。何以此開游學路。流爲萬古作名談。

抛梁北。路從闕後無楊墨。琴堂美化及民新。吏治方知有儒術。

抛梁上。吾道隨時有消長。邇來門户争相高。要取人間卿與相。

抛梁下。往日蔬園今學舍。不遇當年董仲舒。誰爲後世修書者。

伏願上梁之後。家家俎豆。處處絃歌。政誇令尹之新。人有君子之行。不獨文翁之郡學亦能興。抑令子産之鄉校無敢毀。莊靖集

神霄宮上梁文

李俊民

金碧朝真之地。刧火所焚。斧斤起廢之人。家風猶在。方圖鳩僝。俄覩翬飛。莫不聞風而喜之。未見有力不足者。告成有日。當落霞孤鶩之秋。會集如雲。盡佩玉鳴鸞之侶。謹涓穀旦。爰舉虹梁。因採歡謡。式揚善頌。

抛梁東。萬象咸歸道域中。靈宇巍然還舊觀。共爲鼻祖立玄風。

抛梁西。成壞須知自有時。技癢游人休疥壁。留爲君子看花題。

抛梁南。輦土夷荒共結菴。絳帕蒙頭多少衆。從今剔耳聽玄談。

抛梁北。清高地位仙凡隔。天風吹散步虛聲。化鶴時來千歲客。

抛梁上。冠劍登壇環珮響。門外黄塵不見山。致身福地可蕭爽。

抛梁下。人物山陰隨所化。不須更覓換鵞書。手内黄庭皆自寫。

伏願上梁之後。地天交泰。神鬼護持。徐甲復來。不憚掃除之役。可元再出。一新香火之緣。莊靖集

錦堂上梁文

李俊民

德邁于公。素有高門之望。賢如晏子。欲更近市之居。此心所安。乃卜既吉。爰卽鳴珂之里。以新

衣錦之堂。爲天下士欲得萬間。在大丈夫安事一室。象蓋取諸大壯。歌載播於斯干。已許王翰爲鄰。將見許伯入第。謹涓吉日。肇舉修梁。因採歡謡。式揚善頌。

抛梁東。崇構巍巍聳碧空。天際浮雲風卷盡。放教遠岫列窗中。

抛梁西。落霞孤鶩與齊飛。扶摇萬里垂天翼。肯向枝巢借一棲。

抛梁南。百屋堆錢不可貪。何如養取閒中趣。漸漸嘉如食蔗甘。

抛梁北。歸意濃於山有色。故鄉曾見幾人還。多少朱門鎖空宅。

抛梁上。子子孫孫枝葉壯。不知更有貴甥誰。能與外家成宅相。

抛梁下。壁上猶堪三絶畫。更將黄卷教兒童。學取鄴侯書滿架。

伏願上梁之後。門闌都喜。家道克昌。鬼神爲之護持。民物於此安逸。豈止梁間之燕。咸賀其成。抑令屋上之烏。皆知所止。莊靖集

崇安寺重修三門上梁文

李俊民

歲月既遷。久曠莊嚴之境。家風不墜。大開方便之門。結十方隨喜緣。種三生無量福。恃者衆力。期於一新。使檀越如此用心。欲衲子有箇歇處。謹涓吉日。肇舉修梁。因採歡謡。式形美頌。

抛梁東。一旦精藍掃地空。誰似崇安能起廢。聖人門户見重重。

抛梁西。横峯側嶺護招提。卻還舊觀凌霄漢。氣壓龍門一望低。

拋梁南。瓶缽生涯共一龕。試問龍蛇今幾種。前三三與後三三。
拋梁北。色卽是空空卽色。有時天女散天花。莫認毗耶居士室。
拋梁上。一榻茶烟小方丈。幾年面壁少林師。肯向人前呈伎倆。
拋梁下。山林所在皆蓮社。此心安處便宜休。銷得蓋頭茅一把。
伏願上梁以後。永光法界。不墮劫灰。看取佛堂放光。且爲道場起色。金得長者之布。日日而興。衣自祖師而傳。源源不絕。莊靖集

高平顯真觀三門上梁文

李俊民

瓦礫積年。尚○尚。吳本作未。敞栖真之地。斧斤一旦。共爲起廢之人。時然後興。應者如響。同力莫不相濟。下手惟嫌太遲。得助者多。能事將畢。謹差穀旦。爰舉虹梁。因採歡謠。式形善頌。
拋梁東。壯觀玄門似有功。幽事不妨清淨念。便從林下立家風。
拋梁西。看破棲霞不肯棲。別爲道場重起本。紅塵背鏡笑人迷。
拋梁南。杖履山林處處菴。但結卧龍岡下伴。不須海上覓仙龕。
拋梁北。地位清高風雨隔。一朝白首上青天。得道旌陽人不識。
拋梁上。有作有爲俱是妄。問君何處是真游。試向仙翁山下望。
拋梁下。蕭爽殘年香火社。姓名今已籍丹臺。空界時來鸞鶴駕。

伏願上梁以後。羽衣雲集。宗教日崇。不羡陶家隱居。如在壺公謫處。靈宫載肅。益多星斗之臨。磨劫長存。自有鬼神之護。莊靖集

南宫廟學大成殿上梁文

元好問

兒郎偉。竊以窮則變。變則通。聖人之道。所以亙萬世而無敝。庶而富。富而教。司徒之官。所以敬五典之克從。方屬靈臺偃伯之秋。宜有庠序盈門之盛。眷紫微之舊治。肇清廟之新基。緊改作之良難。知樂成之有在。中國有詩書之教。風以動之。癃老思德化之成。今其時矣。敢竊閟宫之義。以佐武城之歌。

兒郎偉。抛梁東。井邑弓刀變舊風。孝弟力田從此始。衣冠禮樂有儒宫。

南。極目農郊露氣酣。五畝樹桑明府教。馬鳴無用説宜蠶。

西。木鐸新聲换鼓鼙。學館大烹知有日。富兒未用笑朝虀。

北。草創古來須潤色。妙年令佐嚮儒風。子弟於今有矜式。

上。漢日鄉賢多將相。儒林發藻廣川君。奎壁光芒三萬丈。

下。絃誦洋洋新美化。朝家頻賜鶴頭書。長吏今年應勸駕。

伏願上梁之後。生徒石室。常師蜀郡之文翁。保障繭絲。不愧晉陽之尹鐸。旁沾鄰郡。共洽文明。遺山集

南陽廨署上梁文

元好問

拙以力。巧以勞。野人養君子之義。政有居。訟有所。國家謹官府之常。繄改作之果難。宜樂成之有在。爰從舊邑。改隸新州。一朝公廨之遞遷。三政民居之雜處。吏卒靡瞻依之地。簿書失扃鐍之嚴。加之僦直稍愆。公移卽至。度財計役。有司誠憚於紛更。習陋安卑。識者亦爲之竊笑。眷維吾土。今號名藩。田則九州上腴。人則四方和會。山連峴首。如瞻大將之鼓旗。樹入舂陵。猶有故鄉之城郭。豈有官爲十萬户之長。地方二千里而遥。陛級不爲之少崇。繩墨自拘之如此。後逸　遺山集

外家别業上梁文

元好問

窮於途者反於家。乃人情之必至。勞以生而佚以老。亦天道之自然。方屬風霜偃薄之餘。而有里社浮湛之漸。兹焉卜築。今也落成。遺山道人。蟫蠹書癡。雞蟲禄薄。猥以勃窣槃跚之迹。仕於危急存亡之秋。左曹之斗食未遷。東道之戈船已御。久矣公私之俱罄。困於春夏之長圍。窮甚析骸。死惟束手。人望荆兄之通好。義均紀季之附庸。出涕而女於吴。莫追於既往。下車而封之杞。有覬於將來。謀則僉同。議當孰抗。爰自上書宰相。所謂試微軀於萬仞不測之淵。至於喋血京師。亦當保百族於羣盗垂涎之口。皇天后土。實聞存趙之謀。枯木死灰。無復哭秦之淚。初一軍構亂。羣小歸

功。劫太學之名流。文鄭人之逆節。命由威制。佞豈願爲。就磨甘露御書之碑。細刻錦溪書叟之筆。蜀家降款。具存李昊之世修。趙王禪文。何預陸機之手迹。伊誰受賞。於我嫁名。悼同聲同氣之間。有無罪無辜之謗。耿孤懷之自信。聽衆口之合攻。果吮癰舐痔之自甘。雖竄海投山其何恨。惟彼證龜而作鼈。始於養虺以成蛇。追韓之騎甫還。射羿之弓隨彀。予北渡之初。獻書中令君。請以一寺觀所費養天下名士。造謗者二三。亦書中枚舉之類也。以流言之自止。知神理之可憑。復齒平民。僅延殘喘。澤畔而湘纍已老。樓中而楚望奚窮。懷先人之敝廬。可憐焦土。眷外家之宅相。更媿前途。豈謂事有幸成。計由私便。東諸侯助竹木之養。王録事寄草堂之貲。占松聲之一丘。東皐子北山賦。菊花兩岸。松聲一丘。近桃花之三洞。予此別業。與白子西所居相近。東牆西壁。無補坼之勞。上雨旁風。有閉藏之固。已與編户細民而雜處。敢用先侯故將而自名。因之挫鋭以解紛。且以安常而處順。老盆濁酒。便當接田父之歡。春韭晚菘。尚愧奪園夫之利。彼扶摇直上。擊水三千。韋杜城南。去天尺五。坐廟堂。佐天子。蓋有命焉。使鄉里稱善人。斯亦足矣。輒取合歡之意。演爲助役之謡。

兒郎偉。抛梁東。人笑家山蕙帳空。老大讀書無用處。且將耕稼教兒童。

南。羊谷山中好石龕。杖履一游無脚力。會稽禹穴更須探。

西。未要坊名取碧雞。種下五株桃樹子。本無心學浣花溪。

北。老怯寒冬思密室。嶺頭騎馬是官人。萬里風來沙土黑。

上。何人落日心猶壯。雲間道有少微星。兩眼眵昏無復望。

下。百尺長松遶茅舍。他年拈出次山詩。七十腰鐮行時稼。長松萬株遶茅舍。又云。老公七十自腰鐮。將引兒孫行時稼。此吾家次山公詩也。伏願上梁之後。里仁爲美。鄰德不孤。子期永作知音。曹子期。吾友生。季膺早思命駕。張緯文。留滯燕京。起居飲食。身爲無事之人。伏臘歲時。家有長生之釀。旁沾親舊。共樂安閒。遺山集

金文最卷六十三

牒

移宋代州牒天輔六年

近白水泊。擊散契丹放鵝行帳。天祚皇帝脱身北走。本國軍馬已到山後。平定州縣占守訖。請代州戒守邊人員。不得輒引逃去人民爲國生事。自取禍亡。北盟會編〔政宣上帙五〕

移宋宣撫司問罪牒天會三年

大金元帥府牒大宋宣撫使司。近差寧昌軍節度使蕭慶、孛堇撒離母專往理會所索户口事。所準回牒。稱本朝幅員萬里。人居散漫。若再行根究。難指有無。又據差馬擴、辛興宗所説。與上亦同。往者大宋與遼爲鄰也。因争疆埸。歲輸金帛。不獲厭足。遜辭添納。百餘年間。勤於朝聘。每事姑息。不可殫言。想其屈志。實不獲已。由此而言。其苦於屈辱。亦已深矣。幸遇我先皇帝天縱英謨。神資睿略。方經營天下之初。大宋遣使請雪前恥。由朝廷以恩化爲務。親幸幽薊。才下全燕。卽時割賜。此朝廷所以大造於大宋。使大宋不勞而立其功。以伸祖宗之屈。自此始也。大宋皇帝感斯大義。遂立嚴誓。卜於子孫。久敦信約。何期立渝盟誓。手書稱詔。搆我邊京。使爲叛亂。賊殺宰輔。邀回户口。聖上以含容爲德。取索户口之外。一無理會。尚自不知悔過。及於沿邊多方作過。暫無自戢。爲此依準所降宣旨。移牒回取的實有無歸還。御稱本朝幅員萬里。人居散漫。豈期縱驕謾誇。棄德負義。如此之甚也。酌其所意。謂我土地之廣。但得户口。縱違誓約。畢竟何爲。有此横暴。顯然。而覺其姦回。容俟至今。已爲枉矣。若依前索以道理。實慮空逗歲月。今議聊整問罪之師。且報納土之由。仍依回誓。收復元賜京鎮州縣。今月二十九日起發前進。須議公文牒具如前。今差昭文館直學士王介儒、孛堇撒離母等前去。事須牒大宋河東、陜西等路宣撫使司。到請照驗。先行歸還朔、武等州。陳其罪戾。其一切聽命無違。公文回示。仍請貴司自就相近親見商議。容會結約。如或難以依應。即請剋期甚地。以決勝負。幸不疑惑住滯。以至別議施行。謹牒。大金弔伐録

移宋樞密院牒天會四年

宗望

昔我大聖皇帝。以契丹之主納叛人阿鶻産大王不行交還。又多無道。應天順人。起兵弔伐。是後不忍覆滅。欲與通好。終不聽從。直至亡國。方始投降。尚猶釋罪。特加王爵。又燕京留守秦晉王耶律純、遼陽、渤海高永昌、奚蕭良等。各賜本部土地。仍以世爵。例俱執迷。竟取滅亡。夏國王李乾

順、達靼韎合古。並助亡遼。犯我行陳。未鼓而破。爲能改過。各復舊居。分裂契丹邊土。以濟其事。趙宋前帝。航海遣使。請復幽燕舊疆。當此之時。分白約誓。同力收取。爾來竟無接應形跡。一旦天兵倏至。不血一刃。舉土向風。蓋自契丹二百餘年。遠近無敢回顧。爰念從初結好。姑務歡和。即時割與。恩義非輕。著定誓書。若納逃人。子孫不紹。社稷傾危。曾未踰月。棄德背恩。手詔逆賊張覺。害我四執政大臣。邀我百官。更易姓名。公然任使。歲交金帛。並不如期。及正旦使賀允中。御前奏達傳語二字。特越舊例。深涉輕易。其於本國窮奢極侈。上下相蒙。閹豎擅權。奇巧剋聚民間財玩。至有室家懸磬。人曷聊生。往往弊源。萬莫言一。今我皇帝審是數端。亡盟失道。上符天心。爰赫斯怒。大舉天師。數路並進。理當問罪。面奉聖旨。如趙主能悔過。再乞歡盟。仰就便酌中施行。當司領大軍取幽燕一路。自入貴境。謂必遣使來齎御筆。改削前非。縱橫待命。不至深入。豈期直至邯鄲。纔有人使李鄴等。御只將到三省、樞密院所奉聖旨文牒。又言歸罪邊臣。全無當理。洎詰的意。方言前主自省愆尤。不敢支負大變。已至傳禪。兩項歸責。全是不同。難爲準信。緣來人使不能騎馬。事致淹留。兼恐途次別有錯失。迺摘留從軍。先令孛堇吴孝民等持白劄子專去聞奏。路次及城門首。遮堵俾不放入。今及城下。猶未遣還。今上少年因亂登極。詳度軍國社稷子孫禍福。未能裁酌。見任大臣例不賢明。鮮能英斷。且前朝作孽。既爲人子未曾切諫。至今遽舍崇高。逃竄無地。爲子之罪。莫大於此。今可追悔往咎。卑辭改去手筆誓書。乞申舊好。於義爲然。今執政臣屬。不念前日清平。姦賊同惡相濟。棄之於市。快天下心。止以放逐。便爲大罰。又使宸顏憂辱不暇。亦宜同力輔奏。親詣軍前。重求通好。爲臣之罪。復何可言。當計在久遠。依應當司所請事目。不但拔出生靈塗炭。抑宗廟血食園陵安寢。豈非幸甚。苟或不然。反令海内百姓肝腦塗地。鬼神乏主。後嗣零落。蓋臣主俱新。虚負英氣。不畫遠略。謀取艱難。乃前朝作闕亂之始。今日成滅亡之禍。其爲大過。更踰前日。歷觀自古不道君臣。於此爲甚。兼貴朝兵將與亡遼士馬優劣可見。亡遼與本朝士馬勝負明知。卽目籤揀到舊遼、契丹、奚、漢、渤海軍衆不少。其本國大軍未足稱數。且當司一路。除所經州軍并餘路軍兵。亦約定於汴京會集安置外。見節次前來。未斷頭尾。雖不欲一一分白。貴朝亦必詳悉。又自來邊方守備兵衆。不能捍禦。侵及國門。能免斯難。未曾或有。貴朝太平積有歲年。止以奢侈適欲。人民懦脆。不習騎射。創初設教。以不知兵之衆。而拒我熟練征伐强勇之士。望求可濟。往昔無聞。更恐淺近官司間言當司。應以堅城不下請求和好。勿宜輕信。緣是與大宋皇帝結好修盟。痛可哀憫。宗社傾覆。子孫絶謝。今皇帝正統天下。高視諸邦。其惟有宋。不可無主。然摧滅大權。已入握内。又爲元奉旨論丁寧。屢遣人使遂與安和。惟求轉禍爲福。勿有疑惑。請準前去文字。別遣大臣將呈御筆。早圖萬世之利。若大禍已成。須至自取滅亡。今後斷絶往來。緣大軍遠至。難以停滯。謅請執定。疾速見示。北盟會編〔靖康中帙四〕　大金弔伐録

元帥府移宋三省樞密院牒天會四年

團柏鎮南。不覺撞出南軍。擐帶衣甲衝突。先放了箭。不免迎戰退敗。捉得軍人一名。問。稱隆德府官員已經拏下、前來到南關駐劄者。須至公文牒。勘會太原府雖承國書交割。其府稱有所奉旨揮。不伏交割。兼前件軍府。又是官軍所到攻略下處所。並係申奏。該在回書。未經了絶、今來如何便縱軍兵强拏留下管句官員及前來屯駐。似屬變渝誓約。況當府重兵。本爲分畫之事不肯了絶。久駐此地。所銷草料。須因土民。洎縱人民般取。其中多有無知之人拒抗不服。以至軍兵忿争。又知諸處救軍前來。不免遣軍體探。致有累各路居民相驚作過。凡此等並關引惹生事及關分畫之事。早不了絶。致有如此。若不移文會理。實慮不見分白。事須牒文大宋三省樞密院。到請照驗。並件州軍並係已具申奏書報。見今分畫未見如何。輙縱軍兵收拏留下官員及前來屯駐。早具端的。公文回示。故牒。天會四年四月日。大金弔伐録

都部署司回宋宣撫司牒天會四年

大金山西兵馬都部署司牒宋宣撫司。準來文云云。須議回文。契勘近奉元帥府露布。左副元帥報今月十五日占真定府。先鋒軍都統申汾州不伏招誘。今月八日攻下。當司想其真定必不願歸。益以大軍攻下。一同汾州。況近日元帥府已遣使往貴朝問罪。雖知前去至今尚未回來。是致大軍未聞抽回。今承來牒。既與議和。應是貴國自以渝變前盟爲罪。添割土地請和。交過本朝。遂致開門引納重兵。撫馴了當。則其餘應合本府占守州軍縣鎮寨關隘。亦宜逐旋交割。按納王師。益協所請議

大金元帥府牒大宋三省樞密院。近僉書樞密院路允迪、右文殿修撰宋彦通等、前次齎到大宋皇帝聖書。方知河北路軍已至京畿。割太原、中山、河間三府。復講歡盟。許以退師者。會驗其所和會之事。卽與當府元奉宣意不協。然以河北軍前別有續奉宣命。發自太原。前來攻掠。至隆德府不伏招諭。縱兵攻下。曉示宣命。別差官員撫定了當。申奏朝廷。未降旨揮。難便倒移歸還。尋具申奏。仍留逐官依舊管句。才候奉到朝命。卽當移報次。須至公文牒具如前事。須牒大宋三省樞密院。到請照驗。比至當府。別有移報以來。忽以隆德〔府〕威勝軍（府）并屬縣鎮不係割數。一似夜犯河北軍管。多方謀害。前件軍府官員引惹生事。儻有如此。難保忱盟。外據路樞密專來交割太原府界至。候軍回到彼。從長商議。亦請照驗。天會四年三月日。大金弔伐録

元帥府再移宋三省樞密院牒天會四年

大金元帥府牒大宋三省樞密院。當府會驗。自重兵進攻。招下太原府已南軍府縣鎮。差下官員管句撫定之後。準大宋皇帝遣僉書樞密院事路允迪等齎書前次。報與河北路軍前講和。講定割太原、中山、河間三府。已載誓書。卻爲前件州軍不在來書。除申奏外。一面回書大宋。報逐處管下官員依舊管句。其事説諭報和使郝刺史非不委細。近日有隆（安）〔德〕府（路）户曹田子正、儀工曹何企常等來到。告稱大宋人馬入府挐了知府姚璠、通判郝伸、子儀等。退身前來。又據威勝軍司録王孝悌稱。探知大宋人馬特來本軍收挐。以此走來。才待移文理會次。今年三月二十八日遊騎來報。巡到

和。得息生靈。不然。則不止有傷朝廷合撫人民。亦恐貴朝不獲安便自兹愈深。事須回牒大宋國宣撫司。到請照驗施行。大金弔伐録

元帥府移宋擇立異姓牒天會五年

元帥府近以宋主降表申奏。今回降聖旨劄子。先皇帝有大造於宋。而宋人悖德。故去年有問罪之師。乃因嗣子遣使軍前哀鳴祈請。遂許自新。既而不改前跡。變渝迷執。是致再討。猶敢抗師。洎官兵力擊。京城摧破。方申待罪之理。况追尋載書。有違斯約。子孫不紹。社稷傾危。父子所盟。其實如一。今既伏罪。宜從誓約。宋之舊封。頗亦廣袤。既爲我有。理宜混一。然念斯舉。止在弔伐。本非貪土。宜別擇賢人。立爲藩屏。以王兹土。其汴京人民。許隨主遷居者聽。

右所降聖旨在前。今請到宋宰執文武百官洎京寮。一面共請上皇并已下后妃兒女及諸親王公主之屬出京。仍句集在京僧道耆壽軍人百姓。遵依聖旨。共議薦舉堪爲人主者一人。不限名位高卑。所貴道德隆懋。有大勳業者舊。素爲衆推服。閑於治民者。雖乏衆善。有一於此。亦合舉薦。當依聖旨。備禮册命。趙氏宗人。不預此議。一應宋之百司。並事新君。其國候得姓名。隨册建號。所都之地。臨日共議。天會五年二月初六日。大金弔伐録〔北盟會編靖康中帙五十三〕

移催宋孫樞密等擇立異姓牒天會五年

今月十日。右副元帥親赴左副元帥麾下。共議宋人告請復立趙氏事。至晚到本營。方有善利門下軍

員送到汴京軍民僧道耆老郭鐸等告乞復立趙氏事文狀并孫樞密等今月七日、八日、十日三次狀、五道録白。緣爲此事。已經共議。差官入京須得别行薦舉外。善利門下人員以輒受文狀。嚴切懲戒訖。竊慮京人猶以投狀爲辭。别致阻滯。今請在京諸官孫樞密等照會。速依吴承旨、莫學士等齎去文字日限施行。不得阻滯。北盟會編〔靖康中帙五十四〕參大金弔伐録

移宋三省樞密院牒大定元年

大金大都督府牒宋國三省樞密院。國朝自太祖皇帝創業開基。奄有天下。迄今四十餘年。其間講信修睦。兵革寢息。百姓安業。不意正隆失德。師出無名。使兩國生靈。皆遭塗炭。今奉新天子明詔。已行廢殞。大臣將帥。方議班師赴闕。各宜戢兵。以惇舊好。須至移牒。具如前事。須牒大宋三省樞密院照驗。大定元年十一月三十日牒。北盟會編〔炎興下帙一百四十六〕中興禦侮録

移高麗寧德城牒〔大定十五年〕

西京留守趙位寵三次遣使九十六人齎告奏表文等事。今勘得所遣人徐彦等狀稱。大定十年八月。前王遊普賢寺。大將軍鄭仲夫、郎將李義方等。執前王及子孫送海島。立前王弟翼陽公爲王。飾以因病讓位。上表大朝。大定十三年。仲夫等遣人殺前王及子孫官僚等。大定十四年。位寵上表請王誅仲夫等。今年正月王下詔諭。賊臣等已誅。復有仲夫子筠殺義方等不告。國王領兵三萬餘人攻西

京。相戰至今。未決勝否。今年六月。位寵與北界四十餘城欲與大朝。遣義州都領崔敬若等齎牒婆速路總管府公文。至義州關門爲鄭白臣等所殺。又筠等軍馬遮路。因此遣大臣金存心、趙規等各三十餘人泛海來奏。不知消息。節次再遣彦等。其欲屬大朝及請兵問罪等事。委是端的。欽奉帝命。位寵陳乞事。則非大國所容。將彦等付彼國施行。其彦等衣甲諸物。差官交割。高麗史〔一百〕

移高麗擒送蒲鮮萬奴及借糧馬牒 貞祐〔三〕〔四〕年

昔有韃靼。恃凶入京。已與大軍年前講好去訖。而後契丹嘯聚。蠹耗邊方。殺戮我生靈。焚燒我倉廩。致皇天之厭穢。斂衆怨以同歸。脅從者倒戈而攻。同謀者傾軍而服。既人心之戴舊。全遼海以如初。惟叛賊萬奴。棄一方之重委。忘皇國之大恩。用心不臧。爲天不祐。近被隆安府行省移剌全舉大軍征討。旋不三月。應有賊徒。盡行殺滅。雖有殘零餘黨逃在山林。亡無日矣。既此賊之失利。捨貴邦以何之。竊恐巧言詐謀。間諜兩國。旁生侵擾。若或過界。嚴行設虞。就便捉拏。牒送前來。近者契丹餘寇。西欲渡河。聞知韃靼約會本朝大軍。夾攻掩殺。自知無所歸而奔波逃去。潛犯婆速境。自今已遣大軍句當外。分頭差有心力能幹官。會合諸道大軍指日來到。一行軍數浩大。竊恐闕誤糧食。并馬軍亟戰。致馬匹疲弱。以此今移牒前去借糧儲馬匹。貴國宜量力起送前來。患難相救。憂樂相同。設有安危。難分彼此。願慮遠以信從。使回牒以速到。高麗史〔二十二〕

檄

伐宋移諸路檄天會三年

往者遼國運衰。是生昏德。自爲戎首。先啓釁端。朝廷爰舉義師。奉天伐罪。繄爾宋人。浮海計議。候併遼國。願割幽燕。歲納金縑。自依舊例。先皇帝有容爲德。嘉其來意。置以不疑。卽時允應。爾後全燕既下。割之如約。其爲恩信。不謂不多。於是要之以天地。質之以神明。乃立誓文。盜賊逃人。無令停止。亦不得間諜誘擾邊民。俾傳之子孫。守而勿失。洎宸輿北返。宰輔東行。不意宋人貪婪無厭。稔其姦惡。忽忘前施之義。潛包幸亂之謀。遽瀆誓約。結搆罪人。使圖不軌據京爲叛。賊殺大臣。邀回户口。啖以官秩。反令納土。仍示手詔。竊行撫諭。遂使京畿之地鞠爲寇場。方天兵臨境。魁首奔亡。而又接引。輒相保蔽。更易姓名。授之官爵。及至追索。傳以僞首。既殺無辜。又貸有罪。不仁不恥。於禮何如。朝廷方務含容。不彰其惡。但誡邊臣。户口之外。一無理辨。此所欲久通歡好之故也。彼尚飾以僞辭。終爲隱諱。仍招納逋逃。擾及居民。更使盜賊出没爲患。所有歲貢又多愆期。背恩莫斯之甚。朝廷亦不咎之。依前催索。猶不聽從。牒稱本朝幅員萬里。人居散漫。若再行根究。難指有無。況事皆已往。請別計議。據彼迷辭。意涉誇慢。至於本境行發文字。輒敢指斥朝廷。言多侮謗。雖累曾移文。俟其改過。終亦不悟。罔有悛心。矧又夏臺實惟藩輔。忱誠既獻。土民是賜。而彼宋人忽起無名之衆。輒行侵擾之事。因其告援。遂降朝旨。移牒解和。俾復疆土。仍以狂辭。不爲依應。反云夏人納款。曲有陳請。大金方務恩撫初附之國。且料不無曲意。姑行順從。既出一時私恩畫與夏人。則大金順從夏人已爲周至。自今不煩干預。自當以道理所在。且朝廷方隆恩造。下浹羣邦。彼之兩國。各蒙其賜。所與之地。裁之在我。肯致私曲。以爲周至。豈期詭詐。昧於道理。不爲稟從。如此之甚者哉。斯則非止侵凌夏國。實闕不懼朝廷。此朝廷所以罪也。蓋聞古所重慎者兵也。兵而無名。非三代仁義之謂也。其或仗順臨逆。以直加曲。斯用兵之王道焉。反是則甚無謂也。今奉宣諭。興師問罪。東自南京以來。西接夏軍一帶。諸路並進。固不獲已。況趙佶越自藩邸。包藏禍心。陰假黄門之力。賊其家嗣。盜爲元首。因而熾其惡心。日甚一日。昏迷不恭。侮慢自賢。謂已有天命。謂作虐無傷。當其伐遼之日。官軍所至。有逆拒者或至傷殘。皆非我所欲爲。是其自速禍敗也。或有舉城舉邑。以部以伍。效順歸款者。前官如舊。厚恩撫綏。立其勞績。不次録用。居民則省徭役。輕刑罰。各安其業。諒已知悉。今亦如前。宜相爲鑒。昔彼納平山。是圖我疆。今伐汴宋。是圖彼地。茲所謂出乎爾反乎爾者也。若趙佶深悔前非。聽命不違。則雖云無外。且未深圖。止以黄河爲界。聊報納叛之由。是知自黄河以來。皆係我民。夫人已有之物。安肯自爲殘毀。再念其民居無道之國。煩徭重役。從來久矣。況遭閹豎要功生事。近歲而下。苦於飛輓。流離道路。曾不聊生。今來若不預先曉告。竊慮其間別有牽迷。枉陷討罰。須議指揮。右下宋國諸路官僚僧道耆老軍人百姓等。指揮到日。就便遞相曉諭。善爲去就。擇其曲直。審其强弱。度其順逆。各以所部京州縣鎮村野邑社部伍寺觀蘭若場山。迎軍納款。必加恩賞。所有各手下軍人百姓僧尼道士女冠等類。一切如舊。更不遷徙。仍具頭領見帶名銜狀申。以憑依上施行。如或權不在手。惸獨鰥寡。以身歸誠。厚爲存恤。所據隨處關市之征、山澤之禁。前來須爲急務。內有於民不便無名之斂。仍仰所在官司開立狀由。當議從便削去。仍委本處就便開其文解。申報所在路分軍前照驗。據已上處分條件。出自至誠。必不昧其神理。亦仰子細省會。兼已指揮南京路都統所。依上施行去訖。付逐處準此。天會三年十一月日。大金弔伐錄

金文最卷六十四

榜

立張邦昌告諭諸路榜天會五年

元帥府勘會。往者遼國運衰。是生昏德。先發釁端。而自爲戎首。朝廷援舉義師。奉天伐罪。不期宋人浮海計議。候并遼國。願割燕雲。歲納金縑。自依舊例。先皇帝以有容爲德。嘉其來意。置以不疑。卽時允許。爾後全燕才下。割之如約。其謂恩德。不爲不多。於是要以天地。質諸神明。遂立誓文。盜賊逃人。無令停止。亦不得密切間諜。誘擾邊民。傳於子孫。守而勿失。既而宸輿北返。宰執東行。不意宋貪婪無厭。稔其姦惡。忽忘前施之義。潛包倖亂之謀。遽瀆誓約。結構凶頑。使圖不軌。據城爲叛。賊殺大臣。邀回户口。啖以官秩。密令納土。仍示手書。竊行撫諭。遂使京畿之地。鞠爲寇場。洎天兵臨境。魁首奔亡。而又接引。輒相保蔽。更易姓名。授之官爵。及至取索。傳以僞首。既殺無辜。又貸有罪。不仁不恥。於此可知。朝廷方務含容。不形其惡。但誡邊臣。户口之外。一無理辨。此所以必欲久通和好之故也。尚飾僞辭。終爲隱諱。招納叛亡。擾及民户。使邊賊出没作過。所有歲貢。又多愆期。背義忘恩。莫此之甚。朝廷亦不咎之。依前催索。亦不聽從。反云本朝幅員萬里。民居散漫。雖欲根究。難指有無。況事皆已往。請别計議。據彼迷辭。意涉誇謾。至於本境行發文字。輒敢指斥朝廷。言多侮謗。雖累次移文。俟其改過。終不悔悟。罔有悛心。矧又夏臺實我藩輔。忱誠既獻。土民是賜。而宋人忽聚無名之師。輒行侵擾之事。因其告援。遂降朝旨。移文解和。俾復疆土。仍以强辭。不爲依應。反云夏人納款。曲有陳情。大金方務恩撫初附之國。且料不無曲意。姑行順從夏人。以爲周至。自今不煩干預。自當以道理所在。且朝廷方隆恩造。下浹羣邦。宋夏兩國。各蒙其賜。所與之地。裁之在我。肯致私曲。以爲周至。豈(其)〔期〕詭詐侮慢。昧於道理。不爲禀從。如此之甚。斯則非止侵凌下國。實闕不懼朝廷。加以肆行苛虐。不恤黎元。號令滋張。紀綱弛紊。淫祠遍野。虚器盈庭。所退者非其罪。所進者非其功。賄賂公行。豺狼塞路。多端巧細。聚斂無度。役使百倍。比屋一空。天厭其德。民不聊生。尚又姑務責人。罔知省己。遂奉聖詔。伐罪弔民。亦許夏國相應進討。趙主才聞近舉。遠奔淮甸。嗣子繼立。聲言内禪。引以父咎。哀泣求和。願以三鎮。復尋舊好。特爲矜愍。遂其所請。再修盟誓。一同父約。無何誓墨未乾。盟言已變。官軍才退。援衆繼集。密敕邊臣。冀令堅守。父雖無道。情有可矜。悔過而去其位。子復背盟。理無可恕。覆車而不改轍。以故再奉嚴命。重伸弔伐。去冬。諸路兵馬才到城下。累遣使人。尚冀悛改。皆蔽而不通。至閏月二十五日城破。二十九日少主出降。上表待罪。尋具申奏。奉聖旨先帝有大造於宋。而宋人悖德。故去年有問罪之舉。乃因嗣子遣使軍前。哀鳴祈請。遂許自新。既而不改前跡。變渝愈速。是致再討。猶敢抗師。洎官兵力擊。京城摧破。方中待罪之禮。況追尋載書。有違斯約。子孫不紹。社稷傾覆。父子所盟。其實如一。今既服罪。宜從誓約。宋之舊封。頗亦廣袤。既爲我有。理合混一。然念所舉。止在弔伐。本非貪土。宜別擇賢人。立爲屏藩。以王茲土。趙氏宗人。不預此議。應宋之百司。並事新君者。其宋之道君、少主、妃后以下。並已北遷。及委前宋文武百官軍民僧道耆老共議。薦舉堪爲人主者一人。卻準文武百僚僧道耆老軍民中大夫同知樞密院事孫傅等狀。竊本國前日將相。多是上皇時用事誤國之人。自嗣君即位以來。所任宰相。亦繼以罪竄。將帥率皆敗亡之餘。其他臣僚。類皆碌碌無聞。此元帥府之所備知。豈敢蔽賢。若舉於草澤之間。亦非聞望素著。人心必不歸向。孰肯推戴。恭祖宗德澤在人。至深至厚。若別立他姓。恐生變端。非所以稱皇帝愛惜生靈之意。若自元帥特選立趙氏一人。不惟恩德有歸。城中以及方外即便安帖。或天命改卜。歷數有歸。即非本國臣民所敢預議。乞自元帥府推擇賢人。永爲藩屏。傳等不勝痛切隕越之至。尋以趙氏父子不守信誓。爲罪之深。將所以必廢趙氏之意。往復再三。乃云在京必無其人。乞於軍前選立太宰張相公以治國事者。行府會驗。本官乃去年同康王出質者。既許尋舊好之後。少主竊發精兵。夜犯營寨。官兵接戰。即時破滅。以其敗盟。遂圍京城。將臨進攻。本官哀泣泥首曰。某身爲宰執。出質軍前。不意犯於不虞。罪當萬死。然少主蒞事日淺。蓋緣姦臣所誤。且乞緩其攻擊。因遣使語之少主。趨迎使人。泣而謝罪。乃至和成。洎從軍北行。河北州縣或有不降。每欲進擊。必自哀求。往往有可愍之意。及重兵再舉。又乞遣使理會。雖威之鋒刃。不之避也。欲引而南進。曰。豈有大臣躬親出質。不能戢兵以致交惡。而同敵人忍觀其伐主也。我頭可斷。我身不可去。破城之日。驛召而至。語及慶國之際。號泣躃踊。涕泗交流。告乞再造。既見不容。或以腦觸柱。或以首投地。幾至自絶。乃知忠孝剛毅。出於其倫。忽聞共戴。果謂此人。則得其人也。然恐難奪其志。洎在京百官差到翰林學士承旨吴幵、翰林學士莫儔齎狀勸請曰。竊聞建邦設都。必立君長。制國御俗。允賴仁賢。恭以大金皇帝道奉三無。化包九有。不以混一中外爲己私忿。專用全活生靈爲國大恩。明下詔書。曲詢衆議。矜從諸夏。俾建列藩。共推宗公。以治國事。勘會雖不許存立趙氏。既奉詔諭擇立賢人以主茲土。則於國於民爲幸亦已深矣。伏惟太宰相公名高今古。學通天人。位冠冢司。身兼衆美。碩德偉望。早羽儀於百工。嘉謀赤心。每勤勞於王事。敢望以蒼生爲憂。而不以細行自飭。以機政爲慮。而不以固避自嫌。上體大金擇立存撫之恩。下副國人推戴爲主之念。又别有狀申行府。今文武僧道耆老軍民共請太宰張相公以治國事。别有勸請文字。竊慮猶有辭讓。伏惟元帥府更賜敦諭本官。早從輿望。尋請知樞密院事漢軍都統制劉侍中彦宗、禮部侍郎劉思、應奉御前文字高慶裔等同詣。具道其由。勃然奮怒曰。國雖將破。在臣子之分豈容聞此。事由先有防備。不獲自絶。然而閉目掩耳。背立偃蹇。終不爲聽。但駡文武官寮曰。以諸公畏於兵威。置我賊亂之罪。寧甘死於此。不可活於彼。以取後世篡奪之名也。然行府以軍國務重。不可久曠。尋録申奏。今降到寶册。備禮以璽綬册命爲皇帝。以撫斯民。國號大楚。都於金陵。自黄河以外除西夏新界。疆埸仍舊。世輔王室。永作藩臣。其間志氣屹然不動。雖多方勉諭。以事在已然。雖死無濟。何如就册。用拯生靈。猶不下飲食累日。幾至滅性。遂擁迫入城。乃有在京官寮僧道耆老軍民共集勸請。直至今月七日方受册命。合行曉諭。須議指揮。

京畿路　京西路　南路　北路

京東路　東路　西路　陝西路

鄜延路　環慶路　秦鳳路　熙河路

京兆府　河北東路　淮南東路

西路

右下逐處。各可照驗。應宋之舊臣。或作藩鎮。並事新君。軍國之務。事無大小。一切聽其處分。敢有違誤或妄稱恩舊、輒有動衆以擾軍民不獲安業者。即是叛命之人。夫趙氏累世之君也。猶以失道。假手於我。今大楚皇帝推戴。儻有拒命。雖有愛惜生靈。勸懲之義當在必行。則玉石俱焚。豈能無之。宜在所曉悉此意。一切並聽節制。以副聖旨撫綏安寧之意。仍仰就便指揮。曉告所轄。合於去處知悉。具依準施行。狀申。天會五年三月二十六日。大金弔伐録參北盟會編〔靖康中帙六十〕

伐宋康王曉告諸路榜

元帥府勘會。昨爲宋人不守恩義。反圖不軌。故天會三年初有問罪之辭。趙佶以前非罪己。棄位奔逃。嗣子桓幸釁稱君。哀鳴請命。割其三府。復講舊歡。既而誓墨未乾。叛音薦至。王師才退。賊衆仍集。故天會四年復興亡宋之師。汴城既克。趙氏遂遷。原其士民。附於昏德。各宜誅戮。以徇狂迷。然朝廷以爲罪既有歸。愚民何咎。乃立太宰張邦昌爲大楚皇帝。以主斯民。此亦朝廷有大造於宋也。不期蒼穹降禍汴邑。更端推戴趙構。妄稱興復。阻絶津路。敢肆窮兵。遂使武士死於鋒刃。填於溝壑。居民苦於流離。無有聊生。猶自數犯疆埸。搔擾邊民。且趙構雖係亡宋之餘。是亦匹夫。非衆人共迷。無由自立。此無知之構。飾巧端肇亂。人心亦惑於巧説。以致如此。是知罪亦係於輿人。故復承嚴令。重申大伐。純領重兵。諸路齊進。趙佶嘗誇本朝幅員萬里。居民散漫。蓋以朝廷裂全燕益其國。縱常勝增其力。此其所以恃賴已甚。貪求無厭。反圖不軌之由也。全燕、常勝。皆復歸化外。并晉之地。古謂雄藩。趙魏之民。素稱富庶。前此之際。尚不能禦。悉爲我有。況又關西隴右。亦云驍鋭。别有圖謀之計。趙氏之所恃者。汴洛殘民而已。其餘不可言也。以我雄師。何往不獲。其在必克。指日定亂。此非威脅。人所共知。若趙構曉悉此意。親詣轅門。悔罪聽命。則使與父兄圓聚。復立大楚而已。如張氏已遭鴆毒。則别擇賢人。使斯民有主而已。秋毫無犯。若或仍敢恣狂。終無悛悟。卽許所在士民僧道。齊心擒送。以靖國難。若亦不慎去就。稍拒官軍。不卽擒送及不住擾亂新邊。卽是以迷固迷。與亂同道。自取塗炭。罪宜不宥。累年征伐。定無休息。今曉告示。須議指揮。

右下應係亡宋諸路州府軍縣官僚僧道耆老軍人百姓。可各照會。審擇長計。無招後悔。付逐處準

此。天會五年十二月二十三日。大金弔伐録

差劉豫節制諸路總管安撫曉告諸處榜〔天會六年〕

趙氏自結義本朝。屢違誓約。重犯罪愆。故於天會三年興兵問罪。父佶既走。子嗣哀鳴求好。復立嚴誓。要諸天地。質諸神明。其於委細。一如父約。豈謂官軍才退。子(佶)〔桓〕戾前。故於天會四年復舉師旅。廢滅趙氏。汴人既附昏德。復抗官軍。亦宜按以軍令。原其罪本已有所歸。並蒙寬宥。重念斯民。本朝既不貪土。又不可以久無主。仍委亡宋臣僚選舉道德隆懋堪爲人主者。咸薦張氏。綽有人望。克茲重任。立爲大楚皇帝。繼主其民。朝廷推亡固存之義。不謂不深。不期趙氏遺孽。遠竄在彼。潛謀不軌。輒行廢立。故自天會五年。又舉大兵。擒捕興復。所有趙氏本末罪狀。已具曉諭。今緣逆賊逃在江浙。比候上秋再舉。暫就涼、陘勘會。南民久習澆訛。雖丁寧説諭。尚多違背。况亡宋諸路前後攻降撫定。除陝西行府別有措置外。京東、京西、淮南等路并河北州府不少。比至擒獲趙構、別立新主以來。若不依行府已奉便宜行事。宣旨選擇幹事官員主領。亦慮相次又被僞賊暗竊連合。妄起事端。枉遭禍敗。須議指揮。

右下知濟南府劉豫。可知東平軍府事、京東京西淮南等路馬步軍都總管。大名、開德府。濮、博、濱、棣、滄、德州。亦在節制。凡諸事體。且循宋舊例。其徭役賦斂。會驗宋時特係煩酷。速宜就長規計。務使民便。至於獄訟。亦要寬簡刑罰。臨事制宜。勿拘常法。其有未經納款州府軍縣。仰差人具說禍福利害。招攜歸業。免於將來再舉。枉遭驚懼。其間若有勞效、一心歸順、公務幹辦者。無問士庶。並依宋時例格。椿擬合補資級。就便出給公據。候立新君。別給正行付身。所有安撫使職分。合得請俸。并本司合用司吏公使人力。着依東京西路安撫司已設置人數分例。或有今來事體比舊重大。約量添置。更於民間疾苦特行減損。亦自從宜畫定。行府更慮諸路府猶有執迷不從。或輒叛亂。已留重兵分屯衝要處所。仍摘留元帥左監軍分司在此。從宜措置施行。若有如上事理。本司力難克制。仰計會申覆左監軍。取候指揮。若諸州縣職員內見有闕或不任職事。至於計運勸農等事須至設官。即許便行差填替換。旋報監軍照驗。不得有違慢易。并下揚、真、楚、泗、秦、沂、海、徐、濱、棣、滄、德、博、淄、青、恩、清等州。環慶、東平、開德、大名等府。睢陽、高郵、天長等軍。可照驗。並聽安撫使司節制。不得有違。付逐處準此。天會六年二月日。大金弔伐録

曉諭宿州官吏榜天眷二年

行臺尚書省榜。會驗近準尚書省降到契丹字詔書。今翻寫鈔白在兼會。朝廷已遣人使於江南撫諭去訖。及省會職官百姓軍民事件。若是守等江南人使前來交割封界。方行曉示。實慮至時難以陳告。須合預先開示。一應據見在河南諸職官中已據人數外。其餘職官百姓使效軍民等。至有不同。原係河南人。如願歸山東、河北者並聽。仍仰所在官司。各具所就事宜。先次告陳。須至指揮。右下宿州。可照驗即日詔書內事理意。就便開示指揮所轄處。分明曉諭大小職官軍民僧道耆老。別

令一一仔細省會。各不離本鄉及父母丘墳。依舊安業住坐。永致信義。實爲大事。不得致違錯誤失。下宿州準此。建炎以來繫年要録〔一百二十五〕

上京路諭民築城榜泰和五年

敵若深入。民皆不保。與其死於干戈之慘。曷若勞苦於城郭之間。大金國志

張邦昌募人齎僞詔告諭四方榜〔天會五年〕

今月二十六日午時。承尚書省劄子。内降蕭太師送到文字。刷會各州府下客人前來。如隨處客人雜送。仍要每路下客人。亦早發遣前來。以憑四散告諭。奉中旨令開封府契勘。有無逐處客旅爲散漫在民間。即日未便見數。右劄付開封府契勘。上件州軍。如各無本州軍客人。止將本路人日下據數劄刷。發遣前去。不得遲滯。仍具已起發逐處人數申尚書省。續準劄子勘會。已降指揮。令開封府劄刷指揮等路州軍客人。四散告諭。竊慮客人不知因依。別致驚疑。須議指揮。右劄付本府。火急分明出榜曉諭。召募客人。因便齎詔書前去告諭。即不得張皇事勢。一概句呼。致使搔擾。仍具已依應施行文狀申尚書省。準此。

右出榜北市。張掛曉諭。前項客人。限三日如有因便願齎詔前去告諭之人。即立便前來。赴府出領。各令知悉。北盟會編〔靖康中帙六十一〕

劉豫僞詔諭士民榜

尚書兵部承尚書省劄子。已奉聖旨差官前去諸路宣導朝廷所有政事。今節次歸附人等供說。江南亂法不道之事。理宜令民庶通知。今開說如後。契勘亡宋之君。奢靡昏迷。獲罪於天。盜賊徧起於天下。兵火相繼者累年。流毒下民。自古少比。强壯横死於干戈。老弱凍餒於溝壑。婦女多遭於驅虜。至今士庶之家。父母妻子兄弟。骨肉少有得全。本原皆是亡宋之不道。凡有知識。寧不痛心。幸賴皇天悔禍。哀憫生靈。保佑聖朝。與人更始。洪惟主上卽位以來。宵衣旰食。焦勞圖治。務農重穀。核實去華。念遺黎之未蘇。則慎擇守令之官。欲下情之畢達。則延納草野之言。明慎賞罰。勤恤鰥寡。昔日强暴。爲仗節死義之臣。昔日貪污。爲守法奉公之吏。累年以來。公私稍足。内外康寧。此主上至誠懇切。力行不倦。故於大亂之後。立太平之基。夫以亡宋流毒於天下之如彼。而聖朝撫養補完之如此。天意人心。將安所歸。今日亡宋遺孽康王。殊不念宗廟陵寢。亦不恤中原萬民。脱身委棄而去。任自禍亂。遠遁江南。苟樂一身。法令愈亂。奢靡更甚。致使彼方之民。猶未免於塗炭。不任據江南逃來歸附聖齊官吏軍民前後供說。江南失道之事。不可勝舉。今略陳數端。康王依前倣效宣和間有所寵内官馮御藥等。令恣受賄賂。官員受差遣者。往往尋買鵪鶉、鵓鴿之類與馮御藥等應奉康王。便得好差遣。餘文武官到臺部受遣者。亦盡用賄賂。如監當見闕有用錢千貫求得者。若近上差遣。須是宰相内官及神武五軍。關節卽得。惟邊曲遠小處闕。方始可授。及至到任。又往往爲諸路鎮撫安撫辟差了門下人。不令放上。給公據還部。至有顧賣妻子質當誥敕爲路費歸者。彼方有市語云。㪷量殊。便龍圖。五千索。直祕閣。二千貫。且通判。是致官員到任。無不擾民誅求。州、縣之官。每有科率。比元降之數必大。科一倍以上入在己。皆要有餘。賄賂之備。百姓當保正者。要當之户被州縣取索無數。以至破家。要不當者須出錢數百千。方始得免。又諸軍已有官或曾有戰功人。年老揀停。更無養老請給。致使打柴自賣。顧身求乞。其立戰軍功人有官至正使者。依舊執長行身役。江南官員。困辱有至如此。將人户田産并諸雜之物以至農具之類。紐作錢數。令承認所降和買絹疋數。上户每物力二十三貫著絹一疋。下户每物力三十七貫著絹一疋。並以金銀官誥度牒。高擡價值。折算支攢。造民鄉坊郭丁簿帳。每一丁催納絹一丈綿一兩。遇開年人丁數目有升降。據元認定數目加減敷催。係於應減人丁上科。又攢造人户所有水田。每二小畝納税。每畝依舊例納税外。別定税錢四文鹽錢一文。每税算五百八十文催絹一疋。又税户滿四十貫税錢者。當戰船一隻。倍費一二千貫。文官中和買和糴科率之外。更以借貸爲名。根括斛斗。不當告訴貧乏。須是納足。近傳到江南狀元張九成策陳。斂人户名種類。聞大秋苗之外。又有苗頭。謂方得苗便科納苗頭科斗。苗頭未已。又行折八。謂人户合稻子一斗。令人折納細米八升。折八未已。又曰大姓。謂科率大姓之家也。大姓竭矣。又曰謳實。謂豪富之家本是殷彼方避諱作謳。謳實虚矣。又曰均敷。巧作名目。多方率斂。民不堪命。日以困窮。江南刻剥下民。有至如此去處。並放税五年。赦書尚張掛。官中已催人户要納税斛。即赦並無實言。又江南鹽。每歲須改法三二次。每賣出。鈔多即設法。或作六分折鈔。或作四分新鈔。或全用新鈔。或一袋新鈔。行一袋舊鈔。每以改法。一袋鹽不下添三五貫。其客旅相遇。皆言遭遇此劫伐。莫不怨恨。又緣軍糧不足。於人户名下貸借隔年税糧。方借税時稱。候來年將本户合納税數剋納。及至納税之時。官司更不理已借數目。並要全納。又於河渡酒坊人户處。借貸買名。課利見錢。至合納時。亦不肯準折。江南曾有指揮下淮南。令諸處人户歸業。或請佃地土。放年十二税夫役。有新歸業人光山縣李温。逐日被光山縣句出打竹。自早至晚方回。有歸附者曾見李温。言我在馬欄橋住。聞江南放十年税賦。我等十家同來得兩日。被縣道連日役使。十家已走三家。内七家餓死一箇。元來南宋正是脱空。江南常給降度牒。令逐路科配人户。須令收買充作糴本錢。每道度牒。民間不下倍錢百餘貫文。又有宣諭制置司等處。一面行下州縣於人户。和糴不由不納。納足並不支價錢。止折度牒與人。每道折錢三百貫。街市只賣得七十貫。又岳飛一行軍馬飯食。並是江南筠、袁、處、虔、吉、洪六州應付。官軍中闕糧。各於民間探借了税賦。軍到湖南。又於民間户下應有地土。每畝先令納了田畝錢二百文。民甚難之。又江浙之民。往往以舟船爲生。被諸縣拘籍有船爲船户。以備漕運。又般載官員。並係船户自備船費。應付科差。民間有船爲害。又令蘇、秀等州人户轉般斛㪷往楚州送納。民户請處一石只得八九斗。至納處須石一二斗方可納得。往往典賣家業陪填了當不得。又州縣屯兵之處。市民做經紀不得。盡被軍人做了。近塞之民。田土園圃屋舍。皆被軍人奪占。及有指揮。要於江北上户並牛具過江南。擾害下民。至有如此。又諸將下前後亡失軍人多。更不開落所亡失人。例皆强虜百姓刺面充軍。以補填舊數。有來投訴之人。將不但言不知。而諸軍實受主將之意。所敢如此。又諸將下使臣效用軍兵。恃軍勢欺凌百姓。强取物貨。官司畏憚。不敢入屯軍處州城内買賣。又諸將等屯軍處。闕見錢便罷行户。今見任官並以見錢依市價買物。更無取要擾害。汴京舊有免行錢。外路難以獨無。因而便行諸路。量出見錢。指定專充收買戰馬耕牛。爲保民之計。即無非理之用。民間雖出行錢。比之以前。官司凌辱百端。耗費無有了期。豈不輕省静辦安穩。主上罷當行之意。乃是如此。亡宋時多横興大役。如開三山大河修萬歲兩橋。調發者十餘路。破産者千萬家。又如妄圖燕山一路開拓封疆。起夫科斂。連年不休。天下被害。又倍於前。修建營繕般運樹石無益等役。不可勝數。今朝廷除軍期河防危急。理須逐急差發。尚令酌量民力。必令可以應辦。其餘依條合差夫役。並於農隙十月一日以後正月終以前。蓋謂恐妨民農務。亡宋時科買無益之物。如羊毛銅錫藥物綾羅之類不輟。有之盡科任保正。令民户均納。其價銀不支。今主上以創業之初。須措置安保生靈爲急。中間樓櫓及板木。曾行科買些小。即時支還價錢。餘合買之物。行下諸路止以一色見錢收買。不得科於民間。或有州縣官奉行乖誤科於砦下者。即皆斷遣。蓋謂恐民户賠费。昨爲海島河灘時有盜賊結聚。瀕水州縣之民。大被其害。若非舟楫。無以勦捕。及江浙亂地。時時妄有扇惑。恐動已安之民。亦須舟楫平定。朝廷遂行在京即拆毁宫殿梁柱。在外即沿流十里。除桑柘果實墳塋林木。採斫堪用木殖造船。有主者支給合直價錢。仍不得差顧元主斫伐般運。所役人匠合日支口食外。更支贍家錢糧。舟楫既備。内外賊患可除。即民間久遠可得安居。今來造船之意。乃是如此。昨緣大兵火之後。物貨雖已通行。民間交易不便。特置平準回易務於諸路。使在市難以買賣者。得以赴官收買。亦令商販以通物貨。所買所賣。並無擾累。是有益於民。所收之息。並無止濟爲民之用。上助國之經費。下免横斂於民。今置回易之意。大是如此。亡宋屢變錢法。既累失信。錢難行使。乃以重法禁民。不得不收。至有閉下店肆。累日彌月不能買賣者。又屢變鹽法。每賣出。鈔多即至指揮不用。要令别置。至有令將已般在外鹽貨投於溝河者。是廣蓄積之家。多物貨之客。時因錢法所誤。有至頓然窮乏。至有忿恨自盡而死者。今朝廷於鹽錢之法一定。縱或隨時利害。小有增損。亦須令公私兩便。無前日改作變更以誤民族之事。亡宋委任閹宦稱王稱相。節使承宣。莫知其數。内外催除差官職。皆出其手。是以郡守縣令專務誅求。要爲交結。所至惟搜尋珍奇之物或時新口味。上以應奉。次以爲賄賂。下民易欺。暗受其弊。今主上並不用閹宦。不惟减厚禄以省生靈脂膏。且使一官一職。並無交結賄賂。多得於守令之官。以公選除授之始。丁寧誡訓。惟要安民。勸督農桑。依公行税法塞法。不得縱吏擾民。不得私意害民。能奉承者以課績旌賞。有違犯者案劾行遣。舉此數項。主上爲民之意可見。其餘凡出一命令。行一政事。即無不爲民者。若不如此。何以數年之間。得脱極亂之苦。有此安泰之樂。前日盜賊兵火殺虜離散。無所告訴。因誰致之使如此。民間合知今日生業可安。室家可保。官司可依。因誰救之使如此。民間合知既能知此。即合知恩知幸。須合互相勸勉。互相告戒。不可萌心爲非。不可妄言鼓唱。竭力爲生。盡心爲善。上以副主上切切憂民之心。下以期傳子孫永享太平之福。其聽之。毋忽。僞齊録

指揮

行府告諭兩路撫慰指揮

行府勘會。朝廷昨以大遼失政。害及生民。興兵伐罪。收兵將還。大宋遣使航海。願復舊來漢地。係五代所陷。朝廷方務善鄰。才克燕雲。卽畫全地。此朝廷始有造於宋。不料天方肇亂。一作禍自爲戎首。結搆逆賊。謀害宰臣。招納叛亡。邀回民户。朝廷不以爲咎。惟索户口。猶不悛悟。乃云本朝幅員萬里。民居散漫。難加根究。無計可得。輒鳩集兇黨。剽劫邊民。侵掠畜産。使不獲安。終然不悟。朝廷雖欲惻隱。莫由獲已。乃命行府興師問罪。去春兵抵汴京。上皇方知深悔。亟行禪位。嗣主求哀。願畫三鎮。復修舊好。無何。誓墨未乾。盟言已變。密令堅守。遣兵救援。陰搆使人。潛圖禍亂。遂奉宣旨。重申弔伐。雖許畫河。亦不以實。閏十一月初二日。大兵會於汴都。猶不伏罪。準備攻具。塡疊壕道。已踰十餘日。當月二十四日進擊。次日城破。三十日國主出降。今月初二日降服。上表望闕稱臣。以奉正朔。令依元議差官前去説諭。交割河北、河東。州府軍縣尚慮所在以早不歸款爲懼。或飾僞辭。有緩撫定。再念自河之内。天啓洪塹。以限疆埸。昨來大兵所至。其有迎軍納土。詢省撫定。其拒命者。或有按以軍法。或有示以寬貸。皆臨時從宜措置。想必共知。今河北、河東兩路。纔候交割官員至彼説諭。卽仰逐旋燒毀樓櫓。具狀納土。開門以待。行府別差官員就去存恤。應有前日重難徭役科斂。諸般巧細。糴置變折香礬茶鹽之類。凡爾疾苦。並爲蠲除。或有饒利。亦與興舉。今除土人外。元係河南客居官員兵人商旅僧道。欲願去坐。任從自意。敢有執迷。稍勞官軍。臨日必無容恕。合行告諭。須議指揮。右下逐處。可各照驗。就便及轉行所轄去處。粉壁曉示各管士人耆老僧道軍民百姓知悉。不得有違。付逐處準此。天會四年十二月十一日。大金弔伐録

飭宋推立張邦昌指揮天會五年

元帥府指揮。請疾速句集在内大小官員。不限已未共議。并僧道耆老軍官等。更乞説諭商議。如並舉張邦昌。卽便連署。各於本銜親書其名。背後名下押字。仍於年月紙縫用在上官印。限十三日申上。便與册立入京。如别有異見。别具狀申。只不許引惹趙氏。若别舉賢人者。亦許不阻。敢有逗遛不赴議所者。當按軍法。北盟會編〔靖康中帙五十五〕

廢劉豫指揮

尚書省上件奏。自趙佶失道。興兵討伐。廢滅社稷。舉族北遷。後元帥府申到指以大河爲界。河外别擇賢人。使爲民主。施此厚恩。庶其知報協力。兩獲安便。早致成平。以此準申建立張楚。無何張爲彼人所廢。王師再舉。無往不克。後來帥府復申前議。再立劉豫。建號大齊。置國之初。恐其

不能自保。故於隨路分駐兵馬。經今八年。載念上國之大事。久勞遠戍。兼齊國有違元議。闕乏軍須。比年以來。益漸減損。遂致艱窘。多有逃亡。隨路百姓。亦各不得息肩。與之征討。則兵力不齊。爲之拊循。則民非我有。凡事多誤。終無所成。況齊人假我國家之力。積有歲年。事悉從心。尚不能安民保國。論其德不足以感人。言其威不足以服衆。實有乖從初康濟生靈、免其荼毒、使天下早致隆平之意。反使庶民困苦、兩國耗乏之端。相度從初所申。實爲過舉。既知其非。豈可不行改置。曷若混同四海之内。聖德廣運。睿澤旁敷。霜露所霑。孰不歸附。今臣等議欲定一民心。變廢齊國。不惟亡宋舊疆。至於普天之下。盡行撫綏。是爲長便。奏訖。奉聖旨。齊國建立。於今八年。道德不修。室家不保。有失從初兩獲便安之意。豈可坐視生民久被困苦。宜依所奏施行。委所司速爲措置。所有其餘隨擬事件。仍別商量行下。右奉聖旨。在前及商量到隨擬事件開列如後。今行下元帥府照驗前項聖旨并處分事件。不得令士庶軍民別致驚擾。早賜安措。從長施行。須議指揮。

一、廢齊國尚書省。設置行臺尚書省。

一、齊國自來創立重法。一切削去。並依律令施行。

一、知得齊國差使繁重。並委從宜酌量減免。

一、應據食糧軍人。有欲歸農及情願當役使。並從自便。只據存留人數。各俵散隨州軍士。依舊支給衣糧。內有從合役至 ○至。東越本。北盟會編作置。 窠坐。一切仍舊。其老年殘疾人等。雖是難任軍役。矜其無歸。並仰分付舊來養濟處所。酌量賑濟。勿令別致凍餓。

一、廢齊以前離背郎主被虜逃走人等。若見在本鄉並與親戚團聚。其郎主更不許識認。或有背夫逃走婦人。準上施行。只據元將引去兒女卻行分付與父。外有舊北來奴婢并妻子。不在此限。

一、齊國舊有宮人。除劉豫貼身存留外。其餘並聽自願出嫁。或與親眷團聚。若是無所歸投。分付宮觀養濟。

一、內侍人等除摘留合用看守宮禁人外。並聽自願。隨處住坐。

一、見任大小職官。並隨路押軍人員。各不得侵奪民利。

一、自來齊國非理廢罷大小職官。並與改正敘用。或有懷才抱德隱居山谷之人。亦仰所在官司以禮徵召。量才任用。更或國〇國。據東越本北盟會編作申聞。疑均爲衍文。內有才德絕倫者。開坐姓名申聞。以憑不次陞擢。

一、古今聖賢墳墓祠廟。並不得有致損壞。

一、自〇自。東越本北盟會編作日。來逃亡在江南人等。不問是何名目。若是卻來歸投。並免本罪。優加存恤。

右下齊尚書省。可照驗。即同尚書省所奉到聖旨上件施行。據劉豫已削去帝號。降封蜀王。并設置施行訖。行臺尚書省各有所奉詔書。別行降下外。照到降封宣旨。昨以建立齊國。本圖靖難。奈何不當天心。至今未獲休息。與其害於百姓。不若負其一身。致有今日變廢。仰指揮到日。即速遍行曉諭隨處官吏軍民僧道耆老人等。仍於坊巷村寨多行粉壁告示。咸使體悉聖恩普浹之意。及思多歲不獲寧居。跂望太平。各安職業。無或敢有二心。兼照會到當日齊國。本非自立。凡官司所有句當。無非本國公事。其大小職官輒勿誤會。妄生驚疑。仍仰自今以後更切用心撫循百姓。以保禄位。各懷忠信。仰順天意。用答宸心。亦當遵守宣旨。厚加撫恤。若是卻有執迷。不順天道。聽用浮言。必當自貽刑戮。仍仰至日立便改正廢齊阜昌年號爲天會十五年。一應州府縣鎮大小官員。並勒依舊句當有所〇有所。東越本北盟會編作所令。見今禁勘諸公事并續有詞訟。及係官錢帛諸物文帳。並依前來體例。如法理納收貯。不得其間卻有住滯隱漏。別致違礙錯失。悉仰準此。天會十五年十一月九日。僞齊録〔北盟會編炎興下帙八十二〕

關

户工部移禮部關大定廿一年

契勘近爲前後承準到來關内。成造奉安要用牀褥等物。別不曾分朗開坐到各色名件數目。以此行下太常寺丞併太廟署官。將引合干人等前來指視去後。除逐官不曾前來。卽日才只有太廟署合干人楊壁。今取責得本人狀。供到合造名件下項。當部除已下隨署立便勘當。依應如法成造外。契勘卽日楊壁。然已供到前項合造名件。仍恐未是端的。須合移關。請照驗施行。須至關者。大金集禮

符

尚書禮部下提刑司符

該奏行條理節文。刺史州以上無宣聖廟處。許依自來創行起蓋。舊有廟處。若有損壞。亦許修完。今緣隨處廟學官司多不爲意。以致傾壞。兼照得明昌三年七月再定奏行提刑司條理。爲該委提刑司勉勵學校。宣明教化。若廟學傾頹。學舍敝壞。卽生員何以勉勵。恐無以上副興崇學校之意。行下各路運司照驗依應施行。如廟學有損壞去處。支贍學錢修完。如不足或全闕。據合用錢數疾速行移本運司。關支省錢應副修完。無得疏駁。祖庭廣記

僞齊尚書禮部下丹州符（天會十四年）

尚書禮部都省付下本省奏禮部呈丹州知州劉議奏。爲春旱率吏民詣唐咸寧郡王謚字犯徽祖廟諱。武渾瑊廟祈雨。不及旬日。遂獲霑足。契勘渾瑊前朝雖曾用當時謚號眞封。兼所賜封爵。今來正犯徽祖皇帝廟諱。合行迴避。欲望以今來祈禱有應。民賴生全。特加美號。八月十三日奏得聖旨指揮。封爵犯廟諱字。依已降指揮。不須别改外。内祈雨感應事。依已降指揮。只特嚴潔敕祭以謝。今具下項。須至符下。一、恭依聖旨。差使臣張整齎御香、祝版前去。一、敕祭用籩豆貳、簠簋壹。牲牢止用

少牢壹牲、幣帛壹。其合用篚箱罍洗酒罇爵盞燎草、差官行禮儀制。並令本州差長吏依祭祀社稷禮數排辦行禮。籩貳。壹實鹿脯。壹實魚脯。豆貳。壹實芹。壹實鹿臡。闕以羊代。簠壹。實稻米。簋壹。實黍米。俎案壹。羊腥。幣帛壹。長壹丈捌。赤小赤丹州主者。仰恭依前項聖旨指揮。排辦行禮施行。符到奉行。阜昌六年八月日下。金石萃編

金文最卷六十五

碑

創建文廟學校碑冀州節度使賈公名霆（天會八年）

張　億

維大金受命。平定海内。日月所照。無不賓服。天會六年九月。實下冀州。冀爲河朔大藩。倘非剛明有守。威足以禁暴。德足以懷衆。且疏通練達。不惑於是非之間者。未易以當鎮牧之任。初州城下。元帥監軍博選於衆。得今節度使太師賈公。取人望也。公先守深州。恩威已著。政無不理。監軍固已昭知成效。朝廷亦謂選保得人。由是就膺寵擢。臨撫是邦。下車之初。宣諭上意。勞來安輯。興利除害。凡可以便國家而惠斯民者。知無不爲。大功數十。衆已欣快。越明年。詔頒新格。具載學宫。公覽之歎曰。治天下者。本乎人才。學校者。人才之所自出。固不可緩。第兵戈殘蕩之餘。民力有未完。日或不暇給。然吾安敢少怠耶。州舊有學。悉爲將兵毁折。獨於斷垣廢址間。僅存先聖十哲神像。當日教官爲權置於郡譙門之上。實有待賢牧守之來也。八年春。公顧政蹟已成。民俗已阜。異時暴露者有居。流離者有歸。飢者有食。寒者有衣。善者有所恃而無恐。惡者有所畏而不敢肆。上下安然。民獲再生之幸。日超乎富壽之域。一日飭有司將行釋奠之禮。吏承命震肅。奔走趨事。前期畢備。二月四日。實維上丁。公親率諸生夙興講禮。動容周旋。曲中儀式。士林仰服。罷則與僚吏洎諸生齒序集飲。彬彬然已嚮古之制矣。因謂屬佐曰。自昔有天下號聖君者。莫先乎堯舜。冀。堯都也。去古雖遠。遺風餘烈。猶可想見。後之名卿才大夫。出於是州。載於傳記。班班可考。今明天子在上。德化之所熏陶。聖心之所感格。遂見干戈偃息。文物興隆。則建學造士。此其時也。吾將擇勝地。崇閎構。以稱尊儒重道之制。庶幾有以承上休德而樂育人材。不亦可乎。羣僚咸悦曰。我公之政。先後有宜。率皆上體宸衷。下救民瘼。庶而後富。富而後教。雅合古聖人之訓。高明所臨。遠近洞照。况兹郡庠之造。如指諸掌。其宫室規模。必有契公之心。而凡一時與學之士。皆願得奉令效勤。以賛先定之志而成之。公喜。復顧節副蘇侯謂曰。今城北隅不有觀宇可以改作者乎。大殿巍然。廊廡兼備。設爲官學。則先聖有次。廟食有依。生徒齋館講習有所。斯可以不勞於力。不費於財。事則濟矣。其爲我亟往相視以報。侯端亮詳敏。樂承善志。即往視之。悉如公言。歎服良久。明日具圖以進。公爲命工。力爲繕完。遂涓吉旦。奉遷神容。肆加嚴飾。又繪飾七十二賢及後諸大儒於殿壁之兩間。冕服有倫。皆倣古禮。廟貌輪奂。齋序完潔。不侈不陋。落成之日。人不知勞。士民縱觀。咸驚天造。學既成。公又出己俸三十萬。别付從事。使相承爲舉本。收其羸餘。以供祭祀。蓋公以爲春秋釋奠之資。既從官給。惟朔望闕然。故特有兹舉。則欽奉之意。永繼弗替。可謂至矣。此誠萬世永固之基。綿綿無窮之蹟。是學也。肇始於三月二十有一日。

落成於四月之望旦。因命億爲之記。億具員幕下。義不獲辭。竊嘗謂古家有塾。黨有庠。術有序。國有學。魯僖公肇修泮宫。而詩頌其美。漢文翁起學成都。而史記其功。三代以還。世之相去。不爲不久。惟斯二人者。見稱於世。想望丰采。固以不得親見之爲恨。况出乎同時。獲覩施爲。孰不樂爲之稱頌。此人心所同也。且夫興學校於太平。久治則易爲力。當兵革之後。親致其治以興學校。則難爲功。今冀爲重鎮。並统深州。幅員千數百里。合二州十一縣。地大民衆。易荆棘爲田畝。化愁歎爲謳歌。而政立矣。育才善教。發於誠心。此英特之舉。希世之遇。雖詩人善頌。固難形容。史筆所書。未盡髣髴。使諸生處於斯者。悉知副公之意。勉勉自强。他日業精行成。擢巍科、登要路。功著當時。名垂後世。風化之行。民淳俗美。後來之秀。相繼不絶。是皆出於公之賜。豈易量哉。故敢述其梗概。以紀歲月。若夫公單騎撫危城。片言折疑獄。破姦吏之膽。制悍軍之心。發倉廩減價以賑貧者。興廬舍給居以厚民生。修輿梁以通往來。蕃牛畜以廣播殖。杜塞私門而拒絶請謁。飢民轉徙脱身奴婢者以千計。士夫亂離復籍搢紳者殆百數。至除蝗蝻、瘞枯骸、嚴火禁、闢城闉。道釋咸隆。至誠有格。無一物不得其所。他人睥睨。莫敢輕議。彼所不能爲者。公悉優爲之。卓然超乎物表。將見不日召趨近班。位乎廟堂。益推其所爲。以匡濟天下。豐功茂烈。又將有大過人者。其效豈止見於一秉旄之任哉。此世所望乎公者也。先是鄉大夫紀公之德行善政。已致其詳。衆所稔聞。而雜見歌詠者也。此皆不復多敘。特著學之所以興與夫世所望於公者。并刻諸石以示將來。俾有所考云。是年四月十五日記。謹從欽定古今圖書集成恭録〔職方典真定府部〕

大城縣重建廟學碑 天會十二年

劉光國

昔王仲淹遊孔子廟嘗歎曰。大哉乎。君君臣臣父父子子兄兄弟弟夫夫婦婦。夫子之力也。蓋夫子之道。具於人心而著於君臣父子兄弟夫婦之倫。其教具於六典。而行於邦國鄉黨家庭之間。自漢唐以至於今。莫不知尊其道矣。其道尊。則其祀亦尊。廟貌之崇。垂之有永。前哲之所以形於歌詠鐫於金石者。豈無謂哉。平舒公廨之西。孔聖舊宮在焉。規制太陋。瞻視未尊。歲久而就圮。天會十二年秋九月。邑令姚公下車未久。一日顧謂僚屬諸士子曰。風化之地。衰敝若此。吾何以辭其責乎。乃積良材。運堅甓。集衆工以量度之。上而殿廡。下而庖庾。莫不繕治而復。賁之墁飾。繚之垣堵。煥然其一新矣。余惟儒學之設。明人倫育人才。非徒美觀也。唐虞三代之盛。蓋有自來。而秦火煨燼。聖學蓁蕪。視學宮爲傳舍者衆矣。昔范甯宰餘杭。性質直。好儒學。風化大行於期年之後。自中興以來。莫之或先云。今公加意學校。可無媿乎餘杭風矣。然范公之崇學敦教者。不止於修葺宮牆。公之教平舒也。豈無身先士類者乎。其於聖經賢傳之大旨。君臣父子之大倫。禮樂刑政之大法。講習討論於師友之間。勇往奮迅。洗濯刮磨。務臻斯道之妙。士習丕變。與學宮而俱新。庶不負夫子之教。而造士作人之盛心愈久而不泯也。於是乎書。欽定日下舊聞考〔大城縣志〕

彰德府創建文廟碑 天會十二年

賈葵

載在祀典。推而徧於郡邑。並社稷而共尊榮者。先聖云爾。趙故大郡也。僕嘗從事於茲。拜先聖廟。徘徊廊廡間。瞻其輪奐嚴邃。實一方之壯觀。大兵南來。趙人輒爲倉葛之呼。效墨子之守。不即歸附。乃爲旅距之計。凡諸宮廟。盡撤爲樓櫓之用。先聖廟亦不得獨存。長廊百楹。昔嘗爲藏修游息之所者。當矢石臨城。已爲守具矣。高堂數仞。昔嘗聞金石絲竹之音者。逮壺漿迎師。又爲毬場矣。於戲。生民以來。未有如夫子之聖。天下通祀。未有如夫子之尊。韓退之處州之碑。真知言也。趙郡環千里之遠。連七邑之大。廟像不存。俎豆無措。旦望闕釋菜之儀。春秋廢釋奠之禮。士子何依。風化何出。豈戎事方殷而未暇乎。抑道不虛行。時然後行乎。刺史大將軍韓公。以元帥之令。薄伐荆、蜀。趙君少卿。北方名士也。輟同知彰德之節。攝此郡政。既見吏民。乃修謁諸神之祠。會先聖之廟隳毁盡矣。屬衣冠之士顧而語曰。明經以拾青紫。稽古而陳車服。此顯效也。祀以報本。而先聖之祠忽諸。吾人得不愧乎。乃即舊地而經營之。乃購新材而樸斲之。浹辰而版築興。彌月而堂構畢。先聖先師。儼然森列。至者肅肅。觀者翼翼。圓冠方屨。復彬彬乎此時矣。丁未之年。余見其毁。力不能以禦。甲寅之歲。余聞其成。語不可以默。謹敘其成毁之日而爲之記。趙州志

改修董池神廟碑

賈葵

歲在癸丑之春。葵自安武幕承乏聞邑。視事既三日。禮諸神之祠。越翼日。吏以祝告。言境内之神。歲時致告者有四。禹也。稷也。成湯也。董池神也。禹稷成湯。皆古之聖人。山川故在。風壤仍存。民到于今有懷而無斁。祠在境内。禮亦宜之。董池則何神也。言其神。則老母之像。俗謂之

婆廟。在東鎮北。歲以鎮官祀焉。本末則不知也。莾視事之初。未暇詢訪。屬總府有命令佐吏巡其境内而訓諭之。一日過乾河。登清原。想晉文治兵之跡。觀明皇御書裴太師之碑。躊躇四顧。既而南下。望澄瀾浩渺。草木蓊鬱。原下居人數十家。皆臨水而居。問則董澤之蒲。可勝既乎。杜預謂在縣之東北。即此地耶。澤畔之民。蓺麻殖稻。接畛連溝。或織蒲而席。或鼓棹而漁。大兵之後。雖未盡復業安居。亦可樂也。沿澤而東。茭蒲映水。楊柳參雲。其北有高平之地。則廟在焉。垣墉半頹。屋宇多罅。而一堂巋然獨完。肅禮既畢。循階而上。正位之神。乃古婦人像。蓋俗所謂婆神也。東徧而坐者。則古男子像。人皆曰董父。名在祀典而像設不正。豈禮也哉。意以水爲至陰之物。故其神爲婦人之像也。抑爲有董父之號。其配宜爲老母之容也。然亦宜正父之位矣。寧亦訛傳之久。以董父之父。爲婦人之婦乎。若以母言。則亦不經見。又無所傳聞。必非祀典之所取也。按左氏傳昭二十九年。晉史墨曰。昔飂叔安有裔子曰董父。實甚好龍。能求其嗜欲以飲食之。龍多歸之。乃擾畜龍。以服事舜帝。舜帝賜之姓曰董。封諸鬷川。生受其封。没宜享其祀。然則董池神廟。蓋後人念董父有養龍之功。尸而祝之也。舜都蒲。此去舜都二百里而近。意其地也。澤上之村。以董爲名者。蓋四五處。近澤之以董爲姓者。亦數百家。豈董父之德在民。而後裔如此其蕃乎。夫龍。神物也。實難制畜。見於絳郊。鬬於時門。或觸山抉石。發大水以盪城邑。或迅雷奔電。降大雹以傷禾稼。時出而爲大害者。蓋嘗有之。當洪水氾濫。草木暢茂。龍蛇居之。而民不得安息。驅龍蛇而放之菹。雖曰伯禹之功。能豢龍以致其馴擾。亦董父之力也。世享其祀。不亦宜乎。噫。自帝舜而至於今。餘三千年矣。陵谷屢遷。而董澤之水。湛然常存。蓋神龍所憑也。城邑屢改。而董父之廟。巋然獨立。蓋神物所護也。命祀之初。必以董父爲正。今爲老母之像。是淫誣愚俗。狃於鄙妄。以瀆明神也如此。宜革而正之。以嚴神明之位。亦嘗聞江山〇山當作州。有孤山祠矣。俗訛爲婦姑。因爲神姑之容。鄴中有西門豹祠矣。俗訛爲虎豹之神。因爲文豹之像。董父之廟。乃爲董婆之容。其亦訛而至此。將誰使正之。葵預知其事。不可使董父之靈。久受誣於冥冥之中也。乃諭其士人。播告其百姓。正其位。毋作神羞。因爲之銘。以昭示後世。聞喜縣志

皇弟都統經略郎君行記碑天會十二年

黄應期　王　圭

大金皇弟都統經略郎君。嚮以疆埸無事。獵於梁山之陽。至唐乾陵。殿廡頹然。一無所睹。爰命有司。鳩工修飾。今復謁陵下。繪像一新。迴廊四起。不勝欣懌。與醴陽太守酣飲而歸。時天會十二年歲次甲寅仲冬十有四日。尚書職方郎中黄應期、宥州刺史王圭從行。奉命題。石墨鐫華〔關中金石記乾州志稿〕

重修唐太宗廟碑天眷元年

孫九鼎

聖上卽位之三年。朝廷清明。遠邇乂安。山川鬼神。罔或不寧。逮下廢齊之詔。猶且以古今聖賢祠廟勿得損壞爲戒。嗚呼。大哉王言。恩至渥也。蓋欲使幽顯兩得其所。而盡其所以欽崇之意歟。惟是

秦甸。實唐舊都。醴泉古邑。昭陵近焉。太宗有廟。世世以祠。元帥右監軍完顏公。因按部叩謁祠下。顧彼垣宇。或傾或圮。究彼規模。若存若亡。喟然歎曰。吾聞太宗有唐英主。史臣所謂功德兼隆者也。廟貌如是。豈能稱吾明天子之意耶。且吾夤奉詔書。則有辭矣。亟命新之。於是鳩工聚材。揆日卜辰。趨事赴功。罔或怠忽。越月告成。以圖來上。按而視之。因庳爲崇。廓隘爲寬。遏乃蕪穢。煥以丹漆。殿宇靚深。廊廡宏麗。門闕巍巍。如跂如翬。儼然王者之居也。不有貞石以刊始末。何以示方來哉。卽召九鼎而命之曰。爾典著述。爲吾敘之。蓋兩漢而下。基業綿遠者莫如唐。有唐之君。功德昭著者莫如太宗。當隋季不競。王綱紐解。太宗皇帝以睿文英武受命上天。手提干將。佐佑高祖。誅□遒穢。蕩滌僭竊。以一旅而取關中。不十載而有天下。自卽大位。乃遊觀弗事。聲色弗邇。獨與一二大臣講求仁義。闊略法律。哺乳幼穉。補養瘡痏。休息疲瘵。數年之間。天下丕變。盜賊爲君子。愁歎爲謳吟。斗米纔三錢。死罪歲止二十九。貞觀之際。號稱太平。雖漢高文景之主。反出乎其次。而湯武成康。亦可齊驅而並駕也。夫如是。則編之乎詩書之册而無愧。措之乎天地之間而無虧。炳炳烺烺。與日月争光於無窮。而歷時未久。人已弗克欽崇。倘非鉅金奄甸南服。而吾監軍增飾之。則廟貌或委靡而不振。或湮没而無聞。彼自唐遺黎。不復承祀矣。夫其意者。豈不以太宗之功德實惟帝王之標準。必欲當聖人之世。使不世之傑。發揮而振揚之。俾晦而復彰。微而復著。與乾坤並配而不朽耶。不然。何我公世之相後且數百歲。地之相去且數千里。一旦心契神合。而興崇如是之速也。傳曰。大德必百世祀。其太宗之謂歟。謹頌之以詩曰。

天地閉塞。孰與闢之。日月昏翳。孰與廓之。必有元聖。生而救時。赫赫太宗。龍鳳之姿。仗義特起。號令六師。妖氛埽蕩。僭竊芟夷。子來億兆。順挈綱維。法律匪任。仁義誕施。民富而安。俗恬而嬉。三辰不忒。萬物咸禧。千祀蒸嘗。禮孰敢違。迄我鉅金。庶邦緝綏。奄甸齊服。百神具依。顯允監軍。歷按封圻。敬謁廟下。棟宇弗支。公乃慨然。明詔是推。吏承其命。官辦其資。民不告勞。金碧相輝。神其居歆。來止來宜。於萬斯年。福我黔黎。石刻拓本〔醴泉縣志〕

大聖院存留公據碑

失名

滕陽軍給準行臺尚書禮部符。行臺尚書省付下本部呈。先據滕陽軍滕縣白了村大聖院管句僧圓義狀。爲本院自大唐開元年建置。後來有村衆耆艾再修善到佛大殿□□於政和年間。蒙徐州給□存留文帖。昨因兵火遺失。後緣廢齊不興佛道。不敢理訴。蒙廢齊指揮差官□逐將僧堂坼拽造船。至□未曾敢行興修。今遇大國撫定。一切從寬。隆興佛教。伏乞出給存留公據。付院收執。本部尋下本□勘會去後。據滕陽軍中下滕縣施行。據本院中委主簿取會到老地分人劉整等狀稱。本村大聖菩薩院。實於大唐開元二十一〇一字原缺。據本書六十九滕縣興國寺新修大殿碑補。年建置。古老相傳。村衆葢到屋宇等。先於政和七年三月間。已曾徐州給到存留□帖。因兵火遺失。除□□齊以前坼拽僧堂一坐外。有其餘屋宇。並無分毫摧壞。佛像見今新鮮圓備□□是創葢院舍。乞□存留院額文字。別無諸般違礙。軍縣保明是實。尋再下本軍檢勘施行去後。今據本軍中會驗。本院□□□火。不曾殘破摧塌毀壞。院舍屋宇佛像。並各見存。既不是創蓋佛殿。亦不是曾經兵火□併去處。見有□□□基上銘記等。及大聖院先有住持僧智來往徐州會理給到存留兵帖。後因兵火遺失不存。其僧智來身死無照證。并滕縣□□廢齊阜昌七年七月初三日承本軍符準前東路留府行府趙進□路□坼拽了僧堂屋五間。今來乞給存留遺失大聖院文字。並無違礙。保□是實。本部看詳。本軍稱大聖院非經兵火。不曾殘破。亦不是曾經兵火廢併去處。雖稱見有古石塔基銘記。乞給存留院額文字。軍縣保□並無違礙。緣昨來徐州所給存留院額文帖。遺失不存。別無照證。欲行下滕縣○縣。據上文當作陽。軍 更切子細檢勘。如本院委是□有名額。寺院所存銘記等照證的確是實。別無詐冒違礙。即給帖照會施行。取鈞旨後批部行□□□一依□□行臺尚書省批狀。指揮施行。無致錯失。本軍會驗上件大聖院無○無。據上文當作委。是舊有名額。寺院所存銘記等照證的確是實。別無詐冒違礙。今判結。

右出給存留滕縣白了村大聖院公據。付僧圓義收執。照會一依前項行臺尚書禮部□內□到行省批狀。指揮施行。天眷元年八月二十五日給。石刻拓本

重修孚濟王廟碑天眷三年

劉安禮

距澶西南三十里。有村曰小韓。孚濟王之祠在焉。廟貌森嚴。實隋上柱國韓公血食地也。威靈昭著。儼然如在。一切祈禱。應如影響。良辰令節。車馬駢闐。瞻拜於祠下者。不可勝數。夫以柱國膽略容貌才用威名。執陳主。懼突厥。忠勇之節。剛大之氣。焜耀史策。信而有徵。則其精神所在。英

靈所歸。幽爲明神宜矣。鄰居之母。見其來迎疾篤之人。走而欲謁。孰曰不然。況靈跡顯應。大庇斯民。載諸典策。崇爲明祀。乃其所也。其祠額神號褒顯之由。一時守土者。請諸朝而命之。有舊刻在。可不論而知。左監門衛大將軍河南蕭公來守澶之明年。政平訟理。化洽人孚。闔境之内。去愁□就妥安。既成民矣。凡致於神而爲民祈福者。靡所不至。誠意所感。默與神會。已而夢理一所。基構甚雄。若久廢不理者。顧瞻堂上。聖像昏翳。徘徊廊廡。三門頹仆。非一覺而念之。非思非想。此何爲哉。明日詢諸州人。亦莫能解。他時因從王事過於祠下。宛如向之所夢。躊躇回顧。愴然而感於中。夫幽明殊塗。興廢有時。顧王之威靈顯應。昭昭然播在人耳目。則疇昔見夢。非特感發於復新廟貌已也。天或將以王福茲土。而使吏安其職。民樂其業乎。於是出俸錢百緡。涓辰赴工。易壞起廢。凡像之創修者二十有三。補完者三十有七。丹青相映。煥然一新。自天眷三年歲次庚申始工。訖閏六月二十五日壬辰告成。工既畢。命其從事劉安禮書之於石。將俾來者益知所敬畏焉。且誌其復興之歲月云。滑縣志

兗州重修宣聖廟碑天眷三年

崔先之

皇綱鼎固。鳳曆璣運。歲在上章涒灘。月次圉陽。朏魄既交。同知泰寧軍節度使趙公讌牧作新宣聖廟於魯邦之巽維。即兗海觀察使劉公莒所卜之舊址也。魯邦孔子之鄉。廟祀之嚴。其來遠矣。粵自唐大中十三年歲次己卯。劉公始擇茲地以遷作之。更諸爽塏。以就文明之方也。後一百七十七年。

至宋景祐三年歲次丙子。孔子四十五世孫龍圖公道輔。衣晝錦之榮來守鄉郡。復革弊陋而增崇之。自景祐逮今。又一百五年。公被命臨鎮來兖。凡二百八十二年之間。或以功勳而授鉞。或以道藝而分符。牧守之賢。不爲不多矣。知宗儒尊道以報本反始。崇敬宣尼留意廟貌者。前有觀察劉公。後有龍圖孔公。孔公卽以其孫而崇祖廟。未若劉公之誠也。比之劉公挺然特見於今者。其唯我公之賢乎。公世居幽都。碩儒繼代。幼舉神童。壯登桂籍。聲名烜赫。竦動四方。其敦本重道之誠。出於天性。景慕孔聖。以見願學之心焉。朝廷簡拔有德。撫綏疲瘵之民。爰自下車。講求民瘼。攘剔奸蠹。化洽千里。威震一郡。俗安其訓。吏畏其明。未及期月。闔境大治。乃臨黌舍。延見諸生。顧瞻堂室。頹□□甃。風雨弗除。函丈之間。凝塵滿席。喟然歎曰。亂世則學校不修。魯有泮宮。頌美於詩。時底清平。忍視其壞。經之營之。鳩工僝材。不日而成。潭潭之宇。敞然爲弦誦□□之地。使芹茆可得而采焉。恭謁宣聖廟庭。薦歷兵凶之後。殿廡摧仆。棟榱橈折。瓦級破缺。丹雘漫漶。尤加措意。語人曰。孔子之道。澤及萬世。教行八荒。生於魯。仕於魯。死而葬於魯。師□□貌之立。崇構華麗。宜爲四方之壯觀。學其道而爲其徒者。是爲我師也。廟貌弗飾。將何以見崇奉恭敬之心哉。遂擇日肇造。親出俸入之餘。以備費用。躬自督責。□行不倦。□飭匠氏。量徑輪。視廣袤。乃董役夫。供板築。奮作興。基址不移。繩墨不改。木無衣綈錦。土無被朱紫。上棟下宇。右平左墄。煥然一新。修廊廣廡。膠葛峥嶸。春秋□□禮儀卒備。可以陳簠簋。可以列豆籩。可以鏘環佩。可以奏磬筦。升降周旋。無適不宜。則公之勤誠志嚮。於此可見矣。嗚呼美哉。魯之諸生。

瞻載色載笑之容。□□□□□之教。咸願頌公之德。刊諸堅石以傳永久。少效瓊瑶之報。俾先之敘其事而爲其文。自顧淺陋。何足以發揚公之懿。謹紀其實而爲之辭。以遂邦人之願焉。其辭曰。皇流共貫。車書混同。洙泗教揚。八遐遂通。宣尼道行。天下爲公。光於四方。昭明有融。我公願學。昌時先覺。賢冠斗南。名重燕□。臨鎮魯邦。澤潤優渥。樂善不倦。爰苦孔卓。既修泮宫。魯侯之功。薄采其芹。回也屢空。闇闇秋□。舞雩之風。春誦夏絃。教思無窮。作廟奕奕。尊崇聖德。報本反始。其儀不忒。匪刻匪雕。既華既飾。廟貌斯□。魯侯之力。以享以祀。神之聽之。工師告成。頌美於斯。其頌維何。金石可勒。光施前人。垂之罔極。山左金石志

汾州葬枯骨碑皇統二年

李致堯

蓋聞衛國風之詩曰。凡民有喪。匍匐救之。周小弁之雅曰。行有死人。尚或墐之。是知死葬之禮。古今所重也。然生死異路。而苦死者其理堪哀。非生者孰爲埋瘞。壽夭殊途。而横夭者其情可憫。非壽者孰爲薦享。噫。枯骨者實横夭而苦死者也。亙古以來。間或有之。或遭飢饉之難。或值刀兵之刼。或溺大水。或焚烈火。賢愚罔間。貴賤無分。若崑岡火炎。玉石俱焚。致使屍横於地。穢達於天。無人收葬。深可悲恤。且免悲狐死。謂傷類也。況至靈於禽獸者乎。巷埋里葬。乃常禮也。況其間有親知者乎。昔潁川黄霸。造棺而葬窮氓。校尉曹褎。買地而葬無主。陳寵賢守也。案行葬洛縣之骸骨。致哭聲而盡絶。孔車長者也。冒法葬無親之誅者。遂聞上而嘉稱。古人若是。德被羣

靈。名垂後世。顧不偉歟。本縣頃自丙午歲季秋二十一日大軍破城時。有援兵五千人。遺民數百户。内外生靈。約計十萬。或長驅不返。或迎敵而殂。威臨而墜井墜河者有之。勢脅而自刎自縊者有之。士民共戮。善惡同誅。有千里而離鄉者。有一門而盡歿者。屍盈郊邑。血滿道途。觸瀆天地。暴露星霜。日往月來。股分肉盡。親知莫辨。男女無分。白骨交横。孰可忍耶。於是時也。僕雖脣齒傷刃。幸老幼全生。二親遊宦。千里歸鄉。仰承天地之洪恩。深懷螻蟻之謝意。至甲寅歲。敬從父命。與衆特推悲懇。哀矜枯骨。命工傭力。遠收近拾。數月之間。聚一千五百餘副。於中秋十三日。卜葬於城西北五里古大墓之北。春秋祭享。以時不闕。嗚呼。風吹雨洒。淺土尚多未經葬者。依青暴白。耳聞目見。僕等於丁巳歲。徧向郊原。廣收遠掇。半載之間。又得二千餘骸。於中秋二十七日葬於叢塚之西。歲時祭焉。至辛酉歲。因井中淘出屍骸五十餘副。於城南浮土耕出軍屍七百餘副。及裏外井中水浸者。命土人淘出二百餘副。諸處尋收。又得一百餘副。於上秋二十五日葬於前墳之南。時並祭焉。凡此三誠。○誠疑當作葬。盡出羣誠。謹書於石。庶永其傳。而作銘曰。

哀哉亡靈。生逢運刼。不意天心。深懷忠節。師震雷霆。器横霜雪。城破家殘。父離子别。避刃者殂。迎敵者折。河井漂流。刎縊交列。驚户幾歸。敗軍殄滅。千里而來。一門盡絶。不分士民。莫問愚哲。徧地屍横。滿城流血。郗勇戰亡。彭機計竭。渾没堯臣。坐悲孝烈。嗟爾英雄。嗚呼夭折。我輩推誠。哀收痛掇。廣萃羣骸。連開數穴。葬禮三修。醮筵屢設。春秋以時。祭享不輟。日落風悲。雲愁霧結。鬼泣神號。猿啼鳥噎。寂寂悲墳。烟鎖明月。

皇統壬戌歲上元日立石。鄉貢進士李致堯撰。汾州府志

西京大普恩寺重修大殿碑〔皇統三年〕

朱弁

諸佛菩薩之應世也。亦猶哲王之救弊。或忠或質或文。雖致治不同。其趣一也。人拘達摩對蕭梁氏之書。遂疑有爲功德。不可復作。而不知指示神地以植五王之福。補理故寺當獲三梵之報者。釋迦遺訓。具存貝典。則崇修塔廟興建寺宇。以示現佛菩薩境界。蓋將誘接羣生。同歸於善。其爲功德。詎可測量哉。彼達摩大士。方以妙明圓通親提教外別傳之印。則於有爲功德。不無抑揚。是亦因時救弊耳。非實貶也。且顛力苾芻能克遵付屬而成就茲事。其爲功德。尚何言耶。大京西都普恩寺。○此句有誤。據篇題疑當作西京大普恩寺。自古號爲大蘭若。遼後屢遭烽燼。樓閣飛爲埃坋。堂殿聚爲瓦礫。前日棟宇所僅存者。十不三四。驕兵悍卒。指爲列屯。而喧寂頓殊矣。殘僧去之而飲泣。遺黎過之而增欷。閱歷滋久。散亡稍還。於是寺之上首通元文慧大師圓滿者。思童戲於畫沙。感宿因於遺礎。發勇猛心。德不退轉。捨衣盂凡二十萬。與其徒合謀協力。化所難化。悟所未悟。開尸羅之壇。闡盧舍之教。以慈爲航。遂其先登之志。以信爲門。咸懷後至之恥。於斯時也。人以須達自期。家乃給孤相勉。咸蘊至願。爭捨所愛。彼髓腦支體。尚無所吝。況百骸外物哉。於是輦幣委珠金、脱袍鬻裘裳者。相系於道。累月逾時。殆無虚日。經始於天會之戊申。落成於皇統之癸亥。凡爲大殿暨東西朶殿、羅漢洞、文殊普賢閣。及前殿大門左右斜廊。合八十餘楹。瓴甓變於埏埴。丹雘

供其繪畫。榱椽梁柱。飾而不侈。階序牖闥。廣而有容。爲諸佛薩埵。而天龍八部合爪掌圍繞。皆選於名筆。爲五百尊者。而侍衛供獻。各有儀物。皆塑於善工。睟容莊穆。梵相奇古。慈憫利生之意。若登於眉宇。秘密拔苦之言。若出於舌端。有來瞻者。莫不欽肅。五體投地。一心同聲。視此幻身。如在龍華會上百寶光明中。其爲饒益。至矣大矣。不可得而思議矣。圓滿今年七十有四。自惟君恩佛恩。更無差別。成此功德。志實有在。非獨爲前途津梁也。然此功德。爲於治安無事之時。則其成也甚易。圓於干戈未戢之際。則其成也實難。圓滿身更兵火。備歷艱勤。視己貨財。猶身外影。既捐所蓄。又裒檀信。經營落始。淹貫時序。皆予所目覩也。則其成就。豈得以治安無事比哉。始予築館之三年。歲在庚戌冬十月。乃還於兹寺。因得與寺衆往來。首尾凡十四年。如一日也。衆以滿之意狀其事。以記爲請。記事之成。要得其實。今予既身親見之。其可辭哉。按寺建於唐明皇時。與道觀皆賜開元之號。而寺獨易名。不見其所自命。樓有銅鐘。其上款識。乃是清泰三年歲在丙申所鑄造也。其易今名。當在石晉之初。或唐亡以後。第未究其所易之因耳。後之作者。見其闕文。倘得其本末爲我著之。乃予之志也。非特予志。亦寺衆之所欲聞也。皇統三年二月丁卯。江東朱弁記。石刻拓本〔大同縣志〕

重修帝堯廟碑 皇統三年

范霙

帝堯之德。在人何其深且久也。雖百世之下。愚夫愚婦。亦知敬焉。孔子曰。惟天爲大。惟堯則之。夫如是。堯亦天也。天之道。動之化之。生之成之。其功德昭著。不可誣也。祀之南郊。迎享祈報。天亦未嘗不享答焉。則堯於民亦何異乎天哉。古之祭法。有大功德者。皆載在祀典。况堯也。其德蕩蕩。其功巍巍。宜乎萬世祀也。當光宅天下之時。乃命羲和。欽若昊天。以授人時。命羲仲。宅嵎夷。以殷仲春。命羲叔。宅南交。以正仲夏。命和仲。宅昧谷。以殷仲秋。命和叔。宅朔方。以正仲冬。四海運若神之智。萬國被如天之仁。帝皇治定之術。天人交感之道。著若晝一。經制民事。自天地開闢以來。帝堯始正矣。後世君天下者。悉法堯之道而致於治。所以順之則興。背之則亡。故孟子曰。不以堯之所以治民者治民。賊其民者也。萬世能遵守其道。涵養百姓。百姓常安。家被其賜。此其所以與天無異也。帝堯在位。凡九十八年而崩。百姓悲哀。如喪考妣。三載。四海遏密八音。何恩化所及之遠也。然則堯之德不可殫紀。昔吳季札聘魯。聞歌唐之詩。乃曰。思深哉。其有陶唐氏之遺民乎。由此知遺風在民深且久也。全晉之地。至今勤儉。豈非聖人之化。遂與□誠而不可移也。神山縣東有堯山。柏樹森然。回還十數里。其巔有堯祠在焉。卑陋不蔽風雨。兵入之後。愈見隳摧。甚不稱所以祀堯之意也。縣宰牛公承直。下車之初。被府檄令再完葺。公遂勸率縣民。使量出己財。成兹美事。且舊國舊都。民戴遺澤。未嘗敢忘。公之令下。一境之人。皆翕然而樂從之。不獨新其廟。又比舊增廣甚多。仍於正殿之前。特起舜禹二殿。巍然相對。其後建后妃之殿。大門峙立。長廊翼如。計一百四十七間。又以餘財於廟前之南叢柏中。起亭一所。榜之曰歲寒亭。傳曰。歲寒然後知松柏之後彫也。是亭之名。蓋取於此。將以遺後官及縣民四時奔走香火之餘。而游息於其上。以此見公之用心爲歲寒也。廟既落成。命余記其事。僕雖荒陋。然與公爲至友。不可固辭。兼嘉公重飾是廟。大合衆心。與夫費四方民力民財修建淫祠者。固有間矣。於是乎欣然書之。大金皇統三年歲次癸亥正月三日。浮山縣志

天寧萬壽禪寺碑 皇統四年

仲汝尚

瑯琊之佛祠。在郡治者凡六區。其五爲毘尼。其一爲禪那。今普照是也。當子城之西南。有古臺巋然出於城隅。臺之西復有廢池。流潦瀦焉。耆舊相傳。臺曰曬書。池曰澤筆。其地蓋東晉右將軍王羲之逸少故宅也。昔晉祚中缺。元帝渡江。臨沂諸王。去亂南遷。乃捨宅爲梵宮。世祀綿邈。真僞莫考。往歲嘗得斷碑於土中。字雖漫滅。尚髣髴可讀。按招提復興之代。實自後魏。至有唐孝明皇帝即位之九年。始賜額曰開元。宋真宗初。輔臣建言。請詔天下。每郡擇律寺一。更爲禪林。遇皇上誕彌之月。爲祈延景命之地。制從之。郡以開元應選。自是改稱天寧萬壽禪寺。逮廢齊居攝。專用苛政理國。知衆不附。尤狹中多忌。凡浮屠老子之居。曩日所嚴奉以祈福者。一切廢革。遂易天寧之號。榜以普照。開元遺址。固古臺爲基。下偪闤闠。棟宇褊迫。在我法中所當有者。皆廢缺未備。不稱寶坊之制。歲在丁巳。妙濟禪師覺海始來住持。入院之四年。乃議改作。衆懼難成。姑欲因陋就簡。經始之初。異論蠭起。拱手旁觀。待其自敗。師志先定。屹如山立。終不可搖。時奉國上將軍渤海高公名和式。適守是邦。與師昔於過去刧在無量佛所曾植宿因。至是機緣會遇。針芥相

投。公命首墮雉堞。以達蔽阻。又架石爲梁。跨望月湖。南臨廣路。於指顧間。已盡闢湫隘爲空曠之境矣。復召百工。授以成規。自當陽聖位。次及方丈。下逮僮隷所偃息。皆標立區所。期盡新之。益出己資力。往〇往疑當作佐。給經費。且示苦忍。降伏偷惰。畚鍤尺斧所嚮。輒以身先。於是郡人感其誠。無不風靡。遠方檀施。亦破慳釋惰。助作大緣。憧憧往來。相踵於路。以故資用饒益。魔失其便。寒暑未幾。悉滿初願。師又於大雄殿之北。創立廣厦。聚竺地所傳、調御所說五千四十八卷之經。爲大轉輪藏。發機於此。棲匭於輪。鏤海岸旃檀諸香。象須彌山及阿耨池。八方龍鬼出於水際。各持金革。現護法相。諸天寶宫彌覆其上。一一天宫。有諸寶欄楯。一一欄楯。有諸寶天女執妙音樂歌舞讚佛。復有無量化身如來坐獅子座。爲百億天衆放光顯瑞説無言法。機輪一動。聖凡出没。千變萬化。金碧相錯。耀人心目。如刧初時。風激水沫。湧爲七珍。蓮華藏世界不可説。宫殿以萬化成奇妙微巧。工告訖事。師擇九月辛未。集山東十八郡大長老洎傳戒宿德。建龍華會七晝夜以落其成。幢蓋鐘鼓。填溢衢市。緇素萬人。遐邇咸會。覩是勝相。皆讚歎隨喜。請採石斷碑。紀述希有。傳信無窮。求文於中陶仲汝尚。以記其事。汝尚曰。先佛世尊。示滅鶴樹。千有餘歲。至東漢二葉。教流震旦。訖於梁氏。始宏闡有爲。出世空術。盡成名相。我達摩初祖自天竺西來。救其末流。俾涅槃妙心。巍巍堂堂。猶星中月。益光耀於家法。自此天下之言禪者。皆以明道説理爲宗。不泥教律。惟師生於西蜀。棄萬金之産來爲沙門。親近諸説。求無上道。參承咨決。已得法要。固當高提祖印。直指人心。乃建塔廟、嚴像設。同二乘小果。希人天福報。此禪流後學所以竊議致疑於師也。然汝尚嘗聞師之言曰。實理際地。不受一塵。佛事門中。不捨一法。吾以如幻三昧。遊戲世間。雖化大千盡爲佛刹。其中寶供最勝第一種種具足吾之妙用。未始有作也。昔貞際之住東院。不聽大檀越動一草以廣其居。是誠古佛用心。然不可爲叢林法。吾懼末世比丘喜虛誕者。競爲大以欺佛。遂有假如來衣竊信施食。視法宇之成壞。若行路之過逆旅。曾不介意。或問其故。輒謬曰。古之人固如是也。以至上雨旁風。覆壓是虞。乃繫鉢囊逡巡告去。有如諸方建化。率由此轍。則寶莊嚴道場。往往鞠爲茂草。如來遺法。其能久住世乎。敢畏多言。汝尚唯唯。乃序寺之廢興緣起。俾刻石以告來者。時皇統四年十月二十日記。沂州府志

金文最卷六十六

碑

宜州𦗷峪道院復建藏經千人邑碑皇統八年

徐卓

佛經者。西域天竺之迦維衛國淨飯王太子釋迦牟尼之所説也。太子當周莊王九年四月八日。自母右脅而生。及長舍太子位出家。苦身學道精進。六年以來。覺悟一切種智。故謂之佛。佛在世垂化四十九年。至於天龍神鬼。無不聽法。後至拘尸那城娑羅雙樹間。二月十五日入滅。度其弟子迦葉與阿難等五百人。共追撰述。綴爲經教。行之西土千百餘年。自漢已上。中國未傳。逮及明帝。夜夢金人飛行於殿廷。以問朝臣。而傅毅對曰。此佛也。帝遣中郎蔡愔、秦景。奉使天竺求之。得佛經四十二章及釋迦立像。并與沙門攝摩騰、竺法蘭東還。愔之來也。以白馬負經。因立白馬寺於洛雍門西以處之。而後魏晉宋齊之間。梁及陳周隋之際。聖賢繼至。經論日滋。寖興於姚秦羅什。大備於李唐玄奘。由是空門興教。與儒道爭衡。下至五代。降及宋遼。歷夷險而其教彌光。經隆替而斯道愈振。凡所貯藏有五千四十八卷。故名曰藏經。𦗷峪者。乃遼時耶律詳衮舊作詳穩。今改正。家之墳所也。其家世積善。遂卜勝地以建佛宮。置以藏經。其來也久。雖貯於此。未見宏揚。先是忠顯校尉顏壽。因此地之是歷。覩斯經之不宣。乃約士人。共齎物用。請名僧數十人。長穿開讀。至於皇統六年十月七日。無何。爲火災所焚。其餘屋舍。埽地皆盡。大凡事久則絕。絕則有時而繼。物久則滅。滅則有時而興。然則繼絕興滅。非其人安能爲之哉。郡人馬祐者。乃逸士也。遯世高蹈。卜居相鄰。自觀煨燼之餘基。誓發繼興之大願。遂與舊邑人顏壽等。親爲倡率。轉相糾合。乃得千人。立爲一社。衆推馬祐爲邑長。以顏壽等爲提點。募錢易經。鳩工構藏。隨其卷帖。貯以櫃匣。其餘佛屋僧廊。次第建立。庶幾法無凝滯。人獲頂傳。上以報皇國之恩。下以資吾邦之福。且走一介求記於余。余亦里人也。既聞其事。喜不知極。以筆書之。俾勒諸石。欽定熱河志

增修金堆院碑皇統九年

張邦彥

□□□□□之□百有餘里。縣曰福山。阜昌時所置。舊爲鎮曰兩水。兩水源所從山。東西相望湛遠。因地就下。並流於縣之東北。距縣數里。土人目之曰東西河。涉西河並涯而南。十五里而近。得山曰金堆。凡河濱之山。類產鉛錫。則其巔必童焉。無復佳木。獨茲山松櫪翠茂。蒼然爲諸峯最。形勢雖不甚高。而平瞰西南諸山。穠纖遠近。疊見錯出。環峙騰赴。若皆出其下者。秋水時至。澗壑奔會。彌望數十里。驚湍駛浪。霆擊雷轉。怒嚙乎金堆之趾。氣衰力屈。然後循麓而北去。與所謂東河者合而入於海。大略如蜀江之奔峽。必喧豗震薄乎灎澦之下也。海山浮動。天境勝絕。自五

代顯德時。有僧結廬於此。古刻略載其事而失僧之主名。甲乙授受。殆且百年。蝸負螻屈。其跡不顯。後有僧行容者。以十方之請主之。稍治堂殿十餘楹。自慶歷迄於今。蓋又百年矣。穿蠹欹腐。風雨不支。其徒拱手熟視。曾莫之或恤也。天眷庚申。登之戒壇僧曰智隱。始來居之。隱謹於戒律。毫髮□敢叛其教。以故山之父老。頗信而歸之。用能得其助。易弊扶傾。歲餘則苟完。乃鑿山腹。大闢其舊址。築堂曰華嚴。以□□事赴者方□□矣。未幾而隱化。其弟子曰義海。實嗣承之。克肖其師之勤而加斂焉。於是修廊巨廈、重門複閣。煥然相望。輪奐一新。若有鬼神陰相其役。道俗之人。嘗去之朞月而復至者。莫不愕立駭視。意其爲化城佛土。且疑夫璇題貝闕。一旦涌出於海龍之宮也。而其聯清儲邃。窈窕靖深。幽花奇石。左顧右觸。扶疏蒼蒨。大抵如畫圖羅漢大士所居。數年之間。聲聞四遠。凡宦遊旅至於東方者。以不一到爲平日之恨。又往往繪之屏素而去。以歸詫其鄉閭。嗚呼。是誠奇特未始有也。余以皇統甲子到官。公事之隙。時至其所。因熟海之爲人持律嚴甚。未嘗見其怠。而又果於事功。意所欲爲。持之以決。而濟之以勇。雖寒暑風雨。胼胝暴露。莫顧也。用是以能有成。後數年。余以疾請閒。而遂寓於此。凡海之經營鳩創。至於一切大備。實盡詳其本末。故海以記文見屬。且質於余曰。吾營造之功勤矣。有功於吾教者不爲少矣。然吾竊有所病焉。夫佛祖之法。以空虛寂滅爲宗。安樂戀著爲戒。衲衣乞食。巖棲木槁。坐進此道。無所擇也。後世末學。乃始飾其廬。美其服。甘其食。範金聚土。像設於其前。鳴魚擊鼓。講說於其後。齊民下士。怵之以禍福。因以發其遷善遠罪之心。權也。顧獨無大善知識議吾之後乎。余曰。是不然。夫道一而已矣。有本斯有末。有原斯有流。磬筦不陳。曷以知樂之和。玉帛不將。曷以知禮之節。言語文章。不載諸簡編。學校庠序。不設於邦國。曷以明聖人之教也。吾儒固爾。師亦何病。雖然。兩水之爲縣也。垂二十年。權輿之人。因陋就簡。迄今無所謂縣學者。春秋釋奠。寄之廨驛而已。縣有廢僧舍。毁之則重勞而可惜。余欲因其故。治之以爲夫子廟堂。而稍增其齋廡。然縣所不得專。嘗以是三請於郡而不獲命。則喟然歎曰。先聖通祀於天下。豈必待一福山之廟而尊師重道者。顧豈少一汾晉野人也哉。卒不遂所請而止。今師不持一錢。捐軀奮議。主張教法於空山荆棘間。乃克有就如此。余之愧於師也厚矣。夫復何云。皇統九年四月旦日。前縣令臨汾張邦彦記。

山左金石志

萬全縣重修宣聖廟碑泰和三年

張邦彦

昔穆叔與范宣子論及立德立功立言之事。後人爲穆叔之説者曰。太上立德。意謂黄帝堯舜是也。其次立功。則禹稷是也。其次立言。則周任史佚臧文仲之屬是也。古之所謂死而不朽者。蓋其大指如此。夫人得其一。則猶映照萬古。而稱頌不忘。况吾夫子於此數事直能兼之者耶。夫上律天時。下襲水土。使萬物並育而不害。然後小德川流。大德敦化。淵淵其淵。浩浩其天。若夫子者。可謂能立德矣。周道湊遲。王綱絶紐。諸侯不度。僭亂者多。楚子問鼎之輕重。晉侯請隧而驕矜。吾夫子憤其如此。則作爲春秋。正名分。使君臣父子各得其宜。姦諛斃矣。重戮於九泉之下。潛德蝕矣。

光華於萬代之表。衮冕在身。不足喻其褒。楚夏於市。不足方其貶。故亂臣賊子。惕息畏懼。實吾夫子之力也。昔楊墨塞路。孟軻辭而闢之。昌黎猶曰。其功不在禹下。況吾夫子者也。其若是者。可謂立功矣。演十翼而贊爻象。正五始而修春秋。序書則斷自唐虞。删詩則取合禮義。制禮作樂。經緯人道。身雖不用於一時。典則傳之於萬世。若夫子者。可謂能立言矣。故天下郡縣春秋二祀與社稷𥙊配。而禮又過之。自孔子歿迄今。幾二千歲矣。然其子孫封爵相襲。世世不絕。雖周秦漢魏之君。繼世皆有天下。及乎時代革易。世數縣遠。其子孫之承襲者。尚蔑以聞。吾夫子獨以布衣之屬。傳世久遠與天地相爲終始。非大聖人者。其能若是乎。迺者河中萬全簿劉君從謙字光甫。世爲解之安邑人。以明經擢進士第。爲中甲魁。四方士子多從之者。自泰和元年冬十一月下車。其爲政也。寬不太柔。猛不太虐。舉措有法。條教可觀。曾未踰時。而闔境之民皆畏愛矣。翌日躬詣學校。視其棟宇傾欹。墉垣圮壞。及睹前宰公趙瞻與攝縣令鄭滋碑刻所載修學之事。至甚明白。然兵火之餘。蹤跡蕩盡。近縣令丁公佩。亦嘗修之。又且制度隘陋。不與縣郭相稱。公用慨然。欲加崇飾。乃暨邑中進士張琚、丁昜及居民謝天祐等相與謀曰。學校者。化民之本。仁義道德之所與修也。禮樂教化之所宣布也。人材之所作成也。風俗之所變易也。廣而言之。則致君澤民之道皆出其中。其爲功也。不止肄業之人擢巍科取青紫而已。吾欲增崇壯麗之。公等若之何。皆曰。先生一登膴仕。大邑斯臨。夫承流宣化。乃其職也。果欲爲意。豈惟琚等爲幸甚多。一邑之民皆受賜矣。乃以泰和三年夏四月揆日營建。公則罄其俸給所餘。不問家之有無。一皆出之以佐經費。於是邑中之民。富者助材。貧者助力。如棟宇楹杙之資。塈塗赬堊之用。則富民大家之所樂輸也。如持畚荷鍤之勞。赴工服役之事。則閭巷少年之所樂爲。公雖旦夕往詣其中。特爲經畫加指示爾。曷嘗以力而强之耶。易曰。悦以先民。民忘其勞。其是之謂乎。凡爲屋八十間。正殿在前。講堂在後。堂之左右。翼以兩齋。士子之進修者。此焉遊處。又爲兩廡。直接賢堂。祭器不可以徒列也。爲庫房以存貯之。膳食不可以無所也。爲廚室以飪饌之。賢堂二所。分設於正殿之前。又於其南起四賢堂。皆所以褒大先儒也。正殿基構。焕然一新。兩廡門樓。悉補其弊。餘則劉侯創之耳。螻蟈鳴而工始興。玄鳥歸而能事畢。且使觀旂采藻之人、削槧懷鉛之士。望其殿宇峥嶸。制度雄壯。莫不巍巍峩峩。聳其瞻視者矣。嗚呼。劉君起身白屋。試於治民。官職猶未甚尊。俸禄猶未甚厚。乃能捐罄囊槖。毅然惟以修學爲事者。蓋以奉宣教化。主張吾道之爲任也。噫。其亦難乎哉。使一州一縣官長僚屬。皆若劉君之用心。則四海之内猶弗治者。未之有也。樂成之日。邑人皆欲刻石頌德。以傳不朽。乃託僕之鄉人聞喜簿孔祖湯者特來謁文。且曰。鄜侯李繁建學於處州。而昌黎韓愈爲之文。秦尉袁弁修學於扶風。而駕部郎中程浩爲之記。今夫劉君功業。不減向之袁李。而未有韓愈、程浩爲之發揚。先生於此。獨無意哉。僕曰。素無學問。訥鈍於辭。加之平生黄卷久不用心。尚欲鋪張鴻藻而發揚劉君乎。但爲抽毫紀實以需史氏之採擇可也。孔曰。斯足矣。乃援春秋之例而喜爲之書。謹記。**萬全縣志**

許州昌武軍節度使廳壁題名碑皇統九年

馬師孟

節度使總一州之治。在昔時。其府署皆有碑碣。刻封爵姓名到罷日月於其上。謂之題名。蓋以記久近別後先。使後之人可考焉。許。古之列國。秦郡縣天下爲潁川郡。如寇恂、黄霸之倫。皆嘗爲之守。魏又嘗建以爲都。我國家肇造區夏。奄有四海。實殿南服。而溝池未治。城壁未完。先是安撫使任齊治許。請完築。功未集而齊廢。本朝命今驃騎韓公撫定之。就命李銀青守之。爲明年割河南地賜南宋。故頹堙壞堞。弗遑葺也。又明年。王師渡河。恢復舊境。復命驃騎韓公領其節。公以天眷三年夏受命鎮許。於今十年。前後抗章論列修治事。未報。會省廷被天子旨。俾完邊邑。遂庀事鳩工。籍冗卒。發旁郡。民不從役。徒不告勞。崇墉雉堞。屹然峙立。公於是歎然曰。庇人居。遏外寇。州可以無憂矣。顧所謂題名者。詎可缺歟。乃敕匠礱石。命門人馬師孟使敍其意而記之。自本朝始。時皇統九年歲次己巳七月旦日記。許州志

重修微子廟碑天德三年

楊漢卿

上黨北五十里地曰微子。自前古立祠於此。山下有故墟曰宋城。世傳商微子昔居焉。考之於傳。微畿内國也。以元子分封。故遂爲號。至成王封之於宋。以奉殷後。此去紂都不數百里。豈其始封之地耶。舊祠以箕子、比干配享。端冕南向卽微子也。被髮如奴。坐於左。卽箕子也。玄冠曰王子。坐

於右。卽比干也。當紂之時。賢臣失位。或負祭器而歸周。或佯狂而爲奴。或極諫而剖心。雖制行不一。殊途而同歸。故孔子稱曰。殷有三仁焉。成周繼興。誅暴進賢。彼去位而亡者。乃作賓於王家。以狂而拘囚者。得肆志於洪範。至使死骨不朽。卽其墓而封焉。以成王、周公之聖。猶尊崇之如此。其以仁人之功烈。不特著於當時。其德可加於後世。是宜爲百世祀也。然箕子既釋囚而受封。後世廟貌不改厥初。豈非全其真以彰明德哉。歲久殿宇隤陊。好事者易其地而新之。謂箕子被髮。此僧也。加之胡服。謂比干。王子也。名爲太子。皆置之别座。從而祀之。咸失其真。嗚呼。仁者見棄於當時。後世幸能不没其實。反矯誣如此。名實相違。何瀆神之甚也。歲時獻享。固將吐之。豈答神之意耶。余家世卜居於此。少與羣兒遊戲廟側。仰瞻神像。古制宛然。比余隨侍秦封。還謁祠下。然丹青炳煥。規制錯謬。罔或如古。詢之故老。則曰。神之舊像。皆所目覩。一爲俗謬。莫之能革。於是慨然。頗思改易。昔柳下惠謂前哲令德之人以爲明質。故在祀典。若三子者。自殷迄今。歷數千載。崇祀不絶。雖先賢之德不可忘。抑聖王之制存之於今歟。惜其遂謬。狃於怪誕。使聖賢之跡。寂然無聞。乃語諸長者曰。吾邑之奉祀三人也久矣。豈可一日見誣於冥冥之中。盍革去俗謬。遵其古制。以王子爲比干。去胡僧而享箕子。於以奉祀。昭哲人之令德。毋作神羞。不亦宜乎。衆皆曰然。時方多事。莫遑改易。遂書厥由於廟壁。後二十餘年。余歸自河東。長老來告曰。子嘗欲正三仁之祀。方今時和歲豐。人樂愷悌。皆遷善崇德而成康樂之俗。使神享其祀。人受其福。兹其時矣。遂與其衆祀於神而卜之。吉乃遷其祠宇。正其服位。以復明靈之居。仍題其祠曰三仁。俾後之來者。不罔於流俗。咸仰舊德。而致肅恭云。工始於七月之庚子。落成於九月之丙午。工既畢。鄉人請以舊題刻石廟左。遂爲之書。天德三年九月重九日記。潞州志〔潞安府志〕

重修釋迦院碑 貞元間重修

許申

蓋聞不因乎相。無以入覺。不由乎有。難以入無。況彼愚氓。未達幽趣者哉。是故以相求道。假有修心。苟解脱之未超。必莊嚴之是念。譬之想遺風者。尚存曲阜之履。希舊韻者。猶思追蠡之聲。蓋即物而慕其形容。因言而藏其指意。像設之不可已。其在玆乎。然引以梯航。爰因鷲嶺。則寓諸威德。必敞蓮宫。宜其然矣。夫金輪氏之教。立三世之緣。以開聾瞽。設四大之喻。以誘沈迷。無愛無憎。不生不滅。若洪鐘之虚受。有叩咸臻。類幽谷之無私。凡來皆應。則夫覩紫相而皈依。面白毫而回嚮。始悟三空。終超十地。皆自是始矣。釋迦院者。地枕牙岡。川連汶渚。土肥而沃。民樸而淳。年穀豐登。干戈静息。念基蟠於貞觀。雖有殘碑。而名賜於宣和。未參列刹。因循歲月。苟簡堂皇。孰知多寶之坊。其惡益茂。罔踐布金之地。厥善曷增。欲闡仁祠。宜屬善士。爰有大檀越長者忠顯校尉武騎尉成愈。雖曰在家。常起出塵之念。每思濟物。實推運筏之心。是以登仕版者。冠蓋盈門。踐貢籍者。聲華接武。地緜聯於阡陌。家委積於倉箱。忽生崇善之思。用廣安禪之地。言念佛殿。歷久誰興。乃謀之於嫂李氏弟將仕郎願。欲建是殿。移三世佛以安之。輦他山之石。以供柱礎。伐家園之木。以給棟梁。揆日庀徒。陶工冶鐵。爰究爰度。是斷是遷。成恪謹於崇修。

靡有辭於勞苦。小者大者。經之營之。乃以皇統甲子歲十月興工。越次年三月告成。凡計庸三千七百有奇。金山日臨。寶殿雲構。於是命工完像。即舊圖新。乃涓吉日。大合苾蒭以落之。一方之民。鼓舞震動。識所欽崇。噫嘻。人生最靈。神氣爲主。是非得失。既交攻其外。憂喜疾患。又纏繞其中。役老朽之筋骸。貪毫芒之利欲。殫精竭慮。不能自止。又豈知拔三界之苦。洗六塵之心。以自處於清涼之地哉。若兹公之所以闢覺路。啟迷津。俾蠢蠢之徒因相而感。因感而悟。洵以斗撒妄惑而歸於真源者也。世於亭榭之興。猶必垂記。游宴之末。亦必貽文。世彌積而事有考。身愈遠而跡益昭。敢寓意於斯篇。庶永知於善創。詞曰。

偉哉寶殿。名勝九有。建置尊容。爛齊星斗。虹霓卧棟。日月輝牖。金粟璀璨。癡冥奔走。無傾無壞。垂規不朽。忠顯成公。種德彌茂。宏開善道。崇兹危構。小儒刻詞。有慚鄙陋。永言歌之。用垂乃後。泰安縣志

重修中嶽廟碑（皇統五年）

隨琳

夫太室。中土之鎮。居四方之中。故獨稱嵩。自漢武帝聞萬歲之呼。增加神宇。唐玄宗徵元封之事。申錫王爵。載諸祀典。其來尚矣。歲月寖久。薦經兵火。殿宇廊廡。悉皆圮壞。歲時禱祀。遠邇輻湊。曾不足以稱崇奉之意。粤有龍虎李侯者。居兹洛師。在任歷久。職修人任。府中號無事。先是施以白金五百□興弊補完。厥功未就。越自皇統乙丑歲。鳩工聚材。命統制孫堅董其役。縣令隨琳

相之。造始於孟夏。斷手於仲秋。不取於公。不勞於民。自正殿以至於外門。列嶽以至於兩廡。仆者興。缺者全。塗塈之功。丹雘之飾。靡不畢備。耽耽翼翼。鱗萃翬飛。内外咸新。耀焕羣目。落成之日。和氣洋溢。靈光下燭。咸曰。休哉厥役。神之格思。雨暘時若而豐年應。災厲殄而民氣和。由一邑而達於一府。由一府而達於國中。將見諸福之物。可致之祥。敷爲休徵。散爲太平。斯又保祐我國家無窮之休。則神之功。蓋與天地並。君子以是知李侯之舉也。其利溥哉。請繹其義而作安神之詩以歌之。其辭曰。

維神之德兮。亙古今而常新。維神之功兮。同日月而常明。嗟踰時變兮。後喪亂而薦更。致祠宇之既久兮。俱摧頽而莫營。彼有形與數兮。詎能保其不傾。李侯之繕完兮。勉夙夜而乃成。咸鼎新而誇麗兮。焕乎鈌棨而丹楹。俾遠邇之駿奔兮。皆映□而愕驚。願神來止兮。永福應於斯民。河南總志

滕縣神農黄帝祠堂碑貞元二年

朱昺

天地以大德而生羣有。聖人以長世而育衆庶。天地之所以好生。聖人之所以好育。自古羲軒農頊之君。堯舜禹湯之主之治天下也。莫不法參天地。道合陰陽。天地泰則百物□。陰陽調則乾坤定。使民處其静。不處其動。處其安。不處其危。愛之如赤子。使民仰之若慈親。宇宙歸心。寰海從化。以致太平之功。然則聖人之所治。其道各以其德不一。今之所以論之者。特以神農黄帝言之。當是時也。六合既寧。八□□治。雖之若此。猶慮生民不善□生。□爲惑亂。爲聲色勞役之所傷。祁寒

酷暑之所損。不順天道。違逆陰陽。致使六脈不調。百邪俱入。五臟爲百疾之所縈。六府爲萬病之所苦。若不垂教。後世無方。則將何以救之。如斯則生民□禍患。不免喪生而已矣。故著醫術。普澤天下。施及萬古。蓋醫術之道大矣哉。祖於神農。宗於軒岐。相五土之所宜。八方之所出。名山洞穴。海瀆河源。金石草木蟲魚鳥獸之類。所産所稟。温平寒燥之性。揆別有毒無毒可生可療之別。炮炙之方。制度之法。以痊危疾。儻非神農氏帝之聖智神慧天人之資。孰能辨而知之。謂言醫道祖於神農。此其義也。乃至軒岐之世。帝之問道。天師答之。難素之書。内經之文。自兹而始。義奥理深。治洪道廣。濟世之功。垂教之德。彰明崇矣。迄於後世。傳付雷公。則而形之。精思神慮。醫道之要。深得其妙。乃至拯枯骸以完肌。救顛危以復活。加之獲八方炮炙之論。所治所救之功。其數莫可能紀。□計億萬。行動圓穹。世傳致感昊天。帝釋聞其功行。鶴飛丹詔。白日超昇。名記仙籍。傳之萬古。謂如桑公醫術之善。與雷公比肩。亦俱得神農軒岐難素内經之書。樞要奥妙玄微洞達天機之旨。扶危拔困。動救沈疴。與秋夫先生、李洞元先生醫術神異。悉能返死作生。回骸起骨。兼之鍼毒斬邪。除妖治鬼。所著方書。迥出古人之道。加之善岐婆之妙論。説五臟六府動息之理。呼吸循環晨昏之義。深通氣運之推移。尤達陰陽之逆理。以爲攝生之論。近世皆宗爵者扁鵲。神應王也。其醫神異之殊。開闢之來。世之□所罕有。不特識膏肓之疾。深能辨未萌之病。以至割腹開腸。易心换骨。洗滌藏府。去除邪穢。使之如故。後世可以繼而行之者。華公先生也。人或有病。則刳破腹背。抽割積聚。若在腸胃之間。則斷截湔濯。除蕩病根而愈。又能爲五禽道引之戲。延壽孫真人之著千金方。韋藥王之戴玉壺藥。拯救生靈。其功彌大。世傳爲以得道。謂如陶隱居之詳注本草。王叔和之著述脈訣。用爲醫鑑。旨趣明白。張長沙傷寒之論。醫術骨髓乃盡。聖人望聞問切之道。□□□巧之理。又有龍樹之科、眼目之論。皆濟世有功於民。可以祠而神矣。僕之所以行於文者無他。方士韓公名備。字安道。乃名醫也。卜居林泉。與烟霞雲山爲之友矣。四方求醫者如織。所得不以賄利爲之心歟。所積財物。宿銘發誠。欲建醫祖祠堂。醫乃掌命司。祠之當矣。二十年間。祠堂修置三楹。壯麗雄大。丹雘彩繪方畢。尚闕神像。擬命工塑其神像。又恐寖久塑像莊嚴華耀暗惡。不爲堅固。擬命工將鐵以鑄之。又慮盜竊顧而取以毀之。亦非堅固。乃與里人王革字仲孚議之。盡其思慮。命工於北山之陽。層巒疊岫蒼巖翠谷之中。取雲龕峭岌碧藍之石。令匠者曲盡其巧。鐫鑿磨礲。雕琢穿刻。以爲神像。凡數十尊。崇容嚴肅。威儀儼然。望之若動。使閭里之人。日嚴香火。不獨爲奉神崇福之所。使鄉人知醫祖之所從來。其道大也如此。不特不忘其本。使知醫行之所以至難。用之所以至重。固知人身方足圓頂。戴天履地。形軀禀自造化之所難得。可從聖人之化。保嗇性命。深知頤養攝生之爲大矣。將議以立石未涯之間。韓公忽爾告殂化。年八十有二。臨終遺言於□□耆舊。令緒男許用馳騎命僕於僧普則古刹祠之所在。□石作記。命工刊之。以傳永久。爲之不朽。恐其歲遠。祠堂凋弊。鄉中好事賢者。如韓公建立之難。復爲完葺崇奉。無致頹壞。乃一鄉之美事者云。時貞元二年歲次甲戌三月戊辰日。石刻拓本

靈應觀仙蛻嵓碑 皇統九年

馬揚

皇統己巳秋。因增修靈應大人殿。患其舊基乾隅爲巨石所局。不能宏大其勢。乃命工東西鑿去丈餘。南北倍之。其高二尋。自七月庚辰朔。衆工始興。約以二旬爲期。既剖石至中元日。自南而北。已及丈餘。上下亦及倍尋矣。俄於堅石中有小空隙。藟蔓根株。非草非木。若蛛網然。縈纏籠絡中。得枯骨一軀。印於石内。頭顱臂脛。肢體咸具。石骨相附。幾若同體。中間小節若微有朽化者一二矣。俯仰審視。其石之脉理。與崖壁之四旁上下。皆頑然黝黑。方凝結堅貞。略無劖鐫刓刻之跡。亦無瑕釁斷折之痕。特異於尋常之石可礱錯刊磨遽能破碎者。羣工與衆役者雜然稱異。董役者乃置其骨於西麓之垠。欲遂葬之。翼日揚聞之而往。物色所鑿之崖壁。周察其巨石之理脉與從衡。餘石猶嵯岈裂缺。散亂於地。尚可脗合。與所説不誣。乃令石工復即舊巖稍陞於層崖之上。比初穴高丈餘。以避殿之礙也。别鑿新穴。爲小栢柩裁方石以龕之。題其嵓曰仙蛻。庶俾後之人得以識其異事。揚幼時嘗游於並汾間。聞山民云。老龍蜕骨。或岸谷崩圮。得全骨於崖壁中。有捆載數車不能盡者。後又見瀕海之民。得龜鼈於岸沙中。視其形質。偶缺其龜之後足。骨猶未變。後又因剖石而得魚與燕者。其石多赭紫。初無瑕隙。而魚燕全體印於石中。猶未變色。以是知天地萬物之情。固有理之不可致諸者矣。噫。龍固神物。宜能遁形於嵓谷中。而龜鼈魚燕之物。亦微矣。且能隨寓而化。況於神仙杳茫之理乎。然則石中之骸。人耶神耶。固不可得知矣。意其體道之至人。英靈淳質。隨念而通。故精誠所向。洞貫金石。無所留礙。雖時有推移。而性無變滅。數有終窮。而形隨隱顯也。潛通於龕巖。豈非得道之真常。能參萬歲之盈數。故反其真而秘其迹焉。不然。則窮而獨善不願爲人間之遊者矣。今也因時而示跡。豈非忘情於幻化。不逃隱顯之至數。故隨寓而後見於世焉。不然。則精氣爲物。偶然而成耶。遊魂爲變。適然而出耶。二者皆非世俗之所能知。僕是以姑謂至人之仙者無疑矣。然則因邦人禱雨蒙應。特新廟貌。而仙蜕之出。又安知不爲靈應之本體耶。昔之隱其形也。惟恐其山之不深。今之示其蜕也。豈期於人之復見。世系之不可考。誰爲之先。姓字之不可知。孰識其裔。彭城得冥漠之塚。但駭於義康。三峽遇欲墮之棺。竟符於王果。以彼較此。未足爲奇。雖題記之罔存。幸兆宅之方固。何竢黄腸之復設。尚祈翠巘之永依。爰紀幽嵓。姑繼銘曰。〇此碑原闕。卷十九僅載此碑銘文。作浮山仙蜕嵓銘。茲從略。碑文由蒲城縣志補錄。

金文最卷六十七

碑

修德觀問道碑 貞元三年

劉文饒

南華真經云。黃帝聞廣成子在崆峒之上。故往見之。又云。黃帝將見大隗於具茨之山。至襄城之野。七聖皆迷。遇牧馬童子問途焉。按圖考之。密縣東南有大隗山。大隗之西有具茨山。又南有襄城。遇牧馬童子。其在斯乎。大隗東北有廣成。廣成子隱居之地。大隗亦謂之崆峒。見廣成子。其在斯乎。襄城西北有古觀廢基。俗謂之鵰崖觀。蓋遇牧馬童子之處也。廣成西有修德觀。蓋見廣成子之處也。而俗言唐季移鵰崖觀於此者。其言無據。鄭。古有熊之國。黃帝所都。其見廣成子。宜其往返不一。莊氏之云。隨其所遇而言之。或謂黃帝都涿鹿。西至崆峒。而史遷謂其遷徙往來無常處。謂此也。然世之言莊子者。皆曰寓言。觀此豈虛言哉。黃帝當神農氏衰。諸侯相侵。暴虐百姓。黃帝修德治兵。教熊羆貔貅貙虎。與炎帝戰於阪泉。與蚩尤戰於涿鹿。不順者從而征之。披山通道。未嘗寧居。舉風后力牧以爲相。勞勤心力耳目。節用水火財物。然後萬國和。雖云景雲之應。土德之瑞。其分於道亦已遠矣。是以廣成子於其問欲養民人以遂羣生。乃告以自爾治天下。雲氣不待族而雨。草木不待黃而落。日月之光益以荒矣。翦翦者奚足與語至道。及其捐天下。築特室、席白茆、閒居三月。問治身可以長久。然後蹷然稱善。告以無勞女形。無搖女精。可以長生。我守其一。以處其和。故我修身千二百歲。吾形未嘗衰。衆人皆死而我獨存。黃帝於是且戰且學仙。迎日推策。三百八十年。接萬靈於明庭。采首山之銅鑄鼎荆山。鼎成而龍下迎。黃帝跨之。仙登於天。從之昇者七十餘人。嗚呼。微廣成之問。其殆矣乎。修德觀在崇崖絶壁之上。前瞰大隗。東望廣成。黃帝之跡皎然在目。廣成之言歷然在耳。苟卽其至道而有得者修之。既修之又修之而不已。德至同乎初。則廣成子之獨存。黃帝之仙登。將神遇而形接。然後知莊氏之言。豈皆寓言而爲誇誕者耶。觀有道衆七人。棲形巖谷。樂志林泉。修養之外。奉事上真。力勤意篤。玉皇三境。殿宇肅清。念問道之跡不彰。人徒以爲鵰崖之觀移而置之。殊不知事跡不同。觀亦異焉。由是慨然發憤。卽其堂立黃帝問道之像。繪遇牧馬童子與昇仙之像於其壁。使人知其所由。像成。求余爲記。余既爲之辨。又告以黃帝見廣成子問答之意與黃帝所登仙之道。使知莊氏之言不虛。人皆可以長生云爾。河南通志

威縣建廟學碑正隆元年

傅慎徽

民受五常之性。其剛柔緩急。音聲不同。繫水土之風氣謂之風。好惡取舍動靜無常謂之俗。風本乎天地所稟。然可以移。俗繫乎君上所爲。然可以易。孔子所謂移風易俗云者。由上之人觀民設教。

示之以好惡。一之以中和。使民日遷善而不知爲之者。然後道德一而風俗同。教化行而習俗美矣。故治者君也。求所以治者民也。推君之治而濟之民者守令也。凡爲守令者。民事有大小。政令有先後。莫大於化民。莫先於興學。是以古者家有塾。黨有庠。術有序。國有學。天子有太學。士脩於家而後升於鄉。脩於鄉而後升於國。脩於國而後達於天子。凡朝廷禮樂政刑之事。皆在於學。學士所觀而習者。皆先王之法言德行治天下之術。苟不可爲天下國家之用。則不教也。故其陶治之效。成人有德。小子有造。賢才不可勝用。堯舜禹湯文武成王周公之際是也。故其衆職修。萬務舉。尊至於論道經邦之臣。卑至於府史胥徒之屬。莫不得其人。雖微賤兔罝之武夫。莫不好德。可以爲干城。況在位者乎。良由教養有方。知民事之大小。政令之先後而已。孔子曰。先進於禮樂。野人也。後進於禮樂。君子也。如用之。則吾從先進。孔子所謂先進者。堯舜禹湯文武周公之時仕進者也。所謂後進者。孔子之時仕進者也。先進之於禮樂。并田野之人教之。後進之於禮樂。止教好善君子而已。教野人者。以君臣父子夫婦昆弟朋友之道。自天子至於庶人。自朝廷至於四海。莫不以禮樂教而化之。使其循於五教。而不失其中。是能盡人之性。而後盡物之性者也。雖四海之野人。莫不被聖人禮樂之化。故堯舜之世。比屋可封。成康之時。刑措不用。是其效也。仲尼祖述堯舜。憲章文武。踵武諸聖。而教天下之野人。使各盡其性。顧其布衣養士而標於四科者。有十哲焉。著名高弟者。有七十二賢焉。通籍門下者。有三千之徒焉。逮項籍之誅。漢高引兵圍魯。諸儒絃誦之聲不絶。其時去聖已二百年。其俗猶尊信其道而不易其守。使吾夫子居周公之位。則化天下之野人爲東周。何疑哉。至於列國之時。吴有季札。楚有子文。晉有叔向。齊有晏嬰。鄭有子産。衛有蘧伯玉而已。豈非後進於禮樂。止及於好善之君子歟。由是觀之。後世鄉里之學廢。如後漢明章。唐貞觀開元之興學。止於聚天下之士而烏合於京師。炫耀一時而已。非有教養成就如成周孔子之實也。洪惟聖上。學本生知。聖由天縱。内焉聰明。惟天時憲。外焉制作。與古若稽。鼎新不世之規模。鼓動斯民之視聽。置國子監於中都。設祭酒博士司業之員以作新人材。又命天下州縣。許破係省錢修蓋文宣王廟。舊有贍學田産。緣兵火没官者。許給還之。其於本行禮教崇儒重道之風。洋洋乎四表矣。然尚罕聞有賢守令推上德意。敦崇五教而化及野人者也。按圖經。宗城爲臨洺之大邑。桑麻萬户。雞犬之聲相聞。舊有至聖文宣王廟。歲久不葺。屋宇傾圮。上漏旁穿。又僻在一隅。不當文明之地。自撫定之後。未有一士發策決科而登第者。正隆元年。文林郎歸化高元來爲縣簿。歎學校之不修。非所以仰副聖君崇儒重道化民成俗之意。與同事趙君道勸誘進士魏選等詣漕司。請邑東南隅故郵驛。肇造新學。去卑陋黯闇之區。就高爽文明之地。爲正殿大門東西序講堂等舍屋二十餘間。其塑繪先聖先賢十哲六十四賢二十四大儒。莫不中禮如太學。而春秋釋奠。朔旦釋菜。其籩豆簠簋壘洗爵斝薦獻之器。又皆中式如太常。初議爲學用不足。則邑中業儒者魏選等廿餘人共成之。故役而不怨。費而不勤。君子可以觀政焉。使圓冠方屨而至者。漸之以仁。摩之以義。席之以道德性命。終之以禮樂政刑。藏焉修焉。息焉游焉。解衣逍遥。淹貫經史。涵泳聖澤。作爲文章。變其舊俗。將見歲貢士與畿赤等。魁天下與臨洺偕矣。一日託大常少卿盧永之朝請見屬爲學記。余嘉高君之不務苟簡於一時。而有贊助邦家化民成俗之志。使邑人昔之瘠於義者。今則腴於道。昔之遺其實者。今焉咀其華。是可書也。於是勉爲書之碑。威縣志

京兆府重修府學碑 正隆二年

李㮚

三代之治。莫隆於周。藹藹王多吉士。維君子使媚於天子。後世追仰風猷。常歎其不及者。何耶。非世態淳於前而澆於後也。非人物興於古而衰於今也。蓋以庠序學校之設。成於當時者備。涵濡長養之方。盡於其道也久。故教化有所格。器質有所就。而賢人衆多。能爲邦家立太平之基矣。豈以澆淳興衰。有前後古今之異哉。晚周東駕。王室衰微。吾夫子患聖人之道熄。删詩書。定禮樂。讚易道。述春秋。皇皇然轍環天下。歷聘諸國。以微言大義垂世立教。授三千之徒於洙泗之間。祖述堯舜。憲章文武。蕲帝王之道坦明於時。俾民受其賜於萬世之後。嗚呼。其念天下後世之重如此。至於歎鳳鳥之不至。泣麟出之非時。豈獨爲一身而已哉。曁乎夢奠兩楹。異端並起。繼以秦焚漢濫。得煨燼之餘者不絕如線。當是時也。微吾夫子之道。其誰與歸。斯所以明君哲后有意帝王之治者。莫不詔郡縣立學。春秋享先聖先師於廟焉。京兆舊學在府城之坤維。地非亢爽。前宋崇寧二年。命郡縣建學。以賓興賢能。府帥樞密直學士虞公策承命詣學。謂諸生曰。魯修泮宮。有思樂泮水、薄采其芹之頌。是知泮水以育人材也。今府城之東南隅。水易就下。地且文明。欲改卜其處可乎。諸生怡然曰。諾。乃範湖州規製。經營建立。廟學之成總五百楹。宏模廓度。冠偉一時。水潤

木陰。清泠葱鬱。儒衣冠而入者。日不啻千人。弦誦之聲。洞徹霄漢。厥後學古入官。貢名於桂籍、登書於天府者。未斬一二數也。自罹兵革。殘毀幾盡。貞元乙亥歲。河間韓公希甫亞尹京兆。視事之三日。謁奠於文宣王。酌獻禮畢。見諸生於學。喟然歎曰。我國家經文緯武。進用賢能。每三歲設科。以經史取士。鄉升之府。府升之朝。而皇帝臨軒賦業。見賢焉然後用之。誠夸越夐古之制也。謹按尚書省批送禮部節文。應有宣聖廟去處。卽便修整。今此廟貌傾圮。黌宇頹弊。何以仰副明天子作成之意。遂卽議於府尹完顏公胡女。遵奉朝廷之命。鳩工計役。拾墮瓦於廢基。掄堅材於壞屋。新寢祠而重儼像。創修廊而繪列賢。師儒講誦之有堂。生員居處之有廬。以至齋祭之室。庖湢之所。各有其序。補苴罅漏。剔穢治蕪。期年而成。韓公又出己俸。重修祭器。俎豆之屬。大率皆備。乃延諸生入學肄業。仍與漕使李公、同知張公、副運周公暨諸幕屬共議。申敕朝廷養士。著令具饌焉。繼而府推張公仲堪下車。提領教綱。力贊其務。而又府判畢公棣入幕之初。首督斯舉。能事於是畢矣。學正來昌國帥其徒請記於㮚。㮚以鄙陋少文。屢辭屢屬。牢不可讓。且告之曰。在昔宗周作都豐鎬。人材萃出。一本於學。故詩人謂文王曰。於樂辟雍。謂武王曰。鎬京辟雍。以至世之不顯。厥猶翼翼。思皇多士。生此王國。王國克生。維周之楨。濟濟多士。文王以寧。且京兆處宗周之域。被文武之化。薰陶漸漬。數千百載之後。風聲氣俗。宜乎不改。今諸公克承朝廷美意。主張吾道。重建廟學。豈非翼翼然思皇多士復生我國家如文王時耶。勒銘金石。不足以歸美於上。諸生當勉學夫子之道。處則孝於其親。友於兄弟。出則忠於其君。施於有政。抱道懷德。陞名仕版。爲當世之顯儒。遠不忝宗周習俗之美。仰不負吾皇樂育之誠。俯不愧諸公主張之德。使諸公異時聞諸生行業於廟堂之上。奚復有慊於心歟。大金正隆二年十一月十有五日。京兆前進士李㮚謹記。金石萃編

磁州武安縣鼓山常樂寺重修三世佛殿碑正隆三年

胡礪

予舊聞吾鄉鼓山常樂寺多聖賢之遺跡。爲登臨之奇觀。方少年遊鄉校。無意於山林之樂。故終不果一遊。厥後遠去鄉閭。二十年間。以舊所聞想像其處。未嘗不形於夢寐也。皇統三年冬。會予爲河北西路漕司屬官。以葬事得省松楸。始決意一往。未至十餘里。雪大作。寺依山麓。林間精舍已在望中。而雪勢愈急。天意若將助我清興。抵暮方至寺。主僧宣秘大師師彦迎予。館於東軒。静對龕燈。萬籟俱寂。獨與師彦擁爐夜語。時聽雪打窗。想來日之勝遊。通夕不寐。遲明開户。深已盈尺。陰雲蔽空。山色晦昧。無所觀覽。逮至辰巳間。雪意殊未已。因別師彦以歸。所謂聖賢之遺跡。登臨之奇觀。竟無見焉。師彦於本寺方事興修。鳩集材用。明年春再見於鎮陽。因爲予備言鼓山之靈異與常樂寺廢興之本末。山勢崛起。壁立千仞。不與他山相連。其西則太行諸峯對峙。其南則滏水出焉。上有二石如鼓形。世傳鼓鳴則有兵起。質諸傳記。北齊之末。此鼓常鳴。而齊爲周所并。隋文帝末年。鼓又自鳴。而唐代隋以興。故一名神鉦。然則此山之鳴爲兵兆。其來久矣。又聞中有竹林寺。五百羅漢所居。隱而不見。按齊志云。文宣天保末。常使人往此寺取經函。使者

辭以不知。文宣曰。卿取我駱駝乘之。則自至矣。使者入山。果見一寺。寺門有數僧相謂曰。高洋駱駝來也。問使者曰。爾。天子使汝來何求。曰。帝命於寺東廊從北第一房。取經函及尺八黄帕等。僧共取與之。後不復見。至今山中居人。時有聞其鐘聲及聞梵音者。然皆莫知其處。是知此山爲聖賢之居。與夫清涼、峨嵋、天台、廬阜。無以異也。文宣常自鄴都詣晉陽。往來山下。故起離宫以備巡幸。於此山腹見數百聖僧行道。遂開三石室。刻諸尊像。因建此寺。初名石窟。後至天統間改智力。宋嘉祐中復更爲常樂。□自兵興。由玆山險固。爲盜賊淵藪。以致焚毁。十不存一二。我國家應天順人。式遏亂略。無有遠邇。率俾治安。百姓樂生。咸思遷善。且像教之設。本欲化民。況古聖賢棲隱之地。興廢有時。若不作而新之。則日壞月隳。舊所存者。亦將盡矣。使數百年古道場。終爲瓦礫之墟。一鄉之民懷敬信心者。無所歸向。興廢補弊。久無其人。師彦不才。欲辦斯事。予應之曰。玆誠最上因緣。若非德行堅固、懷不退轉志、爲鄉人所信重者。不能成此。師其勉之。後予以左諫議大夫奉使江南。迴道過鄉邑。復見師彦於滏陽驛。又爲予言。舊寺基因山高下。大殿前楹去山門止二十六步。往年僧衆以歲時作大佛事。雖常病於狹隘。而亦竟無如之何。今因其廢壞。退舊基一十四步。築而廣之。庭宇廓然。咸仗衆志。自皇統八年九月乙亥。訖天德二年六月甲寅。殿成。高廣宏曠。冠於一方。又於其中塑三世佛像。中間釋迦。當見在賢聖劫。彌勒居左。當未來星宿劫。迦葉居右。當過去莊嚴劫。貞元二年正月癸亥。始立塑像。時師彦未能畢其說。以予困於傳遽之勞。夜漏已深。與衆賓皆退。揣其意若欲得予爲之記。而未暇言也。翌日以使事還朝。正隆二年秋。專遣人致書云。所造尊像。去年九月丁卯。亦以功畢。因具道所以求爲記之意。噫。三世佛見於浮屠氏之説者多矣。故學佛之徒。以像示人。然佛者覺之稱。非色非聲。無形可擬。非名非數。無相可觀。非去非來。不膠其用。非久非近。不拘其時。而三世三劫。各有一佛。名號過去未來。又各有百千萬億那由陁佛焉。知其未來者。俱非過去。而過去者。俱非見在者耶。是理也。予皆不能知之。第以師彦之志。勇猛精進。卒能成此勝緣。使聖賢之居妙盡莊嚴。一鄉之民有所歸向。其功德不可勝道。因併書其嘗語予者。誌歲月云爾。正隆三年二月八日記。石刻拓本〔武安縣志〕

東鎮廟修瓦殿碑 正隆四年

劉名闕

按周禮職方氏。正東曰青州。今益都府也。其山鎮曰沂山。即此山也。六宗祀以王作一□王執鎮圭□□□□□□□之者爲□海□安之所□安四方國有大□□□□及四望□□成請□□□中□□□□□封□□□□□東安公。亡宋加封東安公爲東安王。載在祀典。其來久矣。□□□神血食此方□□□□□□□□□雨露□施冥護惠澤施民者。功莫大焉。□祀宇雄壯□飾嚴麗足以□其神之靈□□□□□建□間兵火連緜。寇盜□起而祀宇□□致於□絶□神靈在焉。阜昌間。巨寇類臻□聚此山□□□□□□□□□□□東鎮□□學士紹祖以詩題其廟壁。即日大破類臻□摇巢穴。洗滌羣寇。其□□□□□如是迨正隆戊寅九月乙丑。沂山沂河張林者。齋心澄慮。款詣靈祠。感歎衰替□□□□□□□□□設鴛瓦未備。見之惻然。遂率其鄉里親屬故舊。共成勝緣。約費錢五十萬。經之營之。至明年六月甲申□□□□告畢。一日邑人東海徐宜□與林□來踵門而告曰。沂山東鎮東安王廟□近方命工□瓦了畢□□□□□之昌焉若有鱗□□□爲□風雨攸除鳥鼠攸去□□□所安焉。煩子□□記之□□人之勤□□誠義不當辭。然非豐歲。適丁斯民貧窶之時。而能修飾神祠。儻非至誠□□□□神佑加以□沂水、臨朐二邑縣僚。仁愛慈惠。爲之寬役。俾民無己苦惟□之憂安能□□□時正隆四年歲在己卯六月戊戌。前太學生沂水劉□記。石刻拓本

重修古賢寺彌勒碑正隆四年

趙安時

太行之間。山靈而水秀。地幽而勢阻。峯巒繚繞。巖谷深邃。中有平原。傳記稱爲古賢谷。蓋古賢聖之所居也。旁有九仙臺。齊雲峯。參園洞。清涼泉。真靈聖之福地。自北齊天保二年建置伽藍於此。更周歷隋。名景淨寺。殿閣峥嶸。廊廡岑寂。前代高僧惠遠、靈燦。相繼居之。至唐太宗興崇釋教。貞觀三年賜熟田五十頃以爲常住。逮宋太平興國三年。賜名禪林院。大殿傍有彌勒殿。歷歲滋多。風雨摧剥。久未有修葺者。夫彌勒菩薩字阿逸多。梵音曰彌勒。譯爲漢語。乃慈氏也。梵音曰阿逸多。譯爲漢語。曰無能勝也。彌勒卽今上生兜率天宫。將來下生閻浮提。世以大慈大悲之心。行普惠普濟之德。爲未來一切衆生作大歸依。成正覺無上之道。當來諸佛。果能勝乎。末代衆生欲生兜率天宫者。必先修諸六事。一精進道德。二威儀不缺。三埽塔塗地。謂莊嚴修飾佛廟之類。四香花供養。五行正三昧。深入正受。六誦讀經典。當寺受業僧聞悟。夙有佛性。聰明慧解。

游學遠方。勤苦精進。講説經論。修龍華菩薩之行。聞舊殿之頹弊。乃發虔心。誓願重修。寺住慧圓總統共成緣事。自皇朝貞元三年冬。聞悟乃躬率先結龍華。邑衆三十餘人。隨分助共物力。又除自己淨財外。各人分頭誘化。自近及遠。多方求訪。人無難色。喜捨不吝。並𣙜材、飛椽、瓦木。所向雖以大車遠載。山路艱險。人物毫無損傷。此皆菩薩之靈也。自正隆元年季冬拆造。至次年中秋畢。丹青繪飾。莊嚴華麗。又刻殿碑以標表之。使瞻仰彌勒之名者。咸生嚮慕之誠。其一切用費約千餘緡。多辦龍華。邑衆并助緣者。良由悟師率倡誘化。人人樂修崇殿宇。精勤六事。異日想俱往生兜率陀天。奉覲彌勒。當來下生成彌勒佛時。亦得隨從於龍華樹下之會説法。受無上之記。即知彌勒之功。非淺淺也。正隆四年四月謹記。陵川縣志

重修真澤二仙廟碑

趙安時

竊聞一氣既判。三境攸分。上曰玉清聖境。下通無色。次曰上清真境。下通色界。三曰太清仙境。下通欲界。太清神寶仙君説洞玄十二部經。教太清十二仙天接引通方。隨在顯化。則仙聖之道。其來尚矣。厥後天帝之女西王金母與九天玄女、上元夫人。傳玉笈金書凡十二事。有云阿環受書以來。凡傳六十八女子。則女仙之流。亦已久矣。皆因宿植德本。行滿功成。方能飛昇金闕。游宴玉京。真澤二仙顯聖跡於上黨郡之東南陵川縣之界北。地號赤壤。山名紫團。洞出紫氣。團團如蓋。故謂之紫團。姓樂氏。父諱山寶。母楊氏。誕二女。長同釋迦下降月日。次同太子游門時數。生俱穎

異。不類凡庶。靜默不言。七歲方語。出言有章。動合規矩。方寸明了。觸事警悟。有識知其仙流道侶。繼母李氏。酷虐害妬。單衣跣足。冬使採茹。泣血浸土。化生苦苣。共得一筐。母猶發怒。熱令拾麥。外氏弗與。遺穗無得。畏母捶楚。蹐天淩兢。仰天號訴。忽感黃雲。二娘騰舉。次降黃龍。大娘乘去。俱換仙服。絳衣金縷。繪以鸞鳳。寶冠繡履。又聞仙樂響空。天香馥路。超凌三界。直朝帝所。大娘仙時。年方笄副。二娘同昇。少三歲。計貞元元年六月十五。田野見之。驚歎瞻顧。遠近聞之。駭異歆慕。聲播三京。名傳九府。豈比夫爲雲巫山。淩波洛浦。兩妃企舜於湘川。二女解佩於交甫。雖姮娥月奔。弄玉鳳翥。皆不足以儷遐踪而躡高步也。遂於南山。共建廟宇。迄今洞口留其手痕。村傍老其鐮樹。琵琶泓之聖字。了了可覩。自後赫靈顯聖。興雲致雨。凡有感求。應而不拒。亢旱者祈之。遥見山頂雲起。甘霖立沛。疾病者禱之。立覩紙上藥雲。沈痾必愈。求男者生智慧之男。求女者得端正之女。苟至誠以懇祝。必隨心而俾予。至宋崇寧間。曾顯靈於邊戍。西夏弗靖。久屯軍旅。闕於糧食。轉輸艱阻。忽二女人鬻飯救度。錢無多寡。皆令饜飫。飯甕雖小。不竭所取。軍將欣躍。二仙遭遇驗實。帥司經略奏舉。於時取旨。絲綸褒譽。遂加封冲惠冲淑真人。廟號真澤。歲時官奉爲祀。勒功豐碑。至今猶存。正所謂載在祀典。有功於國與民者也。先是百年前。陵川縣嶺西庄張志母親秦氏。因浣衣於東南澗。見二女人。服純紅衣。鳳冠儼然。至澗南弗見。夜見夢曰。汝前所覩紅衣者。乃我姊妹二仙也。汝家立廟於化現處。令汝子孫蕃富。秦氏因與子志創建廟於澗南。春秋享祀不怠。自爾家道日興。良田至數十頃。積穀至數千斛。

聚錢至數百萬。子孫眷屬至百餘口。則神之報應信不誣矣。逮至本朝皇統二年四月。因縣境亢旱。官民躬詣本廟。迎神來邑中祈雨。未及浹旬。甘雨霶霈。百穀復生。及送神登途。大風飄幡。屢進不前。莫有喻其意者。乃託女巫而言曰。我本廟因紅巾踐毀。人烟蕭條。荒蕪不堪。今觀縣嶺西靈山之陰。鬱秀幽寂。乃福地也。邑衆可廣我舊廟而居之。靈山東北高。自龍門尖西南。横抵栖鳳掌。岡巒坡陀。小頓大起。屈曲奔騰。有龍蟠鳳翥之勢。因栽松數百株。今并小松百千株矣。其廟之東溪石壁。有甘泉飛流。漱玉濺珠。琅琅然若鳴琴環珮之聲。宋秘書學士張文潛曾作文以記之。名曰響泉。其山靈水秀。草本蓊葧。真神仙所居之勝境也。張志子權與子姪舉、愿等。敬奉神意。又不忘祖父之肯堂。乃率諭鄉縣增修潤之廟。未及成而權化。權之子舉與姪愿等。從而肯搆之。先捨資財。次率化於鄉村及鄰邑。於時神赫厥靈。處處明語。近者施其材木。遠者施其金帛。有願施功力者。無有遠近。咸雲奔而霧集。不數年而廟大成。重建正大殿三間。挾殿六間。前大殿三間。兩重簷梳洗樓二座。三滴水三間。九間五道安樂殿各一座。行廊前後共二十餘間。舉之堂兄閏獨辦後殿塑像。堂弟椿等重飜瓦前殿。其諸廊廡。各有塑畫像。其樓殿崢嶸。丹青晃日。遠近來觀者。咸歎其雄壯偉麗。左右神廟。無有出其右者。其檀越增修之意猶未已。將見廟宇增加。永千祀弗墜矣。舉等屢求作文以記其實。僕以奔走仕途。不暇搜訪遺跡。至天德四年。因任太常職事。於寺扃檢討舊書。偶見仙墨碑。乃唐乾寧年進士張瑜所撰。其略云。羅神之曲。紅裳繡履。係是本身。方信昔年張權祖母所見服純紅衣者。乃真容也。其碑文又云。歲儉求之卽豐。時旱禱之卽雨。違之者災禍交至。順之者恩福俱興。益知神之靈應。福善禍淫。昭然有驗矣。其末又載既仙之後。葬父母之五瑞。惜乎先傳道史遺逸而不載。本廟古碑又多散亡。其本因略見於唐之墨碑。故并序於後。陵川縣志

重立泰寧宮碑 正隆四年

喬逢辰

昔宋祥符四年春。真宗皇帝駕幸汾陰泰寧宮。祠后土。嗣而因幸華山。游歷雲臺觀悵望。而觀東亦有汾陰后土廟一所。因賜號曰泰寧宮。命雲臺觀道士武元亨兼以住持。無幾而相視宮地與岳廟。甚不利也。元亨告申上司。囘降許移徙地利處修建。元亨乃敬卜得渭城之南平原地最也。斯地東逼周闕。西闞渭河。面對商顏。背臨渭水。真勝槩之地也。經營殿宇。完緝廊舍。創爲一新。既成之後。元亨命弟子真教大師楊宗誨住持。後越大觀、宣和年間。宗誨命弟子妙應大師楊繼原住持。逮靖康年間。適遇聖朝開拓邊疆。兵踐秦隴。武揚蜀漢。其泰寧宮殿宇。因斯付灰燼而不存。其後度越廢齊阜昌。逮皇統年間。渭城垣鄉村父老張成等。復修后土廟小殿一所及廊廡三二間。以爲春秋祭祀。至正隆年間。華州差雲臺觀賜紫道士吴昌周、王繼興前來渭南寧縣。復業泰寧宮住持。因斯繼興等屬予爲記。遂檢討古蹟。以爲之記文云。銘曰。

天長地久。陰去陽生。堅若金石。永傳號名。石刻拓本〔渭南縣志〕

重修天龍寺碑 正隆四年

智允迪

夫自迺周霄隕照、漢夢延輝。法輪擬漸於恆沙。皇運攸宗於海內。是以枝連寶搆。法接天潢。玄風

遠及。輾轉住持。或鑄像於□□□□儀於紺殿。今乃晉陽之西首天龍之一境者。誠寶剎之方。實蓮宮之地也。古先聖哲王。於斯啓建佛舍精藍。令瞻□惠日仰賴慈雲。迨至於今。數百餘載。其間隆□莫不有焉。延至大金年天會。龍飛鳳舉。地闢天開。戈戟縱橫。因而焚廢。然有存者。傾毀之餘。致使菲蕪叢薄狼籍生焉。十有餘年矣。有知慧□□者金皇統戊辰歲中。感天垂化主佛賜頭陀。投凡媼身。□於□□號曰老仙。開一生補處之因。作千花臺藏之果。□於惠兩斷除嗔慾。揆乃靈樞。然而莫測傳祖佛之妙旨。指大道之玄源。抱德修真。人天普化。故令道侶同津。事均共貫。隱□此山。依巖鑿室。方域聞者。悉皆雲集。時有住持僧希尚。率領徒衆。備設嚴儀。躬詣老仙前跪白曰。今天龍寶剎實□精□隳廢久矣。虛其法席。無能修葺。此山天龍鬼神伽人非人及四衆等。嚴候老仙。敢望慈□宛轉。惠德流通。爲此一大事因緣。□仙乃徐徐然曰。彼知無堂非法。孰知非法非堂。又再三恭請。欲乃離庵適衆願。已率衆而往。至於故寺。瞻覩環基。尋於舊址。凝哉悼爽。激發慈悲。化緣□所夢感日來助材木者。運而無息。危途陷轍。神捧其輪。供齋資者。無有所缺。香積增廚。賫珠賂者。白虎□邀。人無驚駭。□師□整尋鐵佛千尊棄擲紛□無所不有。拾抱而來。修飾如故。不日擬成千佛大殿。復修經藏一所。□師堂一座。聖像經功德幢具。悉皆備獲。霞窗月殿。無不完臻。兼協衆力。擬成多務。懿哉□緣五百等緝化衆緣。與仙協力。恭投信士之家。咸證檀波羅者。正隆戊寅年。仙又詣衆曰。今者三門及與鐘□□未能修蓋。孰有助像者乎。衆乃徒諸材木栱料功用所備此間。師息故寮。窅然似逝今集衆而□曰。四流浪裏。六趣叢中。一生空過。萬刼難逢。衆等勉力。伏惟珍重。咐囑其緣。凝想而坐。默而隱之。無令□省釋□曰大登涅槃樂。故乃峯巒霧泣。幽谷風嚎。猿鶴啼鳴。羣林淒慘。衆徒如喪□□噫。且夫老仙者。空生没號。權立虚□顯神通之變現。寘聖賢之幻有。實乃紹隆報佛者也。以此功德殊妙之力。允迪誠乃歡心然所將。乃爲銘曰。

非空實想惠眼圓明。真空妙寂。禪隱波澄。□燈夕燭。香氳朝磬。神扶陷轍。獸引徒迎。天花亂墜。法雨滋□。霞窗月殿。朱户金扃。祥烟鎮鑠。瑞氣騰昇。瓊林布翠。□樹敷榮。花開極樂。果結無生。□□天□。不鼓自鳴。合返兜率。品類悰情。雲房空閴。石室存經。方今頌祝。法海常清。

正隆四年歲次己卯七月壬午朔二十八日己酉建。石刻拓本〔山右石刻叢編〕

漁陽重修宣聖廟碑

施宜生

漁陽。漢唐大郡也。山水雄秀。兼東南之勝槩。故功名豪傑之士。多生其間。近世文人賢公卿。往往相繼。由孔聖之教。致身以立名節。則不可以不尊事其所自來者。廟學在州西北隅。古槐數株。至有逾合抱者。靄然雲蒸。觀其基址。乃知自唐亦既有是。爰自大金撫定幽薊。闢科舉。用儒臣。而漁陽之人爲多。天會間。太守高遹、同知趙子滌、軍判梁樞、與學生胡忠厚等。崇修廟貌。正殿三間。東西之室相向。於是行(舍)〔釋〕奠之禮。彬彬郁郁。有洙泗之風。迨今餘二十稔。而殿宇疏漏。廊廡傾墊。垣墉圮隳。儒生劉子元等投牒於州。州上其狀。既得請。官給其費。所不及者。州士人助成之。可謂不忘本矣。知縣史亨吉曁子元董其事。重加完葺。聖師袞冕。端坐居上。而配享從祀。屹然拱侍。經始於今年三月。蕆事於五月。既告成。託朝散畢公元吉來請記其事。且曰。有無字碑歸於廟廷。歷年久矣。若有所待。公不可辭。宜生自揣文思拙澀。恐不足以傳遠。重以吾道存焉。固當勉强。庶幾發揮顯明。以警昏聵。故不以不讓爲愧。然念土木之工雖堅壯。不過數十寒暑。吾先聖之道。應萬世而無弊者。必有所託而傳焉。意其有屬於更續者。豈可忽哉。嗚呼。吾先聖之道。何道也。中庸而已。所謂天命之謂性。率性之謂道。修道之謂教。是也。豈老與佛之道哉。公孫丑問孟子乃曰。道則高矣美矣。若登天然。似不可幾及。是不知堯舜禹湯文武周孔之所以爲聖人者。皆不外乎中道也。雖然。行之者其效見於當時。至今數千載。仰望以爲不可及。傳之者則自仲尼。其設教豈在高堂大廈、黼黻偶人以驚天下。與浮屠氏較優劣哉。故曰。其君用之。則安富尊榮。其子弟從之。則孝弟忠信。孝弟忠信。愚夫愚婦皆可知而可行者。非有損肌膚飼虎狼之爲難能也。使天下之人。皆知孝弟忠信。則太平可坐而致矣。儒者末流。乃多聞强記以爲學。刑名度數以求治。蓋未明其本也。遂曰孔子之道。不可行於後世。悲夫。漁陽地氣殊異。河山炳靈。遇時而爲公卿。毅然而以夫子之道爲己任者。不可勝紀。自今而往。整衣冠而謁奠於此。尚致思焉。子思曰。君子依乎中庸。遯世不見知而不悔。孟子亦曰。窮則獨善其身。達則兼善天下。聖人復起。不易斯言矣。勉之。薊州志

金文最卷六十八

碑

英濟侯感應碑大定二年

史純

汾水之濱。有祠曰英濟。俗呼爲烈石神。蓋里俗傳之訛。取山石分列水從中出而名焉。其實非也。考之圖籍。乃春秋時趙簡子臣。姓竇。名犨。字鳴犢。與舜華齊名。生而烈直。志比秋霜。死也英靈。能興雲雨。里人故立祠焉。廟無碑記。年代悠遠。靈異之迹。難得而考詳。廟之右有數泉。出於蒼崖石脚間。旱焉不乾。水焉不溢。湛然澄澈。可鑑毫毛。深疑神物窟宅隱伏於中。距數步。則湍流奔湧。滔滔然勢不可遏。惜乎地多沙漬。逼於河汾。不然。則鑿渠改流。灌溉民田。濟物之功。不在汾陰昭濟之下矣。或説若時亢旱。則吏民祈禱。無不感應。加以鄰道之人。亢陽愆歲。則不遠千里。扶老攜幼。奉香火。修禮儀。俯伏祠下。恭虔請水。起之時。到之日。無不雨足。是故一境之内鄰道之民。莫不仰賴。舊廟臨汾流而靠諸泉。宋元豐八年六月二十四日。汾水漲溢。遂易今廟。邦人祈求。屢獲感應。守臣敷奏。須賜廟額曰英濟侯。迄今載在祀典而廟食焉。英濟之名。

蓋取生而英靈死而濟物故也。里諺云。歲無怪風劇雨。民不殃癘。穀果完實。皆神力也。按孔子家語。孔子至河間。喟然歎曰。洋洋乎。某之不濟此。命也。子貢趨而進曰。敢問何謂也。孔子曰。竇犨、舜華。晉之賢大夫也。趙簡子未得志之時。須此二人然後從政。及其得志也而殺之。刳胎殺夭。麒麟不至其郊。竭澤涸魚。蛟龍不至其淵。覆巢破卵。鳳凰不翔其邑。君子諱傷其類也。遂還轅。作槃操以哀之。孔子大聖。尚當時而賢之。況後世乎。今縣境有竇城。距廟二十里通德鄉。則神之故城。舜華廟在交城。二大夫皆河東人。舉無疑矣。大定二年僕被奉恩命。叨領是邑。承流宣化。非所長也。到任之初。但仰稟大府約束。遵奉教條而已。入夏以來。雨澤愆期。下民皇皇。幾不聊生。士人祈禱實頻。而青天湛然。烈日如焚。驕陽馳騁。旱氣轉甚。左右曰。子爲邑長。此有靈神。何不祈禱。而豈忍坐視生民之斃耶。遂率吏民於五月二十日恭禱祠下。焚香奠拜。禮未畢而奔雲湧霧。遍滿山谷。須臾雨澤滂霈。比及還城三十里間。如綫不絶。抵暮猛若翻盆。拂旦則天氣廓清。雲收大野。由是嘉穀奮興。根葉潤澤。引莖拔穗。不失時宜。萬姓熙熙。歡聲洋溢於郊甸。何其神也。此蓋府尹相公賢明愛物。感召和氣。上動穹昊。致此休祥。一路霑惠。僕何人哉。預此盛事。噫。竇公賢大夫也。生而德及於民。歿則康濟於物。宜乎億萬斯年廟食於此矣。靈異之事。若不刻之堅石。恐歲月寖久。寂滅而無聞。僕業不在文。故博採輿説顯應之跡實而録之。山西通志

敕賜福勝院碑大定三年

李傑

昔當漢明帝永平之間。感金仙之兆夢。而竺乾之法方入於中國矣。至有鎔金琢玉、刻木扶土、丹青繪塑以成其像。迺創建楹宇以尊事之。庶幾使民俗比屋皆勸善。景慕我如來之化。獲利益之無盡。從此歷世以來。未有不欽崇其道者。滕之爲郡。地接鄒魯。山明水秀。土廣民繁。沃野千里。去郡之西北。有聚落曰雍傳村。其地幽僻。有梵刹一所。古之所建也。號曰寶光塔院。其舊住持僧曰道隆。爰因兵革擾攘。其元名額敕牒并經宋政和七年中奉旨存留文據。悉遭遺去。唯碑石猶存。粗可考□□□宏基頹圮。殿宇荒凉。觀之者深可惜哉。逮及本朝□□五載。其本村耆老王通者。率衆詣郡。保舉到有能聲僧普則住持。爾後院門□□□飾完弊補壞。竭力營□煥然鼎新。精懃化導。衆所歎仰。其院舊有寶塔二座。巍然插□□佛數大聖殿法堂僧舍齋廚廊廡等。共三十餘間。迄兹棟宇悉備。聖像輝映。皆僧普則住持之力。匪小補哉。惟是名額敕牒文據。前因遺失。每以此爲歉。然時丁大定年。我后登極。普天率土。被於膏澤。誕布德音。崇重佛教。命敷天之下。煥然一新寺宇之名額。使竺乾之法益興於世。迺千載一時之秋也。而僧普則惠然詣告。請改此院作福勝院。斯爲嘉名。嗚呼。刊之金石。流芳千古。則爲國焚修之功何時已也。而求余爲記。義不可辭。於是染翰而書之。大定三年癸未仲冬戊子朔四日。隴西李傑記。石刻拓本

龍巖寺碑大定三年

趙安上

摩騰入漢。夢符明帝之靈。僧會歸吴。瑞應如來之跡。事蓋聞於西域。化乃顯於東土。由是釋教大揚。精藍肇建。爰作歸依之地。斯爲清淨之門。涼泉古寺。其來久矣。尚有碑刻。字跡宛然。更大齊而蓮宮再立。歷有唐而石像新鐫。干戈之後。年代綿遠。難以備載。有故鄉秦孝劼率衆而脩飾之。至天會九年辛亥。先祖父趙鄉暨叔禮。施爲金田。繼而我先人倡首。並維那常祐等十有二人。鳩工哀旅。協力同心。伐木疏左右之林。運土塞往來之路。乃命公輸設矩。匠石揮斤。不踰於歲。已卽其功。越甲寅。乃落成。適真主乃敕天下郡邑無名寺院宫觀。許令請買。先人聞之忻然。乃告於衆曰。昔者予祖先嚴飾聖像。雖歷有年數。而爲子孫者可不潤色以成其勝果哉。方議承買。不幸先人至於大故。未滿斯願。普懿悵恨不已。發以誠心。得故鄉録翁常克之子常謹公。糾衆善友共維那二十有八人。衆議僉同。皆鼓舞忻忭。不以歲儉官輸爲辭。至癸未春。會首檀越百餘人。鳩錢三十萬。致使官中加以刑罰。蓋亦慈悲上聖所感如此。越二月丁丑。經詣本郡軍資庫輸錢三十萬。兼經藏堂承買。得賜曰龍巖。愚謂其鄉名雲川。以雲從龍而變化不測。又以里名義泉。以龍得水而出入有時。簷下曰巖。斬上曰崖。以石巖在宏堂之内。而金容居石巖之中。選斯名。名當其實。赫爾休聲。配天地以彌遠。昭然顯號。同日月而不衰。後倚靈池。善濇濟民之水。前瞻仙洞。能爲救旱之霖。東有喬松。勢訝飛龍。西多怪石。形疑伏虎。林木陰森。堂宇深邃。西方世界。不出其中矣。安上久廢詩書。亦姑紀其年月云爾。時大金大定三年歲次癸未四月辛卯朔戊辰日立石。陵川縣志

單州成武縣南魯村廣嚴院碑大定三年

朱皐亨

竊以蓮敷四葉。大聖方誕於迦維。果振六年。妙覺初成於道樹。隨機設教。應物現形。舒玉音而□被大千。振金聲而言該百億。匪維啟闢玄門。實亦助興國化。肇自摩騰入漢。鴻臚彰白馬之名。僧會來吳。建初號佛陁之理。自時厥後。大教彌興。僧尼塔寺。遍於寰宇。歷古以來。無不崇尚。今成武縣南魯村廣嚴院者。爰自大唐鐫記。天寶述因。有信士小都。緣大智虛謀。橫遭縲絏。控告無已。乃啟宏誓之誠。仰憑三寶之力。遂感加持。果然脫厄。特酬先願。建造佛堂。元址平基。葺成藍宇。次因黄水大漲。流漬崩隳。再遷高方。擇斯塽塏。若以夕而窺之。則乍浮煙島。旦而仰之。則近去雲霄。東連甘露劉氏之冢助其翼。西接伏波青堌之丘補其羽。前瞻宋岸之古河。彎環爲勢。背枕夏氏之大澤。流派通津。離窺賀廟。巽指梁城。玩青山之疊嶂。遠色分明。覩運水之張汎。微形幽鬱。鎮村岡之大。壓衆埠之雄。景勝一方。真其佛地。故有名僧累加修建者也。幸遇我皇撫垂政化。道並唐虞。福等金輪。脩其文武。顧河山之永遠。奉於釋道。保社稷之遐昌。故於其年秋八月。頒降紫褐衣、德號、寺觀院名額并僧尼度牒。普於率土。有大比丘明智法祖。芒碭山均慶寺圓通門下普應大師之賢徒也。今和尚講貫年深。名傳歲久。行秀羣師之表。道肩古德之風。衆仰其才。乃命住僧。於時同門人僧道雲結化壇。乃欲求賜額。至冬十二月初九日蒙降到廣嚴爲額。先有師弟三人。明彥、明真、明集。皆以行論俱全。戒臈精潔。同門縷指。盡心協力。并度到小師四人。道雲、道昇、道進、道圓。冀繼法嗣不絶者矣。額雖已賜。欲其永世。未保其終。乃選堅石。命工鐫刻。伏望金田永固。蘭若常興。作一方之化誘。爲萬古之玄風。阜亨鄉閭末解。儒苑散材。既承三顧之恭。聊奉數言之記。大定三年十一月初一日。鄉貢進士朱阜亨撰。石刻拓本〔城武縣志〕

清河縣重修廟學碑大定五年

王堪

三代之治。以風教爲首。家有塾。黨有庠。術有序。國有學。所以化民成俗。誠太平之原也。夫樂正崇四術。立四教。習之以時。養之以禮。使知尊師敬老。入孝出弟。其爲君臣父子朋友長幼之節。以之訓導斯民者爲甚備。故成人之有德。小子之有造。此三代風教之本。不可一日而廢也。戰國下衰。子衿之詩作。郡縣之學。蓋復於元魏。熾於有唐。且一郡一邑。守令爲之師帥。而又職在承流宣化。則崇學校。美風俗。實爲己任。然風教之行。起於微眇。初若汗漫迂闊。不切於時變。逮乎薰涵浸漬之久。使人遷善遠罪而不自知。若簿書獄訟。朝行而夕見其效者也。故吏之急於功名者。鮮以是爲意。殆於先王風教之本。承流宣化之職。有所未究爾。國家崇右儒術。以科舉造士。凡登名天府接武王宮者。必自鄉貢始。吏於此時。上有以副朝廷敦獎之意。下有以爲諸子作成之計。宜莫先乎學。矧今山東。實爲内地。民殷土沃。富而教之。功必倍於内。清河即宋之貝州也。後改貝爲恩。逮齊阜昌初。爲河水墊溺。因徙治曆亭。而清河遂有屬邑。初郡庠居譙門之西。暨遭水患。齋宇蕩然。水既浚。因其基爲右司理。既及州徙。又爲巡檢司。凡三易。訖爲主簿之公宇。

自學之廢。距今幾四十年。而生徒肄業之所。歲時致敬之地。闃然無所依。每春秋釋奠。則假令廳事。反不若緇徒羽流巫醫賤士。居必置租。以嚴奉其所自出。庀吏事者。凡閱幾何人。曾不少芥蔕於胸中。撫字之外。以爲餘事耶。追需之急。有所未暇也。寥寥曠日。疑若有待。大定癸未歲十二月。建安張公格來佐是邑。就舍之初詢其故。惻然感發。亟請於邑令劉公惠。公欣然領其意。曰。此惠之夙心。君其成之。乃舍以私錢二十萬助其費。既而酒監高君貞士、進士張伯達、皇安止諸君。樂聞其事。一唱百和。分務營新。吏民翕然。惟恐其後。於是鳩工度材。卜縣之東南隅宋監司公署之故基。乃爲宣聖殿。以嚴像設。東南齋廡分焉。碑亭門宇。煥然一新。壯而不華。儉而不隘。經始於大定四年三月。落成於五年九月。所用蓋二百萬。然後奠謁者有所。弦誦者有歸。異時鴻生鉅儒。羣居輩出。以取當世之榮。垂無窮之聞者。其在茲乎。噫。古之循吏以治化稱者。如文翁之於蜀。昌黎公之於潮。率以建學興禮。易民視聽。信史以爲美談。今主簿公能原先王風教之旨。首致其請。邑宰公能以承流宣化爲己任。終濟其事。修廢舉墜。急於衆人之所忽。視古循吏。無所愧矣。張公於僕有雅素。今其來京師。請以是爲記。僕病文鄙思拘。不足以發揚美意。姑敍三代風教之本及廢起之始末與夫成學之歲月。以告來者云。謹記。廣平府志

敕賜興國寺碑大定五年

奚牟

西方有□聖人。名之曰□佛修萬行於塵沙。作羣生之父母。粤惟後漢明帝。感金人之夢。迓白氎之

像。釋教東興。自此始矣。逮於魏晉梁唐以來。示生賢□之師。大闡幽微之道。是道也。妙用無爲。隨機應物。深戒乎殺盜邪非。惟務以慈悲喜捨。雖至愚聞之。猶可以遷善遠罪。有識者行之。□未達真理。亦有君子之行矣。於超登彼岸者。不爲少矣。推其所以。豈非輔治之本歟。欽惟我今上皇帝。誕布政之中和。務躋俗於仁壽。念大道以既隆。究良規而益著。於卽位□□之明年。首頒詔命。以天下寺觀。凡有所請。明敍其由。特賜敕名。以□聖教。革去從來之弊。鼎新當代之風。凡建勝緣。必因慶地。茲禮教鄉白了村者。在今滕邑之西〇西原作古。據本書卷六十九滕縣興國寺新修大殿碑改。一十五〇五字原缺。據本書卷六十九興國寺新修大殿碑補。里。當南京、西華之要途。東南與古滕、雍丘兩城田畝相接。民風淳厚。其村之間。有唐代后妃公侯之遺跡。或傳於故老。或碑誌存□□□□休相□數里中带清流。濯溉田壤。民得其所。村之正中□□寺廟甚有規法。其寺□自唐開元二十一年。因有鑄鐵大聖□□聖像一堂。當時耆艾。增建佛舍。至政和間。因存留爲大聖□後於廢齊阜昌間。有僧圓義者。俗姓藍氏。本郡□村人也。元受□於兗州龍興寺文殊院。本村□長龍□□請爲住持。當是之時。事□□創義公□節儉勤勞。盡心化率。□請到化主僧善來。俗姓尹氏□□□□提挈。憑賴一方信士。竭力修完。不踰一紀。前後殿舍、廊廡幾數十間。頓爲就緒。曩者本里大丞相清河公。初□□之時。與昆弟游學於此。公既而早登桂籍。至未□擢典鎮□府。每有惠書。慰撫鄉閭。存問同舍。恩隆斯院。靡不周悉。後□□鈞衡。尤加崇飾。年及從心。致政本鄉。棠棣歡游。不遺故舊。思誦詩讀書之日。幸握瑜懷瑾而歸。詩賜義公。誌之貞□聲猷永播。公之□□□時瞻敬。及於本朝皇統間。義公剃度徒衆。以惠爲上字。高弟曰鐙。次曰□。次曰清。次曰寂。次曰照。次曰通。次曰仙。□□□□□□□□□□□公爲度者十人。皆聰慧進脩。各勤所執。義公自□年高性倦，深思養道。以院事悉付上足鐙公。鐙亦無□□懼未□□□時悉力輝焕。義公享年六十有二。超然逝化。世世敬之爲□師也。燈公者。俗姓陳氏。本貫本郡西五十餘里禾□庄□□□父諱□□諱□鄉曲傳聞。皆有豪傑之志。公幼蘊才能。性非俗識。□而遭遇恩詔。以爲佛門得志之時。遂與本村耆艾俊彦輩僉議。糺化四方賢者。以舊大聖院根因。恭請到敕賜興國寺大額。及有本軍上顔村寶峯院□惠方居之。古滕城村福祥院者。惠寂居之。鄒縣界北王村清涼院者。惠□居之。偉哉。事之興也。蓋有由矣。凡源深流長。本固枝茂。□非虚言耳。此寺之初。建於大村。因有鑄鐵聖像。已萌不朽之兆。大丞相□□之□□可光華千古。義公之同心同力化緣。稍就院門。所度徒弟悉非常輩。或住持支院。或進德修業。茲者執事鐙公提綱振領。勤於道行□□善士□□□□□□□前後□□□□□恭承敕命。聖恩□大。慶流永久。凡所□心。俱獲利益。□□薄材。□仰斯勝事。謹應所命。爲文比頌。良□□□用紀歲月。以示將來云爾。時大定五年歲次乙酉仲夏望日誌。

石刻拓本

創脩泉池碑 大定五年

李　綸

昔陶唐之治天下。以天下爲心。而不以位爲樂。志在敺民仁壽之域。使無夭昏陵暴之災而後已。迨夫中遭水患。浩浩乎懷山襄陵。民失攸居。與魚鼈雜處。故常疇咨四岳。命禹治之。卒致九澤既陂。九河既道。使四海脱昏墊之患。復寧居業。古所謂不遇災變不彰聖德。豈謂是歟。故後世莫不嚴廟貌精享祀以報之。若夫功業之大。書傳備焉。間有野老口傳遺跡。不見於載籍者多矣。河内郡之西北有大雄山。山之陽數里有唐帝古寺。廟貌宏偉。數泉出於祠下。南底於沁。上下數十里。灌溉田園。植竹種稻。獲利益多。至有浣衣濯足污穢其中。遂壅而不流。村人李整等。率衆命工以爲之池。甃以磚石。環之竹木。既以崇焕廟貌。又使數村之人復享其利。不其偉歟。樂成之日。求僕爲記。僕竊喜村人之用心。復嘉水利之無窮。故略舉陶唐氏之功德而告之。維大金國大定五年歲次乙酉五月甲戌日。石刻拓本〔河内縣志〕

興中府尹銀青改建三學寺及供給道糧千人邑碑 大定七年

韓長嗣

夫物不常興。有時而廢。物不常廢。有時而興。凡興廢之際。係善人不善人之爲也。如不善人有爲之時。當興猶廢。如善人有爲之時。雖廢猶興。兹乃必然之理也。三學寺都提點崇業大師、三學見經主淨慧大德、吏案孔目官孫公。同來造予門而言曰。大尹銀青改建三學寺。糾千人邑。供給道糧。請子銘之。其可許乎。予曰。物與係人。信不誣矣。然愧非才。奈居治下。豈敢無諾。三公遂詳言於予曰。三學者。其來遠矣。爰自於唐肇起之也。迨及有遼。建三學寺於府西。擇一境僧行清高者爲綱首。舉連郡經律論學優者爲三法師。遞開教門。指引學者。兵興以來。殿堂廊廡。埽地而無。聖朝既獲遼土。設三學如故法。大定五年。我大尹銀青來治興中。其三學法師過廳。大尹問之曰。不意此方有設三學寺在何處。三師對曰。寺廢久矣。三師名位具設。皆權於私院敷演。大尹喟然歎曰。不亦傷乎。方今京府巨鎮。棋布天下。設三學者有數。此幸得之。何不復修。對曰。修寺者。大事也。若不遇大夫緣力。烏能及此。大尹曰。吾將撰之。自歷數任。未嘗不於佛廟有興衰補弊者也。而況三學。其事非細。朝廷視之。尚爲重矣。凡取經律論之師者。差官考試。本府聚五州義學各宗出題。答義中選者取三人。爰命爲三宗法師。下四方學者。日與講肄。不惟圖增聖曆綿長。抑亦使佛法傳遠而不見廢絶者。其在兹乎。苟非設此。縱有清涼宣律師慈恩之才。孰將傳焉。以至後來之人。雖有清涼宣律師慈恩之志。孰將學焉。吾不忍見隳。一日聽訟之餘。出游狼山。其上有院曰祥巒。廢爲荆榛。顧其基址。頗有制度。又迺柳城形勝之地。改修爲三學寺。信甚便矣。三師忻然相謂曰。大夫緣力。遇之今日。定見成就。大尹曰。爾亦可矣。曰然。遂施俸錢及己夫匠。築土構木。宏揚經律論。庶使人知三宗所垂之教言修行之正路耳。三師曰。誠爲善哉。經律論者。如鼎有足。不可闕一。大方廣佛華嚴經。即無盡修多羅之總名也。世尊始成正覺。頓説是經。剖裂玄微。昭廓心境。窮理盡性。澈果該因。汪洋冲融廣大悉備者。其惟兹乎。開真體於萬化之域。顯德相於重玄之門。津流衆典。此爲洪源。星列餘經。此爲杲日。高不可仰。深不可窺。雖績菩薩上德聲聞。莫不探賾索隱焉。可謂常恆之妙説。通方之洪規。稱性之極談。一乘之要軌也。四分律者。所以防淫檢失、禁亂止魔。取超世之道。非戒不宏。斯乃三乘之津要。萬善之窟宅者也。慮羣生愚惑。

安寢冥室。悠游長夜。不能自覺。雖有出處。庶幾玄微者。徒懷遠趣。迷於發足。是以如來開戒德之妙門。指涅槃之坦路。宜各勗力。明慎執持。令大法久住焉。成唯識論者。暢大乘之妙趣也。遣疑破執。修行證果。括衆經之秘。包羣聖之旨。何滯不融。無幽不燭。仰之不極。俯之不測。遠之無忘。近之有識。其有隱括五明。搜揚八藏。幽門每擁。玄路未通。信巨夜之銀輝。實昏旦之金鏡矣。此經律論者。戒定慧之法耳。戒以資定。定以究慧。相須而成。凡諸衆生。得證無上菩提。皆不離戒定慧之法者也。是以大尹銀青愈加修造之意。遂感士庶。竭力助緣。滿寺殿舍。不日告成。大尹曰。成則成矣。慮吾改任。三師學人有闕日用。其將奈何。當糾千人邑。不問僧尼道流男女老幼。每歲十月一日。人各納錢二百、米一斗。永給道糧。不亦宜乎。合郡官民爭爲敬從。延及鄰境之人。願來預邑。取父作子述之義。盡天長地久之期。邑無累月。幾就千人。其邑人姓名。具書碑陰。若乃吐辭爲經。立行爲法。見之者瞻仰。聞之者皈依。苟非有處世之道。其孰能與於此。以財好施。於衰好興。倡之則順從。造之則成就。苟非有服人之德。其孰能與於此。釋迦如來。天竺人也。去中國隔數萬程。一旦其教來傳。不拘賢愚。竟爲其奉行。誠謂其出世之道也哉。大尹銀青。遼陽人也。去與中不遠千里來尹斯府。一日政治有餘。修三學。糾千邑。不拘內外。咸樂助辦。信謂有服人之德也哉。其爲銘曰。

凡厥萬事。有興有衰。興諸衰者。非賢其誰。府有三學。自遼而置。經律論宗。唱法之地。兵興以來。殿宇無存。三師仍設。私院敷言。大尹銀青。下車臨治。三師過廳。首問其寺。師將趨進。具告其前。位則設矣。寺廢久焉。大尹聞之。發歎者屢。京府巨鎮。設此有數。此幸得之。胡不復修。對曰大事。復之何由。必在所遇。大夫緣力。緣若不遇。修之烏得。大尹出言。吾將揆之。師喜相謂。遇在此時。吾嘗佛廟。興衰補弊。況此三學。其事非細。朝廷尚重。考試無私。學優中選。授命爲師。可增聖曆。綿綿長久。又令佛法。燈燈傳後。後人受之。修行無疑。吾可惜此。不忍見隳。一日之間。聽訟之暇。號令從人。出遊於野。北登狼山。有院祥巒。没爲荆榛。殿缺僧殘。徬徨弗去。載瞻載顧。壞址遺基。亦可制度。茲乃柳城。形勝之方。修爲三學。既利且昌。爰施俸錢。及己匠梓。經營堂構。不日成矣。大尹復言。成則成諸。吾將改任。定闕學儲。欲糾千人。道糧永給。僧俗老幼。同爲是邑。非此一郡。延及其鄰。歡忻而至。願預邑人。宜此勝事。常如今日。傳之子孫。善繼善述。欽定熱河志

重修北極觀碑 大定八年

鈕名闕

□道觀宮宇。務尚清肅。非塵穢者所當遊觀。故凡天下郡邑之內。宮觀常少。而□分之事常鮮。蓋以道家門庭□以□□□□□□近於□一所致□□郟城□汝之近邑。地腴俗厚。而民富庶。侔於他邑。在縣獨省□□□而□無道觀所在。昔之宰是邑者。□官視□每值歲有□當祈禱上□別無以致□告之禮。嘗□其□□至有宋元符元年。楊文公大年之孫。諱安道字迪深者。來宰是邑。□□奏請乞□置道□□□□福盡。可賜今額爲北極觀。時方四海泰寧。茲邑之内。罕得閑廢之地。乃□

縣邑之東北隅□始其事地□碎□□□□迫委曲□治□成規模工□既就畢集其人□知其敬焉。厥後靖康之亂。兵火焚毁之餘。存一正殿□餘皆瓦礫□復堪處□□有主者皆以觀院□□縣民周□□□□矣。訖今□朝大德三年。今王觀門事□□若訥字希言。四因雲水。萍留邑中。衆攀以住持。歲大□□□□修正殿焕然如□越□□七年乃創建□□□殿一座。并東西廊屋一十六間。前後工料。所費不貲。皆公化□□外□民好事□□□□又得觀外民間□□□地東北二百餘步直□□□□□□□□□至本朝皇統三年□度□道士公資性純直。幼□慕道。不喜塵俗。住紫□□□蔬食日以□□□□爲□心每有興造□同傭保執作□□□□有祭所得施行悉以完□□□彩繪功德爲□未嘗有一□□□及三年。蒙國家頒降度牒。度弟子三人。長曰李淨□□弱冠□直至中年捨俗□□□□甚謹。次曰李淨淵。季李淨淳。亦皆□□馴致其道。戊子仲春□兩殿告成。囑予記其始末脩造之事。將書之石。予復往來城中缺。熟見其營繕用力之多□□字平缺。得其□掌□□興是觀之由。因併書之。以示後□□云。大金大定八年歲次戊子季秋上□日。石刻拓本

新鄉縣重修廟學碑 大定八年

李　詠

郡縣有學。其來尚矣。唐韓文公所謂通祀孔子與社稷是也。而祀典亦載釋奠以春秋。學固守令之事。而世之士大夫。率以獄訟爲先。簿書爲急。或者治竿牘。美郵傳。以重往來。葺衙署。增什具。以美觀瞻至教化之宫。禮義之所。則漫不加省。反爲迂闊不急之務。間有儒家者流。粗識道

理。則又多拘忌。重興作。嗚呼。欲望夫子庭宇不隨風椽以敝者。其可得乎。自非精於吏治百事修舉、以身任其責而浮議不能移者。疇克以世之所謂迂闊不急之務而爲其所甚急者哉。新鄉實衛之劇邑。居大道之衝。供需百出。復師旅之後。連歲蝗旱繼之。興滯補敝之事。有所不暇。故學之傾圮。比他邑爲最。而縣尹段君希顏、主簿折君元老。適值其時。二公爲政。俱以健敏聞。每過其門。未嘗不咨嗟歔欷。若有所歉然者。居二歲。屬歲有登。遂首舉是役。議於縣尉項君倫洎相承王君仲巽。各能允從。共相協力經營。而人樂爲用。得施鏹二十餘萬。因以募善工。購良材。取舊廢刹加潤之。不閱歲而介大成。總作室之數。爲楹二十有八。殿邃而崇。象嚴以尊。樓觀屹然。廊廡翼如。重門洞其前。講肆居於右。不朴不麗。有倫有次。實邑中之第一奇勝也。夫作事惟其難。尤爲可紀。始廟垂成。而段君以憂去。議者惜之。猶賴折君在。而又迫於代者在路。旦暮汲汲。若救饑然。乃能訖其事。可不謂之始於難終於難乎。惟是邑中相與休之。恨不見於文字。而折君且有請。詠歷觀古之循吏。惟蜀郡守文翁無他事業。獨能立學校以變風俗居於最。豈非莅民者以教化爲先。而教化之大者無過於學乎。由是觀之。則二公之舉。此豈直爲崇儒而已哉。大定八年夏四月十九日記。

河南總志〔新鄉縣志〕

金文最卷六十九

碑

創建寶坻縣碑大定十一年

劉晞顔

神都全有禹貢冀州之域。星文箕尾之分。虞舜時爲幽州。夏商省幽併冀。周初復爲幽州。召公分土爲燕國。秦始皇并天下。制三十六郡。以幽州土宇爲上谷郡。歷漢魏。下至隋唐以來。或爲燕國。或爲廣陽國。或爲涿郡。或爲范陽郡。郡國廢置。更易不常。唐末劉仁恭帥燕。爲其子守光所囚。據其地僭稱燕。因置蘆臺軍於海口鎮以備滄州。後唐莊宗命其大將周德威破燕軍於平岡。復收蘆臺軍。同光中。以趙德鈞鎮其地。十餘年間。興利除害。人共賴之。遂因蘆臺鹵地置鹽場。又舟行運鹽東去京國一百八十八里。相其地高阜平闊。因置榷鹽院。謂之新倉。以貯其鹽。流衍於民間。因其鹽曰榷鹽。復開渠運漕鹽。貿於瀛莫間。上下資其利。遂致饒衍。贍於一方。清泰二年。晉祖起於并汾。以遼主有援立之勞。因父事之。遂以山前後燕薊等一十六州遺於有遼。遂改燕京。因置新倉鎮。廣榷鹽以補用度。爾後居民稍聚。漸成井肆。遂於武清北鄙孫村。度地之宜。分武清、潡縣、三河之民。置香河縣。仍以新倉鎮隸焉。皇朝奄有天下。混一四海。天德間建議。令玆盡以遼宋故地合爲一家。會寧興王之地。朝廷在焉。而尤近東偏。凡在經略之內。地則遠近不一。事則繁簡不同。乃詔建都於燕京。於時畿内重地。新倉鎮頗爲稱首。直以榷院。自趙德鈞創始以來。歷遼室迨及本朝。二百年間。綿綿不絶。每歲所出利。源源不竭。以補國用可也。主上中興。撥亂反正。思補正隆殘弊。每以調度究懷。以榷鹽課利浩大。其鹽守之官業。嘗以散官。雖品秩至有幾於三品。咸以流外當之。迺命有司改榷鹽院署置使司。陞爲五品。設副使之官。傔從俸秩。視諸刺郡以重其事。於時居人市易。井肆連絡。闤闠雜沓。翁伯濁質。張里〇里原作李。據張衡西京賦改。之家。皆以世業底富。加之河渠運漕。通於海嶠。篙師舟子。鼓楫揚帆。懋遷有無。泛歷海岱青兗之間。雖數百千里之遠。徼之便風。亦不浹旬日而可至。其捫瑇瑁蠵蠵之徒。若豫且網龜交甫解珮者之比。時或有之。至有不耕穫不菑畬者之屬。其稻粱黍稷鱟魚鰕鮓。不可勝食也。而河渠左界灤水。右纏潞曲。薊北名山。無不委曲而貫通之。雖斧斤不入山林。而材木亦不可勝用也。其富商大賈。貨置叢繁。既遷既引。隱隱展展然。鱗萃鳥集。鬻者兼贏。求者不匱。大率資魚鹽之利。其人烟風物富庶與夫衣食之原。其易如此。而勢均州郡。雖古名縣。不是過也。人情揆之。不列縣治。殆爲失稱。大定十有一載辛卯冬至郊天後。鑾輿東巡。幸於是邦。歷覽之餘。顧謂侍臣。此新倉鎮人煙繁庶。可改爲縣。第志之明年。有司承命。析香河縣東偏鄉閭萬五千家爲縣。以榷鹽歲入國用。方之天下。及至十一。謂鹽乃國之寶。取如坻如京之義。命之曰寶坻。列爲上縣。著於版籍。是歲春季。天官爲除令丞簿。以典其事。於時坊郭居民千有餘家。自餘村閭。著爲四鄉。東曰海濱。南曰廣川。西曰望都。北曰渠陽。其坊正、里正、胥吏應傔從人數。列同上縣。粤有縣令振威將軍王禋來尹是邑。縣丞忠武校尉李愿、主簿儒林郎李拱昌、縣尉昭信校尉孫告中。參預通判。以備其職。先是新倉鎮。榷鹽處其西。其東則永濟務。有永鹽之號。亦別更爲使司。與榷鹽對峙而角逐。規規然犬牙爲強弱。每歲地官第其課績增損。以殊殿最。朝廷病其乖戾不一。因校讐利害。得以永鹽所入幺麽之故。迨三年癸巳。遂省併永鹽於榷爲一司。歲入課利。通計一百三十餘貫。仍署爲寶坻鹽使司。於時縣治尚百凡草創。未有公廨。縣僚乃相地之宜。稍於渠水之南。大覺招提之西。卜爲縣廨。招提之東。縣丞主簿公署次之。又於縣北郛郭之外。卜尉廳焉。其所經費。仍具辭牒。聞於地官。皆請給之。方營建間。吏民鼓舞。莫不子來。人百其勤。賈有餘勇而樂爲之用。不一二年間。令丞簿公廨。皆以即敍。其廳舍廊廡。高宏壯麗。皆略有可觀。自餘畿内諸廨。無出其右者。爾後之事。未可多云。時里中豪右嘗欲礱石以刻其事。迭來懇求爲文於子。至於義不可辭。非欲文其事。以紀其實焉。寶坻縣志

澄城〔縣〕主簿趙公德政碑 大定十一年

失名

昔漢置長安。城中置四部尉。掌捕盜賊。至隋唐。郡縣各置尉一員。俾分判民務。則尉職之設也。其從來遠矣。我國家城邑。星分棋布。雖極要荒之民。必使一視同仁。則其爲縣邑親民之職者。不

獨責成於長貳。惟尉亦然。然其間尉之稱職揚名者。曷其鮮也。豈其皆長貳之能。而不顯尉之能耶。若然。則譽著於南昌。威宣於北部。惠歸於武陟。文絶於鄠縣。僕射以言大見警。長吏以子孫相託。古史豈溢美乎。蓋一有治效之及民者。皆可紀也。竊謂漢唐之有天下。年世不得不謂之遠。城邑不得不謂之廣。而尉之見稱於當時垂名於後世者。僅此數人。亦不過有一能耳。古謂才難。不其然乎。若乃有古人之遺風。得今人之全美。則吾昭信趙公之於澄城也。公諱規。字君模。中都安次人也。其先累葉積德。皆稱賢明。語其品秩。則兼萬石之崇。較其門閥。則冠五侯之甲。慶遺後裔。繼出偉人。公少好學問。博通經史。工草隸。善詞章。精神明秀。風度凝遠。不茹不吐。遠邁於前人。可畏可愛。克紹於先烈。其特立英果之氣。蓋出天資。遠大自期。志爲時用。既□以蔭補内祇出職。於前年冬。奉命來尉是縣。視事□日。首引滯訟。聽詞察色。悉得其情。約一時頃。決遣□□人服其精敏。乘間則出阡陌召耆老而告之曰。□□□□莫大於農。要農之務。惟勤是先。闢土擊壤。寒耕暑耘。勉勉力田。然後囷庾實而衣食足。古人謂勤則敏。蓋一鍤不勤。損亦如之。天之報施滅裂。因人以爲限。假令量入以爲出。又有嫁娶賓客疾病死葬人所不免者。用度又不貲。奈何耽酒縱飲博弈。自供一日之歡。共貽數口之憂。惰農已甚。難逭典刑。皆謝曰。仁人之言。其利溥哉。敢不拜賜。比來雨暘不時。饑饉薦臻。家無儋石之儲。人起流離之歎。公乃集士民款諭之曰。天災流行。觸地則皆然。苟去此而取彼。跋涉險阻。慘悽藩籬之下。祇自苦耳。何補於事。竊嘗計之。富家多殘剥聚斂以興怨。貧民日削月朘。多不粒食。興怨則招憂。不粒食則羣起而自救。

盜賊之生。發於肘腋。可不畏耶。且天道惡盈而好謙。人知損有餘而補不足。時乃天道。當其物成收斂。執券契以責其所有。如探囊中物。是謂以新易陳。又舉倍稱之息。得斂散之權。成相養之道也。計無便於此者。有司將不疲而力役矣。不怖而征呼矣。不督而逋懸宿負矣。人知復有生意。皆羅拜曰。生我者父母也。今蒙一言。活我於漂泊垂亡之中。猶父母也。忍棄樂土而逃父母乎。將何所向而入矣。其爲工匠當應遠役。有不能自給者。則出己財以津遣。有嫠婦者。始從衆轉徙。流寓他鄉。寂無音問者已四星紀。及歸。省其塋墓。但見平田曠野。不復隴樹。則告於有司。有司殊不加恤。雖遣官屢詣其所。終不得實。其婦孤貧。恨無以雪。籲天而已。抱屈累年。幸公清直明敏。婦復申訴。公覽之得其寃狀。下令期於所爭地。引數騎直抵其處。其老婦亦迷亡其丘塚之所在。公乃取山川之形狀。以其可葬地命烝徒運畚鍤出土壤。約一丈二尺。廣狹倍之。因得其宅兆。田主叩頭伏罪流血。公命博丘塚。植樹林。周以垣牆。而貸遺之。横山賊有號渠魁者。久爲人患。公曰。賊寇爲人之患。不爲不大。良善遭寇之侵。不爲不苦。當力埽除。以安良民。於是分布弓兵。潛匿於林谷間。出不意抵其巢穴。一舉生擒之。長徽係頸。凱還以獻俘。自是黨與散去。境内晏然。餘丁羨卒。覬覦牒牘以干使令者。皆叱逐而弗用。潛奸隱慝。浮沈遠近以肆毒螫者。皆發摘而無餘。豪宗俠族之家。畏威而莫敢犯。舞文弄法之吏。率皆不能欺。爲之屏息。以至公府不時之速務。非理强明之譴問。人皆戰汗。不知所措。公獨從容。以辨以別。率歸諸正。非胸中所養至大至剛者。孰能如是哉。公面目嚴冷。未嘗以色假人。望之儼然若神明。然言語落落。皆可法則。尤便騎射。

武力絶人。人信其明禮樂而敦詩書。比之郤縠者。可用之將□□虛語也。凡聽訟必盡兩辭。徐以理察之。如得其□□□以本法人無怨言。奸民猾吏皆斂手。□之事□□□已誤觸憲網者。往往矜憫。責以改行□新以□□而不虛。每歲冬月。軍人以戎馬牧於郊□□□□□死者則强抑地分以均陪。民恒患之。官□坐□□□敢道。至公卽不然。乃慨然曰。不惟侵掠我元□□今歲冬旱。宿麥半死。若縱令牧放。則甚傷農□□□□矢則國計何自而出乎。因下令嚴行禁約。仍□文□之主者。其寨主雖粗暴武人。聞風而服公之剛正。乃戒其軍曰。真賢尉也。不可犯之。自是牧□不敢侵境。民絶其害。父老拳拳稱頌德美。奔告於下走云。勸課農桑。使斂於樹藝。安集疲氓。使免於流亡。明足以察奸慝。義足以恤貧乏。威足以憎强梁。勇足以破梟賊。禁斷浮丁之目。削除逐波之名。杜塞請託之門。阻絶奸邪之路。行一尉而衆善萃於躬。於是萬口一辭而告之曰。吾儕□□雖口頌而心記。恐不足以傳子孫。況恝然乎。願立祠塑像。紀功金石。以傳不朽。公既聞。正色讓之曰。念□才識淺薄爲一尉職。況遇連年旱暵。民幾失業。蓋治有所失。其過非鮮。安敢將此政治以傳永久乎。誠非□善。實爲長惡。卽榜禁罷去。其縣境之民。輳集歡□□愈嚴而莫之止。□□□□□□□□□□□□而不知不智□知而不傳非仁也。仁智。周公未之盡也。況僕蒻蒻者。何足以□□則春秋聖人之旨也。褒□在焉。竊嘗觀其□味其餘瀝□□□□□□□□□□以詩。大定十一年二月二十八日□其詩曰。

南山信美兮叢瑾瑜。藜藿□□兮□游且。爲國得士兮百無虞。威行草木兮肅方隅。□□□□□□□

□。□□□□兮望天都。先聲入境兮□心我徒。雄資燭物兮結襘褕。歡呼溢路兮歌□□□遠涉兮晨達晡。喚起老農兮溺與沮。鑿闢煙□兮□□□□□□□兮□□□嫠婦屢訴兮久鬱紆。明明分斷兮窮根株。幾年冤忿兮一旦攄。冥冥腐□□兮□□□生死骨肉兮飲德腴。咄嗟逋寇兮誠魁渠。□□□□兮□□□□□□□兮不遑居。風威迅激兮達□廬。赤手擊搏兮□於菟。軒然一笑兮捽以俘。□□□□兮如隸奴老□□□敢詐狙浮丁遠□兮□□□□□兮□□□□□俗兮易成於磨礲□□兮著芳譽安□□□□□□雲衢語黄寵錫兮□□□垂千百祀兮永不枯。澄城縣志

文登縣廟學碑大定十二年

郭長倩

文登在漢爲不夜縣。後併其地爲牟平。至高齊天統間。析牟平置文登縣。取地內文登山爲名。考諸傳記。縣東二里有山。故老相傳。秦始皇東巡狩。召集士人登之。因號爲文登山。後遂爲縣名。其地雖僻左。觀其命名之義。則知文風藹然。其來尚矣。自秦以還。歷漢魏晉隋唐宋以迄於今。士好經術。俗尚禮讓。班班有典刑在。蓋由家有塾、黨有庠、遂有序之所致也。粤自宋慶曆中。敕天下郡縣建學。俾歲貢士一由此出。其後熙豐崇觀。教養賓興之法備。廟學之興。溢乎四海之外。文登舊有學宫。在邑城東南隅。大觀初。復增大之。規模宏敞爲諸邑冠。迄宋末齊初。雖文物埽地。而殿宇巋然仍舊。長倩爲兒童時。尚記從先生長者游於其間。不旋踵。盜起城陷。學舍悉爲煨燼。兵革既息。再至其地。則鞠爲園蔬。過者永歎而已。距今四十年。春秋釋奠薦祼無所。權於縣廳事設位

布奠。如齋宫望祭然。閲累政。莫克有作。往往以簿書期會爲急。於俎豆之事。藐然不暇顧省。大定九年秋。聊城李君大成作邑於此。下車之初。將告至於至聖文宣王。而無祠宇奠謁。迺喟然嘆曰。學者真負於聖師也。吾起於諸生。當任是責。敢復因循熟視而不爲乎。越明年。政成訟理。威惠翕然。一日語同僚及諸秀士曰。釋老之徒。各尊其師。崇大其居。道宫佛刹。相望於天下。今以萬室之邑。文獻尚可徵。而吾夫子廟食無地。吾徒服儒衣冠。學聖人之道。能無愧於緇黄。今於縣治之東。得高明之地。將築宫其上。諸君其相我。衆皆稟命而退。公於是首出圭俸。募工鳩役。市材於西山。盡榱椽梁棟之美。又取南山之石。琢以爲柱。爲千百歲不朽計。邑中之士。争相出力。左右其事。公每退食。即親督其役。以之爲殿爲堂爲齋爲門庭階序。各以次舉。棟宇穹窿。屹起於海濱山嶠之間。衮服煌煌。廟貌一新。配食從祀之賢。像設繪事。焕然争麗。經始於庚寅歲秋。落成於壬辰之三月。華牓一揭。萬目仰瞻。皆歎令尹之材能立事也。於是縣之耆舊及新進。以書抵京師。求文於長倩。將刻貞珉。以記厥功。長倩抑嘗聞之。學校不修。詩有子衿之刺。欲毁鄉校。傳載子産之譏。文翁爲蜀郡守。以興學爲先務。仇覽爲蒲亭長。亦令民子弟就學。皆知教化之本原也。今李君學古入官。天資秀逸。又以忠信愷悌。化行一方。復能體朝廷尚文之意。立學以勸邑人。孜孜而不倦息。顧非俗吏之所能爲也。使吾閭里秀傑之士。相與升降乎其中。仰視黼黻。俛見籩豆。觀禮識古。講先王之遺文。洋洋乎弦誦不絶。因之以射策決科。自致青雲之上。則李君之於吾邑。其功利可勝記哉。故樂爲之書。登州志參石刻拓本〔文登縣志〕

滕縣興國寺新修大殿碑（大定十二年）

陸秉均

昔人有言曰。像法之教。既務恢張。棟宇之規。所宜壯麗。真確論也。蓋以天宮月殿。諸佛之舍館。寶室仁祠。衆聖之居處。安可忽哉。然則入其門誦其書行其道者。當如之何。亦在乎弊則易之壞則修之而已。夫能如是。則青蓮妙相。益顯其莊嚴。小大之人。無不瞻覩而生喜也。苟或弊而弗易。壞而弗修。則白毫金色。浸鑠其光明。人將睨而不視。舉絶乎歸依之心也。以此推之。然後知彼所謂像法之教。務於恢宏張大。固宜上棟下宇既壯且麗者。益不誣矣。滕郡之西有村曰白了。距郡城二十有五里。即其村之中以建寺焉。其所建之始。爰自於唐開元之二十一年。舊名大聖院。至聖朝大定四年賜以寺額。名曰興國。舊有正殿。庳陋狹隘。加之歲月淹久。頹毁摧敗。風雨不庇。人不堪其顧者。比丘圓義者。俗姓藍。本郡滕縣丁村人。適主斯院。遂乃生誠信心。發宏誓願。徹去舊縣。別加改造。經畫營度。未嘗少怠。既而築臺安礎。架立梁柱。雖粗有基址。而全無倫次。奈何志不及遂。功不及成。遽然去世。其後有僧法號惠鐙者。姓陳。亦本郡滕縣禾市庄人。乃藍公圓義之上足徒弟也。曩於皇統二禩。傳業於是院。禮義公寺主爲師。鐙之爲人。資性謹厚。博通經教。堅持戒律有大過人者。逮義公既没之後。亦住持是寺。乃克念其先師之志。相繼締構。不廢前修。每勤化導。無所不至。凡所見聞諸善知識。皆大歡喜。争相捨施。咸助建修。以至財用不乏。材木有餘。於是乃戒匠氏。斵削必精。乃厲陶人。剛柔得宜。乃督工役。興作有序。至大定十年殿迄於成。所歷踰二十載。所費幾一千萬。簷楹棟桷户牖階除。靡不雄偉堅固。大哉殿乎。輪焉奂焉。上可以稱聖像之居。下足以聳一方之視。由是人人崇敬。載瞻載仰。自然降伏其心。遷善遠罪。而不自知也。不其美歟。抑嘗謂事之創始。固爲難矣。而能成其終者。尤不易得焉。且毅然發憤開端營造者。義之力也。誠爲可尚。然嗣續肯構。確乎不變。卒至於就緒者。鐙之功也。愈不可及。予故謂難且不易。渠不信夫。殿成之日。鐙公求爲之文。以紀其本末。故書而記之。示於來者。庶幾永知義鐙師徒之用心也。時大定十二年歲次壬辰十月二十五日記。石刻拓本

齊東鎮行香院碑〔大定十三年〕

吴格

陳留郡。自朱梁建都之後。井邑之繁。甲於天下。故佛刹梵宫。金碧璀燦。巍然棊布。至於苾芻名德具大智慧爲時聞人者。相望輩出。如行香院第一代建院祖師。即其人也。師本受業於資福。已而厭居輦轂。瓶錫東遊。始以元豐己未至般陽屬邑之梁鄒。經行趙巖□周覽川原□□視其泉甘土肥。人淳俗厚。乃喟然歎曰。吾之東來。所歷多矣。佳哉。是鄉也。吾敢舍諸。乃結茅於郭外巽隅。爲宴坐之所。於□誘化□心創建蘭若。名曰行香。蓋爲資福之下院也。爾後。蘭省柄臣命以符檄。從其署置。至靖康丙午歲。資福耆德萃而謀曰。趙巖之院□□遼邈。非吾曹目力之所能及。苟非其人。寧不斁吾道耶。盍選德業兼全可以接物利人者以處之。僉曰。惟孝協可。命之曰。汝其往哉。孝協固讓。曰。譾薄之材。懼不克終承厥志。衆勉之曰。夫浮圖氏雖宿桑無戀。孤雲無依。然爲佛

法大事而往。況汝家□之壽張。曩皆諸□之裔。今之此行。雖曰分憂宏道。而汝獲首丘故國。不亦樂乎。況羅什先師東遊震旦。尚不憚往。汝其克肖前人。勉圖厥終。□師悚然不敢復□涉遠辭。翌日裹糧徑行。□時兵戈旁午。跬步千里。往來之人被其患。協師視之。怡然弗顧。以誠格物。以德服人。宵征蓐食。踐履豺虎。了然不畏。或簞瓢屢空。而諷誦日□。凡月而始至。區别綱目。事皆有序。因置長生講。以訓學人。聽者自遠而至。屬當擾攘。强暴相陵。民不聊生。鮮獲安處。惟師之院。□□不犯。人以爲德感所致。繼以撫定之後。村落蕭然。粟食至四萬錢。比屋艱食。而師之清衆。資用不乏。沛然豐足。自是學者雲集。冠於一方。□□昌更易井邑之號。進福山鎮亦改齊東之名。於今稱焉。而協師素有人倫風鑒。於鎮□□南黄丘保得善士曰張惠齊。一見□疇昔言論之際。針芥相投。稔識以爲法器。齊亦恨得師之晚。既而事無巨細。一切□之。睥睨談笑。□游而辦。一時徒衆。無能出其右者。協師欲俾嗣承其院。而未有以處之。但夙夜勉令以進道爲務。似若有待。至大定二載。以邊戍未靖□勤戎□而兆民方□□隆之弊。天子不忍復取於民。乃詔有司。凡天下之都邑、山川若寺若院。而名籍未正額非舊賜者。悉許佐助縣官。皆得錫以新命。及四衆之人願祝髮求度者。亦如之。協師聞之。喜而不寐。謂其徒曰。二者之美。得遂予志。佛其佑我□自□□往□無□□矣。昔者吾師東來。聿宅此土。草衣菲食。積微成著。始建是院。於今八十餘載矣。而名額未彰。未嘗不慊於予懷也。吾□□暮□□□□□□繼者。今惠齊雖年幾耳順。而性識明達。它日當有大過人者。與建吾道。捨斯人尚誰語哉。今日之利。吾其敢後乎。於是盡捨所□□□

化□人□數歸資於公府。乃以是年之十月。度惠齊爲僧。越明年八月。始獲賜額。仍其故號。六年四月協師示滅。惠齊嗣其世。感協師付託之重。精勤竭力。不舍晝夜而經營焉。乃創建正殿五□。榱桷翬飛。丹雘炳煥。殆若天造地設。又糺化千衆。共塑三世諸佛等凡九像置於殿中。以成莊嚴法宇。僧舍廚庫之屬。皆重新之。供施雲集。羨餘委積。仍開講席。未嘗少輟。前後飯僧五萬餘。斯皆人所罕及者。先是惠齊未受。其時已能調伏攝護其心。如古所謂善知識者。視物如己。了無異想。嘗於本鎮地藏院刻繪慈氏地藏之像。及左右威儀。靡不備具。分列三室。又以觀音院陶瓦未布。爰命匠氏。鱗次櫛比。覆仰成列。寶珠□植。鯨鴟對峙。以待風雨。無愧前聞。仍推其餘力。施於淄鄉鎮之羅漢院。大殿二所。亦一新之。曾不以彼此異念。亦今時常情之所難也。又度門人□□倘非秉心不同。挺志勇猛爲一方之信嚮。是足以警動流俗。化服暴悍。又安能興崇修建。不日告成。爲後來無窮之美哉。夫天下之事。成之者非難。繼之不墜者爲難。繼之不墜者非難。而能增大前修者爲尤難也。又況空門戒潔之人。無權勢之貴。無資儲之富。能使喜捨樂施。銖積寸累。如微塵而增巨嶽。如點水而益大海。能成崇高宏深者。非大德業可以格物。疇克能臻於此耶。求其致之之迹。殆不可見。苟不銘之金石以示後來。則金側易地之始。跋提構堂之因。年祀寢遠。不復可考。予世家齊右。故得兹事爲甚詳。因故人呂君屢以爲請。乃□□紀其始末。不復以固陋辭。仍刻賜額。冠於碑首。蓋以尊君命也。庶使後人無怠而忽諸。時大定十三年六月旦日。朝列大夫充嵐州觀察判官騎都尉延陵縣開國男食邑三百户賜紫金魚袋吴格謹記。石刻拓本

平陰縣清涼院碑（大定十四年）

王去非

大定歲次壬午。天下治平。四民安居。平陰城西十數里間。人各就已業爲田廬。到處成聚落。依山瀕河。無慮數百家。而去寺院稍遠。其中欲歸依三寶以植福田者。雖有精進之心。不能無所憚也。於是戒師和尚因衆心所欲。增修是院。及遵依先降聖旨指揮書填名額。復承耆老王太進義等再三之請。遂住持焉。由是開闢舊址。別創新規。具畚鍤而興土功。召良匠而度材用。填窪下爲爽塏之地。恢狹陋爲壯麗之居。其所創屋宇講堂等舍與夫廚庫等室甚衆。所成聖像。除古佛堂鐵像釋迦羅漢二堂外。又添塑聖像土地觀音共三十餘尊。兼鑄鐘磬等事。費用不貲。四時起講席。齋僧衆。每日食口常不下數十人。成就如是勝緣。雖戒師福慧所致。亦諸善知識贊助之力也。戒師俗姓宗氏。法名惠潤。世爲本縣鸞灣村人。自十三歲出家。投陶山幽棲寺。禮僧廣初爲師。年二十祝髮爲僧。遍歷法會。聽學既成。至二十五歲。傳持大戒及講説經論。啟迪羣迷。剃度弟子六人。曰定雲。曰定寶。曰定成。曰定悟。曰定瓊。曰定欽。俱肯勤修梵行。共扶教門。悔塵勞於昔時。樂清靜於今日。蓋欲拔有漏之身。超無量之劫也。彼受檀越供養。不修福慧。飽食而嬉晝夜以無爲者。豈可與此同年而語哉。余嘉其師資相得。協心戮力。共成佛事。故樂爲之記云。大定十四年五月十五日。前進士王去非撰。石刻拓本〔平陰縣志　八瓊室金石補正卷一二五〕

博州重修廟學碑大定二十一年

王去非

夫有國家者。欲成長久之業。建不拔之基。莫大乎厚風俗。厚風俗之道。莫大乎興學校。蓋學校者。教化所由出也。孟子曰。夏曰校。殷曰序。周曰庠。皆所以明人倫也。此之謂矣。昔孔子欲行是道而不得其時。乃修六經以詔後人。孔子既没之後。雖復楊墨於戰國。火於秦。佛老於晉宋齊梁。然其道揭日月。卒使天下尊之以爲先聖。自京師至郡縣。咸立廟學。春秋釋奠。與社稷通祀之。至今不能易者何耶。蓋自暴秦之後。二千有餘歲。其間願治之君。有能尊夫子而行其道者。效著於當年澤流於後裔故也。略以近古治化最隆者明之。漢唐之興。莫不以敦尚經術開設學校爲先務。而繼體承流者復能守而不失。間得人如文翁、常衮。由是漢唐之風。忠信廉耻。庶幾三代。及其季也。先吏治而後德教。政令因而失敍。水旱緣以爲災。是時雖有外陵内侮之虞。而國祚猶能綿綿不絶至於三四百年之久者。豈非人被先王之德情止乎禮義之效與。即是以觀。則崇學校以宣教化。有國者不可緩也。本朝興太學於京師。設祭酒司業博士之員。以作新人材。又興天下府學。州縣許以公府泉修治文宣王廟。舊有贍學田産經兵火没縣官者。亦復給於學。此國家崇儒重道之意也。州縣能體是意而奉行之。不無其人。而能如王公所居必興學見諸生、以爲政先出於中心之誠者。幾何人哉。公由太子司經來倅博州兼提舉廟學事。既下車。謁宣聖廟。是時爲大成殿。始新而未完。餘屋皆敝。塑像置平地土中。公因諸生侍坐而問其故。有對者曰。始徐大夫興崇廟學。置贍學之資。逮兵火。廟學爲灰燼。天眷間。趙大夫爲學官。以此地創建。幾於苟完。今弊若此。適太守完顏國公欲修崇之。既□新大成殿。俄去郡。厥功是用弗集。公聞而歎曰。今不嗣續其功。蓋非體上意而昭吾道也。於是確乎以興作爲己任。必欲凡所謂廟學者無一不具焉。乃請於州。賴太守金吾劉公賢明樂善。欣從其請。於是正其地而垣之。廣袤伍畝有奇。鳩材募工。自大成殿始。塗塈潤色。役不踰時而制作粲然。宣聖之貌。則取乎闕里之像。顏孟之容。則法乎秘閣之本。皆作藻井華蓋以莊嚴之。升堂之像。自兗而下。繪壁之像。自鷩而下。皆循其禮制而飾之。其贊則有唐名臣之文。講堂雖仍舊。增檁以廣其制。使寬而有容。儀門復改作。增土以高其基。使翼然其正。從祀畫像之廡。經籍祭器之庫。肄業之館。庖廚之室。高下相對。凡四十楹。皆創建而一新之。壯麗宏敞。合禮應圖。以至階序之布列。垣墉之環繞。水竇之濬治。花木之栽植。一一如式。計其費。無慮五百萬。皆贍學之贏也。原公之意。以爲苟不如是。徒有修學之名耳。自非知教化之原惟在於學者。其誰能之。昔漢之文翁爲蜀郡守。乃選明敏有材者。親自飭厲。每行縣益從學官。諸生明經飾行者與俱。吏民榮之。由是大化蜀地。學比齊魯。於時人材。有至郡守刺史者。唐之常袞由宰相出福建觀察使。治臨於粵。至爲設鄉校。民有能誦書作文辭者。與爲客主鈞禮。觀游燕饗與焉。俗一變。貢士與内州等。於時歐陽詹獨秀出。學既成。舉進士登第。與韓退之輩同中選。謂之龍虎榜。今王公。東漢彥方之苗裔。家聲赫奕。文采風流。則與文翁、常袞不相上下。若乃勸學。則加於二人一等矣。若二人。止能待士以禮。王公又能課諸生以文。奬其勤以勵其游。尚其能而勉其未至。

其肯承口講指畫爲文者。皆有法度可觀。推此則過於二人爲不侒。博關號爲上州。從來服儒冠道先王語登科者。舉不乏人。今又化王公之德。將見豪傑之士。應時所選。比肩繼踵而出。豈如蜀粵止稱文常所得人材而已哉。去非耄矣。無能爲也。郡庠諸君。屬之作記。去非既嘉王公之興學。又感諸君之知待。不敢以鄙拙辭。去非曰。自徐公之守是邦。當宋元豐戊午。距聖朝大定辛丑。蓋百有餘年矣。歷官者不爲不多。能推至誠興崇廟學者。不可一一數。是知漢唐之治數百年。史稱文翁、常袞興學校移風俗。其美爲二人所專爲不妄。噫。王公方宣天子崇儒重道之德意。學者方嚮王公之化。風俗將益厚矣。博人何其幸哉。公名遵古。字元仲。好學守道。天下目爲遼東夫子。其爲政也。緣飾以儒雅。故所□稱治云。石硤王去非記。山左金石志

廟學碑陰大定二十一年

王遵古

博州廟學。厥惟舊哉。宋元豐間。徐公爽以己俸置廟學房廊。施於學以贍學者。厥後值宋季兵火。廟學被爇。學之故基。因擾攘間保聚。爲縣署所占。今聊城縣廨是也。聖朝天眷間。學正祁彪始謀指射舊都監廨基。以議興建。學録尚戩輔之。適趙公慤來爲教授。公與正録。戮力規畫。以贍學之資、郡人之施。建版堂三間、兩廡十六間、儀門二間、門樓一間。又塑宣聖、顔、孟三像。既成。郎中甄公格宅有舊十哲像施於學。又繪七十二賢像於兩廡。亦可謂之苟完矣。後十餘年。防判趙紹祖與學正成奉世創蓋講堂三間。至大定甲午歲。防判馮子翼爲釋奠行禮之隘。以作新大殿請於州。方委正

録晉紳路應辰。以贍學錢市材木築基址。會太守完顏國公允節來守是邦。知書生當此重任。力不能勝。乃假以力。功未及成。移守於清。此數君子。有權輿庠序者。有分禄養資者。有富貴而好禮者。宜專其美爲不朽之傳。而廣道諸儒歸功於僕。蓋欲使後來者用心益勤。將有大於是者。遵古惟墮成是懼。故孜孜然卒其事。安敢有其功哉。若夫教化流行。風俗移易。人識廉隅。國興仁讓。然後語其成功。不負數君子之志。僕亦以此仰望於後來者焉。熊岳王遵古記。山左金石志

重修巖巖亭碑大定二十年

姚建榮

夫觀游大率有二。或嗜之以快佚。樂無窮之心。或託之以寓趣。邁有用之意。快心者。未免損於人。人避損。則憚隨之。寓意者。必將益於民。民望益。則欣奉之。賢不賢之分。損益而已也。泰山巖巖。魯邦所瞻。卽山之陽。距軍城三里。有觀曰岱嶽。觀之東凌危跨險。百步而近有亭曰巖巖。舊矣。正隆之季。盜賊蠭起。附近者剽取戰具之材。遽毁去焉。大定十有九禩。岱祠告災。明天子恤神無居。亟爲興復。疇咨可屬者。廟堂念以徐公爲能。上俞所舉。俾之就守是邦。公下車後。政通人和。越明年。廟功鳩僝。規模宏麗。倍百於昔。其餘廢者具興。仆者畢振。或有一遺。朝夕思念懍如也。因訪所謂巖巖亭故跡。委知觀道士田信言新之。道士既聞命。於是傭夫召匠。指畫經構。伐惡木。薙臭草。基甎柱礎。壁石簷雲。畢能事於浹旬間。虚深亢爽。不户不牖。豁然上視。泰山尊嚴廣固。垂藍散(岱)〔黛〕於莽蒼之間。左右諸山。峰巒繚繞。不召而俱至。卻立延望。

則幽畦曲徑。樵擔僧錫。去住斷續。歷歷可指數。至於數百里之景。髣髴溟濛杳靄外。舉目盡得。憩而坐。怠而卧。則快哉之風。緣阿而來。飄忽而升降。徜徉不絕。西谿之泉。噴霜噀雪。泠泠然鏘環珮聲。其清涼淋溧。雖三伏際。不知蘊隆蟲蟲者爲炎酷也。凡客游觀於天下者。有不屈伏退讓以推高是亭乎。既成。適以重五日。公率僚吏。酒餚茶果以落之。建棨以徐公檄獲預坐末。因語道士曰。今之境界。向之境界也。何物像變换不同如此。山葩野卉。紅妝紫潤。奇石森然。争出而效伎。乃前日蒼煙白露之荆棘也。高甍巨桷。翬飛縈映。雲容月景。浮光而上下。乃前日頹坦壞址之荒墟也。佳辰令節。州人士女。嘯歌絃管。乃前日風雨晦冥鼯鳥之乖音也。今其美哉。大爲君子之壯觀。偶然耶。抑有時耶。不然。何以一廢二十年而不早謀振起之乎。泰山志〔岱覽卷十一〕

積仁侯昭佑廟碑

麻秉彝

夫山林川澤。各有神靈所主。其有功於國有德於民者。舉而祀之。禮也。是以大則岳鎮海瀆。國家祭之。小則邱陵谿谷。郡邑祭之。河中府虞鄉縣。中條在其境。乃禹貢所謂雷首山也。縣之東南八里吴閻村有鳳翅山。乃中條之别岫。俗謂之盤石崖。峻拔特起。不與他山爲偶。望之若孤鳳舉翼。因此得名。東接王官。林巒花竹。數里不斷。貽溪浪浪。瀉出乎緑陰紅影之間。山之麓有積仁侯昭佑廟。謹按舊時圖牒所傳。前宋元符元年。吴閻村山鳴如雷。經月不息。村民大恐。莫知所措。時有方士任生謂里人曰。此華神君之降靈也。遂相與立祀而事之。山鳴遂止。千里之内。或有雨暘愆期。吏民禱之。應如影響。以此推之。可謂有德於民矣。崇寧中。宦官皇城使榮州團練使王仲千。被命修復鹽池。親詣祈禱。累獲感應。特爲奏請。以答神休。至大觀元年正月二十九日。準敕賜廟額曰昭佑廟。至二年十二月四日。奉誥命封神曰積仁侯。以此推之。可謂有功於國矣。自是厥後。河中屬縣及解梁諸邑。每遇清明日。士民雲集。割牲釃酒。以享以祀。鼓樂喧喧。聲聞數里。當是時也。桃李争春。縞夜炫晝。垂楊芳草。俯仰青青。衣冠羅綺。來往其間。酌酒臨流。行歌映竹。雲開巖岫。翠出花梢。美景樂事。斯爲之極。歲歲崇奉。於今不絕。大定(乙)〔己〕丑馮翊高公來宰是邑。下車之後。政平訟息。百廢俱興。以暇日拉簿尉楊公同謁是廟。觀其殿宇壯麗。門廡幽深。危峯直其前。流水環其中。碧梧翠柏。接葉交陰。相與歎曰。神之宅此。福我黎民。兼承前宋制命。特賜廟額侯爵。不其韙歟。而無片石。以紀靈異。誠爲闕典。道士蘇道常住持是廟有年矣。洒埽焚修。初終如一。聞令尹之言曰。久有此心。敬聞命矣。請以一人録其事。將刻之石。僕之所居。廟鄰舍。義不可辭。故書其神之始與夫建廟封賜年月次序云。虞鄉縣志

金文最卷七十

碑

乞伏村堯廟碑明昌六年

趙秉文

夫道足以爲萬世法。而澤足以爲萬世祀。是將有以備制法。闢百聖。參天地之化育。後天地而不亡者矣。故桀紂爲獨夫。而仲尼得通祀。景公有馬千駟。民不稱。夷齊到今稱之。德之在人。焉可誣也。況乎有聖人之德。都天子之位。道出百王之上。而教傳百世之下者哉。傳曰。惟天爲大。惟陶唐則之。今夫日月星辰之昭回。雷風雨露之振蕩。寒暑陰陽之變化。春生而秋殺。明來而晦謝。以終始萬物者。豈非天之化也哉。今夫君臣父子之懿。仁義道德之實。金木水火土穀之用。壯者力於作。老者休於廬。生者養而死者葬。以衣被天下後世者。豈非陶唐氏之遺化也哉。陶唐氏之化。在於斯民日用之間。而莫能名其所以然。非天也耶。然則去之千百世。如將見之。廟而宇之。尸而祝之。以鼓舞斯民者。亦天也。是非所謂不亡者耶。嘗謂帝之德。當世思之可也。後世何自而思之。賢者知之可也。野人何自而知之。舊邦饗之可也。他邑何自而饗之。譬之説食必噍。説穢必唾。此亦人之情也。有人於此。暴其人之孤。識與不識。必環視而怒。匍匐而往救之。親與不親。必相顧而歎。親非在己。而喜怒爲用。凡所以爲彼者。在爲我而已。且夫帝既外其身以先人。亦所以爲天下後世。是故教莫正於敍彝倫。降二女以刑家。則志在和萬邦矣。義莫公於傳神器。舍其子以禪舜。則志在爲蒼生矣。德莫大於振大災。治水以命禹。則志在利萬世矣。功施於彼。而利及於此。恩加於當時。而廟食於後世。生而不以黄屋爲心。没而享崇軒之貴。生而不以彩椽爲飾。没而都華構之安。康衢古謡也。後世里歌社舞。笙簫嘈雜。有遺音者矣。土鉶土簋。昔所御也。後世山肴野蔌。羶薌苾芬。有遺味者矣。易曰。咸感也。夫咸而至於有心。則不足以有感矣。相之西六十里而遠。有聚落曰乞伏。帝之廟在焉。西挹太行。北枕漳水。古木森然。上閱漢晉。居人張伯厚等。易其榱棟之摧折者而新之。治其垣甓之毁缺者而復之。廟成。謁文於僕。竊惟相古邑也。若殷王甲之居相。文王之居羑里。皆有祠廟。載在祀典。獨唐帝之祠。義若無所出。意其神不相於兹土也。顧嘗以爲帝之神。如雨露之在天。水泉之在地。何所往而不在。獨惠彼而遺此。豈理也哉。嗚呼。以如神之智。變化往來其有方乎。以如天之仁。徧覆包涵其有殊乎。以曆象授時之政。安知不佐歲功以成物乎。以溥施濟衆之心。安知不相明天子以惠兹惸獨乎。生而被其恩。没而猶被其賜。展敬乞靈。烏可已也。敢爲之銘。銘曰。

鬼神睢盱。伏羲受圖。人文權輿。彝倫攸敍。五教敬敷。唐文焕乎。披昏抉塗。藥民之愚。有典有謨。位非我娱。萬民其孥。丹朱其疎。陸水其都。人寧其居。吁嗟都俞。恩漸於膚。今其已夫。祀焉忽諸。遺祠路隅。田婦耕夫。或祝或巫。白馬彤車。清風肅如。神來有無。清漳之墟。歲熟一區。神遊藐孤。明昌有道。千載同符。擊壤康衢。走不知乎金之世陶唐氏之民歟。安陽金石録

鄧州創建宣聖廟碑正大七年

趙秉文

三代而上。兵農爲一致。三代而下。文武爲兩途。在昔周公東征。四國是皇。孔子相魯。齊人歸疆。古者用師。必受成於學。其在詩曰。在泮獻馘。此其效也。自秦壞井田。而兵農始分。戰國縱横。而文武爲二。降周迄漢。異端並起。儒墨道德。名法陰陽。分而名家。以六藝爲經傳章句之學。歸之儒流。不知六藝者。夫子所以載唐、虞三代之道。衆流之所從出。而儒爲之源也。聖人得其全。諸子得其偏。後世偏聽曲説。沿其流而忘其源。用其偏不得其全。繇是歷代治蹟。常出於一切之政。而不知本於聖學之傳。無復治古氣象者。良以此也。皇朝有天下。百有餘年。東漸於海。西極於洮會。北距京師五千餘里而遠。南界襄鄧。鄧爲重鎮。兵興以來。又以師臣分統或兼領之。繇是鉅公偉望。相繼接武。而邊備未撤。其於興學彰化。蓋有意而未暇也。今節度使行元帥移剌金紫公之典是州也。以詩書之胄。總熊虎之任。下車之日。百廢具舉。歲在乙丑春。奠謁於廟。顧視祠宇頽廢。公用愓然曰。古之時。治出於一。有武事必有文備。今軍政修理。而宣聖廟廷。以兵火之餘。鞠爲園蔬。姑寓於蕭公之祠。奠謁無所。甚非所以尊師而重道也。迺諏於里之父老洎在學之諸生。僉謂東南爽塏文明之地。故廟遺址存焉。因謀之左右執事者。卽而新之。乃俾經歷房維楨、知事

大誌、提控劉天山董其役。劉君卽故右丞公之孫。智思明達。殊有鳳毛。修唐鄧二城守備樓堞。尤爲有法。以是委之。而動與公合。弗亟弗徐。役不告勞。而功已成。凡爲殿八。筵賢廊三十楹。講道之堂。肄業之齋。前三其門。曁廚庫窗闥。色色嚴備。會將告成。鄧之士子有游梁者。以公之才之德之劭。而又創此美事。其意以爲鄧封密邇江漢。未沾聖教。而學舍荒蕪。甚非開闡風化之實、仰助聖朝修文來遠之意也。以告秉文曰。郡有賢帥如此。美而不章。亦士大夫之責也。請爲文以記其事。且以啟西南士子之良心。乃書而告之曰。自功利之說興。入仕者以簿書、獄訟爲聽斷之計。而不知正誼明道之實。爲士者以絺章繪句爲進取之階。而不知治心養性之術。子亦嘗聞聖學之傳乎。人皆有良心。與聖賢同。其所以喪其良心者。利欲蔽之耳。欲心一萌。則與物睽隔。貴我而賤彼。喪己以逐物。由是趣世苟合。既得患失。無所不至矣。若夫君子則不然。得志則行其道。不得志則閉門守道。寧可凍餓死。終不以一身易一囚之命。况其大者乎。此吾先聖先師之所傳。而後學之所當致知而力行者也。且系之銘曰。

治出一源。道喪而歧。士不知兵。武臣用奇。蕞爾小醜。以殺爲嬉。積骨成山。釃血成池。腥聞於上。上帝恫之。命吾聖人。一篚笞之。矯矯虎臣。奠是南土。綸巾綬帶。折衝樽俎。在昔平吴。侯牧侯羊。亦以范公。出鎮南陽。鄧人所瞻。矗矗其直。肅肅其嚴。邦人熙矣。邦風移矣。曾是南鄙。化爲闕里。聲教所漸。爰曁朔南。朔南格被。來獻其琛。

正大七年四月一日。翰林學士資善大夫同修國史趙秉文撰。南陽府志

葉令劉君德政碑 正大四年

趙秉文

吾友翰林修撰王君從之有言。君子有惠政。而無異政。史傳循吏。而不傳能吏。吾嘗誦之云耳。如吾葉令劉君。既有惠政。又以才幹稱。可不謂全乎。君諱從益。字雲卿。應州渾源人。南山翁之冑也。第進士。任監察御史。知無不言。與當途者辨曲直。以罪去。天子憐其才。起爲葉令。下車修學講義。聳善抑惡。一之曰。勵而教之。二之曰。惠而安之。姦吏惡少。望風革面。君曰未也。事有大於此者。葉劇邑也。路當要衝。歲入七萬餘石。自擾攘之後。户減三之一。田不毛者千七百頃。而賦仍舊。可乎。請於大司農。減三萬石。民賴以濟。流民自歸者數千。未幾被召。百姓詣省請留。不果。授應奉翰林文字。踰月以疾卒。遺民聞之。以端午罷酒樂。爲位而哭。越明年。遣道人李若愚來乞銘。嗚呼。非君之才之美之惠。曷能使民既去而挽留。既歿而不忘。繼之以泣也哉。迺爲詞而招之。命曰悼騷。以慰其父老之思。其辭曰。

皇天賦予若人兮。鍾南山之粹靈。紛吾既有此淑質兮。又申之以修能。擷六藝之英華兮。襲六桂之芳馨。峩余冠之岌如兮。胡獨罹此謫也。飛予舄之凫如兮。胡遽去此邑也。蘭秀而摧兮。玉貞而折也。猗才之富兮。胡壽之嗇也。噫嘻。將騎箕尾上比列星乎。抑乘白鶴下顧遺民乎。將爲景星鳳皇以瑞斯世乎。抑爲祥風甘雨以濟斯人乎。惟此葉邑君之桐鄉。魂兮歸來。無去故鄉。

復銘其墓曰。

惟南山翁之曾孫。以剛直聞。百未一見。槁死空墳。二子祁、郁。既秀而文。將大其門耶。噫。石刻拓本〔滏水集〕

曲阜重修至聖文宣王廟碑 明昌二年

党懷英

皇朝誕膺天命。累聖相繼。平遼舉宋。合天下爲一家。深仁厚澤。以福斯民。粤自太祖。暨於世宗。撫養生息。八十有餘年。庶且富矣。又將教化而粹美之。主上紹休祖宗。以潤色洪業爲務。卽位以來。留神機政。革其所當革。興其所當興。飭官厲俗。建學養士。詳刑法。議禮樂。舉遺修舊。新美百爲。期與萬方同歸於文明之治。以爲興化致理。必本於尊師重道。於是奠謁先聖。以身先之。嘗謂侍臣曰。昔者夫子立教於洙泗之上。有天下者所當取法。迺今遺祠久不加葺。且甚隘陋。不足以稱聖師之居。其有以大作新之。有司承詔。度材庀工。計所當費。爲錢七萬六千四百餘千。詔並賜之。仍命選擇幹臣。典領其役。役取於軍。匠傭於民。不責急成。而責以可久。不期示侈。而期於有制。凡爲殿堂廊廡門亭齋廚黌舍。合三百六十餘楹。位序有次。像設有儀。表以傑閣。周以崇垣。至於楃座欄楯簾櫎罘罳之屬。隨所宜設。莫不嚴具。三分其役。因舊以完。加葺者十居其一。而增創者倍之。蓋經始於明昌二年之春。踰年而土木基構成。越明年而髹漆彩繪成。先是羣弟子及先儒像畫於兩廡。既又以揑塑易之。又明年而衆功皆畢。罔有遺制焉。上既加恩闕里。則又澤及嗣人。以其雖襲公爵。而官職未稱。與夫祭祀之儀不備。特命自五十一代孫元措首。階中議大夫。職視四品。兼世宰曲阜縣。六年又以祭服祭樂爲賜。遣使策祝。并以崇盛之意告之。方役之興也。有芝生於林域及尼山廟與孔氏家園。凡九本。典役者采圖以聞。且言瑞芝之生。所以表聖德之至。廟成之日。宜有刊紀。敢請並書於石。又廟有層閣。以備庋書。愿得賜名。揭諸其上。以觀示四方。詔以奎文名之。而命臣懷英記其事。臣魯人也。杏壇舊宅。猶能想見其處。今幸以諸生備職藝苑。其可飾固陋之辭。挈楹計功。謹識歲月而已乎。敢竊敍上之所以褒崇之實。備論而書之。而後係之以銘。臣嘗謂唐虞三代致治之君。皆相授以道。至周末。世不得其傳。而夫子載諸六經以俟後聖。降周迄漢。異端並起。儒墨道德。名法陰陽。分而名家。而以六藝爲經傳章句之學。歸之儒流。不知六藝者。夫子所以傳唐虞三代之道。衆流之所從出。而儒爲之源也。後世偏尚曲聽。沿其流而莫達其本。用其偏而不得其醇。自是歷代治蹟。嘗與時政高下。洪惟聖上。以天縱之能。典學稽古。游心於唐虞三代之隆。故凡立功建事。必本六經爲正。而取信於夫子之言。夫惟信之者篤。則其尊奉之禮宜其厚歟。臣觀漢魏以來。雖奉祠有封。汎埽有户。給賜有田。禮則修矣。未有如今日之備也。初廟傍得魯廢池。發取石甃。以爲柱礎階砌之用。浚井得銅。以爲鋪首浮漚諸飾。繇是省所費錢。以千計者萬四千有奇。方復規畫。爲他日繕治無窮之利。然則非獨今日之新。蓋將愈久而無弊也。銘曰。

維古治時。以道相繼。不得其傳。粤自周季。天生將聖。遭世不綱。垂統六經。以俟後王。六經維何。爲世立道。有王者興。是維治要。於鑠我皇。聖性自天。玩意稽古。傳所不傳。建學宏文。崇明儒雅。躬禮聖師。率先天下。乃睠闕里。祠宇弗治。矧其舊制。既隘且庳。乃詔有司。乃疏泉府。撥材庀工。衆役具舉。梓人獻技。役夫効功。隘者以宏。庳者以崇。崇焉有制。宏焉惟法。即舊以新。增其十八。植植其正。翼翼其嚴。魯人來思。歎息仰瞻。魯人有言。惟今非昔。豈伊魯人。四方是式。瞻彼尼山。及其林園。有芝煌煌。表我聖恩。聖恩之隆。施於世嗣。顯秩峻階。視舊加異。廟樂以雅。祭服有章。錫爾奉祠。名教是光。有貞斯石。有銘斯勒。揚厲鴻休。以詔無極。祖庭廣記

重建鄆國夫人殿碑大定十九年

党懷英

先聖之夫人曰幵官氏。子孫祠於寢宮。舊矣。宋祥符初。既封鄆國。始增大其殿像。宋末燬焉。國家皇統九年。始以公錢修復正殿。後八年。又營兩廡。而積羨錢二百萬。將以爲鄆國殿之用而未給也。大定間。天子留意儒術。建學養士。以風四方。舉遺湮。興廢墜。曠然欲以文治太平。襲封公總躍然喜曰。祖庭之復。此其時乎。乃以殿之規模白有司。而有司吝於出納。乃更破廣爲狹。剗崇爲卑。由是才得故時羨錢爲殿費。襲封公蹴然曰。是規模者。豈能稱前殿爲王寢乎。吾獨以奉祀事守林廟爲職。顧不得以專達。雖然。我其可不力。乃與族祖端修親率廟丁。載斤斧。走東蒙。深入數百里。歷巇險。冒風雨。與役者同其勞。得貞松中椽橑者以千數。又與族兄播市材於費於丞。凡棼櫨栱桷之屬。皆取足焉。會祖林大槐數十。一旦皆櫑死。適可爲楹棟之用。而二百萬者。止足以充

瓦甓堊甃與夫梓匠傭直而已。時劉公瑋爲節度副使。實董其役。趙公天倪爲判官。二公廉直而幹。吏不敢擾以私。而襲封公得以盡其力。越十九年冬殿成。奉安之日。士庶咸會。顒首聚觀。邦人族戚。更贊迭助。父老嗟歎。至或感泣。以爲復見太平之舉也。於是襲封公以書走京師。屬懷英爲之記。懷英懶惰多故。未暇作也。居逾年。襲封公被召至闕下。未幾得以舊爵宰鄉邑。將歸。固索鄙文。則序其修殿本末而爲之説曰。嗚呼。聖人之道極中和而與天地並。有天地而夫婦之道立。道立而父子君臣之教達於天下。古先哲王所以御家邦、風動教化。皆由此始。吾夫子出。著述六經。實綱而紀之。以垂憲百代。故後世推尊以爲人倫之首。而闕里舊宅。四方於是觀禮。然則所謂作合聖靈者。其奉事之禮安可以不稱。今夫浮屠。無夫婦。絶父子。廢人倫。其空言幻惑。且不足以爲教。然貪得而畏死者奔走敬事。至傾其家貲。非有命令賦之也。而其雄樓傑閣。窮極侈靡。僭越制度。耗蠹齊民。有司者不以禁。而吾夫子之宫。教化所從出。而有司乃以爲不急。一殿之建。至於身履勤苦。然猶積年而僅成。何其難也。嗟乎。夫子萬世之師也。今休明之代。不患其不崇。吾獨患夫悖人倫者。方起而害名教。故因是殿之役。有以發是言也。君歸其並刻之。庶幾貪畏而惑於異端者知所復焉。二十一年春正月十有二日。承務郎應奉翰林文字同知制誥兼充國史院編修官武騎尉賜緋魚袋党懷英記。祖庭廣記

禮部令史題名碑大定十八年

党懷英

初大定乙酉歲。既刻題名爲諸部倡。猶以不能備紀始末爲未足。至崔君穎士。迺更刻石。悉書鄉里官品與夫入部及出職歲月。所以示君子仕進之難。持己既廉。從事既勤。而又積日累久。無簿書文墨之失。然後可以有立。非徒紀姓名銜階秩而已也。夫仕宦窮達。固繫時□□□在於自爲者何如。前刻謂今之貴顯。□□此出。如諸君奚患不榮。更在審其所以自爲者。勉之。戊戌秋八月三日儒林郎國史院編修官武騎尉賜緋魚袋党懷英記。金石萃編

重修天封寺碑大定二十四年

党懷英

泰安東南三十里得故廢縣。曰古博城。在唐爲乾封。宋開寶間。移治嶽祠下。居民從之。而縣廢焉。城西南隅有寺。號郭頭地。故沮濕。諸僧乘其閑曠。而遷之今地。祥符有事泰山。更以天封爲額。季末喪亂。毁撤蕩然。僅存其殿、像。皇朝既定山東。寺僧曰道先。始還其下。結茅數楹。以奉香火。掃除而修舊。起廢之力未給也。皇統賜度。而先之徒受具者凡七人。其名法越者。則先之上足也。先既老。迺以寺事付越主之。越幼樂事佛。父母不能奪。聽其出家。能攻苦食淡。以莊嚴作佛事。衣盂之資。一錢無所蓄。自其師時。日營月葺。積所得材以爲講堂。爲僧舍。爲廚庫。與夫夏臘朝夕器用之宜有者悉備。既又以前殿規模故。狹不足以稱。迺更度爲高廣。盡撤其舊。并與像設皆新之。越既以淳質精苦爲鄉鄰信嚮。凡杖錫所至。魔皆爲檀。瓌章鉅材。無不樂施。有貲者助財。有力者致功。更捨所有不遠而至者。相屬也。於是回簷四合。不日崇起。落成於明年。越

屬余婦翁石震抵書京師。求文以爲記。余昔家徂徠之下。而游於所謂天封者舊矣。蓋嘗下第歸。過而託宿焉。醉卧僧榻上。夜半若有人掖余者三。且言曰。前路通矣。何爲醉且眠。殆夢而非夢也。寤而甚異之。是時獨一老僧宿東廡下。詰旦告以其故。老僧笑曰。是伽藍神也。異時神甚靈。寺之僧童有不力者。神必以疾痛苦之。至悔謝迺已。間亦警人以來事。子其或者爲神警乎。審如神。子固非久滯者。行矣。勉之。余亦漠然未之信也。其後余登科第。始記神言有徵。欲書其事於石以答神意。蓋久而不果。今幸得以附見於記。其尚何辭。故書以遺之。又并告之曰。凡有爲之法。其廢興成壞。固自有數。然其興而成之。則必在人。今越之於兹。緣用心既專。致力既勤。故能廢者復興。而壞者復成。蓋專則一。勤則精。精一而可以入道。況其餘乎。誠進而不已。其於道未可量也。後之人。能如是之專且勤。守其已成而無使弊壞。則善矣。不然。其不爲神所苦者幸焉。況其道乎。嗚呼。佛之所以爲佛。亦曰精進而已哉。殿之役。始於大定十七年夏。而成於十八年之秋。像之工。則復七年而後畢焉。助緣□力者。鄉人李元、王桐、王法景云。越族徐氏。蓋其里人也。二十四年冬十有一月初三日記。石刻拓本〔泰安縣志　岱覽卷十四〕

魯兩先生祠碑

党懷英

魯兩先生。曰孫明復、石守道氏。宋祥符天聖間。以仁義忠孝之道。發於文章。爲諸儒倡。當世大儒。如文忠歐陽公、文正王公。皆尊禮之。故其没也。歐陽公爲誌其墓。蓋比之孟軻、韓愈之流。其羽翼聖經。立朝行己。治行終始。偉如也。初兩先生築室泰山下。以爲學館。屬大闕嶽祠。壖基甫迫。乃北徙山麓。而以舊館爲柏林地。歲分施錢。爲養士之費。學者至今賴之。而鄉人指以爲上書院者。則其所徙地也。大定間。嶽祠火。越明年。有詔營建。乃命更新廟學。已而諸生相與言曰。昔兩先生宦學汶上。汶學祀之不忘。吾儕居其鄉。食其德。乃可遂已乎。於是兩先生諸孫聞其言。更出所有。作爲祠堂於大門之左。以成學者之意。石先生之孫震。使其姪翊走京師。屬其門壻党懷英書其本末。將刻諸石。懷英曰。兩先生之道。垂於後世。炳如日星。奚患無傳。雖然。有一言焉。方孫先生以春秋之學教於魯。石先生蓋師事之。時給事孔公道輔聞其名。自兗來謁。孫先生既出應客。而石先生執杖屨侍其左右。升降拜伏皆扶之。其往謝也亦然。繇是魯人始識師弟子之禮。士風爲之一變。近世士尚剽竊。以從師親友爲恥。忠厚之道。不著久矣。國家尊經養士。將使人人爲鄒魯。固當師承鴻碩。因文以入道德之奧。而後游兩先生祠下而食其餘庇。可以無愧矣。泰安州志〔岱覽卷十三〕

棣州重修廟學碑 明昌六年

党懷英

郡縣有學。所以講道藝養人材美風化也。士知從事於學。則必探討六經。而游意於道德仁義之際。資之深。固可以師表天下。後世摭其華。猶足以立身榮親而庇宗族。自先達而勸後來。由一士而警一鄉。漸染浸釀。久而成風。鄙薄消而禮讓興焉。此三代之政。承流宣化者所當勉也。而世之喜功利要近效者。方以刑名錢穀爲務。顧教化爲不急。是以州縣學校。多就隳敝。棣州州署東南爲宣聖廟。卽殿之後爲横舍。制度嚴邃。舊冠他州。土木之工。積歲欹傾。上漏旁穿。不庇風雨。州人學子相與歎息久矣。有客宦梁其姓彦珪其名者。來自黄龍。樂州之風土而家焉。爲人倜儻尚義。士大夫喜稱道之。其子棟肄業學館。有場屋聲。一日謂棟曰。兹地不葺。日甚一日。弊極則新。理之必至。雖然。吾老矣。恐不及見。異時營繕役興。爾當以三十萬爲助。明昌三年。大中大夫郭公安民。由禮部侍郎出守是州。慨然有修舊起廢之意。召匠計之。費當二百萬。乃以文移計府。而有司之吝。七分其數而纔得其一。方復經度。會有移鎮之命。越明年。嘉議大夫石公玠實始繼來。亦既奠謁。裴徊觀覽。顧詢諸生。思舉前作。獨念所得不足以給用。棟因進前。告以其先遺命。復有郡人榮昺。好事而樂施予。頃因賙濟。嘗授恩級。聞風欣然。願同棟數。既又厭次進士曰李傭。亦以錢幣爲助。副以梁橑衆材值百千。公聞之喜曰。可矣。然不得才而通廉而幹者。不可以倚辦。乃委教授王樞、司候李鯤同領斯役。樞既長於規畫。鯤亦勤恪不怠。而公復以威重鎮之。凡有咨稟。卽爲醻酢。於是匠者獻技。役夫効勞。不麾不訶。衆事具舉。崇殿基之庳。增臺門之高。兩廡加其楹。中門宏其構。講堂齋舍。相繼皆作。至於捏素圖畫之象。窗牖欄楯之制。髹漆丹堊之飾。杇鏝釦切之工。無不各盡其巧。奠祭諸器。朽腐無幾。一一更新之。初功既興。總度所費。而公私所得猶不能以半。餘所不足。棟與昺。皆予之。於是二君所輸。前後各至百萬。蓋經始於五年春三月。而畢功於是年季秋。落成之日。士庶耆老。感歎相賀。以謂壯麗嚴敞。視舊有加焉。六年春。棟來京師。屬其鄉先生太常博士姚君建榮求鄙文以爲記。蓋嘗謂事物興廢。固係於時。而其成功。實存乎人。方今天下承平。聖上垂意儒術。禮樂之興。宜在今日。然非得郡守賢明。僚屬廉幹。能體上意。與夫嚮風好誼之士相與贊成。安能成之之亟如此哉。余聞樞之祖文正沂公嘗買田以予鄆學。歲久多爲田畔侵冒。石公貳漕東平之日。皆理而歸之學。諸生至今德之。由是有以知石公有力於學校。蓋其素也。余既高二守相繼知承流宣化之本。兩從事之能承公命。數君子之贊助有成。復嘉棟之有終始也。乃敍其詳實而書之。不自陋其繁焉。明昌六年二月七日記。山左金石志

十方靈巖寺碑 明昌七年

党懷英

名山勝境。天地所以儲靈蓄秀。非福力淺薄者所能棲止。必待仙佛異人建大功德。以爲衆生無量福田。泰山爲諸嶽之宗。其峰巒拱揖。谿麓回抱。神秀之氣。尤鍾於西北。而西北之勝。莫勝於方山。昔人相傳。以爲希有如來於此成道。今靈巖是其處也。後魏正光初。有梵僧曰法定。杖錫而至。經營基構。始建道場。定之至也。蓋有青蛇前導。兩虎負經。四衆驚異。檀施雲集。於是空崖絶谷。化爲寶坊。歷隋至宋。土木丹繪之功。日增月葺。莊嚴爲天下之冠。四方禮謁。委金帛以祈福者。歲無慮千萬人。佛事益興。而居者益衆。分而爲院者。凡卅有六。趣向既異。遂生分别。主僧永義。律行孤。介以接物應務爲勞。力辭寺事。時開封僧行詳方以圓覺密理講示後學。衆共推舉。可以住持。乃更命詳實來代義。仍改甲乙。以居十方之衆。實熙寧庚戌歲也。越三年癸丑。仰

天元公禪師以雲門之宗。始來唱道。自是禪學興行。叢林改觀。是爲靈巖初祖。爾後法席或虛。則請名德以主之。而不專一宗。暨今琛公禪師廿代矣。其傳則臨濟裔也。師至之日。屬山門魔起。規奪寺田。四垣之外。皆爲魔境。大衆不安其居。師爲道力猛。卒以道力摧伏羣魔。山門之舊。一旦還復。衆遂安焉。師以書屬懷英曰。吾寺之名。著於諸方舊矣。繇希有至於定公。則不可計其歲月。繇定至於今。幾七百年。中更衰寂。歷朝刊紀。斷泐磨滅。蕩然無餘。而佛祖之因地建置之本末。與夫禪律之改革、宗派之承傳。後來者鮮或知之。念無以起信心鎮魔事。雖然。佛法堅固與虛空等。而魔者如浮雲。浮雲彈指變滅。而虛空無有窮盡。何憂乎魔事。惟是著述銘勒。佛事門中。舊所不廢。子無以有爲譙我。幸爲我一言。余報之曰諾。已乃敍師之所欲言者。書以遺之。若夫山川光怪。靈蹟示現。山中老宿。皆能指其所而詳之。此不復道也。明昌七年秋九月十有九日記。石刻拓本〔靈巖志　岱覽卷二十四〕

谷山寺碑 泰和元年

党懷英

佛法自西方來。天下名山勝境化爲道場。興廢因緣。自有時運。嘗讀元魏高僧傳。得僧意勝蹟之祥而異之。意之寂也。以天帝之召。及期遂行。此其餘緣。當有復興之日矣。泰山南嚮而東騖。繇東迤北曰大小峴。其下曰天津河。環地百有餘頃。山勢四圍。蓋漢之明堂在山之東北址。此其地也。道左二里許。耕墾之餘。瓦礫被之。與沈存中之說高麗制度瓦皆有紋者合。又西北行六七里。山光叢叢。高下隱見。一峰嶷然秀拔而下圜。曰谷山也。沿澗少北。今寺基矣。嘗有獵人行獵蓮花峰側。遇羅漢像而終日無所獲。每遇之必然。獵夫怒。積薪將焚之。明日遷坐於高險。薪燎不可及。獵夫愕而悔謝。是夕山下老穉三四。同夢異僧久隱蓮花峰。有獵者之厄。或問爲誰。蓋曰意云。耆老十餘輩。更相誘率。凡一再行。當石掩奥處果訪得之。乃扶輿而下至今所。忽重不可動。而峰嶺重複掩抱。可與寺埸。衆悟遂止焉。粤自兵亂。荒山重澤。殘擾殆遍。廢置始末。不可詳究。惟土人名之曰佛谷者舊矣。蓋意之逝也。有靈感之異。土人以是命名。繼有僧善寧遠涉荒梗。首至谷山舊址。破屋廢圮而已。獨山色如舊。出没起伏。益遠而益秀。善寧獨喜。雅契宿心。於是日趨山下。匃菽粟。攜火具。結茅而休焉。往來山坂無難色。暇日畚築谿澗。勤苦作勞而無怠意。短褐芒屨。從事如初。自是澗隈山脊。稍可種藝。植栗數千株。迨於今充歲用焉。齋粥所須。日益辦具。凡卅餘年。則谷山初祖也。天眷二年四月間。詣官言寺之舊地。東至於黑山分水嶺。南至於恩谷嶺。西至於張遠寨。稍北至於返倒山嶺。有司可其請。其後僧法朗繼之。鋤理荒險。不避寒暑。經營成就。復卅餘年。則谷山第二祖矣。今崇公寺緣契合。四方有識。翕然歸向。工役趨作。日盈百數。殿基琢石。高踰數丈。若是者三四焉。綵塑圖飾不與也。州城之東隅。曰柴水院。惟許存上院積貯之物。其餘住持攝度申理徒弟。皆不許也。崇公經畫作勞。能繼二祖。此寺當興時矣。蓋意之去來也皆異。則其成也必閎。其久也必振。今谷山寺。尚仍舊名。計其歲月。蓋七百有餘歲矣。是復興之數云。嗚呼異哉。泰和元年五月九日記。泰安縣志〔岱覽卷十八〕

新補塑釋迦佛舊像碑泰和六年

党懷英

□□□□□□□□□□□□中不捨一法蓋淡泊虛静□舊爲嶽祠奥區□僧□□□□孤潔結庵而居會廟□興□殿宇百有餘間。因賜額□□□前有司奉旨。相其虛敞。可建□□備□構經營崛起盈丈□□計其規模。或以不勝其任。於□□循因其舊址。縮大就小。建□齋供堂位而外隔隍城東北□□近積□相逼道侶患之以□三宫空洞之天圖籍所載□□由是釋迦佛像主伴凡五位。並遷置於賜書閣之廢基。跣露□無復生敬。有鄉老曰趙璠。攝心歸善。一念適然。不入諸相。復白□幸獲輕安。仰佛開閔。洗□隱障。於是紋甓鏤砌、珫座華鬘。倍已施無慮千數。曾不假人。衆僧贊其發心歸向見索以□□英力因緣自有成壞。何乃遠蹋。百歲正殿空閑。曠日滋久。今始□□抑病者輕安有待於□□歟□衆舉手作禮曰。唯然。善哉。泰和六年四月十四日。石刻拓本〔岱覽卷十三〕

金文最卷七十一

碑

益都縣重修東岳行宮碑 大定十年

王大任

余嘗聞人賴神所祐。神依人而行。人不賴神。福從何來。神不依人。主將孰爲。故孔子聖人。以敬神而謂之智。夏氏末世。以慢神而速厥辜。由是言之。則知神明之尊。可敬而不可慢也。敬神者何。不過乎新其殿宇嚴其廟貌奉其香火而已。若殿宇弗存。則廟貌弗能立。廟貌弗立。則香火之奉無所歸也。今夫東岳。天之孫。物之始。宗五岳。長百神。職司人命而生之死之。鑒察人爲而禍之福之。故凡戴天履地含齒戴髮者。敢不敬乎。昔自皇降而帝。帝降而王。王道廢。霸圖興。迺及於兹。不啻百千萬載。有國有家者。莫不立廟立像而崇奉之。或遣使降香。或祝辭詔告。或講登封之事。或修望秩之儀。所行之禮雖殊。敬神之心一也。本府舊有東岳行宮。以其薦經兵革。埽地無餘。所謂火炎崑岡玉石俱焚也。良可悲夫。然而事物之理。興廢無常。神明之居。安能歷久而絶滅之。是以灰燼未冷。輒復修而崇新之。其創建者。乃醫學閻宗也。斯人輕財好施。素有敬神之心。

適因城破迹陷。驅虜干戈之下。砧鼎之□。心常戰慄。恐不免爲他鄉之鬼耳。乃以手加額仰天而祝曰。□身若得生還。願修□□大殿。忽一日所部之長釋而遣之。彼既遂願。乃能不負初心。輒爲倡率。經營締構。内罄己資。外求衆助。歲籥未更。□茲大殿。時則有邦人張立者。每恨生不遇時。□□喪亂。遂發洪願。值有善事。願畢力爲之。覩此興造。欣然就役。力不憚勞。功不計直。朝夕於斯。至終乃已。歲在戊子。知府元帥王君來殿是邦。寛明果斷。吏民畏愛。盜賊止息。臨蒞之餘。樂於爲善。謹於奉神。每遇旦望。禮謁諸廟。因至□□軒陛之前。目其影殿未就。宮寢露淺。遂鳩工聚材。經之營之。躭躭大廈。不日成之。斯足使神居清肅。愈顯其尊崇也。噫。青社一方。自上而下。崇敬神明。協力興修。□□勝計耶。今余所稱者。但取其爲最者爾。余以謂凡爲善事。非難亦非易。顧時勢之如何□。若夫天朝太平。四海治一。風雨調順。歲穀豐登。國家府庫充實。人民衣食饒裕。當此之時。斵就瓊樓玉殿。構成貝闕珠宮。亦不足多也。今則瓦區□□。戎馬□□。帑藏空虛之日。人民飢饉之時。仰事俯畜。且猶不給。乃發殫財竭力。以奉神明。不亦難乎。其所可取者。蓋以此也。青人耆舊禱余爲記。余謝之曰。小生□□□□□學淺陋。加之久廢筆墨。若强爲之。恐污石刻。必爲識者笑罵。誠不敢當此。且十室之邑。必有忠信。矧雄藩巨府。能文之士爲不少矣。公等盍往求焉。衆中□□張三老與余有一日雅。□□而言曰。子既爲教授。卽翰墨之職也。託以爲文。復何避焉。辭不獲已。因據實而述之。非敢言文也。歲次庚寅正月上日。權益都府教授王大任記。石刻拓本〔益都縣志〕

涿州重修漢昭烈帝廟碑承安二年

王庭筠

仁者未必成功。成功者未必仁。仁者之心。以仁仁天下。不仁者之心。以仁濟其私。故善論人者。論其心之何如。而成敗不與。以仁濟其私者。發於其言。見於其事。亦仁也。蓋竊仁以欺天下。夫竊仁者。是有大不仁根著於心。然竊仁易窮也。而根著於心者。卒不可掩。天下之人。莫不腹詈臆唾。雖一時成功。旋與草木同腐矣。仁者之心。不以其身其家。而以天下。故天下之人。亦相與謳歌戴仰。願以爲君。雖生無成功。天下之人。莫不歎息。至後世猶喜稱道。精爽在天。能推其仁心。用之不已。施之不竭。呼吸而雲雨。咄嗟而風霆。咫尺萬里。朝夕千載。此理之自然。無足怪者。先主仁人也。當陽之役。不以身而以民。永安之命。不以家而以賢。雖不能如其言。要之。其心如是而已。有厚愛天下之心。必享天下之報。至今天下之人。猶歎息其無成。而喜稱道之。涿之人。又祀而奉之。宜哉。涿。先主之故家也。廟距州西南十里而遠。庭有石。乃刺史婁君延重修記。唐乾寧四年也。則血食於此舊矣。歲久屋老。纔庇風雨。承安二年夏四月。里民始議增葺。於是富者以資。巧者以藝。少者走以服其勞。老者坐以董其功。稍完治中堂。新作門屏。又作兩廡。配祀元臣。諸葛孔明、關雲長、法孝直在東。龐士元、張翼德、簡憲和在西。既成。具興廢歲月。乞文於庭筠。將以刻諸石。庭筠曰。五季兵火之餘。室廬焚蕩殆盡。而廟貌巋然獨存。悍夫暴客過堂下。斂兵肅跽不敢犯。則其仁之入民也深矣。大哉仁乎。蘊之於心。充於天地。被於萬物。蓋有不與死而俱亡者。幽而爲神。其遺澤偉烈。施及天下後世。以達其生平未厭之心必矣。豈獨私乎一鄉哉。祠而奉之者。特其鄉人之情耳。庭筠既書其事。復作歌遺之。使迎送神。佐其鼓舞以樂之云。先主建安二十六年卽皇帝位。没謚曰昭烈。若夫虛名末節。非其心也。唐石題曰蜀主廟。今仍之。辭曰。

舜禹不可作兮。古猷日潰。盜取盜守兮。恬不怪。仁人起兮。力砭其廢。志天下兮。豈獨爲漢計。大統未一兮。時已逝。奄爲神明兮。陟配上帝。何紓我憂兮。仁及異世。彼曹丕兮。死爲妖彗。握長鋏兮。載芟載劘。燕山之陲兮。范水之裔。平疇如砥兮。惟神之豐沛。鬱童童兮羽葆蓋。悵籬樹兮今安在。記兒時之舊事兮。想亦爲之一愾。神之去來兮。蒼虬翠。駟粲華裾兮。鏘鳴玉佩。絙瑟而吹籥兮。紛羣音之繁會。牲肥酒香兮。神其飫醉。來雲席帝兮。回風滿旆。將而送兮百拜。民不忘兮遺愛。驅螟蝗兮疫癘。時雨暘兮屢歲。俾富康兮耆艾。民德神兮。事之無替。涿州志

四禪寺碑大定十二年

失名

徂徠山之西。路有寺基。相傳曰古四禪寺。數代老宿。結庵居之。僅就緒矣。大定二年冬。有住持法潤等。經官納錢。賜額法雲缺五字。檀越乃命福燈缺五字。竊見形勢峻側。山水衝注。難以修葺。缺十字。故址瓦礫猶在。因欲興建。遂具狀告官。許令移徙今所建之地。缺十七字。恐後缺三字。不知其由。僅將寺敕。勒諸貞石。爲遠久之傳云。泰山志〔岱覽卷二十二〕

薊州玉田縣永濟務大天宫寺碑 大定十二年

趙攄

國朝故事。凡寺名皆請於有司。給授敕額。其異恩者。特加大字以冠之。所以别餘寺也。雖京師名刹相望。而得賜是額者。殆亦無幾。然則永濟大天宫寺。其名豈録録者哉。初務之西南不遠二里。俗謂南臺頭。有岡隆隆然。泉注其下。縈紆環擁。右斜而去。泉岡之間。氣象幽勝。甲於其境。舊遼清寧之元。有鹽監張公日成者。愛其地。以爲可起梵宇。爲鄉邦依歸之境。迺出金售之。經始基構。中則正殿三楹。塑彌陀像。置大經藏。越南北則堂各五楹。繪本尊四智菩薩。西序則僧堂三楹。隅則鐘樓及内外山門次焉。環則周廡百區。寺僧千指有奇。至於粥魚齋鼓。物物完具。一皆獨辦。不資衆化。而舊有馬鞍山師弟法定者。以名德聞於遼主。嘗被召對。講繹稱旨。賜號演教大師。乃請爲之宗主。功始告成。而東道公逝矣。幸而其子從宜有父風度。清寧八年。於寺乾隅。甓甃浮圖一十三級。奉安舍利。構堂三楹。繪先賢容像。築庵二區。延致諸方道人。在寺及永濟務各施息庫一。又施墅地二千四百畝、南墅地二千五百畝。用給齋廚之需。演教大師攝度徒衆。以立常住。鄉人初以南塔院目之。壽昌三年賜極樂院額。乾統五年改爲天宫寺。及本朝命元臣諸帥經略宋人受進方物。行府寓置此寺者數年。由此天會五年八月。敕加大天宫寺以酬之。且示其旌表也。逮正隆間。二墅之地。籍隸佛土。凡傳受本末。有敕牒券記在焉。一日寺僧相與謀刻諸石。迺狀其事。請文於攄。攄曰。物之興替。陰有緣數。非偶而然。異時兹地。荆棘蕪焉。狐兔游焉。歲月不爲不多矣。一旦長者公子。基之承之。則紺宮華闕梵聲潮音。化爲選佛道場。此莊嚴殊勝之因緣也。夫創之者勞。居之者逸。僅一再傳。則廢者多矣。且兵火之餘。佛廟丘墟。十所而九。是獨爲國相大臣。擁庇保全。自起至今。幾百餘歲。愈久而愈熾。此住持定力之因緣也。窮鄉陋邑。間有僧居。僅能以院自名而已。是獨能名動朝廷。得錫大寺之號。與京師一二名刹爭衡。此威光□□之因緣也。即是因緣以觀之。則從來大士耆德主持法門之風爲不負矣。嘻。士之謀道者。或槁形灰心於山谷間。自非天龍送供爲衲衣饘粥之計。不能無外擾也。與夫居不謀而安。食不求而給。其於從道也。豈不□且優歟。敢告後之居者。一切時中。常作是念。當傳授精進。不墜家風。且歲時香火。以無忘檀施之力。則予之斯文。何愧焉。時大定十二年十二月十五日立。石刻拓本〔豐潤縣志〕

重修白馬寺釋迦舍利塔碑大定十五年

李中孚

浮圖寺之教。本西方聖人之教也。迨乎東漢明帝時。則有若三藏曰摩騰、竺法蘭。以白馬馱經四十二章。始流傳教法至於中州。是時乃卜府王城之東二十餘里。建精舍。度僧徒。創曰白馬寺。中州之人奉釋氏者。自此始。厥後敬供香火相傳。魏晉隋唐而下。迄千有餘歲不絕。洎五代之後。粵有莊武李王。於寺東又建精藍一區。號曰東白馬寺。并造木浮圖九層。高五百餘尺。塔之東南隅有舊碑云。距一百五十餘年。至丙午歲之末。劫火一炬。寺遂與浮圖俱廢。唯留餘址。鞠爲瓦子堆、茂草場者。今五十載矣。往來者視之。莫不咨嗟而歎息焉。噫。天壤之間。事之廢興。何代無之。又奚足恠。物極必反。無何。果有彦公大士自濁河之北底此。覩是丘墟。傍徨不忍去。一夕遽發踴躍特達心。迺鳩工造甓。緣行如流。四方雲會。不勞餘力。而所費以辦。因塔之舊。翦除荒埋。重建磚浮圖一十三層。高一百六十尺。徘徊界宇洞并龜頭一十五所。護塔牆垣三重。甘露井。又立古碑五通。左右焚經臺兩所。杈子并塔門九座。下刱修屋宇二十八間。門窗大小三十七座。其餘不可具紀。不踰年。而悉就所願。天時物數。若合符節焉。於告成之明日。丐中孚以紀其事。中孚於莊武王係六代孫。粗知其要。義不當辭。是可書也。時大定十五年五月初八日。河南府志

晉先軫廟碑大定十五年

趙揚

孔子曰。爲君難。爲臣不易。然則臣之道。固不易乎。盡智竭忠。匡國利民。生樹鴻勳。歿享元祀。此在畎畝時所矢之素心也。卽未盡智竭忠。匡國利民。偶一眚之微。未之能補。一旦臨難。奮然不顧。棄千金之軀。示後世爲臣之戒。其身雖歿。徒有忠貞之節峻不可攀。是豈爲臣之本願哉。不得已也。春秋時。晉、楚、齊、秦更霸。皆以得士則昌。而晉所由興。時有謀臣輔佐之力。城濮之戰走子玉。猶賁育之戲嬰孺。由是始成文公之霸。殽之戰擒三帥。若狐猫之捕鼠。由是克大襄公之烈。縱横妙用。不差毫釐。皆先大夫爲之主謀也。當文公初薨。襄公嗣霸。秦師伐鄭取路於晉。大夫不忍其侵軼。發卒以抗。使匹馬隻輪無返者。襄公聽其母秦嬴之言釋三帥。大夫朝而問秦囚。公曰。母命釋之矣。大夫怒曰。武夫力而拘諸原。婦人暫而免諸國。隳軍實而長寇讐。亡無日矣。不

顧而唾。厥後秦卒用孟明。果有王官之勝。封殽尸而還。遂霸西戎。及敗狄於箕。師垂勝矣。大夫念昔常違禮於君。意以爲君之恤我。惠不加討。我何面目以處狐趙之間。況後世必以我爲無禮於君之人。與其含羞而苟活。不若敗狄而殞。猶足弭難利國。死且不朽也。遂免胄入狄師死焉。狄人憐之。歸其元。面如生。此其梗概也。嗟乎。人均一死。有輕於鴻毛。有重於泰山。何哉。在得其所與不得其所耳。箕之役。大夫不復命。蓋知死得其所也。襄公之釋秦囚。猶解猛虎於陷井。此謀臣策士之所痛惜。大夫進而諫之既不及。退追之弗逮。感發於中不得伸。乃不顧而唾。以招違禮之愆。卒以死殉。然死豈大夫之本願哉。彼夫荒唐之人。事君一不遂其志。則腹誹心恨。靡所不至。而事勢既專。嫌隙遂搆。三家擅魯。六卿分晉。流弊之極。至有遠棄桓文之功。近希曹馬之跡者。孰重孰輕。宜乎芳聲義烈傳千古而無媿也。箕土之人。迄今仰其遺徽。廟貌而嚴敬之。俾血食不絶。余叨守是郡。年七十有三。將脱簪而還其山之陽。徘徊祠下。感慨不能已。遂援筆述其行事。以爲之記。山西通志〔遼州志〕

御題寺重建唐德宗詩碑大定十六年

許安仁

高僧居淨域。客子戀皇宮。試訪毘耶室。旋遊方丈中。禪林吹梵響。忍草散香風。妙説三元意。能談不二宗。色空雙已泯。内外兩緣同。識盡無生理。乃覺出樊籠。

自佛法入中國。往往遺〇遺疑當作建。塔廟。崇像設。使出家者流。樂於住持。奉教之徒。有所歸依。

不顯敞宏麗。無以激人之善思。不莊嚴具足。無以廣人之□念。則寺宇之興。有由來矣。然名稱不同。大抵多以敕賜。至於國王大臣。親至其所。寅緣而名之。其□跡暴□者。蓋亦寡矣。安仁始至靈寶。聞御題寺者。莫知其所謂。尋問於寺僧濟公。濟曰。法濟祖師曰元覺大師。有唐高僧也。本淮南人。不知氏族。遊汴梁。落髮於相國寺。會行脚至此。睹城西古佛堂。欣然駐錫焉。逮寶應元年。天下兵馬元帥皇子适統兵征史朝義過之。題詩壁間。厥後十七年。皇子即大位。是爲德宗。師詣長安求寺額。詔因以御題名之。仍賜紫及元覺大師之號。退而顧佛堂隘陋。不足副大名。遂卜城南爽塏地建巨刹。聚比丘衆。大作佛事。齋鼓粥魚。無冬無夏。燈□相續。以傳於今。寺舊有碑刻在。嗣法者皆能誦其詩而道其事。皇朝未撫定前。天下兵荒。寺爲火所焚。衆亦逃難而之四方。法濟獨偷生於關西。浮沉涇原間。至阜昌四年。聞□東無事。秋九月來歸。寺之故基叢榛莽、積瓦礫。變龍象之窟宅。成狐狸之巢穴。法濟表○表。當作哀。祖師道場之所。回翔顧瞻。如飛鳥之過故鄉。不忍捨去。於是腰斤肩鍤。芟荒屏穢。營草堂三間。塑慈氏一龕。日修月葺。至皇統間。度弟子六人。曰道滿、道雅、道淨、道澤、道源、道顯。天眷初。盡付道滿主之。滿度弟子十人。曰善結、紹慈、紹恩、紹惠、紹意、紹慇、紹忠、紹志、紹憲、紹□。雅亦度弟子二人。曰紹能、紹曇。逮今四十餘年。中有殿宇。足以嚴其像。旁有廊廡。足以棲其衆。環以崇牆。蔭以茂樹。面函谷。背洪河。枕井邑而帶原野。望之鬱然雄深。似有復振之漸。方將求好事者。書於石以貽人。辱下問。乃敢下○下。當作不。以終始告焉。公能爲我成此一段因果否。安仁味其詩則不凡。覈其事則得實。徐謂濟曰。夫明發前聖之偉蹟。揚厲宗師之妙行。固不敢當。然而修廢闕者。職司之急務。幸清晏者。宦遊之素情。如時之多故。井邑索然。雖使元覺復生。奚暇議此。今則國富而民安。內和而外順。田野闢。户口息。使公等結十方之緣。成二梵之福。而親民官道及之。當與邦民共樂。敢以不敏固拒。請因公所記而記之。且高宗爲玄奘御製慈恩寺碑。德宗亦爲元覺賜詩。仍以御題名寺。皆崇奉佛乘。爲一代勝事。玄奘人天大導師也。元覺行事。不見於世。吾不敢優劣之。所遇於人君者。豈少貶焉。因大書其詩於上。而直序其事於下。大定十六年歲次丙申秋七月二十七日記。石刻拓本

章丘縣重修宣聖廟碑大定十六年

姜國器

學校之設。先王所以興教化厚風俗作成士類也。成周之時。家有塾。黨有庠。遂有序。國有學。其教養賓興之法。無一不具。故采芑詠於新田。菁莪歌於中沚。肆成人有德。小子有造。號稱髻髦者。藹如也。去古寖遠。上無明天子。下無賢方伯。先王之制。幾於埽地。春秋二百四十二年之間。諸侯之築宫室營宗廟爲臺榭作門廄者。載在國史。莫不備書之。至於學校之制。獨無紀焉。漢唐以來。而稍稍復古。留意於兹。至永平開元之際。亦不謂之不隆。然當時非特上之人有以倡導。而亦循良之吏如文翁、常衮者。爲之勸率焉。國家承平日久。兵革不試。年穀屢登。正右文之秋也。有官君子。不於此時主張吾道增飾儒宫。是使文翁、常衮之徒。專美於前也。陽丘。齊之巨邑。舊有學在城西南隅。歲月滋久。加以兵火之餘。廊廡門庭。蕭然一空。殿堂僅存。頹簷敗壁。不堪其

憂。前後令丞。不知其幾人。視此而恬不知恤。大定歲次癸巳秋八月。從仕尹公莘致君以進士登乙科來貳此邑。首謁殿下。四顧荒涼。不勝慨歎。然視事之初。未遑修也。洎三年有成。政適多暇。一日謀諸士大夫曰。嗟乎。佛老異學。吾徒鳴鼓而攻之者也。今琳宮梵宇。遍滿郡邑。朱甍碧瓦。爛然相照。吾夫子有功萬世。吾徒之奉師。反不如異學之拳拳也。斯亦罪人矣。迺出己俸。帥先邑人。相與鳩工度材。曾不踰時而告成。棟宇門牆。衣冠繪像。燦然一新。邦人愉愉。若覩闕里。俾春秋之祀。不適於野。豆籩之禮。有列於庭。將見蘭臺之英金閨之彥。亹亹然由此而出。不其韙與。噫。郡邑之官。所使承流而宣化者也。豈徒弊精神役思慮於簿書獄訟而已哉。有能講先王之制。尊吾夫子之道。使教化之宮。廢而復興。禮義之地。荒而復闢。可不謂之賢乎。且公勇於義。果於政。至其章章治迹著民耳目者。則有輿人之誦。此不復紀。予與公爲鄉人。又同筆硯間。見聞其事爲詳。故於此亦喜書而樂道之。雖不吾請。猶握管以俟。況有請之勤者耶。大定十六年八月初一日。徵事郎前滑州軍事判官姜國器記。山左金石志

重修宣聖廟碑陰大定十八年

尹莘

廟學基址僅存。歲久不葺。地勢侵削。日就狹隘。殿堂雖在。不足以庇風雨。予適承乏爲邑丞。且慮棄去不修。則寖至隳壞。迺出己俸。以帥先士大夫及邦之人好事者。量力相時。以助其費。至於不給。則繼以私財。易其弊陋。加丹艧而一新之。更飾廟貌。皆設漆帳。復爲前簷□□東序西序各

五間。皆樹以叉木。繪畫速〇速當作塑。肖諸賢與左丘明以下從祀□像。儀門三間。以粉垣易之。畫戟度數。禮無違者。前門一間。東西築雉垣。以限内外。周圍固之以大墉。其地則殿與臺門相去五十二尺强半。東西序相去四十一尺。二門相去一十尺。門至南牆闕爲街一十八尺。南闊一百二十五尺。北闊一百一十二尺。南北長二百三十五尺。蓋侵削之外見存者耳。殿後舊有堂。今則易其名爲明教。其坊則榜之曰崇聖。又爲祭器二百餘事。春秋奠享。粗亦充用。命工經始在七月之初吉。洎八月上丁禮畢。張樂爲具以落成之。是日居人駢集。黄童白叟争先覩之爲快。始知有禮義之風。已而鄉老王暉者。施以豐碑。於是邦人共請既爲□以刻之。予以謂後之來者。寧知無子産之徒不惟不毁。必有以潤色之也。故鳩集其同力者。紀之碑陰云。從事郎行縣丞尹莘記。山左金石志

凝真大師成道碑 大定十六年

王鎬

大師諱子□。姓劉氏。開封人也。生有奇相。人知不凡。年甫數歲。居然厭俗。自投牒於太清宫。受業爲道士。既守真戒。奉行教法。功德不可思議。旁通醫術。能處砭劑。全活者不可勝數。歷歲滋久。升聞於朝。前宋仁宗召赴闕廷。師之入見也。年已幾耄。鬚髮皆黑。面有壯容。進趨如儀。登對有法。帝曰韙哉。詔賜號曰凝真大師。換紫衣。敕授靈泉觀主。賜秦帝陵旁并諸莊地土計一百五十頃及山林、湯泉、水磨。臨潼縣地基房廊。盡充靈泉觀常住道業。師既莅事。一新規畫。數載之後。租入有餘。謂尚座李藏用曰。此觀實唐之華清宫也。今圮廢如此。幸有積貯。可以繕修。於是

創殿閣。立堂齋。鑿新湯。築花圃。成之不日。壯麗可觀。迨至和元年正月二十日。師忽沐浴更衣而出。擊鐘集道衆遺言曰。公等自愛。我今歸去。言畢。遂兩手結印端坐而化。是時方春。林巒秀茂。鸞鶴飛翔。空中髣髴有樂音。衆皆瞻仰。望師隱隱而昇矣。後經一月。有客自西蜀來者云。我於今年正月二十日。逢一道士騎青騾者。自稱曰我是靈泉觀主劉子□。煩你傳語在觀道衆。衆聞斯語。欽仰讚歎曰。師達者也。自師西昇。迄今百有餘祀。其後代門人馬景陽、陳守静、劉守沖攜師之行狀。踵門而求記於予。至於再。至於三。予嘉其勤而諾曰。試卽其行狀直書以敘云爾。大定丙申四月初五日。渭南王鎬記。金石萃編

重修法雲寺碑大定十七年

張莘夫

徂徠山南羊欄村。有四禪寺廢基。石佛斷碑尚存。創建於北齊河清二年。今有僧福燈者。兗州曲阜人也。俗姓屈氏。爰從妙齡。慕喜出家。爲童行時。雲游濟南。投開元寺普賢院。安居日久。禮僧賜紫真教大師善慧爲門人。受業披剃。厥後出入起居。事師之禮。□罔不循。一日語福燈曰。人能弘道。非道弘人。佛道至妙。苟非我輩。孰能闡揚。汝其念之。當擇有緣之地。以回勝事。他日福燈飛錫北來。故照此所有大因緣。與僧法潤等結庵上峪。或迎送約束。或求化僧儲。往來維行斯地。觀其四禪古跡。未嘗不惻然動懷。屢見檀越高年碩德。具説修建之意。翕然喜從。有西朱村華嚴經藏主張明寬、南王村韓法圓。俱受五戒。自後酒肉葷腥。時不濡脣。二公同志。悦清淨。慕山

林。凡百正己。惠貧放物。仁義兼行。爲里人所重。舉事推誠。住持僧福燈堅請明寬等爲□首。雖義不獲已。退省卑猥。不惟不敢自擅。亦歎獨力不暇給也。遂專見衆村耆艾。説其修建緣事。靡不允合。卽約同陪入山臨四禪古基之次。□偟周覽。少頃燈公謂諸公曰。此廢敗之地。不可薦修寺宇。當別卜善地而興刱之。僉曰然。於是去古基北數百步間。選地數畝。形勢爽塏。宜建佛宮之地。當年二月差收穀。且闢荒榛。起磐石。修□址。人皆不憚服勤之勞。新□既成。遂乃鳩工集役。遴選材木。㠯經㠯營。富者輸財。貧者効力。修成法堂方丈僧房各五楹八椽。寢堂三楹八椽。棟宇雄壯。簷殿高揭。窗牖疏明。經始於大定辛卯仲春。慶成於丙申孟秋。其苣瓦材木皆砌石局工師日食之費。約用錢五千餘貫。蒙檀越厚助。俾衣鉢有資。既而堂宇功畢。燈公與衆糺首共□幸遇昭代聖□復起□大定之初。天下鴻寧。釋教大興。□□□住庵僧潤公等與善知識數□□大發□意。裒集錢叁百貫。依奉上畔經本軍軍貲庫納訖錢數。乞示寺額。伏蒙朝廷特賜法雲禪寺。噫。寺之名額尚矣。堂殿佛像廊廡次焉。若不刻於石。永懷廢毁之憂。命莘夫以紀歲月。垂諸不朽。梵刹之側。諸山環拱。屹然而起者。東曰他山。西曰穀積山也。蔚然而秀者。南曰獨山也。潺潺乎瀉於兩峰之間者。方丈之後溪也。三門之前。泠然清濬。注焉而不盈酌焉而不竭者。白蓮泉也。其餘林木谿壑尤美。不可勝言。異日。老宿大德若聞而知之。接袂連馭自他方而來棲遲於此間也。愚雖顓蒙。竊聞法雲禪寺檀越四遠。鄉村繁阜。風俗協和。禮義相睦。純質而厚。簡約而廉。貧居豪室。慕善之心。□皆有之。每當春冬農隙之時。或於精藍。或就私第。舉蓮社。廣齋供。延僧流。讚誦梵音。講究貝書。瞻禮聖像□與□□□□勤是知佛教不可思議。住持僧福燈自天德二年、貞元元年。兩次經本軍陳□□乞存留餘□公據二本。帶請到遶三山欄地土□□□□南至穀積山□□□□□西至□山高家峒□□□□□□□□□內據稱除出石栅闊道磴砲□焦砂嶺外。合輪□□□至大定八年。又經本縣告狀出給公據。令福燈毀坼翻移□□□屋宇材木磚瓦一□修建施行。是爲可書。自度膚淺。故不敢述文。姑摭其實以誌之。泰山志〔岱覽卷二十二〕

鄄城縣正覺禪院碑大定十七年

尹仲

澶水之東。漢金堤之下。有道場曰正覺禪院。院基於隋開皇十六年。有頭陀於末法中宏建佛事。寔與州治同爲起本。其後代興代廢。遂亡其名。故老相傳。止以石佛寺稱之。宋末年。又化而爲荊榛瓦礫之場矣。僅存者古碑佛座而已。其碑久閲歲月。加之以兵火燐爍。風雨剝壞。字畫莫得而考。良可歎矣。大定乙酉間。從本鄉士民之請。正覺住持與鄉民王忠等各出私泉。請給到皇朝所建院額。實今名也。遂仍故基。經葺營建。除理荒穢。不計寒暑。遠近皆爲之咨嗟感動焉。其寺地田少缺。復有善知識杜與歸其鄰田。故得以善方便開誘檀那。以柔軟調伏剛猛。庸克盡其心力。於是巧者獻工。勇者助力。富者輸財。辯者勸施。不期月之間。起夏屋數楹。中設釋迦文佛像。開導人天妙莊嚴。供爲一方瞻依。福田經所謂希有殊勝事也。而朱瑾、尹義等。又能輦東山之石而碑之。模勒敕文。冠於碑首。乃請記於余。且以書其寔。示不朽也。記曰。昔如來居鹿野苑中說四真諦。又度五比邱證無學位。又於耆闍崛山於其眉間放白毫相。照於東土萬八千國。開示悟入。爲一大事因緣。寔冀天下後世有以崇奉其教而傳乎心印也。可不謂佛法中有力者耶。大定十七年八月十五日。

濮州志

金文最卷七十二

碑

和順縣令馬公德政碑大定十九年

嚴坦

夫爲民而置吏者。君也。賴吏而治者。民也。受君之責導民之善者。吏也。吏得人。則法平政成。不則王道弛而敗矣。故詩有伐檀之刺。易興覆餗之譏。大抵賢者在位。能盡其治。則民賴其利、物荷其恩矣。若使無能而蒞官。非才而守位。與夫不學操刀、弗貫登車、製錦思獲者、又何異焉。書云。無曠庶官。天工人其代之。此之謂也。故明主不敢以私授。忠臣不敢以虛受。然古者治官之法。以九德察其僞正。三考定其黜陟。或辟以四科。求之數路。皆冀得其人也。奈何臧否混淆。幽明雜糅。其間得人者寡。失人者多矣。國朝懸爵待賢。重禄勸士。選用清白任從政者。爲親民之吏。親民之吏。莫急於諸縣之寄。諸縣之寄。出宰百里。民之師帥。所使承流而宣化者也。若師帥不賢。則主德不宣。恩澤不流。與姦爲市。民受其殃。所以唐馬周曰。欲令百姓安樂。惟在縣令。縣令既衆。不能皆賢。須妙選其德而擢升之。然而自古以來。能以治化見稱者幾人而已。惟馬公諱克禮。

字和甫。中都人也。東漢伏波將軍新息侯文淵之苗裔。大定甲午歲夏五月。恭受宸恩。出臨山邑。公下車之始。振舉乾綱。剔蠹弊政。可則因之。否則革之。夙夜惟寅。恆如不逮。惟公生明。以寬繼猛。聽斷以法。無好惡之私。照察情僞。如神明之鑒。使愚盲之夫。安生而得所。權豪之子。遁跡以吞聲。其奉法循理。不矜功。不伐能。撫字有方。勸課有術。不爲利回。不爲義疚。專以德化爲理。不任刑罰。下亦無犯。圜扉茂草。使夫蓬樞甕牖之子。朝行暮徹。家絃户誦。而人蒙其休。物被其澤。政平訟理。而無歎息愁恨之聲。則其功效。豈淺淺而已哉。公之爲人。奢儉有度。剛柔適宜。德行温淳。文章茂美。博古通今。學優則仕。其廉也。足以比冰玉。其平也。足以擬權衡。其忠也。足以事君上。其孝也。足以奉祖先。是以三載之間。教化大成。一境之民。視儀取則。去貪遠罪。熙熙然安其田里。皆表倡之所致也。昨於大定十六年秋七月。民田欲稼。既方既皁。不虞有螟螣蟊賊而害其田。衆皆蹙頞而相告曰。家無餘粟。倘值凶荒。奈何奈何。公乃潔齋致敬。埽地爲壇。禱於漳水之濱。少頃雷雨暴作。三蟲皆滅。田不爲害。及八月。百穀將成。既堅既好。未刈未穫。俄然大風暴起。拔木飛沙。民曰。昨免蟲害。今又風灾。凶年饑歲。不免於死亡。如之何其可也。公曰。闔境民憂。皆吾之過。乃屬文罪己。躬率父老祭之。良久風頓息。民喜曰。田雖微灾。比之鄰境。十無一二。舉歲無轉壑之憂。三農有卒歲之望。斯咸公之德、神之靈、民之福也。自甲午五月公到任。至丁酉五月。已逾一考。惟恐有遷除之報。闔縣居民郭祥等一千餘人連名狀告。留公久任。公乃謙遜而謝曰。某上以負朝廷之委。下以爲小民之病。既無異政奇才。又無深恩厚澤。何復區區而以狀舉留耶。況汝等既係農民。徒勞拘繫。有妨田事。速令還歸。其郭祥等欲赴州告留。公再三勸諭。終不令往。其隱德晦能也如此。美哉公乎。仁愛則杜詩、召信臣。德化則魯恭、張允濟。威信則王渙。嚴明則任峻。功迹則衛颯。感應則童恢。此數君子。自漢唐以來。皆能以守令見稱者。與方今馬公朝列。何優何劣。是以民樂其政。歌其德。沐其恩。服其化。咸曰。公之治迹。無能以名。莫可得而報也。恐後世無傳焉。如能使百代之下。聞其德如見其人。豈不美哉。命工刻石。以紀其事。示民感戴之不忘爾。大定己亥九月之令日。和順縣志

重修漢太史公墓碑〔大定十九年〕

趙振

嘗考漢史。司馬太史公生於龍門。十載誦古文。二十而南游江淮。上會稽。探禹穴。窺九疑。浮於沅湘。北涉汶泗。講業齊魯之都。以觀孔子之遺風。過梁楚以歸焉。於是遷仕爲郎中。父没三年而爲太史令。乃述陶唐以來至於麟止。紬石室金匱之書。據左氏國語。采世本戰國策。述楚漢春秋。上協六經。馳騁古今。不虛美。不隱惡。可謂命世之良才。及其卒也。葬於梁山之岡。至今韓人享祀不絶。惜乎時代歷久。舊塚傾頹。今春姚定乃率里人命工修復。其意欲以光華文史之風。激勵衰鄙之俗。屬余爲記。但以文荒才謬爲愧。堅不獲辭。直書月日。時大定己亥清明後二日。進士趙振記。石刻拓本〔韓城縣志　金石萃編〕

濟源縣創建石橋碑（大定二十二年）

王藏器

三代之政。以封疆域民。故城郭道塗溝洫橋梁之制。著爲定式。而藏諸有司。時出而頒之。歲以爲常。其浚治之力。築作之功。與夫斤斧畚鍤之用。皆預籍之於民。而其上之人。又爲之奔走經畫。相高下遠邇之宜而修治之。蓋一事之未立。一民之未便。皆有以關政之得失。當是時。惟其無利也。有利。則未嘗不爲之興。惟其無害也。有害。則未嘗不爲之去。經之營之。使自成之。究之度之。使自索之。慮民之患。如此其深且備也。後世政務姑息。民各自私。風俗靡靡。日入於衰壞。居官者。以簿書期會爲急。媮容苟合。趣過目前。視民之利病。若越人視秦人之肥瘠。曾不加意。相薰以此。故歷載數百。其於治效。未可以得志也。嘗謂道之在天下。其閎大奥密。不可得而言。至於手足之所營。耳目之所接。凡所以教民生養之具。固不待疲精耗神殫智竭慮而後能也。其要甚明。其法具在。顧以謂不足爲。而不爲耳。惟其不足爲而不爲。是以人思便己。而庶務因以不舉。且天之生是民也。將使以大治小。以賢治不肖。豈徒飽食安坐務快其心而已乎。甚者或畏譏謗。舉手搖目不敢有所施爲。此何意哉。濟源居太行之陽。富有山水。景明氣秀。民物夥繁。四方之游觀者。踔踵相接。有瀧水自西北來。稍折而東。因高走下。湍流悍急。而縣治適當其衝。浸淫衍溢。齧城隅。漱石瀨。至於東門之下。高岸陡落。幾及數尋。廣狹三倍之。舊嘗架木爲梁。每夏秋大雨。則暴漲衝射。弗克支持。屢易屢敗。民之病涉也久矣。累政因循。恬不改革。大定十五年春。

洪川夏公禔來宰是邑。視事之初。問民所欲爲及所未便。皆以次而興除之。期月之間。政化有成。於是衆請於公。願易新斯橋。以救民弊。且命浮屠靈濟主其事。勸導辦集。一以委之。公曰。茲惟有作。庶永其寧。克艱創始。寔斯人之利。吾其忍拒乎。乃攻山石。用圖長久。渠渠嶽嶽。以雕以斲。穹穹隆隆。以磨以礱。屹爾巨鎭。矗如崇墉。嵌兩竇以防怒洩。植危欄以固重險。華標岌嶪。神獸睢盱。實天下之雄勝也。蓋經始於十七年十月。而告成於二十二年三月。工既訖成。迺使使來請曰。願有記。嗚呼。物之廢興。莫不有命。而命之所制。在乎人之志慮有合有不合。苟合矣。雖異世而親。不合。則雖比肩而不相逮。此所以制物之命而廢興以之。是舉也。順民之情。民勸趨之。上下相親。志同而意合。僕嘉公之勤勞。能不私諸己。因民之所欲。爲經畫謀慮。以有此成績。俾居民行旅無往來限阻之歎。蓋思詠其事。愈久而愈光。茲其爲德。不既大矣乎。且異夫媮容苟合。急目前之利。務快其心者矣。故爲之記。因併述前代所以施設之方。以告後之人焉。大定二十二年三月十五日。進士王藏器記。懷寧府志　河南總志〔濟源縣志〕

涿州重修文宣王廟碑〔大定二十五年〕

黃久約

昔吾夫子稟天縱之能。蘊生知之聖。生於晚周。歷聘不遇。會其弟子門人。傳道授業於洙泗之上。德至博。無位而不得施。道至大。無時而不得行。於是删詩書。繫周易。作春秋。使夫後世之人。達三綱。明五常。知君臣父子之禮夫婦長幼之序。仰事俯育。養生喪死。優游久長。而無鬬爭傷殘之患。不然。則生人之類。異乎禽獸者幾希。是以孟軻氏稱其德。以爲出乎其類。拔乎其萃。自生民以來。未有如孔子者。韓愈氏稱其尊。以爲天下通祀。惟社稷與孔子。然社稷其位所不屋而壇。未若孔子用王者祀。巍然當座。以門人爲配。自天子之貴。皆北面拜跪。禮如親弟子者。世靡然宗之。無有異議。孔子既没。秦漢以降。時君聖主。褒揚尊大。惟懼不至。崇飾祠宇。肅像容貌。春秋祭祀。務極其奉承之意以稱徽烈。四方郡邑之廣。承流宣化。亦莫不然。蓋不如是。則聖師範模百代鈞陶萬類之功。安在其爲追敬而展報也。頃罹兵難。數十年間。黔黎失業。百神乏祀。前日之崇階宏構。或變而爲蓁莽瓦礫之場。不則其存者僅足庇風雨。過者徘徊咨嗟而去。可勝歎哉。國家開創之初。方以混一車書。削平僭僞。除苛解嬈。易法更制。未遑庠序之事。然於吾聖人之道。未嘗不嚮意焉。主上之卽位十六年。文恬武嬉。天下安乂。追述先猷。潤色鴻業。由是禮隆樂備。百蠹一新。乃詔有司。開設學校。教養士類。内自京師。外周藩府。士有常數。官給所須。方領矩步之徒。振振洋洋。抱負墳素。四方畢至。文風載郁。復見太平。自爾遠近慕效。一時黌舍與夫宣聖祠廟。飾陋扶傾。稍見隆就。真至德之舉也。獨范陽舊有夫子廟在州城東南。唐貞元五年盧龍節度劉公所建。遼統和中。始移置於此。年禩綿遠。不時繕完。將就傾圮。前爲守者。亦非無意於更新。徒以州治當南北之衝。四方行旅取道往來。十率八九。使客冠蓋旁午。晨夕疲於應接。又案牘簿書。視他州爲繁。倥偬日不暇給。故視之漠然。以爲餘事。大定二十三年冬。汾陽郭侯預。自尚書郎來治是邦。下車之初。以令從事伏謁祠下。既而周覽庭宇。憫其敝陋爲甚。愀然變容。退而歎曰。爲政之先。獨不在於斯乎。矧今明天子在上。闡彌文。緝墜典。所以尊禮先儒誘進多士。纖微畢舉。發於誠心。而吾州近在畿甸之內。迺不能欽識德意。助宣風化。況疎遠者哉。於是命工繪圖。亟議改築。計所當費。約用錢二十餘萬。卽日移文計司。久乃得報。減削三分之二。止得其一。既不足於用。方左籌右度。未有以爲計。其僚有顯武將軍梁儆先者。爲主倉庫官。毅然以身任其責。造黃堂而請曰。儆先里人也。上世以儒學取科名享爵位。小子不肖。亦幸賴先人餘蔭入官。秩登五品。迹所由來。非治心行己。仰遵聖師遺訓。何以臻此。今廟在鄉里。廢毀如是。以貽使君之憂。心實恥之。願因斯時。會里中一二大姓及子弟之業儒者。各出私財。以佐用度。儆先雖不敏。苟畢力悉心。勸督工徒。期辦此事。若無難者。惟公圖之。侯聞其言而義之。卽爲割月俸并所得於官者盡付之。授之以成。須厥效於後。起二十五年夏四月二十日癸丑。訖五月八日庚寅。總爲屋十有八楹。制度小大廣狹。悉因其舊。榱棟之腐撓者。則撤而易之。垣墉之頹靡者。則築而起之。階阤之缺罅者。則甓而完之。薅薙荒翳。塗蘋漫漶。中奠廟室。旁列東西兩廡以達於大門。庖廩齋舍。各有次第。皆備無缺。工募於民。厚與之直。役夫則用胥靡之徒。豐其飲食。皆不戒而勸。舊圖七十二從祀弟子及前代名儒之像於殿壁十哲塑像之後。則改繪於兩廡。諸費除官給外。獨用錢四十餘萬。皆出於衆人之樂輸。非有所畏迫勉强而然者。落成之日。公私改觀。父老稱贊。萬口一辭。咸謂不有刊勒。何以視久遠。侯乃遣人走京師。遺書其故人須昌黃久約爲之記。屢辭不獲。因爲之記曰。嘗聞昔人有云。古者自天子之都至於鄉邑。皆有學。奠先聖先賢於其中。近世以廟祀孔子。蓋議其非是。且謂曾不足以尊聖人而稱其德。徒爲變先王之法而已。今學之在鄉邑。已亡矣。學者得見古人奠饗之禮。幸廟存焉。爾後又廢焉。將遂不復見也。則奈何。此侯所以日夜疚心睠睠焉思有以修復之。凡以此也。噫。能推上崇儒右文之治而致之民。且使古人事吾夫子之禮不墜於後者。侯也。能成侯之志者。傚先也。是故不可以不書。迺粗述其大略而爲之銘。以諗夫郡人使時歌之。以無忘侯之德與梁之功。銘曰。

卓哉素王。百世之師。出逢周衰。大道陵夷。立言著行。是訓是彝。有國有家。政行令施。祇率軌範。永作表儀。生爲至人。没有嚴祠。衮衣煌煌。巍然面離。春秋薦奠。著令攸司。范陽遺宮。有年於玆。日毁月壞。風雨弗支。郭侯下車。經之營之。去故取新。付託疇咨。允毅梁君。造請以辭。願榦葺事。惟公之爲。市材傭工。費鉅不貲。弗足於公。競捐其私。屹然崇成。曾靡愆期。學者用勸。祀事以時。之德之功。去益見思。後來之人。尚敬勿隳。涿州志

重修中嶽廟碑（大定二十二年）

黄久約

大定二十二年十月庚申。以重修嵩山中嶽廟成。未有紀述。制詔臣久約書其事於石。臣學術荒蕪。實懼不克奉詔。然忝屬翰林。以文字爲職。雖甚愚陋。其何敢辭。於是承命戰兢。退而書之。臣聞五嶽在宇宙間。繇胚胎剖判之初。鍾造化神秀之氣。鎮壓厚地。奠安一方。噴薄風雷。蒸騰雲雨。材用繇是乎出。寶藏繇是乎殖。形勢巍然。非它名山巨鎮所可方擬。若夫挺峻極之狀。著高大之

稱。據天地之中央。得五行之正位。崒峩岌嶪。俯瞰河洛。號衆山之英者。惟嵩高爲然。爰自書契以來。事跡靈異非一。祝融降而啟夏。申甫生而興周。浮丘公混俗以僑居。王子晉得道而僊去。自餘高真游覽。玄聖棲遲。圖牒所傳。不可殫舉。維神尸之。聰明正直。克相上帝。保佑生民。是宜歷代帝王靡不崇奉。凡巡狩四方。往往款謁其下。而封爵之隆。所以褒大之每有加而無替者也。舊有廟在東南嶺上。年祀綿邈。莫知其經始之由。魏太安中。嘗徙於神蓋山。唐開元間。始改卜於此。遭宋靖康兵革之難。海内俶擾。饑饉薦臻。郡邑凋殘。寇盜充斥。齊國建立。創痍未瘳。用兵不休。賦役煩重。故伊雒淮甸之間。户口蕭條爲甚。廟之基構僅存。而繕修不時。上漏旁穿。風雨騫剥。翫歲愒日。殆不能支。歲時祭奠。牲酒寂寥。鼓鐘不設。神弗顧享。可勝歎哉。皇朝混一區夏。方隅底寧。解嬈除苛。政教清肅。涵養休息。復見太平。自爾公私獻功。稍就完葺。然積久弊陋。未足以稱神之居。且當國家開拓之初。地大物衆。經營締構。不失先後緩急之宜。顧興仆起弊之功。力或未暇。如有待者。洪惟主上。纂明昌之緒。題熙洽之期。蒐獵遺文。禮樂備舉。嚴奉宗廟。肇禋郊丘。懷柔百神。無文咸秩。至於崇飾海内前代祠廟。恆敬不忘。况嶽瀆之在祀典有功烈於斯民者。宜何如哉。先是十四年秋九月。敕遣中人諭旨宰相。諸嶽廟久闕修治。宜加增飾。其選使馳傳遍詣檢視以聞。明年使者復命。即以諸應費材用工徒與夫百物之數具圖上之。粤十月壬午。乃有重修之命。且詔有司。凡一夫之役一物之用。悉從官給。無得煩民。仍寬與之期。戒勿倉卒。涉於不敬。以稱所以事神爲民祈福之意。惟中嶽在河南府登封縣之境内。尚書省迺以其事下於府。

府以是下之縣。地官則以其費用屬本道轉運司。出公帑之錢。合廟中前後供施餘利。驗其數。以時給之。冬官則以其夫匠均賦河南及旁近諸郡。發其騶馭役夫之羨卒。闕或不足。則募諸游手之民。隨時之高下而優予其直。以付本縣令臣張子夏監護役事。又命同知河南尹事臣宋嗣明總治之。諏日鳩工。衆作畢舉。廟制規模小大廣狹位置像設。悉仍其舊。無事改作。視其棟楹榱桷之撓折朽敗者。則徹易之。垣墉階戺之缺罅摧圮者。則更築之。髹彤黝堊藻繪之漫滅不鮮者。則加飾之。煥然一新。窮壯極麗。吏無遺力。人不告勞。總爲屋二百三十有八間。其西齋廳。以待每歲季夏遣使祭祀之次舍。不與焉。始事於十六年四月丁未。絶手於十八年六月戊子。費錢以貫計之。爲一萬四千九百六十有四。用力以工計之。爲四萬八千三百六十有二。落成之日。丁壯垂白。執持香花。遠近畢湊。皆大和會。不謀同辭。咸謂物之廢興成敗。自有數存乎其間。殆有非人力所能致而致者。夫以五十年因循委靡之弊。一旦變爲殊絶偉麗之觀。匪夫遭時隆平。聖天子在位。文明勤儉。無爲而成。何以臻此。嗚呼休哉。漢武帝元封間。嘗登茲山。從官吏卒。咸聞呼萬歲者三。流傳後世。至今稱美。矧主上崇敬之心。出乎至誠如此。古不云乎。禮罔不答。異時修貢効珍。發祥隤祉。復生賢人。爲國藩翰。輔成萬世無疆之休。俾吾君壽考。與山齊等。永永無極。其陰相之功。又豈特區區徒見於祝願之間而已耶。臣既序其本末以展歸美之報。敢拜手稽首作爲頌詩繫之於後。頌曰。

瞻彼崧高。維嶽之雄。穹窿隱轔。屹然地中。奕奕神宮。權輿東阪。繇魏以來。再徙寬衍。上棟下宇。揭虔妥靈。規模顯敞。氣象峥嶸。遭時否屯。兵火饑饉。天未厭難。人不堪命。灑埽有闕。瞭頹弗支。上雨旁風。過者嗟咨。大金受命。恢闢疆宇。噢咻撫摩。躋民樂土。皇帝御極。寢兵措刑。山川鬼神。亦莫不寧。維時神宮。久未遑卹。皇帝曰嘻。我心之惻。迺諭近輔。迺詔羣司。去舊取新。經之營之。毋資民財。毋勤民力。一出於公。訓其成式。千柱耽耽。萬瓦差差。金鋪璇題。輝映陸離。落成之初。四遠咸集。峯巒增明。雲煙改色。籩豆在席。笙鼓在庭。神之格思。松風泠泠。工祝無求。施則甚厚。雖不望報。神其敢後。厥報維何。篤生賢人。左右王室。如甫如申。天子萬年。永宅九有。巍巍堂堂。如山之壽。下臣獻頌。以相工歌。刻之豐碑。萬世不磨。

石刻拓本〔嵩山志　説嵩〕

保德州重修城壁創開西門碑〔大定二十一年〕

李晏

大定二十有一年春。有司請完城郭。朝廷以邊爲先務。啟塞從時。鳩工三萬。命長貳督之。舊城皆因山而爲。雖高下不齊。而頗堅固。獨西南一方。歲時輒圮。召故老訊之。僉曰。山勢隨河而傾。下多沮洳。加以溝洫不濬。而又修築者不慎。故頻年至此。若非改圖。終不能久也。予眡之信然。相土之宜。退十數步。得木瓜厓。亦隨其形勢。裁削壁立。且堅且厚。其卑者猶數仞。其廣五步。其袤凡一百七十步有奇。上則平之。即加以堞。下則溝之。即爲之池。中之缺斷者。簣土以補之。疊石爲渠。以通水潦。起於二月上旬。迄月晦而畢。實省其功役之半。城中素無水。宋熙寧間。鑿數井。皆湮塞。泥不可食。居民汲城外澗泉。以供日用。先是由北門往還。詰曲數里。不勝其勞。

遂因石渠之上。累甓爲洞。創作西門焉。距泉所纔百步餘。民甚便之。落成之日。熙熙然咸願刻石以記。噫。民可與樂成。難於慮始。今之爲政者多矣。姑息婾惰。苟且不爲久計。每修完者。亦聊復已耳。故朝設板而夕已敗。不知反害民力也滋多。食人之食者。寧不愧於心乎。於是直書其事。以勸諸後來者。并董役之官吏姓名於石之陰。識其歲月云。保德州志

長子縣令烏公德政碑〔大定二十一年〕

劉丙

吾鄉長子縣。昔在春秋時。潞之長狄酆舒所據焉。蓋長狄之先。出於防風氏。傳曰。一子居晉是也。故顏師古音長短之長。非長幼之長。得其實矣。東漢班虎父嘗爲長子令。史稱其善治。及李唐崔元靖追西山之虎。尤爲奇特。可謂代不乏其人也。國朝大定九年九月十九日。遼陽烏公。來宰是邑。公諱塘。字子秀。自始下車。訪民疾苦。改革前弊。治體一新。舊政有訟牒約數百餘。逗遛歲月。未能了絶。公不浹旬。剖析真僞。曲盡其情。人人悦服而去。雖古霹靂手。殆不過是也。公聰明剛正。遇事不惑。懾服豪右。矜扶貧弱。善良受賜。奸猾膽裂。俾强宗大族斂手而無敢犯者。每當差發。無不均平。聽理詞訟。略無少曲。凡下鄉句追。止轉牌子。由是一境晏然。無犬吠之警。致奸獄衰息。蠶穀屢登。累年逃移民户。聞公仁惠。往往復業。本縣夏秋納税二萬石爲常數。從來不許人户踏倉。皆爲兼并者所攬。須倍於常數。方得倉鈔。其間阻遏萬狀。縣吏鄉胥。得以爲奸。弊倖百出。自公到任。戒敕人户親納。不容入兼并之手。公躬自監押赴州倉。輪上踴躍。負戴而

出。計之常歲。省民粟約二萬餘石。又潞州歲造軍器爲常課。其物料。舊例下縣科配。本縣所當數餘萬貫。自公到任。止令積錢於市。召人鬻而易之。隨其出處而購之。不五百千已足其數。亦公自監押赴州庫輸之。庫吏不得肆其侵没。迄今州縣效以爲常。豈小補之哉。大定十二年長夏之月亢旱。公懇於靈貺廟。隨軒大澍。非德通於神明。何其應之速也。翼日自爲文謝之。有村民告被人夜偷斫桑近百株。公親詣其所。視其斧刃痕跡微有缺處。遂集村中衆斧有與之合者。其人果伏罪。舉皆驚駭。公之明斷多類此。又有村民改契券助他人昏賴其孀母者。推問得實。判曰。父爲子隱。直在其中。昔有聞於先聖者也。汝之爲人。待孀不孝。徒賣攘羊之直。全虧猶子之勤。此所謂以德義而化民、以經術而飾之吏事者矣。噫。一邑之小。不能攄公之底藴。行看被知於主上。調伊尹之鼎。以和萬民。作傅説之霖。而澤天下。公之勳業。當勒於鐘鼎。紀於竹帛。非爲小邑之幸。乃海内之幸也。丙潦倒不才。蒙公見待。皆目覩其事。公去此幾十稔。闔縣之民。無不思公之善政。聞於四遠。不啻田夫野老賈竪走卒。雖三尺之童。悉能道之。第恐曠日持久。無聞於後。而鄉人率衆屢懇求文。余安敢辭。謹書其大概。刻諸堅石。以永其傳云。時大定辛丑季夏望日立。長子縣志

金文最卷七十三

碑

鄠縣修城碑大定二十二年

靳康侯

皇帝卽位十有六年。遍敕城邑。令修完之。在南山諸縣。惟鄠最爲廢弛。完者不過乎尋尺。其頹毁缺壞。蹄痕轍跡四通而莫禁。雖上司屢督。臨政者多避難其事。越二十二年秋七月。彭城劉公以壽州酒使來鄠。首詢民之疾苦、事之利害。故多所廢置。惟時上司復坐奉朝旨以督縣。劉公既承其命。遂集邑民而曉諭之曰。比者。承上司準省文上計二萬八千。限以三歲。每歲俟農隙以興之。此朝廷愛力恤民之意也。若乃不奉法。遷延歲月。因而貨賂。不惟負朝廷委付之意。吾民其何益焉。若能一舉而成。暫勞而永佚。衆皆願之。經始於九月初。朝鼓而暮止。有早辦者。乃割己俸。必親撫而賞勞之。罷者退而願進其力。僉曰。劉公之役。秋毫無所斂。劉公之役。未嘗笞一人。雖用力死而無恨。乃相率其子弟丁壯。忻然共畢其事。卽五旬而就成之。高二丈五尺。周二千步。五門從而亦成。皆以廣廈覆之。正東曰宜春。南曰仁智。西曰通濟。北曰望威。以安處其神就爽塏也。宜春之北曰長安。以利天府出入攸往者也。城壁始立。濠池既淵。環植以嘉禾異卉。引南山、阜栗、澇谷三水以注之入。餘者以充倉廩之備。又餘者令民間足用而不禁。又嘗親董其役。命童僕走吏或閭巷願執其役者。以治縣庠之荒蕪、講肆之口朽。置師儒以訓顓蒙之童。庶幾他日青衿白袍濟濟於橋門。有取青紫而榮富貴者矣。城之東西二隅。因以龍臺。若乃山川之形勝。與夫雲霞之杳靄。陰晴變滅。千態萬狀。不遠於指顧之間。是以壯觀覽之富。備詩人登高而寫離騷也。於城之隙。依古壘以爲之園圃。度地勢以就其臺榭。引溪泉作漱玉琤琮之聲。栽花竹養風煙蒼苒之秀。斯皆非私於己在於樂民也。既粉雉屏列。萬瓦鱗次。高棟層簷屹然聳峙者。此前日壞址頹垣而荒區也。或曲水池亭奇花靜院。或童蒙絃誦之聲日聞於人者。此前日煙露荆榛瓦礫之地也。良辰佳節。邑人士女。登臨而眺遠。嘯歌而管絃。風俗熙熙、少長揖讓而往來者。樂斯成而化其政者也。萬口同詞則曰。宣武修城。從命而下也。政〇政疑當作致。使府尚焉。旁邑倣焉。則劉令於此。信乎有力。大抵慮於民也深。則謀其始也精。故用力少而爲功多。制作壯而不踰矩。此君子之作。爲政之本也。豈有能端本而末不正者歟。可以書矣。因相與謀而屬筆於余焉。鄠縣志

重修東嶽廟碑大定二十二年

楊伯仁

臣聞嗜欲將至。有開必先。天降時雨。山川出雲。明神之所以昭聖德也。隮山喬嶽。允猶翕河。敷天之下。裒時之對。聖人之所以昭神功也。豈非幽顯之感通、報施之明驗歟。昔我始祖景元皇帝肇

基王迹。遂荒大東。迄我太祖仁兵一舉。爰革遼命。及我太宗繼伐徂□奄定華夏。我主上亦繇東都□纂大統。肇開中興。皆符帝出乎震之義也。迺睠岱宗之神。乘震秉籙。實司東方。東方者。萬物之始。故爲羣嶽之長。我國家受命之攸在。雖德自天啓。亦惟神之陰相哉。□聖在位之十有七年。内外晏清。禮樂修舉。祭帝於郊。而百神受職。民和物豐。靡有菑害。凡嶽鎮海瀆名山大川。率命有司。崇飾其廟貌。嚴寅其祀事。歲時親署祝版。遣驛命守臣侍祠。皆首於岱宗。大定十八年歲在戊戌春。嶽廟災。雖門牆儼若。而堂室蕩然。主上聞之。震悼不已。俾治有司不戒之罪。既而歎曰。神其或者以宮廟故敝欲作新者乎。迺敕庀工度材以聞。明年以同知河北西路轉運使事徐偉就遷知泰安軍。專領其事。彰德軍節度判官王元忠佐之。皆選能也。命馳驛以圖來上。入受訓誡。示之期約。且擇尚方良工偕往營之。出内帑錢以貫計者十有六萬。黄金以兩計者二百四十有六。及民之願出資以助者幾十萬千。且運南都之材以足之。復詔其工役勿煩吾民。給以傭直。故皆悦而忘勞矣。二十一年辛丑冬告成。凡殿寢門闥亭觀廊廡齋庫。雖仍舊制。加壯麗焉。詔謂格神之道。所貴致潔。其當陽之像。毋用漆塑。以涿郡白玉石爲之。殿楹高敞。勿事蔽障。殿閾周□。設爲儲胥。俾四方士民遠致奠獻者。皆遂其瞻禱之心。而無褻黷之患。廟之西南隅。舊設舍館。賓客往來皆止焉。郡吏時率倡樂以娱之。因爲□□□□□□□洞啓。或終夜讙譁。詔以神靈静謐之宅。豈可使之污嫚如此。即其地更置廟庫。俾門禁加嚴。蓋所以崇肅敬也。自三觀而下十里達於廟。禁無樵薪。二十二年四月。制詔翰林侍講學士楊伯仁記其事。臣伯仁承乏禁林。職在贊揚聖德。豈敢以鄙陋辭。謹書詔旨之始末與其經費之多寡敍之。拜手稽首而作頌曰。

東方曰仁。萬寶資始。神惟岱宗。爰主張是。雞鳴見日。其高巖巖。兖州之鎮。魯邦所瞻。觸石生雲。合於膚寸。曾不崇朝。天下膏潤。無懷而下。七十二君。咸登兹山。告厥成勳。於皇時金。肇迹東土。誕膺天命。實孚神佑。我后中興。出震應辰。禋祀上帝。懷柔百神。無文咸秩。矧此喬嶽。宫廟制度。天子禮樂。災之所生。然在不虞。舊或未捨。新何以圖。洪惟聖明。監此神意。親授規摹。選能興事。宸衷簡在。民願攸同。不愆於素。案圖奏功。臺門將將。如鳥斯革。廣殿巍巍。增陛以級。牲酒圭幣。薦羞以時。敢獻善祝。神之聽之。聖人之德。聖人之壽。泰山之高。泰山之久。聖人之業。聖人之基。泰山之固。泰山之維。神居孔安。有饗是格。生甫及申。蕃宣方國。禮無不答。神罔時恫。於萬斯年。福禄來崇。山左金石志　泰山志

西京副留守李公德政碑

邊元忠

吏有不爲利回、不爲義疚。世稱曰廉。才足以經濟、智足以決斷。世稱曰能。奉法遵職、履正奉公。世稱曰循。明國家之大體、通古今之時務。世稱曰良。其有一於此。見於郡邑。治已爲最。又況兼而有之者。何施不可。是雖欲無稱得乎。如副留守李公。乃兼而有之者也。公諱晏。字致美。澤州高平人也。世名儒。少以家學馳聲。蚤中科第。及仕。所至皆有異政。大定二十有二年正月。自秘書少監出佐是京。下車之際。未及視事。而聞風者懼。平昔梗概。大可見矣。既而臨視。於僚屬。則

敬而有禮。於吏士。則寬而有制。民間秋毫無所犯。至於臧獲輩。亦不之識。私門請謁。一切罷去。貪污之儔。亦自斂迹。得不謂之廉。簿書鞅掌。閲目無遺。獄訟平理。斷決如神。抑去豪强。潛消賊盜。人皆儼然望而畏之。似莫能近者。得不謂之能。欽乃攸司。慎乃出令。不矜功。不伐能。亦無過行。得不謂之循。好古博雅。内剛外温。自公暇日。誨人不倦。以至後學新進。皆得親之。而教化一新。士君子莫不中心誠服。其在觴詠笑談之間。和光同塵。殊無驕貴氣。灑然在寒素右。得不謂之良。是年天子遣使巡行天下政迹。又冬十有一月。詔赴闕。授翰林直學士兼太常少卿以去。席不暇煖。士民聞之。莫不驚歎。皆相謂曰。何其來遲而去速也。及行。都人遮道攀轅卧轍者。不可勝紀。一日父老王玘等數十百人。詣草堂謂陳留邊元忠曰。古之良吏。居則民富。去則民思。如公之德政。豈無贊揚。願銘諸石。以傳久遠。元忠固不敏。然於公素爲門下士。載以玘輩懇迫。義不可辭。因摭輿情。姑道萬一。銘曰。

其德維何。廉能循良。其政維何。寬猛柔剛。身兼數器。李公具當。少而馳譽。玉立蘭芳。冠而登科。傳世文章。所歷州郡。遺愛一方。來佐是京。捕擊豪强。政平訟理。時和民康。席不暇煖。詔歸玉堂。使我黎庶。(借)〔惜〕之不遑。觀斯石兮。何啻桐鄉。觀斯化兮。何遠甘棠。令聞令望。日篤不忘。大同府志

登州福山縣黄籙大醮碑〔大定二十三年〕

張名岡

□□□醮品格至□迺□□□□十極高真以□□□□□□□□□□□苦裏者也。奈天下之人。無克舉之。何哉。無度師無德高功無能職事者。不稱執□□讚頌□□謬誤。有失宣揚之節。以至香燭酒果器皿高舉多不□□又主□□□往往始勤而終怠。此所以不惟不能獲福。抑亦自取其禍。安得不鮮克舉之與。登之福山。泉甘土肥。魚鹽遷化。加以時和歲豐。居人漸有好善之心。暇日與先生長者謀。欲作一大善緣。以追薦先逝。謂無出於福山□□□然有是念。未敢率易而爲。大定壬寅夏。適東牟馬先生歸自陝右。鄉人輻凑請益。莫不忠告。於是福山耆老相謂曰。吾願適矣。豈不聞馬先生者乎。方當壯歲。一遇異人。捐千金之資。棄室家之好。芒鞋楮服。曳杖而西。築環堵於長安而居之幾十年。長安之人。蓋嘗賴之而資冥福矣。幸其歸也。可以往禱。爲之度師。必不我拒。遂相率堅請。初若難之。衆皆曰。先生以行化爲心。豈必長安、福山而有親疎之間乎。義不能辭。順願而來。□□□□卜日重九。迺誦經以相之。作歌以詠之。凡與□□者千有餘家。無不□□□□□屏葷置酒。雖垂髫之子。亦知欽慕。及設□□□風埃頓息。星斗爛然。觀者如堵。了不聞謦欬之音。雖齊之以刑。亦未必能如是也。□□上聖十極高真。安得不降鑒乎。昔吴道子畫地獄變相。兩市屠酤不集者。以其殊形異相。炮烙剖割。有痛楚不勝之狀。故人見而怖之。今先生特以簡易之言。而能感人之心也如此。豈可同日而語也。事畢。人皆異之。功欲傳於不朽。迺屬予爲文表其始終之迹。而予亦目覩其事。喜爲邦人書之。大定癸卯三月望日。汾晉張□□記。石刻拓本〔福山縣志〕

泰安州重修宣聖廟碑〔大定二十三年〕

李守純

泰安之爲州也。有岳祠以壯觀其中。有岱宗、徂徠、泮、汶、漕、濟。以環抱其外。寔周公之封境、孔子之鄉國、帝王封禪之所也。亡宋開寶五年徙乾封縣於此。大中祥符元年改曰奉符。廢齊阜昌之初改爲軍曰泰安。本朝開國六十有八年。升之爲州。自其爲縣。以孫明復、石守道二先生山齋之故基建學。以柏林之地課養士。作成之材。故常有焉。魁乎天下者。則耿公昌世。顯於翰林者。則楊公用道。是其尤傑出者也。惜乎歲久。殿宇壞甚。震風凌雨。聖賢像弗克僅庇。黌舍顛漏。學者鮮肯居之。有司者吝出。竟不之葺。亦莫如之何矣。歲在戊戌。岳祠被焚。朝廷命徐公中憲偉來守茲郡。尋蒙宣召指畫岳廟營繕之制。公受訓誡以還。朝夕從事。再朞告成。上遣使來視。使者見其廟貌閎麗密壯。甚稱賞之。因詢以岳祠之弊。公迺□陳數事。又言有一於此。爲害尤重。昔者岳祠告修所壞。運司必先視之。稟於〇稟於二字原無。據下文補。兖州然後行之。故曠日持久。而不能有成也。且如宣聖廟。日就傾圮。止請繕於運司。尚三年而不報。況夫岳廟。更當稟於兖州乎。稽滯之弊。從可知矣。使者還奏。得可其請。更其舊弊。所謂宣聖廟。聽以岳廟餘材修之。公遂以規繩授之匠者。大其廟度。柱以石。瓦以琉璃。長廊四迴。如拱如揖。聖賢之像。皆倣闕里。而又講有堂。處有齋。以至庖湢。亦皆有所。委曲以盡心。期副國家崇儒重道之意。人特見其誠。莫知其所以施設之方。可謂賢且能矣。朝廷可謂能擇人而任使之矣。經始於壬寅三月十有四日。落成於八月初四日。俾守純爲文以紀之。守純以職在主善。不敢以淺陋辭。故敘其實。而復有説焉。夫事之廢興。殆非人力之所能也。天也。是學之壞久矣。諸生所望者。扶顛補漏而已。猶爾齟齬。顧莫之遂。今日一新。甲於他郡。始知天意以聖上守成尚文之際。不欲有司草創而修。故使先難其事也。然則事之廢興。豈非天乎。處乎其中。被國家教育之恩者。當如何哉。固不可泥於章句而止也。當以致君澤民爲心。知其所以學者。而務進焉。所以學者何哉。曰道也。道之在人則爲性。性之妙用則爲神。散之□應物。則爲五常。如或好仁、好義、好禮、好智、好信。而未造乎道。則其應物也。雖勞心役慮。求合於五常而處之。然亦不能無蔽。孔子於是有六言六蔽之戒也。若乃造道之深。則居之安。居之安。則資之深。資之深。則取之左右逢其原。故其應物也。不待勞心役慮求合於五常。而自然合矣。孔子於是有一以貫之之語也。由此言之。學者之所當以道爲事也。子又曰。朝聞道。夕死可矣。豈非欲夫學者之以道爲事耶。猶恐乎未之能入。復示其所以入之之門。曰知幾其神乎。君子上交不諂。下交不瀆。其知幾乎。當是之時。顏子不幸。曾子獨得其傳。曾子傳之子思。子思傳之孟子。其子思之論道。則曰。天命之謂性。率性之謂道。修道之謂教。又曰。至誠之道。可以前知。至誠如神。孟子之論道。則曰。存其心。養其性。所以事天也。又曰。大而化之之謂聖。聖而不可知之之謂神。夫二子之立言。無少詭於孔子者。蘭陵荀卿反獨非之。謂□□□□○四空圍。據荀子非十二子篇。當作法先王而四字。不知其統。嗚呼。荀卿胡爲而云爾也。是與二子同門而異户歟。是其學之淺。不足以知其深歟。徐以其所著之書考之。蓋其學之淺。不足以知深也。何則。荀卿有曰。學者始乎爲士。終乎爲聖人。觀乎其意。則是以聖爲道之極也。豈知子思、孟子以神爲道之極而得孔子之所傳者歟。宜乎妄生詆訾而不顧也。守純以謂儒家者流。必欲助吾君明教化。不先造孔子之道。則難矣。必欲造孔子之道。不先踐子思、孟子之言。亦難矣。而荀卿之説。反使天下後世有惑於二子。失其所趨嚮。故爲辨之。俾學者知其所以學焉。他日或爲朝廷之用。庶幾乎不迷於政矣。

癸卯四月二十有六日。李守純謹記。山左金石志〔泰山志〕

澄城縣主簿李公去思碑 大定二十三年

王山甫

昔東西兩京。垂四百年。守令號爲循吏者。不爲不多。然其卓然著見於後世者。惟龔黄卓魯數人。斯蓋被天子命。典城牧民。禁奸舉善。興學勸農。而一出於己。故能成名。然而由縣佐而得聲者。止一仇香。豈非權在己者易爲功、事因人者難爲力哉。否則。何其得聲之難也如此。自魏晉而降。逮及本朝。而能度越仇香者。卽吾奉訓李公其人也。公諱完。字道全。朔州馬邑人也。性識穎悟。日記千言。甫八歲。中神童科。總角隸進士。既冠。調石州司候。正直剛毅。不畏彊禦。石守王夢徵。每憚伏焉。後授澄城主簿。下車之後。振舉頹風。革以前弊。先是縣民豪族大姓。通行賄賂。趨媚縣僚。貧民無所控訴。公諭之以仁明。教之以正理。使人革心。不能欺誑。雖被刑眚。莫不服其辠。由是上恬下熙。則用殷富。乃興建學校。崇尚儒雅。時縣學獨一宣聖殿。公增大其規。廟廡堂齋。焕然一新。平居撫民以恩。使民以信。德政薰濃。散爲和氣之浹洽。自是風淳俗厚。政簡訟稀。日與士大夫飲酒賦詩。以萬户之繁劇。治之猶一家然。大定癸卯春。朝廷遣使察丞簿中有政迹者擢縣令。公奉敕改授忻州定襄令。既去。闔縣士民劉玠等。各出家貲。立祠南門之外。樹碑紀實。以示去思之意。命僕爲文。因採民聲以歌之。歌曰。

彼美古□兮。丹延之□。井邑萬户兮。勸於務農。時有强暴兮。恃財之豐。趨媚官僚兮。賄賂通□□□□□兮□□□□幸遭我公兮。儒冠之宗。來佐是邑兮。協民於中。抑强扶弱兮。請謁不通。化惡爲善兮。人皆檢躬。星士訪問兮。誰或蔽蒙。歌詠德政兮。萬口一同。茂實英聲兮。達於天聰。璽書加勉兮。百里是封。舍我云邁兮。指之河東。民懷去思兮。將安用情。伐石紀德兮。□□□□□□□□兮。血食無窮。乃心景仰兮。不渝始終。

大定二十三年閏十一月晦日立石。澄城縣志

金文最卷七十四

碑

華州城隍神濟安侯新廟碑（大定十五年）

張建

嗚呼。唐室之衰也。豈一朝一夕而然哉。其所由來者漸矣。自安史之亂置軍節度。而號爲方鎮。鎮之大者。連州十餘。小者猶兼三四。故兵驕則□□而自立。帥彊則叛上而不朝。魏博鎮冀。奮臂而唱於前。淄青澤潞。躡迹而和於後。皆互相表署。合從連衡。欲效戰國。肱髀相依。以土地傳子孫。□□稅爲私有。天子不問。有司不呵。含育貸忍。百有餘年。以爲後世子孫背脅疽根。此大曆貞元所以守邦也。乾寧三年。鳳翔李茂貞以兵犯京師。□□將奔大原。次渭北。華州刺史韓建遣其子允請天子幸華州。昭宗畏偪。復欲如鄜。建追及昭宗於富平。泣而言曰。藩臣倔彊。非止茂貞。若捨近□□巡極塞。車駕渡河。不可復矣。昭宗亦泣。遂幸華州。時天子孤弱。獨有殿後軍及定州三都將李筠等兵千餘人爲衞。以諸王將之。建已得昭宗□□制之。因請罷諸王將兵。散去殿後諸軍。昭宗難之。建自率精兵數千圍行宮以譟。請誅李筠。以清君側。昭宗不得已。遽斬筠以謝。迺悉散殿後□□都衛兵。幽諸王於十六宅。建又使中尉劉季述誣諸王謀反。以兵圍十六宅。諸王皆登屋號呼。遂皆見殺。是夜建袖劍詣行宮。將及御幄。有神□□御幄旁厲聲叱曰。汝陳許間一卒爾。蒙天子厚恩。至此輒敢爲弑逆事乎。建倉惶而退。亦莫知爲誰。明日物色訪之。迺華之城隍神也。昭宗亦□□遂徙其神於行宮。明年八月己未。車駕還京師。甲子御端門肆赦。改元光化。以華州爲興德府。封城隍神爲濟安侯。遭五季亂離。典籍廢滅。史逸□事而不傳。然華之父老。至今能言之。而言之未嘗不流涕也。當是時王珂鎮河中。羅紹威鎮魏博。趙匡凝鎮河陽。朱全忠鎮卞梁。李克用鎮太原。楊行密鎮淮南。李仁福鎮靈夏。錢鏐鎮吴越。皆熊蹲虎踞。垂涎舐掌。幸時之亂。以飽其欲。曾不能遣偏裨將率老弱兵。爲勤王衛社稷之計乎。今此神□縛草傅泥。彩色外飾。假以成象。尚能赫怒奮威。呵叱不祥。拯天子於至危極難中。以此知當時藩鎮大臣。皆土木之不若也。蒼天蒼天。此何人哉。□何心哉。自五代歷宋。以行宮爲太守之署。迄今因之。署之東北。其祠在焉。大定甲午。太守完顔公□晝錦是邦。每布政之暇。常憫此祠處於隘□。百姓朔望奠酹。艱於出入。而葺飾不繼。榱瓦朽落。貌像黯昏。神雖不言。若有所待。公屢出言。如有財力之士而能遷建增廣者許之。州人張鐸□□楊林曁前道正韋道檝聚父老而謀曰。吾鄉雖屢遭兵革。殘毁之甚。□而不被弑逆之名者。賴此神之力也。盍遷其廟於外。以便祀享。衆允其請。□□得爽塏地於子城之東南隅。正當離向。拱揖佑德之觀。宜其神明得所安焉。遂平其坳垤。以基以築。百堵既興。寢殿始構。迺立高門。高門有閌。大定○二字原缺。據上文補。乙未五月旦日。以牲幣告神而遷於新廟。禮也。於是輂石北山。礱而碑之。求文於僕。以紀神之英烈。且俾後世亂臣賊子聞之。有所戒懼焉。吾□□之父老。篤於忠義。不忘吾侯濟安之德。既已記其營建之始。又爲作迎享送神之詩。以遺華人。俾歲時歌以祀焉。其辭曰。

聰明正直兮。惟神之德。矯誣竊攘兮。惟神是殛。謂唐室之衰兮。神猶主乎山川。謂唐民之匱兮。神尚歆乎血食。何凶悍之難制兮。敢乘機而肆逆。□震怒兮。威聲雷吼。彼姦孽兮。掩耳而走。主雖弱兮。時獲載寧。城雖危兮。民得固守。華之父老兮。至今思之。念昔艱難兮。悲歌涕洟。感神之德兮。家□而户奠。答神之休兮。秋嘗以春祠。薦肴蔬兮。刈玉井之芳蓮。進酒醴兮。挹渭水之清瀾。神之來兮。旆綵霞翻。神之醉兮。覡舞風旋。父老兮欣欣。傴□兮拜神。願神兮無斁。降福兮孔均。日將暮兮神聿歸。風蕭颯兮雨霏微。雨公田兮及我私。望有年兮其庶幾。金石萃編

高陵縣令張公去思碑〔明昌五年〕

張建

太史公序循吏傳曰。奉法循理之吏。不伐功。不矜能。百姓無稱。亦無過行。予始疑其説。以謂循良之吏。必有赫赫之名。著人之耳目。或號霹靂手。或號神明政。而曰百姓無稱。何也。豈不以循理之吏。不求近功。有愛民之誠心。使民陰受其賜。歲月既久。民知其愛己。故思之無已。非若沽名釣譽之徒。内有所不足。急於人聞。而專苛察督責。以祈當世之知。求其愛民之誠心。則蔑如也。久之情態俱露。謗亦隨之。是以民視吏之去。如越人之視秦人肥瘠。了不加意。斯人也。烏足

謂循理之吏乎。故吏之良者。不伐其功。人所以高其功。不矜其能。人所以稱其能。及受代之後。人思其德。繪其像而事之。此其所以謂之良吏也。□川張翺。字子翔。博學有才識。著名於時。大定十三年登進士第。釋褐授單州軍事判官。尋遷狄道、高陵、北海三縣令。東京留守推官。今爲解鹽副使。自公之去高陵也。既更三政矣。而民猶念之。豈非有愛民之誠心。教之以孝悌廉恥。不爲鉤距詭異之行。雖嘗加刑責者。亦服其義而稱頌之。初公之莅職於是也。有訴其男毆奪女娣之妝奩者。公以子之長幼妻之前後諭之。其□悔悟而去。有妯娌不睦日相詬詈聲徹縣署者。公遣女婢以義責之。其人慚而止。三朞之間。所斷獄訟。不啻數十百。使人修省改過。皆此類也。歲或亢旱。公爲之焚禱。無不感應。士或惰學。公爲之誨諭。無不勸勵。今□□□夾谷公尹京兆暨陝西路提刑使柏德公同尹日。凡幕職有闕。必委公權行其事。非廉能夙著。何以致此。公解職之明年。朝廷遣使廉問。備得公善政之詳。不數歲。三遷其職任。邑人曹璋率諸父老繪公之像。構祠堂而事之。朝夕瞻望。而不忘其德。如周人勿翦甘棠而思召公也。明昌五年春。友人王彥達赴試來京師。丐文於予。□□□之政。予曰。昔子産爲政。三年而人歌之。孔子所以謂古之遺愛者。以其久而不忘也。今張君去職八年。而人尚思之。是亦□之遺愛也。予既嘉張公之善政。且喜高陵之民不忘公之德。故系之以銘曰。

猗歟張公。治適厥中。人樂其政。不自爲功。其功不有。積而愈厚。賢者德業。可大可久。昔之小民。競利紛爭。感公之化。禮義由生。昔之士子。挑兮達兮。服公之教。朝書暮詩。今公既去。繪

象於堂。千載之下。以配甘棠。金石萃編

三清殿碑〔大定二十四年〕

翟三傳

嘗觀□混元三清經云。昔大道之炁。經九萬九千九百九十九億炁。乃成一聖人。自稱元始天王。劫號延康。年號龍漢。夫元始降舍衲陵之□二儀未有區分。混沌空流梵炁。天道之時化虛元。始凝元氣。始結碧落。空歌、紫書、炊葉、元始、安鎮。敷落五篇之靈文。普示諸天之宗範。立爲洞玄正教□於紫微上宮。故洞玄靈寶度人經云。元始祖劫化諸天。上元復祖。唯道爲身。則知其先也爲天地之根。其尊也爲萬道之宗。又經如是億炁。二炁相生。乃生道君。劫號赤則。年號開皇。道君禮元始爲師。乃稱元始天尊。元始以大梵隱語授付道君。以訓天中。爲能尊承其教。乃封悅那林昌玉臺天帝。位登高聖。治元都玉京。故大洞經云。上清高聖大道君者。一統玉囊。君治蘂珠玉闕七瑛□房。受事元始者是也。又經如是億炁。三炁混合。乃生老君。劫號開圖。年號上皇。稱金闕後聖君。以師事道君。將以靈章訓劫聖。故預稱後聖君也。考其本洞玉□之始。當開圖上皇年創之間。老君於天上已同化三清也久矣。奈何管見執於一隅。以老君來劫下度拔兆民之日。便爲有相之初。甚矣。其誤也多矣。尹氏元中記不曰。太上老君常居紫微。故一號天皇大帝。一號太一天尊。統金闕後聖君者是也。道君老君元坐煜翼金色蓮花之上。元始元坐空浮□色獅子之上。以赤書玉字真符龍文安天之根。開日月星辰之明。鎮地之源。立嶽瀆山河之勢。廓落五方色位。流演萬象元綱。保制劫運。使天常存。普植神靈。咸賦通體。至於八冥之內。細微之□。亦莫不由其造化焉。且三清巍巍大範在天地之(光)〔先〕。凝化空洞之上。鬱結太元之中。其始也。悉無形相。悉色根化天上爲三清。其實三體俱會一真。皆是真空。真中有精。妙元化成。若景雲之杳煥。乃无狀之狀也。道生一。一生二。二生三。三生萬物。信其然乎。考其上而無上。仰其高而彌高。天地已判。陰陽有造。人物産形。各歸天地一炁。於身先本三清祖炁而化。今之兆民。唯知敬享宓犧爲己之祖。殊不知元始乃己祖之祖也。不然。何有元始之稱。當不愈加敬享□。雖宓犧軒昊而下。□至高辛、唐、虞之世。相承爲天下主。是不亦嗣繼元始祖炁相吹而降者也。故能祖述三清之道。垂衣拱手。悉皆無爲。而自有天下也。故德經云。我無爲而民自化。治國修身。未有不由其道而成者矣。是故三皇五帝之來。首崇道與儒教。其名雖析於二。既究經綸之効。其道乃歸一也。蓋一者道之名也。道之所由生也。天得一以清。地得一以寧。神得一以靈。谷得一以盈。侯王得一以爲天下貞。故使後之被化。修身治國之□抱一無離。□炁致柔。滌除元淨而無疵。愛民治國而無爲。天門開闔而爲雌。明白四達而无知。生之畜之。生而不有。爲而□□。長而不營。咸歸无爲自然之道也。況乎變代遷時。綿歷千千之載。建邦立國。□□萬萬之春。其於教也。順之者昌。違之者亡。善惡既明。禍福旋踵。由古迄今。莫不有驗於當世者。嘉祥縣邑之東北隅。萌山曲屏之中。峯巖靈秀。宛若物外趣。宰公常大同職是邑日。異之曰。自古名山大川。洞天福地。非天真大神上聖高尊。則不能稱其境。乃誘靈寶道友。卜築三清之殿洎真武靈應真君之殿。前後相次。有像俱備。正七曜玲瓏之冠。

垂九色離羅之帔。巍巍寂默。其於應□則无乎不在。尊禮之際。儼然人望。莫不生畏。山之雲霞兮。晝暮縈紆於殿之上下。山之松柏兮。冬夏蒼翠於殿之左右。簷甍飛翼。梁棟卧虹。丹青錯雜。金碧晃耀。窗含舒日。門闢長霄。殆非塵寰之□有緣或一到者。卽灰富貴浮雲之心，自起鉛汞還丹之念。祠之□□若天網之恢恢遠□無□疎而不失。福善禍淫。不徒席而見之者豈克勝計。是致素善者。愈加其善。而不善者。革故維新。亦歸於善矣。傾邑敬仰。咸行善心。四時之内。每月三七及庚申甲子之辰。感三清洎真武靈應真君護度之德。扶老攜幼。齋戒沐浴。焚香稽首。供敬再拜。祭之如在。未嘗有闕。公一日政暇。又與道友復議。爲廟像既享於此。嚴飾如是。尚闕□表□□道鴻化之辭。乃共罄丹誠。鳩工僦匠。選鑿名山璞玉。琢磨成碣。用贊三清爲天之根歸炁賦像護度兆民罔極之恩。刊之貞珉。□以爲報也。鄉閭友舊知予素習六經。貢舉儒業。兼參五行希夷之道。請予爲記。予故樂然而□書之。大定二十有四年歲次甲辰三月庚寅朔庚子日記。贊曰。

元始初降。天地未分。二君惟翼。體會一真。化生諸天。浩劫獨尊。開闢三景。是爲天根。使天長在。闡以龍文。上无復祖。唯道爲身。五文門鼐。回□宗因。有知其音。書其功勳。上授諸天。下度兆民。死魂受□。仙化成人。生身受度。劫劫長存。爲物至微。一炁尚均。天覆地載。三清造恩。殿構像立。兆民致賁。巍巍大範。无上无倫。忘本忘朦。迴禮信聞。石刻拓本

四禪寺新修羅漢洞碑（大定二十四年）

成舟

清之東南。皆山也。距縣四五十里。林壑深美突然而秀出者。顯揚翠屏也。峯巒如畫左右相圍者。玉柱華嚴童子也。此山之間。泉甘土肥。稼穡豐而草木茂。四禪精藍在焉。寺之興也久矣。大魏正光元年。與靈巖禪剎同時而建。本號顯揚。隋氏之末。改賜今名。中有義淨三藏手植矮松。偃蓋婆娑。異於凡木。樹下土石間。往往得舍利。居人敬信之。三門之左。舊有五百羅漢洞二十餘間。歲久不葺。上雨旁風。聖象損缺。且不與寺之殿堂相向。僻在一隅。甚失崇奉之禮。高唐善士時誠。頃因他故至此。見而憫之。歎息而言曰。物之興廢。固自有數。何羅漢之洞僻陋如此。而世尊之殿鮮麗若彼哉。乃長跪合掌告於主者昉公戒師曰。五百羅漢。皆佛弟子也。或修道於優樓池上。或證果於伽耶山中。鉢一擲。則天神獻甘露。錫一□。則地獄扇祥風。□其功德者。熱惱變爲清涼。覩其形容者。災殃反爲福慶。道果不爲不高矣。利益不爲不多矣。今塑像具存。而洞房摧毀。且又褊小。誠欲爲師移置於殿堂之前。新其棟宇。而廣其間數。對列賢聖之象。令十方信士。得展供養之儀。□其許之乎。師仰而思之。俛而答曰。吾豈無心於此哉。吾幼而學法。長而遊禮。中年以來。憤招提之不振也。遽興土木之功。四時不輟者。已數十年矣。勞筋苦骨。何勤苦焉。至於羅漢洞。日夜思之熟矣。祇以力未暇給。非取此而捨彼也。汝之善緣道念。正愜吾心。果能移而新之。豈特許之。又將贊成之褒大之。時誠者退。卽下翠崖。渡清水。至夾灘。訪於嘗所往來檀越之家。勸誘善士十餘人。鳩集貨□百餘千。走詣招提。相其地形。而三門之右。久爲山水衝注。卑下之甚。乃與同來善士李文輩運石負土。數月而平。再往化緣。檀越響應。施金施木施力者。踰越險阻。輻湊山門。遂召木工度其材。陶人計其數。圬者檢其功。於是自左右偏殿而南。起建洞房六十間。接於三門。於中安置半千尊者之象。外作行廊。廊下之柱。洞房之扉。皆以漆塗之。寶殿之勢。由此而愈尊。名刹之風。由此而始備。自壬寅五月迄甲辰十月畢功。中間冬不避風寒、夏不避暑雨。朝勤夕修。以至於成。既成。聖像有損缺者。命工補完。廣集大衆。設珍饌以慶其成。監寺重宣欲刊諸石。以傳不朽。請余爲文以記之。余方從事於科舉。辭以言近旨淺。烏能鋪張其事而揄揚其美耶。彼徒堅請之。至於再。至於三。義不獲免。詢究本末。紀其實而已。大定二十四年歲在甲辰十月乙亥初一日。石刻拓本

平原縣淳熙寺重修千佛大殿碑

王鼎

大哉。佛之爲道也。以無相爲宗。寂滅爲體。至妙爲用。湛然精常。不假聞見。然開化衆生。必資於像□□□胡爲聞鐘磬之聲。則合爪頂禮而生忻敬。覩刀劍之器。則顰眉蹙額而生慘畏哉。是知像法之爲教也。其利亦已溥矣。故自觕以及精。自小以及大。自有相至於無相。有爲至於無爲。譬由取火於日。必緣於珠艾。出金於鑛。須資於鉛炭。俾衆生了然易知趨向者。敢妄於塔廟哉。東坡先生有云。齋戒持律。講誦其書。而崇飾塔廟。此佛之所以日夜教人者也。而惑者以爲齋戒持律。不如無心。講誦其書。不如無言。崇飾塔廟。不如無爲。使其人無心。其身無爲。其書無言。則飽食嬉遊而已。是爲大以欺佛者也。德州平原縣西方淳熙寺大殿者。其來久矣。値後周時。大毁佛教。

像宇盡隳。至唐已來。邑人每遇齋日。猶羣集設供於故臺之上。至大中時。有邑宰王賓回與輔尉崔瓊。昂臺創堂。塑阿育王像於其中。五代間。已經河決湮圮。至宋乾德初。興爲千佛殿。祥符間。再經營改。後遭宋季宣和乙巳年。寇盜蜂起。寺被焚爇。殿亦罹害。餘址巋然爲瓦礫之堆。其基係屬前殿院。聖朝天德間。本寺觀音院有比丘僧曰智深。俗姓王氏。恩州歷亭人也。世隱於農。幼習儒業。忽悟火宅。脱俗歸真。祝髮爲僧。律行精嚴。業林敬仰。一日指故基歎曰。斯殿焚廢。將及三紀。使過其下者。憫末世之衰敝。誚緇流之怠惰。我既爲佛弟子。可忍坐視弗顧。寧無愧於吾教乎。乃懇請於前殿院主僧廣俊。欲復修建。廣俊憐其慇懃久而不忘。欣然立與爲之主。於是命工師。求大木。歲月之間。雲委山積。無何。正隆失御。括天下之良材。以修南京。被籍之後。中規繩者無餘焉。繼遇南征。誅求百出。民不聊生。遂寢其事以俟寧謐。既而皇天悔禍。真主應期。王化復行。四海無事。大定六年。智深喜而言曰。真人出矣。泰階平矣。民生厚矣。萬物阜矣。緣可興矣。乃先化於邑中。時大富長者閻某首施錢三十萬。俾爲營建之張本焉。自此遐邇響應。財施益多。智深又出家貲。懇告於五戒藺端、齊善淨、劉慥、李惠佺等曰。此中新脱兵火。兼地薄川平。無修梁巨棟。與衆等同往太行以購貞材如何。衆皆悦隨。至臺山伐木歲餘。不意山雨暴至。蕩無孑遺。尋卽還歸。其志愈堅。無毫髮退轉色。八年再訪山求材。歷巖崖之欹傾。度澗谷之縈紆。十尋百圍。凡中度者皆取焉。既回。苦雨浹旬。溝澗漲溢。幾於漂溺。因失其路。轉於山西。風餐雨宿。面垢足皸。疲苶不可勝言。復值羣虎據路。無少怖畏。乃默祝於佛曰。若弟子稍涉欺紿。俾死於虎口無恨。倘合成就勝事。乞諸佛證明。即令路開。語畢。虎皆四走。往返崎嶇。危死者數矣。五戒臧迪、張善聚、檀越馮某、趙善端、李友、杜革。覩智深堅慤如是。艱苦又如是。各運上品心。欲成無量果。悉出己財。相率助力。與前五戒藺端等經之營之。夙夜忘倦。終始如一。興役之日。千杵雷動。士庶雲集。富者施財。貧者効力。輦米麥饋繪綵者。無虚日焉。至十二年。厥功垂就。智深病革。乃呼其子王浩及五戒藺端告曰。吾營寶殿已成。而前廡未就世所謂撲簷者。爾等能成吾志否。二人泣而諾之曰。謹奉遺命。越歲餘落成。其殿廡規制宏敞。雄傑靡麗。不惟甲於諸刹。雖善言者。亦不能形容。觀者自知。如在靈山鷲嶺。親覩世尊之妙相。使人人向化。皆起善心。實相法不言之教也。今年夏。友人盧若冲忽叩門謁僕曰。僧智深創立寶殿。辛苦□十餘年。於費無慮數百萬。功德亦已大矣。厥子欲丐文以紀諸石。令表暴於後世。僕卻之曰。子知智深非飽食欺佛者。其績當書。奈寡學謏聞。不足以傳信。請之益力。因歎而謂之曰。昔有爲僧者。往往指射佛宇。誑誘世財而乾没者有之。市膏腴之田爲子孫之計者有之。舉息與人而獲厚利者有之。緣事終不能就爲世人譏評者有之。未有如智深財施不足。則益以家資。其子浩則敬而奉之。略無吝色也。又父作之於前。子成之於後。苟非夙植善根。與佛有緣。何以若此乎。謹歡喜稽首而讚偈曰。

平原古名邑。昔有千佛殿。宋季遭兵火。化爲灰燼場。荏苒逮三紀。觀者興悲歎。時有僧智深。能闡西方教。敬發宏誓願。重構巍巍堂。邑有大長者。首施三十萬。由此衆善人。五戒及檀越。悉發菩提心。成此大緣事。利益被一方。功德叵思議。龍天諸聖衆。應生大歡喜。子終其父事。獲福永

無邊。願迴無邊福。普及含生類。石刻拓本〔平原縣志〕

淄川縣興教院碑〔大定二十四年〕

失名

上缺。壽下缺。廢盡。撫定之後。有石昭信下缺。聽有司請□□□□□宿植善根。諦信三寶。乃建庵一所。日進下缺達欲召募德人□□□安請衆□□福之□有僧□□覺淨者下缺。皆□□人世農□□革逐□□□□□比諸郡遇統□普渡下缺。文□焉□□德□思欲寧觀來還故里寓□龍興□律□□□下缺。□□□□□□□□乃謂居□遇大定改元朝廷□□□黄敕□□□□□者以則貿之。否則毀之。□□□下缺。□□□自後□□□□□□□殿宇繪像僧房廚庫所闕皆下缺。其□□姓蘇氏□□□□後□□□深閑□相妙達開□稱暢下缺□廣延方衆值□隍之□□盜嘯聚。比屋嗷嗷。日不暇□甚若下缺。□師□□□義衆歸業。至大定八年閏□月十八日告□集衆下缺。□容色如常。右脅卧而□□壽六十二。僧臘三十三。善明姓王下缺。大定癸巳五月十二日化去。俗壽五十五。僧臘二十二。祖師覺下缺。□□□□大定甲午六月二十三日化去。俗壽六十一。僧臘二下缺。□闍維之後。皆歸葬院東之塋塔中。仍將下缺。敕額以刊翠珉。用□興建之本末耳。時大定歲次甲辰□□十下缺。日。石刻拓本

滕縣染山重修伏羲廟碑〔大定二十五年〕

趙大鈞

變通之謂道。道因人而乃宏。制作之謂聖。聖惟變而是適。夫道之在天下也。其體則入於無方之

神。其用則出於無窮之變。以神爲體。故能示人以其象。以變爲用。故能成物以其數。象數者。固道之所出。然適時而宏之者。其唯聖人乎。自天地設位。聖人成能而位乎其中。神與天地俱。德與天地並。範圍其化。輔相其宜。是以起發創制。興事造業。以範天下。以表來世。智巧不與。而能彌綸天地之道者。蓋盡通變之妙。衆人莫得而窺之。爰自上古。民人無別。鳥獸未殊。無衣食以自養。無器用以通利。及伏犧氏以聖德王天下也。仰觀象於天。俯觀法於地。始作八卦。以通神明之德。以類萬物之情。建五氣。立五常。造書契而文籍生。理人倫而王道著。正君臣尊卑之分。明父子夫婦之義。作爲網罟。以佃以漁。以贍民用。皆所以度時制宜。顯仁藏用。民物安逸。傳休無窮。非聖人體道適變。其孰能與於此。萬世以來。人賴其利。故景仰之不足。又且立祠繪像。布在天下。自王公士庶。莫不崇奉而致祭焉。惟茲染山之祠。其興久矣。推其所自。蓋其西二十里。有伏犧冢。畫卦山在焉。官爲建祠。千里奉事。是廟也。其山川秀麗。聖水滂湃。僅牟西廟之髣髴。豈非勝概之餘迹耶。自後唐長興間重修之後。其堂宇窄隘。加之歲久弊壞。甚不稱瞻依之望。逮聖朝以仁德惠政□興天下。時和年豐。民淳事簡。故鄰近鄉村奉祭祠下以祈應福祐者。歲時不闕。頃年又承禮部指揮。許給據存留。故鄉民耆老等敬神篤厚。殆非一日。致力於是廟。積有年矣。其獻殿、三門及東西堂舍塑十王府君像。皆比年節次而成。惟是正殿聖像。尚未完治。於是謀費於鄉人。資功於衆力。衆亦欣然。左右其事。故鳩材命工。擇日之良。即堂之後。創基搆殿而廣大之。經營不日。翕然而成。其殿宇壯麗。繪像丹青。煥然一新。以御馬侍從。莫不畢具。落成之日。囑大鈞爲記。以傳不朽。大鈞謂靈祠之在天下。凡有心者。皆知敬奉。至於作天緣事。非因其時得其人。則不可成。如向來之祠。其功力亦小小耳。然自再修之後。綿歷二百四五十載之間。其効力葺治者。寂無所聞。方今承平日久。民皆嚮道遷善。今又蒙官給公據。住持衆等樂於竭力盡智。以畢其事。豈非值其時得其人歟。是宜書也。遂紀其歲月。以刻諸石。庶幾後來者。知事神之勤。且無怠於繕完云。大金大定二十五年歲次乙巳三月甲申朔二十八日辛亥記。石刻拓本

金文最卷七十五

碑

同官縣靈泉觀碑大定二十五年

楊峻

粤以元璞未分。窈冥而含五太。淵宗至寂。恍惚而藴二神。雖寓强名。難窮妙體。上無復祖。惟我是身。在乎太初太易之前。生乎無象無形之内。塵劫雖壞。亙古常存。分清濁而扉乾坤。運化育而誕景曜。允爲萬炁之祖。宏闢衆妙之門。鑽仰而彌高彌堅。究詰而至玄至妙。孰知空洞而内隱别體。寧測太無而中藴至真。肇自公孫黄帝之登極也。以道化天下。志洞清虚。心傾妙有。感西王母而降駕。授帝玉像元始天尊。帝置宫中道觀之上。辰夕朝謁。然宫觀之號。繇黄帝之始也。厥後漢唐。仙宫道觀。碁布天下。去縣之北僅二里餘。有靈泉觀者。寔岱宗之行宫。鎮銅川之福地。形勢雄壯。殿宇峥嶸。西朓嶺峯之雲巖。翠侵户牖。東瞰漆水之烟浪。潤徹軒楹。南面孤祠。暮雨猶孟姜之泣淚。北覘神水。鹿苑隱梵僧之譯經。周迴顧盼。嵐光堆裏。松蘿影中。霎闕連雲。重樓聳漢。誠一方之奇觀也。政和初。道士寇景安乃元魏天師謙之苗裔。酷厭塵網。栖心物表。飄然而至此。

忻然曰。吾頤真之地也。未迨再期。創營北極殿於西巖之上。日以焚修爲事。逮四十餘載而羽化。師法眷孫党存信繼而住持。性頗敦厚。心尚恬澹。言論朴直。授伏魔録。戒律嚴肅。擬碧潭之明月。清無纖翳。驅邪療病。應猶谷聲。挈幼扶耄以求救治獲痊愈者。不爲尠矣。由是父老莫不欽慕其行業。暨召齋醮。遠邇雲臻。迄大定初。王師南征。軍須匱乏。許進納以賜宮觀名額。法師喜曰。斯廟雖牓東嶽聖帝之廟名。然非朝廷攸賜。竊觀廟有甘泉。疫癘者飲之輒愈。鄉老目之曰靈泉。不若具厥事跡陳告。儻得一額。兹亙古亙今之難遇也。諸道友咸懌其説。法師遂以狀聞省部。迨於敕下。賜今名額。法師欣然曰。況吾教中。立觀度人最爲鴻因。今契吾昔宿之志矣。由是萌心營葺。鳩工市木。創建三清殿。重修岱嶽殿、炳靈公殿、嘉應侯殿、西齊王殿。法堂三門客廳廊廡廚庫寮房。咸罄嚴備。塐像繪壁。尤極臻妙。若斯經營三十餘載。厥工告畢。參差殿閣。瓦砌鴛鴦而凝煙。屈曲廊廡。階甃瓊瑶而晃日。重門啟鑰。風光凝壺中之洞天。危檻横虹。眼界擬海面之閬苑。莓苔氈徑。薜蔓繡牆。曉卷珠簾。聳天峯醮揉藍之碧。夜凉玉宇。和月泉飛素練之寒。雖曰華胥。未易過也。法師曰。生平之願足矣。或曰。大道無形。上真非象。胡爲勞役形神而事土木之工耶。師答曰。道雖無形。無形莫弘其道。真雖非象。非象奚彰其真。雖微妙而差別。終有無以相依。昔黄帝睿聖聰哲。尚事玉象於道觀之下。余何人哉。安敢不營葺觀宇欽事真聖哉。至大定歲次大荒落。師春秋七十有五。八月十五日而羽化。門人有二。長曰李冲虚。次曰党冲惠。孫前管内威儀裴宗微。小師党冲惠謂余曰。本觀爰古嶽祠。不知元起何代也。先師住持。垂逮三紀。晝不暇餐。夕不暇寐。罄竭囊篋。專事經營。暨於完就。然厥勤勞。固非一朝一夕矣。況本觀額名。雖荷宸恩所賚。非先師亦不克得也。冲惠雖不肖。濫叨冠裳。夙昔追省。誠慮先師平昔之勤績。湮滅於千載之下。薦恐後世罔知創賚觀額之由。煩公爲我記之。刊於貞石。庶俾後人知本觀肇起之根因耳。余辭曰。峻汨濱布衣。假使有倚馬之才。難免雌黄。不若求文於權貴。雖匪吐鳳之句。褒踰金玉。冲惠曰。此聾瞽之識見。況文章天下之公論。幸公勿辭。僕不獲已。勉書記。銘曰。

至道希夷。元精一炁。視聽無形。生先象帝。寔侶材宗。靡知誰子。難窮難詰。强名强字。宏庳妙門。溥育羣彙。昭明兔烏。贔屭天地。中誕人居。上豎君治。逮於軒皇。洞究至理。格彼玄女。密授奥旨。玉像欽崇。道觀肇起。宮闕葺修。秦漢奢熾。黄冠党公。紫府傑士。佩籙捧符。馘妖翦祟。德服耆艾。行播遠邇。殿宇經營。囊筒捐棄。聳雲樓臺。晃日金翠。福鎮銅□。雄莅漆水。皇恩優渥。寶額頒賜。勤勤一身。住持三紀。道摭元因。迺書銘記。萬載千春。永播休美。金石萃編

重建汝州香山觀音禪院碑 大定二十五年

□克□

如是我聞。大悲者。觀音之化也。菩薩始以有聞。而至於無所聞。始於無身。而至於非無身。能以有聞而至於無所聞。則無所不聞。雖無身可也。能以無身而至於非無身。雖百千萬億身可也。況於手乎。況於眼乎。雖然如是。非無身無以擧百千萬億身之衆。非無身無以示無身之極。是故散而爲百千萬億身。聚而爲八萬四千母陀羅臂。爲八萬四千清淨寶眼。其道一矣。又何疑哉。所以歷代國

王大臣。欲覺一切種智。開不二門成無□道者。或崇奉佛事。營建伽藍。增嚴相貌。傳譯梵音。□度淨種。茂殖妙德。廣樹衆善。以爲民福田也。粤有河南汝州之境、嵩山之下、汝南三十里。有佛刹焉。在乎山之巔。曰香山院。卽妙莊嚴王少女善□□□道場也。其現相□跡未之詳。舊有傳刻。此不復紀。曩自宋元符以來。住持者相因仍葺。輪奐寖侈。僧徒居依。不啻千指。以大士遺身在塔。靈應殊勝。歲率以春二月。諸方之人不遠千里而來敬禮者。無慮萬數。隨其緣力而行布施。寺僧終歲之計。不勞行丐於是乎足。越大定二十四年春。天子東幸□國。以唐國主壻大興府尹駙馬都尉奉國上將軍烏林荅天錫移授河南路統軍使。公下車之後。興滯補弊。革故取新。材優厭折□□蓋□□於暇日。漁獵經史。修明號令。親詣周□訓練伯伍。爰暨唐國公主歷遊西南勝概。敬禮□跡。周覽山川相綢繆蔚蒼閴寂窈深。富有佳氣。雖在人間。不接塵境。□然嘉歎。噫嘘嘻。此真道人修□□地也。復聞大悲菩薩成道始終之說。油然欣慕。茫然自失。愈覺此身泡夢電幻現於刹那頃。愛欲牽纏。大爲患累。若非毁除身□遠□□□□甘爲流俗。無有是□及歸休舍。常以此語示人。念念於斯。望將歸依焉。會住持沙明、法秀適赴開封大相國寺智海之請。由是叢林虛席。亦物故有□□意火□□□無嗺類而僧□□□住□□所至於像設衆壁。風雨湮敗。一無所堪。主與駙馬共爲悼惜。孔疚於懷。思還舊觀。亟發懇誠。特爲之倡。以錢□□□□□□□□□特沙秀專主其事、責成厥功。乃徧詣諸善知識。衆冀爲資辦。共成功德。而一方士庶。從而和之。期月之間。獲鏹幾萬。比丘□□體此勤懇。祈□□□□□□□□□進士心肯堂構。不日有緒。將告厥成。一日主謂僕曰。菩薩大士割棄情緣。樂從正道。毀舍膚體。證此妙果。與諸衆生有大緣□何其道場遽□□□賴茲□□□□完好。昔在化身。實生王室。我亦帝子。事有相契。彼何人歟。我何人也。咦。□患不至。而患不爲也。實以天地父母莫大之恩有所未報。尚不能擺落塵緣。盡如釋氏法世歸之義。行止無定。今此勝利既集。上願將圓。我心則喜。如熱得涼。如闇遇□□□文□□□俾誌諸石。以示無窮。豈不韙歟。僕雖寡聞。敢卽圖之。夫世之人。能以一香一果一蔬一飯。酌水齋心而爲供養。亦自希有。況夫發大誓願捨□□□□越□大佛事者乎。是亦優雲鉢羅葬時□出現耳。非公主幼具佛性。夙植善根。與此菩薩世本眷屬。緣契素熟。何其感化眷眷之如是也。今此廢者興□□□□□室廚庫廊廡。煥然一新。有倍於初。復爲□□□刹之□以此聖因。上奉國恩。下福黎庶。至於□方來者。觀□雄麗。因像生□□□生悟。其於報聖勸化之道亦至矣哉。如是如是爲佛塔廟功德□一□寶布施獲福無量。抑聞昔僧懷盡所得宣律師傳記天神之語。謂聖人示跡。興廢有□□□年常重□□今其將在茲乎。僕東西南北之人也。從事黽勉。頗有年矣。雖未得歸依。而想其□□爲有佛焚香再拜。作禮而記。時大定二十有五年。寶豐縣志

夏邑縣重修儒學碑大定二十六年

左容

古者家有塾。黨有庠。術有序。國有學。皆所以教人倫善風俗。人才所自出焉。此三代爲治之道。故學校不可斯須弛於天下也。周衰之後。不知教出於此。而廢置不理。故詩人有一日三秋之歎。近

世通府會都。問以設學。支郡小邑。不過廟祀孔子。往往棟宇摧折。不能禦風雨之暴。堦砌頹圮。蕭然無人跡之行。春秋惟官長循舊例釋奠一過而已。執事者。又皆胥徒市人。學者弗與。是可傷也。夏邑舊爲劇縣。自往年兵革之餘。民物彫弊。邇來稍復安集。爲政者。但區區於簿書期會。以舒目前之患。而以學校爲不急之務。漫不省視者十之八九。大定二十六年秋。王侯之爲令也。仆者植之。廢者起之。凡其當爲者。不計己之利否也。極其所至而後止。始則肅而治之。既而民從約束。獄犴寢衰。侯曰。此俗吏之所能。富而不教。吾安避咎。爰假於學之故地。獨豐碑在焉。徘徊周覽。不堪其頹。乃召諸故老而詢之。皆謂曩者亂離。縣之學宮。一夕而燼。是後鞠爲蔬園而籍於官。聖像寓私家。侯因力請於漕司。數申明而許其請。猶以地窘狹隘。又市於民以廣之。語諸同僚。無不贊成者。諭於闔境。無不盡心力而助之者。事必躬親。日算月計。是經是理。不數月而殿與臺門告成。曁廟像考古制度而更新之。尚慮齋堂廊廡缺然未具。復計費請於漕司。亦已許可。興修之次。駸駸未已也。於是釋耒耜而挾書册、(乘)〔乖〕游惰而事儒業者。誾誾侃侃。而有洙泗闕里之風。父老喜而相與告曰。我有子弟。王侯教之。侯之善政及我民者。不能歷舉。興學其一焉。宜有金石刻文。以示來世。於是北走數百里之濟濱。謁記於余。余以謂王侯舉進士。連中甲乙之選。其職任所居有能名。民訟既平。則致力於學。豈不爲知教之本歟。夫繼道者善也。成道者性也。仁義禮智。性所有也。惟賢者能舉聖人之教。循性而導之以善。譬如水行於地。脈絡通達。其有窒塞者。亦在於人所以導之何如耳。夏邑民淳事簡。予嘗過之。亦樂其風土之美。將見爲士者。皆道藝通明。優於仕進。其風俗漸染。則婚姻喪祭皆中禮節。其閨門訓誨。則父子兄弟皆篤慈孝友順之行。以至行乎道路。則幼者扶其羸老。壯者代其負荷。以昭學校教化之功焉。昔衞颯下車修庠序。而爲吏人之所褒稱。韋景駿先治學廬。而爲小兒之所迎勞。今王侯之治。視古循吏爲無愧。所謂記者。誰不樂爲之。故援翰而不辭。使歸刻之。以慰父老之心。亦欲他時繼侯爲政者。尚得以觀覽焉。侯名德彰。字公正。世爲遼陽人。夏邑縣志參河南總志

冀州節度使王公名魯重修廟學碑〔大定二十七年〕

路伯達

夫道德之發有源。教化之興有本。本不固則枝不茂。源不浚則流不澄。必欲植教化之本。疏道德之源。莫先乎學而已。學之所設。自有虞氏始。至於三代。尤專尚之。夏曰校。殷曰序。周曰庠。皆所以明人倫也。是以繼繼承承。安寧長久踵數百年。豈非道德教化之功歟。由漢而下。繫於吏治。其長民者。但軀民於法令之中。競以威嚴苛刻而取能名。間有崇儒術而導之者。反以爲迂闊。其於疏源植本之意。不亦謬乎。冀爲古名郡。舊有學。冠於他所。經宋季兵火之亂。埽地無餘。本朝應天順人。奄有方夏。武功既定。文治迺興。遂詔中外。繕完儒館。其所費輒以公府泉給之。冀之學復基矣。然前後守臣。視爲不急之務。故竟莫能興。使吾夫子祭祀之儀。缺然不具。服衣冠鼓篋笥者。倀倀無所從。積有日矣。大定二十六年五月既望。中奉大夫王公自河南路轉運使移鎮是邦。下車以來。治崇安静。吏畏民愛。不踰時而政成。會仲秋上丁。公乃釋奠於宣聖。行事既終。顧見廊

廡傾欹。垣墉頽毀。喟然歎曰。學校之廢。一至於此。今天子隆上都。建首善。設學官。聚生徒。考之以詩書。明之以禮樂。薰陶至和。爲萬國倡。吾州距王畿不遠。首當承流宣化。任興作者舍予其誰。越明年春。河南始寧。公爲出俸資。募工市材。大其制度以營之。惟大成之殿與前門。少加增葺。餘皆鼎新。大總作室之數。爲楹五十有二。復嚴飾廟貌。增明繪像。祭器什具。皆稽於禮資於用。初闤城之內。有水皆鹵。及公視役。發地得泉。其甘如醴。因修之爲井。編户歌謡。悉歸公至誠之應。亦或烝我髦士養而不窮之意也。爲日凡六十有五。厥功告成。郡庠諸生喜而來告。且曰。僖公修宫於泮水。魯人歌之。文翁起學於成都。蜀人美之。今公之德化。不啻僖文。而吾鄉人感之。又非蜀魯比。不志石刻。何以表焉。願以文請。伯達牢讓數四。義不能辭。而論之曰。昔郡人孟軻。居止近墓則爲築埋。近市則習賣鬻。而母三徙。始鄰學宫。乃戲陳俎豆揖讓進退之儀。竟稱命世亞聖之才。又滏陽民焦通事親禮闕。爲從弟訟於州。刺史將至於學。見廟中韓伯愈母杖不痛。悲泣至家。後改過勵行。卒爲善士。以孟軻之大才。未近於學。不免習鄙事。以焦通之闕行。一遊於廟。不害作新人。然則養士化民之道。悉由此而出矣。而況士有所養則英俊得。民有所化則刑罰弛。英俊得。則啟治平之路。刑罰弛。則扇仁壽之風。而公所至。皆興學養士。舉有成規。豈淺丈夫所能測哉。今公方宣國家崇儒重道之意。敦獎人才。學者方嚮公之化。將見舒秀發之才。吐宏傑之氣。掇巍科登要津者。比肩繼踵而出。皆能以三代之道事君報國。又豈獨冀人之幸也。公新武令族。字曰子直。不名。蓋褒之也。有子師儉。業進士舉。適在侍下。因請書之。大定二十七年

五月朔日記。謹從欽定古今圖書集成恭録〔冀州志　冀縣志〕

重修岱嶽廟碑大定二十七年

宗有□

粤若太極分。而爲兩儀。兩儀立。而生六子。本乎天者親上。日月星辰麗焉。本乎地者親下。山川河嶽奠焉。其類既分。各從祀典。於是威在夫東者。造化之所起。而嶽者神靈之所宅。主乎震位。爲五方象帝之先□□岱宗爲萬物更代之處。距兖地之雄勝。亙魯邦之□詹。太皞領其權。句芒司其令。厥德配地。於時爲春。巡狩者止焉而攷功德。志道者登高而小天下。□有□天周回三千餘里。是謂三宮。空洞之□□記所載。不可誣也。故日月所照霜露所隊之域。凡有□□則秉彝好德之倫。莫不崇飭廟像。歲時祀□□所以戴天齊之作□日來之佑也。同州澄城縣。襟商○商。原作高。據漢書溝洫志及乾隆本澄城縣志改。顏帶漆沮。控上秦。走蒲坂。爰當要路。是爲劇邑。於稽古迹。則有隋文帝、魏玄成之舊莊。驗以澤民。則有鄭楚相、吕大防之遺愛。沃野四闢。居民萬室。教□□徵。家給人足。祀廟之奉。詎可闕焉。古徵之北。有岱嶽廟。自戎馬生郊之後。暨震風凌雨之餘。歲月寖遠。敝壞滋甚。知廟道士吕居仁徹妙兩觀。願言一啟。以謂人者神之所依。神者人之所宰。若坐視其敝而不爲興起。雖然神罔時怨。奈何日鑒在兹。況生乎由是。死乎由是。衆因儆悟。感願悦隨。翼且。遂與邑中耆老度其鮮原。揆之以日。鳩良□□衆材。闢宏基。構廣廈。經始勿亟。迄用有成。於以感崇朝徧雨之雲。於以肅在廟駿奔之衆。兹見門牆山□。庭中水潔。晝棟虹横。瑶階肪截。上通雲漢。碧參萬瓦之鱗。前直郭門。清蔭兩街之樾。霞升氣接河汾。遠日出泠連條。華高聿成壯麗之觀。是曰嘉寧之殿。一到則俯仰於争境之中。逍遥於塵網之外。香火之緣自起。名利之心遽盡。又何必大寓言之叟。謂可並秋毫。小游説之士。謂不□□□者哉。廟既成。弟子王抱一以其師營造之勤。求爲記述。愚即□其森然如絶澗之松。湛然如清溪之水。誠羽士之矦範。爲教門之領袖。即此勝緣。諒非矯舉。因毛元鋭以塞所請。庶使□□道□神遊長揖稷丘公。鄉校羣儒□仰更新韓吏部。大定二十七年歲次丁未惟一□乙巳朏越四日戊申。鄉貢進士宗有□記。澄城縣志

淳化縣重修岱嶽廟碑（大定二十七年）

□安上

夫太極初分。兩儀肇判。萃爾精英之秀。爲乎山岳之靈。嶽之最尊。首稱於岱。鎮彼兖州之域。儼然魯邦所瞻。位居五嶽之伯。號美上天之孫。不歆季氏之旅祭。豈假秦皇之升封。掌人倫之總籍。主生死之權輿。言其神。則微妙無方。變通莫測。繫人之吉凶禍福。有感必至。應如影響焉。言其體。則峩峩崇崇。風雲會聚。雷雨蒸騰。扶持造化。兹爲地之德也。爰自歷代以來。封崇旌顯表其神異者。莫越是嶽乎。昔虞舜之爲君也。望於山川。徧於羣神。歲二月東巡守。至於岱宗。柴。夏禹之時別九州也。奠高山大川。九山刊旅。唐錫元圭。告厥成功焉。周之受命也。武王既定天下。載戢干戈。載櫜弓矢。歌時邁之詩。至於方岳之下。告□□□□大漢之興。武帝放古巡守之事。薦禮百神。封泰山。禪梁父。以刻石紀功焉。頌於詩。載於書。編於史傳。皆帝王之休功茂烈丕著。

莫不率由舊章。嚴修祀禮。稽周禮大宗□□□□□祭用牲用蜃。大司樂迺奏蕤賓。歌函鐘。舞大夏。所以儐鬼神也。故得陰陽和。風雨時。五穀熟。草木茂。禽獸蕃。財用於是出焉。寶藏於是興焉。無一物不資其生成。無一□□□□□育者也。洪惟聖朝。奄有四海。懷柔百神。保社稷等山河之固。任公卿法台嶽之靈。以增修於□□□□□於諸祥。惟嶽瀆之神。載於祀典者。郡邑官屬。歲時祭享。夫淳化爲邑。在城之東北。依山之險。舊崔府君祠。後人易爲東嶽廟。歲月浸久。楹欹棟橈。瓦墮壁摧。聖□□□□□下濕。殆將顛仆。真可歎惜。加之基址褊隘。人皆相與非稱事神之所。有邑人郭浹等。迺啟願言。化到市民曹成、曹珪□□□已業稅地。周圍玖畝零。在於舊廟之□□□□爽塏之區。復葺是廟。繪塑締構。累年於茲。猶未畢備。至大定癸卯之夏也。太谷白公來宰是邑。下車之始。敬謁祠下。遂覩修葺之事。勸諭工師。莫肯怠惰。繼□□□亢旱。率其僚佐。精意以禱神。神歆其誠。屢降膏澤。或時之疫癘。民之疾疹。復致哀禱。即獲康愈。公之用心。益加嚴奉。庶幾變凶歉爲豐穰。變愁歎爲懽謠。豈惟一方之民得□□□之祐助。抑亦百里之內蒙公之庇蔭。今廟也。殿宇宏麗。門墉崢嶸。碧瓦煥日。雕甍飛空。體辰極之正位。名蓬元之洞天。迴環廊廡。二百餘椽。繪畫神靈。七十四案。既□□□革故。無雨剥以風披。神之燕喜以來寧。人皆鼓舞以瞻仰。嗚呼。天下之事。言之易。爲之難。作之於始者易。廢而復興者難。是廟起於將廢。作之於難爲。甚可慶也。與人□□□是宜刻之貞石。傳之永久。來請於僕。欲紀其實。愚固鄙陋。上不能發揚公之美事。下不足副眾意之懇求。安上義不獲已。謹述此廟之廢興而爲之詞。以遺其民。使□□□祀神。其詞曰。

岱嶽巖巖。萬古尊嚴。于天峻極。爲國具瞻。丘墟雲雨。主宰蒸黔。靈鑒昭格。害盈福謙。於皇時周。□□□謳。哀時之對。來朝諸侯。魯僖之世。秩祀嘗修。霈然徧雨。協氣橫流。漢武欽崇。歲至元封。王母親降。圖受真容。唐玄在位。稱其岱宗。天齊爲聖。美號穹窿。黎園舊址。□□□矣。仲山之陰。古廟頹毀。邑人二三。有汾陽氏。豈憚艱難。神宮載徙。於彼高岡。奠此一方。培坳鏟凸。補陋薙荒。繡甍畫棟。廣殿長廊。繕飾未備。屢換星霜。粤有白宰。□□靈祠。因歲旱暵。憂民阻飢。用伸懇禱。甘霪應期。多黍多稌。如京如坻。公之推誠。喜是經營。廟貌奕奕。民皆樂成。有餚既馨。有酒既清。薄奠匪報。於心震驚。神之來速。聲□應谷。神之肸蠁。民之爲福。災害不生。豐登屢卜。文賴神功。誰不祇肅。金石萃編

金文最卷七十六

碑

京兆府涇陽縣重修北極宫碑（大定二十七年）

蕭貢

北極宫在縣城西北隅。始作者與歲月。無刻識。不可知也。來狀以爲起於秦漢鄭白渠成。岸有積屍。水通城流。飲者多病。遂起紫微殿以鎮之。以予考之。非也。古者祀神。必於國郊。或名山大川高爽之地。禮數不同。大率爲壇設位祭之而已。無飾畫神之像者。秦與漢初亦然。至武帝時。齊人少翁言上欲與神通。宫室被服非象神。神物不至。乃作甘泉宫。中爲臺室。畫天地泰一諸鬼神。各置祭具焉。以像事神起於此。然亦止於宫中畫像而已。猶未有雜於民間與起祠宇號爲宫觀及摶土刻木而爲之像者。來狀之説。蓋俚語相傳而然。不足採也。稱祠廟爲宫觀。度道士以守之。蓋自近代始。然則是宫之興也。其亦近代歟。逮乎前宋之末。兵革擾攘。飢饉相仍。黄冠散亡。長廊峻宇。焚蕩圮壞。歲久而荆蕪瓦礫之場。餘存無幾。不庇風雨。貞元中。道士李居實稍葺治而居之。悼其褊陋。自誓於神。營之經之。起於戊寅。迄於丁未。乃成其制。蓋南面爲大殿。以尊北辰。通兩廊焉。四殿東西相向。以爲天尊、列宿、三官、四聖、元辰、天師、靈官之位。各置其象。所以起人之敬心焉。中壇三垓。以事天地日月星辰。露而不屋。所以達其馨香焉。爲堂以肆講讀。爲齋以接賓客。爲廚以供飲膳。爲室以安寢處。重門洞啟。以表内外。環以長垣。樹以佳木。金碧丹漆之觀。木甓瓦石之飾。壯偉閎麗。十倍於舊。遂甲一鄉。既已。相與礱石於庭。以記來請曰。居實於此久矣。始者見吾祖師之興飾是宮。而旋見其壞也。今我又竭吾力。以集厥功。靡費歲月。銖積寸累。所以興廢補闕。無所不至。今宮既成。吾老矣。不爲之記。則來者烏知吾之勤哉。庶託斯文。以垂不腐。予聞而笑之曰。道者既歷見前日之興之也難。而壞之也亟。則今之所成者。將傾圮之不暇。其能久乎。是既不能久。則碑之在世亦預幾何。自有碑碣以來。銘功紀德者。未曾不爲無窮計也。然有石刻具在而人已寂然無聞者。有字畫僅存風摧雨剥火燎蘚澀不可讀者。有螭首斷缺龜趺拆裂委棄埋没於蒼煙野草之間不復見於世者。有幸而在世爲人磨去故文勒爲新碑者。以至破爲柱礎擣練支牀者。今漢唐故都之左右者。皆是也。功業之著。文章之工。字畫之奇。猶且磨滅。金石之不足恃蓋如此。况予與子區區者乎。道者默然無以應。予遂書之以爲記云。從仕郎試京兆府涇陽縣令武騎尉借緋魚袋蕭貢撰。涇陽縣志

鄠縣玉皇觀碑大定二十七年

房暕

曩者。曲阜黄冠女道士李崇彦。先於尼山之上結茅。在後遷於繹山法華院。修葺約五載以來。繼而

又率道衆孫行信、姬行忠、史行德師徒四人。遷於紀城之内。復斵其茅奄一所。特啟殫誠。創建妝塑三清聖像玉皇殿宇。於是經營二十餘年。工畢完備。若夫枕鄒邑角亢之宫。踞縪陽離坤之位。況迺在郳子故國之内。臨紀侯古宫之旁。勦無俗冗。深誠真趣。迺仙境聖迹之地也。噫。異哉。李崇彦當日良籌妙意。興工用匠。非不留心。方纔工畢。豈意逝矣。兹者有黄冠女師姬行忠。乃崇彦之法嗣也。故嘗於其聖像殿宇加之丹雘。不絶修葺。愈成華飾。其所謂繼先師之遺風也。其人姬行忠欲將昨該大定二十年所降條理給到是庵號爲玉皇殿。仍姬行忠得領住持公據。欲以刊記於石。奈以行忠並無法眷。亦勿徒□弟。衰老無能。獨力難成。遂邀請到山居野人李淳錫、張道真、劉道元三人。同爲住持是觀。兹輩俱樂習道德之風。皆耽慕林泉之興。略無名利之心。深有喬松之志。既聞之見召。罄誠而遠來。建立斯碑。住持是觀。共所給據日。署之曰軍。今改曰州云。有日蒙本處二下村皇甫源見訪。禱余爲記其事。因余以若懷氿濫。而焉敢測源乎大洋。如抱〇據班固答賓戲文。抱疑當作從。嫠敦。而那能度高乎泰山。義終不能辭。勉爲記之。以貽示人之耳。時大定丁未九月日。東魯梁國房暕誌。石刻拓本

掖縣孛朮魯園亭碑大定二十九年

范懌

東萊。古大郡也。郡城之東南三四里。其地高明。景物尤美。有山峻拔。疊嶂層巒。聳若青螺。拱揖而鍾秀者。神山也。有水清泚。冽泉湍波。引如素練環抱而長流者。掖水也。水明山秀。嘉氣鬱

葱。喬木蓊然以相蔭。修竹森然以相映。門墉深邃。簾櫳虛静。有堂巍然。修設香火。足以奉聖真。有亭翼然。嚴潔盃觴。足以待賓客。兩廡之前。花楹藤架。重門之外。蓮池杏岡。有勝概貞風最爲嘉處者。驃騎節使之園亭也。公自壯歲。協贊朝廷。力盡勤勞。敬思祖考。月陳祭祀。偉譽英聲。聳動中外。内任則歷□門將軍御馬副使太子少詹。咸有嘉績。外任則歷懷邠亳海太守。皆有去思遺愛之美也。累遷瀋州節度使。專以寬愛爲務。訟簡棠陰。民安田里。尚恐吏治不明。政事有失。忽於聽訟餘閑默思之曰。余官至三品。壽逾七十。侯封開國。邑食千户。功名次於衛霍。富貴亞於金張。身雖康寧。而年已老矣。豈可尚貪榮禄而不思佚我以老乎。於是累上表章。懇乞致仕。遂卜居東萊。問舍求田。得是勝地。重命增飾。以爲修真養浩之所。日與羽流禪客詩人逸士枰碁酌酒。撫琴分茶。逍遥游晏於其中。高養天和。自適自得。雖漢之疏廣、晉之淵明。無以過也。太上曰。功成名遂身退。天之道。又曰。知足不辱。知止不殆。豈虛言哉。噫。軒冕之貴。安富尊榮。世人之所共欲也。林泉之樂。清虛恬淡。世人之所罕慕也。公能捨軒冕尊榮之貴。好林泉恬淡之樂。不唯今之罕見。求之於古。亦難得其人矣。一日公召長生劉先生同余飯於園亭。復得造其門。觀覽徘徊。嘉樹芳叢。名葩異草。無一不可人意者。公移坐延留。禮待勤厚。乃屬余爲記。欲刻之翠珉。以傳後人。余感其意。不敢以固陋辭。故爲摭其實以記之。大定己酉仲夏旦日。甯海州學正范懌德裕謹記。石刻拓本〔掖縣志〕

重修炳靈王廟碑 明昌元年

唐處仁

古之民也。趨市井。就田野。隨其業而處之。自後則郡縣鄉里疃井分焉。民之所以得安居樂業而無驚惶橫疫之災者。亦必有神明協佑之故也。愚嘗驗典祀之所載者。岳瀆丘陵之神。其處固不一。止即其地而置立壇廟。而獨至聖炳靈王之祠在在建立者。何哉。蓋王之靈也炳然。王之聖也至矣。輔相岱宗之帝。吁納風雲。化育萬類。威雄驗於衛國。英靈見於佑人。是以前代超啟王封。故在在之民。謂陰功厚德。既徵於前。則景貺洪休。宜有福於後。其愛戴畏敬之心。發於中而禮諸外也宜矣。兩城村者。春秋茅城之舊址。引匡山。脱泗水。地肥沃。人淳直。於村之東北隅。有王之廟存焉。而去道稍遠。摧毀不治。昨於本朝天德間。村老徐成、鄭彦者。慨然主之。約費數十萬金。雖率於衆。而不足者。給於其家。擇匠鳩工。徙之近道。以便村人之瞻拜。丹楹碧瓦。頗極壯麗。而神像尚且未備。故徐成之子桐、鄭彦之子曇。克承父志。以畢其功。塑繪金碧。廟貌一新。可使瞻者益敬。祭者如在。神道感而宣靈。人心歡而致和。水旱之求。疾癘之請。速猶影響之答矣。鄭曇、徐桐來謁於余。余嘉其志。而服其誠直。書此以記云耳。明昌元年歲次庚戌四月辛巳甲申朔八日辛卯建。濟州進士兖州學正唐處仁撰。石刻拓本

太原府學文廟碑 明昌二年

趙渢

自虞夏殷周設國學之法以養天下士。取以備百執事之選。故能卒相治功。漢魏以降。學校聿興。而名士輩出。然則取士雖不一塗。而學校得人爲多。故天下不可一日無學校也。信矣。太原自周秦隋唐以來。控扼西北。皆爲重鎮。分虎符者。例皆修障隧。飾戈矛。以捍患禦侮爲事。何暇議學校乎。我皇朝應天順人。蕩海平嶽。教燭窮奧。威震荒遐。六七十年間。無犬吠之警。今之太原。遂爲内地。府舊有學。離兵革之後。蕩毁無餘。至天會九年。耶律公資讓來帥是邦。歎館弗修。但取故官舍餘材以成之。正隆初。完顔宗憲爲尹。稍加繕完。大定丙午。張公子衍爲亞尹。楊公伯元爲漕貳。二公以殿宇卑隘。立建賢堂於兩廡間。制度蓋未廣也。聖上嗣服大政。宗儒尚文。明昌二年以前中都路都轉運使張公大節出尹太原。太原於公爲鄉郡。故尤以宣布教條、淬勵風俗爲己任。始至。首謁先師。見其楝宇卑陋。階廡狼籍。喟然歎曰。是足以上副皇朝右文之意乎。乃量功命日。撤故就新。始自大殿。重加整飾。周以翠甓。華而不侈。考禮爲宜。因中門兩翼。構爲外舍各三楹。分六齋。又建大堂於賢堂之南。儼雅清潔。望之生敬。故講堂去殿不數步。無階陛可以降升。闇翳迫隘。不堪其陋。今北選二十步有奇。隆基三尺餘。高壯偉麗。與大殿相輝映。復搆屋十楹左右。爲齋十六。稍南又各建六楹。分八齋。及外齋總三十楹。講堂之後。提學、教授、正録之位序咸在焉。講學談經。既有堂與齋矣。儲粟藏書。既有庫矣。飲食有庖。祭祀有器。秀茂之士。其至如歸。公乃詣學。召集諸生。諄諄勸誘。不啻如賢父兄之切至也。是年登龍飛榜者。學籍凡七人。翰林應奉王澤首冠多士。先是公持横海節。亦時修飾學宫。督課儒業。學生徐韙是舉遂魁天下。并滄皆古名鎮。以學校之廢。故久無登科者。一旦興學。二人繼成大名。則知張公教養之勤。豈非其效驗耶。嗚呼。農夫耕腴。其穫也必豐。商賈資厚。其利也必倍。不耕而無資。其求也必無獲。今夫巍冠博帶廣袂之衣。傲然遊其中者。雖有瑰傑之才。苟無學術以濟之。其將何獲。要之。士貴業之勤而志之篤也。方今貢舉之法。既取詩賦以振天下英雄之氣。又談經義以傳先哲淵源之學。使放蕩者退而有所拘。空疏者望而不敢進。其所以籠天下之俊造。無所遺矣。士生此時。可謂厚幸。諸生業精於勤。他日登巍科。行所學。光明秀傑輝耀士林以取卿相者。足以爲張公之榮矣。不究其本根。肆其懈惰。望洋而歎。自崖而返。進不能取科名以經世。退不能抱仁義以勵俗。皆張公之罪人也。乃敍其梗槩以告來者。使勉於學以副張公責望之意。山西通志

續修太清宮碑 明昌二年

胡筠

亳之太清宮。卽老子舊居也。今之太極殿。卽老子降聖之地。殿南有虛无堂。相傳爲老子講經宴息之所。自□册之後。亦以殿名之。宮中舊有八檜。今惟手植存焉。太極殿東有九井。或傳老子初生。九龍吐水以浴聖體。又謂老子生而作禹步。步成一井。井各有龍。靈跡甚著。迄今歲旱。州郡官僚拜祝。勺其水設壇場而禱之。隨卽雨降。亳。古殷湯之故都也。按藏經。老子生於殷武丁二年。然其踪跡多見於周世。司馬遷不得其實。但稱與孔子同時。百六十餘歲。或言二百餘歲。孔子歿後百二十九年。周太史儋見秦獻公。談周秦離合之事。儋卽老子也。老子感七國之亂。始出函谷。强爲

尹喜著五千文。爲道家修身之祖。其後秦并六國。而不知所終。未幾。而紫雲現芒碭。赤帝之子龍飛於豐沛之上焉。老子之子名宗。爲魏將。封於段干。宗子注。注子宮。玄孫假出仕於漢文之世。其後李其姓者。指李之仙裔也。老子之居。更歷兩漢。皆以廟名之。至唐有天下。知李氏其系出於老子。尊爲祖廟。始增大其制度。高宗乾封中。親謁道宮。册老子爲玄元皇帝。聖母爲先天太后。至明皇時。躬詣玄元廟。册玄元皇帝爲大聖祖。改廟爲太清宮、先天大聖后廟爲洞霄宮。至開元十三年正月八日。老子示現於太清宮紫氣紅霧中。穆穆若有白鶴彩雲來朝廟廷。二月癸酉。上尊號爲大聖祖高上大道金闕天皇大帝。明皇手書玄元所著五千文。仍自爲注釋。頒於祖廟。刻石返今存焉。至宋。真宗躬謁祠下。奉玉册。封太上老君爲混元上□皇帝。增修其宮室。至靖康之亂。大軍已過。而鼠盜竊發。其宮層樓傑閣。門閥廊廡蒼宮翠珉。玉像神儀。靈蹤聖跡。爲狂賊縱火。一爇而盡。惟敗壁頹垣。空庭斷砌。蓬蒿蔚長。狐兔潛遊。其荒涼如此。逮至撫定。先有道士邢象符、王繼真、丁禮符、李修□相繼以主宮事。僅二十餘年。而稍加興葺焉。其次兩宮都監田子虛與副運韓元英。再創修太極殿并轉輪大藏。仍印經以實之。又其次四十年間。□景成延守德李若谷承襲管句。逐歲興緣。改故添新。亦未始廢墮。爲三清玉帝二大殿。靈寶五師九曜十二元辰四聖三官諸小殿子。皆粗成次序。至大定甲辰歲。今知宮郭居明又率道衆三十餘人。詣本邑西南寧平鄉崇賢里□安村。敬請致仕李顯武爲勸緣功德主。重修宮焉。顯武宏謀遠略。大過於人。善化導興緣者也。初聞道衆踵門。則託事以避。縱復見面。再三固辭。不果其命。適會前防禦紇石烈輔國解職蔡郡。移鎮亳社。聞太清道衆請顯武而未許。遂召而與之語曰。太上之宫者。李氏之祖廟也。自罹兵火□□六十稔矣。其宫制尚未完成。分有待於足下者。胡不鼓餘勇而樂爲之。今辭讓者再三。竊爲足下不取。顯武曰。圭年踰八十。齒衰髮槁。日暮之光。爲十年可成之役。如不克終爲之奈何。太守曰。□也天將待足下起□廢之祖庭。詎□以衰槁爲辭。焉知天帝不能延君之壽以就勝事也。顯武欣然信其説。乃自甲辰六月。召衆工揆度立約。翼日躬詣諸鄉□□沐而化之。人皆喜捨與。無一逆其意者。至十月五日載以巨軸。由縣西鄉東入太清。前車已抵宫。而後車未出縣。十二月八日作斲木大齋。至丙午歲春月。立前後三門。屹然高大。□□歲四月望日。北宫火災。其殿門靈儀。頃刻而□。諸女道流。號哭撫膺。不可撲滅。後數日。洞霄主事十五餘人率衆鄉老詣顯武。請兼修此宫。公默然一心。計謂太清雖未完而尚有故殿。今洞霄三殿俱亡。太清之役可□。而洞霄不可緩也。於是斷以己意。誓修兩宫。至丁未歲。復建洞霄先天太后大殿。於法座下斸地得玉石。縱横五尺。命石工王熙復琢太后聖容。未幾而成。端麗殊妙。方之舊儀。尊嚴厚重。高山數倍。四方瞻禮之士私相告曰。將謂終身不復覩此瑞相。豈意今日見之。往往厚出施利。喜躍而退。於是自本州以至鄰郡。奉道者或捨金珠糧□錢帛材木笆箔椽柱薪草。莫可勝紀。於是顯武命前副宫楚運亨掌其文籍。司其出納。雖一毫之私。不有也。又命前上坐孫居遷主其材木。公其用度。雖一寸之木。不虛用也。其宫中已就者。前後三□□虛无殿西轉□□廊一十間。太極殿之東創爲七元殿。殿南北轉角行廊一十三間。太極殿之西立南斗殿。殿南北轉角行廊二十間。東立五嶽殿。諸位並已完成。顯武所用衆工。皆於本郡縣精加遴選伎藝工巧過人者。然後用之。究其助修兩宮費用之資。最爲大者本州、佑德州、東永城州、北修橋院。至於本宮諸處醮筵。皆命前管句道正馮洞慶爲高功。同辦大緣。□自亳之外助緣者。歸德、陳、蔡、曹、單、宿、泗、潁、壽、睢州、太康等處諸施主。雖名銜至衆。而籍之甚明。顯武又慮亳楮易壞。不可傳之永久。故刻諸堅石。揭於太極殿之西。使各人後世子孫以爲美觀。又顯武昔嘗與蔡州致仕劉忠顯爲友。二人各於仕路早謀休退。崇奉道德。不惟所好尚同。抑亦於祖庭遞相興緣有志。公自歎衰邁。來日無多。每談話間。則以未集之事。託付於劉。劉亦無拒意。言或再三不已。劉君復曰。公何□區如此乎。寧不聞大丈夫之言。堅若金石。金石可革。而言不可渝也。豈徒面從而背違哉。顯武欣然曰。吾得其人矣。餘無憂患矣。死亦無憾矣。於是爲宮門之紀綱者。屬僕爲文。僕故初紀混元靈跡歷代尊奉之事及自撫定至今前後住持之人。次述顯武戮力化緣、銖積寸累經營之功。終載遠近施主喜捨之意。然以兩宮之費。總而計之。不啻數千萬。以一人所施之物納諸其中。如毫末之小、涓滴之微。顯武乃能裒聚總集。以就大緣。而用度不匱。僕亦欣羡焉。遂爲詳説而備述之云。明昌二年歲次辛亥十月丙子朔十五庚寅日。鹿邑縣志

上黨縣西韓村新修石牐碑 明昌二年

郝長卿

周禮地官之屬。遂人掌邦之野。凡治野。夫間有遂。遂深廣各二尺。上有徑。十夫有溝。溝倍於遂。上有畛。百夫有洫。洫倍於溝。上有涂。千夫有澮。澮廣二尋深二仞。上有道。萬夫有川。川上

有路。以達於畿。然則遂溝洫澮。皆所以通水於川也。以南畝圖攷之。則遂從溝橫。九澮而川周其外焉。古之立法制而利於民也。謹審如此。故民不憂水潦之爲害。逮戰國之後。斯制漸廢。及秦任商鞅。井田法壞。阡陌一開。而淫潦汎濫之災。有時而至。倉卒之間。民無以隄防。嗚呼。可勝歎哉。潞之爲州。在陶唐時爲畿內地。距州城之三十里。有所謂韓店者。乃古之三韓村也。分而言之。則有西韓、東韓、中韓之名。實通南北往來之驛路。凡秋夏之際。天雨大作。則東自白馬山。洎乎西嶺之間。奔流傾注。數道而來。經由西韓民居之簷下。既無以防遏。遂漱爲大溝。深三丈餘。官路圮壞。或以大木爲棧。行李往來。常懼隕墜。而使命馳驛過是者。屢以爲言。於是居民上愬於官。守令恬然。慢不加省。歲既久。而水之爲患益甚。民情懍懍。不寧其居。逮明昌二年春。聖主特起高平李公晏來鎮昭義。百姓聞之。引領南望而相告曰。聞公特達恤民。此事可成矣。公下車之日。首問之爲吏者。以無省符許修爲對。公曰。利民之事。方以爲急。遑恤其他哉。於是命工規度。鑿石於近山。相其地勢。而爲石牐十餘級。兩旁甃石壁數。兩牐之下。復補散石。而樹以青楊雜木。庶乎殺其水勢。歷久而不壞也。牐既成。水遂西注。合於漳河。居民復議實其溝。無慮用土百千萬簣。衆方憚其力役。謂非數載不能致其功。公聞而諭之曰。第於溝中斷樹枝爲籤杙從橫植之。令水之來往有所飄浮蒿萊屑薪。爲籤杙阻留。水既去。而泥淤沙礫矣。爲蒿薪堰隔。不日而溝自平矣。民乃從之。凡一秋而溝乃平。遂成坦途。人皆稱爲神妙。競營舍其側。僉曰積年之弊。無所申愬。今一旦獲逢明政。不勞而功成。盍誌其事以告後人。庶乎識其經營之始。俾水賴其利。不亦可乎。一日本村民郭昺等暨進士蘧大中、范煒來告。祝余爲文。將以刻之石。余聞之欣然。因告之曰。嘗聞公未冠時。同鄉中舉子三十餘人。將赴試都下。至店南。惕於橋樓逡巡。一道者至。坐於公側笑曰。觀諸生中。惟公當享富貴壽考。他年店北水敗其道。公能治之。言訖。忽失所在。以今觀之。信有徵矣。況賢人君子。學先王之道。其入仕也。豈徒苟爵禄而榮身哉。蓋將職思其憂。以利人而爲務。若漢之召信臣爲南陽太守。爲民興利。行視郡中水泉。開通溝瀆。起水門提閼十數處以廣溉灌。又作均水約束。刻石立於田畔以防争訟。百姓號之曰召父。唐時薛大鼎蒞滄州。以無棣渠久廢塞。大鼎浚治屬之海。商賈流行。里民作歌而美之。又疏長蘆、漳、衡三渠。泄汙潦水不爲害。漢唐之賢守。此類爲多。以是論之。古今雖殊。而仁人之用心。其揆一也。且公自弱歲登膴仕。所歷任必爲民興利。其聰明正直。文章勳業。見禮重於朝廷。爲一代宗臣。而善政實多。不能一一具述。姑直書其事。以識歲月云。潞州志

三官宮存留公據碑 明昌二年

趙名闕

京兆府□□□尚書禮部□節□承都省劄□備奉聖旨楊□制□後創造到□名額寺觀者□是盡行□□仍令除去。緣其間有□繪塑□佛容像□不忍除毁。特許存留。其創造罪名□與免放。若今□有犯本人科違制司縣中知□不□依制斷□仍並解見□□委司縣正官一員。遍詣應有寺觀神祠等處。一一躬親檢點。如係自□□□塑繪□神佛容像□□所□官并司縣先□□□具申州府。令司縣并僧道□及州府

□□□籍仍從各州府排立字號□□□簽印□合同公據。齎付住持寺觀人等□執。并造一般合同文簿。申覆使府。備坐□□隨處遵依。委官檢點施行去後。據申到事因除别外□管□司縣數内高陵縣奉政坊三官宫内□□□□右今出結公據付□□□□□□□執照。大定二十年十一月日。兹者三官宫元在官道之西。起自唐宋。迄今數百餘年。累□兵火。殿像俱廢。至皇統甲子。有村人馬志買到上件地基。及員興邵顯亦捨己地。方得完備。與衆社人同議。徙於此處修蓋堂宇。聖像一□幸而繼□大定庚子。使府降到聖旨存留公據。□慮年深片紙湮没。遂刻金石。傳之永久。時明昌二年八月一日。崆峒趙□□記。金石萃編

淄川縣法王院碑〔明昌三年〕

失名

竊以門開方便者。道□常行。教闡慈悲者。理宜□願。王空十地。本無去以無來。□□五門。自有因而有果。故有雞林訪道。□苑尋真。洗鉢龍池。鳴鐘鷲嶺。是知渡愛河者。自□□航。求福田者。實資勝地。然後青□創號。□火宅以晨涼。白馬題名。晃冰輪而夜曉。爰自東漢明帝以來。像教熾於天下。凡通都小邑。暨名山勝境。莫不建以梵舍而聚沙門之衆焉。粤淄城之東北二十里瓦村居之陰。舊有斯院。基址甚□。垣牆□傾。唯僧□數間。僅庇風雨而已。□有殘碑在側。其間□迹漫滅。□無□考。因地無足觀焉。所可紀者。大唐垂拱三年歲次丁亥四月甲午朔八日辛丑。□□院之興。自唐之始創歟。抑亦先創於唐歟。是知教之隱顯。必有其時。地之興廢。亦因其土。先於正隆

問。有僧清海者。住持斯院。歲月積久。蔬食破衲。覺性□□謂衆生貪著。我則□□以勸其□□佛性善□。我則修身。以成其道。於是昭慧炬而輝暗室。拔苦海以植福田。教化於是大行。衆生爲之丕變。□地隨方訓誘而歸妙果者。不可勝紀。其得□□之流□仰□□□□□□朝廷崇尚斯教。卽於大定之初。應有淄□所居。爰賜以名額。向非僧行□投牒申理。斯院之額莫得而建焉。厥後□僧清海年臘且高。道力甚憊。招徒募衆。將傳巾鉢之意。有本院主僧者。姓衡氏。名福林。本里人也。世本農業□□故□□□□出塵之想。年十有六歲。皇統年間□□師事王祥始□髮十□□□□□常住□而受具焉。戒律既精。勤苦□□□往來□親□斯院之甚陋。憫斯額之莫立。常慨然有經營締構之意。倏更歲月。佇聞清海□□傳□□乃絜□錫。聿來斯院。用酬宿志焉。於是□巾□之費□厲揭之懷首□易其基址。次翦伐其荆榛。僝工□徒□瓦運材□□□□壁立□□制度合乎□文力役出乎□□□□列□□□瓴初□而霞映階乍□以水鋪□之以圬墁。麗之以丹雘。巍巍乎□宇□□煌煌乎□□動昭繪象□妙□容有儀於是金輪法界宛成二□之□□□□□□之果。苟非冒暑□寒。勞筋苦骨。如是者積幾十餘年。以□□言之□□□之□葺者歟。諸善知識咸曰。昔先師營額於前。今化主復新於後。繼□之志。不甚偉歟。向使□□之功□□則□□□矣。良緣言結。善果斯存。物我無殊。人天□報。皆同果滿。信不誣矣。□□□同擇斯石。旌德無窮。庶傳不朽焉。僕幸忝鄉鄰□□□□績。黽勉爲記。紀其事云爾。時大金明昌三年歲次壬子閏三月朔甲辰初三日。石刻拓本

金文最卷七十七

碑

姜氏云亭房題名碑明昌四年

姜孝儀

水行於地。其源深者流必長。木生於土。其本固者枝必茂。人居於世。其德大者。固宜克昌於厥後者哉。先太公抱大賢之道。起渭水之濱。應非熊之聘。其德固曰大矣。垂二千年間。苗裔詵詵然。仍多顯人。然謂源深則流必長。木固則枝必茂。不其然乎。初爲周文王、武王師。號太公望。一號師尚父。武王克商。首封於齊。傳一十九世。至康公貸。爲田和所滅。遷於海濱。方未失國時。子孫先已散居韓魏齊魯之間。有世居淄川者。縉紳之士代不乏人。在唐末咸通間。有隱君子諱慶者。因避難。自淄川徙家於沇之乾封。築汶上。晦其德不耀。死葬所居里之東原。生子諱逵。能嗣其先志。亦隱居。有子諱端。五代時爲乾封縣令。捐館之後。皆祔於先塋之次。自乾封而下。亦縉紳之士代不乏人。追祥符間。有學士諱嶼者一枝。更改卜於太平鎮西關外五里采山之陽。自時厥後。又有宣德諱鍔者。亦別葬於瑕丘故趙之原。皆云亭隱君之苗裔也。三所之內。既多名士。又出顯官。其進身者。或擢第於楓庭。或承居於世禄。或以孝行之選而起於鄉校。或以遺逸之興而召試中書。或習武略擢爲殿魁。其居職者。或讐芸閣之書。或剖銅符之政。居蓮幕治琴堂者。又何紛紛如也。文武萃於一門。青紫踰於□世。此云亭房名聯仕版者。亦不下於淄川者矣。苟不記之。則後世子孫。又烏可得而知哉。兹者有族姪洪。爲人既孝且義。將祖林内墳墓應破壞者。出己錢買塼造棺。一一營之。又率衆族建祭亭於林所。告成之後。詣曲阜告僕曰。可建碑於亭。孝儀謹按云亭房世譜。自乾封以下居仕籍者。開列於後。時明昌四年歲次癸丑七月日。裔孫姜孝儀謹追記。石刻拓本〔泰山志〕

應州重建廟學碑 明昌四年

李仲略

卽學爲廟以事夫子。其來尚矣。漢唐而下。自京師達於州縣。其所以崇奉之道。愈久而愈嚴。故像宇制度。奠祀規式。雖亙百世而不易者也。應之爲州。雖號居山間。然爲北道望郡。且距都畿不遠。非若蜀郡之陋僻、其文明之教不接於京師者。宜其校舍之宏麗。廟貌之嚴飾。有加而無替也。學之興。始於遼之清寧。迄乎天慶間。雖僅加營繕。狹隘庳陋。殊不稱所以奉事先聖先師之意。然有廟而無學。且與古戾。國朝奄有區夏垂八十年。干戈藏於府庫。庠序布於寰海。彝倫攸敘。文教猬興。大定乙巳間。同知張侯。下車未幾。慨然始有完葺之意。乃揆日量地。庀工度材。與其傾圮。易其朽腐。益大而新之。且又創爲師生之位。祭養之具。垣墉之。樸斲之。工甫就緒。而侯引年去位。其甋茨丹雘。猶未暇也。若有俟焉耳。明天子嗣位。詔天下學校。增弟子員。置儒林官。月課歲考。勵勤懲惰。作養士類。仍命守臣以文致身者。提舉學事。節度王公以年高德劭。由北京通守來領髦節。奠謁之始。徘徊瞻顧。思有以成張侯之志。於是布恩澤。宣教條。理寃信善。剔弊抉蠹。未期月而政平。遂日至學舍。訓誘諸生。導其未至。且語其所以增飾之故。一皆不及於民。捐廩入以僦工役。解左騑以運瓴甓。夙宵一心。暑雨不解。心計口授。各有程式。至於藻井板幕。綵繪一新。堦墄累甃。平直如削。兩廡從祀籩豆簠簋。按之禮圖。靡不完潔。東廊之南。别構大堂。以時講肄。下至庖湢。莫不有所。皆前此所未有也。又總費幾七十萬。噫。道之興廢繫乎世。事之顯晦存乎人。惟張侯克慎其始。惟王公克成厥終。殆有數焉。友人孟德潤昆弟、同年高巖夫。皆應之聞人也。具道其故。且命志其事。若夫經畫之始。已具待制敬甫之記。兹不繁敍。嘗聞之。學者學聖人之道者也。豈徒誦説其文而已哉。先王之時。射鄉食饗、養老賓賢以至獻囚獻馘。無不出於學者。嗚呼。去古遠矣。先王之道。所以得傳於後世者。惟學在焉。曩時垣宇蕪廢。鞠爲芻牧。使承學者無所庇。而爲之師帥者且恬不爲怪。或齷齪細謹。或耽樂宴遊。至於公署頹毁而略不加葺。尚奚及於學校哉。今而後。將見郡之俊秀鼓篋而入者。朝絃夕誦。嚅嚌聖真。明先王之道。其緒餘土苴猶能優取科第。以備朝廷百執事之選。如剖荆璞而得玉。入滄溟而求珠。隨取隨獲而無匱者。皆自二侯始。故喜而爲之書。石刻拓本〔應州續志〕

曲阜重修兗國公廟碑明昌五年

穆昌世

齊景公富有千駟之馬。民無得而稱焉。伯夷叔齊餓於首陽之下。民到於今稱之。顏子貧居陋巷之中。一簞食。一瓢飲。人不堪其憂。孔子賢之。何哉。蓋在昔以德行獨冠於四科。以好學常存於一心。遊於聖人之門。欲深造聖人之道。得一善。則拳拳服膺不失。當時洙泗之間。杏壇之上。濟濟然三千之徒。顒顒然七十之賢。無能出其右者。可謂絶倫離類。宜乎後世稱爲亞聖。嗚呼。其人遠矣。吾不得而見之矣。其廟貌雖存。殿宇頽廢。仰而觀之。虛簷罅缺。鳥鼠都至矣。俯而視之。敗壁傾摧。風雨難蔽矣。今幸遇明天子啟運。龍飛天位。崇儒重道。宣文教以彰化。明昌建元之初。以肆眚之恩。頒行於天下。一應故廟隳廢者。仰所在官司檢料修完。明昌二年春。本縣檢計斯廟。方行規措。以文宣王廟。縣官監修。功尚未畢。力不暇給。明昌四年冬十月。方始經營。擇吉日。命良匠。揮斧斤。治材木。作之者翼翼。築之者登登。或仍舊以修理。或作新而創建。正殿屹然。而所立卓爾。四筵崇起。而如翬斯飛。其制度也簡省。其規模也宏遠。雖無山節藻棁之華侈。刻鏤雕文之奇巧。梁棟堅固。可歷年多。門扉軒牖。加葺以整嚴。階砌垣墉。增修而具備。再飾塵埃之故像。重修黼藻之光華。廟宇一新。燦然罔有不完矣。究此鳩工之匪易。至於改歲以方成。計營造費用之不輕。係國帑泉流而支給。非出於民也。既而告成。念無文以紀之。將何以傳於久遠。吾屬經營締構之難。後孰明者。乃命治□委進士穆昌世爲記其興作歲月之首末。誌其營建成全之勞效。雖不能文。具道實事。又何□□。仍繫以辭曰。

猗歟子淵。德行純全。聞一知十。天資超然。有過不貳。或怒不遷。好學善進。服膺拳拳。仰慕聖道。鑽之彌堅。簞瓢自樂。孔子稱賢。克己復禮。爲仁是先。苗而不秀。良可惜焉。故廟增葺。越後超前。寫之貞珉。以永垂傳。

大金明昌五年歲次甲寅三月既望。鄉貢進士穆昌世撰。陋巷志

汾州昌寧公冢廟碑 明昌五年

張守愚

天有五行。水爲之長。水之爲用。大矣哉。極天下之信。善利萬物而不窮。苟失其信。亦能害萬物。至於懷山襄陵下民昏墊。當其爲害時。聖王在上。用能俾乂。故自五帝以來。有水官掌治之。少皞之裔孫昧爲玄冥師。玄冥乃所謂水官也。而昧爲之長。昧之子臺駘。臺駘能嗣其官業。宣汾洮。障大澤。以處太原。顓頊嘉其功。乃封之汾川。厥後有沈姒蓐黄四國。世守其祀而不絶。至春秋時。晉主汾乃始滅之。子產是以謂臺駘汾神也。良有以焉。寧化縣郭西南二十餘里有定河村。村側有小丘。左汾堧。右谷口。高且尋仞。廣殆畝餘。上有叢祠。古往流言。謂爲臺駘墓。主汾神。而土俗雖承傳之久。亦不知所以然。又不喻建祠之由。第以土地神視之。故其祠宇稔爲風雨所敝。莫之省焉。今按縣境處汾水上游。實太原之域。昔臺駘業官於此。受封於此。其生也。既有功於此。而死乃葬於此。不其然乎。祭法曰。法施於民。以死勤事。以勞定國。能禦大災。能捍大患。有功烈於民者。則祀之。及夫日月星辰山林川谷邱陵。非此族也。不在祀典。若臺駘。乃勤事禦災。有功烈於民。宜在祀典之族也。禮山川之神。水旱癘疫之災。則禜之。説者謂祭其先世主山川

之神。非獨祭山川之神也。明昌五年。州得任從仕爲判官。任諱知微。博聞之士也。因悼彼俗顓蒙。瀆神之祠。乃追討圖誌。以春秋傳考證之。覈厥事跡。知其昭然不紊爲神之墓神之廟矣。乃與儒士史世雄、宋鉞取舊圖經參較編次。增補其闕。具載茲事以示鄉人。由是民曉然知所敬在是。乃相與修廣舊祠。闢其堂埠。易庳爲崇。延袤兩序。增爲周廡。敞其陽門。益之東西偏。至於塗塈瓴甓繪飾之屬。煥然一新。仍得任公所書故事封爵廟號榜於題額。觀者莫不喜悦。然後衆乃環聚而言曰。惟神塋兆廟貌既在吾里。則神之靈尚安往哉。且吾里之生。咸賴汾河之利。並水涯而居。未嘗有泛溢之厄。得非神之力乎。今祠宇既寧。吾屬當以時敬祀之。以報神休。於是以每歲仲夏。潔誠修祀。具牢醴牲饌。奠於堂上。作樂舞戲伎。拜於堂下。是日闔邦遠近。觀者如市。大爲聚樂。以極歲中一方之遊觀也。自承安以來。仍歲遇旱。羣僚有禱。必獲嘉澤。從此邦人荷神之庇益深。而敬祀之心。如在之誠。不敢慢。若稽神之靈應在人者。遠則唐有令狐楚謝雨文之碑。次則石晉有昌寧公之封。近則宋有靈感元應公之贈、宣濟廣惠之額。今則靈威素著定河之稱。舊郡守賈公有禱雨獲應詩。皆可證驗。茲惟典故之實及耳目所接可信後世者。概書之石。以著鄉民興祠崇典之寔。庶使後無復有昧謬如前日者云。山西通志

創塑先賢先儒像碑明昌五年

郭壽卿

夫事數預定。物理自然。豈虛言哉。昔夫子藏素書於懸瓮。其文曰。後世修吾書。董仲舒。拭吾

履。鍾離意。自周迄漢。元光初。董生爲博士。推明孔氏之術。永平間。鍾子居魯相。親護孔廟之器。驗二子行事。與秘書所載。若合符節。聖人之逆知來物也若此。而況杏壇槐市之居。麟鳳日月之來。曁夫攀鱗附翼七十二子之儀範歟。一旦更新。非偶然也。夏邑縣宣聖廟。王宰德彰之所建也。殿堂廊廡。規模雅壯。甲於河南。大成正殿。素王顔孟十哲在焉。東西夾室。伯魚子思在焉。傍虛兩廊。將圖像六十一賢、二十四先儒於壁。會公受代。所謀遂寢。八年於茲。乏人繼成。明昌四年。士民趙天麟等詣公庭請曰。自揣庸才。得親翰墨。齒於人數者。皆先聖賢佑爾。伏覩縣學孔門高弟之像未完。今欲完之。改畫爲塑可乎。王公泮宮之碑未立。今欲立之。因文刊用可乎。縣官皆曰。近降朝旨。隨縣宣聖廟。士民起建者聽。矧願創修泥像、將豎滯碑乎。因革之後。宜無或不可。我等雖守官常。聊與汝曹贊成其事也。則無所與焉。衆退。於是鳩工命匠。土木繪塑之伎。並與天麟等各司其局。朝夕於斯。未嘗暫離。以至公爲心。無一介私己。勸化中外。人樂爲助。惟恐弗及。縣官公餘。必以造焉。見違禮者。諭之從禮。如過度者。納之合度。故用得其實。惰者勉之以勤。勤者激之以賞。故人忘其勞。是以費至寡而功多。力勿極而效速。明昌甲寅仲春丁未日經始。距仲夏己丑日告成。宛丘侯顓孫師至頓丘侯琴張三十一賢。蘭陵伯荀況至昌黎伯韓愈一十二先儒列坐東廡。金鄉侯澹臺滅明至徐城侯公西蒧三十賢。瑕丘伯左丘明至新野伯范甯一十二先儒。列坐西廡。凡八十五像。冕旒劍履、服裳章采。各有度數。至於門闌窗壁、坐龕階圮。靡不鼎新。及前建學之碑。雖有其材長丈餘。有其文富千餘言。久仆於地。無自而成。命石工磨礲鐫刻。屹立於講堂之西南隅。

盛矣哉。有闕里之風焉。噫。衆豪士能經營於前。四明府能裨助於後。上下相承。共濟斯事。永爲賢士大夫之所瞻仰。邑里子弟之所慕樂。豈不偉歟。斯人也。豈非真儒所望董仲舒、鍾離意者乎。較其修書拭履等功。殆有過之。蓋事數物理自然而不偶耳。功成。詣僕求記。喜聞而樂道之。遂成斯文。刻諸貞珉云。夏邑縣志　○本文原有空缺據民國重修夏邑縣志補。

靈巖寺田園碑明昌六年

周馳

濟南靈巖。自法定禪師肇建道場。於今幾千載矣。峯巒奇秀。祠宇雄麗。號天下四絶之一。比丘恆二百餘衆。雖四方布施者源源而來。然其衣食之用。出於寺之田園者蓋三之二。其地實亡宋景德間所賜也。逮天聖初。稍爲人侵冒。主寺者。不克申理。但刻石以紀其當時所得頃畝界畔而已。其後紹聖間。掌事者稍怠。左右□□遂伺隙而取之。時長老妙空者。雖訟於有司。其地未之能歸也。至廢齊時。始徵天聖石記。悉歸所侵地。然石記字畫已皆駁缺。寺僧□其歲久愈不可考。因請於所司。□令主首故老與夫近鄰共立界至。迄今阜昌碑石存焉。聖朝天德間。復有指寺之山欄爲東嶽火路地者。既而省部委官驗視。考之阜昌碑文。不得遂其詐。因符移府司。府司迺印署文帖給付焉。大定六年。朝廷推恩。弛天下山澤以賜貧民。由是諸山林舊所固護者。莫敢爲主。樵者薪之。匠者材焉。凡森鬱叢茂之處。皆濯濯如也。惟靈巖山林。以其有得地之本末。故獨保完。明昌三年。提刑司援他山例。許民採伐。由是長老廣琛訴於部於省。才得地之十一二也。五年琛復走京師。

詣登聞院陳詞。蒙奏斷用阜昌天德所給文字爲準。盡付舊地。省符既下。於是□事僧悟寶陳於府。再給公帖矣。將復刻石。以爲後人之信。遂丐文於歷下周馳。乃爲序其終始之實而書之。或曰。世人所以不能脱世網而逃死生者。以其貪愛爲病也。如來有藥爲之對治。止於一捨而已。故深於道者視軀命猶視外物。況外物乎。見衆生飢餓。雖刲割支體。了無靳惜。今琛公以土地之故。至取必於朝廷而後已。斯無乃□於其教歟。愚應之曰。不然。夫刲割支體以啖衆生。則可矣。若刲割衆生支體以啖衆生。豈理也哉。抑嘗聞客有捐萬□□□以遺累者。蓋初無難色。及有人託守斗粟。則不敢縱鳥雀耗□一龠。何則。自爲爲他之理異也。且夫寺之常住。所以贍養十方□□□也。渠蓋不得已而爲衆主持□爾。非所私有也。如視其湮没而弗與保護。因而絶大衆日用之資。乃曰。吾能以捨爲心。然則所捨者□誰物耶。知是理。則知琛公之□□違佛教矣。或者釋然。因併書其言。以告來者。使謹守焉。泰山志〔岱覽卷二十四〕

潞州儒學碑

毛麾

禮經有言曰。古之王者。建國君民。教學爲先。又曰。君子欲化民成俗。其必由學乎。是以家有塾。黨有庠。術有序。國有學。蓋由教化之本。太平之原。靡急於此。一日而不可廢也。自封建五等之爵罷。天下爲郡縣。承流宣化共理之效。責夫守令。號師帥之官。其間遵古制迹。掄選賢能。稱爲得人。享祚長永。惟漢唐爲最。如漢之文翁。唐之常袞。又其超卓著見者也。文翁守蜀。起學成都市。擇諸生開敏有才者。親加飭勵。待以殊禮。吏民榮之。爭爲弟子。富人出錢求之。大化僻俗。學於京師者。比蜀於齊魯。至孝武帝。令郡國皆立學。還從文翁始。衮爲福建觀察使。初建人未知學。衮大設鄉校。使作文章。躬勤講道。與之鈞禮。游饗得與。習爲一變。歲貢士與內州等。厥後建蜀。名士輩出。聲動海內。二公各立生祠。春秋配享。迄今宗仰。顧不美哉。皇朝龍興。太祖皇帝應天順人。以武定寰宇。太宗皇帝聖烈丕承。卒其伐功。雖誕布文德。以綏遠邇。而儒學之事未遑徧舉。逮世宗皇帝撫運御極。猶殷高宗、周宣王懋中興之業。乃賁明庶政。表章六藝。卽京府立教養之法。合菁莪樂育人才之雅。外官到任。謁境上神祠。首詣宣聖。文明之治。寖以隆昌矣。主上嗣服。適追順孝。旁招俊乂。用闡大猷。降及節鎮。同京府教養。復經義宏詞制舉添律學人試義童子念六經諸科擢第。凡在選官。並帶提舉學事。文風炳然。將匹休三代。下鄙漢唐爲不足較也。宗室懿親。左右貴臣。比比分典大藩。以明倫善俗風教是尚。前禮部尚書翰林學士承旨李公領懷州節度。既告致政。不數月。復起領潞州節度。公澤之高平人。澤今爲覃懷支郡。而舊隸上黨。二除皆衣錦寵命。輿論所嘉焉。下車未幾。千里翕然。若素被陶冶。稔聽號令。知所畏愛矣。一日與賓屬議及州學。歎咨隳毀。且怪其制度卑隘。則知兵火之餘。因陋就寡。草創所成。卽謀重修。務增廣而一新之。邦人大悦。前有形勢之家。冒侵土地久假不歸者。盡歸之。鄰接相礙參差斷缺不能自安者。盡願斂之。於是捐清俸。請公帑。助工役。繪圖按式。大加營建。正殿中峙。長廊翼舒。殖殖其庭。高門有伉殿。次起堂。以待橫經問道講談仁義。中門東西兩序。對爲廳事。以俟奠謁之官更衣望揖。至於生徒齋館。貯藏庫廩。一一備具。莫不棟宇雄壯。丹堊鮮華。耽耽闢陽。沈沈闔陰。使望之者悚。過之者趨。在侯伯之國。禮典之廟。實爲稱矣。公以提舉職事。每常訪臨。督勉進修。曲爲誨諭。豈有繼城闕之游。挑達而失其業。見行俎豆之禮。低迴而不忍去。異時觀光應聘。當有若蜀之揚子雲、司馬長卿。建之歐陽詹者出焉。彼文翁、常袞。亦安得專美於前歟。學之正録二十來索紀言。麾辱公知遇。作同志友。乃獲共慶斯文之亨會。庸贊吾道之主盟。是誠可書也。故樂爲道之。潞州志

康澤王廟碑

毛麾

蓋聞水經云。平水出平陽西壺口山。卽書所謂壺口也。自壺口而西南二百餘里。曰平山。水潛出其下。曰平水。州圖經亦曰。晉水。其源亂泉如蜂房蟻穴。觱沸於淺沙平麓之間。未數十步。忽已驚湍怒濤。盈科漲溢。南北溉田數百頃。動碾磑百餘。東滙爲湖。曰平湖。秔稻菱芡。晉人取足焉。其事見於宋名士謝景初記、宋敏求書。泉之旁有舊祠。世祀神龍。爲此水之主。相傳劉元海僭據時。重築陶唐金城。有韓媪得巨卵嬰兒化蛇之異。斬蛇尾而泉湧焉。遂資以灌溉。新舊圖經寰宇記。並載其事。後因祀之曰龍子祠。遇旱。致禱卽應。宋熙寧八年。守臣奏請封澤民侯。廟額曰敏濟。崇寧五年再封靈濟公。宣和元年加康澤王。廟有唐天祐二年。宋寶元三年、政和四年感應碑。傳祀既久。官民崇敬。廟制寖廣。草木蔽翳。清流白石。爲州勝地。封連疃接。凡斷岸絕

澗。則架以垂虹之橋。採蓮捕魚。則泛以畫鷁之舟。當春之時。花光柳色。作紅雲翠霞。蒸煦遠近。太守與州人來游。簫鼓相聞。車馬相望於山水清輝之際。不知浣花、曲江之美。較此孰多。兵火蕩盡將四十餘年。民思所以興起而未有倡之者。江陵黃公來宰臨汾。理成化洽。匹古循良之吏。故能一新縣署。再創宣聖祠。繼大修陶唐祠。又審民心欲成龍子祀而修之。創獻殿。設齋廳。置風師、雷師、山靈、河伯之殿。庇二〇二。據上文當作三。碑以亭。前鑿養魚池。長廊周步。幾二百間。至於廚庫。靡不周備。廟門仍舊曰敏濟。中門三間曰善利。正殿曰康澤。後設龍母殿。以事韓媪。增葺溪上舊亭曰清音。取選詩山水有清音之意。然後見公善政與此山此水俱無窮焉。迺合衆願。以志於石。作迎神送神之曲以侑神云。山西通志

神之來兮風雨蕭蕭。不破塊兮不鳴條。滋多稼兮滿平皐。享血祀兮聞歌謠。神之去兮日光沉。巖穴暝兮煙雲深。廟門闔兮來棲禽。空山水兮遺清音。〇此曲原缺。據山西通志補。

皃山人祖廟碑 明昌七年

田肇

混沌肇分。天地開闢。有民人。則有君長。自盤古而來。遐哉邈乎。其詳不可得聞。大古既遠。三皇迭興。爲皇初之首者。伏羲也。按帝王世紀。伏羲風姓。有大聖德。繼天而王。位正東方。象日之明。以木德而治天下。仰以觀乎天文。俯以察乎地理。近取諸身。遠取諸物。始畫八卦。以通神明之德。以類萬物之情。連山、歸藏。實自啟焉。然後成於三聖。爲六藝之首。示萬世之楷式。後之

有天下者。莫不宗而師之。所謂法始乎伏犧者。信不誣矣。而復治干戈而飾武。崇禮樂以尊文。造書契以代結繩之政。取犧牲以充庖廚之用。此伏犧氏行事之大略也。夫太古鴻荒之世。人倫未立。男女混淆。夫婦無別。伏犧迺更造作爲父子。君臣初建。人倫實始。此伏犧氏所以基皇德也。然後混淆之風一旦革之。故孔子曰。有天地。然後有萬物。有萬物。然後有男女。有男女。然後有夫婦。有夫婦。然後有父子。有父子。則禮義有所錯也。此道以行。萬世之後猶以父母尊之。其成人之深也如此。古滕之鄒。蓋春秋邾子之國也。山川奇秀。民物豐阜。邑之西南五十餘里。有山曰鳧。魯頌曰。保有鳧繹。卽此山是也。東西二山相峙。皆目爲鳧。奇峯聳拔。高出雲表。嘉木擢幹。鬱鬱青青。真一方之勝地也。越東鳧之西麓。有伏犧廟存焉。按李吉甫十道圖云。兖州之境伏犧陵。蓋鄒嘗隸兖故也。然祠宇日久。堂廡傾摧。丹青剥落。罔堪顧之。先是大定二十九禩。世宗皇帝有旨。凡廟宇載在祀典者。並使修完。自是之後。未始興造。越明昌七載。有提判陳公巡按之滕。搜索稽滯。見斯事之未濟。乃命州之主者亟爲行之。使州迺以鄒令張公專典其事。仍以省錢八十萬爲重修之費。公奉命後。鳩工聚材。起於是年秋九月建。十月而落成。一錢不取於民。一夫不動於衆。優游而爲之。仍以己俸修廟門兩掖垣墉。肇忝張公同事。因以斯文見託。義不可辭。肇以爲此一勝事也。有可尚者三。世宗皇帝欽崇祀典。使有功於民者萬世血食。此可尚者一也。提判陳公能興其滯而行之。此可尚者二也。邑令張君奉行其事而畢之。此可尚者三也。繼今以往。春秋焚修之人。愈不遠而來。絡繹鳧嶧矣。肇因紀其實而書之。明昌七年十月記。鄒縣志

許州重修宣聖廟碑 明昌九年

白清臣

上卽位之初。歲在庚戌。改元曰明昌。薄海内外。悉臣悉主。地廣民衆。軍國事繁。慮汙吏之貪殘。冤獄之沉滯。欲激濁揚清。勉勵學校。庶遠近之風同歸於治。乃以天下分爲九路。設提刑司以廉察之。皆遴選人材能幹濟者。俾充是任。今開封府者。與其路之一也。至五年。前官解秩。別議升除。卽以絳陽李公愈特預其選。公先被綸命。登車攬轡。慨然有澄清之志。而署事之後。閱月之餘。審事之繁簡。度地之遠邇。乃出己見以書申達朝廷曰。許之置司。地雖得中。而事非要會。如移之南京。上則統軍之兵署。次有留運之二司。軍件夥繁。民訟塡委。加以賓國之進貢。使客之往來。事之繁劇。實在於彼。公以是而申請之。而朝省以所言之當。特許可焉。既而得遂所請。卽率州學生而語之曰。提刑司今聽遷南府。顧（愈）〔餘〕之廨舍俱無所用。適居郡庭之街左。實文明之地也。其宣聖廟可遷於此。汝等速宜詣州投牒而告指之。翼日具事。自陳其詞。則州倅折公彥襄欣然從之。至次年正月。會提刑判官高公中立巡按至（都）〔郡〕。尋令遷舊廟宣聖顏孟塑像而置於廳事。其東旁使宅。以爲州學。又次年春丁釋奠。權州節副張公吉達謂諸生曰。此提刑衙。然已改爲廟學。終未得省庭行下明文。恐非經久之便。而提學節判裴滿公没烈協贊其事而共申之。至是年六月。承省部準中符文。令從宜計置。以爲廟學。未幾。又蒙官爲支降省錢。俾增塑十哲繪畫七十二賢。方計議揆度之間。命節使白公璋來典是郡。下車之日。首詢庠序之教。亟命增修之。乃委長社籍郭大中暨清臣監修塑繪之事。各敬從所命。故向之或缺者。皆補而完之。越明年五月功畢。一日係籍儒生摳衣升階而請之曰。今廟貌奕奕然。聖容穆穆然。黌館綽綽然。實許昌之壯觀。學者之深幸焉。茲皆出於提刑使李公創始。而郡僚克終。故能成此一段奇事。豈可泯而不傳。蓋廟之所居。從昔至今。凡四遷矣。初則置於兑隅。次則遷於震位。靖康之亂。焚滅無餘。逮本朝復其疆土。又遷於鄧洵仁之故宅。而僻居郭外。連郊牧之地。其殿宇卑微。齋舍湫隘。甚不副國家右文養士之意。猶有唐代故碑。乃劉夢得所製之文也。余徐應之曰。舊廟之碑。亦嘗見矣。雖時代遼邈。兵火屢遭。龜趺不存。而碑文獨在。考其年禩。計今之相距凡六丙辰矣。噫。事之興廢物之消長。亦時之待焉。豈白樂天謂劉禹錫之文所在有神物護持之。誠哉。是言也。今若督余繼作。其所謂刻畫無鹽唐突西施。生曰。時異事異。豈以此而固辭。況先生名列學宫。申稟之事。皆親見之。安可反求他人乎。由是不敢拒衆人所請。亦樂道人之善。因淪硯奮筆直書其歲月云。許州志

梁公畫像碑承安二年

郝長卿

昭義軍觀察判官梁公。自明昌二年到任。政□神明。迫□旱歲。民艱於糴。□贍濟□術。又誘上户人等就祐聖寺千佛院設粥一百日。俾免流浮之虐。是年税起平陽府。送納艱於險阻。公特申令入洺州折納米。路既平坦。民止一宿而迴。讚詠之聲。沸於田野。繼承恩命。充提刑判官。迨承安改元。經冬無雪。春復愆陽。潞、澤、懷、孟等州。再罹荒旱。公馳驛按視。思復拯胥。自春徂夏。兩

中朝省。蒙聖恩垂憫。再倉均濟外。令減價出糶。不啻數十萬石。由是粟無湧貴。人獲再生。協氣橫流。薰爲休徵。澍雨屢降。無愆其期。多稼芃芃。迄成豐年。公之力也。潞民思之。甚於甘棠。有州中百姓韓通。壽既高。以郊祀赦恩帶□。稟性正直。樂聞人之善。衆皆稱其好事。一日請於余曰。通有誠願。欲畫公之像鐫之貞珉。庶幾朝夕得以致敬。傳其碑本於人。俾之永永弗忘。敢告以紀其實。可乎。余曰。此善事也。當共成之。又安敢辭。公姓梁。□堂。字國寶。涿州范陽人。時承安歲次丁巳中元日。上黨笑翁郝長卿述。石刻拓本

澄城縣重修唐相鄭國文貞魏公廟碑 承安三年

孫鎮

有不世之君。必能用不世之臣。用不世之臣。必能建不世之功。若鄭國文貞公者。其可謂不世之臣歟。公以不世之臣。而遇太宗不世之君。眞千載之嘉會也。夫值千載一遇之世。將行千載一隆之道。豈但期會簿書聽訟獄而已哉。公亦自以爲不世之遇。而能展盡底蘊無所隱。太宗和顏從之如不及。是以貞觀間。斗米三錢。外户不闔。兵寢刑措。庶幾唐虞之隆。嘉謀規益。凜凜乎臯契夔稷伊望之風也。公姓魏。名徵。字玄成。本魏之曲城人。新舊二史。載其致君澤民行事。炳炳如丹。固不待吾言而後見也。其祠舊在縣之西門外。始惟繪像縣學門廡東壁。逮宋宣和間。縣令張綱別立祠堂。塑爲貌像焉。歲月滋久。堂宇傾圮。神像剥缺。加之其地荒僻。殆不副忠臣賢輔所居。吁可怪歎。今主上踐祚之明年。勑修天下忠臣義士廟宇。有司以公祠聞於朝。然久不時報。縣令艾侯憫其

荒廢。乃別卜地建廟。築垣於南郊外三十餘步。輸己俸以遷焉。於是公之孫與闔境士民贊助而成之。不勞民。不費財。經始於十月。斷手於十二月。其堂三間五架。中塑公像及其孫薈秉笏侍立於左。東西廊廡一十間。各二架。廟門一所。使歲時祠謁者。如事其生。公之在唐。先有賜莊在縣北。曰修善村。其子孫家焉。因命鎮曰良輔。驛曰賢相。皆以公故也。公之家。世蒙給復。下逮五季宋初亦然。及韓魏王琦西帥也。奏官其十五世孫道嚴。至大觀政和間。賜銀六百兩絹五十端。以彰賢臣之後。本朝定國軍節度使傅□申諸朝。亦贈其十七世孫世祥嗣守其先塋。蓋令德之後也。因並紀其實。以告將來。不惟使後之繼業者。不墜其家聲。抑將使爲人臣者。以道事君。措天下如貞觀之治。顧不偉歟。侯字長卿。屢宰劇邑。所在有治聲。澄人畏而愛之。其德政。茲不悉載。異時秩滿代去。縣人指此祠爲甘棠之茇舍云。承安三祀冬十二月晦日。將仕郎同州教授孫鎮謹記。石刻拓本〔澄城縣志〕

澄城縣令艾公遺愛碑承安四年

孫鎮

郡守縣令。民之師帥。守非人。則千里之民受其弊。令非人。則百里之民罹其殃。由斯言之。今之縣。古百里之國。今之令。古百里國之諸侯。屬當是任。顧不重哉。同州澄城縣。漢唐三輔之屬邑。土沃而民殷。事叢而業鉅。自嬴秦破滅六國。遷其豪傑。以居關中。風俗精悍。自古號爲難治。本朝以武德定天下。遴柬其人宰是邑者。往往皆碩德偉望。承安三禩夏六月。前縣令艾侯。膺命來蒞是任。爰自下車。公勤於職。寬而能斷。嚴而不苛。申明條約。檢束胥吏。待僚屬以禮。馭□民以信。修固城隍。明置里堠。不閱月。治績告成。於是與□舉廢。修葺縣署。次第一皆新之。至於佛刹道觀。無不增飾。其修學校。治齋舍。擇里中賢子弟教育作成之。俱有規式。縣之西郊。舊有唐相魏鄭國文貞公祠堂。湫隘卑陋。神像毀裂。侯以爲前代諫臣。無能出其右者。而習弊乃如此。於是擇諸爽塏。得善地於郭之南。因民心所欲而遷焉。是年之冬。天子遣信使。大比天下户籍。邑中里胥迫於限促。其間不勝差互。侯以新舊籍參校。租税丁黄。一皆删定。人服其公平。無敢譁者。自侯到任之後。每風雨愆期。以香火詣佛圖澄洗腸泉。默爲民禱。雖左右莫知也。既而三日之内。輒獲感應。是致闔境之内不旱暵者三年。而亦無風雹之災。前主簿馬丙亨。業已受代而遽告逝。遺孤女六人。皆長成而未聘也。一孫雖甫及成人而未娶。侯哀其孤貧。皆爲擇良配而婚之。其稜得釋重累而還於鄉里。百姓韙之。以爲復見古人焉。往來客宦。有貧乏不能自振者。皆爲之賙濟。其輕財重義好施以周人之急類如此。及其秩滿而歸也。民惜其去。遮馬首於路而不得行。至有涕之無從者。其既去也。百姓蘇居仁等思其遺愛。皆以爲古之循吏。有去思者。有生爲立祠者。自今觀之。我侯何愧焉。於是共爲專祠於文貞公廟之東。使邑人春秋瞻拜而奉之。侯大興人。諱元老。字長卿。家世貴顯。以父蔭入仕。俾力於酷征之任。積官今爲定遠大將軍。嗚呼。侯之於僕。有三十年之舊。知其爲人最能得其詳。及予來官馮翊。嘗詢其政跡。而稱不容口。於是摭其善狀。喜而書之於石。以告來者。承安四年十月望日立石。澄城縣志

金文最卷七十八

碑

定州創建圓教院碑承安三年

楊乃公

大開元寺之東南。有圓教院者。迺崇教院之南院也。攷其根原。有所來矣。爰自聖朝撫定之後。有主僧□定圓□爲本院房廊褊狹。僧□□遂請□到招賢坊空閑官地弍段。計陸拾陸畮。環築垣牆作院子居止。有餘隙地悉爲園圃。布壠□□□植蔬菜。以給齋飱之用。四時無所闕矣。至大定二載。幸遇世宗皇帝中興。凡天下寺院無名額者。許以錢易之。當是時。復有主僧□定善□躬率清衆。樂輸貨泉。以資於□官。謹請其號。敕賜曰圓教院。卽與開元寺崇教院係是一家。並立常住。至大定十八年。亦有首僧□淨月□與衆清議。南院雖有名額。殊無聖像。使往來奉教檀越。何所□□。甚爲闕典。迺與尊宿諸執事人輩。同心戮力。出外分化。遠邇聞之。無不響答。有助材木者。有助塼石者。有助笆瓦者。有助人功者。施無多寡。咸應其言。或肩背負荷而送者。不憚煩勞。或車牛運載而來者。□□迢遞。於是擇吉日。命良工。創建大殿五間。經之營之。不日而成。厥後有主僧淨璋。相承其意。於殿之□□□雕木彌陀三事。供具莊嚴。花果間錯。朝夕參奉。禮靡所闕。仍選丹青妙手。於東西兩壁繪轉山羅漢。及北門左右亦寫白蓮社圖。觀其人物奪真。水深石硬。木老雲閑。爲當代絶筆。繼而有傳戒沙門淨藏衆。凡事之未備者。欲以補完。遂於彌陀後屏起塑觀音大士。及顧玆寶宇。内猶壤地。外且土階。迺□□衣□特命工匠。治剗砥平。悉令砌墁。左右前後。整整一新。由是緇徒寖廣。梵教日隆。古人有云。建非常之功。必待非常之士。此數公者。若匪非常之人。安能立如是之功哉。逮承安三祀。有見住持賜紫沙門。法號崇遐。字公遠。俗姓龐氏。迺南唐人也。自童幼好誦金剛經。年十有五。意欲出家。母與兄俱不從。後一年。私遁。詣本州開元寺毗盧院。迺今崇教院也。於常住執役九齡。至大定初始受具。時年二十有七也。禮僧淨慶爲師。後復於忠老親授心印。兼通禪律。至於孔聖老氏之書。亦嘗留意。屢有著述。文翰俱奇。凡院門力役之事。必身先之。及所受檀信舍施□資。悉入常住。不爲私積。賢哉。箇中人也。僕因暇日。洎棲真老人同謁寂照。啜茗之餘。師謂余曰。每慮院額敕文。歲久遺忘。欲刻諸石。傳之不朽。以此見師之雄材大略。不惟增光象老之規模。抑亦垂示後人之軌範。請予爲文。僕以年齒衰殘。嬾親筆硯。然與師交契甚厚。固不敢辭。因摭其實而書之。時承安三年莫春晦日。中山致仕楊乃公記。石刻拓本〔定縣志〕

西嶽灝靈門碑承安三年

楊庭秀

□肇十有二州。封十有二山。皆以□山爲州之鎮。據五方之正。卓然者稱嶽焉。嶽者。靈氣之所宅。與他山則異矣。華居□鎮豫州。天子巡狩則至焉。□□則至焉。秩以三公之禮。載在祀典。後世册以帝王之號。蓋致崇極之意也。宮闕制度。稱是然。遣使歲祭。無敢廢者。迄今羣盜蜂起。廟爲之墟。危簷廣廈。化爲煙埃。所存者。□垣而已。聖朝之撥亂返正也。四海乂安。百神受職。凡列祠官者。靡不興修。世宗嗣位。光昭先功。尊嚴祀事。屢詔有司。俾加增葺。由是廟宏敞。略與舊等。獨灝靈仁和之門。僅得十二。明昌七年□月。□議王公來作州牧。是□□祝册自京師至。王公率僚吏奉册宿祠下。禮畢。慨然歎曰。嶽居天地間。功利及於民者大矣。興雲而産財用。水旱□沴則禜之。癘疫爲災則禜之。郡守爲民之父母。而神能安利之。則事神之心其可忽□。禮。諸侯祭境内山川。有不舉者。君削以地。今則臺門卑陋。不稱神居。非郡守之責而誰歟。乃闢諸朝。尋而符下。今用香錢爲繕修之費。公召州中耆老而告之曰。朝廷起是門。計其所支。才及昔□之半。緣此機會。俾復其舊。可乎。皆曰。一方之民。受神帡幪之賜久矣。莫有以報。方且歉然。倘郡守有意。唯命是從。公遽輟己俸爲之倡導。華陰縣令大興嗣、主簿高瑀。從而和之。軍民聞風。踴躍歡喜。富者施貲。貧者効力。雲集輻湊。莫之能禦。興嗣與瑀秩滿。乃諉主簿陳祖虞領其事。募民匠。率州兵。經始於承安二年六月。就緒於三年七月。正門偏門月廊凡百楹。至於斲削之工。塗茨之飾。輪焉奂焉。皆中其度。計材木甓石之用。夫匠氏之工。民亦與焉。落成之日。邦人和會。衆目聳瞻。咸生敬肅。而相語曰。向之齷齪褊狹。今崇構而宏大矣。向之漫漶黯濬。今丹刻而藻麗矣。三峯屏開。二水玦抱。晨煙晚翠。□輝□□誠關中之壯觀也。凡守是邦者。或拊摩其民而取譽者有之。畏避其事而養高者有之。孰肯措心於此間哉。非豁達果斷者。曷能□然。莫不歎賞而去。未幾。除書至。公改授河北西路轉運使。友人范瑾致書於庭秀曰。公之來。宣布教條。勸農桑。窒奸宄。廓儒宫。豪猾不得肆其欲。民以是安其業。營齋廬。豐祭物。恢復五門。起百年之廢。□□是寧其居。民安神寧。二千石之責塞矣。及公之去。華民攀援。莫留□□諠沸欲樹豐碑。以紀公之政迹。爲威林之甘棠。子盍爲紀之。華庭秀鄉國也。又與公舊。義不可辭。竊惟公文章政事。爲昌朝用。炳炳著在簡策。天下所共知也。又豈待庭秀之筆而後□揚哉。自愧其不知量也。然喜華人感公之德厚。愛公之意深。故樂爲之文。著於廟石。繫以詞曰。

巖巖華岳。崇五千仞。金天之英。豫州之鎮。德成萬物。秩視三公。祀典所載。明王是崇。有事則堂。有災則□。凡禱輒應。疇敢不敬。惟神之□。宫闕穹窿。□此兵厄。煙埃一空。惟我天子。禮厥百祀。命守土臣。恒加敬□。守臣不職。□以虚文。制度稽舊。十之四分。公來□□慨然遐想。臺門卑陋。民何景仰。公乃經營。霆激風生。萬指雲集。樓觀峥嶸。百年□□一旦而起。壯不過奢。麗不及□治郡三年。教行訟衰。諸縣豐登。神陰相之。民愚□□。神幽難事。民安神寧。賢哉長吏。洎公之去。□人何依。萬口同音。遺愛是思。書公□□。揭之廟石。令聞其傳。與山罔極。石刻拓本

濟陽縣創建先聖廟碑（承安三年）

陳大舉

國家承平日久。自京師至於郡邑。莫不有學。使秀民得以講道藝其中。三歲賓興。拔其尤者。所以

粉澤禮樂教化之功者甚備。天下十有九路。文風號稱郁郁然者。莫如山東。山東會府有三。溪山秀爽。號稱多名士者。莫如濟南。濟南屬縣有七。水陸俱通四方遊販歲集而月至者。莫如濟陽。濟陽有桑蠶之饒。户口殷庶。其俗尚義任氣。然失在夸奢者或有。其天性好學。如漢太史之說者亦不乏人。故知名場屋者。往往輩出。縣舊無孔子廟。凡二仲月釋奠。縣官以著令不敢廢。期至。借屋行禮。或僧坊。或驛舍。無有定處。前後不知幾令佐而已。雖間有欲作新廟。恒以品地不能專。輒計其工費聞於府。聞於轉運。例以創造。故難之。其事屢寢。無如之何。一日諸文士相謂曰。吾儕尚有閭廬。而先聖先師無奠帛獻牲之地。彼釋老之徒。溺於怪誕。猶知修飾祠宇。丹刻輪奐。無所不至。今吾徒反不如彼。得無悳耶。且十室必有忠信。況萬室之邑乎。吾徒苟能倡之以誠。豈無賢達以誠相應者哉。因謀諸邑人。得衣冠之族趙氏者。願獻地。楊彪者。畫其位置。願爲殿爲堂爲齋房爲庖湢。單父商者王彦。願爲戟槊門及兩廡。進士李仲熊爲之倡。魏如翼、范師祖、盧守簡、馬遵古、張炎、李亦顔數人相左右之。請於有司。既允。而後除地於蓬藋之聚。鳩材庀工。以大定十四年五月經始。二十四年八月落成。創新先聖先賢之像。凡配享從祀者。俱以位序列焉。秩秩繩繩。應圖合禮。他邑之祠莫及也。觀者嘉歎。既而李仲熊以書徵文於予曰。敝邑自天會八年改置以來。有司以簿書不責者爲不急。故未遑於學舍。幸獲攷實。出私泉。不煩公帑一物。恐來者忘其勤。宜有紀述。方礱石以待。僕以爲學校者。風俗之本原。而人不可一日無也。古者黨庠術序之教明於上。孝悌睦婣任恤之行興於下。蓋人性遷革磨揉入於善者。皆由於學。然其事難成也久矣。雖當途顯人。

猶病不能爲。況里居之士乎。楊王二公。慷慨好施。誠能不愛資具。爲人之不可一日無者。使春秋奉祀有嚴。生徒肄業有所。其於風化不爲小補。將見聽絃誦而仰仁風。而淳古明秀之俗成。詭欺薄惡之習變。入其里。多禮讓之貌。行於野。無負戴之老。抵冒殊扞者。絶争田之訟。椎埋弗率者。傳問孝之章。如此。然後見修學之意也。承安三年六月既望。濟陽縣志

長子縣重修宣聖廟碑承安三年

史倬

夫子之道卓哉。其神之所爲乎。雖寥寥數千載之後。學者仰之爲師表。宜乎饗血食而弗能已也。本縣舊亦有廟。實在公廨外門之西偏、尉廳之南。基制卑陋。僅一室而已。自宋建中靖國元年。邑大夫始卜東南隅。易民家地而遷之焉。議者爲胥宇必於東南者。蓋取文明温厚長育之地也。及本朝正隆之後。廣威劉公、奉直王公繼爲邑宰。率衆出泉。皆有增修。其規制輪奐。有加其舊。然功未克終。而俱已代去。故人心咸以爲歉。俄復歲久。日削月朘。寢以傾圮。庭宇荒蕪三十餘年。不堪其敝陋。服儒之服誦儒之書者。恬然不爲慮。入其門。不過長太息而已。會明昌初。新主嗣位。崇尚儒術。作成人材。文風炳然度越三代。迺詔郡縣。有孔子廟。皆舉而新之。時言事者。以爲賦調不充。宜罷不急之役。議雖從之。然獨兹廟之新。其事行焉。縣司因得計度工費。上其事於計司。遂可其請。而官爲給錢以繕修焉。然歲比不登。前政亦倦於勤。故因循五六年未克就緒。迨乎汯水焦公來主縣簿。悵然興念。誓果於行。時僕以官閑居封部。暨廣平宋公。因得股肱協力。勸率士子與有力者

畢其興作。因而增大之。賴衆心忻然。莫不響從。乃各署名。陳牒於縣。仍願出家貲以佐其費。由是羣工鳩集。略無廢時。公亦爲政之暇不以慢游爲好。日來爲督其役。陾陾而捄之。薨薨而度之。凡百執事。皆説其使而忘其勞也。起於歲之夏初。而告成於歲之秋。其梁柱悉施以金碧。牖户悉塗以丹雘。觀之者罔不動心駭目。崇其堂室。峻其牆仞。階垣甃砌。完然一新。又重繪先師暨七十二子像。前設祭案。春秋釋奠。足以陳籩豆簠簋之儀。殿之南。創爲戟門。殿之後。立東西齋。闢之寬綽。俾足以處生徒。仍大起講堂及旁兩廈。足以待教者。廚爨器皿。纖悉畢備。兹亦古者家有塾黨有庠之遺制也。面勢軒敞。壯麗宏大。甲於他邑。且上黨天下之脊。而長子實郡城西之大邑也。蓋昔陶唐嘗封其子於此。俗多敦本近古。而士風不替。加以今日廟學之興。後學鼓篋如歸。方領矩步。委蛇其中。絃誦之聲。洋溢於外。俾異日觀光射策。鉅儒名士。相繼而出。不其偉哉。噫。凡用力少者易以謀。收功大則艱於成。不然。何自戊寅迄今四十餘年。經營締構。至於再。至於三。而後大就焉。豈非起廢修弊。自有其時歟。抑亦建功立事。必待能者歟。僕幸得區區從事於此。迺摭其實而書之。庶幾來者知其所自成之始末云。承安戊午季秋二十有六日立石。長子縣志

佛塔山重建高僧祠堂碑承安三年

皇甫希永

太玄肇啟。而衆象形焉。川岳分司。而蒙爲地上之天。仰觀千峯高聳。萬壑深幽。吐霧吞煙。主持造化。故洞經載東蒙之録。真誥云。蒙藏神經萬卷。隨運出世。宜乎有韜光之士以居焉。仙飛

羽化者。莫能勝紀。如陶真人、楊真君輩是也。昔有高僧明淨者。不知何許人。厭捨凡塵。臚牒名利。帶索自樂。不恥饑寒。嘗隱是山。思禪窮岫。精誠遐徹。神合太玄。天人虛白。所向咸歸。或當境亢旱。祈雨輒驗。唐貞觀二載。天下自冬及夏。常暘不雨。禾稼萎枯。萬姓焦然。天子詔道釋二門岳瀆名山及諸從祀者。普令雩祭而無應。朝士相顧。慘切無奈。有侍郎潘公者。嘗守東武。聞明淨能致雨。奏聞。詔至闕。帝問以所需。荅曰。罷諸淫禱。惟靜念三寶。慈濟四生。國內琳宮梵宇賜以香油照燭。帝與官民齊心謝過。七日之後。甘澤必降。上乃從之。臨期師謂宰相房玄齡曰。天西北有白虹。試觀之。尋聲卽見。曰雨至矣。底晡。雲合雨降。海內通洽。萬物昭蘇。四民歡暢。咸賀有年。帝大悅。度僧三千以荅淨德。詔住密州茂勝寺。後乃入滅。蒙下居民。立祠奉之。歷代彌遠。堂宇隳壞。徙其像寄於靈顯廟。至承安二年秋七月既望。祭於廟。有耆老韓同等共謀曰。此非高僧所居矣。本村之前。一山拔秀。名曰佛塔山。北望龜蒙。東瞻玉虛。西觀漏澤。南□沂河。可建祠否。僉應曰諾。卽選日築基。人皆忻忭。競輸美賄莛楹佳材。功將告成。補塑真像。采繪光輝。邀黃冠士庶。以香花伎樂紫節旌幢。移迓高僧。奉禮事已。維首韓公。恐世不知其高風道跡。來詣白雲。屬予爲文。幸無辭遜。欲伐石以刊之。俾千古而下。靈爽無昧。希永不揆庸愚。校諸古典。訪聞耆耋。述其本末。謹以爲記。大金承安三年歲次戊午三月二十五日白雲嵓白雲居士皇甫希永撰。費縣志

雞澤縣重修廟學碑承安四年

董師中

夫國之興化有本原。吏之爲政有先後。稽之舊令。天下郡邑。通得建立廟學。以崇奉先聖。教育人材。庶其遵道德。勸孝弟。變民風而易民俗。化之本原。於是出焉。今夫守令。其任是責者歟。而在官者不以屑意。至有宇舍久廢而不復。與夫僅存而不葺。又不以時修祀事、勵生徒。問之則曰。獄訟或不得其情。賦租不登其數。簿書冗而不治。盜賊發而不得。是吾憂也。學之興廢。蓋有司不責以爲急者。何與吾事。嗚呼。亦豈足與語爲政先後之序者哉。雞澤爲邑。最古見於春秋時。桑土沃美。人物阜殷。國朝天會初。王師伐宋圍洛。縣爲土賊占據。民廬公舍。焚蕩無餘。撫定後。寄治於北臺頭村。至今因之。後之來者。姑務增修廨宇完治城郭而已。承安三年正月。高君瑑由嵩嵐州司候廉陞來此。視事之三日。當謁先聖。吏白以無所。君諤然曰。士不可一日無學。民不可一日無教。而況春秋釋奠著在典禮。庸可闕諸。乃召士人與僚屬議。姑聞之有司。否則別圖以卒事。皆悦曰諾。俄有邑民郭慶等五十餘人來告曰。吾邑雖褊小。而讀書後進。由宋至今。未嘗乏人。獨以學校不修。無以居處講習。有愧他邑。今君銳意興建。是將誨我子弟。飾我閭里。我等願出財力。爲君一切成之。不必費官而勞人也。君大喜曰。汝意誠嘉。雖然。吾忝而長。不可以後之。遂與相縣之東南隅。得亢爽地七畝而卜築焉。於是縣令出己俸百千。主簿縣尉各五十千。郭慶等悉具所用材甓工傭廩食。其餘士民。不以貧富。至於鄰境好義者聞之。皆樂助功。經始於是年五月朔。畢功於四年六月。祠有正殿。曰大成。從祀有位。講學有堂。曰稽古。有兩夾。其東西廡。爲肄業之齋。有前後三門。儲積之庫、庖湢之位。列以其序。而後宏麗端正。雄長諸邑。既落成矣。生員張環具其事。不遠千里而來告漳川居士董師中。爲文以紀始末。居士曰。雞澤吾鄉屬縣也。高令吾爲御史中丞時臺掾也。吾稔知其爲人。今於吾鄉。士譽籍籍。益信其爲才吏也。夫天下之事。多廢於因循苟且。必得有志之士果敢爲之。然後克舉。嗟乎。自天會迄今七十餘年。凡歷幾政。其間豈無有志之士。所以未復者。因循苟且之罪也。今高君始至。不累月稱治。凡政令之下。民趨勸之。首議建學。應者如響。可謂有志而果敢爲之者也。誠能誘掖士類以賓興之。將見秀民充出。搴芳桂而書澹墨者相繼。皆君倡之也。秋八月上丁。始有事於先聖先師。俎豆莘莘。禮服燦燦。升降興俯。皆中儀矩。父老嗟嘆。復見太平令典。邑人化之。則禮讓以興。爭訟以息。然則勸學之道。豈曰小補之哉。余既喜君知爲政之先後。而不以有司所不責者不急。又嘉慶等至誠。以成君之美。爲吾鄉光顯。事皆可書也。於是乎書。高君字子玉。登明昌五年詞賦進士第。隆州利涉人也。廣平府志

綏德州重修儒學碑泰和元年○原作承安四年。據金石萃編改。

劉忠

秦并天下。以赤翟故地十五縣爲上郡。今綏德是也。漢初入於匈奴。唐逼於吐蕃。五季領於李仁福。蓋其民不沐中國涵養之德爲日且永。其以綏德得名者。亦以彝夏錯居。止欲撫綏安輯之而已。至於教化。遽暇及哉。國朝之興。今殆百年。民漸知化。然以州據形勝。襟帶關隴。控制靈夏。實

爲用武之地。又莅政者。率多武人。故學者比内郡爲少衰。承安四年。東原高公□名進士爲軍事判官。繼而亳社秦君守正復以通儒來守。相與謁先聖先師。而廟居州之西北夾城。地污下。廣不盈畝。庭宇像設不具。惻然以爲陋。謀徙而大之。明年。得地於州之東南。極亢爽。遂營新宮。從夫子於陳蔡者。像之登於堂。餘六十二子。績於兩廡。簠簋登豆罍罇坫俎。春秋祀事凡所以用之者如禮。卽其宮爲學。室筵齋講庖廚。凡所以資之者無不備。鑿宮前土山。闢其扉以臨通達。方其營宮也。凡業學以吏者。約割月俸。餘亦率私錢以助。幾百萬。市材徵工。神棲甫基。秦君守正陞尚書工部爲郎中。高獨典其事。自夏及秋。六閱月而工畢。由是境内及旁郡來學者衆。乃以書走東垣。請予爲記。予以爲王者之治。教化爲先。古者國家黨遂之間。有學、有序、有庠、有塾。所以涵養其民爲至。詩書六藝。鄉射食饗。以習耳目。以易心志。以充其四體而變其風俗。其嗜好口腹之慾。日用而不去。間陞其材以爲天下用。其或不率。然後束之法令。威之以刑罰。其治本末如此。故天下之勢。安危治亂。每視其學之興廢。天下之吏。固受其民而牧之者。當奉教化。宣之於民。至於簿書期會。刑罰法令。一二胥吏職爾。然非知治之審。則亦未嘗不本末倒置。蜀不知學。文翁刺蜀。興學立教。民去其魯。柳俗卉裳。子厚不鄙其民。動以禮法。爲新廟學。亦自矜奮。噫。當文翁、子厚之時。循吏爲多。至使夫子之教化。遠被彝貊。獨善二子者。二子能推其本也。今秦高二君於莅治之始。建學校。作士氣。以奉天子教化爲己任。使其民知中國涵養之德。適以慰秦漢唐五季之不幸。其功豈不並蜀與柳耶。可謂知本而得爲天子之吏之體矣。是以樂爲之書。綏德州志〔金石

保德州重建廟學碑泰和(元)〔三〕年

張令臣

鄉里設爲學校。三代之所同也。儒者宗師仲尼。百世所不易也。祀孔子於學。而配以顏淵。魏晉以來尚矣。唐貞觀四年。詔州縣學。皆作孔子廟。自是郡邑之有學有廟徧天下。保德初號定羌軍。宋平河東。置以控夏人。景德二年改今名。本朝開創因其故。歷五十餘祀升爲州。自建城堞。卽爲邊戍。地險而瘠。民安於儉約。故必積夕。〇夕當作久。然後庠序可興。宋熙寧間。守臣高公渙嘗建於郭外之東南。毀於兵。大定庚寅。高公懷貞知軍事。卜吉於玆。前門旁廡與殿四合。内殿復爲函丈之室。宣聖十哲像設於室間。以孟子居顏氏之次。其餘高弟與先儒。圖形殿壁。明昌甲寅歲。王公嘉言作州刺史。又起講堂於殿之陰。泮宫之制。寖以備矣。泰和改元冬。予守是郡。二月上丁致齋。見其規矩狹隘。殊失尊嚴。且敝壞不修。後將滋甚。欲申請於有司。慮拘文循例。所請不能過數萬。未有以處之。奈何。學正王用傑與諸生進而言曰。吾輩蓄念久矣。如太守一言。則固有願爲者。居數日。僚吏士庶。各輸有差。布籌算數。總二十七萬有奇。予默而計之。瓦甓官所有也。力役兵所爲也。自攻木至於設色。其間或易舊以新。或從無創有。凡物之價與匠之傭。度以三十萬止。今已十之九矣。設有未濟。以俸續之可也。繼而有二車至。知事已集。亦爲之助。於是卽日興作。先治殿宇。改棟梁。遷柱礎。非務侈前。適求中度。次治兩廡。則補而葺之。塗而鮮之。時幾秋仲。亟遷聖像。完其缺略。正冕服之不中制者。又立曾子像而升於殿。自顓孫、子張至劉向。繪於左廡。自林放至范寧。繪於右廡。從學令也。荀、楊、王、韓。未有別室。亦分而繪之。凡九十有六人。明年春。復修講堂。宊楹桴桷。皆易以新。以堂之舊材。改建齋舍四間。八月哉生明。乃會賓僚於堂。學生自既冠以上皆與席。且使落其成。則庶幾更相敦勸。而朝夕從事也。酬酢既奠斝。客有旅進而前者。請曰。春秋釋奠。自此能備禮矣。諸生肄業。教化自此而興矣。論秀而升。行見至此而盛矣。可不刻石以紀。敢丐其辭。予嘉其意。書其歲月。并述前事之本末以授之。保德州志

重修殷太師廟碑 泰和元年

范　摶

衛州西北。距城十有五里。即殷少師比干之墓。唐貞觀中。太宗文皇帝東伐高麗。取道於兹。嘉歎其人。改贈太師。謚曰忠烈公。置守冢五家。爲之置奠。且命從臣敍其事而鑱之石。表暴其事。奈廟之舊制。既狹且陋。上雨旁風。無所蓋蔽。由上而下。曾莫之顧。春秋往祭者。不過田夫野老。餔糟歠醨。音樂嘲哳。其神之不享。可知已。今皇上嗣位。四方久安。特詔封植其處。命守臣以時致祭。泰和初。大儒孟侯來守是州。遂出私錢十萬完緝。建正殿五楹。塑神之像。四壁圬墁以沙。且圖神入隊與山水之狀。門及窗香几之物。墨如也。殿之前。接以走廊。次則之南。獻堂横亙五楹。堂之前。庭中樹屏一列。及置廟垣之外門五楹。殿之右脅。別置室二楹。抑爲完好若此者。上以彰大國家禮賢之恩。下以激勸臣子盡忠之義。何其偉哉。昔商王受無道。謂己有國。不愛乎民。欲己有

命。不畏乎天。於是微子去之。箕子囚之。比干念己於國。位則少師。族則叔父。所痛者。祖宗之大業將墜。微子不死。則足以繼之。祖宗之成法將湮。箕子不死。則足以傳之。是身之於後。無復所事。率以諫死。然則固知其死無益。而必死者。深欲王之悔過。而國所以存。且不忍見王之爲惡而國亡也。比干死不得不就。生不得不忘。方其未死之前。武王憚而不敢加兵。及其既死之後。武王觀兵孟津以伐殷。以死生爲存亡。蓋君子無求生以害仁。有殺身以成仁者。信矣。夫今孟侯之至。首及斯事。又豈徒然乎。侯名鑄。字成仲。大名莘野人。大定間。第進士。得古人休故忠貞之操。發於中而行於外如此。始廟之新。命録事絳陽李君護作。功訖。且道予曰。此之美事。不刻諸石。將致湮没。予不能文。第得其實。而遂爲之樂道云。河南總志

金文最卷七十九

碑

肥鄉縣創建文宣王廟碑泰和六年

龐雲

自古之君天下國家者。莫不師法孔子。至隋唐之際。天下州縣皆立學。置學官生員。而廟祭孔子。以爲先聖。又取及門高弟顔子配焉。以爲先師。釋奠之禮。由是著令。唐開元中。封以王爵。謚以文宣。宋祥符間。復加至聖之號以褒崇之。洺之肥鄉縣。廟學久廢。至宋熙寧元年。濮陽李公爲縣尹。復修之。後六十年。值宣靖間。歲飢民散。盜賊蜂起。其學宫悉爲灰燼。迨我聖朝受命。削平禍亂。四方底寧。迄今八十年矣。户口滋殖。既庶且富。富偃武興文之時。凡責承宣職撫字者。皆宜以教化爲大務。乃縣尹之至者。不以此爲心。但汲汲簿書獄訟督責賦税而已。俟其考滿。受代而去。殊不知學校者。教化之本原也。禮經有云。古之教者。家有塾。黨有庠。術有序。國有學。仲舒亦謂古之王者。立太學以教於國。設庠序以化於邑。漸民以仁。摩民以義。節民以禮。故其刑罰輕而禁不犯。教化行而習俗美。鄭欲毁鄉校。子産不從。以其爲治務之本也。且國有四民。士居其首。學以居位曰士。士之入學。所講誦者。詩書禮樂也。所修習者。德行道藝也。相語言者。仁義也。皆六經典籍所載治國治家治天下之道。孔子之至言也。講之久矣。習之熟矣。一旦國家選而用之。使之蒞官行法。施於有政。則不待臨事閲習而後能也。用能以儒術飭吏事。以文雅斷國論。所在則化。所居則治。此非設學養士作成人材之明效耶。方今明天子在上。崇儒尚文。爲治道之先。泰和元年以令頒告天下。若無廟舍者。刺郡以上。官爲創建。諸縣許士庶自願建立。鎮陽張君。諱利用。字廷玉。爲縣主簿。以縣之宣聖廟及學舍廢之久矣。乃舉令文以咨縣尹。意以爲不急之務。其議遂寢。未幾。適以縣尹承省召解印去。張君攝縣事。乃復申前議。於是縣之諸士人與民好事者相勸。願以家貲出助。而以狀聞於君。君以學之故基卑隘。相縣之東南隅。得亢爽之地。且以面文明之方也。乃攻築之。其良材堅甓工匠人力。凡百所須。無不備者。經營築搆。不日而成。乃於正位大成殿。塑宣聖像及亞聖顔子孟子十哲像。前東西兩廡。繪七十二賢像。冕旒章服。制各異數。丹青炳然。粹容如在。講經有堂。肄業有齋。貯書有庫。修膳有廚。壯偉閎敞。煥然一新。然後考制度。爲俎豆籩篚罇爵簠簋。二八月上丁日。行釋奠禮。既成。勸諸鄉先生率子弟之秀異者。入學修舉子業。縣民來觀者。無不加肅敬之心焉。相與語曰。今之肥鄉。彬彬然齊魯禮義之鄉也。皆主簿張君化之成俗而然也。落成。進士王天衢等請記於予。是爲記。肥鄉縣志

〇此處原有綏德州新修州學碑一。録自金石萃編。其文與本書卷七十八劉忠撰綏德州重修儒學碑同。係重出。故删去。

嘉祥縣洪福院碑 泰和二年

失名

教之行於世者有三。而釋處一焉。釋本西方之教也。至漢明□□□□□□□□□□□□□□□□□□□□□□□□□□□以上以□都邑京府。下至郡縣堡寨。或山巖水湄之幽村。步店之□□□□□□□□□□□□□□□□福滅罪□□□□□□□□□□□□□□本朝尤敬是教。故閔宗下普度之詔。天下男女削髮爲僧尼者。不啻數萬。而□□□□□□□□□□□□□而廣□□創始。而今皇帝以聰明睿智之資。豁達寬仁之德。□□□應卽位之初。承正隆凋弊之餘。府庫空虛。人民憔悴。而北□□斡之□□□□□□□□□□□師甫□□□□□□□費□□□□□□□□不給下取於民。則有所不忍。而獻言者。乃以創建寺觀□□□制不□□心民□□□□□□□□制之後觸□□□□□□□□□□錢助軍賜以名額。恩至渥也。嘉祥縣南二十里。有山曰范山。山之南有村曰來范。村之西□舊有□□□□□所居而慮其□廢□□慈氏院僧□□□□遂爲慈氏之下院焉。天德三年。崇智示寂。遂付師姪景延住持。延謹飭之□也極□□□重以淨侶雲□□□□□□□□舊□□□□□□□地居村中。前臨通衢。車馬往還。交易聚會。朝以繼暮。喧嚣雜沓。又非淨土。□□□□□□躊未果之際□□□□□□□可決□□□□是秋霖雨異常。餘波暴漲。及於院門。衆議以爲在此非久居計。延卜遷之□□□□□其院舊未有名會□□賜□□遂□其□□□□□得青銅十萬而進焉。朝廷因賜名曰洪福。遂訪求可以遷修之地。得舊院之北。古伏犧廟□□□□□□□劉通之已業也。延

□□□□公略無難意。遂□□□□□議曰。既修院。適用願施焉。然猶未足其用也。繼於次東□得劉氏地九□□□□□□二畝。爽闓幽僻。四顧□□□□峯巖崟巒岫。則有擁抱之雄。面瞰沃壤。園林稼穡。則有觀覽之富。左則有小山綿亙若帳帷然。右則古□□□□畫圖然。冬無栗冽之寒。夏無□□之暑。春則和氣先回。秋則涼飆首至。朝嵐縈霧。則掩映而幽深。暮霞透日。則返照而明媚。形勢之□□□□□有不可勝言者。昔人於此□□□□今卜之不知取而今取之。豈天護持山川秘密。必俟有道。然後畀焉。延□□理乃朝夕□□□□曾□憚勞人咸□之故富者輸□壯者□□匠氏願□其工巧甄者樂爲之鈞陶。自大定四年甲申。迄於十年庚□。堂殿庖廩寮□□□□□備□□問者若□爲之檁者若干。翬焉□焉。輪焉奐焉。壯麗雄偉。列甲諸刹。然是院之興也。豈止一因一緣而已□。蓋天人因感□□□□□□□非因□□難斥巨浸。適湛恩汪濊。賜以美名。則不必遷。非劉氏父子施與其地。則□□遷非衆□□□□□□不敢□□時□□豐家給人足。則□□□□□□之行業足以動人。則不能遷。惟是六者。冥然相契。若合符節。此所以成此勝□□□□□□□□□延乃□□□吾□甚孤吾□甚□□能爲此實事之難。苟無文記。鑱勒堅石。歲月寖久。誰復知者。乃禱僕族兄祖慶以□□□□□□陵喪□而歸僑寓花林者凡□□登高陟遐。尋幽訪古。憩於是院者屢矣。因與延游而熟其爲人。而院之始末□□□□□□□□兄甚見委□□義有不□□者。故摭其實而爲之記。時泰和二年歲次〔壬〕戌□月二十四日立。石刻拓本

鈞州靈泉禪院碑 泰和二年

馮仲端

釋氏之教。大率勸善懲惡。可以助邦國之治。故能久而不已。其所立法。蓋亦多門。至於建蘭若。萃苾芬。是其一端也。較於衆善。□惟艱哉。故聚沙爲塔。表積習之初。市地以金。示純誠之至。季世而下。若倡首勸緣。隨喜贊助。以至是而潤色者。成而保全者。皆得無量福果。信不誣焉。夫缺四字。者缺一字。有僧彥缺一字。來自中牟。隱錫斯地。勸誘鄉缺七字。一方雨暘禱祈之所。會大定三年。國家許請名額。乃竭力化導。缺十字。是年八月。準敕牒。賜名靈泉。繼而又以戒牒度門弟子三人。其一缺九字。三年八月。剃其三日宋涓。五年二月缺九字。涓旅院門。功績爲最。有堂構之譽。涓缺九字。年十三出家。禮轂師受業。至是得度受缺五字。迄大定十三年。以本師囑累缺一字。持是院。愈加增益缺三字。院宇堂殿。已及五十餘間。輪焉奐焉。式壯且麗。正缺一字。嚴奉如來之粹容。法堂高揭天宮之寶帳。阿羅漢列處於偏殿。執金剛對立於正門。凡此數事。皆涓師之所營辦。又以承安四年。進納度小師三人。重奕、重惠、重宣。泰和元年。進納度小師重詮。因曰。是院也。吾師創之。既已勞矣。我輩繼之。粗已完矣。諸弟子守之。宜其謹矣。念昔所賜院額敕牒。當爲永傳不朽之計。遂命工摹勒於貞石。乃託敬公法師求記於予。予與敬公。則方外友也。且道始末。聞之亦足嘉尚。義不必辭。乃直書歲月以記之。時泰和二年七月初七日。史菴老人馮仲端記。新鄭縣志

伏犧廟碑 泰和五年

石抹靦

汜水之東南方五十里。有山曰紫金。下有村曰魯寨。其間有廟存焉。乃伏犧氏之廟也。鄉民祭祀。歲時不輟。恒以月二及十五日。香火禱祈焉。泰和四年。䩄監守滎水磁窯。西去魯寨曾不數里。因民之祭祀。亦敬一謁靈祠。既至彼。考其遺跡。殊無碑文壁記。不知其幾年建立焉。惟廟之近南。有潭曰磨窩。俗傳云。伏犧與女媧乃兄妹。當太古時。人未息。伏犧與女媧。各於高山衮磨相合。遂爲夫婦。而育生民。以成世土爾。愚甚惑焉。且伏犧世始三皇。道尊五帝。觀河圖。畫八卦之象。造書契。代結繩之政。明大道而化成天下。則大聖人也。豈有兄妹爲姻以亂人倫哉。雖他書有是說。亦不足取焉。嘗讀歐陽歸田録所載。謂世俗傳訛。惟祠廟之名爲甚。江南有大小孤山。在江中嶷然獨立。而世俗轉孤爲姑。江側有一石磯。謂之澎浪磯。遂轉爲彭郎磯。云彭郎者。小姑之壻也。余嘗過小孤山下。廟像乃一婦人。而俚俗之謬。至於如此。又西京龍門山。夾伊水上。自端門望之如雙闕。故謂之闕塞。而山口有廟。余嘗觀其廟像甚勇。持一屠刀尖鋭。按膝而坐。問之云。此乃豁口大王廟。此尤可笑者。兹二説。蓋歐陽譏祠廟之訛。故録爾。今俚俗妄傳者。又何怪焉。我輩見斯謬。而不爲質正。雖鄉民日用三牲之祭。亦何益焉。因與本村王淵等議。欲立石以書本紀。使來觀者坦然見帝王之道。庶絶昔日之妄。免致後來之惑。若夫伏犧之德。萬世與天地同流。豈待立石褒美爲不朽計哉。衆人聞而亦欣然從之。因採帝王世紀。録之於後。帝王世紀曰。包犧氏風姓也。母曰華胥。有巨人跡出雷澤。以足履之有娠。而生包犧。蛇身人首。有聖德。燧人氏歿。包犧氏代之。繼天而王。首德於木。爲百王先。帝出於震。未有所因。故位在東方主春。象日之明。故稱太昊。都陳。制嫁娶之禮。取犧牲以充庖廚。故號曰庖犧氏。是爲犧皇。後世音謬。故謂之伏犧。尚書序曰。古者。伏犧氏之王天下也。始畫八卦。造書契。以代結繩之政。由是文籍生焉。注云。伏犧以聖德伏物。教人以犧牲。故曰伏犧。伏字或作宓。左傳曰。伏犧以龍紀官。易繫詞云。古者。包犧氏之王天下也。仰則觀象於天。俯則觀法於地。觀鳥獸之文與地之宜。近取諸身。遠取諸物。於是始作八卦。以通神明之德。以類萬物之情。作結繩而爲網罟。以佃以漁。蓋取諸離。帝女媧氏。亦風姓也。承伏犧制度。亦蛇身人首。一號女希。是爲女皇。未有諸侯。有共工氏。任知刑以强。伯而不王。以水乘木非行次。故易不載。女媧氏没。以次凡十五世。皆襲伏犧之號。淮南子曰。往古之世。四極廢。九州裂。天不兼覆。地不周載。女媧氏煉五色石以補蒼天。斷鰲足以立四極。殺黑龍以濟冀州。積蘆灰以止淫水。晋摯奚贊。昔在上古。惟德居位。庖犧作王。世尚醇懿。設卦分象。開物紀類。施罟設網。人用不匱。王彪之贊。悠悠皇犧。體寂神澄。无爲而化。世道之凝。不知有之。冥威自興。因應之跡。畫象結繩。泰和五年六月朔立。汜水縣志

大茂山總真洞修殿碑泰和四年

岳安常

竊以深山大澤。寔神龍之所居焉。觀其陰雨之所晦冥。風雲之所吐納。協其時而啟閉。應其候而殺生。非有神爲之主宰。亦安能至是耶。夫五岳者。實洞天之所也。據方作鎮。列地成形。曰東曰南。則有岱衡之尊雄。曰西曰中。則有華崧之鞏固。惟北岳恒山者。號爲大茂焉。前則與太行相連

而至於河。左則夾廣閭爲輔而入於海。上參乎畢昴之精。俯臨乎趙代之境。高聳峻極乎四千丈。磅礴遇迴乎三千里。凡有國有家者。莫不加禮。而致祭則有常典在焉。其神峯之西南不二十里。於巔厓絶壑之下。有洞曰總真。古老相傳。謂之金龍洞也。其洞極深莫測。或有時松炬行數十里。有河水湍流。人至此而不敢涉。迺迴焉。爾雅所謂恒山有太玄寶泉者。得非是乎。歲或旱。人不遠千里而來祈禱。無不應。稍褻瀆。則洞中號怒。池水洶湧。迅雷烈風。應時而作。人急焚香謝過。乃止。由是四方之人。彌加敬信。自宋守臣薛安撫嘗親三詣龍祠祈雨。皆得感應。於是表上。封爲利澤侯。又加封明惠公。迨至本朝。因其舊封而不改。今上卽位。復以金龍負符簡而投於洞中。嚴禁樵採。仍封閉洞門以絶出入。前舊有龍祠。不能究其建立之歲月。有杜師者。修真士也。於洞側起圜室而居已數年矣。爲人所敬信。欲重修殿宇。與其道衆謀之。計財無所出。鄉豪李敬等。皆輕財好義。卽贊成之。於是富者施財。貧者助力。匠者輸工。故築室採木。畚去鍤來。蜂攢蟻聚。役畢舉而師未嘗出其堵。不踰年而殿宇繪飾一新。予友人李師謂予。宜記其事。故謹述之。泰和四年歲次甲子冬至日立石。山西通志〔恒岳志　恒山志〕

重修潤國禪院碑 泰和五年

趙良

竊以恢宏妙道。□由□□□□□□必□修真之士。如來扶世□□示人覺羣倫冥昧之心。□□類倫之苦。故□□□且異古往今來。未有不宗師者。大蓋□教理極淵深。功誠廣大。敞□窮之法門。樹尤爲之妙行也。今魯山□陽石寺有古□一所□潤國院。荒久矣。而終不知其所。稽諸□記。自隋始有。乃開皇十□年金紫光祿大夫張熾所建也。有住持□淨□立石□后廢□興數世綿邈。弗司真知。然忽聚忽散。少無住持。時有里□□□省嗜□□□三十有二夜夢非□二□□□殿忽有一人謂曰。汝至三十八歲。壽命終矣。復歸□府。忽然而覺。時□幼穉。不足爲□後數載。一日郊外遊獵。神□昏□□□力□忽然猛省則夢。得非射使之然乎。言三十八歲命當盡矣。今三十有五。只有三年陽壽。審作何福業。待延其壽。因□至古寺。見殿宇摧殘。聖像潰毀。遂思念言。豈非延壽之地乎。歸語妻曰。我欲修寺。用延壽命。□□□□妻忻然而謂曰。汝欲修寺。妻亦同辦。夫倡婦隨。同成斯事。遂禮隆長□爲師。訓□法名明□□化本村王□施到法堂地基□間此□人者宿神□□乃前因後果。所感如斯。性行温□動有君子之行。常存仁義之心。故此報也。同楊斌主典於趙村院。請超公住持。修建捕。○捕當作甫。基。數人得石□一所。傍立二十四孝形像。上載之曰。邢州內丘瓦匠高□妻曰□□至此□意欲豐□願修寺。時大宋年也。至今泰和元年。超公圓寂。復請嚴公住持。乃中都昌平□僧也。戒德孤高。甚有勤勷。淨明又施金粧鐵像□□伽九事。羅漢十□法堂內安置。與人增福延壽。乃足寺□也□以人能弘道。非道弘人。又曰□界□□□□此功德常在□空有窮際。此不可思議□□如如大法雨。不捨亦不取。以發迴向無□生可□□□□□心自性成就□身不由他悟。伏願聖壽萬□□文武千秋。國泰民安。法輪常轉。□□□□有□資□□有情同登彼□泰和五年歲次乙丑中□□日淨明淨妙劉□□□□□□□□□男韓□□□□□□。石刻拓本〔魯由縣志〕

鉅野縣漢御史卜公廟碑泰和五年

張濬

若夫崇讓道。振時俗。正天下之風者。斯謂仁人。奮忠節。勤王事。行衆人所難者。是惟君子。誰其有之。則卜公其人也。公諱式。字予怜。河南人也。漢興。承秦之弊。風俗薄惡。民人頑嚚。在下者。誶箒德鋤。成不遜之風。在位者。遠害全身。乏忠義之節。惟公初以牧畜爲事。有弟既壯。迺脱身。□田宅財物盡與弟。獨取畜羊百餘。入山牧十餘載。羊至數千頭。乃買田宅。而弟盡破其産。公復分與者數矣。時國家方事邊。公上書願輸家財之半以助用度。上使使問公。欲爲官乎。公曰。自小牧羊。不習仕宦。不願也。使者曰。家豈有寃事欲言乎。公曰。臣生與人無所爭。凡人貧者貸之。不善者教之。所居人皆樂從。何寃之有。竊念今邊事方動。愚以爲賢者宜死節。有財者宜輸之。如此。則虜可滅而邊乃安也。使者以聞。爲丞相宏所抑。上不報。數歲乃罷。復歸田牧。歲餘。渾邪等降。縣官費衆。倉府盡竭。貧民大徙。皆仰給縣官。無以盡贍。公復持錢二十萬與河南□官。以給徙民。河南上富人助貧民者。上識公姓名。曰。是前欲輸其家半財助邊者。乃賜外繇四百人。公又盡復與官。是時豪富。皆争匿財。惟公尤欲助費。上於是以公終長者。乃召拜爲中郎。賜爵左庶長、田十頃。布告天下。尊顯以風百姓。初公不願爲郎。上曰。朕有羊。在上林中。欲令子牧之。公既爲郎。布衣草蹻而牧羊。歲餘。羊肥息。上見而善之。公曰。非獨羊也。活民亦猶是矣。以時起居。惡者輒去。毋令敗羣。上奇其言。欲試以治民。拜緱氏令。其民便之。遷成皐令。將漕最。上以爲朴忠。拜齊王太傅。轉爲相。會吕嘉反。公上書曰。臣聞主媿臣死。羣臣宜盡死節。其駑下者。宜出財以佐軍。如是。則强國不犯之道也。臣願與子男及臨菑習弩、博昌習船者請行。死之以盡臣節。上賢之。下詔褒美。賜爵關内侯、黄金四十斤、田十頃。布告天下。使明知之。元鼎中。代石慶爲御史大夫。既在職。言郡國不便鹽鐵。而船卒之算可罷。上不聽。因年老告歸田里。二子虎、彪。虎爲蒲□太守。彪爲水衡都尉。公爲齊相時。子孫多在齊。既致政。將游於齊。而病終□此。鄉人思慕。同助其葬。仍爲之立祠。而歲時祀焉。曩經兵革。其祠寖壞。碑銘無存。大定之初。四十五代孫并吉任單州司候判官。將復營其祠。未成其志而遽然告殂。哀哉。其後并吉二姪。一曰海。二曰義。迺率衆族同爲經營。載新其廟貌。俾精魄有所依歸。迨乎落成。將立石以紀之。屬余爲記。愚以謂公在家則讓其田宅。以與其弟。居官則奮其節義。以報於君。忠孝兩全。可不謂仁人君子者乎。是宜子孫興隆。迄今千餘人。有歷世家譜。別刻於碑陰。聊敘其行事之大略云爾。石刻拓本〔八瓊室金石補正卷一二七〕

金文最卷八十

碑

三原縣后土廟碑 泰和五年

王希哲

竊原混沌既判。陰陽遂分。穹窿而在上者謂之天。盤礴而在下者謂之地。天氣資始而不能資生。能資生者。莫大於地。地勢坤。坤至柔。以和順奉天。卒能生成於物。易曰。至哉坤元。萬物資生。乃順承天。坤厚載物。德合無疆。此贊美坤之爲用也。伊六合之外。邈無端倪。難以形詰。置而勿論。如以禹治九州之限論之。取人易信。內有嵩、泰、衡、華、恆五嶽互列。江、河、淮、濟四瀆旁流。上中下三壤有敘。山林、川澤、邱陵、墳衍、原隰五土各殊。此上所産之物。並有所宜。皆坤輿所載而隸主之。可見祖萬物。子百靈。長養無極。含宏有餘者矣。略陳人所賴者。稼穡人之食。桑麻人之衣。棟宇取材於山林。器用運土於埏埴。珍藏有金玉珠璣。異貨有羽毛齒革。以至疾病有請禱之法。出入有所向之方。靜而思之。人生一世。未有須臾不資於地者。故物理論稱其德曰母。神曰祇。亦曰媪。大而名之曰黃地祇。小而名之曰神州。亦曰后土。黃地祇舉八極之外地。神州舉王畿千里之内地。所在皆得言之。凡立祠廟。尤所宜矣。若夫三原。迺漢池陽之舊境也。縣之東。有后土廟在神泉鄉。今名龍泉鄉。出郭門直行十餘里。至大王村右轉北向入浮山。或云。釋典所載取象西方佛國脾浮羅。原與此無異。可不偉歟。又名荆山。禹貢所載導岍及岐。至於荆山。疏云在馮翊懷德縣南是也。其實一山而兩呼之。谷行不遠。已達於廟。清流遶徑。溉數頃以常收。古木凌空。歷四時而俱好。三門三間十二架。過樂臺正殿曰坤柔。五間三十架。獻殿并撲水八間二十架。仰瞻神像。以婦道配天。繪塑冠服一如帝后之狀。側有五嶽殿三間十五架。兩廊靈官堂、禁神位、子孫司、客廳。通計二十五間七十架。次東北隅翼然有亭三間十二架。以上屋宇。皆山節藻棁。曲盡其妙。亭下有湫。周圍與亭頗等。水色澄湛。深不可測。餘水出於正南。凡遇歲旱。至誠祈禱。即日雨作。生民蒙潤多矣。三輔間。聞往往取水於茲。登高四望。東連唐高祖憲陵。西接武宗端陵。二陵相照。屹然而起。爲廟之肘腋也。南對長川。瞰渭陽之春樹。北依大阜。背漆水之驚波。爲廟之襟帶也。谷中地勢。或掩或抱。或高或低。奇詭不一。難於具陳。據此形勝。實耀下之爲最也。每當季春中休前二日。張樂祀神。遠近之人不期而會。居街坊者。傾市而來。處田里者。捨農而至。肩摩踵接。塞於廟下。不知是報神休而專奉香火。是縱己欲而徒爲佚遊。何致民如是之繁夥哉。粤有里人梁再興、梁勝、梁玘昆仲等。嘗記遠祖創始之日誠心所感。致有祥雲瑞靄垂覆於地。地係己業。即於其地南北取五十步東西二十五步。不受鄉人助緣。獨力修成。人稱爲梁家廟。至今父老猶話其事。祖父梁棟於宋慶曆四年重修。父梁再成於紹興十年翻修。欽遇聖朝太平日久。梁氏昆仲於大定二十五年、明昌元年、承安五年、泰和元年、四次添改修建。至於完備。一無所缺。克遵先訓。止辦家財。亦不假鄉社一毫之助。難乎其人矣。故世世相承。居處廟之右。出入廟之下。永爲廟主。噫。挪廟成功。非是一朝之夕。勒碑頌德。庶傳千載之名。戒爾子孫。敬哉無替。先蒙求記。僕謂池陽多才俊。善屬文。老夫惛憒。不能爲也。其請益堅。謾索枯腸。而書其大槩云耳。時泰和五年乙丑歲季春上休日。謹記。金石萃編

重建龍神廟碑 泰和六年

鄭澤

縣城北七里許。有古魏城。城西北隅有一泉。其竇如綫。派分四流。澆灌百里。活芮之民。斯水之功也。頃年遇旱歉。令尹因而禱之。遂得神應。乃降甘雨。始命爲龍泉也。制小屋。圖其形。寫龍之貌。爲鄉人禱祀之所。邇來十有餘載。神屋破漏。牆壁頹毀。圖形剥落。日爲牛羊蹂踐穢雜腥臊之地。洎泰和五年。自春徂秋。歷四甲子無雨。雖有風雪。亦不及農用。土地磽确。貇種不入。夏四月中夜。有神人貽夢於羣牧使袁公。茲土愆陽日久。子何不親告龍所。公夢覺曰。我以職司此地。所部不少。況黎人懸懸之心。思雨如渴。神夢若生。胡不爲之行。乃命駕幸所部。詣神致酒脯。敬陳夜夢。陰以祝之。其夜二更。風起雲布。甘澤大降。乃擇吉日。備椒漿桂醑三牲。以答神應。爰命官僚同觀樽俎之盛也。澤乃詣神祝曰。澤官忝字人。昧於前知。乃令神居處狹隘。牛羊無禁。斯澤之政闕也。然甘澤降矣。其於耕種之勞足。卽未足。神能驅作百神。加之大雨。使耕者無

礙於捍格。種者不懷焦焠之患。如神響應。卽集鄉人。剗除舊舍。建立新宇。炎炎赫赫。必使光明斯神。神應也如截道飆、如敲石火之疾不若也。大降甘雨。勢如盆傾。沛流百川。原隰滋茂。使禾稼得所。耕人笑歌。乃命鄉人庀工徒。具畚鍤。祠屋重新。丹青四壁。古木環鬱。山翠迴合。乃自然肅敬之地也。使巫者啟導。大陳羊豕。馨香品列。以答神知。有山有川。卽有靈有祈。有天有地。卽有君有臣。向使靈不應。人何以敬。臣不信。君何以知。夫礫石不簸。瓌璧同之。蕭艾不去。蘭蕙同之。神之無靈。草木同之。斯人與神。其道不遠矣。泰和六年月日。芮城縣志

襄垣雙榆社記碑 泰和八年

栗希孟

竊以人之生也。非土無以立命。而其所養也。非穀無以爲食。及乎其居既有。乃粒又豐。則報本反始之道烏可闕乎。故聖人爲之立社。以教民示報焉。成周之法。自大夫以下。成郡而立社。曰置社。降迄秦漢。雖非大夫。但民居五鄰以上。自爲立之。曰里社。皆壇而不屋。各樹以土地所宜之木。所以達天賜。仍俾民望而師敬之。自爾沿及於後。其閭巷村坊。或立或否。以興以廢。其事固不能。一設非仁者之里。其社之常敬者鮮矣。立義坊社者。故老相襲。不記其來。第以歲月綿遠。基址傾圮。不任其祀。至大定二年季夏。耆老李珪等相謂曰。我里居民。不啻滿百。且其家曰户曰竈。設有頹毀。寧肯坐視而不葺。矧茲衆祈報之所。豈全無用心於增飾者乎。於是迺卽日命畚鍤。登登馮馮。是版是築。信宿而新之。自時厥後。又以其成孔易。所費頗輕。衆意因循。恬不復顧。

以致廉隅日以傾。階砌日以平。樹木成枯槁。兒童戲其上。漸爲隙地。至泰和二年夏。里居曹鋆毅然發憤曰。神依人而行。人心之喜。神其亦然。社圮至此。不敬之甚。遂割家貲。輦石僦匠。特爲完甃。未浹旬而工畢。次植雙榆。日益滋茂。其爽塏嚴潔。特殊於昔。每二時之祀。衆心比比沿象致敬焉。至八年春祭之餘。衆議悠久不廢之敬初卒無渝者。或曰。若然則莫若刻之以石。歷敘作廢之由。置於其側。仍構亭以覆之。衆曰可。遂差等備物鑱石須材。與其務。不日而成。非用心一。圖事敏。烏能至此哉。噫。平居里巷相慕悅。酒食游戲相徵逐。人情皆是也。否則飽食終日。無所用心。相誘爲博奕者。又有之。惟是里也。異乎此。老訓少以孝。長語幼以弟。與人以忠。出言以信。或三餘之暇。會究以經史。以古之忠臣義士。遞相詰難。可不謂仁者之里乎。其於祀社之敬。不言而喻。與夫酒食博奕之徒。豈可同日而語哉。僕以養拙寓銅川之西山。吾儕李天琪與一二鄉友。不遠百里特來求記。辭不獲已。兼敝居依郭。稔知其事。非敢爲佞。故不讓而識之。以示來者。潞州志〔潞安府志　襄垣縣志〕

○本文題原作立義坊重修社壇碑。作者任偉。今據潞安府志及襄垣縣志改正。

襄垣義冢記碑泰和八年

栗希孟

嘗聞人之既富。則仁義從而興焉。此乃人情通論。其行之也。不過捐己之有。施與不怠。賑乏周無而已。知有廣利益之心。無問存亡。以至掩骼殯朽而樂爲之者。以此知其人心之運。深淺相懸。詎能一揆而測。亦非貧富有無之間矣。立義坊。乃本邑之仁里也。每春秋社祭之餘。又議以利澤之溥不求其報者。曰自五季干戈之亂。洎宋末寇盜相仍。其夭非命。不可勝數。距東門外未遠二里。京觀在焉。每雲昏雨濕。啾唧之聲。乍有乍無。其冤魂滯魄。未由振拔。與其他所用心。豈若於斯時一奠酹。賻之以錢幣。其益不亦多乎。同音贊之曰。餘莫加此。遂自大定戊戌歲。由王朗等爲首。越清明未至三日。糾斂香紙菓饌。仍命緇徒詣其所。作梵誦經。爲資薦之具。自始迄茲三十餘禩。威儀愈至於肅整。牢醴復加其豐潔。雖造次緩急。曾不一廢。其利之沾。有可驗者。至泰和八年三月。又於郭東北坊後置墳一所。縱横如式。衆約應有遺餘暴露枯骸之無主。並以時殮。其用心之仁。不亦溥哉。且他人之仁。或利而行之。或有所畏避而行之。舉斯衆以較。其於安利。殆庶幾乎。念利及幽。既設之以奠祀。又立之以墳兆。求之古人。見亦無幾。昔王忳之葬書生。流芳古昔。王果新石崖之殮。乃親見其人。或銘碣預報而爲之。然猶爵顯當時。名流竹素。爲後人之美談。矧若輩推心至是。其功利曷有極哉。將見由此之後。是里也。士者貴。農者富。工者成。商者通。義夫節婦、孝子順孫。繼踵而出焉。僕與衆。非止一日之雅。念有善不揚。殆失君子之行。故摭其實。刻諸翠珉。以示後世。冀無輟其事焉。潞州志〔潞安府志　襄垣縣志〕

○本文題原作立義坊義冢碑。今據潞安府志及襄垣縣志改正。

重修趙王廟碑泰和十年

失名

嘗聞歷代明王聖主忠臣烈士。爲國而崩薨之後。京畿城邑聚落之處。無不建祠堂而乃祭。享一方之血食。況不負生前輔治之明。忠矣。縣治之西。距半舍許。白寺山隅有古跡。晉國趙王神祠在焉。始建於大唐開元九年。屢罹兵燹。焚蕩無存焉。迄今大金泰和十年庚午之歲。有本縣長豐鄉白寺寨居民趙弁。頓發誠意。謀諸是邑鎮店鄉村善士。同心各捐白金青蚨。或馬牛羊豕。協助□□木工鳩工稡梓。遂搆正殿三楹。内塑神像。東西兩掖牲廚神庫三門。煥然一新。規模壯麗。侈於昔者。工始於是歲仲春。至孟冬落成。凡百工役之作。衆神陰佑。不聞其喘息之聲。乃易爲矣。廟貌嚴伷。使斯居民致祭者有所起敬。焚修者有所瞻仰。下□生民獲無疆之福。上祝皇圖億萬載之鞏固。恐歲久湮没。姑記其石。以延歲月云爾。是以爲記。時大金泰和十年歲次庚午仲冬上旬立石。濬縣金石録

寧晉縣令吴君遺愛碑

王若虚

昔予閒居於東垣。聞沃州寧晉有賢令尹。民樂其政。歌而舞之。聲化藹然。愈久益播。心竊慕焉。既而知其爲吴君公妙也。予與之同年。而昧其平生。獨謂君讀書爲儒。能以壯年取高第。此必有以過人。而其優爲一邑固所宜者。蓋秩滿來府。始獲拜之。儀度表表。望而知其不凡。即之愈深。不覺歎服。益以所傳不誣可信。翼日別去。予亦尋走雕陰。三年復來。不知君之安所在。且爲何職。居未幾。松水之民。有乞書其前宰之政者。問其主名。則公妙也。從而徵其實。則曰。自吾令下車。賦役以平。刑罰以清。奸宄不遏而懲。仁廉不率而興。日煦風冷。槁蘇暍醒。民飽而嬉。相忘

乎無事。斯亦古人之至化也。蓋其剛柔適中。緩急得所。勤故不廢事。簡故不擾民。明無不察。毫髮莫欺。而其寬也。又足以有容。政是以和而克用乂。此其大凡也。長上有德而下不知。其罪大矣。知焉而無報。罪又甚焉。吾儕小人。其曷以報公。著之金石。大書深刻。昭不朽而垂無極。所以報也。蕞爾敝邑。則唯是之知。書與不書。公何損益哉。然所以示吾心之不忘。則非是莫可也。故敢以託。嗚呼美矣。在他人猶當不辭。況吾公妙哉。守令之重尚矣。而得人實難。故赤子每不得乳於其母。言良吏者。必予兩漢。然自今考之。可以屈指數。則若公妙者豈易得。而其民之遇之也。顧不幸而可喜耶。宜彼之不能忘。而予亦樂爲之道也。公妙諱微。咸平之平郭人。登第於承安之丁巳。其始任建州軍判。既以廉陞。故超授寧晉云。滹南遺老集

真定縣令國公德政碑

王若虛

爲治莫如重守令。而令爲甚。蓋其於民最親。而理亂之原。於是乎在也。故一縣得人。則一縣之事舉。在在得人。而天下平也。真定劇邑。其宰之尤不可非其才。雲中國公。明敏人也。既下車。諱者以静。悍者以柔。寃者有以告。聽斷如神。官無留事。稱異政焉。其去也。其民舍之而不忍。挽而留之不得也。思有以紀其遺愛。而示其攀戀之心。有倡之而請言於予者。曰。我公其賢哉。自吾身之所及見。與夫故老之所傳。吾邑凡更幾令。言令之賢如公者幾人。我公而去。誰其嗣之。吾儕小人。德公之賜而顧無以報也。獨欲形容其萬一而鑱諸石。以慰吾心。以傳於天下後世。或庶幾

焉。其材具矣。敢屬之子。噫。智可以欺王公。而不可以欺豚魚。力可以得天下。而不可以得匹夫匹婦之心。事固有非人力之所能强致者。民至愚而神者也。其心有同然之好惡。其口有同然之毁譽。有以服其心。則比閭之徒。可使之俛首而聽命。不然。國之得失。長上之是非。皆將喧囂謗議於其下。蓋有誘之而不信劫之而不從者。孰謂可以强之而使吾譽之哉。予近始識公。而聞其名者舊矣。昔者既嘗爲府參軍。聲華藹然。爲前後之冠。民既已像而祠之碑而頌之矣。至於去而之他。復來而治此。莫不皆然。未至而人徯之。既至而人安之。去則思之而不能忘。此果何從而得耶。合一人之情易也。至於一邑而皆然。兹不難哉。合一邑之情易也。至於所至而皆然。兹不難哉。是必有大過人者。而非可苟也。蓋羿之注矢。左右俯仰。皆可以命中。而庖丁之游刃。批隙導窾。無非理間之自然。何獨至於爲政者而疑之哉。公之跡。足以聳動人之耳目。而膾炙其口者甚多。列而著之。非惟煩不可舉。而且復害公之全。故獨論其能得斯民之公心與夫所至皆然者以見之。其亦足矣。噫。無實之譽。君子不以爲榮。無實而譽人。君子謂之愧辭。若公者。殆可以爲榮。而予亦庶乎其無愧也哉。滹南遺老集

單州烏延太守去思碑大安元年

張名闕

烏延太守公鋭。隆州人也。自先代以來。有安邦定社之勳。分茅列土。變世不絶。公幼聰敏。好學不倦。年甫弱冠。登進士第。其臨政也。剛明果決。凡可以爲斯民利者。斷然必行。曾不爲小節

拘。衆人罕測。望風敬憚。所至爲治最。自刑部外郎遷單守。來署邑事。甫下車。民有訴其水患者。曲加矜恤。轉覆上司。獲免租稅。而民得以安。不意宋人寒盟。侵擾邊鄙。聖人赫怒。命將出師以征不庭。當是時也。軍旅之用。飛芻輓粟之役。一出於民。河南最爲近邊。其間應辦。方之餘路爲多。本縣所派糧車數百輛丁草六十餘萬捆。公知民之難。特申行部。得以減免。又發養騾馬七百匹。見其羸瘦者。但以温言勸諭。勘令秣食。不踰月而肥腯。人亦無苦於鞭笞者。漕運船五百餘隻。挽夫千有餘人。適值大河流澌。遂爲申覆俟春正起運。夫減其半。故民力不疲而官事辦。公之施爲。皆此類也。非上以盡憂國之心下以拯愛民之意。而能然乎。迨南宋來成。百姓息肩。卽勸課農桑。興修學校。敦孝弟。別長幼。未及期年。而風俗丕變。雖漢黄霸之任潁川。召父之守南陽。少卿之莅渤海。文翁之治西蜀。當與並驅争先矣。朝廷選公卿之良吏。知公之爲政如此。待以不次。加少中大夫。授户部郎中。復過斯邑。邑人攀轅遮道。歌詠其德。邑中耆宿俱相謂曰。何若寫諸貞珉。傳之不朽。乃命工刻石於官廳之側。令後之爲民師帥者得以勸焉。魚臺縣志

清豐縣重修宣聖廟碑〔大安元年〕

張獻臣

水出於源。涸其源。則流不長。木出於山。伐其材。則山不茂。物固有所自出也。於其所自出者。而有以缺三字。則取之不竭。用之不窮。尚何流之淺材之乏哉。學校人才所自出也。學校之廢。欲人才之多。其可得乎。故學校不可一日廢於天下。自有虞氏。有大學小學之別上庠下庠之分。三代以

來。雖質文殊尚。損益不同。而學校之設未之有改。夏曰校。殷曰序。周曰庠。其名雖殊。其實一也。其文見於載籍。其法施於後世者。莫備於成周。家有塾。黨有庠。(郡)〔術〕有序。國有學。重之以師儒。敦之以教化。使衣冠絃誦於其間者。皆得熏陶乎忠信孝弟之風。饜飫乎仁義禮樂之説。以至道德一而風俗同。近自京師。遠及諸夏。無有不被其化者。以學校之設。徧於天下及於四海故也。吾夫子踵武古聖。以詩書禮樂之文。堯舜禹湯文武成康之道。鳴於洙泗之上。溢乎齊魯之間。從之受業者三千餘人。相與講明傳授。有得聖人之一體者。有具聖人之體而微者。其速肖者僅七十人。或入室。或升堂。有以德行、言語、文章、政事著名者。類皆聖人教訓而成之也。而後高祖誅項羽。漢兵圍魯。其中絃誦之音不絶。是時去聖人已三百餘年。尚循循道義。不更所守。豈非素染聖人之遺化者哉。惜吾夫子有德無位。若當居周公之位。則天下之化幾何不爲東周者哉。自漢而下。當塗之君豈無意於上世之隆。然不能發明先王之意。京師雖立學。郡邑則無聞焉。蜀郡之學校。文翁能興之。天下之郡守。安得人人如文翁焉。桂陽之學校。衛颯能修之。天下之郡守。安得人人如衛颯焉。嗟夫。當時之立學。不始於在上。反始於在下。宜乎養士之方止及於一郡。不徧於天下。爲漢之君臣。其亦可愧也哉。而後雖隆於貞觀開元之間。天下之士。烏集於京師。徒炫燿一時而已。又豈有上世聖哲教人之缺二字。我國家累聖相承。其於學校尤爲留意。洪惟聖上學本生知。智出天錫。觀人文以化天下。豐聖德以宜日中。贊神化之丹青。啟羣聖之耳目。立太學以教於國。設庠序以化於邑。以作成天下人才。又許破省缺一字。錢蓋文宣王廟。其贍學田顧役事缺一字。官者還之。

抑見儒化文風。洋溢乎四表矣。然而尚鮮有賢守令推上德意。敦崇五教。化及野人焉。按圖經。清豐縣乃舊之德清軍。魏地之大邑也。桑麻四野。雞犬之音相聞。舊有宣聖廟。歲久不葺。止有正殿大門而已。然而上漏旁穿。垣壁頹毁。荒涼殆甚。大安元年。洺水宋鶚者。方爲縣簿。與縣尉幹勒義歎學校之久廢。非所以仰副聖君崇儒尚德化民成俗之意。親破己俸。勸誘進士李山等。補漏完缺。創修齋廊挾廈二十餘間。經之營之。不日成之。仍具籩豆簠簋樽罍爵斝薦獻之器。以修春秋釋奠朔旦釋菜之禮。故能役而不怨。勤而不費。君子可以觀政。使圓冠方領而至者。涵泳聖澤。沐浴道真。藏焉修焉。息焉游焉。解衣逍遥。口吟手披。優入聖人之域。行見英俊輩出。學優而仕。他郡不能偕矣。一日縣簿宋公尺書來。爲求紀其實。余嘉宋公不務苟簡於一時。深有贊助邦家化民成俗之意。使邑人瘠於義者。今焉腴於道。昔之遺其實者。今焉咀其華。是可書也。於是乎書碑刻石於堂。以紀落成之歲月。大安改元中元日。清豐縣志

泗水縣重修舜帝廟碑大安元年

陳恕

帝舜有虞氏。按帝王世紀曰。自顓頊以至舜。七世矣。舜姓姚氏。其先出自顓頊。顓頊生窮蟬。窮蟬有子曰敬長。○敬長。史記五帝本紀及尚書舜典疏并作敬康。敬長生句芒。句芒有子曰橋牛。橋牛生瞽瞍。瞽瞍妻曰握登。握登見大虹。意感而生舜於姚墟。故姓姚氏。名重華。字都君。家本冀州。其母早死。瞽瞍再娶而生象。象傲。而父頑母嚚。咸欲殺舜。舜能諧和。大杖則避。小杖則受。年二十

始以孝聞。堯以二女娥皇女英妻之。耕於歷山之陽。耕者皆讓畔。漁於雷澤。漁者皆讓淵。陶冶於河濱。陶者器皆不苦窳。一年而所居成聚。二年成邑。三年成都。堯於是乃命舜爲司徒太尉。試以五典。舉八凱。使主后土以揆百事。舉八元。使布五教於四方。父義、母慈、兄友、弟敬、子孝。流共工於幽州。放驩兜於崇山。竄三苗於三危。殛鯀於羽山。四罪而天下咸服。納於大麓。烈風雷雨弗迷。堯乃命舜代己攝政。明年正月。舜始受終於文祖。以太尉行事。舜攝政二十八年而堯崩。三年喪畢。舜年八十□□仲冬甲子月次於畢。始即真。以土承火色。尚黃。以正月元日格於文祖。申命九官十二牧。以禹爲司徒。舜年八十一即真。八十三而薦禹。九十五而使禹攝政。五年崩。年百一十歲也。尚書曰。舜生三十徵庸。三十在位。五十載陟方乃死。此間舊有舜帝廟。居民每遇歲旱求之。曾不崇朝沛然雨足。以其年深。廟貌聖像廢壞。本村夏聚等鄉中糾率村衆。因其弊而更新之。庶盡鄉人欽崇之意。囑予作文以紀其事。自耕稼陶漁以至爲帝之日。事迹顯然可見。乃命工具刊翠珉。將告來者。大安元年二月日。陳恕撰。石刻拓本

洞真觀碑大安二年

失名

洞真之觀。起自楊公。楊公之來。本□□□淄川人氏。素躭山水。年踰不惑。遂別鄉□□丘壑。扺萊蕪近山口。觀其山明水秀。是□□焉之計。故乃結菴修道。養志凝神。洎泰和中。年踰耳順。喟然長歎曰。身没之後。菴□誰主耳惜乎學道之因。謬爲愚俗所踐也。□乃拂衣長往。東屆棲霞。啟

於長春子丘君曰。身將老邁。本菴無主。願捨先生。丘君曰。他州別路。我菴尚棄。安用爾爲。楊公懇禱再三。丘君曰。若肯堅志。立契交錢可受。遂依所主。昨於戊辰年。益都府君賣名額。丘君遂令同道王玖前來買山□并白鶴□爲洞真觀。庶幾一方千載。永爲作福之地耳。大安二年十月望日。石刻拓本

重修中嶽廟碑大安三年

趙亨元

天道信。覆物廣焉。地道貞。載物溥焉。品彙亨。巨細分焉。山嶽奠。尊卑位焉。夫稟天地貞信之道。鍾渾厚精秀之氣。據高大峻遠之形而神居其中者。獨維嵩高之靈乎。爰古迄今。載在祀典。尊帝號。嚴廟□。騰耀烜赫。綿歷及千百禩之間。而豈不爲雄望偉望歟。肆哉。國家補闕興廢。歲時祀饗。望於山川。徧於羣神。禮也。越自大安二年三月。工部以符下河南府。慮其曠日持久。湮壞殞剥。給錢命官。裨完葺而修起之。委芝田主簿邵公親督其事。公乃申請於府。乞登封縣主簿懷遠陁滿公佐焉。且曰。天地之道。貴信貴貞。神靈之心。精爽爲應。豈有爲人臣者。翼戴上命。而肆誣矯不以誠哉。公乃率其同佐。諭以下情。於是齋沐勤瘁。朝夕爲務。籌計所費。摹度其功。不窠斂以動人。不徵求而逼物。工匠畢輳。而不愛其力。胥吏催督。而罔遑其私。故所費者省。而其功大。以四月十七日始役。十月初一日告成。陁滿公贊就其事。正殿廊廡雙亭草參亭門額。丹楹畫棟。翠瓦朱甍。焕若一新。內遵制度。外飾采色。其文質彬彬然。自非公以誠而感衆。衆以誠而徯

公。其孰能與於此。市人居之者。喜其易營而獲於利。路人瞻之者。樂其載完而肅於儀。井邑輧集。城陘闐聚。一方之受賜多焉。公不矜其功。不伐其勞。而嘿如也。或有勸公薦誠禱祈者。公應之曰。豈有徼一時之福利於一己哉。方今明天子在上。化民示儉。盡物體誠。彌綸輔相。天地之道。臣下當以誠而奉行之。敢自私焉。將見上帝垂恩儲祉。符瑞紹至。請其升中之禮。俾萬世激清流。揚微波。騰茂實。蜚英聲。是所願焉。故摭□而敬爲之銘曰。

天清地寧。品物流形。氣鍾山嶽。嵩高維靈。聿新廟貌。報存禮經。棟宇制度。俎彝典刑。斲削材桷。繪飾丹青。飛簷峻廡。漆牖華櫺。孔明祀事。德薦維馨。至誠可報。敬以言銘。寫立貞石。炳如日星。神兮贊治。億萬斯齡。

大安三年三月日立石。石刻拓本

真定府元氏縣開化寺羅漢院重修前殿碑大安三年

劉夔

竊觀開化寺。殿閣宏麗。樹木森聳。前列兩廊。殊分十院。顯梵宇之尊崇。實元氏之嘉善也。惟羅漢之宏敞。占東南之一隅。前殿後堂。東厨西寮。特按僧門之制度。因值兵火。焚毁前宇。我國家撫定之初。歲次天會庚戌。賴有二農士趙雄、郭亮。助先師智顯復建是宇。奈人心終未安妥。僅得木石草具。粗(備)〔庇〕風雨。四壁閒曠。方至明昌。歲逢癸丑。纔是吾僧住持是院。俗姓梁氏。法號道宣。易圓覺之經。講唯識之論。戒律精嚴。耳不聽於凡聲。目不視於非色。出入秋毫無所犯。

聽衆日增。補南殿之久廢。創吻瓦之一新。事事無不周備。而更嚴飾内像。攟換七佛。妝染百金。水陸一堂。工費千索。非吾僧之至善而莫能興也。俱所獲利養而不私積。罄乎所有。盡給齋供之用。兼贍往來之賓。仍施本院舊産。悉歸常住。不遺寸壤。衆口籍籍。誰不欽羨。遂推伏入於長老之位。以至街談里語。但見落髮而不循者。反以顛倒之言而呼梁唯識之號。其行業有如此者。以今方古。斯人難得。不其然乎。本院郡弟遇嗢輩。竊恐吾師之名久同滅裂。遂乃命工採石。以鐫始末。度傳之不朽。特召僕以代其說。卽應之曰。老亦歸釋。曾預於講席之下。屢欲陳頌以播德。恐貽於諂。而況見召乎。遂筆以載其事。記歲月之云耳。大安三年歲次辛未重陽日。石刻拓本〔常山貞石志〕

投龍碑（大安三年）〔崇慶元年〕

失名

大金大安三年冬十二月廿九日。宣差體玄□師中都太極宫提點賜紫李大方并鍊師劉道門被旨。於崇慶改元春上七日。詣太極宫羅天大醮三晝夜千二百分。擇初四日御署青詞。五日入齋。七日子時散壇。遣官行禮。載敕高功捧玉簡金龍環璧之懇。遍詣名山大川岳瀆水府投送。爲國祈恩。與民請福。冀凶寇不生。甘霖時作。始東封泰安岳祠。投龍伸表。卽日有瑞鶴之祥。膏雨之潤。次及天壇濟瀆嵩山中嶽。皆獲雨雪之孚。再至西嶽投□。一夕雨足。來和氣。屏凶災。已而之終南太一玄君廟池。炷御香。焚密旨。導靈湫。晝夜小雨霏霏。次夕沛然而足。仕民歡泰。萬口一聲。皆曰。賴聖天子在上。精誠所感。旋獲膏液。歲登之望。立可待也。況大方叨預皇華之遣。敬伸丹素之誠。自開元以來。七百年矣。司馬天師之後。今第二番。非世道交興。曷以得此。且朝受命。夕飲冰。敢不兢兢其職。適以假道臨潼。往迴駐足華清宫。卽愚舊隱之地。荷闔宫淨衆在縣道民。具威儀。陳清奠。慶美霖。告霑足。八處降香。七獲靈應。而獨恆嶽未然。以待他日。因書之壁。敬紀聖朝神應之速。將告諸來者。以激其精誠之至云。石刻拓本

投龍碑崇慶元年

失名

宣元投龍使體玄大師中都太極宫提點李太汝廣道同鍊師劉道元道奉聖旨。欽詣嵩山靈嶽投送金龍。假道於此。宿僊鶴觀。賴主公鄉友宗人見勞。以清茶談心。終夜不能已也。因誦石刻端明侍郎詩天后韻。偶得拙惡。漫次其韻。呈仙鶴主人。以爲後時故事。時大金崇慶改元二月春五十四日也。石刻拓本〔偃師縣志〕

金文最卷八十一

碑

寧海州玉虛觀碑（貞祐二年）

國偁

東牟之崑嵛。昔麻姑洞天也。諸山綿亘相屬。秀異峭拔爲東方冠。山之足踏於海者三。相距俱不滿百里。蓬萊、瀛洲、方丈。朝夕相望於晻靄間。蓋天地英靈自然之氣獨鍾於此。故世多神仙異人焉。東南秀色可餐林壑尤美者。聖水巖也。水不見發源。但嵌崁之下。裂石而出。激激如線。味甘冷且清。春秋不變。水旱不知。黿鼉之屬。未嘗産焉。此亦異也。初神師玉陽公。大定丁未。世宗遣使乘傳迎致輦下。召於内殿。延問修真之道。就御果園建道院。給三品俸。敕充生辰醮高功主。賜冠簡紫衣。悉表而辭之。未幾懇求還山。詔不違其志。仍賜錢二十萬爲道路費。師之鄉里道俗聞其來也。千百相率。前十餘舍遮道歡迎。不令他適。遂結茅於兹巖。己酉冬。世宗不豫。復遣使迎師。師曰。來之晚矣。顧不及得見聖顔。使者愕然。至涿郡。哀詔果下。自爾東歸。更不復出。逮承安丁巳。章宗遣近侍徵以安車。宣見於内閣。賜坐。問養身之道。師以無爲清淨少私寡欲爲對。復問教法規儀治國之道。師以雅對妙沃。帝心嘉歎誠實者久之。曰真修行人也。留連抵暮方出。翌日特旨賜紫衣。號體玄大師。蓋不問師承。非常之渥也。道俗榮之。拜命閒。俄一內侍傳旨謂使者曰。先生處山林。無積貯。從來禮儀物。我爲代出。改城東崇福院爲永壽觀。令師處之。閱月。特旨住持修真觀。仍賜綾羅絹各二十丈綿千兩。月給齋廚錢二百緡。戊午秋。辭以親老求歸山。帝許之。仍給裝錢不貲。比師之東還。門人于道潤相與謀於衆曰。師今雖處京師。固非本心。恐不肯留。復欲追寂於空山。我輩居此。莫若以庵易觀。庸遲其來。遂入貲於禮部。賜玉虛觀焉。及是師到。薄讓之曰。至道之人。旁日月而挾宇宙。官天地而府萬物。尚何以居處累耶。況乎易庵爲觀。不幾於昔以我爲牛。而今以我爲馬也。且我之素風乞子耳。兩朝恩賜名觀。退託尚不欲受。直以山林雲霞而爲樂地。若之何爲甚無謂也。衆以邦有常禁。不可聚衆爲辭而退。其業已然。固無可奈。繼而善衆門人遠近坌集。有山者獻木。有田者獻穀。富者施財。巧者出技。人皆自勸。又非智辯牢籠曲誘之也。巖之下盤折隈隩。舊無隙地。翦荆芟草。夷峻堙谷。僅得數畝。其運石甓輦水之工。十倍其佗。閱半載。屋崇成焉。凡所以尊奉經像。頤養高真。安方來。館賓客。無不審處其當。或架木度飛泉以充日用。或闢地蒔嘉蔬以備淨供。前導之以青龍之門。旁瀉之以白虎之澗。按雲之臺。招福之嶺。列諸東南。金鳳之山。正陽之峰。峙於西北。回繚者。天元之崗。開闔者。東陽之洞。松檜竹柏。雨露一新。山川巖壑。晦明愈麗。然耳風爲聲。而聲之無聲。目空成色。而色之無色。使遊禮之人。瞻像以生敬。學道之士。因寂以悟玄。巖側舊有大石飛出數丈。俯瞰其下。登覽者頗以觤[illegible]

爲懼。一日師謂衆曰。盍爲去之。鎚鏨競舉。數日才及毫末。師笑曰。若等何能辦此。遂登其巔。運鎚三擊。轟然有聲如雷霆。響震巖谷。其石已墮。紫氣盤鬱。移晷方散。構殿之日。執役者毋慮數百人。食畢坐廡下。師以巨瓢酌酒。徧觴其衆。四周衆皆醉。而酒仍半。師慮惑衆。遽覆於地。師之神異如此。其逆知未來。召致風雨。愈疾起死。皆精誠自然而致。不能殫悉。自別有傳。按仙經云。玉虛者。乃三氣中之一氣也。玉者不染不雜。璞散自然。虛者精光明明而無形質。譬若日月。及大精明。然而無有形質。故爲虛。今師之處道也。惟寂惟默。無形無象。契自然之妙。斂之於己。則虛室生白。施之於人。則虛舟不怒。浩浩蕩蕩。不可得而擬議。直與此名相並。雖變化無常。固不能終始也。適因其門人解道樞、朱景逸相拉來此。得覽勝槩。望履舄於幕下。因請記之。辭以不敏而莫能。姑摭其實。紀以蕪言。如有作者。請礱此石以待。師姓王。諱處一。道號玉陽子。少遇東華帝君。授以道要。重陽真人卽其師也。丹陽、長真、長生、長春、太古。皆同業伯仲也。門人居天下者三之二。且山谷跋歐陽文忠公廬山高詩。蓋廬山之美。盡備於中。當時士大夫讀之。慨然欲脱塵駕少揖清曠而無由。今而來此。豈非有□□者也。貞祐二年五月望日。朝散大夫前中都左警巡使賜紫金魚袋國偁記。石刻拓本〔八瓊室金石補正卷一二八〕

河中府萬泉縣稷王廟祈雨感應碑 貞祐二年

柳 伋

余自崇慶元年十月。始令是邑。歲屬凶歉。民多艱食。賴國恩汪濊。開倉廩府庫。以賑以貸。由是而活者甚衆。越明年。自春徂夏旱甚。躬率吏民。遍禱諸泉祠廟。或作醮焚詞。或儲水設壇。勤勤懇懇。靡所不至。六月雨始優渥。秋八月。禾黍與與然翼翼然。孰不喜且謝。未幾復旱。或告予曰。苗漸槁。而蚜蚄又生。奈何。憂慼恐懼。莫知所措。私自計之。詩云。去其螟螣。及其蟊賊。無害我田穉。田祖有神。秉畀炎火。田祖后稷也。縣之西十里有稷王廟。斯可禱矣。乃率僚屬父老致詞懇禱。迴轡而雲興。至夜而雨作。既霑既足。而蚜蚄掃地無遺。是秋果大熟。九月具牲牷酒醴鼓吹。復率官吏父老陳詞致謝。祭餘酒酣。道士李若格暨諸父老跪而前曰。稷王神靈應。請記此以刻諸石。余亦喜是秋而倍收於他邑。欲使後世君子。非惟知田祖之有神。歷千百餘年而猶粒我烝民。抑亦信聖人之言不誣矣。乃掇其實以爲之記。然聊以記其事。而未足以明其德也。是繫之以銘。銘曰。

厥初生民。時惟后稷。相厥地宜。教民稼穡。萬民永賴。莫匪爾極。民不忘德。今猶立祠。更率父老。懇禱致詞。神之聽之。降雨如期。螟蟊既死。槁禾復起。易凶爲豐。胡云不喜。刻諸貞石。永于千紀。萬泉縣志

重修岱嶽廟碑（貞祐四年）

失名

殷湯之世。盤庚五遷。河南西亳。即其地也。又周武王伐紂既畢。倒載干戈。偃武之處。故名偃師焉。唐宋五代之時。縣中焚毀殆盡。唯存三廟兩寺。邑東道南有中天廟。緣兵革之後。邑人更爲岱

嶽之廟。東門之内街北有□□神霄宫舊基□以爲便。自大定年間。居人遷其廟於此。修完□稍成就。貞祐有詔。得以在處神祠聽立寺□名額。道士絳陽李德如慨然有志。勸率邑人豪右。商度置爲岱嶽觀。命羽流延奉上真香火。亦因前所謂神霄□之舊址。宜其復爲道□焚修住持之所。豈非預定之祀□歟。僕此邑之頗老者。又喜李君之用心如此。故勉爲之記。旹貞祐四年季夏望日。石刻拓本〔偃師縣志〕

乾州刺史抹撚公德政碑

武曦

刺史抹撚公世家大名路。爲顯族。卽天雄人也。性通敏博學。尤深於易理。泰和□□□□□□授翰林應奉。累遷真定府判户部外郎。出補雲内同知磁州刺史。移乾州。乾□□□□□□幽恆之衝。□名難治。公以治行選。而才高□禦。夙夜在公。急則施之以寬。□□□□□□期於合禮。賓禮賢德。發摘奸伏。吏民神明其政。莫或敢犯。用惠文彈者豈無悔乎。此公之政行以義則然也。比年旱蝗羣飛蔽天。可爲駭懼。犬牙治境界中之稼。未嘗□□□□□豐謂鳳凰食者。豈無吝乎。此公之政感以信則然也。去冬。敵大入塞爲寇。公□□□拒之。賊不敢近。以完其城。其於他州邑刦掠生口牛羊財物。不可勝記。公出□□□□□之。奪歸殆盡。諸縣土賊。因隙作亂。至於四郊蕭然。人跡斷絶。盡爲畏途。權設鄉兵□□□□□凶徒十數輩乃定。卽命持弓刀者爲寇賊。持耰耡者爲良民。潢池之兵。由是以息。此公之政勇於武者也。公以虜寇不大治。則雖去而恐復至。不可不爲之預備。蓋用□□□□□易守勝難。無恃其不來。恃吾有以待之。無恃其不攻。恃吾有所不可攻。因人之心方□□□□闕防。高城壘。濬池隍。以至樓櫓干礮戎器戰具。一切繕完。無不犀鋭。□百世孫吳。暗與之合。□蠲民疾。措之安地。此公之政智於文者也。雖然。義信武文。取之前事。已足爲美。方□□□百姓。流恩澤。布主德。平政理訟。帥之以身。使就田里之安而無愁怨之心。雖古之能吏之績。未有最此者也。□□公長於治人。而不自矜其能。勇於弭寇。而不自伐其功。春散秋收。趨少卿之令。昔襦今袴。慕叔度之來。抑足以見□□□樂盡治之賴而思無窮之報也。州人異公德政之美。不可無記。而欲傳之不朽。遂屬於僕文而頌之。貞祐五年春三月望日。頌云。

賢能太守。流福於人。懿茲治行。暖然若春。羣蝗西飛。州境不入。年穀用登。我民乃粒。外奸內寇。方略以蠲。仰父俯子。千室鳴絃。惟武惟文。不矜不恃。聊以頌之。永播其美。乾州志

鄧州重陽觀碑

麻九疇

夫李以冬實。尼父書以爲異。梨以秋花。景佺引以自咎。今榜觀以重陽。李梨之類乎非也。蓋物當落而再華者。異乎天者也。人已漓而再樸者。同乎天者也。同乎天者爲天道。異乎天者爲人道。夫天以氣論。人以神論。神得之於天。神猶氣也。天本陽。肅物則爲陰矣。人本陽。接物則爲陰矣。天雖暫陰。俄反乎陽。故天能常天。人一逐陰。而陽終不復。故人不能常神。且夫霜之落木曾幾晝夜。而陽氣生於黃泉。與夫人之大樸已散而放遁自若者。豈不大異。人能再樸。如大凝而霆大昧而

噉。是則榜觀以重陽者。其有以警夫柱下之門者乎。柱下以樸爲陽。故其言曰。復歸於樸。後世方士之談不與柱下合。舍道而修術。故以樸爲陽之説遂泯。人之生也。樸九而漓一則孩。漓九而樸一則殆。柱下之學。其嬰兒之未孩乎。樸非愚也。樸猶素也。未敗於五色。樸猶淡也。未爽於五味。此沖陽之陽也。苟舍是而求陽。擊鼓而求亡子者也。求陽以樸。終南王重陽豈其人耶。予不知其何如人。見其門弟子。曰王重陽諱喆。字知明。重陽其號也。有文武藝。當廢齊阜昌間。脱落功名。日酣於酒。歲四十有八。遇二異人。得證玄理。彌復跌宕。東邁瀕海。從遊者衆。既而蜕於汴梁。今鄧之鎮防營偏校王立。登之蓬萊人。幼嘗受誨於其徒。自執干戈以衛邊藩。蓋數十年。今老矣。思昔玄言。樂於恬退。家之南有柱下古寺。翦荆築垣。乃建斯觀。以重陽之門人王道賢、韓鍊真、劉志剛住持之。蒙國朝恩例。得請其額。仍其師之號以榜之。其椽甓像器蔬畦佃具工役之費。凡二萬鏹。皆王立爲之。一日託其同門于志慧、吴通温持予故人王萬山書。求予文諸石。既不能拒。乃取柱下以樸爲陽之意以警之。且爲之銘曰。

樸爲氣母基無形。無形之中陽所冥。自從六鑿鑿竅成。遂使晦魄蝕陽晶。何曾一刻收心兵。蕉顛鹿倒醒未醒。玄珠不覺沈滄溟。誰能卻作抱中嬰。力挽蒼龍還太清。粤有畸人黜聰明。獨騎元氣朝神京。絳霄下瞰漢與星。豈有微坌干宫庭。陽之重兮大樸盈。後嗣作觀師其名。嗟我無言空籟鳴。無言之言乃真銘。甘水仙源録

陝州重修雪虚觀碑

辛愿

興定紀號之三禩。歲在己卯孟夏四月。陝州雪虚觀道士辛姓而希聲其名者。因寧海羽客于君。揭其地圖及其建置行事之始終。以來謁文於予。曰希聲世籍河東爲平陽人。自幼出家。去鄉里遠遊。參九鼎鐵查山雲光洞體玄大師玉陽真人爲道士。頗窺至道之要。大師諱處一。姓王氏。牟平人。受道於祖師重陽真人。爲全真高弟。與丘、劉、譚、馬、孫、郝諸大仙伯。比肩知名。自世宗皇帝暨章宗、東海三朝。仍皆蒙禮遇。錫號賜服。爲吾門光華。年七十六厭世。蜕形於東牟。蓋三年於此矣。平生唱道偈頌文字頗多。已盡播四方好事之口。獨所著五言長韻金丹詩訣一章。希聲私藏甚久。人無知者。今希聲年且老。託跡於陝。乃與二三同志創兹一居。奉爲十方同門往來遊憇髒宿之所。載惟先師玄妙之文。不可終秘不傳。謹已刊石。與天下後世修真之士共之。然不得妙於文詞者記其本末則一切曖昧。猶不傳也。竊聞吾子好爲古文。多從方外遊。敬以請。予嘉其誠篤。不可辭。且必不得免。乃不辭而爲之。謹按道家原於黄帝老聃。至列禦寇、莊周氏廓而大之。乃與孔子之道並列。爲教於天下而不廢。蓋其一死生。齊物我。會羣有於至虚。而取其獨爲最妙者。而其粃糠之餘。猶降而爲天地神明内聖外王之業。自司馬子長、劉向、葛洪之徒。號稱閎博。皆論著其美。而不敢以爲小。而世之昧者。往往泥於糟粕。以爲聃之書滅絶仁義禮樂。不可以訓。馴至晉梁君子。清談亂國。因以異端非聖詆之。過矣。竊嘗論之。今所謂全真氏。雖爲近出。大能備該黄帝老聃之藴。然則涉世制行。殊有可喜者。其遜讓似儒。其勤苦似墨。其慈愛似佛。至於塊守質朴澹無營爲。則又類夫修混沌者。異於畔岸以爲高。黠滑以爲通。詭誕以爲了。驚聾眩瞽、盜取聲利、抗顔自得而不知愧恥者。遠甚。間有去此而卽彼者。皆自其人之無良。非道之有不善也。然則希聲圖創建立以待學者。其意蓋亦出於如此。故予有取於是而樂爲稱道。庶將來聞其風。遵其途。以遊黄帝老聃之閫閾者。知夫聖人道之大全固有所在。不可滯乎一曲而已。其觀之基址。以畝計之者五。而以置其地以承安之壬申。聖堂廚所雲寮。皆備具於三寶而廣其制度。不侈不陋。是時兵餓方相仍。故其措置大略如此。其最竭力同事以興是役者武道堅。希聲同郡。而年甚先。今老死已久。其費錢買額贊成之者李成。咸平人。世爲宦族。清修好道。今方以材選爲令於杞。于君名道顯。淡守中。皆與希聲同爲門人云。甘水仙源録

棲霞縣建廟學碑

李純甫

登之棲霞。瀕海之壖。阜昌初。薙荆榛而縣焉。地屬齊。有秦漢之遺風。故其人尚鬼道。近世又以丘劉之説行。蜂團蟻結。雲鼓波湧。駕飛甍。連巨棟。塗金鏤碧。其費不貲。蓋與紫微之宫、渦陽之殿相兄弟。羽衣緇冠之黨。遐想蓬萊、方丈隱隱在目睫間。亦天下之奇觀也。獨章甫縫掖之士。呻吟於蓽門甕牖之下。茫無歸宿之地。絃歌之音。闃而寂然。然則素王之道。幾何其不胥而爲黄冠之所淄耶。卽今天子嗣位之元年。有縣宰李公景道。故河中府君景韓之季也。下車將祀先師。吏曰

無廟。當奠牲帛於廳事。公大愕。經營之志油然蒂於胸次矣。會士庶以興學請。公欣然許之。第以城邑窘隘。未拓其址。一日巡檢魏伯雄牒來。廨西有隙地。請舍諸公廨於州。太史木甲公曰可。主簿趙守真、尉蒲察張奇實贊成之。各捐廩粟以助費。不徒而役。不賦而征。陶者瓦。斲者斤。鍛者火。丁丁薨薨。版土既封。殿於其中。翼以列廡。繚以崇墉。廚以西。齋於東。辰在舍而載。火西流而畢。輪焉奐焉。沉沉乎新宮矣。繪塑之功。曲盡其巧。俎豆之器。一鼓而成。自是扼腕之方士。知仁義之學。垂髫之小兒。有揖讓之風。其褒衣博帶者。將峨峨而來。洋洋乎聞雅頌之聲。於落成之際。會公被檄有京師之行。屬其同年交李純甫志。純甫牢辭不可。遂折簡於棲霞之士曰。儒者之言與方士之說。不兩立久矣。請以近喻。諸君嘗見夫海乎。汪洋澄渟。浩無涯涘。際空如碧。白波不興。魚龍鴻洞。不水其水。此儒者之所謂日用而不知者。隱然而風雷震。劃然而蛟龍鳴。非不砰轟可喜。大抵索隱行怪。君子不爲。彼方士之所慕。吾儒之所羞也。山東賢士大夫。觀水於其瀾。必有能辨之者。他日魁閎傑異之才。飄然淩雲。志氣穿天心。出月脅。騎蟾蜍。斧桂樹。通籍金馬。待詔玉堂。登瀛洲而先去。視方士之言如捕風逐影。將一洗而空之。庶幾不負吾兒之意。則吾言尤信。棲霞縣志

重修面壁庵碑 興定四年

李純甫

屏山居士。儒家子也。始知讀書。學賦以嗣家門。學大義以業科舉。又學詩以道意。學議論以見

志。學古文以得虚名。頗喜史學。求經濟之術。深愛經學。窮理性之説。偶於玄學。似有所得。遂於佛學。亦有所入。學至於佛。則無可學者。乃知佛即聖人。聖人非佛。西方有中國之書。中國無西方之書也。吾佛大慈。皆如實語。發精微之義於明白處。索玄妙之理於委曲中。學士大夫。猶畏其高而疑其深。誣爲怪誕。詬爲邪淫。惜哉。龍宫海藏。琅函貝葉。無慮數千萬言。頂之而不觀。目之而不解。且數百年老師宿德。又各執其所見。裂於宗乘。泊於義疏。吾佛之意掃地矣。悲夫。梁普通中。有菩提達摩大士自西方來。孤唱教外别傳之旨。豈吾佛教外復有所傳乎。特不泥於名相耳。真傳教者。非别傳也。如有雅樂。非本色則不成宫商。如有甲第。非主人則不知户庭。自師之至。其子孫徧天下。多魁閎磊落之士。碩大光明。表表可紀。劇談高論。徑造佛心。漸於義學沙門。波及學士大夫。潛符密契。不可勝數。其著而成書者。清涼得之以疏華嚴。圭峰得之以鈔圓覺。無盡得之以解法華。潁濱得之以釋老子。吉甫得之以注莊子。李翺得之以述中庸。荆公父子得之以論周易。伊川兄弟得之以訓詩書。東萊得之以議左氏。無垢得之以説語孟。使聖人之道。不墮於寂滅。不死於虚無。不縛於形器。相爲表裏如符券然。雖狂夫愚婦。可以立悟於便旋顧盼之頃。如分餘燈以燭冥室。顧不快哉。道冠儒履。皆有大解脱門。翰墨文章。亦爲游戲三昧。此師之力也。新學晚生。愧無以報。今因少林主人志隆命其侍者海淨問訊屏山曰。照了居士王知非暨劉菩薩并其徒儲道人重修面壁庵。既已落成。請記其歲月。時大金興定四年中元之前一日也。隨喜之餘。又洗手焚香而爲之贊曰。

玄關未啓。玉鏁生苔。靈臺未洗。金鏡塵埋。鐵牛穿鼻。石女懷胎。孰爲巨眼。鼻祖西來。舟行萬里。禪心如灰。壁觀九年。梵音如雷。不戒而戒。不齋而齋。一衣一鉢。五葉花開。或杖或拜。或嗔或舞。謦欬揚眉。顰呻舉武。或咄或咦。或吽或普。柏樹藥欄。燈籠露柱。彈指張弓。吹毛擊鼓。跌宕形容。逕庭言語。太漫汗中。剔渾淪處。有者箇在。又恁麼去。津然可口。如甘露漿。薰然入骨。如薝(葡)〔蔔〕香。如發管籥。如施印章。金仙海藏。同時放光。竊吾糟粕。貸吾粃糠。粉澤孔孟。刻畫老莊。八萬四千。清涼道場。屏山説破。誰敢承當。石刻拓本〔説嵩　八瓊室金石補正卷一二八〕

新修雪庭西舍碑

李純甫

昔達摩大士面壁九年。神光宿業儒術。且尚玄學。遂見祖師於此地。立雪斷臂。方得西來。意盡發孔老言外不傳之妙。大顯於世。士大夫有疑之者。僕作面壁菴記。已辨之矣。此記既出。諸儒有譁而攻僕者。曰觀密二師。固學佛者。李翺、王介甫、吕惠卿、蘇子由、張天覺。亦佞佛之徒耳。如伊川、東萊無垢諸先生。其視佛老如仇讎。然子以爲得佛之道不亦誕乎。僕笑應之曰。諸先生之書尚在。所謂陽擠而陰助者多矣。真得祖師掃蕩之意。學者疑其云云。是時痴兒不得説夢也。如致堂先生胡寅。在伊川門下排佛之尤者。著崇正辨七十餘篇。詬罵靳笑。無所不至。雖然。止罵像季以來破戒僧耳。近得其所著讀史管見。其言歷詆諸儒。謂荀況正而失之駁。董仲舒粹而失之泥。揚雄潛而失之愞。王通懿而失之陋。韓愈達而失之淺。由秦漢至五代千三百年。無知道者。至於斲輪操舟之工。雕刻刺繡之巧。累丸竹竿之習。及其精也。疑於不可思度。況人之所以爲人。有大於此者乎。老氏知之。故有真以治身土苴爲人之説。佛氏知之。故有不立文字指心見性之傳。又曰。老莊之言。奥窔閫達。非荀揚諸子所能及。又曰。深讀佛書。其庭户未易知。其奥窔未易窮。其辨未易折。其精極之地未易到。豈老莊所得擬哉。其説如此。學者當熟思而詳考之。吁。陳無已謂儒者不得其傳。固得罪於儒者。僕謂儒者亦得其傳。又得罪於儒者。然則儒者果得其傳乎。果不得其傳乎。得與不得。相去幾何。嗚呼噫嘻。孔老復生。不廢吾言矣。遂書此言。以爲雪庭西舍記。嵩書〔八瓊室金石補正卷一二八〕

重修文憲王廟碑

游淑

乾道儲精。星辰闡其曜。坤元孕秀。嶽瀆成其形。稟其精。鍾其秀。不星辰。不嶽瀆。化而爲人。是謂聖者。則文憲王其人也。王德巍巍。道恢恢。周流乎百行。範圍乎衆善。如其聖。如其聖。方其爲子。篤行而孝。突而弁兮。冠冕諸子。近事武王。乃清王室。謂天討不得不行。大鉞一麾。則諸侯争先馘紂矣。謂寳命不得不救。植璧昭告。則王疾翌日乃瘳矣。其後武壽崩。成幼嗣。鼎業未安。旌摇斿贅。王乃慨然爲憂。攝政踐祚而治。奈何讒飄山。謗薰天。謂弗利孺子。而四國流言。市虎之疑既成。東山之征莫返。桃蟲肇而集於蓼。鴟鴞悲而毀我室。然忠赤在己。不厄不昭。天變俄彰。朝廷盡弁。金縢既啓。王泣賜環。豈歲寒然後知松柏之後彫也。至如伊摯聖臣也。殊勳丕業。格于皇天。而王與之比肩。故世稱伊周。伊周在。嗣君與在。社稷亡。伊周先亡。既周既伊。變亂漸衰。不伊不周。姦逆横流。孔子聖人也。金聲玉振。集厥大成。而王與之齊名。故世稱周孔。周而孔。作之述之。孔而周。王道誕章。周孔道行。天下文明。周孔道謝。萬古如夜。吁。大哉之至於斯也。子則孝。弟則悌。臣則忠。道隆乎一代。言楷乎萬世。天下之能事畢矣。聖人之人倫至矣。記曰。後世雖有作者。虞舜弗可及矣。淑請續其説曰。後世雖有人臣。文憲弗可及矣。渠不信夫。渠不信夫。岐山太王邑周之地也。以其故邦。爲建王廟。旁接鳳鳴之岡。中穴潤德之泉。地幽勢阻。萬木森列。憑高縱觀。寸寸古色。真神宇之所宜處也。往年安定御史李公守節嘗宰是邑。公龍游學海。虎守聖門。嫉誕説若探湯。尊正道比軻愈。先是有贍廟田十餘頃。久之。耕者侵之既。公患之。未有以覺舉。適有黄冠者。私詣上府。市斯廟以作道觀。行且以牓之。公聞之。大怒曰。吾可以并案若屬矣。立呼黄冠責曰。若敢唐突底柱耶。戢吏縛冠繫於獄以上聞府。府以聞按察司。按察是公。下其事。令理決之。公卽正冠之罪而褫其牓。并贍田一爲改正。其具存焉。今縣令岐陽張侯衮。心先聖學。胸良吏才。三輔藹仁化之稱。朝廷屬表選之望矣。下車之初。悉聞其事。乃嘆曰。王之廟日月也。不幸而爲冠所毁。日月之蝕也。幸而爲公所復。蝕而更明也。使他日復有毁之若冠者。則縣令之責也。縣令之責而不先刻之石。終無以爲質也。於是録其本末。咸刻諸碑。將使膺是責者以李公去邪爲己任。以黄冠肆欺爲常誡。三軍之帥可奪也。去邪之志不可奪。八佾之僭可忍也。肆欺之罪不可忍。斯張侯之心歟。遂復新廟貌。葺殿廡。構山門而隆威嚴。建碑亭而萃衆作。俾淑鋪辭以垂不朽。淑也才微識淺。敢辱斯述。伏念諛鬼神以空文。佞佛老而曲筆。較其所取。猶無愧焉。則何敢辭。銘曰。

曲阜舊宅。魯王欲毁。一聞天音。驚悸而止。文憲廟貌。黄冠潛移。李公力拯。仆而植之。莫耶指日。物不敢蝕。飛廉決氛。復見太極。猗歟張侯。克大芳猷。著於貞石。何千萬秋。凡百爲令。勿忘翼聖。尚監茲文。以爲龜鏡。毋使廟污。毋容冠欺。李公之志。張侯之規。岐山蒼蒼。渭流洋洋。神宇儼然。岐渭之陽。

興定五年歲次辛巳正月初一日建。石刻拓本〔岐山縣志〕

金文最卷八十二

碑

寧曲社重修食水碑興定五年

高　褎

惠本於心者其益大。作有乎利者其行久。蓋君子之心目。民之害者。相與除其害。苟可以利人者。必務興其利。故其本心之惠、利物之作。非止加於一時。使百世之下永賴其功而稱頌之。雖欲湮淪無彰。而其可得乎。鄠之東南有村曰寧曲。右高阜。左平野。清渭經其北。太白當其南。厥田沃壤。物産蕃茂。則富庶甲於境内者也。然土厚而泉深。人羸於井汲。賴有流水繚於藩籬門庭之間。爲斯民之大便。僉云此齊相寧戚所導之水也。相之故宅遺址。猶有存者焉。名之寧曲者。自此始矣。又村之東北有二塚。曰相之塚也。歲時祭祀。故俗相傳。禮無少衰。蓋思其德而敬其塚。猶人慕羊公之德。而淚峴山之碑也。或曰。初相嘗往於南山下。中道遇汲者。問之。知其艱於獲水。乃惻然作意。盼隰瞰原。順夫地勢。渠而浚之。決赤谷之水。北過於亮伏暨李義村。又北過於吴家社。以至於寧曲。又析水之數分入留番千葦。延其水之所行及所流之多寡。二者有常。無相争奪。

使上下居民均得食用。不假於遠負而深汲。逸其所勞而易其所難。噫。賢者之舉。其利溥哉。降及後世。古道寖遥。淳風殄滅。衆暴寡。强陵弱。瀕於上流者。盗決其水。專於己而遺於衆。使夫居末流者。當暑曾不得涓滴以相濡。搆怨連禍訟於有司者。積年不絶。然則始之所以養人者。今適足以害人。是豈前賢導水之意哉。夫智者創物。則能者述焉。明者作法。則愚者守焉。後之人。當修廢革弊。納民於軌度。以和其心志。以息其憑陵。均水利於室家。不亦懿乎。儒生劉文秀者。乃寧曲土人也。世號富家。目擊其事。慨然有澄清兼善之志。遂裒衆具牒。詣有司以請曰。夫民之用水。固有定制。自下而上。强不得陵弱。富不得兼貧。遵其次序。周而復始。重其罰以防於姦邪。明其禁以示於弗渝。然後水之利可均。民之訟可息。不惟發揚賢相便民之餘休。抑亦副國家設官所以爲民之意也。時治鄗者皆賢。深然其辭。判而授之。一日劉與鄉友命裒以爲記。裒曰。夫述一事。紀一功。當在於俊才傑士。其淺識寡學者。將何益哉。牢讓數日。竟不見察。裒寓居於教坊。常往來於寧曲。素辱諸公之厚盼。辭不獲已。於是退而援毫。以書其父老之所云爾。二曲高裒記。石刻拓本

〔鄗縣志　金石續編卷二十〕

汝州寶豐縣新修炎帝廟碑〔正大元年〕

王道衡

禮之有祭祀。所以報本反始也。豺祭獸。獺祭魚。出於天理之自然。聖人因人之情而爲之節文焉耳。古之君子。使之必報之。迎貓。謂其食田鼠也。迎虎。謂其食田豕也。在物尚爾。況於古之聖

君。其忍忘之乎。祭法曰。有功於民則祀之。又曰。法施於民則祀之。非此族也。不在祀典。由此言之。祭祀之禮。豈可苟然而已哉。在昔太古洪荒。未有火化。斯民飲血茹毛。若禽獸然。迨乎神農氏作。創耒耜之利。以教天下播種。置日中之市。以通天下之貨財。而又慮其疵癘而無料理也。親嘗百草之滋味。一日而中七十毒。醫術由是而興焉。其仁民愛物福及後世也。可謂深且至矣。血食萬代。不亦宜乎。其奈世之愚民。多尚譎怪以邀福於淫祠之鬼者。滔滔天下皆是也。其視上古聖君。啓衣食之原救疾厄之苦者。不知爲何等物。矧肯廟而祭之乎。異哉。王和者。澤州之高平人也。大定間。商賈於斯。愛其山水之明秀。土壤之肥沃。因而家焉。鎮北有頹垣廢址。詰諸故老。曰此昔日之神農廟也。喟然嘆曰。吾鄉崇祀炎帝。不意是邦亦能爾也。遽發誠懇。慨然以興葺爲己任。衆皆悦而從之。有曰王政連者。又從而輔翼之。於是庀徒揆日。鳩工聚材。入山行木。必躬親之。乃斬板幹。礱砌礎。陶瓴甓。勤垣墉。經營弗亟。而徧户子來。歲星甫周。一起而新之。靈像既妥。孔肅其儀。丹雘載塗。金碧以輝。凡四方之人。齋明備服以承祭祀者。肅敬之心。油然而生矣。則神之格思。洋洋乎如在其上。如在其左右。不其偉歟。迨貞祐之三禩。□衣王守道者來住持之。朝夕洒掃。極於精潔。有請於朝。敕賜通仙觀號。又足以成就王和等之美意也。和年六十有八以壽終。乃子庭琇以桑梓之舊。不遠數百里來乞言於余。俾道其始末。刊之翠珉。以傳示永久。余嘉其勤懇之至。而盡爲子之職。義弗克辭。故直書其實。以告來者云。時正大改元歲次甲申正月初吉日。王庭琇立石。寶豐縣志

重修府學教養碑 正大二年

劉渭

蓋聞擾攘之後。必有維新之圖。憂患之餘。必有增益之智。不然。安得動高前古措世隆平者哉。我國家應天順民。雖馬上得天下。然列聖繼承。一道相授。以開設學校爲急務。以愛養人材爲家法。以策論詞賦經義爲擢賢之首。天涵地育。磨礪而成就之。是以將相全材。磊落間出。其大者。俊偉雄傑。光華汗簡。其次者。猶能以謹朴廉潔自重。從源徂流。號稱多士。郁郁彬彬。追蹤三代。及乎妖孛躔次。氛翳元都。素教皇風。開闡未暇。仰惟行省參政金源完顏郡公。卓然忠節。深結主知。名高建武之功臣。親沐貞觀之政化。英風義槩。北伐南征。沙漠江淮。威名大震。輕裘緩帶。歌雅投壺。碩德元勳。超今邁古。軍國議餘。乃會參議知府石盞公、尚書張公暨潭府英髦而謂曰。自兵凶以來。貴冑氏族子弟流離關中者爲多。伍庸隸。儕俘民。恣意於蒱博彈弋之間。相與扇嚻爲惡。未見能善其後也。事有似緩而急者。其此之謂乎。聞之府庠贍士田舍皆前賢清俸所營。吝而弗與。何以副明天子崇儒設學之意。乃發廩粟。出帑資。以爲虀鹽之費而教育之。慮規矩之不肅。以行省郎中宏文裴滿蒲先、外郎集賢上黨張士貴、都事裴滿世論。龍山高誼。柱石廟堂。著龜帷幄。胸中萬卷書。筆下數千言。道學淵源。爲世模範。俾提舉焉。奉政兀顏德正、直郎邳邦用。皆當世聞人。老於學問。俾教授焉。於是檄有司。督工役。支領補缺。聯斷洗昏。植踣碑於茂草。基廢址於鞠蔬。殿宇翬飛。石經堵立。齋厨廊廡。煥然一新。濟濟乎。洋洋乎。聚秀異而誨焉。易以經之。

禮以緯之。詩書以成之。春秋以斷之。標準語孟。鼓吹韓柳。博採於歷代史氏。日漸月滋。作爲文章。華國藩身。厥蹟茂矣。可謂過晁董。麗卿雲。誠貫道之器。異夫雕花草而狀風雲也。每月旦。二公詣學宮。鎖院私試。擇掾屬馳聲場屋者同考之。選猶禮貢。嚴類棘圍。明鏡前。平衡下。蚩妍卽辨。銖兩不差。士子得占榜者。同華袞之賜。其勉勵又可知已。屢以省醞百壺見貺。助醉經之餘旨。講鄉射之遺風。酌唐舜薰釀。味周孔醇厚。斥諸子之澆漓。黜老莊之淡泊。吸幽挹玄。發爲英華。陶然於洪鈞之中。豈設醴之比哉。將見直玉堂。侍金馬。謀正體。斷國論。詔感卒泣。檄愈頭風。一書下燕國。三箭定天山。孰謂秦無人也。諸生其勉旃。勿負我良相賢大夫教養作成之意。正大二年十二月中澣。蒙泉劉渭謹記。金石萃編

隴州汧陽縣新修玉清觀碑（正大二年）

李邦獻

爲山九仞。功虧一簣。聖人之所深惜也。物有垂成而不遂者。君子見之。亦豈無慨然傷悼而欲遂成之心。汧陽玉清觀。營建有日矣。既成。而復謀記之於石。以延安令常元亨爲文。期日刻之。適西北寇至。以是遂輟。今猶未克摹勒。是可嘆也。頃西省郎中粘割公子陽被檄。自朝郡入於鳳鳴。道經是邑。其宰導而謁之。既至。堂廡清肅。門壇閴寂。檜柏森密。竹木叢蔚。而又汧水北來。石壁當其衝。勢若窘束不得逞。回折而流。涌湍激射。若雷之殷殷然。其區處域別。皆有佳趣。或面山而廬。或枕流而軒。山光在目。水聲在耳。四顧洒落。殆若世塵所不到。悵然眷戀而不忍去。周行徧

歷。見素碑瑩鏡。而無字刻。詰諸主觀。因得常令所爲文。然邊幅破裂。字形漫滅絶去者十二三。讀至行盡。每每句不相續。至於經始落成。猶未見爲文之始。泰和丁卯歲。爾公曰。石既甃矣。文既成矣。何待而不遽立也。主觀答以兵革之故。公執紙惋嘆。卷而懷之。因許以補亡葺罅。而後命工開鐫。必爲若輩終是業也。一日僕以事詣府。謁公於普照方丈。公以此文示僕。因命考之。其大略曰。縣之東南。抵汧之石岸。岸相對如門。土人謂之石門。或傳導汧入渭。禹之所鑿也。瀕岸而北。藉石臨水。有地廣袤數畝。始全眞蒲察師卜庵於此。師操行清高。刻苦於道。由是人敬師之。既而羽衣黄冠。爭築室於其側。皆願執庚桑楚之役。他日師集其衆而告曰。吾與若輩。兀兀然日無所爲而棲此煙霞之勝境。具何福緣。而享此樂也歟。夫作一己修眞之地。曷若爲萬民祈福之宫。吾願於此起觀宇。使神明有所依止。不亦可乎。衆伏膺師訓。唯諾而退。皆願協力而贊成之。乃相與行化於縣人。於是遠近響應。結緣而來者。絡繹如市。富以其財。貧以其力。故材木磚甓凡所當用者。刻期而備。殿宇像設與其所當修起者。不日而成。既而請額於朝廷。而勅賜曰玉清。居無幾何。師忽不疾而逝。纊息不屬。而視之宛然如生。同學於善慶與門弟子。思師之德。龕其像而事之。其始終可見者。如此而已。而公徐曰。子爲我因其舊文而更新之。僕以初未嘗親歷其地。且所誌者不詳。而欲固辭。因語公曰。道家者流。而以清淨無爲爲本。今師勞人之力而靡土木之費。非所謂知其本者也。何以文爲。公曰不然。常善救人。故無棄人。老氏之微旨也。師佩是言而有度人之心。然人之稟賦各異。天資厚者。善由中出而易入於道。薄者。扞格而不能合。故假神明之像。使日知所敬以畏其外。由之以厚其中也。師豈好爲浮夸侈靡者哉。況因夫人之所欲爲而爲之。非能力使强斂。烏得以是而訾師也。且夫物既有成而微闕者。因而成之。亦士君子之美事也。又何辭焉。聞公之言。卽公之心。則知廢者皆可以興。墜者皆可以起。因援筆而粗書之。正大乙酉季冬二十七日記。甘水仙源録

中嶽廟碑〔正大六年〕

李子樗

名山之在天下。爲不少矣。其間巍然爲國之巨鎭者。靈嶽有五。嵩其一也。然恆、衡、岱、華。皆據其區域之偏。孰與夫宅四方之正中。得土行之正位。峻極于天。若是之大者乎。此聖王所以載在祀典。享以帝號。尊而廟之。古今所同也。如漢之元封。增祠太室。創爲奉邑。名曰崇高。亦示其尊崇之意。禮至隆也。唐之登封。用標神嶽。因以屬縣改曰登封。亦取其封祀之義。儀至縟也。考厥由來。蓋有是祠。然後有是縣。縣非徒置也。爲祠而置之也。則爲縣宰者。豈可不敬而奉之哉。聖朝有天下以來。歲時之祭。特命有司行之。祠宇之廢。亦命有司修之。著爲常令。其爲人臣者。固當遵奉其令也。然歲時之祭。已聞有司行之矣。祠宇之廢。未見有司復修而崇起之也。越正大之五禩。蒲察公以廉能辟。來宰是邑。下車未幾。已有能聲。一日謁祠下。觀其棟桴摧折。丹青漫滅。慨然有完葺之志。以爲國之事。莫大於祀。典之經。莫大於祭。今神宇如是。上無以妥聖帝之尊嚴。下無以副邦人之瞻仰。殆不稱明天子所以重祀之意。豈君令臣行之道歟。乃具狀以聞。既而公

檄委公以本職監董其事。公以得遂所請。卽舍於廟側。朝夕從事籌計摹度。以官給所貯白金悉就工役。於是居民子來。荷鍤輦土。運斤制木。陶瓴甓。施繪藻。支傾而正。易故而新。皆忘其役使之勞。蓋公能說以先之也。公又喜割己俸以佐其用。胥吏亦樂出己財以爲之助。故斂不及民而用度足。所費省而其功大。經始于正大己丑之五月。落成於是歲之九月。觀其殿宇復完。廊廡載整。儀像之采服增飾。樓觀之甓瓦更新。門闥階陛。悉加整肅。華不侈。質不陋。一遵曩日制度而潤色之。至於三浚寒泉。益祠室之淸。六植仆碑。增祠室之觀。公之用心。可謂盡矣。所謂經之營之。不日成之也。宜乎廟祠烜赫炳耀。衆目駭視。恍如復幻出一新盛景於斯也。然公猶以爲未盡輪奐之美。恐有負朝廷之委任也。非不矜其能不伐其功者。能與於此哉。縣人張師魯等。樂觀其事。來請於僕以記之。僕喜公政迹之多善。此又善政中之一端耳。姑以經始落成之歲月而識之。敢爲之銘。其辭曰。

維天之淸。有柳其星。精氣下降。孕爲嶽靈。惟嶽之位。宅中央地。其勢巍高。其德剛粹。漢唐之隆。禮具升中。仍置奉邑。崇高登封。國朝累聖。山靈告慶。歲時之祭。有司是命。公來下車。敬謁之初。載瞻棟宇。歲久摧如。乃摭祠令。具以申請。既而公府。委公完整。公意欣然。度官府錢。悉就工役。說以爲先。仍割己俸。以佐其用。胥吏聞之。亦爲風動。及臻厥成。炳耀丹靑。儼若儀像。崢然棟楹。縣人好事。請僕以記。惟公之功。曁公之治。已播民歌。功成治異。更待僕言。是爲言贅。石刻拓本〔說嵩〕

全真教祖碑

完顔璹

皇圖啓運。必生異人。大定隆興。道圓賢哲。夫三教各有至言妙理。釋教得佛之心者。達摩也。其教名之曰禪。儒教傳孔子之家學者。子思也。其書名之曰中庸。道教通五千言之至理。不言而傳。不行而到。居太上老子無爲真常之道者。重陽子王先生也。其教名之曰全真。屏去妄幻。獨全其真者。神仙也。先生名喆。字知明。應現於咸陽大魏村。仙母孕二十四月又十八日生。按二十四氣餘土氣而成真人也。先生美鬚髯。大目。身長六尺餘寸。氣豪言辯。以此得衆。家業豐厚。以粟貸貧人。惠之者半。其濟物之心。略可見矣。弱冠修進士舉業。籍京兆府學。又善武略。聖朝天眷間。收復陝西。英豪獲用。先生於是捐文場。應武舉。易名德威。字世雄。其志足可以知。還被道氣充餘。善根積著。天遣文武之進兩無成焉。於是慨然入道。改今之名字矣。會廢齊攝事。秦民未附。歲又飢饉。時有羣寇刦先生家財一空。其大父訴之統府。大索於鄰里三百餘户。其所亡者金幣頗復得焉。又獲賊之渠魁。先生勉之曰。此乃鄉黨飢荒。譬如乞諸其鄰者。亦非真盜也。安忍陷於死地。縱捨使去。里人以此敬仰先生愈甚。咸陽醴泉二邑。賴先生得安。是後於終南劉蔣村。創別業居之。置家事不問。半醉高吟曰。昔日龐居士。如今王害風。於是鄰里見先生曰。害風來也。先生即應之。蓋因自命而人云。正隆己卯季夏既望。於甘河鎮醉中啗肉。有兩衣氊者繼至屠肆中。其二人形質一同。先生驚異。從至僻處。虔禱作禮。其二仙徐而言曰。此子可教矣。遂授以口訣。其後愈狂。詠詩曰。四旬八上始遭逢。口訣傳來便有功。明年再遇於醴泉。邀飲肆中。酒家問之鄉貫年姓。答曰濮人。年二十有二。姓則不知也。其異歟。留歌頌五。命先生讀餘火之。文載全真集中。自此棄妻子。攜幼女送姻家曰。他家人口。我與養大。弗議婚禮。留之而去。又爲詩。故以猥賤語。詈辱其子孫。其末後句云。相違地肺成歡樂。撞入南京便得真。後別號重陽子。於南時村作穴室居之。名曰活死人墓。後遷居劉蔣村北。寓水中坻。凡肆口而發。皆塵外語。鄉人唯以害風詆而未始詢其意。遇游則挈一壺。行歌且飲。有乞飲者。亦不拒。或以壺取水與人。但覺其釀香冽異常。後復遇至人。飲以神瀵。因止酒。唯飲水焉。人聞先生口鼻間醺酣之氣。而已醉矣。大定丁亥四月。忽自焚其庵。村民驚救。見先生狂舞於火邊。其歌語。傳中具載。又云三年之後。別有人來修此庵。口占詩有修庵人未比我風流之句。凌晨東邁過關。攜鐵罐一枚。隨路乞化而言曰。我東方有緣爾。七月至山東寧海州。郡豪有馬從義者。先夢南園仙鶴飛翥。未幾先生至。馬公信猶未篤。先生於鶴起處築全真庵。鎖門百日化之。或食或不食。又絶水火。庵至馬宅幾百步。復隔重街。馬公寢於宅中。樓上門户扃閉。先生遇夜。親對談論。不知從何而來。人欲寫其神。左目右轉。右目左轉。或見老少肥瘠黄朱青白。形色無定。人不能狀之。馬夢母曰。有客呂馬通者。未嘗語人。次日先生訓馬公。名曰通。馬復夢有梓匠周生者。傳道與馬。即辭乃尊。有關中之行。被席出家。見一道士。入族人馬户曹邸。馬亦隨入。見先生與道士對坐。有馬九官人者。求術於二老。先生目公曰。教馬哥代我。於是馬公誦歌一首。約二百餘字。夢覺。唯記歌尾三兩句云。燒得白。煉得黄。

便是長生不死方。翌日先生訓馬公法名曰鈺。號丹陽子。又夢隨先生入山。及旦。先生便呼公曰山侗。至於出神入夢。感化非一。有譚玉者。患大風疾垂死。乞爲弟子。先生以滌面餘水賜之。盥竟。眉髮儼然如舊。頓覺道氣瀟灑。訓名處端。號長真子。又有登州棲霞縣丘哥者。幼亡父母。未嘗讀書。來禮先生。使掌文翰。自後日記千餘字。亦善吟詠。訓名處機。號長春子者是也。後願禮師者雲集。先生誚罵捶楚以磨鍊之。往往散去。得先生道者。馬、譚、丘而已。八年三月鑿洞於崑崙山。於嶺上採石爲用。不意有巨石飛落。人皆悚慄。先生振威大喝。其石屹然而止。山間樵蘇者。懽呼作禮。遠近服其神變。又或餐瓦石。或現二首坐庵中。人見游於肆。或留之飯。預言來餽者何。神通應物。不可概舉。至八月間。遷居文登姜氏庵。在張氏家食。童子輩見目前琉璃瑪瑙珍珠衆寶。競來乞取。餘人則不能見。於文登建三教七寶會。九年己丑四月。寧海周伯通者。邀先生住庵。牓曰金蓮堂。夜有神光。照耀如晝。人以爲火災。近之。見先生行光明中。寧海水至鹹鹵。先生呪庵之井。至今人享其甘潔。於是就庵建三教金蓮會。至福山縣。又立三教三光會。至登州。游蓬萊閣下觀海。忽發颶風。人見先生隨風吹入海中。驚訝間。有頃復躍出。唯遺失簪冠而已。移時卻見逐水波汎汎而出。或言先生目秀者。卽示以病眸。或誇先生無漏者。卽於州衙前登溷。凡爲變異。人不可測者。皆此類也。在登州建三教玉華會。至萊州起三教平等會。凡立會必以三教名之者。厥有旨哉。先生者。蓋子思、達摩之徒歟。足見其冲虛明妙寂靜圓融。不獨居一教也。萊人從之者衆。獨納劉處玄者。號長生子。有釣罷將歸又見鰲之什。此四子者。世所謂丘、劉、譚、馬也。

又於寧海途中。先生擲油傘於空。傘乘風而起。至查山王處一庵。其傘始墜。至擲處已二百餘里也。其傘柄内有㸌陽子號。王自髫齔間。嘗遇玄庭宫主空中警化。今呼云玉陽子是也。與寧海州署相對。有卜隱郝生鬻肆。先生倒坐於其間。郝曰。請先生回頭。先生曰。爾不回頭。拂袖而去。郝亦隨悟。乃廣寧郝大通也。馬公之妻孫不二者。亦同入道。早明心地。世云孫仙姑者。四哲之亞。先生門人。又有此三大士矣。先生一日告衆曰。時將至矣。明日西行。道友乞詩詞。自旦至夜留詩曰。登途上路不由吾。雲霧相招本性甦。萬里清風常作伴。一輪明月每爲徒。山青水緑程程送。酒白粱黄旋旋沽。今夜一杯如有意。放開紅燭照冰壺。筆尚未投。從外有史公者來送酒。一座大驚。先生勸人誦道德清淨經、般若心經及孝經。云可以修證。明日率馬公等四人。徑入大梁。於磁器王家旅邸中宿止。時遇歲除。與衆别曰。我將歸矣。衆乞留頌。先生曰。我於長安欒村吕道人庵壁上書矣。枕左肱而逝。衆皆號慟。先生復起曰。何哭乎。於是呼馬公附耳密語。使向關中化人入道。至十年庚寅正月四日口授頌曰。地肺重陽子。呼名王害風。來時長日月。去後任西東。作伴雲和水。爲鄰虚與空。一靈真性在。不與衆人同。頌畢。儼然而終。是後馬公傳道。四海大行。伏遇世宗皇帝知先生道德高明。二十八年戊申二月。遣使訪其門人。應命者。丘與王也。命丘主萬春節醮事。職高功。五月見於壽安宫長松島。講論至道。聖情大悦。命居於官菴。又命塑純陽、重陽、丹陽三師像於官菴正位。丘累進詩曲。其辭備載磻磎集中。八月懇辭還山。至承安丁巳六月。章宗再詔王處一至闕下。特賜號體玄大師。及賜修真觀一所。十月召劉處玄至。命待詔天長觀。自重陽、丹陽、長春、暨諸師。皆有文集傳於世。嗚呼。先生起西州。化行山東。道滿於天下。名聞天子。開發後人。使盡逍遥之遊。豈不偉歟。後先生五十六年。嗣法孫汴京嘉祥觀提點真常子李志源、中太一宫提點洞真子于善慶二大士。真實道行。弘揚道祖者也。殷勤求文於玉陽子友人樗軒居士。居士援筆而爲之銘曰。

咸陽之屬。曰大魏村。山川温麗。實生異人。幼之發秀。長而不羣。工乎談笑。妙於斯文。又善騎射。健勇絶倫。以文非時。復意於武。戡定禍亂。志欲斯舉。文武二進。天不我與。蓋公宿緣。道氣爲主。慨然入道。真仙自遇。頃刻授之。口訣秘語。人呼害風。先生承當。或歌或舞。以酒徜徉。維摩非病。接輿不狂。肆口而發。皆成文章。燒卻庵舍。拂袖關中。乞化而往。全真道東。寧海因緣。萊陽通融。亟顯神異。東人畢從。陶汰真實。杜絶虛假。鍛鍊百端。捶楚怒駡。餘鄙解散。四子傳化。四子爲誰。丘、劉、譚、馬。德其亞者。王郝與孫。共成七賢。贊我真人。玉陽、長春。大啓其門。遭遇聖朝。爲王之賓。先生高蹈。望若星雲。瀛海渺然。仙跡宛存。此道大行。逍遥乎真。金石萃編參廿水仙源録

長真子譚真人仙跡碑

完顔璹

昔人有言。仙語無詞。心傳道見。神丹之訣。洞簫之音。流注於玄虛渺漠之間。其得之者。又不知幾何人哉。隱之則紅霞丹景。出之則琳宫金簡。如斯人輩。似有爲之士也。士至於無爲無不爲。攜

壺曳履。落魄於逆旅酒家之間。吟嘯忘懷。與風月爲莫逆。此亦近乎大隱者矣。德不孤必有鄰。道不我須及人。黄、秦、晁、張。東坡門下之四賢也。詩文雄深。筆力雅健。故能宏先生之教。馬、譚、丘、劉。重陽門下之四仙也。道用冲虚。處心清寂。故能明祖師之道。教何以宏。道何以明。其實皆一心也。其虚心明道者誰。長真子譚公真人也。師諱處端。字通正。山東寧海州人。其父即繆鐐之工。於權衡出入之間。無非平實。輟己生資。以資貧窘。積善累行。備餘慶而生先生。公幼而秀發。聲韻琅然。人知其非常兒也。甫及六歲。因戲墮於井中。人急下井救之。見公安坐水上。隨挈而出。略無傷焉。又所居遺火。巨棟碎於榻前。公方寢熟。呼而起之。神情自若。蓋有道之士。非水火所能隕越也。至十有五齡而志於學。詠物警策。其葡萄篇。已膾炙人口。及弱冠。乃尊以玉名之。遂涉獵詩書。工諸草隸。一朝因醉遇雪。卧於途中。即感風痺之疾。公喟然歎曰。玉平昔爲行。於世略無鮮益。中復遇奇疾。必非藥石可療之。惟暗誦北斗經以求濟。忽夢大席横空。公飛昇欲據之。見北斗星君冠服而坐。公叩首作禮問。恍然而覺。自兹奉道之心篤矣。至大定丁亥歲仲秋。聞重陽真人度馬宜甫爲門生。公徑赴真人所。祈請棄俗服羽執弟子禮。真人付之以頌。便宿於庵中。時嚴冬飛雪。丹灶灰冷。藉海藻而寐。寒可墜指。真人遂展足令抱之。少頃。汗流被體。如置身煩甑中。拂曉。真人以盥洗餘水使公滌面。從滌之月餘。宿疾頓愈。於是公推心敬而事之。其妻嚴氏詣庵呼歸。公怒而黜之。公拜禱真人求道之用。真人以四字秘訣授之。遂立公之名字焉。又道號長真子。師命公赴維陽與馬、丘、劉同處。真人步虚詞中。有達真譚玉之語。味之豈小許哉。真人至汴。遺訓命四子主掌教門。及重陽仙遊。公與三大士負師遺蜕。徑歸關中。瘞之於劉蔣村祖庵之西隅。供祭盡師資之禮。頃有請長真齋者。公不避嚴凝。涉溪而往。冰介於舃舄之間。足無所苦。人咸異之。後寓跡於河朔獲(鹿)〔嘉〕縣府君廟之新庵。一日先生鎖庵而出。云往衞州。至夕。廟官温生者。見庵中光輝照映。卽窗隙而窺之。見先生逼火而坐。温驚疑潛退。未曉。默遣人趨州託乞藥於師。其人至衞。見先生於卧内尚未起。授藥而還。復視庵中。燃火猶未畢燼。與薊子訓歷諸家之説。異世而同科爾。先生行業頗多。不能徧舉。姑略而論數事於後。忍折齒之憤。德也。施夢中之藥。神也。知巨僚之見訪。明也。書龜蛇以辟火。靈也。爲人德能通神。明可濟靈。非仙而何歟。又聞先生不擇貴賤賢鄙。不異山林城市。俱以道化。無非晏然。作歌詩百餘篇。目之曰水雲集。宿慕洛陽天中之土。人多道心。有意作丹成之所。因見洛陽之朝元宮。昔朗然子之故居也。愛其山水明秀。遺跡尚存。有道士張永壽者。時主觀事。卽以宮之東隙地數畝遺之。先生誅茅拾礫而庵焉。有洛人朱氏者。奉道構庵。請公居之。先生於朱庵中神遊間。似與重陽、丹陽遇。報以仙期。旋復返朝元之故居。卽今之棲霞觀也。觀在後長春丘公真人立名。至大定乙巳歲孟夏朔日。無疾留頌而逝。異香凝室者數日。世壽六十三。昔嘗畫龜蛇者。蓋巳年巳月巳日歸真之預知也。其門人王道明、董尚志。自童稺禮先生。盡負汲香火之勤。先生馭鸞之後。數十年居仙塋之側。王先生主棲霞觀事。與董生始終醮祭無惰。擬行改葬。因李公都運先生暨四大道師李公志源、于公善慶、王公志淵、陳公無染。以碑銘見囑於老夫。敬喜而筆之。銘曰。

重陽真人。大道之師。長真先生。攝衣從之。以心傳心。神鬼不知。我知至人。生於聖時。人貴其異。我敬其實。東齊發揮。西洛留迹。語見歌詩。名傳金石。霞舉玄風。雲開丹液。野鶴昂藏。靈龜寶章。伏火制水。順陰調陽。分形入夢。道術彌彰。先生未亡。千載馨香。甘水仙源録

金文最卷八十三

碑

重修玄武殿碑正大五年

李獻能

河中控秦扼晉。表裏山河。形勝樓觀之美。昔人稱之。至於神祠佛刹。亦金碧相望。府署北城。由逍遥樓而東次。名閫堂。有殿曰玄武。世傳元龜朱蛇。靈應甚著。歷政奉之唯謹。兵火之餘。悉爲灰燼。元光改元之明年。王師復府城。移置城下。隘陋囂雜。甚非所以妥靈揭虔之意也。正大癸酉。前元帥完顏公始因故基。掃除瓦礫。殿而像之。遂卽高爽。然府遷於防秋。東西靡定。人心搖搖。神亦胡然而寧。戊子秋。元帥夾谷公奉命來鎮是邦。周覽形勝。慨然請於朝。完城郭。備器械。訓兵撫民。以爲固守之計。凡所以興廢補弊。罔不修舉。乃復加增飾。煥然一新。其於奉事之禮。尤加誠敬。由是人心怡然。神亦以安。顧玄武廟未有記。命獻能載其事。謹按玄武。郡國之所通祀。徵於道家書。謂能麾指神兵。訶禁不祥。以護國衛民者也。今敵勢漸衰。王師屢捷。行將盡復舊疆。神必有知之。元帥公之忠敬。神必有歆之。下民厭亂久矣。神必有察之。必能請命於天。

攘斥勍敵。陰有以相之也。將見召呼風雲。掃清妖孽。洗滌山川。復還舊疆觀。神之力居多焉。然則人之報神者。豈有量哉。謹誌於石。以爲中興之兆云。蒲州志〔山右石刻叢編〕

濟瀆靈應碑 正大五年

韓時舉

歲在戊子。天子以去冬不雨。宵旰憂民。粤春王正月。遣資政大夫中常侍兼上林署提點宮籍監使內□□□□□藥局直長高佑。銜命降香於濟瀆顯祐清源王。天語一發。不浹辰而雨至者三。使車在路。雪復盈尺。民熙熙然。咸曰。大哉王言。一哉王心。二月□□使高佑□自□京師。由三城戴星而行。未及巳刻。已抵祠下。謹默致聖意及所賜香酒。拜祝於淵德殿。尋奠紙於海。紙立下如掣。俄頃風行□□勢急洶涌。有神物出其間。狀犬數圍。俗所謂二將軍者。延頸被紙。延首東南。且進且退。如舞如蹈。凡數四。有望闕謝聖恩意。中使高佑敬懼釃酒。神迺前□及數卮。悠然而去。觀者如堵。以謂聖主之德。至誠感神。躍魚之祥。桑林之應。方之皇朝。邈不及矣。天且不違。況於神乎。神且不違。況於人乎。中興之功。日月可冀。畢祀。皆合爪致禮。鼓舞而退。吏□□爲□□未之睹也。懇請立石。以紀聖感之萬一。敬謝不敏。拜手稽首以書之。正大五年春社後二日謹記。金石萃編

重修濟瀆廟碑 正大五年

種竹老人

大金正大戊子歲。自前冬不雪。返今春未雨。二麥頗旱。百姓惶惶然。皇帝之心。憂民不啻。遣資政大夫中常侍兼上林署提點宫籍監使内侍局令尚藥局直長高佑。載星馳驛。受命呈香。禱於濟瀆顯祐清源王。復日至祠。正冠整服。潔體齋心。夙啟天誠。夜獲嘉應。膏雨已容耕。春雪又及尺。俄有神物出海。領紙吞酒。朝闕如謝。使者迴京都。異事奏上。上深敬悦。賜銀二萬五千星。委自孟州長吏防禦使僕散桓端、提控同知納蘭和尚。辭職監修。搆大厦之良材。鳩三昧之妙手。重簷疊甃。操碧繪金。嚴崇聖像。謹飾從尊。鴛瓦紺天。鳳門輝日。役未十旬。功興萬數。殿廊齋厨。創作一新也。市民嬉游。無不祝讃。匪靈應之神君。豈可達於朝廷。非聖明之天子。莫能肅於廟貌。物成有日。易舊更新。聖哉神力。德哉王言。德耶聖耶。猶不能盡理述焉。金石萃編

改建題名碑 正大七年

孔叔利

府庠舊有題名。然附他貫者。皆闕而不書。議者疑之。正大乙酉。行省外郎集賢上黨張公以幕府餘暇。閲月校試。因覽是碑。謂諸生曰。國家設學之意。教育均矣。每遇大比。牓不乏人。至於紀録。獨取此舍彼。則恐於奬勵之道未備。迺命耆宿。參訂名籍。自高平李公簡之而下。得二十有八人。刊之貞石。以發幽光。使朋來求價者。履跡景慕。指某人隸業於此而登第。某氏宦游於此而成名。思與並驅争先。其益可勝既耶。舊碑之建也。制度頗狹。歷年滋久。得人加多。凡來書榮者。或投隙抵罅。僅容數字。一何略也。今兹告成。極其宏壯。前所不載者。俱見擴録。顧不偉歟。

噫。後之登科者。請隨牓如式書之。儻易舊矩而作新意。非所望也。敢以此告。是年十二月中澣日。門人孔叔利謹記。

大定十九年張行簡下　李仲略高平賈益通州

大定二十二年張甫下　焦炯開封

大定二十五年徐韙下　李秉鈞大定

明昌五年張檝下　趙去非定州經義楊雲翼下　趙思文定州

承安二年呂造下　賀天祐三原劉光謙大興高國鈞鶴野經義李著下　馮璧真定

承安五年閻詠下　武洵直武功高崧遂城劉從謙安邑

泰和三年許天民下　王嗣初同州

大安元年經義第一　邢天祐浮山

崇慶二年黄裳下　仇庭用扶風

貞祐三年程嘉善下　馮辰盩厔王元舉扶風高宇恩牓

興定二年張□安下　李介遼陽

興定五年劉遇下　□獻臣□□蘇遘臨晉李獻誠河中李恆亨河津經義喬松下　李獻甫河中

正大元年王鶚下第二人劉繪獻州司張柔由大同楊俁大興張邦憲信州李元偃師牛炳河中吳芝澤州邳邦用定安經義張介下　張瑀京兆張珪京兆

正大四年盧亞下　孔叔利平陽吴聽澤州張珩京兆

正大七年李塘下　任嘉言汾州劉源雲陽龐漢太原郭士元□晉經義孟德淵下　盧翔豐潤

金石萃編

商王河亶甲廟碑

樂　著

茲地之所謂相者。其來久矣。夫相在大河之北。乃唐之冀方、漢之魏郡也。介懷衛之間。清漳遶其北。太行阻其西。六峯秀而明。萬金通而利。東西延袤幾二百里。其川衍。其野沃。其氣候平。其風物阜。實爲地之名區勝壤焉。昔有殷十二葉。河亶甲始都於此。王之於殷也。上則有太戊、仲丁。下則有祖乙、祖辛、祖丁、盤庚。其見稱於書者。則太戊以修德。而殷朝消其異。祖乙以巫咸。○咸。安陽縣誌作顯。而殷家尊其功。盤庚遷都。而殷道復其舊。是君之作。豈特六七王在其間。其賢可知也。不然。誠質之古書。在酒誥則曰。自成湯至帝乙。成王畏相。在多士○多士。原作召誥。據尚書多士改。則曰。自成湯至於帝乙。罔不明德恤祀。○恤祀。原作慎罰。據尚書多士改。又曰。亦維天丕建。保乂有殷。殷王亦罔敢失帝。罔不配天。其澤。在多方則曰。乃維成湯。以至於帝乙。罔不明德慎罰。由是觀之。故家之所傳。積德累仁之事。王皆與焉。謂之賢君可。知者。蓋亦有據云。當王之君相也。大抵其治。不過尊俎而已。其懷民也。必彰寬信。其行師也。必本仁義。其示勸也。必慎賞罰。其見德也。必克宅俊。至於子惠困窮。則必推湯之惠。澤及禽獸。則必廣湯之澤。此雖無明據。蓋觀其人而知其政矣。惜乎。書無所載。蓋逸書百篇。秦火之不存。雖有孔壁之書汲冢之文。

皆科斗字。時人無能識者。故王之流風善政。湮没無聞焉。文之書者。河亶甲居相。作河亶甲數字而已。以此遺蹟。迨元魏置州曰相。蓋取諸此也。雖歷年綿遠。其上思賢王之功德。重相臺之始祖。卽闤闠之東殿而像之。爲一方之所崇奉。故我王之血食於兹也。蓋亦有年矣。及遭兵厄。劫火一然。萬廬灰燼。惟此廟無虞。巍然獨存。蓋神物護持。有以致然也。尋臻甫定。城邑荒榛。其後人煙浸復。顧瞻王祠。益禮敬而香火之。遂仍之而增修前樓門廡峻垣。既侐既實。有加於舊矣。然素闕碑銘。無文以識之。一日。同年張敏修忠傑、道司倉寇邦寧國安、里人趙松壽之。踵門而告曰。商王之廟。吾鄉之祖也。不可無記。向以多故。未遑兹事。今日敢請。愚以爲德之幽潛其光。可發也。廟不能災。可神也。人不忘本。可嘉也。著相人也。義未當辭。於是斂衽而書此。謹系之銘曰。

功大祀遠。德厚流光。欽惟河亶。殷之哲王。始都相邑。法祖成湯。配天其澤。雨露汪洋。世祼六百。以道而長。亦王之德。有功於商。史敍其事。昔書之詳。遭秦焚籍。今已則亡。嘉我相人。允懷不忘。其祠棟宇。其像冠裳。重始報本。血食此方。貞祐兵殘。火炎崑岡。天之所存。予其何傷。杳杳英靈。優游帝鄉。依依德澤。鼓舞安陽。補亡書篇。誰爲文章。發揮景爍。日月煌煌。區區勒石。莫既餘芳。河南總志　安陽縣志

重建顯烈廟碑

田特秀

夫忠而識闇。不能擇有道之主。當代無以建其功。若范增爲項楚劃計。雖怒撞玉斗。未免爲彭城之廢人矣。勇而義寡。不能堅事君之節。没世無以成其名。若吕布反覆無定。雖巧中戟支。未免爲白門之縛虜矣。忠而遠識。勇而篤義。事明君。抗大節。收雋功。蜚英名。磊磊落落。挺然獨立千古者。惟公之偉歟。昔卯金不競。漢火灰冷。六合幅裂。羣龍闘野。曹操以姦雄之資挾天子以令四方。執太阿以用其穎。以司天下之命。窺圖神器。坐觀西伯。雖名漢相。其實漢賊。先主以漢之宗裔。稟寬厚之資。負英雄之氣。下將解黔首之倒懸。上則懼高光之不血食也。屈體待士。紹復舊物。公於是時。以謂予曹則助賊爲虐。逆也。予劉則輔正合義。順也。審逆順之理。定去就之分。委質於先主。如風雲之從龍虎也。左右禦侮。周旋險艱。有死無二。及督荆州也。降于禁。戮龐德。梁郟陸渾。遥受印號。威聲赫然。震疊華夏。曹操議徙許以避其鋒。江東請求婚以結其好。使西南僻陋之蜀。屹然爲鼎足强國。二敵睥睨而莫敢妄動者。非公之力歟。當時諸葛孔明自謂管樂之流。於人不易許可。嘗謂馬孟起兼資文武。一世之傑。當與翼德並驅争先。猶未及髯之絶倫逸羣也。世説多稱策馬刺顔良於萬衆中。遂解白馬圍。爲公之美。是豈真知公者哉。且公平昔好春秋左氏傳。諷誦略皆上口。方先主在許。與操同獵。公勸先主殺操而不從。及在夏口。飄飄江渚。公怒曰。往日若從所言。豈有今日之困。以是知公之好學通古深識遠見。又有大過人者。或者謂揖讓道衰。世主往往以征伐建大業。其武勇鷙悍之將。不可以數計。奚獨稱公哉。余請以西漢信布而論之。初項籍急圍高祖於滎陽。信爲大將。破趙取燕。走齊王田廣。遣使求爲假王。高祖恨且怒。賴張良躡足而悟。因駡曰。大丈夫定諸侯。卽爲眞王。何以假爲。布初欲從楚。賴隨何以奇計説布歸漢。高祖方踞牀洗足。召入見。布怒悔來。欲自殺。出就舍。見帳御飲食從官之備。始大喜過望。彼既北面爲臣。乃前卻人主以求快己欲。是皆市井要利者之所爲也。豈若公當下邳之役嘗爲操所得。禮遇甚厚。公視高爵重賞藐如草壤。盡封所賜而去。於戲。士窮乃見節義。方曹勢熾炎。劉力孤弱。事君不忘其本。見利不失其義。視信布。豈得同日而論哉。至今皓叟黄童。樵夫走卒。聞譚三國時戰争之事。則猶皆鼓譟踴躍以爲公之助。若非以識去就分明挺忠義大節。何能聲名暴白得人心愛慕之如是耶。公在漢爲壽亭侯。在蜀爲前將軍。逮宋封武安王。解實公之故邦。廟在郡城之西。春秋祈祀。送迎奔走。四遠之人惟恐其後。本朝承平日久。制作禮文。咸秩祀典。慮公之廟歲久將敝。特降明命而完新之。邦人隨富窘争獻財力而助成之。父老請余文以記。余既喜敍公之忠節休烈。亦將以律天下後世之爲人臣者。遂爲之碑而系之以詞。

漢日霾蝕。黄星奕奕。誅鋤賢哲。狐媚竊國。劉實漢宗。天下英雄。哀我民恫。紹復先功。公初草服。相時擇木。予操爲辱。幡然歸蜀。萬人之敵。飛超辟易。忠貫金石。始終一德。魏將覆兵。江東請盟。華夏震驚。隱然長城。生爲虎臣。没爲明神。四海駿奔。豈特邦人。條山蒼蒼。河水洋洋。山高水長。英聲不忘。武安王集附録參平陽府志〔解州志〕

薊州葛山重修龍福院碑

呂卿雲

爾時釋迦如來以勝善天人。生爲刹利王子。初求出家時。居檀特山。又居象頭山。同諸外道日食麻麥。經於六年。然後證無上果。自世尊以降。凡修道者。莫不先屏紛華。隱於山林。期造玄境。於是有鳥窠雲巢木食澗飲之流。或發大慈悲。運大神力。建大功德。啟大道場。使四衆有所歸依。學者有所棲止。此亦先達成道度人之意也。薊州之東。有山曰葛山。昔唐初有智嘉禪師者。玉田人也。生而超異。幼慕空宗。恆誦妙法蓮華經。洞究厥旨。又喜平治道途橋梁。不憚勞苦。師一日自歎曰。吾太區區生。豈若遯跡煙霞以休心乎。於是仗錫雲遊。遍歷林壑。將選勝地。至葛山之下。地覩兹有大乘氣象。裴回不忍去。乃穴巖以居。師一夕月下誦經。俄有鐘聲自半山來。師驚異曰。固無寺。寧有此聞。因尋聲而往。才及山腹。見廢寺故基。壞壁間有龍福院額。石泉數處。清淺可愛。詰旦。師結茅其上。方半載。忽夜有女子詣師作禮。師問曰。婆夷何來。答曰。某實非人。蠆所化也。於此受諸苦惱不知紀極。比者吾師讀誦聖教。某一心聽受。是諸苦惱悉得解脱。且無以報德。將令左右五里。永絶蠆毒。言既而滅。事果有驗。由是遠近歸向。布施惟恐其後。乃因舊址。爲起殿廡。俄成寶坊。得未曾有。及師示寂。居多名僧。大安間。有感禪師者。自東徂西。屆於是院。喜其清幽而駐錫焉。師又居仙洞及醴泉院。卽今大静寺是也。嘗往來此三處。道宗聞其名。召至禁中。延訪移晷。仍賜紫方袍。加號寂照大師。師勞讓數四。不獲已而受之。退卽敝褐。光而不耀。奚霫之人。舊號難化。師將入其部。或患之。師謂曰。孔子不云乎。言忠信。行篤敬。雖蠻貊之邦行矣。時院中有引辭法師及師之神足左録大師圓亭。皆得法眼。因謂曰。吾去後。汝二人協力住持。遼帝重師所居。特敕有司。山門林麓。禁其樵蘇。左録公門人善初、善元、善定繼居之。天慶間。歲荒民饑。寇盜充斥。緇徒逃難解散。院宇爲之一空。逮國朝肇興。削平禍亂。慧日重光。元風復暢。初等三人。卻返故山。見其焚爇之餘惟存瓦礫。相顧悲泣。因謂曰。先師嘗以此院傳付我輩。不幸殘毁。盍復修而崇起之。乃共請檀那數十百人告之曰。夫教有時而廢。亦有時而興。汝等得脱兵厄。皆諸佛之所佑也。今欲經營遺緒。於意云何。衆聞是語已。皆大歡喜。踴躍贊歎。於是富者施其財。貧者輸其力。智者計其用。巧者殫其工。期月之用。斬斬一新。制度輪奂。有加於初。正隆左録殊公。亦久其處。今在院同温法師者。俗姓畢氏。遵化人也。自幼出家。兩以讀經受具足戒都東施仁關觀音院。嘗請師爲宗主。未及二載。厭其塵囂。徑歸舊院。藁薦陶盂。冀終老焉。温師念茲院始創以迨於今數百年間。替而復隆。如是非一。不有文以序之。曷以信後人。乃因余弟員一求紀其事。故不可拒。若夫佛道變化。罪福果報。已詳見於瞿曇氏之書。茲可得而略也。第取温師所言外。一辭不贅。欽定日下舊聞考

重修真澤廟碑

李俊民

柳子厚書南嶽大明寺律和尚碑陰。昔者公室。禮得用碑以葬。其後子孫不去。遂銘德行。用圖久於世。及秦刻山石。號其功德。亦謂之碑。而其用遂行。自是所在營建者。莫不用焉。大朝龍集庚子九月十五日丙子。悟真觀樹落成之碑。冠蓋雲集。酌酒相慶。循故事也。或者謂碑之所云。巽其名

也。名雖異。人心未嘗異也。所慊者。材不中度。不足以壯福地。此處自有石。豈無知者。乃相率而求之於荒榛間。微露節角。出土而得之。真良璞也。德方以易卦筮之。得臨之節。有大而可觀之象。於是命工加磨礲焉。無毫髮恨。父老愕然相視曰。夫神所依者人。其有所待耶。或廢或興。亦其數耶。事與時會。豈偶然耶。是廟也。自唐天佑迄今三百餘年。庇休一方。實受其福。水旱疾疫。禱無不應。貞祐甲戌烽火以來。殘毀殆盡。幸而存者。前後二殿。神且不安。人豈安乎。由是感激奮厲。踴躍就役。斧斤者。陶甓者。版築者。圬墁者。不募而來。不勸而從。缺者完之。仆者起之。繪事之漫漶者色之。不日而新。無愧於初。父老請以其事實之碑。德方笑而諾之。就用其石。慰人心也。其使之敬鬼神向玄化振仙風。德方有力焉。因索余爲文以刻之。其詳具於前後之作者。言之則幾於贅。姑頌之以詩。以告其成云。

川原自秋色。爽塏變荒土。騰空仙馭遠。閱歲遺廟古。頽基埋草莽。敗壁剥風雨。枯松噪寒鵶。老瓦竄飢鼠。煌煌星各位。耿耿月獨苦。鞠躬香火民。默與杯珓語。真游厭塵雜。非類敢狎侮。豈惟奪時享。乃又虐神主。曾無一震威。蕩滌還淨土。黄冠得仙李。起廢心已許。聞聲應如響。争地築環堵。圖全出衆力。能事在一舉。周旋禮俗中。百福神所予。刻石示將來。不朽邁石鼓。莊靖集

重修王屋山陽臺宮碑

李俊民

王屋山者。在底柱析城之東。仙家謂之清虚小有洞天。三十六洞天之一也。壇之南十六里曰陽臺觀

者。小有洞天之一也。其靡然而逝。隆然而起。似近而遠。似斷而連。隱隱乎山之陽者。九龍戲珠嶺也。東向二百步許。溢天一之水。白而不濁。甘而不壞。爲九鼎金丹之祖者。洗參泉也。巖竅其腹。廓然有容。噓吸元氣與山澤通者。西北白雲洞也。位高而自抑。勢仰而還俯。如竦如懼。如趨如附。北面而朝壇者。華蓋峯也。亂峯之間。邃而深。幽而往。窈窕而入延袤而上者。紫陽谷也。樹林叢翳。虎豹御走。蕭爽森肅。鬼神護守者。上方院也。自是出避秦溝。陟瘦龍嶺。躡仙橋。欵天門。然後登壇而朝玉頂。凌風汗漫。披雲杳冥。其去天闕猶咫尺爾。時天界諸天。悉以天衆見於每歲朝山之會。宜其爲洞天之冠也。大唐中。中巖道士司馬煉師始奏置陽臺觀道場。立像而嚴奉之。並御書額。壁畫神仙龍鶴雲氣等。升降輦節羽儀。金彩輝光滿宇。遣監齋韋元伯賫圖畫事跡題目奏聞。時開元二十三年六月十二日也。玄祖之教。繇此而振。山林學者。皆生無上道心不退轉志。宜其爲福地之冠也。又按司馬別集曰。余居王屋清虚洞側。獲真篆仙經二品。一曰元精。一曰丹華。又覩玉皇寶録。乃知上古丹寶並傳。而莫不遐年。自夏禹後遂止。亡有繼者。余不敢漫泄。復藏於名山。以俟其人。開元十七年仲秋十五日記。以是考之。陽臺觀之成也。在司馬鍊師藏丹寶後之六年。開元二十三年乙亥也。下值大金貞祐二年甲戌。凡四百八十年。兵火而毀。觀改曰宫。隨世沿革。崇其名爾。嗚呼。玉笈秘文。流運道氣。猶有昇沈之時。況巍峩華構。豈無成壞耶。累代重規。一夕焦土。草木色斂。煙霞氣沮。方外之游。未嘗過而問焉。正大四年丁亥。林州先生王志祐由平水抵王屋。周覽勝區。感歎陳迹。慨然有動於心。邑令及司氏昆仲挽留住持。養道餘暇。

以起廢爲事。不募而役集。不鳩而材具。變污以潔。易故而新。宏大殿堂。修直廊廡。復靈宫之位。列齋廚之次。接遇則有賓館。招納則有道院。其用簡。其功速。旋天關。迴地軸。華日月而平北斗。其爲力也大哉。廢始於戌終於戌。興始於亥終於亥。一紀而廢。一紀而興。疑其有數存乎其間爾。先生少業儒術。長慕玄理。年高行積。境滅心休。幽人逸士。望風稟受。號曰棲神子。一日與余邂逅於山前。頗得其所長。蓋以静爲基。以慈爲寶。慤而愿。厲而温。有竹林高致。不嘯傲昇平。有盤谷雅尚。不輕欺富貴。味老子五千言。不讀非聖書。悟廣成長生説。不作矯俗事。龍伯釣後。長愁海上之鼇。子晉歸時。難駐雲間之鶴。大朝己亥歲三月二十二日壬辰登真於嶽雲觀。春秋八十有八。其徒曰定。曰忠。曰祥。曰玄。曰温。索余文其碑。故欣然書之。以示來者。其辭曰。

太行硉兀。連亘王屋。天設之險。神奇所畜。煙蘿渺然。若化若遷。誰其主者。小有之天。天台鍊師。卽宫於兹。奕奕榮觀。百世之基。中原驛騷。劫火莫逃。虐焰毒燎。毁仙所巢。猗歟王公。復此故宫。彼徒者清。始終厥功。事舉其墜。風振其頹。濫觴玄源。實實枚枚。欲去者留。既往者來。雲軒羽蓋。肅焉徘徊。突峯秀巒。光凝翠寒。乍隱乍現。聳如髻鬟。泉涌流決。巖回岸薄。或抑或揚。響如珮玦。柏茂松悦。芝芬桂芳。可糗可粻。既壽且昌。鶴翥龍矯。鸞翔鳳鳴。可駕可軿。游乎太清。朝煙暮霞。我仙所家。坐閲人世。浮如落花。大哉道域。悠久不息。何以誌之。他山之石。莊靖集

縣令崔仲通神霄宮祭孤魂碑

李俊民

人之生。或幼而殤。或壯而夭。或幸而不殤不夭獲考終命者。則煢而獨。或不幸而遭天之變人之禍邦之憲。身没而名滅者宗亦覆。吁幸不幸。皆命也。其視世其家。碑其墓。廟其貌。而配饗不絶者異矣。夫不幸之中。又有幸不幸者焉。人死曰鬼。鬼者歸也。故鄭子產有言曰。鬼有所歸。乃不爲厲。吾所以歸之。正謂此也。道否以來。兩政交惡。玉石俱焚。冤魂無依。哭聲相聞。哀於泰山之虎猛。悲於桓山之鳥别。其無所歸。幾何不憑於人而爲厲者哉。當是時也。生且不遑恤。況夫死者乎。獨晉城縣令博陵崔公達。惻然有動於心。乃於野外拾遺骸而瘞之。又與前上清宮提點大師孫景玄、道正李處静。十月十五日就本州神霄宮設黄籙大醮。爲壇位而祭焉。其幼而殤壯而夭者在此位。幸而不殤不夭考終命而煢獨者在此位。不幸身没名滅覆其宗而無配享者在此位。師乃於玄科之外。以幽明之故。始終之説。施報之理。因果之事。發揚呈露。豁人心而駭鬼聽。公乃吉蠲從事。其迎來也有餘敬。其送往也有餘哀。欲其慘而來。舒而往。新大故小。皆適其歸。嗚呼。恤人之所不遑恤。使不爲厲。合於子產之言。識者以爲知禮。其可以無辭乎。銘曰。

雅廢國屯。四海揚塵。魂兮來兮。天地廓清。虐焰方沃。蠆蜂摇毒。魂兮來兮。鱷鯢被戮。干戈厭躬。腹背勍敵。魂兮來兮。靈臺偃伯。骨肉不收。離居蕩析。魂兮來兮。宜爾家室。不周之粟。不虞之臘。魂兮來兮。今薦馨德。不屋而號。不宫而弔。魂兮來兮。今有寢廟。忠肝義胆。不辱不屈。魂兮來兮。此乃血食。暴露風日。沙場草白。魂兮來兮。此乃掩骼。洋洋如在。曳曳而出。公之豐潔。是享是格。如歆而類。如祀而族。公之信孚。宜介之福。莊靖集

郡侯段正卿祭孤魂碑

李俊民

無戰之國民多壽。好戰之國民多夭。夫戰危事也。民之壽夭係焉。春秋二百四十二年間。書戰者二十三。內戰敗績六。外戰敗十二。豈惟戰者。其侵伐襲討潰滅殲獲等例。書者不絕。故其民壽者少而夭者多。豈惟民哉。死而不得其所者。何可勝紀。或見於新城之巫。或啼於貝丘之豕。或踊搏於寢丘之夢。或叫登於昆吾之墟。或如若敖之餒於楚。或如伯有之懼於鄭。或與獻子而相訟。或同實沈而爲祟。皆不得其所而又無可歸。可哀也哉。聞內史過之言者。則以物享之。用鄭子產之事者。則撫之乃止。由是鬼有所歸。無復爲厲。故筆之以爲春秋法。自中國雅廢以來。天道在北。日尋干戈。無異於春秋之時。糜爛之餘。百怪爭見。無異於春秋之民。吁。是時也。孰能以春秋之法享而止之哉。澤州長段直念常在此。欲爲之而未暇也。歲在鶉火。毅然力行之。應於郊野暴露之骸。斂而哀之。卜葬於馬英。得鳳凰之兆。且其繇曰。鬼宿騰芒。積尸在傍。月建之下。可以伏藏。正月十一日壬午。隨所指而窆焉。乃以信士劉巨川檢舉典常。嚴修祀事。外內戒飭。以洽百禮。建立壇場。設無上黃籙淨醮三晝夜。位分三百六十。不以遠近。無主孤魂并設壇附薦。亡靈等衆。一切召請而祭之。十五日丑時解席告畢。以清虛大師前提點上清宮太上昇玄內教秘籙弟子賜紫孫景玄。妙達大

師前管内威儀太上正一三五都功賜紫李處静。奉行法事暨法籙道士程德元等四十餘人。三時行道。華夏步虚。備演三洞靈章。敷露五方真文。拜表啟玄。散花賦水。惠風與薌燎清塵。璧月共燈輝縞夜。無礙筵前。至者相鄰。昇仙橋畔。度者争光。聽元始符命。受九真之戒。佩昇天寶劵。出五苦之獄。悔溶咎消。行高障滅。迴脱冥津。咸躋道域。嗚呼。死生之説果如何哉。夫死者。生之盡物之變者也。其有知乎。其無知乎。豈蕩爲大空與化無窮乎。將與木俱腐乎。豈精爽在天。結爲光輝以助臨照乎。將復還乎名山大川返其英靈之氣乎。豈奮爲明神。廟食人世福善禍淫乎。將厭人間之勞。貪南面王之樂乎。是未可知。雖聖人亦所不言。然而於死者之禮。尤盡其詳者。蓋欲盡其事死如生。示民之不忘也。以春秋之事考之。則見矣。謹屬辭而爲之銘曰。

懷沙楚騷。江沈浪漂。不有巫陽。孰與之招。縱横戰場。地塗肝腦。不有李華。孰與之弔。豺狼路荒。羈鬼相望。咸殄厥祀。君子攸傷。悠悠返魂。我公所賓。享之吉蠲。靡疎靡親。肅肅靈壇。我公所建。誠之感格。靡近靡遠。盍簪星會。恪居精思。不倦於勤。用相其事。斂彼棄骸。葬筮之地。告以兆語。於艮之位。暨啟冢土。其日壬午。入此穴處。靈其鼓舞。送之而往。迎之而來。來迎往送。且敬且哀。靡神不舉。無虐神主。以禮始終。宜福是與。亡者可矜。存者可恤。存亡之民。係公休戚。　莊靖集

澤州重修廟學碑

李俊民

郡之廟學舊近市。宋至和乙未。太守吴中徙焉。憫其民之不喜儒術。境内貢舉。五六十年無一人登高第者。於是聚徒養士。以東里學規教授。習俗稍變。至元豐乙丑。黄夷仲題秦氏書齋。澤州學者如牛毛野處。又云。長平朱紫半夫。三十年間何作成之遽耶。蓋不患民之難化。患教養之不至爾。金源百年。由學校取士。化未純而中原亂。貞祐甲戌春。元兵上太行。烈焰所焚。蕩然一空。丙子。高鳳議重加修葺。幾完而又燬。惟大成殿僅存。爲殘民所廬。中外荒圮。鞠爲園蔬矣。逮我侯段公之鎮是邦也。涖政之隙。專致力焉。去瓦礫。剪榛薉。峻以環堵。廢者起之。缺者補之。廟像之漫漶不鮮者飾之。志之所向。與古人合。昔文翁起學於蜀。招下縣子弟以爲學弟子。除其繇役。不數年。争願入學。富人至出錢以求之。蜀地大化。後令天下郡國皆立學。自文翁始。我侯之首善也。豈獨爲一郡一國立學之始歟。安定胡翼之在湖州之學。去來者數百人。各以經傳相授。以仁義禮樂爲業。其教學之法最備。後詔州縣皆立學。建太學於京師。有司請下湖州。取先生法爲太學法。我侯之崇儒也。豈獨爲一縣一州教法之始歟。田表聖知睦州。下車興學。表請入紙國子監印經籍以給諸生。詔賜之。還其紙。孰若我侯購求多方。私家所藏。麾下將佐及趨走吏所得。莫不出之。又於東萊宋披雲處獲三洞秘書。兼收並蓄。幾萬餘卷。上不煩於官。滕元發知鄆州。學生食不足。民有争公田二十年不決者。公曰。學無食。而以良田飽頑民乎。乃請以爲學田。遂絶其訟。孰若我侯取附郭田千畝以給之。漳源郭資善暨從姪南、士人王天與割己業助之。下不侵於民。王義方在吉安也。其民梗悍不馴。乃選生徒。開陳經書。行釋奠禮。人人説服。我侯之來饗也。率僚屬。具牲幣。遠近學者畢集。髫童執禮。登降跽立。靡不中節。觀者異之。賢於吉安遠矣。常袞在福建也。閩人未知學。不肯仕宦。親加講導。歲貢士與内州等。我侯之敦諭舉子。就兩府試預選者。百二十有二人。朝廷命加精進。以聽擢用。時議許之。賢於福建遠矣。噫。凡人之於事。好之而且有力。無不遂。我侯一舉。兼數賢大夫之美。力而好之者也。多難之世。好事者鮮能爲人之所不爲。人不以爲迂。不待請於上而毅然行之。人不以爲專。先事而後役。其功簡。其效速。人不以爲勞。堂筵齋廡庖湢之次。儲書之屋。延賓之位。焕焉一新。制度稱其宜。人不以爲侈。既成之後。束修子衿鼓篋入學。絃誦之聲洋洋盈耳。纓冠束袵。卒出於戎馬介胄之間。其亦太平之象歟。我侯戾止。樂且飲酒。三爵之後。有拊楹而歌者曰。學之邃如。以藏以修。學之曠如。以息以遊。愷悌博雅。兹學之化。周旋動容。此學之風。朝於是。夕於是。揖讓乎其中。吾道不窮。我侯之功。何以報之。從祀學宫。不才閣筆硯久矣。聞其歌而説之。特書於石。以侯木鐸之採焉。山西通志

金文最卷八十四

碑

河中府重修廟學碑

段成己

眉山蘇氏嘗舉益稷庶頑讒說一章。以明舜之學。予乃推其言曰。頑讒之人雖在所聖。時聖人不忍遽棄。擇其可進者。立射侯之法以明之。撻之以記其過。書之以識其善。欲使並生於天地之間。改過而遷善也。又命掌樂之官。採歌謠之言而颺之。以啓迪其良心。其改者進而用之。不然。而後屏黜之威行焉。聖人不忍於頑讒之人。委曲作成如此。其樂育天下之材可知已。夏商周因之。有校序庠之目。而制尤詳於周。鄉舉里選。以德行道義賓興之。下而侯國。如魯之泮宫。鄭之鄉校。馘囚獻功。論政取士。皆由是出。三代而後。教日益衰。漢取以四科。魏立九品之法。隋變以科目。唐宋循襲而莫之易。皆因弊改革。雖道與古異。而取材於學。則一也。故蘇氏曰。有學而不論政不啓志。猶無學也。隋唐以來。學徧天下。雖荒服郡縣。皆有學。學必立廟。以祀孔子先聖先師。古也。先聖各以一代名士者爲之。如虞之夔、周之周公是也。孔子没。易以孔子。百世不能改也。至於近代。廟學制益備。自京師外。河東爲稱首。河東所隸郡。河中首盛。而得人亦稱是。喪亂學廢。不聞絃誦之音者四五十年。國初遷學於内城。立廟屋數間。以備奠菜。卑陋下窄。神無寧宇。有司僦工釀材。屢作屢輟。竟無以增益。至元丙子。真定史侯來殿是邦。下車問民疾苦。僉言河中晉一都會。行李之往來如織。供億之弊。人每以爲病。侯度府之贏財。創帷幄茵薦屏障几榻。下至馬櫪筐筥。一時供張之物。無不完具。賓至如歸。而侵漁之患息。流亡復還。田萊斯闢。令行於庭户。而人自得於田里之間。歎息悲恨之心不起。庶富而教。至於無斁。乃會諸耆老而告之曰。此邦號稱多士。今頹靡不振。豈其學未興教尼不行然歟。吾與汝輩共成之何如。同府判李讓以降。割俸以佐其費。上下感悦。不祈而薦貨。不命而展力。躬親率之。日夕汲汲。期於必成。構禮殿五架。中以木爲障。以幕風土。徑尋有二尺。縱横相稱。飾以丹漆。嚴嚴翼翼。可以薦敬。可以妥靈。取顏孟而下高第弟子十人。配食於堂上。從舊制也。東西兩廡各十七楹。繪餘子從祀。其下礖階以甓。樹庭以柏。應門皋門。各如其法。講肆有堂。庖廩有次。東偏餘地。猶足爲學者藏修游息之所。後之人完葺如前人用心。斯無難矣。環而蕝之。其袤七十九步有奇。廣六十六步。計其地。得十一畝三分之一。經始於至元攝提之仲秋。畢功於冬之陽月。學成。侯於是譔書授府從事李安、府學生麻克敏、齋教授范庭實同蒲之士子書。介姪子思温走平陽來謁文。願紀其實。安嘗與晨夕董正之勞。因以命之。且道侯之言曰。府判外從于役。其濟成之心終始不渝。不待由中見其功也。既承命書其語。俾諗於衆曰。廟學之復。蒲之士得日修孝弟忠信。培植國家安富尊榮之本。其亦幸於蒲之士厚矣。爲士者。可不勉哉。學爲教基。而風俗係焉。異日歷蒲之境。見其士風一變。汙俗日新。人登聖門與蒲之士子揖讓於射堂之上。聽鄉樂之歌。飲射壺之酒。環視學宮。詠歎二侯相與之意。其遺愛不亦偉乎。其詞曰。

廟學之廢。蓋亦有年。誰創攸居。不盈數椽。剥以風雨。上漏旁穿。乃制新宫。神棲始安。惟北有堂。可誦可絃。庖廩門廡。既葺既完。仰聖之尊。儼然在邇。學者望之。莫不興起。廟有廢興。道無增毁。人樂休嘉。誦其成美。刊辭於碑。以示無止。平陽府志〔山右石刻叢編〕

猗氏縣創建儒學碑

段成己

孔子適衞。見衞人物之繁盛。曰庶矣哉。冉有問何加焉。曰富之。復問又何加焉。曰教之。此夫子一時問對之言。實萬代爲邦之良法也。觀夏商周三代之仁政。所以淑諸身者。始於井田。而成於學校。求其意。初不外夫子之一言。三代之學。考於經。可見教之有本末。行之有次第。培植養育。積久而後教化成。風俗美。太平之基立。培之深。故其成之也大。養之漸。故其傳之也遠。計其效。往往見於數百年之後。有天下者。莫長焉。此王者之道也。王者之道。夫子之道也。有國者賴之。猶人之於穀帛。不可無也。故世尊以爲先聖。祔之於學。而以王者禮享之。以門人配之。百世不易。非僭也。宜也。一治一亂。學有弊。而夫子之道無弊。自天地大變。天下之學。所存者不十一。國朝革命。事倥偬不暇給。已嘗致意於學矣。有以儒自名者。命復其家。恩之渥。古無有也。

中統改元。天子深惟致治之本在於富而教之。分田畯之職。以賞罰勸農桑。設置學官。以教養學者。與夫子之言聖王三代育才之仁政。其揆一也。郡縣承風。學次第以立。猗氏居秦晉之衢。冠蓋結轍於道。有司疲於奔命。學校事。未暇計也。至元癸酉。李侯仁來主縣簿。會釋奠先聖。執事者埽地序位。侯既祭以出。周覽廟學遺址。噫歎良久曰。國家開設學校。廢如是。可乎。他邦皆有學。而吾邑獨不能祇順德意。恥也。相基之舊。以步武計。其縱九十五。衡二十五。規模下窄。不足以營度。邑人荆鑑施東偏地以廣基。長闊分數與舊基址均。共計地得畝三十。卜日之吉。揭竿樹表。搆正室二筵。廣輪十一。華而不浮。儉而不陋。輪焉奐焉。神足以安。宇廟曲回計二十架。門弟子配享内外上下之序。一循舊制。春秋二仲。三獻入奠。各有其位。麗牲登歌。各有其所。兩廡繪像。餘地爲學者藏修之室。應門居中。臯門居外。大小異制。壯偉閎耀。過者起敬。始落於至元丁丑七月。成於戊寅九月。學之始基也。越明年。二侯靳麟、哈剌帖木兒。相繼而至。議以克協。惟匡輔翼。不以餘事妨其役。使李侯得盡心焉。工告訖功。李侯曰。非二長之賢。吾無以展其勤。學之成。二長之功也。二長官曰。學卒圖簿之勤至矣。吾二人何與。三侯相濟。此廟學所以成也。仁來主王生思永。丐文以記之。生邑人也。常學於予。得介以來謁。乃語之曰。學以養材。求爲國家異日之用。非徒徼富貴利達而已。大學之道。誠意正心修身。以治國家天下。其原在於致知格物。格物之理。以致吾之知。達則行道於天下而收兼善之功。否則修身以自見。猶能誦所聞以歌詠太平之盛美。此朝家立學本指。亦三侯所祈於一邑爲士子者如此。爲士者勉之。無媿三侯之用心可也。前侯黑台奴有始基之勞。今遷河東縣。教諭曹蕭、典史劉瑞。董正先後。勞亦與焉。堂有基。完葺之。尚有望於後之君子。乃作詩曰。惟此廟學。三侯所共。李始基之。二長繼踵。維匡調護。初終克鞏。土木金石。取共其用。乃新斯宮。神罔時恫。春秋釋奠。典禮攸重。翼翼元聖。衣垂手拱。學者見之。惕焉增悚。歲未再周。功成何敏。培植教基。其永無隕。猗氏縣志

霍州新遷學碑

段成己

自京師至郡邑。皆有學。學皆有廟。以夫子爲先聖。郡守邑長。徧天下得以通祀。古也。兵興以來。廟貌盡廢。人襲於亂。目不睹瑚簋之儀。耳不聞絃誦之音。蓋有年矣。國朝開創。復儒生之家。以勵天下。恩至渥也。而四方之遠。民未盡勸。訟未盡息。遺風餘俗。狃於舊而未盡移易者。何哉。人不知有學故也。皇帝臨御天下。庶事皆有條貫。越明年。分置學官。有司以治道先後之不同。故郡縣之學。或有興與未。而霍之爲州。又當河東南北兩道之衝。在職者。簿書期會之隙。奔走將迎。日不暇給。其於學。尤不易議。至元二年夏四月。韓侯奭來典此郡。下車。按國之故。謁先聖於廟。廟學遺址。莽爲瓦礫。惕焉而懼。蹙然不寧。退即公堂會同僚徹里伯、高侯、忙中鮮暨諸郡吏。共商略建立事。衆謀僉同。如出一口。會大府以府掾分屬諸郡。以戒不治。知事喬君居郡爲霍吏目。始至申前議。不符而合。初進士張國維營葺累年。勤亦至矣。未及次第而卒。訪其遺材。僅得三四。而棟梁柱石之用。尚有缺焉。相學之舊。卑陋狹隘。不足以竭虔妥靈。迺卜宅於舊學西

北。豐衍端夷。其宇神甚宜。命工籍焉。得地廣三十舉武。其袤倍差。樹表定基。各有攸當。以諮於故老。故老罔不悅。以復於方伯。方伯稱其是。迺共分廩食。以濟其闕。徵庸僦工。人競用勸。功未訖。賈侯來代徹里伯。喜事之集。以不與始謀爲歉。贊其成愈力。歲丁卯冬十一月。正室成。棲神像中。配以顏孟十哲。廟貌隆峻。觀者快然。而師儒之室。講肄之位。其餘材猶足以卒事。迨於瓜期。以遺來者。喬君以三侯之命來謁文。予以久病爲解。而請益堅。迺諗之曰。子産不毀鄉校於鄭。訖春秋世。鄭不乏爲禮義之邦。文翁興學於蜀。以蜀之鄙夷。其材與鄒魯並。而號稱易治。子産、文翁之政美矣。使後來者繼之。亦如賈侯之代於前。增而築之。恢而大之。他日俊民之出。禮俗之成。其亦知所自矣。此不可以不書。至於施地施財力。其厚薄之差。俱列之碑陰。以見霍人向道之漸云。山西通志

谷山寺碑

杜仁傑

凡選樹道場。必去人境遠者爲勝。必依山之名而尊者爲勝。然山水面南。觀雖拔地倚天。其氣翠變態。終不至奇邃。必之於其陰。又絶勝也。是剎焉。乃在泰山之北。及訊得居者曰。殊不類塵世。吁異哉。可得具此三美者也。非有大福慧。孰能選是。非有大智力。孰能繼而樹是。初寺之未基也。維意以荒之。既基矣。維寧以廬之。既廬矣。維朗增而廣之。既廣矣。維崇又文而閎之。厥後以挐兵日久。主者不一其心。而稍復灌莽之天。惜哉。今僧謹夏臘不滿三旬許。嶷嶷然迥出倫輩。

誠法中龍象人天之具瞻也。居無幾。疏海目以泉。可飯可溉。室坤漏以園。可蔬可果。夷天險以田。可粹可禾。度其工程。疑有神物陰佐其役。不然。則胡人能勝其天也如此哉。後之來者。有能如謹興廢繼絶葺舊闢新。卽是谷山第一祖也。又何必重以老少先後次第分別爲。一日謹來拉予以遊所謂谷山寺者。至則悦連兜率不盈尺。閬風玄圃蓋不數也。嘗謂世之爲浮屠者。例置精舍於城府闤闠間。政使上乘居之。幾何其不淆爲下愚反入迷途者哉。如欲立超三界。一到谷山便知喧靜移人淹速之度何如也。若夫山川之光怪。寺像之隆替。有竹溪翁之文石具在。故不復云。泰山志〔岱覽卷十八〕

東平張宣慰登泰山碑

杜仁傑

皇帝中統元載。擢用宿儒宣撫十道。公首與其選。公治河東有異政。考爲天下最。上親召。勞以巵酒。至以字呼。朝野榮之。越四年。上復命公爲東平宣慰使。書曰。曲阜實夫子之庭。泰山爲中原神嶽。皆在境下。所當親祀。以至元重九前三日。辦嚴以行。由沂州門出。時天宇晦冥。翼日至林廟。拜三聖墓。雨氣猶未艾。信宿抵嶽祠。明旦登西華門。雲則載陰載暘。雨則間作間止。咫尺三觀。在墨潑染間。刹那千百其變。公謂所親曰。登頂之約。蓋不敢定。苟晴矣。乃行。否則恐勞而人。既而五鼓將作。陰爲之解駁。三唱未終。星爲之芒錯。於是州刺張汝霖、奉符令張佺、司户王天挺及從者三百指。具肩輿。輦公而上。已而過黄峴。飯於護駕泉。次御帳少憩。去天門猶不翅十五里。路漸隘。林樹四合。就其罅望之。天光凝碧如紺珠。薄暮至絶頂。由東以望。見山影黕黑。偃臥無際。頃觀李斯碑。僅得數字。其餘漫不可識。下至登封壇。皆歷代磨崖。亦復剥裂。惟唐明皇御製紀泰山銘。其字大如椀。深幾寸。泥金錯落。猶有存者。日没少頃。寒氣已逼人如仲冬。時從者燎薪圍坐以待旦。參甫中。公起步自玉女池。登日觀峰。六合褰開。肅然無纖滓。待蒸黍時。東方曨曨。乍離乍合。移晷。日露其半。恍然如入無量金色界中。凡在行者。莫不歎詫。及迴。又得西影直抵昧谷。若與崑崙争雄長。公輒奮髯驚。則曰。吾此行。凡三見岱宗面目。吾願足矣。噫。予自壬辰北渡。三十餘年凡九來。未嘗覩此奇事。雖欲勿紀得乎。古者有天人之辨。謂人無所不至。唯天不容僞。真知言哉。公純誠人也。蓋無往而不協。無動而不言。無禱而不應。是行之異。乃一節耳。雖然。天下之事。固有邂逅相合者多矣。昔衞旱伐邢。師興而雨。或者謂適與雨會。非也。此特純歸之天。烏在所謂猶人乎哉。至於揮劍成河。變晝爲夜。或有此理。如韓吏部開衡山之雲。蘇端明借海藏之春。皆我輩之餘事。安用詫爲。因公此來。書諸石。以示來者。泰安縣志

重修襄陵廟學碑　麻革

平陽近郊之邑曰襄陵。其浸曰平水。自姑山而下。灌注其邑。官府邸第。民廛佛廬。清渠翠沼。横貫交映。嘉花秀出。紛紅駭緑。藥欄蔬畦。綺錯碁布。甚不陋爲邑。天朝開國。裂土以建同姓。震宫得河東道。仍割州之吉邑之襄陵潞城。俾嗣王治襄陵。選年耆德茂者八何赤公統其事。且命天成李侯貳之。八何赤譯言爲人師者。二公到官踰年。政成事定。民有籍。户有版。田無瘠耕。公無負租。

一境廓然。鬱爲樂郊。會甲寅春釋奠先聖。李侯蹙然不寧。罔克祇承。薦祼興俯。若顛若隕。先是廟學在治城西北隅三數里。始實岱宗廟地。至大定初。湯公儒林丞是邑。改卜城之東南。爰得爽地。水繚之。有泮宮之制焉。甫遷。尋移令去。不果卒業。至承安間。丹陽趙公來涖。以身任事。累年而後有成。卒之泰和靳公增修。始克完具。金季之兵。幸不爲所焚蕩。至李侯積歲月久。上雨旁風。無所蔽障。神棲不安。廊廡幾壞。侯顧瞻嗟咨。歎曰。爲政此其可後耶。慨然送己錢緡百端。因白長帥公可其請。仍率邑之諸生問役於衆。度材於汾川。問工於公輸斲輪。命尉張君仲顯督視。侯時時一過問省。於是衢路之湍渟土遏者決。瓦木之腐壞者徹。門宇之傾圮者設。赤白之漫漶者潔。輪焉奐焉。爲之一新。講肄之堂。籩豆之位。無不有秩序。行路見之。祇益羨慕。噫。李侯之政。可謂知所先後。夫刺史縣令。風化之首。然興化者。必自乎學校之興。將見長材秀民明師鉅儒。往往來集。韋編絃歌之聲。聞於閭里。使人人知學向化。革暴爲仁。易頑爲馴。陶成美俗。當自興學始。革適至平陽。邑士柴君祐之、趙君子榮、張君用之仲明數友來謁文。固不可以不記。平陽府志

佐玄寂照大師馮公道行碑

趙著

公諱志亨。字伯通。寂照其號。同州馮翊人。五代瀛王道之後。賦性明敏。年甫弱冠。府薦入京師。就住太學。兩赴內試不中。適崇慶兵亂。還鄉以詩書自娛。不復爲舉子計。本州節度使奧屯肅請攝教授事。公謝以不能。元兵西征。公因北渡寓德興。深居不出。歲癸未。長春宗師自北闕回。

道遇焉。公以其平昔聖學浸灌之故。至是爲真師感發之機。一召於外。而已之天機立應於内。鶴鳴子和。森不可禦。尋卽願奉几杖。列門弟中。乃先謁真常真人爲先容。真常一見。莫逆於心。遂引見焉。宗師亦不以常人待之。既還燕。一夕指公謂二三尊宿曰。斯人他日必能挾持吾玄門後事也。公默然銘於胸中。後數載。宗師將歸真宅。衆乃以嗣事爲請。師曰。我之託付。伯通知之矣。不必復言。長春仙去。公謂清和真人曰。道教之興。自開闢以來。未有今日之盛。長春宗師。人貌而天者也。教門後事屬意在君。豈非天乎。請無多讓。遂集道衆并達官貴族天下大老。便宜劉公之屬。就迎於所居之静室。請定仙號。初清和閉門而不納。公奓户而入。扶至堂上。使衆跪拜堂下。名位既正。玄風大振。公之力也。至乙未。清和因祖庭事。往闡教於秦晉之間。默遺公手書云。予年邁而往矣。老不歇心。少不努力。俱非所宜。况四時之序。功成者去。未成者來。汝當果斷。時不可不順。公得書。乃自念言。真常攝行此事已十年。知之者不惟玄門道衆。上至天庭下至山野皆知之。此蓋天也。豈人私意所得而可否哉。丁酉。清和承詔還宫。公乃取元初立清和彌縫扶護之禮。按爲典故而行之。遂立真常。既畢。清和乃以歸老之計。逍遥於自得之鄉。真常乃以無礙智慧。進服教門之重任。輔兹二真人。終始進退俱不失其正者。亦公之力也。先是承詔教授胄子十有八人。公乃於名家子弟中。選性行温恭者如其數爲伴讀。令讀孝經語孟中庸大學等書。庶幾各人於口傳心受之間。而萬善固有之地日益開明。能知治國平天下之道。本自正心誠意始。是後日就月將。果皆克自樹立。不惟俱獲重用。復以才德見稱於士人。又勸宣撫王公改樞密院爲宣聖廟。命弟子薛德琚修葺武廟而守祀之。又創建五岳觀及道庵十餘處。爲道衆修進之所。庚子冬十月。京兆太傅及總管田侯等請清和改葬重陽祖師。以公爲輔行。自燕至秦三千餘里。凡經過道家宫觀。廢者興之。缺者完之。至百餘所。其間公爲之記。使刻諸石者六十二三焉。祖師葬事既已。復從清和還宫。戊申。真常大宗師依恩例賜金襴紫服。遷充教門都道録權教門事。仍賜以今號。蓋嘉之也。及將立玄學。公復以作成後進之心而贊助之。直至有成。甲寅秋八月二十三日示疾卽真。享壽七十有五。二十六日葬之五華山之西南原。禮也。化之明日。著因以祭文致奠禮於靈柩前。門人薛德琚、姚志玄執公之行狀。求爲墓銘。將刻石以表之。著辱公之交爲最厚。因知公爲最詳。故不辭而爲之。且真常之於此老。一相遇便歡若平生。遂引致博大真人門下。同著道家冠服。又與築室於宫之右而居之。比至物化。三十五年之間。其相與往來者。梁運使斗南、陳翰林秀玉、吴大理卿德明輩。每論及當世人物。至以宰輔之器許之。其雅量高致爲可知已。歷觀三代宗師所行之實跡。則是靡有一事不相咨問不相假借而成之者。又於化前後凡十數日。數往來於似夢非夢之中。豈亦各人胸次真理融會之地。别有相得於形聲之表歟。何其誠通氣合物莫能間而至於是耶。或者往往竊議。謂同出身於儒之故。兹蓋囿於私智之所見也。化之後。真常祭之曰。與公相會。三旬有五。不交以勢。不聚以富。憶初相見。無言心許。公今假化。境出非人。生死示跡。孰知其神。此豈囿於私智者之所能及也哉。予故斷之曰。如其不然。烏得爲寂然。乃銘之曰。

堂之佐玄。博大無偏。止水應物。不隨物遷。禮服智燭。仁宅義路。才德雖兼。時則不遇。蓽門圭竇。終日如愚。窮通有别。聖道豈殊。忽遇長春。星拱北辰。一惠發藥。德因日新。孔廟躬修。武廟繼創。文武之道。將行有望。公之所開。豈小補哉。贊成玄教。亦卜大來。荆金趙璧。光而不耀。英華外發。誠明内照。昔日非熊。公學猶龍。彼此一時。不謀攸同。刊之金石。磨滅有終。盛德流風。云胡可窮。廿水仙源録

重修中鎮廟碑

劉祁

九州皆有山。必以其魁碩偉傑者爲鎮。以其能蒸雲洩雨障蔽固圉係民望而安地德也。故其神必廟。其廟必爵。有天下者。以時舉禮典。遣使薦享。祀文自製惟謹。所以崇祭祀之儀。昭誠敬之道。交於神明。以祈景福。周禮職方氏載九州之鎮山。在揚曰會稽。在荆曰衡。在雍曰華。在豫曰嵩。在兖曰岱。在青曰沂。在并曰恆。在幽曰醫無閭。在冀曰霍。名於後世不可易。惟冀據北方。地最廣邈。河東尤稱山水之雄。而獨以霍爲鎮。意在其巍大隆峻深原廣博。子諸峯而孫羣垤。其氣象有以冠境内。余嘗見晉人談其山。跨趙城。絡洪洞。瞰平陽。而卒秀於霍。東北横歷汾流與太行接。遠而望之。如疊屏。如列壘。嵡嵸崒嵂。撐九霄。納三光。岌岌凜凜。掩歷山而吞姑射矣。神之廟。修於唐貞觀間。歷代增修。爵則先公後王。公曰應聖。王曰靈應。起唐開元。迄宋政和益著。廟享以時。祭不少缺。邑人奔走奉事。儀物爛然。其靈應隨感而有益。不可殫記。金貞祐之亂。河東河朔名山大川神祠。無不灰燼。瓦礫一空。而是廟也。巍然獨存。可謂異特。然其年深歲久。摧頽罅

漏。日就湮廢。里翁邑士。跂盼齎咨。是則崇飭汛埽之力。其待人歟。惟中書省左右司郎中李侯禎。一旦謂其府官張仲良暨僚吏曹經曰。茲吾鄉標望。四海所知。而坐視荒寂。顔實有靦。遂乃發財募工。相與經營。由是達官貴人及浮屠道士之有識者。同聲趨應。風動雲委。輦木於山。陶甓於地。市丹碧於四方。喘汗供給。莫之敢慢。蓋經始壬寅之四月。迨仲秋功畢。於是椽之腐折者完。瓦之缺碎者易。壁之傾圮者圬。棧之雜駁者一。華榱文柱。焕若一新。而神像儀衛。整整皆有生氣。若欲起立者。邦人過客。瞻拜奠醊加肅。而山之雲煙草木。亦皆改容動色。蔚乎爲一郡之光。亦可壯也。時余在安陽。聞之。未得一謁。而李侯書曰。今茲廟事告成。鄉人父老皆欲刻文於碑。誠得吾子筆爲幸。繫官戎行。不獲走請於門。吾子圖之。余謂舉曠典。修廢事。奠神祇。崇祭祀。非常人所能也。自侯少年。騫躍臺省。出而贊謀帥幕。以才氣聞一時。今爲此舉甚偉。其府帥僚吏。皆知爲政佐長之道。合心叶力。以成其事。皆可嘉。迺直書其始末。且爲之詩以刻之。其詩曰。

奕奕霍山。冀州之鎮。南臨澤潞。西界汾晉。崔巍磅礴。雄峭隱嶙。草木蕃滋。雲雷奮振。倬彼神廟。有國所修。腯牲馨醪。以薦以修。迺興祠禱。迺事觀遊。冷風甘澍。一方陰休。時危世季。祀典莫舉。木老瓦腐。不可觀顧。鄉人興嗟。無力完具。惟神鑒茲。亦不以處。卓哉李侯。倡率經營。扶傾補頹。半載告成。麾幢鮮麗。圖繪精明。萬民瞻揖。鬼神亦驚。閭里父老。再拜感泣。自今以往。神來血食。吾兒得耕。吾女得織。歲稔家安。皆神之力。奉祭承薦。無怠無嬉。何以示

後。刻文於碑。兹山之久。天地與齊。兹神之廟。與山無移。李侯之名。亦廟隨之。千秋萬古。神之聽之。山西通志

長生真人劉宗師道行碑

秦志安

夫欲囊氣母。舍元精。探混茫。窺杳冥。縮地脈。抽天扃。毫芒太虛。塵芥無垠。鞭列缺。笞豐霳。躐汗漫。肩鴻濛。萬物之所待而成。一化之所係而靈者。豈尋常下士、蹇淺小夫之所能哉。今夫東萊長生真人。卯金右族。炎漢遺英。矯矯雲翮。堂堂嶽精。湖海不足以盡其涵容。星斗不足以極其高明。乃祖乃父。世居武官。好陰德。樂推恩。恤寒餒。惠孤惸。捨良田八十餘頃與龍興巨刹。以爲常住種福之根。當前宋大平興國間。朝廷嘉厥孝義。旌表門閭。蠲免租征。光照連郡。天不負仁。自紅霞丹景中。選擇其仙材之精明者。降瑞於掖城。既挺世也。謹事孀母。特以孝聞。誓不婚宦。憎華醜榮。清淨自守。希夷若昏。顧世間物無足以撼其胸中之誠。屢辭故山。欲訪異人。而慈親盻盻然未之許也。大定己丑之春。忽於鄰居壁間人所不能及處揮洒二頌。而墨跡尚新。不留姓名。其末句云。武官養性真仙地。須有長生不死人。先生歎賞其筆力之遒勁。疑神物之所化成。而未能决其信情。是歲九月。霜寒露清。重陽祖師。杖履西行。攜丘、譚、馬三仙之英。度海島。歷山城。先生聞之。竭蹷而趨。香火而迎。祖師顧而笑曰。壁間墨痕。汝知之乎。三子者。亦相視而微哂。方悟其頌。乃神通變現之所以相驚也。於是鏤肝薦誠。刻骨效盟。負几杖。執巾瓶。左右惟

命。死生自程。祖師愛其殷勤。美其專精。顧其神彩之不羣。乃歎曰。松之月。竹之雪。故不受於黄塵。贈之詩曰。釣罷歸來又見鼇。已知有分列仙曹。鳴榔相喚知予意。躍出洪波萬丈高。仍取壁間語意。以長生爲之號。處玄爲之諱。通妙爲之字。時方弱冠之明年也。丘、劉、譚、馬之名。充塞乎九野八紘。遊汴梁。寓夷門。乞食鍊形。隱姓埋名。朝叩暮請。行熏坐蒸。委曲而挑斡玄機。丁寧而啓廸丹經。埽惑雲。泮迷水。祖師既盡付其四象五行。乃遺物離人而退藏於天。所謂得知友而赴蓬瀛也。四子乃負仙骸。報洪恩。扣咸陽。歷華陰。寧神於劉蔣舊廬之垌。四子之志各異。先生獨遁跡於洛京。鍊性於埃塵混合之中。養素於市廛雜沓之叢。管絃不足以滑其私。花柳不足以撓其精。心灰爲之益寒。形木爲之不春。人饋則食。不饋則殊無慍容。人問則對之以手。不問則終日純純。定力圓滿。天光發明。乃遷於雲溪之濱。門人爲之穿洞室於巖垠。忽遇石井。寒泉泠泠。衆駭其異。先生笑曰。不遠數尺。更有二井。乃我宿生修鍊之所經營也。鑿之果然。迄今洞宫。號爲三泉。逮丙申歲。復還武官。往拜母氏。相見甚歡。卜太基之陰麓。建靈虚之祖堂。手植檜柏。蒼翠成行。居無何。鄉里誣告先生殺人。輒不辭而就縛。坐狴犴者近將十旬。純陽祖師。聽玉漏。駕蒼麟。下碧霄。入幽囹。就枷尾。付管城。教之習文。後殺人者自首。先生得之以免縲絏之刑。比其出也。翰墨絶妙。有龍蛇飛舉之形。大定戊申。主醮於高陽。綵雲覆壇。白鶴舞庭。是歲也。秋旱如焚。復披禱雨之誠。既登厥壇。四望無雲。曰來朝巳午之交。當有甘澍如傾。言出有徵。如影響之應形聲。自後東州醮壇。獨師主盟。必有祥風泠泠。捲楮幣而上騰。其感應也如神。迄今諸郡。

石刻猶存。至承安之三年也。章宗聞其道價鏗鍧。乃遣使徵之。鶴板蒲輪。接於紫宸。待如上賓。賜以琳宇。名曰修真。官僚士庶。絡繹相仍。户外之屨。無時不盈。明年三月。乞還故山。天子不敢臣。額賜靈虚。寵光祖庭。迨癸亥歲二月仲春初六吉辰。鳴鼓集衆。告之以閬苑之行。曲肱左肱。倏然返真。祥光氤氳。瑞氣紛綸。所有遺文仙樂太虚盤陽同塵安閑修真。仍注道德。演陰符。述黄庭。奥涉理窟。條達聖真。足以爲萬世之規繩。披雲宋君襲教。軫承法輪。吸月之髓。餐日之魂。啓玄牝。變谷神。不忘千劫之恩。乃紀跨鸞之盛跡。勒蒼山之翠珉。其銘曰。

長生老仙。主張仙權。吞虚無。吐自然。乘紫雲而下。遊碧海之邊。遇甲子天元之會。契重陽多劫之緣。撞百關。通九泉。驅四獸。耕三田。坐洛陽之市井。鑿雲溪之洞天。融白雲以成粉。熟玄霜而不煙。聲名簧鼓於鳳州。光華照耀於金蓮。構靈虚之紺宇。拜朝廷之紫宣。還斷東萊之宿債。然後骨肉都融。而遊宴八寯也。甘水仙源録

金文最卷八十五

碑

濰縣龍泉院碑

釋失名

爰夫一真之理。混法界以融通。妙道沖虛。比太空而爲量。興亡出没者。隱顯在於當時。去來生滅者。化畢遊於異所。由是金僊出世。降跡向於迦毘。説法撈生。緣盡於拘尸入滅。鐙鐙不住。四七續焰於西乾。祖祖相傳。二三承襲於冬夏。摩騰譚五教三乘之妙典。達摩傳一花五葉之真乘。繇是性宗相宗。分岐而度脱衆生。禪師瀘師。古今而帝王崇重。今本朝慈譱。闡釋教於寰中。聖德垂恩。賜院額於天下。濰陽左側北海而南三十里。風景絶倫。一方所幽微罕見。村名西平壽。所屬第八都。地厚桑棗肥濃。人稠列成街衖。前臨朱雀水。背靠玄武岡。西觀孤竹君。東望浮煙主。源河湛水。浪浪常流。硊山黯雲。時時湧出。修文人面帶顔回。習武者身同子路。長壽老彭祖相挨。富貴人石崇可比。宏釋教者。看涅槃華經。敬儒典者。讀周易禮記。箇箇聰明辨利。也是宿世修來。人人具足端嚴。皆屬前生福德。今此維首文賢等。棲心歲久。養性年深。純排萬事消亡。禪寂一真明朗。鳩英明蓋就口蓋。萃賢豪求得院額。觀院額號曰龍泉。睹勝景人間天上。龍泉水冬夏常然。太湖石春秋不變。殿前面松竹侵天。法堂後花果遍墜。阜昌年禪室初興。大定歲修完不住。今此院主者。東萊墳壠。落髮中都。禪參佛日已明德。緣行此方而化衆。□安四海。化道一方。衣盂罄盡。□率多人。刊名額永固於南山。建龍泉表鎮於北海。欲求久遠。請名匠以鐫石。年代常存。圖寮宰而敬信。因此門徒犇湊。禪侶趨風。福資皇上以無疆。德被幽明皆有賴。迺爲銘曰。

巍巍堂堂。法中之王。身長丈六。面色金精。千輪足躡。項背圓光。齒如珂雪。脣似朱粧。旃檀舌轉。妙法汪洋。四諦緣生。比鹿比羊。六度萬行。□□開張。大牛之車。昂昂藏藏。自利利佗。悲智無疆。或頓或漸。或顯或藏。觀機奉道。法味清涼。四十九載。緣盡還鄉。拘尸入滅。含識悲傷。四衆慟哭。八部恓惶。荼毗舍利。動地輝光。人間天上。揭仰瞻詳。迦葉爲首。化道十方。天魔外道。無不歸降。二十八祖。達摩名彰。聲傳五印。名振十方。降於東土。少室潛藏。非傳紙墨。密授神光。一花五葉。枝派芬芳。有人不得。無我承當。不雜□體。便證法王。即心卽佛。更勿猜量。濰陽北海。龍泉道場。太湖巖側。龍泉水傍。檀那衆等。僧俗商量。刻石爲銘。萬代傳揚。信心施主。直下觀詳。一念相應。碑上放光。天堂有路。地獄無殃。其佛不遠。當處法王。

石刻拓本

觀音院碑（大定六年）

釋大絅

百萬和尚名□□。俗姓蔡。其先同州朝邑人也。崇奉佛法。蓋自天性。非勉强求名者之所能比也。涇州龍翔寺賜紫明教大□□瓊顏貌魁偉。博極經論。聲聞播揚。盈溢人耳。卽公之師也。公凡有興修。誠心一出。不遠千里。車載人負。錢盈百萬。故時人以百萬稱之。皇統壬戌。平涼重修佛塔。是歲旱魃爲虐。野有餓莩。公懇意諭衆。雖救死不贍。而人樂輸財。數月之間。厥功告成。洴開元寺。自天會庚戌師旅之後。盡爲丘墟。僧徒以廊廡諸院。因其故基。度材締構。髣髴如故。惟是無垢淨光佛塔。所費巨萬。非□鉢可辦。戊辰。千僧院僧正子文謂衆曰。塔廢久矣。何以復建。僉曰。非蔡百萬。莫能興也。衆議唯允。請者再三。公如其約。既至□□遠近皆稽首歸依。經營之始。聖燈屢見於林表。塔影昭顯於日中。又因解木而得佛像。容止可觀。雖丹青妙筆。無以加此。由是人益敬信。遂致金帛泉涌。材木山峙。施工傭者。不可勝數。分命梓匠。各有條度。不踰年而能事畢矣。公不告主者。振衣而去。人懷其德。先是鳳翔鳩工修塔。不得其人。中道而廢。府尹張特進遣僧俗延請。公辭不獲已。惠然而來。聞者輻湊。争獻用度。不待□勞。如期而畢。公徒步至隴。復覩□跡。有講經僧惠俊。見公之來。喜動於色。乃集下生院主僧懿通、西講院主僧善從、地藏院主僧、普賢院主□□、塔西院主僧道常、羅漢院主僧崇(隱)〔惠〕、千僧院主僧(崇)〔覺〕信、天王院主僧□□、文殊院主僧覺仙、彌勒院主僧文志、東講院主僧□□□院主僧□□、維摩院主僧法禧等十有三人曰。故觀音院。鞠爲荊棘。可捨百萬。以酬其施。衆皆曰可。里人李居仁、陳錫、劉汝(葺)〔揖〕贊成其事。公不欲重違羣議。曲意從之。遂高起大屋。廣種松竹。真得空門之趣。公素有其願。暫歸故鄉。鏤版印施大般若經數千卷。於先人墓側。廣濟僧衆。欲報昊天罔極之德也。公當擾攘之際。其於修建。未嘗須臾廢於心。同州城内有官田三十餘畝。公請於郡守修爲官刹。堂宇壯麗。舉中其度。敕賜名額。謂之太平院。公與法眷智覺洎法嗣法真等。同居是院。黨詢、趙泰、王儀。郡之吏長也。皆出家貲。以助勝緣。同州井□□郊汲水頗以爲勞。公於院庭。鑿井有二。而味甘如醴。良由神物護持。故感應如此。公受業於回山龍翔寺。有法嗣二人。曰大知、大見。良原勝果山僧子俅與公。皆敏悟大師之宗派也。以公爲叔。有法嗣三人。曰有利、有益、有璋。同爲住持。大絅慮公行事傳之不久。因敍觀音院所得建立之由。著其功德之大略云。大定丙戌九月日。涇川大像寺講經論沙門師姪大絅記其實。石刻拓本〔金石續編二十〕

沃州柏林禪院三千邑衆碑〔大定七年〕

釋行滿

夫最聖世尊者。綰三身之妙旨。包理智之鴻源。該羅理事。括於萬行。法身凝然。闊沙界以無形。無去無來。徧一切而常住。報體幽微。十號三劫。行因六度。萬行妙因。積而圓證。化身示□□□□□□□□□□□□□樹三身所歸。皆宗實相。如空包納。似地發生。是以但契一如。自含衆德。不動真際。萬行常興。不壞緣生。法界恆現。寂不礙用。俗不違真。有無齊觀。一際平等。性相之法。不卽不離。是故多□□□□□□□□還從界起表。生死涅槃。法皆平等。若離事而推理。墮聲聞之愚。若離理而行事。同凡夫之執。當知離理無事。全水是波。離事無理。全波是水。理水事波。何分差異。理卽非事。動濕不同。事卽非理。□□□□□□□□□□而理而事。二諦恆立。而照卽假。遠爾常存。雙遮卽空。凝然夢寂。非空非假。中道常明。不動因緣。寧虧理體。故菩薩以無所得而爲方便。涉有而不乖於空。依實際而起化門。履真而不礙俗常。然智□□□□□□□□□波騰行海。遂得同塵無礙。自在隨緣。一切施爲。無非佛事。諸佛如來真化之身。亦非卽非離。周沙界而無處不章。赴衆生之懇誠。徧淨穢止。無處不顯。應羣機之信心。故八地之高士。尚獲種類俱生無作□□□□□□□如來者哉。故疏云。徵空璧彩。洞皎無涯。任水旋光。暉華有極。水清而月影便現。水濁乃月影便沉。全破器現不同。明暗猶來有別。月真影化。器生各別。水喻衆生根性。卽性等五根。器全水清。影現分明。器全水□□□□□若器破水盡。月影不現。月體本來如故。隨器水之萬別。故現影有千差。如來亦爾。衆生身器福勝好時。又信心清淨。現勝大身。具諸相好。若衆生身器福勝好時。而根性昧劣。佛所現身。或多障難。或隨類形。若衆生□□□□等覆滅化佛。不現化身。雖有如是差別。而佛真身本相如故。然真化身。非卽非離。但隨根器。現有差別。出自不同。故我釋迦如來。出自竺乾。隨根機熟。方便化現。昔有漢時。明帝夜夢金人身長丈六。乘空而來。遂問朝□□□由。奏曰。準周書異記。竺乾有大聖人出。現滿一千年。有聲教流行此國。帝遣蔡愔等一十八人。將領兵士。出國遠迎。得摩騰、竺法蘭二三藏。持四十二章梵夾釋迦形象等。初來鴻臚寺安下。明帝因問佛法。爲說三身功德□□乃悟解。拜爲國師。自此而興。今有娑婆界中大金境内河北西路沃州柏林禪院。自古興建。年代時久。真際禪師重修大殿。興於梵刹。此師者。傳達摩之心印。悟性空之因緣。息萬法之無言。入真空之旨趣。昔時未了。踏盡□□及至徧參。乃無一物。解南泉斬猫之志。指廳前柏樹皆佛。盡言識心見性。別是一箇門宗。後有先師戒師和尚。傳大乘之秘訣。和尚名諱詮宗。本貫係沃州平棘縣棘蒲鄉丁村人也。俗姓宋氏。靈樞頓解。天假性機。欲絶有□永脱縈纏。悟世無常。似若浮漚。達二無我。龜毛何異。所以募於緇林。求爲釋子。昔如來天王。捧馬足踰越迦夷城雪嶺峯西北迦阿。做定成更明別苦行。麻麥濟飢身。誰知一大事。方便爲衆生。宗師雖無踏頂之功。亦有□□□忘。割愛離親。永斷攀緣。到院求度。禮大德僧智林爲師。奉師謹謹。同侍阿私之仙。求教受法。恭敬心而無止。似風搔秋月。素明皎潔光輝。如雨灑青雲。轉添凌雲之氣。受具方畢。守鵝珠之禁戒。護律法之軌儀。行若冰霜。□□□高善講能開。利生接物。方便頗多。道化緣厚。攝三千邑衆。同會修因。慈悲利樂。普濟無邊。願心宏廣。孰能可比。翻修大殿。塑五十三佛三世諸佛。令一切瞻禮。問金剛經云。若以色見我。以音聲求我。是人行邪道。不能見如來。如何立相摽形而稱佛事。答息緣除事。此是破相宗。直論顯理。卽是大乘。始教未得有無齊行。體用交徹。若約圓門無礙。性相融通。舉一微塵。該羅法界。華嚴經云。清淨慈門。利塵數共生。如來一妙相。一一諸相莫不然。是故見者無猒足。法華經云。汝證一切滅十力等。佛法具三十二相。乃是真實滅。大涅槃經云。非色者。卽是聲聞緣覺。解脱色者。卽是諸佛如來。解脱豈同凡夫執頑礙之境以爲實色。二乘偏證灰斷之質而作其形。是以六根所對。皆見如來。萬像齊觀。圓明法界。豈得消形滅影方成元趣者乎。哀嗟師緣盛興。掩化別世。火消假形。真性常存。得舍利之百顆。向大殿東面荼毗葬在塔内。故經云。猛火不久。月滿復虧。蓋造化生滅。輪迴無定。示同然也。利生□盡。大命俄遷。了諸行之無常。知寂滅而爲樂。真風散彩。惠鏡分輝。涅槃經云。諸行無常。是生滅法。生滅滅已。彼寂爲樂。菩提園裏開華。真如海中結果。可謂了了之道師也。故留後面懸壁。與後人行緣。幸有門人昭公法師□□德辯廣學多聞。爲釋門之棟。作人天之師。承先師預垂之願。待本師和尚之緣。再率三千邑徒。書名上碑。遂有優婆塞田進、賈德、李和。同結妙因。塑像妝飾。是以濟生利物者。多垂方便也。況乎萬行千差。行門不一。當知□□修道萬行功薰。不曾心外得於一法。行於一行。但是自心引出。自淨行性而起修之。故知摩尼沉塗。不能雨寶。古鏡積垢。焉能鑒人。□心性圓明。本來具足。若不衆善顯發。萬行磨治。方便引出。成其妙用。不然。則永翳客□。□淪識海。成忘生死。障淨菩提。若不依此正行。別起異思邪想。皆是妄倒攀緣。譬栽蓮華於高原。類植甘種於空界。欲求菩提華果。何由能得。由是萬行因廣。難越自利利他之二種也。或樂布施持戒。忍辱精進。禪定智慧□□毫髮片善。須要契於三輪。體空於七最。勝相應空。有雙拂二諦無我真趣佛果之門矣。雖然。未踏此境。籍相生善稱名修因。故觀藥王藥上經云。過去三千人。稱是五十三佛名。致使莊嚴劫星宿劫賢劫中。皆成佛道。問經□觀身實相。觀佛亦然。一念不生。天真頓朗。何得唱他佛號。廣誦餘經。高下輪迴。前後生滅。既妨禪定。但徇音聲。水動珠昏。寧當符合。答夫聲爲衆義之府。言皆解脱之門。一切趣。聲聲爲法界。經云。一一諸法中。皆含一切法。故知一言音中。包羅無外。十界具足。二諦理圓。何得非此重彼。離相求真。不窮動靜之源。遂致語默之失。故經云。一念初起。無有初相。是真護念。未必息念消聲。方契實相。是以莊嚴門内。萬行無虧。真如海中。一毫不捨。且如課念尊號。教有明文。唱一聲而罪滅塵沙。具十念而形棲淨土。拯危拔難。殄障消冤。非但一。其暫拔苦津。託此因緣。終投覺海。故經云。若人散亂心。入於塔廟中。一稱南無佛。皆以成佛道。一聲尚爾盡成佛道。況於多稱塑佛像者哉。若言一念不生。萬行不修。別尋道理。如楚國愚人。認雞作鳳。春池小顆。執石爲珠。但任淺近之情。不探深密之旨。迷空之流。豈識真歸。故造像功德經第二卷云。優陁延王造佛形像。彌勒徧問。世尊普答。彌勒問云。其有信心能造像者。有獲功德。惟願世尊廣説其相。世尊答曰。佛告彌勒。若有一人。或畫或塑或繡鑄作大小不等。能令見者。知是世尊。令人瞻誦。我今當説。汝今諦聽。此人常劫不墮惡道。求生善處。恆遇諸佛。聽聞正法。如理思惟智惠福德。人相具足。世所希有。離諸疾苦。一切病痛皆悉不受。乃至無上佛果菩提亦可得證。既有明文。可當依據。以此勝善。上祝皇基永固。帝道遐昌。本郡太守福禄遷加。同知軍判恆受恩光。一切文武常居禄位。結緣信心。龍華三會。法界有情。咸蒙利益。三身功德。歎莫能盡。管見情疎。拙成光歎。復讚其偈。

法身遍沙界。闊達俱無礙。真理無動摇。所依鎮常在。不生還無滅。自性除變壞。湛湛性澄凝。豈分中間外。報體幽微質。三劫行因畢。果滿十號尊。能證真如理。自受不動尊。他受利十地。自利亦利他。思惟不可矣。化相垂於形。示跡被濛塵。四生咸離苦。六道越迷津。資糧加行位。千丈大化身。丈六金身顯。聲聞得回心。稽首三身的。超越尊一切。堪供宣讚揚。頭面接足禮。所歎三世畢。獲得諸功德。迴向若見聞。盡證無生理。大定七年歲次丁亥九月十八日。石刻拓本〔趙州石刻全録〕

蘇氏先代碑 大定十四年

釋失名

蘇氏之先。本居青州。巢寇之亂。遷於此住。祖父峻德。幼習儒業。五經都觀。鄉人宗仰。深欲下缺約十字。十一與祖母郭氏合葬於西南隅。有三子。小者曰文。業儒。經書尤精厥趣。不幸早亡。其下缺約十字。戒不飲。弱冠除葷。習父經業。兼知陰陽。好施方藥。總崇三教。知命之際。受菩薩戒。嘗讀佛下缺約十字。氏有二子。大曰彥幼。□儒業。多力善射。并師武學。懷洛□□有□□耳順方止。次曰下缺約十一字。之女能□絶□景氏早亡。次娶東葛萬村王氏。□□天□□□□以般若心經彌勒下缺約十一字。者。故於歸治家樂業。亦有二子。長曰雲慶。十歲捨於慈□禪院出家。父自教經十人下缺約十二字。者。故力耕有餘。然稱孝弟立成之一而夭於世。人多嗟悼。有子曰下缺約二十餘字。索羶辛慎勿與我。其誠若此。母至七十。無疾長往。足□先令□□相也既下缺約十六字。感風樹之□。三周之内。供僧二千。復遇諱日。常設大會。越十七年。每覽聖教下缺約十六字。二篇元妙光澤天下。各適時機。若夫五眼六通三身四智。救災無窮。下缺約二十餘字。稱天上有□星□生仲尼。并有大聖人□者。周霄虹玉。漢夢金人下缺約十三字。年。自爾迄今。千有餘載。歷搜□聖□□□德被人天□及幽顯者。無過佛頂尊勝陀下缺約十一字。於翠珉。庶得蒙□□□覆□□□超生□足□□□□□遇龍華受佛記。銘曰。

家世習儒。深崇聖教。冀警將來。體余懷抱。嶷嶷法幢。峩峩山岡。岡可壞。幢可傷。遷滅八難兮無疆。

大定十四年歲次甲午二月八日。孟縣志

重修彼岸院碑

釋失名

□□□來□□東扇迄今千有餘歲。乃慕其道者。庶若子下缺。□□□□天贊人歸。神□鬼伏。超羣拔萃。而以繼之。故感下缺。□□□□□□□金像然燈晨鐘夕梵□暢無生下缺。□南三十餘里□□□魯之故□村曰掩底。寺曰彼岸。下缺。□□□石□□大□□法師所建十大寺□之一也。下缺。□□可□□□□□□□創立小舍。置像以彰遺跡。下缺。□□□□□□□□也幼而穎常。長而卓異。歎浮雲之下缺。□務力□□□山□太平興國寺□大七院賜紫僧□下缺。□□□□□□□□□屢試不獲□□年普度而受□下缺。之□□□□□□□□爲最訪聞□開□唯識衆□下缺。□□□□□□□□□將唱者遍和幽邃同志悉元□下缺。彼□□□□□□□□□□□而知般陽聞□下缺。□□□□□□□□猶然□□□□真□寂幽棲之□下缺。□□□□□□□□其事師□□□之日若符聖意□下缺。□□□□□□□□□□□□發畢故富損其□下缺。□□□尤□□□□□□□□各願忱悃切禱□下缺。□□□□□□間古□□□至感精誠其孰能與下缺。□□□□□□□□□□□□之衆謂之曰曩昔之下缺。□□□□□□□□□□□□□有高□能及也□下缺。□□□□□□□□□□□□□□□□□□□□□□□□天下無名之下缺。□□□□□□□□□□□修姓□氏乃本□人也□下缺。□□□□□□□□□□□□□□□之□一方之所□□名與舍□下缺。□□□□□□□爲記。固辭不已。輒爲書之。令後世有以下缺。□□□□□□記。石刻拓本

彰德府安陽縣靈泉寺覆釜峯新建石塔碑

失名

寶山靈泉寺。在彰德府西南五十里。古相州地也。寺之西南一里。山名曰其石巖。巖舊有磚塔在上。隋帝相救大將盧通之所建也。歷年久遠。磚形脱落。本寺住持照慶、照蕎。廣募緣。請置度。二里白露村朱祥、申氏。捐捨資財。創建石塔一座。三丈五尺。□然一新。今覆釜峯重建石塔四圍。東有朱砂仙影。南望大河。西有丈八古佛。北有崆峒佛。常共瞻仰。□行善事。敬其神。孝其親。忠君之道。照慶徒法乘之功。豈淺淺乎哉。故書以爲記。石刻拓本〔安陽縣志〕

金吾案。安陽縣。宋屬相州。金屬彰德府。元屬彰德路。碑首題彰德府安陽縣。則此碑爲金源所建可知。

金文最卷八十六

墓碑

奉國上將軍郭公神道碑大定二十三年

任詢

公諱建。義州宏政人。幼而穎毅。長而剛明。□□□□不爲人制。天會二年。王師南伐。徵鄉邑良家子。公預選首。爲千户以主之。□□□□□與遼常勝軍戰勝於白溝。士氣振奮。合併大軍。下燕雲。越濁河。定南汴。四年□□□□□東路諸將攻鉅鹿。公率衆先登。潰其固壘。公由是氣壓諸將。六年收開濮。七□□□□□刺過江涉淮。收壽春、濠、和州。八年下真、揚、通、泰。帥府先後功賞。以議官爵。□□□□□□大夫持節宥州諸軍事。十三年留公屯守淮揚。會韓世忠兵攻城東南隅。□□□□□□軍引退。天眷間。公與宋人戰。所向無前。累獲勝捷。賞亦懋焉。皇統二年。換□□□□□□奉國上將軍。國家以仁義之師。奉辭伐罪。宣威靖亂。所以詰誅暴慢奮□□□□□□者也。撫定之久。不忘人功。凡從軍有勞者。授以親民職任。五年以公爲□□□□□□吏畏民愛。改掖縣令。弭訟息姦。鄰境敬服。知會州城。秩滿。改費縣令。□□□□□□□守爲賊所害。公攝州事。爲守禦之計。軍無侵擾。民賴生活。新守到官□□□□□□□□□徐義以衆五千。夜攻縣北門。公引勇敢及家僮僅三百人。潛出東□□□□□□□□□境內安帖。考滿。同刺嵩州。通守濰州。又除臨潢府總幙。始公至青社□□□□□□□□富且得人譽。因卜居焉。臨潢守官未幾。乞身歸老。始終之節。亦足稱□□□□□□□□師洎皆隱晦不仕。考英才。以公貴。贈宣武將軍。妣賈氏。贈汾陽郡太□□□□□□□□氏並封汾陽郡夫人。男七人。伯祥不仕。伯傑忠勇。昌邑縣酒監。伯元□□□□□□□先公卒。伯仁修武韓城鎮監。□震鄉貢進士。亦先公卒。伯義、伯信並舉□□□□□□適南公雲。次適顯武齊琬。次適詢之子中道。孫男九人。女六人。曾孫男三人。□□□□□公體貌魁偉。美鬚髯。猿臂善射。天姿挺特。內蘊忠鯁。居正不撓。平時不飲酒。□□□□□當高燕出帷房之寵。樂舞畢陳。以永終日。或繼之以夜。間語人曰。予少年尚□□□□□從軍賴社稷之福。戰必勝。攻必取。祿仕及親而逮下。今既老矣。得請而歸。以□□□□樂胡爲。大定十八年閏六月二十八日。以疾終於家。享年八十有二。以廿年冬□□□□□擇地葬于益都縣青丘鄉之潘村。以予預姻親之故。來請碑銘。以傳不朽。銘曰。

□□□集。覆有諸有。桓桓我師。震疊羣醜。須得英雄。成濟其美。賢哉郭君。起家茲始。白□□□□必奮振。既合我師。燕雲底定。越河取汴。風卷東雲。鉅鹿摧守。勢溢吾軍。渡江□□□□真揚。戰勝攻取。夫誰敢當。師不宿老。民厭兵久。第績酬功。俾安其守。四宰二同。□□□□優政寬仁。懷良殄惡。遂請歸來。白首安佚。賓朋燕樂。聊以永日。榮身官邑。及親逮□□□之福。有

足嘉者。青丘之陽。安若故鄉。子孫保之。允矣不忘。山左金石志

褚先生墓碣

失名

先生褚氏。諱承亮。字茂先。宋宣和二年擢第。調易州户曹。會金皇子郎君破真定。拘境内舊進士七十三人。赴安國寺試策。策曰。以上皇不道。少主失信。舉人希旨。極口詆毀。先生離席。揖主試劉侍中曰。君父之過。豈臣子所當言耶。長揖而出場屋。劉爲之動容。比揭榜。先生被黜。餘悉放第。狀元許必輩。自號七十二賢榜。時人謂先生曰有德先生。朝廷重其名。命知藁城。漫一應之。尋解印去。年七十終。弟子周伯禄等百餘人。因私謚曰元貞先生云。河朔訪古記

宋武翼大夫崔國華墓誌大定十四年

失名

公諱國華。字德夫。涉縣乘雲鄉延福村人也。僻好讀書。喜爲文。孝弟仁義。公其盡之。在亡宋日。正行三舍法。以正月棚試。縣生中選。在府學外舍。期年未遂志。改入武學外舍。留心武經及習練弓馬。私試得成上等較定。明年春公試升入内舍。私試至歲終。義策累作魁。又成上等。來春一路聚試平陽。果獲高薦。得遊上庠外學。一年升入太學。公在太學十年。不滅燈。不脫衣。亦未嘗告假。苦心勞形。惟以進德爲事。至政和八年二月春試武學上舍。程文入優等。弓馬入超越。三月二十八日。唱名第四人第。敕賜承節郎。時年纔三十。差成都府路弓馬教諭。未之任間。差權平

定軍平定縣尉。至來年方赴成都府路。宣和三年授婺州金華縣尉。捉方賊餘黨數夥。劄付武翼大夫。公享年五十有四。其子某遷其葬於北山之陽。銘曰。

克孝克弟。篤仁能義。篤學十年。衣未嘗脫。燈未嘗滅。假來使告。文入優等。武能高蹈。邈邈嘉臣。於今罔既。雖欲追之。疇能可繼。

時大定十四年。涉縣志

朝散大夫鎮西軍節度副使張公神道碑 明昌二年

黃久約

齊魯儒學之鄉。近世東齊。尤多學者。至於行義修飾。文章學問。可以追配古人。著聞山東。一時後進推尊景慕。以鄉先生稱之。得一人焉。故鎮西軍節度副使張公商老是已。公□□商老其字也。世爲城陽人。幼强學自立。家貧無師。閉户獨學。日誦千餘言。祁寒隆暑弗懈。宋末兵革俶擾。所在盜賊充牣。飢饉轉徙。人不聊生。公挾策負書之田間。躬勤耒耜。日課□□暇則爲文。日富月華。時固未有知者。齊國建立之六年。沂州類試旁數郡舉子。亡慮數千百人。公初出應試。薦名第一。人始大驚。及得其所試詩賦策論傳之。莫不畏服。且歎其晦養涵蓄。極其宏大。而一發遂不可掩也。其後凡四□鄉書。三爲舉□。遂中天德三年甲科。時行臺進士會試上京。猶用舊法試策擢第。公所對嘗選爲第一矣。西試官主意有不相合。强摘其中一語。誣爲疵病。力沮之。不能奪。卒置第二。啟封之□見公姓名。沮者亦自悔恨。物議不平之。初任徵事郎河州防禦判官。改濮州軍事判官。丁父憂。服除。再爲河州防禦判官。終更調單州魚臺令。又調萊州膠水令。數月被選爲國史院編修官。又入翰林應奉文字。考滿。補鎭西軍節度副使兼嵐州管内觀察副使。散官由徵事郎凡十三遷。至是爲朝散大夫。勳騎都尉。爵縣男。食邑三百户。佩服金紫。歲滿言還。久□□宦□將掛冠丘園。以遂晚年閒適之樂。不幸感疾。殁於京師其子太常博士所居宣明巷僦舍。實大定十九年九月十日也。享年六十有九。公未第時。以詩賦教授鄉里幾二十年。門人子孫。相繼登科至十數。其淹回場屋。以詞學聞於時者。尚不可勝數。最後孫行簡大定十年賜狀元及第。皆公親教之。雖晚入官仕不大顯。觀其門人子孫卓立成就。見效如□則公之學爲可知矣。公爲人寡□而事親孝。居喪如禮。足不至妻之室者三年。兩任河州。距鄉邑數千里。惟以幼子自從。澹如獨處。未嘗有旁侍。人以爲難。與人交。久而彌篤。語言恂恂。無少長皆爲盡禮。至臨事。挺然有守。不可干以非義。天資仁愛。弗忍害一生物。老猶篤學。手不釋卷。兒時所誦。終身不忘。家多藏書。部袠完潔。蠅頭細字。往往手自鈔寫。觀者已倦。而公終日低頭伏紙揮翰而已。或謂之曰。人生當行樂。何至自苦如此。笑而答曰。人各有所好。吾好在是。它樂不能易也。閒居議論。無一妄語。至於俚俗劇談戲論與夫詞曲纖豔之作。略不掛口。處己儉約。出無輿馬之飾。居無器玩之好。勤於吏事。精確不苟。且雖州縣之間米鹽細務。皆爲之盡力。而斷獄主於寬恕。濟活甚多。吏民去思之。自初及終。無毫髮累。性謙慎。恥矜伐以邀聲譽。初爲幕官。後佐藩政。長吏決事或有過舉。終不公坐爲言。必俟其間隙從容就見。反覆論析。往往改之無難。人亦莫知其嘗有言也。以是多愛敬之。始在河州。守將武人。强悍任氣。輕折辱屬僚。黷貨無所憚。會蕃部有争酋長者。乙法當得。甲容於財。守受財而右甲。乙既不得直。反以事攟摭。連繫於獄。公曰。吾豈畏强禦而使□冤不得信耶。卽條排其□□辨正以如法。人或爲懼。則曰。苟無愧於心。雖遭横逆。所不避也。守不勝其忿。且疑其嘗得已陰事者。明日自陳其不公十餘事。□爲之少戢。又有正將恃其門閥。□爲不法。以公儒者。視之無妨。或相侵侮。公一一不校。一日部將疏其罪數十。懷之求□先白。將上其事。意公蓄憾其人。必喜聞之。將有以助己也。公愕然變色曰。斯謀何爲至於我哉。夫人有善則揚之。惡則掩之。乃君子長者之用心。況同僚耶。再三開諭。其人媿而止。公之剛而不撓寬而容物有如此。大定初。將兵赴河隴。户部檄富受輸軍儲南京廣濟。食既罷。吏有以例袖白金百兩爲贐者。公笑曰。吾豈利是哉。諭之使去。明日復持袋舉一斤跪於馬前。願致區區。公不忍拒。受之既開視。皆錢鈔也。立召其徒。讓而還之曰。昨諭汝而不吾信。吾詭而受。將誰欺乎。衆始感激大服。羅拜致謝而去。其廉不飾僞。又如此。公文章温潤峻潔。似其爲人。字畫遒麗。得蘇東坡先生遺法。在史館時。與修太祖睿宗實録。書成。號詳略得宜。逮直詞垣。詔命□下。操筆立就。傳觀坐間。咸服其精敏。詞旨典雅。得兩漢之風。有文集十卷。公平生不置産業。嘗誨其子曰。富人營求財利。朝夕遑遑□□□□□有阡陌之得。不還踵而失者有之。而士能力學以致禄仕。衣食自奉。取給公家。仰事俯育。終身優裕。且無農商耕穫稗販之勞。所得孰爲多哉。其後子孫。所以擢巍科並居清選爲世所榮者。孰謂非公善誨之力歟。以卒之年十一月十九日。歸葬於日照縣太平鄉之原先塋之次。曾大父如玉。

故贈宣教郎。大父宗愈。父衮。皆不仕。公進階五品。贈父儒林郎。母霍氏。清河縣太君。娶劉氏。清河縣君。賢明令淑。事舅姑盡孝。事夫盡禮。撫諸幼有恩愛。而資沈厚。喜愠不見於色。先公二年亡。祔葬公墓。子男二人。長曰暐。卽博士君也。□曰韓。方應進士舉。女二。皆適令族。孫方平、范□頤。其壻也。孫男五人。行簡、行敏、行正、行忠、行義。行簡今爲承務郎應奉翰林文字。行敏祗候承奉班。三女尚幼。久約少之時在鄉里。已稔聞公名。後三十年來京師。始得際見。逮備員詞林。公亦繼受命。聯直廬舍。數年之間。□獲親炙道誼之益。辱知愛良厚。中間隔闊。纔閱幾時。一時朋從。零落殆盡。獨餘衰鄙。白首猶存。乃復幸與應奉公游處。觀其退讓沉默。進止端雅。可以想見其前人風度。一日造門。出公平生行狀。致博士君之命曰。日者先人始棄諸孤。去鄉閭千里外。扶護間關。迨於遠日。壙中之文。未暇爲之。常恐先□行實。久無紀述。遂泯□□無聞。幸畀之銘。將刻石表諸墓隧。以傳不朽。乃論撰如狀而繫之銘。既以慰夫後人。且自致其悲哀之意云。銘曰。

維公之學。沉酣載籍。博物洽聞。維公之文。温潤絢縟。氣老益振。行成於家。譽藹於鄉。孝友恂恂。韜含蘊蓄。俟時而鳴。一鳴驚人。自兹鄉書。三爲舉首。學徒畢臻。遂登甲科。人猶爲恨。合冠時英。泛水依蓮。割雞操刀。所至有聲。圭璧其温。冰雪其清。善不近名。金臺紬書。玉署代言。稽古之榮。積學美身。推之門人。以及子孫。富貴利達。取必於天。卒如其言。譬農服田。既播而耘。嶷嶷其蓄。倦遊榮塗。歸將懸車。容駟之門。天不憖遺。奄奪之壽。已矣奚論。鬱鬱松阡。歸

從先人。太平之原。礱石刻金。傳信來世。不亡者存。山左金石志

中議大夫西京路轉運使焦公墓碑

李嗣周

公諱旭。字明銳。沃州柏鄉人也。曾祖諱儀。在宋爲左千衛將軍。致仕贈。武功大夫。祖諱逢。不仕。考諱極。邢州沙河縣尉。追贈官與公三品同。妣李氏。追贈廣平郡太夫人。世宗皇帝卽位之三年。舉進士。公第五人及第。二十二歲也。始任縣令。充尚書省令史。不善事上官。數月而辭退。除良鄉縣令。良鄉素號難治。公治之有聲。日益事簡矣。期未及瓜。而陞中都左警巡使。公素剛正。不避權貴。在官所忤。抗逆觸多。竟媒孽其短。因事中之。遂削官。謫秦州冶坊縣令。幾六年。方改太名府推官。後入爲左三都司正。未幾。主上新卽位。首務求忠讜才能之士任使之。遂拔公監察御史。公旣當官。得行其志。彈劾相臣。一無所避。歲餘授治事侍御史。上封事言北澤利害。復遷侍御史。公自謂不數年享是祿仕。若緘默有患失之心。非人也。凡公家之利。知無不言者。公一日侍上側。從容陳親睦之道。極盡其忠矣。後以事出同知和州防禦使。幾一歲。復入授戶部員外郎。凡二年。轉郎中。充宋人接送伴使。以黃水泛淤。治水有成。遷西京路轉運使。別授符節。稱宣差使。規措西南路軍馬糧草事。先戶部符下河東北路。起運糧草赴緣置用兵邊鄙之處。公曰。奉命規措。何勞如是耶。遂罷去。卽令計軍馬所費。度近地民家積貯之多寡。可以給其用。增價而糴之。由是於邊所省亡慮數萬億錢。此公私之大便也。公之才幹。省費便民者。類多如此。嗚呼。天遽奪公

之速。享年五十八歲。公性純孝。疎財好施。其族系甚大。有相依者。無問遠近。皆與賙贍之。月俸屢不能給。公本官合蔭。人皆仰焉。曾不以己之子爲念。公娶劉氏。乃中都都運使徽柔之孫女也。封廣平郡夫人。有一子一女。曰阿者、阿都。皆尚垂髫。公之入立於朝也。極言正諫。非道不陳。公之出治於外也。嚴而不猛。吏畏民懷。去思多矣。凡臨事。惟直道而行。不恤輿議。公所素養者。至大至剛。不拘小節。或有從之者。無賢不肖。皆爲盡歡。及間。而商略天下品藻善惡。當其意而莫之私。練達世務。遇物而應。有過人者遠矣。銘曰。

遐思焦祖。閱世冠裳。以榮以貴。積德而昌。爰及於公。門户益光。桂月聲華。馥焕飄彰。文章冠卓。藹然擅場。既曰入官。士林軒昂。鯁概夙著。奸邪斂藏。極言正諫。致攄忠良。隨寓施爲。公平其政。利澤覃及。民樂歌頌。公之孝友。出於天性。小人見嫉。讒毁交競。公獨怡然。弗渝志行。禄俸推及。族沾餘慶。君子歎喟。奈何其命。名著將來。永與天並。柏鄉縣志

保義校尉房公墓碑（大定二十九年）

房仲亨

曾祖諱賁。祖評事諱臻。高祖不記名。八子。賁最□□□□□□□□□□□□□□□□□□□□□□□□祖爲童稚時。有鄉老嘗言曰。爾家其先唐相□□故□□□□□□□□□□□□□□□□□□□□□□□□明族緒從曾祖以下。亦有族人十餘家。相附而居。祖十歲□□□□□□□□□□□□□□如老成人被□□□□之訓出言必以家務爲先。自十餘歲。事無巨細。悉

以知之。年弱冠。娶祖母姜氏。□□與祖之□□□祖再三留之弗得。遂感激自奮。保守於家。爲人六親莫不和悦。與交友。不失其信。在衆讓人。周急貧乏。喜怒□□變色。凡事無間親疏厚薄。合於道理而言之。見小利。如毛髪弗顧耳。鄉里敬之。當是之時。値宋末兵火。父子離散。家宅□□灰燼惟存□□□至本朝天會八年。百姓既復其業。父子亦還家。居無一舍。□皆受其飢。食□藿且救其死。祖嘗有憂色。諸子侍。肉食之。亦不以爲美。遽爾言曰。我祖父皆在淺土中。實發夢寐。唯此爲不足耳。欲□□□若能從於我。雖殞無恨。皆曰諾。今毀家之東南□大□取磚石。用修其墳。卜宅北之地以爲林。其地東下西高。周如環□遠□連坤後百步外□東西長溝。乃古洙□也。曾祖母徐氏。雖死於侯氏家。祖不忘鞠育之恩。亦取葬之。祖妣姜氏□□斂葬於□□墳□西南□自九月大葬畢。既葬之後。家道□□□肉一家百餘□見曾玄之孫。大小以順其教。□□私財□倉之富。爲嵫陽第一户。魯□以□氏大家。爲嘗語祖敬佛老□□禮義廉耻忠信孝弟爲家誡。乃留言曰。吾□□□孫願無辱於祖先也。縱不能□□□爲良家子。豈不幸與。祖未嘗不□□□藥餌。至老精神不衰。□一郡耆舊□□壽□□得遇天德元年恩澤。授保義校尉。本州節使□侯遣价召□見之。與語大喜。命賜膳。祖媿而謝曰。太守光榮老夫乎。豈勝萬幸。□□辭而歸曰。夫人生屔於□皆欲□□吾得其壽矣。而朝廷賜官以敬老。□□亦積□□由矣。享年九十有六。天德二年九月二十六日卒□□□□□□□□□□□□□矣。於十月三十日穿祖母姜氏穴而合葬之。送者二千餘人。本縣亦遣□賻儀喪□者三□余□兒女□□□時羣木悲號。百草無色。亦如王裒柏慘。以其感也。祖五子。長□賓。次宗。次斌。次□。次父知彦。先爲符離尉。次任沐□□薄。任□而卒於沐。悲哉尤哉。於大定四年。遷葬於林。長伯贇出祖。葬於林之東。余依次序葬之。於今歲大定己酉再吉葬焉。一□□□□二十餘家。而貧者過半矣。吾祖之行。□於古人。壽過於今人。而貴不及古人與今人也。可歎惜哉。近年兄天民□從□道通達。嘗語曰。房氏自始及今。居此七八世矣。復恐歲久而不知□□焉。莫若立石可也。四人今老俱亡矣。天□人傷□思之□□□可□□□命工刊石。衆謂仲亨曰。祖有託於□也。郎□而□□□能文辭者。可傳於後。請託之。非我所能也。衆復□□何族屬衰微□敢動於名公也。既不獲辭。愚於是筆集祖之□□□□□後代拭目觀之。則見而知焉。□孫次列碑陰。乃爲銘曰。

孝而益富。仁慈□□。子孫詵詵。名存永久。

大定歲次己酉冬十月。石刻拓本

濟寧李氏祖塋碑 明昌六年

黄晦之

近世習俗。祖考既葬。不問貴賤。皆爲之立碑。人有疑而見問者。曰禮歟。余應之曰禮也。夫碑碣固同。而立□之意各異。□閥之家。不止軒冕焜燿。有大功德。可以上衞國而下庇民。子孫榮之。於是爲神道碑。其次德行文章。顯然爲時聞人。慮其湮没於世。則有墓表墓誌紀其實。以貽不朽。二者。古今皆然。至於比閭之民。若子若孫。奉先世遺體。貴與賤不殊。既葬之後。不一二世。叩其誰爲祖誰爲高曾。卷舌而不能言者。十常七八。物莫靈於人。至不知身之所出。豈理也哉。昔聖人沿人情以制禮。而況遭際聖時。人人漸沐。生事死葬。尊祖報本。與夫敦睦九族之教。因其葬也。必有碣以樹於林。使慶流之源族派之别。後世曉然皆知其詳。其誰曰不可。吾州任城縣李公。遠祖諱令琛。舊爲盧臺郡人。唐初。一日衣帶純白。御大風而來。不遠千里。至大郝村輒止。因家焉。既逝。葬小黑村西南之原。墳之西。大郝村之東北也。復有一祖林。歲遠皆不究其詳。在後子孫。在祖林□西□□兩林南北相望。意其俱在唐時也。術者觀之。謂得山水之秀。故久而不衰。後世以兩林爲福地。皆祔葬焉。祖墳初在高原。今其地特下。亦歲月滋久。陵谷易處。不得不然。祖考相傳。嘗欲移葬遠祖入林。以墳堅不克開已之。南林有諱太者。廢齊朝。以効用從征有功。補進義副尉。本朝皇統四年。換授進義校尉。遷忠翊校尉。歷任兖州醋庫。其諱宣者。值大定十一年特恩。授進義校尉。北林之葬。嘗有廬於墓者。人喜稱之。至今傳爲孝林。其諱政、諱伸、諱真、諱皋、諱堅者。皆以大定年特恩。授進義校尉。李氏自唐迄今五百餘年矣。似續蕃茂。闔族五十餘位。大小五百口。散居諸村。或大小郝。或南井河庄。例爲甲乙户。阡陌連接。雞犬相聞。大率俱以力田爲業。生産温厚。衣食充羡。且知禮讓。重廉恥。尚節操。孝友而慷慨。歲時祭享。先遠祖。次兩林。酒醴羞饌。精潔而肅敬。不敢稍置懈怠。有南林之孫文。在族爲白眉。嘗歎曰。文有二恨於心。終不忘遠祖御風而來。事出神異。想其爲人。隱德不凡。既無碑碣考按。雖欲稱述者不可得。此一恨也。遠祖一林。與南北兩林。其爲福蔭。子孫賴之。□□與祔□之祖。以至葬之歲月。俱不克知。此二恨也。往者不可諫。來者猶可追。因入城惠訪。求文以爲記。欲刻翠珉。以示來裔。余於李公。

有一日之雅。不容以衰老辭。乃略其不可知。掇其可知者紀之。有疑則闕之。如古□良史云。若夫昭穆之序。則詳見於碣之陰。銘曰。

偉李氏之巨族兮。連阡陌於諸任。有遠祖之御風兮。亦神異而可驚。兩林相望相南北兮。又豈□鬱鬱之佳城。滋福蔭於來裔兮。水愈秀而山明。不然五百載之後兮。何餘慶之日增。知禮讓與孝友□□詵詵之雲仍。惜乎先世之隱德兮。無所考而莫稱。述可見於斯文兮。庸昭示於後昆。石刻拓本

成氏葬祖先墳塋碑承安四年

龐汝弼

承安四年。歲次己未。春正月。成氏諸族者耋訪予於巖石之下。禮節甚敬。予目而問之曰。諸公皆郡邑豪士。何枉曲車從而詣予野老蓬蓽之間乎。諸成皆曰。我之先祖。既已斂葬歲久。敢託子以紀其行跡。銘於堅石。庶獲不泯於後世者耶。余悚恐退避而言曰。予櫟社之才。不足以稱巧匠。碔砆之璞。不足以爲執圭。安能以發明令祖先之德哉。蓋聞上古之人。葬之中野。不封不樹。喪期無數。後世聖人易之以棺槨。卜其宅兆而安厝之。綷棺既窆。窀穸既封。或如堂。或如斧。或如馬鬣。刻之堅石。以紀功能。此所謂盡其孝子之心矣。竊聞郭生之德。待中郎而後顯。宣城之節。由記室以彌彰。墮淚之碑。尚存絶妙之詞可羨。遐邇殊途。優劣各異。然同居鄉邑。義不克辭。謹摭其實而敘之。成氏自高祖已上。世居金鄉縣。成村人也。梁末之亂。因避地徙居任城縣之屬山村。於廢齊阜昌間。始建嘉祥縣。則任城之屬山。以隸嘉祥。其後子孫。遂爲嘉祥人。蓋自高祖以上。不知其

諱。自唐以來。十餘世矣。高祖諱方。生三子。長子諱未聞。次子二公諱汶。妻衞氏。生三子。其後子孫。皆二子之後也。迨至天會間。兵革之亂。四方雲擾。居民逃難解散。是時成氏之族。已數十餘户。諸成氏等。與昆弟相議而語曰。若此荒歲。豈不懸命於干戈之斃乎。當率其衆據山險爲之堡寨。安老幼於中。以俟休息。不亦可乎。諸子皆□敬諾其策。乃舉其族内諱進者及諱寶者。俱爲寨長。每驅少壯以守其隙。羣盜不敢向視者衆矣。後三載。天下休兵。四方安静。得全者萬口。皆諸成衆族之力也。本朝太守并倅。乃保此二寨長具功申覆。其後進與寶。俱受進義校尉。寶後官累遷至昭信校尉雲騎尉。數爲見用。每不自矜。幽閒燕居。則申申如也。同諸昆季。皆享年有永。并諸姪暨諸孫。或有行跡。或隱德不仕。或以農□□勤儉有節。或通儒學。見父之執兄之友。常加肅敬。況於事父兄之禮乎。鄉人皆以成氏諸子孫孝悌之道悉爲標榦。信可謂諸子孫堂堂乎成氏難與並爲德矣。諸女亦百數。皆適殷富之家。至大定十一年十一月。主上郊祀之日。賜天下年過七十者受進義校尉。是年得補官者一人曰緯。次承安元年冬十一月。復制郊祀。亦如前下明詔。應七十已上者特補一官。成族中被官者三人。曰彦靖。曰政。曰就。曾玄孫至百數。未名者數十人。自梁唐已來。未有如此之巨族也。上下十世間。相繼家風。父慈子孝。兄愛弟敬。夫和妻柔。姑慈婦聽。遵依八義。師慕五常。姻睦族系。成教其子曰孫曰。我自先祖之下。治家勤儉。好禮義。施仁德。畏刑罰。避凶暴。以是全身遠害而已。乃至積年殷富。婦女治蠶絲麻枲。以製衣服。雖有荒歲。何罹凍餒之災乎。於宋建隆元年庚申歲。始克合葬於徐山之原。從先兆也。次戊午年。諱鎮者爲祭主。

再葬後喪者祖域。次丙子歲。五公諱寶者爲祭主。□祔祖考於先塋内。寶卽昭信也。次癸巳歲八月。別卜兆於此林域之南相鄰。舉諱式者爲祭主。於南再建新域。葬祖考焉。次大定癸卯十月。諱淵者并諱材者二人同爲祭主。復葬祖考分穴於二林内。次明昌乙卯十一月。命進古爲祭主。葬諸祖同考妣於二林内。蓋自前庚申到此。卜兆於此塋域并南邊新建兆域之二林内者。已六次矣。聊敘其先後也。嗚呼。卜其宅兆。庶安厝於幽靈。樹□松楸。使樂處於魂氣。式表貞堅之意。用明功績之勤。春秋祭祀。無忘愛敬之心。歲月遷移。不負虔誠之志。稱彼族系。以示後人。乃爲之銘曰。

惟天鑒下。福善禍淫。積德既遠。厥慶彌深。禍既不作。蓋由德音。牛山之木。枝葉陰森。巫峽之水。流派傍潯。惟茲成氏。俱享永年。克盡其孝。孰爲比肩。或入於仕。或隱於田。輝光燦燦。祚胤緜緜。流慶後裔。其何已焉。

大金承安四年二月二十五日。石刻拓本

金文最卷八十七

墓碑

顯武將軍張公墓表銘〔承安元年〕

聶柔中

世之懷才抱藝之士。欲立功名於後世。取富貴於□年者。不繇文武兩科而進。末由也已。夫繇文而進者。大則謨謀於廟堂之上。次則優游於郡邑之間□。實繁有徒。而繇武而進者。達則受斧鉞之寄。窮則廁縉紳之列者。代不乏人。吾鄉張公顯武者。卽繇武選而厠縉紳之列者。公姓張。名琪。魏之莘人也。冑出漢留侯之裔。幼慷慨多大志。身長□尺有奇。膂力絶人。便武藝精熟異衆。當亡宋靖康年間。經河北東路提刑司試中。保申大名府按試。時武舉格式。神臂弓七石五斗。步弓□□□弩四石五斗。馬射□弓一石五斗。當時就試者八千餘人。中選者止三人而已。公中第一人。特補進義校尉。卽便差充統率莘縣應募强壯軍馬。準備出戰。至建炎元年八月内。隨從統制官孟世寧解興仁府圍立功。轉補進武校尉。於天會七年六月内。差權大名府第十五將隊將。至阜昌四年十月間。差權耀州三原縣尉。至阜昌七年八月内。準大總西路□府機密房劄子。差充中軍將官。前去盧氏縣破滅羣賊。立第一功。於八年七月中。差充河南府翼縣巡檢。至天眷二年正月內。依準詔書。經河南府告乞歸鄉。別稱差遣。於當年□□內。奉宣命任博州聊城尉。至七月中。準本州□□□在州人馬隨從都統觀察充副統領官。破滅泰安軍叛賊張貴等。於當年七月二十七日見陳追殺。至二十四日剗除無餘。至天德二年四月內。任平涼府瓦亭寨主簿。任滿而歸。閑居不仕。至大定二年上。衆親勸令承仕。勉從衆議。於當年十月□到平陽府趙城縣酒稅都監。以監權非所□乃移滿歸□□□鄉里。晦迹不仕。若無官爵者。與村賓言。勸以力農。與市人言。勸以勤儉。與人子弟言。勸以孝弟。餘無所言。終日獨坐。不修威儀。不事權貴。恂恂然似不能者。有太古遺民之風。至明昌二年七月內。乞致仕。優游數歲。至承安元年五月十七日終於家。官至顯武將軍、騎都尉、清河縣開國子。享年九十有四。葬於縣之修善鄉皇樓村之原。以從先□□□公兄弟四人。長曰瑜。武舉及第。次曰瑾。次即公也。季曰玠。先娶□氏。生二女。長適劉氏。次適劉氏。蚤卒。繼娶文氏。生一男。曰孝榮。亦蚤卒。再娶□氏。生一男。曰孝和。三娶皆以公階五品而封清河縣君云。孫男六人。長曰汝礪。次汝楫。業進士舉有聲。次汝霖、汝賢、汝翼、汝爲。公當宋靖康之亂。有羣賊楊大郎等。入村鈔略兇横。衆兄弟皆散去以避其鋒。惟公趣家救母。背負而逃。賊衆追及欲害之。其渠率楊大郎唱於衆曰。此人乃孝子也。害之不祥。衆乃斂威。公之母子。果免危（掇）〔惙〕。其孝動人有如此者。公未申選時。其母常憂靖康間飢險之乞。日夜愁惱。不聊其生。公乃告之曰。無慮。我去就武試也。須要必中。若中選。何憂乏食。後果中魁選。全家優食廩頒。其志於立身有如此者。

公嘗被廢齊差往東路起鏢送長安。至彼卻起金還東路交納。至河中府。其府官等僞設筵待以阻其行。有欲金之意。公乃託故。上馬便行。至城門。已懸鈞橋以斷路矣。公乃揮劍斷橋之鐵索。縱騎而過。行不三四里。有軍追及。公乃命金橐先行。獨殿其後。引弓反射。衆不能追。一□而退。遂完而納之。其勇於濟事有如此者。公嘗語親識曰。我從軍一世。凡經大小戰無慮三五十陣。不曾妄害一人以希官賞。天必報我。公果享年九十有四。若合符節然。公之志行。概多類此。不能縷數。其子孝和。以公在制五品官。合立墳旌。將具其禮。狀公遺行。欲琢石表墓。以圖不朽。乃以文見屬。柔中因懇辭曰。乃公顯武。雖爲右選。其孝其仁。有足稱者。仍官五品。壽及百焉。世所鮮儷。盍求諸名卿才士以張顯之。顧愚老繆。原夫之學。猶不追人。何敢拜辱。恐不足以發潛德之輝光。答云。以公鄉曲老生。宜知先考之詳。公而固辭。其誰宜爲。柔中再思之。其事實。其子孝。於禮有可稱者。□系之以辭曰。

清河積慶。挺生偉人。孔武有力。既淑且純。幼負大志。鋭於立身。武藝精熟。斯聯縉紳。帥府按試。憲司保申。弩開七石。弓挽六鈞。榮中魁選。武藝絶倫。遂食天禄。以振吾貧。雄翼孟帥。圍解輿仁。三任仙尉。兩破賊羣。存心不殺。其報如神。官階五品。壽踰九旬。翼翼二子。詵詵六孫。告老而退。以養天真。福壽康寧。五福薦臻。天不憖遺。遽至凶屯。琢碑神道。立石旌墳。以告永世。用播芳塵。石刻拓本〔莘縣志〕

伊尹墓碑陰

陳思忠

人有與天地立心、與生民立命、與萬世開太平者。其惟阿衡伊尹乎。嗚呼。尹雖已往。名留於史。道載於經。固無庸贅詞也。然其塋域。歷世踰久。人罕知者。在所表而出之。偃師縣爲今河南府之屬邑。邑西十里曰尸鄉。尹墓在焉。按周書立政三亳。史記正義曰。偃師縣西南五里尸鄉。南有亳阪。東有城。卽伊尹放太甲處也。寰宇記云。湯都南亳。在宋州穀城縣。今廢。按宋州。卽今歸德州。今有穀熟店。皇甫謐曰。湯居亳。與葛爲鄰。今之寧陵縣有葛鄉。睢州考城縣有北亳城。是爲北亳。師古曰。皇甫之説不經。愚按寰宇記所云與謐之説。亦皆有理。然以書攷之。盤庚自耿復遷於亳。作書有曰。古我先王。將多於前功。適於山。鄭氏曰。偃師東、成皋南、轘轅西降谷。北依邙山。故曰適於山也。且商人歷世十九。而都凡五遷。皆由河決之患。今歸睢之地。雖有二亳。皆平地迥野。有河無山。盤庚未必欲復遷於彼。則湯放桀之後。定都西亳明矣。又按圖誌云。伊尹旣沒。沃丁以三公禮葬於西亳西北十里。今云去田橫墓二百步。愚因公由偃師過孟津。道經墓下。詢諸鄉老。里有王文者諗曰。余自父祖居尸鄉。識此爲伊尹墓。國初鄉先生程彦魯輩考實。載之圖經。蓋文仕國朝二十年餘。今以老謝政歸。誠不妄人也。且墓西有田橫冢。相去僅二百步。徵諸此而益信。嗚呼。尹以事君之誠。發爲事業。炳若日星。充塞宇宙。不隨時而化。不易世而泯。雖一抔之土。百世之下猶使人仰之若泰山然。豈人力所能致哉。爰立貞珉。鍥著姓氏。且勒其事於碑。俾

後人知所敬慕云。謹從欽定古今圖書集成恭録〔坤輿典冢墓部〕

東海徐氏墓碑承安四年

唐子固

伏以徐氏之先人。據郡書。乃太公之裔也。於是之時。有食采於位者。隨望所封以爲氏焉。其望則不一。或出於東海、高平。或出於濮陽、彭城。當有始祖而諱桓也。其次所諱通、佺、昌、瑋、約、更、勣及勢、陵、丁、蘭等。凡此皆時封侯伯。輔國於民之上位也。其後流芳四布。赤縣神明。或爲士農。或作工商。其業則不一。此略舉於初。以彰徐氏之先。其上顯著。以迄於今。苗裔興焉。今斯徐族有諱用者。同姪雲等來謁於予。求爲石銘。願無見辭。予於是不愧俚鄙。聊舉徐氏之先宗。以彰令族之後裔。舊址新居。自古以來。户業相貫。濟州任城縣東南匡城之北王村居焉。其後有祖遷之匡城。今日兩城村也。所有王村。於□統年間。取之東魯。而於本□不附村也。不越匡魯兩村之境。而有祖林三座。一座最祖者。於東魯南聖山西南隅。其次二座。一座於匡城之東石城之陽。其末一座。亦於匡村。石城之西、泗水之東、匡城之北、子冢之南。卜其宅兆而安措之。祖林三處。春秋拜掃。而□闕焉。□□□幸。奈用之衆族。前值兵革。紅巾作亂。或竄或隱。逃生避難。詎能圓聚。至於撫定。後來猶分五葉。一葉三伯。是用之族□□□有家屬遷於承縣界。於今不復。或榮或枯。未可得而聞也。惟有三伯。獨戀鄉貫。□於族兄方之家。有兄侍養。九旬有四而終也。□葉遷於□縣界魯橋鎮西劉家莊。以田業所居。而别□塋域也。然而雖居異止。本□一宗。是用之族弟也。一用亦遷於北薄梁村。穿土興□□户貫珠。久樂於斯。而不得還鄉也。而弟兄有三。曰用。曰禧。曰祐。而我雖居異止。享祀則一。唯姪雲弟霆二葉。不離本□。常守先塋。□亦乘田勝遂。子孫蕃衍。雲之弟兄。亦有其三。曰雲。曰立。曰乂。霆之弟兄。而有其二。曰霆。曰忻。其外枝蔓。各具碑陰。故乃刻石立銘。磨成不朽之圖。異里命工。琢就無窮之記。可得明昭辨穆。知宗別派。其如指掌矣。然□是況仍云奈每履霜雪之悲。□懷風樹之切。感恩多生父母歷刼。親屬懷耽。乳哺長養。慈愛罔極之恩。豈爲輕報。故有姪雲等遂洗塵離垢。而於家庭廣開靈鷲之真筌、磨碣之至典。普資濟拔也。予聞五常之軌。百行之宗。惟孝爲先。其有徐氏之門。生則事於無違。死則終於哀戚。春秋拜祭。冬夏追攀。真可謂光□顯祖。酬恩答義。乃孝子之報親終矣。復爲贊曰。

昔在徐先。東海爲鄉。起望封氏。太公時彰。今斯裔者。乃類其芳。三林列祖。五葉排房。石鐫先派。林卜塋堈。左昭濟濟。右穆蹌蹌。生事死葬。薦拔蒸嘗。爲緣孝感。祚裔枝昌。

時大金承安四年歲次己未七月二十有六日。石刻拓本〔濟州金石志〕

益都鄭公墓碑（承安四年）〔大安二年〕

牟仲昜

祖父東萊界山人也。大□□□□諱海伯。祖諱清。因遭宋季兵火。挈家西來。卜居營丘□□□己丑年八月二十二日生。享年六十有七。十一月初一日卒。祖母趙氏。父諱信。孝顯父母。聰明識量。勤勞不怠。成家有聲。迺户計增大。辛酉年三月十五日生。享年四十有九。大定二十九年正月初五日卒。母閻氏。孝敬舅姑。承夫内助。不幸夫歿守義。而有二子三女。年皆孤幼。養之育之。使不覺有失父之孤。長子温既立。娶師氏爲匹。次子良弱冠而絶。三女皆適名家。而家道備矣。尚勤儉訓子。貞順清潔。淑德懿行。鄉人皆稱之。一日乃謂其子曰。爾之祖父母。我之姑舅。大事未備。奉親之道如何耳。温素著孝行。敬事孀母。聞之垂涕。追念其父創家之難。戰戰兢兢。心之憂矣。我祖我父。卒□□土未能□卜。敬從母命。今幸歲月□通爲之大葬。擇其良師。卜其□□□安厝之。歲次庚午立□四月十□三日。孤子鄭温請予作記以紀其實。命工刻石□於靈側。石刻拓本〔益都金石記　山左冢墓遺文〕

華州華陰縣創修仙蜕塋碣〔大定二十七年〕

范若水

古之學游方之外者。名曰道人。自兩漢而下及晉宋唐宋間。□人逸士。無代無之。劉向始作列仙傳。葛洪作神仙傳。陶隱居作登真隱訣。而後沈汾作續仙傳。賈善翔作高道傳。莫不録其行事。載其□□□□□苑之仙風。金馬玉室之□侶。造玄洲者有之。□紫霄者有之。或歌踏踏詞。輕舉而升天。□間隱去來□形而□或□化而再見山前。或既□□復進當歸。或赴玉龍橋之宴集。或爲青童君之所召。或拔宅上昇。而隨玉皇之詔。或棄家遠□□□溜之遊。皆□□間所曾見者。豈虚□哉。□之仙傳蓋若此也。□又觀之歷□□史。皆敍君臣國朝功名之事。其於□□列傳之外□□之人。未嘗或廢。隨時人君。莫不向風景慕。安車蒲輪。交湊山谷。益見道尊德貴□可尚者。自來華山上下棲隱之□□爲少矣。幽人逋客之齋房。隱士道□之菴□。鱗次山下。遠近相望。其間修行堅久。日月既老。羽化亦多。彼人者。皆□□形於無形之表。超數於無數之先。其生也。則徬徨乎塵垢之外。逍遥乎無爲之業。其化也。則古今爲□□死生爲一□修之至此。何所往而不安哉。或告門人遠遊。而入谷坐逝。或留妙頌辭世。而放筆無言。或側足而長□。或顧影而立□。若此之類。各葬林□並葬巖公。○公。疑當作谷。名姓雖存。骸骨異置。今者道流雷道昇。發心聚葬。遂於諸處收拾近年□化之骨。如丁先生本潁昌□韓□□本河間人。各壽九十餘。視聽不衰。談笑而化。其餘高道之士。無疾而逝者。共一十餘人。擇得勝地。在牛□□之北。□祥觀之東。巍巍高阜。獨占一丘。鑿山而下。修此塋域。龜筮協從。大開一穴。將□骨以年代□次。環葬其中。名曰仙蛻之塋。實大定二十五年十月十有八日也。雷道昇蓋道門中穎悟超達慷慨士也。修真鍊性。□□年矣。受法籙。精醫□□功較行。兩者兼之。能人之所不能。爲人之所不爲。惜其已化之人。寂然無聲□於此專略□存心大協衆議。葬事既終。一日訪予於馮翊。且曰。子亦道流也。幸爲我作一碑。以傳來世。予老矣。寡於聞見。而拙於敍述□能□聊著其實□謂之曰。自古入道門中雲水遊閑者。蓋不可以名姓數。皆不修墳域。而□□□往往高談闊語。□□飛昇。而恥論生死。今日之葬。非古意也。竊有疑焉。雷公矍然而笑曰。是大不然。道不可以一塗而得。又不可以一槩而永。且如□仙□吕真君。結庵四十年。人無識者。既化。門人劉裕之藏骨於石室□□□處見之。再尋所瘞。空棺中所見二□字。陳希□將化。先一□□門人曰。吾當遠遊峨嵋。明日入谷。至試鑿龕□□劉□□居洛陽。已死之後。金蟬出頂。其形亦無。李□明游鳳翔□化之後。□□□蜀路□書辭葬。若此之輩。不可□

□若釋門中達磨師。葬後西去。空棺中唯存隻履。佛圖澄。葬後掘冢。空棺中但餘□石。由是□之。亦安知今日壙中之葬者。得無真君之□希□之遠遊。秀峯之金蟬。□□之謝書。□□□□仙蹤□□□□昇聚□之議。不足疑也。夫如是。然後知雷公之説□□而前日之疑斷可釋也。今□□葬之人姓名鄉貫列之碑□□助□□葬者各布於後。因系之銘曰。

巖□華□。幾百斯年。中有□室。實名洞天。遂使幽人。景慕神仙。月來日往。亦不免焉。巍哉此塋。依山之下。□葬□□□□道者。或掩其壙。或棄中野。以道觀之。皆非實也。百年既□。惟餘一名。死而不亡。亦曰長生。飛飆倒景。與此同程。千載之後。瞻仰兹銘。

大定二十七年八月望日。石刻拓本

特贈金紫光祿大夫上護軍户部尚書太子太保太原郡侯賜謚文端無疑武公墓表碑銘（崇慶元年）

李仲常

大定三年三月。户部尚書文端公卒於里第。越明年。崇慶元年二月二十六日。其長孫蟾枝君扶柩葬於蘇村先人之側。浼予爲墓表碑記。予素受知於公。不敢以不文辭。遂按狀元之先。來自太原。曾祖秀。祖繩。其父居仁。以公貴。皆贈如公官。曾祖妣董。祖妣鄭。妣崔。皆贈夫人。公諱明甫。字無疑。號太虛。賦質醇厚。聰明過人。年方弱冠。即登貞元狀元及第。公生平不置宫室。所居湫隘。僅足以蔽風雨。嘗謂孫蟾枝君曰。吾一生爲清白吏。家無餘貲。止堪度日。吾故後。汝慎勿另治葬地。仍葬我於先人之側。不必治葬具安石翁仲。是汝之孝也。其孫悉從治命。噫。公可謂廉靜寡欲不事紛華者。於是銘曰。

陵川之區。山嶽之神。淑氣攸萃。實生哲人。維我武公。盛世良臣。文成威鳳。人號玉麟。始仕諫垣。章疏屢陳。繼擢詞林。益勵忠貞。兩守名邦。撫字勞神。顯秩司農。精白乃心。總理錢儲。毫無私心。數年之間。貫朽粟陳。急流勇退。惟公一人。優游林下。落落風塵。不欲隨俗。先囑後人。蘇村祖塋。是吾返真。孫從治命。悉如公心。止豎石碑。以垂後昆。陵川縣志

棲閒居士張中偉墓表（明昌元年）

沈英

君張氏。諱中偉。字充甫。其先安定人。徙居五原之張義者。最號望姓。君張義族也。曾大父諱遇。贈太保。大父諱存。贈太傅。父諱達。贈太師。宋靖康末。以右武大夫刺吉州。王師圍太原。引兵赴援。力戰城下死之。宋人嘉其節。繡衮之贈。上及再世。諸子皆以蔭補官。君甫七歲。授保義郎。累陞忠翊郎。比冠。特授昭毅郎、閤門祗候。而兩兄皆已貴顯。伯氏原國公中孚。時經略涇原。仲氏宗國公中彥。亦經略秦鳳。故辟君涇原幕。書寫機宜文字。君性純質。重義氣。尚志節。凜然有父風。既秩滿。會關輔多故。遂無復仕進意。兩兄屢相稱引。當途者將處以郡佐。不屑也。少日屏居南山。築室開軒。榜曰睡樂。以寓起居閑適之意。先時有宅京兆。松檜交蔭。深闃清閟。如在巖野。而城南別墅。又當杜曲佳處。於是種竹引流。日加營治。幅巾杖屨。往來其間。山人野

老。或與接袂。未識君者。不知其爲貴公子也。齊國既廢。河南之地。復歸版圖。而原公入被柄用。顧問所及。首以君材爲對。他日安閒之日。因諭君以膴仕。趨其行。君復書辭之。大略以爲貴賤窮通。各行其志。累辭數百。陳義甚高。且以詩繼其後。獨道韋杜間花繁酒熟之樂。而不及其他。原公讀之。惝然自失曰。是不來矣。宗公解印恆山。對君清話。自慮涉履憂患。抵掌歎息。蓋羨君閑中所得之勝。而媿君早退之勇也。君素懷經濟之略。而養志既久。滋厭仕宦。故晦不自顯。若與世相忘者。及酒酣。慷慨論説古今人物與夫治亂成敗之迹。皆詣理極。人然後知君非無意於世也。平生嗜讀書。尤善作詩。語意冲澹。蓋感而不懟。樂而不流。有晉宋詩人風致。善五古□□□□□□文集凡數百篇。號曰三谷。蓋原公曰長谷。宗公曰野谷。而君曰義谷云。君天資孝悌。常以不得養親爲恨。霜露所感。每不自勝。原公有疾。日夜侍左右不少去。□□□密翦臂肉。雜藥以進。疾遂以平。宗公薨於臨洮。聞訃悲慟。嘔血累日。扶護歸葬。哀動行路。鄉里稱之。大定二十五年十二月庚戌。以疾終於家。享年六十七。服官擢昭毅。更換新命。凡六遷爲承信校尉。先室王氏。繼董氏。前□□男三人。曰仔。曰佐。曰佑。女四人。皆適士族。三孫涇渭□□□□□以明年三月甲申奉君之喪。葬於鄠塢之斜渭鄉原公墓之東。明昌改元。仔來京師。以君阡表爲屬。初君之葬也。翰林直學士黃久約既述治行之詳。誌諸墓矣。乃獨論其出處大致。而繫之以辭。書云。惟孝友于兄弟。施于有政。是亦爲政。孔子曰。君子之仕也。行其義也。又曰。隱居以求其志。行義以達其道。惟君孝友。所立卓卓如此。施之有政□□□君子之達道□舍曰義而已矣。聞之昔人。

貴則公之。賢則君之。竊哀君之志。而高君之風。故去公而書君。賢之也。辭曰。義谷之雲兮。油然而霖雨。義谷之木兮。隆然而棟宇。嗟君之□兮。胡爲乎隱處。□谷之樂兮。唯義是取。□□墓兮□□□□□兮流淙。我則倦遊兮。豈曰不逢。胡爲中谷兮。唯義是從。孝悌兮至行。雖不用世兮□□□□□處□義兮窮達有命。□德□□兮□德之下缺。琢神門兮翠珉。君乎在兮不忘。鄜縣志參陝西通志（鄜州志）

中靖大夫邵公墓誌銘（大定二十八年）

訾棟

先生諱世矩。字彥禮。其先幽州人。至石晉之亂。遂之於沛。因家焉。曾祖通奉諱化。伯祖金紫諱奎。伯父朝請諱敏能。皆進士登第。俱累典大郡。父儒林諱敏德。仕開州司户。宋末兵革擾亂。家事索然。宗族解散。先生孤處鄉中。多難劇貧。而無他念。惟務讀誦。朝夕不輟。夜乏膏油。縣君時與燃薪繼晷。精勤不知寒暑。初則治詩。後無文籍。惟存戴經全帙。遂改治焉。曾不數載。以至精通。迨廢齊阜昌六年開闢應試。作兖州解元。省試第二人。廷試第一甲第一人登第。時年三十有六。敕授承事郎單州僉判。次任皇統三年授禄州防判。次任冠氏縣令。次任京兆府推官。次任朝城縣令。末任河中府推官。逾歲而致仕。官至中靖大夫。先生性資端慤。居官廉直。秋毫無犯。自儉約爲節。所在屢有治蹟。雖州牧侯伯。亦不阿事。常不以進爲念。所樂者。詩書而已。故在常調。亦不苟進。年纔六十有三。遽然告致而歸。守道恬淡。真古君子所爲。年六十有七。時丁亥歲八月三日。因病而逝。男有六人。長曰敦仁。與佑、僎、侯、佐、傳。女四人。孫二十一人。曾祖通奉暨父儒林。皆先葬夏村西北狼石溝東岸。緣舊塋瀕河。水漲侵近。大定二十八年歲次戊申二月六日。别葬先生於泗河之灣。始娶鄧氏。病卒。再娶許氏。後娶王氏。皆封博陵縣君。因祔葬焉。學生訾楝。幼蒙教養。稔聞先生行狀。諸子昆仲令楝作誌。辭不獲已。姑述大概。以應其命。爲之銘曰。甘棠餘慶。世生直臣。我公彬彬。博物洽聞。卓冠豪俊。内蘊經綸。進不屈志。退能存身。完名高節。耀乎搢紳。徐州志

清河張氏夫人墓誌銘（大定二十二年）

王寂

夫人諱某。字季玉。姓張氏。易人也。其曾祖之上數世。皆以貲産長雄於鄉里。然高氣節。務施舍。人以此多之。大王父諱孝端。主汾州五河簿。王考价。宋宣和間補祕書省祕書郎、景州户曹掾。本朝改奉信校尉。隱居以終。夫人年十四。歸於今中都副留守王寂。夫人性敏而静。恭執婦道。閨門肅然。言動有法。實生二男。曰欽哉。業進士。曰直哉。供奉班祗候。女昭余。適左國公孫茂。年三十有五。以大定六年十月十八日卒。後五年。晉封太原縣君。大定二十二年七月十七日。葬於遵化縣靈應山之東原。從舅姑兆。銘曰。

夫人之祖。長雄且豪。尚義好施。人以此高。夫人之性。惠敏而静。閨門之間。曰嚴與敬。夫人之壽。方七十半。天乎天乎。孰謂福善。婦德既完。婦道可觀。從舅姑兆。魂其永安。拙軒集

金文最卷八十八

墓碑

保大軍節度使梁公墓銘

趙秉文

大定中。朝廷清明。四夷賓服。上方儲思於穆清講明乎蒐狩之制。車駕頻年幸金蓮川。公以薛王府掾。抗章論列。以爲其地在重山之垤。積陰之所。春熯不毛。夏暑仍纊。殆非所以頤養聖躬也。況蕃部野心難制。萬騎撇烈信宿可到。萬一解嚴之際。奔突而前。卒何以禦。至引梁武招納叛亡。以爲先事之戒。書奏。搢紳危之。上曰。此愛我也。庸何傷。詔爲止行。自是名聞天下。家置一通。言正人。必曰梁公矣。其後公在陝西。上平賦書累數千言。其大略言大定四年行通檢法。是時河南、陝西、徐海以南。屢經兵革。人稀地廣。蒿萊滿野。則物力少。稅賦輕。此古所謂寬鄉也。中都、河北、河東、山東。久被撫寧。人稠地窄。寸土悉墾。則物力多。稅賦重。此古所謂狹鄉也。寬狹鄉之地。至有水陸肥瘠四等。物力相懸。不啻數十倍。後雖三經通推。並依舊額。臣恐瓶罍之詩。不獨譏於古矣。書奏。上深嘉歎。命藏有司。將用之。初。公言蕃部叛服不常。其後果爾。及平賦之令未下。而宋人驛騷。督賦者病焉。識者服其有先見之明。竊嘗謂士之出處。惟觀立朝大節。其他可略也。如公以外官散地。已能建白如此。使之居侍從之列。必有大過人者。此余所以銘公而不愧也。公諱褱、字公贊。絳州正平人。第進士。仕至保大軍節度使云。銘曰。

於皇世宗。百度維貞。世平講武。駕言涼陘。言言梁公。獨以諫鳴。儆戒無虞。屢省乃成。謂天蓋高。胡動以誠。帝曰愛我。詔泥其行。薄海内外。聞公直聲。匪惟公直。由天子明。平賦一書。時其重輕。世有主父。不孤賈生。枕史飫經。褰華摘英。浩浩而博。涵涵而渟。小試所長。風馳霆驚。名聞天朝。不登公卿。惟皇好直。錫之裔榮。尚詔來者。視予此銘。滏水集

郭公碣銘

趙秉文

君諱某。字某。某郡人。宋宣和中。族子以高貲聞。欲因權要以貴公。公曰。請託公行。晉所以亡也。此言何爲至於我哉。未幾。宋果亂。入皇朝。第進士。仕至某。以某年卒。嘗試論之。人之壽夭窮通係於天。而其子孫之賢不肖。與其世數之遠近。則係乎其人所積之有厚薄。予於見聞間。以陰德有後者。得三人焉。若王寶父守洛。有德於洛人。而以橫逆被禍。其子學士君彦潛。以進士甲科文學名於世。賈迪功稱爲遺直。而子户部尚書執剛。以政事聞於時。而君以慈仁孝友。輕財樂施。位不滿德。而轉運使公。富貴而好德。康寧而壽考。以忠果强敏聞於天下。天之報施善人。果何如也。乃爲之銘。銘曰。

不能鋭。是以鈍於試。以昌其世世。滏水集

孝義縣丞崔公墓銘　趙秉文

君諱憲。字子真。涿郡良鄉人。世系載先塋幢。事業載壙銘。先生賦中庸之正性。抱醇懿之休德。不沽激以忤物。不苟合以趨時。淹貫六籍。兼綜羣藝。循循焉。彬彬焉。善誘善導。可謂淑人君子者矣。故能學爲人師。行爲世表。慈祥孝友。篤密愷悌。人無得而稱焉。然天下學士大夫言善人。必曰子真云。其醇而不耀。陳仲弓、黄叔度之流乎。無何。稟命不融。以大定二十九年卒於官。春秋五十有二。官止於孝義縣丞。嗚呼惜哉。先生一第進士甲選。以誤黜。再上復中乙選。文材之劭。猶以行掩之也。與同邑劉器博、翟瑜。以道義相友善。門人前左司郎中劉昂等。僉以有道無命。宜有譔述。勒銘斯表。用旌不朽。銘曰。

元氣氤氳。降爲仁人。含和韞真。不淄不磷。介然而石。温然而春。聲溢天下。禄纔及身。青雲諸生。滿其後塵。勒銘貞石。垂聲不泯。滏水集

盤安軍節度副使姬公平叔墓表　趙秉文

泰和八年冬十有一月丙辰。盤安軍節度副使姬公平叔。以疾卒於泰州官署之正寢。何以書。皇朝忠清行義之臣也。盡瘁王事。故書爵。曰字。貴之也。禮。男子不死於婦人之手。卒於寢。正也。今

天子嗣位。首詔公赴闕。將用矣。而公已歿。隱之深。故謹而日之也。退而哭。哭而誄。曰梁木其摧乎。正人其萎乎。微夫子。吾誰歸乎。自孔孟之歿。幾二千年。士大夫以種學積文。爲進取之計。幹辦者稱良吏。趨時者爲通賢。而不知治心養性之術。間有明仁義之實。以通經學古爲高、救時行道爲賢者。必怪怒罵笑。以爲狂愚。世之知平叔者。見其卓絶之行。忠義之節。臨窮達。處禍福。無愧於古君子。或以爲勉强自苦。或以爲蔽窒不通。孰知平叔之賢。凡以知道故也。世人之所以不食酖毒者。以其殺人。孰知酒色之害烈於酖毒。而不知避。知之不審耳。生固吾所欲。有甚於生者。義理是也。死固吾所惡。有甚於死者。喪其本心也。大哉心乎。修之可以爲賢哲。養之可以塞天地。人知養其身。而不知養其心。亦惑矣。公嘗語人曰。凡聲色勢利之屬。皆客氣也。人能無以客氣害其良心。斯幾矣。故余以爲知道。公之鼻祖。因官受氏。奕世載德。不忝前人。戰國齊大夫婁、漢南陽太守資、唐宰相楚客之耳孫。宋諫議度、大理丞若谷之雲來。處士尚賢之玄、寶臣之曾、公壽之孫、傑之子也。避簡肅皇帝廟諱。改氏曰姬。汝陽人。諱端修。字伯正。一字平叔。與人交。怡聲下氣。恂恂若無能。至臨大事、遇大患。雖頽嵩岱。不吾壓也。此一反。生平不喜讀佛道書。拳拳如奉戒律。寡言笑。不飲酒。屏絶聲色。年四十餘歲喪其配。遂不復娶。終身無媵妾。此二反。家素殷羨。未嘗有綺繡之奉、鐘鼎之食。視一物若靳惜。至舊宅之券。盡推以與其姪輩而弗子。○吳本子作有。曰吾先兄之所積也。此三反。嘗語人曰。吾有三反。一第不足道。既第必樹名節。年六十必致仕。人始未之信。既而中大定二十五年進士第。調唐州司候。太守子不法。攝置於獄。守怒。

不爲屈。改鞏州通西令。以廉。升同州判官。遷洪洞令。補尚書省掾。以稱職。擢監察御史。首彈張復亨才勝德。小人也。朝廷以小人居諫職。可乎。又與拾遺張嘉貞奔走權貴。皆不宜進用。又言樞密大軍至盧車河。敵勢窮蹙。不卽勦絶。至有臨潢之敗。其餘將帥多非其人。因薦同判樞密完顏老、同知臨潢紇石烈按出虎等。沉勇有謀。可任方面。知濟南府張萬公、北京留守完顏承暉、户部尚書范楫。秉志公方。可任廊廟。其後凡三上書。皆言善善必當用。惡惡必當去。在斷之不疑耳。上問其狀。曰。臺官近日言復亨、承暉尚未行也。上亮其直。然奸人自是側目矣。竟爲有司傅致其罪。上特宥之。改太學博士。未幾。黜爲彰德府判官。秩滿。除大理司直轉寺丞。上召見。宣諭備至。會命省讀應詔陳言文字。得唐括合達一書上之。曰時政得失。盡於此矣。其造次不忘悟君如此。是時輦轂不雨。久係冤獄。議坐主者罪。反爲所擠。奪一官。歲餘授知盤安軍節度副使。俄規措東北路軍儲。臨終歎曰。天不假我數月壽以畢幅巾之願耶。享年五十有九。配陳氏。二子懋、應。公仕章宗朝。不爲不知遇。賴聖恩全宥亦衆矣。其卒葬月日。攀龍髯以溯箕尾。似非偶然者。而道終不克大施於天下。既而身愈斥。志愈不衰。名愈重。天下識與不識。言正人必曰平叔。公常奏對。以君子小人爲言。上遣近侍局使李仁惠問小人爲誰。以仁惠對。上聞之愕然。及公歿。而仁惠敗。天下哀其忠云。復繫之詞曰。

剛爲天德。無是餒焉。物或蔽之。人而不天。復情於性。守動以靜。不戒而剛。無欲以正。惟伯正父。學先致知。非苟知之。亦信蹈之。公材小試。於憲於丞。羣痟側耳。丹丘鳳鳴。投膠於河。幾何能清。砥柱屹然。頽波不驚。公命不延。不登柱石。公在廊廟。孰爲蟊賊。公能抵之。不能已之。嗚呼九原。愛莫起之。交交黄鳥。爰止於棘。天不憖遺。哀何有極。老聃言壽。死而不亡。一時之促。萬世之長。汝山蒼蒼。汝水逶遲。公今不死。公墓有碑。滏水集

遺安先生言行碣

趙秉文

先生姓王氏。諱磵。字逸賓。其先臨洺人。先生實生於汴梁。嘗以洛川自稱。不忘本也。自幼穎悟絶羣。外頽如也。初學詩於伯父震。落筆驚人。震自以爲不及。未幾詩名大振。加之孝於親、友於弟、誠於人、篤於己。遠近論文行。必曰王逸賓矣。初。孟公宗獻友之。張公璧叔獻、趙公渢文孺皆師尊之。先生天性謙至。待之反若居己上。及數公相繼魁天下。直玉堂。然後先生之道益尊。名益重。朝賢兩薦明德。先生以書抵故人之位清要者。苦以親老爲辭。議遂止。明昌末。聖天子詔舉德行才能之士。鄉人耆德諸生五百餘人。薦先生孝行忠信文章爲世師表。朝廷以素知名。特賜同進士。授亳州鹿邑主簿。先生年幾七十矣。以目苦昏暗。卽日移文有司。以老疾乞致仕。朝廷猶以半俸優之。首葺先塋。次以分惠親舊。計月而盡。泰和三年八月二十有七日。以疾終於家。臨終神色不變。戒其子。棺周於身足矣。語畢而逝。葬於祥符縣魏陵鄉蕭氏之園。先生教人。先行後文。與人交。終始不易。居喪齋蔬。哀服不去身三年。與二弟同居。終身無間言。平居循循醇謹。視若無能爲。至不義。嶠如也。其詩冲淡簡潔似韋蘇州。嘲戲風月。一言不及也。所與友。皆世知名士。

若文商伯起、張公藥元石及其子觀彥國、王琢景文、師拓無忌、酈權元輿、高公振特夫、王世賞彥功、王伯温和父、左容無擇、遊道人宗之、路鐸宣叔。右丞唐括文正公鎮南都。以禮致之。不能屈。及與貧士談。兀坐終日。不知誰爲主誰爲客也。嘗冬日詣一親知家。會坐客滿。主人貧窶。爲代給所須。坐客疑其寒。物色所得。乃典錦衣以贈也。喪其母。鄉鄰或賻以布帛。拜而受之。異日復歸其人曰。吾親安。吾貧義。不可受也。其廉介類此。其貞純之德、卓絶之才、淵深之學、廉正之操。黄叔度、陶淵明、元紫芝、司空表聖之徒歟。以秉文明昌間轉河南轉運幕。過相。謁坡軒居士酈元輿。居士曰。君知王逸賓乎。斯人當今顔子也。君不可不埽門求見之。既見曰。酈公知人矣。自是之後。虚往實歸。及其重來。墓木已拱。嗚呼。使子雲見之。不當絶歎於李仲元。蘇允明〇允明。各本均作元明。誤。當作源明。見之。不當見稱於元子。不意千古之下。復有斯人。乃伐石樹碣。用旌不朽。於是爲之銘。銘曰。

居今而行古。身晦而名章。不獨以詩昌猗。滏水集

贈銀紫光禄大夫翰林學士承旨張文正公神道碑

趙秉文

貞祐三年冬十二月十六日。翰林學士承旨張公。以疾薨於正寢。訃聞。上爲輟朝。命敕祭敕葬。贈銀紫光禄大夫。謚曰文正。前代謚文正者。不過三數人。本朝唯唐括丞相與公二人而已。嗚呼。亦可謂榮矣。初。明昌泰和間。明天子勵精政事。修飾治具。典章文物。高出近古。公之父清獻公任

奉常春官。朝廷典憲。皆其討定。修國朝儀禮。完然爲一代法。其後公繼之。前後垂三十年。凡朝廷有大制度大典册大號令。至於紀世宗、顯宗、章宗三朝之宏休偉烈。未嘗不經公之手。初宋人寇邊。南鄙用兵。書詔旁午。公獨任其事。沛然有餘。朝廷以平章政事僕散揆軍回。右副元帥完顏匡等圍襄陽。又賊帥邱崈遣人告和。或議乞以恩旨許將士回日俘掠。公言君人者。與爲將帥不同。君道以仁義爲主。弔民伐罪而已。將在閫外。權其事宜可也。借如軍士應須俘掠。與出之自上。不若出於帥臣之爲愈也。其論襄陽可攻圍與否。及欲分淮南之半爲界。公言向者大舉。本朝蕩平江漢。今平章軍回。竊意任彼事勢。或有未得如吾意者。但隨所得郡縣。撫而有之。彼必以我圖久駐之計。方事進取。震懾畏亡。求成不暇矣。不必以淮南遠近爲斷。其後張巖書來。以朝廷所須五事。但欲量增歲幣。歸泗州俘略。朝議以面奉聖旨。必以割地稱臣。使得贖罪爲辭。公又言有司之事。容可擬議。至於聖訓。理難中止。大定初。蓋度僞宋必能遵禀。故令帥府開示聖訓報諭。今既聖度包荒。竊恐宋人以要約重難。怠於求請。不若使其易從。然後示之聖訓。重以生靈之故。曲從來請。庶幾兵革早息。其後以叔易伯。重增歲幣。函賊臣之首。獻犒軍之實。公在翰苑。籌畫爲多。南邊底定。固賴明天子與大臣協謀。蓋亦有内相之助焉。初清獻公由禮部郎中出守林棣。公代爲郎中。及以尚書遷亞相。公復爲侍郎。及清獻公致政之後。公又有御史之拜。衣冠傳爲榮事。故其誥命有鄭之桓公代爲周司徒、韋之賢咸繼作漢丞相之語。公之没。朝廷以公家傳禮樂。復命其弟行信爲禮部尚書。自非學問該博。議論篤正。而濟之以深醇之行勤敏之操。何以有此。公諱行簡。字敬甫。莒州日照人。祖莘鄉。以醇儒碩學顯名當世。仕至鎮西軍節度副使。父暐。經明行修。嘗任御史大夫。公大定十九年擢詞賦進士第一。時年二十四云云。公性純厚端慤。謹慎周密。口無擇言。而爲善不近名。修道不求容。唯以公勤忠直。自結人主之知。是以歷仕累朝。俱蒙寵遇。平生少交游。寡言笑。嘗以謙敬自持。待人以誠。而與物無忤。故薨之日。朝士大夫哭之哀焉。曰。世不復有斯人也云云。其家風醇謹。則似萬石君。通達典故似虞秘書。經學論議似陸宣公。詔誥典册似李贊皇。人得其一。已獨厭餘。不幾於全乎。銘曰。

天地元醇。降爲仁人。含和韞真。不淄不磷。行爲世表。文演帝綸。家傳禮樂。載筆終身。敢有一事。墜其清芬。歷事四朝。寵數益新。何以致之。唯敬與勤。緇衣美鄭。德星聚陳。顧後絶配。瞻前無鄰。惟清獻公。如萬石君。歲時問勞。寢膳以聞。慶、建白首。朝服事親。明星忽逝。孤月獨晨。永懷道陵。鼎湖上賓。金鑾舊夢。玉樓斯文。忠厚之氣。歿爲明神。公薨汴陽。而葬南原。過者必式。惟文正之墳。滏水集

任子山壙銘

趙秉文

予嘗怪太史公傳扁鵲、倉公行事。併載其治法之詳如此。而王公大夫功業無聞者。略而不及一言。何也。既而歎曰。此後世作史。冗長無法。徒爲紛紛。而太史之書。言簡而事核。獨爲良史之法者也。有一人之人。有百千萬之一人。有百世之一人。有千萬世之一人。之二人亙千百世千萬人之一

人者。非耶。可以其方伎使無聞也哉。漢書不傳張仲景。唐書不傳王冰。識者尚有遺恨。其偶遺之耶。抑削而不録之耶。賴其遺書。傳於後世。使其書并亡。則治人之功無乃闕乎。此予所以銘公而不辭也。公諱履貞。子山其字也。以醫聞。許州長葛人。銘曰。

不緇而僧。不官而儒。顧以醫鳴。不求贏餘。其四休居士之徒歟。滏水集

中大夫翰林學士承旨文獻党公神道碑

趙秉文

先秦古文篆籀。淳古簡嚴。後世邈乎不可及已。漢之文章。温淳深厚。如折枯繇以爲明堂之楹。駕騄驥以遵五達之衢。不憂傾覆。使人曉然知治道之歸。韓文公之文。汪洋大肆。如長江大河渾浩運轉。不見涯涘。使人愕然不敢睨視。歐陽公之文。如春風和氣鼓舞動盪。了無痕迹。使人讀之亹亹不厭。凡此皆文章之正也。至於書亦然。秦相李監之篆。漢魏之八分。虞、褚、魯公之楷。見者莫不襝衽而敬。其下作者。如零珠片玉。非無可喜。要非書法之正也。本朝百餘年間。以文章見稱者。皇統間宇文公。大定間無可蔡公。明昌間則党公。於時趙黄山、王黄華俱以詩翰名世。至論得古人之正脈者。獨以公爲稱首。公諱懷英。字世傑。泰安州奉符人。十一世祖宋太尉進。公少穎悟。日誦千餘言。及壯。以文名天下。取東府魁。大定十年中進士優等。調城陽軍事判官。遷汝陰令。十八年充史館編修、應奉翰林文字、翰林修撰、翰林待制。明昌元年遷直學士。六年預修世宗實録及遼史。改翰林學士。承安二年出知兖州泰定軍節度使。爲政寬簡不嚴。而人自化服。三年入爲翰林學士承

旨致仕。大安二年九月以壽終。享年七十有八。是夕有大星隕於家居之階上。衆視之。公已逝矣。官至中大夫。公性寬和容衆。犯而不校。未第時。樂山水。不以世務嬰懷。簞瓢屢空。晏如也。夫人石氏。徂徠先生之後。亦能安貧守分。母始娠。夢唐道士吴筠來託宿。既而公始生。及長。儀觀偉異若仙然。其文章字畫蓋天性。儒道釋諸子百家之説。乃至圖緯篆籀之學。無不淹貫。文似歐陽公。不爲尖新奇險之語。詩似陶謝。奄有魏晉。篆籀入神。李陽冰之後。一人而已。嘗謂唐人韓蔡不通字學。八分自篆籀中來。故公書上軌鍾蔡。其下不論也。小楷如虞褚。亦當爲中朝第一。書法以魯公爲正。柳誠懸以下不論也。古人名一藝。公獨兼之。可謂全矣。銘曰。

文章非能爲之爲工。乃不能不爲之爲工也。非要之必奇。要之不得不然之爲奇也。譬如山水之狀。煙雲之姿。風鼓石激。然後千變萬化。不可端倪。此先生之文與先生之詩也。至於篆籀之妙。後數百歲。復有一陽冰。則不可知。後數百歲。無復一陽冰。則書止於斯。噫。滏水集

贈少中大夫開國伯史公神道碑

趙秉文

始余聞季宏父名於相知間。行高而學博。能文翰。善談論。下至博奕。亦絶人遠甚。及來京師。始識之。温厚謙冲。殆過所聞。其問學。愈叩而愈無窮。與人交。愈久而愈不厭。自趙黄山、王黄華諸公。皆屈己尊禮之。又與其壻陜西東路轉運使龐鑄才卿。有冰玉之譽。觀其爲人與所交游。其家世可知矣。季宏又嘗語其兄公雋能詩。洎山東詩人王頤養道爲唱和友。獨恨晚生不及陪奉其先大夫

杖屨。意必有名儒鉅公發其事業。第未之見也。一日。季宏悵然曰。先大夫之才之行。不減古人。鄉先生張晦嘗志其墓矣。崇慶二年。公奕任太常丞。命子壻龐鑄狀其行。求翰林學士承旨、前禮部尚書張文正公爲之碑。文未成。秋八月公奕改簽山東東路按察司事。無何。中原受兵。大河之北。莽爲盜區。鑾輿巡幸陪都。百官奔走扈從。既而文正公洎龐鑄。相次下世。求遺文於其家。俱無有也。公奕亦遭益都之喪亂。孑身渡河。生平所藏書。掃地無餘。公奕不幸早孤。族中老人。又皆物故。是以無能道先君行事者。姑以舊聞。粗記什一。恐遂泯滅無傳。唯是窀穸之事。所以託不朽者。惟子是在。敢以爲請。某與季宏。同僚也。其敢以不敏辭。謹次而銘之。公史氏。諱良臣、字舜卿。其先洛陽人。石晉鄭王之後。曾祖大臨。祖士元。皆隱德不仕。父淵。徙大名。鄉人稱善人。力教公讀書。後以公貴。贈儒林郎。母太夫人蔣氏。魏之甲族也。儒林君既歿。躬教以義方。公亦卓然自立。文學富贍。大名李釜。名臣之冑。館置公於門下。年二十四登宣和六年第。調主成安簿。俄丁太夫人憂。哀毀過禮。會宋滅。皇朝撫定河朔。安撫司辟舉監北京內東倉。遷冀州南宮令、涇州觀察推官、德順州節度判官。後歷清豐、濮陽、大名三縣令。耀州三白渠規措。以長子公雋之亡也。尋醫東歸。世宗卽位。復爲南樂、平陰二縣令、潞州觀察判官。年六十九卒於官。大定八年八月也。先娶大名俞氏。一男曰公雋。妙齡秀發。有聲場屋間。詩筆妙絕。年二十八無祿早世。再娶德順毛氏。親衛大夫惠州團練使緯之女。賢而有家法。二男公彪、公奕。四女適毛城、賈錫、任祚、梁僎。公彪。武節將軍淇上埽巡河。公奕。太中大夫翰林修撰。公在新安時。李成帥河南。豪縱不法。上下莫敢忤其意。一日人持府檄及囊封至縣。封有河南印章及成手迹。曰府主須金。如囊封之重。縣吏股栗。唯命是從。公獨笑之。命啟其封。吏皆叩頭曰。事若實。則吏死無爲白。公卒令開之。果盡石也。其詐乃得。居平陰日。縣豪民王八十者。持吏短長。爲一邑之害。小不如意。陰以法中之。縣官熟視。不敢誰何。公至召之庭中。訓以義理。遂感泣改節。卒爲善人。晚節居潞州。上黨一愚民。以財雄一方。率數村之民幾千人。迎西齊王以賽秋社。儀衛之物。頗僭制度。利其財者。搆成其罪。縣獄具。聞於州。州將亦武弁。有覬覦之心。欲盡誅之。公獨慷慨別白其事。州將不能奪。竟全千人之命。公仕宦四十餘年。陸沈下僚。心安氣和。無不遇之歎。及其亡也。夫人毛氏護喪歸葬於大名縣先塋之側。禮也。累官至中散大夫。以子貴。贈少中大夫開國伯。在鄉里。顔色怡然。似不能言者。及臨事。毅然有執。其孝友之誠。蓋天性然。自太夫人之亡。家有二寡姊。事之如母。其月入之廩。盡以二姊主之。夫人不與也。與二兄居。聚族三百指。衣食之如一。其用廥也。先其姪公明。其仁於親族乃如此。是宜銘。銘曰。

沇之水。出爲濟。經濁河不變其泚。公之仕。當宋之季。流離亂朝。清而不滓。如卓密縣。遇建武則起。名聞天下。乃一令耳。才德如彼。位止如此。不亡者存。必在其子孫。滏水集

金文最卷八十九

墓碑

廣平郡王完顏公神道碑

趙秉文

太古之氣。鍾長白山。鴻淪豳紛。爲聖爲賢。蘊蘊隆隆。儲爲皇風。權輿帝墳。自我聖朝。始制文字。以代刻木之政。伏羲氏所以造書契立人極也。厥亦惟我世祖肇基王迹。太祖太宗肅將天威。燮伐遼宋。用集大命於厥躬。軒轅氏所以開帝圖也。天降時雨。山川出雲。天佑大邦。是生賢佐。故其人物。沈勇剛決光明魁傑。勘功帝籍圖形麟閣者。不可勝紀。其在熙宗時。則有若遼王。以至公定册。周公所以相成王也。其在世宗章宗時。則有若淄王。正色立朝。有霍光擁昭立宣之功焉。忠義自將。代不乏人。誰其繼之。則我廣平郡王其人矣。貞祐二年。王以都元帥行省事於中都。左丞象多副之。委以軍事。王鎮以德量。總大綱而已。既而援兵不至。糧運既絶。慨然約象多以同死社稷。而象多有異議。竊欲委城而南。王面責之。愧汗浹背。經歷官完顏師古。左丞腹心也。數其罪立斬之。即起謁家廟。召左右司郎中趙思文曰。事勢至此。吾何面目以見主上。唯有一死以報社稷。授知管差除師安石遺奏一通歸達朝廷。遂與左右引飲。神色自若。頃之飲藥而死。嗚呼。臨大節而不可奪。不濟。則繼之以死。古之所謂大臣者歟。王諱承暉。字維明。其先出自景祖之裔。祖鄆王。八合八。父鄭家。從海陵南征死之。王性純一。既長。志在行其所學。世宗朝。任近侍局直長。諫幸老麇獵非其地。已而果然。上悔之。章宗朝。遷近侍局使。隆慶宮妹夫吾藍也得罪先朝。上夜召之。時宮門已閉。王不受詔。上嘉納之。與陵復土。幄次還常寢。王奏宮嬪可出則出之以遠嫌。蓋意有所在也。其因事證救類如此。知大興府時。閹人李新喜有寵。借府之聲妓。王卻之。京師大猾争稻田不直。繫獄。走賂宣徽使李仁惠。以書營救。即杖殺之。衛紹王時。駙馬都尉謀烈與其父南平干預朝權。大爲奸利。王面質其罪。其守正不撓又如此。故嘗試論之。孔子稱有殺身以成仁。無求生以害仁。夫所謂仁者。豈特立言踐行循循醇謹而已哉。必將有至誠惻怛憂國之心。遇不可。必行其志而已。夫以仲由之果。不免爲具臣。周勃之忠。不過爲忠臣。若漢之汲黯、蕭望之、楊震、李固、杜喬。唐之狄仁傑、顔真卿、段秀實。招之不來。麾之不去。生以理全。死與義合。國存與存。國亡與亡。斯可謂社稷之臣矣。初王留守北京。某時爲運幕。熟王之爲人。自以託肺腑之親。以劉向抑王氏爲忠。以李世勣諛武氏爲不忠。又師司馬光。而友蘇軾。喜左驂。張萬公、張暐與之相友善。醉則酣歌伊吕兩襄公詞。其志爲何如。決非偶然者。故獨著其大節。而系之以銘。將以志不朽。非余言之重也。銘曰。

維長白山。肇發金源。他山遥尊。精靈氣奔。如彼枝葉。附其本根。其胤維何。鄆王之孫。維王廣平。奕世載德。父没王事。勳在王室。帝曰俞哉。纘戎世職。敢有不恪。以玷前烈。自始之學。勇於必行。剛而無欲。公則生明。蒞官事君。維敬與誠。力竭股肱。加以忠貞。不畏强禦。好事正直。力抗黄門。面斥貴戚。平昔喜怒。不形於色。一旦遇患。乃見大節。翠華南渡。留鎮京城。勢窮力蹙。義重身輕。談笑而絶。如唐真卿。王雖云亡。凛凛猶生。一時之酷。萬世之榮。唯帝念功。命秩是旌。配食彝鼎。顏段齊聲。凡百有位。視余此銘。滏水集

尚書左丞張公神道碑

趙秉文

大定明昌間。朝廷清明。天下無事。上方留意稽古禮文之事。於是御史大夫清獻張公鼉正國朝儀禮。成一代大典。潤色太平。皇矣唐矣。然猶削牘大小九十餘奏。若諫田獵巡幸、節財用、慎法令。明德運之非古。辨正統之無定。議提刑不可罷者三章。救監察姬端修不可治罪者累奏。其餘隨事諍諫。殆無虚日。其言明且清。正而通。雖魏鄭公展盡底藴。陸宣公不負所學。未能遠過也。其長子翰林學士承旨文正。以高文大册。佑佐章宗。泰和南征。書詔旁午。獨當大半。以至函賊臣之首。獻犒軍之賞。量增歲幣。易叔以伯。雖聖謀經略。授之成筭。蓋亦有内相之助焉。公其仲子也。崇慶三年公任諫議。東海侯將復召用胡沙虎參議軍事。公奏言胡沙虎爲人。遠近之人户知之。前知大興府事。專任私意。枉害良民。蔑視省部以示强梁。媚結近習以圖稱譽。及爲山西將帥。持師無律。民數被害。徒能取蔚州官帑殺淶水縣令而已。一朝遇敵。引數十騎先遁。朝廷踰年廢而不用。

衆庶莫不喜悦。今若復用。惟恐蠹國害民更甚前日。一將之用。安危繫焉。既寢而不用矣。至寧元年夏六月。公又奏言朝廷欲起舊臣俾爲元帥。請以近事明之。內刺之爲留守。奧刺之爲元帥。非不老且舊也。而不能全遼東之敗。一文士。一劇賊。而能保山西於屢戰。人材能否。不問新舊。明矣。譬之治病。一醫不效。必更求醫。多方療之。今止用前日之敗將禦前日之勍敵。求其成功。亦難矣。且胡沙虎爲人殘忍。其相貌凶悖。利害之機。況有大於此者。書奏不從。至八月二十四日。胡沙虎以兵圍宮禁。果有弑逆之禍。信哉。不明乎春秋之義者。前有讒而不見。後有賊而不知。春秋書翬帥師。削其公子。以不義强君。著履霜之漸。是以及鍾巫之禍也。胡沙虎跋扈專制。蓋有漸矣。哀哉。然而知之非難。言之難。言之非難。聽之又其難也。言之於未然之前則不信。言之於已然之後則無及。此天下所以多公先見之明。而公亦不忍天下之被其禍也。及至乎宣宗卽位。公又首奏言。乞正賞刑。以順人心。乃者羣臣言東海侯不當立。鄯陽石古乃死之。非義。此誠有違經旨。不合人心。春秋之法。國君雖立不以正。但嘗與鄰國會盟。列爲諸侯。所以正君臣之分也。東海在位六年矣。爲臣子者。豈容他議。胡沙虎躬行弑逆。當此之時。鄯陽石古乃領步兵五百赴援。力戰而死。忠義顯然。今反以爲邪黨。恐非公議。宜先褒顯。優贈官爵以勸忠義。此賞之所宜先也。胡沙虎、雖有援立之功。然聚兵專命。侵奪主威。皆非人臣所爲。況以臣弑君。不可以訓。昔宋徐羡之、傅亮弑營陽王。立文帝。文帝下詔暴羡之等罪。誅之。以迎奉之誠。免其妻子。徙之建安。今胡沙虎雖死。罪名未正。宜令有司暴其罪惡。除名削爵。籍没家產。妻子雖合緣坐。乞依宋文故事。

免其妻子。徙之遠方。此刑之不可不正也。上以方安反側。未遑也。事雖未行。公之所言。正也。春秋魯隱公不書卽位。攝也。及其薨不書葬。君弑而臣不討。以爲無臣子。正其罪可也。桓公殺公子糾。召忽死之。孔子不以加貶。况卽位踰年得成爲君者乎。死之宜矣。傳曰。公家之利。知無不爲。忠也。送往事居。耦俱無猜。貞也。公知無不言。可不謂忠乎。引經據正。可不謂貞乎。此余所以銘公而不愧也。公諱某。字信夫。莒州日照人。世業載清獻公文正公碑。第進士。公之任諫諍也。宣宗命尚書省集百官。議衛紹王名稱。先是胡沙虎謗於廟堂。宜降爲庶人。公與兄行簡引昌邑海西故事。宜降爲王。胡沙虎銜之。不屑也。又劾内族訛可以軍敗乞問狀。及補外引見。言左參政奥屯牙哥飾詐不忠。臨事慘刻。黨胡沙虎。乞賜罷。其在涇也。上封事。言賊犯鎮戎。女魯歡怯敵不救。朝廷遣使臣賞邊功。多受銀馬餽遺。非朝廷體。舉鄜帥合答可任大事。自是權貴側目矣。其餘隨事諍救。多此之類。初公參大政也。適高琪攬權醜正。惡不附己者。衣冠之士。動遭窘辱。公引太平舊制力抵其非。及其大定敕旨。省掾等不得參注吏員。上爲動容。會同列激之。由是補外任。及上卽位。驛召起授尚書左丞。首言先帝初卽位。詔天下刑不上大夫。治以廉恥。丞相高琪奏定職官犯罪的決百餘條。乞依舊制。或謂公首蒙聖主擢用。雖有旨建明。多不契上旨。何也。竊謂此乃吾君之所以聖人也。昔漢明帝聽斷精明。而章帝濟以寬厚。明帝不失爲明君。而章亦稱至孝。其與霍光之輔昭帝。相去遠矣。方西北鄙用兵。高琪奏行一切之政權也。及於聖主卽位。公奏罷之。宜矣。然宰相藏諸用。使斯人由而不知。而吾君亦昭昭然務爲新政以觀人耳目哉。聖主之德天也。天何言哉。伏觀聖主卽位以來。未嘗命一詔獄。辱一朝士。則公之所奏。已略施行矣。何更爲哉。既謝事。與今致政左丞侯公日以棊酒自適。然憂國之心。時形於辭色。以正大八年二月八日薨。享年六十有九。是月葬於開封縣仁壽鄉西原。夫人劉氏。封郡公夫人。先公卒。子節、筦、箐、仕、筴。未仕。俱早卒。箐。前尚書省掾。小德、尚幼。女長適李肯構。早卒。次適襲封衍聖公孔元措。次適白水令敬鉉。孫仁達、仁榮、仁表。公性純正。無城府。每奏事上前。旁人爲之動色。公處之坦如也。初游嵩少。目之曰。吾意欲主此山。果終於此。異哉。公三職轉運按察使。歷户禮部貳。刺開通。鎭涇邠鄜。所至有聲。不書。姑録其立朝大節。亦不能殫也。銘曰。

楊踵賜彪。石傳建慶。奕世載德。維公景行。何以治身。曰誠與敬。何以事君。曰忠與正。進退由義。得失委命。公自筮仕。勇於敢爲。利害必聞。夷險不辭。上前論事。洞達無疑。觀者縮頸。公獨色怡。王氏世權。禄山逆相。公折其萌。九齡劉向。孫宏飾詐。梁冀跋扈。公斥其非。汲黯李固。徐傅既誅。巡遠未旌。公於此時。請正賞刑。身雖在外。心在帝室。惓惓納忠。以匡時失。帝曰疇咨。汝復相余。君房入相。奏寬大書。懸車告老。隻童匹馬。二老相從。緑野林下。一日不見。死生遂分。璧水明月。嵩山白雲。神耶仙耶。則不可知。有不没者。視予此碑。滏水集

○此處原有故葉令劉君墓銘。已移至卷七十葉令劉君德政碑文中。

醇德王先生墓表大定廿五年　党懷英

先生諱去非。字廣道。上世東蒙人。系出琅邪諸王。其居平陰之石硖者。莫知所以徙。曾祖友。祖臻。考通。皆有隱德。先生束髮知問學。爲文章不喜爲進取計。嘗試有司。不合卽屏去。益探六經百家之言。務爲博贍該詣。又雜取老莊釋氏諸書。采其理要。貫穿融會。折諸大中。要本於吾儒修身養性之道。自信而力行之。其發於誠接於物者。求諸古人或難焉。鄉鄰化服。翕然咸尊師之。先生無它貲。獨妻孥耕織以給。伏臘弟子贄獻。率資以惠人。常居十九。人有求貸者。先生不能給。爲更貸諸富家。約以時償。及期。其人以窶告。先生曰。信可失乎。賣田代償之。棄其券不復問。嘗適墅。有遺金帛於路者。爲守眎不去。須其還訪與之。門人班忱。親老子穉。貧不能朝夕。一女已及笄。先生爲辦裝具。擇士壻之。因以成家賴以婚娶者甚衆。北鄰有喪。由東户出則犯禁而衆不利。南則鄰者忌之。以西北則人居不可行。先生曰。世安有死而不得葬者。葬而害衆。寧獨及我。壞其竈室之壁出焉。里中惡少。嘗過門酗酒嫚罵。先生恬無慍色。復引之坐。罵益甚。久之始去。明日惡少來謝。先生爲避弗見。或曰。彼恃酒以逞。謂宜少加責誚。奈何反避之。先生曰。彼之來。既知過矣。見之必重其媿。是以避之。惡少聞之感服。更折節爲善。先生之教人。皆因其材而勉其可至。凡所答問。皆孔子教仁教孝之意。或挾□□則就其所學而引之正。有問以釋氏之戒定慧。道家之攝生者。則對曰。易之寂然感通。中庸之中和。詩之思無邪。若是者。非定慧歟。孔子語顔淵。視聽言動勿以非禮。非戒歟。易之慎言語節飲食。孟子之養心寡欲。非攝生歟。蓋未嘗深詆佛老。而其徒頗自棄其學而歸焉。先生立行。不爲崖異。有請焉。無賢不肖。必爲之盡言。或怪其不擇。曰善者吾獎之。不善者吾勉之。誠均入於善。奚必擇。故受業於門者。人皆自以爲獨厚於己也。先生没。門人議謚之。皆曰先生之德。所謂大醇者非耶。乃名曰醇德。於是進士楊好古以泰山□□李守純之狀與涿州軍事判官東平趙渢所録遺事實來京師。屬鄙文以表諸墓。懷英昔者宦學山東。是時東阿張子羽、茌平馬定國、奉符王頤。東平吴大方與其兄大年、郭弼憲、趙愨、甲公綽諸公。與先生相友善。講論道義。援據古今。以孔孟所傳爲諸儒倡。其後。出者聞於朝。處者行於鄉。雖隱顯不同。而先生之譽。得友而章者已廣矣。諸公相繼去世幾廿年。先生獨無恙。其力道益强。傳道益宏。信於人者益著。士大夫聞先生之風。過者必見。居者必式焉。石硤舊以安樂名。鄉邑從事之賢者。改曰居賢。著其行也。先生有言。君子得志則行道。不得志則明道。明道者。不必與邪説辨。辨而勝。猶激怒之。其害道滋甚。故曰孰將闢之。寧自翼之。孰將敺之。寧自扶之。邪説之勝久矣。善爲道者。其在扶而翼之歟。先生之道。蓋與韓愈氏、歐陽氏同。所以行之或異。二子達而顯。其用力易。故剛以決。先生窮而約。其用力難。故順以化。所遭者然也。君子論其功。與二子表裏云。先生性恬澹。非書無所好。晚歲搆堂曰因拙。日以名教自樂。蓋得於性命之説爲深。生死之際。泊如也。大定廿四年十二月廿二日終於家。享年八十四。先室宋氏。再室甲氏。二子。曰守正、守素。皆好學樂善。不慕榮利。得先生之志。四孫。長曰知進。其三未名。諸孤與門人以明年正月廿五日奉先生之喪。葬於三山先塋之側。先生前是用年得官九品。及葬。襚以其服。禮也。葬之日。四方來會者三千餘人。既窆。巨崖爲崩。烏虖異哉。銘曰。

曲學搶攘道術裂。滔愚汩絓資剽敓。已潰不支矧可遏。或激其瀾益善決。惟韓歐陽道未溺。偉哉先生復世出。所遭雖殊用則一。守經會異正途闢。有來歸之使順適。儒風振振被鄉邑。童□知書況成德。噫天生賢鮮遇合。惟窮而隱道乃集。嶽神川靈要終嗇。劃然響阺應萎哲。三山皋如隱封鬣。不亡者存此其息。高風凜然世所式。以詔後人視兹石。山左金石志

贈正奉大夫襲封衍聖公孔公墓表

党懷英

至聖文宣王五十代孫諱摠。字元會。曾祖諱若蒙。襲封奉聖公。贈朝奉郎。伯祖諱端友。朝奉郎直祕閣。襲封衍聖公。宋建炎二年冬祀大禮。赴揚州陪位。值兵火隔絶。其弟端操之子璠。已襲封訖。長子拯。皇統二年三月補文林郎。襲封衍聖公。無嗣。其弟摠。大定三年七月補文林郎。襲封衍聖公。管句先聖祀事。公三歲而孤。幼穉警悟。及長。力學自强。通春秋左氏。尤喜韓愈詩文。談論簡尺。多引二書。先輩多稱譽之。公職在嚴奉林廟草木。居人無敢輒犯。宗族之間。少長有禮。人敬其勤。復畏且愛。一日顧瞻鄆國夫人殿。私自言曰。生爲人子孫而謬當其職。使之隘陋如此。寧不愧於心乎。乃親率佃户。攜斧斤之具。入東蒙之山。躬親指畫。採伐中椽桷者旬有餘日。連車接軫以歸。起西廟、尼山廟兩處。鄆國夫人殿及大中門、家廟、齋廳、祭祀庫。計五十餘楹。彩飾圖繪畢備。朝廷聞公名。召赴闕。欲留隨朝任用。公力辭。職專祀事。不宜妨職任之不專。則特授曲阜縣令。未到任。歲大旱。既到任。甘雨三日而止。稼穡益茂。歲仍大熟。公精勤吏事。縣署至

所居。往返十五餘里。及晚治縣。無一日稍闕。差科甚均。訴訟無滯。親族有訟。即移佐官。無少長皆向意。諸材當首人。舊驗物力差當。公預令定奪相次。明以公文告示。比至。其人已自承認交替。不復更至庭下。每歲夏絹。凡丈尺小户。舊例合併全匹輸納。隨村首目。皆自斂掠。公止令依市價積筭和買使併起納。盡革舊弊。縣城摧壞。官計工修築。公戒董役者曰。慎勿拆廬舍壞冢墓。若廬舍有礙。當隨地築之。冢墓頹壞。當以己俸完之。二者既安。吾心亦安矣。其有不成葬穴無主暴露枯骨。當遣使厚葬之。有碑曰叢碑。邑人春冬祀之。葬畢。是夜夢衆人來謝。内一人稍前云。嗟哉。暮雲之弗及。既寤。遣人搜求。又得千餘副。復夢來謝。公年歷四十。得數子。皆不育。一日夜夢異人。衣冠偉然。告曰。今此非爾子。後丑年庚月丁日所生。真爾子矣。當名元措。公儉於奉己。厚於賓客。周惠困窮。不問家之有無。娶泗水孫氏。宋副樞密孫傳之女孫。後贈魯郡太夫人。又娶泗水侯氏。後封魯郡太夫人。二子。長即元措。今襲封衍聖公。次元紘。業進士。女一人。適兖州宣武韓昺。公享年五十三。終奉直大夫。以子貴。贈正奉大夫。嗚呼。孔子之澤。及於無窮。國家褒崇之恩。方自此始。又豈止五十傳哉。祖庭廣記

漢賈將軍墓碑〔大安元年〕

張文

原夫立石者。將以刻功。記事者。本乎紀實。如有功不刻。而石且何用。有石不紀。而事但徒書。夫後漢賈君文者。南陽冠軍人也。少習尚書。有將相之器。王莽末。聚衆數百人於羽山。自號將

軍。更始立。將其衆歸漢。光武見而奇之。於是署破虜將軍。使督盜賊。將軍馬羸。光武解左驂賜之。光武至信都。遷偏將軍。拔邯鄲。擊青犢。破真定。降陳僑。建武二年擊鄧。降王尋。明年春。與帝會宜陽。降赤眉。將軍嘗從征伐。未嘗喪敗。與諸將潰圍解急。身被十二創。帝以其敢深入。常令遠征。而壯其勇節。後諸將論功自伐。將軍未嘗有言。帝曰。賈君之功。我自知之。十三年封膠東侯。噫。生而爲將。能有功於漢朝。死而爲神。屢降福於兹邑。今摭信史之言。而立石於墓右。庶幾邑民以時享祭而不敢慢也。大安元年進士張文記。南陽府志〔鄧州志〕

華州蒲城丞喬公墓誌

趙可

上缺。改華州蒲城丞。正隆之季。關陝空虛。華州密邇商鄧。人心動摇。令與尉皆挈家遁去。君召耆老告之曰。今事勢如此。南軍且至。爾等何以禦之。皆曰。有降而已。君復好謂曰。國家之興。實天所授。人荷寬政。亦已久矣。其忍負之乎。苟如所言。將捨順效逆。一旦朝廷以偏師至。南軍奔潰。不暇從之而去者。爲官軍所乘。皆死於蹂躪。其不能去者。責以背叛孥戮之。今丁口數萬。同一心力。足以自固。吾爲爾等計。莫若善壘浚隍。厲兵積粟。吾雖不肖。願率先父老。以圖共守。此萬全策也。衆皆喜曰。敬受令。於是增卑培薄。躬執畚鍤以導其衆。不浹旬而城完。乃料揀丁壯。得二千人。悉令登陴。又選精鋭百人。以爲牙兵。其餘衛坊曲更巡邏備炊爨者。皆當其任。禁繫豪猾。逐去游手。命寄居官。分守要害。延老儒與參謀議。部分既定。甲胄登城。諭以禍福。既而有謀翻城以應敵者。執而戮之。人皆屏息。未幾。渭南、赤水、華州、華陰、白水、下邽皆爲南軍所據。賊楊萬、李孝章率衆傅城。自冬及春。首尾凡四月。誘脅百方。君誓死無二。人知感激自奮。賊不能攻。大定二年春正月官軍至。賊始散走。君空壁而出。與官軍合擊。追奔數十里。振旅而還。君慮民之嘗陷於賊者。不能無罪。諭使自陳。其後捉殺使誅從亂者。此邦之人。獨賴以免。人亦感君之恩。繪君像。户皆祠之。下缺。　建炎以來繫年要録〔一百九十三〕

金文最卷九十

墓碑

王榆山先生墓表

趙　渢

先生諱去執。字明道。故醇德先生之從弟也。先生襟度凝遠。神氣朗爽。泰山老人李時行識於稠人中。注目久之曰。六逸之流也。先生幼好學。長應進士舉。一試不合卽拂衣去。乃閉門益究經傳百家之説。古今上下。經緯異同。靡不淹貫。遂與醇德齊名。先生尤淡於世味。然平生所學。皆天人之極致。經綸之遠業。蓋□人未能盡識也。先生以父母多病。於黄帝内經老子攝生之旨。尤盡心焉。積其所得以事親。故卒保康强無恙。俱享壽以終。至宗族鄉黨。亦賴以安。昔文中子因親疾而通醫。范文正公亦通醫。謂爲人子者。不通醫非純孝。先生可謂孝矣。大定二十九年。詔徵天下深醫者補翰林。鄉人勸先生行。曰醫雖小道。倘因此得行其志。不猶愈於獨善乎。先生重違其意。遂來京師。及試藝春官。有司第先生之文爲第一。是時充試者六十餘人、議者謂雖數百千人必無出其右者。其爲人所許如此。然在先生平日所學。此特其餘事耳。先生既入翰林。議論長而理趣深。不斤斤求合於古人而卒與古人合。一時儕輩皆服之。欲受業於門。未幾先生卒。實明昌元年正月八日也。初進士王世用合東阿、平陰數百人。薦先生德行才能於朝。方圖録用。至是遂寢其議。竟不克究所學。嗚呼命也。其子仲元扶護旅櫬歸。以是年三月十九日葬於邑之石硤村先塋之側。會葬之日。幾千人哭皆盡哀。行路爲之流涕。既葬。鄉人相與謀曰。醇德先生之葬也。有文表諸墓。今先生之德。亦醇德也。豈可無言以刊諸石。爲天下後世勸耶。仲元以鄉人之意。遣价致書於趙渢曰。先人既歿。銅城高致遠先生已狀其事。願得子之文以光丘墓。則吾父不亡矣。渢自念與先生爲友幾三十年。其志向相同。忍以不文爲辭哉。乃遂論次其平生之梗概。以告來者。先生先世。見於醇德先生墓刻爲詳。茲不重録。先生家榆山。故以爲號云。先生性寬厚。未嘗見喜怒之色。口不言人過。有寸長。輒稱之不置。尤好賓客。貧困者必濟之。患難者必救之。聞見未達者。必發明之。一鄉之人化而爲善。皆以好利爲恥。以不孝不義爲戒。求之古人。其郭林宗、陳太丘之流乎。先生享年五十有九。生子仲元。清修端愿。文稱其德。今爲名士。異時奮發。所就未可量也。方知積善之報。不在其身。必在其子孫。斯言有足徵矣。乃系之以詩曰。

猗與先生。純素坦夷。才大而難爲用。道長而不克施。化雖被於一鄉。而澤不及於天下。此其可悲。至於平生之行己。孝敬忠信。温厚慈祥。足爲世師。其英靈光氣。或爲列星。或爲仙靈。則予不可得而知也。泰安府志

斛律光墓碑

孫鎮

王字明月。朔州敕勒部人。世載忠謹。北齊社稷賴之。不幸爲祖珽、穆提婆輩讒死。王之祠堂。舊在州衙子城東北隅。俚俗相傳云。王嘗指此地曰。吾死後葬於此。及百年。當有二千石爲吾守墳。後人遵其遺旨葬焉。構諸孤墳之上。此理殆無足信者。蓋州置於後魏之初。而王没於齊之季。則指葬之説誣矣。按絳守居園池記云。由於煬反者雅文安發土築臺爲拒誅。則廟基正臺之遺址。殆長慶以後守土者憫王之寃。因即其地而建爲影堂。晉天福間。刺史張廷蘊(後)〔復〕增大之乎。不然。樊宗師號爲紀録細碎。曾不一言及此。何也。絳州志

段季良墓表

李愈

段氏之興。其來遠矣。世居武威。在漢則北地都尉卬。在魏則晉興太守汾。至於有唐。尤爲顯煥。身居將相。公望巖巖。則文昌其人也。笏擊姦邪。英烈訇訇。則秀實其人也。其餘特書史籍乃寘周行者。亦不縷數。降及前宋。則我司理參軍出焉。參軍諱應規。鄉於絳之稷山。門族蕃大。連甍接閈。相望屹然。邑人號司理莊以别之。爾後埋光種德。疆畎相承。不替其緒者累葉矣。四世孫季良。字公善。乃故贈中奉大夫武威郡侯矩之父。故華州防禦使鐸之祖也。昆季五人。兄曰季先、季亨。弟曰季昌、季連。姪五。鏊、徹、衡、術、衎。量材授事。各有所主。或私門幹蠱。或黌序治經。俾皆不失其性

分。公生而敦敏。不喜兒嬉。長而厚重。不悦紛華。壯而負長材遠度。恥爲齷齪近步以尊常守故而已。人有勸仕者。笑而不答。私謂所親曰。丈夫居室。豈能以太倉一粒爲人所役哉。姑山之陽。汾水之曲。世有善田數頃許。足以奉祭祀供甘旨。備歲時伏臘之禮。給子孫詩書之費。孝乎惟孝。友于兄弟。善於鄉里。是亦爲政。奚其爲爲政哉。勸者始退。事兄季亨。尤爲盡禮。季亨之子整。與賓貢之書。升於太學。絳之距汴。不啻千里。始我往矣。琴書僕馬。無不畢具。及至之日。問貽以時。俾忘倦游。整亦不負父叔之志。曉窗夜燭。克盡其業。爲時聞人。娶故洗馬楊君孫女。天資仁淑。司我中饋。其姪整。後以文藝擢知太平縣事。人皆歸美賢叔之致。居無何。昆弟中有求異者。公拒而不諾再三。至不得已。泣而告曰。一斗粟。尚可舂。一尺布。尚可縫。同枝連氣。何遽如是。中外資産。任君等所取。一無所争。吾主張門閥樹德積善有年矣。天實有之。其肯貧我。嗚呼。公之言。其仁人之言哉。知其敦好本業。不務外飾。輕財重義。樂善好施。求之古人中。十無二三。今者壤廈已安矣。孝孫之心猶以爲不足。遠採他山之石。樹立豐碑。圖不朽計。愈晚詢之耆老。參以耳目之所接。猶得詳言之。而爲之銘。銘曰。

姬姓分封。鄭武公子。段氏之興。自兹伊始。枝葉相承。多歷年所。乃武乃文。或出或處。厥惟我公。稷山巨族。樂守善田。恥修邊幅。孝弟睦婣。得之自然。朋友稱信。族黨稱賢。昆季之間。有求異爨。推肥取瘠。曾無競畔。哀此哲人。生而有死。天監孔明。子孫受祉。稷山縣志

武威郡侯段鐸墓表（泰和三年）

張萬公

公諱鐸。字文仲。少孤。事太夫人以孝謹聞。師事長兄鈞。專心嗜學。行吟坐誦。聲滿鄰舍。方其得意。雖暴雨漂麥。亦不之覺也。積數年間。經籍子史。無不該貫。少有大志。嘗於簡策自書曰。韓愈自比孟軻。曾西不爲管仲。況魁天下乎。苟有其志。亦無難矣。所蘊概可知已。與兄鈞同遊場屋。並驅争先。振華發藻。難弟難兄矣。都人呼稷山二段。其聲價有如此者。登正隆二年進士第五人第。調長安簿。未期。丁太夫人憂。哀毁踰制。服除。守絳州絳縣簿。蓋戀戀松楸。不能遠去也。至是應門蔭之賞諸子。首及兄鏞。是亦人之難能者。秩滿。除天德軍節度判官。郡在北陲。官置互市。公監督之。兩盡其平。邊人賴以安。移宰耀州美原縣。以仁政撫民。以智術馭吏。吏莫摇手。而民得歡心。遺愛藹然。是歲以葬事在告。歸葬先郡侯而下於參軍之故塋。會葬者不啻千人。邦人榮之。繼宰涇陽。陝西之民。先是困於和糴。公素知其利害。量入爲出。權其輕重。抑甚貴甚賤之弊。而官私具贍。瓜期將至。斯民墮淚以狀聞有司。願挽留者幾及萬人。改充尚書兵部主事。奉命省山西等路旱災。爲除租税。民迄小康。世宗皇帝駕幸上京。兼主六部事。以扈從之馳驛應辦。往無不給。以勞授同知棣州防禦使事。時河決滑衛間。故相劉瑋辟公督役。工省費輕。人忘其勞。復被命審決河北路刑獄事。濟以平恕。咸得平理。朝議改中都都麯務。累政不舉。無補國用。遴選能幹。俾公服職。鞭算心計。增餘數倍。優詔褒嘉。贈錢鉅萬。超授大名府治中兼本路兵馬副都總管。時旱魃爲虐。民飢賒死。嘯聚緑林。公惻然垂憫。徧加賑濟。民由是免害。而盜亦潛息。尋授曹州刺史。增邑三百户。提舉河防事。方夏淫潦。黄流泛溢。公躬率僚屬。露宿堤上。風號浪激。傍觀膽悸。公安然不動。河神感誠。徐復故道。遣鎮平定。是邦居壽陽、井陘半山之間。歲苦繁霜降早。害及秋成。下車以來。禾稼屢豐。百姓歸公和氣致然。洎典吉州。誥詞謂。眷彼吉鄉。鄰於晉甸。既往分符而守。何殊衣錦之榮。公領詔音。蔚來拜埽。五馬騑騑。觀者如堵。雖買臣之適吴。長卿之還蜀。亦未遠過也。稽古之力。一至於是。未幾。徙節授華州防禦使。過家上冢。重光里社。到官歲餘。喟然歎曰。吾本書生。致身至此。知進而不知退。古人之所深戒也。自草章疏。懇求致政。朝廷勉從之。躐進兩階。授中奉大夫加護軍封武威郡開國侯增邑三百户食實封一百户。俸禄仍給其半。泰和元年五月得報。言還故里。是年十一月二十一日。以微疾卒於稷第之正寢。享年七十有二。父矩。贈中奉大夫武威郡侯。母李氏。追封武威郡太夫人。兄鏞姪汝翼。皆由公廕。初娶張氏。再娶張氏。三娶故通奉大夫馬公女。並封武威夫人。五子。汝楫、汝霖、汝明皆早世。惟忠惟孝。並襲父爵。一守華州鄭縣赤水鎮酒務同監。一守華州蒲城縣荆姚鎮酒務同監。初蓋便於侍養也。嗚呼。如公之勤於學問。篤於孝友。官常之克成其美。進退之不失其正。亦絶無而僅有也。二子謹卜宅兆。以泰和三年四月二十日具禮歸葬。持行狀以泣告曰。知先君之詳。皆莫如我公。敢來請辭。刻諸堅石庶足傳信於後。噫。孝子之心。諄諄如是。其可抑乎。因悉言之。不足。復爲之銘。銘曰。

堂堂段公。萬夫之特。四歲而孤。已知好德。學問惟勤。三餘不輟。薑氏之帷。孫生之說。作爲詞章。挺特豪邁。桂林一枝。如拾地芥。分符杖鉞。出長四州。有腳陽春。與物咸休。立身揚名。以顯父母。求之古人。張仲孝友。既明且哲。知止不辱。駟馬安車。歸於鄉曲。公之名節。善始令終。寫之貞石。穆如清風。稷山縣志

武德將軍韋公碣大定二十六年

焦郁

故武德將軍姓韋氏。諱儀。其先世韋賢。仕漢爲丞相。公其苗裔也。世歷弗稽。至鄖公。仕五代周有功。故號封鄖。迄於宋。祖曰秀。徙居京兆盩厔縣。父德。贈敦武郎。母孫氏。贈封孺人。後經兵亂。基業殘毀。逖居關土。稍復本業。有子二。長曰俊。次曰儀。才皆克類。儀尤親炙主善。博通武經。時天下騷亂。羣雄嘯聚。公一日謂兄曰。吾等不幸。生於亂世。羞與編氓爲伍。苟勵志靖亂。功名可圖。兄壯其言而善之。遂投本郡廣鋭軍。適招求鋭士。公以驍騎應選。得從范總鎮麾下。披堅執鋭。搴旂斬將。累立奇功。録充曲統制麾下。凡所招募士卒。專命訓練。用致果毅。率堪禦侮。天會五年夏四月。公率衆至虢州。賊閆路子引兵與公戰。一鼓獻馘。遂定虢州。范公表爲保義郎。冬十有二月。賊衆再犯虢。公受命提兵捽殺。始轉忠翊郎。天會六年。隨統制狄嗣宗復盧氏縣。進拔嵩州。解圍陝州(府)暨宜陽諸叛賊楊偉□首泉潤什驅民數千□轉武功郎、閤門宣贊舍人。肇任虢州兵馬都監。次任河南孟汝唐州兵馬使下五軍提轄。公因遊歷宜陽、永寧兩縣。愛山明水秀。

物華人熙。用自己積貯之貲。置膏田一千餘頃。至廢齊阜昌三年正月。公率衆奏允差充虢州兵馬都監。視事日久。於坊廓置地一區。安定縣買田四頃。阜昌八年。權大總管府差充環州兵馬都監。未赴任。尋改授諸路兵馬大總管府差應右軍統領。至皇統八年。公以老歸政。爲武節大夫。尋換武德將軍、驍騎尉。卒於正隆元年十二月五日。享壽六十有四。公先娶原州王氏。長一女。適朱氏。後娶虢州王氏。無所出。仍娶鄧氏、楊氏。誕男朴。尋娶趙氏。封安人。無所出。男朴。孝行純篤。廬於墓側。寢苫枕塊。哀思哭痛。服竟。適追前志。從征皆有破敵之功。莅事則有滅私之道。天性儉素。動而有禮。一方蒙休。實終賴之。於是思親涕淚。斬山立垣。穴石爲棺。樹碑鐫誌。大定丙午歲告成功。九月三十日卜葬永寧太平鄉金門山之陰。仍勒銘以垂不朽。銘曰。

昔應勝□。超然不羣。英資天賦。卓冠三軍。傾心効用。呼兵集雲。訓練既熟。憂戚能分。進取虢州。出遣渠魁。捻矢張弧。揚音迅雷。凶無不誅。圍無不開。鶴唳風聲。披靡驚駭。功成守官。不受賄賂。莅政勤劬。資身儉素。病臻告殂。永昭美故。鐫銘開碑。庶識君墓。永寧縣志

潁川郡故陳公墓表銘 明昌六年

失名

夫陳公之祖。本孟之河陽縣北冶村。居之久矣。自祖迄先人。皆忘其諱。其先父六公。艱哉孤立。世以農桑爲務。竹木蓊茂。蔬果園植。男竭力耕耘。女化治絲枲。負溴水之曲景。臨洪岡而原長。如斯勝地。亦可嘉之。公諱漸。昆仲二人。弟□校尉是也。惟公爲里人曰。爲人修長。謙冲忠厚。

人以禮加。雖貧賤。辭讓愈於自下。人或忤己。雖豪貴。猶以氣出其上。慷慨倜儻。處世任俠。嘗爲三治長。鎮静不擾。界無竊盜。衆所推賢。處承平之世。豐奉養之資。年逾所欲。享於樂國。公之妻李氏。生子昆仲三人、一女。長男諱道。妻裴氏。再娶秦氏。俱亡。生孫二子二女。長曰靖。妻張氏亡。再娶楊氏。生曾孫女三人。長曰望兒。次曰迎兒。小曰三兒。次孫男八哥。娶高氏。生曾孫二子。長曰驢驢。次曰福兒。長孫女曰大女。適□宗趙□。次曰三兒。適黎林李忠公。次男□序。今□正是也。妻薛氏。生孫二子一女。長曰六哥。妻王氏。生曾孫二男二女。長曰小一。次曰念三。曾孫女長曰張姑。適林泉郭□九。次曰姑姑。次孫男七哥。妻□氏。生曾孫二男二女。長曰念二。次曰五住。曾孫女長曰不惜。次曰骨髭。孫女曰白姑。適渠里村李一公。又次男□。妻楊氏亡。再娶畢氏。生孫一子三女。孫男九哥。妻郭氏。生曾孫一子一女。男魏驢。女宜姑。長孫女曰二女。適南堡吴□。次曰大姑。已許親本村姚□大。次曰小姑。年幼。公女曰小姑。適本村馬鎬公之弟。故進義校尉二公諱□□□□子生四女。長曰□姑適□□□次曰房姑。適李村□□□次曰師姑。適大街崔□小曰八十姑。適林泉李□□□□□□□□□□□□□□□□□□□□□□□□□□□□南郊斂福錫民寵兆姓之齒。□達尊之民。年七十□十□□□□□□□□□□□□□□□□□□□之異數也。非惟推其壽考之異。抑亦□其□□孫之□裕也□何□疾於□二十六年□□□□□□之故私第。享年八十有六。朝廷莫如爵。爵莫貴於朝廷矣。鄉黨莫如齒。齒莫尊於鄉黨矣。以今尊之爵□古尊之齒今□石爲記上以忠於君□其褒賜之榮□以孝於□□□□□□□□□□

□□□□□□□□□姑□以□事置於墓側。以傳於不朽耳。銘曰。□□□□□□□□□□□□□鍾□□□□葬祖宗。塋植茂植。泉秀高峯。□□而□已表心□□有孝子□□□蹤□□□欲。寵禄旌封。光流綿永。子孫重重。

時大金明昌六年歲次己卯正月□□日。孟縣志

晉趙宣子墓碑

靳德昌

忠節有以勵其臣。英氣足以激後代。生而無愧。死而有神。宜乎血食千年。典型猶在。質之前古。晉趙宣子其人也。公諱盾。謚曰宣。晉上卿趙衰之子也。魯僖公五年。公子重耳以驪姬之難出奔狄。衰從亡也。狄人伐廧咎如。獲其二女叔隗、季隗。納諸公子。公子取季隗。以叔隗妻衰。生盾。卽宣子也。僖公二十(五)〔四〕年。公子歸國。是爲文公。公女趙姬請逆盾與其母來。以盾爲才。因請諸公以爲嫡子。文公之復國也。衰之計策爲最多。遂命爲卿。三十(三)〔二〕年文公卒。子襄公卽位。宣子代父執國政。行諸晉國。以爲常法。魯文公六年而襄公卒。靈公卽位。少長而侈。厚斂以彫牆。從臺上彈人而觀其避丸。宰夫胹熊蹯不熟則殺之。宣子驟諫。公患之。使鉏麑賊之。晨往。寢門闢矣。具服將朝。尚早。坐而假寐。麑退而言曰。不忘恭敬。民之主也。賊人之主不忠。棄君之命不信。有一於此。不如死也。遂觸槐而死。秋九月晉侯飲趙盾酒。伏甲將攻之。其右提彌明趨登曰。臣侍君宴。過三爵。非禮也。遂扶以下。公嗾夫獒焉。明搏而殺之。宣子曰。棄人用犬。雖

猛何爲。闕且出。提彌明死之。初宣子田於首山。舍於翳桑。見靈輒餓。問其病。曰不食三日矣。食之。舍其半。問其故。曰宦三年矣。未知母之存否。今近焉。請以遺之。使盡之。而爲之簞食與肉。置諸橐以與之。既而與爲公介。倒戟以禦。公徒而免之。問何故。對曰。翳桑之餓人也。問其名。不告而退。遂自亡也。其忠於人主。感於人心。大率如此。其他行事。詳載於史。逮子朔嗣位。遂終老焉。蘇温遂晉之遠壤。蓋後屬諸趙氏。今邑西十里。有宣子墳廟存焉。春秋左氏。書魯昭公元年十二月。趙孟適南陽。烝於温。杜元凱稱趙氏家廟存焉。兼質諸圖經。亦不誣矣。但以年祀綿邈。碑志不存。居人以方陵呼之。塋之四圍。鞠爲禾黍。時有田夫野老。豚蹄豆酒。禱禳水旱而已。瞢然莫知其由來。泰和壬戌之冬。德昌自潞而來。忝丞是邑。因公往還。屢謁祠下。至於□立退覽。弔古傷懷。想千載之英靈。冀九原之可作。因命工刊石。緬紀芳猷。庶幾陵谷變遷。亦且不朽。河南總志

太原王氏墓記承安四年

雷文儒

王氏之先。本青州人也。世有隱德。以農爲業。當唐末年。巢寇作□互相侵擾。不能安土。因以避地。徙家而來。至孟州之陽西北隅小仇村。卜以居焉。後爲河陽民。自高祖而上。遠而莫可紀。高祖二子。長曰□翁。次曰孫。曾祖五翁諱整。嘗娶車村牛氏。生子六人。乃本家之祖父也。祖諱□。其爲人也。敦而信。謹而約。力闢土地。躬耕稼穡。雖水旱不息。雖寒暑不避。田□廣蓄積備

先具也。昔公之生。其父嘗語人曰。此子他日當大吾後。公娶本州段氏爲妻。温純孝義。克勤婦道。生子三人。長曰鎮。生而不□以財發身□而能容。仁而有勇。雖臨事之難。必仗以義。凡與人面交。必結以信。可爲純德君子人歟。次曰□□風度堂堂如也。當農隙之際。喜談論道德。漁獵經史。尊賢□□真亦異人耳。鎮嘗娶北虢村席氏爲妻。生子四人女二人。長曰輝。幼而克家。動静有節。□□□□□□耕稼不改□□□治民嚴敬□宦府相似。人多畏而服之。故孔子曰。□惟孝友于兄弟。施于有政。是亦爲政。奚其爲爲政。此之謂也。□初娶大仇村尹氏。生子一人。又娶州西章村范氏。生三子三女。次曰□。娶唐村武氏。生五子四女。次曰炳。妻南逯村高氏。生三子三女。又次曰耀。妻□□□張氏。生三子一女。次娶程家女。程氏一女。珪娶本州□校尉女爲妻。生二子六女。長曰政。妻白家莊焦氏。生四子六女。次曰名豆。妻東鄉西長村張氏。生三子、二女。又次曰名昌。妻懷州河内縣王村楊氏。生二子□□□□□子孫□□□自來矣。大率能循祖訓。克紹家風。莫不以儉爲德以勤爲功。至於歲或不登。嘗發□□□□□給□□□之多□□□□矣。故得□□□□□□河陽之大姓。一日王氏昆仲扣門以請。謂予曰。吾家之先。積行累仁。□□陰陽以□□□□□□□□□所紀何以□□□□之□□諸□□幾傳之不朽。僕謂曰君之祖父自愧玉而下□相接□□□□未得其詳。不能□□其□□有生□□□□□□聚□□□□□□往來□□□□□□其□僕以其再四懇切。辭不獲已。兼喜其子孫之至孝。□欲發揚祖父之令德。□□□默而無言不共□其□□者乎。於是引□□□之□□□□□□□□有陰德厚者流必光。予於王氏

得之。信不誣矣。鄉貢進士孟州學正雷文儒撰。大金承安四年歲次己未二月丁卯十有三日。王珪、王輝立石。孟縣志

李氏墓表大安四年

雷文儒

乃祖者。孟州河陽縣東小仇村人。氏李。□□□□□□□□□□國朝緣撫定之久。乃頒恩赦。通行天下。深有尊敬耆老之意。使□□□及七十□□□□之時□□□□□一□巳□□□□□特授進義校尉。旌表其門。致使鄉村上下聞之者。莫不欣然。□盤□□□來相□□□因設會酒□□□□□我□家自上世以來。專於農桑。不敢少廢。豈意今日□國家恩命。是亦非常之遇也。尚賴祖先之□□□□□□□□爲農者。天下之大本也。力田者。當世之急務也。穀乃人之命。食者民之天。□□可斯須舍其耒耜哉。由是翁雖年及衰老。尚切勉□□□□□□□□□不可懈怠。以理人生在勤。勤則不匱。□□所守縱復有荆金趙璧。魯□隋珠。積之盈室。奈何飢者不能食。寒者不能衣。又安□□飢寒之患。故飢寒□身。必欲止非僻之心。未之有也。□翁至八十五歲。以老壽終於家。葬於庄之東東塋內。從西第三位是也。其第一位是父李□翁□□墳園相□西南祖□□西北隅是祖父李大翁之墓也。翁先嘗娶本州劉萬家庄高氏爲妻。生一女曰張姑。適温縣小吴村張氏爲婦。因高氏遘疾而化。再娶河南□□縣郭□劉氏□妻。生一男曰李四翁。名榮。及其長立。善繼於家。雖朝夕之間。曾無少怠。至於春耕夏耨。□躬親其事。不避寒暑之勞。不□風雨之苦。益知

稼穡之艱。止欲成其家耳。嘗謂諸子曰。我聞孝經有云。用天之道。分地之利。謹身節用。以養父母。此庶人之孝也。宜爾子孫。敬服其教。不□天災流行。降及我身。卧病未痊。□曰我竭力耕田。敬□子職。忽爾染患。此豈非天之命耶。遂翼日因病告殂。諸兒女號泣悲哀。彷徨之意。如無□□者。□父嘗娶項家庄□氏爲□□子因病而化。後再娶車村成氏爲妻。生男女各二人。長女曰生姑。□大仇村王庭玉之妻也。次女曰馬姑。乃西□□念三之妻也。長男曰李六名□。爲人純□勤謹於家。娶□運村上官氏女爲妻。俱已亡殁。有男女各二人。長女曰趙姑。適羅崖趙念五。次女曰□姑。適□□村□念二。長男曰念二名堉。娶□□□□□□女次男高□未娶。榮次男李□名炤。娶到曾家坡張氏女爲妻。生男女各二人。長男□一名坦。娶大仇□□女。生男楊和尚。次男謝哥□□南貌張氏女未娶女□□定與西許馬氏。小女賽賽。定與西小仇王氏。炤因父喪之後。常□悲悼喪其父□□未老□□凡先父□□□營未濟之事。皆一一積漸而成之。所且□者。老母康健。日親奉侍。克全孝道。其母成氏尚切切教誘。□婦幼女勤於桑麻女工□□□□□□之事。勝於曩日□雖知祖父□世葬禮已畢。春秋祭祀。以時思之。中心□□爲□難忘父祖積累勤苦之功。俾全家□今安□在小子何敢當克一□□與諸□□□□□□親識特來扣門。爲僕求文。將紀其事。載於尊勝經幢之右。立於□祖靈墓之前。必欲傳之子孫。永爲勸誡□□□感歎其事□□□其李氏之爲人。勤儉而務農。謙讓而有禮。□□發揚祖先之德。此豈非仁人孝子之用心也。固不敢辭。於是援筆而書。時大安辛未歲四月八日□□鄉貢進士前孟州學正雷文儒□□□□□□讚曰。

嗟嗟祖考。世業農桑。闢我田畝。積於倉箱。事非可□□□□□刻之貞珉。示其不忘。孟縣志

隴西郡李公墓誌銘大安元年

賈圻

公諱□字信道。忻州人也。自其遠祖以□□爲尚書郎有聲。遂爲名家。後多聞人。世本河東之大山子權。不仕。雄財於□□□□子中子□□□生事流爲軍隸。後轉忻州招收□□二十四指揮使心□□□□□遂於州□蘭村稍置田園。因家焉。終老於家。子孝德。業鄉貢進士舉□□□□師有子二人。長曰肇。次曰公。以宋元符元年十月二十三日生。幼失其親。□□儒業。娶智氏。公事母至孝。與兄友愛。淳善敦敏。舉措□誠。不貪世利。不爲苟合。與人遊處。動持規矩。卑意謹慎。當世士人多與之接。智氏治家嚴肅。訓慈有法。先公亡。公享年七十有二。以大定十一年辛未七月二十六日疾終於家。諸子奉公與母智氏之喪。合葬於龍岡之原。公平昔文章有集二卷。目曰金山牧河蘭若。傳於當世士人之□。子三人□□□□□□早逝。次曰李仁。三曰李□。長女適趙敦武。次適楊遠。李仁娶馬氏。生男李桂。女□郎婦。桂娶楊氏。生男李仲、李榮。女郭郎婦、憐憐、滿嬌、俊嬌。仲娶張氏。生女招兒。榮娶張氏。李覲娶王氏。生男李堅。女趙郎婦。堅娶張氏。生男鄭和。女盼兒、重嬌。覲恐老之將至。有失奉思之意。一日持父所作文章。命工具石。囑予爲記。僕與堅有親故。不敢辭。□記其實。銘曰。

哀哉淑人。超然不羣。□□間出。天喪斯文。爲時模範。游心典墳。□□士輩。直諒多聞。事親至

孝。友兄愈勤。□□有死。風散其雲。

大安元年三月十一日。承事郎鄉進士賈沂撰。石刻拓本

應奉翰林文字贈濟州刺史李公碑銘貞祐四年

崔禧

勇而易發。此强悍者之喜爲也。然臨難畏死者有之。柔而不武。此仁賢者之常行也。然見義捐生者有之。蓋人之忠節。皆繇心理取舍之明。不在乎詞氣之剛與柔也。平居之時。從容自許。至於行義之美。孰不有是言哉。負勢而直往。肆忿而輕生。直恃勇也。倉卒之變。利害動撓。保身毁節。向之剛猛。皆虛氣所使。安足恃哉。其有天資純固。涵養正理。呴呴然常有温粹之容。低首斂容。退然似不足者。不幸而與禍會。則明誠審決。義不内顧。雖狂鋒虐燄。樂爲之就。是豈前弱後勇哉。惟其所畜之深。有激則奮。必將絶世驚俗。凛然爲天下之英烈。是可重也。然則節義者。士之所素學。以爲名教大法。豈若世間淺淺之徒苟合偷生者耶。其爲有國家者之旌賞也。宜矣。粤貞祐之初。兵久不解。敵騎南下。攻圍係戮。肆毒侵淫。二年正月至於濟。郡人李演以前應奉翰林文字墨衰居此。因之率其兵爲備禦。三日敵不能得。併召其黨大集於城下。勢不敵。城陷。公被執。彼固疑其衣冠也。曰若非李應奉乎。蓋敵中素聞其名。意欲得而使之也。公承問曰然。敵喜。使之跪。曰大官可得也。公曰。我進士第一人。重有禄位。汝何禽畜吾。吾豈爲汝使哉。賊憤。擊其脛。碎之。終不屈。繼中以刃。至死猶駡云。嗚呼懿哉。是豈仁者之真勇與。已而敵退。朝廷遣使宣撫山

東。廉得其實。奏請加贈。上意矜恤。遂以濟州刺史之章。仍令勒碑致祭。淵乎聖慮。其知所先務矣。惟平亂定難。在曉人以逆順之理。而起其忠義之氣。今賞典首及死節之士。其於驅策將士。深得其鼓舞之術也。臣禧承命拜手爲之銘曰。

君子所守。惟義之爲。威武不屈。死生不移。世教擧此。以爲常理。此而不知。安足爲士。英英李公。初以文稱。循常謹慎。衆未謂能。孰知其中。慨有事在。志呑萬兵。氣蓋四海。胡雛雖鷙。甚翫而輕。堅鐵雖憯。視之猶生。高節終完。素心不愧。聖主知賞。忠魂猶慰。鉅野茫茫。黃流湯湯。樹碑其側。名與之長。山左金石志參濟寧州志

金文最卷九十一

墓碑

王氏先塋碑

王若虛

王氏之先。譜亡不可考。世居鹿泉。農隱不仕。其最近者。諱傑。字邦美。始知讀書。今行軍參謀守道之父也。好古樂善。而尚氣輕財。務周人之急。教其子弟。一以忠信孝友。里閈少年有悍戾不率者。亦必委曲鐫諭。使之改而後已。由是中外重之。兄詠早世。二孤玠、瑀。藐然可憐。公親撫視。以至成人。而玠爲名進士。夫人李氏。温雅慈祥。備諸婦德。與公俱以上壽終。所生三子。其仲則參謀君也。未冠失怙。迫於家累。屈跡刀筆中。貞祐初。宣撫司以人望選充本縣尉。時甫離兵火。遺黎反側未安。而爲長吏者方貪殘以逞。一日衆變。自令丞以下悉肆。至君則肩舁而歡呼曰。惡者除之。善者奉之可也。保我百姓。非公而誰。卽以縣事歸君。未幾。改主真定簿。今萬户史侯之立。君勞爲多。擢慶源軍節度副使。尋復召置幕中。恩顧益隆。遂專腹心之寄。君資豪爽而愷悌多可。見者皆悦而親。侯以碩德宏量。高出一時。而君復以忠厚濟之。政簡風恬。遠邇咸賴。其從征四方。一軍所至。獨多全活。寧君力也。平居喜賓客。車騎盈門。窮日夜不厭。有孔北海之風。而於文士。尤厚收攬。薦延惟恐不至。縉紳以爲依歸。儕類或譏其太過。而不屑也。故言河朔從事之賢者。君爲稱首焉。一日語夫人程氏曰。吾出微賤。才能勳業。無踰人者。賁緣幸會。驟至顯榮。非祖考之靈。其何以及此。而墳隴蕭然。堙没於蓬藜榛棘之間。狐兔雜居。殆不忍視。吾罪大矣。每一念及。未嘗不痛心疾首。今將具禮而新之。庶幾死可以瞑目。程素剛明。因力贊曰。斯亦妾之素志也。誠不可緩。於是戒徒命工。更其宅兆。增之垣墉。以至凡五服内瘞而未葬者。皆次第而遷附焉。然後完美可觀。無復遺恨。既而又曰。古者墓有碑。碑有文。所以垂世也。而未之具。猶爲闕典。乃以其辭來請。予於玠爲同舍生。於君爲門下客。情親契厚。勢不得辭。竊惟追遠之説。魯語存焉。報本之義。禮經著焉。此天理人倫之至。而名教之所先也。爲人後者。生盡愛敬。死極哀戚。立身揚名。以顯其親。宜若足矣。而又思所以致美乎松楸。而增光乎泉壤。表其行實。大書深刻爲不朽之計。使夫來者顧瞻想像。歆羡而咨嗟。豈非所謂追遠報本者固不能已耶。王氏之善慶。既當爲之發揚。而參謀君孝德始終。尤不可不記。乃敍其大略。而系之以銘曰。

岡阜在後。澗溪在前。繄王氏之阡。有閟其室。既完既堅。有巋其碑。是磨是鐫。不有所肇。孰開其先。不有所繼。孰大其傳。德厚流光。理亦宜然。於以昭之。於千萬年。滹南遺老集

李仲和墓碣銘

王若虛

若虛有心契。曰李君諱仝。字仲和。博州高唐人。孝於親。順於長。仁於僕妾。其待朋友。尤推誠尚氣節。確乎可託以死也。然性介少諧合。素不爲鄉曲所重。徑行直視。傍不覩泰山。輕薄子戲侮其後而不之覺。人以爲癡而笑。面目嚴冷。疎於禮貌。箕踞袒跣。不能一作謹媚狀向人。人復以爲傲而怒。志大論高。以匹夫憂天下。每欲危言叫閶闔以取時名。而不計其利害。人又以爲狂而哀。然仲和俱不屑也。明昌間。予以從師客縣中。閉門索居。不妄應接。而思與跌宕不羈之士游。既得仲和。語合。意豁然大適爲忘形交。久之益親。一日不見。相覓如求亡。仲和好古文。而尤喜論詩。譏彈激賞。中其美疵。睥睨儕流。鮮能滿其意者。始以詞賦干有司。累不合。既易經學。遂克取高捷驚人。尋復齟齬。然志愈厲。氣不少衰。謂富貴終可致。後去家游京師。偏謁一時鉅公顯人。間投之以所業。冀幸撼動借聲勢。因有所譖。卒不售也。予與仲和別十年。閱人益多。觀交態益熟。而思仲和益深。日在雕陰。嘗得其手書并雜著盈卷。覽之太息。悵然有懷。以爲昔人相憶。或千里命駕。東垣去齊西非甚遠。平居多暇。獨不能一徑往。握臂道胸臆。何耶。秩滿東還。當必遂此心。若復不獲。茲則有數。歸及相臺。或告仲和卒矣。且曰。渠比從事浮屠學。參究孜孜。自以有得。既又習辟穀法。因不食死。仍說偈言以辭世云。嗚呼。仲和素嗜雜學。聞輒欣慕。予嘗力排之。能折其口而不能奪其心也。其竟以是終乎。予愧仲和見遇之厚而無以報。憐其有大志而卒窮不偶。恨其思之十年欲一復見而弗果。乃書其行己之概而爲之銘。將寄其家。俾刻諸其墓。以寫吾心。以傳諸後世。以慰仲和之靈焉。仲和無子。取其兄子爲後。春秋若干。卒於某年某月日。而葬以某月日。銘曰。

維世之交。其道以市。權奔利合。否焉則止。面而不心。滔滔皆是。有不其然。如吾李子。不幸短命死矣。滹南遺老集

朝列大夫劉君墓碣銘

王若虛

東垣劉君諱某。字鼎臣。予之執友也。高才博學。以詞賦爲名進士。興定五年舉天下第一。授應奉翰林文字。時關右擾攘。鄜畤被兵。帥臣紇石烈承詔往援。表君從事。執政難之。不得已乃遣。至則城陷。遂不知所終。今二十年矣。其家以歲月既深。理窮望絶。懼夫魂爽之無依也。於是招之以葬於先塋。而請予銘其墓。義不可辭。則爲敍次而銘之。君資可愛。幼而老成。接物溫溫。笑談有味。見者皆悦而親。初自以所業過人。意氣鋭甚。謂當立取榮名。而數奇不偶。累舉未從。一時儕輩收羅殆盡。至於後生新進亦往往先登。而君鬱滯如故。繼遭喪亂。生理日艱。晚游汴梁。纔試充史院書寫。不勝落寞。日者推其命。咸謂無科第分。君略通其説。亦以爲然。一旦獲捷。喜出望外。方將馳騁快意以償平生。而遽有是遭。所謂命者。果何如哉。斯可哀而亦可怪也。先娶董氏。再娶李氏。子四人。董所出。長曰燧。以廕補官。次曰煒。次曰炤。次曰焕。孫男三人。長曰坦。

次尚幼。君累遷朝列大夫。其從政之歲。蓋四十有七云。銘曰。其得也遲。而喪之速。其榮也不足。而哀有餘。孰主張者。有衘不祛。雖然。名占甲科。亦既成其志。没於王事。抑又得其死。有子有孫。足以奉其祀。憂樂同盡。竟何校哉。新宫孔固。魂兮歸來。滹南遺老集

千户賈侯父墓銘

王若虚

保塞賈侯。嘗識予於東垣。丁酉夏六月。不遠八舍。致書見招。至則館其家。禮意甚厚。已而言曰。某也不天。生六歲而失怙恃。今四十年矣。而未有紀述。不朽之託。負媿良深。雖不及誌諸幽。猶得以表其隧。某既幼孤。家譜世系。不復能知。而先君之事。幸存其大略。敢丐一言以傳信。嗚呼。墓有碑。碑有文。所從來尚矣。且禮不忘其本。而孝莫大於顯親。親有善而揄揚之。大書深刻。以申其追慕尊崇之意。此天道之自然。人情之同欲。而子職之所當盡者也。不亦先務乎。吾觀近世。自一介之微。稍躋貴顯者。争先樹建。以爲榮華。螭首龜趺。亭亭相望。宜我侯之不敢緩也。既辱侯知。能勿成其美。按公諱佺。字巨平。祁之蒲陰人。其先皆隱德不仕。公長身美風姿。賦性淳篤。事父母以孝悌聞。待友朋以忠信稱。鄉黨宗族。莫不服其吉德。而又重氣節。急患難。有貸其錢者。雖至百萬。不問償期。議者以爲難。初長兄儀。次兄成。憐公晚生。父母屬念。且公箏幹蠱可嘉。故曲極友愛。儀子弗嗣。屢請析居。儀輒紿曰。二親既有命書矣。卒舉貲産付

公。州貳高君亦謂其可妻也。以女歸焉。承安丁巳春三月以疾終於家。享年五十九。卽以其月葬於里之先塋。公凡四娶。皆同郡巨室子。而最後爲李氏。尤賢淑備婦德。男一人曰輔。李所出。卽侯也。一女適宋氏。男孫三。女孫二人。當貞祐兵火之餘。城邑幾廢。遺黎無依。侯以完復安輯之功。爲衆所推。由本縣尉至爲州刺史。及歸聖朝。勳績益著。自招撫使累遷河北東西等路右副都元帥。甲午中。朝廷更定官稱。選充行軍千户云。侯儀度魁傑。胸次灑落。其才行器識。類皆不凡。而愛民喜士。爲河朔稱首。蓋一代之偉人也。嗚呼。源深則流長。本根固則枝葉茂。物有常理。君子每以爲積善獲福之喻。視履考祥。以人占天。如影響之敏。符契之不可無也。昔有預高閭門。俾容軒蓋。手植庭槐。期生三公者。初若妄意。已而果然。冥冥之中。昭昭者存焉。是故卽其所享。可以推其始之所自來。由其所爲。可以卜其終之所必至。夫何疑哉。侯以妙年遭遇。驟至顯榮。富貴功名。無不如志。諸子岐嶷。稱其佳兒。此決非出於偶然者。固足以知其世積之善矣。而躬行之實。不替益隆。於先有光。又可見其方來之報。則賈氏之餘慶。殊未艾也。是宜書。故書之。而系以銘曰。

厥土維腴。厥木維敷。有崇其丘。於城之隅。閟之深。封之固。過者必恭。賈公之墓。滹南遺老集

太一三代度師蕭公墓表

王若虛

太一之數。與於金朝天眷間。衛郡蕭真人。其始祖也。靈異之跡。上動至尊。敕賜觀名太一萬壽。

世嗣其法。一再傳而得師焉。師諱志冲。字用道。博州堂邑人。本姓王氏。祖某父某。並受真人法籙。師幼穎悟。誦書日千言。而沉静寡言。不好戲弄。年十六。父兄議婚。師曰。性喜出家。不願娶也。强之不可。因而逃去。隱於冠氏李守奇家。遂與守奇詣衛州。參二代師爲門弟子。始事尊宿霍子華。子華故有淹疾。師侍奉惟謹。前後十年。無懈倦之色。或衣不解帶者數月。人以爲難。大定十六年。朝廷普試僧道。師初密誦經文。人人不知。一旦中選。儕類甚驚。及當給據。言於考官曰。師兄蕭道宗累被黜落。年過四十。乞以據授道宗。某方壯。徐爲後圖。未晚也。考官不許。而多其讓。十七年授度。保充衛州管内威儀領教門事。二代師將退席。密語道宗曰。吾門徒數萬。而試經具戒者。完顔志寧及王某而已。志寧資雖明敏。而頗輕肆。非主教之才。不如王某純粹廉潔爲可屬。乃以爲法嗣而改其姓。凡法嗣皆從蕭氏。蓋祖師之訓也。師素不爲辭章。及升堂諭衆。隨意而言。悉成文理。勸戒深切。聽者聳然。内外相慶。以爲宗門得人矣。居無何。有司選奏四方高德之士。補住中都天長觀。師首應之。既而河犯郡城。居人往往他徙。而本觀道衆亦旅寓於蘇門。師聞而還。聲望既隆。求教者接跡而至。歲所傳無慮數千人。先是汲縣閻村有觀曰朝元。荒廢已久。而額籍具存。師請諸官。遷於西門壞園之側以處其衆。明年河復口。本觀殿宇。頹毁且盡。師次第繕完。尋復一新。而增創者幾倍。所費不貲。明昌間。前尚書右丞劉公偉。自大名移鎮河中。道出淇上。謁師甚恭。州倅移剌者。先以常流待師。見劉加禮。心猶疑之。其後數屏人獨往。而師常静坐無爲。因問先生於此有何受用。師曰。静中時有所得。非語言可以形容。若無得者。雖片時不能安。況終身乎。其人乃服曰。劉公誠有知矣。師自重修觀舍。深居簡出。外人多不識其面。承安改元。日食正旦。父老懼災。請師作醮於神霄宮。士庶畢集。師少時白晳而癯。至是色如紫玉。目光炯然。冠佩整肅。若自天而下。觀者歎仰。以爲真人復生也。少長貴賤。悉歸禮之。泰和初。章廟春秋已高。皇嗣未立。設普天大醮於亳之太清宮。間歲報謝。師皆與焉。五年河南道士籍。少阮。以再祈皇嗣被召。過師問之。師曰。向來作醮。例遣重臣。所在供給。多傷物命。其違天意甚矣。自今宜罷之。至於與醮官吏。皆須禁止葷酒。務行善事。庶可達誠。雖然。再三則瀆。亦恐徒勞耳。籍至闕。以勿遣重臣爲言。上可之。而令籍詣太清行事如初。師與俱往。既又同赴中都太極宮。誦經百日。時户部侍郎胥鼎方提控寺觀。恐師南還。率朝士十餘候之。曰今明主臨朝。尊玄重道。天長纔廢。隨建此宮。如師者人天眼目。不容遽去也。會宮衆亦堅挽之。遂勉爲留。七年大蝗。上遣中官問提點郭元長禳治法。元長敕其徒閲道藏求之。師從傍曰。道藏如海。豈易討尋。就使有之。亦未敢必其應。吾祖真人嘗留經籙三百餘階。内有秘章。今可用也。遂取以進。上喜曰。天垂此教以利生民。即命師依科作醮。比行禮大雨。師呪信香一炷。禱於真人。其雨立止。翼日有旨問蝗絶之期。對以三日。據法有灑壇符。而灑時當留一面。使蝗有所歸。師則留其西。西乃大山也。及期。則羣飛入山而死。詔加賞賚。師固辭曰。道人救物。安用賞爲。上曰。真道人也。當別議旌表。郭元長告免提點職。詔師繼之。仍賜號玄通大師。内人賈。病逾年。諸醫莫療。上曰。此非藥餌所及。前禳蝗王某。殆是異人。或能起之。師奉命直抵宮闈。治以符水而愈。宮闈非閹寺不得到。蓋以道重師也。衞紹即位。特賜上清大洞法服一襲。當時榮之。師嘗謂人生貴適意。顧名愈尊顯而身甚勞。浩然有休息志。乃因胥公舉汾西李大方以自代而歸。實大安二年之春也。一日集衆曰。祖師立教。代代相承。如續燈然。無有窮盡。今弟子中蕭輔道者。祖師再從孫。吾當付之。於是退處西堂。高拱淵默。不復以世務關意。貞祐二年。四代師主亳之太清。師亦從焉。四年閏七月丙午。忽謂門人曰。速具湯沐。吾將歸寂。門人亟加冠履。未畢而逝。有鶴數十旋遶久之。時天氣猶暑。閱餘旬而體不變。八月庚申。權殯於宮之塋。其日陰晦重甚。衆方以時刻爲疑。俄樹杪雲開如席許。得以不誤。已而陰晦如故。又聞香風四來。送者幾萬人。咸歎異之。初師之將誕也。有桑生於宅中。不半歲成樹。比十年。其高數尋。狀如層樓。世所未見。至是亦無故而枯。相與始終。尤可怪訝也。師平生無喜慍。恂恂似不能言。至遇事而發。雖衆所難決者。三數語輒定。老莊之外。兼通經史諸書。而尤長於左氏春秋。其智識有大過人者。享年六十六歲。戒臘四十。自號玄朴子云。四代師字公弼。既返河朔。將復迎師骨。以祔於真人。而求所以表其墓者。俾予文之。公弼一世偉人。所交皆天下之士。而竊幸與之游。昔已嘗爲作真人傳矣。而又有茲命。是不以蕪陋見鄙也。義不得辭。則據其事狀而具著焉。滹南遺老集

清虛大師侯公墓碑

王若虛

師諱元仙。字子真。趙州人也。大父以胥吏起身至河北西路漕司掾。才幹既優。而行己無玷。尤以

孝友著稱。議者謂不見用於時。則必有得於道。母殁慨然曰。所以區區塵土間者。爲親故也。今不待養。復何爲哉。聞淇上蕭真人立太一大教。因往參爲門弟子。真人一見愛之。授名道淨。傳太一三元法。得以便宜行化。乃卽本州及真定之第。各建太一堂。奉持香火。以符藥濟人。大定二年。凡釋道之居無名額者。許進輸賜之。公遂投牒。以在州道院爲太清觀。而在府者爲迎祥。真人每批經籙。必先授公而後傳。前後千品。公曰。天寶下降。要當永劫流行。一日去世。誰其保之。密禱上真。願於私屬生繼嗣。其後。男琳得子。相貌殊常。卽師也。生不茹葷。始學語。能辨三官之像。少長嬉戲。則教羣兒禮北斗。澄大喜。以爲祈禱有徵。而得所託矣。會朝廷鬻祠牒。由是度爲道士。年十四。已克主大醮。詞音清亮。迥出一時。儕輩翕然推服。明昌初。以高德應詔。入住中都天長觀。自泰和改元。國家事祈禳。連設大醮。羽流極天下之選。而師皆與焉。仍常居要職。出諸人右。功完。賞賚甚渥。賜紫衣。德號曰觀妙。尋佩符馳傳。降御香於岱嶽、長白等山。頃之。以親老辭歸鄉里。崇慶間。召住太極宮。用進補軍儲恩改授今號。宣宗南巡。被命入汴。提控上清宮。敕有司一依天長故事。逾年而退。未幾。太清宮請爲宗主。三返益勤。不得已應之。時院門淩替。殆莫能支。加以歲賦數百斛。爲病尤甚。師下車。未浹旬以狀上聞。悉獲蠲免。衆賴其庇。已而拂袖。棲遲於洧川。正大庚寅正月。爲善士左崇等作醮於鈞臺。法事勝絕。舉壇欣幸。以爲未始遇也。既畢將還。忽示微疾。衆欲召醫候之。師不許。曰。世緣已盡。自可長往。安用療爲。越三日日中。命置高座而處之。顧至未刻。則口占一頌。舉首端坐。頂中戛然有聲。兩手握子文而逝。

時年六十九矣。遠近士庶。炷香拜禮者累日。神色宛如生人。己酉焚化於郭西。從遺命也。下火之際。紫雲見其北。蒼鶴十數翔舞空中。移時乃散。送者幾萬人。莫不以手加額。嗚呼異哉。其超脱明白如此。亦世所罕聞也。丙戌塔於潁濱之崇真觀。予素知師名而不及識。每以爲恨。然嘗與其門人王悟詮游。悟詮業履清修。而讀書好事。亦落落不凡者。以大元辛丑年正月二十日改葬師於平棘縣明信鄉之鄭村原。屬予銘其墓。渠意既堅。而竊亦樂爲之道也。乃敍而銘之曰。

其生也爲賢。其没也爲仙。人而如此足矣。又何加焉。著之貞珉。以永其傳。滹南遺老集

贈昭毅大將軍高公墓碣

王若虛

慶源軍節度使高侯。因教授王君、進士陳生來見曰。不肖不天。生四年而先君捐館舍。訓誨不得聞。奉養不及致。其爲不幸可知也。逮其長成。事與心違。曷勝風樹之悲。顧瞻松楸。未嘗不流涕太息。今將刻石墓隧。以垂之無窮。事實本末。雖不能詳。而故老所傳。猶得見其爲人之大略。玆敢以託。予謝非其才。而請益堅。重以王陳雅故。義不可辭。則勉爲之敍次曰。公諱顯。高邑人。其先皆農隱弗耀。公敦朴簡静。而辭色温温。接物極愷悌。輕財務施。喜周困窮。其事親處兄弟。孝友尤篤。至教人亦必先此。里閭宗戚。無貴賤疎近。交口稱爲吉人無間言者。明昌七年五月壬午。以疾終於家。享年四十。即葬其鄉之先塋。夫人韓氏。婦德無缺。亦著賢譽。後公十九年卒。子三人。長曰慶。終本縣丞。次曰進。不仕。次曰添禄。即節度也。男孫四人。女三人。正大中。以節

度恩特贈昭毅大將軍。夫人封號如例。初節度當再罹兵火之後。寇盜並興。道路蓁蕪。城邑頽廢。而能糾集義旅。撫安遺黎。内守外攘。以鳩完復之功。闔境晏然。遂成樂土。有司嘉其能。擢柏鄉令。累遷今職。治聲甚美。公望甚重。其福禄方隆而未艾。異時所至。有詎量者。嗚呼。積善之家。必有餘慶。不及其身。則在其後。物有定理。聖賢有成言。古今有同然之效。昭乎其不可誣也。今患不能爲善。爲之未始無徵。高氏世居畎畝。没没於常流。殆與草木同腐。而一旦子孫蕃昌。門地烜赫。以爲邦人之榮。推原其自。豈偶然也哉。是誠可書。故揭之以勸來者。而系以銘曰。

身雖不顯。而後也昌。壽雖不永。而所存者長。褒卹有命。紀述有章。以播其芳。以揚其光。是之謂不亡。滹南遺老集

進士彭子升墓誌〔大安二年〕

王若虚

君諱悦。字子升。世爲真定人。父椿。將仕郎。大興、安次主簿。子升幼明悟過人。倜儻有立志。讀書爲文。悉得其妙處。承安五年擢經義進士第。調冀州録事判官。仁政温温。民到於今不忘。秩滿。注濱州鹽管句。徙知鄧州穰縣事。其政如在冀。而風聲氣焰有加。居無何。忽得狂疾。喪心若物憑者。言動可怪。自謂冥司有所拘。竟赴井死。蓋年三十四矣。嗚呼異哉。子升金玉比德。心地坦夷。和氣溢於眉睫。見者無賢不肖皆悦而親。君子謂其必獲善報。言論慷慨。儀度不凡。剛大之

氣。困而不折。及其得志。果若固有之。君子謂其宜享大任。如何不淑至斯極也。初將仕君。亦以吉人稱鄉里。好學而貧甚。辛苦憔悴。人不堪其病。晚登一第。則到官未滿而亡。僅予隨奪。得不償喪。君子謂天之於彭氏也已薄。及子升復振。而後釋然大慰。以謂嗇乎彼者。固將豐乎此也。乃大不然。則夫幽明之說。禍福之徵。其可以理詰歟。子升之在穰也。予爲鄭之管城。嘗以官事會汴梁。既畢且散。予歸意甚急。子升曰。人生行止無常。而吾徒會合爲尤難。顧不能更少從容乎。予欣然爲一日留。痛飲極歡。夜艾而罷。翼日相别於馬上。反顧戀戀。彼此有可憐色。初豈知其遂爲永訣也。抑予心又有所感焉。追惟曩昔同居於里中。與今恩州司判王君士衡、浹水主簿周君晦之。忘形莫逆爲兄弟交。年壯氣鋭。馳騁於一時。雖方以功名相勉。而既嘗有暮年林下之期。仍見於文字以傳諸好事者。夫豈徒戲語而已哉。實庶幾行其志而踐乎此也。一旦飄零南北。相望如晨星。固已歎舊游之莫繼。而後約之無涯。孰謂堂堂如子升者。而遽云長逝乎。世事違人。不如意者十八九。榮衰聚散未始有極。則生者雖存。又可保其所終耶。故予於此。不獨悼吾良友之不幸。而撫事興懷。無非可以歎息而流涕也。子升之殁。以大安己巳八月之二十四日。而其家用明年八月葬於西城之先塋。俾予書而銘之。子升娶武氏。子一人曰興祖云。銘曰。

既秀而枯。有銜不袪。命也奈何。已矣悲夫。　滹南遺老集

保義副尉趙公墓誌（承安四年）

王若虚

公諱彦。姓趙氏。世爲真定藁城人。祖某父某。皆農隱不仕。公少剛果敢爲。無畏憚。天眷間。朝廷以南伐徵兵。公適出。有司即取公兄。公聞即走歸自陳。彼才力不我若。請自代。遂行。不一辭妻子。人義而壯之。會事平還。天資純質。治生尤勤儉。細故躬親不懈。服食器皿。期於僅足。自餘無毫毛非分用。日夕蹙蹙。恆若不足。教諸子孫及所以語他人。亦唯是。見諸惰侈者。咄嗟惡棄。殆不能與言。故卒大其家。以名一邑。承安二年。以耆老受官保義副尉。後二年冬十一月庚子終。享年八十八。素康彊少疾。至是猶能日自興起行步。了無牀枕滯。將終。謂其子淵曰。吾常歎人之子孫。鮮克以義終。祖宗積累之業。一旦不難割散之。骨肉相視。一旦如道路人。惡孰甚焉。爾其帥下以嚴。處之以均。無怠無頗。無速乖離。以隳我家。其孫曰元英者。以進士擢第。則又特戒曰。惟爾所獲。亦惟我祖宗實有慶爾。無遂獨庇爾裔。必及其餘。以答我祖宗意。其遺志如此。初娶靳氏。先公卒。晚娶張氏。子三人。長曰汴。以從軍。官至敦武校尉。次曰温。皆早卒。淵其季也。女四人。長適靳氏。次傅氏。次周氏、王氏。男孫八人。幼者二。餘悉克自立。亦既或有後。女孫九人。幼及寡者三。餘悉得所歸。噫。公之所享多矣。富貴壽康。子孫蕃昌。人或一二之不獲。公則兼之。兹不多歟。故其殁也。君子無大恨。其家殁後二十一日葬諸先塋。祔以靳氏。而責銘於若虚。若虚於公爲舊親。既又爲孫壻。故辭而不得免。銘曰。

萬事畢。一生足。斯而慊焉復何欲。新宮孔固惟吉卜。左右前後皆其族。安其神。樂其真。以利其嗣人。 滹南遺老集

金文最卷九十二

墓碑

王公輔之墓誌銘

李俊民

世傳王氏。周靈王太子晉之後。以其是王家太子。其子孫遂稱王氏。有二十一望。各以分封食采而立。史記秦有王翦。漢有王陵。最爲顯姓。太原、琅琊二望爲尤著。今按王姓。非獨出於子晉之後。又非分封食采而得。出太原、琅琊者。子晉之後。後漢逸民覇、司徒允。魏司空昶。晉司徒渾。後魏龍驤將軍慧龍。梁太尉僧辯。唐侍中珪。並出太原。漢諫議大夫吉。晉司空祥及齊宋梁朝王氏盛於江右者。唐宰相方慶。皆出琅琊。王子比干之後。以王爲姓者。出河東、天水。六國齊王田建子孫以王爲氏者。出北海、陳留。魏公子信陵君無忌子孫以王爲氏者。出高平、京兆。公諱翼。字輔之。其先河中人。疑王子比干之後。世遠失其傳。祖克明。避靖康之亂。徙家濩澤晉城之王城里。父德。遷於星軺鎮。生翼。驚姜之後。不聞啼聲者數旬。父以爲癡。及能言。與他兒小異。性穎悟。稍勤於學。七歲常從師行。有誦杜牧之華清宫詩。後師舉似。歷歷能道之。師頗奇焉。八歲能屬文。既長。日記千言。應進士舉。因感疾。遂留意於醫。與名輩張全道、趙子華友。講究難素及本草物性藥證病源。以拯濟爲務。貞祐甲戌。郡檄委以巡檢南山土寇。一日破葛萬賊。性不嗜殺。遂辭職。晦迹月院山。耽味經史百家之説。每有疑事。書之別卷。疑釋塗去之。尤精於易。占無不應。與人交。尚義重然諾。友愛同氣。分財取衆房之所不取。武城張氏數口遇盜。不知所適。公一日因採藥。偶得張遺槖及書契。瘞於巖下。後其孤還。給之。寡婦李氏。有少年安姓者强娶之。不從。力斃之。棄屍古冢。既而婦活。公乃誘其父兄訴之官。安服其辜。人皆義之。丁先生女。以父亡值艱食。兄鬻於豪民焦氏。焦婦疾篤。命公視之。曰若差。從公所欲報之。公曰。但得丁女可矣。焦諾之。婦安。攜女而歸。長嫁於汝陽庚氏。醫不取利。衆醫讓之。曰余所重者人命。奚以利爲。利心一萌。何異紾臂奪食乎。咸愧其言。薄游河南。從者如市。謂其徒曰。汝輩若依得論語知之爲知之、不知爲不知此兩句。便可醫矣。如孫思邈者。亦有所不知。若不知爲知。雖思邈亦不足敬。盧氏、劉氏。各遣子學醫。亦令二子説論語。人或有疾。醫不克痊。公至問所服藥。曰是也。但病深。藥未效耳。及愈。謝之曰。非獨此藥。亦向者服藥之功也。常謂其子從儉曰。人與汝有隙。病而求治。何以處之。從儉徐應曰。若羊叔子豈酖人者耶。公首肯之。致仕何不罕特進在汝州。忽暴風疾不語。公曰。服此藥。三日愈。十月又病。公曰。宜吐之。後服玄明粉。半月愈。恐來年十月病必復發。次年如期而病。公曰此不須藥。過後月十六日寅時無恙。上遣太醫庚公來視疾。服藥輒斃。公曰。藥勢太急。正不勝邪故也。日晡當復甦。其二子哀泣求藥。不許。曰藥能起生人。不能起死人。翼日寅時特進公薨。十一月十六日也。河内崔氏子年三十餘。病不救。將斂。公至。曰此已不能藥治。當針之。猶可活。其父不信。公三針而體温。明旦再針而目開。七日如故。梁縣尉范某傷寒不起。公曰。六日汗解。請藥。曰善攻不如善守。過五日昏眩。左右手無脈。妻子泣謝。公熟視之。徐笑曰勿驚。汗將出矣。頃刻汗而愈。防禦完顔公問易。曰當先理會心。又問。曰以静以誠。如水動則濁。濁則不能照物。王彦明問。讀脈經。皆能誦之。然臨證切脈多惑。何也。曰汝但口誦。而心不悟。譬猶按圖求馬。果得馬乎。時吉仲器在傍曰。學者尚如此。況不學者乎。至於秀老、德老二人處悟禪理。太原公處精術數。誦古今才人詩得句法。平生著述。有素問注疑難二十卷。本草傷寒歌括各一卷。算術一卷。古律詩三百餘篇。長短句二百首。雜文四十篇。辛卯至日。召子從儉曰。早來望氣不祥。我數將盡。汝勉之。過次年二月初八日酉時可免。壬辰正月入汝陽山避天兵。所臨遇游騎。俘至營中被害。皆如所占。臨終語妻李氏。我平日别無大過惡。惟破葛萬賊。不能無冤。此其遺恨耳。死於兵與死於病。相去幾何。古人視死如歸。我死無憾。男從儉必在。可往求之。李氏以遺命入山見從儉曰。吾豈是要活。爲汝父所囑。今既見汝。死無恨矣。終於玳瑁寨。公始娶山陽張氏。生三子。長曰從約。業進士。次早卒。季曰從儉。再娶馬氏。無子。再娶李氏。一子夭。從儉有父風。業儒。大朝委劉中試諸路精業儒人。從儉中平陽選。癸卯春。將以某月日葬。狀其父行。託所友德老、李子璿求誌諸墓。故哀而銘之曰。

家世儒業。靡忘厥初。尤所長者。治人之書。葛萬之賊。一埽滅迹。不忍於殺。乃退厥職。遭時之變。潛居月院。左經右史。好學不倦。周流河外。聲震汝海。向風而從。無小無大。有疾則視。得脈於指。囊中探丸。起人之死。神妙不測。莫善於易。擬議而動。與時消息。卹人之寡。箠撻之下。贖人之孤。備禮而嫁。德如叔微。藥如宋清。宜其有後。不墜家聲。淺土之喪。客於他方。有子克孝。護還其鄉。委骨原野。其誰與藏。魂兮獨歸。閟此元堂。莊靖集

終南山碧虛真人楊先生墓銘

劉祖謙

明昌初。僕時年十四五。就學於長安。聞得道羊皮先生已羽化於府署之宣詔廳。復有紙襖先生居焉。數數見之。方稚蒙。未能知其異人。泰和之末得官。有扈武言楊碧虛者。傳王祖師之道。名振關中。向所謂紙襖先生也。先生字明真。其號碧虛子。耀州三原道曲里人。家世爲農。兄弟四人俱入道。先生其伯也。仲曰守珪。餘俱早世。先生始從馬丹陽學。復詣山東見丘王諸師。由宣詔廳往來南山。承安、泰和間。徒衆頗多歸之。適陝右二統帥俱皇族。相繼師禮焉。運使嘉議高公。忽病心痛。治莫能效。先生爲布氣按摩立愈。有詩十絕爲謝。先生形骸。或歌或舞。或類狂癡。曾以養生安心術相授。其爲官貴士流尊禮如此。道俗景仰。隨問隨答。頃刻詩頌積疊。人人滿意。正大二年清明日。語門人李志常。卽祖墳預建壽塔。果以十年六月無疾而逝。享年八十。集所爲歌詩餘三百篇。目曰長安集。先是其仲守珪受印可於先生。遂居鳳翔。一日。求木於前知府朮虎公。既瞑目。門人斂焉。郡人驚異。觀者萬計。二道人因忿爭於前。久之不解。忽聞擊木聲。舉蓋再起。讓

曰。若輩將賣我作利賂耶。速蓋棺。將無人矣。葬後不數日。北兵奄至。城扉果闔。於是郡人始悟。事見定海節度使盧通議墓碑云。嘻。一門而二達者。異哉。志常以師之壙獨未有銘見請。宜銘。世人憧憧名利場。體便綺紈味膏粱。氣不內充性則戕。一真忽焉散微茫。反以紙襖爲猖狂。誰知懷玉終煌煌。倒持陰陽長不亡。飛上神京朝玉皇。守爐鍊丹曾竊嘗。其徒今有李志常。甘水仙源錄

平章政事壽國張文貞公神道碑

元好問

故相壽國張公之孫好退謂某言。先大父之薨。參知政事高公子約爲神道碑。碑石已具。遭貞祐之亂。不克立。好退南渡。二十年乃還鄉里。思卒前事。而高公之文。於時事有嫌。不敢復議。惟我先人。以書生起家。仕宦至宰相。身存踐履之實。國有經綸之業。雖流風未遠。而人代既遷。徵良史則墜簡已亡。懷舊俗則高年垂盡。瞻言丘隴。旌紀寂寥。好退無所似肖。不能奉揚徽烈。負釁蒙累。無以自處。誠得吾子辱以第二碑賜之。則瞑目爲無憾矣。敢百拜以請。某竊自念言。不腆之文。顧無足以紀公之美。且不能繼於高公之文之後。固宜以不敏辭。所以不敢終辭者。蓋金朝官制。大臣有上下四府之目。自尚書令而下。左右丞相、平章政事二人爲宰相。尚書左右丞、參知政事二人爲執政官。凡在此位者。内屬外戚與國人有戰伐之功預腹心之謀者爲多。潢霫之人。以門閥見推者次之。參用進士則又次之。其所謂進士者。特以示公道繫人望焉爾。軒輊之權既分。疎密之情亦異。孤立之跡。處乎危疑之間。難入之言。奪於衆多之口。以常情度之。謂必以苟容爲得計。循

默爲知體矣。然而持區區之忠。以盡心於所事。如石右丞据、董右丞師中、胥莘公鼎之流。慨然以名臣自任者。亦時有之。惟公歷仕四朝。再秉鈞軸。不難於他人之所難。不徇於世俗之所徇。忠信篤實。足以自結人主。名德雅望。足以師表百僚。敦龐耆艾。足以填國家而撫百姓。故百年以來。談良相者。莫不以公爲稱首。夫善化一鄉。智効一官。人且喜聞而樂道之。不欲使之隨世磨滅。有如我公。乃不得以著金石傳永久。秉筆之士。將不有任其責者乎。謹按儀同三司平章政事壽國文貞公。諱萬公。字良輔。姓張氏。唐名臣公謹之後。唐末有自東海徙汶上者。後又徙東阿。遂爲東阿人。曾祖諱晞。行善好施。鄉人歸之。宣政末。常出財佐軍。二子得補國子助教。用公貴。贈銀青榮禄大夫、清河郡侯。妣劉氏。清河郡太夫人。祖諱詢。孝弟力田。家用不匱。贈金紫光禄大夫、清河郡公。妣崔氏。清河郡太夫人。考諱彌學。篤於學問。以尚書爲專門之業。初應鄉試。擢本經第一。後罷經義科。以詞賦取士。復預薦書。已而歎曰。丈夫寧老於童子彫蟲之技耶。吾不復出矣。常銘其左右云。欲求子孫。先當積孝。欲求聰明。先當積學。世以爲名言。累贈崇進壽國公。妣王氏。壽國太夫人。生四子。公其第四子也。崇進公嘗夢至一大官府。署曰張萬相公之室。已而公生。因以名焉。公幼穎悟。號稱博聞强記。弱冠登正隆二年詞賦進士第。釋褐潁順軍新鄭縣主簿。丁崇進公憂。服除。調沂州費縣主簿。正隆政衰。盜賊羣起。公有策禦之。盜爲衰止。邑人賴焉。大定四年。調遼陽府路辰渌鹽司判官。課最。超淄州長山令。去官之日。百姓爲之立祠。十五年充尚書省令史。考滿。遷河北西路轉運司都句判官。歲餘改大理司直。十九年遷武寧軍節度副使。二十一年召爲尚書省右司都事。朝廷知公。始將大用矣。未幾攝同知登聞檢院事。奏對稱旨。乃眞受焉。再遷侍御史。不數月。改右司員外郎郎中。敷奏詳明。不爲緣飾。世宗嘉賞之。顧謂侍臣曰。張萬公。純直人也。俄遷刑部侍郎。章宗卽位。詔以遺留使於宋。使還。會創設提刑司。首命公爲河南路提刑使。不期年。御史臺奏課爲九路之最。擢拜御史中丞。時明昌元年也。元妃李氏有寵。上欲立爲后。臺諫以爲不可。交攻之。監察御史宗端修、右拾遺路鐸、翰林修撰趙秉文。皆得罪去。一日上遣中使密訪公。吾欲立后。何所不可。而臺諫乃不相容。卿以爲如何。公言此大事。明日當面奏。及對。因爲上言國朝立后。非貴種不預選擇。元妃本出太府監户。細微之極。豈得母天下。上默不言。明日。出公爲彰德軍節度使兼應州管内觀察使。其後立后議寢。上思公言。召爲大興府尹。二年九月。拜參知政事。以太夫人年過八十。表乞就養。不許。未幾復申前請。乃授山東西路兵馬都總管兼判東平府事。以便親。歲餘復以親老爲言。乃聽歸侍。六年起爲河中府尹。時屬軍興。調度百出。公爲之平物價。寬民力。比他州所費省者什六七。承安三年正月。上以太夫人之故。移公濟南尹。河中之人爲建去思堂。畫像祀之。九月丁内艱。卒哭。詔以明年正月朝京師。起復授平章政事。超資善大夫。封壽國公。主兵者言。比歲征伐。多至敗衄。凡以軍事所給之地。不足自贍。至有不免飢寒者。所以無鬭志。願括民田之冒税者分給之。則戰氣自倍矣。朝臣議已定。公獨上章極諫其不可者五。大略以爲軍旅之後。瘡痍未復。百姓拊摩之不暇。何事重擾。一也。通檢未久。田有定籍。括之必不能盡。適足以增猾吏之敝。長告訐之風。二也。浮費侈用。不可勝計。推之以養軍。可税不及民而足。無待於奪民之田。三也。兵士失於選擇。强弱不別。而使之同田而共食。振厲者無以盡其力。而疲劣者得以容其姦。四也。奪民而與軍。得軍心而失天下心。其禍有不可勝言者。五也。必不得已。乞以冒地之已括者。召民蒔之。以所入贍軍。則軍有坐獲之利。而民無被奪之怨矣。不從。卽以衰病不任職乞罷。賜告兩月。且以尚醫調護之。泰和元年六月。連章請老。遷榮禄大夫。且以公第四子某四赴庭試。當同進士出身。詔充閤門祗候。又改筆硯局承應。尋賜進士第。所以優禮公者。他相莫與爲比。二年章再上。有旨。卿頻上章告老。寧以言事不見從。或與同列者有差別故耶。何求去之數也。公奏言臣誠衰老。當避賢者路。無他意也。三年正月章再上。不允。加銀青榮禄大夫。三月歷舉朝賢之可代己者。求去甚力。上爲感動。中使宣旨。朕初卽位。首命卿入政府。繼遷相位。以卿習於典故。處事詳雅。春秋雖高。而神明未衰。故且以機務相勞。今去意既堅。不得不屈朕以從卿耳。明日入辭。詔以金紫光禄大夫致仕。公退居。上所以待之者不少衰。朝廷有大利害。則遣使者就訪之。六年南鄙用兵。上以山東重地。須大臣鎮撫之。手詔起公判濟南府、山東東西路宣撫使。便宜行事。公爲之布教條。問民所疾苦。貸逋賦以寬流亡。假閒田以業單貧。戍邊郡者。戒之以守疆埸。毋敢妄動。蒞州郡者。戒之以省符牒。毋敢妄擾。經畫既定。卽移文有司。乞還鄉里。上優詔許之。仍加崇進。以榮其歸。七年冬十月寢疾。一日令具湯沐。灑埽庭内。曰吾將逝矣。命子益執筆書遺戒。戒子孫以貴薄尚儉而已。尋薨。春秋七十有四。上聞之震悼。輟視朝。賻贈加等。祭葬皆用詔書從事。有司考行。謚曰文貞。仍贈開府儀同三司。

以八年二月舉公之柩。葬於青太里北原之先塋。壽國夫人劉氏祔焉。大安元年詔繪公像於衍慶宮。配享章宗廟庭。公資朴直。不自表襮。自少日便能以沈默自養。平居不妄言笑。事親孝。待昆弟有禮。與人交。不苟合。太夫人喜家居。留官下者未嘗久。每一書示至。公必望拜庭下。欷歔流涕而後發。左右皆爲感動。夫人前没。章宗欲有所賜。再拜謝不敢當。潔居終身。兩童子自隨。侍婢不得至其前。閒居鄉縣。與父老游。敦布衣之好。初不以名位自居。仕宦五十年。在州縣。則治化清淨。不事科罰。而人有畏愛之實。在朝廷。則切於論列。有不便於民者。必委曲道之。雖理若訐直。而辭氣容貌。不失其爲大臣之體。大定之治。近古所未有。紀綱法度。備具周密。公在相位。謹奉行而重改作。得守文之體。故能不動聲氣而天下陰受其賜。古所謂日計不足月計有餘者。於兹見之。故嘗論公。平生所言者不勝載。而繫於廢興存亡者有二事焉。一立后。二括田。立后難於從。而章宗從之。括田不難於從。而竟不聽。其後武夫悍卒倚國威以爲重。山東河朔上腴之田。民有耕之數世者。亦以冒占奪之。兵日益驕。民日益困。養成癰疽。計日而潰。貞祐之亂。盜賊滿野。向之倚國威以爲重者。人視之以爲血讐骨怨。必報而後已。一顧盼之頃。皆狼狽於鋒鏑之下。雖赤子不能免。蓋立后之事。在庭之臣。皆以爲不可。獨上以爲可。故公之言易爲力。括田之事。上下皆以爲可。而公獨以爲不可。故難爲功。以一言之不相入。其禍果有不可勝言者。是不獨在公爲遺恨。異世相望。亦當有太息而流涕者。嗚呼。豈非天耶。銘曰。

留侯授書。三往雞鳴。濟北有期。迺祠嘉平。神物不亡。時出效靈。穀城之張。帝傅載生。帝傅維何。文貞壽公。木訥之剛。朴魯之忠。以靜而應。以介而通。悃愊無華。安事勇功。郎署擢長。憲臺進貳。相業之良。興陵所試。大定之治。講若畫一。公如曹參。守而勿失。守而勿失。民以寧謐。賜則陰受。跡容致詰。皇天生之。曷不成之。孝孫受之。曷不究之。在昔所難。在聽思聰。鳥羣於前。孰知雌雄。兵以農戰。國從本固。皮之不存。毛將安傅。一言之微。邦可以興。作法於貪。敝將曷勝。悔罔後及。忠無前寤。我思古人。愛而莫助。黄山之陽。喬木蒼蒼。公墓有碑。千載涕滂。遺山集

王黄華墓碑

元好問

泰和壬戌冬。内翰王公卒於京師。道陵雅知公家無餘財。將無以爲葬也。詔有司賻錢八十萬以給襄事。求生平詩文。藏之秘閣。未幾以御製詩賜其家。其引云。王遵古。朕之故人也。乃子庭筠。復以才選直禁林者首尾十年。今兹云亡。玉堂東觀。無復斯人矣。其家以遺文來上。尋繹之久。良用愴然。而其詩有天材超邁無慚琬琰之句。蓋公門閥人品器識文藝。一時名卿材大夫。少有出其右者。上意亦恨其得之晚。而用之者百未一試也。故殷重嗟惜之如此。公諱庭筠。字子端。姓王氏。家牒載其三十二代祖烈。太原祁人。避漢末之亂。徙居遼東。曹公特徵不應。隱居終身。其後遼東亦亂。子孫散處東夷。十七代孫文林仕高麗爲西部將。殁於王事。又八世曰樂德。居渤海。以孝聞。遼太祖平渤海。封其子爲東丹王。都遼陽。樂德之曾孫繼遠。仕爲翰林學士。因遷家遼陽。繼

遠孫中作使咸飭。避大林延之難。遷漁陽。咸飭孫六宅使恩州刺史叔寧。遷白霫。六宅生永壽。居韓州。遼天慶中。遷蓋州之熊岳縣。遂占籍焉。永壽之長子政事金朝。官至金吾衛上將軍建州保静軍節度使。保静之中子遵古。字元仲。正隆五年進士。仕爲中大夫翰林直學士。文行兼備。潛心伊洛之學。言論皆可紀述。明昌應詔。有昔人君子之目。子孫以昔人名所居之山。而君子名其泉。所爲志也。中大夫四子。庭玉、庭堅。次即公。太師南陽郡王張公浩之外孫。生未期。視書識十七字。六歲聞父兄誦書。能通大義。七歲學詩。十一歲賦全題。讀書五行俱下。日記五千餘言。涿郡王公倚然風岸孤峻。少所許可。一見公。以國士許之。弱冠擢大定十六年甲科。釋褐承事郎恩州軍事判官。臨政即有能官之譽。郡民鄒四者。謀爲不軌。事覺。逮捕千餘人。而鄒四者。竄匿不能得。朝廷遣大理司直王仲翰與公治其獄。公以計獲鄒四。分別詿誤。坐預謀者。十二人而已。再調館陶主簿。公早有重名。天下士夫想聞風采。謂當一日九遷。乃今碌碌常選。限於賢愚同滯之域。簿書期會。隨俗俯仰。殊不自聊。秩甫滿。單車徑去。卜居隆慮。周覽山川。以謂西山横截千里。隱然如卧龍。起磁硲、天平、黄華至魯般門。龍之首脊肋尾皆具。而黄華蔚然涵濃秀之氣。山有慈明、覺仁二寺。上下相去不半里所。西抵鏡臺。直雞翅洪之懸流。幽林穹谷。萬景坌集。一水一石。皆崑閬間物。顧視塵世。殆不可一日居也。乃置家相下。買田隆慮。借二寺爲棲息之地。時往嘯詠。若將終身焉。晉人庾衮隱居義陽。僅見於傳記。黄華雖勝絶。而近代無所知名。至於高賢題詠。亦罕及之。自公來居。以黄華山主自號。茲山因之傑出太行之上。人境俱勝。於公見之。山居前後十年。

得悉力經史。務爲無所不闚。旁及釋老家。尤所精詣。學益博。志節益高。而名益重。明昌初。用薦者以書畫局都監召。俄授應奉翰林文字同知制詔。遷翰林修撰。坐爲言事者所累。出爲鄭州防禦判官。承安初。繼丁内外艱。哀毁骨立。幾至不起。四年起復應奉翰林文字。泰和元年復翰林修撰。扈從秋山。應制賦詩。至三十餘首。寵眷優異。蓋將大用。期年罹此不幸。春秋五十有二。實二年十月之十日也。官止承務郎、緋衣銀魚。夫人張氏。亦太師女孫。子男三人。萬安、萬孫、萬吉。皆早卒。女三人。長曰從淨。幼爲女冠。公殁後。以能詩召見。特加敬異。次曰琳秀。入侍掖庭。季女幼。在室。公既無子。以弟庭淡之次子萬慶爲之後。以蔭補官。至行尚書省左右司郎中。文章字畫。能世其家。孫某。曾孫某。尚幼。公儀觀秀偉。善談笑。俯仰可觀。外視若簡貴。人初不敢與之接。一見之後。和氣津津。溢於顏間。慇懃慰籍。如恐不及。少有可取。極口稱道。他日雖百負之。亦不恨也。從之游者。如韓温甫、路元亨、張晉卿、李公度。所引見者。如閑閑趙公、内翰馮公、屏山李公。皆爲文章鉅公。下者猶不失爲名士。世以知人許之。爲文能道所欲言。如文殊院斲琴飛來積雪賦及漢昭烈廟碑文等。辭理兼備。居然有臺閣體裁。暮年詩律深嚴。七言長篇。尤以險韻爲工。方之少作。如出兩手。可爲知者道也。有藂辨十卷、文集四十卷傳於世。世之書法。皆師二王。魯直、元章。號爲得法。元章得其氣。而魯直得其韻。氣之勝者。失之奮迅。韻之勝者。流爲柔媚。而公則得於氣韻之間。百年以來。公與黄山、閑閑兩趙公。人俱以名家許之。畫鑒既高。又嘗被旨與舅氏宣徽公汝霖品第秘府書畫。因集所見及士大夫家藏前賢墨跡古法帖所無者摹刻之。

號雪溪堂帖一十卷。至於筆墨游戲。則山水有入品之妙。墨竹殆天機所到。文湖州以下不論也。每作一幅。必以千文爲號。不肯輕以與人。閑閑有上公詩云。李白一盃人影月　鄭虔三絶畫詩書。馮内翰挽章云。詩名摩詰畫絶世。人品右軍書入神。人以爲實録云。癸丑夏六月。某客燕中。萬慶爲言。先公之殁。四十餘年矣。南北喪亂。初無歸顧之望。衰年乃得灑埽墳墓。丘木已老。而旌紀寂寥。某死不得瞑目矣。今屬筆於子。幸有以慰顧之。某不敏。自初學語。先夫人教誦公五言。志學以來。知慕公名德。蓋嘗夢寐見之。雖不迨指授。至於不腆之文。亦從公沾丐得之。己嘗不自揆度。爲先正壽國文貞張公、閑閑趙公、内相文獻楊公碑矣。有如我公。乃不得著金石傳永久。顧安所逃責乎。乃勉爲論次之而係以銘。銘曰。

山立兮揚休。元精兮當中。冠名士兮中朝。何隱隱兮隆隆。明昌天開。文治昭融。婉孌龍姿。孰雲之從。望公修門。劍珮從容。行人會盟。常伯秩宗。閒燕論私。衮職彌縫。顧曷任弗勝。而鉛槧是供。生材實難。間氣所鍾。有物妒之。隨以禍攻。白駒忽其過隙。乃欲歷九關而上通。詩至夔州而僊。文以潮陽而雄。假公歲千。寧阨以窮。研磨於韓杜之後。宜愈困而愈工。養吾棟而先伐。果奚貴乎楠松。謂公不遇耶。獨簡在乎淵衷。謂公爲遇耶。方積累之爲功。畀鎡基而奪之。而無庸計夫乖逢。馬鬣兮蒿蓬。摧熊岳兮天之東。望倒景兮不及。抱明月兮長終。澤畔行吟。俯水伯之幽宮。裴回故都而不忍訣。寫孤憤於迴風。謫傅長沙。蟊賊内訌。邈前席之不再。俄占書之告凶。貴大患若身兮。羌今昔之攸同。我作銘詩。并以慰公。使不幸而爲屈賈。其何以釋玄壤之遺恫。遺山集

金文最卷九十三

墓碑

沁州刺史李君神道碑

元好問

君諱楫。字濟川。姓李氏。系出隴西。唐末。其遠祖官汴梁。石晉之亂。流寓遼之北京。是爲大定府。金朝取遼。有昭信校尉諱福者。避亂雲中。生子彥直。爲汴京行臺令史。仕至明威將軍宛丘令。卽君之考也。宛丘嘗尉淄川。樂其風土。遂爲淄川人。路孟州宣叔撰墓碑。述先世之德備矣。君年十六。以蔭補轉運司押遞官。時正隆南征。在所寇盜充斥。及歲終受代。問關還侍下。人以其年甫成童。而能自樹立。甚嗟惜之。凡三歷酒官。遷忠武校尉。君幼學穎悟。雖已在仕籍。所以爲舉子計者不少輟。三赴省試。皆入優等。嘗以所業見鄭內翰景純。景純大爲獎異。謂君言。吾子必名世。吾鄉爲不乏人矣。俄登大定十九年詞賦進士第。換承務郎。調歷城主簿。改積石州軍事判官。積石邊郡。羌渾雜居。君撫治有方。人甚安之。遷范陽令。召補尚書省令史。章宗以原王領省事。愛君占對詳明審當。每啟事退。目送者久之。終更留再考。未幾。除吏部主事。陝右旱甚。詔君乘傳問民所疾苦。君至關輔馳奏。百姓苦飢。當議有以賑貸之。未報。卽開倉賑貧。所全活不勝計。朝廷以爲知權。不罪也。改太府監丞。兼職常四五。朝譽既著。蓋將大用矣。明昌三年。以歲歉流乏者多。故田野不闢。詔君充山東東西路勸農副使。君遍歷郡縣。勸課備至。世官有墮窳者。率真決之。徭役害農務者。以便宜罷之。是歲山東爲之有秋。使還。授中都路轉運副使。京都承平日久。經費十倍大定間。一時府庫充實。君有力焉。丞相軍北行。轉運司例以正員督餽饟。同列方以從軍爲憂。而君自請焉。宰相重君之行。爲改檄他員。五年召授沁州刺史兼知軍事。陛見之日。有詔。朕比欲以郡守命卿。有司以卿資淺。未當得郡。朕識卿舊。故有此授。卿宜悉力爲民。以稱朕意。政成。卽召卿矣。朝貴重君材。其行也。祖道都門。冠蓋塞路。是夕太夫人張氏無疾而歿。乃扶柩還里。君天性純至。初赴積石。太夫人以六盤路險。登頓殊甚。山外高寒。非老人所堪。故留居鄉里。君在官一年。卽以長告歸侍。年過五十。每違遠庭闈。惻然有孺子之慕。至是哀感過甚。殆無以自存。飲食淡薄。且不以時進。比葬。柴毀骨立。竟用是得疾。以某年月日春秋五十有五。終於服次。隨以某日奉君之柩祔於某原之先塋。執紼之人。傾動州里。行路爲之悽愴。其誠孝之所感如此。君自就學。卽以和雅自將。宛丘蒞官剛嚴。君從容諫止。以故多從寬厚。歷中外餘十五年。廉正敬慎。超出倫等。又其行己之所以移於官者也。其登科時。御題易無體。同年生六十人。自甲還張行簡至黃士表。賦學家謂人人可以魁天下。程卷皆鋟木以傳。凡仕宰相數人。刺史節度。殆過其半。人以比前世龍虎榜。至論孝弟忠敬。尚以君爲稱首云。先娶沂州蒲氏。再娶錦州張氏。

武安軍節度使臨海老人子雲之女。再娶宛平王氏。沂州刺史子正之女。皆封某郡君。子男二人。長國瑞。試補禮部令史。再任南陽縣令。以惠愛見稱。次子國維。興定五年進士。歷符離、葉令。淳正古雅。爲時聞人。女二人。長適山東東路總管判官徒單喜僧。次適南京廣盈倉副使趙思。孫男女。皆尚幼。銘曰。

處爲儒先。出曰吏師。明昌名臣。道陵所咨。至性薰然。既厚其資。於濟事也權。於及民也慈。永錫爾類。從古有詞。人子養親。易失者時。含飴弄孫。爲樂不貲。聖善所宜。神豈我私。誰爲隙駒。忽其崦嵫。顧瞻玄堂。泣涕漣洏。及母下泉。尚慰我思。孰物之尸。孰命之司。曷畀之者全。而不以究施。伐石西山。勒我銘詩。是惟純孝李君之墓。過者式之。遺山集

翰林學士承旨資善大夫知制誥兼同修國史上護軍天水郡開國侯食邑一千户實封一百户趙公墓誌銘并引

元好問

唐文三變。至於五季。衰陋極矣。由五季而爲遼宋。由遼宋而爲國朝。文之廢興可考也。宋有古文。有辭賦。有經解。柳、穆、歐、蘇諸人。斬伐俗學。力百而功倍。起天聖迄元祐。而後唐文振。然似是而非空虛而無用者。又復見於宣政之季矣。遼則以科舉爲儒學之極致。假貸剽竊。牽合補綴。視五季又下衰。唐文奄奄如敗北之氣。没世不復。亦無以議爲也。國初因遼宋之舊。以詞賦經義取士。預此選者。選曹以爲貴科。榮路所在。人争走之。傳注則金陵之餘波。聲律則劉鄭之末光。固

已占高爵而釣厚禄。至於經爲通儒。文爲名家。良未暇也。及翰林蔡公伯正甫。出於太學大丞相之家學。接見於宇文濟陽、吴深州之風流。唐宋文派。乃得正傳。然後諸儒從而和之。蓋自宋以後百年。遼以來三百年。若党承旨世傑、王内翰子端、周三司德卿、楊禮部之美、王延州從之、李右司之純、雷御史希顔。不可不謂之豪傑之士。若夫不汩於利禄。不溺於流俗。慨然以仁義道德性命禍福之學自任。沈潛乎六經。從容乎百家。幼而壯。壯而老。怡然涣然之死而後已者。惟我閑閑公一人。公諱秉文。字周臣。姓趙氏。閑閑其自號也。世爲磁州滏陽人。祖儁。用公貴。贈正議大夫、上輕車都尉、天水郡伯。父甫。贈中奉大夫、上護軍、天水郡侯。李右司誌其墓。述先世以來詳矣。公幼穎悟。讀書若夙習。年十七預鄉賦。弱冠登大定二十五年進士第。章宗明昌初。調安塞主簿。以課最。遷邯鄲令。再遷唐山令。丁父憂。用薦者及提刑司廉舉起復。充南京路轉運司都句判官。丁太夫人某氏憂。又用薦者起復應奉翰林文字同知制誥。上書論宰相胥持國當罷。宗室守貞可大用。又言刑獄征伐。國之大政。自古未有君以爲可大臣以爲不可而可行者。坐譏訕免官。未幾。起爲同知岢嵐州軍州事。轉北京路轉運司度支判官。承安五年冬十月。陰晦連日。宰相張萬公入對。上顧謂萬公曰。卿昨言天日晦冥。亦由人君用人邪正不分。極有理。趙秉文曩以言事降授。聞其人有才藻。工書翰。又且敢言。朕非棄不用。直以北邊軍興。姑試之耳。泰和二年改户部主事。遷翰林修撰。考滿留再任。衛紹王大安初。北兵入塞。勢頗張皇。召公與待制趙資道論邊備。公言今大軍聚宣德。宣德城小。列營在外。夏暑雨。器械弛敗。人且病。秋若受敵。我將不利矣。可遣臨潢一軍深入擣其虛。則山西之圍自解。兵法所謂出其不意。攻其所必救者也。王不能用。是秋宣德帥以敗聞。十月出爲寧邊州刺史。二年改平定州。前政苛於用刑。盜賊無大小。皆棓殺之。聞赦將至。先棓賊死乃拜赦。而盜賊愈繁。公爲政。每從寬厚。恥以榜掠立威。不旬月。盜賊屏息。終任無犯者。歲飢。出俸粟爲豪民倡。以賑貧乏。賴以全活者甚衆。及受代。老幼攀送。戀戀不忍訣。已出郭。復遮留之再三乃得去。入爲兵部郎中兼翰林修撰。俄兼提點司天臺太常少卿。崇慶二年二月太白經天。公上封事。言天人之際。且謂歲八月當有更王之變。時駙馬都尉南平父子當國。怒公。以爲妖言置章不通。及期。王出居衛邸如公言。尋授翰林直學士。宣宗貞祐初。中國仍歲被兵。公言時事可行者三。一遷都。二導河。三封建。大約謂中國無古北之險。則燕爲近邊。車駕幸山東爲便。山東天下富强處也。且有海道可通遼東接上京。宋有國時。河水常由曹、濮、開、滑、大名、東平、滄、景。會獨流入於海。今改而南由徐邳。水行處。下視堤北二三丈。有建瓴之便。可使行視故堤。稍修築之。河復故道。則山東河南合。敵兵雖入。可阻以爲固矣。三代封建。外裔不能得中國之便。秦罷諸侯而郡縣之。無外禍。而有不及備之禍。喻如秦銷鋒鏑。今民間不得藏弓矢是也。隳名城。今腹内州軍不置樓櫓是也。在承平日。若無患。及其弊。則天下有土崩之勢。秦之勝廣。漢之張魯。唐之安史。皆是也。房琯因禄山之亂。請出諸王。分置諸道。禄山聞之曰。天下不可得矣。今就不能復三代之故。亦宜分王子弟。置諸道節度。則山東有大河之險。有維城之固。而無燕近塞之憂。一舉而三者得矣。明年上書。請爲朝廷守殘破一州。上以公宿儒。當在左右。不宜補外。不許。貞祐四年。除翰林侍講學士。明年轉侍讀。興定中。拜禮部尚書兼侍讀同修國史知集賢院事。又明年。知貢舉。坐爲同官所累。奪一官致仕。有旨。以卿嘗告老。今遂之也。公家居。上所以禮遇公者不少衰。時命公以禪語爲謌詩。遣中使問卿精神何如往年。不數日。復拜爲禮部尚書兼官如故。入謝。上曰。卿春秋雖高。以文章故復用卿。公亦以身受厚恩。無以自効。願爲天子開忠言。廣聖慮。每進見。從容爲上言。人主當勤儉。慎兵刑。所以祈天永命者。上嘉納焉。今天子卽位。公再以年乞身。改翰林學士修國史。公以上嗣德在初。當日親經史。以自裨益。進無逸直解、貞觀政要、申鑒各一通。開興改元春正月。敵兵由漢中襲荆襄。京師戒嚴。上命公爲赦文以布宣悔悟哀痛之意。公指事陳意。詞情俱盡。城下之役。國家所以感人心作士氣者。公與有力焉。時公已老。日以時事爲憂。雖食息頃不能忘。每聞一事可便民。一士可擢用。大則奏章。小則爲當路者言。殷勤鄭重。不能自已。竟用是得疾。以夏五月十有二日。春秋七十有四終於私第之正寢。時軍國多故。賻祭不及。大夫士相弔。閭閻細民亦知有邦國殄瘁之歎。越二日。權殯開陽門外二百步。有待也。積官至資善大夫、勳上護軍、爵天水郡開國侯、食邑一千户實封一百户。先娶劉氏。後娶郭氏。並封天水郡侯夫人。前公卒。子男一人名似。待闕御史臺掾。女三人。長劉出也。嫁汝州防禦推官高可久。久。遺山集作約。次嫁衛州行六部郎中石玠。次嫁汝州防禦推官尚書省令史張履。三壻皆名進士也。所著易叢説十卷、中庸説一卷、揚子發微一卷、太玄箋贊六卷、文中子類説一卷、南華略釋一卷、列子補注一卷。刪集論語、孟子解各一十卷。生平文章號滏水集者。前後三十卷。資暇録十五卷。公究觀佛老之説。

而皆極其指歸。嘗著論以爲害於世者特其教耳。又其徒樂從公游。公亦嘗爲之作文章。若碑誌詩頌甚多。晚年録生平詩文。凡涉於二家者不在也。大槩公之文。出於義理之學。故長於辨析。極所欲言而止。不以繩墨自拘。七言長詩。筆勢縱放。不拘一律。律詩壯麗。小詩精絶。多以近體爲之。至五言古詩。則沈鬱頓挫似阮嗣宗。真淳簡淡似陶淵明。以他文較之。或不及也。字畫則有晉魏以來風調。而草書尤神絶。殆天機所到。非學能至者。今宣徽舜卿使河湟。夏人多問公及王黄華起居狀。朝廷因以公報聘。已而輟不行。其爲當時所重如此。公之葬也。孤子似以好問公門下士來徵銘。因得考公出處。而竊有所歎焉。道之傳。可一人而足。所以弘之。則非一人之功也。唐昌黎公、宋歐陽公。身爲大儒。係道之輕重。然且有皇甫、張、李、(曹)〔曾〕、蘇諸人輔翼之。而後私挾小辯者無異談。公至誠樂易。與人交不立崖岸。主盟吾道將四十年。未嘗以大名自居。仕五朝。官六卿。自奉養如寒士。不知富貴爲何物。生河朔鞍馬間。不本於教育。不階於講習。紹聖學之絶業。行世俗所背馳之域。而無一人推尊之。此文章字畫。在公爲餘事。自以徒費日力者。人知貴之。而不知貴其道歟。桓譚有言。凡人賤近貴遠。親見楊子雲。故輕其書。若使更閲賢善爲所稱道。其傳後世無疑。譚之言。今信矣。然則若公者。其亦有所待也乎。銘之曰。

道統中絶。力任權御。一判藩籬。倒置冠屨。公起河朔。天以經付。挺身頽波。爲世砥柱。優柔而求。饜飫而趨。春風舞雩。如望趨步。心與理叶。默以言寓。發道大全。初莫我助。大夜而旦。大夢而寤。乾端坤倪。軒豁呈露。致知力行。開物成務。在德爲柄。在治爲具。吾道非耶。而以文

遇。足己無待。恃義不懼。憂國愛君。華首彌固。藏書名山。京師其副。後禮樂興。當表公墓。滏水集附録參遺山集

朝散大夫同知東平府事胡公神道碑

元好問

公諱景崧。字彦高。姓胡氏。其先威州人。曾祖智。避靖康之亂。遷武安。遂占籍焉。祖益。家累鉅萬。其父課之讀書。涉獵經史。工於書翰。輕財好施。不責報償。秋冬之交。量以布絮散寒者。仍作糜粥以食之。歲以爲常。趙魏間稱積德者。莫不以胡氏爲稱首云。正隆南征。以良家子從軍。載國子監書以歸。因之起萬卷堂。延致儒士。門不絶賓。儒素起宗。實兆於此。後以第四子浩官五品。贈宣武將軍。考仲溶嗜讀書。不以世務縈懷。大定初。兩赴廷試不中。卽以詩酒自娱。竟用是得疾。甫三十而歿。用公貴。贈朝列大夫、安定縣子。公幼有至性。十歲喪父。哀毁成疾。嘗泣謂其母孔氏言。吾父不幸早世。兒誓當學以成吾父之志。孔夫人有賢行。所以作成其子者爲甚力。故公十五知屬文。弱冠有聲場屋間。年三十。擢大定二十五年詞賦甲科。釋褐海州軍事判官。用提刑司廉舉。特旨陞卽墨令。縣治瀕海。土墝而俗惡。公清介自律。人莫敢犯。一新珥筆之舊。縣界多世官。侵漁細民。累政以爲苦。及是。有以牧馬傷民田者。公深治而痛繩之。强暴爲之帖然。初。縣廨在古城之隅。爲妖狐所據。狐晝伏夜出。變化狡獪。或爲獄卒縱遣囚繫。或爲官妓盜驛傳被襆。媚惑男女。有迷亂至死者。民無如之何。反以香火奉之。餘五十年矣。公下車。問知所以。顧謂同

僚。官舍所以居賢。今令不得居。而狐得據之耶。時屋空已久。頹圮殊甚。卽命完葺之。明日卽聽事理務。抵暮張燭而坐。夜參半。狐鳴後圃中。一唱百和。少頃羣集。周匝庭内。中一大狐。據地而吼。如欲搏噬然。卒伍散走。投死無所。公安坐不爲動。而狐亦不敢前。良久。稍稍引退。如是者三日。遂不復來。後十餘日傅一女奴。歌嘯跳躍。狂若寐語。公以朱書迫逐之。置奴叙問。奴卽知人。明日尉自巡邏還。遭羣狐數百由縣東南而去。狐禍遂絶。縣民以公爲神。刻石頌德。李右司之純之文也。秩未滿。用提刑司薦。遷河南府推官。偃師送强寇十數輩。尹以下謂此寇爲民害久。急欲除之。公疑縣所送者皆平民。爲緩其獄。尹怒。强出囚於市。且以稍緩讓公。公執議之次。忽有馳報偃師獲正賊者。尹慚謝。卽日上書薦之。就除太原推官。未赴。召爲大興推官。時道陵新卽大位。留意庶獄。敕尚書省。吾往判大興。獄犴填滿。推官雖小職。尤難其人。可選文臣公平審愼者充。宰相以公爲能。故有此授。公莅職不三月。以獄空聞。詔錫宴以寵之。俄改上京等路提刑司判官。秩滿以稱職。超授西京路轉運副使。丁内艱。服除爲國子監丞兼户部員外郎。未幾。改同知遼東路轉運使事。本路税額以牛頭徵者積數百萬石。多有名無實。無所從出。而重爲主典者之累。公躬自閲實。無有欺抑者。凡椿配之數。悉從蠲貸。在所倉官。坐傷耗而礙銓調者。率以新官代之。旬月入爲刑部員外郎。東平、大名同時有告人謀反者。朝廷以户部員外郎蘇某鞫獄大名。而東平則以公決之。蘇法吏。專事榜掠。囚不勝慘毒。皆自誣服。株連者以千數。公至東平。有司供獄具。至有蝎籠大匱之屬。公歎曰。斷獄以情。奚以此爲哉。引告者諦審之。十日而後其情得。告者搏頰自恨。言所以誣罔者。獄既具。止反坐此人而已。東平尹率其屬勞公曰。非使者忠愛。三千人之命。誰當續之。百姓焚香拜送。連延百餘里。馬爲不得前。及奏上。道陵喜曰。胡景崧處置。稱朕意矣。大名之獄。獨無冤乎。隨以他使者覆之。蘇竟以罪去。而公之朝譽。由是益隆。泰和六年。以選爲上京東京等路按察司簽事。陛辭。以例言三事。然皆天下之大計。非例所當言者。其一、天子之職在擇相。相得人。則垂拱而治可也。其二、今皇嗣未立。宜肅正六宫。以廣繼嗣之路。時元妃李氏專寵。其宗有威福之漸。外臣有夤緣至宰相者。故公爲上言如此。不報。改同知鎮西軍節度使事。屬歲旱。公禱而雨。明年郡國蝗。中使四出掩捕。獨公所治。近城三十里。無有也。樓煩報蝗入縣境。公馳至。禱於后土祠。言罪在守令。幸無毒平民。顧盼之際。蝗去無留者。衛紹王大安初。擢坊州刺史。公老於吏事。布宣教條。恩威並著。旬月之間。但卧治而已。俄改解州刺史。坊人攀送。垂泣而去。踰年遷同知東平府路兵馬都總管事。以崇慶二年五月日遘疾。春秋五十有九。卒於睢陽之傳舍。積官朝散大夫、上護軍、安定郡開國伯、食邑七百户。後幾日。葬於某所之先塋。娶馬氏。封安定郡君。婦德母儀。中表以爲法。後公幾年卒。子男三人。長曰德珪。正大四年進士、儒林郎、富平縣主簿。次德琚。早卒。次德琳。以公廕爲禮曹掾。女二人。長適邢臺焦日新。封中山縣君。次適淯州楊振文。封弘農縣君。孫男三人。祗遹、祗承、祗畏。公美丰儀。善談論。臨事剛嚴。人莫敢犯。至於推誠接物。則慈祥愷悌。惟恐不及。族屬百餘口同居。迨公四世。公鄜睦之。小大無間言。從弟義幼孤。賴公教督。繼擢高第。舊制。文資官例提舉學校。故公所在。必課諸生學。委曲周至。終始如一。前後三知貢舉。凡置在優等者。皆奇俊宏傑之士。士論以得人許之。歲丙午。某過彰德。德珪方爲府從事。謂某言。先人棄養將三十年。貞祐之亂。倉皇南渡。顧瞻先壟。有旌紀寂寞之感。迨今北歸。先夫人之柩從祔有日。誠得吾子銘而志之。以俟百世之下。不肖孤死不恨矣。敢百拜以請。某不敏。嘗問公於曹徵君子玉。子玉公鄉里。知公爲詳。以爲公無他過人。但能充孝弟之性而已。古有之。事親孝。故忠可移於君。居家理。故治可移於官。又曰。孝弟之至。通於神明。信斯言也。公可以無媿矣。銘其可辭。銘曰。

地天而人。泰山微塵。不以元氣綱維之。奚取於眇焉之身。元氣維何。由孝而仁。智効一官。大或秉鈞。民吾同胞。忍弗愛其親。惟悉聰明而致忠愛。故所過者化而存者神。上下同流。何有乎獸伏而鳥馴。問牛及馬。不足以謂之能。柱後惠文。不足以謂之循。我思胡公。煖然而春。鬱彼佳城。志以貞珉。千年而見白石。尚知爲泰和之名臣。遺山集

寄庵先生墓碑

元好問

道陵承安中。賊臣胡沙虎尹大興。先生爲府推官。虎方諂事中貴。竊弄威柄。內則以姦佞固主恩。外則鼓動聲勢。以劫制天下。同列有一事不相協一語不相入者。不陷之死地。則排諸遠方。故時人視之猶蛇虎鬼魅。疾走遠避之不暇。先生直前徑行。初不爲死生禍福計。每以公事相可否。至絲髮不少貸。又摘其陰事數十條。將發之。私爲所親言。此人口無所不能言。手無所不能爲。政恐寧我

負人。終成噬主之狗。虎篡者也。平居頤指氣使。無不如意。乃今爲一書生所軒輊。積不能平。乃先以非罪誣染之。凡可以中傷者無不至。先生守之益堅。抗之者愈力。如是二年。既無可撼摇。乃奏之上前。謂先生於種人有奴視之傲。賴上雅見知。譖爲不得行。蓋自承安迄至寧之弒。前後二十年。朝臣非無剛稜疾惡不畏彊禦之士。然敢與此賊角者。唯先生與尚書左丞張公行中二人而已。先生諱某。字平父、姓李氏。系出唐明皇帝。歷五季宋末之亂。譜牒散失。無可攷按。靖康初。先生之祖玘。自濟南齊河避亂鎮州。僑寓一名醫家。遂傳其學。生子拯。徙居欒城。仍食先業。資欒易多伎能。所居置病寮。過客及貧無以爲資者來謁醫。湯劑麋粥。必躬親之。病既平。又量爲道路之費以給之。賦詩飲酒。談玄講道。優游以壽終。後用先生貴。贈奉訓大夫。先生即奉訓君之第二子也。年十五。奉訓君仍以家學授之。學既成。一日。診一病者而心有所疑。乃悔曰。吾寧當以人命試吾術耶。於是改讀律。已而又以法家少恩。與前療病無異也。即盡棄故學。一意讀六經。學爲文章。二十得解住府庠。移籍太學。試補河北東路提刑司書史。登明昌二年詞賦進士第。釋褐稾城丞。吏畏民愛。雖老於從政者。莫與爲比。縣舊多盜。先生治之有方。皆相率爲平民。以政迹陞遼東宜風令。改薊州盧龍。丁太夫人張氏憂。起復潞州涉縣令。縣乏水。去城十五里所汲澗泉以供飲。雖浣濯之餘。不敢遺棄。人用是多病。先生行視西山得美泉。度地之高卑。將引致之。先以便宜白於州。然後籍丁爲渠。民樂於赴功。不兩旬而成。近郭數千家。坐獲膏潤之利。鄉大夫洎其父老。相與立石。用託於他邦。入爲尚書省令史。終更。宰相議留再考。先生力以疾辭。授大興府推官。轉河北東路轉運司都句判官。不一歲。遷遼東路鹽使。舊例。使副判官分辦歲額。而通比增虧。考滿。坐爲同官所累。降太常博士兼秘書省校書郎。至寧元年春。遷同知静難軍節度使事。時西北兵已動。先生以邠城頽圮爲憂。謀之州將。爲浚築計。不合。欲聞之朝。俄改同知許昌節度使事。比到許下。聞夏人入寇。邠已陷。官屬虜而西矣。秋八月。改山東西路兵馬副都總管東平府治中。制下三日。賊虎弑逆。自署太師尚書令澤王。專制除拜。先生卽日以疾告。徑歸陽翟。築屋潁水之上。名之曰寄庵。因以爲號。先生通悟多智。學有原本。明於析理。而勇於赴義。中值大變。知世事無可爲。故一切以蒙晦自居。浮湛里社將二十年。興定元光之間。先生益已老矣。某歲某月日。春秋六十有七。終於隱所。先生喜作詩。律切精嚴似其爲人。雅爲王内翰子端、周員外德卿、趙禮部周臣、李右司之純之所激賞。字畫得於蘇黄之間。畫入神品。賞識至到。當世推爲第一。所在求謁者。縑素填積。隨日月先後償之。謂之畫債。至於星曆、占卜、釋部、道流、稗官、雜家。無不臻妙。絃歌棊槊。在他人以一伎自名者。皆其餘事也。臨終。預剋死期。戒家人勿遽哭。果如期而逝。家人哭不禁。良久開目云。戒汝勿哭。令我心識散亂。言訖復瞑。其明了又如此。先娶里中郝氏。再娶稾城劉氏。三娶河間王氏。有道敏修之女。末娶大興崔氏。冀州倅曼卿之妹。子男三人。澈。方山抽分窯治官。劉出也。次曰治。自幼有文章重名。正大中。收世科徵事郎、長陵主簿。王出也。次曰滋。崔出也。女二人。皆適士族。壬寅某月。孤子治自陽翟護先生之柩歸葬於欒城某原之先塋。葬有日。再拜涕泗謂門下士元某言。先人諸孤。惟治僅存。兵革流離。不得以時歸祔。獲罪神明。無所於死。惟先人不大用於世。故事業無聞。若夫才德之懿。學問之博。志節之堅。鑒裁之公。則不可不白見於後。今表墓有石。吾子盍以所聞見者爲我書之。某竊自念言。自南渡以來。登先生之門者十年。先生不鄙其愚幼不肖。與之考論文藝。商略古昔人物之流品。世務之終至。問無不言。言無不盡。開示期許。皆非愚幼不肖所當得者。今得屬辭比事以相茲役。顧以不獲爲恨。其何敢辭。惟是駑劣。老矣無聞。其何以究闡精微。信示久遠。雖義不可辭。而又有不敢不辭者。因起拜謝不敢當。治重以大誼要責。以爲得先人所知者多矣。孰若吾子之深。與先人相從者多矣。孰與吾子之厚。治不謀若。實治之尤。謀之或違。尤將誰在。於是不得終辭。謹論次其事如右。又系之以銘。銘曰。

君子時中。立不倚偏。經緯萬方。以心爲權。嗟惟先生。中學之傳。得之無息之久。守以不磨之堅。承安玩威。魚脱於淵。虎守天門。四顧垂涎。擊伏主臣。且百且千。曾是下僚。敢相周旋。虎奮其須。赤手往編。恃義與存。豈樂自捐。禍逮至寧。初服歸田。憤請討之無所。寧與賊而同天。人卻也而我前。人安也而我獨遷。行無理違。止不義寒。嗟維先生。其畀也全。材不一能。我則百焉。量測則閎。籌計則賢。藥石可以活國。舟楫可以濟川。抱利器而莫之試。竟匡坐而窮年。一室圖書。我歌我絃。處順安常。無憾下泉。伐石西山。表先生之阡。孰能爲世砥柱。如是之卓然。遺山集

金文最卷九十四

墓碑

朝列大夫同知河間府事張公墓表

元好問

泰和初。元妃李氏干預時政。兄弟同在禁近。聲勢焰焰。鼓動海内。臺諫多以爲言。公時爲監察御史。上書切諫。至有妾上僭、后夫人失位之語。引援古今。陳説成敗。皆君臣之間所難言者。朝議韙之。他御史有與公齊名者。其後畏禍不終。名節埽地。而公守河間。得所以死而死。身滅而名益著。至今言泰和名臣者。惟公可以當之。公諱公著。字庭俊。姓張氏。初名寧。以夢兆改焉。世爲太原陽曲人。曾大父某。知宋將亂。隱居不仕。大父祐。好讀書。尤長於術數。卜葬東山之大石谷。自言卻後三十年。吾宗當有文達者。已而果然。考諱某。資稟寬緩。輕財好施。以詩書棋酒自適。後用公貴。贈朝列大夫。生三子。公其季也。初自童丱。朝列君教之學。長游府庠。即有能賦聲。尋擢明昌二年進士第。釋褐平遥丞。歷洛郊、雲川二縣令。補尚書省令史。考滿。留知管差除。以親老不就。授都轉運使户籍判官。無幾何。拜監察御史。元妃兄黄門喜兒。嘗以水田事私請於公。

公以正義責之。喜兒惶懼而退。虎賊尹大興。固寵負恃。恣爲不法。朝臣無敢言者。公倡諸御史發其姦。章十餘上。章宗言胡沙虎定何罪。但跋扈耳。卿等不相容。乃如此耶。公同中丞孟鑄言。聖明之朝。豈容有跋扈將軍乎。上爲之動容。張仲淹以趨附宰相起家。不十年。至大興尹。公薄其爲人。衆辱之。明日而仲淹死。時人以爲慚憤致卒云。扈從秋山。車駕所經。居民爲近侍所擾。無所於訴。公屏騎從。著大席帽行圍中。杖大奴十數人。權貴爲之斂手。或相警云。大席帽者至矣。其威望如此。泰和四年。以稱職遷同知震武軍節度使事。丁太夫人郭氏憂。起復都轉運副使。改簽南京路按察使事。搏擊豪右。發摘姦伏。威惠並舉。天下想聞丰采。遂有公輔之望。衛紹王大安初。授管州刺史。期年改景州兼漕運使。丁朝列君憂。起復陜西西路按察轉運副使。宣宗貞祐二年。改同知河北東路兵馬都總管兼河間府事。特詔馳驛赴鎮。不踰月。河間受攻。總管不能軍。城遂陷。公方在應辦局。聞之大駭。率城中壯士近千人督戰。歿於陣中。實十一月二十六日也。得年五十有一。夫人李氏。再娶曹氏。俱封清河縣君。子男一人綽。以廕補官。女四人。皆嫁士族。孫男三人。曰革。曰賁。曰恆。公天性孝友。爲宗族鄉黨所知。歷三縣兩州。當官剛果。明於剖析。吏畏民愛。有古能吏之風。太原民羅小七夜殺數人。而考驗無迹。三推不能決。朝命委公鞫之。一問得情。人以爲神明。之政在所敦奬儒學。留意風教。舊俗爲之一變。起文廟於所居安生里社。延致名儒課子弟授業。二姪經、緯。皆有聲場屋間。繼擢上第。張氏遂爲河東文章宗。鄉人至今榮之。孤子綽以某年月日葬公於某所之先塋。禮也。歲癸卯秋九月。某客燕中。緯以世舊之故。徵銘於某曰。自衣冠南渡。二十年之間。無復歸顧之望。叔父墓木已拱。而旌紀寂寥。不肖負釁蒙累。死無以自贖。誠得吾子譔述。以著金石傳永久。則瞑目無恨矣。敢百拜以請。某復之曰。先大夫履正奉公。惟義所在。死生禍福。無所顧藉。天下大夫士飽聞而厭道之。果得掛名表誌。自託不腐。鄉里晚生。預有榮焉。敢不唯命是聽。乃退而論次之。而系之以銘。銘曰。

平易而仁。卓魯之近民。發姦擊强。趙張三王之所以神。此在公爲一節。固已無望於時之人。若夫確固而不移。質直而無文。直前徑行。惟義所存。有言責則致其忠。有官守則致其身。名節凜然。獨爲不二心之臣。聞公之風。益知鄙夫不可以事君。遺山集

内相文獻楊公神道碑

元好問

自孔子考四科及中人下上之次。故孟軻氏於樂正子亦有二之中四之下之説。蓋人之品不齊。而論人之目亦不一。有一鄉之士。有一國之士。有天下之士。有一代之士。分限所在。不能以强人。而人亦不能躐等而取之也。維本朝大定已還。文治既洽。教育亦至。名氏之舊與鄉里之彦。率由科舉之選。父兄之淵源。師友之講習。義理益明。利禄益輕。一變五代遼季衰陋之俗。迄貞祐南渡。名卿材大夫布滿臺閣。若胥莘公和之之通明。張左相信甫之朴直。張太保敬甫、兩趙禮部周臣、庭玉、馮亳州叔獻、王延州從之、李都司之純之儒學。王尚書充之、李都運有之、兩楊户部正夫、叔玉、李坊州執剛之吏能。張大理晉卿之平恕。商右司平叔之雅量。許司諫道真、陳留副正叔之直言極諫。康司農

伯祿、雷御史希顏之剛稜疾惡。累葉得人。於茲爲盛。若夫才量之充實。道念之醇正。政術之簡裁。言論之詳盡。粹之以天人之學。富之以師表之業。則我内相文獻楊公其人矣。識者以爲中國之大。平治之久。河岳炳靈。實生人傑。非宏衍博大之器如公者。曷足以當之。降材爾殊。取稱斯允。商略前後。擬倫名勝。惟其視千古而無愧。是以首一代而絶出。然則元光、正大以來。大夫士推公爲中朝第一而不以百年計之者。知公爲未盡歟。公諱雲翼。字之美。楊氏。其先贊皇之檀山人。六代祖忠客樂平。遂占籍焉。曾祖處士君青。嗜讀書而不事科舉。嘗誨其子孫。言聖人之道無他。至誠而已。誠者何。不自欺之謂也。蓋誠之一物。存諸己則忠。加諸人則恕。是道也。出於人心。誰獨無之。然今山野小人有能行。而世之才智士大夫或有愧焉。吾百不及人。獨此事不敢不勉耳。若等能從吾言。真吾子孫也。祖郁用公貴贈正議大夫。祖妣宋氏追封宏農郡太君。考恆累贈中奉大夫。妣李氏宏農郡太夫人。公資穎悟。初學語。輒畫地作字。殆能記他生之習者。八歲知屬對。日誦數千言。弱冠登明昌五年經義第一甲第一人進士第。詞賦亦中乙科。特授承務郎應奉翰林文字。考滿留再任。承安四年出爲陝西東路兵馬都總管判官。決獄寬平。大爲總管賢宗室長壽所知。泰和元年召爲太學博士。丁内艱。服除授太常寺丞兼翰林修撰。六年南鄙用兵。以本官從左丞揆軍駐汴梁。明年授上京東京等路按察司僉事。初宰相奏是職。章宗先已識公。即可其奏曰得之矣。召見咨以當世之務稱旨。及陛辭諭之曰。卿至官下。有所建明當專達。毋枉執事者。又明年改上京臨潢等路按察司僉事兼本路轉運副使。大安元年翰林學士承旨張行簡薦公才學優贍精於術數。召授提點司天臺兼翰林修撰。俄兼禮部郎中。崇慶元年以病得請歸鄉里。貞祐二年有司例上官簿。宣宗閲之。記公姓名。起授前職兼吏部郎中。三年超禮部侍郎兼提點司天臺充賜宋國歲元國信副使。四年西北兵由鄜延内侵。潼關失守。朝議以兵部尚書蒲察阿里不孫爲副元帥以禦之。公奏阿里不孫言浮於實。必誤大事。不聽。兵交而敗。卒如所料。六年遷翰林侍讀學士同修國史。禮部司天兼職如故。有旨。官制入三品者例外除。以卿遇事敢言議論忠到。故特留之。以便諮訪。卿宜悉吾意也。時右丞相高琪當國。昵信小人。多變舊章。榷貨提舉王三錫。奏請榷油。高琪主之甚力。詔集百官議其事。權户部尚書宗顔、天寵輩百餘人同聲贊可。公獨引趙秉文、時戩等三數人排其議。謂果行此事。是以天下通行之貨爲榷貨。私家常用之物爲禁物。自古不行之法爲良法。竊爲聖朝不取也。議遂格。高琪怒公爲異。竟以事譴公。公不之卹也。興定二年擢拜禮部尚書兼知集賢院事。三年築京師子城。役兵民數萬。夏秋之交。病者相枕籍。公提舉醫藥。飲食躬自調護。多所全濟。城成。進官一階。四年改吏部尚書。且有後命。卿之問望舊矣。今以選曹授卿。宜振肅綱紀。盡革前弊。朕之待卿。當不止此耳。公莅政裁晝有方。凡軍興以來入粟補官及以戰功遷授者。事定之後。有司苛爲程式。或小有不合。一切罷去。公奏從寬收録。旬月政成。不動聲氣而姦吏爲之縮手。朝矕歸焉。九月上召户部尚書高夔及翰林學士趙秉文於内殿。皆賜之坐。問以講和之策。或以力戰爲言。上俯首不樂者久之。公徐以孟子事大事小之説解之。且曰今日奚計哉。使生靈息肩。則社稷之福也。今日奚計哉。上色乃和。十一月改御史中丞。宗室承立權參知政事行尚書省事。於京兆事有不法者。大臣以爲言。詔公就鞫之。獄成。廷奏曰。承立所坐皆細事。不足以累大臣。然臣聞之。向西北二敵合兵來侵。平涼以西數州皆陷。承立坐擁强兵。瞻望不進。鄜延帥臣完顔合達者以孤城當敵衝。且能敗其前鋒。合達之功如此。承立之罪如彼。願陛下明其功罪而賞罰之。則天下知所以勸懲矣。自餘小失。何足追咎。承立由是免官。而合達遂總機務。五年以疾求解。復爲禮部尚書兼翰林侍讀學士。六年四月改翰林學士。元光二年復申前請。宣宗不得已許焉。哀宗卽位。圖任舊人。首命公攝太常卿。正大元年復翰林學士。某月日詔集百官議所以省費者。公以爲省費事小。一户部若司農官足以辦。似不足議。樞密院專制軍政。蔑視尚書省。尚書出政之地。政無大小。當總其綱領。付外施行。今軍旅之事。宰相或不得預聞。欲使軍民利病兩不相蔽。得乎。故獨以此應詔。二月復爲禮部尚書兼侍讀。明年設益政院於内廷。取老成宿德充院官。極天下之選得六人。而公爲選首。名爲經筵。實内相也。每召見。公獨得賜坐。且呼學士而不名也。初命講尚書。公爲言帝王之學。不必如經生舉子分章析句。但知爲國大綱足矣。因舉任賢去邪、與治同道、與亂同事、有言逆於汝心、有言遜於汝志等數條。一以正心誠意言之。敷繹詳明。上聽忘倦。尋進萬年龜鏡録、聖孝聖學之類凡二十篇。公見朝士廷議之際。多不盡所欲言。上下依違。浸以成俗。一日經筵畢。因言人臣事君之道有二。有所謂事君之禮。有所謂事君之義。禮不敢齒君之路馬。蹴其芻者有罰。入君門則趨。見君之几杖則起。君命召不俟駕而行。受命不宿於家。是皆事君之禮。人臣所當盡者也。然國家之利害。生民之休戚。一在敷陳之間。則向所謂禮者特虚器耳。君曰可而有否。獻其否以成其可。君曰否而有可。獻其可以替其否。危言正論。期於益國補民而已。言有不從。雖引裾析檻斷鞅軔輪。有不郵焉者。當是時也。若姑徇事君之虛禮。而不知事君之大義。阿合取容。國家何賴焉。上變色曰。非卿朕不聞此矣。公自興定元光間病風痺。至是而愈。上親問療之之術。對曰無他。但治心耳。此心和平。則邪氣不干。豈獨治身。至於治國亦然。人君必先正其心。然後可以正朝廷正百官。遠近萬民。莫不一於正矣。上矍然知其爲醫諫也。十一月夏人和議成。遣其徽猷閣學士李弁來議互市及振危急者數事。數往反不能決。弁求大臣面論之。朝廷以公往議乃定。四年知禮部貢舉。以考試勞心遘疾。明年八月之七日。薨於私第之正寢。春秋五十有九。累官資善大夫、勳上護軍、爵弘農郡侯。謚曰文獻。娶某郡呂氏。封弘農郡夫人。子男二人。長曰楧。前公卒。次曰恕。擢正大四年經義進士第。女一人。適某族。初。公娶胥氏。左丞通敏公之孫、平章政事惠簡公之女。以事姑嘗有後言。卽日棄去。不以相家子爲難。待二弟仲翼、叔翼。備極友愛。家貲悉推與之。至百負之而不恨。嘗語人言。昆弟之間。若以昆弟待之。則容有不可堪忍之事。但當以父母待之耳。或以爲疑。公曉之曰。父母吾不得而見之矣。得見兄弟。非父母而何。此念一生。雖百世同居可也。一姊適李氏。既寡。挈孤幼來歸。公處之官下。在律疎屬及外親留任所。滿百日則徙他郡避嫌。公言之朝。獨得不徙。撫導二甥。卒爲名士。其長庭簡者。登上第。公天資雅重。自律爲甚嚴。而其待人者寬以約。交分一定。死生禍福不少變。爲天官。爲春官。爲翰長。爲奉常。文章與閒閒公齊名。世號楊趙。高文大册。多出其手。典貢舉三十年。門生半天下。而於獎借後進。初不以儒宗自居。所以教誘之者。率君子長者之事。益其所未盡。而勉其所可致。苦言至戒。或寓於款曲周密之間。異時想聞風采。若龍門之峻朗出天外。及一被接納。則又恨造之之晚也。平居無事。左右圖史。澹默無所營。及當官而行。或論列上前。慨然以天下事自任。知無不言。言無不盡。確乎有不可奪之節。古所謂君子有三變者。於公見之。貞祐以後。主兵者不能外禦大敵而取償於宋。故頻歲南伐。有沮其兵者。不謂之與宋爲地。則疑與之有謀。進士至宰相於他事無不言。獨論南伐。則一語不敢及。公爲太學博士。泰和初建言。便謂宋不可伐。國家之慮。不在於未得淮南之前。而在於既得淮南之後。蓋淮南平。則江之北盡爲戰地。進而爭利於舟楫之間。我之勁弓良馬。有不得騁者矣。彼若扼江爲屯。潛師於淮。以斷饟道。或決水以瀦淮南之地。則吾軍何以善其後乎。及時全倡議南伐。宣宗以問朝臣。公言朝臣多諛辭。天下有治有亂。今但言治而不言亂。國勢有强有弱。今但言强而不言弱。兵家有勝有負。今但言勝而不言負。此議論之所以偏也。臣請兩言之。庶幾見利害之全。夫將有事於宋者。非貪其土地。然第恐西北有警。而南又綴之。則三面受敵耳。故欲我師乘時勢先動。圖宋人今冬不能來或不敢來。此戰勝之利也。就如所料。其利猶未可必。彼江之南。其地尚遠。且有巴蜀爲之輔。雖無淮南。豈不能集數萬之衆伺西北有警而綴我耶。戰而勝且如此。有如不勝。其害可勝言哉。且我以騎當步。理可萬全。臣尚謂恐有不勝者。今日之事勢。與泰和不同故耳。蓋泰和以冬征。而今以夏。此天時不同也。冬則水脈涸而平陸多。夏則水脈盛而泥淖多。此地利不同也。泰和舉天下全力。至於糺軍。亦驅之爲前鋒。今能之乎。此人事不同也。議者徒見泰和取勝之易。而不知今日之難。且以夏人觀之。向日弓箭手之在西邊者。一遇勍敵。則搏而戰袒而射。彼已喪氣。奔北之不暇。乃今陷吾城而虜其守臣。敗吾軍而擒其主將。曩則畏我如彼。今則侮我如此。夏人既非前日。奈何待宋人獨如前日哉。願陛下思其勝之之利。又思敗之之害。無悦甘言。無貽後悔可也。章奏不報。是秋公主貢舉。且取高帝以天下爲度命題以諷焉。時全一軍。尋敗於淮上。幾有隻輪不返之禍。宣宗責諸將言。當使我何面目見楊雲翼耶。河朔民何涇等十有一人。爲游騎所迫泗河而南。有司論罪當死。公上章營救之。曰法所重私渡者。防姦僞也。今平民爲敵所迫奔入於河。爲逭死之計耳。豈有他哉。使吾民不死於敵而死於法。爾後惟有從敵而已。章宗悟。盡釋之。哀宗以河南雨雹。詔公審理冤獄。而不及陝西。公言天地人通爲一體。今人一支受病。則四體爲之不安。豈可專治受病之處而置其餘不問乎。朝廷是之。詔吏部郎中楊居仁審冤陝西。公之重人命慎於兵刑者類如此。所著文集若干卷。校大金禮儀若干卷。續通鑑若干卷。周禮辨一篇。左氏莊列賦各一篇。提點司天臺二十年。雖老於其業。積日累月不能了之事。公一語破的。衆無異辭。有以太一新曆上進者。尚書省檄公參訂。責其不合者二十餘條。曆家稱焉。德陵以庚寅日啓土。司天生陳舜舉言國音屬商。金在庚爲絶。宜用乙酉金旺日吉。詔公決之。公言上行年辛卯。乙酉雖爲金王。終與行年相戾。諱名不諱姓。姓所同也。名所獨也。且五行之説。在漢人猶以爲不經。前世如吕才、一行。皆神於術數。尚辨以爲不可用。本朝部姓。焉可必其於五音何屬乎。卒從公議。有五星聚井辨一篇、天象賦一篇、句股機要、象數雜説、積年雜説。皆藏於祕府。孤子恕奉公之柩。將葬於某原之先塋。涕泗百拜謂門下士元好問言。先公孝弟忠信。始於事親。中於事君。終於兼善天下者。翰林修撰王彪事狀具在。墓當有碑。敢質之以爲請。好問謝不敢當。恕以大義見責曰。先公平生以國士待吾子。乃不得論次遺烈以見於後世乎。好問度不可以終辭。再拜曰謹受教。乃爲件右之。且系之以銘。其銘曰。

天稟之厚百可施。曾門之傳儼若思。菁莪樂育併以資。大器備具無磷緇。山甫吉甫其庶而。魯無君子焉取斯。貞祐南駕傾朝支。忿兵橫出紛僵尸。丁男役苦輸膏脂。公獨上前陳苦辭。同仁一視父母慈。越肥秦瘠小智私。兩淮民命我所司。忍令矛端舞嬰兒。崑崙神泉蕿朮芝。危國可治民不疵。如公豈無匡復姿。天廢商久實爲之。孺子可教猶帝師。惜哉不遭隆準時。東隅之日今晻嗞。顧瞻喬木爲齎咨。峴山墮淚方在茲。零落何必西川詩。遺山集

嘉議大夫陝西東路轉運使剛敏王公神道碑銘

元好問

歲己酉冬十月。故户部尚書王公之子元慶。涕泗謂某言。先公棄諸孤養餘三十年矣。惟是轉徙南北。無歸祔之望。乃今始克襄事。墓當有碑。碑例有銘。今屬筆於子。使不肖孤獲免於有不稱之罪。則瞑目爲無恨矣。敢百拜以請。某以爲先大夫有功吾晉。鄉里晚生與受其賜。今史册散逸。既無以傳信。名卿鉅公立功立事之迹不隨世磨滅者。緊金石是賴。誠得屬辭比事以相茲役。雖文字暗陋。其敢不勉。謹按御史張天綱所譔行事之狀而論次之。公諱擴。字充之。族王氏。世爲定州永平

人。曾大父某。大父某。仕爲縣功曹。國初籍新附之民。畀以符契。使復舊業。歸附後。時或先服後叛者。則別籍次第。拘繆將及。永平功曹輒焚其籍以滅迹。所活無慮數千人。令歎曰。陰德在汝矣。因改服儒業。五子皆教之宦學。三子繼登上第。而仕亦達。功曹得贈儒林郎。妣兩高氏。太原縣太君。邦用公之父也。仕至同知安國軍節度使事。妣劉氏、楊氏。俱用公貴加贈太原郡太夫人。公孩幼嗜學。甫冠從鄉賦卽有聲。時輩無不推伏。擢明昌五年甲科。釋褐鄧州録事。朝廷更定律令。留公不遣。再調懷安令。廉舉徐州觀察判官。召補尚書省令史。考滿授同知德州防禦使事。以山東旱。命馳驛赴官。遂專賑貸東平諸郡。公所至推次乏絶。人受實惠。豪猾不得夤緣爲姦。棣州饑尤甚。公輒例外稟之。平章政事壽國張公宣撫濟南。以德博多盜。檄公總諸郡兵討捕。羣盜悉平。泰和五年吴曦納劍外五州内屬。公以選爲順化軍節度副使。未至州反爲宋。陝西安撫司奏公爲經歷官。俄改真定府判官。八年三月擢拜監察御史。是夏旱甚。詔出諸御史分理冤獄。異時審讞者。專以末減爲事。雖殺人者之罪。亦貸出之。公謂同官言。生人之冤。固所當審。地下之冤。將置不問乎。因力革前弊。時議皆稱其平。使還。言剏設三司不便。大略謂三司之設。民間竊議。當以刻剥爲事。臣愚以爲刻剥固所無。而浮動之言可畏耳。大定間。一曹望之爲户部。天下倉廩府庫皆實。百姓無愁歎之聲。存乎其人、不在改官稱也。今三司所掌。卽户部前日之事。官屬又皆户部舊員。掾屬亦户曹舊吏。豈有愚於户部而智於三司者。惟當復户部之舊。無駭民聽可也。西北路三司簽事張煒以規措陷没縣官錢。詔公鞫之。公比勘失濫錢幣草米。例以百萬計。皆權要假貸之數。先以金幣諸物賂遺黃門李新喜。至是併按之。煒懼不免。倚同舍之舊私有所請。公麾之曰。故舊義重。朝綱當自我壞耶。乃列奏煒内結閹豎。外連權貴。姦贓狼藉。罪在不赦。詔就委公徵理之。他所糾彈凡十餘章。大抵明綱紀正風俗之事。優詔褒諭。特遷兩階。大安三年授同知横海軍節度使事。貞祐初改簽河東北路按察司事。二年太原受兵。賴公保完。宣撫司上其功。進太中大夫、本路按察司副使兼同知轉運使事。明年七月召爲行宫尚書户部侍郎。尋擢河南路都轉運使。南渡以來。庶務草創。皆倚公而辦。不數月。綱紀大小。截然一新。朝譽歸焉。河北苗道潤求封爵。宰相高琪不可。議以他辭卻之。宣宗親問公當如何。公奏曰。帝王以天下爲度。何可逆詐。我雖欲勿許。彼恃威令不能及。將何所不爲。不若因而封之。此高祖所以將韓信也。宣宗顧謂高琪曰。王擴與我意合。其亟行之。太府監歐里白以御膳羊瘦瘠被詰問。白跪奏御羊瘦瘠。轉運使不加意而然。上復問公。卿先朝舊人。號爲知禮。朕知之舊矣。太府之言乃如是。誠有之乎。公進曰。大駕初到。人心未盡安。宜省費以示儉德。比以一羊肥瘠。紛紛不已。以至庭辨。天下知者。以爲有司不職。而不知者。將以陛下日以自奉爲急耳。其於聖德將無少損乎。上忻然曰。卿言是矣。細事再不必言。公一日以事入省。適高琪自閲御羊及校計鵝鴿水食。公問之故。高琪言。聖上焦勞過甚。全藉膳羞資養精力。安敢不備肥好。公折之曰。膳夫之事。何至宰相親臨。高琪默然不能對。心甚恨之。是後每以事相可否。而公都不降下。冬十月潼關破。高琪積不平。奏公爲刑部尚書領關陝軍儲。軍至鄭州而還。高琪奏公復行。公方集官吏騎卒。省符趣行。急於星火。踰月召還。卽付刑曹。以受命不卽行爲罪。有司希高琪旨。當以軍法後至入絞刑。奏上。宣宗曰。十日軍還。十三方差王擴行。何得如此定罪。其審議之。踰月高琪又執前奏。上知公無罪。而重違宰相意。止於褫一階。未幾有旨。特起公遥領隴州防禦使、行六部侍郎規運秦鞏軍儲。别詔慰撫良厚。時興定元年之九月也。公至軍中。復奏疏云。古者内政寓軍令。周井田。漢屯田。唐租庸調。皆其法也。今之軍士。見屯者無慮數十萬衆。而家口又數倍於軍。彼皆落薄失次。無所營爲。惟有張口待哺而已。歲入有限。日給無窮。久不改圖。徒使農民重困。而軍户亦不得安帖。臣愚以爲不若計軍户丁數口○金文選作丁口數。量給地畝。使失業之人皆獲地著。既有恒産。孰不爲自養之計。深汰冗軍。悉歸耕稼。受田初年。給口糧之半。明年各有收斂。可一切減罷。略以一百萬口計之。歲省米三百六萬斛。既豐委積。又免轉輸之勞。遇戰士出征或防秋之役。量增升斗。使糊口有餘。如此則農民止輸正租。餽饟自足。此業已定。中興之本正矣。踰月宣權陝西西路轉運使。二年五月遷陝西東路轉運使。依前行六部尚書。公自以時運不偶。年六十三卽以謝事爲請。尋遷嘉議大夫致仕。先患疽發背。至是增劇。以閏三月十有五日薨於私第之正寢。越三日權殯於長安南慈恩寺。太常攷行。謚曰剛敏。兩娶濟陽丁氏。皆前公卒。贈太原郡夫人。再娶趙氏。封如所贈。子男三人。元慶其長。仕爲歸德行六部郎中。次未名而卒。次元亨。業進士。趙出也。女五人。長適鹽運司管句何其。次適監韓城酒賈仲源。次適同知鎮戎軍州事蒲鮮石魯剌。次適同知鈞州軍州事兼榮澤令張泰亨。次幼在室。公學業富贍。嘗四赴廷試。每舉進士。未嘗不爲考官。臨事有幹局。雖在細務。亦無不經意。在京兆漕司。前政喬公子實、趙公子文。號爲稱職。公表表自見。舉動有法。掾屬奔走從事。無敢後者。評者謂子實寬緩。欲爲不忍欺。子文周密。欲爲不能欺。皆未必能然。獨王公之不敢欺爲有徵云。在太原日。言時病有四。一將不知兵。二兵不素教。三事不豫立。四用人違所長。又陳河東利害、汰冗兵、禁游惰、節浮費、惜民力等二十事。而守禦之策爲多。識者謂公策慮愊億。洞見事幾。雖軍中老臣宿將。料敵致勝。且不能纖悉周密如此。在所皆可行。不特河東而已。爲人體貌嚴正。氣量宏博。自然有公輔之望。至今言名卿材大夫者。公必一二及焉。某既仵右公平生。嘗試妄論之。生才非難。獲用爲難。獲用非難。盡其材爲尤難。大定明昌間。文治爲盛。教養既久。人物輩出。公生於其時。稟賦之美。固已絶人遠甚。加之内承父兄之教。而外漸師友之訓。故能卓然成就如此。至於爲御史。爲外臺。屬典財賦於危急存亡之際。才力恢恢。迎刃而解。宣宗雅知公。暫歷户曹。卽擢三品。蓋有意大用矣。公亦慨然以天下大計自任。期於不負所學。誠使之垂紳正笏。坐於廟堂之上。設施之際。必有大過人者。直道不容。竟爲强臣所摧折。蓋蔽賢之禍。孫劉輩實當之。非獨公爲不幸也。元慶、元亨以某年某月奉公之柩祔於某原之先塋。其銘曰。

剛以作强。敏以赴功。伊誰是名。文武王公。文武維何。維間氣之雄。揚於王庭。靡職不供。登使者車。乘御史驄。搏擊所加。姦宄爲空。公寧經生。儒雅從容。外臺賜環。入計租庸。以給京師。以饟河漕。我從事獨賢。一奮薄躬。論列上前。大計兵農。敺游末而授田。汰冗食而選鋒。是謂元氣之强。而四體之充。成周既東。正塗既窮。扼天關以九虎。失頗牧於禁中。往在北門。身爲金墉。有來梯輴。不利仰攻。孰曰傾朝復支。而不於棟隆。六卿地官。位望維崇。維利器百而試者一。故在公爲不逢。忠臣不和。和臣不忠。名譽寧失。我豈彼同。衣冠堂堂。珪璋顒顒。山立揚休。頽岱嵩而不吾壓。凜乎其有漢名卿之風。遺山集

金文最卷九十五

墓碑

通奉大夫禮部尚書趙公神道碑

元好問

貞祐甲戌。車駕遷南都。武元立國至是百年矣。自中州被兵。朝廷大政。雖以戰守爲急。而大綱小紀。典則具在。武備文事。不容偏廢。若禮樂。若祠祭。若曆象。若宴饗。若學校。若選舉。凡隸於春官氏者。率奉行如故事。故大宗伯之任。尤難其人。時則有若太子太保張公敬甫。洎其仲尚書右丞信甫。內翰閒閒趙公周臣。內相楊公之美。迭膺是選。四賢之後。而公繼之。二十年之間。典章文物。燦然可觀。緊數公是賴。竊謂養士之效。猶種樹。猶作室。培植厚則庇廕之利博。堂構勤則維持之功固。周家之作新民。漢氏之旁求儒雅。數世之後。人有士子之行。家食名氏之舊。王室下衰。而喬木故在。僑札鬱爲時棟。陳許坐鎮雅俗。名德相望。視全盛爲無愧。是知列國大夫流風善政。固已發源於菁莪樂育之日。三國人物高出近古者。猶興廉舉孝。餘波之所及也。語有之。魯無君子者。斯焉取斯。敢以是論公。公諱思文。字庭玉。姓趙氏。世爲永平人。曾大父諱通。潛德弗耀。妣李氏。大父諱傑。贈正議大夫天水郡伯。妣張氏。封天水郡君。考蕃。明法決科。仕至乾州奉天縣令官奉直大夫。用公貴超贈通奉大夫天水郡侯。妣李氏。追封天水郡太夫人。初。公名璜。弟去非。名珩。奉天君夜夢道士書今名。且云二南有不次之喜。寤而解之曰。二南云者。吾兩男子之謂乎。乃命改焉。公天資穎悟。弱冠有賦聲。未幾偕去非擢明昌五年進士第。鄉里榮之。號雙飛趙家。釋褐德順州軍事判官。俄丁外艱。服除。調鳳翔府録事判官權虢略縣事。縣近邊。歲儲粟數萬斛。農人轉輸。苦於停滯。公區處有方。纔旬月而畢。再調虢州司候。轉萊州觀察判官。泰和八年召補尚書省令史。留再考。陞安化軍節度副使兼密州觀察副使。屬中夏被兵。河朔州郡相次陷没。危疑之際。新節度到。軍士閧傳敵人遣間者來。白公欲殺之。公訶之曰。信如所疑。殺之亦無益。儻出於朝命。他日公輩何以自解耶。衆悟皆惶遽而退。既而兵及城下。公率壯士數千赴之。力盡而陷。公自謂徒死無益。乃易衣服。變姓名。挈二子贄克剛北走。時燕都受圍。惟順州堅守。公冒險入焉。順州守王晦薦於朝。詔授禮部員外郎兼大理司直。仍進官兩階。朝廷知公始於此矣。二年都城不守。公潛迹隘巷。以課童子學爲業。明年冬路稍通。公徒步還鄉里。西山經略使苗道潤、永平主將李琛同受恢復之寄。而内實相圖。琛一日謂公言。公朝臣。能爲我持表奏辨曲直乎。公遭離喪亂。心在宗國。恨無路可達。聞琛言。欣然諾之。以三年二月達汴梁。丞相高琪當國。素不喜文士。循常例擬公寶昌軍節度副使。宣宗不悦曰。思文再歸國。忠孝可尚。例授之何以示勸。特授太府監丞。興定二年三月。陞同知西安軍節度使事兼行六部郎中。皇太子控制樞密院。以公知登聞鼓院、充經歷官。通安北堡陷。經略使石虎罪應死。公以事在赦前。不宜失信爲請。皇太子曰。已遣人殺之矣。已而悔之。用是待公加厚。四年三月除右司諫兼治書侍御史。公在樞府久。熟知時弊。乃拜章言四事。大概謂當豐委積、汰冗兵、減軍士家口之妄費者。樞密副使駙馬都尉阿海怒公言兵事。公不卹也。無幾被誣下吏。天子知其冤。有詔勿問。五年正月出知虢州軍州事虢州刺史。虢屯戍所在。刺史領軍馬。例不注文資。上知公材特命焉。及赴官。父老郊迎。歡呼動地。公賦詩有昔日參軍今刺史、當時健卒亦衰翁之句。州人刻石州宅。值歲旱。公步禱山神祠。應期而雨。歲以大熟。陝右兵交。州近闕。有訛言闕失守者。居民不知所謂。狼狽散走。公止之曰。闕至陝。敵越之則必有先聲。何得遽至於此。乃械言者於市。果如公言。民賴以安。六年五月召爲吏部郎中。用薦者兼翰林修譔。陝西旱甚。詔公審理冤獄。布宣上意。多所平反。澍雨爲之霑浹。初河朔擾攘之際。餽餉不給。官募人出粟佐軍補監當官。彰德民孫其姓者。嘗輸白米三千斛。以路梗未經赴選。南巡之後。執文書訴於吏曹。法家例以日月曠久。無從考按報罷。公獨曰。國家用兵之時。以調度不足。業已許人進納。特從權耳。乃今吝一官不之畀。是誣人也。他日或有鬻爵之命。誰當信之。孫竟用公言得補。朝議稱焉。元光改元。陞同知南京路都轉運使事。十二月宣廟升遐。以公爲鹵簿儀仗使。正大元年移同知中京留守事。四年正月改同知開封府事。甲戌以來。河禁嚴密。遂有彼疆此界之限。郡人王義者。家貧無以自養。嘗往林州耕稼。林州陷久矣。義書與家人。比舍竊見之。遂以義家謀叛告。義家人被繫。知府麻斤出至以化内外議刑。罪當死。公持不可。乃上奏云。大河南北。皆吾境也。民吾民也。車駕南渡。暫爲巡幸之計。廟堂日圖興復。初無疆界之分、南北之限。此人果以不幸滅族。是使南避之民。舉無歸顧之望矣。臣竊以爲不可。上省奏大悦。即命赦之。且以義爲定例。有醉人倡言歸十八謀反。歸京師富民。麻斤出資苛刻。胥吏輩承其意。諷使鞫之。公曰。醉者語。於何不有。此必爲富家厭其丐貸。先被麾斥。因酒以泄其憤耳。明日詰之。果然。止以非所宜言杖醉者。時人以明恕稱之。五年八月改汝州防禦使司候。趙玉貪冒無饜。百姓苦之。公繫之獄。郡人狀其罪者。日以十數。例是枉法。罪應死。以官故仍減爲庶人。闔境稱快。狂子李生。不知何從來。去州西南十許里擅自立祠。鑿大池祠前。紿云濟瀆清源王行廟。惑衆售利。愚民賽香紙供土木者。擔負塞路。城中爲之罷市。公察其姦。檄梁縣令張節往問之。李伏罪。廟未畢而毁之。七年正月擢授金安軍節度使。未赴。改集慶軍節度使兼亳州管内觀察使。亳大郡。重兵所宿。軍士陵轢居民。前政不能制。公以静鎮之。軍中私相謂言。節度今上控制樞府時首領官也。吾曹不可輕犯。迄赴召。無一人恣横者。公凡三領郡。在所以寬厚爲化。裁決訴訟。不事苛細。理有不可耐者。時亦窮治之。然終不以得情而爲喜也。故吏畏而愛民愛而畏。藹然有古良民吏之風。報政之後。庭宇清閒。日延賓客。論文把酒。與相娱樂。間作詩樂府。傳達京師。衆公爲之屬和。文采風流。照映一時。至有神仙官府之目。前世江西道院。蓋不足道也。八年三月入拜禮部尚書。十月。慈聖皇太后上仙。公復充園陵使。一時儀禮。多所刊定。天興改元。京師戒嚴。兼攝户部尚書。夏四月望隆德殿起居。秋八月上下舍菜。皆公發之。不幸遘疾。以其年九月之四日。春秋六十有八薨於某里第。越三日權殯某所。官通奉大夫、勳某、封天水郡侯、食邑一千户實封一百户。先娶賈氏。尚書左丞亨甫之女姪。再娶王氏。行六部尚書充之之女弟。再娶李氏。中京推官華國之女弟。皆追封天水郡侯夫人。再娶孫氏。太子太師振之之女。封如三夫人。子男三人。賈所出。贇尚書省令史。克剛奉職。克基行中書省左右司員外郎。女一人。孫出也。適監察御史劉公雲卿之子郁。早以文筆知名。男孫四人。贇之子繼祖。克剛之子遹祖、顯祖。克基之子紹祖。皆未仕。女孫三人。克剛一。適户部曹公景蕭之孫懷諒。二幼在室。公孝弟忠信。出於天性。推其餘以及宗族友朋。無不得其懽心。揚歷中外將三十年。屢以課最聞。而未嘗有答贖之玷。宰相進除目及公名。宣宗必曰。趙思文君子人也。其見知如此。屢典貢舉。所得多名士。被黜者亦無怨言。爲文不事彫飾。詩律精深。而氣質渾厚。讀者謂其宜至大用。有耐辱居士集二十卷傳於時。後公歿十有二年。孤子贇偕夫人孫氏扶護北歸。以二月丙申祔於永平縣某鄉里先塋之次。禮也。諸孤以王内翰百一所譔誌銘見示。且以神道碑銘爲請。好問甫從官學。卽聞高誼。南宮獻賦。誤爲楊浚所賞。桓府參軍。重辱褚哀之問。輒敍東園人倫之舊。以寓西州華屋之感。恨知之者未盡。推之者未至。何媿辭之有焉。其銘曰。

高門之仁。舞雩之春。儒雅以飾吏事。奚智數之足云。貞松後彫。良玉不焚。忠信而結主知。允矣貞良之臣。君子謙謙。恭人温温。完名始終。世所見聞。異代而得良史。尚有攷於金石之遺文。

遺山集

內翰王公墓表

元好問

歲癸卯夏四月辛未。內翰王公遷化於泰山。初公以汴梁破歸鎮陽。閒居無事。每欲一登泰山爲神明之觀。然因循未暇也。今年春。渾源劉郁文季當以事如東平。乃言於公之子恕。請御公而東。公始命駕焉。東平嚴侯榮公之來。率賓客參佐。置酒高會。公亦喜此州衣冠禮樂有齊魯之舊。爲留十餘日。乃至奉符。府從事上谷劉翊子忠以嚴侯命從公遊。偕郡諸生五六人以行。公春秋雖高。而濟勝之具故在。及迴馬嶺褰裳就道。顧揖巖岫。欣然忘倦。迤邐至黃峴峰。憩於萃美亭之左。顧謂同游言。汩没塵土中一生。不意晚年乃造仙府。誠得終老此山。志願畢矣。乃約子忠先歸。而遣其子恕前行視夷險。因就大石上垂足而坐。良久瞑目若假寐然。從者怪其移時不寤。迫視之。而公已逝矣。支體柔輭。顏色不少變。子忠諸人且悲且駭。以爲黃冠衲子終世修靜業。其坐脱立化。未必能爾。謂公非仙去。可乎。卽馳報州將。扶舁而還。安置於郡北之岱嶽觀。又明日。孤子恕奉喪西歸。嚴侯特以參議張澄仲經護喪焉。議者謂泰山爲天壤間一巨物。其神之尊且雄。有不可誣者。齊景公伐宋。夢有隨而訴之者。當時以爲師過山下不祭而然。秦始皇帝鞭笞六合。志得而意滿。欲以封禪夸萬世。乃爲大風雨之所匽薄。萬乘且然。況其下者乎。若夫天門日觀。邈若世外。霞景靈異。水木清潤。宜有閎衍博大之真人往來乎其間。前人謂草堂之靈迴俗駕而謝逋客者。非寓言也。惟公名德雅望。爲天下大老。版蕩之後。大夫士求活草間。往往倚公以爲重。至於鄙朴固陋挾兔園策而授童子學者。亦皆想聞風采。争先覩之爲快。謂不爲山之靈所貪慕。吾不信也。夫人以境適。境亦用人勝。故古今以人境相值爲難。謝安之海道東還。李白之匡山歸老。雅志未遂。零落中涂。杜陵見於感詠。而羊曇爲之慟哭。以今較之。公可以無恨矣。恕既還鄉里。以六月辛未。舉公之柩葬於新興里之某原。祔先塋也。冬十月好問拜公墓下。恕持門生某人譔公行事之狀。以銘爲請。乃泣下而銘之。公諱若虛。字從之。姓王氏。藁城人。自先世以農爲業。考諱靖。質直尚義。樂於周急。鄉人有訟。多就決之。後用公貴贈朝散大夫。妣石氏。太原縣太君。考妣俱以上壽終。公卽朝散君之第二子也。幼穎悟若夙昔在文字間者。鎮人以文章德行稱者。諸公茂先而後。有周先生德卿。德卿公舅行。自齠齔間識公爲偉器。教督周至。盡傳所學。及官四方。又託之名士劉正甫使卒業焉。弱冠擢承安二年經義進士甲科。俄丁朝散君憂。服除。調鄜州録事。治化清淨。有老成之風。歷管城、門山二縣令。門山之政。尤爲縣民所安。秩滿。老幼攀送。數日乃得行。用薦者入爲國史院編修官。稍遷應奉翰林文字同知制誥。奉使夏國還。授同知泗州軍州事。留爲著作佐郎。哀宗正大初。章宗、宣宗實録成。遷平涼府判官。未幾召爲左司諫。正大末以資歷轉延州刺史。不拜。超翰林待制。遂爲直學士。天興初冬十二月。車駕東狩。明年春正月。京城西面元帥崔立劫殺宰相。送款行營。羣小獻諂。請爲立建功德碑。以都堂命召公爲文。喋血之際。翟奕輩恃勢作威。頤指如意。人或少忤。則横遭讒搆。立見屠滅。公自分必死。私謂好問言。今召我作碑。不從則死。作之則名節埽地。貽笑將來。不若死之爲愈也。雖然。我姑以理諭之。乃謂奕輩言。丞相功德碑當指何事爲言。奕輩怒曰。丞相以京城降。城中人百萬皆有生路。非功德乎。公又言。學士代王言。功德碑謂之代王言可乎。且丞相既以城降。則朝官皆出丞相之門。自古豈有門下人爲主帥誦功德而爲後人所信者。問答之次。辭情閒暇。奕輩不能奪。竟脅太學生託以京城父老意而爲之。公之執義不回者蓋如此。京城大掠之後。微服北歸。以至游泰山浮湛里社者十餘年。得壽七十。娶某郡趙氏。封太原郡夫人。子男一人。即恕也。女一人。嫁爲士人妻。所著文編。稱慵夫者若干卷、滹南遺老者若干卷傳於世。公資稟醇正。且有師承之素。故於事親待昆弟及與朋友交者無不盡。學無不通。而不爲章句所困。頗譏宋儒經學以旁牽遠引爲夸。而史學以探賾幽隱爲功。謂天下自有公是。言破即足。何必呶呶如是。其論道之行與否。云。戰國諸子之雜説寓言。漢儒之繁文末節。近世士大夫參之以禪機玄學。欲聖賢之實不隱難矣。經解不善張九成。史例不取宋子京。詩不愛黄魯直。著論評之凡數百條。世以劉子玄史通比之。爲人强記默識。誦古詩至萬餘首。他文稱是。文以歐蘇爲正脈。詩學白樂天。作雖不多。而頗能似之。秉史筆十五年。新進入館。日有記録之課。書吏以呈宰相。必問王學士曾點竄否。又善持論。李右司之純以辨博名天下。杯酒淋漓。談辭鋒起。公能三數語窒之。惟有歎服而已。高琪當國。崇奬吏道。從政者承望風旨。以榜掠立威。門人張仲傑爲縣。公書喻之曰。民之憔悴久矣。既不能救。又忍加暴乎。君子有德政而無異政。史傳循吏而不傳能吏。寧得罪於人。無獲罪於天可也。此書傳世。多有慙公者。朝臣論列。所見不能一。公從容決之。處置穩愜。至楊吏部之美、楊大參叔玉。亦推服焉。雅負人倫之學。黑白善惡。皆了然於胸中。值真識者始一二言之。朝議以公於中外繁劇至於坐廟堂進退百官者。無不堪任。特以投閒置散。不自衒鬻。故百不一試耳。典貢舉二十年。門生半天下。而不立崖岸。雖小書生登其門。亦殷重之。滑稽無窮。談笑尤有味。而以雅重自持。朋會間。春風和氣。周浹四坐。使人愛之而不能忘也。自公殁。文章人物。公論遂絶。人哭之者云。卻後幾何時。當復有如公者乎。嗚呼哀哉。其銘曰。

其秉心也。磨而不磷。其及民也。静而無譁。慕樂天之高而不禪逃。挾東方之雄而不辭夸。老儒便便。留書五車。我知天下之至理。寧當貴其多。小廉拘拘。規以匿瑕。而不知用其和。翕集羣賢。從我嘯歌。春風時雨之沾浹。枯枿爲華。嗟惟公乎。孰當測其涯。飄然而來。其必於瀚海而鯨波。汎然而遊。亦何計乎東觀之與鑾坡。泰山天門。有物禁訶。蓋仙聖之所廬而今得以爲家。然則爲瑞人神士者。其翕忽變化固如是耶。遺山集

内翰馮公神道碑銘

元好問

所貴於君子者三。曰氣。曰量。曰品。有所充之謂氣。有所受之謂量。氣與量備。材行不與存焉。本乎材行氣量而絶出乎材行氣量之上之謂品。品之所在。不風岸而峻。不表襮而著。不名位而重。不耆艾而尊。是故爲天地之美器。造物者靳固之。不輕以予人。閲百千萬人之衆歷數十百年之久。乃一二見之。同乎其時。非無孤儁偉傑之士。從容於禮文之域。角逐乎功名之會。惟其俗不可以爲雅。而劣不可以爲勝。故自視缺然。陳太丘事業無聞。而名重天下。房次律坐鎮雅俗。而舉世以王佐

許之。施之當時。未必適用。然千載而下。有爲之斂衽者。非品何以得之。元光正大以來。天下大夫士論公平生者蓋如此。公姓馮氏。諱璧。字叔獻。别字天粹。其先定州中山人也。曾大父居酒。贈承務郎。大父仲尹。天眷初以進士起家。仕爲中議大夫、同知山東西路轉運使事。考子翼。正隆初進士。中順大夫、同知臨海軍節度使事。殁葬真定縣三橋里之南原。子孫遂爲縣人。鄭内翰景純、路孟州宣叔述世德之舊備矣。公幼穎悟不凡。始解語。中議君置之膝上。戲問未嘗見之物。而能以近似者名之。中議君喜曰。吾孫文性見之於此矣。弱冠補太學生。賦聲籍甚。諸人無能出其右者。承安二年中經義乙科。制策復入優等。調莒州軍事判官。宰相以公學問該洽奏留校秘書。丁繼母張夫人憂去官。服闋再調遼濱主簿。縣有和糴粟之未給價者餘十萬斛。散貯民居。而以富户掌之。中有腐敗者。則責償於民。歲既久。官吏囊橐爲姦。民殊以爲苦。公白於漕司。即日還之民。一境稱快。丁臨海君憂。四年調鄜州録事。明年王師伐蜀。刑部檄充軍前檢察。帥府以書檄委之。章廟欲招降吴曦。詔先以文告曉之。然後用兵。公檄蜀既以上意諭之矣。蜀人守散關不下。我軍得奇道突出關背。殺獲甚衆。公爲參佐。言彼軍拒守而并禍其民。無乃與詔書相戾乎。主帥聞而憾之。擠公招兩當潰卒。公即日率鳳州已降官屬淡剛、李果偕行。道逢軍士所得子女金帛牛馬。皆奪付剛使歸之其家。軍則以違制決遣之。比到兩當。軍民三萬餘衆鼓舞迎勞。公以朝旨慰遣之。其還也。帥始以公爲賢。奏遷一官。五年。借注東阿丞。召補尚書省令史。用宰相宗室承暉薦。授應奉翰林文字同知制誥兼韓王府記室參軍。俄以太學博士兼前職。至寧初。賊臣弑逆。隨以子渭婚假去官。貞祐初。宣宗幸汴梁。公時避兵東方。從單父渡河詣行在所。宰相奏復前職。被樞密院檄行視河防。條上津渡屯戍之策。二年同知貢舉事竟。詔公乘傳講究陜西守禦方略。三年遷翰林修撰。山東河朔軍六十餘萬口。率不逞輩竄名其間。詔公攝監察御史汰逐之。公與同官立式。軍户僑寓民家者。主人具丁口上之官。冒增僞代。主客同坐。總領撒各門冒券四百餘口。劾案以聞。詔杖殺之。故使節所至。争自首。減幾及於半。復進一官。初。監察御史本温。被命汰宗室從坦軍於孟州。軍謀爲變。本温懼。不知所爲。尋有旨北軍沈思忠以下四將屯衞州。餘衆果叛入太行。本温益懼。宿留孟州。樞密院奏公代本温竟其事。公至衞。召四將諭以上意。思忠挾叛者請公還奏之。公責以大義。辭直氣壯。將士慚服。不半日就汰者三千人。六月改大理丞。詔與臺官行關中。劾奏姦贓之尤者商州防禦使宗室重福、諫議大夫石者而下十數人。陜西行臺以夏寇之警奏事定理問。詔公還。朝貴自是側目矣。興定初。京畿春旱。詔禮部尚書楊雲翼暨公審理在京刑獄。事竟而雨。人以爲無冤民之應。七月遷南京路轉運副使。三年春。上以宋人利吾北難歲幣不入者累年。假公安遠大將軍、兵部侍郎充國信副使副吕子羽詳問。宋人拒於淮上。使者不得行。明年行臺兵南伐。當由壽春涉淮抵滁陽。詔京東總帥紇石烈志攻盱眙。仍繫浮梁。以備臺兵之還。志小字牙古太。强臣之尤難制者也。臺兵且南。志以盱眙不易攻。旋領精騎由滁州略宣化。縱兵大掠。故臺兵所至。悉爲志軍所殘。原野蕭條。無復人迹。宋人堅壁不戰。遂迤邐而東。擬取道泗州。宋復屯重兵盱眙。沿淮戰艦如櫛。我軍乃泝淮西上。僅由壽春而歸。行臺奏志故違元授節度。以故無功。詔公佩金符鞫之。公馳入志軍。

奪金符易以他帥。攝志入獄。獄之外軍士譁譟。以我帥無罪爲言。公怒責志曰。元帥欲以兵抗制使耶。帥臣待罪之禮。恐不如此。使者當還奏之。獄不必竟也。志伏地請死。公言。兵法。進退自專。有失機會以致覆敗者斬。卽用所擬聞。時議壯之。再授翰林修撰。十月改禮部員外郎權右司諫治書侍御史。詔問時務所當先者。公上六事。大率言減冗食。備選鋒。緩疑似以愼刑。擇公廉以檢吏。屯戍革朘削之弊。權貴嚴請託之科。又言山東地方數千里。齊、魏、燕、趙皆在其中。士馬强富。豪傑輩出。耕蠶足以衣食天下。形勢足以控制四方。彼疆此界。且在所必争。況本吾版圖中物。迺置之度外乎。國家所以無東意者。不過謂財力單屈。有所不暇。或謂前日已嘗出兵而事竟不成。故置而不論耳。臣以爲不然。兵出無功。固不可因噎而廢食。生聚教育。蓋有馴致之道。必先富强而後進取。陛下亦安能鬱鬱久居於此乎。又條自治之策四。謂别賢佞。信賞罰。聽覽以通下情。貶損以謹天戒。又論賢不肖渾殽曰。崇慶初。西南路招討使九斤請先事用兵。仍乞詔夏人爲犄角計。執政者沮撓之。策爲不行。不旋踵而有縱敵之禍。大丞相承暉正色立朝。凛然社稷之鎮。而姦人忌之。擠守都城。人臣而死社稷。在承暉爲無恨。然宗室賢相。安危之所繫焉者。而以姦人之謀。使之無益而死。天下爲國家惜之耳。臣嘗謂賢不肖之不分久矣。夫惡惡著。則賢不肖别。賢不肖别。則天下可運之掌。於恢復乎何有。詔以東方饑饉。盜賊並起。以御史中丞百家爲宣慰使。監察御史道遠從行。道遠發永城令簿贓賕。百家與令有連。付令有司。而釋簿不之問。燕語之際。又許參佐克忠等臺官。公皆劾之。百家竟得罪去。初諜者告歸德行樞密院。言河朔叛軍有竊謀南渡者。行院事知府胡土門、都水監使毛花輦易其言不爲備。一日。紅衲數百連筏逕渡。殘下邑而去。朝廷命公鞫之。公以二將託疾營私。聞寇而弛備。且來不戰去不追。在法皆當斬。或以爲言。二將皆寵臣。而都水者貲累巨萬。若求援禁近。必從輕典。公徒結怨權貴。果何益耶。公歎曰。睢陽行闕。東藩重兵所宿。門庭之寇。且不能禦。有大於此者復何望乎。有法而已。吾不知其他。卽以所擬者聞。四年遷刑部郎中。關中旱。詔公與吏部侍郎畏忻審理冤獄。時河中帥阿虎帶及僚屬十數人。皆以棄城罪當死。繫同州獄待報。同州官承望風旨。問公何以處之。公爲言故相賈公益兼判河中。聞絳陽受兵。悉軍捄之。鉦鼓旂幟連延數十里。敵聞捄至解圍去。僚屬請於公。公不守河中而捄絳陽。設兵至城下。何以待之。公言諸君未之思耳。吾捄絳陽。所以守河中也。諸人皆謝不及。河中在今日尤爲重地。朝議擬爲駐蹕處也。本根不固。則河南陝右有脣亡之憂。以渠宗室勳貴。故使鎭之。平居無事。以預備爲言。竭民膏血爲浚築計。剽騎纔及解梁。乃以金城之險爲不足守。遽焚蕩而去。驅迫老幼。塡塞枕籍。爭舟而上者千百而一。哭聲震天。流尸蔽川而下。煩冤之民。無所於訴。此而不誅。三尺法無所用矣。吾常恨南渡倉卒。賈公之功不蒙顯異。然則不經之失。可使復見於今乎。竟以無冤上之。冬十月出爲歸德治中。未幾改同知保靜軍節度使事。又改同知集慶軍節度使事。於是。公之年甲子周矣。自衞紹王專尚吏道。繼以高琪當國。朝士鮮有不被其折辱者。公憂畏敬愼。不忽遺細微。故自釋褐至今將三十年。而公私無笞贖之玷。然其撫四方者亦倦矣。到官不踰月。卽上章請老。進通議大夫一官致仕。徑歸崧山。愛龍潭山水。有終焉之志。結茅並玉峯下。旁有長松十餘。名之曰松庵。因以爲號。自少日留意攝生。俛仰屈信。通昔不少倦。是以神明不衰。飲食起居處豐儉之間。臺閣舊游。門生故吏。問遺山中者不絶。非若一節之士。逃匿於空虚之境。以憔悴枯槁而爲高也。明窗棐几。危坐終日。琴尊硯席。翛然無塵埃。客至廢書。清談雅論。俗事不掛口。或與之徜徉泉石間。飲酒賦詩。悠然自得。嘗畫管幼安濯足圖以寄意。其趣尚略可見也。所釀酒名松醪。東坡所謂歎幽姿之獨高者。惟公能盡之。客有以京國名酒來與之校者。味殊不可近。正如與深山草衣木食人語。覺傭兒販夫塵土氣爲不可嚮也。山多蘭。每中春作華。山僧野客。人持數本詣公。以香韻高絶者爲勝。少劣則有罰。謂之鬬蘭。鬬蘭松醪。遂爲山中故事。正大壬辰河南破。乃北歸。以庚子七月十有四日終於家。春秋七十有九。某日。孤子渭奉公之柩祔於臨海君墓之側若干步。夫人趙氏。汝州刺史周卿之孫。兵亂中曁三女俱失之。渭南京右廂機察。孫運安尚幼。公姿高朗。儀觀峻整。燕居未嘗有惰容。子弟化之。童幼皆以孝謹稱。母李氏爲臨海所絶。公奉之於外家。而事張夫人惟謹。嫌疑之地。能使内外無間言。公殁悉以圖書第宅讓諸弟。獨護養小弱弟填與同甘苦。族弟理七歲失怙恃。而貲産殊厚。公慮爲奴輩所侵。籍於有司擕理之官下。及長乃付之。理迄於有成。其與人交也。先難而後固。似疎而實親。雖幼同硯席者。亦皆嚴憚之。左丞董公紹祖奉使江左。得公詩餞行。喜見顔間。詩四韻。每誦一句。輒爲一舉觴。李右司之純談笑此世爲不足玩。見公必爲之愯然。王延州從之公於鑒裁。爲海内稱首。敬公名德。至不敢以同年生數之。學長於春秋。詩筆清峻。似其爲人。字畫楚楚有魏晉間風氣。雅爲禮部閑閑公所激賞。制誥典麗。當代少見其比。尺牘又其專門之學。風流藴藉。不減前世宋景文。往在京師。渾源雷淵、太原王渥、河中李獻能、龍山冀禹錫。從公問學。其人皆天下之選。而好問與焉。自辛卯壬辰以來。不三四年。而吾五人。唯不肖在耳。故渭以譔述墓碑莫好問爲宜。尚憶公還鎮陽。過好問冠氏。時方爲中暍所苦。然語及舊事。則往往色揚而神躍。以公初挂冠時較之。其神情故未減也。意天錫公難老。使後生望見眉宇。以知百年以來文章鉅公、敦龐耆艾、故家遺俗蓋如此。私竊慨歎。使公得時行道。褒衣大冠。坐於廟堂。託六尺之孤。寄百里之命。招之不來。麾之不去。何必減古人。朝廷用違其長。顧每以城旦書見役。卒使之不遇而去。雖淮陽非公所薄。孫劉輩有不得不任其責者耳。嗚呼。公已矣。渭所以屬筆者。其可辭哉。乃爲論次之。銘曰。

維公之生厚有基。陽剛在中鯁自持。巖巖清峙峻以奇。塵表朗出莫可梯。白筆一奮雷風馳。眈眈虎如毛髮威。奔走魍魅號狐狸。元精降材匪一機。三光九泉絶等夷。大君裁成相所宜。望公廟堂佩安危。磬氣不動山四維。冠之惠文其敢卑。九鼎大呂棄若遺。負而趨者先所窺。鳳兮德衰天實爲。正有來者吾何追。竝玉之麓草木腓。兩崖出泉懸素霓。朝猿與吟暮鶴飛。不飲不食玉雪肌。幼安東還人代非。臨流濯足尚庶幾。滹河北原公所歸。墓形馬鬣大茂齊。龜石有銘告無期。公名萬年我前知。遺山集

金文最卷九十六

墓碑

國子祭酒權刑部尚書内翰馮公神道碑銘

元好問

歲壬辰夏四月辛丑。京城受兵。刑部君逃難倉皇。遂與家人相失。明日事定。君之子源、吉輩求訪百至。幸其微服而北也。乃渡河物色之。於大名。於東平。於平陽。於太原、大興、大定。閱三數年之久。歷萬餘里之遠。間關險阻。飢凍困踣。瀕於死者屢矣。然亦竟無所見。乙巳冬好問過大名。始以所聞告君之季子亨。蓋君既爲騎兵所得。欲擁而北。行人有見之者。謂君情辭慷慨。義不受辱。竟自投城旁近井中。亨乃發喪行服。又將以故事奉君衣冠葬於某所。以好問嘗得幸於君。涕泗百拜以碑銘見請。謹爲次第之。公諱延登。字子駿。姓馮氏。世爲吉州吉鄉人。曾大父世安。以醫名河東。鄉里推其陰德及物。謂子孫當有起其家者。大父成。易醫而農。父時。頗知讀書。且好與羽人禪客游。後用君貴贈資善大夫始平郡侯。妣柳氏。始平郡太夫人。生二子。君其仲也。幼穎悟不凡。初入小學。輒云吾家生我。將不復耕鉏矣。少長從鄉先生作舉子。即有聲場屋間。年二十三。登章宗承安二年詞賦進士第。解褐臨真主簿。再調德順州軍事判官。泰和元年知懷寧寨事。部使者舉廉能。轉寧邊縣令。衛紹王大安元年秋七月霜害稼。民無所於糴。官爲發粟賑貧。君躬自區處。全活不勝計。刺史滏陽趙公周臣慨然以良民吏許之。三年丁内艱。宣宗貞祐二年起復。補尚書省令史。知管差除。五年授河中府判官兼行尚書省左右司員外郎。興定五年充國史院編修官。考試開封進士。改太常博士。未幾出爲平涼路行尚書省左右司員外郎。元光初遷鞏昌軍節度副使。員外郎如故。明年十月召爲吏部郎中兼翰林修撰。俄以知登聞鼓院兼修撰奉使夏國。就充接送伴使。哀宗即位。正大元年超翰林待制同修國史兼鼓院事。三年考試宏詞科。尋被詔審理冤滯。七月出爲京兆行尚書省左右司員外郎。五年授睢州刺史兼行大名府治中。尋改京兆府路司農少卿。七年復翰林待制充御前讀卷官。仍試宏詞。十二月遷國子祭酒。借注翰林學士承旨榮禄大夫充國信使。以八年春奉國書見於虢縣之御營。有旨問。汝識鳳翔帥否。對曰。識之。又問。何若人。對曰。能辦事者也。又問。汝能招之使降。即貰汝死。不則殺汝矣。曰。臣奉書請和。招降豈使者事乎。招降亦死。還朝亦死。不若今日即死之爲愈也。明日復問。昨所問汝曾思之否。對如前。問至再三。君執義不回。又明日乃諭旨云。汝罪應死。但古無殺使者理耳。君鬚髯甚偉。乃薙去。遷之豐州。壬辰。河南破。車駕駐鄭州。有旨發還。三月入京。哀宗撫慰久之。復祭酒。歷禮吏二部侍郎。權刑部尚書。明年遭變。得年五十有八。積官資善大夫勳上護軍封始平郡侯。食邑千户食實封一百户。娶同郡樊氏。同官縣令邦憲之女。封始平郡侯夫人。後君兩月卒。子男三人。皆用廕補。源。廣威將軍嵩州軍資庫監。吉。廣威將軍睢州軍事判官。亨。忠顯校尉遥授靈寳校尉。二女。長嫁盱眙元帥府經歷官張愷。次嫁監湖城税藺公輔。男孫三人。曰魏孫、衆奴、千奴。女孫二人。長適進士徐升。其幼在室。君資謹厚。寡於言笑。外若平易。而臨事有執持。死生禍福不少變。初入官。遂有能名。懷寧先無廟學。君爲伐縣中長生柳取以爲材。廟甫成。有芝十八莖生大成殿梁間。時人異焉。在寧邊日。學詩於閑閑公。從是詩律大進。緻密工巧。時輩少見其比。及入翰苑。一日直宫省殿。上急召草官誥三篇。君援筆立就。文不加點。壽國高公大加賞異曰。學士才藻如此。而汝礪不能盡知。慚負多矣。因命録所業以獻。君諾之而不之奉也。或以爲言。丞相求君文甚懃。何自閉之深也。君曰。仕宦窮達。在我而已。何至假人耶。吉鄉别業。有溪水當其門。故君以横溪翁自號。有横溪集若干卷行於世。平生以易爲業。及安置豐州。止以易一編自隨。日夕研究。大有所得。既歸。集前人章句爲一書。目曰學易記。藏於家。竊謂君於生死之際。剛決如此。殆有得於易之所謂知命者。非耶。系之以銘曰。

日吉兮時良。鬱佳城兮君所藏。仁者之勇兮決以剛。身已滅兮名益光。何以命之兮北方之强。天厚之報兮復且昌。世侯伯兮歲烝嘗。横溪兮洋洋。植豐碑兮墓旁。魂歸來兮安故鄉。滯淫盜墟兮亦何望。遺山集

順安縣令趙公墓碑

元好問

公諱雄飛。字真卿。姓趙氏。世爲博之高唐人。曾大父某。大父極。皆潛德不耀。鄉里以善人稱之。父忠信。資稟通悟。喜接近儒士。及公生。愛其風骨有起家之望。正隆末。寇盜蜂起。公方在襁褓。舉家藏匿林莽間。懼爲盜所迹。祝兒勿啼。啼則累我。竟以不啼免難。宗黨異焉。童丱入學。記誦出他兒上。稍從鄉先生受賦業。未三十。四赴殿廷。擢承安二年乙科。釋褐長垣主簿。縣瀕大河。時新被水害。廬舍漂没。城壁頹圮。公日以捄災爲事。公廨已毀。僑寓編民家。上漏下濕。若不可一日居者。公泰然安之。而不以煩民也。初水壞廟學。先聖十哲塐像遷開封縣之青岡。安集稍定。首建新學。躬率吏民。迎奉以歸。其審於先後緩急類如此。縣民佃鎮防軍田。既淤墊。有未嘗投種者。營卒恃勢徵租不少貸。民無所於訴。任其淩轢。有奪之牛者。公捕繫之。白按察司嚴督主兵者。視實種畝如干收入幾何輸之。訴租者不得逞。佃户以安。流散來歸者。十倍其初。士子即廟學植碑頌之。再任南樂簿。適令闕。公攝縣務。南樂劇邑。民頑事殷。號爲難理。署事之初。有惡子號舍五十者。以公書生易之。詣縣廷自陳云。民以受杖自拌。敢以獻。公諭之曰。國法加有罪者。汝無罪。杖之何名。惡子又謂公爲懦也。乃公爲横恣。無所顧藉。不數日。以故毆被訟。公械之市三日。切責之。科決無所增。而其受痛至移晷之久。惡子慚恨自斂。迄終更。境内凶狡無復犯者。躬教諸子學。不聽外出。每患經史不備。妨於指授。或言文士李夏卿家文籍甚富。假借用之。

宜無不從。公曰。夏卿藏書。我寧不知。然渠家闔縣首户。予雖曾同場屋。今部民矣。與之交通可乎。是後邑子有來請益者。亦謝遣之。識者以爲治官有業。與農功無異。農夫噓牛曝背。寒耕熱耘。知有盡地利而已。終不以逢年爲幸也。惟其治田不鹵莽。故田亦不鹵莽報之。公早有時譽。聞老師宿學論議爲多。纔佐二縣。仕之初筵。乃能以任重道遠自力。若將死而後已者。其宏毅爲可見矣。卒之吏畏而愛民愛而畏。藹然有良吏之風。猶之於農。其不以逢年爲幸者歟。秩滿遷懿州順安令。挈家北赴。過廣寧。愛其山水清美。且去瓜期尚早也。姑留寓焉。不幸遘疾。以泰和四年十月之八日。春秋四十有七。終於寓舍。積官至某郎。娶解氏。習於儒素之訓。二女姪恩過所生。拊孤者以爲難能。後公二年卒。子男四人。長曰安上。初應進士舉。晚乃學道。次安常。早卒。次安世。貞祐二年詞賦進士。無愧先達。而能謙默自將。正大中臺省交薦。拜監察御史。時論以剛柔適中歸之。北渡後。被召授參議京兆宣撫使司事。改佐河平軍儲。次安國。以廕補監涇陽税司卒。女三人。長適鄜陵醋務監馮鵬舉。次未笄而夭。男孫四人曰遹。餘早卒。安世既通貴。得贈公中大夫、輕車都尉、天水郡開國伯。夫人天水郡太君。初廣寧受兵。安上等崎嶇百死中扶護東遷。藁葬於縣北大李莊之某原。是後伯仲季偕没。獨安世流寓河南。汴梁既下。猶復旅食異縣。蓋四十年後。始用今年七月日改卜。舉公洎夫人之柩祔於先塋之次。禮也。安世既襄事。訪某於鎮陽。涕泗百拜請曰。先大夫之葬。棺槨衣衾。不能無悔。顧已無及矣。今墓已樹木。寂無旌紀。其何以贖有而不彰之罪乎。高聘君哀安世不夭。既銘誌石矣。聞之諸公。謂吾子紀述國來名卿賢大夫言行以傳不朽。不勝區區之情。敢以墓碑爲託。某再拜曰。固所願也。乃爲之銘曰。
受質堅白無磷緇。持心權衡平設施。古難其人公如斯。行可士矩政吏師。百未一試遽奪之。彼嚚耋
老誰所資。碑石有銘無愧辭。網羅放失會有時。幽光發越兮神匪私。遺山集

通奉大夫鈞州刺史行尚書省參議張君神道碑銘

元好問

保静一軍。北當沂海滕兖濟單之衝。南控淮楚。重兵之所宿。大河而南。最爲重鎮。興定二年詔以元帥右都監剋石烈志開府此州。不終歲。復有總統東道諸帥之命。志由親衛起身。以小字牙吾塔行。宋人訛傳。又以盧國瑞目之。其所統兵。屯戍之外。隸帳下者步五千騎二千而已。爲人强悍騺猛。操縱叵測。用兵知變化。往往闇與古合。自二年泗州乘勝席捲之後。靈壁、土山、龜山、蒙城、五河、九岡。前後殺獲。莫可勝計。先聲所及。宋人爲之膽落。兩淮之間。名姓可以止啼。署字可以怖瘧。勳伐既高。知朝議倚以爲重。乃高自標置。日有跋扈之漸。朝廷亦無如之何。使者銜王命。或被省檄計事東方。凜凜危懼。如遇大敵。應對之際。横被凌轢。殆一食頃不可與居。而君乃以幕屬與之從事者十有三年。計舉世敢與之抗者唯君一人。君始以諸生仕臺閣。衣冠顏貌。見者以爲懦而不武。志初亦甚易之。及與之議軍務。凡獨任胸臆。妄有執持。君必爲之委曲開諭。不動聲氣。獷悍化而柔良。既久乃更親愛。外有手足之託。而内有骨肉之義。志雖高亢偃蹇。卒能免於顛滅之禍者。君之力爲多。蘧伯玉爲顏闔説養虎。人以爲莊周氏之寓言。以君之事觀之。世乃真有養虎

者。至於時其飢飽。達其怒心。虎之與人。異類而媚。信斯言也。君其有道者歟。君諱汝翼。字季雲。族張氏。世爲河内人。曾王父甲。王父琳。皆隱德弗耀。父郁。字文甫。章宗明昌初。詔州里舉才能德行之士。自河中教授、曲沃主簿、遷狄道令。後用君貴累贈通奉大夫清河郡侯。母馬氏。清河郡太夫人。君其第四子也。天資穎悟。童丱中以善屬句稱。弱冠擢泰和三年經義進士第。釋褐河陽簿。丁外艱。服除調厭次丞。復以内艱去職。衛紹王崇慶二年任西寧主簿。西寧近接夏境。頻被侵劫。君問民所疾苦。政從寬簡。民甚安之。宣宗貞祐二年夏寇來攻。縣中兵力單寡。城爲所陷。君乘亂而出。有司以不守議罪。父老詣州稱枉。遂獲申明。四年召爲尚書省令史。興定二年考滿。授同知泗州防禦使事軍前行户工部事。俄改行部爲規措所。就充規措使。州將移剌羊哥以宋兵脆弱。不足爲慮。日與將佐燕飲。君獨不預。五年正月宋人乘不備取西城。遂據之。時君與羊哥在東城。羊哥聞變。計無所出。謀棄城而遁。君戒廄吏毋敢給州將馬。且躬自巡城。衆賴以安。已而保静軍來援。碭山從宜張惠出奔。宋兵乃棄城而遁。州人德君。爲立生祠。尋改靈壁軍前規措使充便宜總帥府經歷官。元光元年改充唐鄧裕帥府經歷官。保静失君。軍事廢不治。志凡七上奏。乃聽君還。且擢拜秘書少監兼行户部郎中。二年邳州從宜納合六哥劫殺行省事。忙古剛以州降宋。詔總府率東方兵攻取之。檄城中兵民有能誅六哥反正者。官賞有差。脅從之人。一切勿問。攻數十日。軍士死傷甚衆。而城中無應者。又數日。宋裨將高顯梟六哥首來降。而餘黨堅守如故。志與朝官之在軍中者怒曰。此州從賊叛國。賊既死。自當開門納軍。然且旅拒如此。不盡阬之。何以示威。君進曰。

平民從叛。本非獲已。竟有何罪。況嘗許首惡之外不戮一人。必欲阬之。朝廷將不以爲失信乎。若重以恩詔開示。出三日不降。某請身任其責。志以下皆是其言。射書敦諭。州人知禍福所在。相繼出降。爾後竟無一人被詿誤者。詔書褒美。遷同知保静軍節度使事。哀宗正大五年志移鎮關陝。時關中游騎充斥。老幼扣關者。無慮數十萬。志以關東人心易摇。重爲避兵者所警。則或有意外之變。欲稟命於朝。然後納之。君進曰。陝西老幼。投死無所。獨以關東爲生路。今坐視不救。任爲兵人所魚肉。豈朝廷倚公存活生靈之意乎。志曰不然。敵人百計窺關。無從而入。間有挾詐雜老幼而東者。誰當任之。吾所以待朝命者。不過三二日命即下。稟而後行。蓋未晚也。君復進曰。帥府設經歷官。主帥所行。得與商略。帥若專輒而參佐曲意從之。設此官焉用。假有挾詐而東爲意外之變者。某以百口保之。志不能奪。即命開關。西民由是免禍。中使者以聞。詔諭之云。牙吾塔資性素剛。非卿不能勸導。卿爲參佐。而主張大事如此。朕甚嘉之。當益盡乃心。勉建功業。朕不汝忘也。總府軍還鎮。改遥領同知鎮南軍節度使事。七年志行尚書省事於陝西。君以目疾求解。留居歸德。天興元年歸德受兵。總帥赤盞元凱起爲經歷官。明年春正月車駕幸歸德。改吏部郎中。經歷如故。未幾徐州帥樂安郡王王德全不稟朝命。授君户工部侍郎充徐州帥府參議官。且諭之曰。卿昔佐牙吾塔。甚有能名。今知王德全與卿有連。屈卿往佐之。德全雖鄙野。亦當從卿言。無貽朕東顧之憂也。及尚書左丞完顔仲德以策誅德全。乃用便宜授君行省參議兼同知武寧軍節度使事。遥領鈞州刺史。進階通奉大夫。冬十月州爲沛縣人鹿琮所破。擁官吏北渡。君用憂憤感疾。以明年甲午春二月之十七日。春秋六十。卒於沛之旅舍。翼日。藁殯於歌風臺之下。後十有三年。孤子翔等舉君旅櫬歸祔於山陽南徐澗之先塋。禮也。君娶朱氏。河北西路鹽鐵判官汴梁名進士文伯之女弟。封清河郡夫人。前公七年卒。子男二人。長曰翔。武義將軍遥領鄭州防禦判官。次曰浚。武義將軍遥領河内縣令。女一人。適汴京東水門副使邊汝礪。男孫二人。長曰奉世。次曰延世。女孫一人。幼在室。壬子冬十月。翔、浚奉京東行省員外郎王君禧伯所撰家傳。以神道碑銘爲請。三請益堅。某不得以不敏辭。乃爲論次之。君尚多可稱。弗著。著所以活萬人者。其銘曰。

松柏青青。風水攸寧。張君之阡。樂石有銘。偘偘惟君。仁信篤誠。一説解紛。千室更生。舞雩之春。風潤物無聲。有簫韶之克諧。無水火之必争。彼舉頭而城。颺尾而旌。方弭耳而帖伏。何磔裂之敢萌。有方無方。孰爲權衡。使存諸己者而未之定。奚暇及於暴人之所行。唯天下之至柔。馳騁天下之至剛。吾然後知黄老家之言爲有徵。遺山集

資善大夫吏部尚書張公神道碑銘

元好問

歲乙巳二月十有九日甲申。葬我吏部尚書張公於輔巖縣將相鄉新安里東南原之新塋。禮也。孤子知剛涕泗謂某言。先公之葬。永年王磐狀其行。東明王鶚誌其墓。既卒事矣。神道有碑。碑當有銘。州里大夫士屬筆於子。敢百拜以請。某以爲自貞祐南渡。初設大司農。分領地官之政。而假之以部使者之任。以勸耕稼。以平賦役。以督墮窳。以糾姦慝。内振外肅。百廢具舉。傾朝復支。公以碩材

雅望。首膺是選。始貳其長。終總其務。剛稜之所摧折。深識之所獎拔。材量之所與造。利澤之所惠養。閭閻細民亦皆飽聞而厭道之。至於論列上前。謂國家兵力非前日之比。以守則有餘。以戰則不足。大敵在此。何暇遠事江淮。又五代以來都汴梁。非用武之國。特恃大河爲固耳。然唐取梁。遼取晉。國朝取宋。河其果足恃乎。關中有金城天府之險。按秦之舊。進可以圖恢復。而退不失其爲自强。不都關中。則猶當駐蹕河朔。繫海内之心。故莫若都河中。河中中夏腹心。負背全秦。總制三鎮。屯軍中條之麓。建行臺河南。根本既彊。國勢乃張。今不都關中而又棄河中。不知他日汴梁孰爲國家守者。凡此三者。我天下大計。繫於危急存亡者爲甚切。公發先事之機。篤詭辭之義。故雖同列。或不得與知。史筆散亡。故老垂盡。不著之金石以示永久。後世徵廢興論成敗。殆將有秦無人之歎。竊爲宗國羞之。是以慨然論次之。而不敢辭。公諱某。字公理。世爲蕩陰陽邑里人。曾大父某。妣石氏。大父某。贈正奉大夫清河郡伯。妣尚氏。追封清河郡太君。考某。累贈資善大夫清河郡侯。妣李氏。清河郡太夫人。公幼穎悟。六歲知讀書。十二能背誦五經。二十八登泰和二年詞賦進士第。釋褐徐州録事判官。丁資善君憂。服除。調許州郾城主簿。縣有逋賦二十萬。配之平民。公白按察司悉除之。民力以紓。再調壽張主簿。時北鄙用兵。科役無適從。公差次物力爲鼠尾簿。按而用之。保社有號引。散户有由帖。揭榜於通衢。諭民以所當出。交舉互見。同出一手。吏不得因緣爲姦。自是爲縣者皆取法焉。縣境多營屯世襲官。主兵挾勢横恣。令佐莫敢與之抗。兵人敺縣民。民訴之縣。縣不決。申送軍中。謂之就被論官司。民大苦之。一日。閽者告百夫長夜破門鑰挾兩妓以出。公謂夜破門鑰盜也。遣吏捕還。榜掠至百數。且械繫之。明日。千夫長與其屬哀請不已。約此後不復犯平民。乃釋之。訖公任終。更無一人敢横者。調林慮令。貞祐初。辟舉法行。除穀熟令。未幾改丞。豪右斂迹。御史行縣。吏抱官文書候檢覆。御史先知公。麾吏去曰。張君治縣尚有未盡耶。召爲尚書省令史。穀熟民千數詣闕乞留。平章政事濮王以聞。德陵欲賜可。宰相高琪以朝省尤須得人爲奏。詔以旨諭民。民乃歸。轉知管差除房。俄提控吏部銓選。選法積弊。公爲之更定。周密備具。迄正大末。仍遵用之。興定三年超陝西東路轉運副使。宰相莘公行臺關中。辟公爲左右司郎中。時臺務塡委。日不暇給。公所以處之者。常若有餘。朝譽歸焉。汾晉陷没。公建言河東郡縣。業已爲敵有。誠能就所存官屬。選有才望如郭文振、胡天作、張開之等。略依古制封建之。使自爲戰守計。亦國家禦敵之大計也。是後益封九公。蓋自公發之。尋以母老丐歸養。卜居渭南。五年關中受兵。公避地華州之南山。行臺檄公爲沿山軍馬都提控。不給一卒。聽自召募。公移檄諸縣。得民兵五千。他州盜賊徧野。惟公號令所及。帖然如平時。路有遺物。亦無敢拾也。明年敵退。辭軍務。京兆取公所練卒隸帳下。皆倚爲選鋒。是秋兵復至。行臺檄公以前職保箭谷砦。兵仗器用。取具倉卒。敵人來攻。公獎厲士衆。親當矢石。比歲終。潼關迄鳳翔山六十餘栅。相繼陷没。獨箭谷保完。老幼賴公以全者三十萬人。元光二年詔復河中行臺。驛召公詣軍前。行尚書省六部事。兵亂之後。百姓逃匿山谷。無以供餽饟。公躬歷山谷。延見父老。諭以朝廷用兵之意。勸出所有以佐軍。辭情感激。人樂爲用。迄河中之復。軍食不乏。公之力爲多。行臺以樊澤籍阿外留屯。阿外土人。取城日嘗爲内應。恃其功。輕客軍。軍分兩黨。故二帥亦不相能。行臺憂之。奏公爲帥府經歷官。公至曉樊籍以大義。且告之廉藺之事。二帥佩服公言。更爲輯睦。城久陷而復。帥府以威刑劫之。用法殊慘。新民重足而立。公爲言國有常憲。何至如此。凡科禁過甚者。悉除去之。民大感悦。如受更生之賜。正大元年公被召。兵民惜公之去。戀戀不忍訣。老幼遮道。馬爲之不前。至流涕相唁云。張使君去。吾屬能久於此乎。及入見。授京東路司農少卿。總二路事。都水使者冒河禁。貿易曹、單間。致貲鉅萬。且虚增兵籍。盜取縣官錢米。賂遺權貴。公爲不道。連章發其姦。卒廢爲民。士論快之。伊陽民楊鐸、郾城猾吏韓祖謙、舞陽捕盜提控劉汝楫。以殺人繫獄。法官納賂。宿留不爲決。以俟末減。公廉得之。歎曰。若輩漏網。則千金之子。果不死於市矣。乃奏其罪。竟致法。右司郎中平陽公府騎兵十餘人。以事至葛伯砦。凶卒高敏輩利其鞍馬衣仗。掩殺之。誣招撫使高倫。謂是敵兵之偵伺者。倫不知其詐。以殺聞官。後事敗。指倫爲首謀。倫迫於箠楚。自誣伏。家人訟其冤。尚書省付有司諦審之。倫無異辭。家人復抱登聞院鼓以訴。有司再評。倫自伏如初。獄將決。公終以爲疑。及奏。上問公。公奏言倫雖自款伏。而其家訴敏輩殺人之日。倫適飲酒河南。迨報至始北歸。以次第推。倫何得爲首惡。罪疑惟輕。忠厚之至。且歲旱已久。願緩倫死。以察天意。上亦以爲然。遣中使赦倫省中械破而雨大作。中使還奏。容服霑濕。上爲之喜見顔間。同判睦親府事殿前都點檢撒合輦。上所倚信。聲勢焰焰。權過將相。其娣妙淵爲女官。依託營建。挾勢歛財。以侵愁州縣。至役衛士爲前導。而以皇姑自名。爲有司所劾。上以弟故。欲勿問。公力辨以爲不可。竟勒妙淵返初服。出撒合輦中京。貞祐以後。武臣以戰功往往至將帥。置員既多。而不相統攝。公建言乞以都尉易將帥之號。上從其計。爲置建威、折衝、寧遠、安平等十都尉。各以勝兵萬人配之。超户部侍郎提控軍前行六部事。四年丁太夫人憂。甫卒哭。特旨起復。宰相奏擬公京南路司農卿。上曰。吾欲得張某朝夕相見。勿令外補。宰相以三路調度京南當什六。司農寄託尤重。欲暫輟之以往耳。上從之。故有此授。及陛辭。上喻之曰。久知卿可大用。所以授此者。以卿能鎮静故耳。公爲政内寬而外嚴。雖急於督責。官吏有犯。未嘗輕肆斥逐如上意焉。五年暨同官朝京師。上奬諭良厚。且詔劉大有輩。當以張某矜式。尋授户部侍郎。踰月改刑部侍郎。不十日又改陝西西路司農卿。七年上念公久外。亟遣中使驛召之。仍詔邠州帥護送。諭以道路所從出。六月至京師。授以右諫議大夫兼户部侍郎。遂赴潼關軍。明年正月軍潰於陽翟。公間關至闕下。爲上言平章政事百撒姦邪誤國。雖已遣逐。而典刑未正。無以服中外心。樞密副使合喜將軍中牟。垂與恆山軍合而瞻望不進。恆山用是失利。合喜狼狽中盡失軍士。乞斬之以謝天下。上悟。旋廢合喜爲民。十二月授户部尚書。車駕東狩。慷慨請從行。不許。未幾汴京送款。公柴車北歸。結廬洹水之上。不以世務縈懷。左右圖書。以亂思遺老而已。癸卯正月十有七日。春秋六十有八。終於所居。累官資善大夫、勳上護軍、爵清河郡開國侯、食邑千户實封百户。娶同郡齊氏。封清河郡夫人。前公五月卒。子男二人。長知剛。舉進士。次知柔。早卒。孫一人延祖。尚幼。公臨事有幹局。自歷州縣。即能敦風化。立公道。定契券以睦兵民。布恩信以息寇敚。發奸贓以械府吏。募强悍以輟丁男。此他人之所難能。在公特小者耳。既爲朝廷所知。爲郎官。爲大農。當官而行。無毫末顧望。義之所在。必至而後已。其於憂國愛君。蓋不食息頃忘也。居農司十年。事以苟且爲恥。所立條畫。力省功倍。無有能變易者。在京南日。課民區種栽地桑。歲視成否。若父兄之於子弟。慰以農里之言。而勉之公上之奉。軍輿之際。簿領塡委。米鹽之鱗雜。朱墨之糾紛。先後緩急。亦心計而手授之。方其培植國本。經度邦賦。丞掾細務。宜不屑爲之。然其克勤小物乃如此。人謂公有不可曉者。廉介自持。而器量閎博。風岸峻整似不可梯接。而應於物者粹以温。少長鄉校。而有素宦之風。從容儒雅。而有應敵之略。此言論事業之所以出人意表歟。平生事親孝。事長敬。與人交死生禍福不少變。冀禹錫、李大節。受知於公。年少入仕。疎於自檢。坐爲文吏所陷。并不復用。人知其冤。而莫有爲辨之者。公獨曰。驥不以一蹶而廢千里。況美士乎。言之宰相乞爲昭雪。不報。乃上書申理之。二子竟得復敍。後爲中朝名勝。士論以公爲知人。所著詩文箋奏。簡重典雅。稱其爲人。爲集若干卷。藏於家。嘗論公大夫士仕於中國全盛時。立功立事。易於取稱。故大定明昌間多名臣。天下士固不可盡誣。設使易全盛而爲季末。起坐嘯而應急遽。是猶拯溺以規行之雅。而料敵以清談之誤。吾恐黄相國之功名。減於潁川治最之日矣。古有之。亂則智士馳騖而不足。治則中材高枕而有餘。信斯言也。茲世之士其無幸歟。銘曰。

農政名卿。臺務望郎。職思其憂。公極所長。南駕而都。百壘爲防。乃積乃倉。曁彼裹糧。百冗坌來。倚公設張。嗷嗷創罷。望我小康。捄寒袴襦。療飢膏粱。愛育本基。繫公慈祥。孰求豫章。公材明堂。孰濟巨川。公任舟航。盜販黥髡。龍起雲驤。何儷景同翻而不於興王。相古先民。繫於苞桑。豈無興邦之言。天久矣其廢商。屹頹波之砥柱。又安得遡横潰而獨障。文武備具之謂成。夙夜匪懈之謂莊。克勤小物之謂敏。不畏彊禦之謂剛。公是所存。奚必太常。鬱鬱佳城。維公之藏。勒我銘詩。發其幽光。千秋兮萬古。耿故國兮難忘。遺山集

金文最卷九十七

墓碑

資善大夫集慶軍節度使蒲察公神道碑銘并引

元好問

公諱元衡。字君平。姓蒲察氏。以小字某行。世爲某路貴族。國初遷種人屯戍中州。遂爲真定人。祖諱昔兀乃。贈鎮國上將軍。考諱福山。親衛出身。官鎮國上將軍臨洮路康樂知寨。公則康樂之弟子也。康樂愛公風骨不凡。度能起家。使應童子舉。年十一登科。移籍太學。弱冠擢泰和三年策論進士第。釋褐永年縣丞。繼歷三縣佐。皆有能名。召爲左三部檢法司正。公資稟仁厚。臨政本於惠養。不以鞭箠立威。及居議獄之地。忠愛款曲。末減者爲多。法家稱焉。貞祐初。從狩汴都。拜監察御史。累遷左司諫。朝廷知公。蓋將大用矣。未幾授慶陽府治中權府事。部民妻有與外人私者。民捕獲之。手刃其妻。詣官自陳。公釋而不問。一時能官者。以知義許之。入爲刑部郎中。正大二年被詔審理冤獄。時所在獄犴填滿。官吏習於柄臣弄威之後。知有無辜而被繫者。亦莫敢言。公徧歷郡邑。躬自臨問。非情有不可耐者。一切以詔旨出之。所活不啻千人。四年遷户部侍郎。詔以鄭州軍卒謀反。命與防禦使臨淄郡王張惠鞫之。辭連二偏將。一遙領陳州防禦使王。一息州刺史李。公以理諭卒。言汝以小怨置人造逆之地。就使人詿誤而死。能代汝否。神理不可誣。冤報何時而已耶。卒感悟。盡吐情實。公以聞。二人得不坐。五年授京西路大司農卿兼采訪提舉刑獄事。公老於從政。仁信愈篤。不動聲氣而威惠並舉。公議藹然有公輔之望。七年改集慶軍節度使亳州管內觀察使。未赴遘疾。以某年月日。春秋五十有二。薨於私第之正寢。去河南破不一年耳。積官資善大夫、彭城郡開國侯。夫人王氏。燕郡大族。封彭城郡侯夫人。家政整潔。有內助之功。中表歸之。年七十二。後公二十年而卒。子男一人。桓端。護衛懷遠大將軍。男孫二人。榮祖、慶祖。皆尚幼。桓端以某年月日舉公之柩葬於某所之先塋。夫人祔焉。既葬之幾年。某過東平。桓端以碑銘爲請。平時以公恂恂退讓。不爲鍛鍊之風所移。嘗嚮慕之。故不復以固陋辭。乃爲銘曰。

廷平之子。大理之徐。議獄闊疎。至可以漏吞舟之魚。吁嗟公乎。其斯人之徒歟。大安權移。變亂維初。傅翼虎臣。恣爲誅鋤。一羽死而一虎出。封豕與俱。公適其時。職司刑書。乘御史驄。登使者車。悃愊無華。閒雅甚都。周旋於柱後惠文之間。温其褐寬之儒。平反幾何。月計有餘。方血肉狼籍。而有治古之騶虞。禍慘河陰。或僇或俘。不爲國殤。卽亡國之大夫。天獨厚公。得歸公於黄壚。湯旱焚如。一溉者後枯。孰乘孰除。吾知神理之不誣。吁嗟公乎。遺山集

資善大夫武寧軍節度使夾谷公神道碑銘

元好問

貞祐初。大駕南巡。公以省掾扈行。事出倉卒。乃留幼子今先鋒使斜烈於平州之撫寧。朔南分裂。父子相失者餘二十年。先鋒既長立。能自奮發立功名。仕宦貴顯。歲癸巳。汴梁下。乃奉朝命迎公北歸。公已老。而身見代謝。愴焉有去國之感。顧瞻裴回。不能自已。生平植節堅苦。食蔬糲不厭。既居民間。倍自貶損。先鋒有至性。夫人殷氏尤盡婦道。日具甘脆。百方奉公。而公所以自持者不少變。一室蕭然。使日夕裁足而已。人事餽餉。瓜果菜茹之細。亦峻拒而疾麾之。如御史執法之在前後。惟恐其污己也。時貴慕公名有謁見者。敕外白不得通。曰我亡國之大夫耳。尚何言哉。初自聊城居宣德。惟渾源魏内翰邦彦以簡重得登公門。與之考論文藝。自餘雖鄰舍。有不得見其面者。蓋嘗論公。君臣之義。於名教爲尤重。名教者。天地之大經而古今之恆典。惟天下之至誠爲能守。故人臣之於君者。有天道焉。有父道焉。大分一正。義均同體。吉凶禍福。不以回其慮。興廢存亡。不以奪其節。任重道遠。死而後已。猶之父有罔極之慕。而天無可逃之理。微子之過舊都。包胥之哭秦廷。王蠋布衣義不北面於燕。樂毅終其身不敢謀趙之徒隸。非誠何以當之。是故誠之所在。卽名教之所在。有不期合而合焉者。語有之。善人吾不得而見之矣。得見有恆者斯可矣。居今之世、行古之道若公者。吾不知其去古人爲遠近。然則不以名教處之。其可乎。公諱土剌。字大用。姓夾谷氏。世爲合懶路人。曾大父息虎起。天會初。嘗以王爵握兵柄。史諜載其功詳矣。大父僕千。

驃騎尉上將軍。娶完顏氏。父阿海。驃騎尉上將軍、澄州刺史。娶阿勒根氏。贈金源郡夫人。生五子。公其第二子也。弱冠始知讀書。三舉策論進士。以泰和三年登科。歷撫寧海濱簿。貞祐初被召。道出平州。平州適被兵。州將請公充軍中彈壓。以功陞一階。入補省掾。終更。除武寧軍節度副使。五年用樞密院薦。充京東總帥府經歷司。主帥牙古太。資驁很。恃功自高。奴視參佐。往往置之死地。從事輩畏之。惟意所嚮。噤不出一語。公直前徑行。無所顧藉。論事之際。極所欲言者而止。少不見聽。則移疾不爲出。帥悔悟。或詣公謝之。其秉志抗直如此。興定初。宋人步騎數萬侵泗州。聲勢甚張。公爲畫策。潛軍趨靈壁。出其不意。殺獲甚衆。以功遷兩階。四年召爲户部員外郎。轉刑部。尋遷郎中。元光初。設三路司農分治户部。以公剛棱疾惡、材任刺舉。授京南路少卿兼郎中。未幾以稱職聞。是後公雖改他官。言政者猶以少卿名之。正大初。擢裕州刺史。改睢州。是時大蝗。公境獨無有。秋旱甚。禱之而雨。識者以爲善政之報。三年召爲户部郎中。初置申州。輟公爲刺史。明年城洛陽。授同知中京留守兼同知金昌府事。留守移刺瑗雅敬公。事無巨細。悉諮之而後行。俄改汝州防禦使。洛陽之民。惜公之行。祖道填咽。度旬日不得發。公以形迹自嫌。竟由他路而去。未經歲。改陳州。公老於從政。先聲所暨。有識相賀。州有東平宣鋭軍餘百輩。率以戰功得官。有至四品者。恃勢作威。備極凶悍。前後不能制。一葛知府者尤不法。公捕得之。檄送本管。合郡帖然。考城胥吏所聚。結黨爲社。有大刀之目。把持令佐。連起詔獄。細民雖被侵愁。而無所於訴。公籍其姓名。置之廳事。自是無一人敢犯者。尋上章請老。御史張特立、樂夔上書。

言陳州防禦使土剌剛直廉介。有古良吏之風。今雖年及。其黽勉王事。强仕之人有不能及者。比聞以例告老。而有司亦以例許之。貪賢之道。誠有所未盡。特望重加拔擢。以觀自竭之效。書奏。落致仕。超授同知開封府事。明昌以來。鎬厲王、衞紹王族屬。皆終身禁錮。男女幽閉。絶婚嫁之望。公建言二宅僇辱既久。賤同匹庶。就有詭謀。誰與同惡。宜釋其宿怨。宏以大道。使之各就人道。遂生化之性。夫國君不可以譬匹夫。譬之則通國皆懼。匹夫且然。況骨肉乎。語雖不卽從。其後天興初元之赦。皆聽自便。蓋自公發之云。六年授武寧軍節度使、徐州管内觀察使兼提舉河防使。詔旨褒諭。道所以遷擢之故。且命乘傳赴鎭。桃園行樞密院事斡魯、倉官王邦昌。囊橐爲姦。盜官糧二萬斛。公按問得實。悉從徵理。轉漕爲之少寬。踰年竟以衰病不任得請。北渡後五年。以戊戌年二月晦。春秋七十有三終於家。積官資善大夫金源郡開國侯。歿後三日。權殯宣德州東南天王寺。壬寅三月壬申。奉公之柩葬於永興縣王家堡之西北原。從弟平章政事華國公畢蘭出及其子奉職六十一。皆葬墓次。蓋子孫去先塋久。不能歸祔。故改卜於此。前夫人奥敦氏。贈金源郡夫人。繼室蒲速烈氏。亦封金源郡夫人。子男三人。德興。輔國上將軍。早卒。次斜烈。宣授先鋒使佩金符總統質子軍。次萬僧。女一人。嫁爲世襲官妻。早卒。男孫三人。留住、拔突、七十二。女孫二人。秦奴、元奴。皆尚幼。姪二人。永嘉。輔國上將軍。次中山。皆弟明威將軍老哥之子。姪孫二人。阿憐、壽童。從孫一人。八十二。奉職之子。從姪女一人。平章公之女。蓋公收養之者。將葬。五路萬户郝丑和尚以行狀來請曰。吾子往在省寺。宜知武寧之詳。先鋒與我結弟昆之義。公之葬。猶葬吾父也。幸辱以神道碑賜之。予素善郝侯。義不可辭。乃用所以知公者著之篇。而系之以銘。銘曰。清慎以自持。介特而不詭隨。相彼築室。天實厚其基。温乎召杜之慈。凜乎趙張之威。民不忍忘。吏不敢欺。真識幾希。顧以能官爲見知。風雨如晦。雞鳴有期。滄海橫流。鰲足不欹。幅巾布衣。陋巷棲遲。吾寧汩濁流之泥。吾寧啜餔餘之醨。周粟京坻。采薇以療飢。尚友千載。匪義跡其焉追。燕雲之郊。丘壠纍纍。使九原而可作。非公吾誰與歸。遺山集

御史張君墓表

元好問

東平幕府從事張昉。持文士李周卿所撰先御史君行事之狀請於僕。言先御史在興定元光間。於州縣爲良民吏。於臺閣爲材大夫。朝譽藹然。吾子所知。喪亂之後。挈家還鄉社。春秋雖高。而神明未衰。乃一意與世絶。泰然以閉户讀書爲業者餘十五年。凡向之所以爲良民吏材大夫者。未嘗一語及之。沈默退讓。齊魯大夫士翕然稱道之。亦吾子所知者。棄養以來。三見霜露。而不肖孤以斗食之役。汩没簿領間。不得灑掃墳墓。列樹碑表。使先子名德懿範闇焉而不彰。誠懼一旦先狗馬填溝壑。其何以瞑目乎。今屬筆於子。幸爲論次之。以俟百世之下。僕嘗謂聖人澤後世深矣。今虞芮有閒田。豐鎬之間。男女異路。孔子近文王六七百歲。故言衣冠禮樂。則莫齊魯爲盛。宜矣。百年以來。東平劉莘老斯立宣叔之祖孫。文元賈公昌朝之家世。滕陽張丞相永錫。日照清獻張公父子。東阿壽國張公。蕭國侯公。參政高公。奉高承旨党公。黄山内翰趙公。嵫陽内翰閻公。敦龐耆艾。海

内取以爲法。其餘經明行修。由晦道商公、醇德王先生而下。何可一二數。至於人代變革。才智勇皆廢。守道之士。懷先王之舊俗。區區不能自已者。往往有之。如御史君者。皆是也。古有之。魯無君子者。斯焉取斯。其澤及後世之謂乎。謹按中奉大夫故治書侍御史守申州刺史張君。諱汝明。字子玉。世家汶上。曾大父靖。大父彦。皆潛德弗耀。父恕。用君貴贈中議大夫。母程氏。清河郡太君。君三歲喪父。程母故衣冠家而有賢行。力課君學。君亦能自樹立如成人。弱冠擢大安元年經義進士第。釋褐將仕郎。調潁州泰和縣主簿。崇慶元年换懷州武陟簿。丁内艱。服除。貞祐四年。由鹿邑簿入爲尚書省掾。正大元年。終更。擢同知嵩州軍州事。盗入軍資庫。而無迹可尋。官繫主者獄凡十餘人。不任訊掠。皆自誣服。君時以檄出。及還。繫者稱屈。君諦審知其冤。即縱遣之。不數月。諸黠卒以贓敗。郡人以爲神明。三年八月辟許州長葛令。未幾政成。農司以稱職聞。及罷縣。父老上膢禮。一無所受。乃相率立祠。以致去思之心焉。六年二月召爲太常博士權監察御史。不半歲遷户部員外郎。七年八月授治書侍御史。八年七月遷禮部員外郎兼修起居注。俄陞歸德治中兼提舉河防學校常平漕司事。不赴。天興元年遥領嵩州刺史。二年二月改授申州。以庚戌七月二十有二日遘疾。春秋七十有六。終於東平遵化坊私第之正寢。娶魏氏。封清河縣君。子男三人。長卽昉也。今爲東平萬户府經歷官遥領同知單州防禦使事。次煜。次煦。皆早卒。男孫二人。女孫一人。尚幼。孤子某以庚戌年八月之三日。奉君之柩祔於汶上由村里某原之先塋。禮也。君資稟厚重。與人交敦信義。平居恂恂似不能言。及當官而行。剛介有守。論議純正。人不能奪。仕宦三十年。家無餘貲。其他尚多可稱。弗著。著不爲窮達易節者。銘曰。

文之洋洋。思聖有堂。禮樂衣冠。此爲之鄉。維御史君。尤魯士之良。沈潛而剛。耆艾而敦龐。可以爲公卿大臣。訓於四方。昔往矣。秉筆帝旁。藹然粹温。如珪如璋。今來斯。微服裹糧。衡門棲遲。詠歌虞唐。謂其逢也耶。茫乎及夜舟之藏。其不逢也耶。泰焉如晚節之昌。抱明月而長終。懷舊俗而不忘。在君爲樂天。而識者涕滂。林深而蘭芳。風雨如晦。而雞鳴有常。世無良史久矣。孰爲發潛德之光。遺山集

御史程君墓表

元好問

君諱震。字威卿。先世居雒陽。元魏遷兩河豪右實雲中三州。遂爲東勝人。曾大父獲慶。大父總。質直尚氣節。鄉人有訟。多就決之。至於婚嫁喪葬不能給者。亦借力焉。父德元。自少日用俠聞。嘗與羣從分財。多所推讓。州里稱之。後用君貴贈太中大夫。雷内翰淵。述世德之舊備矣。太中子八人。長曰鼎。孝弟仁讓。閨門肅睦。有古君子之風。以六赴廷試賜第。調濮州司候判官。次曰雷。由武弁起身。官懷遠大將軍行軍副統。君其第三子也。資嚴毅。雖所親不敢以非禮犯之。幼日夢人呼爲御史。故每以諫輔自期。章宗明昌二年經童出身。補將仕佐郎。泰和中。年及。注授臨洮府司獄、忻州司候判官。以廉幹爲西京路招討使。奏辟提控沿邊營城糧草。尋擢王剛榜詞賦進士乙科。換偃師主簿。宣宗幸汴梁。入爲尚書省令史。時相知其可用。不半歲特授南京警巡副使。秩滿例

爲廣盈倉監支納官。與定初辟舉法行。用薦者除陳留令。將之官。白府尹言縣務不治。令自任其責。丞簿佐史輩無預焉。幸無擾之。使令得盡力。尹諾之。既到官。事無大小。率自負荷。次官奉行而已。時秋大旱。冬十月乃雨。歸德行樞密院發民牛運糧徐邳。君爲使者言。吾麥乘雨將入種。牛役與則無來歲計矣。使者不能寬十日程耶。民事果集。雖乏軍興。吾不辭也。使者怒而去。君力畢農種。糧運亦如期而辦。行院仍奏君要譽小民。不以軍食爲急。朝廷不罪也。既受代。大司農奏課爲天下第一。御史臺察能吏亦爲奏首。且言可充臺諫。京東總帥府奏辟經歷官。不許。乃拜監察御史。君莅職慨然有埋輪之志。即劾奏平章政事荆王。以陛下之子。任天下之重。不能上贊君父。同濟艱難。顧乃專恃權勢。滅棄典禮。開納貨賂。妄進退官吏。從臾奴隸。侵漁細民。名爲和市。其實脅取。諸所不法。不可一二數。陛下不能正家。而欲正天下難矣。書奏宣諭。御史臺程某敢言如此。他御史不當如是耶。且有旨切責荆王。出内府銀使償物直。敕司馬杖大奴尤不法者數人。於是權貴皆爲之斂手。東方頻歲飢饉。盜賊蠭起。特旨以君攝治書侍御史兼户部員外郎。運京師糧八萬石賑徐邳。君經畫餉道。十里一置驛。羅弓刀以防寇敚。具斧斤以充器用。備醫藥以起病疾。勸助藉以通留滯。輦運相仍。如出衽席之上。飢民踵來。凡所以爲貸、爲糴、爲賑贍。忖度肥瘠。無一失其當。州民請於京東帥府。願留我程御史以福殘民。帥府奏君爲行部官。詔再往徐宿邳。荆王積不平。密遣諸奴誘姦民徐璋造飛語。訟君於臺。諸相不爲奏。而王獨奏之。宣宗頗直君。欲勿問。王執奏再三。乃從之。哀宗時在春宮。石刻作時太子領樞密院事。遣醫藥官王子玉諭旨推問官。程御史爲縣治行第一。監察又稱職。有罪無罪。勿爲留難。已而璋伏誣告。君當還臺。在律。官人與部民對訟。無罪猶解職。王諷大理寺。御史言天下事。在所皆部民。竟用是罷官。君泰然自處。都無已仕之愠。聚書深讀。蓋將終身焉。天不假年以正大元年三月二十有一日。春秋四十有四。終於京師嘉善里之私第。積官太中大夫。夫人史氏。封安定郡君。先君三年歿。子一人。思温。舉進士。四弟皆補君廕。頤。監西木場。晉。監楨州税務。恆。監緱氏酒務。升。宣授招撫使。以是年十月二十有七日舉君之柩祔於金昌府芝田縣官莊里太中君之新塋。禮也。嗚呼。生才實難。盡其才重爲難。使君得時行道。坐於廟堂。分别賢否。其功烈可量也哉。方行萬里。而車折其軸。有才無命。古人所共歎。雖然。地遠而位卑。身微而言輕。乃以一御史犯彊王之怒。卒使權貴落膽。縉紳增氣。雖不遇而去。伸眉高談。亦可以無愧天下矣。尚何恨耶。乃爲之銘曰。

曲士賣直。見豺而慄。鄙夫婞婀。與梟同波。犯父子之至難。孰絞訐而上劘。横潰我障。剛癉我訶。鍊心成補天之石。奮筆爲卻日之戈。古有之。和臣不忠。忠臣不和。彼容容者之所得。奚後福之能多。有山維嵩。有水維河。程君之名。永世不磨。遺山集參石刻拓本

商平叔墓銘

元好問

河間許古道真。以直諫見稱。德陵朝正大初。詣闕拜章。言八座率非其材。省寺小臣有可任宰相者。不大升黜之。則無以致中興。章奏。詔道真赴都堂問孰可爲相。道真以尚書省令史商衡對。當

是時。上新卽大位。經略四方。思所以宏濟艱難者爲甚力。道真已得請。居伊川。卽命驛召之。落致仕。復右司諫。天下想望風采。道真亦慷慨願以人所不敢言者爲天子言之。及論天下士。乃首以公爲可相。則公之材爲可知矣。公字平叔。商氏。系出陳。繼遷鄆。七世祖南華府君諱懷欽。官於曹。遂占籍焉。曾祖諱岡。以武弁入官。宋末奏補從事。換忠勇校尉。祖諱駒。兩廷試。教授鄉里。考諱錫。用公貴及封朝請大夫。妣王氏。濮陽縣太君。公朝請君之長子也。初從鄉先生李昉方平學。貧無以爲資。方平愛其才。每賙恤之。使得卒業。年二十五登崇慶二年詞賦進士第。釋褐洛交簿。以廉能換鄜縣。尋辟威戎令。時歲飢。民無所於糴。公白之行臺。得開倉賑貸。賴以全活者甚衆。縣民爲之立祠。再辟原武令。以例罷。入爲尚書省令史。歷糧草邊關知管差除。三房考再滿。授戶部主事。兩月擢監察御史。又充右司都事。於是朝廷知公。蓋將大用矣。改同知河平軍節度使事。不赴。奏充樞密院經歷官遥領昌武軍同知節度使事。丞相莘公領陝西行臺。奏公偕行。充左右司員外郎。密院表留。有旨行臺地重。急於用人。可從丞相奏。自是臺事一決於公矣。明年召還。行臺再上奏留之。又明年丁内艱。乃得還。時正大八年也。十月起服中充秦藍總帥府經歷官。正月河潼失守。召主帥入援。二月九日軍至陝。將由間道之商州。十一日抵盧氏山。與北軍遇。相拒大雪中。士卒飢不能戰。是夜遂潰。公爲北軍所得。欲降之。令去巾。不從。將害公。有止之者曰。此忠孝人也。姑留之。其夜公解佩刀自剄。時年四十七。積官至少中大夫、濮陽縣伯、食邑七百戶、贈紫金魚袋。初娶鄧氏。再娶鄭氏。並封濮陽縣君。子男二人。長曰挺。次曰隴安。女一人。適泗州司候安邑劉懋。公事長上以禮。接下以誠。與人交有終始。家居亦未嘗有愠容。性嗜學。藏書數千卷。古今金石遺文人所不能致者。往往有之。南渡以來。士大夫以救世之學自名高者。闊略而無統紀。下者或屑屑於簿書米鹽之間。公資雅重。遇事不碌碌。人所不能措手者。率優爲之。苟可以利物。則死生禍福不復計。平居以大事自任。而人亦以大任期之。至今評者。以公用違其長。使之卒然就一死爲世所惜也。孤子挺等以某年月日。奉公衣冠葬於某原。好問辱公知爲厚。敢述梗概而爲之銘。以寄招魂之詞。詞曰。

唐虞之世麟鳳遊。出非其時聖爲憂。黄琮禮天帝所休。毁之櫝中孰汝仇。海内茂異君上流。坐之廟堂衆職修。天路阻長往莫由。維兕有角不我投。人以死諱我則求。衣冠李衛汙褐裘。氣息奄奄藏鬼幽。禽息鳥視天爲囚。枯龜千年一蜉蝣。畀君完節乃所酬。不然報施神其尤。河濟之水無千秋。若孫若子公且侯。豆籩奔走物潔羞。魂兮歸居安此丘。北陰莽墟不可留。遺山集

金文最卷九十八

墓碑

雷希顏墓銘

元好問

南渡以來。天下稱宏傑之士三人。曰高廷玉獻臣、李純甫之純、雷淵希顏。獻臣雅以奇節自負。名士喜從之游。有衣冠龍門之目。衞紹王時。公卿大臣多言獻臣可任大事者。紹王方重吏員輕進士。至謂高廷玉人材非不佳。恨其出身不正耳。大安末。自左右司郎官出爲河南府治中。卒以高材爲尹所忌。瘐死洛陽獄中。之純以薊州軍事判官上書論天下事。道陵奇之。詔參淮上軍。仍驛遣之。泰和中。朝廷無事。士大夫以宴飲爲常。之純於朋會中。或坚坐深念咄咄嗟唶。若有旦夕憂者。或問之故。之純曰。中原以一部族待朔方兵。然竟不知其牙帳所在。吾見華人爲所魚肉去矣。聞者訕笑之。曰四方承平餘五六十年。百歲無狗吠之警。渠不以時自娛樂。乃妖言耶。未幾北方兵動。之純從軍還。知大事已去。無復仕進意。蕩然一放於酒。未嘗一日不飲。亦未嘗一飲不醉。談笑此世。若不足玩者。貞祐末。嘗召爲右司都事。已而擯不用。希顏正大初拜監察御史。時主上新卽大位。

宵衣旰食。思所以宏濟艱難者爲甚力。希顔以爲天子富於春秋。有能致之資。乃拜章言五事。大略謂精神爲可養。初心爲可保。人君以進賢退不肖爲職。不宜妄費日力。以親有司之事。上嘉納焉。庚寅之冬。朔方兵突入倒迴谷。勢甚張。平章芮公逆擊之。突騎退走。填壓谿谷間。不可勝筭。乘勢席卷。則當有謝玄淝水之勝。諸將相異同。欲釋勿追。奏至。廷議亦以爲勿追便。希顔上書以破朝臣孤注之論。謂機不可失。小勝不足保。天所予不得不取。引援深切。灼然易見。而主兵者沮之。策爲不行。後京兆鳳翔報北兵狼狽而西。馬多不暇入銜。數日後知無追兵。乃聚而攻鳳翔。朝廷始悔之。至今以一日縱敵爲當國者之恨。凡此三人者。行輩相及。交甚歡。氣質亦略相同。而希顔以名義自檢。彊行而必致之。則與二子爲絶異也。蓋自近朝士大夫。始知有經濟之學。一時有重名者非不多。而獨以獻臣爲稱首。獻臣之後。士論在之純。之純後在希顔。希顔死。遂有人物渺然之歎。三人者。皆無所遇合。獨於希顔尤嗟惜之云。希顔别字季默。渾源人。考諱思。大定末。仕爲同知北京路轉運使事。希顔其暮子也。崇慶二年中黄裳榜進士乙科。釋褐涇州録事。不赴。换東平府録事。以勞績遥領東阿縣令。調徐州觀察判官。召爲荆王府文學兼記室參軍。轉應奉翰林文字同知制誥兼國史院編修官。考滿。再任。俄拜監察御史。以公事免。用宰相侯莘卿薦。除太學博士。還應奉。終於翰林修撰。累官太中大夫。娶侯氏。子男二人。公孫。八歲。宜翁。四歲。女二人。長嫁進士陳某。其幼在室。初希顔在東平。東平。河朔重兵處也。驕將悍卒。倚外寇爲重。自行臺以下。皆務爲摩拊之。希顔莅官。所以自律者甚嚴。出入軍中。偃然不爲屈。故頗有諠譁者。不數月。閭巷間家有希顔畫像。雖大將亦不敢以新進書生遇之。嘗爲户部高尚書唐卿所辟。權遂平縣事。時年少氣鋭。擊豪右。發奸伏。一縣畏之。稱爲神明。及以御史巡行河南。得贓吏尤不法者。搒掠之有至四五百者。道出遂平。百姓相傳。雷御史至。豪猾望風遁去。蔡下一兵。與權貴有連。脱役遁田間。時以藥毒殺民家馬牛。而以小直脅取之。希顔捕得。數以前後罪。立杖殺之。老幼聚觀。萬口稱快。馬爲不得行。然亦坐是失官。希顔三歲喪父。七歲養於諸兄。年十四五。貧無以爲資。乃以胄子入國學。便能自樹立如成人。不二年游公卿間。太學諸人。莫敢與之齒。渡河後。學益博。文益奇。名益重。爲人軀幹雄偉。髯張口哆。顔渥丹。眼如望羊。遇不平則疾惡之氣見於顔間。或嚼齒大罵不休。雖痛自摧抑。猝亦不能變也。食兼三四人。飲至數斗不亂。杯酒淋漓。談諧間作。辭氣縱横。如戰國游士。歌謡慷慨。如關中豪傑。料事成敗如宿將。能得小人根株窟穴。如古能吏。其操心危慮患深。則又似夫所謂孤臣孽子者。平生慕孔融、田疇、陳元龍之爲人。而人亦以古人期之。故雖其文章號一代不數人。而在希顔仍爲餘事耳。希顔年四十六。以八年辛卯八月二十有三日暴卒。後二日葬戴樓門外三王寺之西若干步。好問與太原王仲澤哭之。因謂仲澤言。星殞有占。山石崩有占。水斷流有占。斯人已矣。瞻烏爰止。不知於誰之屋耳。其十月。北兵由漢中道襲荆襄。京師戒嚴。銘曰。

維季默父起營平。弱齡飛騫振厥聲。備具文武任公卿。百世其一世已驚。紫髯八尺傾漢庭。前有趙張恥自名。目中之敵無遁情。太息流涕請進兵。搒聰不及馳迅霆。一日可復齊百城。天網四面開鯢鯨。砥柱不救洪濤傾。望君佐王正邦經。或當著言垂日星。一債不起誰使令。如秦而帝寧勿生。不然亦當蹈東溟。元精炯炯賦子形。溘焉寧與一物並。千年紫氣鬱上征。知有龍劍留泉扃。何以驗之石有銘。遺山集

大司農丞康君墓表

元好問

君諱錫。字伯禄。姓康氏。世爲寧晉人。大父諱成。嘗與昆弟分財。他田宅定無所問。止取南中生口十餘人。縱爲民而已。以故家獨貧。考諱溢。少爲里胥。資純□篤。縣令者倚之以納賄。及令爲御史所劾。溢自念言直。則令被罪。終世不齒。渠官長而我以事證之。何以立於世。乃自縊而死。令竟以無跡可尋獲免。伯禄既孤。養於外祖田氏。田見伯禄骨骼異他兒。謂當有望。使之應童子舉。飲食卧起。躬自調護。備極勞苦。得解赴都。一日暮行茭葦中。懼爲同行者所遺。至負之而趨。及長。師柏鄉王翰周輔。束修不能備。周輔與諸生共周給之。中崇慶三年進士第。釋褐櫟陽簿、警巡判官。辟彭原令。入爲尚書省掾。考滿。遷開封府判官。俄拜監察御史。言宰相侯摯、師安石非相材。提點近侍局宗室安之。聲勢焰焰。公門請託。不可使久在禁近。朝議偉之。選授右司都事。遷京南路大司農丞。破上蔡諸縣羣不逞把持之黨。彈種人以贓污尤狼籍者五六輩。宰相有不説者云。康錫不欲吾種人在仕路耶。因以飛語中之。出爲河中府治中、充行尚書六部郎中。城陷投水死。時年四十八。伯禄孝於母。友於其弟。有恩義于朋友。從仕則死心奉公以爲民。古所謂公家之利知無

不爲者。唯伯禄爲然。同年生如雷御史希顔、冀都司京父、宋内翰飛卿之等。名士數十人。世以比唐龍虎榜。至論公輔大器。尚以伯禄爲稱首云。歲戊申秋九月。余過寧晉。伯禄之從弟鋭招魂葬伯禄於唐城鄉東南五里之先塋。以其第三子阿千爲之後。伯禄先娶薊州游氏。再娶魯山張氏。皆封京兆縣君。一子彭原。張出。没於京師之兵。銘曰。

仕以義行。死與義居。義存義亡。葬何計乎江魚。寧晉之墟。維君之居。眷焉顧之。泣涕漣如。豈無蛟蜃之波。以投畀乎讒夫。百歲而下。有歷九關而上訴者。其有説歟。遺山集

聶元吉墓誌銘

元好問

元吉諱天驥。姓聶氏。代之五臺人。元吉其字也。父諱明。自先世雄於財。而以陰德聞里中。用元吉貴封太中大夫。元吉其長子也。弱冠登進士第。釋褐汝陰簿。轉睢州司候。廉。舉封丘令。入爲尚書省邊關糧草房令史。考滿。授吏部主事權監察御史。夏人請和。使者互市於會同館。外戚有身自貿易於其間者。元吉以大官近利。失朝廷體。且取輕外夷。彈之。遂忤太后旨。除同知汝州防禦使事。未赴。爲陝西行臺所辟。仍用薦書。遥領金安軍節度副使兼行尚書省都事。不半歲。入爲右司員外郎。例授京兆府治中衞州行尚書六部事。慶陽圍急。朝議以宿州總帥往救之。奏充經歷官。圍解。從别將守邠。將欲棄州而東。元吉陳説利害。力止之。不從。將坐是被繫。辭連元吉。降授京兆治中。尋有訟其寃者。即召爲開封府簽事。旬月還右司員外郎。丁太夫人憂。未百日而奪哀復

職。車駕東遷。公在留中。賊殺二相。兵及元吉。卧創二十許日。醫言可治。公誓之以死。死之二日。權厝某所。娶王氏。子男二人。長黄童。次玄童。女三人。長嫁進士張伯豪。孝友有父風。夫歿歸在室。元吉既葬之明日。女不勝哀慕。絶脰而死。時亂已極。凌奪烝報。無復人紀。女獨以大義自完。士大夫賢之。有爲泣下者。其二尚幼。初。元吉以衞紹王崇慶二年登科。時雷希顏淵、宋飛卿九嘉、商平叔衡、張正卿天綱、冀京父禹錫、康伯禄錫。皆在選中。朝野以爲得人。而元吉起田畝。能以雅道自將。踐歷臺閣若素宦然。諸人多以爲不及也。余與元吉同鄉里。年相若。仕相及。然元吉重遲。予資卞急。元吉耿耿自信。未嘗以言下人。予則矯枉過直。率屈己以徇物。道不同不相爲謀。故雖與之同鄉里。年相若。仕相及。而交未嘗合也。今元吉已矣。予惜其有志於世。世亦望焉。而卒之無所就也。乃爲之銘以哀之。銘曰。

巖牆之死。非曰正命。義存義亡。何適非正。天奪予衆。力獨奚競。多壽辱隨。瞑目爲竟。善乎子程子之言曰。今世之士。其無幸歟。展布其四體。未有以爲容也。而得桎梏。萌意於方寸。未有豪末也。而觸機穽。吾於吾元吉。誠愛其得所以死而死。然亦悲夫抱一概之操。泯泯默默。少不能俟天之定也。**遺山集**

太中大夫劉公墓碑

元好問

公諱汝翼。字舜卿。姓劉氏。世爲淄川鄒平人。曾大父諱昇。政和末擢進士第。釋褐隆平主簿。時西山劇賊千餘人。據險爲柵。旁近多被劫掠。朝廷責州將擒捕之。州將謀於官屬。諸人恇怯不敢應。公毅然曰。兵力單弱。恐不能勝賊。獨當以氣攝之耳。乃常服詣賊柵。自通姓名。且言所以來。辭情慷慨。羣盜懾服。相與宴飲。明日與其酋把臂俱下。而無亡鏃之費。詔遷白馬令以賞其功。大父諱伸。不樂仕進。以財雄鄉里。周急繼困爲多。父諱時昌。大定初。律學出身。歷孟州軍事判官。終於左三部檢法。用法詳慎。多所平反。後用公貴累贈太中大夫。公其第四子也。幼穎悟。日誦數百言。師事鄉先生單雄飛、張元造。初治書。改授易。卒業於詩。山東諸儒間。聲名籍甚。貞祐四年。以經義第一人擢第。特授儒林郎。賜緋衣銀魚。調兗州録事。未赴。丁母彭城郡太君邵氏憂。服除。借注盧氏主簿。入爲尚書省掾。終更。遷同知嵩州軍州事兼陽翟令。縣户籍餘三萬。豪猾所聚。令丞少不自檢。爲所把持。莫有得善代者。公下車。差次貧富。一一籍記之。一夫之役。斗粟之斂。均賦而平及之。大豪以苞苴私見。欲相誣染。公發其奸。并以所賄者曉於衆。至於宗室大家。聲勢焰焰。人莫敢與之抗。一爲平民所訴。必深治而痛繩之。黠賊褚二養丐者爲子。羅富民鬬毆。有勸解者。即逡巡而退。乃於隱處以大棓擊兒。胸背腫青。遂以藥殺之。明日就富家索命。公知其計。械褚送獄。褚咆哮不即承。公召尉司宿賊。與褚同繫。以計覘之。數日言意相得。乃肯吐露。事既白。竟償丐者命。一縣稱爲神明。考滿。换洛陽令。陽翟父老百餘人。詣郡堂請留。不聽。縣中爲立生祠。以致去思之心焉。洛陽政成。召爲户部主事。正大八年。超同知汝州防禦使事。留爲户部員外郎。官太中大夫、輕車都尉、彭城郡開國伯、食邑七百户、賜紫金魚袋。河南受兵。中令君聞公名。以朝旨理索北歸。僑居鎮陽。辟萬户史侯幕府行部郎中。歲庚子。辟尚書省參佐。癸卯。朝命擢授行六部侍郎、廉訪使者。佩金符。公春秋已老。力求引退。往來燕、齊之間。以壬子冬遘疾。春秋六十有六。終於燕京開陽坊私第之正寢。實十一月之六日也。娶袁氏。封彭城郡君。子男五人。長曰衎。奏差清滄鹽司都提舉。次曰衎。○衎。與上長曰衎重複。疑誤。真定河間路都提舉。次曰衡。清鹽司提舉。次曰復。次曰元。諸子皆傳家學。女二人。一適進士謝芝。一適士族張簡。男孫四人尚幼。女孫七人。二及笄者適士族。餘幼在室。諸孤等以年月日。奉公之柩歸葬於(邳)〔鄒〕平梁鄒鄉孫鎮東原之先塋。禮也。公幼有至性。生六歲。太中公下世。藁葬燕城南僧舍。既冠。問知旅櫬所在。將往迎之。太夫人鍾愛於公。不欲使之遠去膝下。公因東平鄉賦。徑至燕城。歲月既久。丘壠荒没。哀慕訪求。十數日乃獲。刻甓爲識。官號宛然。扶護東還。州里嘉歎。公之立志。已見於此矣。百年以來。御題魁選。以趙内翰承元賦周德莫若文王。超出等倫。有司目爲金字品。及公經義第一。詩傳三題。絶去科舉蹊徑。以古文取之。亦當在優等。故繼有金字之褒。連宰二大縣。以經術飾吏事。雖擊伏强梗。人不能欺。至於仁心爲質。亦要其終而後見也。南渡以來。士子潛心文律。視師弟子之傳爲重。從公講學者。如羅鼎臣、賈庭揚、李浩輩。往往甲乙擢第。其有功後進蓋如此。某早以詩文受知於公。千慮一得。極口稱道。諸孤以碑銘爲請。輒爲銘詩。以表公墓。而不敢一言私焉。其銘曰。

風雅三百正而葩。何以蔽之思無邪。詁訓瑣細春宫科。涖政弗達奚取多。公昔治詩始萌芽。真積力久無復加。石磨玉琢絶纇瑕。內美信厚外柔嘉。百里之命令所荷。銅墨卑品責望奢。是時軍聲振三河。星火餽饟供荷戈。筋疲力涸方薦瘥。獨以砥柱當頹波。翁歸記籍列等差。守以安靜無敢譁。庶疫剛癉公禁訶。流離顛沛公拊摩。三月報政民氣和。昔也殿屎今笑歌。望公長劍冠巍峩。百未一試老澗阿。不龍不蛇賢人嗟。人言公材如命何。公家嘉樹鬱以華。會與毛鄭俱名家。墓碑有銘豈浮誇。劉宗溜川其未涯。遺山集

中順大夫鎮南軍節度副使張君墓碑

元好問

癸巳之兵。既破河南。景賢微服返鄉里。余每過寧晉。景賢必以杯酒相勞苦，予問君閒居何以自娱。景賢謂吾平生嗜讀書。喪亂以來。典籍散落。獨有通鑑及柯山書解。日得專志如此。隨寫隨讀。頗若有所得。異時汩没科舉。鞅掌簿書。殆於學業無下缺。尚書省令史。考滿。擢黄河漕運副使提舉。丁外艱。服除。辟洧川令。前政有籍惡子姓名揭之通衢者。景賢到官。遽命撤去。使渠輩知自新之路。迄終更果無一犯者。有司以稱職聞。壬辰二月遷南京左警巡院副使。屬歲饑。縣官作糜粥以食餓者。日費菽米數十斛。景賢區處有法。鼠雀無敢耗。人受實惠。多所全活。六月以洧川課最。陞一階。改開封令。九月復以左警巡院副使借注之。大概景賢爲人有幹局。而以學術濟之。爲政不務表襮。人久而信。故所去見思。其年積前後勞。遥領鎮南軍節度副使兼蔡州管内觀察副使。官中順大夫、上騎都尉、清河郡開國伯、食邑七百户。以丁未九月之七日。春秋六十有七。遘疾終於家。

越四日葬於縣西北唐城鄉内王里之先塋。禮也。配清河郡君王氏。同縣處士成之女。後景賢十年卒。子男一人。卽世英也。女二人。長適平晉進士李銚。次適安肅進士陳維良。男孫四人。女孫二人。皆幼。銘曰。

近民慈祥。其馭吏也靜以莊。悃愊無華。愈久不忘。晚節而昌。幅巾故鄉。神理昭然。飮食壽康。聖謨洋洋。詠歌虞唐。殆天錫之。以爲善之樂歸老下缺。　遺山集

陽曲令周君墓表

元好問

君諱鼎。字器之。姓周氏。世爲定襄人。曾大父萬。力田爲業。大父慶嗣。字榮甫。通六經。教授鄉里者六七十年。鄉人尊之。父丕顯。字著明。質直尚義。好交結四方。獲鹿世家。有以女婢誘陜右饑民爲贅婿者。歲既久。並所生男女皆奴之。贅婿單弱。無以自解。著明寃之。示以文法及訴訟次第。累爲有司所直。准生女從母。其餘皆奪爲良。嘗自言吾後世當有興者。君其長子也。幼穎悟。未十歲。大父教之六經。應童子舉。平陽宿儒畢晉卿愛其風骨。謂當有所成。許之親授賦學。年十六。卽辭家從之。又二年。取平陽解名。三赴廷試。貞祐乙亥。程嘉善榜内登第。釋褐徵事郎、五臺主簿。未幾丁母王氏艱。太原行元帥府事翟德升雅知君名。以便宜起復定襄丞。時中原受兵。所在殘毁。民人保聚。多爲脅從。君時佩銀符兼義軍彈壓。以爲軍力不足備敵。而人無所逃死。豈樂爲背逆。凡所詿誤者。一切貸之。縣民賴以全活者甚衆。明年遷陽曲○以上原缺。今據讀書山

房本遺山集補。令。權河東北路轉運司户籍判官、帥府檢察。君嚴於自律。滴水不交部民。兵來耕稼既廢。軍食爲重。一府倚辦於君。君悉力經畫。取於民者均。而給於軍者無所枉。内外翕然以公平贊之。府經歷官輸米入倉。數不盈斛。而倉官以盈斛受之。君發其奸。杖經歷八十。德升賞君之直。以上尊餉之。又明年雁門破。兵勢駸駸而南。鄉曲以太原不可保。趣君弟獻臣就謀去就。君爲獻臣言。城不保必矣。我臣子也。尚欲逃死乎。獻臣欲挈君妻子以出。君又不可。曰。吾守官於此。而不以妻子自隨。是懷二也。吾弟往。吾死於此矣。乃與之泣别於北門之外。是歲城陷。殁於兵。實興定二年九月六日也。得壽三十有七。官奉直大夫。娶武氏。子男一人。鐵和。女一人。方幼。獻臣既通貴。佩金符。以年月日奉公衣冠葬於五村里西原之先塋。禮也。好問辱從君游。獻臣以墓表見屬。尚憶在汴梁結夏課時。君日酣飲。於世事略不介懷。余亦笑其迂緩。及入官。其風力乃如此。始恨交游半生知君不盡耳。乃爲述其故。且繫以招魂之辭。其辭曰。

若有人兮洵且都。城復於隍兮徇以軀。羈魂倀兮冥素途。巫陽下招兮宜可呼。天厚子兮内美俱。綰銅墨兮握瑾瑜。處脂膏兮不自濡。植節苦兮甘糲蔬。護念所牧兮劇髮膚。鉏治强梗兮惠惸孤。宜貴而壽兮與德符。其孰乘之兮又孰除。蒙山之丘兮鬱枌榆。復子之鄉里兮返厥初。攙蓬之言兮直厚誣。舍我祖禰兮將焉如。汾沮洳兮參之墟。猰貐羣走兮雄牙須。俱腐草木兮孰别區。魂兮歸來兮安汝居。遺山集

奉直趙君墓碣銘

元好問

余嘗愛余同年進士通許趙君。仕不近名。隱不違俗。藹然有古人之風。故嘗求其淵源。得汴人之賢者四人焉。曰王礀逸賓、王世賞彥功、游總宗之、學易高先生仲震正之。明昌中。故相馬吉甫判開封。逸賓、彥功、宗之。俱以德行才能薦於朝。逸賓鹿邑簿。就請致仕。彥功以親老調鞏州教官。宗之讓不受。三人者。趣嚮不同。而時人皆以高士目之。高出於世家。而能以清介自守。死心於六藝之學。隱居嵩山二十年。人望之以爲神仙。蓋逸賓則君之所師尊。而高則其交久而敬者也。維汴梁聖賢所宅。典章法度之所在。流風善政之所從出。興廉舉孝。養士太學。薰釀涵浸。作成人物之日久矣。雖其細民。溺於宣政侈靡之習而不能返。至於學士大夫。通經學古。安貧樂道。懷先王之澤而不爲風俗之所奪移者。故未絕也。語有之。魯無君子者。斯焉取斯。殆君之謂歟。君諱端卿。字正之。其先浙人。遠祖某以商販留東京。因而家焉。嘗仕漢鐵騎營指揮使。與宋宣祖有里巷之舊。及太祖取柴氏。有旨訪求。隱居不爲出。故終宋之世爲民家。其居通許以教讀爲業者。君之曾大父諱弼者也。大父諱昱。父諱渥。居通許者四世矣。君幼孤。養於叔父澤。資簡重。薄於世味。少日。父教以科舉之業。而於經學有所得。雖有聲場屋間。非其好也。興定五年春。省試魁多士。遂登乙科。釋褐徵事郎。守解州安邑丞。即閉户讀書。無復仕進意。教誨子弟以孝弟忠信爲根本。身自表率。使知踐履之實。不徒事章句而已。辟舉法行。當路有知君之賢。欲以一縣相屈者。君爲書以絕之。正大初修宣宗實録。楊禮部之美、趙内翰周臣。連章奏君爲編修官。召至史館。力辭而去。執政聞君名。有欲求見之者。君深自閉匿。不使見也。天興壬辰。避亂京居。車駕東狩。崔立刼殺宰相。都人聞變。求死無所。君方與正之對食。顔色不少變。投箸而起。歎曰。知有今日久矣。尚何言哉。其七月二十八日。以病終於寓舍。春秋五十有四。用覃恩積官至奉直大夫。夫人同縣李氏。子男二人。長曰晉。次曰益。女一人。適許州倉副使穆鑑。男孫一人。六九。尚幼。晉等以某年月日舉君之柩歸葬於縣東原之先塋。禮也。自利禄之學盛且百年。間有以經術自救者。私欲既勝。强爲揉治之。往往齟齬而不相入。君天資既高。且恬於進取。其學也優柔饜飫。久與俱化。眉宇津津然。望之知其爲善人君子。力省而功倍。蓋有不可誣者。晉來速銘。用所以知君者著於篇。而不敢一言私焉。銘曰。

鬱如其充。渙如其融。六經之春。見服與容。彼合也人。我天之通。求人而得之。何計乖逢。環堵蕭然。薇藿不供。商歌之聲。天地滿中。萬物並流。至君而止。司南聖涂。發軔伊始。黄裳元吉。無庸青紫。華髪元龜。望君百年。君游不留。道將孰傳。松柏之丘。石表其前。是惟予趙子之墓。過者式焉。遺山集

金文最卷九十九

墓碑

史邦直墓表

元好問

邦直諱元。姓史氏。世爲武陟人。某年遷河内。乃占籍焉。曾祖良。祖萬。父選。三世在野。母常氏。出士族。知邦直可以起家。力課之學。邦直亦能自樹立。從鄉先生王國光游。不數年。學業大進。遂擢興定五年詞賦乙科。釋褐武陟簿。懷孟被兵已久。邦直安集有方。鄉人賴之。秩滿。以材選管句三白渠。入爲尚書省令史。宰相李公適之聞其名。問以三白渠利害。邦直以書對。細字滿三十紙。推究源委。凡公私所以爲弊者無不備。按而用之。强有力者將無所容奸。適之大稱異之。遷管勾黄河漕運。未幾河南破。右丞仲德行臺徐州。檄邦直守禦。注授彭城令。尋轉充觀察判官。危急存亡之際。多所建白。仲德甚倚重之。喪亂後。間關東歸。歲戊戌十二月二十有六日春秋五十有七。以疾終於州之私第。邦直爲人軀幹雄偉。望之如羽人劍客。而處事詳雅。倉卒無失辭。事母以孝。待故舊有終始。身殁之日。識者多嗟惜之。初娶某氏。再娶遼東高氏某官之女。邦直無子。以姪爲之後。以某年月日葬於河内王封里之東南原。初。邦直歿之七日而懷州亂。老幼奔潰。城爲之空。高夫人暮夜挈家人避於州西南五十里之别墅。事定而歸。家蕩然無一物。蝗旱連歲。道殣相望。人謂從此無史氏矣。夫人攻苦食淡。存拊愚幼。入門應接。不減邦直生平。比營大葬。凡舉十餘喪。安厝如禮。生死受獲。雖健男子有不能辨者。邦直可無恨矣。邦直余同年進士。又交分殊款。其孤請爲墓碣銘。乃論次之。其銘曰。

能者人。不能者天。得配而賢。獨爲始終之全。我銘詔之。以慰下泉。遺山集

御史孫公墓表

元好問

正大中。内帑被盜。所失皆慈聖宮珠具。○具。疑作貝。上怒甚。公時爲監察御史。被詔按其事。而無迹可尋。法官讞疑。欲棄守者市。公執奏緩之。會赦得原。汴民李氏女有姿色。已許嫁矣。首相白撒之姪恃勢奪婚。且欲以爲妾。夫家訴於官。官畏徇不爲理。遂訴於公。公爲奏聞。詔還已許。八年親享太廟。郕國夫人温敦氏。過廟門而不偃蓋。公劾奏以爲失臣妾禮。上不忍加姨母罪。敕有司杖御者百。仍罰俸以愧之。舊制。承天門非犒軍不登。一日。上無故登焉。公奏。人主不可示民不信。上卽日爲公犒軍。庚寅辛卯以來。雖軍出屢勝。而亡徵已具。危急存亡之際。大夫士以自保爲幸。或高蹈遠引。脱屣世務。或酣歌縱酒。苟延歲月。公獨正色立朝。耿耿自信。言事數十條。藹然有承平之風。詩所謂風雨如晦。雞鳴不已者。惟公有焉。公諱德秀。字伯華。其先涇州長

武人。大父皐。遭靖康之亂。流寓太原之文水。因家焉。父楫。資稟純直。樂於爲善。時與羽人禪客游。尤喜賙恤貧乏。或養之終其身。且葬祭之。用公貴贈朝列大夫。有子五人。公其長也。幼穎悟。有學性。及長游太學。有聲場屋間。至寧元年以三赴廷試。試補御史掾。興定六年中開封府解。試魁臺掾。考成升尚書省掾。數月以母樂安縣太君成氏春秋高。乞歸侍。俄辟權國史院編修官。元光初。以選充豐備倉監支納官。正大元年擢詞賦進士第。授奉直大夫。三年辟京兆雲陽令。行省以長安劇邑而令非其人。用便宜以公易之。雲陽之人。相率請留。詞旨懇切。宰相不能奪。還公雲陽。六年權行省左右司員外郎。七年拜監察御史。終更。授大府監丞、遥領同知鎮南軍節度使事。壬辰之變。微服出汴京。客居大名。鬱鬱不樂。竟以成疾。以明年冬十有二月朔。春秋五十。終於寓居。權厝某所。娶要氏。吉州倅伯升之女弟。封樂安郡君。子男三人。長頤、次觀、次孚。皆習儒業。女二人。長適祭酒吉州馮内翰子駿之子亨。次適進士太原王楫。孫男五人。崇仁、崇義、崇禮、崇智、崇信。皆習儒業。女孫五人尚幼。公美鬚眉。容貌甚都。家居整肅。遇物以誠。臨官事有法。絲髮不少徇。其憂國愛君。出於天性。惜其遭罹季末。抱利器而無所試。見於行事者。止此而已。季子孚以王内翰百一所撰家傳來乞銘。僕於公爲鄉人。敢用所以知公者爲之銘。以致懷賢之思。其銘曰。

和臣不忠。忠臣不和。碑石有銘。百世不磨。公起太原。儒素爲家。以貌言而覯。卜其柔嘉。怫然聞義而起。勇莫我加。創罷我扶。剛瘅我訶。不量寸鐵之微。訴九閽而磔妖蟇。白筆風生。朝著無諱。宗周不綱。蕩而頹波。亦有不二心之臣。哀喪亂之宏多。幸大福之可再。憤卻日而麾戈。念君平生。慨然長嗟。委蛇委蛇。豸冠峩峩。蓬蒿一丘。窘此澗阿。天之廢商久矣。公其如命何。公其如命何。遺山集

河南路課稅所長官兼廉訪使楊公神道碑

元好問

君諱奐。字煥然。姓楊氏。乾之奉天人。唐鄭國公之二十世孫也。譜系之詳。見君自敘、載之先大夫墓銘。茲得而略之。曾大父楙。大父超道。父振。是爲蕭軒翁。及上二世。皆在野。母程。嘗夢東南日光射其身。旁一神人以筆授之。已而君生。蕭軒以爲文明之象。就爲制名。君甫勝衣。嘗信口唱歌。有紫陽閣之語。扣之不能答也。未冠夢遊紫陽閣。景趣甚異。後因以自號。年十一丁内艱。哀毁如成人。日蔬食。誦孝經爲課。人以天至稱焉。又五年。州倅宗室永元謂翁曰。若老矣。守佐重以案牘相煩。聞若有佳兒。姑欲試之。卽檄君爲倉典書。時調度方殷。君掌出納。朱墨詳整。訖歲終無圭撮之誤。倅愛之。謂他日當有望。勸之宦學。師鄉先生吴榮叔。指授未幾。迥出倫輩。賦業成。卽有聲場屋間。不三十。三赴廷試。興定辛巳。以遺誤下第。同舍盧長卿、李欽若、欽用昆季。惜君連蹇。勸試補臺掾。臺掾要津。士子慕羡而不能得者。君答書曰。先大人每以作掾爲諱。僕無所似肖。不能顯親揚名。敢貽下泉之憂乎。正大初。朝廷一新敝政。求所以改絃更張者。君慨然草萬言策。詣闕將上之。所親謂其指陳時病。辭旨剴切。皆人所不敢言。保爲當國者所沮。忠信

獲罪。君何得焉。君知直道不容。浩然有歸志。卽日出國門而西。教授鄉里者五年。歲己丑。乾州請爲講議。安撫司辟經歷官。京兆行尚書省以便宜署君隴州經歷。皆辭不就。再以參乾恒二州軍事。親舊爲言。世議迫隘。不宜高蹇自便。始一應之。庚寅京師春試。授館左丞張公信甫之門。張公嘗謂人曰。諸孫得君主善。老夫沾丐抑多矣。癸巳汴梁陷。微服北渡。羈孤流落。人所不能堪者。君處之自若也。冠氏帥趙侯壽之延致君。待之師友間。會門生朱極自京師輦書至。君得聚而讀之。東平嚴公喜接寒素。士子有不遠千里來見者。嚴公久聞君名。數以行藏爲問。而君終不一詣。或問之故。曰不招而往。禮歟。且業已主趙侯矣。將無以我爲二三乎。戊戌天朝開舉選。特詔宣德課稅使劉公用之試諸道進士。君試東平。兩中賦論第一。劉公因委君考試雲燕。俄從監試官北上。謁領中書省耶律公。一見大蒙賞異。力奏薦之。宣授河南路徵收課稅所長官兼廉訪使。陛辭之日。言於中令公曰。僕不敏。誤蒙不次之用。以書生而理財賦。已非所長。又河南兵荒之後。遺黎無幾。烹鮮之喻。正在今日。急而擾之。糜爛必矣。願公假以歲月。使得拊摩創罷。以爲朝廷愛養基本萬一之助。中令甚善之。君初莅政。招致名勝。如蒲陰楊正卿、武功張君美、華陰王元禮、下邽薛微之、澠池翟致忠、太原劉繼先之等。日與商略條畫約束。一以簡易爲事。按行境內。親問監務。月課如干。難易若何。有循習舊例以增額爲言者。君訶之曰。剥下罔上。若欲我爲之耶。卽減元額四之一。公私便之。官長所臨。率有餽餉。君一切拒絕。亦有被刑責没財物於官者。不踰月政成。官民以爲前乎此蓋未有漕司惠吾屬之如是也。在官十年。乃請老於燕之行臺。以猶子元楨襲職。壬子九月。王府驛召入關。尋被教參議京兆宣撫司事。累上書。乃得請。閒居鄉郡。築堂曰歸來。爲佚老之所。雖在病卧。猶召子弟秀民與之酒。諭之曰。吾鄉密邇豐鎬。民俗敦朴。兒輩皆當孝弟力田。以廉慎自保。毋習珥筆之陋。以玷傷風化。及病革。處置後事。明了如平時。敕家人吾且死。勿以二家齋醮貽識者笑。遂引觴大噱。望東南注香。命門生員擇執筆。留詩三章。恬然而逝。春秋七十。實乙卯歲九月之一日也。後五十七日葬於郡東南十里小劉里先塋之次。夫人陳氏、劉氏祔焉。禮也。君三娶吴氏。子男四人。保烜、萬駒、嵩山、緱山。皆早夭。駒郎者。在孕有異。風骨不凡。齠齔知讀書。八九歲聞君講授。卽通大義。尋爲人講説。十二以羸疾。至於不幸。君喪之。盡然有童烏之感。女四人。長嫁郡人張篪。次華陰王亨。二幼者在室。初。泰和大安間入仕者。惟舉選爲貴科。榮路所在。人争走之。程文之外。翰墨雜體悉指爲無用之伎。尤諱作詩。謂其害賦律尤甚。至於經爲通儒。文爲名家。不過翰苑六七公而已。君授學之後。其自望者不碌碌。舉業既成。乃以餘力作爲詩文。下筆卽有可觀。嘗撰扶風福嚴院碑。宋内翰飛卿時宰高陵。見之奇其才。期君以遠大。與之書曰。吾子資稟如此。宜有以自愛。得於彼而失於此。非僕所敢知也。君復之曰。辱公特達之遇。敢不以古道自期。飛卿喜曰。若如君言。吾知韓歐之門。世不乏人矣。興定末。關中地震。乾守吕君子成徧禱祠廟。請爲祝文。凡二十有四首。援筆立成。文不加點。在鄠下日。中秋燕集。一寓士忌君名。諷諸生作詩。請君屬和。君被酒謂客曰。欲觀詩者舉酒。欲和以次唱韻。意氣閒逸。筆不停綴。長韻短章。終夕成三十九首。長安中目爲鄠郊卽席倡和詩傳之。性嗜讀書。博覽强記。務爲無所不窺。眞積力久。猶恐不及。寒暑飢渴。不以累其業也。中歲之後。目力差減。猶能燈下閱蠅頭細字。夜分不罷。作文刻刮塵爛。創爲裁製。以蹈襲剽竊爲恥。其持論亦然。觀刪集韓文及所著書。爲可見矣。禮部閑閑趙公、平章政事蕭國侯公、內翰馮公、屏山李公。皆折行位與相問遺。御史劉公光輔、編修張公子中諸人。與之年相若。而敬君加等。河朔士夫。舊熟君名。想聞風采。又被三接文衡。有在所過求見者。應接不暇。其爲世所重如此。暮年還秦中。秦中百年以來。號稱多士。較其聲聞赫奕。聳動一世。蓋未有出其右者。前世關西夫子之目。今以歸君矣。有還山集一百二十卷、概言十卷、紀正大以來朝政號近鑑者三十卷、正統六十卷。其自敘曰。正統之說。所以禍天下後世者。凡以不出於孔孟之前故也。且夫湯武之應天順人。後世莫可企及。猶曰。予有慚德。武未盡善。後世僻王。乃復賴前哲。概以正統之傳。非私言乎。今立八例。曰得。曰傳。曰襄。曰復。曰與。曰陷。曰絕。曰歸。始皇十年貶絕陷者何。懲任相之失也。太宗傳之而曰得者何。志奪宗之惡也。責景帝者何。短通喪也。責明帝者何。啟異端也。與明宗者何。有君人之度也。與周世宗者何。世宗而在。禮樂可興也。如是八例。其說累數十萬言。以爲不如是。則是非不白。治亂不分。勸戒不明。雖綿歷百千萬世。正統之爲正統。昭昭矣。此書往往人間見之有詰難者。則曰。吾書具在。豈復以口舌爲辨。後世有賞音者。君不治生產。不取非義。仕宦十年。而家無十金之業。然其周困急、䘏孤遺、扶病疾、助葬祭。習以爲常。力雖不贍。猶强勉爲之。與人言。每以名教爲言。有片善則委曲奬藉。惟恐其名之不著。或有小過失。必以苦語勸止之。怨怒不許也。評者謂君志立而學富。器博而用遠。使之官奉常、歷臺諫、掌辭命、治賓客。必有大過人者。白首見招。日暮途遠。有才無命。可爲酸鼻。丙辰冬十月。予閒居西山之鹿泉。員生自奉天東來。持京兆宣撫使商挺孟卿所撰行狀。以墓碑爲請。且道君臨終念念不相置。留語殷重。以譔述爲顧。惟不腆之文。曷足爲君重。竊念風俗之壞久矣。冰雪沍寒。往復四千里。爲其師爲不朽計。門弟子風誼如生者幾人。此已不可辭。況於平生之言。乃勉爲論次之。而系以銘。其銘曰。

有文者螭。於趺者龜。是爲關西夫子楊君之碑。顧瞻佳城。泫焉涕洟。學道之難成。使人傷悲。君擅名場。深叢孤羆。追乎駢儷而變古雅。快潛蛟之雲飛。謂君不逢歟。奮囘谿而澠池。一命而佩金紫。何若若兮纍纍。鄙賓於唐。世久衰微。河潤九里。蔚松檟兮增輝。謂君爲逢歟。徒以文窮而自嬉。斬伐俗學。力涸筋疲。世無玄聖久矣。望伯起其庶幾。白首太玄。坐爲悠悠者之所譏。緊正統之無適從。職予奪之非宜。君排諸儒。斥偏執與詭隨。彼月旦之有評。且曩是而今非。豈有一定罪功之名。而概終世之成虧。我黜我升。我招我麾。不主故常。不貸毫釐。自我作古。奚竊取爲。自非慨然任當仁之重。能不懼於西河之見疑。維鼎之爲器也。雖小而重。屹神寶而弗移。孰謂漢唐甚盛之際。亦不免於窮運之攸歸。我車司南。爾轍背馳。傳者嗟誰。異時有如君家子雲者出。邈千載而求知。遺山集

劉景玄墓銘

元好問

景玄年十六七許時。其先人朝請君宦四方。景玄留學陵川。已能自樹立如成人。老師宿學。多稱道之。而朝請君獨未知也。及罷官歸。行視景玄所舍。見其架上書。散亂無部帙。意不懌。因問讀書有後先。汝寧亂讀耶。漫取一書試之。則隨問隨答。無所忘失。朝請君始大驚。拊其背曰。及吾未老。當見汝聳壑昂霄時耳。乃名之昂霄。字景玄。別字季房。泰和中。予初識景玄於太原。人有爲予言。是家讀廣記半月而初無所遺忘者。予未之許也。杯酒間。戲取市人日歷鱗雜米鹽者。約過目則讀之。已而果然。大率景玄之學。無所不闚。六經百氏外。世譜官制地理與兵家所以成敗者爲最詳。作爲文章。淵綿緻密。視之若平易。而態度橫生。自有奇趣。他人極力追之有不能到者。爲人細瘦。似不能勝衣。好橫策危坐。掉頭吟諷。幅巾奮袖。談辭如雲。人有發其端者。徵難開示。初不置慮。窮探源委。解析脈絡。漫者知所以統。窒者知所以通。旁貫徑出。不可窺測。要之不出天下之至理。四座聳聽。噤不得語。故評者以爲承安泰和以來。王湯臣論人物。李之純玄談。號爲獨步。景玄則兼衆人之所獨。愈叩而愈無窮。詩與文。則或有之。其辨博則不知去古談士爲近遠。餘者不論也。其與人交也。不立崖岸。洞見心肺。世間機械。皆不知有之。河東梁仲經、渾源雷希顔、王官麻信之。皆海内名士。交久而無問言。人以此多之。至其善惡太明。黑白太分。則亦坐是而窮也。初舉進士不中。以廕補官。調監慶陽軍器庫。非其好也。諸公期以明年薦試詞科。而景玄病不起矣。正大乙酉夏。予自京師來哭其墓。太夫人謂好問言。吾兒有當世志。今鬱鬱以死矣。子與之游。最爲知己。當爲作銘。無使埋没也。好問泣且拜曰。銘吾兒者。莫好問爲宜。乃作銘。景玄陵川人。自言系出楚元王交。祖諱溥。不仕。朝請君諱侖。第進士。官至管句承發司。太夫人上黨宋氏。封彭城縣君。妻永寧李氏。子男一人。名庸。女一人。尚幼。以元光二年六月十三日。春秋三十有八。終於永寧之寓居。權殯郭西南一里所。庸將以某年月日舉二世之柩。歸葬陵川之先塋。銘曰。

深心而文。洩人天和。聲光一流。有物禁訶。君起太行。學自爲家。元精當中。散爲雯華。有發其談。瀉江傾河。坦其正途。不涉誕夸。有喙三尺。有書五車。噤不得一本作時。施。萬古長嗟。望君天門。奉璋峩峩。蓬蒿一丘。窘此澗阿。天如天如。命也奈何。遺山集

文儒武君墓銘

元好問

銘曰。真積力久。積久而博。其所立也卓。百家浩浩。未害其説之約。故雖涉於紅女之纂組。其破而圜斲而朴者。固自若也。博士三年。誨誘循循。子弟秀民。自我作新。投之萬金良劑。以湔浣漱滌。易形而鍊神。朱墨進爲文儒。鈎距化而真純。庚桑豐羽山之年。鄒律發寒鄉之春。是之謂神而明之。存乎其人。教育之廢久矣。安得敦龐耆艾仁信篤誠如先生者。以復三代兩漢風土完厚之秦乎。河東人元某銘。遺山集

郝先生墓銘

元好問

泰和初。先人調官中都。某甫成童學舉業。先人思所以引而致之者。謀諸親舊間。皆曰。濩澤風土完厚。人質直而尚義。在宋有國時。俊造輩出。見於黄魯直季父廉行縣之詩。風俗既成。益久益盛。迄今帶經而鉏者。四野相望。雖閭巷細民。亦能道古今曉文理。爲子求師。莫此州爲宜。於是先人乃就陵川令之選。時鄉先生郝君。方聚子弟秀民教授縣庠。先生習於禮義之俗。出於賢父兄教養之舊。且嘗以太學生游公卿間。閲人既多。慮事亦審。故其容止可觀。而話言皆可傳。州里老成宿德。多自以爲不及也。某既從之學。先生嘗教之曰。學者貴其有受學之器。器者何。慈與孝也。今汝有志矣。器如之何。又曰。今人學詞賦。以速售爲功。六經百氏分裂補綴外。或篇題句讀之。不知幸而得之。且不免爲庸人。況一敗塗地者乎。又曰。讀書不爲文藝。選官不爲利養。唯知義者能之。今世仕宦多用貪墨敗官。皆苦於飢凍不能自堅者耳。丈夫子處世。不能飢寒。雖一小事。亦不可立。況名節乎。汝試以吾言求之。先生工於詩。嘗命某屬和。或言令之子欲就舉。詩非所急。得無徒費日力乎。先生曰。君自不知。所以教之作詩。正欲渠不爲舉子耳。蓋先生惠後學者類如此。不特於某然也。先人既罷官。某留事先生。又二年然後歸。先生歿於成皐。其子思温歸葬鄉里。以書抵某。言吾子往年赴弔成皐。曾以墓銘爲請。今卒事矣。願有以慰不肖孤之心。某謝不敢當。六七年之間。思温之請益堅。辛丑之秋。又屬其外兄牛元偉來致辭曰。先子生無一命之爵。没無十金之産。齎志下泉。有識興歎。授業得如吾子者。且不能一言半詞以見於後世。其命之矣。某再拜曰。僕有罪。乃敘而銘之。先生諱天挺。字晉卿。先世有自太原遷上黨者。宋末又遷陵川。遂爲陵川人。曾祖諱元。祖諱璋。考諱昇。以選擇爲縣功曹。至先生之伯父東軒先生始宦學。蔚爲聞人。先生少日舉進士。預春官氏薦書。便能出諸公之右。多疾早衰。厭於名場。遂不就選。貞祐之兵。避於河南。往來淇衞之間。爲人有崖岸。耿耿自信。寧落薄而死。終不傍貴人之門。故時無料理者。以某年月日遘疾。春秋五十有七。終於寓舍。臨終浩歌自得。若不以生死爲意者。其平生自處。爲可見矣。前娶同縣張氏。繼室高平司氏。子男一人。卽思温也。女一人。嫁進士侯公佐。男孫三人。曰經。曰恆。曰彝。經最知名。女孫一人。弟天禔。從弟天祐。猶子思忠。皆有聲場屋間。銘曰。

篤於其資。誠於其思。行可以士矩。政可以吏師。奉璋峩峩。其誰曰我私。畀鎡基而奪之時。操利器而莫施。窮巷抱書。在涅而不緇。曳履商謳。長與世辭。寧以一寒暑往來之暫。槪細人而怨咨。良璞含光。平價不貲。棄擲泥塗。識者涕洏。孰物之尸。孰命之司。吾欲問之。有如先生者而止於斯。有如先生者而止於斯。遺山集

曹徵君墓表

元好問

歲丙午秋九月日。曹徵君子玉以疾終於襄陰之寓舍。春秋七十有四。嗚呼哀哉。世豈復有敦龐耆艾之士如君者乎。始予在京師。登君鄉先生禮部閑閑公之門。公每論人物。及君姓名。必極口稱道。謂今人少見其比。其後見君於方城。介於太原王右司仲澤。乃定交焉。君長予十七歲。予以兄事

之。壬辰之兵。君流寓弘州。癸卯冬。予自新興將之燕中。乃枉道過之。死生契闊。始一見顏色。握手而語。恍如隔世。不覺流涕之覆面也。又五年。予閒居鄉里。與君相望六百里而近耳。妄人有傳予下世者。君聞之。寢食俱廢。至問之卜筮。及就日者王希道推予祿命。以自開釋。已而知其妄也。又爲之喜見顏間。居未幾。聞君九月之訃。予爲位而哭。且爲文以哀之。孤子汝弼徒步至雲州。求予銘先人之墓。不及見而去。君之孫孝待於鎭州者。又三數月矣。追念平生之言。乃泣而銘之。君諱珏。姓曹氏。子玉其字也。世爲磁州滏陽人。曾大父圓。大父莘。父璿。皆潛德弗耀。君生數月而孤。養於祖母史氏。少長教之讀書。學性穎悟。有成人之量。及就舉選。卽有聲場屋間。以兩赴廷試。移籍太學。時輩翕然推重之。君資稟厚重。接物誠實。世俗機械。舉不知有之。居方城二十年。教授爲業。僅有中人之產。長子國器。力於幹蠱。故君得優游自便。賓客過門。厚相接納。爲具豐潔。不類寒士家。不獨公卿達官愛敬之。至於軍府悍卒。閭巷細民。望君褒衣皤腹。言笑和雅。亦皆訢訢焉。嘗再娶。未幾婦卒。其父哀悼成疾。君往候之。問之所親云。公初不病。痛女嫁未幾而徒捐奩具耳。君盡其所得者直百金并兩女使。悉歸之。方城人有倉卒避吏留一篋而去者。君敕家人毋敢竊視。事定其人復來。發篋驗之。貯金滿中。而封識宛然如手未嘗觸者。君之廉。類如此。正大末。南京大司農楊公叔玉、丞康公伯祿。薦君及猗氏薛曼卿、武陟宋予之、武清張仲升、汴梁高振之、大名王大用等六人文章德行。乞加官使。以勵風俗。事聞。徵聘有期。會兵動而罷。里中郭提控者。喪亂中聚老幼數千守一砦自保。人有誣郭嘯聚爲亂者。州將捕繫之。將至不測。

時立州治大乘山。君就爲申理之。郭以無罪。而君幾爲道梗不得還。避兵之民。無所逃死。君擇貧病之尤者留養之。賴以全活者甚衆。羣不逞乘亂欲以兵相加。父老有曉之者云。而曹麤暴如此。獨不愧曹先生父子耶。居襄陰又十年。依尚書李仲臣。仲臣爲之起廟學。以師席奉君。州人化君之德。文風爲之一變。君既老。自號囂囂老人。有卷瀾集三卷藏於家。君凡六娶。曰陳氏、徐氏、張氏、陳氏、顧氏。前君卒。曰姑氏。今無恙。子男二人。曰國器。字大用。陳出也。端愿而信。有君之風。不幸歿於京師之兵。士論惜之。汝弼。顧出。孫一人。卽孝也。曾孫二人。幼未名。女孫一人。尚幼。銘曰。

仁信而篤誠。寬博而和平。以儒行概之。衆善具并。何負於人。而不能百齡。豈無百齡。孰愈君之名。城郭千年。貞石有銘。曰是維子曹子之墓。尚可以爲鄉人之榮。遺山集

金文最卷一百

墓碑

真定府學教授常君墓銘

元好問

元光癸未。予過郾城。見麻徵君知幾。問所與周旋者。知幾以鎮人常仲明、中山趙君玉對。及仲明來館客。因得接杯酒之驩。然未款也。北渡後來鎮陽。仲明在焉。予首以知幾存歿訪之。仲明言辛卯秋。邊報已急。以内鄉深固。可以避兵。且有吾子在。吾三人議南下。知幾卜之不吉。乃止不行。及被兵。知幾病困中尚以前日猶豫不行爲恨也。予初謂知幾少許可。而獨於仲明有端人之取。固已慕嚮之。及知幾將遷内鄉。託於予者爲甚厚。仲明之先世。又出於代鴈門。用是交遂款。如是六七年。歲辛亥九月晦。自太原東來。過仲明之門。而仲明之下世十許日矣。孤子德雅知予敬其先人。涕泗以墓銘爲請。予復之曰。此吾之志也。奚以請爲。乃作銘。并論次之。君諱用晦。姓常氏。仲明其字也。上世家崞縣大木張家里。而墓於泉福鄉之石鼓原者。不知其幾昭穆矣。見於元祐中進士趙子良所譔墓銘。云常氏世豪於財。以孝弟力田見稱。宋初世。有諱素者。娶皇甫氏。生子慶。慶娶康氏。生子玘。玘娶檀氏。生子五人。長曰俊。次曰善。俊材幹宏博。殖産益豐。取予之際。己薄而厚於人。家近雲朔塞。羣從率以武藝相尚。有捉虎常氏之目。娶王氏。生四子。二子起家。善以膽勇。推擇爲鄉兵指揮使。俊之長子曰宗亮。慷慨多氣節。中武舉。官修武郎、鄜延路第四將。仕至知文水縣事。宗彦以騎射應募。官保義郎、河東路第四部將。文水即君之曾祖也。金朝初。避漢陽質子之役。族屬散居。有從建炎南渡而貴官者。有留居東門盧利者。有析居柏仁坊鹿者。文水遷居〇居。讀書山房本考證謂當作君。河朔。寓居平山。遂占籍焉。生九子。其一爲比丘。餘八子。娶兩族。先後無間言。時人爲之語曰。三劉五李。和義無比。是則文水之家政可見矣。君之祖諱大安。初東來時。道卒於黎城。父諱振。孝弟忠信。不學而能。好交結文士。自以不習儒業爲愧。一意課二子學。君之弟鼎。字仲華。甫成童。能屬文。鄉長者以偉器期之。未冠而卒。故君强學自立。以成父志。自少日有聲場屋間。游梁之後。交文士益衆。賦業外。他書亦能研究。國醫宛丘張子和。推明岐黄之學。爲説累數十萬言。求知幾爲之潤文。君頗能探微旨。親識間有謁醫者。助爲發藥。多所全濟。病家賴焉。資稟淳質。言行有法。遭値亂離。知時命不偶。安貧守分。不爲風俗所移。旅食僅足。而繼困之義無廢。年德俱茂。而卑牧之心愈篤。評者謂先世之義俠。閨門之婣睦。傳至於君。故家遺俗。有自來矣。真定幕府以君承平學舍舊人。文行兼備任師賓之位。辟本路府學教授。在職數年。士論歸之。不幸遘疾。臨終二三日。執筆紀先世事迹。垂示來裔。飲酒談笑與家人訣。怡然而逝。春秋七十有四。實辛亥之九月十九日也。夫人劉氏。前君二十七年卒。繼

室李氏。子德。彰德府宣課使。男孫小字舉孫。尚幼。德以某年月舉君之柩祔於滹河西岸班家里之先塋。禮也。銘亡。遺山集

善人白公墓表

元好問

歲辛亥冬十有二月。河曲白某持鴈門李某所譔先大夫行事之狀。請於某曰。先大夫棄諸孤之養。內翰王君從之實表其墓。禮部閑閑趙公爲之書。并以善人白公墓表篆其額。某時階止六秩。未及贈官之制。故王君弗克載。遭離板蕩。閑閑手筆亦復失之。某惟先大夫積德累行。躬不受祉子男之爵。僅見於告弟之書。而使之旌紀寂寥。隨世磨滅。孤奉義方之訓。不肖孤死不瞑矣。敢以通家之舊。屬筆於吾子。幸爲論次之。謹按公諱某。字全道。姓白氏。其家於河曲者。不知其幾昭穆矣。曾大父諱重信。大父諱玉。父諱仲溫。皆潛德弗耀。公生十二歲而孤。妣李氏。弱無所依。舅氏僧法澄。爲經紀其家。拊育訓導。恩義備至。及長乃能自樹立。營度生理。日就豐厚。其後澄沒。公不忘外氏之故。喪祭之禮有加。又爲建貳塋於白氏丘壠之側。一以祔外祖氏。一以葬澄。初僧舅既奉浮圖。愍其家世不傳。爲李氏置後意甚專。初不以異姓爲嫌。已而事不果行。公承舅氏之意。挈此子養於家。以昆弟待之。大定初。通檢因附屬籍。舅已亡。又歷三推之久。弟爲妄人所教。遽求異財。公欣然以美田宅之半分之。人謂同胞而至別籍。往往起訟。白公乃無絲毫顧藉意。是難能也。太原趙進規。從其子文卿在官下。尤相歎異。云古人以陰德見稱。如白全道。非但陰德。乃顯德

也。司户王伯常嘗都督部民之不率者云。汝獨不能效白君以禮治身以義教子耶。其爲名流所重如此。崇慶壬申。避地太谷。不幸遘疾。春秋六十有九。終於寓舍。實八月十九日也。越七日。諸孤護喪歸祔於河曲王家里西原之先塋。禮也。初娶王氏。再娶李氏。皆前公卒。子男五人。長曰彦升。留心典籍而不就舉選。次曰賁。廣覽强記。尤精於左氏。至於禪學道書岐黄之説。無不精詣。弱冠。中泰和三年詞賦進士第。歷懷寧主簿、岐山令。遠業未究而成殂謝。士論惜之。次曰華。貞祐三年進士。歷省掾。入翰林。仕至樞密院判官、右司郎中。次曰僧寶瑩。以詩筆見推文士間。有集行於世。次曰麟。早卒。女四人。長適州吏目楊桂。次適大族張訪。次適進士賈鐸。次未嫁而卒。彦升女楊、女張。王出也。男孫五人。曰嗣隆。以蔭監滎澤酒。曰忱。曰恆。皆習進士。曰常山。曰中山。皆尚幼。女孫二人。皆適士族。曾孫三人。中和、泰和、安和。女一人尚幼。公資稟聰悟。而謹厚自持。略通經史。精究曆筭。中年耽嗜佛書。皆所成誦。爲人敦信義。樂施予。一言所諾。千金不易。家人化之。皆以賢行稱焉。正大中。累贈中大夫、輕車都尉、南陽郡伯。兩夫人南陽郡太君。維火山自太平興國中升爲軍。雖有學校。而肄業者無幾。宣和末。僅有上舍宋生。歷大定明昌官學之盛。然後公之二子。擢巍科。取美仕。邦人築亭。以榮鄉名之。屏山李君之純爲作記。辭與事稱。相爲不朽。故公雖躬不受祉。所以起其家與善化一鄉者。其利豈有既耶。銘曰。

齒以德尊。師以道存。習俗以教遷。惟仁人君子之所居。若時雨然。羽山之顔。疵厲爲蠲。媿心發之彦。方學業復於譙玄。禮所以祠鄉長者。而傳書先賢。在昔兵屯。河曲雄邊。爰及公家。乃誦乃絃。身爲義方。奉之周旋。兩息蹁蹁。起爲儒先。岌彼榮臺。大伏在泉。振而鼓之。有光屬天。仲也銅章。惠浹岐岍。叔也奉璋。入侍禁垣。藹兮芝蘭之庭。烱兮珠玉之淵。州里趨風。媢學躚躚。至於餘波所及。且孝弟而力田。古有之。種德欲深。望歲百年。有相之道。理無空捐。祿匪我榮。殆以爲黨塾無窮之傳。樂石有銘。表公之阡。異時配縣社之食。尚有考焉。遺山集

南峯先生墓表

元好問

先生諱豫。字彥先。姓呂氏。懷州修武人。祖道。父炎。皆力田爲業。先生自成童知讀書。既冠游學東州。以易爲專門。經明行修。高出倫輩。醇德先生王廣道。特器重焉。一時名士。如秀容折安上、濟陽王善長、安陽苗景藩、館陶段彥昌、冠氏孫希賢、田子發。從之學者甚衆。故家近太行五峯山。因以爲號。示不忘本也。有易說若干卷傳於時。宗室復興鎮大名。聞先生之名。延致門下。以師禮禮之。初娶館陶汲氏。繼室清平丁氏。先生往來兩縣之間。爲人廉介沈默。爲里人所尊。貞祐之兵。謂所親言。吾年八十有四。天數當盡。癸酉。唯有坐待歸盡而已。是冬在所殘破。吾民老幼相與逃亡。先生喟然歎曰。癸酉之期至矣。明日有乘白馬衣皂衣挾弓矢馳逐於社原桑林之下者。吾死此人手矣。詰旦。果有邏騎到。物色悉如所言。先生欣然就戮。實十二月之二十三日也。兵退。孤子天民收葬於館陶大張里之東原。壬子之冬。距先生之歿四十年矣。天民與好問有通家之好。以墓表見屬。余亦懼先生之潛德將隨世而磨滅也。乃爲之銘。天民嘗任冠氏主簿。孫二人。長曰長慶。次

曰公孫。其銘曰。

被髮銜刀。禍孰與遷。彈琴視景。命何可延。誠使之禽息鳥視而終白首。固已無貴於期頤之年。老聃玄虛。莊周氏之自然。死以爲真。兀以爲全。寧薪火之可續。直土梗之自捐。若夫鴻毛權重輕所宜。熊掌定從違之先。有巖牆之疾趨。有白刃之徑前。唯其知命而安於命。此深於易者之所以賢。

遺山集

臨海弋公阡表

元好問

公諱潤。字天澤。姓弋氏。系出臨海。占籍汝州之梁縣者。不知其幾昭穆矣。大父整。生二子。長曰洪。次曰海。洪娶張氏。二子。曰祐。曰福。海娶酒氏。公其所生子也。弋氏自先世不異財。公蚤孤。能自樹立如成人。事從兄祐殊恭遜。祐嘗以事客内鄉者二十年。比還。公殖産倍於舊。祐歸求分居。公謂祐言。家所有皆父兄所積。潤但謹守。僅無損耗耳。兄幸歸。請悉主之。潤得供指使足矣。祐悔悟曰。吾弟忠敬如此。我乃爲讒口所間。慚恨無所及。尚欲言分異耶。乃更相友愛。官以公家貲雄一鄉。且膽勇過人。選之督捕盗賊。所至以恕心爲質。盗亦不敢犯。由是名聲籍甚。縣豪傑多畏服之。鄉之惡少。以犯法爲常。每以理訓諭之。遂有嚮善者。貞祐丙子。潼關破。汝洛被兵。居民保險。多以私怨相劫殺。官不能制。公杖策往來山間。爲之開諭。辭情懇到。鬭者感悦。各平分而退。多所全活。公出大家。舉措不碌碌。振贍貧乏婚嫁孤幼。有古豪士之風。手力絶人。

而資稟謙退。有相犯者。未始與之校。喜爲人解怨嫌。鄉鄰訴訟。往往不於官而於公。長吏亦時以委之。嘗曰。縣外有弋某。橫逆無從生矣。其爲人所倚信如此。中年喜儒學。折節下士。以〔寶〕〔寶〕豐多文士。結夏課者多。故久居之。以便諸子之學。士子不能自給者。爲之經理日事。使得卒業。同郡張翥雄飛。資穎悟。日誦萬言。公得之童丱中。妻以甥。且招致其家。遂登進士第。及將莅官。復殷重教督。翥卒爲良民吏。河陽人至畫像事之。壬辰河南破。公挈家避於西山。山栅破。公家亦被驅逐。一卒見公稠人中。請於主帥云。此吾鄉善士。其縱遣之。帥遣公舉家去。是夜所俘悉阬之。里社爲空。公家獨全。親舊歎曰。爲善之報。見之今日矣。明年春。鄉郡游騎遍滿。公自度不能受辱。乃自投水中。得年若干。實某年月日也。娶田氏。子男三人。長彀英。師事程内翰天益。未冠爲鄉府所薦。再赴廉試。文學行義。高出時輩。兵間。以功授本州防禦副使。次世英。亦業進士。信厚如其兄。次庭英。七歲應童子舉。年十八。義俠有父風。州被圍。率壯士三十輩潰圍而出。與千騎遇。且行且鬬。從旦至暮。有被數十創而戰不衰者。騎兵散去。遠近莫不歎服。北渡後。歿於某所。女一人。適張氏。仁讓有女士之目。孫二人。惟敬、惟友。皆習儒業。彀英等以某年月日奉公衣冠葬於同德里西南原之先塋。彀英予交游中最可保任者。以墓表爲請。義不可辭。乃爲論次之。而系以銘。其辭曰。

汝水兮洋洋。山木兮蒼蒼。有墓其旁。是惟弋公衣冠之藏。子孫豆籩。歲時烝嘗。魂兮來歸。安此故鄉。吁嗟公兮。百夫之防。惟其勇而進於學。所以爲自勝之彊。沉潛可以屈獷頑。直諒可以扶善良。禁訶瘴剛。莫我敢當。徼巡周廬。而辱在抱關。爲王前驅。而棄之戎行。孰侯伯之不如。僅斗食之見償。惟禄不計庸兮。知賦分之靡常。頽波天來。一柱獨障。彼囚虜之自甘。此慨然而國殤。志士不忘在溝壑。寧以假息而爲長。使奪志而皆可。在立懦其何望。自古皆有死。惟義亡與亡者爲不亡。銘其表之。尚以發幽潛之光。遺山集

蘧然子墓碣銘　元好問

泰和以來。天下以能書稱者。禮部閑閑趙公。學者多倣之。而但得其形似而已。南渡後。始有蘧然子巳。蘧然子筆勢飛動。得公不傳之妙。故一時學公者皆不及。而公亦有咄咄逼人之歎。宗室胙國公。文采風流。照映一時。而蘧然子乃得以布衣從之游。與之商略法書名畫筆虛筆實之論。獨得於任南麓、王黃華之後。君於真贋。則望而知之。胙公亦以真賞稱焉。予官京師。始用二公意交之而未欵也。亂後予客冠氏。蘧然子亦來東州。每見之。必連日竟夕而不忍去也。大概蘧然子少日出閭里間。其曉音律善談笑。得之宣政故家遺俗者爲多。及長厭於游蕩。乃更折節。取古人書讀之。久而學書、學畫、學詩、學論文。立志既堅。力到便能有所得。爲人彊記默識。不遺微隱。唐以來名家者之詩文。往往成誦如目前。考論文藝。解析脈絡。殆若夙昔在文字間者。畫入能品。詩學江西派。至於黃石廟等作。今代秉筆者或亦未可輕議。東京大內隆德太一故宫樓觀臺沼門户道路華木水石。悉能歷數之。聽之者曉然如親到其處。至於宋名賢所居第宅坊曲。與其家行輩羣從孫息姻婭。

排比前後。雖生長鄰里者。不加詳也。嘗往長清一禪寺中與僧談。僧言五派傳授圖。大不易作。蘧然子笑曰。易與耳。因索筆作圖坐中。他日以舊本證之。不毫末差也。予居東州久。將還太原。行有日。蘧然子聞之。誦予詩文。恨相見之晚。而相從之不得久也。爲之泣數行下。丁酉冬。復來東州。而蘧然子下世已數月矣。其壻商挺孟卿爲予言。予已北歸。蘧然子爲之飲食不美者數日。家人輩問言。元子得歸。在渠爲可喜事。而公爲之捐眠食。何也。蘧然子曰。是豈兒輩所能知也哉。他日孟卿示予蘧然子故書。凡予所談。往往記之紙墨間。予詩文則間亦記之也。因竊爲慨歎。蘧然子平生交不苟合。人與之言。一不相入。挾杖徑去不返顧。其所以愛我者乃如此。予愚謬不足比數。何以得蘧然子如此哉。天下愛予者三人。李汾長源、辛愿敬之、李獻甫欽用。是三人者。皆有天下重名。然長源瘦死西山獄中。敬之則被掠而北。爲非類所困折。死於山陽。欽用從死淮西。時年未四十也。予嘗以三人者之後。當無有收衆人之所棄曲相獎借如渠輩者。晚節末路。乃復有一蘧然子。思欲與之鄰屋相往來。杯酒相樂。就渠所談如東京故事者。悉記録之。曾不五六年。而又若有物奪之而去者。豈予賦分單薄。善於招殃致凶。所與游者。皆爲所延及耶。不然。何奪我蘧然子之遽也。蘧然子諱滋。字濟甫。姓趙氏。本出馮翊。其大父。天會貞元間。來爲汴梁户籍判官。卒官下。妻子不能歸。遂爲汴人。父諱青。字漢卿。蘧然子三男。長某次某。兵亂中所失。小子尚幼。二女。次卽孟卿所娶者。蘧然子春秋五十有九。以病終。權葬於東平沂州門之外若干步。庚子歲除日。予實銘之。其銘曰。

積之之深。守之之堅。傳人之所不傳。兼人之所獨專。自拔泥塗。如蛻而僊。文以表之。慰彼下泉。顧雖愛我。豈以一言而敢私焉。遺山集

蘇彦遠墓銘

元好問

彦遠諱車。姓蘇氏。世爲真定人。彦遠其字也。高祖中大夫通判成都府。子贇。以父廕補官。中遭大亂。不能歸。贇。金國初。由換授至朝散大夫。祖仲文。胡内翰礪榜登科。終於朝奉大夫、潞州黎城。令父世偁。以廕補官宣武將軍、宿州靈壁主簿。彦遠靈壁君之長子也。初以父任爲河北西路轉運司押遞。監平輿陽步店商酒。再監曲陽之龍泉。俱以課最聞。陞真定酒使司監。羨及百分。貞祐二年八月朔當滿替。明日府官吏以兵至棄城。而彦遠守職如故。事定以羨餘進四階。城守三階。循資一階。授歸德下邑主簿。未赴。丁太夫人王氏憂。服除新制行。當再歷諸司。授蔡州税務使。羨及二分有奇。擢衛州獲嘉縣令。召爲南京廣儲倉監支納。除蔡州觀察判官。留爲豐衍東庫副使。官鎮國上將軍。北渡之後。閒居州里。以壬子年二月晦日。春秋六十有四。終於家。後三日。葬於元氏縣趙同里之先塋。先娶馬氏。前卒。再娶鄧氏。子一人。名慶。藍田尉、官宣武將軍。年三十二。殁於王事。弟信武將軍、陳州項城主簿。卒。猶子四人。德謙、德普、德恆、德履。彦遠資稟仁厚。自幼重惜物命。有不忍之愛。及登仕版。喜於結納。周急繼困。不爲明日計。力或未足。亦强勉爲之。故人人得其懽心。至於當世名士。嘗與彦遠周旋者。亦皆稱道之。予識之汴梁。汴梁破。見於

夏津於鎮陽。凡二十年。每歎其安貧自樂。不肯一傍時貴之門。雖士夫之守死善道者不能過。而或者乃以任子概之。可乎。蓋予於是鄉得兩人焉。曰常先生仲明。而彥遠其一也。仲明之歿。予既表其墓矣。若彥遠者。可獨使之隨世磨滅歟。乃作銘。授其弟彥和使刻之。銘曰。

其應物也圜。其立節也堅。有來千金。散而浮煙。雖游道日廣。而所得皆賢。幅巾來歸。一室磬懸。州里督郵。漠然少年。顧不屑於謝仁祖之米。寧就陶生而乞憐。貪夫徇財。夸士死權。河朔諸豪。角逐相先。萬物竝流而金石止。信賢否之天淵。趙郡之蘇。族世蟬嫣。南渡崩奔。混爲齊編。蓋君以宗起。而名氏待君而傳。我爲銘詩。表君之阡。百世而下。有考於鄉人之傳信者。尚有警言焉。

遺山集

盧太醫墓誌銘

元好問

盧尚藥諱昶。世家覇州文安。今爲大名人。以方伎有名河朔。政和二年補太醫奉御。被旨校正和劑局方。刪補治法。累遷尚藥局使。自幼傳家學。課誦勤讀。老不知倦。岐黃雷扁而下。其書數百家。其說累數百萬言。閎衍浩博。纖悉碎雜。無不通究。而於孫氏千金。尤致力焉。故其診治之驗。頗能侶之。春秋雖高。神觀精明。望之知爲有道之士。年壽八十有七。自剋死期。留頌坐逝。著醫鏡五十篇、傷寒片玉集三卷。今其書故在。方伎之外。復達治心養性之妙。如云。人生天地中。一動一息。皆合陰陽自然之數。卽非漠然無關涉者。所爲善惡。宜有神明照察之。又曰。人爲陽善。人自報之。人爲陰善。鬼神報之。人爲陽惡。人自治之。人爲陰惡。鬼神治之。又曰。養氣莫若息心。養身莫若戒慎。又曰。冥心一觀。勝負俱捐。此雖前賢所已道。至於表而出之。既已治己。又以及人。非仁者之用心乎。其康寧壽考。五福俱備。非偶然也。昶與予有姻戚之舊。因其子孫歸葬。書以貽之。欲其鄉人知此家出予門久。而予亦知其人之深也。銘曰。

岐黃聖學。炳如日星。苟非其人。道不虛行。惟尚藥公。有得内經。探病之源。起死回生。爲醫作鏡。底裏洞明。道風既扇。取重漢庭。陽報沓來。壽考康寧。翛然坐逝。歸神太清。大河安流。扶衞厥靈。扁鵲湯陰。實魏大名。遥遥華胄。復起魏京。古今世業。前後家聲。遺書具在。永爲世程。遺山集

張遵古墓碣銘

元好問

南宫張伯全。將以某年月日。舉其先人之槀殯祔於縣西南張平里之先塋。伯全雅從予游。因以碣銘爲請。曰維張氏上世。自太原來居南宫。以醫爲業者八世矣。先人資稟仁恕。切於利生。貧家來謁。率欣然爲診治。或資之糜粥之費。不特不責報謝而已。州里醫流。無慮百輩。先人之學。號爲該洽。恂恂退讓。不自衒鬻。文士過門。接其餘論以自裨益。故時譽獨著。先人歿於大安庚午。不肖孤纔二十許耳。遭罹兵亂。轉徙南北。僅有歸顧之望。今當勉卒大事。勒銘墓道。誠得吾子論次。使不隨世磨滅。瞑目不恨矣。伯全往在鄗城。洎麻徵君知幾、張尚醫子和。推明河間劉守真之學。所

以通其塞而救其偏者。用力爲甚博。嘗謂人言。不肖於世業不敢不勉。至於以醫爲治生之具。則死不敢也。予謂伯全斯言。可以考見其先人平生矣。乃爲之銘。伯全之先人。諱師文。字遵古。年六十終於家。其銘曰。

茫茫之原。纍纍之阡。行人而歸。何千萬年。有子而傳。孰不欲揚其先。今君獨然。修德則人而死。而不亡則天。吾是以知其人之賢。遺山集

金文最卷一百一

墓碑

張君墓誌銘

元好問

洛水張澄仲經。狀其先人博平君行事。謂好問言。澄不夭。生四歲。先君捐館舍。愚幼藐然。不克當大事。至有旌紀寂寥之歎。二十年之間。蒙賴先德。得俎豆於士夫之末。念欲追誌墓穴。以俟百世。誠得吾子辱以銘賜之。不肖孤。死不朽矣。好問不敏。然以不腆之文得幸於仲經。側聞先大夫之字有年矣。其可辭哉。乃述而銘之。按張氏本出於遼東烏若族。國朝併烏若。遷之隆安。以世官統之。至公之考黄縣府君。諱某。字某。正隆間。官洛水。遂爲洛水人。公卽黄縣之仲子也。諱某。字子厚。資穎悟。略通經史。工書翰。醫學亦過人。黄縣初令欒城。召趙雋德新授館。德新名士。仕亦達。公與兄腴味道從之學。德新愛公。有千里駒之目。年十七。黄縣下世。太夫人吴氏。出介休衣冠家。治家嚴肅。人莫敢犯。知公有成人之量。卽以家事付之。公内事母兄。外睦宗族。鄉人稱焉。凡有新衣。必先其兄之子。貨財不以入其室。御童僕有恩信。不妄笞駡。而人人畏敬之。味道娶婦不諧。日致惡語。嘗欲絶之。公辭釋百至。味道爲感動。乃歎曰。負此嫗易。而違吾賢弟難。嫂用是得不棄。太夫人疾病。公盛暑不解帶。藥必嘗而後進。及居喪。以孝聞。明昌初歲艱。以飢死者十室而五。公日設糜粥。以贍旁近。病者親詣護之。賴以全活者甚衆。及公没。人多爲感泣。公以承安四年八月某日。春秋三十有五。終於洺州之寓居。葬城安呂彪從太夫人之塋。娶束鹿劉氏。同知睢州軍州事德温之女。子男三人。長曰文。次曰慶。皆早卒。仲經其季也。女二人。長適成安温氏。次適雲中谷氏。公嘗用黄縣蔭。仕爲監博平酒税。然非其好也。嘗謂士之有立於世。必藉國家教育、父兄淵源、師友講習。三者備然後可。杜牧之論唐舜以來。下逮列國之賢大夫。皆出於公侯之世。傳紀所載。有不可誣者。承安泰和間。文治熠然勃興。士生於其時。蒙被其父兄之業。由子弟之學而爲名卿材大夫者。嘗十分天下寒士之九。要不必盡爲公卿大夫。而公卿大夫之具故在也。古有之。力田不如逢年。仕宦不如遇合。又曰。祗繫其逢。不繫巧愚。如公者。皆是也。令仲經學精而行修。聲光爛然。高出時輩。隆安張氏。遂爲海内文章家。推究原委。公可以無恨矣。銘曰。

履潔修。體柔嘉。内美充。福不遐。哀哀蒼天。孰使然耶。天耶人耶。其父母耶。從容以思。其得之耶。茁其芽。鬱其華。其實孔多。父播而子穫。穰穰滿家。故曰。其源濫觴。其流江河。淵兮其未涯。不有以浚之。其末奈何。然則古所謂不於其躬必於其子孫者。尚信然耶。尚信然耶。遺山集

族祖處士墓銘

元好問

公諱滋新。字仲美。弱冠就科舉。一不中。卽以力田爲業。年五十有七終於家。距今天子開興壬辰四十年矣。初病革。沐浴。具衣冠。子壻郭生者。就諸婦取一物。將奉公。公惡其非禮也。而切責之。其平生自處爲可見乎。爲人寡言。言則微雜詼諧。所居韓嚴五社。聚落千餘家。里中人有聚話者。公時詣焉。山夫谷民。性旣鄙朴。語又無根蔕。每及一事則麤氣叫吼。攘臂紛競。移時不罷。公不能忍。必爲解之。已而曰。人言田舍翁不通曉。果然。其人慙而去。日久慙者多。公至。則稍稍引去。至無一人留語者。歎曰。鄉人惡我耶。我不復出矣。乃敕其子之規之矩。凡家之服食器用。必取諸左右而足。吾寧假人。不能假於人也。自是人罕見其面。婦班氏。事公如事長。每問公。今日欲何所食。鼓腹良久曰。此腹欲何食乎。此腹旦欲某食。午欲某食。晡欲某食。家人如言而辦。如是三十餘年乃終。世衰道喪。是非好惡。無有當其實。其處是非好惡之間者。又不能以理自固。聞譽而喜。聞謗而怒。爲一人所軒輕者多矣。況一鄉之人乎。故嘗論公。不合於一鄉。將不合於一邑。不合於一邑。將不合於一州。不合於一州。又將不合於天下四方。不合於天下四方。其耿耿自信者。當猶一鄉也。羣衆不能易其介。一物不能屈其志。生而知所以養。歿而知所以順。古之特立獨行、輕世肆志、隱居放言之君子。如是而止矣。没而不書。族黨之過。乃追爲之銘。嗚呼。此先君子之志。吾敏之兄欲成之而不及者也。銘曰。

志必於同。同則詭隨。且欲異焉。是謂自欺。理有固然。蕩如通逵。先之以司南。無容背馳。人取而己遺。百從而一違。匪直里閭。世所罵譏。吾寧汩濁流之泥。吾寧醊餔餘之釃。吾寧反關。樂我所知。來不爲所招。去不爲所麾。不屈之高。無貴可幾。孰能自信於毀譽失真之後。如是之不疑。

遺山集

承奉河南元公墓銘　　元好問

公諱升。字德清。少不羈。喜從事鞍馬間。欲復以武弁取官。及長。乃更謹飭。舉措不碌碌。明昌泰和入仕路。非有梯級不得進。公閒居鄉里。鬱鬱不得志。然日課家人。力田治生。厚自奉養。祿食者弗及也。貞祐丙子。自秀容避亂河南。客居崧山。時公已衰。無復仕宦意。親舊競勸之。乃始以兄隴城府君蔭。奏補得係承奉班。明年當調官。而以疾終於登封寺莊之寓居。春秋五十有五。曾祖誼。宋忻州神虎軍將領。祖春。不仕。考滋善。柔服丞。夫人同郡史氏。無子。以從孫好謙之子搏奉其後。權厝金店東北一里所。道路阻絕。未卜歸葬。遂爲南遷第一祖矣。銘曰。

豪俠則鄉土之舊。幹局則父兄之傳。武可以材選。能可以吏遷。一命不霑。而老於編齊之間。鑽辭幽石。以慰下泉。遺山集

敏之兄墓銘　　元好問

兄字敏之。諱好古。性穎悟。讀書能强記。務爲無所不闕。年二十。就科舉。時東巖已歿。太夫人

年在喜懼。望其立門户爲甚切。及再試不中。意殊不自得。又娶婦不諧。日致惡語。遂以狷介得疾。嘗作望月詩。有莫倦夜深仍坐待、密雲或有暫開時之句。或言詩境不開廓。非佳語也。曰吾得年不過三十。境趣能開廓乎。未幾歿於貞祐二年三月北兵屠城之禍。年二十九矣。嗚呼悲哉。銘曰。

賈傅南州。鵩鳥告凶。買臣歌謳。厄死溝中。馮衍幽憂。桀婦是逢。子雲自投。乃脱歆豐。莫難生才。百蛇一龍。有物妒之。隨以禍攻。窮巷抱書。藜藿不充。天門九虎。十上莫通。長慟之途。萬轍一窮。斯前人所不免。顧獨欲亢吾宗耶。遺山集

贊皇郡太君墓銘

元好問

夫人姓梁氏。廣寧人。曾大父忭。遼秘書監。弟援。某朝宰相。其後秘書之孫某。大定中户部尚書。相國之孫彬。明昌中濟南尹。故梁氏世爲閭山甲族。大父慶璋。定遠大將軍相州酒使。父鑣。宣武將軍鼓城尉。夫人在父母家。已知讀書。作字有楷法。年十有七。嫁爲河中李侯諱某之夫人。李侯自王父龍虎以來。占籍河中。以貲雄鄉里。侯資稟豪邁。好賓客。復嗜讀書。不切切於家功簿書會計。至於鱗雜米鹽。無不經夫人之手。夫人天性孝友。婣睦族屬。内外無間言。侯於諸弟妹。皆審於擇配。夫人彌縫贊助。咸得其稱。侯之季弟彦實。娶龍山劉致君之女。於夫人爲姨妹。議往内幣。時次子獻誠生始朞月。暑涂二千里。不以跋涉爲辭。振貧乏。撫孤幼。僮僕之無依怙者。聚之一

室。躬自存養。有父母之愛。侯官蘇門。大奴弋信妻。執僞券訴有司。云是陝右飢民。爲侯家强娶。法當爲良。衆謂宜辨其妄。夫人曰。奴而良之。美事也。奚以辨爲。聽其去者餘二十輩。侯有姬。侍某先有子矣。以嘗失意於侯。侯不顧省。夫人以爲言。侯亦莫之從也。夫人知侯意不可回。竟爲入粟縣官。度爲女冠。並割上田衣食之。晝哭之後。益以教子爲事。其後獻卿中泰和三年進士第。獻誠獻甫同以興定五年登科。鄉人榮之。獻甫釋褐華陰簿。夫人在官下。每以廉慎愛民爲戒。南征之役。朝廷修馬政。井牧之馬似涉羸。療官有被真決者。獻卿方攝縣務。殊爲憂。夫人言馬遠至。難遽肥。立法雖嚴。可身任之。使一縣之民少蘇。不亦可乎。夫人之兄思忠在中山。得風痺。不良於行。且諸子皆幼弱。顧謂獻卿言。若能爲舅氏覓一官。得近河中。使吾事老兄一日。可無憾。獻卿如所教。爲求河東高公酒正。因迎事之。逮其下世。送終拊孤。禮無違者。獻卿佐坊州幕官。嘗與同官騎騊。夫人戒之曰。從仕之暇。宜讀書養性。鞍馬間乘危蹈險。非書生之事。正使能之。且爲識者笑。況必不能耶。其慈恕有禮。類如此。不幸遘疾。以貞祐元年八月二十有八日。享年五十有一。終於坊州之官舍。諸孤銜恤襄事。以某年月日祔葬於某原之先塋。禮也。夫人三子。獻卿其長。今爲正議大夫宣差規措解鹽司。充鹽部郎中行部事。以故事請於朝。贈夫人贊皇郡太君。獻誠汝州郟城令。獻甫京兆長安令、南京右警巡使、鎮南軍節度副使、尚書户部員外郎。女二人。長適夫人之從姪梁璵。次適經義省元興平令趙宇。正大辛卯冬。獻卿持夫人行事之狀。涕泗百拜謂某言。先夫人棄諸孤之養。亦已久矣。獻卿承乏天官民曹。日不暇給。孤奉慈訓。尚有旌紀寂寥之恨。惟先夫人爲淑女、爲良婦、爲賢母者。當世士君子皆耳目所接見。諸孤雖無所似肖。安敢自例流俗。附先夫人於碑誌之末乎。獻卿昆季及從弟獻能。得幸吾子者有年。吾母猶君之母也。銘其可辭。某再拜言。先夫人之德之教。無媿古人。顧非不腆之文所能譔述。然得屬辭比事以相兹役。貽我管彤。自託不腐。通家子姪與有榮焉。其敢不策厲駑鈍以少慰凱風寒泉之思乎。乃爲銘曰。

主饋有儀。作室有基。秣驥問塗。司南通逵。鼎於華腴。動與禮違。在生長見聞者。而非所望。寧閨闈之可幾。嗟維夫人。女宗婦師。匪直宗師。母儀百之。油燈煌煌。誦書琅琅。皃不敢嬉。母也在旁。維龍虎公。北方之强。武庫再傳。化而文房。鬱階庭之嘉樹。乃異質而齊芳。版輿委蛇。子禄孫飴。上壽期頤。夫人則宜。事親之日兮不可追。去何速兮來何遲。瞻昊天而靡及。泣風雨其安歸。防墓兮有碑。勒銘詩兮告無期。有親如是。而不得終百年之養。信人子之同悲。遺山集

南陽郡太君墓誌銘

元好問

夫人姓李氏。世家平定。父琮。宋末來火山。遂爲隩州人。母邢。生四子一女。以夫人天性孝友。特鍾愛焉。年二十。嫁爲贈朝列大夫同郡白君諱某之妻。夫人事姑孝。拊前夫人子如所生。姑老且病。飲食醫藥。必躬親之而後進。及持喪。哀毁過禮。鄉人稱焉。性嚴重。不妄喜怒。白氏大家也。夫人處之。不侈不陋。服食居處。皆有法度可觀。以大安辛未三月丙辰。春秋五十有六。終於私第之正寢。子男四人。長曰賁。擢泰和三年進士第。官至岐山令。次曰華。擢貞祐三年進士第。

今爲樞密院判官。次曰瑩。棄家爲佛子。有詩筆聞於時。次曰麟。女二人。長嫁進士同郡賈鐸賁。瑩、麟及次女。皆早卒。男孫二人。曰汴陽、鐵山。女孫一人。尚幼。初華既冠。從兄賁官學。輩流中號楚楚者。鄉先生謂當就科舉。不可以家事役之。朝列君以爲然。謀之夫人。夫人曰。彥升以長子持門户。勞苦爲甚。賁舉進士。瑩與麟皆幼。可代彥升者獨華耳。今又使之從學。是逸者常逸。而勞者常勞矣。執議者再三。語雖不從。識者謂夫人有鳲鳩均一之義焉。夫人自幼事西方。香火之具未嘗去其手。病且革。沐浴易衣。趣男女誦佛名。怡然而逝。生平待中表有恩。尤賙卹貧者。其殁也。哭者皆爲之盡哀。諸孤以是月戊午奉夫人之喪殯於河曲王家里之西原。明年朝列君殁。乃合葬焉。文舉既參機務。而贈夫人南陽縣太君。因請某銘其墓。某自齠齔識文舉於太原。與之遊。爲弟昆之友。今三十年矣。知夫人之德與文舉念其親者。爲詳且久。乃爲之銘曰。

禄不於豐。惟禄之時。三釜逌親。萬石不貲。母氏劬勞。無報可施。樹静而風。霜露涕洏。悠悠蒼天。孰命之尸。含飴弄孫。彼何人斯。嗟惟夫人。女宗婦師。德宜而家。物不癘疵。玉樹階庭。且蘭且芝。一善不可能。我則百之。見於管彤。永世有辭。重之以五福之養。神則我私。列銘墓石。尚以慰凱風寒泉之思。遺山集

聶孝女墓銘

元好問

五臺聶天驥元吉。爲尚書左右司員外郎。壬辰之冬。車駕東狩。元吉留汴梁。明年正月二十有三

日。崔立舉兵反。殺二相省中。元吉被兵創甚。女日夜悲泣。謁醫者。療之百方。至刲其股雜他肉以進。而元吉竟不可救。時京城圍久。食且盡。閭巷間。有嫁妻以易一飽者。重以喋血之變。剽奪陵暴。無復人紀。女資孝弟。讀書知義理。思以大義自完。葬其父之明日。乃絕脰而死。士大夫賢之。有爲泣下者。女字舜英。年二十二。嘗嫁爲進士張伯豪妻。伯豪死。歸父母家。嗚呼。壬辰之亂極矣。中國之大。百年之久。其亡也。死而可書者。權參知政事翰林學士承旨子政、右丞大用、御史大夫仲寧、户部尚書仲平、大理德輝、點檢阿撒、郎中道遠、省講議仁卿、奉御忙哥、宰相子伯祥、宿直將軍長樂妻明秀、參知政事伯陽之夫人與孝女。十數人而已。且有婦人焉。夫一脈存。不可謂之絕。一目張。不可謂之亂。一夫有立志。不可謂之土崩。痛乎。風俗之移人也。孝女合葬張氏墓。在某所。銘曰。

嫈政之姊。哭殉其季。千祀有傳。猶聶之世。嗟惟孝女。之死自遂。死而有知。及父於隧。以子則孝。以婦則義。以斷則勇。以守則智。於今之人。麟鳳之瑞。莫靳者名。天曰美器。不於士夫。一女之畀。銘以表之。並志予媿。遺山集

孝女阿秀墓銘

元好問

孝女阿秀。奉直大夫尚書省令史秀容元好問第三女也。興定己卯。生於登封。年十三。予爲南陽令。其母張病歿。孝女日夜哭泣。哀痛之聲。人不忍聞。明年。得疾於汴梁。病已急。哭且不止。

或以爲言。親一也。母亡而父存。汝不幸而死。爲棄父矣。曰。女從母爲順。寧從母死耳。竟以開興壬辰三月朔死。死之二日。權厝報恩寺殿階之東南十五步。銘曰。

失乳而啼。襁褓之常。知所而悲。非乳可忘。木病本根。枝葉乃傷。愛生於心。血出肺腸。母在與在。母亡與亡。孝女之哀。千載涕滂。白水南東。維母之藏。羈魂搖搖。望女大梁。會以汝歸。以慰所望。遺山集

東平行臺嚴公神道碑

元好問

歲庚辰秋七月。東平嚴公籍彰德、大名、磁、洺、恩、博、滑、濬等州户三十萬。歸於有司。竊嘗考於前世興王之迹。蓋帝王之興。天將舉全所覆者而畀之。時則有魁偉宏傑之士。爲之倡大義。建大事。一六合之同異。定羣心之去就。猶之天造草昧。龍見而躍。雲雷合勢。爲之先後。然後騰百川而雨天下者易爲力。臣主之感遇。天人之參會。無不然者。初貞祐南渡。豪傑乘亂而起。四方之人。無所歸命。公據上流之便。握勁鋒之選。威望之著。隱若敵國。人心所以爲楚爲漢者。皆倚之以爲重。至是曉然知天命所在。莫敢有異志。國家亦藉之以成包舉之勢。故自開創以來。功定天下之半。而聲馳四海之表者。惟公一人而已。非天使之倡大義、建大事以應興王之迹。其能若是乎。公諱某。字武叔。其先博之博平人。後遷長清。遂占籍焉。曾大父啟、大父祺。父珪。皆以農爲業。妣同里楊氏。生二子。長彬。字才叔。次即公。公幼警悟。略知讀書。及長。志節豪宕。若以生産爲不足

治者。爲人美儀觀。喜交結。好施予。落魄里社間。不自顧藉。屢以事被繫。俠少輩愛慕之。多爲之出死力。以故得脱去。癸酉之秋。國兵破中夏。已而北歸。東平行臺調民爲兵。以公爲衆所伏。署百夫長。明年春。泰安人張汝楫據靈巖。遣别將攻長清。公破走之。以功授長清尉。東阿、平陰、長清三縣提控捕盜官。戊寅六月。攝長清令。八月。宋人取益都。乘勝而西。行臺檄公備芻糧爲守禦計。公出督租。比還。而長清陷。尋以兵復之。有譖於行臺者。謂公與宋有謀。行臺疑公。以兵圍之。公挈老幼壁青崖固。依益都主將。以避臺兵之鋒。宋因以公爲濟南治中。分兵四出。所至無不下。於是太行之東。皆公所節度矣。庚辰三月。河南軍攻彰德。守將單仲力不支。數求公救。公爲請於主將。主將逗留不行。公獨以兵赴之。比至。而仲被擒。公知宋不足恃。首謁先太師於軍門。挈所部以獻。太師時以王爵統諸道兵。承制封拜。乃授公金紫光禄大夫、行尚書省事。其年進攻曹、濮、單三州。皆下之。偏將李信留鎮青崖。嘗有罪懼誅。乘公出征。叛降於宋。公兄及夫人杜氏。皆遇害。明年。公以太師兵復青崖。擒信誅之。進攻東平。守將何立剛棄城而奔。公始入居之。又明年。軍上黨。宋將彭義斌説青崖晁海叛公。公之家人。復被略去。義斌軍西下。郡縣多爲所脅。乙酉四月。遂圍東平。公間遣人會大將孛里海軍。軍久不至。城中食且盡。乃與義斌連和。義斌亦欲藉公取河朔而後圖之。請以兄事公。時麾下衆尚數千。義斌不之奪。而青崖所略則留不遣也。其七月。義斌下真定。道西山。與孛里海等軍相望。分公以帳下兵。陽助而陰伺之。公知勢已迫。卽連趣孛里海軍而與之合。戰始交。宋兵奔潰。乃擒義斌。不旬月。先所失部分盡復之。是冬。郡王戴孫取彰德。明年取濮東平。又明年。太師攻益都。凡公之功。所在皆爲諸道之冠。庚寅四月。朝於牛心之帳殿。天子賜之坐。宴享終日。上歡甚。錫公金虎符。寵以不名。又數數目公。顧謂侍臣言。若嚴公者。真福人矣。又四年。朝於和林城。授東平路行軍萬户。偏裨賜金符者八人。初公之所統。有全魏。有十分齊之三、魯之九。及是畫境之制行。公之地。於魏則別大名。又別爲彰德。齊與魯則復以德、兖、濟單歸於我。丁酉九月。詔書命公毋出征伐。當是時。公以百城長東諸侯者。十五年矣。始於披荆棘。扞豺虎。敝衣糲食。暴露風日。挈溝壑轉徙之民。而置之袵席之上。以勸耕稼。以豐委積。公帑所積。盡於交聘燕享祭祀賓客之奉。而未嘗私貯之。辟置俊良。汰逐貪墨。頤指所及。竭蹷奉命。不三四年。由武城而南。新泰而西。行於野。則知其爲樂歲。出於塗。則知其爲善俗。觀於政。則知其爲太平官府。而公之心力。亦已盡矣。上亦雅知公不便鞍馬。念其功而憫其勞。視之猶家人父子。欲使之坐享康寧壽考之福。故聖意優邺如此。公病風痺。久之。有勸迎良醫者。笑曰。人豈不死耶。得無疾痛以没足矣。以庚子四月己亥。春秋五十有九。薨於私第之正寢。是夕。大星隕於縣界。人以爲公殁之應。五月壬申。舉公之柩葬於鵲里之新塋。禮也。公既握兵柄。顓生殺。時年已長。經涉世故久。乃更折節自厲。間亦延致儒士。道古今成敗。至前人良法美意所以仁愛民物者。輒欣然慕之。故雖起行伍間。嚴厲不可犯。至於仁心爲質者。亦要其終而後見也。彰德既下。又破水栅。郡王怒其反復。驅老幼數萬欲屠之。公解之曰。此國家舊民。吾兵力不能及。爲所脅從。果何罪耶。王從公言。釋不誅。繼破濮州。復有水栅之議。公爲言百姓未嘗敵我。豈可與兵人併戮之。不若留之農種。以給芻秣。濮人免者又數萬。其後於曹、於定陶、於楚丘、於上黨。蓋未有不然者。大兵由武休出襄鄧。公時在徐邳間。以爲河南破。屠戮必多。我當載金繒往贖之。且約束諸將。毋敢妄殺。有所鹵獲。必使之骨肉完保。靈壁一縣。當廢者五萬人。公所以救之者百方。兵人既素服公言。重爲貲幣所誘。故皆全濟。中有求還鄉里者。悉縱遣之。是冬大飢。生口之北渡者多餓死。又藏亡法嚴。有犯者。保社皆從坐之。逋亡纍纍。無所於託。僵尸爲之蔽野。公命作糜粥。盛置道旁。人得恣食之。所活又不知幾何人矣。初公之部曲。有亡歸益都者數十人。益都破。皆獲之。人以爲必殺。而公一切不問。王義深。義斌之别將。聞義斌敗。將奔河南。凡公族屬之在東平者。皆爲所害。河南破。公獲義深妻子。厚爲賙卹之。且護送還鄉里。終不以舊事爲嫌。其能人之所難能者。又如此。東州既爲樂土。四外之人。託公以爲命者。相踵也。公爲之合散亡、業單貧、舉喪葬、助婚嫁。多求而不靳。屢至而不厭。肉骨之賜。卵翼之惠。日積而月累之。蓋有不可勝書者矣。故聞訃之日。遠近悲悼。境内之人。野哭巷祭。旬月不能罷。古之所謂愛如父母敬如神明者。於公見之。子男七人。長忠貞。金紫光禄大夫。前公卒。次忠濟。襲公職。次忠嗣、忠範、忠傑、忠裕、忠祐。姪一人忠輔。女七人。孫一人。忠貞之子朗。既葬之三月。孤子忠濟等狀公之行。以神道碑爲請。敢以智愚之所共知者。論次之而系之以銘。銘曰。

岱宗巖巖。清濟洋洋。仡彼嚴公。尹兹東方。維大國齊。維魯所荒。大安衰微。元元遘凶。鋤耰棘矜。迭爲長雄。遺黎惘然。擿埴斯窮。公乘其時。奮從兵戎。心爲蓍龜。往迓大同。挾右太行。以入王封。人瞻者烏。我龍之從。儷景同翻。鬱爲雷風。乾端坤倪。一廓屯蒙。奔走先後。莫予敢侮。莫予敢侮。惟公之武。乃錫金虎。民汝予撫。民惟天民。惟公受之。有内之溝。職公救之。大布我衣。大帛我冠。斜傾我扶。罅漏我完。爾有瘡痏。我逷我安。金革之威。凜於稟秋。化而陽春。悴槁和柔。祥風愉愉。叶氣油油。河潤之溥。暨於他州。民拜公賜。有憂斯禱。祝公壽考。爲國元老。如山如河。受福則遐。齊政方報。魯婦已髽。布宣王靈。緊公是賴。愛養基本。緊公是戴。巨室喬木。式瞻誰在。相彼邦民。古無遺愛。有開必先。惟公之功。寵以不名。公名之崇。巍巍堂堂。哀榮始終。誰其配之。錢氏孝忠。荏平之原。龜石穹窿。勒我銘詩。以對景鐘。遺山集

金文最卷一百二

墓碑

東平行臺嚴公祠堂碑銘有序

元好問

山東重地所在。天下莫與爲比。杜牧以爲王者不得之則不可以王。伯者不得之則不可以伯。古之山東。今河朔燕趙魏是已。就三鎮較之。魏常制燕趙之生死。而懸河南之重輕。故又重焉。方天兵南下。海宇震蕩。雷霆迅擊。無不糜滅。燕城既開。朔南分裂。瞻烏爰止。不知於誰之屋。公擁上流。握勁鋒。審大命之去就。一羣疑之同異。乃以庚辰春。籍所統彰德、大名、磁、洺、恩、濟、滑、濬等州户三十萬。獻之太師之行臺。形勢既强。基本斯固。國家所以無傳檄之勞亡鏃之費。而成包舉六合之功者。公之力爲多。昔淮陰襲歷下軍。盡有齊地。高祖因之。以成帝業。耿弇攻祝阿。竇融合五郡兵。光武因之。以集大統。以公方之。尚無媿焉。好問客公幕下久。故能知公所以得民者。蓋公資稟沈毅。威望素著。且嚴於軍律。少所寬貸。見者流汗奪氣。莫敢仰視。中歲之後。乃能以仁民愛物爲懷。郡王兵破相下之水柵。繼破曹濮。怒其翻覆。莫可保全。欲盡坑之。公百方營救。

得請而後已。兵出荆襄。公自邳徐赴之。謂所親言。河南受兵。殺戮必多。當載金帛以贖之。靈壁降民。方假息待命。公餽主兵者。下迨卒伍亦霑膏潤。一縣老幼皆被更生之賜。且縱遣之。計前後所活。無慮十數萬人。生口北渡。無從得食。糜粥所救者。尚不論也。畫境之後。創罷之民新去湯火。獨恃公爲司命。公爲之闢田野、完保聚。所至延見父老。訓飭子弟。教以農里之言。而勉之孝弟之本。懇切至到。如家人父子。初不以侯牧自居。官使善良。汰逐貪墨。貸逋賦以寬流亡。假閒田以業單貧。節浮費以豐委積。抑游末以厚風俗。至於排難解紛。周急繼困。收恤孤嫠。佽助葬祭。菽粟易於水火。冰霜化而紈袴。人出强勉。我則樂爲。故薨謝之日。境内之人號泣相弔。自謂一日不可復活。非策慮愊憶、洞見物情。權剛柔之中。持操縱之術。始以重典立威、終以仁心爲質者。能如是乎。壬子孟冬。公之嗣子某。走書幣及好問於鎮陽。書謂好問言。先公功著興王之初。名出勳臣之右。虎符龍節。長魏齊魯五十城者踰二十年。官有善政。政有遺愛。敬者比之神明。報之欲其長久。某猥嗣世爵。大懼弗克奉揚先德。輒與參佐部曲士庶耆壽同力一志。作爲新廟。以致礿祠烝嘗之敬。宜有文辭。昭示永久。惟吾子惠顧之。好問以爲祠祭之爲大事尚矣。以勞以功。三代不易之道。若欒布之立社。甄子然、宋登之配食。後世亦有以義起之者。蜀人祭忠武侯於道陌。而博士拜章。王珪通貴。不營私廟。而法官劾奏。禮固不可以變古。而亦貴於沿人之情。况乎時則緜蕝未遑。人則焄蒿將見。如公之廟貌。獨不可以義起乎。祀典廢於一時。公議存乎千載。異時有援表忠觀故事言於朝者。尚有攷焉。好問既述公之事。又系之以詩。使歌以祀公。其詩曰。

天造草昧福有幾。風雲感會神與期。乾龍用九方奮飛。潛蛟豈得留汙池。王伯之柄魏所持。金城千里山四維。公籍盈數數有畸。燕趙廓廓無藩籬。六合遂入天戈麾。猶之歷下開漢基。楚破竹耳將安歸。天官葵功絶等夷。介三大藩晝郊圻。大帛之冠大布衣。煌煌德星出虚危。扶傷合散傾復支。民恃保障輕繭絲。年穀屢豐物不疵。諸侯代興公維師。誰謂華高可而齊。武公司徒屈於斯。眉壽保魯止於斯。昔歌且舞今涕洏。人疇依乎遽奪之。甘棠之陰公之祠。麗牲有碑碑有詩。戰功曰多民政慈。尸而祝之寧我私。公福我兮無已時。子孫衆民其世思。遺山集

順天萬户張公勳德第二碑

元好問

歲辛亥冬。行軍千户賈侯輔持順天路軍民萬户張公勳德碑見示。謂僕言。此内翰滹南王君從之之辭也。蓋自板蕩以來。我公爲吾州披荆棘。立城市。完保聚。闢田野。復官府。舉典制。摧伏彊梗。拊存單弱。使暴骸之埸重爲樂國。其有德於州之人爲甚厚。如輔不敏。亦得稟受成算。自竭微效。猥先參佐。紆佩金紫。圖所以報謝者。不忘食息頃。而迄無萬分之補。姑取境内士庶者壽偏裨部曲之意。就公所以成。顯顯焉在人耳目者。著之金石。以昭示永久。王君偉公之功。而有取於吾屬之誠且一。故樂爲道之。凡我公率族屬保壁障。由西山之東流堝。以功令定興。至節度雄州。從經略使苗公道潤。及賈瑀賊殺道潤。公殺瑀復讎。散其餘黨。戊寅之秋。策名天朝。以功加榮禄大夫帥河北東西路。以寶書錫命。自千户陞萬户。佩金虎符。順天别爲一道者。亦既載之矣。惟是碑之立

將二十年。而公之勳伐。積累日盛。而皆王君不之見者。區區之意。大爲慊然。考之古人。初令一邑。進而守一州。始將千人。終至於統百萬衆。若惠政。若戰多。其見之褒述者。不一而足。故有大書特書屢書之語。朝論以爲美談。史臣資其實録。珪爵旂常。鼎鐘竹帛。於是乎張本。有如我公炳河山之靈。會龍興之運。開拓疆宇。爲國虎臣。治民蒞官。威惠並舉。而英聲茂實。百不宣一。其於褒讚之義。得無未盡乎。今屬筆於子。幸以第二碑實之。僕以不腆之文。不足以俎豆於王君之後。辭不敢當。而賈侯請益堅。度不可以終辭。乃勉爲次第之。初公之下東流軍滿城也。滿城小而缺。且無禦備。帳下纔數百人。恆山公武僊會鎮定、深、冀步卒一萬騎五百來攻。公以老幼婦女乘城。率壯士出戰。敵不能勝。然未退也。後數日。公策其老且怠。遣人假爲輜重。聲言救兵至。自西山曳柴揚塵。鼓譟其後。僊軍果驚潰。公追擊之。遺尸數十里。是歲六月。軍市川帥牛顯。結高陽公張甫、河間公衆哥等軍數萬來攻。公登城拒戰。爲流矢所中。敵大呼曰。射中張某矣。公不爲動。開門出戰。甫、衆哥皆敗走。由是祁陽、曲陽、鼓城諸將帥。降者二十餘城。易州守盧應御下卞急。吏卒每欲爲變。畏公不敢發。公北覲。次於宣德。羣不逞乃環應第攻之。應挺身而逸。妻子皆爲所虜。復大掠於州。遂據西山之馬頭砦。公聞之。即棄輜重而南。問之路人。得賊要害曰六門堂者。遣部曲任德等潛執守者而反據之。故賊不之覺。公先約德軍曰。我砦下舉火。爾即發聲。乃率卒至砦下。數賊以叛逆。且諭之曰。能以盧應家屬來降者。當貸爾命。不然。無遺類矣。賊且笑且罵曰。盧應妻子。非白金三千兩不可得。乃欲降我乎。公怒呼之曰。吾問爾三不從。則攻爾矣。問之者三。竟不應。乃舉火攻之。德等如約。轉石擊砦中。賊大驚。以爲從天而下。窘無所逃。束手就縛。公歸應妻子。諸賊悉爨殺之。緣山反側鹿兒、和和、美女、擔車、堵牆、百峯、東西五峯、苑家、西水、姑姑堝、紅花谷、閃堂、水谷、白虹、白家、野貍諸砦。望風降附。及武僊以兵來犯。公與之戰一月。凡十七勝。每勝必斬馘千餘級。於是公之威名。震河朔矣。丁亥之春。以滿城狹隘。移軍順天。順天焚毀之後。爲空城者十五年矣。公置行幕荒穢中。日以營建爲事。繼得計議官毛居節。共爲經度。民居官府。截然一新。遂引雞距、一畝二泉。穴城而入。爲亭榭。爲池臺。方山陽。則無蒸鬱之酷。比歷下。則無卑濕之患。此州遂爲燕南一大都會。無復塞垣之舊矣。京城之役。守者屢出接戰。我軍不能前。一日公被重鎧。躍馬横戈而出。大呼謂諸帥言。公輩平時陵轢同列。以驍果自名。乃今蓄縮不進。虧喪聲實。氣岸果安在。能從我。卽同入陳。不然。爾後當尊事我。勿復故態爲也。諸帥無應者。公卽馳入陳中。呼聲所及。無不披靡。出入數四。而氣益壯。歸德之役。城中兵。夜斫營並堤而進。其鋒甚鋭。北面守者。不戰而走。多溺水死。西北一軍。俄亦奔潰。公命軍士繫舟南岸。示無還意。因諭之曰。我輩得舟。亦不得濟。濟亦不能免。惟有決死而已。衆心乃定。命一卒執幟立堤上。諸軍隱堤自蔽。待敵下舟。卽力卷之。敵果不敢下。公命軍士先渡。將校次之。公殿其後。竟不失一卒而還。汝南之役。宋人聽節制。我欲決柴潭。城中兵陳於南門外決死戰。宋兵瞻望不進。公率步卒二十餘。涉水入陳。左右盪決。莫有當其鋒者。諸軍壯之。徐州之役。攻久不下。宋人出戰。大帥大赤令曰。田四帥先入。不能。則張公繼之。又不能。則我當往。

既而田不克入。公率死士五十人逆擊之。戰於分水樓下。敵退走。公追及子門。俘獲數人。明日急攻西南隅。城既隳缺。敵以重扉覆之。攻者不能上。公募死士。乘城擁一卒起。推置扉之上。城隨陷。論功第一。邳州之役。諸軍築壘環其外。城中危迫。潰圍而出。望見公旗幟。卽犯別帥軍。公率兵救之。敵不能出。又犯別一軍。公復救之。敵竟敗。而諸軍亦賴之以全。棗陽之役。公奪傳城軍壘二。又奪外城據之。城中人啟南門出。諸軍爲木栅禦之。公繞出其後。敵大潰。衆十餘萬。多溺濠水。餘軍西走。復爲史侯所襲。而公横盪之。皇太子壯其勇而惜其材。連呼止之。而公戰愈力。迨宋兵盡迺已。郢州之役。城陷。州人奪西門出走。前卽漢水。公乘勝擁之。溺死者如山岡然。曹武之役。公將度九里關。或言關路險惡。宋必設備。不若候大軍與之偕進。公曰。出其不意。可以得志。若止而不進。爲彼所先。建瓴之下。吾得其便乎。迺率二十騎直前。果得關。宋兵覺。由西山之間翼而下。我軍方休息。不虞敵至。士皆輕衣無鎧仗。猝爲所圍。皆倉皇失措。公單騎馳突。潰圍而出。宋軍不敢迫。遂屯曹武〔北〕之長封嶺。結陳而居。戰守不易。緣山保聚。皆攻下之。連破瀕江諸〔屯〕二十餘所。秋八月。攻洪山。與宋大軍遇。自旦至暮。宋軍潰。斬統制官十一人。脱走者纔一人耳。光州之役。大帥令公取敵壘。以公喜深入。戒勿親往。而公輒親往。壘既下。明日而城降。黄州之役。道出三山寨。寨高險不可上。公率衆攻。戰方交。公引數卒潛視要害處。卽引還。夜四鼓起。黎明至寨下。會天大霧。咫尺不相辨。公曰。此天也。卽取昨所視路。發石伐木。横戈而先之。敵殊死鬭。公奮擊之。馘虜數萬。自相踐蹂、墜崖谷而死者不勝計。遂攻黄州。州之西。有大湖曰張大。與江通流。公攻下之。得戰艦萬艘。選什之一。順流而下。循江接戰。十日乃至城下。營於西北隅。有乘小舟來覘。公策之曰。此必欲伺吾隙來攻耳。乃分軍爲三。一竝江路爲偵伺。一伏赤壁下。公自將一軍陳而待。是夜宋果水陸並進。公遮擊之。宋軍不得前。會我軍合。並攻之。不戰而潰。往往溺水死。生獲者尚數百人。州東門禦備甚堅。矢石如雨。諸軍爲之少卻。大帥命公取之。公被重鎧。率死士三十餘輩。奮戈而入。守者爲之奪氣。宋人請和。乃班師。還及淮水南岸。有保聚曰張家砦。軍民十萬餘。諸帥議立礮攻之。公曰不必爾。獨率一軍攻之。顧盼之頃。守卒崩潰。諸將懾伏。皆自謂不及也。滁州之役。公至自北觀。從二百人而南。時廬、泗、盱眙、安豐、濠州之間。皆宋重兵所宿。斥堠旁午。屯戍相望。有以四千騎斂退者。或勸公無行。公不之顧。且戰且前。一日獨騎入一保聚。值敵兵二千餘人。環射之。矢著鎧如蝟。公馳突回旋。每射輒中。敵不能近。良久。從兵至。合擊之。敵人殲焉。遂會滁之兵。時大帥以城久不拔。議解圍。公前請曰。某起身細微。猥蒙寵遇。擢任非次。顧何功以堪之。況新被異恩。圖報無所。知大軍在此。故轉戰來會。誠不能奮力於諸軍之後。遽爾北歸。將不與初心相違背乎。請身率士卒。以決一戰。雖死不恨也。帥義而從之。公馳入圍中。激石中其鼻。大帥謂公不能戰。合軍繼之。公裹創。躍馬而出。帥止之不顧。率鋭卒先登。城遂拔。自大河放而南。杞爲中潬。東連淮海。浩瀚無際。國朝方有事南鄙。彼争利舟楫間。殆無寧歲。朝議以杞爲上流。不以大將鎮守之。則一葦所航。河不能廣矣。公以甲辰歲。被朝命節制河南路軍馬。因地之形。殺水之勢。築爲連城。分戍戰卒。衝要既固。姦謀坐屈。艟艨有横截之阻。而走舸無奔軼之便。北安濮鄆。西固梁豫。公之力爲多。初大軍還自滁。宋境連歲被兵。民物蕭條。耕稼俱廢。我軍爲因糧之計。初不以餽餉自資。比軍還。間關千里。道殣狼藉。公一軍。先事爲備。故獨無飢色。許鄭之間。亦有儲蓄。雖他帥軍。亦被贍給焉。軍與以來。賈人出子錢。致求贏餘。歲有倍稱之積。如羊出羔。今年而二。明年而四。又明年而八。至十年。則累而千。調度之來。急於星火。必假貸以輸之。債家執券。日夕取償。至於賣田業。鬻妻子。有不能給者。公哀而憐之。與真定史侯論列上前。乞債家取贏一本息而止。聖度寬明。隨賜開允。德音四布。海隅欣幸。初移刺衆哥、張甫、牛顯。皆嘗與公爲敵。既殁。其妻子流離。無所於託。公求得之。皆厚爲存邺。顯長子國祥。以材具署爲郡守。次黑子。爲大官所俘。公賂以金繒。僅乃得歸。仍歲有白金之輸。自餘完復離散、婚嫁孤幼、周急繼困、扶病助喪者。日月不絶。蓋不可以十百計也。人徒知公席百勝之功。以取顯面之貴。威望崇重。見者起立拜揖。或周章失次。而不知寇敚略平之後。日與文儒攷論今古。見仁民愛物之事。輒欣然慕之。恩拊吏民。恆若不及。雖笞罰之細。亦未嘗妄加。所謂仁心爲質。要其終而後見者也。僕老經生耳。何足以知兵。以公之故。嘗妄論之。天地一氣也。萬物一體也。同仁一視。宜莫三代聖人者若也。今見之於書。則曰。天吏逸德。火炎崑岡。又曰。前徒倒戈。血流漂杵。信斯言也。謂不戰而屈人之兵也。而可乎。三代以來。將兵者。何啻千萬人。孰不欲不鼓不成列。不禽二毛。曠然爲仁義之舉。然而百姓安堵。獨稱忠武侯。市不易肆。獨稱李良器。其餘豈皆樂戰嗜殺。執凶器而履危道。得已而不已乎。抑所遭之時。有同有不同也。僕既件右公之事。且系之以詩。使并刻之。其詩曰。

朔方幽都。燕曰北門。土風厚完。海山雄吞。戰國荆高。義烈言言。鬱摧行歌。風流猶存。維清河公。殆車騎諸孫。軀幹中人。勇則孟賁。大安失邦。南渡崩奔。公乘其時。萬夫櫜鞬。乾龍天飛。霆裂厚坤。有盤者螭。儷景同翻。天子倚公。宣力四方。虎節麟符。以長戎行。太行西東。在所寇攘。盜賊黥髡。自爲侯王。妖狐夜號。平民晝藏。千里蕭條。道殣相望。翩翩一軍。誅鋤暴强。指以神鋒。孰我敢當。扇靈風之威。訶禁不祥。曾是冰天。化而春陽。王旅嘽嘽。頻歲江濆。於光於黄。棘陽壽春。公不以大帥自居。而矢石必親。出入行間。勇氣益振。每戰而輒得志。古難其人。公殿南藩。淮、海與鄰。中潭新城。矗若長雲。吴兒艟艨。暮夜潛軍。有扼其吭。去如驚麕。望見鼓旂。謂公江神。徐方既平。荆楚既同。覲於王庭。三接日隆。何以錫之。琱戈彤弓。何以命之。侯國世封。臣拜稽首。天子之功。臣力方剛。臣報未終。教子若孫。惟孝與忠。布宣王靈。地天無窮。伐石西山。刻詩頌公。千年此碑。當配景鐘。遺山集

龍虎衛上將軍耶律公墓誌銘

元好問

公諱思忠。字天祐。以小字善才行。遼太祖長子東丹王之八世孫。曾大父内剌。贈定遠大將軍。大父聿魯。隱德不仕。考履。章宗明昌初。拜尚書右丞。生三子。公其仲也。弱冠以宰相子引見。補

東上閤門祗候。泰和四年。終更。調衡水令蘭州軍士。判官。入爲西山閤門簽事。大安二年。改太子典儀。轉裁造署令。扈從宣宗南渡。以勞授儀鸞局使。俄遷太府少監兼直西上閤門尚食局使。貞祐三年。出爲同知昌武軍節度使事。改章化軍。歷嵩、裕、息、延四州刺史。同知鳳翔府事中京副留守同知歸德府事。北兵襲荆襄。京師戒嚴。詔公以都水監使充鎮撫軍民都彈壓。壬辰二月。公之季弟今中書令楚才。奉旨理索公北歸。召見隆德殿。公再拜乞留死汴梁。哀宗幸和議可成。贈金幣固遣之。君臣相視泣下。竟以某月十有七日自投於内東城濠中水而歿。時年六十有一。上聞之震悼。贈工部尚書龍虎衛上將軍。夫人郭氏。先公卒。子男一人。曰鈞。仕爲尚書省譯史。女二人。嫁士族。男孫三人。寧壽、昌壽、德壽。女孫一人。皆尚幼。公資雅重。讀書知義理。遇事明敏。雖老姦不能遁其情。從仕四十年。未嘗有咎贖之玷。其畏慎如此。死之日。朝賢多嗟惜之。孤子鈞以某年月日奉公之柩葬於義州宏政縣東南鄉之先塋。以好問於公有一日之雅。百拜請銘。故略爲次第之。其銘曰。

其賦材也博以通。其植志也敬以恭。安靜以養民。敏給以赴功。斯足以爲賢。或生長見聞者之所同。至於憂國愛君。存亡始終。徘徊故都而不忍訣。則藹然有古人之風。遺山集

龍虎衛上將軍朮虎公神道碑

元好問

生而静之謂性。静而應之謂材。材與性。出於天。其初則通。而中有大不同者。蓋性者材之體。而

材者性之用。體喻則璞也。用喻則璞之雕也。然性不害爲不及。而材每患於有餘。惟其不及。故勉於成。惟其有餘。故趨於壞。人知椎鈍朴魯、拙於變通、艱於鐫鑿之爲無所取。而不知聰悟敏給、敢於負荷、安於墮窳爲大可哀也。古有之。博學。雖愚必明。況賢者乎。困而學之。又其次也。況不至於困者乎。以是論公。則學之力爲可見矣。公諱筠壽。字堅夫。姓朮虎氏。世爲上京人。五世祖朮不從武元下寧江。王業漸隆。論功第一。一命銀青榮祿大夫。節度寧江。開國之後。一門世封猛安五人、謀克十七人。尚縣主者三人。子孫以世官故。移戍西北路桃山之陽。因占籍撫州。勳貴之盛。國史家牒詳焉。曾大父布苦德。襲猛安。積官鎭國上將軍。妣完顏氏。金源郡夫人。大父查刺。明威將軍比部詳穩官。妣溫敦氏。金源縣君。考阿散。懷遠大將軍霸州益津縣主簿。後用公貴。贈鎭國上將軍。妣金源郡君陁滿氏。進封太夫人。公卽益津府君之長子也。初名雲壽。道陵特旨改焉。大定二十九年。以人門選充親衞軍。騎射驍捷。時輩無能出其右者。初著籍。卽銜直點檢司。泰和中。元妃李氏兄弟。貴寵方盛。内外諂附。大奴文童者。以事陵轢平民。市人聚觀。無敢爲救止者。公見之。唾掌大數曰。若人奴耳。何敢爾耶。直前擊之。馬箠亂下。奴流血被面。號訴於都點檢喜兒。人爲公危之。公泰然自若。謂同列言。點檢公宮闈之長。果解事。當加重我。或以一奴故而害正人。豈久於富貴者。我何懼爲。喜兒召公入。善言慰之曰。外人見我家鷹犬。且知愛之。君乃能辨此。可謂不畏彊禦矣。奴輩儻復恣横。無惜教督之。公用是知名。嘗問一策論老生曰。世謂親衞軍舉不能官。其病安在。生言公輩年二十許隸籍。又二十年乃出官。四十而學從政。

蓋已晚矣。況衞士之職。尊君之外無復餘事。平日惟知威制彊脅。積習既久。豈復有平易近民者乎。公復問。然則如何而可。生曰。公試取律令讀之。公退而讀律。不二三年。條例及注釋問無不知。他日又問生。我讀律知大綱矣。竊謂刑法。但能治罪惡之有迹者耳。假有情不可耐而迹無可尋者。何以治之。生曰。聖人作春秋。不誅其人身。子能讀春秋。則治心與迹。兩俱不困矣。公復從人授春秋。泰和中。行臺駙馬都尉揆南征。詔給親衞軍二百五十人以從。而公爲之長。破羅山。得經生曹鼎。從之講授。從是言論開廓。又非吴下阿蒙矣。嘗言吾初讀律。繼而授春秋。因之涉獵史傳。粗見成敗。比死者。須一見天子。不有所建明可乎。復取劉顏輔弼名對、陸宣公奏議成誦之。其强學堅志類如此。八年軍還。用行臺薦狀充奉職。宣諭良厚。大安初。奉詔使高麗。立節清介。不聽以館伎給使令。互市之利。僅不廢故事而已。御史上之。即日授中宫護衞。尋遷之御前。至寧初。右丞綱軍居庸。詔公爲參謀。數與綱議不合。綱積不能平。檄公從縉山高琪軍。時大朝兵已薄居庸。游騎旁午。道路阻絶。公從僮僕二三輩。夜出關。無一卒與俱。會高琪移軍合河。公馳赴之。比至。而軍已潰。單騎南還。且戰且走。僅入南山。與都統輿哥收潰卒四千騎二千。拒險而陳。軍中遣譯人好謂公言。我無他求。止欲得馬耳。公報言。渠欲得馬。吾欲得吾人之被掠耳。果以吾人見歸。馬非所惜也。約既定。相與結盟。與馬十。得老幼千餘以歸。以功加鎮國上將軍。賜馬十四。貞祐二年。扈從南遷。公憤懣。欲有所言而無自發之。行及新樂。爲上言。妃后車乘。綵畫鮮明。徒事外飾。而適用之具或不足。任重而致遠。設有意外之變。非臣子所敢言。蓋積弊之樞。以致今日。非獨此一事而已。宣宗感悟。詔公以便宜提控尚輦局。七月以扈從勞。授器物局副使。一日。內出鞠仗。命料理之。工部下開封市白牯取皮。公以家所有鞠仗進。且言車駕以都城食盡。遠棄陵廟。正陛下坐薪嘗膽之日。奈何以毬鞠細物動搖民間。使屠宰耕牛以供不急之用。仇敵在邇。非所以示新政也。上不懌。擲仗籠中。明日出公爲橋西都提控。是歲臨秋。公度遠近設候望。河朔無警。則聽河防民丁暫歸。省薪糧以贍軍。公私便之。四年冬十一月。潼關失守。樞密院檄公守虎牢。虎牢陵谷遷變。無險可扼。倉卒中。作大橋以拒西師。橋甫成。而敵至。相去百舉武。長兵已相接矣。公橫槊橋上。獨當之。西師十六輩。棄馬。潛由澗中路傴僂而上。欲出公軍士之後。軍爲小卻。公策馬大呼。後騎隨進。聲勢甚張。十六人者。皆倉皇失措。展轉澗底。公下馬立視。指麾後騎乘高而下。顧盼之頃。梟六首而還。汜水東數城。西師雖不侵突。而羣不逞有因亂相剽竊者。獨公所鎮。軍民按堵如故。諸縣就河陰爲立生祠。樞密院別帥軍二萬戍虎牢。此軍至自河朔。剽掠成俗。且主帥馭之無紀律。變在旦夕。民謂公可恃。自陳苦急。公言之帥。帥言我軍皆盜賊强梗之餘。當以漸柔服。急則生變。咎將誰執。公知帥不能軍。縛暴橫尤甚者三人。斬之以徇。軍中肅然。俄改武器署令。五年除同知定國軍節度使事。自夏陽抵潼關。上下千里。戍卒五萬。公兼領之。因上奏關輔被兵之後。殘民疲於供給。在所城塹之役。乞以農隙爲之。秦民賴焉。興定二年。改同知隴安軍節度使事。三年。改環州刺史。夏人大舉入寇。城中軍不能二千。公以老幼婦女乘城。度寇至木波。地狹道險。利用設伏。自將步騎五百。乘夜襲之。寇衆驚潰南走。追斬千人。

奪老幼數千。獲將領一人。寇奔往西道。公復邀擊之。斬首數百。獲牛羊萬餘。慶陽總管子容以巡檢幕客再能有名馬二。欲取之。倚公同局之舊。私遣掾屬趙以情告公。公恥以求索見汚爲趙言。彼部落族以馬爲死生。凡馬且不可得。況名馬乎。於是總管者怨且慚。乃誣再能有叛計。遣趙掾勒公捕送。趙復得以此脅再能獻馬。可免罪。再能率所部千人州署前望闕泣拜曰。吾曹受恩百年。何嘗有一人萌異志者。幸太守申明之。趙掾在。我亦不爲寃死鬼矣。公欲兩解之。總管愈怒。馳奏再能有叛計。刺史不奉府檄。擁護罪人。可併按之。有詔京兆行臺窮治其事。參知政事把公、延安帥完顏公保公無他。詔勿問。猶以州府不相能。兩罷之。平凉行臺奏公爲馬步軍都總領。公自以無罪。横被廢棄。鬱鬱不自聊。雖擢置亞帥。非其好也。居無幾何。偕同官游崆峒。遂有終焉之志。不三數日。遘疾遂革。所親問後事。公强起應之曰。我武人。不死疆埸。而死牀簀。獨是爲介介爾。此外復何言。言終而逝。享年五十有一。實五年七月之十一日也。元光改元冬十月。諸孤扶護東還。權殯汝陽。積官龍虎衛上將軍金源郡侯。先娶夾谷氏。雲陽令阿合門之女。前公卒。再娶徒單氏。秘書監歐里白之女。後公十有八年而卒。並封金源郡夫人。子男五人。長仲道。次仲貞。櫟陽監酒。次仲坦。閿鄉令。次彭孫、睸孫。俱早卒。女二人。皆適士族。男女皆前夫人出也。男孫二人。祖安、老安。女孫一人。尚幼。公儀幹秀偉。資稟沈毅。清儉公勤。爲人寡言笑。不妄取。即事親孝。友愛諸季。恩禮備至。及弟兄析居。公悉有以處之。曰季弟通貴。無俟分財。其弟戰没。其孤當郵。小弱弟早失怙恃。尤可哀者。孰多孰寡。咸適其當。公所取。唯白玉帽環一雙而已。曰此大門時物也。在軍中餘十年。與士卒同甘苦。至□盛夏不操扇。或問之故。曰古名將類如此。吾願學焉。且身歷艱苦。亦從儉入奢之義也。或言軍士近年例無戰志。殆不堪用耶。公謂不然。猶之鷹隼。往在田間。悉能自取食。人得而畜之。豈遽忘搏擊耶。婦人女子。爲氣所激。尚能持刃而鬬。況男子乎。吾謂兵士無不可用。亦猶鷹隼。養之未至耳。公既耽書史。故親授三子者學。夜參半。猶課誦不已。三子服教。悉能自樹立。有聞於時。某歲。仲坦舉公柩北歸。卜葬於輝州蘇門北之某原。枉道過好問新興。授公行事之狀。涕泗百拜。以神道碑銘爲請。仲坦從好問游。有昆弟之義。義不可辭。乃爲件右之。惟公故大家。生長燕雲間。州閭貴游。華靡相尚。公家累鉅萬。僮僕千人。帷帳軒車琴筑棊槊。可取諸左右而足。能被服儉素。攻苦食淡。不變老人大父國俗真淳之舊。此一難也。帶刀宿衞。從事獨賢。而於番宿更休之餘。爲幼學壯行之計。心樂性熟。寢食不廢。乃如寒苦一書生。雖明昌右文。海内嚮化。家存籯金之諺。士有橋門之盛。至於以衞士而治儒術者。唯公一人。是又一難也。流品既高。朝譽既著。高墉射隼。足致要津。公則剛近乎仁。義形於色。未信不虞於謗己。而奉公寧至於失名。蹭蹬一麾。有識興歎。使之得時行道。持衆美而效之。君文武志膽。用無不可。徒以一言忤旨。不得久居中。何泰和封殖之難。而貞祐摧折之暴也。彼以假儒衣冠。生死利禄。禄禄無補。蘇而復上。六經掃地。没世不復。反以武弁待公。自今觀之。其賢不肖果何如也。銘曰。

北方維强。間氣維雄。以宗起身。而以名起宗。金石獨止。而無竝流。脂膏共處。而不自豐。直前徑行之謂剛。有犯無隱之謂忠。匪惟公賢。簡策之功。丞相材官。危戮鄧通。北山諫書。乃在筆公。使公不學無術。猶當有古人之風。大冠如箕。鉅儒宗工。徼巡周廬。實命不同。乃如之人兮。禄不計庸。我銘墓石。鬱孤憤兮何窮。遺山集

金文最卷一百三

墓碑

恆州刺史馬君神道碑

元好問

死生之際大矣。可以死。可以無死。一失其當。不以之傷勇。則以之害仁。然自召忽管仲。折衷於聖人之手。斯不必置論。至於忠臣之於國。義士之於知己。均爲一死。而中有大不相侔者。蓋不可不辯也。嘗謂意氣感激。衆人之所同。夭壽不二。君子之所獨。今夫傳記所載。猝然就一死以取千載名者。多矣。及就其平素考之。果嘗以千載自望乎。夫惟志士仁人。知所以自守也。不汨於義理之辨。不乖於去就之理。端本既立。確乎不拔。静以養勇。剛以作强。其視横逆之來。曾虚舟飄瓦之不若。控摶之變。如寒暑旦暮之有常。心爲權衡。自量輕重。知有泰山之死。而不知有鴻毛之生。結纓之禮不至。无取於海隅之伏劍。漆身之志既篤。不屑於督亢之獻圖。孰先孰後。必有能次第之者。語有之。君子無終食之間違仁。造次必於是。顛沛必於是。信斯言也。匹夫爲諒。自經於溝瀆。其可與求仁而得仁者。一概論乎。君諱慶祥。字瑞寧。姓馬氏。以小字習里吉斯行。出於花門貴種。宣政之季。與種人居臨洮之狄道。蓋已莫知所從來矣。金兵略地陝右。盡室遷遼東。因家焉。太宗嘗出獵。恍惚間。見金人挾日而行。心悸不定。莫敢仰視。因罷獵而還。敕以所見者物色訪求。或言上所見。殆佛陀變現。而遼東無塔廟。尊像不可得。唯回鶻梵唄之所有之。因取畫像進之。真與上所見者合。上歡喜讚歎。爲作福田以應之。凡種人之在臧獲者。貰爲平民。賜錢幣。縱遣之。君之祖諱迭木兒越哥。父把騷馬也里黜。又遷静州之天山。占籍今四世矣。此地近接邊堡。互市所在。於殖産爲易。君家勤儉。自力耕墾。畜牧所入。遂爲富人。君之父生三子。其二早卒。獨君資稟聰悟。氣量宏博。儕輩無出其右。年未二十。已能通六國語。併與其字書識之。泰和中。試補尚書省譯史。使者報聘麗夏。君率在行中。大安初。衞紹王始通問大朝。國信使副。倚君往復傳報。皇帝賞君談吐敏捷。欲留不遣。君百計自解。竟獲復命。其年乙里只持譯書。多所徵索。君白於有司。諸所徵物。皆畫一供進。自以身在名取之目。匿而不言。乙里只見衞王自陳所以名取君者。王召問。君面奏不顧行之意。辭情懇到。王爲感動。連賜之酒。出内帑重幣并所酌金鍾賞之。宣宗遷汴梁。乙里只再至。復斥名索君。朝廷幸和事可成。諭以敦遣之旨。君以死自誓。行議遂寢。於是君相以腹心倚君。頻歲遷擢。乃自常調中特恩授開封府判官。進官昭武大將軍。内城之役。奏充應辦使。城成。以勞遷鳳翔府路都總管判官。元光二年秋。大兵有深入之耗。行臺檄君與治中胥某分道清野。去城不三四里。猝爲游騎所馳。君與其子三達俱爲所執。兵人欲降君。擁迫而行。言語相往復。竟不屈而死。得年四十有六。實十一月之二十二日也。三達以是夜亡還。主帥惡於坐睙而不能救也。出騎兵千人。輿尸而歸。三軍之士爲之慟哭。官吏士庶旦夕臨者三日。葬之。尋具君死節驛奏之。詔贈恆州刺史輔國上將軍。立像褒忠廟。歲時致祭。且徵一子入侍。皆異恩也。君娶馬氏。子男三人。長卽三達。次鐸刺。次福海。女一人。適楊氏。君嚴於教子。動有成法。必使知遠大者。三子亦能自樹立。有君之風。女弟適安氏。甥天合。父歿後。躬自教督。踰於所生。習諸國語。洎字書授之。爲它日起家之地。其後馬氏宅相。果有成之者。己酉秋九月晦。三達涕泗再拜。以君墓銘見請。予謂南渡以來。死節之士。皆耳目所接見。恆州之事。固已飽聞而饜道之矣。蓋君平生時每謂所親言。君父之恩大矣。在狄道。則捕爲生口而全活之。在遼東。則衣食之。衣食之矣。又縱遣之。在大輿。則開仕進之路而官使之。官使之矣。危急之際。又以腹心倚之。顧以盡此身以答萬分耳。是則忠義奮發。不謂之素定於胸中。可乎。是可銘也。乃爲論次之。君尚多可稱。弗著。著所以與享於褒忠者。銘曰。

墓木柏松。碑石蛟蛇。君得所以歸。而行路齎嗟。莫嗇者才賦。君則多沈潛而剛。悃愊而無華。曾是象胥。孰從漸摩。主恩岱崧。我乃負荷。何以矢之。之死靡它。參乎吾前。不磷於磨。寧以四方之彊。偕妾婦而婷婀。河源九天。放爲頹波。砥柱中流。終古不頗。彼美人兮。何直去裔而卽華。匪我前知。神理不遐。漢貂七葉。其必爾家。遺山集

贈鎮南軍節度使良佐死節碑

元好問

天興元年六月乙亥。尚書左丞臣蹊上故禦侮中郎將陳和尚死節事。且言臣以使事至朔方。有爲臣言者。中國百餘年。唯養得一陳和尚耳。乞褒贈如故事以勸天下。事聞。詔贈鎮南軍節度使。尚書省擇文臣與相往來而知其生平者爲褒忠廟碑。宰相以東曹掾吏部主事臣某應詔。臣嘗考於朋友之際。漢李陵以力盡降匈奴。武帝族其家。隴西士大夫至以李氏爲媿。而司馬遷亦以陵故而下蠶室。蓋天倫之重。美有以相成。惡有以相及。所繫之大如此。惟鎮南之事壯矣。以聖朝承學之臣之多。而猥用下臣概之。古人所以爲辱者。臣與有榮焉。謹百拜稽首而論次之。按蕭王諸孫曰乞哥者。於國姓爲疎屬。其上世以上京軍戍天德。因而家焉。泰和南征有功。授同知階州軍州事。及階州反爲宋。戰於嘉陵江之上。死之。是生鎮南。鎮南諱彝。字良佐。以小字陳和尚行。貞祐中。年二十餘。北兵破豐州。執之而北。時從兄安平都尉鼎。亦以力戰没入北中。二人者。名爲羣從。而義均同父。故鎮南之母留豐州。而安平母事之。鎮南居帳下歲餘。託以省母乞南還。北人以一卒監之。至豐。乃與安平殺監卒。奪十餘馬。奉太夫人而南。北軍覺。合騎追之。得由他道以免。既而失馬。載太夫人以鹿角車。而兄弟共挽之。南渡河。朝廷官之。安平得以世爵爲都統。鎮南試護衛中選。宣宗知其材。未幾轉奉御。安平行帥府事。奏鎮南自隨。詔以提控從軍。安平敬賢下士。有古賢將之風。辟太原王渥仲澤爲經歷官。仲澤文章論議。與雷淵、李獻能相上下。故鎮南得師友之。天資高明。雅好文史。自居侍衛日。已有秀才之目。至是授孝經、論語、春秋左氏傳。盡通其義。軍中無事。則窗下作牛毛細字。如寒苦一書生。仲澤愛其有可進之資。示之新安朱氏小學書。使知踐履之實。識者知其非吴下阿蒙矣。三年安平罷帥職。例爲總領。屯方城。軍中有太和者。與鎮防千户葛宜翁鬭。訟訴於鎮南。鎮南在其兄軍中。一軍之事。皆與知之。非特於其部曲。然葛之事不直。卽量笞之。葛素凶悍。恥以理屈受杖。竟鬱鬱以死。留語其妻。必報鎮南。妻乃以侵官訟於朝。且有挾私讐之愬。積薪龍津橋之南。約不得報則自焚。朝廷乃繫鎮南方城獄。國家百餘年。累聖相承。一以人命爲重。凡殺人者之罪。雖在宗室。而與閭巷細民無二律。南渡以來。郡縣吏以榜掠過差輒得罪去者。相踵也。議者疑鎮南狎於禁近之習。倚兵閫以爲重。不能如奉法之吏。横恣之犯容或有之。使者承望風旨。卽當以大辟奏上。久之不能決。鎮南聚書獄中而讀之。蓋亦以死自處矣。安平病久而愈。明年詔提兵而西。因朝京師。上怪其瘦。問卿寧以方城獄未決故耶。卿第行。吾今赦之矣。明日臺諫復有言。後數月。安平以物故聞。始馳赦之。有旨。有司奏汝以私忿殺人。私忿未必有。至於非所得笞而强之。非故而何。汝兄死矣。失吾一名將。今以汝兄故曲法赦汝。計天下必有議吾者。他日汝奮發立功名。國家有所賴。人始當以我爲非妄(殺)〔赦〕矣。鎮南泣且拜。悲動左右。竟不得以一言爲之謝。乃以白衣領紫微軍都統。再遷忠孝軍提控。五年北兵犯大昌原。勢甚張。平章芮國公問誰可爲前鋒者。鎮南出應命。先已沐浴易衣。若將就木然者。擐甲上馬不反顧。是日以四百騎破勝兵八千。乘勝逐北。營帳悉遷而西。三軍之士。爲之振奮思戰。有必前之勇。蓋用兵以來二十年。始有此勝。奏功第一。手詔褒諭。一日名動天下。忠孝一軍。皆回紇、乃滿、羌、渾部落及中原人被掠避罪而來歸者。鷙狠陵突。號難制之甚。鎮南御之有方。俯首聽命。弭耳帖服。東而東。西而西。易若驅羊豕而逐狐兔。所過州邑。常例所給之外。一毫不犯。每戰則先登陷陳。疾若風雨。諸軍倚以爲重。六年有衛州之勝。八年有倒迴谷之勝。始自弛刑。不四五遷。爲中郎將。官世襲。於是四方内外。知方城之獄。聖天子所以定國是、結民心、厲士氣以宏濟於艱難者。至矣。其當之也。不以一人之私。而廢萬世之法。其貸之也。不以匹夫之細。而傷天下之功。不然。則生殺予奪。廷尉平一言之頃而決。何至歷十有八月之久耶。陛下之所以御將。鎮南之所以報國。君臣之間。可以無媿千古矣。副樞密使蒲瓦無持重之器。嘗一日夜馳二百里而趣小利。諸將莫敢諫。鎮南私爲同列言。副樞密以大將而爲剽刦之事。今日得生口三百。明日得牛羊一二千。而士卒以喘死者不復計。國家所積。必爲是家破除盡去矣。人以告蒲瓦。蒲瓦一日置酒手勸諸將及鎮南。蒲瓦曰。汝嘗短長我。又謂國家兵力。當由我而盡。至以比刑人時德全。誠有之以不。鎮南飲酒竟。徐曰有之。蒲瓦見其無懼容。漫爲好語云。有過當面論。無後言也。元年鈞州陷。北軍下城。卽縱兵以防巷戰者。鎮南避隱處。殺掠稍定。卽出而自言。我金國大將。欲見合按白事。北兵以數騎夾之。詣牙帳前。問姓名。曰我忠孝軍總領陳和尚。大昌原之勝亦我。衛州之勝亦我。倒回谷之勝亦我。死於亂軍。則人將以我爲負國家。今日明白死。則天下必有知我者矣。北人欲降之。斫其脛。不爲屈。脛折。畫地大數。語惡不可聞。豁口吻至兩耳。噀血而呼。至死不絕。北人義之。有以馬湩酬之者云。好男子。他日再生。當令我得之。時年四十一。銘亡。遺山集

輔國上將軍京兆府推官康公神道碑銘

元好問

維金朝入仕之路。在近代爲最廣。而出於任子者十之四。國初監州縣酒税。亦以文資參之。故任子多至大官。其不達者。猶得俎豆於士大夫之列。大定以後。雜用遼制。罷文資之注酒使副者。純用任子。且增内廷供奉臺傔直之目。凡歷監當久及課最者。得他遷。謂之出職。如唐人入流之比。是後權酤日增。風俗隨壞。六七十年之間。遂有賢愚同滯之歎。論者以爲此誠選曹泥法之弊。至於廉恥道喪。自同商販。亦爲任子者有以來之。然且以國家舊人觀之。使人人有士君子之操。清慎自守。不爲利惑。有如吾輔國康公者。其敢以今日任子法待之乎。公諱某。字德璋。康氏世爲遼陽人。曾祖某。遼澄州刺史。祖斌。天會中進士。仕爲咸平路轉運副使。考道安。不慕榮利。優游鄉里。以讀書講道爲業。臨終敕諸子言。凡人在仕籍。豈有憂飢凍者。事當從正。貨利不得關諸心。後用公貴。累贈輔國上將軍京兆郡侯。公卽侯之長子也。大定中。以咸平君蔭。歷邯鄲、沂州酒官。明昌五年。積遷樂安鹽使司管句。資廉介。動以繩墨自檢。佩服遺訓。無敢失墜。及涖是職。至家所食。亦就市買之。鹽司所轄竈户。舊出分例錢以資司官。管句歷三周歲乃成考。所得不下萬緡。公皆讓之同官黄思忠。不毫末取也。諸管句分辦歲課。額外仍有積貯者。謂之附餘。管句私用之。有司視之以爲例而不禁也。及公當受代。悉籍所餘上之。官使范文淵大爲驚異。歎曰。康君奉公乃至此耶。用課最當遷。且本道提刑司薦公材可臨民。七年得陞陳留令。時旱已久。公下車而雨。明年復旱。民大艱食。而無從賑貸之。公出俸粟爲之倡。縣豪傑共贊之。所得至三萬斛。全活不可勝計。雖旁縣亦有受其賜者。承安二年冬。朝旨更定户籍。異時郡縣通檢。名爲聚訟。豪民猾吏囊橐爲姦。若新增。若舊乏。往往不得其實。徒長告訐而已。公精敏有幹局。縣人之肥瘠。先已默識之。差次高下。一出其手。籍既定。無一人有言不平者。秩滿赴常調。吏工部連辟爲曹甸河防都提舉。都水使者言於朝。馬蹄埽河從東北流。害田爲多。閉之。則由徐州東南入海。所經皆葭菼荒穢之地。河壖腴田。可利東明諸縣。乃檄公董其役。而河水湍駛。土木不能勝。水面高出堤上。危欲奔潰。已報都水。而督之愈急。公具香火禱河伯。一夕水落丈餘。時人以正直感動許之。尋被按察司薦。泰和三年。遷河北東路轉運使户籍判官。五年選授襄陵令。平陽縣十。此最難治。公發姦擊强。尤更致力。旬月之頃。治效卓然。明年秋。在所蝗害稼。已及縣境。公率士庶齋沐致禱。其日蝗徑過無留者。復爲按察司所保。八年授京兆府推官。公仁心爲質。加更事之久。故決獄之際。多所平反。京兆大府公使庫例有所給。官屬月酒常費之餘。率賣之民間。公獨以爲不可。嘗謂所親言。酒果有定額。吾屬侵縣官而益私藏。非害公乎。三白渠業户。每以争水爲訟。或至殺人浚渠。京兆檄幕官行視。幕官奉故事。往不加意。公受檄。爲親至渠上。求致訟之故。果得石刻記。渠以青石爲之。地蓋渠路。歲久爲泥滓填塞。受水纔半分。溉不能給。因鬨起而争之。公率役夫浚渠。以石地爲限。渠深常歲丈餘。自是無致訟者。俄致仕。愛林慮山水。有終焉之志。以貞祐二年五月之五日遘疾。終於私第之正寢。累官輔國上將軍護軍京兆郡侯。食邑千户食實封一百户。兩娶高氏。俱封京兆郡侯夫人。子男一人。瑭。興定五年擢詞賦進士第。官正奉大夫、鈞州刺史、權沁南軍節度使兼懷州招撫使。孫男二人。天英、世英。孫女三人。曾孫女一人。俱尚幼。瑭以癸卯十月十有二日奉公之柩葬於林慮縣三陽里東南原。禮也。既卒事。以公事狀來謁某言。劉内翰極之誌先府君墓。已納之壙中矣。神道有碑。碑當有銘。敢質之以爲請。某於瑭爲同年生。義不得辭。乃爲之銘。并敘其平生如此。其銘曰。

秩侯其腴。山澤其臞。身處脂膏。不以自濡。執法與游。御史與居。退食自公。飲水飯蔬。清白所遺。吾以觀發源之水。初士不於材。相彼潔污。百藝不足。一節有餘。趙張三王之治聲。非不藹如。使九徵至焉。而有所愧。君子盜諸。貪夫我愚。曲士我迂。我愚我迂。不與義俱。無碑有銘。大書特書。是爲古廉吏之墓。可勿表歟。遺山集

奉國上將軍武廟署令耶律公墓誌銘

元好問

公諱辨才。遼太祖長子東丹王之八世孫。曾祖諱内剌。贈定遠大將軍。祖諱聿魯。考諱履。章宗明昌初。拜尚書右丞。謚文獻公。生三子。公其長也。資倜儻。軀幹雄偉。每以志節自負。不甘落人後。年十八。以門資試護衛。校射者餘七百人。皆天下之選。而公中第三。俄以公事免。泰和中。從軍南征。攻取三關。以十一騎輕身入光州。時宋已復三關。復奪而出。身被十三創。以功授冀州録事判官。轉曹州司候。中夏受兵。山東西路行臺檄公戍東平。尋詣北軍議和事。遂爲所刦。行及

居庸關。潛謀歸國。奪老幼數萬入都城。宣宗嘉其功。授順天軍節度副使。賞賜鉅萬。扈從南渡。奏充孟津提控。興定中。選授京兆府兵馬使、静難軍節度副使。左降河中府判官。復次同知睢州軍州事兼歸德府推官。歷中京兵馬副都指揮使。召見問以軍政利害。公慷慨爲之言。將相多非其材。遂忤權貴。出爲許州兵馬鈐轄。召授武廟署令。壬辰正月。公之季弟今中書令楚材。奉命理索公昆季北歸。二月朔。諭旨於隆德殿。公涕泣請留死汴京。哀宗幸和事可成。賜金幣。固遣之。公歸。留寓真定。以丁酉歲十一月十有一日。春秋六十有七。遘疾終。夫人靖氏前公卒。子男一人曰鏞。男孫二人。曰誌公奴、謝家奴。皆尚幼。鏞以癸卯秋九月奉公之柩葬於義州宏政縣東南鄉之先塋。鏞弱冠而有老成之風。以嘗從予學。來請銘。故略爲次第之。其銘曰。

以射則絶傳。以戰則無當前。虎視鷹揚。而風義凛然。材則人。耦奇則天。賫志一棺。埋辭九淵。千年而見白日。尚有望於攓蓬之賢。遺山集

大丞相劉氏先塋神道碑

元好問

天兵南下。經略中土。歲甲戌秋。師次燕西。今行臺龍門公年甫十二。隨其家人避兵德興之禪房山。既而盡室被俘。公在一大首領麾下。一日避役御營。犒宴之人。什伍爲耦。公輒入座共食。意態自如。上舉目見之。親問姓名及所以來者。公跪。自陳主帥不見卹。無以自存。願留止營中。上召主帥名索公。得之。隸中宫帳下。不三四年。諸部譯語。無不閑習。稍得供奉上前。公資稟聰

悟。異於常人。進退應對。無不曲中聖意。未幾。擢之奉御之列。出入帷幄。寒暑旦暮。斯須不少離。千載之會。實始於此。其年出使諸道。所至以稱旨聞。車駕征契丹餘族。是爲西遼。歷古續兒國訛夷朵等城。戰合只破之。遂征遜丹之斜迷思。於普花兒拒印度嗔木。連破其軍二十餘萬。公皆在焉。五六年之久。艱難險阻。備嘗之矣。上試公已久。熟其材量。而閔其勞苦。隨以西域工技户四分二千之一立局燕京。兼提舉燕京路徵收課税漕運鹽場及僧道司天等事。山東十路山西五路工技所出軍立二總管。公皆將之。賜之玉印金虎符。公上奏臣有舌在。不煩符節。意以爲聖訓諄復。孰不畏服。臣口能宣布之。因固讓金符於佐官宋元、高逢辰。别請銀章而歸。是後立行宫。改新帳殿。城和林。起萬安之閣宫闈司局。皆公發之。明聖繼統。萬國連紹。勳舊大臣行尚書省事於漢境。節制所及。凡二十餘道。分陜之命。公實膺之。以公前後而言。蓋勝衣而入侍燕閑。未冠而肅將使指。帶刀宿衛。從事獨賢。周廬徼巡。靡國不到。經涉萬里。出入三朝。仁信篤誠。自結主知。至於成白門之婚媾。辨讒夫之媒孽。新宫落成。則以有功遍諭。中州撫治。則以無過見知。合侍御而爲家人父子之親。由爪牙而得股肱心膂之寄。眷顧殷重。賜賚稠疊。開國舊臣。莫與爲比。古所謂攀龍鱗、附鳳翼、依日月之末光、挹雲雨之餘潤者。蓋不足道也。公每以國恩天大。不勝臣子區區之情。丙午冬。詣闕拜章。既以鄉郡所創大清安寺爲僧衆祝嚴之所矣。恭惟河潤九里。澤及三族。姑姊羣從。仁卹姻睦。率從大慶得之。而於揚名顯親。或尚闕如。人子之心。其何以自處乎。乃命家老仵右積累之舊。命文士撰述。銘諸麗牲之碑。謹按劉氏。世居宣德縣北鄉之青魯里。孝弟力田。

蓋有年矣。曾大父雲。自遼日爲大家。有子四人。曰璋。曰瓊。曰玹。曰瓚。玹之子四人。顯仁字仲明。祖仁字仲昌。用仁字仲至。體仁字仲康。仲至府君。卽公之考也。公家故大族。又以貲雄其鄉。委積豐實。畜牧蕃息。北山之奚家關。西鄉之土厚。皆有別業。與世官榮祿家同里閈。出入游觀。裘馬相尚。輕財好施。少不靳固。求者多所全濟。故州里以陰德稱焉。府君娶同鄉李氏。生三子。長敦字德厚。季效字德信。皆無祿早世。公其第二子也。自大父以來。不常厥居。而其先塋止於青魯西北原而已。竊嘗考於陽報之說。天造草昧。利用建侯。豪傑之士。乘時奮興。以取功名富貴者。抑多矣。虎或鼠化。蛇非龍諱。亦奚必以憑藉積累而爲言。然質之古人。袁氏之四世五公。高密之重侯累將。一得於平反楚王英之獄。一得之統百萬之衆。未嘗妄戮一人。遠則傳記所傳。近則耳目所接見。若此者衆。殆不可勝舉。惟天愛民甚。一物暴陵。則天氣爲之舛錯。故愛人者。必有天報。報施所不及者。特十百而一耳。使憑藉積累。一切以詼詞折之。則神理或幾乎熄矣。公家出燕遼之大姓。席高曾之世業。華腴之奉。鬱爲素侯。至於排難解紛。周急繼困。任俠尚氣。與時貴並名。源深流長。槩見於此。惟公資風土之厚。炳川嶽之靈。威德沈潛。策慮愊臆。坐鎮衰薄。含納垢汚。獨見幾微之先。審度剛柔之際。人不能一。我則百之。若夫武臣宿將。專制方隅。交搆既興。怨嫌斯在。公折之以正理。示之以赤心。智勇既殫。重爲輯睦。又若失意杯酒。意氣妄加。人以兵憂。我惟誠往。和氣甫浹。而宿怨已平。又若論列御前。皆天下大計。辭情激烈。上爲動容。一言興邦。古無與讓。至於賓禮故老。崇尚儒雅。古今治亂。了然胸中。慕高賢之歸休。師道家之知止。無心富貴。而富貴如見逼。畏遠權寵。而權寵常自至。年甫知命。福禄方來。其深略遠圖。忠良明智。上以尊主。中以庇民。下以爲劉氏無窮之傳。當大書特書屢書之。不特一書而已也。夫忠以報國。孝以起家。立身行道之義彰。慎終追遠之德厚。不有金石。後裔何觀。乃爲之銘。公名某。字德柔。以小字某行。八子。某其長。已襲世爵云。其銘曰。

有佳者城。武寧其原。是爲龍門劉氏之阡。劉爲大家。出用武國。從公曾門。孔武且碩。孔武且碩。唯幽燕之習。曾是義俠。而多潛德。斤斤我公。有見於幾。年甫勝衣。知大福所歸。唯左右是奉而不違。開闔風雲。出入範圍。婉孌龍姿。躍而天飛。股肱心膂。成體而一。穆陵、無棣。賜履而十。命以南伯。方國是式。于蕃于宣。汝明汝翼。丘山其崇。川谷其容。望之巍然。允矣鉅公。紀有旂常。勒有鼎鐘。何以配之。錢氏表忠。衮冕巍峨。奮無所階。世尋丕祚。公有自來。宗起起宗。疇宗之德。公泝其流。謂必有開。公侯之世。其終必復。家食舊德。史遺往躅。獄有平反。將無妄戮。神理不遐。敢專其福。岷山導江。小川三千。發源濫觴。其必不然。我作銘詩。述劉宗之先。祝公眉壽而保魯。爲忠孝無窮之傳。遺山集

金文最卷一百四

墓碑

歸德府總管范陽張公先德碑

元好問

范陽張公漢臣。遣其參佐陳玠、李侃、侯琇自曹南走書幣及予於順天。書謂予曰。子良不敏。爰自束髮。以良家子隸軍籍。轉戰南北將四十年。憑藉先世積善之舊。生還鄉國。乃辛丑某月。得用侯伯之服之禮展省墳墓。攷之令甲。諸仕及通貴。廟與墓俱有碑。應用螭首龜趺之制。竊不自揆度。思得文士之見信於人者撰述之。以侈光寵。以昭前人。以俟百世之下。維吾子惠顧之。曩予在大梁。承乏左曹之都司。壬辰之圍。外援阻絶。危急存亡。朝不及夕。或有言宿州節度宗室衆僧奴之幕客張子良。由間道齎奏牘至者。都堂趣召。問所以來。公爲言國用安自漣水來歸。糾合義徒。刑牲歃血。誓爲勤王之舉。以游騎旁午。跬步千里。無敢進奏者。子良感激自奮。獨與裨將張平夜行晝伏。間關百死。乃今瞻拜京闕。幸疾得歸報。無失事機。即日召對便座。勞賜殷重。凡奏牘所請眷倚用安者。無不開允。符節、印綬、衣帶、弓矢、書詔、誥命凡繫之左曹者。予得與聞之。朝議多公機警絶出。占對詳盡。雖素官無以過。嘖嘖稱歎。率以遠業期之。及公將使指還都。人日望東師之至。而用安天奪之魄。心計蹉跌。進退狼狽。迄無所成。公信義昭著。獨爲時論所保任。故繼有鷹揚騎都尉、涂○涂。讀書山房本作徐。宿節鉞之命。予亦備聞之。公初北歸。介於東明商君孟卿父子及崔君君佐、王君安仁兩君。以此碑爲言。蓋心頗知予。而予亦嘗望見眉宇於衆人之中。顧交之日久矣。誠得秉筆。以相兹役。使孝子之情盡。諸侯之禮備。固所願也。其敢以固陋辭。維張氏族出范陽。其家於縣東仇家里者。不知其幾昭穆矣。自公曾大父甲而下。皆隱德不耀。大父臣甫。資稟高亮。不親細務。恤貧乏。樂施予。又謹於事佛。日誦般若爲課。重惜物命。未嘗烹割。行及庖湢。聞家人茹葷。則睨而不顧。壽八十有七。怡然坐逝。祖妣王氏、李氏。生子三人。其季諱珪。純質有父風。明昌壬子之夏。三水汎溢。漂壞廬舍。至於丘隴亦爲湮没。珪與長女李乘船筏。百計訪求。僅得祖考遺骸於泥淖之下。其瀕於死者屢矣。妣宋氏。慈仁勤儉。孝於舅姑。生子二人。長卽公。次曰子明。子明仕爲鄜州洛交主簿。母有前識。謂公材幹特達。後當貴顯。常戒之毋妄殺。以仁愛爲懷。墓故在三水之陽。懲創水禍。改卜其陰。乃在所居之西南原。見於辛丑新阡者。特二世耳。初大安兵興。公以材。選爲軍中千夫長。以功遷都統。時耕稼既廢。道殣相望。乃率涿州定興、新城户數千。就食東平。甲申秋。樞密院檄公遷壽春。充防城都提控。州將夏全反覆變詐。動與公不相合。公謀舍去之。未能也。壬辰正月。全刦州民。出屯雞口。州隨爲李敏所據。公棄家屬。募死士數十輩。徑入敏營。敏一夕三召公。公情辭慷慨。感動左右。三欲害公而不能也。夏全北行。公與宿州帥剋石烈阿虎刲之。遮老幼數萬。靈壁之圍遂解。全不勝憤。會邳徐軍來復讐。公復與宿帥衆僧奴斫全營於蘄縣。全僅以身免。至遺其金虎符而去。未幾疽發背死於揚州。公在兩淮。初非本策。重以地土卑薄。風俗不相一。感念先隴。遂有鴻鵠高翔之志。以戊戌冬。擁麾下數萬衆。自泗州北歸。大帥以聞。隨拜顓制方面之命。嘗謂全燕疆界廣闊。風土完厚。自秦滅六國而郡縣之。迄唐中葉。盧龍一軍。雄視趙魏。鬱爲大鎮。以棗栗之利車騎之盛言之。則爲用武之國。以太行恆山挾右碣石入於海言之。則爲天地之藏。海山沈雄。通貫斗極。人稟其氣而生。或客於其鄉。或仕於其國。率多魁偉敦龐宏傑之士。至於游談劍俠崛起閭巷間。而掉臂於王公之門排難解紛遂以功名顯者。往往而在。蓋不至於人物渺然。絶無而僅有也。漢車騎將軍之子孫。散居涿易間。雖譜牒散亡。無從考按。其風聲習氣。歌謡慷慨。風流猶存耳。公策慮愊憶。氣節豪宕。其走夏寇。使大梁。特暫有所試。已足以信眉高談無愧天下。況乎旅力方剛。委任伊始。側聞下車睢陽。首以增築學舍爲事。幕府省静。日得近見文儒。攷論今古。衣冠之整潔。車騎之閑雅。駸駸乎承平禮法之舊。他日極其所至。豈特長一道將軍而已耶。故予既論次先德。并以公出處附之。欲人知張氏所以起其宗者。蓋如此。其銘曰。

立木柏松。文石龍蛇。鬱彼新阡。鄉國之華。千騎來歸。大纛高牙。展墓而入。州人驚嗟。緊張世之先。秉心柔嘉。播而穫之。猶上農之禾。月計之則有餘。理無僭差。西州既東。兵連兩河。鉏耰棘矜。奮而横戈。蟜蟜維公。矻立不頗。維軍律是從。戰功日多。夏寇黥髡。劍佩巍峩。食飽而颺。誕爲盜夸。公斫其營。壯士無譁。慚憤亡幾時。化而蟲沙。有來同盟。脣齒輔車。詣闕拜章。畏途衺衺。孰爲田疇。而克負荷。公之義聲。金石不磨。大邦維翰。淮海無波。公力方剛。公壽亦遐。相彼發源。淵其未涯。我卜行營之原。當置萬家。遺山集

臨淄縣令完顏公神道碑

元好問

公諱懷德。字輔之。以小字得孫行。族完顏氏。隸上京路司屬司。武元、文烈之從弟劾徹。封國於趙。子斜不出。降國而郡。封於金源。子阿魯。熙宗朝平章政事。子習捏。驃騎尉、上將軍、義州節度副使。卽公之考也。母曰金源郡夫人郭氏。公其子也。甫成童。以宗子第五從承應走馬局。俄遷內承奉班。三歷監務。用課最。調密州倉使。衞紹王至寧元年。選注臨淄令。公生長華腴。而能以法度自檢。初到官。吏民畏公修整。謂其中有不可測者。及見其不飲酒、不畏怒、不事苛細、不以榜掠立威。不三數日。上下歡然。猶一堂之上矣。貞祐二年。受代有期。而中夏被兵。盜賊充斥。互爲支黨。衆至數十萬。攻下郡邑。官軍不能制。渠帥岸然以名號自居。讐撥地之酷。睚眦種人。期必殺而後已。若營壘。若散居。若僑寓託宿。羣不逞閧起而攻之。尋蹤捕影。不遺餘力。不三二日。屠戮淨盡。無復噍類。至於發掘墳墓。蕩棄骸骨。在所悉然。獨臨淄之民。感令君之仁。視猶血屬。百方藏匿。有以令家父子甘就死地者。人心既定。確然不移。其掩蔽愈更深固。如是數月之久。大帥駙馬都尉僕散公統兵而東。乃詣軍自陳。都尉知公仁愛所感。脫身於萬死不一生之

地。承制拜官。公南歸之計已決。再三退讓。乃聽自便。是後僑寓亳州。無復宦情。以宣宗興定五年十二月之三日遘疾。春秋六十。終於私第之正寢。越三日。權厝某所。夫人郭氏。亦功臣藥師之女孫。封號如其姑。子男一人。曰從政。男孫三人。阿海早卒。曰守英。曰守傑。女孫一人。嫁須城令信某。早卒。曾孫女二人。尚幼。天興壬辰。河南破。從政率老幼千人歸行臺特進公於東平。給使帳前。承事既久。委之莞庫之任。稍遷工匠副官。今年閏月。今相君度其付委未盡。改本道課稅所副使。未幾。進副爲長。且授以提領之職。提領永念先世積累之厚。兵亂流離。猥蒙特進公父子特達之遇。思所以顯親揚名者。唯金源陪葬大房。平章出鎮錦州而薨於鎮。葬此州之某山。副節度葬宏政之宏山下。臨淄邈在河外。誠懼陵谷變遷。墓失其處。則遺孤投死無後矣。乃遣長子阿海護輀車而北。卜安厝之宅。唯須城東金谷鄉之盧泉爲吉。定爲新阡。我先府君是爲北遷之祖。竊謂私門之事。無此爲大。乃於省介參某人以墓碑爲請。蓋提領君之士胥世昌。予門弟子也。故予於君之平生。頗知其厓略。君嘗以族屬授官。而不樂仕宦。宗室諸老。怒其閒放自棄。欲强致之京師。君百計求免。久乃得遂。然亦以覃恩從進義校尉至昭勇大將軍矣。亳下多世官。恣縱不法。良民或被侵愁者。往往以氣使訶護之。識者稱焉。亳被兵而軍亂。軍中有挾宿怨謀相圖者。主者私以情告。君得先事爲備。竟免於難。迄今身領漕政。守英官胡魯。女孫適某人。循流測源。豈偶然哉。

銘曰。

殷士黼冔。厥作祼將。亦惟我周。王德而不彊。遼江洑流。玉牒散亡。獨金源有傳。見於東方。見於東方。朱芾斯皇。維先世所歸。陪燕大房。再遷而南。邈如投荒。喪亂宏多。曠于蒸嘗。温序思歸。睠然涕滂。輀車北轅。金谷其藏。鬱鬱佳城。松檟有光。維彼臨淄。銅墨之良。粱肉疲羸。紈袴冰霜。惠利所漸。愛于桐鄉。殆天以慈衞之。俾壽而康。何血肉之場。而有萬夫之防。侃侃嗣侯。福艾耆龐。對於前人。祗懼弗忘。八世相唐。本仁柔之梁。天道靡常。福善其當。我卜盧泉之原。萬家其旁。遺山集

費縣令郭明府墓碑

元好問

公諱嶠。字子崇。族郭氏。世家臨潢之長泰。曾大父英。潛德弗耀。大父顧誠。遼日進士擢第。由左班殿直。仕至侍御史。生二子。長曰元徽。金朝詞賦甲科。未仕而終。次曰元弼。換遼官。充尚書省譯史。遷儀鸞局副使。遂占籍大興左警巡院。興陵朝。詔舉内外官三十年無過犯者。宰相以儀鸞姓名對。且薦其清慎有幹局。特旨進階五品。授遼東路轉運副使。生二子。長曰岐。大定十九年進士。釋褐薊州軍事判官。車駕東獵。聽萬姓縱觀。上親問薊州孰爲好官。父老合辭以軍事判官對。問之它。所對如前。上欲擢爲朝官。以避親。換宛平令。累遷監察御史、户部員外郎。歷解、深、單三州刺史。終於大名等路按察副使。次則公也。公早習舉業。知詩文律度。以父任試補尚書吏部掾屬。終更。調禹城、南宫丞。再調沂州防禦判官。以廉能升兼費縣令。資稟孝友。臨政仁信篤誠。不事表襮。既久。吏民安之。懽然有父母之愛。使者復以廉幹聞。貞祐之亂。河朔郡邑。所

在陷没。費亦受兵。公能以計自脱。家四十口。逃難解散。無復歸顧之望。兵退。縣治復立。不旬日。農民護送公族屬。皆獲完聚。下迨狗馬。無所棄失。同官諸人。均被殺掠。有不遺噍類者。識者謂公之仁政。驗於此矣。公春秋已高。無復宦情。長子令永寧。洛西山水佳勝。衣冠之士。多寓於此。公與賈吏部損之、趙郊州慶之、劉文學元鼎、李澤州温甫、劉内翰光甫。名流陳壽卿、薛曼卿、申伯勝、和獻之諸人。徜徉泉石間。日有詩酒之樂。天興元年三月日。年七十有六。先洛陽陷一日。以疾終於寓舍。官懷遠大將軍上騎都尉汾陽郡開國公食邑七百户。娶高氏。上林署令某之女。封汾陽郡君。子男四人。適祖繼伯氏按察副使房。以廕仕爲太原交鈔庫使。歷陽曲令。終於府治中。嗣祖以祖廕試補刑部掾。自同州録事永寧中升陝縣令。入爲吏部主事員外郎京西大司農丞。天興初。授本路安撫使兼行大司農分治户部事。今爲行尚書省左右司郎中。興祖以公蔭試補户部掾。今爲燕京總府參佐。顯祖未仕。男孫九人。曰蒙。曰履。曰泰。曰謙。曰豫。曰隨。曰臨。曰觀。曰賁。女孫五人。長適士族涿州王氏。次適燕中王氏。餘幼在室。夫人前公三十年卒。祔宛平魯郭里東原之先塋。孤子等以壬寅三月日。奉公衣冠合葬於汾陽郡君之墓。禮也。好問往在洛西。辱公以篇什見賞。且於二子有通家之好。見屬墓碑。不敢以固陋辭。因爲論次。而系以銘。其辭曰。

析木天街。碣石海壖。唐風具存。不爲遷遷。公生其間。氣質渾然。人門其華。詩禮其傳。可以登三老賢能之書。而屈於吏銓。有來銅章。仁信藹然。淪浹之深。人合而天。崑岡火炎之日。禍負不揖。孝於親而賢。友於弟昆而賢。孝友而施於政。又其賢。愷悌君子。胡不百年。我知岷江之濫觴。三百維川。大書豐碑。識公之阡。是惟良民吏之墓。過者式焉。遺山集

廣威將軍郭君墓表

元好問

貞祐初。中夏被兵。二年之春。兵北歸。既破平陽。取道太原。分軍西六州。時岢嵐無主將。同知軍州事完顏昭武。以城守計訪於君。君爲言城守固善。然自北兵長驅而南。燕趙齊魏。蕩無完城。公獨欲以掌許地抗掃境之兵。强弱衆寡。無乃不敵乎。且守禦有具。非倉猝所能辦。就使可辦。客軍皆有去心。驅市人而使之戰。果何恃乎。兵家有戰有守。不能戰。不能守。唯有避其鋒耳。今游騎已入境。不早爲計。則悔無及矣。昭武者從君言。乘夜以軍夾老幼走西南龍門砦。北兵隨至。汾石嵐管。無不屠滅。唯岢嵐無所得而還。宣撫司録君功。以便宜授嵐谷簿攝録事。至今鄉里皆以一州之命自君得之。君諱琩。字子玉。姓郭氏。世爲岢嵐人。唐以來忠武王之子孫。散居汾晉間。不見於譜系。而得之承傳。君蓋其苗裔也。曾大父晏。大父興。父翊。三世在野。然自大父以來。以貲雄鄉曲。任俠尚氣。樂於周急。嘗日出緡錢一千以給丐者。如是數十年。故人以陰德歸之。君弱冠。以律學應選。再上不中。議罷舉。會明昌官制行。乃用良家子。明法理。慎動止。推擇爲吏。歷仕州縣久。敘年勞。授忠勇校尉。自嵐谷簿調陝州知法。改平陽知法河東南路行元帥府檢法兼提領犒賞。興定元年。入爲尚書左三部檢法。改嵩州知法。遂充行尚書六部主事。累官廣威將軍汾陽

縣開國子食邑五百户。以正大二年歲在乙酉正月元日。春秋五十有八。終於嵩州之寓舍。公天稟渾厚。有晉人淳篤之風。自持者甚廉。而施予無少厭。讞獄餘二十年。仁心爲質。所以致忠愛者無不盡。在陝州。明劉狗兒者無罪。積年之寃。不數語而決。闔郡爲之稱快。寧化頻年荒歉。時疫流行。君躬自調護。多獲全濟。最後主部事。危急之際。調度百出。君區處餽饟視民力爲緩急。上官以吏能許之。蓍公胥和之參政李公君美雅知公才。及行臺平陽。首被奬拔。宣慰使李公仲修亦以恩門之舊。時以書問及焉。居伊川既久。先以酒。交於屏山李先生之純、許司諫道真。歸老此州。與馬倅之良、趙宰壽卿。日相追從。徜徉山水間。雲屏泛舟。見於圖畫。其爲名流所重如此。身歿之日。送葬之人。傾動州里。行路爲之悲愴。則君之生平。誠於接物。不以貧賤爲輕重者。於此見之。夫人同郡李氏。閨門整肅。有婦師之目。封汾陽縣君。後公八年歿於襄陽。子男五人。長曰蜕。用丞相高壽公薦。試補隨朝掾屬。充平陽孟州兩帥經歷官嵩州刺史。次曰仲彧。舉進士。次曰擇善。棄家爲黃冠。次曰仲文。以君蔭。補遥領西安軍節度副使。次曰仲器。亦用蔭祇候承奉班。早卒。女一人。曰妙延。爲女官。孫五人。曰汝霖。曰楝。曰同寅。曰協恭。曰和衷。曾孫三人。皆幼。某等將以某年月日奉公之柩祔於郡北天澗南原之先塋。歲甲辰冬。予過洛西。仲文方從事鄧州之行幕。介於教授吴子賢。涕泗百拜以墓表爲請。仲文温淳有藴藉。一府之事。皆所倚辦。擇善操履能正。博於玄學。道價重一時。而竊歎郭氏世業淳雅。晉人少見其比。推究原委。知廣威君之後。方興而未艾也。乃爲論次之。而系以銘。銘曰。

敦兮其純良。有自勝之剛。温兮其慈祥。無寡恩之傷。横流湯湯。身爲舟航。拯溺於其鄉。再世而昌。神理孔彰。吾文表之。尚以發其幽光。遺山集

潞州録事毛君墓表

元好問

君諱某。字伯明。族毛氏。世家臨清。靖康之亂。遷大名。遂占籍焉。曾大父瑜。宋成忠郎。大父詢。金朝初。洎弟評同登進士第。仕爲泗水令。官至朝散大夫。父大壯。廣威將軍永年縣主簿。内翰東明王公百一。述先德備矣。永年三子。君爲之長。自幼以孝稱。友愛二弟。遂及宗黨。資稟剛毅。廉介自守。人不敢以非禮犯之。明昌中。以父任。係承奉班。歷監差者五。皆以課最聞。而未嘗以勺水自及。泰和初。超靈寶縣主簿。令有故。不事事。君攝縣務者幾二年。平賦理訟。有愛利之實。憲司以廉能舉之。將受代。丁太夫人李氏憂。赴喪之日。老幼號泣。攀送數十里不絶。其得民如此。禫服向終。復遭大故。比葬。斬焉衰絰。中日誦佛書爲課。迄於終制。言動之間。鮮不如禮。人以爲難能。大安初。北鄙用兵。選授昌平縣軍資庫使。到官未幾而大敵至。吏民狼狽逃死。隨潰軍而南。庫所貯金帛。先備犒賞用者。以鉅萬計。姦人乘亂。公爲攘敚。同官亦挾輕貲而遯。僕隸因以爲言。君訶之曰。官不能守。既無所逃責矣。尚敢以盜竊自陷。違天理累子孫乎。貞祐元年。調潞州録事。待次鄉里。府尹知公有幹局。檄監漕事。赴都時。游騎充斥。道路阻絶。篙工役夫。日議逃避。君安慰百至。糧運竟達。尹益以軍食付之。乙亥冬。敵再至。大名受攻。君方計餽鑲而

城已陷。兵人脅君使降。怒其偃蹇不爲屈。欲兵之。君盛氣憤激。義不受辱。大叫觸牆。立致殞絶。得年五十。實十二月二十有二日也。兵退。葬之府城北三里所吴莊原之先塋。積官廣威將軍。勳騎都尉。封滎陽縣男。食邑三百户。夫人涿郡王氏。泰和名臣大尹脩然之女孫。封滎陽縣君。略通書傳。事舅姑孝謹。訓飭二女。動有禮法。中表以婦德母儀歸之。稟命不融。與君同日遇害。子男四人。居謙。明威將軍臨淮簿。居政。忠顯校尉魏縣五星鎮酒官。居仁。修武校尉通許醋監。喜喜早卒。女二人。長適千户喬惟忠。次適順天路軍民萬户張德剛。男孫三人。漸。業進士。渙、澄。皆尚幼。初君欲就蔭補。而弟廣威將軍敬之年未及。君待之數年。竟與同解而仕。敬之仕宦連蹇。累坐課殿被拘。君每加營護。事過之後。慮其不自安。不復一語及之。兵興以來。良家子多從軍。君昆弟未嘗別籍。丁壯六七輩。軍帖下敬之房。一子被選。其母以征人往往陷没。行坐涕泣。君聞而憐之。卒以己之子代行。女弟嫁上谷畢氏。游宦隔闊。無歸省之便。君問遺殷重。不以遠道爲嫌。二女及笄。州里名門。競求姻對。君俱不之許。夫人問之故。君曰。吾女賢淑。當媲貴官。筦庫常族。何足辱之。卒之。兩壻皆開國勳臣。寶書龍節。位望崇顯。在當代侯伯之右。庇蔭所及。外舍有光。誠不負君所期矣。居仁避亂南渡。居數年。始知二姊所在。羸服裹糧。千里就訪。及兵破河南。張侯委居仁舉夫人族屬之留汴梁者北歸。今羣從安居雞水之上。歲時燕樂。復見大門之舊。雖出侯恩義。而德義之力爲多。順天盛衣冠。德義從先生長者授諸經章句。駸駸乎性理之學。君之世。蓋未易量也。曩予婦翁提舉君。以宗盟之故。洎君伯仲通譜牒。恩義備至。有骨肉之愛。奉公夫人之命。德義以墓表爲請。因爲論次之。君尚多可稱弗著。著以孝爲忠者。其銘詩曰。義如泰山力莫勝。惟其舉之孝也能。受親髮膚敬所承。一許之國刃可陵。我思古人得伯朋。任重道遠毅以弘。大河無梁豈樂馮。以孝則勇信有徵。千年華衮取美稱。禽息烏視奚足矜。忠臣之門後必興。天何言哉理則應。遺山集

顯武將軍吴君阡表

元好問

君諱璋。字器玉。姓吴氏。石晉末有官獻州從少帝北行者。又自遼陽遷泰州。其子孫遂爲長春人。六世祖匡嗣。遼開府儀同三司同中書門下平章事陳國公。五世祖昊。咸雍十年劉霄榜登科。仕未達而殁。四世祖敬良。潛德不耀。子讓。東頭供奉官。贈安遠大將軍。卽君之曾祖也。祖鐸。閤門祇候。金朝天會中左班殿直。考德元。貞元中監崞縣煙火公事。贈明威將軍。妣傅氏。濮陽縣太君。君卽明威之元子也。生七歲而孤。養於其姑樂亭齊氏。稍長。卽能自樹立。大定十年。以蔭補官。歷遂城、滿城四務酒官。明昌四年。調保州軍器庫使。改太原大備倉副使。泰和初。以六品諸司差監歷城税。課最。遷濟南軍資庫副使。轉鄧州草場副使。會録事缺員。父老狀於州。請君攝司事。不期月。政成。郡人以吏能稱焉。衞紹王卽位。用大安霈恩。官顯武將軍騎都尉濮陽縣男食邑三百户。因爲所親言。吾猥以資延入仕將四十年。得不償勞。寧不自知。徒以先君子蚤世。不及通顯。故强顔末秩耳。今品及列爵。當預追錫之典。生平之志畢矣。今不自止。欲何求耶。乃投牒請老。

武勝節度高侯雅知君。勸止之曰。選法廕子五品。例入一差。隨有超擢。君淹筦庫久。能少忍之。且當被百里之命。何求去之決耶。君不得已。起調得監方城稅。到官不數日。以崇慶元年五月二十五日。春秋六十有五。終於官舍。君資孝友。姑氏歿。哀過所生。識者以爲生長見聞。宜有加於人者。爲人誠實樂易。重然諾。輕施予。有以急難來歸者。必極力營贍之。以故家屢貧。然不卹也。少日酒不能亂。中歲以止飲自誓。賓客過門。歡宴彌日。不見惰容。人尤以此多之。身歿之日。識與不識。皆爲之嗟惜。名士赴弔者數十人。其得人心又如此。夫人某郡張氏。閨門肅睦。有內助之效。封濮陽縣君。後君二十年而歿。子男二人。長仲侃。忠顯校尉。次仲傑。鄧州教授。孫七人。曰綱。曰維。既冠而卒。曰綽。曰綰。曰續。曰級。皆早卒。繼僧未名。仲傑將以某年月日。奉公之柩歸祔於大興府宛平縣玉河鄉黄村里之先塋。歲甲辰冬。予過洛西。仲傑涕泗百拜。以墓碣銘爲請。仲傑學爲通儒。德爲善人。殆唯其有之、是以似之者。乃爲論次之。并用予之所感爲作銘。其銘曰。

我足天衢。彼責守閭。我器函牛。彼求柱車。論族膏腴。卒不能以自濡筦庫之須。仕無他途。選部一拘。同滯賢愚。然則前日之所謂任子者。非敝法也與。遺山集

忠武任君墓碣銘

元好問

前泌陽令任嘉言亨甫。狀其考忠武君之行。涕泗百拜謂某言。先君子棄養十年。惟是轉徙南北。不

得以時安厝。今北還矣。期以明年春。勉卒大事。墓當有碣。碣當有銘。敢以撰述爲請。某於亨甫有州里通家之舊。不可以不敏辭。乃爲論次之。并著予之所感焉。按任氏。世爲汾陽人。有諱才珍者。登天會六年進士第。由洪洞令。入爲尚書省令史。皇統中。坐吏部田侍郎瑴之黨。歿於貶所。田初爲朝廷所倚用。慨然以分别流品慎惜名器自任。羣小積不能平。造作飛語。搆成大獄。鍛鍊田以下伏首惡者八人。以敢爲朋黨。誑昧上下。擅行爵賞之權。皆置極刑。自餘除名爲民。杖決徙遠方者。又二十八人。明昌初。始蒙昭雪。洪洞預贈典。復朝散大夫。生子微。以蔭補官。監惠民司。君卽惠民之元子也。諱德懋。字君範。資稟醇雅。有受學之質。弱冠就舉。屢爲鄉府所薦。惠民蚤世。事繼母無間言。泰和南征。以良家子被推擇。署軍中千夫長。積官忠武校尉。已而罷歸。閒居鄉里。愈更樂易。雖在愚幼。皆知其爲善人君子。嘗爲人言。先大夫以直道立朝。横被羅織。自明昌昭雪之後。右丞蘇公而下。凡二十有六家。往往將絶而復續。稍微而更盛。吾知吾子孫。必不獨爲神理所遺也。乃力課亨甫學。其後果以正大庚寅收世科〔□〕鄉里榮之。中歲之後。卽置家事不問。惟日誦般若而已。積習既久。靈應昭著。休咎多前知之。避貞祐之亂於鄜於京兆。以天興壬辰五月十有六日。春秋六十有七終於鄧州之寓舍。臨終遺命。以所誦經内懷中。纊息定。家人發哀。良久復開目云。經安在。家人如言奉之。怡然而逝。其明了如此。先娶柳氏。再娶劉氏。子男三人。長卽亨甫。次震亨、鼎亨。皆早亡。女一人。適士子白季昌。皆柳出也。亨甫以某年奉君之柩祔於郡西南洪哲里之東原。嗚呼。朋黨之禍。何其易起而屢作也。宣政之季。蔡京、呂惠卿輩。至指司馬丞相爲元祐姦黨魁。列其姓名。著之金石。自謂彰善癉惡。可爲萬世臣子不忠不孝者之戒。碑石甫立。隨爲雷火所擊。惠卿等懼大禍將及。乃赦黨人。死者復官。流徙者復還。自今觀之。元祐黨禁。不過追削竄逐。禁其子弟不得至京師而已。曾不若皇統之禍之慘也。余嘗深求讒夫之心。而後知讒之所以爲病者。蓋心魄既喪。猝爲謾疾所乘。嘗糞爲甘。嗅足爲香。口鼻耳目。皆失所守而不自知。謾疾不已。矯亢忌嫉。合而爲聖癲。始於天地一我。卒之古今一我。敢爲大言。居之不疑。造大謗。起大獄。視正人端士若有血讎骨怨。期必報而後已。苟可以售其術。雖殺身滅親亡人之國。有不恤焉者。余觀於成敗之變多矣。自有天地以來。未有食人而不爲人所食者。凡爲讒夫者。其才智類出於人遠甚。寧不知事有必至。理有固然。乃今至於殺身滅親亡人之國。而莫之邮焉者。獨何歟。殆受病既深。至於中風狂走。雖和扁操萬金良劑。亦無如之何耳。古語有之。憂心悄悄。愠于羣小。又曰。朕堲讒說殄行。震驚朕師。又曰。惡利口之覆邦家者。蓋聖人之所惡。又其所甚畏者也。人無所不至。惟天不容僞。姦人敗類。交亂四國。作於其心。害於其事。不有人禍。必有天刑。生爲天下所咀嚼。死爲海内所痛快。唯遺臭無窮。是所得耳。蔡吕諸人。欲以黨議誣天下士。而天下反以不預温公黨爲恥。又欲以黨禍絶士大夫之世。而後之名卿才大夫賢宰相皆出於黨人之門。然則爲朋黨之論者。其亦未之思歟。銘曰。

善爲吉先。壽爲福元。有子而賢。卒歸骨於九原。惟其有之。是以似之。吾得推其原。至於人衆勝天。而天定亦能破人者。盍當以我爲知言。遺山集

金文最卷一百五

墓碑

信武曹君阡表

元好問

己酉秋九月。予以事來燕都。行臺參佐曹侯椿年。持其先人信武君事狀。再拜涕泗爲予言。往者過太原。嘗以宗人益甫咫尺之書之故。得見顏色。時先人始就安厝。欲求阡表以昭示永久。而未敢也。側聞從者在燕。將往拜之。而邂逅於此。今願竊有請焉。案事狀益甫所譔。益甫予同舍郎。其言可信不妄。且曹侯之意甚賢。故爲論次之。君諱元。字長卿。曹氏世爲隰州人。隰州之以資雄鄉里者。累十數代矣。曾大父秀。妣張氏。大父繼純。賢而有文。以善人獲稱。妣郭氏、朱氏、何氏。朱氏。宋朝散大夫某之女。父鎮資。仁厚有士風。妣靳氏、張氏。生子五人。君其第五子也。齠齔受學。年十二孤。初父病革。獨念君未有所立。殊以爲憂。及父没。君持喪如成人。未幾母卒。勺水不入口者累日。廬墓側至終喪。鄉黨稱焉。其後兄弟析居。君力學自奮。不數年。博通經傳。以至陰陽醫藥法理之學。無不精至。爲人謹厚。舉動不碌碌。喜賓客。好施予。周急繼困。不責報謝。

郡長吏而下。皆推重焉。兄模。既老。君事之惟謹。疾則躬侍湯藥。存拊諸孤。更爲賙贍。有問之者。君不聽。曰鄉人不能自存者。且當救之。况兄之子乎。貞祐之兵。隰州破。羣不逞之徒。乘亂剽掠。君具牛酒。集壯士得千人。約曰。吾州被兵。惟州倅獨存。今逃匿他境。吾欲與公等立州事。迎倅以歸可乎。衆曰諾。乃安集境内。還倅於州。羣黨破散。遺民賴之以安。有欲推君爲官長者。君義而卻之。明年大飢。民無所於糴。君出所餘。以救餓者。全活不勝計。而初不一錢取也。興定己卯秋八月二十四日。將適(終)〔中〕陽。遘疾。終於途。春秋四十四。夫人霍氏。同郡檢法某之女。閨門肅睦。内助之力爲多。君殁之兩月。州乃陷。盡室被俘。惟椿年調官京師。夫人紿兵士言。我主婦。蓄財所在。當盡指示。餘人何所知。以故家人得少寬。夫人私語之曰。若等自爲計。吾老矣。終不能苟活以重吾兒憂。遂俱兵士至其家。正色言曰。吾家父子皆食官禄。吾殺身以報可矣。財豈可得耶。兵士怒。縛之。夫人駡不絶口而死。生子三人。長即椿年。次松年、大年。一女嫁郡人周惠。今爲真定參謀。椿年大安中出粟佐軍。仕爲綏德令。階五品。得贈君信武將軍某縣男。夫人縣太君。松年、大年。俱以兄蔭祗候承奉班。諸孫皆尚幼。孤子等實以己亥十一月十有九日葬君某里某原之先塋。夫人祔焉。銘曰。

孝子之志慈且祥。仁者之勇直且剛。衣冠堂堂。百夫之防。無移官之階。而有爲政之方。施於閨門。義存義亡。凜凜皚皚。崑玉秋霜。墓石有銘。德潛而光。我卜曹宗。偕隰川其未央。遺山集

千户喬公神道碑銘

元好問

公諱惟忠。字孝先。涿州定興人。大父恩。父順。世爲農家。而以義俠見稱。公資稟沈默。見於童幼。及長。驍勇善騎射。志膽堅決。輩流中少見其比。衛紹王大安初。北鄙用兵。良家子有以戰功取階級誇示鄉閭者。公慷慨奮發。不甘落其後。乃棄家事不問。俠游燕趙間。貞祐南渡。河朔板蕩。豪傑競起。公從今萬户張公聚族屬鄉曲。保西山之東流堝。別自爲一軍。及張君副經略苗公道潤。承制封拜。公亦受定遠大將軍恆州刺史。居無幾何。國兵由紫荆而南。張公以馬跌被執。而公不知。其守東流者如故也。大帥以張公至堝下諭公使降。公盛爲禦備。日戰數十合。力盡乃降。張公先以公爲爪牙。且嘉其忠憤不撓。力爲保全。益以腹心倚之。宋將彭義斌既破東平。隨據大名。聲勢甚張。南北軍待爲勍敵。無敢試之者。一日。義斌提鋭卒數千北向。猝與公遇於真定之南。公以騎數百直前挫其鋒。義斌懾焉。武仙刦殺主帥。並山郡縣反爲金。張公會諸道兵擊之。公時攝帥府事。將騎五百步卒三千鼓行而西。聞敵將保郎山。行列方整。殆不可犯。公謂部曲言。歸師而遏之。兵家所禁。不若設伏山下。開其歸路。彼得路。則無鬬志。吾邀擊之。取獸於穴。得志必矣。已而敵兵過。公出其不意。大敗之。如公所料。時別將有陷陳中者。公以單騎出之。不旬日。諸叛者相繼降附。進逼真定。仙懼。南奔。轉戰逐北。遂攻彰德。彰德下。略地齊魯。駐軍滕州之牙山。紅衲軍夜至。公獨搏戰。奮戈大呼。營中驚奮。皆殊死鬬。衲軍敗走。填壓山谷間。無慮數百人。益都之役。宋援兵數萬將及城下。公逆戰走之。獲軍貲甚衆。城中軍突出。將爲犄角。公隨以短兵遮擊。敵退保不復出。大帥會諸將。特稱公之勇以褒異之。先是張公開幕府滿城。公爲元帥都監。以功遷左副元帥。及師還。兼行兩安州帥府事。移軍唐縣。鎮退西山者累年。辛卯冬。南渡河。戰於陽翟之三峯山。明年圍汴梁。汴梁圍解。公北渡。天興軍北渡。平章白撒攻圍衛州。公力戰卻之。河南平。張公入覲。公復攝府事。從征淮右。歲甲午。朝廷第功。張公因陛奏。臣之副喬惟忠。出入百戰。功最多。乞加寵擢。於是特恩以寶書金符。授公行軍千户。自是愈自奮勵。其破棗陽。攻光黄。率以先登被賞。張公勇而有謀。能得士死力。每以方略授公使戰。公亦稟而後行。故所至克捷。幕府統城三十。遭離喪亂。人物憔悴。而能生聚教育。使之去愁歎而就妥安。出於翼贊者爲多。計公之功。蓋不特攻城戰野而已也。公生而孤。事太夫人某氏。孝敬純至。問安視膳。躬侍湯藥。士大夫以爲知禮。壬寅秋。丁内艱。適在病中。比襄事。哀毁骨立。用是病增劇。竟以丙午年五月二十有七日。春秋五十有五。終於正寢。越某日。權厝順天城東之某原。娶大名毛氏。廣威將軍潞州録事之女。閨門肅睦。中表以爲法。子男五人。長珪。襲公職。出屯河南。次曰琚。順天路人匠總管雄州新城等處長官。次琇。皆毛出也。次璋。次琳。女五人。長適千户賈某。早卒。次女繼焉。亦毛出也。次適聶氏。餘在室。男孫三人。女孫一人。皆尚幼。公美鬚髯。舉止詳雅。有素宦之風。恬於喜怒。未嘗見於色。每戰勝。將佐共爲欣快。而公初不以功伐自高。其攻黄州也。宋兵乘昏莫奄至。公率鋭卒與戰。主帥命舉火視之。見青甲而黄馬者戰甚力。而不知爲公也。明日懸賞求之。公竟不自言。其推讓又如此。太夫人素慈仁。事佛老惟謹。教公毋妄殺。重惜物命。公亦視母意所在。以寬厚從事。所捕生口。多縱遣之。冠氏李君玉先在俘中。問知爲士人。卽館之門下。令授諸子學。古人北面降虜者。今真見之。常以時俗侈靡相尚。中歲以來。尤尚純素。出入會計。見之朱墨者。率無浮費之妄。然人以緩急來赴者。必重爲賙給。負責則往往折券以貸之。識者謂公孝以安親。忠以立節。義以扞難。仁以濟物。視履考祥。必當敦龐耆艾。五福具備。今祿不酬庸壽不符德者。乃如此。天之報施。可易量耶。孤子某等以某年月日祔公於東王里之先塋。以僕辱在葭莩之末。以神道碑爲請。乃爲件右之。其銘曰。

沈鷙其姿。角逐其時。鬱無所施。豪傑以爲資。成周既東。日薄崦嵫。志横潰之獨障。勢一木之弗支。義釋嚴顔。殆天使之。大邦維藩。虎臣桓桓。爪牙方張。而傅之羽翰。蛇矛突前。奮力如湍。堅陳枯株。名城彈丸。有來創罷。革膚靡完。豺狼荆棘。挈之妥安。我恩我威。爾煦爾寒。疾疢剛瘴。孰我敢干。北方之强。碣石盤盤。戰功曰多。公與不刊。勒銘豐碑。以永後觀。重侯兮累將。戞戞乎厥初之難。遺山集

千户趙侯神道碑銘

元好問

河朔用武之國自金朝南駕。文事掃地。後生所習見。唯馳逐射獵之事。莅官政者。或不能執筆記名姓。風俗既成。恬不知怪。惟侯在軍旅中。日以文史自隨。延致名儒。考論今古。窮日夕不少厭。

時或投壺雅詠。揮麈清坐。倡優雜戲不得至其前。又子弟之可教者。薄其徭役。使得肄業。而邑文人亦隨而化之。行臺所統百城。比年以來。將佐令長。皆興學養士。駸駸乎齊魯禮義之舊。推究源委。蓋自侯發之。侯諱天錫。字受之。姓趙氏。世爲冠氏人。曾祖諱存。金國初。官保義校尉。祖諱誠。明昌中。歲飢。發粟賑貧。爲鄉曲所歸。考諱林。貞祐之亂。以鄉豪保冠氏。有功。大名主帥用便宜。授縣令。階忠顯校尉。殁於王事。事見先塋碑。此不具載。侯即忠顯君之次子也。趙爲大族。大安末。侯始弱冠。即入粟佐軍。補修武校尉。監洛水縣酒。罷官歸。遂爲縣防城提控。屬大朝兵勢浸盛。避於洛水。洛州防禦使蘇政召幕下。擬充冠氏令。耕稼既廢。城邑無所恃。乃挈縣人壁桃源、天平諸山。以辛巳春歸。大行臺特進公於青厓固。行臺聞侯之名。隸帳下。從征上黨。以功授冠氏令。俄遷元帥左都監。仍兼前職。甲申。宋將彭義斌據大名。屢以兵來侵。人心頗摇。侯謂業已事行臺公。不可以貳。兵勢雖不振。姑少避其鋒。以圖後舉耳。乃率將佐往依大將孛里海軍。未幾。破義斌於真定。授右副元帥。同知大名府路兵馬都總管事。階鎮國上將軍。乙酉八月。復還冠氏。先是故帥李泉爲義斌所攻。既降之矣。大軍至。怒其反復。有屠城之議。侯救護百至。老幼數萬。竟得全活。時泉已在大名。不數月。又結蘇椿輩。納河南軍。從宜鄭倜主兵柄。日以取冠氏爲計。侯每戰每勝。氣不少衰。某月。倜自將萬人來攻。侯率死士。乘城力戰三晝夜。倜度不能下。乘大風晦冥而遁。己丑五月。朝於北庭。所上便民事。皆優詔從之。行臺公亦以其論列具當。尤加重焉。壬辰正月。黄龍堌失利。將佐千餘人被俘。侯皆以計活之。又明年。用行臺公薦。宣授行軍千户。仍賜金符。戊戌南征。駐兵蘄黄間。被病還。以庚子夏五月二十有四日。春秋五十。終於縣治之正寢。娶杜氏。封某郡夫人。子男六人。長復亨。次泰亨、賁亨、柔亨、萬亨。幼未名。女二人。長嫁東平路鎮撫軍民都彈壓吴答里甲。幼在室。侯資重厚。造次必以禮。事太夫人孝。意所嚮。必奉之。惟恐不及。撫存幼孤。皆使有所立。孤女亦擇時貴嫁之。在軍中二十年。未嘗妄笞一人。誅殺不論也。人有以急難來歸者。力爲賙卹之。脱之於奴虜、活之於屠戮者。前後不勝算。他日有負之者。亦不以爲意也。初縣經喪亂之後。荆棘滿野。敝衣糲食。與士卒同甘苦。立城市。完保聚。合散亡。業單貧。備禦盗賊。勸課耕稼。所以安集之者。心力俱盡。經畫既定。上下如一。四境之内。獨爲樂土。賓客至者。燕享犒勞。肅然如太平官府。禮成而退。皆相與稱歎。以爲侯之材。蓋有大過人者矣。大槩侯所長者甚多。所以自待者殊不薄。又其所與遊。皆天下名士。氣節之所感激。論議之所熏習。鷹揚虎視。自當有萬里之望。百未一出。竟齎志以歿。此有識之士。所以深悼而屢歎也。孤子復亨等以某年十二月庚寅朔。舉侯之柩。葬於保義里之先塋。禮也。既已事。以予嘗得幸於其先人。辱以神道碑爲請。予往客平陽者六年。歲戊戌七月。以叔父之命將就養於太原。侯留連鄭重。數月不能别。軍行河平。予與之偕。分道新鄉。置酒行營中。夜參半。把燭相視。不覺流涕之覆面也。明日使人留語云。欲與吾子别而情所不忍。唯有毋相忘而已。於是疾馳而去。不反顧。嗚呼。此意其可忘哉。乃爲之碑。而系之以銘。銘曰。

趙侯翩翩蚤有稱。乘時雲風志騫騰。伯府選勞。乃進登樹之旂旐。冠氏懲大縣。萬家既分崩。疲癃之民侯所矜。摩拊不給矧暴陵。逋亡日來月有增。四野載闢歲載登。昔無粗麻今纊繒。賓禮師儒講顏曾。奕邑子弟前伏膺。絃歌洋洋通薛滕。東州百城文治興。緊誰宏之侯所宏。仁心爲質莫我能。躬不受祉豈所應。孰爲除之又孰乘。我侯種德既有徵。趙方亢宗理可憑。咨爾嗣人其敬承。遺山集

故帥閻侯墓表

元好問

辛丑元日。予方客東平。載之盛爲具。召予及大興張聖予、祁人宋文卿、東光句龍英孺、鎮人劉子新、太原崔君卿、渾源劉文季、壽春田仲德輩。飲於家之養素齋。載之先病於酒。醫者戒勿飲。然其所致客皆名士。樂籍又京國之舊。飲既洽。談謔間作。坐客無不滿引舉白者。載之懽甚。不自顧藉。亦復大醉。明日疾暴作。一仆地。遂不起。載之資樂易。不近貨利。與人交。無大小。能得其讙心。以故來哭者。皆爲之盡哀。將葬。孤子德榮請於予曰。先人得幸吾子。前日之飲。亦惟子之故。今大故矣。忍使之隨世磨滅耶。予卽爲敍其平生。使刻之石。載之姓閻氏。先諱輪。後有所避。改名珍。上世有自太原官於上黨者。因而家焉。考諱謹。鄉人以孝直稱。娶邢氏。生四子。載之其第三子也。少穎悟。知讀書。及長仕州縣。累至公府掾。上黨公開壁馬武砦。遣別將李松守潞州。壬午三月。東平行臺嚴公偕國兵略地。上黨公選懦不能軍。乘夜潰圍而遁。載之醉不及從。明日父老請載之主州事。遂以城降。行臺授宣武將軍潞州招撫使。當是時。州人數萬。八縣又以千

百計。非載之知權變。則其禍有不可勝言者矣。尋有譖於行臺者。以爲載之多斂部民金而私貯之。行臺按籍問之。其出入皆有朱墨可尋。行臺直之。加懷遠大將軍元帥左監軍兼同知昭義軍節度使事。先太師承制封拜。載之用行臺薦。授輔國上將軍左副元帥昭義軍節度使。佩金虎符。且命載之積糧數萬選壯士數千守潞州。馬武軍頻出攻北兵。大帥懼守者不能堅。乃命遷州人眞定。散處滹水之上。恆山公仙既降。復謀南歸。乃刼載之送馬武。上黨公開頗知載之。參佐諸人又爲之出力。乃釋不誅。放之河南。河南破。載之復歸。行臺公留之東平。載之雖失侯故將。而公以賓從處之。凡燕犒賞賜無不預。浮沈酒間者十年。卒以樂死。時年五十七。娶常氏。有子二人。長卽德榮。次義榮。女一人。嫁爲進士王得臣妻。卒後三十日。權葬府五里之某原。銘曰。

不厓岸而孤。不邊幅而拘。不藪澤而枯。不木石而愚。身爲鴟夷。日與酒俱。憒則以舒。燥則以濡。虛舟悠然。聽其所如。六合蘧廬。八荒庭除。蝸左區區。化而爲大庭之居。亦何知須臾之非萬期。而萬期之不須臾。彼有衣而弗婁。有車而弗驅。溘死中途。他人是娛。顧雖不死。殆暴尚露骼鬼籍而强行者歟。遺山集

濮州刺史畢侯神道碑銘

元好問

乙卯秋八月。予來自鎭陽。東平參佐王君璋以畢侯叔賢之子之子堦來請曰。侯之葬久矣。墓當有銘。以吾子於侯有一日之雅。敢以屬筆。使不隨世沒滅爲幸也。按畢氏。本易人。其遷永清者。不

知其幾昭穆矣。侯諱某。叔賢其字也。大父某。父某。皆以農爲業。貞祐之亂。侯年甫十一。從其親避兵至濟南之章丘。猝爲遊騎所馳。因逃難散走。濟南總管成侯江得侯草間。愛其風骨不凡。子養之。時宰相蕭國侯公摯行尚書省事於東平。成侯隸焉。侯因被蕭公指使。少長知讀書。且習於省寺衣冠文物之盛。故能自樹立如成人。興定戊寅。宋軍出漣水。益都宣撫使田公琢會兵進擊。侯從成侯而東。以功補昭信校尉。遥授章丘尉。田公知侯姓名。署軍中都統。張林反。山東土崩。宋保寧節度李全入據益都。用爲帳前都統。換承信郎。遷統制。丁亥。國兵圍益都。城中食盡。保寧計無所出。閉户將自經。侯排户直前曰。公死。城卽破。大兵一縱。城中無噍類矣。太師日望公降。公降必不死。何惜屈一身而不爲數十萬生聚之地乎。保寧悔悟。隨詣軍前。太師受其降。悉以全境付之。而不戮一人。竟如侯所料者。先相崇進以太師命召成侯。成侯從之而西。自是奉公周旋。戮力一心。不間夙夜。公信倚之如家人父子。佗部曲莫能及也。凡略地於澶淵、於淮楚、於徐亳、於歸德。侯無不在。亦皆以功遷。先相資剛嚴。威望素重。人有往愬者。率以不測爲憂。侯曲爲營護。使得自安。至於決重刑。亦時得與議。貰貸末減。前後不勝數。侯不自言。亦無能知者。妖人李佛子之獄。詿誤萬人。已會諸鎮兵守之長清。三日不與食。將盡誅之矣。侯言之先相。愚民自陷於死尚有可哀。其老幼何罪。垂死之命。恃公如父母。一言之重。人獲更生之賜。何忍坐視而不救乎。先相惻然感動。爲之別白故誤。剖決生殺。力所不及。且以金繒贖之。故被戮者。不能什三四。侯與有力焉。事先相首尾十五年。行臺得承制封拜。自行軍總領。遥授鄒平、齊河兩縣令。裏翼總領提領本路僧道。累官宣武將軍。癸巳。先相命侯復畢氏之姓。時其父及妣王氏。亂後病歿於章丘。邑人以侯故收瘞之。至是始備展省之禮。立新塋於魯城之東原。追贈如故事。庚子嗣相莅事。以總府都提領出爲臨清令。丙午復充左總領。遷懷遠大將軍。遙授濮州刺史。求解軍職。改營屯都總領以便之。甲寅選充本路課税所長官。幹局既優。歷練亦久。不事苛細。而曹務畢舉。時議稱焉。是歲十二月之二十七日。不幸福暴疾。卒於崇仁坊之私第。得年五十有五。娶納合氏。鎮國上將軍鎮西軍節度使思烈之女。封河南縣君。子男一人。曰守約。業進士。女二人。長嫁府學生張守謙。其幼在室。孤子守約以今年正月二十一日。舉侯之柩祔於新塋之次。禮也。侯性忠厚。敬老慈幼。出於自然。家所有臧獲。得於南中之生口者。多放之自便。一毫無所取。與人交。有終始。終身不言短長。皆人所難能。然予獨取其有及民之功者爲之銘。銘曰。

鬱鬱佳城。東潤之阿。畢氏有子。姬姓故家。維侯之初。童子執戈。童子執戈。而大事克荷。青社食殫。九虎磨牙。非排户直前。噍類奈何。鄭公堂堂。高山大河。不怒而威。有物禁訶。侯承事之。子職有加。斂練赴功。而秉心柔嘉。從容一言。陰慘化而陽和。合散扶傷。疲拊瘡摩。曾是殿屎。載笑載歌。功歸所天。不以自誇。若夫興衰無知之場。援手高懸之羅。計長清之所全活。並青社爲尤多。不龍不蛇。而有賢人之嗟。積厚而報不豐。神理爲差。汶耶濟耶。其未涯耶。公侯之世。必復其始。尚信然耶。遺山集

宣武將軍孫君墓碑

元好問

君諱慶。字伯善。姓孫氏。世爲濟南人。曾大父某。大父某。考榮。皆隱德弗仕。君資稟信厚。蚤有成人之量。鄉父兄以起宗期之。貞祐之亂。先相光禄公壁青厓山。君挈家往依焉。以對問當公意。得隸帳下。公所戰攻。降下餘五十城。君皆從焉。指使既久。爲所倚信。部曲諸人。少與爲比。大名彭義斌乘濟鄆耕稼廢。倉無見糧。悉衆争之。公審度事勢與之連和。義斌拜公爲長。强之而西。公密遣騎卒。告難於國兵大帥。大帥聞報。率數千騎來援。與義斌遇於贊皇之西山。兵刃甫接。君獻計於公曰。援兵既至。我當入北軍以張其勢。成敗在此舉。幾不可失也。公卽馳赴之。將士氣倍。皆殊死鬬。大名軍遂潰。義斌投死無所。尋卽授首。不數日。故地盡復。公時承制封拜。乃授君忠武校尉濟南府軍資庫使。改行尚書省應辦使。壬辰遷武略將軍威捷軍都指揮使兼巡捕事。公猶以贊皇之功爲未報也。再加宣武將軍。己亥。遷本路鎮撫軍民副彈壓兼行東平府録事。君涖事嚴明。有能吏稱。然性剛直。與時多忤。卒見罷去。今行臺公念君先相舊人。不宜久在退閒。復都指揮使及巡捕事。未幾以疾告。公又惻然憫之。且謂君長子天益嚮學知義理。氣節不凡。命代父任。而君之疾竟不治。以某年月日。春秋五十有七。終於私第之正寢。娶薛氏。封富春縣君。後君八年卒。子男三人。天益、天瑞、天寵。女一人。嫁金鄉縣丞欒珍。男孫五人。德安、翁安、壽安、世安、永安。孤子等以某年月日。舉公之柩。葬於長清縣黄山之新阡。遵治命也。癸丑之冬。予以行臺之召東來。天益謂予頗知其先人。持府學教授康侯顯之誌文見示。涕泗再拜。以墓碑之銘爲請。按康侯所載。君所善二人。其一兖人劉德潤。其一潞人閻載之。德潤仕行臺詳議官二十年。家無餘財。病且歿。泣爲君言。遭離喪亂。無歸顧之望。曾大父以來。皆在白殯。身後獨一老嫗在。渠安能辦此。吾死不瞑目矣。君慨然曰。吾子無慮。我當任其事。及德潤歿。君爲之送終。並葬三世。一如平生之言。此予所親見者。載之。失侯故將。落魄嗜酒。身歿之後。家貧子幼。無以爲葬。君感念疇昔。營護喪事。威儀繁盛。祖祭填塞。與時貴無異。亦予所親見者。維君事長如此。與人交又如此。又得康侯譔述。其不朽也必矣。尚何俟於不腆之文。因辭不敢當。天益三請益堅。度不可以終辭。乃强爲論次之。其銘曰。

鷙勇兮翩翩。纓縵胡兮事戎旃。許公馳驅。死生必前。魏寇來攻。孰擣其堅。君於其間。知犄角之權。材官蹶張。發機其先。齊五十城之復。與有勞焉。迄今贊皇之謀。弦聲鏘然。鬱鬱佳城。磐石千年。誌以康侯之文。賁彼下泉。顧雖志節之所自致。其亦出於有子而可傳。遺山集

金文最卷一百六

墓碑

龍山趙氏新塋碑

元好問

歲癸酉冬十月。先太師以王爵統諸道兵。長驅而南。兵及永清。都元帥金紫光禄大夫史公首倡大義。建開國之功。太師承制封拜。命公開幕府。駐軍高州。又明年春正月。破北京。龍山降。今真定路工匠都總管趙侯振玉在籍中。遂隸金紫公幕下。侯雅以幹局爲公所知。選署龍安府庫使。改永安令。遷軍中都提控。乙酉春。公遭變。侯及從兄真定府判官真玉脱身走滿城。衆推金紫公季弟五路萬户帥本軍。其六月。復真定。八月命侯招降臨城杏樹等砦。遂下邢趙兩州。州民之在保聚者。不啻數千百家。悉復故居。幕府啟太師復趙州慶源軍之號。以侯爲節度使兼趙州管内觀察使。己丑十月。改河北西路按察使兼帥府參謀。辛卯秋。復授慶源。丁酉秋。幕府以侯前後功上於朝。宣授今職。癸卯冬十月。侯介於同官李稚川、周才卿爲予言。吾趙氏世居保塞。以仕遷大梁。五代末。有諱匡穎者。官至静江軍節度使兼桂州管内觀察使。弟匡衡及八世孫裹。曡仕於宋。皆至通顯。金朝兵破大梁。吾宗例爲兵所驅。盡室北行。至龍山。遂占籍焉。雖譜牒散亡。而其見於祖塋石誌者蓋如此。振玉之曾大父伸。隱田間。致貲鉅萬。娶王氏。生大父憲。資倜儻。好施予。人多以急難歸之。娶馬氏。生子八人。吾父琳。其第四子也。幼出大家。頗以裘馬自喜。爲人知義理。排難解紛。有豪俠之風。由大父而上。皆葬鄉里。振玉之考妣。兵亂中。權厝縣西佛寺。比避兵還。而寺屋被焚。遂失藁殯所在。振玉去鄉餘二十年。歸顧之理既絶。感愴霜露。殞身無及。向辱我公誤知。承乏大郡。安習既久。眷焉有桐鄉之戀。乃用故事。卜於平棘縣西北鄉蘇村里之南原。爲顯考衣冠之藏。日者室人冀氏物故。因從祔焉。雖遠祖自保塞遷大梁。既無歲月可考。自大梁遷龍山。則僅能誌之。今南原卜宅。亦吾趙宗之大舉。不勒之金石以昭示永久。後世其謂我何。誠得吾子辱以文賜之。爲幸多矣。敢再拜以請。自予北渡河時過慶源。聞廟學之盛。他州郡莫與爲比。嘗往觀焉。堂廡齋除。像儀禮器。遭離喪亂。初若未嘗毀。而又加飾焉。問之諸生。蓋一本於侯之經度。出貲於家。雇庸於民。躬自督視。寒暑不少懈。數年而後乃克有成。固以爲賢於時之人遠矣。范蕭兩煉師及參佐諸人。亦皆稱侯滿城之舉。竭事君之節。奮復讎之義。獎勵士卒。輯穆同異。裨益之力爲多。初蒞慶源。户不能百。爲之披荆棘。拾瓦礫。招散亡。立廬舍。勸課耕稼。流通貿易。西山羣盜。時出剽掠。侯深入搜討。州境晏然。及入爲參佐。豪猾無所顧忌。有白晝殺人於市者。侯受命再至。郡民鼓舞迎勞。歌謡載路。下車未幾。即按殺人者之罪。敕怨家婦手刃以報之。闔郡稱快。故言治郡之效者。率以侯爲稱首。予竊歎焉。嗚呼。兵禍慘矣。自五季以來。明德雅望之後、重侯累將之族糜滅。所存曾不能十之一。然且狼狽於道路。汨没於奴隸。寒飢不能自存者。不可勝數也。趙氏固名族。然先之以靖康之兵。繼之以貞祐之亂。將絶而復續。稍微而更熾。膂功羣從。布列伯府。以報施言之。非先世有以開之耶。趙侯幼仕州縣。乘時奮起。遂有良民吏之目。雖其材幹足以自致。推究源委。益知世德之自矣。夫忠以事上。敬以涖官。孝以顯親揚名。義以慎終追遠。是可書也。乃爲書之。且告之曰。降福非難。所以致之者爲難。致福非難。所以養之者爲尤難。予閲人多矣。長劍拄頤。大冠如箕。以揖讓人主之前。可謂極矣。其變也。至一簪不得著身。河潤九里。澤及三族。名園甲第。布滿州郡。可謂盛矣。其衰也。子孫或不得聚廬而託處。是天道特未定也。夫端正者。必以正其末。善始者。必以令其終。古有之。父作室。厥子乃弗肯構。蓋有任其責者矣。爲山九仞。功虧一簣。亦必有任其責者矣。夫江之發源也微。至於放而與洞庭彭蠡同波。沛而與北溟、南海同味。特大川三百、小川三千有以廣之耳。侯年運而往矣。更事既多。植節亦固。誠能廣興學之志。充治郡之善。進進而不已。新新而不既。他日冢置萬家。室祭三世。當有鴻儒碩士。如燕公、昌黎公者。以演招魂之辭。而紀麗牲之碑。至於不腆之文所以記新塋者。乃其濫觴耳。趙侯其勉諸。**遺山集**

冠氏趙侯先塋碑

元好問

冠氏帥趙侯。録其世次見屬曰。貞祐之季。中原受兵。先人忠顯君起田間。有功於鄉里。鄉里推爲邑丞。太中解公以便宜行諸道。升黜縣長佐。謂先人統率有方。莫有犯之者。言之招撫使宗室惟宏。乃自丞遷而令大名。所統三州十一縣義軍。吾兄顯署軍中都提控。弟顒軍民都彈壓。仍佩銀符。天錫亦以恩例補官。於是吾趙宗。固已雄視於齊魏之間矣。及六龍南駕。豪傑並起。大名東平。皆爲大有力者所割據。先人介於彊敵之間。率創罷之民而爲城守計。百誘而不變。百戰而不沮。人事既窮。與城俱陷。槩之當世。孰與倫比。天錫既隸今行臺特進公。出入行陳。頗著微效。及再受父任。而縣民人力。又憊於往時。軋於他盜。困於凶荒。弱而振。離而合。立官府於攘敚之際。闢田疇於榛莽之域。重爲公所録。假之旌節。歲丁亥五月。乃用故事上於臺。承制之命。榮及祖禰。梁君用之記贈官之事。已備之矣。惟是數世之殯。昭穆具舉。松檟百年。而有旌紀寂寥之感。天錫無所似肖。蒙賴先世以武弁起身。大懼前人之隱德無所發見。將遂湮滅。宜有文辭以昭示來裔。敢再拜以請。按趙氏世爲縣人。宋靖康初。侯之曾大父諱存。從高宗南渡。以騎射得召見。數年後北歸。換保義校尉。鄉人至今以保義名其居。大父諱誠。明昌中歲飢。民無所於糴。能出其家所有以活旁近。忠顯君諱林。喜賓客。好施予。負欠之家有貧不能償者。率折券以貸之。喪亂之後。富商往往被掠。乞丐道路。無歸顧之望。君悉資遣之。風義所激。州里稱歎。故有令丞之舉。嗚呼。兵興三十年。河朔之禍慘矣。盛業大德名卿鉅公之後。遭罹元元。遂絶其世者多矣。僅得存者。亦顛沛之不暇也。趙侯居則食萬家之邑。出則爲千夫之長。年未五十。孫息滿前。羣從自生齒而上餘七十輩。侯之姊氏。乘時奮興。所握萬夫。如臂之使指。錦衣繡帽。角逐於草昧之日。東西數千里。識與不識。皆以女王目之。蓋先之以靖康。後之以貞祐。再涉大變。嚮絶而復續。稍微而更熾。不曰先世之所開。則無以考天人之際矣。故予樂爲之書。雖然。此予聞而知之者然也。侯之太夫人董。資善良。夙尚内典。忠顯君之時。中饋之位乃爲上僭者所奪。於夫人也。撝斥如媵侍。凌轢如囚虜。井臼之事。率躬親之。如是積三十年。夫人推之以夙業。堅之以苦行。怡然委順。惡言未嘗出諸口。晝哭之後。僭奪者故在。反以其老寡而憐之。時往慰藉。且敕諸子事之惟謹。既歿之後。葬祭過禮。無降殺之貶。夫妒爲婦之常。而怨亦人之所必報。不妒不報。直千萬人而一耳。況乎其奪也。不以怨而以恩。其報也。不以直而以德。不出於强勉。不由於沽激。傳記所載。如是者幾人。女有健婦之稱。男有時豪之選。期頤甫及。福禄方來。乃今野服蕭然。脱屣世事。躬不受祉。其安歸乎。予見而知之。趙宗之所積。在此母矣。因述侯之世。并以夫人之事附之。侯字受之。今爲東平左副元帥兼分治大名府路同知兵馬都總管事。宣授行軍千户。官鎮國云。戊戌歲七月初吉記。遺山集

西寧州同知張公墓碑

元好問

公諱榮祖。字孝先。姓張氏。世爲獲鹿人。曾王父明。王父顯。父丙。三世在野。叔父帥府監軍昇。少日以良家子充南征軍士。貞祐改元之明年。六飛南狩。真定幕府得用便宜拜官。取鄉曲之譽。辟監軍。爲本縣尉。及縣改西寧州。遷縣令。未幾改代。爲今經略使史侯所倚信。累功至監軍兼行西寧州事。被檄招集未附。爲叛者所脅。偃蹇不屈。竟及於難。幕府存念勞舊。以軍屬公。兼

領縣務。時年甫二十。卓然有成人之量。爲人有志膽。善騎射。時輩少有及者。庚寅冬。河平失利。陷堅陳中。率死士五十餘人突圍而出。所向披靡。莫有當其鋒者。流矢中面。而鏃不得出。醫者破骨取之。神色不少變。經略公壯其勇。以爲不減古人。具以名聞。遷總統巡山軍民千户。恆山公仙壁雙門。遣别將屯抱犢山。宣權萬户親以軍守之。隘狹可上者十有八所。而山上皆有備禦。不便仰攻。公期以三日破之。乃潛軍由鳥道攀援而上。出其不意。山軍震蕩。謂從天而下。投死無所。問知公名。皆束手自歸。黨與未盡者。依太行爲巢穴。在所有之。根結盤亙。時出剽掠。旁近之民陰爲齎助。以紓焚劫之禍。嘗乘隙入吾境。公測其來。設伏擊之。軍卒踴躍而戰。戮首領一人。而擒其副。餘衆悉降。郡邑倚公爲重。亦得少安。甲午歲大旱。百姓飢窘。軍賦減於平時。而終亦不辦。公出粟代輸之。縣當關輔汾晉驛傳之衝。供億倍於他邑。公時以財給之。斂於民者。什纔二三而已。不幸遘疾。以庚戌夏五月日。春秋四十有七。終於私第之正寢。先期自刻云。吾明日日中逝矣。已而果然。其明了如此。夫人同邑戎氏。子男二人。長曰伋。次曰某。孤子伋等以某年月日奉公之柩葬於某鄉某原。禮也。公幼出大家。以施予爲常事。故其周急繼困。不計有無。賓客過門。供給承事。一出誠款。椎牛釃酒。與相娱樂。下逮厮養。亦獲饜飫。生平結交。如某人某人。契分款洽。終始如一。赴人之急。如恐不及。故得其報力爲多。太原大帥郝侯氣岸高亢。少所降屈。一見公結爲昆季。不敢以爵齒自居。公起身戎行。不閑文墨。裁決訴訟。以情爲斷。不三數語。而是非曲直立判。未嘗有留滯者。凡所區處。吏民奔走從事。無敢惰窳。言政者。不敢以武人概之。初監軍歿。其子繼祖纔十歲。公襲其任三十年。於今伋輩既冠婚矣。公念爲叔父所保養。生死報之。屢以縣章讓繼祖。至於再三。辭旨懇切。人爲感動。經略公不之許。慰遣之曰。轉輪期會。急於星火。應卒之材爲難。況乎縣治繁劇。須習慣然後可。君雖不忘叔父之惠。如公家何。及病且革。復申前請。幕府不得已許之。竊嘗謂風俗之壞久矣。同父之人。往往自爲讐敵。血戰於錐刀之下。顧肯以大縣萬家推之羣從之間乎。惟公不出於生長見聞之素。而不階於教育講習之益。爲能自拔於流俗如此。雖曰未學。君子謂之學矣。是可書。乃爲之銘曰。

重甲兩韃。馳突翩翩。唯勍敵是求。而相與周旋。虵矛之所盪決。莫當其前。破骨出鏃。不廢笑言。一死鴻毛。效之所天。劍服短後。殆先趙之所然。業業西山。逋逃之淵。刁斗嚴更。通曙不眠。我軍之所撫臨。人爲息肩。大縣萬家。意氣盛年。敝屣千金。食客四筵。弟昆之交。金石其堅。急難而赴之。白刃空拳。自世道下衰。人理絶焉。同父子參商。且百且千。孰於禮服之羣從。釋銅墨而自捐。戎行區區。乃有士夫之賢。惟不學而至於學。知氣質之渾全。鬱鬱佳城。海山之原。我銘表之。尚以信無窮之傳。遺山集

兖州同知五翼總領王公墓銘

元好問

東平軍民彈壓段遷。狀其友王公生平。屬予爲墓銘。曰。始遷與王同行伍。年相若。志相得。故嘗約爲兄弟。王之没。今十年。遺女孤弱。藁殯不克舉。遷將以今年三月十六日。遷其柩於憲王陵之

東。幸吾子爲誌之。予謂朋友之廢久矣。自退之時。大夫士以古人自期者。不爲不多。士之相與者。宜若無愧。然子厚請以柳易播。事未嘗行。退之極口稱道。若將曠世而不復見。當時且然。尚何望於今之世耶。古有之。朋友死無所歸。曰於我殯。又曰。久要不忘平生之言。亦可以爲成人矣。段。武人也。而能學者所難能之事。銘其可辭哉。按總領諱德禄。北京興中府人。世爲農家。貞祐癸酉。以騎兵從錦州將王守玉屯東平。辛巳夏。東平不守。歸今行臺嚴公隸五翼軍。以功轉總領。凡行臺略地所在。必以之從。積六七年。遷同知兗州軍州事。爲人資善柔。而戰陳勇捷。人少有可敵者。甲申五月十五日。與宋將彭義斌軍戰。被創。年三十二以殁。一女。許嫁日照張左相之孫濱壽。其葬也。公感念平昔。贈以信武將軍云。銘曰。

突如其馳。蕩如其麾。馬革自隨。非壯夫之悲。魂兮來歸。汝友是依。遺山集

五翼都總領豪士信公墓碑并引

元好問

大行臺特進公。當朔南分裂之際。合散亡。一同異。挈全魏齊魯。歸命有司。乃得承制封拜。麾下諸將剖符錫壤懷黄佩紫者。不可悉數。今四十年矣。凡公與之共功名者。往往取奇寵福艾之士。然乘時崛起。徼幸萬一。舍短取長。爲公所録用。翕忽變化。由鼠而虎者抑多矣。公亡恙時。拊罷瘵之民。恆若不及。繭絲所入。務以給公上。周困亟。業單貧。奉賓客。而己身服補紉之衣。家無肉食之奉。故一時化之。上而偏裨將佐。下而閭巷細民。莫不畏公之威。而效公之儉。弓刀舊習。爲

之一新。蓋德風之所偃。有不得不然者。若夫覆轍知戒。迷途隨復。婪貪冒而廉介。斂雄夸而信厚。救餓推食。臨深援手。心之所安。非出於矯揉者。猶以光祖爲稱首云。光祖諱亨祚。姓信氏。光祖其字也。魏公子無忌號信陵君。子孫因以爲氏。北史信氏有名都芳字玉琳者。以藝術著稱。後遂無顯人。光祖家上谷。葬縣之榆河者。不知其幾昭穆矣。大父懷陽。父慶壽。以貲雄鄉里。有萬千之目。好交結。樂施予。知名燕雲間。光祖幼有志膽。不甘落人後。貞祐兵興。以良家子係軍籍。從平章政事蕭國侯公鎮天平。蕭公還朝。不一二年。國勢淪敗。它帥不能軍。軍遂亂。軍中有欲圖光祖者。光祖偕鄉曲千餘人壁梁山。提控鄭倜來攻。前後三數月。出入百戰。未嘗挫衄。聞光祖姓名者。皆恐怖毛竪。倜敗走。自是歸光祖者益衆矣。宋將彭義斌據大名。聲勢張甚。頻以官賞誘降。光祖策其坐談終無所成。不從。以辛巳春。歸特進公於青厓。公知其可用。署五翼都總領。佩金符。奉檄招降石城。爲屯田經久之計。濟南軍來襲。一戰敗之。殺獲甚衆。壬午守曹州。不解甲踰三年。事定還帳下。公破黃山。取恩州。先登陷陳。光祖之功爲多。東平食盡。公與義斌連和。光祖知事勢所在。提孤軍。涉太行。及太師於火炎。義斌誅死。光祖復從公東還。時劉慶福者。猶爲義斌城守。太師進軍。慶福敗。第功遷同知曹州軍州事。官宣武將軍。畫疆既定。官府粗立。且無戰攻之事。光祖給使左右。特見保任。公以兒子畜之。公治軍嚴。動以軍法從事。光祖從容救止。多所全活。徂徠山司仙統户萬餘。因光祖自歸。光祖受之。秋毫無所犯。五翼號爲難馭。光祖統之久。能得其歡心。少有被笞罰者。軍之族屬萬家。散處梁山徂徠之間。光祖未嘗輒至所部。使有供張之勞。生平不治生産。至婢無完褻。人有以急難告者。百方賙卹。不計有無。生口北渡。道殣相望。作糜粥以救饑者。思欲徧及之。其仁心爲質。多此類也。幕府暇日。日與文士歌酒栩燕樂。談笑謔浪。不爲小廉曲謹。人亦以此多之。河南破。家所購法書名畫。無慮數十百種。客至時出展玩。欣然忘倦。如畜未名之寶。聞人談閑閑趙公書法。愛而學之。落筆即有可觀。兒子入小學。迤漸買書。經史完備。雖儒素家。少有及者。時譽既盛。今相君方議擢用。不幸遘疾。以庚子夏六月二十有三日。春秋四十九。終於私第之正寢。以其年九月十有四日。舉公之柩葬於須城縣盧泉鄉金谷山東原之新阡。禮也。夫人竇氏。真定甲族。婦道母儀。中表以爲法。子男一人。世昌。須城令。女二人。長適某氏。次適某氏。男孫三人。曰同寅。曰協恭。曰和衷。皆學舉業。女孫一人。幼在室。世昌受學於予。以墓碑爲請。予謂光祖能教其子學。而世昌果以諸生釐戎務。今十年大縣萬家。調度百出。他人筋疲力涸有不能辦者。世昌常有餘暇。吏曹求代者而不可得。生子如此。光祖爲不亡矣。黄金滿籯。何足道哉。銘曰。

排難解紛。朱家俠聞。百戰册勳。卿子冠軍。收之桑榆。遂有濁涇清渭之分。燕趙固多奇士。尚有考於斯文。**遺山集**

孫伯英墓碣

元好問

伯英在太學時。所與游。皆一時名士。故相程公日新判河南。伯英居門下。甚愛重之。貞祐初。中原受兵。朝廷隔絕。府治中高廷玉獻臣接納奇士。號爲衣冠龍門。大尹復興甚之。會有爲蜚語者云。治中結客。將據河以反。遂爲尹所搆。凡所與往來者。如雷淵希顏、王之奇士衡、辛愿敬之。俱陷大獄。危有一綱之禍。伯英出入府寺。人爲出死力者多。故得先事遁去。依殷輔之商州。變姓名從外家。稱道人王守素。會赦乃歸。貞祐丙子。予自太原南渡。故人劉昂霄景元愛伯英。介予與之交。因得過其家。登壽樂堂。飲酒賦詩。尊俎間談笑有味。使人久而不厭。伯英時年四十許。困名場已久。重爲世故之所摧折。稍取莊周列禦寇之書讀之。視世味蓋漠然矣。予意其本出將家。氣甚高。已折節爲書生。束以詩禮。優柔饜飫。偶以蘊藉見名。其鬱鬱不能平者。時一發見。如縛虎之急。一怒故在。世已亂。天下事無可爲。思得毀裂冠冕。投竄山海。以高蹇自便。日暮途遠。倒行而逆施之古人。或爲抱關。或仕執翿。或妄從博徒賣漿者游。其晝皆出於無聊賴之至耳。非本志也。又明年。客有來崧山者云。伯英真爲黄冠師矣。正大庚寅十月十九日。殁於亳之太清宫。春秋五十有一。因即其地葬之。始祖堅。國初以軍功贈龍虎衛上將軍隴州刺史。祖汝楫。武略將軍魯山令。父鈞。武義將軍昌州鹽使司判官。室劉氏。前殁。子璋。壻同郡王好禮。伯英初名邦傑。後改天和。孫氏雄州容城人。居雒陽四世矣。銘曰。

馬逸要駕。犢健破車。霸略所貪。世議之拘。我足天衢。彼責守閭。我材明堂。彼求侏儒。蚩蚩之與曹。而昧昧之與居。俱腐草木。孰別以區。千百載而下。或有攓蓬而問者。又焉知其輕世肆志自放於方之外以耗壯心而老歲月歟。遺山集

金文最卷一百七

墓碑

紫虛大師于公墓碑

元好問

有爲全真之言者衞致夷。狀其師离峯子之行。請予爲墓道碑。曰。始吾离峯子事長生劉君。年未二十。便能以苦行自立。丐食齊魯間。雖腐敗委棄蠅蚋之餘。食之不少厭。不置廬舍爲定居計。城市道塗。遇昏莫卽止。風雨寒暑。不卹也。吾全真家禁睡眠。謂之煉陰魔。向上諸人。有脇不沾席數十年者。吾离峯子行丐至許昌。寄止岳祠。通夕疾走。環城數周。日以爲常。其堅忍類如此。嘗立城門之側。有大車載稾秸而過者。稾觸其鼻。忽若有所省。歡喜踴躍不能自禁。爲一老師鎖閉空室中。三日乃止。初不知書。自是日誦數百言。示之老莊。隨讀隨講。如迎刃而解。不數年。徧通内外學。作爲歌詩。伸紙引筆。初若不經意。皆切於事而合於理。學者至今傳之。爲人偉儀觀。器量寬博。世俗毀譽。不以關諸心。獨於周急繼困。解衣輟食。恆若不及也。南渡後。道價重一時。京師貴游聞師名。奔走承事。請爲門弟子者不勝紀。正大中。被旨提點亳州太清宮。賜紫虛大師。离峯子之平生。大略如此。致夷將以某年月日。葬師於洛陽長生觀。吾子嘗許以銘。幸卒成之。予在三鄉時。蓋嘗望見离峯子於衆人之中。及官東南。离峯子亦嘗寓書求予爲録章封事。予雅知若人樂與吾屬游。思欲叩其所知而未果也。且致夷求予文有年矣。今年復自聊城走數百里。及予於濟上。待之者又累月。予病。懶於筆墨。若謂有疑於其師者。然予於离峯子何疑哉。予聞之。今之人全真道。有取於佛老之間。故其憔悴寒餓。痛自黥劓。若枯寂頭陀。然及其有得也。樹林水鳥竹木瓦石之所感觸。則能事穎脱。戒律自解。心光燁然。普照六合。亦與頭陀得道者無異。故嘗論之。夫事與理偕。有是理則有是事。三尺童子以爲然。然而無是理而有是事。載於書。接見於耳目。往往有之。是三尺童子不以爲然。而老師宿學有不敢不以爲然者。予譔夷堅誌。有平居未嘗知點畫。一旦作偈頌。肆口成文深入理窟者三數人。黥卒販夫且然。況念念在道者乎。張内翰敏之。离峯子舊也。敍其歌詩曰。師自以其言爲道之棄物。今所以傳者。欲知此老林下百胝塵中幾蜕耳。又曰。悠然而風鳴。汎然而谷應。彼區區者。或以律度求我。是按天籟以宮商。而責混沌之勘丹青也。吾友孫伯英。河洛名士。在太學日。出高河南獻臣之門。若雷希顔淵、辛敬之愿、劉景元昂霄。其人皆天下選。伯英與之游。頭角嶄然。不甘落其後。一見師。卽北面事之。竟爲黄冠以歿。張予所敬而孫予所愛也。二君子且然。予於离峯子何疑哉。乃爲之銘。离峯子諱道顯。出於文登于氏。初隱觀津女几之桃花平。過洛陽。得劉君舊廬。葺居之。是爲長生觀。住太清宮三年。避壬辰之兵於盧氏。漆水公迎致鄧下。俄以疾終。春秋六十有五。离峯其自號云。

分食雞豚。託處鼯蛇。視身寇讐。自干罝羅。樂有加耶。年可遐耶。所持者狹而所獲奢耶。豈無考槃在澗之阿。木茹草衣。召來天和。急而張之。弦絶奈何。學道之難成。使人咨嗟。曰婦姑勃磎。交喪則多。千日之功。或棄於毫末之差。彼避險而就夷。背實而趨華。拱璧而先駟馬。不免於道夸。若人者。不潰於流。不磷於磨。始於同氣鬩弓。終以大方爲家。顧雖有墓於此。安知其不冠青雲而佩飛霞也耶。遺山集

天慶王尊師墓表

元好問

尊師諱志常。姓王氏。恆心道人。其自號也。世爲秀容西山水馬里人。年十六七許時。牧牛羊田間。一道人日來相就。既與之熟。問汝肯隨我往天壇否。天壇神仙洞府。勝似此間。師雖幼。聞之頗亦愛樂。道人者。卽挈之而西。是日薄暮至一城。忽失道人所在。問其地。乃濟源也。又問去天壇遠近。人云百餘里耳。師自度無所歸。明日徑往入陽臺宮。道衆問所以來。師具言。道衆駭其爲異人挈之。能一日千里。是夙有仙分。留爲香火童子。八年乃歸。父母謂其死已久。悲喜交集。因送之天慶觀。事王大用佐材。尊師資稟重厚。不妄言笑。冠服朴素。若不以世累爲懷。而内敏殊甚。間讀史傳。略知古今成敗。留意醫藥。必以先所驗者告之。天慶唐以來福地。廢於貞祐之兵。及官府立。尊師率其屬。力爲崇建。規制峻整。遂爲一州之冠。兵間暴骨狼籍。無復收瘞。宣撫使劉公昜假師緣契。爲哀丘而祭之。州里尤歸重焉。尊師生大定壬午。又再閱二十九年。顏渥丹。鬚

眉皓白。飲食如少壯人。客至與談承平故事。歷歷可聽。識者謂異人得師童丱中。必謂他日爲受道之器。故置之仙聖所廬敦龐耆艾。今既效矣。以庚戌冬十一月十有八日。沐浴易衣。召弟子告以後事。留頌而逝。某日寧神於州西北原。守沖等爲植碑。予用所知者爲之銘。銘曰。

至人翩翩。坐凌八遐。惟其識初平於芻牧。故不以長房縮地而爲夸。道之所存。不於泰奢。必有敦龐耆艾之士。乃克負荷。彼浮僞而淫采。我悃愊而無華。道如自擇。當孰舍耶。使大方之家而無若人。亦奚貴於大方之家。遺山集

沖虛大師李君墓銘

元好問

其畀也全。其守也專。以人合天。以極乎自然。若人者。吾不知其寂滅爲樂。如佛子之順世緣耶。抑將乘泠泠之風化栩栩之蝶。與至人而仙也。遺山集

通真子墓碣銘

元好問

通真子諱志安。字彥容。出於陵川秦氏。大父諱事軻。通今博古。工作大字。爲州里所推重。父諱略。字簡夫。中歲困於名場。卽以詩爲專門之學。自號西溪道人。詩殊有古意。苦於琱斲。而無迹可尋。當代文士極稱道之。生二子。通真其長也。自蚤歲趣尚高雅。三舉進士。而於得喪澹如也。避亂南渡。西溪年在喜懼。親舊以祿養爲言。不獲已。復一試有司。至御簾罷歸。正大中。西溪下

世。通真子已四十。遂致家事不問。放浪嵩、少間。取方外書讀之。以求治心養性之實。於二家之學有所疑。質諸禪子。久之。厭其推墮滉瀁中而無可徵詰也。去從道士游。河南破。北歸。遇披雲老師宋公於上黨。略數語。即有契。歎曰。吾得歸宿之所矣。因執弟子禮事之。受上清大洞紫虛等籙。且求道藏書縱觀之。披雲爲言。喪亂之後。圖籍散落無幾。獨管州者僅存。吾欲力紹絶業。鋟本宣布。有可成之資。第未有任其責者耳。獨善一身。曷若與天下共之。通真子再拜曰□□□受教。乃立局二十有七。役工五百有奇。通真子校書平陽玄都以總之。其於三洞四輔萬八千餘篇。補完訂正。出於其手者爲多。仍增入金蓮正宗記、煙霞録。繹仙、婺仙等傳附焉。起丁酉。盡甲辰。中間奉被朝旨。借力貴近。牽合補綴。百萬並進。卒至於能事穎脱。真風遐布。而通真子之道價。益重於一時矣。通真子記誦該洽。篇什敏捷。樂於提誨。不立厓岸。居玄都垂十稔。雖日課校讐。其參玄學。受章句。自遠方至者。源源不絶。他主師席者。皆竊有望洋之歎。寶藏既成之五月。爲徒衆言。寶藏成壞。事關幽顯。冥冥之間。當有陰相者。今大緣已竟。吾其行乎。越二十有五日夜參半。天無陰翳。忽震電風烈。大木隨拔。遽沐浴易衣。蜕形於所居之樗櫟堂。得年五十有七。高弟李志實等。以某月日奉其衣冠寧神於天壇之麓。披雲之命也。所著林泉集二十卷行於代。往予先君子令陵川。予始成童。及識通真子之大父。閑居崧山。與西溪翁爲詩酒之友者十五年。通真子以世契之故。與予道相合而意相得也。故志實輩百拜求爲其師作銘。今年春二月。劉志玄者。復自濟上訪予新興。冰雪沍寒。跋涉千里。其勤有足哀者。乃爲作銘。使刻之松臺。其銘曰。

昔在窮桑發真源。鑿民耳目神始全。遺羅元元坤軸旋。壞劫欲墮未開前。道山絶業當時傳。百於苾蒭了大緣。若有人兮静以專。向也易老固初筵。玄綱力挽孰我先。苦節終志孰我堅。網羅落簡手自編。寒暑不廢朱黄研。琅函瓊笈閟九淵。垂芒八角星日懸。司功會計蓋上遷。乃今出餅鳥飛翩。安常處順古所賢。死而不亡豈其然。華陽九障名一焉。豈不委形殆賓天。爲復延康轉靈篇。爲復藥珠參七言。爲復虎書校三元。爲復逸度論九玄。寧當七祖歸枯禪。松壇有名鶴千年。我相夫子非頑仙。遺山集

圓明李先生墓表

元好問

先生諱志源。姓李氏。邠之三水人。幼有至性。宗黨以孝稱。年未三十。考妣俱喪。因棄家入道。師事玉峯周君。伐薪供水。執役不少倦。積三數年。周君憫其勞。使之游歷諸方。至醴泉。與同業結茅以居。全真家樂與過客餌。道院所往。至者如歸。嘗歲饑。資用乏絶。先生辟穀數旬。以供給來者。其先人後己類此。又十有八年。乃築圜堵於三水李氏家。三年人莫見其面。周君知其有所得也。召之還豳。遂主玉峯觀。并以法席付之。號曰圓明子。先生資稟醇正。寡於言論。行己接物。始終如一。時人以其仁卹周至。故有慈孝之目。周君亦以爲無愧其名也。正大末。關中受兵。先生避地洛陽。及河南破。僑寓東阿者數年。初。周君以重陽煉化之地號活死人墓者。蕪歿已久。每欲葺居之。歲甲午。關輔略定。先生乃緣其師雅意。率法兄弟諸人。分遣徒衆。力爲經度之。是爲重

陽成道觀。營建未幾。卽命駕西還。先生既老。道價益重。學者嚮慕過於玉峯時。以丙午秋八月之五日。春秋七十有一。反真於成道之中堂。以故卽其地葬之。明年夏四月。先生之同業潘志元、周志靜、門弟子陳志清來新興踵門致謁。以先生墓表爲請。曰吾圓明老師。營成道訖功。將就太原謁文吾子。期以秋七月卽途。而以事不果行。遺命吾屬。使必成夙志。其眷眷於吾子者如是。聞吾子亦以普照范君、幕府正之王君之故知其名。能不以文字使少見於後乎。予因問三子者。圓明既以名取我。以文託我。意其臭味必有相同者。其言句可得聞乎。三子者曰。圓明臨終。沐浴易衣。會法屬與之訣。有求遺教者。第告之以清淨無爲。不染不著而已。已而復求詩頌。圓明麾之曰。吾平生未嘗弄筆墨。設强作一語。非留病人問乎。且近世諸師文編。達者猶將以爲筌蹄。况萬萬不相侔者乎。言終怡然而逝。圓明平實如此。何言句之有哉。予止之曰。子休矣。圓明所得。吾得之矣。乃爲之銘。其銘曰。

舌吐而吞。駟馬追奔。孰愈於目擊而道存。夫惟不關鍵而閉。是謂玄玄之門。終南之原。若人復其元。始於補劓息黥。乃今拔本而塞源。蓋予許之以忘言之契。故以其不言者而爲知言。遺山集

通玄大師李君墓碑

元好問

明昌承安間。文治已極。天子思所以敦本抑末。厚天下之俗。既以經明行修舉王磵逸賓、張建吉甫、文商伯起輩三數公。官使之矣。至於道家者流。潔己求志。有可以贊清淨之化者。亦特徵焉。最後

得通玄李君。天下翕然以得人歸之。蓋君天質沖遠。蟬蜕俗外。出入世典。而無專門獨擅之蔽。從容雅道。而無山林高蹇之陋。一時名士。如竹谿党公世傑、黄山趙公文孺、黄華王公子端。皆以道義締交於君。大丞相莘國胥公。於人物慎許可。及爲君作贊。至有百世清規之語。則君之流品爲可見矣。君諱大方。字廣遠。世爲汾西人。父以醫爲業。母管氏。妊十二月。夢神人捧日照其室。已而君生。弱不好弄。言語動作率非嬰兒所當有者。家人異焉。七歲入道。師沖佑觀道士郭師禮。學有夙昔。能日記千言。年十二。以誦經通得度。即辭師往趙城。讀書天寧道院。積力既久。遂窮藏史之祕。至於六經百氏之學。亦稱淹通。大定初。游關中。道風藹然。有騫飛不羣之目。講師郝君道本。名重一時。一見君即以大器許之。及郝被召。君佩上清三洞秘籙。主盟秦雍者餘二十年。泰和七年春。詔以君提點中都太極宫事。賜號體玄大師。俄被旨以祈嗣設大醮。君嚴恭科禁。方士誕幻之語。未嘗一出諸口。徒以精誠感通。遂有萬鶴下臨之應。百官表賀。文士亦多贊詠。召對稱旨。又召入禁中訪道。君儀觀秀偉。占對詳雅。玄談亹亹。聽者忘倦。章宗特敬異之。衞紹王大安初。召君馳驛詣嶽瀆投金龍玉册。爲民求福。賜雲錦羽衣。仍佩金符。加號通玄大師。所至靈應昭著。此不具載。貞祐南渡。君還居鄉邑。因自號北山退翁。莘公鎮平陽。以歲旱請君致禱。車轍未旋而澍雨霑足。時人以神人許之。壬午秋。避兵清涼山。一日布卦。得剥之上九。歎曰。吾行矣。明日游騎至。擁老幼萬人下山。君爲門弟子元慶言。吾將安歸乎。朝廷以吾爲有道者。猥以徵書見及。寧當負之耶。而輩第往。無念我爲也。乃策杖入深谷。卧大龕下。怡然而逝。春秋六十有四。實元光元年九月二十二也。兵退。元慶等奉公衣冠。葬於某所。癸卯冬。予自燕都還太原。道出范陽。君之族孫閔。持蕭煉師公弼所録事跡。以墓表見屬曰。吾祖墓木已拱。而旌紀寂寥。誠得吾子譔述以著金石傳永久。死不恨矣。敢百拜以請。某謝曰。自予爲舉子時。熟君名。欲造其廬。然以愚幼未敢也。幸當以不腆之文託君以傳。其何敢辭。乃爲論次之。其銘曰。

處士素隱。方士誕荒。天厚通玄。畀之玄綱。相彼少微。出此冀方。姑射之山。草木有光。可陽可陰。以柔以剛。千仞壁立。屹乎堂堂。雖有拱璧駟馬。不失其燕處之常。巨浸稽天。一簣莫障。所謂伊人。柴立中央。自古皆有死。獨有道者爲不亡。望君蓬萊。海日蒼涼。千年一歸。徘徊故鄉。勒銘墓石。維以誌衣冠之藏。遺山集

藏雲先生袁君墓表

元好問

先生諱從義。字用之。族袁氏。世爲虞鄉著姓。母娠十二月而生。且有神光照室之異。幼沈默。不好爲童子劇。及長。儀觀秀偉。音聲如鐘。識者知其不凡。年十九入道。師事玉峯胡先生于金玉峯。道風儒素。名動京師。年八十。章宗特徵授禮官。先生盡傳其學。通經史百家。旁及釋典。亦稱該洽。而於易學。蓋終身焉。初親舊以先生龍蟠鳳翥。有雲漢之望。勸之就舉選。先生薄於世味。不之屑也。中條靈峯觀。唐賢羅通舊隱。歲久頹圮。不庇風雨。先生率同志麻長官平甫共葺之。命高弟喬知先象之居焉。結茅此山之王官谷。近司空表聖休休亭故基。是爲藏雲道院。先生因

以藏雲自號。種竹餘三十畝。山田二頃。足充賓客之奉。先生道價既重。州郡長吏到者。率詣山門致謁。禮部閑閑趙公周臣、内翰屏山李公之純。每見必厚相慰藉。互以詩什爲贈。中朝名勝。如史季宏、王隆吉、羅鳴道、李欽止、吉仲器、馬元章、王可道、許德臣、元禮昆季。皆就傳易道。自餘成業于先生之門者。又不知幾何人矣。先生資樂易。行己接物。得於吾孔、孟書者爲多。事母孝。故生平未嘗遠出。母年九十。終於隱所。葬祭如禮。州里稱焉。里中孤幼不能自存者。先生收養之。躬自教督。使有受學之漸。既長。又爲之婚娶。如是十餘輩。其後俱有所成。雅好醫術。病者來以藥請。賴以全濟者甚衆。兵後歲飢。民無所於糴。盡出餘粟以贍貧者。或時出。鄉人争延致之。談經論道。言笑彌日。凡今世道家祭醮章奏。皆鄙而不爲。嘗獨行山間。遇異人自稱衡岳主者蕭正之。謂先生三世學道。乃今有成。吾於蓬山仙註院見吾子名氏。卻後當爲孝廉貞淨仙人。代鄭雲叟爲少室伯主。司真洞天。言訖失所在。然先生自以爲不敢當也。正大甲申。朔方兵再略蒲解。先生避亂山陽史華國家。已而保聚被攻。先生義不受辱。顧謂弟子言。吾往矣。乃閉息土室中。怡然而逝。年六十六。時二月十有四日也。猶子致中等葬之山麓之南。所著易略釋、列子章句、莊子略解、雲菴妙選方傳於世。始予罷内鄉。致中介於劉鄧州光甫。乞予文以表先生之墓。及官京師。見閑閑公。亦以爲言。并以挽詩見示。朔南喪亂。因循未暇。而予心未始忘也。丁未春。芮城李邦彦過吾州。邦彦先生鄉曲。與之游甚款。用是重以斯文爲請。予問邦彦。藏雲所以爲天下所高。可得聞乎。邦彦言藏雲隱節。可以配古人。而器量可以奉至尊。吾不知其他。予捧手曰。有是哉。乃爲次第之。

其銘曰。

山澤與之臞。道味與之腴。翩翩獨征。游物之初。謂當風岸絶出而莫可接。乃温兮其玉如。以君爲黄冠師耶。合煉之刀圭。禳禬之緜蕝。又非句漏令、寇謙之之徒。況乞靈於緑囊。進技於黄襦。勸義人倫之先。盡驢菽水之餘。洗心有經。先天有圖。絶學我傳。宿惑爾袪。以君爲縫掖生耶。胡不繁文以拘。而脂膏以濡。嗒焉尸居。奮而亨衢。塞爲瓠壺。震驚八區。其卷其舒。其知其愚之人也。吾無以命之。殆方内之外而方外之内者歟。遺山集

金文最卷一百八

墓碑

漆水郡侯耶律公墓誌銘

元好問

金天興初元三月廿七日。金昌府陷。靜難軍節度使致仕漆水郡侯貞死之。公遼族。河間人。初以護衞事章宗。累遷左將軍。貞祐丙子。奉旨分領關陝軍。朔方兵猝破潼關。主帥訛可力不支。失利於乾石壕之間。將卒多被俘。執公。義不受辱。引佩刀自刺。且投大澗。中刺不殊。下澗數丈。礙大樹而止。明日朔方兵退。左右求公得之。扶舁歸洛陽。事聞朝廷。馳遣尚醫救之。即拜同知河南府事。未幾。改孟州經略使。歷歸德知府、西安軍節度使、昌武軍節度使。知河州。再任昌武。入爲殿前右副都點檢。換左副。轉武衞軍都指揮使。河南改金昌府。升中京。以公權留守行帥府事。俄拜靜難軍節度使。明年請老。閒居洛陽。至是城陷。公族屬有在朔庭秉大權者。得公兵亂中。將由孟津渡北行。公歎曰。吾家世受國恩。吾由侍衞起身。至秉旄節。向在乾石壕已分一死。今北行。欲何求耶。乃不食七日而死。時年六十七。夫人納合氏。負遺骨。藁葬聊城。後二年。夫人歿。乃合葬焉。夫人在時。嘗求予銘公墓。其殁也。其弟重以臨終之言爲託。故略爲次第之。嗚呼。世無史氏久矣。遼人主盟將二百年。至如南衙不主兵。北司不理民。縣長官專用文吏。其間可記之事多矣。泰和中。詔修遼史。書成。尋有南遷之變。簡册散失。世復不見。今人語遼事。至不知起滅凡幾主。下者不論也。通鑑長篇所附見及亡遼録、北顧備問等書。多敵國誹謗之辭。可盡信邪。正大初。予爲史院編修官。當時九朝實録已具。正書藏祕閣。副在史院。壬辰喋血之後。又復與遼書等矣。可不惜哉。故二三年以來。死而可書。如承旨子正、中郎將良佐、御史仲寧、尚書仲平、大理德輝、點檢阿散、郎中道遠、右司元吉、省講議仁卿、西帥楊沃衍、奉御忙哥、宰相子伯詳、節婦參知政事伯陽之夫人、長樂妻明秀、孝女舜英。予皆爲誌其墓。夫文章天地之元氣。無終絶之理。他日有以史學自任者。出諸公之事。未必不自予發之。故不敢以文不足起其事爲之辭。嗚呼。可不惜哉。銘曰。謂辱也。而不屈焉。謂喪也。而不失焉。頽波方東。有物屹焉。天奪於人。我獨也天。孰爲爲之。樂我所然。國殤纍纍。骨肉棄捐。維公之藏。土厚木堅。殆天以後死者。爲金石無窮之傳。銘以表之。慰彼下泉。元文類

尚書右丞耶律公神道碑

元好問

右丞文獻公。在大定間。所以爲通儒、爲良吏、爲名卿材大夫者。其事未遠。當代耆舊。尚及見之。好問嘗從事史館。每見薦紳先生談近代賢臣。莫不以公爲稱首。公自初入館。卽被顧問。忠言嘉

謀。不可一二數。及薊州召還。世宗始有意大用。公於是時。汩没文字間者餘二十年。其衰且病。亦已久矣。故財入政府卽乞罷。未幾。果以不起聞。私竊慨歎。以爲生材爲難。盡其材爲尤難。古之人急於拯世。至於分陰爲惜。歲不我與。忽焉有齎志之恨。觀姚元崇之薦張柬之。與張嘉貞之所以自薦。爲可見矣。世宗重惜名器。百執事之人。必擇焉而後用。得人之盛。近古所未有。至於孤儁偉傑之士。困於資考。限於銓選。百未一試。兀然而空老者。抑多矣。以公之材。當春秋鼎盛時。不能使之極其所至。以建久安而隆長治。故雖爲章宗所相。至論得時行道。識者猶以不能亟用。爲世宗惜之。公諱履。字履道。遼太祖長子東丹王突欲之七世孫。東丹生燕京留守政事令婁國。婁國生將軍國隱。國隱生太師合魯。合魯生太師胡篤。胡篤生定遠大將軍内剌。内剌生銀青榮祿大夫興平軍節度使德元。公之考曰聿魯。興平之族弟也。公早孤。養於興平。五歲時。嘗夏夜露卧。見天際浮雲往來。忽謂乳母言。此殆卧看青天行白雲者耶。興平聞之。驚且喜曰。吾兒文性。見於此矣。自是日知問學。讀書一過目輒不忘。及長。通六經百家之書。尤邃於易太玄。至於陰陽方技之説。曆象推步之術。無不洞究。善屬文。早爲時輩所推。爲人美風儀。善談論。見者慢然敬之。嘗以鄉賦。一試有司。見露索失體。卽拂衣去。廕補内供奉班。尋辟國史院書寫。素善契丹大小字。譯經潤文。旨辭達而理得。大定初。朝廷無事。世宗鋭意經籍。詔以小字譯唐史。成則别以女直字傳之。以便觀覽。公在選中。獨主其事。書上。大蒙賞異。擢國史院編修官兼筆硯直長。改置經書所。徑以女直字譯漢文。選貴胄之秀異就學焉。一日世宗召問公。朕比讀貞觀政要。見魏徵忠諫。

恨不與之同時。近世如徵者獨未之見。何也。公乃感奮爲上言。徵輩不難得。特太宗不常有耳。世宗曰。卿謂我不納諫耶。卿識劉用晦、張汝霖否。二人者。皆不應得三品。朕以其屢有忠言。故越次用之。朕豈不納諫耶。公曰。臣自幼未嘗去朝廷。彼二人者。誠未見其諫也。且海陵杜塞言路。天下緘口。習以成風。願陛下懲艾前弊。開忠諫之路以通下情。則天下幸甚。初議以時務策。設女直進士科。禮部以所學不同。未可槩稱進士。詔公定其事。乃上議曰。進士之科。起於隋大業中。始試以策。唐初因之。至高宗時。雜以箴銘賦頌。文宗始專用賦。且進士之初。本專策試。今女直諸生。以試策稱進士。又何疑焉。世宗説。事遂施行。十五年授應奉翰林文字兼前職。以大明曆積微浸差。乃取金國受命之始年。譔乙未元曆。云。自丁巳大明曆行。正隆戊寅三月朔。日當食而不之食。曆家謂必當改作。而朝廷不之卹也。及大定癸巳五月朔、甲午十一月朔。日食皆先天。丁酉九月朔乃反後天。臣輒跡其差忒之由。冀得中數。以傳永久。書成上之。世推其精密。十九年遷修撰。二十年詔提控衍慶宮。畫功臣像。以稽程降應奉。踰年復爲修撰。轉尚書禮部員外郎。章宗爲金源郡王。以公該洽。每以經史疑義爲質。公承間請曰。殿下注意何經。章宗曰。吾方授左氏春秋。公曰。左氏雖授經聖人。率多權詐。駮而不純。尚書孟子載聖賢純一之道。願留意焉。章宗善之曰。醇儒之言也。二十六年進本部郎中兼同修國史翰林修撰。表進孝經指解。言宋仁宗時。司馬光以爲古文孝經。先秦所傳。正得其真。因爲指解上之。臣愚竊觀近世。皆以兵刑財賦爲急。而光獨以童蒙所訓者進之君。正以孝爲百行之本。其至可以通神明動天地。爲人君者。誠取其辭旨措之天下四方。則元元之民。受賜溥矣。臣竊慕焉。故敢以爲例。世宗母睿宗貞懿皇后。睿宗厭世卽爲比丘尼。當時朝命。嘗有國師之號。及是世宗議遷祔於景陵。朝臣有以孝寧宮碑所載遺訓。當用出家禮葬。不可違改爲言者。事下禮部講求。往時主上在潛。貞懿身奉釋教。業已受朝命。必當別葬。無可議者。尚以人情所難。恐傷主上孝心。故出明訓使之遵行。出於母慈。灼然可見。本不知有今日之事而然。今則子爲天子。母后稱號不得不尊。國師之命固已革去矣。向使主上登極之後。貞懿萬福專崇之數自有典常。母后聖性明達。必不重違有司之請以從桑門之教。以此言之。碑文所載不可質於今日明矣。從之。世宗嘗問宋名臣。孰爲優。公以端明殿學士蘇軾對。世宗曰。吾聞蘇軾與駙馬都尉王詵交甚款。至作歌曲。戲及帝女。非禮之甚。其人何足數耶。公曰。小說傳聞。未必可信。就令有之。戲笑之間。亦何須深責。豈得併其人而廢之。世徒知軾之詩文爲不可及。臣觀其論天下事。實經濟之良材。求之古人。陸贄而下。未見其比。陛下無信小說傳聞。而忽賢臣之言。明日録軾奏議上之。詔國子監刊行。俄以疾求解。世宗憫其勞。授薊州刺史。爲郡寬猛適中。旬月之間。政聲藹然。此州寶坻鹽司所在。瀕海之民煎鹵而食。鹽官時以弓兵捕之。亦有平民被羅織者。一陷於禁。往往爲之破産。官吏疾其然。凡以鹽事逮捕者。一切勿問。或捕得弓兵。則幽之獄中。鹽司隨亦取報。前後數政不能解。一日捕得弓兵。公召僚屬。諭以和解之意。卽縱遣之。口授文移。過爲謙抑。鹽官大爲感悦。前弊遂革。薊人至今德之。是年車駕東狩。過州聞公疾稍平。召爲翰林待制同修國史。明年擢禮部侍郎兼翰林直學士。進官五階。世宗不豫。詔公入侍。遂預太師淄王定册之功。二十九年春三月。章宗卽位。進禮部尚書兼直學士同修國史。特賜孟宗獻榜進士及第。初世宗遺詔。移梓宮於萬寧宮。章宗詔百官議其事。皆謂當以遺詔從事。獨公奏曰。非禮也。天子七月而葬。同軌畢至。其可使萬國之臣朝大行於離宮乎。上從之。乃遷座於大安殿。七月拜參知政事兼修國史。進官兩階。公辭以才薄任重。恐貽天下笑。章宗曰。朕在東宮時熟卿名。今觀卿言行。無不可者。故首命相朕。此自朕意。非左右爲之先容。卿其毋讓。公乃拜命。自以兼直學士入拜。乃舉前代光院故事。以錢五十萬送學士院。學者榮之。明昌元年。進尚書右丞。夏六月丙午。春秋六十一。薨於位。天子聞而震悼。戊申權殯於都城南柳村。詔百官會喪。中使宣慰其家。賜錢一百萬。秋八月辛巳車駕臨奠。宰相百官陪賜。謚曰文獻。賜錢二百萬、帛四百匹、重幣四十端。九月庚午。葬於義州宏政縣東南鄉先塋之側。其發引也。敕百官郊送。遣使祭於路。給鼓旗二十事以導。詔同知臨海軍節度使營護喪事。凡飾終之具。皆從官給。哀榮終始。當世莫及。積官正議大夫漆水郡開國公。始娶蕭氏。遼貴族。再娶郭氏。岞山世胄之孫。三娶楊氏。名士曇之女。公以時制人子之養於諸父者。不得別贈所生父官。故三夫人皆亦不爲請封。子男三人。曰奉國上將軍武廟署令辨才。曰龍虎衛上將軍贈工部尚書善才。曰領中書省楚材。女三人。嫁士族。男孫四人。鈞、鉉、鏞、鑄。公資通敏。善辭令。胸懷倜儻。有文武志膽。酬酢事變。若迎刃而解。與人言。必盡誠無隱。得人一善。若出諸己。至稱道不絶口。推賢讓能。力爲引薦。後生輩。借公餘論。多至通顯。論事上前。是非利病。惟理所在。未嘗有所回屈。世宗朝。御史大夫張景仁領國史。公爲編修。受詔修海陵實録。他日世宗問侍臣。海陵弑熙宗。血濺於面。霑及衣袖。景仁何爲隱而不書。或曰。景仁事海陵。頗被任使。故爲諱之。世宗作色曰。朕不謂景仁乃有是心。公曰。臣與景仁嘗有隙。必不妄爲蓋蔽。然景仁未嘗有是心也。世宗曰。景仁與卿何隙。曰。臣以小字爲史掾。景仁以漢文爲史官。予奪之際。意多不相叶。且謂臣藏匿遼史。秩滿移文選部。使不得調。此私隙也。今對上問。公言也。臣不敢以私害公。世宗又曰。隋煬帝弑逆。血濺於屏。史亦書之。卿謂景仁無是心。何不如隋史書之。曰。煬帝自諱其惡。故史臣不載之帝紀。而詳見於他傳。此所謂闇而章者也。海陵以廢昏爲辭。明告天下。居之不疑。此不同也。且與之弑君。而不辭血濺之罪。雖不書可也。世宗怒遂解。章宗朝。太府少監孛特里。先爲漢王長史。吏卒苦其苛暴。誣以怨望。語連漢王。有司論當死。公上封事言。陛下龍飛之始。當以親親爲先。孛特里之獄。本出搆成。就使實如所論。猶當以漢王之故容之。况疑似之間乎。書奏。即日原之。初興平養公爲子。後生子震。興平捐館。悉推家資予之。及震卒。妻子貧。無以爲貲。復收養之。族人有負人債而宦遊不反者。公代爲輸息者十年。既又無以償。遂代償之。奉使江左。得金值千萬。皆散之親舊。旬月而盡。薨之日。庫錢裁餘二千而已。體素癯瘁。一旦暴得吐疾。登至委頓。家人憂懼。不知所爲。公曰。死生如去來。人之恒理。何憂懼之有。取吾冠服來。服之怡然而逝。其安常處順又如此。晚稱忌言居士。有文數百篇。論者獨推其揲著說。蓋不階師授而獨得之者。癸卯秋八月。中令君使謂好問言。先公神道碑。泰和末。先大夫教授禁中。章宗以魏摶霄所撰墓銘爲未盡。欲喬轉運宇爲之而不及也。今屬筆於子。幸而論次之。以俟百世之下。好問再拜曰。謹受教。乃爲之銘曰。德星煌煌出東方。讓王七世蔚有光。高陽苗裔襲衆芳。得易貞幹書潛剛。帝前巍冠講虞唐。德音一鳴鳳朝陽。謂公不逢相明昌。謂公爲逢違所長。風后力牧望顏行。老之著作暨典常。興陵用公殆未嘗。丘山萬牛僨且僵。顧以根閫待豫章。繄國短修奚我傷。維公之息季獨良。不周柱天屹堂堂。有來殷士作祼將。力絜一世歸壽康。泝游推之公不亡。千年萬家置冢傍。龜石有銘示不忘。淵兮溱水其未央。元文類

楊府君墓碑銘

元好問

君諱振。字純夫。一字德威。姓楊氏。唐鄜國十九世孫。鄜國賓於唐。唐以奉天之田四百頃奉之。子孫遂爲縣人。鄜國以行基嗣。行基生棻。棻生温。温生幼言。幼言生顒。顒生臯。臯生免。免生珍。珍生光贊。光贊生懷順。懷順官金紫。仕爲西臺御史。襲封至五代漢國乃除。夫人彭城劉氏。有子十二人。長曰公俟。次曰公神、公留、公賢、公洪、公素、公石、公祚、公良、公通、公演、公伏。始分世田。隨諸房所居。號十二楊村。總謂之隋楊氏。公俟之子舜靖。舜靖之子信。信之子禹。禹之子言。言之子宗。宗之子楙。楙配裴氏。于公爲王父母。金初。猶以大宗之家主祭祀事。居大楊。葬皆從西臺君。子超道。超道配尚氏。正隆後。避王統制之亂。寓乾州南。自爾族人號城南翁。公城南翁次子也。幼喜讀書。與同里張子文善。嘗手鈔經傳。尤愛王符諸論。與賓客談。時稱頌之。弱

冠仕州縣爲屬掾。復興郡王括陜西民田日。知公名。還之以從。甚信重之。公因爲王言。軍與民。皆吾人。奪彼與此。其利安在。王歎曰。我正以此獲罪。今日之役。再命也。掾吏尚何言哉。事將竟。吏有具瀕山民姓名。欲一切以盜耕當之者。公謂同列曰。奪人之田。又誣以罪。豈朝廷意耶。吏乃止。泰和中。見公府文移。因循苟簡。私謂所親曰。我往在丹州時。見宋末案牘。不求事實。止以虛文相欺。比來官政。殆似之矣。及泰和律下。閱之踰月。不樂者久之。或問之。曰。我見大定制。不如皇統。皇統不如舊制。聖人立法。本從簡易。人情不同。罪狀亦異。我於法令。未嘗見一事可與相當者。但比附爲義。使司法者得以恕心從事耳。今乃事事先爲之防。是猶千堤萬堰。以障江河。必無是理。知不可行。將日見抽易紛紛不已。安得不亂耶。蒲城令祁大舉。武亭令魏文叔、簿劉彦文。好時令侯舜臣。富平米顯道。延安張用章。時皆處下僚。公率爲致禮。又大舉、顯道、用章。嘗以事忤上官。幾至不測。公力援之。數人者。其後皆有善譽。至大官。公之知人。多此類也。奐好古文。戒之曰。無獨與同輩較優劣。能似古人。乃古文耳。吾雖不能。想理當然也。有以白子西詩遺公者。公笑曰。吾欲吾兒讀此耶。必欲學詩。不當從毛詩讀耶。不然。亦須讀杜工部詩耳。我見界上官榷場。兩國大商賈所聚。且苦無的貨。況入小牙郎手。復何望耶。所謂讀毛詩者。喻如瓜果菜茹。欲兒輩就地頭買之耳。以貞祐三年三月二十五日。春秋六十有三。終於華嚴里之正寢。先娶同里崔氏。生子燧。繼室閿鄉程氏。生子炤、奐、炳、灼、煒、煇。繼室晁氏。生子燦。奐、炳舉進士。奐三辟東省。署隴乾慎安撫司經歷官。煒部令史。諸孫六人。以明年正月七日。葬公於州南小劉村新塋城南翁墓次。三夫人祔焉。禮也。公資雅重。儀矩可觀。居家未嘗有惰容。子弟見者。必伺顏色乃前。有所問。不反復思之不敢對也。當官公廉。所平反甚多。嘗夜卧。聞里中兒爲其父作黄籙。召諸子告之曰。某家作醮事。人謂之有孝心。我視之。殆兒戲耳。此人戲我同列。其斷獄我知之矣。人有枉曲。世人且有不肯賣之爲直者。況欲賂神耶。我平生執法。過誤或有之。至於故以意害物。則必無有也。後日我不諱。慎勿爲此。以爲識者笑。耀人李安國雅重公。嘗贈詩。其引云。純夫吏業而儒行。家貧而好客。居今之世而古。賤金帛而貴硯墨。是四反也。安國名流。其稱道公如此。故嘗論關中風土完厚。習俗不數易。正隆大定間。去平世爲未遠。公生於其間。世俗之所遺。風化之所及。重以資稟之美。君子之言。長者之事。宜不學而能之。況志於學如此耶。今奂學爲通儒。有關中夫子之目。往在京師時。宰相張信甫、侯莘卿。禮部閑閑公。盧尚書子懋。吕内翰。李都運執剛。李右司之純。皆折位行與交。蓋自百餘年來。秦中士大夫有重望者。皆莫能出其右。觀其子。可以知其父矣。銘曰。

鄰唐虞賓。世食奉天。子孫下衰。渾爲齊編。惟公之生。其畀也全。晨門抱關。斗室自捐。公德不酬。公息則賢。藏書名山。爲世太玄。殆造物者權衡之。以爲楊氏無窮之傳。然則古所謂獄聖之矜。法命所懸。袁氏五公。楚獄一言者。尚信其然耶。還山遺稿附録　關中勝蹟圖誌

金文最卷一百九

墓碑

終南山靈虛觀沖虛大師吕君墓誌

趙九淵

道家者流。備真功以光前人。修實德以詔來世。高蹈物表。超出塵寰。其亦絶類離倫之所爲乎。偉矣哉。全真道教。其來尚爾。重陽祖師發其源。繼有七真暢其委接其武。而開祖武之基者誰歟。沖虛大師吕君其首也。君法諱道安。家本寧海。世爲巨室。幼年穎悟。志慕玄門。仙風道骨。稟於天真。功實德資於性善。繼丹陽之志。遠離東土之逕。君也其出家之雄歟。事師則夙夜匪懈。立志則終始不渝。故在祖庭四十餘年。撐拄玄教。光大前猷。建堂殿。潔壇場。以嚴香火之奉。步斗牛。頤精神。以成静定之功。修外養内。積德累行。其詔來世之規者。何其博哉。承安擾攘。真道否閉。君也其中流之壺歟。不降其志。不辱其身。回既倒之瀾。挽將傾之棟。會至陽真人奉敕主掌教事。君乃復搆基址。於是宣賜觀之號曰靈虛。制授君之稱曰沖虛。披戴門弟子三百餘人。祖庭之教。粲然復興矣。歲在興定。數絶塵緣。一日屬門人以進道之語。乃書頌云。平生不解道詩篇。鍬鏤爲朋四十年。稍通陰符三百字。粗明道德五千言。般般放下般般悟。物物俱忘物物捐。此去不遭閻老喚。今朝惟待玉皇宣。頌畢翛然羽化。享春秋者八十。噫嘻。出家修道如吕君者。信乎絶類離倫之流也。已而其法弟畢知常安厝君之靈櫬於祖塋之兆。丐予爲誌。以光潛德。因摭其實而爲之記。且繼之銘曰。

載維吕公。崑崙秀鍾。幼脱塵網。早登道宫。待師惟謹。接物惟恭。立志立事。有始有終。不忝厥祖。克修厥躬。值歷道否。挽回教風。啟佑我後。規恢實功。制授徽號。人欽德容。大數適至。塵緣頓空。舟移夜壑。珍藏里中。揭諸貞石。以識無窮。甘水仙源録

京兆劉處士墓碣銘　楊英

處士初諱章。字希文。又名九隴。名渭。名於菟。字則不易也。姓劉。系出中山。後世有謫官於成紀者。始爲秦人。希文額領方厚。眉目峭徹。顧盼虎如也。在童子。讀書不碌碌。自謂風雲勢合。卿相可立致。視生之人卓犖不凡者。能指摘其行事可否之。長從河間趙翰林游。下筆有骨肋。既就舉長安。齟齬難合。説其風土。不復返。翦去宦學。刻意古文。大抵含奇茹異。不以剽襲之主。西州碑版多出其手。平居一榻之外。皆法書名畫。長安周秦舊都。可以資玩好者户有之。希文望而判其真贋。合則雖所甚惜。應手擲之。不作一錢直。不合。錙銖之物。千百金不可得。嘗鬻書于市。一達官輒持去。麾閽者徑造廳事。詰之。則曰劉某也。取所負書耳。見其辭色。輒付之。挾書

掉臂而出。其不可觸如此。鄉遇孤㷀。爲所陵轢。無問識與不識。匍匐援之。猶己之急。無事半語不吐。有所辨。鋪今張古。雜出王伯。衮衮不自休。使聽之者皆竦。貴游子弟入關。恨不得與之交。尋賞〇賞疑作常。燕賞。有具必極豐潔。惟恐其不愜。强媚者欲效之。不能也。性不喜浮圖法。而喜寺處。往來開元百塔三十年。所須並以力致。羞爲寒乞相以溷於人。或忤之。叱咄不少貸。審其無他腸。亦不以爲怨。蒙泉在皇甫里。城南勝選也。一得更不挂想。閉門擁書。動至彌月。出則高冠短褐。佩刀曳杖。步武徐緩若有節。塗人愕而避之譏笑之。不屑也。或勸之娶。曰非不欲也。無以當吾心者。寧孑然以終其身。其書札似漢隸。其詩律似眉山。其爲人似張乖厓。亦似范家老子。處鄉校時。宰相李公適之、漕使龐公才卿、内翰王公清卿、宋公子儒、御史高公平叔。咸愛重之。正大八年。詔民東徙至陝。既而事且變。投所蓄古印章鼎彝於河。入平陽。入太原。戊戌之秋。還故隱。是冬。京兆倅高溪慕其氣節學問。爲諸子禮致之。無何。明年五月十九日以疾卒。年六十。高倅從顧言葬官塔院居士塋。又二年。谷口邳邦用壘書走洛。告其友楊英曰。希文死矣。無家無妻子。世次爵諱不可究。生平所負若此。不爲世用。而復無聞於後。將有任其責者。爲銘之曰。

士之遇也。如龍如虎。其不遇也。如魚如鼠。既魚其龍。又鼠其虎。孰爲遇。孰爲不遇。然生必違其所好。死必從其所惡。將矯世以自戕。抑直紆而不顧。苟有會心。千載而猶旦暮。著所以信於人者。以銘先生之墓。吁。石刻拓本

湛然子趙先生墓碑

孟攀鱗

古之有道之士。正直其心。剛大其氣。不爲世故所奪。不爲人欲所雜。利害憂樂不能惑。得失寵辱不能動。施於行業。著絶俗之善。形於言辭。見軼衆之美。在儒林。作儒術之儀範。居玄門。立玄學之標準。非心之正直。氣之剛大。涵養至到。始終全道者。其孰與於此哉。湛然子趙先生諱九淵。字幾道。隴州人。自幼出家。禮丹陽大宗師。天資高明。德性純淑。潔静精微之理。素所深究。怪誕虚無之事。未之或及。知身以神爲主也。故力於修煉。知道以文爲用也。故寓於著述。談不輕易。所談必本於公論。交不泛濫。所交必取於端友。至於一篇一詠。一贈一苔。皆所以發揮玄旨。暢敘幽情。混元洙泗。融爲同境。由是道望崇重。教風周廣於西土矣。丁亥中。翻然仙去。凡爲門徒者。久服心訓。嗣法子趙公志沖。追念先師傳授之恩。恨無以報。謹捨静貲。特置吉地。起墳立石。乃勒其文云。元默閹茂歲閼逢攝提格月昭陽大淵獻日敬誌。甘水仙源録

中議大夫中京副留陳規墓表

段成己

右司諫潁川陳公。以直道不容於時。由諫垣出爲中京副留兼倅河南府事。未到官。以疾卒於開封杞縣圉城鎮之寓舍。春秋五十有九。歲己丑五月初三日也。權厝於圉城之浮屠寺。聞至京師。賢士大夫哭泣相弔於朝曰。哲人亡矣。公卒之五年。河南平。又二十有二年。孤女志寧間關千里。躬負遺

櫬。始歸葬於稷山之陰琬康鄉小寧村先塋之次。又二年。公之邑人段成己。掇公之族世文行歷官壽年。以揭於墓。成己陳氏壻也。且辱公知爲厚。不腆之文。有不得辭焉。公諱規。字正叔。漢太丘長寔之後。涉世悠遠。譜系不明。迨公之五世祖。由太平亂避稷山。遂爲絳州稷山人。鄉閭指爲德門。曾大父某。大父某。父密。皆蓄德不耀。晦迹農畝。公貴。贈大父某官、父中議大夫。中議公娶梁氏。生二子。長曰錆。其季卽公也。幼、童穉。不與餘兒羣。始知讀書。月開日益。不煩戒飭。鄉先生崔邦憲教以課試法。無幾何時。進業出諸生右。始任戴冠。補州學生。提舉學校田彥實以藝學聞天下。識公爲遠器。徵登於門。俾誨其子。年二十四。擢明昌五年進士第。歷華州下邽、平陽臨汾二縣簿。皆有治績。試書判入等。知臨洮、渭源、保。渭源地邇羌戎。俗頑獷難治。公簡其政令。使信而易從。人便安之。爲創孔子廟。制禮器。春秋率僚屬釋奠。民吏觀歎。甫識王化。朝求直言。公以十四事指摘時病。幾數千言。事上不報。改潞州觀察判官。遷和州令。丁母潁川郡太君喪。前在潞日。母夫人病革。百藥不治。夜中默禱曰。母有過。許自新。願以一紀之祿。易數年之命。天地鬼神。實聞此言。於今蓋三年矣。卒喪。知恩州歷亭縣。縣餘四萬户。方時多故。薦饑之民。勞罷於徵發。公下車。剗削荒纇。卵翼鷇哺。而民力以蘇。事亦以辦治。以材。轉京兆府路按察從事。使李炳。挾材不禮其屬下。承望奔走。抑首無與爲抗。公獨屢争。以事不屈。退食。以七十題命公。詰旦。袖詩以進。炳讀未終卷。面頰發赤。易矜爲愧。以父憂去職。三年。召入爲開封府判官。拜監察御史。舉劾無所避。出同知壽、泗二州。實經歷徐州。行院移授宿州節度副使。經歷元帥府事。入知登聞鼓院。公謂鼓以伸冤抑。扃户鎖院非法意。乃榜條畫於門。置鼓通衢。下情以通。改刑部郎中。守法不阿。拜右補闕。升右司諫。自居諫職。以靜引爲己任。天下事有可言。勇不爲身計。排斥權倖。章奏無虚日。雖得君如高丞相某、侯平章某、右丞某。事不厭衆望。皆極言其失。事雖不行。而怨疾亦多矣。近侍二張一李。皆以倖進。撓亂朝綱。人莫敢指摘。公疏其姦以狀聞。既而皆降外除。未幾命復其位。公力言於朝曰。國勢如此。而姦人猶在君側。奈社稷何。聞者爲縮頸。三人者。卒不用。公之力也。而公亦由此而出。禮部閑閑趙公嘗謂人曰。正叔與人語。恂恂如不能出諸口。及論事人主前。辨别條理。纖悉無不盡。可謂仁者之勇君子之剛。南渡後。儒風日入頹靡。狂生怪士。競以口舌。取重一時。以閑閑公之宿德猶被侵侮。至言及公。不敢有異議。而以鉅人魁士目之。況再典貢舉。其得人居多。自始至疾病。書未嘗一日去手。有律身日録。雖筐篋細碎。必謹記無遺漏。則公之自修可知已。平昔著述諫稾。因亂所存無幾。獨其始終大節。表表在人耳目者如此。配潁川郡君蘇氏。先公卒。趙氏殁於亂。蘇氏生子男一人。乍。至燕而亡。二女。長嫁甯氏子南容。次嫁燕人趙遵周。遵周卒。爲女冠師。今葬公者是也。二姪。知柔、知剛。早以公蔭仕。相次而殁。公官於朝。内外三十有五年。歷十六官。階累至中議大夫、勳上輕車都尉、爵潁川郡開國伯。食邑七百户。死之日。廪無見糧。楮○楮當作廚。無長物。無田以爲歸。無宅以爲居。吾聞位不稱德者。必有後。公之子。不幸短命而死。而燕之二孫元、允。皆卓卓有文名。公其終有後乎。稷山縣志

泰安阜上張氏先塋碑

杜仁傑

布山之陽。有邸曰阜上。阜上之民。有張氏者。以財穀雄里社。當前金正隆間。人夥地狹。往往無所資衣食。惟張氏有田若干畝。有牛若干角。然能周急繼困。過客無問貴賤。館之如一。當時遂有長者之稱。張氏冢男諱林者。因卜新塋於阜之西南三里許。卜者尹通實相其事。林問通曰。是葬也。有何徵兆。通曰。比襄事時。有一縞兔起巽方。走乾位。及窆果應。續謂林曰。君家三世之後。當有異人出。予不復能見矣。林生彬。彬生仙。祚胤始大。仙生四子。孟曰榮。仲曰平。季曰山。其第四子方在孕。未朞月。母劉氏見茹葷者。輒掩鼻而去。及劬勞之日。若昏瞶然。有人疾呼曰。長老在門首。汝當敬謁。遂出。見一僧坐馬上合爪言曰。我必飯於而家。覺而舉一子。骨法殊不類凡兒。甫齔。並不飲食肉人乳。亦異哉。六歲習神童。誦五經。略皆上口。然不樂居家。十二去父母。入山學道。禮真靜崔先生爲師。得法諱志偉。號天倪子。發辭吐氣。已不在了蓬老輩下。不數年。道價騰滿齊、魯間。時東西諸侯。皆出於武弁。見之無不屈膝。東平嚴武惠公。以寧海范普照住持萬壽上清宮。輿議以謂治軍民如武惠。掌道教如普照。可謂無前矣。必得峻潔知辦如張志偉者以二宮政。斯可矣。至三謁。然後惠然。居無幾。廢者興。缺者完。惰者勤。慢者敬。凡所應用。無一不備。僉曰稱哉。已而驛稟朝廷。賜號崇真保德大師。授紫衣。緣以金襴。報之也。於是慨然拂衣。復還布山之舊隱。間與故人畢清卿對榻以談。方偃息間頃。緣泰山之阿。入西溟谷。若有人前導者。由淵濟公祠至竹林寺。樓觀參差。如在天上。從者四五輩。皆素所不識。覺而告之。畢曰。果有是耶。其年七月。武惠公以書來召。因論泰安之爲郡。蓋前古帝王封禪之所。其宫衛。其輦輅。其祠宇。自經劫火之後。百不一存。良可悼惜。下官忝在其境。不粗爲修葺之。甚非所謂事神之義也。敢以大師道蔭。爲我綱維是事。乃所願也。師傴僂致詞曰。某一空山食菜道人。何敢承當。武惠公荅以工匠之役。木石之資。與夫綵繪丹艧之費。我盡領之。師無讓爲。遂諾之。經構迄今。二十餘年無空日。故自絕頂。大新玉女祠。倍於故殿三之二。取東海白玉石爲像如人然。一稱殿之廣袤。天門舊無屋。又創立之。下至會真宫、玉帝殿及聖祖殿。方丈、廊廡、齋廚。皆〇皆下疑脱無字。不與焉。外則岱嶽朝元等觀。皆增修有數。抑亦勞哉。若夫師之寢處飲食與役夫等。是以人忘其死而成師之志。雖國朝爲之。亦不能齊一如此。有司聞之。特加崇真明道圓融大師之號。並提點泰安州教門事。復於中統四年。蒙燕都大長春宫掌教識明真人。專使賫奉聖訓。委師提舉修飾東嶽廟事。予自壬辰北渡後。往來於奉高者有年矣。夤緣得與師交際。其相與之意甚厚。且嘗有同老泰山之約。一日以乃祖先塋記見屬。予敢不敬從。如吾師者。退然才中人。癯瘁若不能勝衣。然問無不知。扣無不應。若乃芥納須彌。囊括宇宙。不足喻其胸次横闊之萬一。乃以區區土木之功相溷。何其不知師之甚耶。雖然。諺有之。一子受恩。禄及萬家。一人成道。超昇九族。或有此理。向之所謂白兔之示現。老僧之託化。泰山之神遊。今則驗之。噫。信乎其爲張氏之異人也。他日委蜕而去。羽化而仙。凡爲而徒者。如欲紀其出處之大略。請以先塋記爲證云。甘水仙源録

孔氏先塋碑

失名

竊以兩儀之間。惟人最貴。百行之序。以孝爲先。傳云。積善之家。必有餘慶。修陰德者。自多其福。信不誣矣。有若積善應祥。反爲順天之道。事親之大禮也。故其子孫榮昌。並自先人之德。存世不滅。是其常也。爲百代先人所資。是其法也。後之人。不忘其本。欲報考妣之恩。昊天罔極。難盡孝子之事。慎而行之。終不可違。按姓譜。殷湯之後。至宋孔父嘉。遭華父督之難。其子奔魯。故孔子生於魯。望出魯國第四院下七十三代賢孫。本貫鄼臺。近西稍北龍堈原有塋。光〇光原作出。據銘辭改。祖遷於夏邑北還鄉里。久住年深。多山水之麗。卜立斯壙一所。照住宅西北百步有餘。其地土色純備。東有靈祠之廟。西有古嶧之途。巍巍乎孟瀦稍前。洋洋乎運水衝後。於歲辛卯。大小諸靈。奉遷於此。有祖曰二翁。受到大金國敕劄。充鹿邑縣尹。年高而終。賢孫三人。長曰福德。素慎行止。鄉人所敬。受到大王令旨。管領洛南濱潁兩處鷹房提領。懸符挂印。忠孝兩全。非常人也。圍困襄樊。獲其大功。受到萬户府百户。後渡江。數次征廣。諸處相持。獨顯功能。後受中書省劄付。次曰六郎。勇智過人。萬户府以能幹用。次曰七郎。幼而岐嶷。長而英特。諸處征戰。累累成功。受□□□□劄付。悉勝其任也。温柔賢□謀略出衆。□□乘閒共議。枝戚同心協力。礱石記録。稱揚光榮。嗚呼。爲子孫者。其監可乎。爲之銘曰。

魯國源流。望出光祖。里曰還鄉。保家爰處。業紹增隆。遺風善舉。成禮葬之。嚴肅塋所。明下三陽。天星照耿。佳氣氤氳。遍滿蘭宇。永賴四方。雀武龍虎。享祀無窮。恭敬明精。瓜瓞子孫。福禄咸聚。後輩增榮。光顯名譽。合家孝廉。自天所祐。夏邑縣志

故北京路行六部尚書史公神道碑銘并序

劉祁

余□北渡大河。則聞史侯萬户之賢。其用人也。推誠委寄。雖骨肉不能移。其治民也。煦育拊摩。而一毫無所取。及其臨敵陷陳。勇猛驍雄。事上奉公。忠勤廉直。故上爲朝廷知獎。下爲民庶歸懷。内得賢能之盡心。外得士卒之死力。堂堂焯焯。功著名流。相繼爲一時賢方伯。甲辰之秋。從行臺粘刻公。始識侯於衛州。觀其神姿磊落。意氣軒軒。疑若不可親。及卽之也。□□而語和。其忠愛之誠。寬厚之色。浮於眉宇間。使人眷眷不能捨以去。□而接其參佐。皆温然如玉。藹然如春。信乎有以輔成其賢主人之名。明年夏六月過鎮陽。會侯之父尚書公捐館。余往弔之。□侯與其仲兄皆纍然縗絰哀戚甚。居數日。使其參謀王君守道持門客段君紹先之狀。乞文其墓隧之碑。且其言曰。天安等不幸。先君棄世。惟其生平行實。所以表見於後世者。莫此爲大。今幸子來過。宜無用辭。余雖不及識尚書公。然觀其二子。足以知其父矣。蓋天下之事。必有所從來。堂之高。以其基之崇。水之長。以其源之深。自古功名之士。豪傑之人。必其先世積德。父祖異常。晦耀□光。一旦軒襮於天下。決非偶然者。是則史氏之所以顯赫於今日者。實尚書公啟之。其碑而揭之。宜矣。公諱秉直。字正道。大興之永清人。祖倫。父成珪。皆隱德不仕。以財雄鄉里。公自幼有成人度。儀

狀魁偉。意氣不羣。讀書略通大意。不喜爲詞章學。孝親友弟。爲族屬規儀。鄉人皆指以教子弟。當天兵南下。所向摧陷。公與其親族謀曰。今茲喪亂。流血成川。吾家百餘口。何以自免。若散匿數處。或可得生。不然。無遺類矣。既而知降者得免。乃復議降。公方念之。其散匿者皆集。因相謂曰天也。率里中耆幼數千口。詣太師國王軍門自歸。王嘉其誠款。接納特異。由是數千口皆得生。王欲用公。辭以母老。薦其子及弟。王命公主管降人家屬。屯霸州。公撫視殷勤。遠近聞之。皆附。不月餘。至十萬家。迨王師還自山東。弟與子。功蹟皆著。王又嘉之。遂居公於漠北。領降衆如故。會降人艱食。公得王所賜牛羊。皆以分給。所全活甚多。有欲亡者。公開諭之。皆止。甲戌秋八月。從王攻北京。明年三月城降。王以國人烏野兒爲北京路都元帥。以公爲尚書行六部事。公悉□饋遺。軍中未嘗乏絶。爲王所□。庚辰九月。金恆山公武仙降。王命公長子天倪爲河北西路兵馬都元帥。副以仙。鎮真定。臨發。公密諭天倪曰。觀仙辭氣。恐終不爲我用。宜備之。天倪曰。我以赤心待人。人或相負。天必不容。顧無慮。乙酉春。天倪果遇害。□□□曰。是兒推心於人。竟死。可悲。人皆服先識。王命季子天澤代領兄職。且錫以金虎符。討武仙。會仲子天安行北京元帥事。提兵來援。相與戮力。復取真定。人皆壯之。公亦少慰解。烏野兒雖爲大帥。其軍府事一以諉公。公隨方區處。無不盡善。闔境悦服。蓋首尾二十年。公以年高倦於事。又子孫俱在真定。有意南歸。主帥許之。爲白於王。王特遂其請。以庚寅十一月至自北京。居閒則從容暇豫。教子弄孫。每與諸儒講論經理及商搉古人成敗。欣然忘倦。時幅巾羸馬。逍遥園亭。里巷間人。不知其爲貴人。又種竹移花。以閒自適。春秋七十有一。以乙巳六月八日疾終於正寢。其族屬僚吏。日飯僧以報。於戲。可謂福人善士矣。初公之南征也。太夫人在北京。軍中每得甘旨物。雖千里走送。不以爲遠。既葬矣。又思有以祈冥□且念長子無辜被酷。及子弟從軍或妄有所殺戮。乃設醮北京道士宮。夜半有鶴翔壇上。人皆見之。因以白鶴名其觀。又嘗念家所隸役。皆俘虜之人。吾老矣。恐後來淪没。不得與齊民齒。乃因歲□出二百餘□皆放遣之。及屬疾。不餌藥。曰吾祖吾父皆七十而終。□□人敢望過其數。是亦庶幾知命者。公之始終如此。又能有子。伯季出而爲大將。用兵制勝。所向有功。仲則總留後之任。樂易慈祥。吏服民愛。長孫楫。襲其父爵。持節督八州。亦有能名。自餘諸孫。皆斬斬良子弟。女子女孫。皆適大家。其流慶未可□也。夫人張氏。先公卒。卜以是年九月□日。葬於永清興隆里先塋之次。至於遠祖世系及裔孫名字。則有崔公鉉之所作慶源碑在。茲不復云。銘曰。

烈烈史氏。起於北方。歷唐金遼。奕世騰芳。維尚書公。資秉特異。先識孝心。夐絶□□□能從事。上官見知。俾主餽運。士飽而□。經營建置。二十餘載。上下相安。疇非敬愛。一朝謝事。命駕南歸。角巾私第。翛然□□。實生賢子。球琳杞梓。偉烈鴻勳。聯□投征。粤惟其季。聲震八荒。總戎蒞衆。春雨秋霜。乃攻乃戰。無往不克。金節虎符。朝家是錫。時人皆謂。有良將風。孰知其父。教導之功。公今逝矣。□□歎缺。若子若孫。輝華煒燁。古來五福。人罕能全。□□□皆得於天。天之報人。豈有私暱。維孝維忠。維仁維德。□銘墓隧。□□後昆。其□其繼。無辱公

門。永清縣志

高主石幢

失名

蓋聞□如來立教□□□□故師兄始自童稚。早殖善根。志樂釋教。歲有五□□□滿部通惟識論。次歲而□□□我心則内外二衆。虔誠歸仰。實□□佛宇資常以賙急存心。於是惡喧好靜。久慮梓里□□□宣法宇三間。不日□事而成就焉。感財施如□□□生讚歎仍以孜孜渴□常勤禮念開惟□□□松柏不凋之色。有徒弟八人。長曰智才。次智□。次智□。□□□氏軌儀葬訖三辰屢沐□□□兄恩敢忘弟敬遂□□□□庶塵沾影覆。頓生兜率之天。但日往月來下缺　永清縣志

張永通墓銘

蘇珊

功名糠粃。富貴浮雲。宗族稱友。鄉黨稱仁。山西通志

贈通侍大夫徐州觀察使知河南軍府事兼西京留守河南府路安撫使馬步軍總管兼管内勸農使孟公墓誌銘

僞齊李杲卿

公諱邦雄。字彦國。西京永安人也。曾祖諱順。妣安氏。祖諱晏。妣趙氏。累葉不仕。考諱恩。贈□□大夫。母賈氏。封恭人。公爲兒時。已剛介不羣。既壯。强鷙善騎射。以氣聞。里中賢豪有能

談兵者。必屈折禮事。以冀有得焉而後已。用是諸家兵法。略知大義。前宋靖康建炎間。中原喪亂。盜賊蜂起。嗣王走江浙。海內洶洶。遞相殘噬。公乃招集亡命。旬月間得萬人。號曰義師。保全一方。力拒羣盜。京城留守使司嘉其忠義。便宜借補進義校尉兼差權永安縣尉。既而借補承信郎權知永安軍事。累遷修武郎京西河北河東路招捉使。以公有心力。能撫軍衆。便宜補敦武郎兼閤門祗候。仍差河南府西六縣都巡檢。建炎三年三月。本路安撫使司改差知汝州寶豐縣。四年正月。累獲大功。京城留守使司便宜遷武功大夫榮州刺史。仍差權知河陽南城兼管內安撫使。四月差充京城留守司同簽書判官廳公事。兼主管侍衛步軍司。仍遷右武大夫榮州團練使。許從便宜。五月遷翊衛大夫。六月遷中亮大夫。改忠州防禦使。大齊開基。阜昌改元。公適時知變。乃以中亮大夫忠州防禦使權知河南府兼西京留守管內安撫馬步軍總管司公事兼管內勸農使。歸附聖朝。朝廷優加顯秩。遷中侍大夫。依舊忠州防禦使。餘並如故。公迺謂人曰。大丈夫事主。當一心建功立名。期不朽。豈可乍服乍叛。以速夷滅哉。方思建立。以固恩寵。適西京北路安撫總管翟興阻兵負險。隔絕道路。跳梁不軌。殘忍尤甚。公乃勵志竭忠。乘機奮發。勸督將士。協力赴功。竟致渠魁。破蕩巢穴。厥績顯著。天子嘉之。乃遷徐州觀察使。自是西至關中。南至漢上。凡兵火隔絕曠日人跡不通之地。一旦水陸舟車。田野耒耜。賈游於市。商通於路。朝廷得以車書隴右。開拓巴蜀。皆公之力也。十月皇帝遣使賜金帶。以光寵之。三年六月。宣詔赴闕上殿。皇帝問以邊事。辨對稱旨。無所凝滯。天子愛之。賜廣撫封。俾臨一路。仍正使號。增重帥權。特授依前中侍大夫徐州觀察使知河南軍府事。兼西京留守河南府路安撫使馬步軍總管兼管內勸農使。明年正月。西賊叛逆。順、商、虢三州。相繼變亂。虜掠百姓。攻圍城邑。大兵未集。遽入西洛。公不幸被執。賊留之軍中。意欲活而用之。公乃毅然不屈。請卽死之。遂力被害。享年四十六。先是厥父恩被傷致殞。男安世同日被禍。三世忠孝。萃於一門。舍生取義。不失全節。方之古人。殆無媿也。朝廷哀憫其忠義。贈通侍大夫。賜錢千緡及賻贈羊酒米麥等。差諸縣夫役百人。以助葬事。許其弟武經大夫閤門祇候河南府路副總管邦傑。不妨本職以領葬事。七月二十日癸酉。葬於永安軍芝田鄉蘇村之原。公娶劉氏。封恭人。男一人。安世。贈朝奉郎。女二人。並未嫁。俟嫁日。各賜夫承節郎。公天性純厚。明敏辨博。事父母尤孝。能以智帥人。與士卒同勞苦。資糧與均。故人樂任使。多立奇功。其在西洛。不唯威聲四馳。見於將略。至於撫衆治民。政平訟理。皆出愁歎。有古良吏風。古之爲將者。或以智略。或以壯勇。或以死節。苟得其一。不害爲名將。後世將弱兵驕。其能智略壯勇與夫死事奇節顯顯名世者幾希。故其伺敵之來。往往內懷怯心。外霽威色。畏避矢石不敢前。臨時去就。心挾二三。幸勝則要功。力屈則降敵。若人者。安能死節王事。願死馬革中以報國家哉。公獨能兼是數者。卒死忠義。並驅古人。非天賦英烈。未易如是也。僕不識公之面。友人將仕郎黃億實客於公之舍。一日狀公行事之實。見囑爲文。辭不獲已。因爲之銘曰。

帝造區夏。志清多壘。凶醜跳梁。速誅干紀。公適時變。口心款附。氣吞羣盜。亂庶遄沮。帝用嘉之。以廣撫封。正被使號。以旌有功。留鎮西洛。克服商虢。舟車隴蜀。咸底偉績。董賊亂常。

凶焰熾張。死節被執。斷頭不降。以忠捐軀。禍及三世。死馬革中。是謂得志。帝用憫之。厚葬斯舉。錫以千緡。贈以異數。□安窀穸。永□幽宅。巍巍嵩高。與功無極。偃師金石遺文記〔金石萃編偃師縣志〕

金文最卷一百十

塔銘

靈巖寺定光禪師塔銘皇統二年

李魯

皇統壬戌中秋。定光侍者走書於魯曰。先師頃自普照來住靈巖道場。鋤墾荒蕪。爰立規矩。不幸席未暖遽示寂滅。智月忝出門下。荷潤特深。報效蔑聞。彌增惕懼。遂躬率諸門人。營建梵塔。厥功告成。銘志未備。共念先師疇昔交契之厚。誰如公者。今輒以昌黎韓淘通仕所敍行狀。請銘於公。能無意乎。魯始錯愕。顧陋學無以表其高風。既而曰。樂道人之善。聖人之訓也。尚何讓。師諱道詢。俗姓周。揚州天長義城人也。世爲鄉里大姓。産業雄一方。歲入不貲。幼孤。事祖母以孝聞。及長。性豪邁。姿貌魁偉。喜施與。好鷹犬。馳騁田獵。割鮮染輪。不忘旦旦。鄉人畏愛。以任俠處之。居無何。臂鷹牽黃。過故人家。見讀方册。師挺前奪取欲視。故人曰。是豈公所能知。師氣懾。徐更讀之。乃智望禪師十二時歌也。閲未竟。面熱汗下。歎曰。報應若此。可奈何。故人曰。審如是。早自爲計。師茫然謝歸。放黜鷹犬游獵之具。杜門飯脱粟。布衣芒屩。體膚餓悴。而祝髮之念。萌芽胸府矣。家人以爲狂。初加訶禁。師志益堅。竟禮本縣興教寺常住院首座僧德安爲師。納戒於本州開元。實政和改元之歲也。師在衆持頭陁行。精嚴齋戒。平治心地。其師召謂之曰。懷與安。實敗名。汝器識遠大。未可量也。盍游方以廣學問。師卽詣本州建隆寺。依住持因禪師爲侍者。未幾參問入室。頗領玄妙。建隆語師曰。汝將騰趠萬里。詎可於此久淹。當務徧參。以卒遠業。師稟命至龜山。見慈禪師坐禪。次聞靜板有省。以頌投龜山。深蒙印可。遂入舒州。見甘露卓禪師。卓識師根非常常。謂曰。法華寺禪師爲一時郢匠。盍往謁焉。師忻然領命。及一見。師資道契。駐錫四稔。擧作座元。因爲師小參。擧二祖覓心了不可得。馬祖卽心卽佛機緣。於是徹證傳心之旨。太湖真乘寺乏人。諸禪擧師名德。郡委縣令齎牒勸請。師謝曰。吾始捨緣。私自爲盟。不願住持。矧茲末法。祖道榛棘。宜得吾門龍象。提宗印以振衰墜。庶幾有益。詎可妄欲以此事付田家子。是猶資越人以章甫。計亦左矣。因固辭。令請益堅。師計窮。碎牒投諸地。令駭曰。斯罪也。奈法何。衆以師厲志純一。本無慢心。禱令得不白州。聽擧自代者。因得遁去。師以名迹爲衆指目。乃歸義城。距祖第數十里得佳泉石處曰治山。搆精舍。號定光庵。將終老焉。鄉里子弟。執侍瓶錫。願度爲弟子者五十餘人。建炎二年。大軍度淮。尋陷天長。師處倉卒無撓色。太尉薛公異之。入白統軍。迎置軍中。日辦供養。且下令曰。爾等當善護持。勿致失所。洎旋軍至沂。聽師自便。名士劉郊子機雅聞其名。虛懷接納。一叩真機。定交方外。尋於泗水靈光山卜築自晦。阜昌六年。濟南普照虛席。府帥劉公擇可嗣事者。衆以師應選。乃給帖馳疏敦請。師確守前誓。專使薦來。勢不獲已。以五月十三日到寺。首請惟素禪師爲座元。希蹤百丈。一切以清規從事。晨參夕請。鐘鼓一新。其於誨道。尤示慈悲。衲子仰之爲指南。既暇既徐。視殿宇圮毁者。改建完葺。侈不逾舊。儉而中禮。道力所攝。人自樂施。皇統元年。住靈巖妙空淨如禪師示寂。府帥都運劉公謂一時尊宿德行純備無如師者。遂親率府屬寄居士夫僧正綱維詣寺勸請。師曰。靈巖巨刹。未易遽治。府帥曰。師負重名。當暫屈一往。不勞指顧。衆目悦服。師猶形謙讓。府帥懇請。久乃應命。以九月五日開堂演法。漸欲樹立紀綱。請於府曰。常住撥賜田土。親力播植。所得僅足飽耕夫。又供僧歲費。無慮三千萬。丐依舊例。原免科役。庶獲飯僧福田。上報國恩。實遠久之大利益也。府可其請。師乃推擇十方勤舊以充執事。喻之曰。世間萬事。欲一一如法。即無有是處。至於處叢林掌常住錢穀。要當先事潔己。錙銖不欺。非惟目下明白。抑亦過後得力。衆化其德。無不盡心。師玄學淵深。勤於接物。初機請益。循循忘倦。於是四方翕然。謂獲宗匠。學者嚮慕道風。踵至籌室。自兵火以來。未之有也。明年春。師至府求退。且曰。昔黄龍心禪師云。馬祖、百丈已前無住持事。道人相求於空閑寂寞之濱。其後雖有住持。皆王臣尊禮。爲人天師。今則不然。掛名官府。遂同編氓。是豈久寓之地耶。爰引至理。詞義切當。府帥喻之曰。非意相干。可以理遣。師當還坐道場。勿恤也。時又迫近結制。師乃强留。每語衆曰。汝等勉之。吾將逝矣。因日爲衆普説入室。勤劬不替者彌月。衆亦莫測。俄有野蜂集於寢堂。鴉鵲百數。悲鳴上下。識者異焉。夏六月二十三日粥罷。顧謂侍者。收鉢置方丈。卽令撾鼓集衆。陞座垂語。詞旨哀切。特異常日。既下座。示有疾。衆咸怖惴。而師神色恬然。屢欲趺坐。衆悲泣救藥。不克如志。有問疾來者。但目視之。豈非葉落歸根來時無□獨提全提之旨者乎。第後學淺涉。未之領也。二十四日右脇而化。時暑氣炎猛。居六日。如始逝。二十九日。以遺命荼毗。得五色舍利百餘粒。翼日瘞靈骨於當山後興塔之右。卽其上示窣堵焉。閱世五十七。坐夏三十二。門弟子百有餘人。傳道於四方。以名著者十餘人。有示衆廣語、游方勘辯頌、古偈贊流通於世。師先在淮甸。嘗膺椹服之賜及師名禪定。洎北來。絶口不言。唯號定光菴主。自臨濟義元禪師凡十二世。系出黄龍慧南。南出照覺常總。總出廣鑒行瑛。瑛出舒州法華證道禪寺住持永言。言卽師嗣法師也。師常歎今時傳法紹嗣者。往往開堂有横費。及居普照。因上堂便爲法華和尚拈香。出衣盂。飯堂衆。酬法乳而已。性不積財。住靈巖纔十月。所得書付常住爲供僧用。特喜賓客。一時名卿鉅公。慕其道行。莫不願爲友。至千里走介問安否。師待人以誠。不視貴賤高下其心。恤貧周急。動推惻隱。數於道路解衣以遺寒者。噤凍而歸。又好儲諸良藥。拯救患難。見有疾苦。如出諸已。於是感恩懷惠與其參學問法者相半。所至交口稱譽。出於自然。聞者歡喜。願居門下。奔走清風。唯恐其後。可謂道重一時、名高四遠者矣。趣寂之日。遠邇莫不哀歎。師故人孫力智彦周聞師示滅。亟走諸山。宿中道。夢師若平生來告曰。山僧兩來靈巖矣。卽指其藏骨所在。驚寤見室中佛光粲然。移時方滅。既抵寺。僧或告寺有故延珣禪師塔。其銘文有意舍浮華、情耽定慧之語。良符彦周之夢。是知師應跡世間。豈偶然哉。銘曰。

饑鷹摩空。得肉乃飽。韓盧待嗾。志厲霜草。追飛逐走。聊以自娱。陷心潰腦。衣袖爲朱。定光老人。少年如此。勇猛悔悟。是真佛子。一瓶一鉢。誓堅志願。石頭路滑。請益無倦。傳心得妙。爲衆所窺。遁跡空谷。人不我遺。兩坐道場。接物利生。事有固然。逃名得名。衆仰其德。罔不自厲。壓以至誠。不嚴而治。優游請退。從吾所好。使君眷厚。竟莫之報。死生常事。戲劇有情。於我何有。擺手便行。蒼山萬仞。靈塔百尺。山低塔高。不俟他日。泰山志〔石刻拓本　岱覽卷二十六　長清縣志〕

長清靈巖寺妙空禪師塔銘皇統二年

張巖老

皇統元年六月二十八日。管勾濟南府十方靈巖禪寺寺門事傳法妙空大師。奄化於寺之方丈時。室後梨花再發。蓋師示寂之祥也。後十有五日。門弟子禮源等葬師於本山之西。而起塔於其左。師之法姪詢公繼師主寺事。以狀請銘於僕。僕家泰山。境與靈巖接。聞師之道行甚久。因得熟師之容貌。愛師之議論。今又得師行事之狀。乃敍而銘之。靈巖自昔爲大禪剎。實觀音建化道場。舉天下勝絶之地相甲乙者。不過二三處。故前後主僧。非一時高名大德。時君不輕付畀。政和甲午住持者闕。守臣有請命左右街諸禪舉堪充其任者。時師方住汝州南禪。衆以師名聞之。乃可其請。師奉命而來。過京師。賜紫衣。又賜師號曰妙空。及出京。卿相鉅公與緇素迎送者。肩摩接踵。光顯宗門。爲一時美事。既至靈巖。開堂演法。大振玄法。參徒常不減數百。歷廿八載。迄無間言。可謂超越前人者也。師諱淨如。俗姓陳氏。福州侯官縣人。天姿澹泊。自幼不飲酒茹葷。佛教外絶一切嗜好。卓然有出塵志。年十七。師積善寺長老旋湛。落髮爲僧。卽受具足戒於州之開元寺。乃恭遊諸方。

諮詢秘要。求證妙果。至饒州薦福寺。時道英禪師傳道於彼。師冥心索隱。英之徒無有出其右者。密授薦福之印。由是法性益通。深悟微旨。衲子皆謂紹隆玄化。非師其誰。師後竟嗣之。崇寧初。至京師。淨因佛日禪師惟岳有天下大名。王公大人。日夕造謁。師爲惟岳傳者。貴人見其語論精深、器識宏遠。多稱賞之。時汝州南禪法席偶虚。衆僧仰師名行。禮請住持。師□誘進後學。敷暢玄猷。遠近信向。師在南禪十年。寺宇爲之一新。在靈巖創起轉輪藏。修鐘樓。完佛殿。經營輪奐。皆出□□爲衆□利□不憚勞。人以此多師。然在師皆餘事也。寺有賜田。經界廣袤。歲月遷訛。頗見侵於其鄰。師不與之争。而諭之以理。皆盡歸所□田。其度量過人。類皆如此。師名德既著。四方供施者。歲時輻凑。惟恐其後。當兵火間。保聚山谷。演法如常。盗賊無有犯者。豪右之家。依師得脱者甚衆。師與士大夫對問。必取佛經之合於儒者詳言之。又能書。大字得顔抑氣質。晚年辟穀。所食者爲果實菜茹者十餘年。殊不見其癯瘠。則與釋之攻儒道異矣。非智性圓明、貫通聖教者。疇克爾哉。故將化之時。神情不亂。作頌辭衆云。四大幻形。徒勞□别。緣會而生。緣散而滅。一片虚空。本無□缺。六十九年一夢身。臨行何用切二説。擲筆而化。此則人之所難及□□□宗門系出臨濟。初聞道於薦福英禪師。英實開元琦道者適子。琦出江西黄龍老南禪師。師即黄龍之裔孫也。師兩席度弟子百有餘人。學道者以斯□道者以□□時繼闡宗風。弗墜厥緒者。當不乏人。師之師傳。果有既乎。銘曰。

世弊於文□□□西方聖人□□實□或蔽蒙泥而弗通。謂空非色。謂色非空。復以一花。庸示奥妙。正眼法藏。付之一笑。二十七世。爰有達摩。達摩□來。於意云何。面壁不言。要觀至理。一旦西歸。空餘隻履。下逮六祖。衣止其傳。道豈不傳。學者得焉。四方叢林。上士相繼。偉哉如公。得大智慧。南禪靈巖。四衆具瞻。禪不廢律。戒律特嚴。有生必滅。倏然而往。不滅者存。如在其上。無盡之旨。遺頌具陳。見者聞者。以真得真。因葬有塔。豈資設飾。因塔有銘。豈事篆刻。師本無冀。人不能忘。尚有斯文。愈久彌光。皇統二年歲次壬戌六月一日。石刻拓本　〇本文原有脱缺多處。今據拓本補六百五十餘字。

壽聖寺僧德詠塔銘

失名

師諱德詠。俗姓趙氏。本貫平安鄉水谷里人也。自幼□□□□出家。父母送至神智寺。禮僧辨公爲師。至元祐六年。試經合格。落髮爲僧。受具戒已。本村父老請住持壽聖寺。四十餘年。度小□□人雲□寺六人。僧臘五十。俗壽七十一。至天眷二年四月二十五日□疾而終。天眷三年六月五日。石刻拓本

浦公禪師塔銘天德二年

失名

師諱善浦。京兆城東人也。俗姓馮氏。五代宰相可道六世孫。母祿氏。夜□□□□光貫胷。覺而有娠。祿氏心許出家。師既生。天資醇厚。始絶乳。弗喜□□□□□京兆卧龍禪院主僧慧初爲師。

克勤持誦。至二十二歲。試經削□□□□□□□僧者。本欲越愛河。登彼岸。豈反修飾人事。趨競齋供。如繭自縛。□□□□□□十餘年間。雲門雪峯。一皆參歷。及再歸。依香嚴謹禪師□□□公□□□□□孟嘗門下。新添劍客。首座進曰。鏌鎁未用。利鈍焉知。公曰伯□□□□□是知音者。若善浦□開正眼了見根□但□欲傳非子不可。翼日□□□法。時宋宣和元年。董待制知府事。請師□修聖壽。自是之後。或住天□。或居□□爰經兵火。歷更數郡禪刹。至皇統三年。知耀州李寧遠以妙德珂□告□□□其人。一日幕屬以師舉之。公欣然具禮。就京兆還居妙德。開堂之後。郡中□□□可其志者。或勸師以安衆爲言。師曰。雲房無鎖鑰。□莫惹塵埃□是妙□□□僧少造其室者。惟師自處。寂無纖翳。不半載。閭閻父老。雲集座下。師□□□□□修葺堂殿。表裏一新。殊未常化人以施財爲念。惟是郡民之誠持□□□□而□□門人一名曰覺道。至天德二年。忽感疾。於當年二月十三日□□□□□皆侍左右。師曰。大丈夫當去住分明。及午刻。師遂整衣命筆。□□一□云。清風自清風。明月自明月。白雲消散後。老僧無可説。付以覺道。結跏而化。享年六十有六。僧臘四十有四。當月十五日。覺道舉師喪。葬於華原縣流□鄉待賓村宋家莊。而起塔焉。工告畢。覺道煮茗謂余曰。先師自提祖印。六座道場。今既歿。忍以平昔之善與草木俱腐。欲書之堅石以示後學。一以□和尚之美。一以表覺道之誠。可乎。余既哀其誠。又惜其善。何辭以讓。因書其實而繫之以銘云。

嗚呼浦公。模範禪叢。雲門雪竇。正眼皆同。久提祖印。開鑿盲聾。今其何在。明月清風。金石萃編

開元寺重公大師壽塔銘（大定四年）

宋壽隆

師諱永重。俗姓吴。京兆府櫟陽縣永豐鄉小寇人。以有幻之色身。何不樂菩提之正路。年十五。主僧喜公和尚爲師。其朝夕奉侍之勤。未嘗懈。不數年之間。其經之奥妙之處。無所不通。二十爲僧。至二十四歲。有武功大夫劉鈐轄捨賜紫宣持瑜珈秘密。年四十。遂住院。後緣經兵火之灰燼。而往往復欲修崇住持。而不能再立。師遂狼賊寇之患。遂日以緣化爲生。而罄竭資財。修計二百餘間。并諸佛像壁畫之工。皆極精妙而至。豈能興復如此之功乎。今年八十二。落髮六人。元孫六人。師因修持誦經之暇。嘗謂衆曰。且於空門。稍有功勤。□一旦歸寂之後。豈不於後塔一所置銘於上。以爲終身之地。以此見師之僕。顧僕才之寡陋。不足以讚師之行業。辭之再下闕。

唯師之行。離垢出塵。自於年幼。特異常□。一無所戀。崇修精舍。備歷苦辛。輝華嚴□。以此爲銘。傳之不朽。石刻拓本

天竺三藏吽哈囉悉利幢記

耶律履

三藏沙門吽哈囉悉利。本北師度末光闉國人。住雞足山。誦諸佛密語。有大神力。能祛疾病。伏猛虎。呼召風雨輒效。皇統。與其從父弟三磨耶悉利等七人。來至境上。請游清涼山禮文殊。朝命納之。既游清涼。又游靈巖。禮觀音像。旋遶必千帀而後已。帀必作禮。禮必盡敬無間日。日受稻飯

一杯。座有賓客。分與必徧。自食其餘。數粒必結齋。始至濟南。建文殊真容寺。留三磨耶主之。至棣。又建三學寺。大定五年四月二十三日。示寂於三學。年六十三。僧夏則未聞也。佛祖通載

甘泉普濟寺賜紫嚴肅大師塔銘大定七年

沙成之

師諱法律。薊州醴泉鄉安固人也。幼出家於甘泉普濟寺。禮均上人爲師。於天慶七年。十七歲試經。受具足戒。厥後聽習戒律爲宗。迨天眷三年。官定充燕京左衞淨垢寺。遂授善慶大德牒。皇統二年。奉宣開啟普度檀度僧尼二衆約十萬餘人。八年又奉宣越本宗。上試十題。所荅無不中理。選定充平州三學律主。改授精正大德牒。官講滿。特賜紫嚴肅大師牒。本寺大衆。共議署狀。請爲提點。供濟衆僧。不避寒暑。六時行道。未嘗或闕。方十載餘。令聞四溢。請住者者五。中都駐蹕福田福勝香河勝福當山香水。迄大定二年。宫中復差請充都下煥湯院提點。設濟飢民。三年已備。於六年六月十五日告寂。世壽六十八。僧臘五十二。是時雖暑氣煩溽。其尸安然若石之不轉。比荼毗。四衆千餘人弔送。無不哀慟。洎終燎之際。有五色雲團繞於上。齒舌不煨。視之如故。蓋師生平住持力也。門人宗律、比丘善隆等。奉遺骨葬於寺西。敍始末屬余作銘。義不可辭。銘曰。

性資上智。宗律爲風。清高厲行。紫牒庇躬。傳戒十萬。僧尼溥蒙。宣題奉試。理無不通。化辦濟衆。久而愈恭。燎之祥見。齒舌弗鎔。勒銘幽石。聊記芳蹤。

大定七年三月日。盤山志

翁同山院舍利塔記大定九年

孫　設

竊聞舍利者。佛之真骨也。雖烈焰百鍊。不能成灰。污津久湮。不能掩彩。至堅至確。動有殊異者。何也。蓋以佛之功德法力所熏故也。迄今仍有存者。覆公法師靈塔是也。師法諱圓覆。俗姓李氏。燕都渤海人也。方剛時。作守門綱。官至保義校尉。遂住漁陽之西。逮天會中。予告歸。沈潛故里。問道於翁同西院。削髮衣褐。隨緣化導。皇統二年二月間。遇恩具戒。給得度牒。恭禮香林西堂柔光爲師。後住翁同西院。重修上院府君祠并觀音殿。金碧宏麗。甲於幽薊。一日有數僧。不知何來。手授佛牙二顆。炫明鮮潔。璣珠流溢。而師朝暮設敬。數僧倏然而没。於是珍藏二十餘載。大定甲午四月初九日。謂門弟子曰。白駒易過。幻化匪堅。一切有爲。終歸寂滅。又曰。余宿珍藏佛牙及般若金經。當於上寺之西。誅蕪構塔。以安其上。余骨卽置其下。又曰。生死無常。各宜珍重。語訖就枕。奄然而逝。春秋八十有五。僧夏三十有三。其弟温公。素與僕善。祝之再四。不能辭。據實而書之。大定九年三月十五日。盤山志

西菴院智崇禪師塔銘〔大定十八年〕

梁　朗

佛有内教外教。頓漸之機。其來尚矣。内外兼通者。西菴師其人也。師諱智崇。俗姓王氏。文德護塞里人也。師七歲。志樂釋門。卓然不可奪。禮宣德法雄傳妙大師出家。受其記莂。既游諸方。

聽學不倦。諸經律論。悉精究焉。爾後棲息禪林。間於西京西堂。後歸雷首顯老、磁州寶老。造形悟道。所謂人中著龜、佛法中龍象也。父母既没。遂歸里中。起菴於塋側。及時進道。以爲追薦。天眷中。增廣其菴。遂成道院。搆堂數間。莊嚴聖像。復建雲堂香積并餘寮舍數十間。使先塋之前。皆布金之地。十年未嘗出院。三年不與人交語。遠近無不皈仰。大定十八年九月二十日卒於院。春秋六十八。臘三十七。死之前五日。戒其門徒曰。時將至矣。又二日。天大雨雪。川原草木。皆成瓊瑶琪樹之狀。死之後三日。雨雪成瑞。亦復如是。荼毗既畢。齒不灰者二十有五。其上覆以祥雲。終宵不滅。以戊戌十二月七日丙申。葬於菴溝。門徒裕辨、裕基、裕金等。共建靈塔。走告予請銘。因删其所録行狀。爲銘曰。

頓漸之教。異途同歸。孰稱龍象。崇公禪師。以戒定慧。滅貪嗔癡。德行可仰。福緣可資。貝多音在。窣堵波巍。若稽景教。請視斯碑。口北三廳志

汝州香山觀音禪院慈照禪師塔銘（大定十九年）

鄭子聃

昔釋迦文。以無上微□□密圓明真實正法眼藏。傳付上首。迦□分派别。要之。大槩同歸於法。慧□將炬。代不乏人。若夫永其悟入。則精進匪□。及其有得。□□□聖諦□落□級□空中之空。象外之象。而因緣時節、關機語言、日用不窮、爲人天導師者。逾四紀□其□姓□氏成都靈泉人也。累□仕宦。父嘗爲郡牧。師生而驚悟。不喜偶流俗。年方幼學。卽出家。師□受其通楞嚴法界觀乃起

信等論。年十九。乃遊四方。參善知識。皆承印可。時黨公禪師者。住持□湊。師爲之侍者。立於其側。幾十餘年。未始有惰容。每夜各寢。至於髀肉腫潰。流血盈器。而□隨例入室。黨公問曰、如何是汝自己。師云。齩定生薑呷著酢。又問錦江濯□落色。問汝先徧參知識還□處否。師云。問□見膽。黨公首肯之曰。汝徹矣。於是印□道源。心地□澈。遂監其寺。爲之竭力於寺事。種種□就佛智。既退席。寺僧與郡寮士庶以□餘三千□范□丞者守鄧州。遂請諸朝。錫以紫方袍。號曰慈照。皇統季年。故參□韓□寺。師辭以丹霞緣事有未既者。不往。天德二年。汝守慕師之道行。□還房丹霞。丹□天然禪師之後。三百年間。能嗣宗風者□行具吾死後□哭泣。無衣白。四年十二月五日。謂侍者祖□住□明□户牖無瑕翳。一片空凝亙古今。置筆而逝。春秋□法林祖俊等二百三十人。乃奉其靈骨於丹霞香□窣□鋒□十有一人。尼慧深者。偏得師之道。開堂於南都妙慧禪院。□撫其實以書。且爲之銘曰。

苾蒭之修行不利已□粗則□凡聖□亦□龍同波堂堂老禪伯。入真諦第一。初無退□亦不落階級□四象□務集潮音洞寥寥法□千。遊戲人間世。□十部三年□浮雲□其去脱屣。然香山妙高峯丹霞□門人卜真棲。巍巍□塔。□揖遺□。聊説有爲法。

大定十九年三月望日。寶豐縣志

金文最卷一百十一

塔銘

濟州普照禪寺照公禪師塔銘

趙渢

師諱智照。姓萬氏。泰安奉符人。世以農爲業。師自幼稚時。體貌温和如成人。性慕佛道。不樂世間榮利事。父母聽許出家。禮蓮峯山主朗公爲師。大定十二年受具足戒。其後遊方。首訪沂陽真禪師。參叩玄機。朝夕忘倦。已而謁裕公於聊城。見師顏貌奇偉。器宇宏廓。甚禮遇之。師既入參。機鋒迅捷。非衆人可及。欲請道要者凡數年。悟無所得。頗蒙印可。欲傳法衣。師拒不受。乃歸受業寺。卽谷山禪師也。因得省視。以全孝道。已而主持寺事。發大誓願。設萬僧齋。歲閱再朞。遂滿本願。乃辭衆之沆上晧公禪會。晧公一日出一句偈曰。枯木生花。師對之曰。寒灰發焰。時晧深許之。足成一偈云。玄微都及盡。何似眼如眉。晧公遷居濟上。師從至郡爲座元。至是方與晧公有密契處。一言之下。心華發明。十方世界。無非净土。大體大用。莫不得之。一日復歸蓮峰。晧公謂師曰。汝霜墜果熟時也。固難冷坐孤峯。當接物利生報佛恩耳。師於是傳衣嗣法。仍有偈付之曰。黃龍正派湧波濤。走電奔雷意氣高。雲洞何人著精采。好將鈯斧振吾曹。師得法衣。亦有偈曰。雞足山中藏不定。此回拈出更新鮮。展開不費纖毫力。免得黃梅半夜傳。師抵蓮峯。惟日中一食。孤坐雲房。入寂照三昧。如是者數年。皓公退居鈞盤。太守劉公聞師道譽。遣人齎疏。請師住持。師至濟上。官民緇素。傾心歸仰。時大定二十九年也。師所住寺。久闕修飾。自知法道大振。可以成就勝事。始於正殿莊嚴西方三大士像。又□□□□法輪寶藏。諸佛菩薩。天龍鬼神。四衆圍繞。諸天香雲。彌覆周帀。皆窮極巧麗。遂爲東州瑰偉之觀。師猶以爲未也。乃謂寺衆曰。輪藏□□□□□□聞京師宏法寺有藏教板。吾當往彼印造之。即日啟行。遂至其寺。凡用錢二百萬有畸。得金文二全藏以歸。一寶輪藏。黃卷赤軸□□□□□殿中安置。壁藏皆□梵册。漆板金字。以爲嚴飾。庶幾清衆。易於翻閱。凡此勝緣。若有神助。富者施財。壯者施力。匠者施巧。不四三年。鐘樓門廡。寮舍廚庫。無有不備。韙哉福田。遂爲東州第一。落成之日。作大法會。空中慶雲皆成寶色。又有樂音來自雲際。四衆讚歎。異口同音。得未曾有。師一日謂衆曰。吾嗣有人。續佛壽命。又賴檀施。此寺成就。種種勤苦。皆利後人。吾於佛門無媿矣。忽示疾。留偈辭世云。濟水灘頭厭世歸。黃粱夢裏盡成非。轉身不守虛明地。嬾看庭前片月暉。言訖端坐而逝。實明昌六年八月十二日也。送葬者數萬人。無不感泣。荼毗已。爪甲不灰。舍利莫知其數。非師道德超邁能致是耶。信可謂死而不亡者矣。師享年四十有五。僧臘二十有二。嗣法三人。曰宗能、廣慶、智寶。落髮門弟子八人。曰祖顯、祖正、祖了、感祐、廣安、祖義、廣琛、廣珍。皆精進辦道。具戒定慧。有師遺風。起建靈塔於郡之北。監寺僧祖方曁廣琛。來京師謁文於黃山趙渢。欲刻諸石。以傳不朽。渢與師同鄉里。知師爲詳。義不可辭。乃遂序而銘之。銘曰。

堂堂照公。僧中之英。脱離情識。起出死生。傳持之餘。興大佛事。莊嚴道場。修建長利。煌煌金文。照映寶輪。於無相中。以法施人。了人了己。儼然示寂。我銘其塔。永世楷式。

承直郎、試尚書禮部郎中兼秘書丞趙渢撰。　石刻拓本〔濟寧州志　濟州金石志〕

長清縣靈巖寺才公禪師塔銘〔大定二十七年〕

徐鐸

大定丙午。靈巖比邱廣方狀其師之行。謂僕曰。先師之道價。推重於人久矣。廣方曩自交午歸宿於師。師不以顓蒙見斥。以長以教。俾至於有知。皆師之力也。亡何示寂於東原。門人分其靈骨。塔於方山之陽。以慰其孝思。禮也。廣方念法乳之恩。了無所報。痛悼之際。遂抽單而東之。至岱宗之麓。逢監寺宗旨謂廣方曰。先師靈骨有塔。而碑未立。子從先師學最久。其能已乎。於是録師之實而求銘焉。願刻諸石。昭示永久。僕應之曰。師之教大矣。東州人人能言之。不待以文字而後顯也。何以銘爲。又廣方懇以爲請。辭之不得。因摭其狀而次第焉。師諱惠才。姓韓氏。睢陽人也。年甫十歲。適兵荒之難。父母昆季。殂謝殆盡。唯餘王母叔父存焉。十五而志於道。自謂脱於萬死之餘。念罔極之恩。非出世間法無以報。乞身於王母、叔父。欲去家爲釋子者。屢矣。皆不能割愛以之許。後王母終堂。叔父憐其意而從之。乃去而之許。館於開元之經藏院。主僧智昭得之而喜。師獨埽一室。取上生肇論法界觀。晝夜服習而身之。皇統壬戌。恩賚普席。師乃依昭祝髮。受具戒。一旦謁昭曰。釋子本以究明心地。欲徧游諸方。求其所未至。迺宿昔之願也。敢以此告。昭嘉歎。聽其去。時開封之法雲和單父之普照通洎山東河朔諸尊宿。悉往參之。最後聞磁州大明師唱道靈巖。不遠數百里造其法席。大明一見。賞其法器。日切留師侍旁。遂服膺不去。大明有仰山之行。從太師張公浩之請也。師亦往侍之。每於問答之際。雖深信此事。而尚未徹悟。忽一日淩晨聞開禪鍾聲。默有所得。悲生悟中。淚下如雨。徑詣丈室見大明。大明曰。汝苦忽遽有何事。師曰。意之所得。非言可詮。大明叩之曰。洞山言切忌從他覓。又舉馬祖喚作如如已是變也。若之何不變。語未畢。師掩耳而出。大明笑曰。汝入吾室矣。自是玄關秘鑰。無不洞解。默承付屬。罔有知者。已而大明退仰山。師亦遠游焉。有若涿之範老。獻之欽老。保之明老。鎮府之鍾老。罔不卽可。會大明歸隱滏陽。師復詣參侍。大定之初。長興專使請師住持。聞之西走熊耳。尋復歸滏陽。以遂其本志。久之。大明記師曰。汝道成菓熟。可爲人師。吾之正法。待汝興行。汝其勉之。於是辭大明。而隱於東平之靈泉。得一室於人境之外。行住坐卧。無非道場。閉影不受人事者數年。相臺節使必欲得師。使者三往返。屬府帥、漕使勉之乃行。囊錐既露。厥問四馳。爲法而來。户外屨滿。纔一年。師倦於陪接。潛遁於西山之白巖。又住潞州之天寧。頃之拂衣東下。晦跡於濟鄆間。明年住大舟之延慶。又明年。住忻州之普照。既而靈巖虚席。敦請益至。師因往焉。緣益合六年。初。師之至也。等之重門及御書羅漢之閣、薦獻之殿。歲壞月隳。瓦毁桷腐。無以風雨。師乃規其廣而易之。卽其舊而新之。是功也。談笑而成。其堅緻可支十世。東平興化禪院主僧明超。以衰薾不能住持。懇請者再。遂從其請。居興化四年。師始得微疾。集其徒曰。早暮及辰日。吾行矣。遂跏趺而逝。翌日荼毗於東郊。得舍利百餘顆。閲世六十八。僧臘四十七。自洞山既寂之後。再傳而得价。又九傳而得辯。而大明承其嫡派。師受大明之密印。即洞中十二世孫也。師六踞大刹。其嗣法東平之興化宗源。中都之萬安浦滌。益都之普照宗如。義州之大明善住。單州之普照道明。大舟之延慶圓明。潛符密証者。莫知其數。落髮小師廣寔而下一十有四人。噫。僕自惟疏謬。乖寡於道。何足以知師哉。弟因其所言。書而銘之。銘曰。

才公禪師。道茂德純。洞山之孫。嗚呼天乎。曾不憖遺。示寂於東原。學徒烝烝。得法衣是憑。惟法言是聽。大教以成。如水之澄。如月之明。如玄石之堅貞。終古其承。

大定二十七年十一月二十七日。石刻拓本　〇本文原有脱缺多處。今據拓本補四百五十餘字。

長清縣靈巖寺寶公禪師塔銘〔大定十四年〕

翟　炳

師姓武氏。磁州里人。師自童丱。挺立不羣。骨相有異。六歲依里中王氏居舍學儒典。八歲告父出家。鄉人賈氏爲構庵。邀師居之。十二歲後爲人講莊老玄言。人皆敬畏。既久。無守株之心。一日。迺約里人朱、賈二友爲方外之游。二友從之。游方既久。復還滏陽。結茆於薛氏宅。日夕辦道。會道迎首座。創歇庵於本州。聞座處性朴古。少許親近。師往□誠問道。座示禪林古德機語。請益猶同素習。侍瓶錫三載。會有四方之役。座乃遊方。師弗能從。座別師曰。據仁者云。爲若白圭飾素。則青煙不迷。嘗見宗匠。適投師意。後師年十九歲。投本州寂照菴。禮祖榮長老剃髮。師法號法寶。榮喜曰。衆角雖多。一麟足矣。至天眷三年。試經具戒。榮一日驀問師紙衣道者四料揀話得趣否。師陳機應答。速於影響。榮深肯之。已而參究臨濟一宗。頗有淘汰。遂告發之。榮始拒之。師再四懇請。榮問云。子將何之。師云。聞青州希辯禪師傳洞下正法眼藏。演唱燕都萬壽禪寺。禪侶雲集。若百川朝於巨海。榮曰。子器也。不謬舉人。宜遄往。遂述長歌送之。師至燕。辯一見而奇之。□□門之龍象也。師迺異待。請充知藏。辯一日室中問師父母未生前事。師擬訴問。辯喝出。尋不知天地之大也。恍惚歸堂。頓然大悟。翼日證明。默契其意。辯加以淳淳然般若光中流出之句。沐師俾亡寢餗。禮薦三年。應係洞下宗旨。□□隱奥。俱造淵源。後禮辭猊座。辯以法衣三頌付之。師迺遁跡山東泗水靈光。會靈巖虛席。府尹韓公爲轉運使康公淵保申行省。具疏邀請。師辭避不獲。□受請焉。天德庚午歲青州示寂仰天。太師尚書令南陽郡王張公浩運使齎疏。命師住持仰天。棲隱禪寺。續焰傳芳。靡所不備。然後迺尋舊盟。貞元三年乙亥歲師以榮公垂老。南還滏陽。郡人迎師。遠近趨風。踵相接野。衆捧師於均慶西寺舊基。還爲精廬。權以宴處。侍養榮公。時大定壬午歲。南陽尹王□□太師素慕師德。日甚一日。遂將己俸三千萬持買大明寺額。並給付符文。行下相磁。仰師住持。師悉以文室殿堂輪藏廊廡不逾一紀。締構鼎新。□□大刹。至於三處。盡皆省命。王侯景慕。衲子雲臻。法徧諸天。名飛四海。師之緣法既成。書頌狀告退。隱於紫山、鉷峪兩處。韜光未及二載。師一日沐浴更衣。書偈跏趺而寂。大定十三年七月七日也。師俗壽六十。僧臘三十四。師嗣法門人當山住持惠才、蔚州人山住持善恒、太原王山住持覺禮、中都萬壽住持圓俊、中都仰山住持性璘、磁州大明住持圓智。潛符密證者。莫知其數。及落髮門人宗明等五十有三。授法名俗弟子宗定以次。不過勝計。焚化之後。分布靈骨於靈巖、大明、棋峪、紫山四處建塔。於是才公長老遣侍者廣證持孫居士實録求銘於炳。炳與禪師爲方外之友。積有歲月。備知師之行藏。素仰高風。況道友居士賈公善嘗囑炳爲銘。義不可辭。乃作銘曰。

有大禪師。爲祥爲瑞。化外昂昂。不勝尊貴。建剎匡衆。道傳性悟。子夜獨明。天曉不露。子孫森然。玉立滿前。三關密密。五位玄玄。湛然歸真。示寂滅相。雪月混融。水天晃漾。分建此塔。聊成其終。法身常住。亙塞虛空。

大金大定十四年歲次甲午七月朔日。石刻拓本　○本文原有脫缺多處。今據拓本補三百六十餘字。

中京龍門山乾元禪寺杲公禪師塔銘並序〔興定二年〕

樂詵甫

師諱慧杲。俗姓張。其先河東太原人也。後徙汝陰梁縣。家世尚農。孝養二親。冬温夏凊。晏寢早起。務勞其形骸。及其壯也。二親既喪。簞篚禮終。一日喟然歎曰。四大本空。身非我有。男女不待婚嫁。遂求出家。依本縣寧國院秀公。於承安間祝髮受具。服勤三年不怠。一日辭師。腰包徧歷叢林間。其有道者皆訪。末後至乾元。適丁照公住持。請執弟子之禮。摳衣入室。因看法眼卷簾因緣有省。照遂印可。付以頌拂。請爲座元。照化緣西行。示寂於河中西巖。師潛居如衆。時出一二語不羣。因斯囊錐始露。果熟香飄。衆命繼後住持。石抹知府孫鐸、劉之昂。敦請勸緣。以爲外護。師之鼓揚。寺事日興。惟以坐禪爲樂。少語而寡合。無求而樂施。篤實含光。鼎新其德。諸方雲奔海赴。常不啻二千指。與夫洗去蔬筍氣味。彫肝斵腎。搜索奇字。竊用古人之言。合於六藝。求知士大夫以取詩聲者。故有間矣。公之住持近十餘年。次住香山二年。退居葉縣講武堂。剏寺一所。僧俗皆歸焉。厥功既成。拂衣長往。衆莫能挽。至寶豐大覺。作終焉之計。一日因疾。書頌示徒。怡然坐逝。師之春秋五十有六。僧臘十五。佛事三日荼毗。受具弟子五十有六。其十二分骨建塔。珇鑒狀師之行。求塔銘於僕。僕筆硯久廢。文拙語陋。故不足以發揚令師之美。再三辭不獲免。故爲之銘曰。

落落杲公。僧中之龍。壯歲厭俗。以道是從。燖雞出湯。澤雉脱籠。祝髮依師。叢林著脚。末後乾元。得法於照。劉君之昂。請師鼓揚。寺事日葺。作大道場。雲奔四衆。海赴諸方。作師子吼。如金剛幢。望之斂衽。其誰敢當。兩處住持。度人已畢。書頌示徒。怡然坐逝。雲散露晞。槁壤蟬蜕。其徒分骨。塔於龍門。山灰水涸。其師獨存。

興定二年九月十五日。石刻拓本〔芒洛冢墓遺文四編〕

利州精嚴禪寺蓋公和尚墓銘

趙秉文

臨濟自佛果沿而下之。至於佛日。自四明沂而上之。至於佛鑑。俱出於五祖演。而佛鑑傳南華昺。昺傳四明逵。逵爲今北京松林北遷第一祖。師四明之孫。微公之子也。張其姓。諱圓蓋。永昌阜俗人。十九棄俗而僧。廿棄律而禪。參玉泉名公（缺）安寶公。以機緣不契。退而歎曰。大丈夫肩荷佛祖未生前大事。直須全身放下始得。遂退居靈巖佛髻山。結茅棲隱者數載。山空無人。以水流雲飛爲受用。久之。梅子將熟。詣北京謁微公。求印證。公初不之許。既而不參而參。無得而得。一日舉黃龍心正不妄動話。師以頌舉似。有鐵樹開花之語。公曰。可矣。汝其行乎。大定六年。始開堂於精嚴。繼席松林靈感。明昌六年五月。預告終期。跏趺而逝。荼毗之日。瑞彰舍利。戒定力也。俗壽六十有四。僧臘三十。師行峻而方。故學者遵其道。而憚其律。所居不過一二載。尋返舊隱。晚得瓊嗣。銘曰。

黃龍一句。諸方膽喪。極盡玄微。全無伎倆。伶俐衲僧。剔足眉棱。鐵樹花開。炎天造冰。三上洞天。九到投子。一言相契。草鞋挂起。臨濟法將。松林道場。轉身就父。撒手還鄉。没眼禪和。覓不可見。魚犀夜塘。鹿趁陽燄。松漠之北。利州之東。無縫塔樣。八面玲瓏。一時推倒。河清海晏。花落清嚶。月明秋雁。（謹從欽定熱河志恭録）

汝州香山秀公禪師塔銘（泰和七年）

李名闕

夫法惟不生。真心何滅。道高十哲。□成浪死之儔。有貪嗔癡沈溺之因。非妙用無方而云力空入鄙垂□問佛祖□能□化塵安有利生之潤。維師秀公。穎悟自心。本來清淨。無漏智性。本自具足。畢竟無異。修無修而行滿三祇。證無證而功圓萬德。□京鄢陵人也。姓□氏。幼不茹葷血。自誓出家大相國寺智海禪院。禮長老德密爲師。訓名法秀。年一十七。於大定壬午得度。結束前遇其□自攜瓶錫。徧歷諸方。所至不留。隨儀扣激。歷參親教。密公印許。首住香峯叢林。聞見道眼分明。大定辛丑九月□有五日□癸□唐國公主駙馬統年烏林荅請住智海禪院。內明一心。外通三藏。把住放行。全由自己。至於甲辰。因香山火燼而成灰。□請住持□不數載。復建如初。至於丁未。洒心恬淡。倦於應接。拂衣退之。住持定公□大衆請師西堂。於承安戊午年壬戌月二十有八日。師□曰。地水火風。四大放下。全無罣礙。如□撒手還鄉。始信虛□壞壞不壞。青山渌水依然在。言訖安坐。日將昳而逝。報年五十有六。僧臘壽三十有九。荼毗。門人有七。嗣法二人。孫有三。其洪□等建塔於□之陽。以文□乎信□易□是之本行故略由耳□□□□□敍始末。遂爲之銘曰。

偈○偈字疑衍。幼離父母。捨愛欲苦。徧歷諸方。何佛罵□。發菩提心。已別地獄。大悲作鄰。觀音爲侶。蕩蕩真如。巍巍是主。隻履西歸。全身脱去。拈槌豎拂。□日露步。金骨成灰。靈光下缺。泰和丁卯正月日。寶豐縣志

清涼相禪師墓銘

元好問

清涼。唐廢寺。大定中。第一代琇公。開荆棘。立之兩山間。初無所知名。琇殁後。遂虛席。久

之。西巖德來居。德。輩流中號爲楚楚者。又屏山李公爲之護持。苟可以用力。則無不至。而亦竟無所成。蓋又一再傳。而得吾西溪師。西溪道行清。實臨濟一枝以北向上諸人。至推其餘以接物。則又以爲大夫士之賢而文者也。山中人舊熟師名。及受請。無賢不肖皆喜曰。相禪師來。清涼不寂寞矣。當是時。諸禪方以贊雄相夸。齋鼓粥魚之聲。殷然山谷間。清涼儉狹僻左。僅庇風雨。石田不能百畝。師一顧盼。而雲山爲之改色。向之相夸者。皆自是缺然矣。師諱弘相。出於沂水王氏。幼卽棄其家爲佛子。事沂州普照僧祖照。年十九。以誦經通。得僧服。乃恣讀内外書凡十年。多所究觀。聞虛明亨和尚住普照。道價重一時。乃盡棄所學而學焉。虛明知其不凡。欣然納之。又十年。乃佩其印出世。住鄭州之大覺。嵩山之少林。沂州之普照。最後住清涼。師勤於接納。有諮決之者。爲之徵詰開示。傾困倒廪。無復餘地。故雖退居謝事。而學者益親之。以某年月日示疾。終於寢室。閲世六十有四。夏坐四十有六。所度十人。日義、曰喆。而爲上首。所證三人。曰顯。今嗣師席。曰静、曰雋。所著文集三。曰歸樂、曰退休、曰清涼。并録一卷。傳諸方。顯等以某年月日奉師遺骨。塔於西溪之上。以狀來乞銘。凡此皆狀所言也。初予未識師。有傳其詩與文來者。予愛其文。頗能道所欲言。詩則清而圓。有晚唐以來風調。其深入理窟。七縱八横。則又於近世詩僧不多見也。及登其堂。香火間有程沂州戢名幡。問之侍者云。師與程遊甚款。殁後歲時祀之。予用是與之交。嘗同游蘭若峯。道中談避寇時事。師以爲凡出身以對世者。能外死生。然後能有所立。生死雖大事。視之要如翻覆手。然則坎止流行。無不可者。此須從静功中來。念念不置。境當自熟耳。

時小雪後。路峻而石滑。師已老。力不能自持。足一跌。翻折而墜。同行者失聲。而莫能救。直下數十尺。僅礙大樹而止。予驚問。寧有所損否。師神色自若。徐云。學禪四十年。腳跟乃爲石頭所勘。聞者皆大笑。然亦歎境熟之言。果其日用事而不妄也。予嘗論師之爲人。款曲周密而疾惡太甚。人有不合理者。必大數之。佛然之氣不能自掩。平居教學者。禪道微矣。非專一而靜。則決不可入。世間學。謾廢日力耳。及自爲詩。則言語動作。一切以寓之。至食息頃不能忘。此爲不可曉者。今年西堂成。約予來習靜度此夏。比京師歸。而師歿矣。惜予欲叩其所知而不及也。乃爲之銘曰。

理性與融。物迹與通。不雷不霆。有聲隆隆。宴坐中林。薇藿不充。朝詩有瓢。暮詩有筒。澹其無心。愈出愈工。處順而老。安常而終。覺海虛舟。莫知所窮。嘗試臨西溪揖層峰。萬景前陳。而白塔屹乎其中。悠然而雲。泠然而風。頹然而石。鬱然而松。彼上人者。且未泯其音容。孰亡孰存。孰異孰同。招歸來而不可。待耿月出兮山空。遺山集

華嚴寂大士墓銘

元好問

師諱惠寂。姓王氏。西河陽城里人。爲童子時。白其父。求出家。父定以一子故。難之。及長。於佛書無不讀。授華嚴法界觀於汾州天寧寶和尚。父歿。乃祝髮。居孝義之壽聖。時年已五十有一矣。崇慶初。以恩例得僧服。俄賜紫。遂主信公講席。學者日盈其門。避兵南來。居汝州之普照。

又遷南陽之鄂城。師以華嚴爲業。手鈔全經。日誦四帙爲課。既客居。徒衆解散。獨處土室中而不廢講説。人有問之者。云吾爲龍天説耳。龕前叢竹。既枯而華。隨采隨生。人以爲道念堅固之感。正大丙戌九月五日夜。説世界成就品。明日以偈示衆。告以寂滅之意。且曰。何從而來。何從而去。於是右脇而化。壽七十有九。會葬萬人。所得舍利及它靈異甚多。此不具録。起塔於普照、華嚴、廣陽之大聖、舞陽之弘教。傳法界觀四人。祖登、法昌、福柔、尼了遇。落髮三人。辛卯夏四月。昌等因比丘尼淨蓮求予銘其墓。蓮卽道學郝葉縣之甥。父尉南陽。秩滿棄官。翁媪及諸弟如漢上龐禪家。説師平生於禪那有所得。故不與他義學僧同。其言不妄也。乃爲之銘。銘曰。大方無隅。涉迹則偏。攝一切法。歸頓漸圓。究竟云何。且實且權。彼上人者。言外之傳。於華嚴海。爲大法船。一龕晏居。幽祇滿前。曾是枯株。秀穎鬱然。靈塔相望。有光燭天。鈴音演法。普爲大千。遺山集

墳雲墓銘

元好問

南陽靈山僧法雲。往在鄉里時。已棄家爲佛子。遭歲饑。乃能爲父母輓車。就食千里。母亡。廬墓旁三年。號哭無時。父殁亦然。山之人謂之墳雲。旌其孝也。元光二年冬十二月夜中。僧給詣師求講法界觀。明旦出門，見庵旁近兩雪皆成花。大如杯盤狀。居民聞之。老幼畢集。其在磚瓦上者。皆持去。文士爲賦詩道其事。又山之東。水泉不給用。講學者患之。一日寺西巖石間出一泉。衆謂

純孝之報也。世之桑門。以割愛爲本。至視其骨肉如路人。今師孝其親者。乃如此。然則學佛者。亦何必皆棄父而逃之然後爲出家耶。師臨汾人。姓劉氏。七歲不茹葷。十一出家於洪洞之圓明。師僧智真。二十五具戒。受義學於廣化僧慧。學禪於韶山義公。來南陽主崇勝之觀音院。住靈山爲之起報恩寺。於正大三年冬十二月十五日。壽六十四示疾而化。弟子四人。覺、懿、行、思。行了爲上首。明年起塔於山前。劉鄧州光父。師鄉曲也。知師爲詳。託予銘其墓。予以劉爲不妄許可者。乃爲之銘。銘曰。

僧雲之來晉臨汾。六年居廬哭親墳。地泉觱沸天花紛。孝聲香如世普薰。何以表之今有文。遺山集

告山贇禪師塔銘

元好問

龍興汴禪師爲予言。汴落髮於告山贇公。承事五六年。始避兵而南。北歸。贇公去世已久。師生於正隆初。而歿於興定之末年。年過六十。但以喪亂之後。時輩凋喪。師之行事。無從考按。至於卒葬時日。亦不能知。今所知者。特某甲未南渡時事耳。吾子嘗試聽之。師諱法贇。出於兖州侯氏。自幼出家。事嵫陽明首座。大定間。以誦經通得僧服。卽以義理之學從事。根性穎利。同學者少所及。游參叩詰。洞見深秘。得法於告山明和尚。嗣法靈巖才師。卽大名曾孫也。出世住告山。方世路清夷。禪林軌則未改。師道風藹然。爲諸方所重。再住兖州之普照。州倅信都路公宣叔。文翰之外。兼涉内典。與師爲陶汰之友。師開堂。宣叔具文疏朝服施敬。繼爲先大夫薦冥福。禮有加焉。

其爲中朝名勝所推服如此。汴老矣。尚能記師沈默自守。不以文字言語驚流俗爲門户計。住持不務營造。學者雖多。迄無授記者。行義如是而使之隨世磨滅。門人弟子實任其責。竊不自揆度。敢以譔述爲請。幸吾子惠顧之。不肖交於汴公者三十餘年矣。汴南遷後。嗣法虚明亨公。在法兄弟最後蒙印可。於臨濟一枝。亭亭直上。不爲虐風凌雨之所摧偃。龍興焚蕩之餘。破屋數椽。日與殘僧三四輩灌園自給。不肯輕傍時貴之門。余嘗以五言贈之。有大道疑高謇、禪枯耐寂寥、蓋頭茅一把、繞腹蔑三條之句。意其孤峻自拔如此。必有所從來。循流測源。乃今知所自矣。因略記贇公遺事。故兼及之。歲丁巳夏五月二十有五日。河東人元某書。遺山集

金文最卷一百十二

塔銘

道悟禪師塔誌

失名

佛光道悟禪師。俗姓冦氏。陝右蘭州人。生而有齒。年十六。自欲出家。父母不聽。乃不食數日。許之。祝髮後二年。自臨洮歸於彎子店宿。夜夢梵僧喚覺。適聞馬嘶。豁然大悟。歸家喜不自勝。吟唱云。見也羅。見也羅。徧虚空。只一个。告其母曰。吾拾得一物。其母於囊橐中尋索不見。問是何物。師曰。我自無始以來。不見了底物。其母不省。他日欲游諸方。鄉人送者求頌。有水流須到海、鶴出白雲頭之句。至熊耳。果遇白雲禪寺海公。先是人問海。何不擇法嗣。海亦作頌。有芝蘭秀發、獨出西秦之語。比師之至。夜聞空中人言。來日接郭相公。黎明海呼僧行。令持香花。接我關西弟子。寺乃唐郭子儀建。今渠自來住持也。既至。一言相契。徑付衣盂。寺前嘗有剽而殺人者來告急。師呼衆擒之。曰。卽汝是賊。尋得其巢穴。賊衆請命。師與其要言而釋之。路不拾遺者數十年。人以此益信師之前身汾陽王也。大定二十四年。白雲既殁。師開堂出世。拈香於鄭州之普照。復駐錫於三鄉竹閣菴。時著白衣。跨牛横笛。游於洛州。人莫之測。嘗謂人曰。道我是凡。向聖位裏去。道我是聖。向凡位裏去。道我不是聖不是凡。才向毘盧頂上有些行履處。泰和五年。結夏於臨洮之大勢寺。開圓覺經。升座偶曰。此席止講得一半。去在至五月十二日晚參。翼日早。盥漱畢。呼侍者。我病也。尋藥去。侍者足未及門。師已卧逝方丈上。有五色雲如寶蓋。中有紅光如日者三。春秋五十有五。僧臘三十有九。佛祖通載

虚明禪師塔誌

失名

諱教亨。號虚明。濟州任城王氏子。先有汴京慈濟寺僧福安。山居任城有年矣。齋於芒山村。倚樹而化。見夢於女弟馮。自彭村浮圖乘白馬而下。曰。我生於西陳村王光道家。馮語其母及其子。其夢正同。詰旦至光道家。師母劉。夜夢安公來求寄宿。是日師果生焉。拳右拇指。似不能伸。瞬而未笑。同業福廣、福堅聞之來謁。徑問安兄無恙。師熟視良久。伸指而笑。常獨卧空室。其母聞人誦摩訶般若波羅蜜。驚顧襁褓。師猶囁嚅。及晬。試以經卷、酒杯。遽拾經卷。少長。不茹葷血。唯見僧行造門。輒喜從之。故一時皆呼以馮山主。芒山村碑之於石。七歲出家。禮本州崇覺院圓公爲師。十三受具足戒。遇苦瓜先生相之曰。此兒必領僧萬指。十五游方。聞鄭州普照寶公法席之勝。自汴梁發足。是夜寶公夢慶雲如金芙蕖。繽紛亂墜。以告人曰。吾十年無夢矣。此何祥也。翼日師來。寶公心獨異之。師朝夕參叩。未有所入。他日以事往睢陽。宿趙渡。忽馬上憶擊板。因緣

有省。凝情不散。將抵河津。同行德滿驚曰。師兄。此何津也。師下馬。悲喜交集。至於隕涕。歸以語寶公。公曰。此僵卧人。似欲轉動。猶未印可。曰。曾看日面佛公案否。師笑曰。兒時已念得。寶公笑曰。我只教人參諸方掉下底禪。但再參去。定有自得力處。一日師因雲堂靜坐。忽聞板聲。霍然親證。呈頌曰。日面月面。星流電轉。若更遲疑。面門著箭。咄。寶公遂記莂曰。吾讓汝不得也。諸方知師得法。懇求出世。師亦知緣至。輒往應命。五坐道場。嵩山之戒壇、韶山之雲門、鄭州之普照、林溪之大覺、嵩山之法王。左丞相夾谷清臣請師住中都潭柘。歸隱缺門。復駐錫於濟州之普照。方丈後。叢樹蓊鬱。中有一株。亭亭然高丈餘。羣鴉以次來巢。其上下十二級如浮圖狀。衆賀曰。和上佛法將大振乎。不十數日。奉章廟旨。主慶壽寺。三年退居缺門。知河南府國公石抹仲温。以少林虛席。請師繼之。居無何。師復引去。徜徉嵩少間者數年。忽覺四大絃緩。杜門堅坐。謝絶賓客。其嗣香山江延師于西堂。慈雲海復乞侍奉。至興定己卯秋七月十日。謂衆曰。汝輩各宜著力。索筆書頌。其末後句云。咦。一二三四五六七。堅坐不動而逝。享年七十。僧夏五十有八。闍維焰如蓮花開合。牙齒目睛不灰。舍利無算。師自兒時。額有圓珠。至是爆然飛去。收靈骨。建塔焉。佛祖通載

靈巖寺雲禪師塔銘皇統九年

釋正觀

師諱法雲。字巨濟。世居泉州同安縣。西林林氏之子。氏族甲於泉南。其祖諱益。宋元豐間。天子

知其人。以諫議大夫除任諫垣。師之伯仲齒于□紳者。世率相繼。惟師自襁褓中。聞鐘磬聲。則合掌抵額。或問以善言。則應對無滯。皆與經語暗合。至□六歲。屢請於父母欲出家。父母□其志不可□□捨令從釋氏教。受業於當縣化度禪院。禮尊宿德新以爲師。不喜羣居。卜庵於院之側。榜其庵曰寂照。晏坐自如。修習禪定。德璿禪師每語人曰。□□真釋氏之神駒爾。左提右挈。朝夕警誨。千里之行。始於此也。後至大倫山梵天禪寺孜禪師會下。孜見而奇之。遂許入室。叩請甚勤。師一日入室。□外□立待次者甚衆。不知師出何語。惟聞孜大笑。厲聲曰。子到不疑之地。正要保任。師掩耳而出。自玆囊錐穎露。雲水之士。皆願從之游。師後世而所嗣者孜也。孜嗣大相國寺智海禪院清禪師。清嗣雲居祐禪師。祐嗣黃龍□禪師。師每與同參論道。相約曰。雖然佛法只者是。然名山大刹。不可不游。□師碩德。不可不訪。遂率諸道友。遍歷祖席。航海而至密州。密人扶老攜幼。相迎於途者。無慮數千人。日加尊敬。擇幽隱以處之。時兖州普照禪寺住持闕人。兖守謝鑾。公聞師之名。嚮師之道。請居普照。六年。大闢禪關。俾一方之衆知有此道者。師之化也。後靈巖虛席。朝廷遴選其人主之。而謝鑾公移守濟南。公採摭輿論。以師名申省。三請而後從。紹□□□□邇悦慕。當途公卿。皆盡外護之力。而轉運使康公尤爲知遇。凡事之有益於常住者。與之。事之有損於常住者。革之。居四年。而殿宇□□□然以新。忽語其徒曰。世諦之事。陽焰何殊。此□不可以久居。意欲脱然高引。而有事於遠遊也。衆雖疑之。而不知其所以然爾。前八月十六日。師密遣人詣府陳狀。求退。抵府門而知事僧追及之。遂止。越十有四日告疾。衆召醫治之。

師曰。因緣至此。醫者奚用爲。在疾五日。書頌以别衆曰。秋八月兮。船回波頭。日卓午兮。雲塢。横牽玉象兮。何有何無。倒騎銕馬兮。何賓何主。撒手清風滿四維。凝眸皓月超千古。頌畢。焚香端坐。不言不□不餌。至閏八月初八日跏趺而化。觀師之建立無倦。而忽有志於退休。未幾而示寂。豈不自知當然者耶。議者惜其未盡所藴而天厄其壽。悲夫。立塔於寺之西北隅祖塔之側。壽年四十有七。僧臘三十一。度弟子十有一人。皆質直守道。無聞於時。師有同參僧祖習。自師出世。輔之翼之。使師之道行於世者。習與有力焉。習執師行狀。求銘于雲。比丘正觀。正觀蒙師之奬激。感習之高義。而不敢辭。乃爲之銘曰。

授法溫陵。播道東齊。維茲爰始。引導羣迷。宗門聖箭。釋氏神駒。一音演唱。兩易梵居。禪侶輻輳。是則是儀。解粘去縛。爲世大醫。嗟乎藴奥。未盡施爲。臨行一句。妙偈四馳。跏趺□滅。拂袖西歸。方山之側。窣堵巍巍。仰懷其德。祇敬其師。式示來者。泰山志

住持龍潭昭慶二院昭祥大師億公幢銘（明昌四年）

釋寶安

師諱善億。雒陽登封縣景店張氏之子也。自童稚間。立性孤標。不投戲聚。父母珍之。遂捨於龍潭寺主僧進公上人爲出家子。師方年十歲矣。既棲覺院。觸事穎郡。於紹聖元年。蒙撥放得度。戒品既具。護如眼睛。於時衆所推德清本院住持。未幾興葺鼎新。力雖至乏。心無少怠。故得雲行水止之衆。仰風而臨。繼而又承殿前太尉王公慕師碩德。敦請兼住昭慶禪院。其於修完宏衆等事。並如

本院。公愈加敬仰。特爲師奏章服、師名。以報其德。昭慶自此得長行度牒一道。皆師之力也。師柄此二院。衆集百員。二十年間。炎寒無變。一衲之外。不稸餘貲。建炎三年仲夏之月。示化於凡。世壽五十九。法歲三十六。二院度門人共二十員。時屬兊世。遽而□之。迄於明昌四年間。有門人安德等。遂於歸山之前萬金嶺之東。再卜窀宅。厚而葬之。伋〇伋疑當作仍。命倕匠礱雲根刻神呪者。庶恢饒益。務盡孝思故也。門人等一日以事囑余作記。辭既不獲。遂命筆紀其實。銘曰。

吾門紀綱。億乎堂堂。深游性海。高立大方。其心清淨。超秋月光。其德芬馥。比春蘭香。示同有漏。必歸無常。葬烟嵐堆。它〇它疑當作宅。龍虎岡。以總持力。作大道場。翼静妙智。歸安樂鄉。雖古不變。壠樹蒼蒼。石刻拓本

甘泉普濟寺通和尚塔記（大定五年）

釋圓照

洞山垂範。家範肅齊。遞代相承。不容忝竊。必待其極可者。方許以嗣續焉。雲孫辯公。先參鹿門覺和尚。許爲吾宗再來人。次侍芙蓉潮楷老。後方領衆青社天寧。時會本朝撫定。來都城。所居奉恩、華嚴、萬壽等寺。皆爲成就。從來遊師之門。學師之道。何啻百千。其間得堪傳授者止八人。師其一也。師法諱行通。俗姓張氏。雲中天德人。甫五歲。不茹葷腥。匪妄言笑。常遊寺宇。見聖像一一作禮。父母憐之。俾依同里近泉寺雲懿耆德爲徒。遇恩具戒。護持愈勤。一日。本師緣有所忤欲行捶責。以手舉杖。移時不能下。人咸異之。至年十八。乃自奮曰。迅速光陰。何當得悟見性成

佛之理。未幾辭師。徧參知識。天會中。聞辯老唱法燕都。特來參侍。後從辯老至仰山。言下透脱。尋印證爲洞宗第十一世。皇統中。辯老入滅。師繼住持。數十載。凡事無鉅細。悉依佛制。至大定四年六月。師以年老。謝事雲遊。道經三河何公道院。次年甘泉寺疏請住持。一日忽謂衆曰。人生百歲。七十還稀。吾亦六十有九矣。忝續祖道。至於今時。宜當順世。以示無常。怡然而化。荼毘日。頗多異相。何公、仰山洎本寺。析骨爲三分。各建塔藏之。甘泉塔在寺之正北高阜。去寺僅三十步。大定五年八月望日述。欽定盤山志

三泉寺英上人禪師塔記〔承安四年〕

釋覺聰

師號祥英。俗姓黄氏。世居香河。望仙鄉人也。父名公才。母曰董氏。髫專慕道。冠討離俗。於興國院依委上人爲師。皇統二年蒙恩具戒。洎後於覺山憫忠寺聽習首楞嚴經。至第八三。漸次修有省處。游方在念。利物爲懷。遍涉名山。訪參師友。心安頓歇。寂憺疎食。椵衣忘寢。或與虎豹同行。無别異念。一日冬夜撥火次。倏然悟道。觸物無疑。冥符圓通。覺性澄圓。放曠無礙。一物不爲可盡。林泉之老也奈何。果熟香飄。任緣化導。所居報國中盤千像、上方三泉水。普爲修葺。匪令淪墜。至承安改元。與國鄰村洪智壇信持疏。伏請塼園院瓦甓。聊總綱維。不幸承安四年二月十有九日。以疾卧化。猶大覺入圓寂之地。冥然卧雙樹之間。迺俗壽七十有九。夏臘五十有八。於是門徒慟泣。不可勝數也。伏感陰雲靉靆。白霧垂祥。荼毘之時。數千引從牽轝而行。伏以白蓮瑞

現。花雨空中。蟬化金光。香馥滿地。四衆瞻仰。歎曷盡矣。門人志空分舍利葬於三泉之寺。建塔而安之。伏與同修於虛明軒祈記。道人曰。

師之道行。邈乎綿綿。髫齔慕道。冠離俗緣。首剙楞嚴。參曹洞禪。撥火悟道。覺性復圓。韜光林下。三十餘年。一物匪爲。果熟飄然。盤陽十寺。修葺從緣。末後鄉老。命疊甓垣。噫哉緣盡。以寂歸仙。耶維瑞現。空雨白蓮。金蟬化地。白霧彌芊。分奪舍利。處處爲先。三泉之寺。巍巍塔堅。虛明祈記。强以銘焉。筆不可書。文豈能詮。以光虛廓。昭符靈源。來者瞻仰。高鑠寒烟。稽首歸誠。今古明然。石刻拓本

辯才大師誠公戒師塔銘〔大定五年〕

釋師·偉

詳夫經史載事。碑碣紀人。事無妄而可以書。人有實而可以紀。安可莊德於珉。弄文作錦。徒駭視聽矣。其惟純粹者孰歟。故有我師諱德誠。字信之。世嗣乾州武功縣田氏之子。幼日聚沙戲之。而猶爲佛塔。長年慕道。辭親而願入僧門。遂投京兆府興平縣實相院苾蒭善江之庭。侍而不厭。勞而不怨。磨而不磷。涅而不淄。十九歲中方逢落髮。即元祐四年冬月也。其師乃美質好音。志宏性直。不學守株待兔。便乃訪法擔簦。第歷二京師參多士。虛而往則實可歸。德以□則名可大。隴州潛和尚亦吾家龍象也。知師聞望。傳戒與之。政和四年聞丞相种公許師奇古衣□紫□師號辯才大師。於後教風大扇。佛日增輝。法輪遍轉。關中學士争趨座下。論□□響薦領百人□□□講因明等□季

不虛□僅五十年矣。每於講暇。自誦蓮經。雖乃詞鋒□□法印□□時功不休□□不減□智囊學海。包括非一。丈二文吼。石輪金激。問有千義萬義。廣場之中。多有成名。□□拔萃不羣如□銳□□由師而起。陝右講匠僧傑。大半皆師登門客也。於法門寺塔四十年中□□□□仍建百師會二壇。師爲檀首二□樞密趙公請住明因院。改故重新。有實相院舊基。前臨官道後□□□□□車馬□繁思翠□□□清超盡遷隘寺全上高岡面對南山。眼觀渭水。搆屋立像。狀出天成。偶□赴請□翔界道過武功郊□□□□邀□□□誤落一牙。主人收惜。覆帛藏之。後取瞻玩。牙生感應。四□傍一象豆上三如麻與玉争朗。緇白歎異。俗壽七十七。僧臘五十八。度門弟子六人。曰法潤、法雲、法雨、法遠、法□、法培。傳戒小師十一人。曰意清、惠通、廣教、法□、道溥、清惠、海洪、法然、善學、圓爽。天德二年秋。夜月□牕卧驚失□出户過閣小徑徘徊。東有懸崖約高二丈。飛身誤墜。下坐儼然。語笑清泠。襟帶完結。儻非神物護衛。安能毫髮無虞。是年十二月初三日。忽入寂滅之界。靡示少疾之因。觀心無常。絶湌齋粥半粒。觀身不淨。唯飲清水十朝。至十二日。索沐浴湯。著鮮潔服。曲肱而卧。掩目而終。當折膠墮指之時。有肌膚柔軟之異。面變桃紅色。還若壯年時。停喪七日。弔客盈門。巾冠總角之流。摩肩疊足之望。縞緇迅集。悲喜交并。悲則異其人。喜則異其事。將臨宅兆。預請諸師建壇。演尸羅之文。靈圍萬象。隔棺傳德初之戒。最後一人夜當黑月三宵。頓現白光二道。自靈堂幕下而來。至佛事場中而住。人人備觀。漸漸潛消。翼日舉棺葬於寺右。墳深二丈。土起一□庶俗哀號。禱乎感應。掬土在手。尋得戒珠。一人喜躍騰聲。四遠欣然響應。以指以□□□争尋成坎成坑。培築復陷。晝卽臨風攤土。日下輝生。夜卽背月撥埃。手中光出。其戒珠也。若大若小。五色鮮明。其得人也。有少有多。四方不等。墳壠初起之夜。行人驛路之中。望見紅紫數段。曲繞幾盤。上貫虛空。繽然成蓋。焕赫如晝。□作大明。驚怪喧呼。聲震村落。寢人攬衣離闔。與客同瞰神毫。問之曰。奚爲爾。奚爲爾。□泣相告。喪我戒師菩薩矣。衆耳既聞。同音稱善。自後聯綿百夜。示現不同。現其燈。則作金作銀。現其光。則如旙如旐。有從塋起。來入寺中。有自寺升。去歸塋內。或斷或續。還同截繡縫花。或高或低。渾似舒霞展錦。異事非一。採略言之。子孫思慕真風。議乃圖形建卯。斯可見有實事而無纖塵莊德。排諦語而絕點墨加文。不盡發揚。聊賦銘曰。

秦中法將。慧劍倚天。蕩除妖孽。弼輔金僊。教風浩浩。佛道平平。如何不世。失我巨賢。月沉碧落。珠没清淵。山原骨宅。竹帛名編。陵移谷變。嘉譽長傳。

大定五年八月十日。石刻拓本

房山東嶽廟女冠卜道堅昇雲幢（泰和八年）

失名

蓋積功累行者。世之所尚。受持齋戒者。人之所推。歷觀古昔。爲道之士。或盡力而行。或中道而止者。不爲不多矣。能抱道專一。度脱塵凡。古難其人。觀於龐公審照刹那之悟。皆由此理。邇者女冠卜氏。俗本房山。自幼年而悟。出家後。受恩戒。法名道堅。棄俗歸真。四十餘年矣。□□□

□□□□□□太上正一法籙。清潔嚴肅。驅邪治病。無不應者。門徒養志德數人。皆述其本。邑壇衆知其德行清高。遂請至本邑東嶽行廟。搆壇治病。□□□□□觀其前後建功。求諸事業。莫不盡普度。春秋七十有四。乃泰和丙寅四月十有七日。己年殊無疾病。召門弟子曰。來日辰時須當行。上右手稽首。侍者驚曰。況師安康。何發此語。有頃至夜。如其眠。徐往覩之。誠如其言也。若非至人。安得如此明了。門徒以下泐缺。泰和八年四月十有八日立石。石刻拓本

中都右街紫金寺故僧行臻靈塔記〔承安四年〕

釋善珍

臻公者。寶坻縣青公臺東保君政第三男也。俗姓楊氏。承安三年。遇恩具戒。於承安四年十二月十五日示寂。承安五年四月十三日寺主善珍建。謹從欽定日下舊聞考恭録

大夏國葬舍利碣銘〔承安元年〕

夏張陟

臣聞如來降兜率天宮。寄迦維衞國。剖諸母脅。生□□靈。踰彼王城。學多瑞氣。甫及半紀。頗驗成功。行教□□衍之年。入湼槃仲春之月。舍利麗黄金之色。齒牙宣白玉之光。依歸者雲屯。供養者雨集。其來尚矣。無得稱焉。我聖文英武崇仁至孝皇帝陛下。敏辯邁唐堯。英雄□漢祖。欽崇佛道。撰述蕃文。柰苑蓮宮。悉心修飾。金乘寶界。合掌護持。是致東土名流。西天達士。進舍利一百五十畱并中指骨一節、戲佛手一枝及頂骨一方。罄以銀椁金棺。鐵甲石匱。衣以寶物。□以毗沙。

下通握地之泉。上搆連雲之塔。香花永□。金石周陳。所願者。保佑邦家。並南山之堅固。維持元嗣。同春葛之延長。百僚齊奉立之誠。萬姓等安家之懇。邊塞之干戈偃息。倉箱之菽麥豐盈。□於萬品之瑞。靡息一□之□謹爲之銘曰。

□者降神兮。開覺有情。肇登西印兮。教化東行。□□之後兮。舍利光明。一切衆生兮。供養虔誠。□□聖主兮。敬其三保。五百尺修兮。號曰塔形。□□□兼兮。葬於兹壤。天長地久兮。庶幾不傾。

大夏天慶三年八月十日建。朔方新志

金吾案。夏天慶三年。金承安元年也。其時夏臣屬於金。故附録之。

金文最卷一百十三

行狀

先君行狀

王寂

先君諱礎。字鎮之。姓王氏。大名莘人也。其先出於周靈王太子晉之後。由先君而上。六世祖諱晝。宋魏國文正公旦之從弟也。初文正之父晉公。歷顯漢周。逮建隆、開寶間卒。以直道不容。不登大用。嘗手植三槐於庭。曰。吾後世子孫。必有爲公者。至文正。信然。故世號其門曰三槐王氏。晝爲人勇果。善騎射。咸平初。以靈夏之役。累功遷供備庫使。景德中。命率所領戍雄州。以禦契丹。是時鳴鏑滿郊。每戰輒勝。一日輕兵追北。夜陰霾。迷所向。誤墮溺津。爲遼人邏得之。羈縻於景州南部落。子孫因家焉。曾大父文進。輕財樂施。世稱長者。大父昇。尚書比部員外郎。父臣忠。崇禄寺丞、成州録事參軍。卒贈朝列大夫。先君年二十七。舉進士第。釋褐補宏文館校書郎、奉聖州市判。再調忻州秀容縣丞。時天會五年。王師南伐。調發民兵。本部以先君主之。進攻唐鄧。城陷。軍中盡俘壯健而殺老弱。先君獨取其老弱者數百。朝與之食。夜即縱去。明年凱旋。時州境有劇盜高麻胡。恃險與衆。鴟張莫制。先君伺間。夜銜枚破壘。掩殺渠魁。遲明。俘馘殆盡。郡以狀聞。就遷太子洗馬知縣事。俄以成州居喪去職。服除。攝洺州雞澤令。會遼東更置郡縣。守令皆取當時治有聲迹者。先君擢海州析木令。既至。則不以窮鄉僻陋鄙夷其民。而百事裁以繩墨。數月告治。舊俗多畜蠱。毒殺人以祈富。先君爲出秘方。轉相傳付。所活不可勝計。歲滿。移知真定府平山縣。縣有奚兵主將蕭嘉哩合。私釀酒椎牛。間遣奴輩白晝漁奪於市。前爲邑者。熟視强梗者莫敢治。先君盡發其姦贓。捕奴之用事者。案服抵罪。自是脅肩累足。訖去不敢犯。已而赴行臺。吏部當王植、王效輩分職銓衡。一見先君。喜甚。曰。田吏部知公廉士。久欲改官。當從此著鞭矣。先君辭以疾。授定州唐縣令。先君退謂所知曰。田侯疾惡太甚。怨隙已成。其能免乎。未幾果起大獄。唐爲中山望縣。然學校之廢已久。先君慨然歎曰。養士之源。發於鄉黨。今吾邑曠數十年。訖無一人得雋於場屋。是豈風厲之不至耶。迺大新廟學。延集諸生。親爲指授。檢責其日課。自爾獻賦策名者相繼。先是鄰封有狂道士姓慕者。妄憑神語。陰搆異圖。既而事敗。先君承府檄大索支黨。乃獨捕其始事十數人。餘置而不問。或有持社案名氏以告者。先君曰。是事了無干涉。亟命火去。父老至今懷德。肖像以祠。其後歷中西南京、平陽、京兆轉運判官。往任西京歲。平薊大饑。逐食之民。疾疫死亡。相藉於路。先君謀及僚屬。爲割廪餘。日具饘粥以食餓人。既而豪宗大姓。争出粟相助。賴以全活者十七八。先君雅倦游方。抗章求去。適會命下。遷歸德府判官。時府帥怙權專恣。遇官曹暴甚。嘗課諸縣伐冰。厚取其值以資公帑。先君曰。二千石爲天子牧民者也。奈何掠民膚髓。爲觴豆之奉乎。力爭乃罷。初。自長吏而下皆不悦。及旁郡有坐是而黜者。始謂先君曰。微公幾殆。由是信服。事多咨決。先君曰。吾年如此。豈能終埋没於簿領哉。翼日。請老以歸。先君天資渾厚。胸次洞然。與人無秋毫隱。自其壯歲。聲聞藹然。謂青雲立可致。無可跋疐。反墮冗調中。顧尋常出其下者。踵相躡臺省矣。人以爲必不能平。先君處之。怡然自得。性嗜書卷。未嘗去手。有詩百篇。平淡簡古如其爲人。中年以來。世味嚼蠟。因自號退翁。喜竺乾學。從香林比丘悟柔傳出世法。歲晚。飯蔬衣褐。翛然如僧。過故山泉石佳處。杖屨終日。徜徉乎其間。如是者十有四年。一夕奄遘微疾。閲數日。晨起如平時。沐浴易服。跏趺而逝。屬纊之後。香聞滿室。信宿乃歇。人皆異之。壽八十二。實大定丁酉四月初一日也。先君仕四十三年。積官至通奉大夫。夫人清河張氏。汾州西河主簿孝端之女。夫人有賢行。爲中外姻族表儀。累封太原郡夫人。後先君五年卒。男三人。曰寂。中憲大夫、中都副留守兼本路兵馬副都總管。曰宲。修武校尉。蚤世。曰峡。進義副尉、前同監睢州酒。孫男七人。曰欽哉、直哉、良哉、鄰哉、庸哉、文哉、熙哉。女孫五。曰昐余。適左國公孫茂。曰瑶珍、瓊珍、弄珍、勝珍。並幼。曾孫一。曰誥孫。不肖孤寂等。期以某月日奉先大夫、先夫人喪。葬薊州遵化縣仁壽鄉靈應山之東原。從治命也。今謹録其遺事大概。以俟立言君子圖不朽焉。謹狀。又先君墓銘曰。

維盤之東。全燕古風。淑氣充塞。挺生我公。厥初受氏。周靈王子。三槐之大。自文正始。公廉且明。所莅有聲。滅牘破蠱。死者復生。不肯俛首。寧居牛後。惜哉陸沈。誰援以手。有官建節。不爲之哀。身體强健。年及期頤。乘除得失。天意可知。棺衾既具。銘旌啟路。斂服以常。治命有素。納石於壙。孝心永慕。夜何晨兮閉佳城。春復秋兮風宰樹。鉅金之大老兮。王公之墓。拙軒集

哀詞

姚君哀詞

王寂

昔吾先君。所與交游皆當世名士。寂時尚幼。每聞談姚君之美。殆不容口。正隆改元之明年。寂始識君。欵接緒餘。過所聞遠矣。公諱孝錫。字仲純。安豐人也。宋宣和甲辰舉進士第。調代州兵曹。彈冠振衣。方有志於行道。居無何。鴈門失守。主將以城降。當時官屬。晝夕股慄。謀所以生。公投牀大鼾。絶不以經意。人或問之。公曰。死生天也。夫何懼之有。士大夫以此多之。皇朝奄有。起公爲五臺主簿。未幾移疾。蓋不復有意於世矣。林泉佳處。杖屨時一徜徉乎其間。如是者五十七年。大定辛丑八月日以疾終。春秋八十有三。先是歲饑。物價翔湧。長鬣輩收貸粟以規其利。公怒而責之曰。汝輩無狀。苟家有餓莩。雖有粟。吾得而食諸。亟命散去。由是益稱長者。公天資簡淡。平居專以書史自娱。雖處暗室。無秋毫之欺。以至死生禍福不汨於胸中。況顧富貴爲何等物也。平生知我。無如公者。公之云亡。寂適從事於四方。繼丁家難。不得置生芻於門下。負媿多矣。嗚呼。九原冥冥。念無以致其哀者。作此詞以哭之。其詞曰。

公之父祖。珥漢貂兮。公之兄弟。揭世標兮。丁年射策。追董、晁兮。走官窮塞。政有條兮。宣和

失馭。九鼎摇兮。厥民塗炭。生不聊兮。守臣納土。皆願朝兮。公獨完節。儆乃僚兮。中天特立。斡斗杓兮。致之不可。况折腰兮。退安丘壑。躬牧樵兮。西子埽除。嫫母妖兮。龍媒連蹇。駑馬驕兮。英聲義氣。江漢潮兮。文章德業。日月昭兮。初聞謦欬。如九韶兮。坐覺形穢。鄙吝消兮。醉軒下榻。晝爾宵兮。峰山執別。歲月遼兮。宦遊南北。木偶漂兮。期君壽考。松不凋兮。無何集舍。鵩似鴞兮。少微中夜。掩紫霄兮。百年如夢。鹿覆蕉兮。六十小劫。風雨飄兮。滕公載義。駐使軺兮。黄旛裹櫬。恨未消兮。與公平生。言久要兮。並遊地下。廉、藺超兮。佳城一閉。無復朝兮。人琴俱亡。誰與調兮。山空月冷。夜寥寥兮。鳥啼花落。春蕭蕭兮。隻雞斗酒。敢忘喬兮。臨風揮涕。川路遥兮。魂其如在。尚可招兮。拙軒集

哀先鋒副統詞

趙秉文

皇天賦予一人兮。胡獨鍾此淑靈。孕陰山之勁氣兮。萃潢水之精英。冒黑山之苗裔兮。踵一旅之家聲。身大不配其贍○贍。吴本作膽。兮。又重之以修能。飛叢矢於指端兮。匪絃月而彀星。超百步而命中兮。若馳風而挈霆。突沙陀之重圍兮。破下蔡之精兵。維所向而無前兮。以長槍而得名。從元戎以南征兮。貳前鋒以啟行。頓歷陽之城下兮。斷懸橋以先登。偶流矢之中顙兮。氣猶勵而奮征。寒日薄於虞淵兮。黯流星之墮營。旦釋圍以赴滁兮。摧吾萬里之長城。嗚呼哀哉。將行流沙。麒麟骨折。欲濟大江。亡失舟楫。如何昊天。喪我英特。如可贖兮。百身何益。千人一英。萬人一傑。生

也何艱。奪之何卒。天賦絶藝。神授秘訣。輪扁無傳。廣陵遂絶。嗚呼哀哉。部曲散兮寶刀匣。虎犨摧兮生死決。風蕭蕭兮霧冥冥。烈士抆淚兮悲泉咽。嗚呼哀哉。生何爲兮死何歸。生無成兮則如勿生。生不識兮死誄之。誄國殤兮酸余情。滏水集

姚醉軒先生哀詞

党懷英

望西山以馳弔兮。其下維德人。抱明月以螭盤兮。寧終屈而不伸。天昏廓以四闢兮。羣飛紛其上翥。將摶挐以並征兮。惜衝風之落羽。蘭爲佩兮桂爲帷。誰招予者兮。予從與歸。青雲豈難振跡兮。顧揵結之不素。元豹自媚其文兮。亦何嫌於隱霧。詩書與友兮。琴尊與游。適意自安兮。樂閒自休。出吾餘以研桑兮。猶足以比素封之侯。惟清閒爲秘福兮。非有力能兼取。雖神仙猶可畏兮。曾莫樂於下土。數與數相乘除兮。常此奪而彼與。陋巖栖之下概兮。心實往而跡藏。出非徼而處非隱兮。吾獨蹈古人之所常。隨時委順以終老兮。噫先生爲不亡。中州集

祭文

起兵以遼罪祭告天地文

太祖

世事遼國。恪修職貢。定烏春、窩謀罕之亂。破蕭海里之衆。有功不省。而侵侮是加。罪人阿疎。屢請不遣。今將問罪於遼。天地其鑒佑之。金史

祭高麗恭孝王文

熙宗

惟靈撫有藩封。踐修遺訓。忠勤著於三世。功利被於一方。遽爾考終。玆焉茹歎。式馳使傳。往致奠儀。庶其有知。歆此至意。高麗史

祭高麗恭睿太后文

世宗

惟靈早自慶閥。來嬪侯蕃。始以婦道相其夫。終以母慈保厥子。遽違榮養。良可哀憐。宜加賻贈之儀。仍致酒殽之奠。貞魂如在。寵數其歆。高麗史

國子監釋奠兗國公祭文明昌五年

維年月日具位。致祭於先師亞聖兗國公。爰以仲春上丁。釋奠於先聖至聖文宣王。惟公德冠四科。師表百世。仰止宣聖。其殆庶幾。配食廟廷。時惟舊典。謹以制幣牲齊。粢盛庶品。式陳明薦。配食於神。尚饗。陋巷志

祭陣亡士卒文至寧元年

禁煙祭先。土俗所崇。凡爾子孫。以此爲恭。乃令爲嗣。神哭陰風。惟予一人。致爾若此。痛恨填

臆。有纇其泚。大金國志

祭城隍文

王寂

維年月日具位某。謹以香酒茶果之奠。致祭於城隍之神。惟神受命於天。分職兹土。限幽明之雖異。課殿最以實同。今日祇奉絲綸。繕修城郭。敢期陰相。迄用有成。豈惟吏責之可逃。要使廟食之無愧。尚饗。拙軒集

祭姬平叔文

趙秉文

孔孟云遠。士喪真純。有一於此。如見鳳麟。嗟嗟平叔。今之古人。治心養性。求仁得仁。平叔之剛。忠腸義膽。暫爲御史。龍鱗輒犯。既丞大理。槃木力撼。世謂平叔。魏徵汲黯。平叔之德。玉粹冰清。撫姪如子。事嫂如兄。貞不絶俗。廉不近名。世謂平叔。五倫陽城。平叔之心。晴空秋月。夭壽不貳。得喪如一。鉏去客氣。存養真宅。孰知平叔。蒙莊摩詰。舉世不知。知亦不受。名教之樂。禮法之守。十五年來。天下不名。豈無愛憎。貫之以誠。司馬之伸。平叔之蹟。易地皆然。人無異議。我初臥疾。以死諉公。公爲憮然。則齊始終。人亦有言。太剛則折。公如不聞。吾計已決。謂言六秩。乞身退閒。期月不待。龍髯遂攀。百世在前。萬世在後。其間百年。孰爲夭壽。惟有令名。千古不磨。嗚呼平叔。今不復得。已矣如何。滏水集

祭薛威儀文

趙秉文

嗚呼。世降道喪。朴散而漓。古風不還。慨莫予追。有人於此。眞淳不欺。不獨今無。古人亦稀。猗歟尊師。抱一不離。嚴奉戒律。始終不虧。心地開朗。而拙言詞。終日如愚。退發其私。老莊儒釋。一以貫之。昔我先君。與師之師。情同義合。命駕相期。晤語終日。忘渴忘飢。我父我子。爾師爾資。爰敦夙好。世德是儀。自始識面。暨老且衰。三十餘年。不磷不淄。我從北來。見師滏湄。環堵蕭然。黄冠白髭。貞祐初元。天發殺機。桑梓陷没。親識誅夷。獨師尚存。喜見睫眉。挈置河南。館之宫祠。謂守丹竈。莫如子宜。命也如何。一病莫支。超然坐逝。棄我如遺。師既云殁。殭坐移時。頭頂尚暖。超昇不疑。盛以瓦棺。葬之路垂。死生夢幻。臭腐神奇。不亡者存。夫復何悲。尚饗。復銘其墓曰。

千虚不如一實。萬言不如一嘿。養内者德。養外者賊。至於體軟而夭。頂暖而濡。以形形心。維德之符。滏水集

祭劉雲卿文

趙秉文

嗚呼雲卿。而至斯耶。壽不登五十。官不過七品。而止於斯耶。方行萬里。出門而車軸折。何辜於天。而奪之遽耶。既畀之才。而不畀之壽。何侈於彼。而獨靳於此耶。嗚呼哀哉。如君之才。無適

不宜。小試所長。英英不羈。暫爲御史。自信不疑。奮身直前。百謫不辭。既厄居陳。心和且夷。講道論義。飲酒賦詩。諸公交辟。請置劇司。屈宰一邑。牛刀割雞。政聲籍甚。草木皆知。召還北苑。棄我遺黎。父老遮道。毋以公歸。我公去矣。我民之思。桐鄉遺愛。葉邑立祠。既斥而復。謂將有爲。文章政術。百未一施。曾不踰月。而死及之。嗚呼哀哉。君之始病。一僕自隨。君之妻子。適來京師。及其蓋棺。猶及臨之。嗟嗟老母。倚門望之。哀哀孤魂。夢寐見之。扶櫬還家。何以告之。聞此訃音。何以處之。嗚呼哀哉。維南山翁。文爲世師。令德之後。桂林六枝。君雖往矣。有此二兒。復大其家。尚或似之。君爲不死。聊以慰之。嗚呼哀哉。尚饗。滏水集

郭彥卿祭蝗文

李俊民

三日爲霖。已沐溉枯之渥。八月其穫。尚虞飛孽之栽。方致虔祈。遽蒙嘉蔭。蓋以至誠而神感。遂使大田之稼多。無害有秋。敢忘昭報。肅陳菲薦。仰答靈休。莊靖集

史沖霄祭清源王文

李俊民

導流既東。書備明乎禹績。祭壇而北。禮詳著於周官。昔者封侯。今而王爵。善利於物。克長厥靈。驅雷叱電。以張天之威。騰雲致雨。以澤地之産。不愛其寶。故時時而效珍。所享者誠。宜翼翼而懷福。肅陳菲薦。仰瀆明靈。冀有感通。曲垂眷佑。莊靖集

設醮祭亡靈文

李俊民

嗟嗟汝靈。生非汝有。寄此浮世。薤露易晞。風花易墜。倏然而來。忽然而逝。賀者未已。弔者隨至。亡者之魂。存者之淚。傷心哉。陰德之門。或子或孫。蘭刈之後。有時而生。急難之原。或弟或兄。荆枯之後。有時而榮。投江爲父。孝感者女。化石爲夫。思深者婦。悲樹之風。念親而哀。望思之臺。欲子之來。顔死相繼。一家忠義。袁死相告。一門忠孝。嗚呼。人之生世。如夢一覺。其間利害。竟亦何校。生非所惡。死非所好。伊誰不然。在順其道。日月之行。蹙其來往。霜露之降。助其悽愴。雖在幽冥。不昧英爽。潔我庶羞。宜其來享。莊靖集

設醮祭孤魂文

李俊民

嗟嗟汝魂。生何不辰。罹此多難。道喪生輕。時危命賦。壽夭所係。將軍一戰。同爲枯骨。游魂之變。可哀可矜。可弔可唁。蚯蚓鑽額。烏鳶啄面。月苦霜白。風悲露泣。傷心哉。時耶命耶。何不幸也。蜂蠆之毒耶。鯨鯢之戮耶。彼氣之竭。旗之靡耶。彼血之流。戈之倒耶。泰山之哭。虎之猛耶。桓山之悲。鳥之别耶。愛人之官。鬼之朴耶。爲人之役。鬼之倀耶。枕者之尸。誰其封耶。爨者之骸。誰其掩耶。嗚呼。天地之間。人爲過客。能壽幾何。各反真宅。何者爲休。何者爲戚。雖皆人禍。亦乃天厄。所棲者魄。有兆有域。所享者德。有黍有稷。魂兮不昧。宜其來格。莊靖集

崔仲通祭孤魂文

李俊民

佳城馬過。益增鬱鬱之嗟。華表鶴來。徒切纍纍之恨。諒惟冥漠。不昧英靈。肆陳黄籙之筵。爲指朱陵之路。莊靖集

祭飛蝗文

元好問

粤惟此州。百道從出。調度之急。膏血既枯。懸望此秋。以紓日夕。沴氣所召。百螣踵來。種類之繁。蔽映天日。如雲之稼。一飽莫供。道路嗷嗷。無望卒歲。考之傳記。事有前聞。魯公中牟。今爲異政。貪墨汝罰。詎曰弗靈。言念兹時。瀕於陸沉。吏實不德。民則何辜。歲或凶荒。轉死誰捄。敢殫志願。神其憫之。遺山集

爲第四女配壻祭家廟文

元好問

維太歲辛亥十二月丙辰朔十有四日己巳。孝曾孫元某謹以家奠。敢昭告於顯曾祖忠顯府君。曾祖妣王氏。顯祖朝列大夫銅山府君。顯祖妣河南縣太君趙氏。顯伯考贈中順大夫東巖府君。顯伯妣河南郡太君王氏。顯考廣威隴城府君。顯妣河南縣太君張氏。先以庚戌八月爲第四女擇配。得世官張氏之長子輿祖作壻。家居龜筮叶占。今正是時。廟授有儀。式伸虔告。尚饗。遺山集

中令耶律公祭先妣國夫人文

元好問

維大朝癸卯歲八月乙巳朔五日己酉。哀子某謹以家奠。敢昭告於先妣國夫人蘇氏之靈。負釁蒙累。貽禍庭闈。龜筮告期。迫於襄事。尚假殘息。勉瀝血誠。維先夫人。系繇鼎族。天作之配。嬪於吾家。婦德有光。母儀克備。彤管所擬。於古無慙。維我嚴君。蚤達昌運。仕非爲己。義不及私。家政所由。倚之中饋。悉力一志。以濟時康。寅亮天功。實資内助。謂當陽報。俾壽而康。如何盛年。奄弃榮養。相彼庶品。資於坤元。得一靡常。倏焉傾圮。藐是煢獨。託體何從。創鉅痛深。百賈奚贖。人皆有母。今我獨無。哀哀昊穹。忍此荼毒。終天一慟。五内崩離。嗚呼哀哉。伏惟尚饗。遺山集

僞齊敕祭唐忠武王渾瑊文

維阜昌六年歲次乙卯九月辛未朔二十一日辛卯。皇帝遣武節大夫閤門宣贊舍人權知丹州軍州事兼管内安撫司公事兼勸農事劉議昭。薦於咸寧郡王。維神昔奮節義。爲時名臣。當奉天之難。唐室傾危。致命匡主。克殄妖氛。載在信史。勳庸蔚然。故能死而不朽。廟食咸寧。英爽凛凛如生。有祈必應。民受賜焉。迺者時雨久愆。官僚精禱。挹彼靈祠之清泉。遂獲嘉澍。槁苗勃興。歲事有成。長吏以聞。深切嘉歎。是用祇遣使人持此名藁。式陳明薦。庶答神庥。維神其鑒之。尚饗。金石萃編

金文最卷一百十四

傳

祁忠毅公傳

趙秉文

公諱宰。字彦輔。江淮人。宋季以醫術補官。王師破汴得之。後隸太醫。海陵朝。續遷通奉大夫太醫使。自以數被恩遇。欲自効。會後宫有疾。召宰診視。既入見。卽上言諫南伐。其略言國朝之初。祖宗有道伐無道。曾不十年。蕩遼滅宋。當此之時。上有武元文烈英武之君。下有宗翰、宗雄威謀之臣。然猶不能混一區宇。舉江淮巴蜀之地以遺宋人。況今謀臣猛將。異於曩時。且宋人無罪。師出無名。加以大起徭役。首營中都。民已罷困。興功未幾。復建南京。繕治甲兵。調發軍旅。賦役煩重。民人嗟怨。此人事不修也。間者。晝星見於牛斗。熒惑伏於翼軫。巳歲自刑。害在揚州。太白未出。進兵者敗。此天時不順也。舟師水涸。舳艫不繼。而江湖島渚之間。吾雖有士馬之衆。恐無所施。是地利不便也。言甚激切。海陵怒。命戮之於市。籍其家産。天下哀之。强兵以逞。誅戮諫臣。固天所以開聖人也。越明年。世宗卽位於遼東。四年。詔贈公資德。復其田産。泰和初。詔定大臣謚。尚書省掾李秉鈞上言。事有宜緩而急。若輕而重者。名教是也。伏見故贈資德祁宰。以忠言被誅。至今天下慕義之士盡傷厥心。是以世宗卽位。首贈之以官。陛下仍録用其子。甚大惠也。雖武王封比干之墓。孔子譽夷齊之仁。何以異此。而有司拘文。以職非三品。不在謚議之列。臣竊疑之。若職至三品方得請謚。當時居高官、食厚禄者。不爲無人。皆畏罪澳涊。曾不敢申一喙。畫一策。以爲社稷計。卒使立名死節之士。顧出於醫卜之流。亦少愧矣。臣以爲非常之人。當以非常之禮待之。乞詔有司特賜謚以旌其忠。斯亦助名教之一端也。制曰可。下太常。謚曰忠毅。醫師之職。視疾疢謹藥石以決死生可也。至於諫諍輔拂。不濟則繼之以死。此公卿大臣之所難能。而公以一身易天下之患。功雖不成。亦志士仁人之用心。噫。非烈丈夫。疇克臻此。贊曰。孔子稱有殺身以成仁。如公者。可謂近之矣。方海陵猜虐自用。忍戕其母。何愛於公。而公區區納忠。以下劘上。卒餌虎口。身雖殁而名不朽。謚曰忠毅。不亦宜乎。滏水集

白雲庵大論師義公傳（皇統三年）

穆名闕

濟南素號佳山水。距府城三十里因龍洞名者。奇秀爲衆山甲。層峰峭拔。上凌雲霄。諸□雄勝之所。置精舍曰□聖。游觀愛戀不忍捨。心快氣爽。若超出塵外。予謂此非常境。宜常人居之。乃爲□□□□果然有大論師名宗義者。俗姓楊氏。棣人。童真梵行樸古□□□□元祐三年。師□□□□□爲僧。欲參了義。游東西二京者歲六周。後知濟南□□和尚大□□□□依□□□□□□□

□□□□□□因明論古□□論□竦動郡□來咨叩請謁者肩相□□□□□□□□□□而□岑寂□□□年壽八□主僧□□讓山茸□□□共□□□若□□□喜其幽邃清曠爲雲□終焉之地□□□□□□□□□谷□□□□□□□□□□舉佛事爲四□□有□已貲建窣堵波名曰報恩。又爲□□□□素□□□□□爲□□□五小□□淨域是曰也。天氣清朗。人情歡怡。無□□□作□□□□□吾今身已□□□□於古□□□□□□□□附□今□□□□□□八十報□□□□請師二十員□□□□□□□□□□□□□□□□□□□□□□□□□□□世諸佛□印□□十方賢□皆□敬□□□□□□□□□□□□□將來□□□□□世隱□□三十年八十無□□□□□□□□□□□□□□蒼龍遽□□□□□□□□□予稔聞師言又得實□□州龍興寺華□院□□□□□□□□□□□□□□□著之石□□流輩聞風□□□□□□德樂道人以信□□□□□□□□□□□□□□師□□□請□□人也下缺。濟南府章邱縣鄉貢進士穆下闕。皇統癸亥歲四月晦日。石刻拓本〔歷城縣志〕

師節婦傳并序

隰州録事進士郭　黻

自古婦人。見於旌表紀録者。不必他才能。但孝節貞烈而已。有一於此。足以光華彤管。歆豔青史。若夫陶母斷髮。陵母仗劍。指趙括以全宗。聞食我而歎族。三遷示教。萬里代征。樛木求賢。螽斯不妒。其先幾之智。訓子之慈。忠以爲君。賢而逮下。固非常有。至於投水求死。惡賊斷手。臨江負石。託鄰致養。一概之善。實有可嘉。若蔡女文而無節。王妻辯不失貞。尚且列於漢傳。標諸晉史。與今所謂師氏者。固有間矣。謹録之。以爲節婦傳。傳曰。同州澄城縣太平鄉雷某妻者。姓師氏。與夫同黨里。婦家世爲農。十八歲歸雷氏。性孝謹。年二十四。夫早死。事舅姑以彌篤。姑病且革。藥石不效。氏潛刲臂肉雜飲食以進。病良已。居久之。舅姑各壽終。追養不怠。守義謹禮。不出户庭者二十餘年矣。夫之猶子雷判利其産。密合其兄師遠。潛構媒妁。私許本鄉楊珍。欲奪而嫁之。氏初不知也。及期。强師氏行。師氏大驚愕。誓死弗許。楊及其兄訟於縣。誣氏親受楊幣。媒妁證之。師不得明。縣勒氏歸楊。氏呼曰。天乎。不諒人只。乃赴庭井而死。聞者莫不傷其冤而咎其縣。提刑司上其事。請加旌賞。尚書省具以奏聞。上命賜其美名。有司議。師氏。貞潔足以激頹風。端謹足以爲婦則。介焉如石。可裂而不可卷。白焉如玉。可碎而不可緇。求之古人。未易多得。謹按謚法。能固其所守曰節。請謚曰節。上可其事。仍命縣官致祭焉。史臣曰。三代之時。教化有素。自國君之后、大夫之妻。下至江漢游女。皆能以禮自防。偕無妒忌。關雎之化。洋洋盈耳。及王道衰。禮義壞。末習旁流于釋老楊墨之邪説。三綱五常之道、百行衆美之端。求之士大夫。尚惜不知。名節之風替矣。兩漢以來。匹夫匹婦。倘有一概之行者。朝廷莫不遂加旌奬。以激頹風。以勵衰俗。然書於史册者。亦無幾。才難。不其然□□婦人節志有可□□□□之夫□□□□致親迎之禮以防之。猶有自辱其身者。□□□□□終身不易。及被誣訴。以死自明。可不謂之節□□有尊爵重禄以自居。一旦臨小利害。固不待人□□輕其去就。其視師氏。爲何如哉。贊曰。

伊雷之妻。□師其氏。守義終養。安貞一紀。不幸被誣。明心以死。悠悠蒼天。不諒人只。名動朝廷。恩光閭里。賜以美謚。筆之信史。既端婦則。亦告君子。澄城縣志

孟氏家傳孟駕之

李俊民

高祖唐牧。字堯臣。雲中人也。初業儒術。擢進士第。仕遼。爲太子洗馬。牛令公見而異之。以女妻焉。生子彦甫。字仲山。金運革命。廕補品子。後以明法中選。知西北路招討司事。時有疑獄。獄成。當棄市。公拒不受命。雖怒而迫之。莫能奪也。後三日得實。免死者百餘人。招討公執手而謂之曰。子之陰德如此。其能無報乎。可勉之。徙宣德州司候、登州軍事判官。享年八十而終。子二。曰龜。曰鶴。龜早世。鶴字壽父。幼聰敏好學。手不釋卷。同進士第出身。主汾州西河簿。宰宣寧縣。進階儒林郎致仕。六子。曰仁、曰義、曰禮、曰智、曰信、曰揖。女曰蕤、曰賓。太師張公之甥也。仁更名澤民。字安宅。性敦厚博雅。不喜檢局。與人交。豁如也。事王父母孝。居喪過哀。友愛同氣。鄉黨稱焉。父亡。母病。與妻張氏。奉侍温清。頃刻不離。命醫視藥。必親嘗之。以人肉治羸。割左臂肉雜羹中而進之。母自是善飲食。勿藥。孝所感也。郡守知之。欲聞於朝廷。母恐孝子之傷生。力勸止之。年逾三十。不就資廕。折節讀書。母罄囊金。聚經史以成其志。工屬文。頗爲進取計。有聲於場屋。學者從之如林。崇慶元年秋。魁大同府選。辛巳登進士第。調河昌〇昌疑當作南。福昌簿。以廉能稱。中外交辟不就。世亂避地於陸渾南山。以詩酒自適。號雲巖老人。有著述

聞於世。壬辰秋九月一日。卒於槐林平。伊陽令周文炳、察判盧某。備禮權厝焉。累官朝列大夫。妻清和縣君。二子。曰琦。曰璘。女曰娥。歸白登郭文振。琦字伯玉。游學齊、魯間。貞祐之亂。莫知所從。璘易名攀鱗。字駕之。因夢故也。自束髮從父訓。不經他師指授。十三。薦名於京師。庚寅。擢進士第。任陝州州判。辟舉靈臺令。入補省掾。壬辰。京師失守。隨回軍渡北橋。居河津。癸巳。抵平陽。行臺吳公異禮待之。每事諮議焉。內省委管句印造經籍事。己亥。朝廷以近來文風不振。分三科。諸路選試精業儒人。監試劉中以贍於才學。皆優其等。充本府議事官。權宜之職也。妻韓氏。濮王之後。繼母韓氏之姪女也。二子。曰史噲。曰桂哥。皆幼。孟氏姬姓。魯公族孟孫之後。保姓受氏。於今不絕。其間賁之勇。舍之約。軻之儒。光映百世。凜然如生。裔孫攀鱗駕之。亡其世系。自高祖而下。得其傳焉。又懼其湮沒。以前後事略。託所友而記之。意者。欲文之碑而誌於墓歟。或録其實於太史世其家歟。狀其行於太常議其謚歟。將施之於彝鼎。如古之所謂銘者。自成其銘歟。審如是。其志遠且大矣。其自敍者備矣。尚何言哉。然有美而不聞於世。友之過也。故不敢不書。以俟來者。莊靖集

王子小傳

王鬱

先生名青雄。一名鬱。大興府人也。十五代祖珪。相唐太宗。官侍中、永寧郡公。曾祖衍。金紫光禄大夫、定海軍節度使兼萊州管內觀察使。祖彥信。邠州宜禄尉。父欽。山東路轉運使司鹽鐵判官。

先生始生之月。父夢神人自天而下。開所負紫絲囊。賜一大鵰。且云。吾後必來取。其鵰在地。振羽一鳴。驚而寤。訪諸日者。繇曰。凜凜霜鶚。賜自上穹。既文於外。又剛於中。法生貴子。其應在公。他日必作青雲之雄。先生既生。因採其語爲名字。年十八。父歿。家素富。資累千金。遭亂。蕩散無幾。先生殊不以爲意。發憤讀書。是時學者。惟事科舉時文。先生爲文。一埽積弊。專法古人。最早爲麻徵君九疇所賞。其後潛心述作。未嘗輕求人知。李欽叔過鈞臺。得其所著傷魯麟、導懷等賦。并楊孝童碑、王夢祥哀辭。大驚。騰書偏薦於諸公。先生之名始滿天下。自此去鈞臺。放游四方。又移隱陘山。覃思古學。正大五年。先生年二十五矣。來游京師。諸公倒屣。争識其面。宰相聞其名。取所作文章。將薦之。事中格。樗軒、皇叔密公璹。閒閒。朝廷二大老。皆致禮於先生。交館之。明年以兩科舉進士。不中。西游洛陽。放懷詩酒。盡山水之歡。先生平日好議論。尚氣。自以爲儒中俠。所向敢爲。不以毀譽易心。又自能斷大事。其論學。孔氏能兼佛老。佛老爲世害。然有從事於孔氏之心學者。徒能言而不能行。縱欲行之。又皆執於一隅。不能周偏。故嘗欲著書。推明孔氏之心學。又別言之行之二者之不同。以去學者之弊。其論經學。以爲宋儒見解最高。雖皆笑東漢之傳注。今人唯知蹈襲前人。不敢誰何。使天然之智識不具。而經世寔用不宏。視東漢傳注尤爲甚。亦欲著書。專與宋儒商訂。其論爲文。以爲近代文章。爲習俗所蠹。不能遽洗其陋。非有絶世之人。奮然以古作者自任。不能唱起斯文。故嘗欲爲文。取韓柳之辭。程張之理。合而爲一。方盡天下之妙。其論詩。以爲世人皆知作詩。而未嘗有知學詩者。故其詩皆不足觀。詩學當自三百篇始。其次離騷漢魏六朝唐人。近皆置之不論。蓋尖慢浮雜。無復古體故。先生之詩。必求盡古人之所長。削去後人之所短。其論詩之詳皆成書。其論出處。以爲仕宦本求得志。行其所知。以濟斯民。其或進而不能行。不若居高養蒙。行樂自適。不爲世網所羈。頗以李白爲則。先生受知最深者。曰樗軒公完顏璹、閑閑公趙秉文、余先子、雷淵、李獻能、王若虛、麻九疇、史學優、程震、宋九嘉。其游從最久者。曰李汾、楊弘道、元好問、魏璠、張邦直、杜仁傑、曹居一、雷琯、冀禹錫、張介、王說、王采苓、趙著、張甫、王鑄、劉輯、李仝、劉源、楊奐、胡權、徒單公履、呂鯤、史環、李侙、侯策、張傑、劉郁、左坦、牛汝霖、朮虎邃、烏林答爽、僧性英諸公。隨得書無次第。至於心交者。唯李治、劉祁二人而已。八年。先生復至京師。十二月。遇兵難。京城被圍。先生上書言事。不報。明年四月。圍稍解。五月。先生挺身獨出。遠隱名山。不知所終。歸潛志

宗室文卿小傳

元好問

從郁。字文卿。本名璹。字子玉。衛紹王改賜焉。父金紫公。有中庸集。文卿以父任。充符寶。章宗試。一日百篇。賜第。朝廷經略西蜀。宗室綱遣太尉中孚之子公輔。說吴曦稱藩。文卿私謂梁經父言。誘人以叛。豈有天下者所宜爲。其後蜀事竟不成。識者稱焉。仕至安肅刺史。影元本中州樂府

張信甫小傳

元好問

信甫。名中孚。世爲安定望族。初以父任。知寧、環、鎮戎三州。天會中。宋亂。渭帥劉錡遁走。諸

將推信甫攝帥事。時左副元帥軍已次宮池。信甫乃詣行營。約衣冠禮樂無變宋舊。則當送欵。從之。卽日事定。授鎮洮軍節度使兼涇原經略安撫使。改陝西諸路節度使。及地入於宋。信甫留臨安。皇統中。理索北歸。就拜行臺兵部尚書。天德二年。參知政事。貞元初。新都城。遷尚書左丞。以病乞身。出爲濟南尹。改南京留守。未幾薨。弟忠彥。字才甫。歸國授招撫使。世宗朝。終於吏部尚書。信甫昆弟。天性友愛。起行陳間。而文雅俱有可稱。信甫自號長谷老人。才甫季弟某義谷。有三谷集傳於家。影元本中州樂府

王玄佐小傳

元好問

賢佐。一名玄佐。名澮。咸平人。爲人沉默寡欲。邃於易學。若有神授之。又通星曆、纖緯之學。明昌初。德行才能。召至京師。命以官。不拜。朝廷重其人。授信州教授。未幾自免去。再授博州教授。郡守以下。皆師尊之。一日。守客澮。適中使至。中使漠然少年。重賢佐名。强之酒。守從旁救之曰。王先生不茹葷酒。勿苦之也。中使乃止。是夕。賢佐棄官。遁歸鄉里。宣宗卽位。聞其名。議驛召之。以道梗不果事。駕南渡。人有自咸平來者。說賢佐年六十餘。起居如少壯人。宣宗重其人。常以字呼。遣王曼卿授遼東宣撫使。不拜。又詔宰相。以書招之。云。阻奉仙標。渴思道論。敬佇下風。瞻系何極。先生嘉遁林藪。脱屣浮榮。究大易之盈虛。洞玄象之終始。道尊德重。名動天朝。推其緒餘。足利天下。然君子之道。出處語默。何常之有。或拂衣而長往。或濡迹以救

時。故當其無事。則采薇山阿。餌朮巖岫。固其宜矣。及多難之際。社稷傾危而不顧。蒼生倒懸而不解。其自爲謀則善矣。仁人之心。固如是乎。某等猥以不才。謬膺重任。四郊多壘。咎將誰執。徒積慙汗。坐視何益。日夜以思。庶幾得明利害而外爵禄者在天子左右。同濟太平。今聖上明發不寐。軫念元元。屈己下賢。尊師重道。唐虞重潁陽之節。不足道也。先生懷寶遺世。如某輩之不肖。固在所棄。獨不念累世祖宗之基業。億兆生靈之性命。忍忘之耶。昔商巖四老。定儲嗣而暫來。東山謝安。爲蒼生而一起。今安危大計。非特定儲之勢也。强敵侵逼。又非東(魯)〔晉〕之時也。生民塗炭。亦已極矣。豈先生建策於明昌之初。獨無一言於貞祐之日乎。想先生皤然而改。惠然而來。審定大計。轉危爲安。然後披蕙幌。拂雲扃。未爲晚矣。敬聽車音。某雖不肖。請擁篲而先之。書達。竟不至。遼東破時。年九十餘矣。影元本中州樂府

真靜崔先生傳

杜仁傑

先生姓崔氏。諱道演。字元甫。觀之修人。真靜其號也。賦性雅質無俗韻。嘗讀三教書。洞曉大義。識者以爲載道之器。事父母以純孝聞。廬墓三年。去家爲道士。師東海劉長生。得其傳。頃歸將陵之韋家砦卜棲焉。假醫術藉以爲積善之基。富貴者無取。貧寠者反助所給。是以四遠無夭折。人咸德之。粗工王彰嫉之。必欲致之死地而後已。一日與先生遇諸曠野。輒挽掣偃仆。以王封厥吻而去。彰以爲死矣。少之復甦。過者驚叫問狀。曰。我疾作迺如是。後亦不復介意。居無何。

弟子劉志恒請卜金山昊天觀居焉。邊人楊涓、畢琳。意在有所結。約以仲冬來。過是不至。時大雨雪。畢因擁埽家庭間。獲片楮。開看。迺先生讓二子寒盟之章也。復有横山馬志定、路志亨。事先生有日矣。將去。以詩爲贐。匾諸所居之堂。堂災。詩宛然留壁間。如新染翰者。其神異有類如此。當貞祐俶擾。挺身南渡。因僑霍之純陽觀。駐鶴未幾。屨滿户外。越興定辛巳八月廿九日。端坐南向而逝。俗歲八十有一。凡先生平生所爲所行所得。唯門人郝志堅獨具其體云。贊曰。天所貴乎得道之士者。時其來順其去而已矣。非直以乘雲氣。跨箕尾。解水火。遺冠舄。導以幡幢。殿以聲樂。然後以爲昇天之證。吾讀列仙傳。涉此説者實多。夫古之隱者。深山窮谷中。恬然委蜕。閲千百載而下。不知其幾千百人。不幸不爲世所知。至於泯滅而無所傳。幸而爲好事者紀録。而又過神其事。俾後世不能盡信。惜哉。吾復逆揣隱者之心。恐不如是汲汲於駭一時之觀聽也。如先生則不然。不内不外。非有非無。吾以爲黄耶。其教戒精嚴。有過乎釋氏。吾以爲緇耶。其業履孝悌。又出乎先儒。將前聖之萬法。輒混而爲一區。門者。遺馬路以燎垣之頌。墮楊畢以雪庭之書。游戲乎三昧。此亦豈先生之本心歟。要之以慈儉禮讓。爲立身之本。以詩書語孟。爲教人之符。及其逝也。兀然端坐如宴居。浩浩乎同造物者、悠悠乎將元氣者與俱。是以恩綸一出。名隸清都。號曰真静。不亦宜乎。石刻拓本〔長清縣志〕

金文最卷一百十五

疏

靈巖寺寶公開堂疏〔皇統九年〕

失名

今請靈巖禪寺寶公長老。開堂演法。爲國焚修。祝延聖壽者。

竊以丈室駐錫。便知祖道之興。諸天雨花。喜遇禪林之伯。判殺誤之公案。舉最上之因緣。不有能仁。難安勝境。伏惟寶公堂頭和尚。早具鍛金之鑪鞴。妙傳出世之津梁。枯木寒灰。晏坐於千峯影裏。騰蛟起鳳。進步於百尺竿頭。兹緣緇素之依歸。有請省廷而允可。唱少林之曲調。踞靈巖之道場。信堂堂龍象之姿。赴肅肅人天之會。白雲堆裏。不妨依舊經行。碧眼胡邊。無惜斬新拈出。永洪睿算。廣震潮音。謹疏。皇統九年八月日疏。石刻拓本〔泰山志　岱覽卷二十五〕

靈巖寺滌公開堂疏〔大定二十三年〕

失名

今請滌公長老。住持濟南府十方靈巖禪寺。爲國焚修。開堂演法。以延聖壽者。

竊以達磨不西來。孰能薦祖。盧公既南渡。始見分枝。雖無毫髮示人。要在承風取證。例開法施。各踞名坊。厥有濟南靈巖佛寺。利洽鄒齊。襟呑兗魯。二百年叢林浩浩。三千里香火憧憧。飛閣蓮宮。粹容金界。不期偉匠。焉振宏綱。伏惟滁公長老。守文三代。接武四禪。應歷下之機緣。續方山之勝蹈。遂使白蓮真跡。無根而鬱鬱騰芳。青社餘光。不鏡而綿綿照世。正好高提祖印。獨步大方。祝吾皇萬歲之昌圖。繼古佛一乘之慧壽。謹疏。大定二十三年九月日疏。石刻拓本〔泰山志〕

請照公和尚開堂疏〔明昌六年〕

党懷英

謹請照公和尚。就濟州普照禪寺。陞座爲大衆演法。上祝聖壽者。

竊以千百億佛。同證妙明。二十五輪。俱修圓覺。正真既立。語默自融。然而馳求者。將頭覓頭。演唱者。以指喻指。世道交喪。源流益微。故對病用藥。須賴良醫。而運斤成風。必歸善斲。不離於坐。乃有當仁。照公和尚。臨濟真宗。晦堂嫡派。從虎須邊得法。向钁頭下乘機。宗說俱通。性空雙泯。現莊嚴王作佛事。開漚穌門爲道場。有爲而未嘗爲。常住而無所住。陽春白雪。久闕妙音。明月清風。獨游勝境。不露作家手段。誰提古德心宗。而況祇陀樹自有餘陰。優曇花難逢一現。今則師祖推出。叢林聳觀。雖堂下從來草深。而户外行將屨滿。休慳一雨。普潤諸方。振揚最上佛乘。仰祝無疆聖壽。謹疏。明昌六年二月日疏。石刻拓本〔濟州金石志〕

請琮公禪師住持淨因禪寺疏〔泰和二年〕

失名

敦請琮公長老禪師。住持魯山縣淨因禪寺。爲國開堂。祝延聖壽者。

伏以無始以來。只笑他人異處。有古而下。不知大事因緣。紛紜末世邪宗。汩没衆生正見。十方幻化。莫辨寶華。三界虛空。誰分影響。伏惟琮公長老禪師。具正法眼。起大悲心。再揚曹洞之宗風。復繼淨因之祖業。況昔年〔青〕社。備嘗爲衆求仁。今日魯陽。何必藏頭露影。既副傳衣之囑。居當報國之恩。好將本分鉗鎚。拈出希奇手段。無勞謙德。佇聽潮音。謹疏。泰和二年九月日疏。

石刻拓本〔魯山縣志〕

請淨因堂頭禪師琮公疏〔大安三年〕

失名

今請淨因堂頭禪師琮公。爲國拈香。開堂演法。上祝聖壽無疆者。

伏以古錦含春。不犯機梭之事。劫壺空外。寧涉造化之功。欲明此段因緣。須假英特之士。琮公長老。操志孤標。已具凌雲之氣。遊方參叩。蓋存立雪之心。既然得處分明。行履不妨穩密。烏雞半夜。啼開月窟之門。白馬奔嘶。相映蘆花之色。閒弄金梭玉線。綴成無縫之衣。更看木女石人。唱起胡笳之曲。好箇天然格調。堪酬佛祖之恩。宜拈一瓣之香。仰祝聖人之壽。請示現前三昧。正當演法開堂。無煩再四遲疑。願作神通游戲。謹疏。大安三年月日疏。石刻拓本〔魯山縣志〕

請印公和尚開堂疏〔元光二年〕

失名

謹請印公堂頭。作本寺山主住持。爲國開堂。祝延聖壽者。

伏以法有無邊之義。均度有情。佛開不二之門。動歸真諦。故能仁以有爲闡教。達磨以直指明心。末法以來。開士稀有。麤行阿師。笑禪爲空寂。猾頭參客。謗教爲思維。干戈交持。户牖自闢。瓶盤釵釧。俱稱異金。酥酪醍醐。各誇一味。聖雖時遠。道待人弘。敬惟印公堂頭。幼歷講筵。長參性理。其饒益足以資後學。其談辨足以應無窮。鄉里之所歸依。天龍之所回向。而況逍遥古刹。宇宙福田。本羅什譯經之場。實定慧談空之境。可違衆欲。或墜家風。眷圭峯一帶林泉。竟誰爲主。而曹溪千載衣鉢。忍使絶傳。願振一音。俯矜再請。謹疏。元光二年二月日疏。石刻拓本〔金石續編卷二十〕

請秀公和尚住持大覺禪院疏元光二年

失名

今請秀公長老。住持洞林大覺禪院。爲國拈香。祝延聖壽無疆者。

竊以人迷正覺。恆顛沛於邪途。法有指歸。乃宣揚於祕範。談斯妙道。必候當仁。伏惟秀公長老。理契環中。情存物外。挑囊負鉢。曾參立雪之機緣。盥耳洗心。畲受傳鐙之付囑。非空非有。卽佛卽心。而況祖父田園。正好栽松種竹。自家活計。何妨嘯月吟風。慰兹三請之懃。來祝萬年之壽。洗光佛日。演唱真乘。衆有望焉。師無讓矣。謹疏。元光二年三月日。石刻拓本

請秀公和尚開堂疏正大二年

失名

惟秀公堂頭和尚。六根本淨。五蘊原空。自在輪刀上陳。分明傳法授衣。末世導師。衲僧命脈。居淨蘭若。行佛祖之家風。轉大法輪。作天人之眼目。無論鼻孔撩天。好作腳根點地。真大丈夫。具無上智。拈花堂上。得微笑之勝尊。選佛場中。獲登科之高弟。況有同聲相應。同氣相成。此出世因緣。復見古人伎倆。拈香作獅子吼。說偈敘祖師禪。大哉今日之法筵。仰祝吾皇之聖壽。正大二年十月日。石刻拓本

請秀公長老住持洞林大覺禪院疏正大元年

失名

謹請秀公長老。住持洞林大覺禪院爲國開堂演法。祝嚴聖壽無疆者。

竊以雲無心以出岫。月無意以投江。洎知時節因緣。且莫藏身回去。秀公長老。久蘊玄宗。一點玲瓏。十分道駕。三拳輕觸了無蹤。一口吸盡西江水。腳跟點地。神通顯赫於洞林。鼻孔撩天。妙用發揚於大覺。設金牛。不比一等骨董禪。點趙州茶。冷笑諸方磕睡漢。講經受戒。豈礙登佛拈鎚。演法開堂。不妨當家話會。從前辛苦。貴要大家相諳。今日功成。直得輝天鑑地。說半句偈。安四海心。爇一炷香。祝萬年壽。謹疏。正大元年十月日疏。石刻拓本

請秀公長老住持大覺禪院疏正大二年

失名

謹請秀公長老。住持洞林大覺禪院。爲國開堂。祝延聖壽者。

右伏以九年面壁暗□陰。五葉花芳秀少林。既是傳燈圖上客。龍□高爇祝當今。無勞峻讓。攸請來當。謹疏。正大二年十月日疏。石刻拓本

趙子容之河州贈行糾疏

李俊民

適齊而請。雖爲繼富之周。在宋者辭。宜有遠行之贐。且聞大夫之無者貸。豈惟君子則贈以言。矧夫易足之廉。望有肯來之惠。莊靖集

顯真觀重修三門疏

李俊民

昔年樓觀之居。幾成而壞。今日煙霞之侶。既往復來。相與合謀。共圖起廢。今則度材計費。鳩役募工。尚虞經始之難。須借贊成之力。敢希信士。同結勝緣。莊靖集

請楊仲顯同住神霄宮疏

李俊民

伏念白首鵝經。頗愧山陰之士。青雲鶴駕。望來華表之仙。某夙業琳宫。近經灰劫。所願煙霞伴侶。風月閒人。共堅爲道之心。庸敞棲真之地。伏惟先生。主張宗教。壯觀玄門。雖所樂者巖居。亦何妨於市隱。當如修静。暫辭蓮社而來。那在季真。更乞鏡湖之賜。幸無固拒。曲示光臨。莊靖集

請寳泉因長老碧落開講疏

李俊民

一把蓋茅。便是開山之祖。九年面壁。豈無立雪之人。不舉話頭。曷傳心印。伏惟堂頭和尚。花開震旦。雷震叢林。每笑古靈放光。不許豐干饒舌。宜示諄諄提耳之誨。以破昏昏無眼之禪。行處道場。誰非法器。寶泉巖下。拈起拄杖便行。碧落雲間。放下鉢囊且住。宜無多讓。少振家風。莊靖集

留請因長老住持碧落治平院疏

李俊民

五葉開時。不昧栽松之境。一庵破後。忽來結草之人。但恐緣疎。豈求且過。隙光難挽。講席易終。方惓惓乎法中之王。何屑屑乎桑下之戀。當須摩頂授記。何在擺手便行。發藥叢林。復萃鉢瓶之衆。主張教閫。載揚鐘鼓之音。少屈高懷。俯從衆望。莊靖集

請雲長老開堂疏

李俊民

竊以團圞坐上。共話無生。煩惱林中。便覽重悟。方悵達磨去後。卻嫌彌勒生遲。試拈一瓣之香。爲闡三乘之教。伏惟雲公長老。機鋒峻捷。戒行孤高。曾向維摩問禪。不許丹霞下著。以一則語。振祖師將墜之風。於萬斯年。祝聖主無疆之壽。早陞法席。佇聽潮音。莊靖集

開元寺重修經閣疏

李俊民

劫火騰空。忽碎雨花之界。業風蕩地。漸摧龍藏之基。不救其危。將歸於盡。欲復翬飛之勢。必須鳩

僝之工。見義則爲。當仁不讓。量財助役。施雖毛髮之輕。隨喜結緣。行若丘山之積。敢希善衆。共啟誠心。樂贊其成。有光於後。莊靖集

張村寺爲佛寂滅設齋疏　李俊民

十方蘭若。久爲灰劫之塵。六祖叢林。未覩花開之兆。達磨歸去後。彌勒下生遲。雖鐵石人。皆有向道心。於瓦礫中。誰是説法者。因緣佛事。舉似家風。暮鼓晨鐘。驚破龍蛇之地。千山萬水。喚回瓶鉢之流。莊靖集

史正之酒疏　李俊民

伏念君子有酒。既多且旨。衆人皆醉。奈何獨醒。可以忘憂。速宜就飲。聊共孔文舉之客坐。莫聽劉伯倫之婦言。惠然肯來。永以爲好。莊靖集

燕子和重修陽城縣廟學疏　李俊民

能修泮宮。魯美僖公之化。不毀鄉校。鄭高子産之風。天未喪文。人能弘道。本縣文宣王廟。梁木將壞。仞牆未窺。牧兒爲薪刈之場。童子無咏歸之地。思與衆共。期於一新。是皆好事者爲之。未見有力不足者。當仁莫讓。同氣相求。庠序未遑。久仰詩書之治。弦歌不絶。復還禮義之鄉。莊靖集

陵川縣重修廟學疏

李俊民

大成教立。共尊百世之師。釋奠禮行。敢怠二丁之享。今則仞牆毀壞。廟貌無依。雖漢之庠序未遑。在魯則弦歌不絶。大凡被三遷之教者。有能用一日之力乎。得助者多。圖功也易。梁其壞矣。第形安仰之嗟。學果廢邪。能免不修之刺。儻蒙許可。請惠好音。莊靖集

本州廟學築牆疏

李俊民

學久不修。幾廢大成之教。廟雖如故。悉摧萬仞之基。時然後興。文斯未喪。自行束修以上者。豈無一簣之往焉。所助者多。其成也速。敢希同志。共力鳩功。莊靖集

段正卿西學請劉漢臣疏

李俊民

鄭校不修。舉是在城之子。鄉館既假。悉爲受業之人。須鳴其待問之鐘。方鼓此入學之篋。漢臣殿元先生。吾黨領袖。士林範模。凡一卷而立之師。不三年而至於穀。行束修以上者。就有道而正焉。春暮風雩。未遂詠歸之志。秋涼燈火。會看同隊之親。無倦發蒙。當請主善。莊靖集

李君卿藥局會疏

李俊民

秦緩未來。罕悟膏肓之疾。孟孫猶在。復何藥石之憂。生不可輕。命由所養。固嘗媿扁鵲之先見。

豈徒望叔敖之陰功。細詳肘後之方。共濟籠中之物。用雖一粒。重若萬金。知伯休之價乎。守之不貳。受康子之饋者。達則敢嘗。莊靖集

張伯宜藥石局疏　李俊民

未精所業。猥叨三世之醫。欲濟於人。賴有萬金之藥。豈云小補。非敢自私。莊靖集

李德方畫十王糾疏　李俊民

善惡兩途。難逃陰責。幽明一致。各有司存。生而上柱國之榮。死則南面王之貴。不寫尊嚴之像。曷伸龕奉之誠。尚賴同心。共求妙手。莊靖集

葬枯骨疏　李俊民

禮備後人。奚取衣薪之葬。序迎春孟。正宜掩骼之時。況久慘於毒痛。尤不堪其暴露。可爲矜恤。當共瘞埋。庶爲亡魂。一同薦拔。莊靖集

葬枯骨疏　李俊民

禮詳月令。具垂掩骼之文。辭按離騷。尤重招魂之些。蓋所哀者民命。其可後於天時。爰收暴露之

遺。俾反厝安之兆。且希同志。共贊陰功。莊靖集

鈔箇疏

李俊民

浩浩玄穹。密運資生之化。冥冥長夜。良多不返之魂。未知所依。是誠可憫。爰軫薦修之念。但無幽贊之人。與我同誠。畢兹能事。莊靖集

鈔紙疏

李俊民

焚紙錢而祭。唐之遺事。用紙衣而葬。周之儉風。習以爲常。俗莫能易。然念鬼神之感。豈求享祭之豐。不腆冥財。曷伸哀欵。庶能周恤。須賴勸緣。莊靖集

鈔經疏

李俊民

譯而爲經。作者爲聖。豈惟貫道之器。是亦升天之階。將有事於靈壇。可不資於精業。仍希善衆。共積陰功。莊靖集

陽城縣楊敬之重修太清觀四聖閣疏

李俊民

奕奕靈宮。爰敞棲真之地。巍巍重構。忽摇經始之基。不救其危。將歸於壞。本觀四聖閣者。光揚

道域。威護法門。歷歲月而漸深。因風雨而就毀。欲復翬飛之勢。方圖鳩僝之功。莫不聞風而悅之。多見得道之助者。宜堅信向。同結勝因。香火緣中。載肅太清之境。鼓鐘聲裏。一新華夏之音。莊靖集

段正卿請講師孫仲遠疏

李俊民

初罹多故。長味大方。雖存恥過之心。未有投誠之地。不依法蔭。曷薦愚衷。伏惟提點大師。洞觀玄機。表儀羽衆。謂此道善於利物。況其力可以回天。咸仰登壇。無辭枉駕。倘垂惠肯。何幸如之。莊靖集

喬舜臣酒疏

李俊民

百年能得幾時。斗酒可以自勞。好向幕天席地。縱意所如。免使明月清風。笑人不飲。況值麴蘗事了。何妨指點索嘗。肯令座上之尊空。不比街頭之價貴。一時勝友。共醉新醅。莊靖集

潁陽鎮修宣聖廟疏

李俊民

欲復漢庠。雖在未遑之際。當思鄭校。常存不毀之心。念道實在於人弘。文豈由乎天喪。今茲潁士。不負孔門。舞雩而有咏歸之風。在城尚多挑達之子。欲擇采芹之地。重修釋菜之儀。備禮執

經。得從茲而北面。連年取第。庶不減於西城。莊靖集

忻州修學疏代郝侯作

元好問

始定終綏。守文之期式遘。有教無類。作人之功可徵。言念吾州。久崇廟學。傅侯完復於天德小康之際。傅守名慎微。字幾先。要公增築於大定承平之時。要守名介。字伯升。極地位之高明。副師儒之嚴重。華表俯窺於雙鶴。廟學下有雙鶴觀。連岡雄鎮於九龍。學在九龍岡最上。弦歌絶井邑之譁。章甫易弓刀之舊。孫內翰之科名相踵。孫名九鼎。字國鎮。國初狀元。郡人。姚隱君之文石具存。學記醉軒先生所作。名孝錫。字仲純。徐州人。不圖劫火之餘。遽有園蔬之歎。顧慙小己。猥守大藩。方舉廢之是圖。亦少文之當變。昔魯僖以泮宮發頌。齊宣由稷下垂聲。不能廣廈以庇賢。良媿萬夫之觀政。況乃玄壇並峙。佛屋載新。開檀施於奔馳戰敚之場。化金碧於顧盼嚬呻之頃。何私有百神之秩。而公無二仲之祠。既責任之有歸。豈經營之敢後。下車修庠序之教。猶竊恨其遲。扶杖思德化之成。夫何遠之有。孰相茲役。我懷其人。遺山集

清真道院營建疏

元好問

奉爲本菴。欲創聖位。以爲焚誦祝延之所。其於工費。有賴弘持。謹投諸方上善。共締清緣者。竊以像設嚴真儀之奉。齋廚維淨侶所安。祝贊有歸。功緣爲大。方經營之伊始。宜助藉之相先。凡我

同人。幸垂一諾。謹疏。戊申六月日。遺山老人疏。遺山集

請太一宫提點李大師住天封疏

元好問

太室兼衡霍之秀。天封維仙聖所廬。劍飛而古柏仍存。石潤而仙蒲未老。孰爲真隱。再暢玄風。揚潘馬之徽音。續覃劉之正脈。李公大師。源分渦水。名動漠庭。静一得精微之傳。冲退爲衰薄之鎮。惟望拜之祠既舉。而司真之治方虚。敢因黄鶴之書。敬促青牛之駕。璧門金闕。瞻星漢以非遥。玄都石壇。佇嵩呼之復振。善哉行矣。今正是時。遺山集

興國院改律爲禪請住持疏二首

元好問

軌轍交馳。塵勞先起。皮毛盡落。真實具存。星河同是一天。淮濟更無别水。談空説有。何妨捩轉話頭。指東畫西。究竟不離當處。眷兹興國。初議安禪。誰堪選佛道場。來擧開山公案。集公清風帀地。滿月當秋。不甘北覬之鈐鎚。自得壽寧之衣鉢。僧嗣壽寧月。光明既露。難擬蓋藏。賓主相諳。共爲推挽。雲山改色。鐘鼓同聲。蹔從華表之游。盡革青氊之舊。法筵龍象。同歸佛祖之權。大地山河。永祝南山之壽。善哉行矣。今正是時。

福慧兼全。萬爲希有。人境相值。一變從新。載惟祖、父之田園。遠歷隋唐之歲月。透龕仍在。露

塔相望。雖齋鼓粥魚。粗供朝夕。而樹林水鳥。未極幽閒。幸我賢侯。特紆深眷。謂打地之清風未遠。而開門之勝概空孤。變遷既異於古今。授受寧論於甲乙。誰其作古。自有當仁。固知不出當家。終亦難逃公議。月輪桂樹。斬新別出一枝。佛國旃檀。何暇更求他木。某公清標孤峻。道照虛明。袖裏圈繩。穿透向上諸人鼻孔。林間几席。坐斷天下衲僧舌頭。既爲大事因緣化身。合與末法衆生援手。自教自禪之已竟。誰賓誰主以何言。勿云鶴戀舊窠。自是龍行故道。高提正令。行十三八棓之權。永爲皇家。延百億萬年之壽。無勞擬議。便可承當。遺山集

曹子歸葬疏

元好問

松柏歲寒。莫重死生之託。金蘭天屬。亦有急難之求。久要不忘。交情乃見。通甫曹君。牧之風調。張祜才名。誰謂雍容閒暇之平生。而有零落棲遲之暮景。風霜十月。身去國而不歸。蓬藋一丘。事蓋棺而未了。且行路有匍匐之救。豈徒哀無賵賻之文。凡我同盟。忍忘斯義。城旁冢地。何如温序之鄉閭。汴上麥船。會有范家之父子。遺山集

金蓮社開明疏

王嚞

竊以慧燈永照。須憑玉蘂之光。性燭長明。決得金蓮之耀。内沐三光之秀。外消四假之名。步虛攝空。探玄搜妙。洗來瑩淨之鄉。出入芳馨之路。各懷珠璧。共捧瓊瑶。顯要全神。須令養氣。消通

斯訣。請掛芳銜。重陽全真集

玉花社疏

王嚞

竊以玉花乃氣之宗。金蓮乃神之祖。氣神相結。謂之神仙。陰符經注云。神是氣之子。氣是神之母。子母相見。得做神仙。起置玉花金蓮社在於兩州。務要諸公得認真性。不曉真源。盡學旁門小術。此是作福養身之法。并不干修仙之道。性命之事。稍爲失錯。轉乖人道。諸公如要真修行。飢來吃飯。睡來合眼。也莫打坐。也莫學道。只要塵冗事屏除。只要心中清淨兩个字。其餘都不是修行。諸公各懷聰慧。每日齋場中細細省悟。庶幾不流落於他門。行功乃別有真功真行。晉真人云。若要真功者。須是澄心定意。打疊神情。無動無作。真清真抱元守一。存神固氣。乃是真功也。若要真行者。須是修仁蘊德。濟貧拔苦。見人患難。常行拯救之心。或化誘善人。入道修行。所行之事。先人後己。與萬物無私。乃真行也。伏願諸公。早垂照鑒。重陽全真集

金文最卷一百十六

青詞朱表榜

追薦李中丞子賢青詞

趙秉文

宿纏惡業。豈天譴之可逃。追拔亡魂。亦國殤之可愍。輒殫誠悃。仰瀆高明。伏念先伯某。早以書生。偶塵科第。功名素負。忠義自將。位卑而言高。身小而膽大。貴臣失律。願行莊賈之誅。逆賊弒君。乞致陳恆之討。憤京師之寡援。先士卒以請行。鳩義軍烏合之餘。抗蕩賊鴟張之勢。矢貫脅而没鏃。血流踵而能軍。遂以潰圍。因之扈駕。迨以義勇達於上聞。半歲九遷。遂躋三品。一生萬死。誓救孤城。運糧餉以先驅。乞偏裨之後繼。一軍獨没。四海共哀。量力雖非。原心可恕。伏念生居人世。未脱塵緣。三生宿對之寃。一念差殊之習。豈無罪釁。以致淪亡。弗仗勝緣。曷資冥路。是用肅陳清醮。祇演靈科。冀銷黑簿之殯。魂度朱陵之府。滏水集

段正卿度孤魂青詞

李俊民

民不聊生。豈亦自求之禍。天無私應。蓋由所感之誠。爰瀝丹悰。仰干洪造。臣誠惶誠恐。頓首頓

首。伏念臣某。立身艱險。陟世憂危。偶叨五馬之榮。承乏三刀之寄。欲使化霑遠邇。惠及存亡。可堪暴露之餘。猶在照臨之下。念就死之地。以無罪而隱焉。恐不善之殃。所由來者漸矣。冀悉夙愆之殄。必須大道之依。是用精建靈壇。虔備法供。肅延羽侶。妙繹真科。伏望上聖降臨。衆真孚祐。曲加哀眷。開濟冥途。出彼黃泉。戒賦融融之樂。見夫白日。罷形鬱鬱之嗟。莊靖集

崔仲通祭孤魂青詞

李俊民

民雖易處。豈無就死之寃。天豈私親。蓋有感誠之應。輒披丹懇。仰瀆玄穹。伏念臣某。遭世艱危。脱身荼苦。幸延殘喘。念及非辜。然命之短修。皆莫逃其數爾。而理有施報。何如此其酷邪。庶招冥漠之魂。宜腆馨香之薦。謹差穀旦。爰敞淨筵。萃羽裾之清流。繹琳科之秘旨。伏望上真垂祐。列聖降臨。鑒是哀衷。錫之嘉貺。人生有限。卒隨宿草之陳。物化無涯。妙證落花之果。莊靖集

馬子華百日子九成追薦青詞

李俊民

靡瞻匪父。奚勝痛割之情。不反者時。尤切孝思之感。輒傾丹款。上瀆玄穹。伏念臣父。命不其延。身莫能代。向者劬勞之德。今而冥漠之靈。冀拯迷途。須憑法廕。謹因卒哭。肅建清壇。萃琳宇之勝流。演瓊科之秘旨。伏惟上真昭格。列聖降臨。亮是哀衷。錫之休應。多生積釁。潛消玄籍之書。未拔幽魂。並造朱陵之境。莊靖集

劉濟之禳災青詞

李俊民

生不可輕。幸遂求安之請。應由所感。誓殫圖報之誠。爰瀝丹悰。仰酬洪造。伏念臣某。内守或戾。外邪所侵。蓋不善於養和。敢遽期於勿藥。心因默禱。身即小康。顧惟无妄之災。恐亦自招之咎。不依大道。曷洗宿愆。是用祇建靈場。精修法事。肅延淨侶。妙繹冲科。伏冀上聖垂慈。衆真孚祐。蠲除過責。矜恤憂虞。周濟存亡。保寧外内。將安將樂。不罹六極之凶。爾壽爾康。密賚一門之慶。莊靖集

郡守郭彦卿禳蝗青詞

李俊民

民猶艱食。幸逢多稼之秋。物或爲妖。欲作稗田之害。敢披丹款。仰叩洪私。臣某誠惶誠恐。頓首頓首。伏念時雨既霑。嘉禾未實。慮失垂成之望。夙堅懇禱之誠。爰建靈壇。虔修法醮。伏冀聖慈眷佑。玄鑒照臨。亮是精忠。錫之休應。遺殃悉殄。並無入境之憂。和氣潛回。永納降康之佑。臣無任祈望請命。激切屏營之至。謹詞。莊靖集

馮裕之祈城山祈水設醮青詞

李俊民

民服其業。式堅望歲之心。神享者誠。聿獲降康之佑。肆披懇款。仰叩明靈。臣伏念巖邑遺黎。下

田薄産。切慮陰陽之沴。或成乾溢之災。爰卽祠宫。精修法事。仰祈沖祐。垂鑒虔衷。雲上於天。常沐既霑之澤。稼豐於野。屢書大有之年。莊靖集

裴懷誠禳蝗青詞　李俊民

臣某言。民初務本。恆深傷稼之憂。物或爲烖。益儆畏天之戒。爰輸丹款。預告洪私。臣某伏念攝領郡符。疚懷民事。雖秋成之在邇。奈田害之未除。非誠則無以動於神。而妖固不足勝夫德。慮常在此。爲之惕然。故有事於靈場。冀潛垂於嘉應。餘殃悉殄。並無入境之虞。和氣頓回。不失有年之望。莊靖集

段正卿新居謝答年豐青詞　李俊民

物其多矣。頗收望歲之心。天實祐之。以篤降康之祐。肆傾丹款。少答洪恩。伏念臣脱迹戎行。分司郡守。所願公私之給。仍求中外之安。衞公子之居。亦既完矣。漢良吏之職。果能稱乎。責恐難逃。憂未嘗歇。欲立於無過之地。必依夫衆妙之門。是用肅命清流。虔修法事。仰祈靈鑒。俯亮精衷。福錫厥民。普浹三刀之境。慶流於後。當增萬石之家。莊靖集

楊榮追薦母及姪男青詞　李俊民

無母何恃。烏勝終慕之懷。謂天蓋高。未獲孝思之感。爰披款素。仰瀆圓靈。伏念臣涉世多艱。遭家不幸。方痛虞丘之樹。或憂謝氏之蘭。感恐自貽。應如此酷。冀悉罪根之洗。敢忘道蔭之依。是用延集羽流。肅陳法供。仰祈昭鑒。俯答哀悰。長夜幽魂。早遂往生之路。合門殘喘。潛消无妄之烖。莊靖集

崔時可舉子醮謝青詞

李俊民

皇矣蓋高。必以至誠而感。居然生子。兀然吉夢之占。爰罄丹悰。仰酬洪造。伏念臣某。幼違慈訓。長慕貞風。稔經二紀之艱危。遠賴一家之餘慶。方篤奉先之孝。俄膺錫嗣之祥。續莫大焉。望不到此。難稱生前之報。預圖身後之修。是用精建靈壇。肅陳法供。命琳宫之淨侶。演瓊笈之沖科。仰賴聖慈。曲垂嘉祐。豈惟見在。潛消无妄之烖。亦冀未來。獲享自求之福。莊靖集

秦贅子孟贇追薦婦翁青詞

李俊民

業由所履。遂分善惡之途。情未能忘。故有死生之説。輒輸危懇。仰叩圓靈。臣某系自孟孫。出爲秦贅。緹縈父喪。已修過去之緣。衛友母存。預證未來之果。謹因誕日。肅建靈場。命琳宇之清流。繹蕊章之妙旨。伏望上真孚祐。列聖降臨。俯鑒愚忱。式垂嘉祐。敬終敬始。益堅報德之心。身後身前。悉荷降祥之祉。莊靖集

孫德爲弟男設醮青詞

李俊民

家道式乖。念其親之難保。天鑒不遠。諒所欲之必從。乃罄虔祈。庸償夙願。臣某難危茲久。聚屬不收。方懷急難之原。仍建求亡之鼓。居嘗慮此。爲之泫然。俯憐無告之民。仰冒蓋高之德。緬惟靈鑒。亮是哀衷。既壽且康。永介一門之慶。由中及外。均蒙百福之崇。莊靖集

郭彥卿謝雨青詞

李俊民

臣某言。和氣未回。徒切三農之望。至誠所感。遽霑一溉之恩。爰瀝精衷。仰酬靈貺。臣某叨膺民寄。承乏州麾。顧多稼之在田。奈密雲而不雨。恐因亢沴。或害秋成。肆申懇禱之悰。即獲休祥之應。神之所賜。天且不違。有開必先。式表年登之瑞。無德不報。難忘祀典之常。莊靖集

崔仲通中元醮青詞

李俊民

天所親者無私。惟德是輔。人之應也以實。有感必通。肆蠲克享之誠。仰瀆蓋高之聽。伏念臣某。幼違真教。長昧玄風。屬百年喪亂之餘。當四海毒痛之後。艱苦萬狀。保存一家。上以慰陟屺之恩。下以全舐犢之愛。夫何修而致此。實莫大之幸焉。尚慮過未能亡。悔猶可及。庶幾獲其終吉。敢不爲之敬戚。冀滌罪根。依須道蔭。是用謹差穀旦。肅蕆淨筵。萃羽裾之清流。繹琳科之祕旨。

伏望上真孚祐。列聖降臨。答是愚衷。錫之嘉貺。爰念恢恢之網。不失之疎。益堅翼翼之心。聿懷兹福。莊靖集

郭彥卿追薦夫人青詞

李俊民

時往不返。愜深逝者之嗟。道窮必乖。尤切慨然之感。肆伸丹悃。仰叩玄穹。伏念臣官以恪居。室靡遑處。遂致起家之配。俄成彌月之災。憂喜相尋。禍福莫測。事寧免於一失。義不容於兩全。數實難逃。孽恐自作。冀悉餘殃之殄。敢忘大道之依。是用肅建靈壇。虔修法供。集琳宮之羽侶。繹蕊笈之沖科。周濟存亡。普安中外。伏望上真降鑒。列聖垂臨。答是精衷。錫之休貺。克蕃厥後。已符夢姞之徵。不及其泉。早賦出姜之樂。莊靖集

秦氏得子後報謝青詞

李俊民

責己也周。猶有求亡之恨。應天以實。庶幾所欲之從。伏念某識昧玄風。動違真教。虞丘早歲。遽纏風樹之悲。謝氏晚年。方覩庭蘭之瑞。念常在此。爲之惕然。嗟窮而無告。獨四者之民。恐積者不善。非一朝之故。痛自懲而悔過。若不及以檢身。思滌罪根。仰依道蔭。謹因穀旦。卽事靈壇。萃羽服之清流。繹琳科之秘旨。伏望上真垂祐。列聖降慈。答是精誠。錫之多祜。無後爲大。免貽不孝之譏。由漸而來。獲保有餘之慶。莊靖集

裴懷誠禳蝗青詞

李俊民

膏澤既濡。已有順成之望。嘉苗方秀。或憂飛孽子栽。爰罄丹悰。仰干玄造。臣伏念民服其業。稼多於田。在三務垂成之功。皆八政所先者食。慮因貪類。有害豐年。肆堅懇禱之衷。冀速餘殃之殄。緬惟靈鑒。庸示休徵。莊靖集

太夫人五七青詞

元好問

恩重託身。生成之義等。禮名猶子。嗣續之道存。痛卵翼之未終。忽桮棬之永弃。敢伸悃愊。仰訴昊蒼。中謝伏念臣母張。婦德成家。母儀範世。儉必求於中禮。嚴不至於失慈。所以命臣者。其道公。所以拊臣者。其勤盡。三釜得暫榮之禄。百身無可贖之年。涓埃之願莫施。風樹之悲曷已。惟幽誠之有假。或冥福之可徵。敬叩玄科。竊依真廕。土灰有望。倘沾再造之仁。草木何知。永戴曲全之賜。遺山集

劉宣撫設醮青詞

元好問

威然後懲。恆情之必至。救而不棄。大道之曲成。惟洪纖同萬化之歸。故幽顯靡一誠之間。敢殫悃愊。仰叩希夷。中謝伏念臣某。塵劫賦形。昏衢失步。偶會崩離之遇。妄從角逐之餘。出入兩州。

因循十稔。豈徵勞之可錄。徒多罪之與俱。果令暮景之桑榆。尋陷畏途之荆棘。憂虞甫集。喪病踵來。暴貴非祥。因退藏之已晚。孤根易撓。在摧折以何堪。悔莫自追。孽將安逭。眷深衷之有假。尚後福之可徼。載舉玄科。竊依真蔭。恭惟至公立德。宏濟爲仁。閔其翾飛蠕動之愚。重以氣化形生之賜。土灰有望。倘霑普貸之私。溝壑未填。舉是自新之日。遺山集

張喜千户青詞

元好問

暴貴無漸。一歸自召之災。大德曰生。萬有必從之欲。致殫悃愊。仰叩希夷。臣某腐朽餘生。編齊庶品。匪時緣之幸際。撫氣質以奚堪。户封已迫於通侯。子壻繼聯於鼎族。滿盈之極。負乘是憂。果罹瘵夭之殃。危失保家之長。尚賴至仁之宏濟。庶幾大道之曲成。恭按玄科。竊依真蔭。自同草土。固所謝之莫知。未即灰釘。惟改新之永誓。遺山集

樊守謝土詞

元好問

營建非時。事關於倉卒。陰陽干禁。理藉於祈禳。恭叩玄科。竊依真蔭。有相之道。何知陰騭之私。永建爾家。尚覬曲成之賜。遺山集

邱和叔析城山祈請聖水表

李俊民

東作西成。方著舜耕之土。春祈秋報。必因禹奠之山。蓋以享者克誠。豈有求而不應。臣伏念本

境。土兼冀壤。儉襲晉風。小人知稼穡之艱。大旱有雲霓之望。神或不祐。歲何以登。肆堅懇禱之悰。冀速休徵之應。緬惟靈鑒。答是精衷。雨不失時。以畢三農之務。祀有常典。仰酬一溉之恩。莊靖集

馮裕之析城山祈請聖水表

李俊民

三代以還。咸仰配天之澤。百世而下。猶多戴舊之民。凡致虔祈。必蒙嘉祐。伏念臣某。職專奉上。志切憂時。室家襲晉儉之風。稼穡闢舜耕之壤。慮因旱虐。有害秋成。謹詣靈宫。肅申懇禱。仰希昭鑒。俯答精衷。應若桑林。咸沐溉枯之渥。祀如那首。敢忘降福之私。莊靖集

段正卿祭孤魂榜

李俊民

易爲游魂。遂著反終之説。傳因化魄。乃明爲厲之由。未有所依。是誠可恤。雖卒歸於冥漠。猶不昧於英靈。勿仗道慈。曷起幽域。願殫款素。冀有感通。謹擇某月某日。命前上清宫提點大師孫景玄。就某處設黄籙大醮三百六十分位。祭一切無主孤魂。並各家設壇。追薦遠亡近化姻親。及收斂暴露骸骨。正月十一日。安葬哀集。誦念經文。來書正月一日會疏。將興法事。預戒前期。因豈無因。有似樹花之落。死猶不死。還隨月魄而生。尚賴同心。共成善果。莊靖集

崔仲通祭孤魂榜

李俊民

伏念無可奈何者命歟。終歸於盡。不得其所而死者。奚禍之深。義有當爲。祭而非諂。況乃龍蛇歲在。螻蟻生輕。或因師旅、饑饉之加。或在桎梏、巖牆之下。以棘林爲長夜。以薪野爲佳城。京觀非楚子則誰封。戰場無李華而誰弔。願傾誠懇。庸蔵淨筵。所望上格神休。下開冥路。聞而起起。如從夢裏之呼。樂且融融。皆自隧中而出。今請到講三洞寶經提點大師孫景玄。擬於十月下元日。就本州神霄宮。設黄籙大醮一座。計陳一百二十分位。祭河東南路無主孤魂。并設壇追薦各家遠年近代姻親。同登道岸。富如王氏。宜輸請命之錢。貧似杜家。可藉招魂之紙。敢希勝侶。同結善緣。莊靖集

高平縣瑞雲觀祭孤魂榜

李俊民

伏念縱横血刃之兵。毒痛安忍。暴露依薪之野。精爽奚歸。其生也不辰。其死也無地。徒有青蠅之弔。奚勝黄鳥之哀。形可復乎。亦莫能於司命。魂兮來些。或有賴於巫陽。所依者人。得請於帝。豈特融融之樂。徧及黄泉。抑令鬱鬱之居。重見白日。尚希善衆。同啟虔心。莊靖集

孫講師約束亡靈榜

李俊民

書壇謹按太上法籙隆設無上黄籙淨醮薦拔孤魂亡靈等衆。夤奉高真。祈求拯濟。除已依科闗奏外。

誠恐亡人從來未知壇内威儀。誤有干犯。重遭陰責。須至出榜者。○以上六十四字原缺。據吴本補。

右具如前。今出榜曉示亡靈等衆。卽聽次第呼招。昭與昭齒。穆與穆齒。無引非族。無雜非類。其間孝子順孫。義夫節婦。有新有故。有長有幼。無相棄背。如在左右。不臘之虞。薦未必馨。殺牛之鄰。福未必受。無求人祀。無奪人享。無嘯於梁。無見於堂。善有餘慶。惡有餘殃。天之報施。無異存亡。固當率相教戒。敬心歸仰。領受功德。速求超度。無致別有違犯。故茲告示。使各通知。莊靖集

孫講師約束孤魂榜

李俊民

右具如前。今出榜曉示孤魂等衆。卽聽呼召。男有男位。女有女位。無亂人倫。無參異類。無託物以爲。無憑人爲祟。無逞私憾。無尋寃對。無叫天無辜。無請罰有罪。其有强弱相欺。貴賤相侮。棄義陵上。背恩憎主。或號或呼。或泣或訴。或攘或奪。或貪或妬。輕躁跳梁。笑傲狂舞。前過未除。重犯靈怒。永繫幽囚。難尋生路。固宜相率教戒。敬心歸仰。欽受符戒。速求超度。無致別有違犯。故茲告示。各使通知。莊靖集

開元寺重修經閣榜

李俊民

本州開元寺經閣。近遭壞劫。幸有遺基。雖存起廢之心。尚賴贊成之力。今則度材計費。鳩役募工。

冀我同誠。畢兹能事。且平地爲山。尚有往者。豈道旁築室。獨無成乎。高下隨宜。共敞黄金之地。廢興有數。復來白馬之經。德不妄施。福從實受。暨善知識。結大因緣。莊靖集

碧落治平院祝壽榜

李俊民

竊以叢林標準。法海津梁。開諸佛方便之門。證無上菩提之路。雖云宏教。所重報恩。今請到因公和尚。本院開演圓覺静講。爲國祈福。祝皇帝萬歲。伏願寶曆無疆。洪基永固。四海享太平之樂。百僚崇相讓之風。一切有情。同登覺岸。莊靖集

結冬開講榜

李俊民

伏念會海福田。忽躍銜經之兔。藏陰淨域。尋來聽法之雞。物尚結緣。人何背境。本州碧落治平院者。近將就毁。今復增新。欲開重悟之門。庸闡大乘之教。今請到裕州寶泉山因公和尚。結冬開演圓覺静講一百日。爲國焚修。祝延聖壽者。勿謂一花五葉。止掉葛藤。要從萬水千山。盡來瓶鉢。庶幾善衆。咸仰宗風。莊靖集

化供榜

李俊民

伏以衲衣雲集。供依彌勒之龕。魚木雷鳴。咸仰如來之粥。顧兹香積。賴我檀那。但學雪峯住山。

莫訝趙州貪食。常念助緣之力。敢忘惜福之心。幸免負牛頭之糧。少望送南臺之米。稍能添鉢。無愧上堂。莊靖集

請益榜 李俊民

竊以鐘鼓聲邊。盡入雨花之界。鉗鎚手底。未施點鐵之功。不有發明。難成頓覺。伏惟講主因公和尚。維持宗教。模範叢林。孤如嶺表之雲。瑩若波心之月。雖長空過雁。不立文字。然枯木龍吟。無離語言。身後茫然。莫舉三生之話。指箇歇處。願揚百丈之風。傾落妙音。發蒙大衆。曲垂慈憫。無吝奬提。莊靖集

設茶榜 李俊民

詩人多識。遂留茶苦之名。文士滑稽。乃立葉嘉之傳。豈謂詩情之重。或承水阨之憂。驛徒致衞公之泉。喫不得盧仝之椀。今兹團月。別具典刑。與其强浮泛而體輕。孰若自快活而心省。甘易回頰。枯免搜腸。但歸愛惜之家。以待合嘗之客。莊靖集

設粥榜 李俊民

人方著土。舉聞賣劍而買牛。歲雖在申。自應乞漿而得酒。豈君子之不周急。況居者之有積倉。轉壑之民。之四方者幾矣。滿堂之樂。如一夫之泣何。宜損有餘以補不足。莊靖集

金文最卷一百十七

雜著

香山寺鐘識明昌三年

失名

伏爲本寺。自經兵火。荒廢多缺。有師父僧寶昌。於大定三年。度到小師僧紹徹。至明昌元年二月六日。先師亡没。有僧紹徹。病患在身。又無徒弟。以無法屬。難以修宅。請到本寺寄住僧慶璋。權行管句。前後一年。並無修完。至明昌三年三月六日。退下院事。紹徹自發願心。禱告諸佛聖賢。伏望遺諸方雲游高德。願來本寺住座。至二月間。果有二十餘人。來到本寺。至三月半。有汾州靈石縣抱腹山迴鑾寺潭公首座洎一行僧衆。雲游本寺。且過。有先住僧慈善缺。紹徹報言。來者首座。堪可住持修完。紹徹心中喜諾。此時與内外檀越商議。得便下書。茶禮請同住雲相寺。有首座僧許受請畢。至四月十九日。先後化主五人。遍詣諸方普化齋糧。至五月間。化到米麥一百餘石。重建僧堂一座。次起秋講一席。幸遇本縣主簿衛忠武爲重修功德主。又化到在城都副維那鄭琮、楊暉、於淵糺。首維那二十一名吴厚等。同具勝緣。鑄大鴻(鑪)〔鐘〕一銶。起是聖賢指引。皆是

紹儆願心所成。寶豐縣志

泰寧宮鐘欵泰和六年

失名

竊以將崇至道。敢忘神宇之修。欲振真風。須假鯨音之作。故鳩哲匠。用鑄洪鐘。縻金索以高懸。建寶樓而迭擊。庶使羣迷。聞至音而開覺。抑令滯魄。仗餘韻以超升。伏願集此善緣。仰增聖算。時和歲稔。國泰民安。普曁一切有情。莫不均蒙福利。金石萃編

夢賜帶笏上表稱謝覺而思之得其五六因補其遺忘云

王寂

爲貧而仕。素慚四壁之空。得寵若驚。猥被萬錢之賜。撫躬知愧。感泣何言。伏念捕驪得鱗。畫蛇成足。嗟當途之見嫉。投絶徼以可憐。蓋爲容無蟠木之先。甘後來居積薪之上。豈其衰朽。有此遭逢。丹赤捫心。無負孝先之經腹。重黄奪目。不堪沈約之詩腰。茲蓋伏遇皇帝陛下。力援孤蹤。甄收舊物。念羣言交搆。擠臣於不測之淵。惟獨斷至公。起臣於久廢之地。哀其老態。奬以異恩。臣敢不佩魚自警以不眠。解貂無從於彝飲。垂紳晝策。贊股肱庶事之康。搢笏稱觴。報岡陵萬年之福。拙軒集

僧尼度牒

王寂

右伏以聖時遭際。梵教宏揚。方治具之畢張。宜法輪之常轉。以爾拈花受記。剗草逢師。既得度以比丘身。當求證於菩提果。護持戒體。精進道心。往憑香火之因緣。增祝君王之壽算。拙軒集

道士女冠度牒

王寂

範圍至道。衣被含生。太和薰靈寶慧香。多暇適希夷真境。以爾脱離世網。攀慕仙梯。諷蕊笈之玄文。佩金壇之秘籙。損之又損。優游踐黃老之言。純乎其純。清淨贊唐虞之治。拙軒集

擬元稹長慶新體戒諭

趙秉文

余新卽大政。承元和師旅之後。軍國庶務。有所未明。尚賴股肱元輔。文武庶僚。同寅戮力。協贊太平之功。如聞有司。罔克勵相。翫歲愒日。習以成風。因循者。首歲月以養資。罷懦者。託疾病以廢庶。爾既若此。余何賴焉。爾尚明。時余言。用孚汝聽。掌刑者。無以私情破公法。俾有寃抑之情。典選者。無以小節妨大務。俾有留滯之歎。掌計者。出納之吝。固防濫予。取不以道。亦傷吾民。無縱哀刻。俾有流離之嗟。曰諫官御史。汝惟耳目。其有大利害。具以聞。無毛舉細事以塞責。曰守令。兵役之後。吾民甚苦。無怠撫養。無爲蠹賊。曰採訪使。敦本察吏。是汝之責。汝其察吏。治以催科爲名肆侵漁者。曰將帥。汝典戎律。勗爾偏裨。儆爾師徒。殄殲乃仇。以復我高祖文皇之境土。爰暨將校。汝皆功臣之後。無忝爾祖考。其尚蹈果毅。無敢冒我糗糧。無私役爾卒

伍。無與親民之官妄分彼此。且我列祖曁乃祖乃父。胥及逸勤。勳在王府。以有此境土。共享太平之福。相在小民。尚不忘累聖涵養之恩。況我有官君子。世受厚恩。身被厚祿。營己自私。獨不爲朝廷惜乎。嗚呼。厥亦惟我憲考。賞明罰公。衆職修理。成法具在。我其敢弗率。爾尚一乃心。敬乃事。厥有成績。朕不汝吝。其或弗欽。邦有常刑。朕不庸釋。治業赴功。可不勉歟。滏水集

詠歸詞　趙秉文

歸去來兮。風乎舞雩詠而歸。既勿忘而勿助。抑何喜而何悲。時未來而莫顧。事既往而焉追。化新新而不停。習念念而覺非。譬已飢而方食。孰既寒而忘衣。無一毫之私意。信天理之精微。我思古人。瞠乎若奔。仰鶩前軌。游心聖門。習矣而察。探之斯存。坐見其輿。飲見於樽。利何爲兮桀跖。善何爲兮孔顔。匪義路兮焉由。匪仁宅兮孰安。嚴三省以日儆。防六欲而常關。戒屋漏以慎獨。尚衣絅而中觀。存夜氣之牿亡。收放心而知還。漸雲開而霧廓。俄鳶飛而鯢桓。歸去來兮。請從沂上之游。娱曾點之舍瑟。終不慕乎由求。既盡心而不貳。亦樂天而何憂。天地均仁於萬物。播一氣乎郊疇。陸有下澤。水有方舟。野陽浮兮藪澤。光風泛兮林丘。草漸漸而茁長。水源源而交流。觀物態之熙熙。廓予懷之休休。已矣乎。力天力兮時天時。我初無將亦無留。捨聖道兮將安之。存心以養性。守死以爲期。慮道學之荒蕪。遂日耘而日耔。廓七篇兮孟訓。咏二南兮周詩。會天人而一貫。窮理盡性吾何疑。滏水集

焚驢志

王若虛

歲己未。河朔大旱。遠邇焦然無主。賴鎮陽帥自言憂農。督下祈雨甚急。厭禳小數。靡不爲之。竟無驗。既久。怪誣之説興。適民家有産白驢者。或指曰。此旱之由也。雲方興。驢輒仰號之。雲輒散不留。是物不死。旱胡得止。一人臆倡。衆萬以附。帥聞以爲然。命亟取將焚之。驢見夢於府之屬某曰。寃哉焚也。天禍流行。民自罹之。吾何預焉。吾生不幸爲異類。又不幸墮於畜獸。乘負駕馭。惟人所命。驅叱鞭箠。亦惟所加。勞辱以終。吾分然也。若乃水旱之事。豈其所知。而欲寘斯酷歟。孰誣我者。而帥從之。禍有存乎天。有因乎人。人者可以自求。而天者可以委之也。殷之旱也。有桑林之禱。言出而雨。衛之旱也。爲伐邢之役。師興而雨。漢旱。卜式請烹宏羊。唐旱。李中敏乞斬鄭注。救旱之術多矣。盍亦求諸是類乎。求之不得。無所歸咎。則存乎天也。委焉而已。不求諸人。不委諸天。以無稽之言而謂我之愆。嘻其不然。暴巫投魃。既已迂矣。今兹無乃復甚。殺我而有利於人。吾何愛一死。如其未也。焉用爲是以益惡。濫殺不仁。輕信不智。不仁不智。帥胡取焉。吾子其屬也。敢私以訴。某謝而覺。請諸帥而釋之。人情初不懌也。未幾而雨。則彌月不解。潦溢傷禾。歲卒以空。人無復議驢。滹南遺老集

哀雁詞并序

王若虛

昔予居故人安仲和家。將殺雁食客。見而不忍。爲作哀之之詞。今三十餘年矣。近讀趙公誠

殺生文。有動於心。因追録之。以附其後。雖文采不足。觀者取其意可也。

鳥之遠害。宜莫如鴻。浩浩長風。寥寥遠空。邈乎冥濛。去萬里而無窮。顧乃不幸。而網羅之中。刀机是委。饔飧是充。吁嗟乎其恫。爐且熾。鼎且沸。宰夫礪刃而欲前。坐客垂涎而思噬。而猶神意自若。低回睥睨。不知禍期之行至。可不哀邪。捕者伊何。貪於貨鬻。用者伊何。悦乎口腹。我利我欲。物罹其酷。是以知人雖有生之至靈。而亦其至毒也。高而林莽。深而川淵。遠而窮邊。倮鱗介羽。胎卵濕化。皆有以致之而陳乎其前。封割臠膾。蒸燔烹煎。濯腥滌羶。窮甘極鮮。一邑之内。一朝之間。已有不可勝言者矣。人亦嘗以己而推之乎。一毛之去皆知惜。寸膚之損皆知病。所以自待如此其至也。而獨於物。不爲之少憐。雖吾之智力。可役而君之。而彼之蠢愚。至死而不能訴。然其賦形稟氣。同得於天。故亦未嘗不苦則慘而樂則舒。惡夭閼而重生全。奈何暴殄不恤。以爲當然。孰恤其寃。孰懲其愆。豈天有厚薄。固以彼而奉此乎。抑初無所主。而自生自殖。自攘自擊。勢强者勝而專。不然何其太偏也。庖廚之遠。君子以爲仁。己既不忍。則假手於他人。夫其畏怖之情、觳觫之悲。可以想而知也。何必見之之素。臨之之親。聞之曰。物我類也。類無分别。滋味之在我可賒。性命之於彼極切。至哉言乎。即是佛説。亦何必持乎誡律。推明罪業。觀地獄之變相。指刀兵之凶劫。人惟爲饞舌之所謾。是以安爲而不屑。嗚呼戒之。敢告來哲。滹南遺老集

李氏家譜

李俊民

按大唐天潢玉牒。顓帝之後生大業。大業生媧。媧娶有喬氏之女。感月光貫昴而生咎繇。咎繇生伯翳。伯翳之後。世爲士師。至里成避桀之亂。遯居伊侯之墟。食李實。乃改爲李氏。此言咎繇之後。以理獄爲功。遂姓理氏。其後子孫。或改里氏。至伊侯之墟避難。遂改里爲李也。成生利正。當商湯之時。利正生昌祖。昌祖仕陳爲大夫。因居苦縣。昌祖生明。明爲陳相。葬瀨鄉之北。立廟。因有相城。明生慶賓。慶賓生靈飛。一名虔會。所言陳國。乃古之陳國。非周時所封胡公滿之國也。自李成至虔會。五世相承。年代相類。當此之時。太皞之後。已爲陳國。及周封舜後。當是此陳既滅。乃封胡公而王其地也。靈飛之妻真妙玉女。感日精之夢而生老君。此一說也。又按本記云。老君生而能言。指李木曰。此我姓也。隋內史舍人薛道衡老君祠庭碑云。感日載誕。莫測受氣之由。指李爲姓。未詳吹律之本。是也。又樓觀祖師傳云。老君因聖母攀李木而生。謂曰。此汝姓也。三家之說。經傳備載之。今並明之。以彰聖人之宗緒矣。至紂王時。居岐山之陽。西伯命爲守藏史。武王克商。名爲柱下史。其子名宗。仕魏爲將軍。有功。封於段干。宗之子注。注之子宮。宮之遠孫假。假仕漢孝文帝。假之子解。解爲膠西王卬太傅。因家於齊。風俗通云。李伯陽之後。出隴西、趙郡、頓丘、渤海、中山、襄城、江夏、梓橦、范陽、廣漢、梁國、南陽十二望。唐高祖淵二十二子。其韓王元嘉守澤州。武氏盜國。宗室潛謀恢復。事露。皆被害。妃房玄齡女。妃亡。四子於碧落聖佛谷追薦母氏。黃公譔善篆磨崖碑存焉。其後裔孫。因家於澤。或隱或仕。宋初。李植字彥材。熙寧間。中武舉科。隨范文正公西征。官至右侍禁。墓誌云。葬於澤州晉城縣五門鄉。從先塋也。三子持、搆、授。高祖李憲之。忘其所出。生曾祖猷。猷生祖行可。行可二子。長之邵。次之才。之邵一子曰楫。楫子六人。長儀□。應進士舉恩榜。二子亡。有女在北。弟馬興。男閏郎在。餘亡。之才三子。長植。次構。次俊民。字用章。植三子。曰挺。曰撝。曰振。挺男世英。渭南馬鋪監。没於王事。撝謙甫。進士第乙科。孟津機察。男世寧。監福昌酒。構洛陽茄店商酒監。男鐵塊。女蓬仙。在北。俊民男揚。伊闕商酒監。揚一子道兒。甲戌兵火值甲午二十餘年間。皆物故矣。獨閏郎在。楫之孫也。二子皆幼。爲李氏之裔。癸卯四月初一日丁未譜。莊靖集

龜鏡山人陳時發屏風

李俊民

道尊孔子。妙窺三絶之編。市隱君平。坐閲百錢之肆。在憂患而作者。其精微之教乎。儻學者加以數年。則愚者必有一得。龜鏡角折五鹿。閣束九師。以變者爲占。其應也如響。滕公之室。屈子之居。晉隗炤之索金。漢張伯之懷璧。知來者逆。情見乎辭。筮而不從。動則有悔。莫靈如卦。定因三畫之重。或泄此書。未免六丁之取。蓋有聖人之道。以斷天下之疑。秦鏡雖亡。幸斯文之未喪。楚龜已朽。賴其策之無遺。問而以言。瀆則不告。莊靖集

副元帥討亂臣諭將士

李俊民

伊慼自貽。久露滔天之惡。帝德乃大。尚寬棄市之刑。儻滋蔓而不除。將噬臍其難悔。某官某。誘

竊戎柄。包藏禍心。飛書構敵國之師。詭計爲奔軍之將。幸免崇山之外放。敢兆蕭牆之內憂。衆叛親離。人怨神怒。雖欲不忌器而投鼠。或恐以蹊田而奪牛。若執小嫌。有傷大義。忠於爲國。奮不顧身。少正兩觀之誅。彼自取爾。趙盾一字之貶。我其免乎。無爲彼先。勉出乃力。莊靖集

劾張唐臣酒過

李俊民

欲解憂於杜康。佳期難遇。俄立威於寧越。和氣有傷。民自速辜。酒以爲禮。序點揚觶而語。杜蕢歷階而升。罰以兕觥。脅以童羖。彼醉不臧。縱意所如。受爵不讓。多言數窮。登牀而忤鄭公。脫靴而忿力士。鴟夷過左阿君之家。沐猴舞平恩侯之第。自以爲適。不知敗德。自以爲真。不知喪身。至有汝陽涎流。公孫腹溢。賀監眼花。夷吾舌出。未歌驪駒。先賦相鼠。犯朱虛之令。激灌夫之怒。拳安劉伶之肋。帽脫張旭之頂。曳墮地之遐。罵到官之鄭。不聞南康之納狂客。不見後閣之遺窮賓。在側雖有二豪。所指豈惟十手。醉猶未醒。死而復甦。初遂武坐之蠅。便可去矣。誰謂宋門之犬。如此惡邪。仰天而呼烏烏。向空而書咄咄。幾年程普。方思公瑾之交。一旦楚元。罷設穆生之醴。宜加薄責。用儆非彝。盍省前愆。勿貽後悔。莊靖集

酒檄山堂酒不至。戲檄以督之。

李俊民

人生貴在意適。吾輩況復情鍾。念樂事之難并。須同欲之相濟。山堂主人。作真率會。闕見在身。

棹船尋賀老於稽山。齎具邀淵明於栗里。盜甕而飲者醉。指瓶而索者嘗。伶婦無言。宋犬不吠。乃有忘形爾汝。痛讀離騷。了一生於蠏螯。視二豪如蜾蠃。以其無公田而種秫。故不待酉歲而(乙)〔乞〕漿。莫謂寧逢惡賓。亦可便稱名士。獨不與李將軍爲地。方且共江諮議論兵。徒使汝陽流涎。想見子幼耳熱。醒猶未解。釀可速傾。得到於齊。請鑒青州之事。或薄如魯。未免邯鄲之圍。惠而不傷。吝則有悔。余言不食。衆怒難犯。莊靖集

焚問舍券

李俊民

高堂主人。好客不倦。肇開東閤。大闢南館。坐上罇盍。户外屨滿。客有趦趄而不獲進者。乃持問舍之券而見焉。其文曰。百尺樓前問舍。萬人海裏藏身。誰念入室相如。四壁徒立。自笑移居東野。一物全無。略敘幽懷。勿嫌多事。不欲起樓背山。借宅種竹。當門藝蘭。開徑訪菊。不欲犬吠於門。梟鳴於木。鬼嘯於梁。鼠穿於屋。所望取友必端。聚賓以賢。屣爲粲倒。席因賈前。鄒不可不迎。枚不可不延。醴如楚設。榻似陳懸。無使籍恥臣蔣。雲羞吏宣。諤諤者去。唯唯者來。紆餘者悅。卓犖者哀。豈樂正子後長者而不見。而燕昭能自隗始而築黃金之臺乎。主人讀畢。怒而投之地。客懷歸以語鶴鳴。鶴鳴曰。吁。夫心契則言入。目擊則道存。豈不見鳥能擇木。木豈能擇鳥哉。子欲以垂雲之翼投覆卵之巢。其可耶。乃取其券而焚之。客於是浩然長往。不數日。主人及於禍而客免焉。莊靖集

求田

李俊民

願爲聖人氓。但得一廛田。大芘天下士。安用萬間屋。我館既定。我鄰既卜。人壽幾何。生理易足。約以自處。能者養福。非敢望設醴楚元。指囷魯肅。馮驩食魚。子思餽肉。乃有鄭相葫蘆。薛公苜蓿。陰將軍之葱葉麥飯。石季倫之萍虀豆粥。吏部公之藜莧。天隨生之杞菊。商山隱士之紫芝。少陵野老之黃獨。請學爲圃。中有樊遲之祿。至於華元羊羹。庾悦鵝炙。監州螃蠏。典籤熊白。雖不至於嗟來。而客不可以不速。蓋在人者。己所不爲。在己者。人所不欲。以小人之心。爲君子之腹。是則釜不須轑。鼎不須覆。犬不須吠。蠅不須逐。無事而食。有靦面目。噫。忘其朶頤之凶。以養我之老饕。何其耐辱。莊靖集

悼犬

李俊民

余家有畜犬。始善終惡。衆勸烹之。姑息間。其惡彌甚。戊戌秋。烹以饗衆。衆意頗快。余獨惻然悼之。

非土性而畜。常戒於書。祖陽氣而烹。敢違於禮。生豈不好。禍皆自求。爾心則獸心。食者人食。其志不如槃瓠。其力不及韓盧。盜如在齊。吠如在桀。楚人之井爲汝溺。宋人之酒爲汝酸。孝子爲之去妻。里媪爲之逐婦。徐勉不敢以還宅。楊布不敢以易衣。飢則乞憐。飽則反噬。不敬而養。雖

猛何爲。稍能聽指蹤於蕭何。自可得終老於柏直。孔門弟子。寧無敝蓋之思。噲等少年。爭效鼓刀之勇。有此行者。其能免乎。蓋與衆而棄之。豈無故而殺者。雖然逐兔難忘上蔡之情。可奈噬獒終速桃園之禍。莊靖集

金文最卷一百十八

雜著

曹南商氏千秋録

元好問

曹南商氏。族姓所起。見於遠孫正奉大夫、贈昌武軍節度使衡所著千秋録。備矣。蓋自少典而降。得姓者十四。契始封商。以子命氏。十三世而至湯。十七世而微子代殷。後爲偃王。又二十六世。於秦。於兩漢。於曹魏、六朝、隋、唐。詳見於家牒者。以節度君推世次。系出陳之長平。長平。殷高宗家在焉。遠祖司空侑。唐史有傳。太和中。再領天平節鉞。子羽。舉進士。藩府辟召。不至通顯。子盈孫。僖宗聞其有禮學。擢爲太常博士。終於大理卿。贈吏部尚書。子暄。暄之子處讓。處讓之子嶽。已上失其官號。俱爲唐人。嶽之子諱懷欽。入五代十年生。周顯德三年劉燦榜擢第。終於宋建隆四年。朝奉郎、試大理評事。知曹州南華縣事致仕。因家於曹。享年九十四。詳見譜牒。蓋自司空而後爲鄆人。南華而後爲曹人。避宋宣祖諱。改姓商氏。逮節度君九世矣。南華之子捷。淳化三年孫何榜擢第。累官至比部郎中。生七子。宗聖、宗傅、宗回、宗弼、宗旦、宗奭、宗昱。宗傅、宗弼、宗旦三子登科。宗傅。咸平三年陳堯咨榜擢第。初仕蜀川。後乃隔絶。不知所終。宗弼。大中祥符五年徐奭榜擢第。累遷至中書舍人。仁宗朝。時譽藹然。有卿輔之望。其後不樂仕進。年未五十乃掛冠。築堂曹南之西園。名曰晦道。時賢高其勇退。盛爲稱道之。享年七十。娶冀氏。封金華縣君。生八子。倚、備、儼、傳、佑、侅、佖、偕。倚、備、傳、侅四子登科。卽節度君六世祖也。宗旦字繼周。天聖五年王堯臣榜擢第。官至朝奉郎、知桂陽監、平陽令。享年五十二。娶卞氏。生四子。伊、灝、佾、侁。詳見墓誌。長子伊。伊子諶。倚。元豐五年黃裳榜第一甲第三人擢第。初任太原教授、太學博士。後元祐黨事興。碑其名於餘官之列。一子。中立。備。皇祐三年馮京榜擢第。三子。穆之、伯之、適之。傳字夢臣。皇祐五年鄭獬榜擢第。繼登説書科。授國子直講。終於光禄寺丞。出知虢州朱陽縣事。亦足以知當時重守令之選也。享年六十一。累贈太中大夫。娶李氏。封恭人。詳見墓誌。卽節度君五世祖也。生七子。千之、元之、立之、延之、坦之、成之、貫之。元之、貫之登科。侅。嘉祐四年劉輝榜擢第。終於通直郎致仕。享年七十四。娶張氏。生五子。先之、才之、孝之、説之、直之。先之、説之登科。元之。熙甯九年徐鐸榜擢第。終於承議郎、濟州鉅野令。縣界金山寺碑在焉。娶蕭氏。四子。因、圉、冉丙。因登科。先之。元豐五年黃裳榜擢第。終於衡州茶陵令。貫之。字以道。後改名乂。元祐六年馬涓榜擢第。張君向辟爲計司屬官。終於朝散郎。知懷州武德鎮致仕。享年六十七。娶張氏。封安人。卽節度君之高祖也。生六子。周、同、罔、册、丹、甬。皆業進士。説之。建炎五年李易榜擢第。授鄧州文學。後攝濟陰主簿。阜昌二年。通判興仁軍府事張君檄文。商文學素勤學古。可使入官。今保舉堪赴吏部。注擬差遣。竟不就。享年六十。娶傅氏。卽龍圖公之女孫也。四子。默、點、勳、黯。默後改名休復。字子泰。風儀秀整。襟量夷曠。博學有文。老居汴梁。娶江氏。卽金紫公鄰幾女孫也。有陶丘先生文集行於世。諶。九舉終場。建中靖國元年恩賜進士第。終於虔州大庾令。因。紹聖四年何昌言榜擢第。終於通仕郎、開德府臨河縣令。三子。大有、大聲、大臨。周。宣和元年。以父守朝散郎致仕奏補。累官至通直郎。開德府濮陽縣丞。一子驤岡。字元壽。建炎二年。從劉錫太尉解危滄州。奏補拱輔從事。入金朝。換忠勇校尉。享年七十二。卽節度君之曾祖也。初娶周氏。再娶鄭氏。二子駒、馳。册。字元功。丹字大忠。後改名愈。字師心。爲施内翰朋望詩酒之友。生二子。驥、騤。皆早世。甬字子華。俱以儒業顯於鄉里。學者宗之。祖駒。字士龍。兩赴廷試。天資和雅。博學强記。教授鄉里。泰和元年五月十五日以壽終。享年七十一。祖母郝氏。封宜人。三子。長永錫。字難老。次敷錫。字福老。次康錫。字吉老。難老用公貴。及封朝請大夫致仕。妣王氏。濮陽郡太夫人。三子。仲曰衛。字正叔。滑稽豪俠。有古人風。季曰衎。字信叔。穎悟早世。公。朝請君之長子也。字平叔。幼從祖學。長師鄉先生李若訥。若訥愛其才。每器重之。年二十五。擢崇慶二年黄裳榜詞賦進士第。釋褐主鄜州洛交簿。以廉能換鄜縣。尋辟威戎令。時興定己卯。歲飢。民無所於糴。公乃開倉賑濟。然後白之行臺。賴以全活者甚衆。夏六月地震。城郭摧圮。夏人乘釁入寇。公率領蕃部土豪。守禦應敵。保以無虞。秩滿。縣人爲之立祠。再辟原武令。以例罷。入爲尚書省掾。歷糧草邊闕知管差除。三房考再滿。授户部主事。兩月。擢授監察御史。姨母鄎國夫人。不時入禁中。干預政事。聲勢甚張。公拜章極言。自是。鄎國被召乃敢進見。宗室帥慶山奴軍淮南歸州失利。朝廷置而不問。公建言。自古敗軍之將。必正典刑。不爾。則無以謝天下。詔爲決杖八十。因而退罷。户部侍郎權尚書曹温。時一女在掖庭。從史親舊。干預權利。其家人填插諸司。貪墨張露。而臺官無敢言者。公歷數其罪。詔罷温户部。改太后府衛尉。公再上章。若臣言温果可罪。當貶逐。温無罪。則臣爲妄言。豈有是非不别而兩可之。哀宗爲之動容。乃出温爲汝州防禦使。未幾。改右司都事。朝廷知公。蓋將大用矣。改同知河平軍節度使事。不赴。奏充樞密院經歷官。遥領同知昌武軍節度使事。丞相完顏莘公領陝西行臺。奏公偕行。充左右司員外郎。仍佩以金符。密院表留。有旨。行臺地重。急於用人。可從丞相奏。自是臺務一决於公矣。明年召還。行臺再奏留之。又明年。丁内艱。乃得還。平章政事蕭國侯公塞京東河決。奏公以左右司郎中從行。正大八年十月。起服中。充秦藍總帥府經歷官。正月。河潼失守。召主帥入援。二月九日。軍至陝。將由間道之長水界。與北軍遇。相拒大雪中。士卒飢凍不能戰。主帥兀典棄衆降敵。公爲北軍所得。令去巾。公瞋目大呼曰。汝欲脅從我耶。我終不能降。迴望闕瞻拜。曰。主將無狀。亡兵失利。臣之罪責亦無所逃。但一死報國耳。遂拔佩刀自頸。時年四十有六。褒贈正奉大夫、昌武軍節度使。初娶鄧氏。繼娶鄭氏。並封濮陽郡夫人。子男二人。長曰挺。字孟卿。業進士。次曰援。字仲經。女一人。適進士劉茂。孫男七人。琥、璘、璹、瑝。皆業進士。瑋、瓛、琯及女孫二人。

尚幼。初河間許古道真。以直言極諫稱於德陵朝。正大初。詣闕拜章。言八座皆非其材。省寺小臣有可任宰相者。不大升黜之。則無以致中興。章奏。召道真赴都堂。問孰爲可相。道真以尚書省掾商衡對。當是時。上新卽大位。經略四方。思所以宏濟艱難者爲甚力。道真已得請。居伊川。卽命驛召致之。復右司諫。天下相望風采。道真亦慷慨。願以人所不敢言者爲天子言之。及論天下事。首以公爲可相。則公之才爲可知矣。公事長上以禮。接下以誠。與人交敦終始。家居怡然毋無慍容。性嗜學。藏書數千卷。古今金石遺文。人所不能致者。往往有之。南渡以來。士大夫以救世之學自名。高者闊略而無所統紀。下者或屑屑於米鹽簿書之間。公天資雅重。遇事不碌碌。人所不能措手者。卒優爲之。苟可以利物。則死生禍福不復計。平居以大事自任。而人亦以大任期之。評者至今以公用違其長。使之卒然就一死。爲斯世惜也。故好問銘其墓。云云按公所藏及記録者。有唐武德三年遠祖司空、勛國公開山誥。有體質平允。才器敏洽。宣力義旗。功參造昧。可吏部尚書。宣和內府物也。已下皆晦道堂題詠。備在家録。自餘玉牒。授之楚尾毛觀復。給事中、知曹州興仁軍府事三衢盧襄贊元。濟北李邢商老、任庭玉、鄧忠臣。山東路提刑使濟陰賀公叟楊庭。東平路轉運使鄉先生李上達及子省元防方平。濮州軍事判官林棣姚建榮興祖。尚書左丞、壽國公金城高汝礪巖甫。同知臨洮府事兼積石州刺史平陽孔天監偉明。尚書右丞汶水賈守謙益之。諫議大夫滹南許古道真。户部尚書權參知政事臺山楊造叔玉。尚書左丞日照張行忠信甫。平章政事蕭國公東阿侯摯莘卿。大司農户部尚書相人張正倫公理等書札詩篇。在家録。翰林應奉東明王鶚百一嘗作誥詞云。出知外縣。凜乎其德讓之遺。入掾中臺。魁然有宰輔之望。禮部閑閑趙公許與公有鵬飛九萬里、風斯在下之語。其爲時賢所推重如此。尚何待僕言。正叔以通家之故。請爲千秋録作後記。因得件右之。或疑商氏名德相望。而報施未豐者。竊以水喻之。今夫流泉出石罅間。從濫觴之微。涓涓而不絶。及其合支流。會衆川。儲畜淵渟。盡洄洑舒徐之態。鼓之以長風。驅之以迅雷。泄雲雨而涵鬼物。雖有千石之舟、十丈之檣。遲迴顧盼而不敢發。蓋從微至著而有本者。必如是耳。今孟卿館嚴侯之門者十餘年。侯温然執擁篲之敬。海内名勝率以清廟之器許之。諸郎玉立秀發。生長見聞。宜有不資於人而自熾者。正叔年甫六十。安閑樂易。福禄方來。他日羔雁成羣。極人間盛事。當信僕言之不妄云。癸丑二月吉日。河東元好問裕之謹書。遺山集

擬秦王擒竇建德降王世充露布正大元年應辭科程文

元好問

臣聞天地之大無不容。王者所以悉臣而悉主。雷霆之擊無不滅。神兵所以萬舉而萬全。其有怙姦自終。同惡相濟。雖合縱連衡。而自爲得計。而禁暴誅亂者。理有固然。輔車之勢未成。連頸之刑已及。陳餘之輔趙歇。竟成泜水之亡。公孫之得隗囂。何救咸門之酷。明鑒不遠。覆轍相尋。我國家統接軒符。亂除秦跡。斷鰲足以立四極。射旄頭而靖八荒。南征北怨。而俱荷來蘇。西被東漸。而無思不服。獨茲狂狡。猶爾跳梁。竇建德、王世充者。闒茸下材。昏迷小醜。要領不足以膏斧鉞。名姓不足以污簡書。僭號位以自居。意兵刑之莫及。狐鼠不神於晝出。鷹鳩當化於陽和。敢爲犄角之

謀。自隔照離之造。魚肉兆姓。塗炭二方。稔惡貫以既盈。諒靈誅之莫逭。五侯共憤。期分項羽之尸。四冢既成。待葬蚩尤之骨。臣與諸將等。致行天討。動稟睿謀。謂虢既滅則虞自亡。故燕可先而齊當後。肅將禁旅。進次東都。賊既身來。義當面諭。人有請師之舉。天開悔禍之期。今不自歸。後將無及。計即從於馴伏。乃更肆於憑陵。不虞當轍之難。遽有背城之役。臣等先登進擊。深入合攻。戰聲騰洛水之波。怒氣動邙山之色。紛投戈而蔽野。殷流血之成川。健將既殲。餘衆皆潰。世充則堅壁自固。恃求援之方來。建德則埽境赴期。曾胥亡之不悟。臣等鼓已捷之勇。迎自送之師。破竹未比乎發機。建瓴莫喻其乘勢。武牢方啓。突騎直前。諸將引陳。以當其衝。微臣卷甲。以出其後。鱷鯢自警。蟣虱相悲。以彼氣之既歸。當我軍之方鋭。亂難復整。徒誇軍屬於鵲山。勢不久存。果見星亡於牛谷。臣以既擒夏賊。尋詣洛師。示以已獲之俘。縱其所遣之使。世充外謀已敗。內勢又窮。知無地而可逃。乃詣軍而自縛。一卒不損。二盜克平。其東都吏民等。虐政久罹。王靈甫及。金鼓動發生之氣。旌旗導長養之風。莫不動地歡呼。戴天感泣。廓妖氛而一掃。混文軌而大同。升平之期。自今以始。兹蓋伏遇皇帝陛下。沈幾先物。神武應期。從容高拱乎九重之中。纖悉周知於萬里之外。日將旦而羣陰伏。顧小竊之何施。天不言而四時行。宜儁功之丕應。臣某等謬司戎律。初乏將材。仰憑折箠之神。俯遂請纓之志。七旬來格。微勞深愧於禹征。萬壽無疆。善頌敢忘於武拜。遺山集

麻杜張諸人詩評

元好問

麻信之、杜仲梁、張仲經。正大中。同隱内鄉山中。以作詩爲業。人謂東南之美。盡在是矣。予嘗竊評之。仲梁詩如偏將軍將突騎。利在速戰。屈於遲久。故不大勝則大敗。仲經守有餘。而攻戰不足。故勝負略相當。信之如六國合從。利在同盟。而敝於不相統一。有連雞不俱棲之勢。雖人自爲戰。而號令無適從。故勝負未可知。光弼代子儀軍。舊營壘也。舊旗幟也。光弼一號令。而精彩皆變。弟恐三子者。不爲光弼耳。遺山集

故物譜

元好問

予家所藏書。宋元祐以前物也。法書則唐人筆跡及五代寫本爲多。畫有李范許郭諸人高品。就中薛稷六鶴。最爲超絶。先大父銅山府君官汲縣時。官賣宣和内府物也。銅碌兩小山。以酒沃之。青翠可摘。府君部役時物也。風字大硯。先東巖君教授鄉里時物也。銅雀研。背有大錢一。天禄一。堅重緻密。與石無異。先隴城府君官冀州時物也。貞祐丙子之兵。藏書壁間得存。兵退。予將奉先大人南渡河。舉而付之太原親舊家。自餘雜書及先人手寫春秋、三史、莊子、文選之等尚千餘册。并畫百軸。載二鹿車自隨。三研。則瘞之鄭村别墅。是歲寓居三鄉。其十月。北兵破潼關。避於女几之三潭。比下山。則焚蕩之餘。蓋無幾矣。今此數物。多予南州所得。或向時之遺也。往在鄉里。常

侍諸父及兩兄燕談。每及家所有書。則必枚舉而問之。如曰某書買於某處所。傳之何人。藏之者幾何年。則欣然志之。今雖散亡。其綴緝裝褙。籤題印識。猶夢寐見之。詩有之。維桑與梓。必恭敬止。以予心忖度之。知吾子孫卻後當以不知吾今日之爲恨也。或曰。物之閱人多矣。世之人。玩於物而反爲物所玩。貪多務取。巧偷豪奪。遺簪敗履惻然興懷者。皆是也。李文饒志平泉草木。有後世毁一樹一石、非吾子孫之語。歐陽公至以庸愚處之。至於法書名畫。若桓玄之愛玩。王涯之固護。非不爲數百年計。然不旋踵。已爲大有力者負之而趨。我躬之不可必。奚我後之郵哉。予以爲不然。三代鼎鐘。其初出於聖人之制。今其欵識故在。不曰永用享。則曰子子孫孫永寶用。豈爲聖人者。超然遠覽而不能忘情於一物耶。抑知其不能必爲我有而固欲必之也。蓋自莊周、列禦寇之説盛。世之誕者遂以天地爲逆旅。形骸爲外物。雖聖哲之能事。有不滿一笑者。况外物之外者乎。雖然。彼固有方内外之辯矣。道不同。不相爲謀。使渠果能寒而忘衣。飢而忘食。以游於方之外。雖眇萬物而空之。猶有託焉爾。如曰不然。則備物以致用。守器以爲智。惟得之有道。傳之無媿。斯可矣。亦何必卽空以遺累。矯情以趨達。以取異於世耶。乃作故物譜。丙申八月二十有五日。洛州元氏太原房某引。**遺山集**

金文最卷一百十九

雜著

郡守天池祈雨狀

元好問

維太歲甲辰四月辛未朔二十四日甲午。忻州某官等。惶恐百拜獻狀天池龍君殿下。惟神血食一方。膏潤千里。靈應之迹。著見有年。某等資品凡陋。德薄任重。不能撫安閭里。召迎和氣。自開歲以來。雖嘗被一溉之賜。既雨而旱。今已十旬。夏苗欲枯。秋稼無望。民庶嗷嗷。將遂逋播。匪我神明。則將疇訴。乃涓吉旦。謹遣管内僧某、道士某。躬詣靈湫。奉迎甘澤。某卑職所限。止於道左恭俟。雲輿風馬。尚辱臨之。不勝懇禱之至。謹狀。遺山集

優伶語録

楊弘道

堅白子居於般溪之上。不慕榮利。喜爲文章。田食井飲。與世淡然。蕞爾山城。再罹大兵。雞犬不聞。四郊草荒。一官不調。未獲禄食。親舊離散。無所假貸。袛服避地之訓。歲九月而有汴梁之

行。所以赴銓調、訪親舊也。傳曰。適百里者。宿春糧。適千里者。三月聚糧。生業既失。安在其能三月也。行次濟水之陽。有同途者。亦欲踰大河之南。不負不荷。若有餘齎。言語輕雜。容止狎玩。怪而問之。曰。我優伶也。且曰。技同相習。道同相得。相習則相親焉。相得則相郵焉。某處某人。優伶也。某地某人。亦優伶也。我奚以資糧爲。言竟。自得之色浮於面。聞之有感於余心者。夫人之所以貴乎爲士者。爲其道存焉耳。仁義。道之本歟。仁以安人。義以利人。使人利而安之。相親相恤者近焉。優伶世之弄人也。而有是哉。而有是哉。因且自念。修身慎行。讀書著文。幾年於今矣。獨無所同然乎哉。側聞某官大夫名德之日久矣。未嘗望清塵。拜下風。得接粲花之論。今也。路出東原。興定元年。東平府録事雷希顔名淵。欲致謁於左右。疑而未敢進也。俄而自笑曰。何期大夫之淺耶。仁義之道。在彼而不在此乎。或曰。爲期同乎。大夫決巍科。馳令聞。自致於青雲之上。汝身不顯於世。名不稱於人。沉滯碌碌。窮於逆旅。果同乎。堅白子曰。轅下之駒。德不配驥。然亦馬也。謂之非馬可乎。或者不能對。因録優伶之語以爲獻。伺候門外。進之麾之。唯命。小亭集

録大梁事

劉祁

金正大八年辛卯冬十一月。余居淮陽。北兵由襄、漢東下。時老祖母、老母在南京。趨往省焉。既至京師。邊聲益急。聞北兵阻荆江。與平章政事完顔哈達等謀縱北兵東渡。將以勁騎蹴入江。北兵既

渡。皆殊死戰。哈達兵不能遏。遂帥八都尉退保鈞州。北兵襲之。不進。時朝廷憂懼。不知所爲。然天下勍兵。皆爲二帥所統。倚以決存亡。○中華書局點校本歸潛志附聚珍本校語云。按二帥指完顏哈達與伊喇蒲阿而言。上文未著伊喇蒲阿之名。疑傳寫有脱佚。又命參知政事圖克坦烏登、殿前都點檢完顏重喜提兵扼潼關。九年正月。下詔求言。於東華門接受陳言文字。日令一侍從官居門待。言者雖多。亦未聞有施行者。蓋凡得士庶言章。先令諸朝貴如御史大夫費摩阿固岱、户部尚書完顏努森等披詳。可然後進。多爲諸人革睽。百無一達者。余時亦憤然上書。且求見口陳。會翰林修撰李大節直於門。余付之。且與論時事。李曰。今朝廷之力。全在平章、樞密。看此一戰如何。余無可奈何矣。時正月十七日也。翌日。報聞。十六日。鈞臺與北兵戰酣。會天大雪没膝。我師皆凍不能支。轉戰良久。北兵復自孟津南渡。與南來諸兵會。我師遂大敗。伊喇蒲阿就擒。完顏哈達竄於地穴中。爲所發見殺。都尉苗英、高英、樊澤。中郎將完顏綽華善諸驍將皆死。京師大震。下詔罪己。改元開興。爲守禦京城計。四面置帥府。置行户、工部。和斯濟雅博斯納帥北面。李新帥東面。范正之帥南面。完顏實訥阿卜帥西面。富察君平、張俊民、張師魯、舒穆嚕世勣分領户、工部事。時平章政事兼樞密使完顏巴薩、樞密院副使持嘉哈希用事。二人奸佞無遠略。士庶皆惡之。末帝信用。不能斥去。識者知其誤國矣。俄聞陷鈞州。又陷許州。許帥布揄死之。二月。陷陳州。陳帥紐赫努色爾死之。京畿諸邑。所至殘毁。末帝在宫中。時聚后妃涕泣。嘗自縊。爲宫人救免。又將墜樓。亦爲左右救免。御史大夫費摩阿固岱、吏部侍郎劉仲周等。詣北兵告和。不從。三月。北兵迫南京。上下震恐。朝議封皇兄荆王守純子肅國公某爲曹王。命尚書右丞李蹊等。奉以爲質子於軍前。擢應奉翰林文字張本爲翰林院侍講學士從以北。北兵留曹王營中。李蹊等回。具言彼雖受之。待北援。京城將不免攻。明日。北兵樹礮攻城。大臣皆分主方面。時京城西南隅最急。完顏巴薩主之。西北隅尤急。持嘉哈希主之。東北隅稍緩。丞相完顏薩布主之。獨東南隅未嘗攻。時人情洶洶。皆以爲旦夕不支。末帝親出宮巡四面勞軍。故士皆死戰。帝出。從數騎。不張蓋。縱路人觀。余時在道左。欲詣陳便宜。忽見一士捧章以進。帝令左右受之。諭曰。入宮看讀。當候之。余謂此時當馬上覽奏行事。今云入宮。又虛文也。遂趨去。已而其事竟無聞。北兵攻城益急。礮飛如雨。用人渾脱。或半磨。或半碓。莫能當。城中大礮號震天雷應之。北兵遇之火起。亦數人灰死。軍士又自城根暗門突出。殺傷甚衆。總領富察古納、高顯、劉奕。皆以力戰有功。衆庶推之。皆擢爲帥。使分守四面相接應。時自朝士外。城中人皆爲兵。號防城丁壯。下令。有一男子家居。處死。太學諸生亦選爲兵。諸生訴於宮。請另作一軍。號太學丁壯。已而朝議。以書生輩尫羸不任役。將發爲礮夫。諸生劉百熙、楊煥等數十人。伺上出。詣馬前請自効。上慰諭。令分付四面户部工作委差官。由是免礮夫之苦。平章巴薩怒諸生之自見上也。趣召赴部。以緩期杖。户部主事田芝。又分令諸生監送軍士飲食。視醫藥。書礮夫姓名。又令於城上放紙鳶。鳶書上語。招誘脅從之人。使自拔以歸受官賞。皆不免奔走矢石間。又夜舉燈毬爲令。使軍士從暗門出劫戰。令諸生執役。燈滅者死。諸生甚苦之。俄以燈毬未具。杖刑部郎中舒穆嚕世勣。以前户部侍郎李煥代之。巴薩本無守禦才。但以嚴刻立威譽。夏四月八日。始輟攻。下詔改元天興。傳聞北朝有命。令勿擊。衆謂攻三日不解。城將隳。已而城上望見北兵焚礮車。衆皆以相賀。俄聞北兵不退。駐兵邏之。由是知禍未艾也。士庶往往縱酒肉歌呼。無久生心。秋七月。北兵遣唐慶等來使。且曰。欲和好成。金主當自來好議之。末帝託疾。卧御榻上見。慶等掉臂上殿。不爲禮。致來旨畢。仍有不遜言。近侍皆切齒。既歸館。餉勞。是夕。飛虎軍數輩憤慶等無禮。且以爲和好終不能成。不若殺之快衆心。夜中。持兵入館大譟。殺慶等。館伴使鄂屯安濟庫及晝。二人亦死。遲明。宰執趨赴館視之。軍士露刃詣馬前請罪。宰相遑遽慰勞之。上因赦其罪。且加犒賞。京師細民。皆驩呼踴躍。以爲太平。識者知其禍不可解矣。八月。恆山公武仙提兵自鄧赴京師。上命副樞哈希出兵援之。至密縣遇北兵。哈希遽退走。仙兵與北兵轉戰於鄭州之西南。會圖克坦烏登亦提兵東來。相遇。戰久之。由哈希兵不相接。皆敗。仙引餘兵南歸。烏登亦西走。哈希還京師。士庶罪其誤國。上不得已。廢爲民。時京師被圍數月。倉廩空虛。尚書右丞李蹊。坐糧不給下獄。已而免死除名。擢前户部侍郎張師魯。爲户部。主糧儲事。時民間皆言。官將搜百姓糧。人情洶洶。甚以爲憂。冬十月。果下令。自親王、宰相以下。皆存三月糧。計口留之。人三斗。餘入官。隱匿者處死。命御史大夫費摩阿固岱、總率。知開封府圖克坦伯嘉主之。其餘朝廷侍從官分領其事。凡主者所往。劍戟從焉。户閲人詰不少緩。用鐵椎監之、石杵震之。城中士庶人。不爨以待。或搜獲隱匿者。械於街。雖皇兄、后妃家。皆不免。軍士突入。妃主驚逃。驅縶奴婢。使之指陳所匿。京師巨家著姓。被罪者甚多。總領富察鼎珠尤酷甚。杖殺無辜數人。凶黠輩因之爲奸利。由是百姓離心。識者知其必亡。十二月。朝議以食盡無策。末帝親出東征。丞相薩布。平章巴薩。右丞完顏温綽。工部尚書權參知政事李蹊。樞密院判官白華。近侍局副使李大節。左右司郎中完顏進德、張衮。總帥圖克坦伯嘉、富察古納、高顯、劉奕皆從。上與太后、皇后、諸妃別。大慟。誓以不破敵不歸。儀衛蕭然。見者悲愴。留參知政事完顏努森、樞密副使完顏實訥阿卜權行尚書省兼樞密事。以餘兵守南京。上既出。遇鞏州帥完顏呼沙呼提兵轉戰來赴援。因從以東。初上疑東面帥李新跋扈有妄言。先罷爲兵部侍郎。將出。密諭二守臣羈縶之。已而上出。二人者以事召新詣省。新疑其見擒。縱馬突城門欲出。門者止之。新棄馬踰城。二人者遽命將追及。墮湟水中。斬其首。時末帝既出。人情愈不安。日夜顒望東征之捷。俄聞北渡。前鋒方交戰有功。取蒲城。進取衛州。巴薩等望見北兵。遽勸上登舟船南渡。從官多攀從不及死於兵。而驍將圖克坦伯嘉、高顯、劉奕輩。初不知上去。已而軍士皆散没。上以餘兵狼狽入歸德。杜門。京民大恐。以爲將不救矣。二守臣素庸闇無謀。但知閉門自守。百姓食盡無以自生。米升直銀二兩。貧民往往食人。殍死者相望。官日載數車出城。一夕。皆剮食其肉淨盡。縉紳士女。多行匄於街。民間有食其子。錦衣寶器。不能易米數升。人朝出不敢夕歸。懼爲飢者殺而食。平日親族交舊。以一飯相避於家。又日殺乘騎馬牛自啗。至於箱篋鞍韂諸皮物。凡可食者皆煮而食之。其貴家第宅。與夫市中樓館木材。皆撤以爨。城中觸目皆瓦礫廢區。無復向來繁侈矣。朝官士庶。往往相結。攜妻子突出北歸。衆謂不久當大潰。二年正月。末帝遣近侍局使圖克坦色實等入南京。取太皇后、皇后、諸妃嬪赴歸德。既出城。與北兵遇。復倉皇歸宫。於後色實獨攜其族以去。末帝斬之。時外圍不解。上下如在陷穽中。且相繼殍死。議者以爲上既去國。推立皇兄荆王以城降。庶可救一城生靈。且望不絶完顔氏之祀。是亦春秋紀侯大去其國、紀季酅入於齊之義。不得已者。況北兵中。有曹王也。朝士皆知莫敢言。二守臣但曰。當以死守。衆憤二人無他策。思有一豪傑出而爲之。救士民。余夕見左司郎中楊居仁白其事。楊云。是事固善。然孰敢倡者。彼二執政。亦知之而不敢言。且不敢爲也。二十一日。忽聞執政召在京父老士庶計事。詣都堂。余同麻革潛衆中以聽。二執政立都堂簷外。楊居仁諸首領官從焉。省掾元好問宣執政所下令告諭。且問諸父老便宜。完顔努森拱立無語。獨完顔實訥阿卜反復申諭。以國家至此。無可奈何。凡有可行。當共議。且繼以泣涕。諸愚叟或陳説細微。不足採。余語麻革。將出而白前事。革言。莫若以奏記密陳。子歸草之。吾當共上也。余以是退。將明日同革獻書。其夕。頗聞民間稱有一西南崔都尉、藥招撫者將起事。衆皆曰。事急矣。安得無人。余既歸。夜草書。備論其事。遲明。懷以詣省庭。且邀革往。自斷此事係完顔氏存滅。且以救餘民。雖死亦無愧矣。是旦。大陰晦。俄雨。作余姑避民間。忽聞車馬聲。市人奔走相傳曰。達靼入門矣。余知事已不及。遂急歸。路聞非北兵。蓋西南兵變。已圍尚書省矣。時崔立爲西面都尉權元帥。同其黨韓鐸等舉兵。藥安國者。北方人。素驍勇。爲先鋒以進。横刃入尚書省。崔立繼之。二執政見而大駭曰。汝輩有事當好議。安國先殺實訥阿卜。次殺努森。又殺左司郎中呐噶德暉。擊右司郎中楊居仁、聶天驥。創甚。省掾皆四走。竄匿民家。崔立既殺二人。提兵尚書省。號令衆庶曰。吾爲二執政閉門誤衆。將餓死。今殺之以救一城民。且禁諸軍士。取民一錢處死。闔郡稱快。以爲有生路也。食時。忽陰雨開霽。日光爛然。立提兵入宫。見太后自陳其事。太后惶怖聽命。拜立爲左丞相、都元帥、壽國公。立以太后令釋衞邸之囚。召衞王故太子、梁王某監國。遂取衞族皆入宫。卽遣使持二執政首詣軍前。納降款。明日立坐都堂。召在京父老、僧道、百姓諭言。皆曰。謝丞相得生。立又自詣軍前投謁歸附。命歸。令在京士庶皆割髮爲北朝民。初。立擧事。止三百人。殺二執政。當是時。諸女直將帥。四面握兵者甚多。皆束手聽命。無一人出而與抗者。人謂李新若在。決與立抗衡。新死。故立得志。立變之日。御史大夫費摩阿固岱、提點近侍局兼左右司郎中烏克遜努色爾。縊於臺中。户部尚書完顔仲平亦自殺。初。立以副元帥藥安國首事難制。忌之。因其夜取故監軍王守之妻。且坐都堂。以安國犯令。叱左右斬以徇。於是朝士震悚。無令不從。梁王雖監國在宫中。虚名而已。立以其弟某爲平章政事。張頌爲殿前都點檢。韓鐸爲副元帥、知開封府。左司都事。舒布哩濟之爲御史中丞。皆其黨也。又以吏部侍郎劉仲周、諫議大夫張正倫參議省事。蓋立取仲周女爲妻。正倫有人望也。又以前衞尉鄂屯阿固岱爲尚書右丞。殿前都點檢温德亨伊實爲參知政事。仲周、正倫。皆進參知政事。省令史元好問爲左右司員外郎。又以刁璧爲兵部尚書、元帥、左監軍。初。立起。與璧謀。及其期。璧不往。立頗怒之。故不得執政。一時人望與士大夫退閒者。皆以次遷擢臺閣中。其除拜無虚日。俄立自爲太師、尚書令、鄭王。聞鈞、汝間有衆據西山不從命。立遣韓鐸帥兵討之。鐸中箭死。以折希顔知開封府。立又封諸内藏庫。將以奉北兵。亦往往取歸其第。又搜選民問寡婦、處女。亦將以奉北兵。然入其家者甚衆。又括刷在京金銀。命百官分坊陌窮治之。貴人富家俱被害。陳國夫人王氏。末帝姨也。素富於財。平章巴薩夫人亦富侈。右丞李蹊舊以取積聞。其妻子皆被搒掠考訊死。立又自詣軍前。求免剽掠。又求縱百姓出城。挑菜充飢。於是人得出近郊。採蓬子窠、甜苣菜。雜米粒以食。又聞京西陳岡上有野麥甚豐。立請百姓往收之。立又聚皇族皆入宮。俄遣詣青城。皆爲北兵所殺。如荆王、梁王輩皆預焉。獨太后、皇后、諸妃嬪宫人北徙。百姓初聞皇族當北往。有竄其間者。亦被誅軍前。又取壬辰諸宰執家屬治罪。爲殺唐慶事。故相侯摯亦見殺。四月二十日。使者發三教醫匠人等出城。北兵縱入大掠。立時在城外營中。兵先入立家。取其妻妾寶玉輦以出。立歸大慟。亦不敢誰何。大臣富家。多被荼毒死者。而三教醫匠人等。在青城側。亦被剽奪無遺。俄復遣三教人入城。許百姓與北兵市易。城中人以所餘金帛。易北來米麥食之。然多爲北兵劫取。莫敢語。余時同諸生復入。居八仙館中。五月二十有二日。會使者召三教人從以北。嗟乎。此生何屬。親見國亡。至於驚怖勞苦萬狀不可數。迺因暇日。記憶舊事。漫記於編。若夫所傳不真及不見不聞者。皆不敢録。歸潛志

録崔立碑事

劉祁

崔立既變。以南京降。自負其有救一城生靈功。謂左司員外郎元裕之曰。汝等何時立一石書吾狀耶。時立國柄入手。生殺在一言。省廷日流血。上下震悚。諸在位者畏之。於是乎有立碑頌功德

議。數日。忽一省卒詣余家。齎尚書禮房小帖子。云首領官召赴禮房。余初愕然。自以布衣不預事。不知何謂。卽往。至省門外。遇麻信之。余因語之。信之曰。昨日見左司郎中張信之。言鄭王碑事。欲屬我輩作。豈其然耶。卽同入省。禮房省掾曹益甫引見首領官。張信之、元裕之。二人曰。今鄭王以一身救百萬生靈。其功德誠可嘉。今在京官吏父老。欲爲立碑紀其事。衆議屬之二君。且已白鄭王矣。二君其無讓。余卽辭曰。祁輩布衣無職。此非所當爲。況有翰林諸公如王丈從之及裕之輩在。祁等不敢。裕之曰。此事出於衆心。且吾輩生。自王得之。爲之何辭。君等無讓。余卽曰。吾當見王丈論之。裕之曰。王論亦如此矣。余卽趨出。至學士院見王丈。時修撰張子忠、應奉張元美亦在焉。余因語其事。且曰。此實諸公職。某等何預焉。王曰。此事議久矣。蓋以院中人爲之。若尚書檄學士院作。非出於在京官吏父老心。若自布衣中爲之。乃衆欲也。且子未仕。在布衣。今士民屬子。子爲之。亦不傷於義也。余於是陰悟諸公。自以仕金顯達。欲避其名以嫁諸布衣。又念平生爲文。今而遇此患難。以是知楊子雲劇秦美新。其亦出於不得已耶。因遜讓而別。連延數日。又被催督。知不能辭。卽略爲草定付裕之。一二日後。一省卒來召云。諸宰執召君。余不得已赴省。途中遇元裕之騎馬索余。因劫以行。且拉麻信之俱往。初不言碑事。止云省中召王學士諸公會飲。余亦陰揣其然。既入。卽引詣左參政幕中。見參政劉公謙甫。舉杯屬吾二人曰。大王碑事。衆議煩公等。公等成之甚善。余與信之俱遜讓曰。不敢。已而謙甫出見。王丈在焉。相與酬酢。酒數行。日將入矣。余二人告歸。裕之曰。省門已鎖。今夕既飲。當留宿省中。余輩無如之何。已而燭至。飲余。裕之倡曰。鄭王碑文。今夕可畢手也。余曰。有諸公在。諸公爲之。王丈謂余曰。此事鄭王已知。衆人請太學中名士作。子如堅拒。使王知書生輩不肯作。是不許其以城降也。則銜之刻骨。縉紳俱受禍矣。是子以一人累衆也。且子有老祖母、老母在堂。今一觸其鋒。禍及親族。何以爲智。子熟思之。余惟以非職辭。久之。且曰。余既爲草定。不當諸公意。請改命他人。諸公不許。促迫甚。余知其事無可奈何。則曰。吾素不知館閣體。今夕諸公共議之。如諸公避其名。但書某名在諸公後。於是裕之引紙落筆草其事。王丈又曰。此文姑使裕之作。以爲君作又何妨。且君集中不載。亦可也。余曰。裕之作政宜。某復何言。碑文既成。以示王丈及余、信之。欲相商評。王丈爲定數字。其銘詞。則王丈、裕之、信之及存余舊數言。其碑序。全裕之筆也。然其文。止實叙事。亦無襃稱立言。時夜幾四鼓。裕之趣曹益甫書之。裕之卽於燭前焚其稿。遲明。余輩趨去。後數日。立坐朝堂。諸宰執首領官共獻其文以爲壽。遂召余、信之等。俱詣立第受官。余輩深懼見立。俄而諸首領官齎告身三通以出付余輩。曰。特賜進士出身。因爲余輩賀。後聞求巨石不得。省門左舊有宋徽宗時甘露碑。有司取而磨之。工書人張君庸者求書。刻方畢。北兵入城縱剽。余輩狼狽而出。不知其竟能立否也。嗟乎。諸公本畏立禍。不敢不成其言。已而又欲避其名以賣布衣之士。余輩不幸有虛名。一旦爲人之所劫。欲以死拒之。則發諸公嫁名之機。諸公必怒。怒而達崔立。禍不可測。則吾二親。何以自存。吾之死。所謂自經於溝瀆而莫之知。且輕殺吾身以憂吾親。爲大不孝矣。況身未祿仕。權義之輕重。親莫重焉。故余姑隱忍保身。爲二親計。且其文皆衆筆。非余全文。彼欲嫁名於余。余安得而辭也。今天下士議。往往知裕之所爲。且有曹通甫詩、楊叔能詞在。亦不待余辯也。因書其首尾之詳。以誌年少之過。空山靜思。可以一笑。歸潛志

金文最卷一百二十

附録

人倫大統賦

張行簡

貴賤定於骨法。憂喜見於形容。悔吝生於動作之始。成敗在於決斷之中。氣清骨羸。雖才高而不久。神强骨壯。保遐算以無窮。顏如冠玉。聲若撞鐘。四瀆須宜深且闊。五嶽必要穹與隆。五官欲其明而正。六府欲其實而充。一官成十年顯貴。一府就十載富盈。房玄齡龍目鳳睛。三台位列。班仲升燕頷虎頸。萬里侯封。英眸兮掣電。豪氣兮吐虹。若賦性麤惡禍必及。如修德惕厲禄永終。上長下短兮。萬里之雲霄騰翼。下長上短兮。一身之踪跡飄蓬。惟人稟陰陽之和。肖天地之狀。足方兮象地於下。頭圓兮似天爲上。音聲比雷霆之遠震。眼目如日月之相望。鼻額若山嶽之聳。血脈如江河之漾。毛髮兮草木其秀。骨節兮金石之壯。欲察人倫。先從額相。偏狹兮賤夭足惡。聳闊兮富貴可尚 若見伏犀之骨。定作元臣。如有額道之紋。決爲上將。右偏母妨。左偏父喪。山林豐廣多逸豫。邊地缺陷足悽愴。覆如肝而立如壁。壽福實繁。聳若角而圓若環。食禄無量。塵蒙而身無所資。玉潤而名高先唱。豐隆明者。生必早達。卑薄暗者。死無所葬。福堂之上氣暗慘。幼歲多迍。驛馬之前色黃光。壯年受貺。色貴悅澤。紋宜舒暢。貧薄孤獨。曲水漫浪。居侯伯者。偃月之勢。處師傅者。懸犀之象。鼎足三峙。列三公以何疑。牛角八方。廁八位而無妄。觀夫眉宇寬廣。心田坦平。狠愎者。低凹其骨。狂狷者。陡高其稜。粗厚愚魯。秀濃慧明。短不及目者。貧賤。長能過眼者。寵榮。尾散者。資財難聚。頭交者。身命早傾。中心直斷惠性少。兩頭高仰壯氣橫。毛直性狠。毛逆禍生。覆目軟柔而少斷。偃月高揭而好爭。扣促無間。傷蜉蝣之短晷。毛長及寸。享龜鶴之遐齡。十字高品。天文大亨。作坤字者。祿二千石。成土字者。將百萬兵。列土分茅。由玉田之高朗。紆朱曳紫。蓋水鳥之圓成。欲察神氣。先觀目睛。賢良澄澈。豪俊精英。性端正者。平視無頗。情流蕩者。轉盼不寧。黃潤定至於黃髮。白乾終至於白丁。顧下言徐。叔向知其必死。視端趨疾。魏主見乎得情。神陷短壽。睛凸極刑。斜盼者。人遭其毒。癡視者。自剋其形。淫眼神蕩。姦心內萌。睡眼神濁而如睡。驚眼神怯而如驚。病眼神困而如病未愈。醉眼神昏而如醉不醒。豁如視而有威。名揚四海。迥然驚而不瞬。神耀三清。眥圓者。其機深於城域。堂露者。厥子乃是螟蛉。犬羊鵝鴨何足算。雞鼠猴蛇奚可評。豕視心圓而無定。狼顧性狠而難名。後尾有如刀裁。文斯博雅。前眥似乎鉤曲。智足經營。惟女賦質。與男異禎。和媚有常者。貴重。圓凸不秀者。賤輕。臉薄赤而少節。精瑩澈而多貞。眼下氣清夫必哭。尾後色白男必憎。三角多嗔。爲妨夫之霜刃。四白帶殺。作害子之青萍。惟耳者。主聲音之聽聞。爲心腎之司牧。觀其形狀顏色。見乎休咎榮辱。

垂珠朝海。必延算而餘財。偃月貫輪。終朝王而執玉。圓而成者。和惠。偏而缺者。慘酷。其薄如紙兮貧早死。其堅如木兮老不哭。白或過面。主聲聞之飛騰。瑩且如輪。主信行之敦篤。似豬者。不聰而貪婪。如鼠者。好疑而積蓄。輪廓雖明。假學則貴。孔毛能長。善持不覆。性譎詐而難測。蓋爲如猴。糧匱乏而靡充。率有似鹿。薄如向前。賣盡田園。反而例後。居無室屋。昏暗難議乎登第。焦枯屢歎其空軸。壽越眉兮貴噀血。聰明潤兮富貼肉。輪廓生乎黑子。智足經邦。門輔起乎匿犀。功當剖竹。惟鼻者。號嵩嶽以居中。爲天柱而高矗。梁貴乎豐隆貫額。色貴乎榮光溢目。竅小慳劣。頭低孤獨。斜如芰藕之狀。困乏瓶儲。圓若懸膽之形。榮食鼎餗。青黑多凶。黃明廣福。柱缺終身難薦鶚。梁斷三十當畏鵬。大而滯者。爲賈旅。小而狹者。作僮僕。極貴之色。似老蠶之光明。下愚之人。若蜣蜋之局促。完美宜官。破露憂獄。準頭隆者誠信。法令深而嚴肅。疾病尖薄。慳悋小縮。蘭臺明兮庭旅實。井竈露兮廚無粟。骨如橫起。忌與結於交朋。紋若亂交。慎勿爲乎眷屬。夫人中者。溝洫之態。深則疎導。淺則滯延。淺短絕嗣而夭命。深長宜子以遐年。黑子難產乎蓐上。橫紋殍卒於道邊。上狹下廣兮多後旺。下狹上廣兮屢孤眠。深長者。誠信著。寬厚者。功名先。微如一線之絣。身填溝壑。明猶破竹之仰。家世貂蟬。唯口者。語言之鑰。是非之關。禍福之所招。利害之所詮。端厚寡辭者。定免乎辱。誹謗多言者。必招其愆。肥馬輕裘。由方成於四域。出將入相。蓋大容乎一拳。脣欲厚。語欲端。音欲朗。色欲鮮。上下紋交子孫衆。周帀稜利仁信全。噀血餘資。似括囊而貧薄。含丹多藝。如炊火以酸寒。合勢欲小。開勢欲寬。狗食馬餧。鼠讒蜂單。大言寡信者。略綽。無機促齡者。偃蹇。青黑禍發。黄白病纏。左右紋麤定凶惡。上下急蕩多迍邅。如鳥喙者。高人多難共處。同劍鐔者。義士可與交歡。惟壽算之前定。以牙齒之可觀。康寧者。齊且密。賤夭者。疎不連。上覆下者少困。下掩上兮老鰥。班、馬文章。白若瓠犀之美。喬、松壽考。瑩如崑玉之堅。當門二齒缺。則命蹇於没世。學堂一官全。則聲聞於天下。焦黑困乏。鮮明足錢。二十四兮命折。三十六兮壽延。尖若立錐。必乏衣食之士。齊如編貝。優登廊廟之賢。惟舌者。以短小薄鈍爲下。以長大方利爲先。方長者。咳唾成玉。短小者。皂隸執鞭。黑子凶惡。粟粒榮遷。黯紫布衣而肘露。鮮明金帶而腰懸。七星理明。可享千鍾之禄。三川紋足。必食萬户之田。允謂瘦人項短致災殃。肥人項長必夭横。如罌如瓶總非吉。似鵝似豕皆不令。豐圓厚實多財産。光隆温潤足權柄。夫背所貴者豐隆。身乃恃而安定。貧夭絶嗣者。偏側欹斜。富貴有後者。闊厚平正。勢若據山之蹲虎。利賓於王。形如出水之伏黿。考終厥命。龍骨欲長而充實。虎骨欲短而堅硬。鳶肩者。騰上必速。恐不多時。犀膊者。爲儒早亨。優於從政。指節欲其纖直。腕節欲其圓勁。厚而密者。謀必有得。薄而疎者。必多不稱。勢若排竿貴可羨。色如噀血富可競。身卑才薄。涉中滿而起傾。禄厚官榮。有駟馬之形勝。横紋下愚。縱理慧性。骨露筋浮者主身賤。皮堅骨枯者愁囊罄。家殷而黑子斯明。用足而横紋乃亙。富貴之相。若苔之滑而綿之軟。壽安之人。如筍之直而玉之瑩。心宰視聽。内主魄魂。帥六府之氣。統五臟之神。顔色始變。是非已分。惡則禍結。善則福臻。胷凸者。慄而多劣。毛長者。剛而好嗔。坑陷淺窄。愚暗而多居下賤。寬平博厚。賢明而早廁縉紳。腹爲水穀之海。臍爲筋脉之源。包萬物而獨化。總六府以中輪。圓厚富安。儉薄乏食。深寬富貴。淺窄孤貧。勢若垂囊。風雷四方之震。深能容李。芝蘭千里之聞。足者枝之謂。身者幹之云。枝以蔽其幹。足以運諸身。豐厚方正者。多閒暇。薄澀横窄者。必苦辛。無紋身賤。有毛家温。富累千金。蓋有弓刀之理。官封一品。由成魚鳥之紋。短小精悍者。形不足而神有餘。長大孱懦者。形有餘而神不足。伊形神而俱妙。非賢聖而孰得。藏於内者。如淵珠之粹。發乎外者。若焰光之燭。善惡在人之憎愛。清濁猶目之照矚。質以氣而宏充。氣以神而化育。質寬則氣宏而大。神安則氣静而覆。如是寵辱不足驚。喜怒不足觸。有氣無肉者。譬若寒松。有肉無氣者。譬若蠹木。李嶠耳息。而享百齡。孟軻内養。而輕萬斛。和柔剛正之謂君子。隘狹急暴之謂士卒。如龜之息兮。保其遠大。如馬之馭兮。重其馳逐。身大音小禍所隱。身小音大福所伏。夫聲音之所發。自元宫而乃臻。於心氣以相續。琅然而若擊石。曠然其若呼谷。斯乃内蘊道德。終應戩穀。謂之羅網者。乾濕不齊。謂之雌雄者。大小相續。或先急而後緩。或先緩而後速。是謂麤俗之卑冗。焉遂風雲之志欲。辨四時之氣。如春蠶吐絲之微微。察五方之色。若浮雲覆日之旭旭。地閣明而饒田宅。天獄暗而罹桎梏。粟黄縉紫多豪貴。脂白爪黄合賢淑。若相者。精究其術。而妙悟於神。安逃禍福。恭録文瀾閣本

天文精義賦

岳熙載

天體

太虛之内。大哉天體。既高遠而無極。故談論而不一。蓋天則云大如蓋笠。宣夜則曰天了無質。渾天以形圓裹黄爲喻。方天以火方轉遠爲比。聽天謂天如人形。而北則偏高。安天言天形常安。而星辰不麗。穹天之説。天不正圓。四天之書。史官不記。觀天者制器以占。夫惟渾天。既親而且密。

渾天

天者。至健至大之形。地者。至静至厚之質。天包地外也。地上下皆天。地在天中也。天表裏有水。其圓如彈丸而無端。其轉如車轂而不息。渾渾沌沌。無極之氣銜其中。窈窈冥冥。太陰之氣固其體。星也者。精發於天。體生於地。列宿乃山川之精。日月本陰陽之氣。萬物既不可勝數。萬象亦不可勝紀。天度縱横。皆三百六十五度少强。天運環周。計五十一萬三千餘里。列宿乃半見而半隱。緯星乃或順而或逆。日有發舒之殊。月有遲疾之異。赤道圜平。帶天體之紘。黄道勢斜。爲日轂之軌。必欲考纏離順逆之微。宜先爲渾儀效天之器。

渾儀

(天)〔夫〕渾儀之制。而有三重。一重在外。六合爲名。陽經雙環。南北並立。陰緯單環。横嵌其中。陽經列周天并二極出入地度。陰緯分八(封)〔卦〕及(八千)〔十干〕、十二辰宮。別有天常一環。與陽經陰緯相固。上畫八刻之數。與二十四時相同。第二、三辰之儀。游於六合之内。璇璣亦有雙環。法乎陽經之制。赤道辨列宿、節氣、卦候之數。黄道明纏度、分至、出入而已。相交於卯酉之上。附著於璇璣之體。因雙環釭釧之樞機。載二道轉移而不息。第三、三辰之中。四游所居之限。更爲璇樞之雙環。悉如璇璣之釭釧。璇璣上附以直距。直距中安其窺管。直距一。窺管一。直距各長五尺六寸六分。闊一寸六分。厚八分。安四游儀内。上屬北極。下屬南極。中施關軸以夾窺管。舜典所謂玉衡也。亦謂之横簫。窺管空長五尺七寸四分。方一寸六分。其兩首各爲方。掩方一寸。掩中各爲環孔。經七分半。望其上孔適用日體於直距中。南北低昂璇運。持正窺測。陽經下貫以鰲雲。陰緯下立其龍柱。下爲十柱水平以植之。此爲渾儀之制度。

地中

將營都邑。先正四方。立其圭表。相其陰陽。北至之影。尺有五寸。天地之心。上下正當。百物阜安。乃可以立國。四時氣正。乃可以建邦。地中則天地之所合。四時之所交。風雨之所會。陰陽之所和。百物阜安。乃可以建王國焉。偏東偏西。則多風雨而影朝夕。偏南偏北。則多寒暑而影長短。所以古明王設都而蒞萬姓。必宅居於中土而御四方。

分野

壽星鄭。兗。角之與亢。(月)〔自〕武牢之□潁。東抵壽域。濱河、濟。逾淮源。南及弋陽。氐、房、心宿大火宋。豫。鄰齊魯。分襄邑。小黄之亳、壽。當歸德。盡濟、曹、單、宿之邳、徐。尾、箕析木。燕幽是稱。濱勃碣、高麗。暨三韓之所盡。自北平、保定。維北紀之所窮。斗牛星紀吴越。隸揚。負淮水。南及瓊厓之雷、萬。濱彭蠡。東逾兩浙之蘇、杭。須考虚、危。玄枵齊。青。循岱嶽之北齊、滄、濱、棣之博、德。涉平陰、萊夷、淄、濰之青、登。營室東壁之躔。娵訾衛并之舒。自太行環相。東及大名之鄆、濮。起白馬、衛、澶。北負河内之漳、鄴。奎婁降婁。分野魯。徐、海〇海。當是衍文。岱岳衆山之陽。濱於淮、泗。今兗、沂、海、密之郿、利、國皆屬。胃及昴、畢大梁趙。冀。自磁、邢、祁、趙、定、深、洺、恩、冀之真定。當澤、漳古魏郡。雁門、雲中之北紀。觜觿、參伐實沈晉。益。自龍門以東。而(本)〔太〕行以西。當雲中之南。而雒邑之北。鶉首秦。雍。并之輿鬼、東井。當雒之西北。盡陝西、西夏之邦。輿、鬼當雒之西南。盡巴蜀、漢中之地。柳、星、張鶉火之次。周三河爲地之心。自武牢之右。而抵函谷之左。負北河之南。而當漢水之陰。翼、軫鶉尾。楚之與荆。自襄、房南盡鬱林之夷貊。濱彭蠡。西抵白帝之房陵。壬丙庚甲。燕、楚、蔡、齊。戊己韓、魏而中州河、濟。乙丁辛癸。而分居四夷。子周。丑翟、魏。寅爲趙、楚。卯爲鄭辰。趙、晉亦主邯鄲。巳衛。午秦。未爲中山、梁、宋。申、齊、晉、魏。酉魯。戌趙。亥燕。

太陽

日爲太陽之至精。光明盛實而常盈。爲君、父、夫、兄。中國之應。有遲疾、發斂、南北之行。春行西陸。至南陸謂之夏。秋行東陸。至北陸謂之冬。迨三百六十五日。乃云乎天周而數窮。日移南而萬物乃死。日移北而萬物乃生。與月相會。爲辰之朔。十有二會。爲歲之終。大抵朔之有食。由於月掩其日。交而月在陽歷。則虧西南而圓於東南。交而月在陰歷。則虧西北而圓於東北。食分者有淺深。各隨所望然也。周禮。十煇之氣。皆見太陽之旁。祲、象、鑴、監、闇、瞢、彌、序、隮、想。祲。氣浸淫相侵。象氣。成其形象。鑴。如童子所佩之鑴。監乃雲氣臨於日上。闇則日月食之而日或脫光。瞢則日不光明而瞢瞢昏暗。彌謂白虹貫日而彌天。序謂冠珥重疊而相向。隮。暈虹而朝隮於西。想。思想而似如何狀。

太陰

瀛洲水精爲月。分其所主爲夜。稟日照以爲光。其盈極則必闕。爲陰、后、臣、妻、夷狄之應。有弦望、晦望、遲疾之節。積二十九日半强。與太陰復會謂之月。青赤白黑。表裏八行。出入黃道。通爲九名。其行也。不行於日道。其食也。必食於日衝。食分少者。由侵闇虛徑之淺。食分多者。由侵闇虛徑之深。行陽歷而食。則東北爲初虧。而西北爲復圓。行陰歷而食。則東南爲始起。而西南爲再盈。食既以正東正西爲限。由全没於闇虚之所生。闇虚在月之前。月侵而過焉。則月之虧於闇虚也。未有不自東而西者也。其於初缺。必從乎東。盈滿必在西也。

歲星

東方歲星。司春。貌仁。以甲乙爲配。以齊、吴是分。營室之清廟爲廟。風雷之震動應君。○君。碧琳琅館叢書本作焉。布農事。播植百穀。施慶賞。以給兆民。祚有道之主。罰無道之君。昔五星聚井而從歲變。其事祚漢而禍秦。上古百二十年而踰一次。霸代八十四歲而超一辰。見伏以十三度爲限。周天以十二萬爲真終卒。積三百九十六日太强之數。計行乎三十三度六十之有三分。若盈縮之失位。必下降爲貴臣。在春當王○王。碧琳琅館叢書本作望。邑。則如左角星而大。歲星不居常。則人君失政於春。

熒惑

火星南方。熒惑司夏令而視禮。丙丁吴楚。爲配爲邦。執法鴻臚。爲官爲職。象離明而廟在心宿。明堂。主糾察百政。在燔燒積穢。遂賢良則無變。出囚繫則順軌。伏見於二十四度之内外。周天於二十日之表裏。積七百七十九日之九十一分。行四百一十四度之六十六分矣。若盈縮失位。爲妖。爲兒童歌謡嬉戲。在夏比心宿。火星逆行。則夏政乃失。

填星

土在中央。曰填星。主季夏而思信。所配也。配於戊己。所象也。象於坤、艮。后德。天子之言法地山而不震。其廟以南斗之太室。其行以不速而緩遲。主德厚安危存亡之機。其所在也。民信而物順。無動土工之徭。無興師旅之舋。二十有八載。行乃周天。一十有六度。分乎顯隱。積三百七十八日而有八分。行一十二度强爲終率盡。失位爲婦女老人。此盈縮失常之論。季夏比北極。中央之大星。錯度則思心不容而虧信。

太白

太白秋、金、西方。言義。於配爲庚爲辛。於卦曰乾曰兑。亢爲疏廟。爲廟分主秦、蜀之地。主刑戮之殺罰。有斷割之盛勢。法大臣上公之官。效司馬將軍之位。凡國家動衆以興兵。必先占太白之進退。命將帥。選兵士。詰誅暴慢。修法制。繕囹圄。斷決小罪。伏見於九度之間。周天於一載之際。「太白一歲一周天」。積五百八十三日九十分爲率終。行五百八十三度九十分爲變例。失位下降爲壯夫。處於林麓之内。秋比狼星。色白大而精明。失令失行。逆秋令而虧義。

辰星

辰星北方。色黑。司冬。爲聽主智。於卦。則坎水於是乎分。於日。則壬癸於是乎配。隸七星之貴官爲廟。分燕趙之雁門爲邑。一主殺罰戰鬭。一爲刑法得失。備邊境而謹關梁。戒門閭而修鍵閉。周天以十二月。爲畢爲窮。去日以十四度。或見或入。積一百一十五度八十分。爲終率之期。行一百一十五度八十分。爲變段之常。所在有兵。權主於智。失位則下降爲婦人。在冬則比奎之大星。不效則逆。傷乎水氣。

天漢起没論

天漢之起。起於尾、箕之間。謂之漢津。始經龜、魚、傅説。歷天江、天糠、天籥斜行。連箕、斗、天弁、河鼓、左右二旗。上倒一派映天市之吴、越。至宗〇宗原作宋。據通志天文略改。人、宗星而止。其大勢上絡天津、女宿内。車府、造父二星危宿内。螣蛇、室宿内。王良、附路、閣道、三星奎宿内。天船、大陵。二星胃宿内。下歷卷舌。而入東井。過四瀆弧矢之堰。在社稷七星而殁。

氣之遠近

氣候遠近。眺望是先。森森在桑榆之上。千有五百。隱隱望林數之内。視之三千。平視乃一千里之數。舉目乃五百里之觀。仰瞻中天。百里内矣。屬高屬地。三千里焉。散漫一方則無咎。須隱雜殺氣則可占。

風之遠近

從十里而來則動葉。自百里而來則鳴條。搖林木葉核。爲二三百里之限。折大小枝幹。乃四五百里之遼。飛沙走石。有千里之遠。拔大木有千五百里之遥。半日半夜。爲五百里之風。一日一夜。是一千里之化。三日三夜。則風起三千。七日七夜。則風遍天下。若近山澤水濱。風氣異常可話。

占例篇

星體搖者爲動搖。生鋒芒者爲芒角。喜則光色潤澤。怒則光芒枯燥。疎折兮相離而疎。就聚兮相近而數。大者大於本體。吉星吉而凶星凶。小者小於本體。凶星吉而吉星惡。存者守常得正。亡者失其本體。未當去而去則爲出。一云離其宿分爲出。不應來而來則爲入。又曰同體共色爲入。二星相遠則無傷。七寸以内則必災。同舍同光爲合焉。南北乖隔爲離矣。盈則超舍太進。縮爲退舍太遲。舍者經其宿而去緩。宿者經其舍而過疾。居乃在其宿位。留乃住而不移。東西相當則爲中。在其中過則爲經。經其中過則爲貫。光芒刺之爲刺名。磨謂切逼而過。靡雖逼而間生。鬬則往而返復。掩則蔽而滅精。同爲二體合一。察之名辨其形。環乃繞而不過。繞乃環而不周。凌者直往凌去。句者往返如鉤。己爲往返又往。再鉤如己之遊。曰牡曰牝。在陽在陰。兩體俱動而相觸曰觸。自上而下若犯之。則曰乘。一動一静直相至。則爲抵。以大迫小、以上迫下。則爲侵。兩體相著。爲薄食之論。居之不去。爲留守之稱。遲者不及常度。疾者行而過之。逆以西行乃曰逆。順以東行乃爲順。相逢於一宿謂之會列。自三星以上稱之聚。期從謂遲疾次第相及。月中見星。星食月也。月掩星體。星爲月食也。相近盛明。而爲同光也可見。自下侵食而爲犯嚙也奚疑。世無分守之土。郡守乃古之諸侯。往制殊稱。廷尉猶今之獄吏。鮮卑卽北狄之遺種。戎夷卽可兼酋帥之例。文雖具於書。術則在於意。凡欲致遠以鉤深。可通曉天文之精義。天一閣藏本〔碧琳瑯館叢書本〕

金吾案。錢氏補元史藝文志曰。岳熙載。字壽之。湯陰人。金司天大夫。

流注指微鍼賦

何若愚

疾居榮衛。扶救者鍼。觀其虛實於肥瘦。辨四時之淺深。取穴之法。但分陰陽而谿谷。迎隨逆順。須曉氣血而升沉。原夫指微論中。頤義成賦。知本時之氣開。說經絡之流注。每披文而參其法。篇篇之旨審存。尋按經而察其言。字字之功明諭。疑隱皆知。實虛總附。移疼住痛如有神。鍼下獲安。暴疾沈痾至危篤。刺之勿誤。詳夫陰日血引。值陽氣留。口温鍼。陽日氣引。逢陰血。暖。牢寒濡。深求諸經十二作數。絡脈十五爲周。陰俞六十藏主。陽穴七二府收。刺陽經者。可卧鍼而取。奪血絡者。先俾指而柔。逆爲迎而順爲隨。呼則瀉而吸則補。淺恙新痾。用針之因。淹疾延患。着(炙)〔灸〕之由。燥煩藥餌而難拯。必取八會。癰腫奇經而畜邪。纖鍼砭瘳。況乎甲膽乙肝。丁心壬水。生我者號母。我生者名子。春井夏榮乃邪在。秋經冬合方刺矣。犯禁忌而病復。用日衰而難已。孫絡在於肉分。血行出於支裏。悶昏鍼暈。經虛補絡須然。疼實痒虛。瀉子隨母要指。想夫先賢迅効。無出於鍼。今人愈疾。豈離於醫。徐文伯瀉孕於苑內。斯由甚速。范九思療咽於江夏。聞見言希。大抵古今遺跡。後世皆師。王纂鍼魅而立康。獺從彼出。秋夫療鬼而馘効。魂免傷悲。既而感指幽微。用鍼直訣。孔竅詳於筋骨分肉。刺要察於久新寒熱。接氣通經。短長依法。裏外之絶。羸盈必別。勿刺大勞。使人氣亂而神隳。慎妄呼吸。防他鍼昏而閉血。又以常尋古義。由有藏機。遇高賢真趣。則超然得悟。逢達人示教。則表我扶危。男女氣脈。行分時合。度養乎時克注。○此句針灸大成作度養子時刻注。穴須依今。詳定療病之宜。神鍼法式。廣搜難、素之秘密文辭。深考諸家之肘函妙臆。故稱瀘江流注之指微。以爲後學之規則。鍼灸四書〔鍼灸大成〕

金吾案。鍼灸四書。元竇桂芳編。其一曰何若愚流注指微鍼賦。前有閻明廣序。若愚仕履未詳。明廣序曰。近有南唐（地名）何公撰指微論。又曰。近於貞元癸酉收何公所作指微鍼賦。貞元癸酉。金海陵王貞元元年也。明若愚爲金人可知。

鍼經標幽賦

竇傑

拯救之法。妙用者鍼。察歲時於天道。定形氣於予心。春夏瘦而刺淺。秋冬肥而刺深。不窮經絡陰陽。多逢刺禁。既論藏府虛實。須向經尋。原夫起自中焦。水初下漏。太陰爲始。至厥陰而方終。穴出雲門。抵期門而最後。正經十二。別絡走三百餘支。正側偃伏。氣血有六百餘候。手足三陽。手走頭而頭走足。手足三陰。足走腹而胷走手。要識迎隨。須明逆順。況乎陰陽氣血。多少爲最。

厥陰太陽。少氣多血。太陰少陰。少血多氣。而又氣多血少者。少陽之分。氣盛血多者。陽明之位。先詳多少之宜。次察應至之氣。輕滑慢而未來。沈濇緊而已至。既至也。量寒熱爲留疾。未至也。據虛實而誘氣。氣之至也。如魚吞鉤餌之浮沉。氣未至也。如閒處幽堂之深邃。氣至速而効速。氣遲至而不治。觀夫九鍼之法。毫鍼最微。七星可應。衆穴主持。本形金也。有蠲邪扶正之道。短長水也。有決凝開滯之機。定刺象木。或邪或正。口藏比火。進陽補羸。循機捫塞以象土。實應五行而可知。然是一寸六分。包含妙理。雖細擬於毫髮。同貫多歧。可平五藏之寒熱。能調六府之虛實。拘攣閉塞。追八邪而去矣。寒熱痛痺。開四關而已之。未刺者。使本神朝而後入。既刺也。使本神定而氣隨。神不朝而勿刺。神已定而可施。定腳處。取氣血爲主意。下手處。認水火是根基。天地人。三才也。湧泉同璇璣百會。上中下。三部也。大包與天樞地機。陽蹻陽維并督脈。主肩背腰腿在表之病。陰蹻陰維任衝帶。去心腹脇肋在裏之疑。二陵二蹻二支。似續而交五大。兩間兩商兩井。相依而列兩支。足見取穴之法。必有分寸。先審自意。次觀肉分。或伸屈而得之。或平直而安定。在陽部筋骨之側。陷下爲真。在陰分郄膕之間。動脈相應。取五穴。用一穴而必端。取三經。用一經而可正。頭部與肩部詳分。督脈與任脈易定。明標與本。論刺深刺淺之經。住痛移疼。取相交相貫之逕。豈不聞臟腑病而求門海俞募之微。經絡滯而求原別交會之道。更窮四根三結。依標本而刺無不痊。但用八法五門。分主客而鍼無不効。八脈始終連八會。本是紀綱。十二經絡十二原。是謂樞要。一日刺六十六穴之法。方見幽微。一時取十二經脈之原。始知要妙。原夫補瀉之法。非呼吸而在手指。速効之功。要交正而識本經。交經謬刺。左有病而右畔取。瀉絡遠導。頭有病而脚上鍼。巨刺與繆刺各異。微鍼與妙刺相通。觀部分而知經絡之虛實。視浮沈而辨藏府之寒温。且夫先令鍼耀而慮鍼損。次藏口內而欲鍼温。目無外視。手如握虎。心無内慕。如待貴人。左手重而多按。欲令氣散。右手輕而徐入。不痛之因。空心恐怯。直立側而多暈。背目沈掐。坐卧平而没昏。推於十干十變。知孔穴之開闔。論其五行五藏。察日時之旺衰。伏如横弩。應若發機。陰交陽别而定血暈。陰蹻陰維而下胎衣。痺厥偏枯。迎隨俾經絡接續。漏崩帶下。温補使氣血依歸。静以久留。停鍼待之。必準處。取照海治喉中之閉塞。端的處。用大鍾治心内之呆癡。大抵疼痛實瀉。痒麻虛補。體重節痛而俞居。心下否滿而井主。心脹咽痛。鍼太衝而必除。脾冷胃疼。瀉公孫而立愈。胷滿腹痛刺内關。脇疼肋痛鍼飛虎。筋攣骨痛而補魂門。體熱勞嗽而瀉魄户。頭風頭痛。刺申脈與金門。眼痒眼疼。瀉光明於地户。瀉陰郄。止盗汗。治小兒骨蒸。刺偏歷。利小便。醫大人水蠱。中風環跳宜刺。虛損天樞可取。由是午前卯後。太陰生而疾温。離左酉南。月死朔而速冷。循捫彈努。留吸母而堅長。爪下伸提。疾呼子而嘘短。動退空歇。迎奪右而瀉涼。推内進搓。隨濟左而補煖。大凡危疾。色脈不順而莫鍼。寒熱風陰。飢飽醉勞而切忌。望不補而晦不瀉。弦不奪而朔不濟。精其心而窮其法。無灸艾而壞其中。正其理而求其原。免投鍼而失其位。避灸處。和四肢四十有七。禁刺處。除六腧二十有二。昔聞高皇抱疾未差。李氏刺巨闕而復甦。太子暴死爲厥。越人鍼會維而復醒。肩井曲池。甄權刺臂痛而即射。懸鍾環跳。華陀刺躄足而立行。

秋夫鍼腰俞。而鬼免沈疴。王纂鍼交俞。而妖精立出。取肝俞與命門。使瞽者視秋豪之末。刺少陽與交別。俾聾夫聽夏蚋之聲。嗟夫。去聖愈遠。此道漸墜。或不得意而散其學。或愆其能而犯禁忌。痛庸愚知淺。難契於玄言。至道淵深。得之者有幾。偶述斯言。不敢示諸明達者焉。庶幾乎童蒙之心啓。鍼經指南〔類經附翼　鍼灸大成〕

流注通玄指要賦并引

竇傑

望聞問切。推明得病之原。補瀉迎隨。揭示用鍼之要。予於是學。始迄於今。雖常覃思以研精。竟未鉤玄而索隱。哦經傳之暇日。承外舅之訓言。云乃世紛。續罹兵擾。其人也。神無依而心無定。或病之。精必奪而氣必衰。兼萬國因亂而隔殊。醫物絕商而那得。設方有効。歷市無求。不若砭功。立排疾勢。乃以受教。遂敏求師。前後僅十七年。一二無真箇輩。後避屯於蔡邑。方獲訣於李君。名源。巨川。斯人以鍼道救疾也。除疼痛於目前。愈瘵病於指下。信所謂伏如彍弩。應若發機。萬舉萬痊。百發百中者也。加之以好生之念。初無竊利之心。嘗謂予曰。天寶不泄於非人。聖道須傳於賢者。僕不揆。遂伸有求之懇。獲垂無吝之誠。授穴之所秘者。四十有三。療疾而弗瘳者。萬千無一。遂銘諸心而著之髓。務拯其困而扶其危。而後除疼痛。迅若手拈。破結聚。渙如冰釋。夫鍼也者。果神矣哉。然念茲穴腧而或忘。借其聲律則易記。輒裁八韻。賦就一篇。詎敢匿於己私。庶或傳於同志。歲次壬寅重九前二日題。

必欲治病。莫如用鍼。巧運神機之妙。工開聖理之深。外質砭金。能蠲邪而扶正。中含水火。善迴陽而倒陰。原夫絡別支殊。經交錯綜。會溝池谿谷以歧異。或山海丘陵而隙共。斯流派以難揆。在條綱而有統。理繁而昧。縱補瀉以何功。法捷而明。自迎隨而得用。且如行步艱移。太衝最奇。人中除脊膂之强痛。神門去心性之呆癡。風傷項急。使求於風府。頭暈目眩。要覓於風池。耳閉須聽會而治也。眼疼必合谷以推之。胷膈身黃。取湧泉而即可。腦昏目赤。瀉攢竹以偏宜。但見若兩肘之拘攣。杖曲池而平掃。牙齒痛吕細堪治。頸項强承漿可保。太白宣導於氣街。陰陵開通於水道。腹膜而脹。奪內庭以休遲。筋轉而疼。瀉承山而在早。大抵腳腕痛。崑崙解愈。股膝痛。陰市能醫。癇發顛狂兮。憑後谿而療理。瘧生寒熱兮。仗間使以扶持。期門罷胷滿血膨而可以。勞宮退胃翻心痛以何疑。稽夫大敦去七疝之偏疼。王公謂此。三里卻五勞之羸瘦。華老言斯。因知腕骨祛黃。然骨瀉腎。行間治膝腫目疾。尺澤去肘疼筋緊。目昏不見。二間宜取。鼻窒無聞。迎香可引。肩井除兩胛痛難任。絲竹空療偏頭疼不忍。欬嗽寒痰。列缺堪憑。矄矓冷淚。臨泣尤準。髖骨將腿疼以祛殘。腎腧把腰疼而瀉盡。以見越人治尸厥於維會。隨手而甦。文伯瀉死胎於陰交。應鍼而隕。足表諸痛爲實。但麻曰虛。鍼經指南作聖人於是察麻與痛。分實與虛。實則自外而入也。虛則從內而出歟。故濟母而裨其不足。奪子而平其有餘。觀二十七之經絡。一一明辨。據四百四之疾證。件件皆除。從此夭枉都無。躋斯民於壽域。幾微已判。彰往古之賢書。抑又聞心胷病。求掌後之太陵。肩臂患。

責肘前之三里。冷痺腎餘。取足陽明之土。連臍腹痛。瀉足少陰之水。脊間心後者。鍼中渚而立痊。脇下肋邊者。刺陽陵而卽止。頭項擬後谿以安然。腰腳在委中而已矣。夫用鍼之士。於此苟明者焉。收卻邪之功。而在於撚指。濟生拔萃方參鍼經指南〔類經附翼　鍼灸大成〕

金吾案。宋、金時有兩竇〔漢〕卿。同時同名同字。而且同以醫顯。金之漢卿。仕至太師。卽撰鍼經指南者。宋之漢卿。隱居不仕。卽編鍼灸四書之竇桂芳父也。

黃廷鑑跋

及門張月霄所輯金文最百廿卷。其元書以償負爲郡城某氏取去。副藁百卷。經其從子煦涵補鈔成完帙者。今藏罟里瞿氏恬裕齋。鮑子芳谷明於書籍勤購訪。與恬裕齋主人善。假出倩工繕寫全部。經歲始完。以書屬題。余惟是書剞劂固難。即繕鈔亦屬不易。甚嘉芳谷之能好事。爲此書多一傳本也。爰書數語。距作序之年閱十有八載。其中人事變遷。盛衰多故。撫卷不勝慨然。道光庚子十一月長至前三日。七十九叟廷鑑跋。

伍紹棠跋

先榮禄公喜聚書。嘗購得昭文張氏月霄所輯金文最一百二十卷。擬付剞劂。時譚玉生舍人丈亦贊成之。旋以夷氛多惡。往來遷徙。迄靡定居。事遂中止。越廿餘年。棠始募工刻之。既成。爰跋其後曰。嗚呼。夫人肖三才之貌。稟五常之精。咸欲耀聲施。垂永譽。藉彼縑竹。留其馥芬。是以揚雲草玄。冀知音於異世。劉晝著書。誇媲槃於千駟。然究之陵移谷遷。草亡木卒。貞幹一去。名字翳如者。可勝道哉。是則蒐墜補遺。拾殘捃逸。睠兹重責。惟在後賢。竊嘗讀是書所輯金源一代之文而有感矣。溯夫渤海龍興。飆馳電掃。始於收國。以迄海陵。文字甫興。制科肇舉。譬之唐室初定。議禮多藉馬周。魏臺始營。故事或諮王粲。此一時也。大定、明昌。四方静謐。乘軺之使。酌匹裂而敘歡。射策之英。染緹油而試藝。愷樂娭晏。雍容揄揚。譬之馬工枚速。奮飛於孝武之朝。柳雅韓碑。績藻乎元和之盛。此又一時也。逮乎汴水南遷。邊疆日蹙。龍蛇澒洞。豺虎縱横。羈人同楚社之悲。朝士有新亭之泣。譬之杜樊川之慷慨。乃喜談兵。劉越石之清剛。輒聞傷亂。此又一時也。惜乎。至大修史。疏略甚多。鉅製名篇。並遭刊削。瑣聞軼事。曾靡蒐訪。夫完顏拓宇。雖僅百年。禮樂彬彬。頗稱明備。有若王、趙經學。陳、蕭史才。韓道昭之通音韻。馬定國之明金石。楊雲翼孯精史鑑。李屏山晚託楞嚴。工測算則趙知微。矜儲藏則蔡正甫。兀欽葬法。元素醫方。並有專書。足資稽考。以至拙軒、竹谿、黄華、遺山諸老。又皆詞林之杞梓。藝苑之英韶。烏得云杞、宋無徵。提葺半佚耶。張氏此書。博采兼搜。條分臚列。復旁及乎稗官小說、樂石吉金、地志輿圖、釋經道藏。存真別贋。擇精語詳。如聚碎金。以歸鑪韛。如斲翹材。以成宋廇。較之蕭樓所録。孫苑所編。姚粹、呂鑑之作。搜玉、題襟之選。蓋用力爲獨勞。而洽聞爲更備矣。棠學殖久荒。行能無算。曩承先訓。擬付琬鐫。荏苒時光。又將廿載。所幸窗山墜簡。猶得拾於崇賢。冀同汲冢古文。當共珍乎束晳。誠喜之也。誠慰之也。光緒九年癸未二月花朝。南海伍紹棠跋。

《金文最》作者篇目索引

一、本索引收録《金文最》中的所有作者及其篇目。

二、本索引以作者姓名爲目。金帝王以廟號列目，如太祖、章宗等，其本名附注於括號之内，並列爲參見條目；高麗諸帝，依《金文最》原例，皆在廟號前加“高麗”二字，如高麗恭孝王等。《金文最》對於完顔宗望、完顔宗翰等，大多無全稱，僅署其名作宗望、宗翰，今仍以其名列目，將全稱附注括號之内，並列爲參見條目。

三、《金文最》於詔令、册文、制誥等一般不署作者，今亦不便歸于各帝王名下，爲不使遺漏篇目，特采取變通辦法，以原書分類立目，並用【　】號相區别，如【詔令】、【册文】、【制誥】等。

四、作者按四角號碼順序排列，篇目依原書卷次分列作者名下。篇目後所列數碼，卽爲該篇在《金文最》中的卷次和頁數。

五、索引後附筆畫與四角號碼對照表，以便查閲。

兀

1021_4 霍

1060_1 晉

1060_3 雷

1060_6 石

1080_6 賈

2428_1 徒

2503_0 失

2692_2 穆

2694_1 釋

2723_4 侯

2732_7 烏

2790_1 祭

4491$_0$ 杜

4680$_6$ 賀

4692$_7$ 楊

4732$_7$ 郝

5000_6 申

史

* 此篇原署作者□安上,疑即趙安上。

筆畫與四角號碼對照表

二畫

丁 1020_0
卜 2300_0

三畫

兀 1021_1

四畫

文 0040_0
方 0022_0
王 1010_4
元 1021_1
太 4003_0
尹 1750_7
孔 1241_0
毛 2071_4

五畫

石 1060_6
古 4060_0
世 4471_7
左 4001_1
司 1762_0
田 6040_0
申 5000_6
冊 7744_0
史 5000_6
失 2503_0
白 2600_0
丘 7210_1

六畫

宇 3040_1
安 3040_4
米 9090_4
成 5320_0
呂 6060_0
牟 2350_0
朱 2590_0
任 2221_4
仲 2520_6
延 1240_1

七畫

沙 3912_0
沈 3411_2
完 3021_1
宋 3090_4
初 3722_0
辛 0040_1
杜 4491_0
李 4040_7
克 4021_6
邳 1712_7
吴 2643_0
何 2122_0

八畫

宗 3090_1
房 3022_7
武 1314_0
表 5073_2
范 4411_2
孟 1710_7
耶 1712_7
屈 7727_2
周 7722_0
制 2220_0
岳 7277_2

九畫

宣 3010_6
姜 8040_4
施 0821_2
祝 3621_0
奏 5043_0
郝 4732_7
指 5106_1
胡 4762_0
柳 4792_0
胥 1722_7
昭 6706_2
姚 4241_3
紇 2891_7
段 7744_7
侯 2723_4
皇 2610_4

十畫

高 0022_7
唐 0026_7
郭 0742_7
秦 5090_4
晉 1060_1
栗 1090_4
馬 7132_7
孫 1249_3
陸 7421_4
陳 7529_6
陶 7722_0
党 9021_6
時 6404_1
畢 6050_4
柴 2190_4
奚 2043_0
烏 2732_7
徒 2428_1
徐 2829_4

十一畫

梁 3390_4
悼 9104_6
粘 9196_0
寇 3021_4
許 0864_0
麻 0029_4

康 0023$_{2}$
鹿 0021$_{2}$
章 0040$_{6}$
黃 4480$_{6}$
曹 5560$_{6}$
張 1123$_{2}$
崔 2221$_{4}$
國 6015$_{3}$
移 2792$_{7}$
符 8824$_{3}$
祭 2790$_{1}$

十二畫

馮 3112$_{7}$
游 3814$_{7}$
温 3611$_{7}$
甯 3022$_{7}$
韶 0766$_{2}$
强 1623$_{6}$
董 4410$_{4}$
賀 4680$_{6}$
鈕 8711$_{5}$
策 8890$_{2}$
舒 8762$_{2}$
喬 2022$_{7}$
程 2691$_{4}$
智 8660$_{6}$
焦 2033$_{1}$
傅 2324$_{2}$

十三畫

雷 1060$_{3}$
蒲 4412$_{7}$
靳 4252$_{1}$
楊 4692$_{7}$
賈 1080$_{6}$
訾 2160$_{1}$
牒 2409$_{4}$
路 6716$_{4}$

十四畫

鄭 8742$_{7}$
蔡 4490$_{1}$
慕 4433$_{3}$
趙 4980$_{2}$
赫 4433$_{1}$
榜 4092$_{7}$
隨 7430$_{2}$
熙 7733$_{1}$
翟 1721$_{4}$
種 2291$_{4}$
劄 8260$_{6}$

十五畫

劉 7210$_{0}$
樂 2290$_{4}$
樊 4443$_{0}$

十六畫

霍 1021$_{4}$
蕭 4422$_{1}$
閻 7777$_{7}$
盧 2121$_{7}$
穆 2692$_{2}$

十七畫

韓 4445$_{6}$
檄 4894$_{0}$
魏 2641$_{3}$

十八畫

聶 1014$_{1}$
邊 3630$_{2}$

十九畫

龐 0021$_{1}$
蘇 4439$_{4}$
關 7777$_{2}$
羅 6091$_{4}$
嚴 6624$_{8}$

二十畫

竇 3080$_{6}$
議 0865$_{3}$
釋 2694$_{1}$

二十一畫

鐵 8315$_{0}$

二十三畫

顯 6138$_{6}$